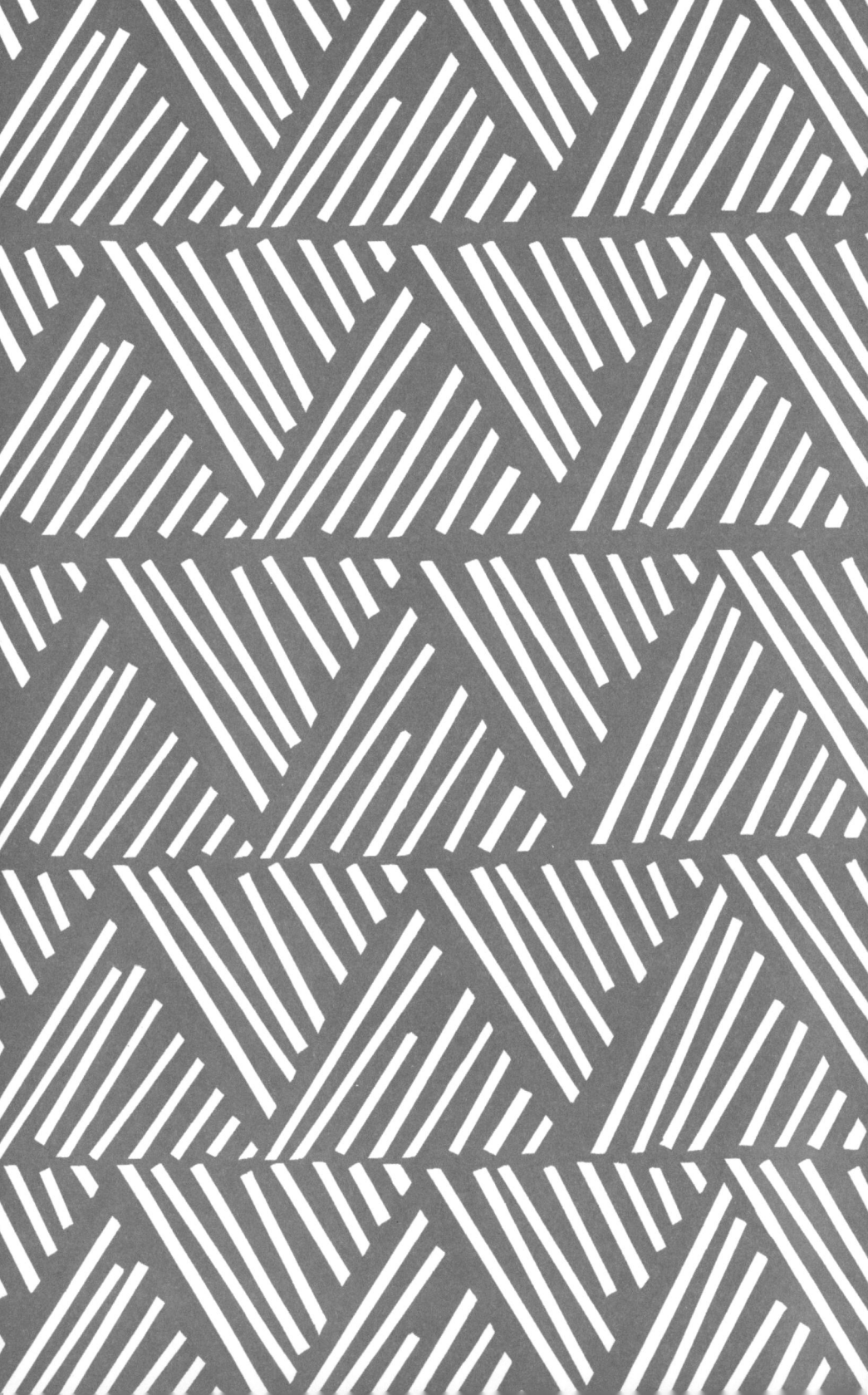

헌사

한국어판 《대망》 첫판이 나왔을 때 명역(名譯)이라고
아낌없이 칭찬해 주신 김소운 선생님,
한국의 정서를 걱정하셔서 《도쿠가와 이에야스》 등을
한국어판 책이름 《대망》으로 지어주신 김천운 선생님,
명필 《大望》 제자(題字)를 써주신
원곡 김기승 선생님,
창춘사도 대학에서 일문학을 전공하고
《대망》 번역을 주도해 주신 박재희 선생님,
니혼대학에서 일문학을 전공하고
《대망》을 번역해 주신 김문운 선생님,
와세다 대학에서 일문학을 전공하고
《대망》을 번역해 주신 김영수 선생님,
게이오 대학에서 일문학을 전공하고
《대망》을 번역해 주신 문호 선생님,
조지 대학에서 일문학을 전공하고
《대망》을 번역해 주신 유정 선생님,
서울대학에서 사회학을 전공하고
《대망》을 번역해 주신 추영현 선생님,
경남대학에서 불교학을 전공하고
《대망》을 번역해 주신 허문영 선생님,
숙명여대에서 미술과 일문학을 전공하고
《대망》을 번역해 주신 김인영 선생님,
선생님들의 집필 열정이 동서문화사 《대망》을
국민적 애독서로 만들어주셨습니다.
깊은 감사를 올립니다.
고정일

《나루토비첩》을 읽는 이들에게
이소가이 가쓰타로

　일본 국민문학은 메이지유신 이후, 서양문화의 꽃 매스 미디어 성숙을 기반으로 성립되었다. 초기에는 시대소설이 크게 유행하였는데, 대부분 전기(傳奇)를 소재로 한 작품들이었다. 중국의 전기소설과 서양의 피카레스크소설의 영향을 받은 서민취향 소설이 그것이다. 당시 활발한 활동을 했던 인기작가로는 시라이 교지(白井喬二), 고쿠기 시로(國枝史郎) 등이 있다.
　요시카와 에이지(吉川英治)는 하이쿠 풍자시를 통해 에도시대 서민전통의 이해를 넓히고, 그 지식을 바탕으로 고단샤 현상소설에 당선된다. 그뒤 필명을 바꾸어가며 무협소설, 포도기담(捕盜奇談) 등을 여러 잡지에 발표한다. 1925년 1월에 창간된 국민잡지 〈킹〉에 《검난여난(劍難女難)》을 연재하여 압도적인 인기를 얻는다. 이때 처음으로 요시카와 에이지라는 필명을 사용하게 된다. 《검난여난》은 전기(傳奇)와 로맨스를 소재로 한 장편시대소설이다. 주인공 가스가 신쿠로(春日新九郎)가 검술 수행을 하며 형의 원수를 갚는다는 내용인데, 그 과정에서 후쿠치야마(福知山) 3만 2천석, 마쓰다이라 가문의 물품 책임자인 마사키 사쿠자에몬(政木作左衞門)의 딸 치나미(千浪)와의 사랑을 그리고 있다.
　그 외에도 미녀, 독부, 도적, 검객 등 다채로운 인물이 등장하여 미남 검객 신쿠로와의 파란만장하고 로맨틱한 스토리를 펼친다.
　《검난여난》으로 호평을 받은 요시카와 에이지는 이듬해 1926년 8월부터 1927년 10월까지 〈오사카 매일신문〉에 《나루토비첩(秘帖)》을 연재하여 단숨에 대중문단의 총아가 된다. 이 작품은 요시카와 에이지의 대표작으로 당시 유행하던 전기소설의 걸작으로 평가되었을 뿐 아니라, 국민문학의 기념비적 작품이 되었다.
　《나루토비첩》의 주인공 노리즈키 겐노조(法月弦之丞)는 다정다감한 미남

검객으로, 에도의 밀정대(密偵隊) 고가파(甲賀派)의 종가(宗家)인 고가 요아미(甲賀世阿弥)의 딸 오치에를 향한 이루지 못할 사랑을 단념하고 에도를 떠나 방랑의 길을 택한다.

때는 1758~1759년 도쿠가와 정권이 존왕론자 다케우치 시키부(竹內式部)를 처벌한 호레키 사건(寶歷事件) 이후 8년의 세월이 흘렀을 무렵, 사건의 흑막이었던 아와(阿波) 25만석의 하치스가 시게요시(蜂須賀重喜)가 도쿠가와 정권 타도의 기회를 노리는 청년귀족과 낭인 무사들을 비밀리에 원조한다는 소문이 떠돌고 있었다. 아와에는 다른 영지 사람을 입국시키지 않는다는 엄격한 법이 있었다.

요아미는 아와의 실정을 염탐하다가 쓰루기산(劍山) 감옥에 갇히게 된다. 귀족 밀정으로 아와에 잠입한 겐노조는 무주심검(無主心劍) 세키운(夕雲) 유파(流波)의 뛰어난 검술 실력을 발휘하면서 주야 마고베(十夜孫兵衞), 덴도 잇카쿠(天堂一角), 다비카와 슈바(旅川周馬) 등을 상대로 분투한다.

여기서, 겐노조의 신변을 화려하게 장식하는 미녀의 등장을 빼놓을 수 없다. 그의 늠름함에 반하여 사랑의 노예가 된 여자 소매치기, 오쓰나와 가와나가(川長)의 외동딸 오요네가 그들이다.

《검난여난》, 《나루토비첩》의 미남 검객은 청순가련의 미녀를 비롯하여 요부와 독부를 상대로 색정 장면을 그려낸다. 거기에 괴검객, 도적 등의 다채로운 등장인물을 투입하여 이루어진 복잡다단한 구성은 이야기의 재미를 한층 더해주고 있다. 전기소설의 유형은 미남 검객으로 묘사되는 슈퍼맨이 등장하여 미녀를 상대로 대중의 기호를 고려한 색정 장면을 전개하고, 다채로운 등장인물과 복수, 숨겨진 보물이 얽힌 복잡한 갈등상황에 빠져들어가는 패턴을 지닌다.

《나루토비첩》은 위와 같은 전기소설의 틀에 따라 작가의 풍부한 상상력으로 연속 흥미만점 파란만장이 펼쳐진다. 여러 등장인물 중에서도 가장 매력을 끄는 것은 소매치기 오쓰와 마성의 괴검객 주야 마고베, 도쿠가와 정권

타도의 의지를 불태우는 하치스가 시게요시이다.
오쓰나는 오치에와는 사랑의 라이벌이다. 오치에가 순정파라면 오쓰나는 세파에 찌든 거친 여인이다. 게다가 오쓰나는 고가 요아미의 사생아로 오치에와는 배다른 자매가 되니, 라이벌 설정 하나에도 작가의 치밀한 노력이 엿보인다.
주야 마고베는 잠을 잘 때도 흑두건을 벗으려 하지 않는 수수께끼의 인물이다. 소설의 막바지에 이르러서야 마침내 두건의 비밀이 벗겨진다. 그의 이마 중앙에는 십자가 모양의 상처가 선명하게 남아있다. 그것은 카톨릭 신자가 교리를 배반했을 때 이마에 새겨 넣는 형벌의 흔적이었다. 마고베는 당시 법으로 금지하고 있던 카톨릭의 배교자였던 것이다. 그의 무분별한 살인과 사련(邪戀)은 어두운 정신적 굴절의 표현으로 허무주의 성격을 잘 그려내고 있다.
허무주의의 검객이란 일본 시대소설에서나 찾아볼 수 있는 독특한 캐릭터이다. 그 원형은 나카자토 가이잔(中里介山)의 《대보살(大菩薩) 고개》의 쓰쿠에 류노스케(机龍之助)라 할 수 있다. 허무주의자 류노스케가 무자비하게 사람을 참살하는 모습에는 《대보살 고개》가 집필되던 당시의 경제적 불황, 간토대지진 이후의 사회적 불안에 고뇌하는 지식인의 우울한 정신이 짙은 그림자를 드리우고 있다.
쓰쿠에 류노스케를 필두로 하여 《아카호(赤穂) 낭인 무사》의 홋타 하야토(堀田隼人), 《오오오카(大岡) 정담(政談)》의 단게사젠(丹下左膳), 《사무라이(侍) 일본》의 신노 쓰루치요(新納鶴千代) 등, 허무주의 검객들이 국민문학 주인공으로 탄생한다.
마고베의 허무주의는 그의 어머니가 스페인에서 건너온 수녀 이사벨라라는 출생의 비밀에서 시작된다. 제2차세계대전 이후, 시바타 렌자부로(柴田鍊三郎)가 탄생시킨 네무리 교시로(眠狂四郎)는 신을 저버린 성직자 주앙 헤르난도의 아들이라는 출생의 비밀을 지닌 허무주의 검객이다. 그 점을 고

려하면 교시로는 마고베의 뒤를 잇는 인물이라 할 수 있다.

우수에 찬 겐노조 또한 허무주의 검객이다. 예로부터 아와는 카톨릭과 관련이 깊었다. 하치스가 마사카쓰(蜂須賀正勝)의 아들 이에마사(家政)는 카톨릭 신자였으며 주료사(壽量寺)에는 이에마사가 기증했다고 하는 등롱이 오늘날까지 전해오고 있다.

도쿠시마(德島) 번(藩)의 중신인 가지마(加島) 가문에서는 백자의 마리아상이 발견되었다. 요시카와 에이지는 그러한 사실을 바탕으로 시마하라의 잔당이 아와에 숨어 살다가, 아와 번의 하급무사가 되었다는 설을 마고베와 결부시킨 것이리라.

요시카와 에이지는 문명 개화가 활발했던 요코하마에서 태어나 어린시절에는 일본인 아이들보다 외국인 아이들과 어울릴 기회가 많았다. 소년시절에는 오가미초(尾上町)의 일진당(日進堂)에서 일을 하였는데 그 근처에 헤본(미국 선교사 겸 의사. 1859년부터 1892년까지 일본에서 의료와 선교활동 등을 함) 교회가 있었다. 서양 문화와 서양의 종교를 향한 유년시절의 향수가 마고베의 캐릭터에도 영향을 미치고 있다.

10대 번주(藩主)인 하치스가 시게요시는 의문의 인물로, 사료 또한 많지 않아 작가의 상상력을 마음껏 발휘할 수 있다는 장점이 있다. 《나루토비첩》의 시게요시는 다케우치 시키부, 야마가타 다이니와 함께 호레키 사건의 배후인물로 8년 후, 재기를 노리고 도쿠가와 정권 타도의 음모를 펼치는 야심가로 재탄생한다.

그가 도쿠가와 정권 타도의 맹주가 되기로 결심한 데에는 두 가지 이유가 있다. 하치스가 가문의 3대 번주 요시시게(至鎭)가 3대 장군 이에미쓰(家光)에 의해 독살당한 것에 대한 원한과, 교토의 귀족과의 혼인으로 존왕학의 기풍을 지니게 되었기 때문이다. 그러나 시게요시가 다케우치와 야마가타를 배후에서 조종하던 실력자였다는 역사적 근거는 없다. 그들과는 전혀 무관한 인물이었을 뿐 아니라, 도쿠가와 정권 타도의 맹주도 아니었다.

　소설에서 독살당한 것으로 그려진 의문의 인물 요시시게는 실제로는 병사했다. 요시시게가 병사한 것은 1620년으로 그때 도쿠가와 정권의 장군은 3대 이에미쓰가 아닌 2대 히데타다(秀忠)였고, 3대 장군 이에미쓰의 취임은 요시시게 병사 이후 3년 뒤에 이루어졌으니, 요시시게와 이에미쓰와는 아무런 관련이 없다.
　본디 소설은 픽션이므로 역사와 다르다고 하여 왈가왈부할 필요는 없다고 본다. 도리어, 역사적 사실을 소설로 재구성하는 작가의 절묘한 작업에 감탄할 따름이다.
　아와의 명물은 아와 춤, 나루토의 소용돌이, 쪽물감이다. 당시, 아와의 쪽물감은 번의 주요한 재원이었다. 아와의 쪽물감이 인정받기 시작한 것은 1766년으로, 시게요시는 번 개혁의 하나로 쪽물감의 판매구조를 개선하여 재정의 재건을 꾀하였다. 쪽물감의 판매 수익 대부분은 아와의 상인이 아닌 오사카 도매상으로 흘러갔다. 오사카 도매상의 독점체제를 무너뜨리고 아와의 상인을 오사카에 파견함으로써 번의 전매체제를 강화하려고 하였다. 그러나 전매체제로 인해 타격을 입은 오사카 상인과 아와 번과의 대립이 깊어졌으며, 오사카 상인을 뒷받침하던 막부와의 대립 또한 커져갔다.
　그리하여 개혁안은 도쿠가와 정권의 심기를 거스르게 되었고, 시게요시는 번주의 자리에서 물러나게 된다. 요시카와 에이지는 아와의 쪽물감을 둘러싼 삼자의 대립관계를 언급하지 않고 시게요시를 다케우치 시키부와 야마가타 다이지와 결부시켜 도쿠가와 정권 타도의 지도자로 그려내고 있다.
　작가는 아와 번의 경제문제를 다루는 것은 독자들에게 복잡한 인상을 줄 것이라 판단하여 시게요시와 막부의 경제적 대립이라는 역사적 사실은 소설에서 제외시켰다. 대신, 독자들의 흥미를 유발하기 위해 시게요시를 존왕 도쿠가와 정권 타도사상을 바탕으로 도쿠가와 정권의 전복을 꾀하는 인물로 바꿔 그리고 있다.
　이 작품은 요시카와 에이지의 출세 걸작이다.

대망 22 나루토비첩
차례

《나루토비첩》을 읽는 이들에게―이소가이 가쓰타로

위험한 신호 … 17
아와 무사 … 73
미친 듯한 칼날 … 109
피의 축제 … 155
전화위복 … 182
불의 지옥 … 235
석운류의 진수 … 300
늑대 세 마리 … 345
마음의 지진 … 411
망원경 … 486
고리짝 속의 어둠 … 545
행운 … 584
피로 쓴 밀서 … 631
변민과 재앙 … 677
오쓰나의 업보 … 732

위험한 신호

 강 아래쪽에서 물결치는 소리 들린다. 잠든 마을 하늘 밤새가 날아간다. 해오라기 울음이 섬뜩하게 울리는 으스스한 밤이었다.
 마을 모두 잠들어 검푸른 빛이다. 오직 한곳에서 노란 불빛이 희미하게 새어 나오고 있다. 부드럽게 휘어진 가지가 미풍에 흔들리면서 바스락바스락 소리를 내는 버드나무 아래 처마에는 '호리가와(掘川) 집회소'라 쓴 길이 세척 팻말이 걸렸다. 그때 문이 열리며 밖으로 나오는 자들이 있었다.
 "쓰지기리(무사들이 칼이나 검술을 시험해 보기 위해 밤거리 통행인을 베는 일, 또는 그런 일을 해서 돈 버는 무사)가 많으니 조심하게."
 봉행소(奉行所 : 무가시대 관청) 등불을 앞세운 순찰꾼 너댓과 마을 관리가 나오더니, 반대편 골목길로 사라져 갔다.
 안에서 간간 기침 소리가 들려올 뿐 세상은 너무 조용했다.
 "계십니까?"
 이때 집회소 앞에 두 그림자가 나타났다. 삿갓을 깊숙이 눌러 쓴 채 짚신을 신고 있었다. 소매 없는 비옷 속으로 한 자루의 칼이 보였다.
 "저, 잠시 말씀 좀 묻겠습니다만……."

위험한 신호 17

"누구요?"
즉각 안에서 대답이 울렸다.
"다행입니다. 깨어 있군요."
앞 사람이 뒤에게 속삭이고는 문을 확 열어젖혔다. 토방 두 평 정도 바닥에는 다다미가 석 장 깔렸고, 등불 상자와 여섯 척짜리 방망이, 장부 등 살림살이가 어지러이 놓인 가운데 한 노인이 쓸쓸히 앉아 있었다.
"무슨 일이오. 이 시각에?"
싸구려 술병을 상에 놓고 잠을 청하기 위해 술을 마시던 집회소 관리인 구로쿠(久六)는 앞사람을 힐끗 보더니 다시 물었다.
"여행하는 분들이오?"
"네. 실은 요도(淀)의 마지막 배편으로 기무라(木村) 제방에 도착 한 게 10시경이었습니다만, 물건을 잃어버리는 바람에 그만 객줏집에서 시간을 낭비해서……."
"그래서 뭐요? 어디 머무를 곳을 알아봐 달라는 거요?"
"파수막에서 신원을 증명할 표찰을 보이라고 하고, 또 늦은 밤에 오는 손님은 안 받는다지를 않나…… 오늘 오사카(大阪)에 들어오고나서 계속 안 좋은 일입니다."
"이곳 규칙도 모르고 왔으니 당연하지."
"너무 나무라지 마십시오. 죄송합니다만 머무를 수 있는 표찰과 적당한 숙박소 하나만……."
"좋아. 숙박소를 정해 주겠소."
구로쿠는 새삼스럽게 관리의 눈빛으로 두 사람을 다시 훑어본다.
"그런데 댁들 거주지는 어디요?"
"에도(江戶) 아사쿠사(淺草) 이마도(今戶)로, 이쪽은 제 주인 어른 가라쿠사 긴고로(唐草 銀五郞)이십니다. 저는 그 밑에서 일하는 다이치(多市)입니다."
"아, 노름꾼이군."
"아니, 천만에요. 이래뵈도 훌륭한 직업이 있습니다. 무가(武家) 저택에 쓰이는 당초무늬 기와를 굽고 있습죠. 물론 일하는 사람이 많다보니 개중에 노름꾼도 없지야 않겠습니다만."
"무슨 말을 하고 있는 거냐?"

옆에서 긴고로가 다이치의 말을 가로막으며 앞으로 나섰다.
"말을 하게 내버려 두면 끝이 없는 녀석입니다. 늦은 시각에 여러모로 번거롭게 해서 죄송합니다."
"아니, 괜찮소."
구로쿠는 긴고로를 자세히 뜯어 보았다.
젊은 사람이 옷차림도 검소해 보였을 뿐 아니라 침착한데다 인품도 있어 보였다.
"그런데 한 가지만 더 여쭙지요. 목적지는 어디시요?"
구로쿠는 한껏 정중한 말투로 차려 물었다.
"목적지는 시코쿠(四國), 아와(阿波)의 영지로 가려고 합니다."
"아와라고요? 흠……."
구로쿠는 대답을 듣는 순간 심각한 표정을 지었다.
"10년 전부터 인가, 하치스가(蜂須賀) 가에서는 다른 지방 사람들이 그곳에 오는 것을 몹시 싫어해서, 웬만큼 중요한 일이나 집안 사람의 안내없이는 결코 성 안으로 들어갈 수 없다고 하던데."
"하지만 꼭 가야 합니다."
"그렇소? 뭐 내가 그런 것까지 참견할 필요는 없겠지. 숙박 증명서를 드릴 테니 그것을 가지고 오가와(大川) 남쪽의 와타나베(渡邊) 근처에 있는 츠쿠시야와헤이에서 주무시오."
구로쿠는 종이 한 장을 꺼내어 붓을 놀리기 시작했다.
그때, 집회소 옆에 있는 우물가에 몸을 잔뜩 웅크린 채 그들의 이야기에 귀를 기울이고 있는 수상한 여자가 있었다.
여자의 하얀 옆얼굴이 어둠 속에서 번뜩 비추이는가 했더니, '정말 고맙습니다' 하는 소리와 함께 문이 열리면서 불빛이 흘러나오자마자 장옷으로 얼굴을 가린 여자가 귀신처럼 모습을 감추었다.
"아, 잠깐만!"
구로쿠는 무슨 생각이 났는지, 나가는 두 사람을 황급히 불러 세웠다.
"예, 왜 그러시죠?"
가라쿠사 긴고로와 부하 다이치가 발걸음을 멈추고 무심코 뒤를 돌아 보았다.
"조심해서 가시오. 뒤숭숭한 때니까."

구로쿠가 손짓으로 칼을 휘두르는 흉내를 내면서 아주 작은 소리로 주의를 주었다.
"흠, 쓰지기리 말이군요."
다이치가 코끝으로 대수롭지 않게 받아들이는 듯하자, 구로쿠는 야단치듯이 말했다.
"이 말, 농담으로 듣지 말게. 조금 전에 순찰관리의 이야기를 들었는데, 단순히 칼을 시험하는 것이 아닌 도둑질을 하는 무사라는거야. 그들이 매일 밤 일을 벌이는 것을 보아 솜씨가 아주 뛰어난 것 같다더군."
"걱정해 주셔서 감사합니다."
긴고로는 정중히 인사를 하고 앞장 서서 성큼성큼 걷기 시작했다.
구로쿠가 가르쳐 준 길을 따라 호리가와에서 오가와 기슭을 따라 서쪽으로 구부러졌다. 곳곳에 홍수로 무너진 둑이며 축축 늘어진 버드나무 가지의 죽음같은 어둠 사이로 도지마(堂島) 등대의 등불 하나가 깜박거리는 것이 보였다.
"주인님."
다이치가 긴고로의 옆으로 바싹 붙으며 말했다.
"집회소 영감이 쓸데없는 말을 해서 그런지 등골이 조금 오싹한데요."
"아까는 아무렇지도 않다는 표정을 지어 놓고서?"
"그거야 에도 사람의 허세지요."
"그래? 하긴 사람들은 나가지 말라고 하면 더 나가고 싶어하니까. 다이치, 이제부터 네 솜씨를 믿어 보자."
"좋지요. 그런데 솜씨를 보일 일이 생길까요? 더구나 우리 주인님은 그다지 믿음직스럽지 못해요."
"그건 또 무슨 소리야?"
"이렇게 위험한 때에 많은 돈을 나에게 맡겨 두니까요."
"바보 같은 소리! 그만큼 네가 정직하다는 것을 알기 때문일세."
"아, 이래서야 무슨 재미가 있담. 내일부터는 야금야금 돈을 꺼내 써 버릴까보다."
농담을 주고받으면서 요도야(淀屋) 다리 위로 올라서자 토사보리(土佐堀) 일대에 있는 창고의 하얀 벽이 보이기 시작했다. 그제서야 잔뜩 긴장했던 마음이 조금은 풀리는 듯했다.

그런데 호리가와 집회소의 어둠 속에 숨어 그들을 엿보던 여자가 어느 샌가 그들의 뒤를 따르며 동태를 살피고 있었다.

"아니?"

다리를 다 건넜을 때 다이치가 갑자기 발걸음을 멈추며 말했다.

"주인님, 저쪽에서 누군가 오고 있습니다."

"사람이 오는 게 어쨌다는 거야. 이제 그만해 둬, 겁쟁이 같으니라고."

"하지만 칼을 뺄 준비를 단단히 해 두십시오."

"걱정하지 말게."

긴고로가 웃으면서 앞길을 재촉하는데 과연 강가의 어둠 속에서 탁탁하고 나막신을 끄는 소리가 들렸다.

가까이 다가왔을 때 자세히 살펴보아도 무사는 분명한 것 같으나 모습이 확실히 보이지 않았다. 위에서 아래까지 검은 천으로 휘감고 있는데다 얼굴에는 깊숙이 두건을 쓰고 있었다.

당시 호레키(寶曆) 무렵부터 메이와(明和)에 걸쳐 두건이 크게 유행하여, 남녀 모두가 오카자키(岡崎) 두건, 츠유 두건, 간도 두건, 슈가쿠(秀鶴) 두건, 오코쇼(涼小姓) 두건, 나게 두건 등을 쓰고 다니며 멋을 내는 바람에 두건은 이미 추위를 가리기 위한 것만은 아니었다.

두건 쓴 사내는 나막신 소리를 내면서 긴고로 일행을 힐끗 쳐다보고 지나쳤다.

그러더니 대여섯 걸음 지나서는 살짝 신을 벗어 나무 밑동 쪽으로 밀어 놓고 겉옷마저 재빨리 벗어 신발 위에 올렸다.

순식간에 몸을 굽히고 눈길을 멀리 어둠 속으로 향했다. 잠시 후 납빛 칼집을 어깨 위로 높이 젖히고는 아무 소리도 내지 않고 칼을 뽑았다.

"음……."

뭔가를 벨 듯 숨을 들이마시고, 오른손은 칼자루에 감긴 끈을 꽉 움켜쥐었다.

그러더니 몸을 앞으로 숙였다.

해치우고자 생각은 했건만, 긴고로의 단단해 보이는 뒷모습에 조금 주눅이 들었던지, 그대로 한두 걸음 앞으로 더 나갔다.

마침 그때 바로 발 아래의 강물에서 풍덩! 하고 새하얀 물보라를 일으키며 갑자기 굉장한 물방울이 튀었다.

"앗!"

이때 놀라 소리를 지른 것은 다이치였다. 다이치는 뒤쪽에 있는 무사를 발견하고는, '주인님!' 하고 긴고로를 옆으로 민 다음 자신도 몸을 굴려 피했다.

"쳇……."

혀를 차면서 뒤로 돌아가던 무사가 문득 다리 위를 바라보니, 장옷으로 얼굴을 가린 아름다운 자태의 여자가 다리 난간에 턱을 괸 채 빙긋이 웃고 있는 게 아닌가!

두건을 쓴 무사가 자신을 해치려고 다가오고 있는데도, 다리에 서 있던 여자는 난간에 한쪽 팔꿈치를 고인 채 꼼짝도 하지 않았다. 두건이 불편한 듯, 얼굴을 감쌌던 것을 풀어서 손으로 빙빙 감더니 다리 아래로 휙 던졌다. 머리에 둘러썼던 것이 풀리면서 마침 아래에서 불어온 바람에 헝클어진 머리를 회양목 빗으로 빗어 그대로 옆머리에 끼워 두었다.

"어이!"

무사가 여자를 향해 큰 소리로 고함을 질렀다. 그 무사는 놓친 두 사람 대신 누구라도 베지 않으면 직성이 풀리지 않을 것 같은 표정을 하고 있었다.

"예, 저 말이에요?"

옷깃을 아래로 젖힌 여자는 얼굴에 요염한 분위기의 미소를 머금은 채 무사를 바라보았다.

"왜 방해했지?"

"방해를 했다고요? 아, 그렇군요. 지금 내가 돌을 던지는 통에 그 사람들을 베지 못했군요. 그래서 나에게 시비를 거는 거예요?"

"흠, 알고 한 일이군."

"물론 잘 알고 있었죠. 당신은 두건을 쓰고 있지만, 쓰지기리를 해서 먹고 사는 나쁜 사람, 그렇게 알고 있었기 때문에 참견을 한 거예요. 잘못됐나요?"

"뭐라고?"

"사실 당신 같은 풋내기에게는 그 두 사람이 아까워요. 저잣거리에나 가서 하면 어때요?"

"음……. 그러면 당신도 그 녀석들을 쫓아온 것인가?"

"그래요. 그것도 에도에서부터지요. 어렵사리 여기까지 따라왔는데 당신이 옆에서 가로채려 하다니, 그게 어디 말이나 되는지, 가슴에 손을 얹고 생각해 봐요."

"알겠소, 그럼 당신은 남편과 함께 사기나 쳐서 먹고 사는 협잡꾼인가?"

"아니, 혼자서 일하죠. 당신도 이 직업으로 먹고 살려면 똑똑히 기억해 두는 것이 좋을걸요. 난 전문 소매치기인 오쓰나(お網)예요."

"뭐라고, 오쓰나라구?"

"어머, 나를 알고 있나보죠?"

"재작년 에도에 갔을 때, 두세 번 만난 적이 있을 거요. 나는 오주야 마고베(お十夜孫兵衞)일세"

"아니……?"

오쓰나는 웃음을 지으면서 가까이 다가왔다.

"그렇다면 내가 좀 지나쳤군요. 진작 말해 주었으면 좋았을 텐데……."

"뭐, 내 쪽이 너무 얼빠진 짓을 했지. 그건 그렇고, 상당히 멀리까지 원정을 왔군."

"조금 일이 커서요."

"틀림없이 확신하고 왔나?"

"이 오쓰나를 얕보시는 건가요."

이야기를 하다보니 거친 말투까지도 너무나 사랑스럽고 요염하게 느껴져, 경국지색이란 바로 이런 여자를 두고 하는 말 같았다. 마고베는 이 아름다운 여자가 손가락에 면도날 조각을 끼우는 험악한 일을 한다고 생각하니 의아한 기분이 들었다.

"안 되겠군. 자칫하면 당신에게 빨려들고 말겠는걸."

마고베는 농담처럼 한 마디하고 눈길을 피하더니 갑자기 깜짝 놀라며 덧붙여 말했다.

"아, 저쪽에서 또 순찰꾼들의 등불이 다가오는군. 에이, 귀찮아!"

"도망칠 거라면 나에게 신경쓰지 말고 어서 가세요."

"뭐 당황할 것은 없어. 준비는 다 되어 있으니까."

마고베는 오쓰나에게 손짓을 하더니 다리 아래를 내려다보고는 낮은 목소리로 누군가를 불렀다.

"산지(三次)!"

대답 대신 끼익하고 소리를 내면서 앞이 뽀족한 배가 나타나더니, 복면한 남자가 묵묵히 노를 젓는 모습이 보였다.

  순찰꾼들의 등불이 다리까지 왔을 즈음 오쓰나와 마고베를 태운 배는 남쪽으로 물살을 가르면서 힘차게 기즈(木津)강을 내려가고 있었다.

  배는 곧 스미요시(住吉) 마을에 닿았는데, 숲으로 둘러싸인 곳에 빨갛게 칠해진 호화로운 저택이 있었다. 산지라는 사람이 주인인 듯해 보였는데, 무슨 일을 하는지는 알 수 없었다. 모두들 목욕을 끝낸 다음 한바탕 음식을 먹고 나서 이야기를 하고 있자니 날이 서서히 밝아 왔다.

  "어젯밤에는 정말 고마웠어요. 우리네들은 일이 있으면 백 리 건 이백 리건 어디든지 간답니다. 그래서 이곳까지도 왔지만요. 당신도 가끔 에도로 쉬러 오세요. 우리 집은 혼고츠마고이(本鄕妻戀) 1번지로, 대문 앞에 백일홍이 피어 있는데 꽃꽂이 선생의 젊은 미망인 집이 어디냐고 물으면 아마 쉽게 찾을 수 있을 거예요. 그것이 나의 다른 모습이죠."

  마고베에게 이렇게 말하고 오쓰나는 그날 하루 종일 잠만 잤다.

  그러더니 다음날 밤에도 훌쩍 나갔다가 돌아오면 또 하루 종일 잠만 자는 것이었다.

  그러면서 나흘인가 닷새가 지났다.

  아침에 목욕을 하고 입술 연지에 화장을 곱게 하고 머리 손질이며 옷도 잘 갖추어 입은 오쓰나는 감색 양산을 쓰고 스미요시 마을을 나섰다.

  아무리 보아도 소매치기라고는 생각할 수 없을 정도로 품위 있는 모습이었다.

  사천왕사(四天王寺)의 한켠으로 예전에는 복숭아밭이었던 곳에 지금은 가건물을 지어 놓으니, 마치 장날처럼 사람들로 북적거렸다.

  맑은 하늘에 시원한 바람까지 불어 매화 향기가 흩날리고 있었다. 가건물 앞에서는 문지기로 보이는 남자가 사람들을 끌어모으기에 여념이 없었다.

  그 주위에는 나고초하치(名古蝶八)의 흉내내기를 비롯해서 가부키(일본의 전통 연극), 노래하는 집 간판이 늘어서 있었다. 길가에는 팽이로 곡예를 부리는 사람에다가 엿을 파는 사람, 비도로 세공하는 사람, 곰과 씨름을 하는 여자 역사 등 구경거리가 많았다.

  "자, 오세요. 어서 오세요. 중국 사람이 마술을 부립니다. 아리따운 처녀가 창던지기를 하고 불을 뿜으며 바구니를 빠져 나오는 재주를 부립니다."

중국 사람들이 부리는 마술은 진귀한 구경거리였으므로 그 앞에는 아주 많은 사람이 모여 있었다.

'이건 조금 색다르군. 그건 그렇고 정말 사람들이 많은걸. 조금만 보고 싶은데 괜찮겠지. 어디 보자……'

사람들에게 떠밀리면서 망설이고 있는 사람은 바로 다이치였다. 목에 삿갓을 걸고 그는 한 손으로 사람을 막으면서, 다른 한 손은 가슴 부근에서 떼지 않고 있었다.

주인인 긴고로는 오늘도 하치스가 가의 저택과 무사들의 저택 쪽으로 갔다. 아와로 들어가기 위해서 타고 갈 배편과 입국 면허표 두 가지를 부탁하기 위해서였다.

아와로 들어가기 위해서는 신청서를 내고 신원 증명을 한 다음에도, 다섯 사람의 보증과 규문소에서 조사를 받는 등 복잡한 절차가 필요했다.

예전에는 이렇게 엄격하지 않아서 배만 타면 되었다. 아와의 쇄국 정책이 심해질수록 도쿠가와(德川) 막부는 더욱 그곳을 주시하게 되었다. 그러나 긴고로에게는 무슨 일이 있어도 아와에 들어가야만 하는 사정이 있었다.

입국 허가가 내릴 때까지 다이치가 할 일이 아무것도 없었다. 그래서 가끔은 놀다 오라면서 긴고로가 내보내 주었지만, 품 안에 묵직한 물건을 지니고 있어서 홀가분한 마음으로 즐길 기분이 아니었다.

'아니야, 이러면 안 되지. 만일 큰 돈을 잃어버리기라도 한다면 지금까지 인정을 받아 온 정직한 다이치가 어떻게 되겠어?'

제 정신을 차린 다이치는 결국 중국 마술 구경을 포기하고 그 자리를 떠났다.

그리고 서중문(西重門) 옆으로 다다를 즈음 누각 문 안에서 물밀듯이 밀려 나오는 참배인 가운데에서 외마디 비명이 들려 왔다.

"아!"

문득 쳐다보자 화려하게 잘 차려 입은 한 젊은 여자가 사람들에게 밀려서 비틀비틀 넘어지려 하고 있었다.

"위험해!"

다이치가 자신도 모르게 손을 내밀자 여자의 양산이 손에 닿았다. 그리고 여자의 몸은 극락조처럼 다이치의 가슴을 스치면서 뒤로 밀려 나갔다.

"아, 저어……"

손에 남겨진 양산을 들고 다이치가 여자를 불렀다.

여자는 벌써 대여섯 걸음 저쪽으로 지나간 뒤로, 웬일인지 그녀는 돌아보고 방긋 웃었다. 그 웃음이 너무나 아름다워 다이치는 그만 정신이 아찔할 정도였다.

"저, 이 양산을……."

여자는 멀리에서 고개를 끄덕였다.

"괜찮아요."

"저……."

다이치는 야릇한 기분이 되었지만 아직 자신에게 무슨 일이 생겼는지 잘 이해가 되지 않았다.

"필요 없어, 이건 어차피 여자 거니까. 가져가 봐야 처리하기 곤란할 뿐이야."

다이치가 이렇게 중얼거리며 몸을 움직였을 때 그제서야 자신에게 무슨 일이 일어났는지 비로소 알아차릴 수 있었다.

자신의 옷자락 사이로 끈 두 개가 늘어져 나와 있었다. 배에 이중으로 감아 놓은 끈을 쥐도 새도 모르게 자르고 지나간 칼자국이 보였다.

"이런 젠장!"

사색이 된 다이치는 거꾸로 잡은 양산을 흔들며 황급히 뛰기 시작했다.

"소매치기다, 소매치기다!"

"소매치기다, 소매치기다!"

다른 사람의 목소리인지 자신의 목소리인지조차 알 수 없었다. 다이치는 서문(西門), 당문(唐門)을 지나 온 절 안을 미친 듯이 달렸다. 그러나 뛰어가는 도중 묘문(描門) 앞에서 탁 부딪힌 남자가 가볍게 다이치의 허리끈을 잡아끌었다.

"이봐, 잠깐만."

"지금 그럴 틈이 없어."

"자, 진정해, 수배를 해야지. 그렇게 소리지르며 쫓아가 봐야 결코 잡을 수 없어."

"뭐야, 너는?"

"난 이런 사람이다."

그 사람이 이렇게 말하며 가슴을 펼쳐 보였다. 그곳에는 포졸이 사용하는 방망이가 매달려 있었다. 포졸이라는 것을 알아챈 다이치는 당황하면서 황급히 도망쳐 버렸다.

"이상한 녀석이군. 수배를 해준다고 하는데도 도망치다니……. 도대체 뭐야?"

포졸 만키치(万吉)는 수상스럽게 생각하면서 고개를 갸우뚱거렸다.

서산에 지는 해는 천왕사의 본당과 탑을 엷게 물들이고 있었다.

어둠 속에서 이리저리 흩날리는 찢어진 양산 조각을 주워 들고 만키치가 서 있었다.

'이곳이야. 여기에서 여자가 가다가 넘어지려고 하면서 남자 쪽으로 우산을 기울였어. 하지만 무엇 때문이었을까? 무엇 때문에 그렇게 빈틈을 엿봐 몸과 마음 양쪽을 노렸던 것일까?'

만키치는 그 당시 주변에 있던 사람들의 이야기를 들은 뒤 현장에서 생각에 잠겨 있었다.

'그렇다면 이것은 저 위쪽 에도의 소매치기 수법이야. 틀림없이 적은 금액이 아닐텐데 소매치기 당한 녀석도 이상하군. 어째서 나를 보자 그렇게 황급히 도망간 것일까. 음, 아무래도 그 녀석 쪽이 훨씬 더 수상하군.'

만키치는 양산 조각을 버리고 길로 나왔다. 가마꾼에게 섬 안까지 가고자 약속했으나 마음을 바꿔 고야구라(五櫓)에서 도미주로(富十郎)를 잠깐 들여다보고 어슬렁어슬렁 걷고 있었다.

"아니, 저 남자는?"

만키치의 얼굴에 긴장감이 떠올랐다. 틀림없이 황급히 도망간 다이치였다. 지치고 풀이 죽은 모습으로 와타나베에 있는 여관 츠쿠시야(土筆屋)로 들어가는 뒷모습이 분명히 낮에 보았던 그 자였다. 잠시 후 만키치는 여관 뒤에서 주인 와헤이(和平)를 몰래 불렀다.

"나 좀 보세."

만키치는 와헤이에게 눈짓을 하고 계단 아래에 있는 도구를 놓아 두는 방으로 들어갔다.

"음, 6일 전부터 여기에 묵고 있었다고? 숙박부가 이것인가?"

만키치는 탁탁 소리나게 넘기면서 자신의 귓불을 꼬집었다. 만키치가 생각에 잠길 때면 늘 하는 버릇이다.

"일행인 긴고로라는 자는 어디 있지?"
"아와에 갈 일이 있다고 하면서 그 수속 때문에 매일 하치스가님에게 손을 쓰고 있는 모양입니다. 아무래도 일이 쉽지가 않은지, 오늘은 아까부터 들어와 있습니다."
"그래? 잠깐 2층을 빌리겠네."
"예, 좋으실 대로 하십시오."
"두 번째 방이라고 했지?"
뒷계단을 올라가서 옆방으로 들어가 살짝 문 틈새로 보니 다이치는 옆으로 누워 있었다.
"다이치, 그렇게 걱정할 것 없어."
긴고로가 다이치를 위로했다.
"하룻밤 잘 썼다고 생각하면 300냥은 아무것도 아니야. 돈은 다시 보내 달라고 하면 돼. 하지만, 오치에님에게서 받은 중요한 편지, 그것은 별도로 옷깃에 넣고 꿰매 두었겠지?"
"주인님께서 그렇게 하라고 말씀하셨지만, 실은 돈과 함께 두었어요."
"뭐라고?"
긴고로의 안색이 조금 변했다.
"그러면 오치에님의 편지도 소매치기 당했단 말인가? 음…… 큰일이군."
"저, 주인님……."
다이치는 머뭇머뭇거리며 말을 이었다.
"이번에 아와로 건너가 설마 오치에님의 아버님이 살아 계신다고 해도 그 편지가 없으면 멀리서 온 보람이 없다는 것은 어리석은 이 다이치도 잘 알고 있습니다. 실수를 저지른 대가로 이제부터 제가 밤을 새워 에도로 돌아가서 다시 오치에님에게서 편지를 받아 올 테니까 부디 그때까지만 기다려 주십시오."
"그래, 그래, 그렇게 생각한다면 됐네. 그런데 실은 아와행 배에 타기는 더 이상 무리야."
"예? 그러면 아와로 들어갈 수 없단 말입니까?"
"검문이 너무나 엄격해서 자칫 잘못하다가는 우리의 비밀이 탄로날 것 같아. 그래서 길을 바꾸어서 사누기자카이(讚岐境)에서 산을 넘어서 아와로 들어갈 생각이야. 내가 먼저 다도츠(多度津)에 가 있을 테니까, 자네는 빨리 오치에님에게로 가서 편지를 다시 받아오게. 그러면 되네."

"그렇다면 저는 지금 바로 출발하겠습니다."

"아닐세. 내일 새벽에 일찍 출발하면 되네."

"죽어서라도 이 몸이 지은 죄를 용서받으려고 생각한 바, 몸이 가루가 되는 것 정도는 아무렇지도 않습니다."

에도 사람들은 일단 결정이 되면 뒤도 돌아보지 않는 성격이라, 갑자기 기운이 난 다이치는 요란스레 손바닥을 쳐서 여관 주인을 불렀다.

"이봐, 주인장, 서둘러 떠나야 하니까 짚신에 주먹밥을 준비해 주게."

그 동안에 만키치는 계단을 내려왔다.

"아, 돌아가십니까?"

때마침 누군가가 계산대 위에 던져 놓고 간 편지를 들고 주인이 만키치를 배웅하러 나오자 만키치의 눈길은 재빠르게 그 편지 위로 옮겨 갔다.

"뭐지? 그것은?"

"예, 그 손님에게 온 편지입니다."

"어디."

만키치는 주인의 손에서 편지를 빼앗아 들었다. 그 위에는 '가라쿠사 긴고 로닝'이라고 씌어 있었고, 보낸 사람의 이름은 아주 작은 글씨로 '지나가는 여자'라고만 씌어 있었다.

"공무니까 편지를 뜯어 보겠다!"

만키치가 이렇게 말하고 나서 끈을 끊자, 안에서 떨어진 것은 가죽으로 만든 것에 넣어진 편지로, 그것은 바로 다이치가 소매치기 당했다는 물건이었다.

"쓸 데 없이 멋 부리는 여자로군."

에도의 소매치기들에겐 다른 지방의 도둑에게는 없는 일종의 장난기와 의리가 있다는 이야기를 들은 것이 생각 나 만키치는 쓴웃음을 지었다.

'바로 이런 수법이군.' 만키치는 고개를 끄덕였다. 그리고 서둘러 그 물건을 살펴보니 예상대로 돈은 없었지만 한 통의 편지가 들어 있었다.

이중으로 접힌 종이였는데, 봉함이 찢겨져 있었다. 아마 오쓰나가 읽은 것이리라.

아버님이 아와로 들어가시고 나서 무사귀환을 기다리며 매일 밥상을 차린 지도 어언 10년이 지났습니다. 막부에서는 밀정법칙에 따라 10년 동안 아무 소식이 없는 아버님을 사망했다고 간주하니, 곤겐(權現)님 이후로 계속된 저희 고가(甲賀) 가문도 이제 대가 끊어질 날이 다가왔습니다.

편지의 서두에서, 유려한 여자의 필체를 따라 읽어 내려가는 만키치의 눈빛이 이상하게 빛나기 시작했다.

이제 오치에도 열아홉 살이 되었습니다. 남자가 아닌 저로서는 집안의 대가 끊어진다고 해도 어찌할 수도 없습니다. 하지만 저는 아홉 살 때 헤어진 아버님이 아직 살아계실 거라는 생각이 들어서 견딜 수가 없습니다. 아버님이 세상을 떠나셨으리라고는 꿈에도 생각지 않습니다. 그래서 유모의 오빠인 가라쿠사 긴고로에게 부탁하여 이 편지를 지닌 채 목숨을 걸고 아와에 잠입하는 것입니다. 만약 다행스럽게 아버님이 무사하시어 게다가 이 편지를 보시게 된다면 고가 가문도 그 명맥을 유지할 수 있을 것입니다.

여기까지 읽자 만키치의 가슴이 방망이질하기 시작했다. 그에게도 거의 10년 동안 와신상담해야 했던 사건이 있었다. 그 사건에 일말의 서광이 비치는 것 같았다.

'에도에서 고가라고 불리는 집안이라면 스루가다이(駿河臺)에 있는 스미(墨) 저택, 즉 밀정 조직의 종가라는 고가 요아미(甲賀 世阿弥)일것이다. 음, 그 요아미가 10년 전 아와로 들어간 뒤 행방불명이라고? 보통 일이 아니군.'

그런데 만키치가 다음 문장으로 눈길을 돌렸을 때, 계단을 내려오는 소리가 들렸다. 2층에서 긴고로와 다이치가 내려왔다.

"아니, 벌써 준비가 다 되셨나요······?"

주인 와헤이와 지배인이 나란히 다이치에게 인사를 하려고 계산대 앞으로 나왔다. 만키치는 재빨리 편지를 가지고 계단 뒤로 몸을 숨겼다.

"그럼 조심하게."

긴고로의 배웅에 다이치는 여행용 짧은 칼과 사초로 만든 삿갓을 들고 씩씩하게 대답했다.

"그러면 주인님, 다녀오겠습니다. 제 일은 신경쓰지 마십시오. 나중에 다도츠 항구에서 만나 뵙겠습니다."

다이치는 츠쿠시야의 불빛을 뒤로 하고 떠났다. 그와 동시에 만키치도 짚신을 신고는 뒷문으로 해서 여관을 빠져 나갔다.

'이 편지 한 통 때문에 저 사내를 에도까지 돌려 보내야 하다니. 내가 아무리 냉정한 포졸이지만 조금 안됐군. 사정을 이야기하고 이 편지를 돌려 주자. 하지만 궁금한 것은 알아야겠어. 쯔네커(常木) 선생님을 비롯해서 이치하치로(一八郞)님, 그리고 그분들의 은혜를 입고 있는 나까지도 평생에 걸쳐 해결해야 할 일로 생각하고 있는 아와의 비밀! 아니, 저 녀석 빨리도 가는군.'

만키치는 큰길 저쪽에서 다이치를 발견하고 흙벽 옆에서 떨어졌다. 편지를 돌려 주는 대신에 긴고로 일행이 왜 아와로 가야 하는지와 고가 요아미에 대해 물어 볼 셈이었다.

'이곳은 남의 눈에 띄기 쉬우니 좀더 조용한 곳으로 가야지. 천왕사에서 놓친 것 같은 실수는 저지르지 말아야지.'

다이치와 적당한 거리를 두고 따라가다보니 덴마(天滿) 기슭에 있는 동쪽 봉행소 앞에 있는 소나무 숲이 보였다.

그곳이 알맞은 장소 같아 보였다. 불러볼까도 했지만 혹시라도 놀라 도망갈까, 조금씩 다이치 가까이 간격을 좁혀 갔다. 그때 앞에 가는 다이치의 그림자에 갑자기 번뜩이는 푸른빛의 섬광이 옆에서부터 낮게 흘렀다.

"앗!"

다이치가 이렇게 외치는 동시에 칼에 맞았는지 다리 위에서 굴렀다. 그러자 다이치의 그림자를 따라서 마치 파도 사이를 헤엄쳐 오는 듯한 은빛 뱀이 보였나. 물론 그것은 칼끝이있다. 순식간에 두 개의 길닐이 움직이자 다이치는 정신 없이 덴마 강을 향해서 뛰어내렸다.

"쳇……."

누군가의 혀 차는 소리가 들리면서 피비린내가 사방에 풍겼다.

"빌어먹을!"

만키치의 눈은 날카롭게 빛났으나 사지는 부들부들 떨렸다. 그러나 포졸인 만큼 오른손에 오랏줄을 단단히 쥔 채로 몸을 굽혔다.

"꼼짝 마라!"

만키치는 오랏줄을 던졌다. 힘껏 던진 긴 오랏줄이 어둠을 가로지르고 두건을 쓴 사람에게 빙 감겼다. 하지만 상대는 조금도 놀라지 않는 듯했다. 오히려 묶인 줄을 왼손으로 감으며 조용하게 말했다.
 "건방진 녀석, 자, 가만히 있을 테니까 가까이 와 봐."
 무사는 오른손의 칼을 한 손으로 흔들었다.
 "우웃!"
 만키치는 힘껏 줄을 당겨 보았지만 역부족이었다. 이쪽에서 던진 오랏줄은 눈 깜짝할 사이에 상대의 칼 앞으로 이끌려 가고 있었다.

네덜란드 트럼프

 쓰지기리가 직업인 오주야 마고베의 본명은 세키야 마고베(關屋孫兵衞)이다.
 그는 아와에 있는 구니가와 섬(國川島)의 무사로, 단세키 류(丹石 流)의 비범한 칼솜씨에 풍채도 뛰어난 편이었다. 거기다가 여자에 대한 집착 또한 따라올 자가 없었다.
 아와의 무사들은 다른 지방의 토착 무사와는 조금 달랐다. 하치스가 가의 선조인 고로쿠 이에마사(小六家政)가 아와로 입국하자, 예전부터 그와 알고 지내던 무사들이 관직을 얻으려고 하나둘씩 모여들기 시작했다.
 점차 무사들이 끝도 없이 밀려들자 곤란해진 이에마사는 그들에게 산저를 나누어 주었다. 그 이후부터 반농 반무사 형태의 무사들은 하치스가의 명물이 되었다.
 전쟁시에 이들은 창을 들고 평상시에는 농사를 짓는데, 사납기로 유명하며 뛰어난 무예자가 많이 나오는 것이 그 특색이었다. 그 가운데에는 무사 천석꾼이라고 불릴 정도의 부호도 있었다.
 그 천석꾼 집안이 망해서 여러 지방을 유랑한 끝에 올봄부터 고반(御番)성이 있는 오사카의 강거리를 밤이면 밤마다 쓰지기리를 하는 것이 바로 오주야 마고베였다.
 마고베는 다리 앞 소나무 숲에서 포졸 만키치를 어린아이 다루듯 하면서 장난치며 말했다.
 "자, 어디 한 번 나를 잡아 보시지?"
 그리고 조소를 짓더니 칼을 칼집에 넣은 다음 쭉 뻗은 오랏줄 끝을 손으로 잡아서 힘껏 당겼다.
"제기랄!"
 만키치는 필사적으로 버텼다. 포졸들 중에서도 힘깨나 쓴다고 알려진 그가 오랏줄을 버리고 도망 쳤다는 말을 들어서야 체면이 말이 아니기 때문이다. 만키치가 있는 힘을 다하여 오랏줄을 끌어옥쳤다.
 이때 마고베가 줄을 잡았던 손을 갑자기 탁 놓아 버렸다. 만키치는 '앗!' 하는 소리를 지르며 비틀거렸다. 동시에 오랏줄이 마치 살아 있는 것처럼 퉁겨져 오며 어찌해 볼 틈도 없이 만키치를 감았다.
 사람을 묶는 것이 직업인 만키치가 거꾸로 마고베에게 잡혀서 양손과 양다리를 꽁꽁 묶여 버린 것이다.
 "죽여라, 차라리 죽여라!"
 만키치가 악문 이 사이로 내뱉는 말을 흘려 듣고 있는 마고베는 시커먼 강물을 내려다보았다. 그러고는 한두 번 가볍게 손뼉을 치자 언젠가의 밤처럼 산지의 배가 끼익 하고 다가왔다.
 "마고베, 도대체 무얼 하고 있는 거지?"
 배 안에서 산지가 물었다.
 "포졸 한 놈을 잡았지. 스미요시 촌에 데리고 가서 4, 5일 길러 볼 작정이네."
 "왜 그렇게 쓸데없는 짓을……. 귀뚜라미라면 울기라도 하겠지만 포졸 따위는 귀엽지도 않아. 차라리 죽여서 강에 던져 버려."
 "아니 괜찮아. 솜씨를 보거나 관청의 내막을 듣는 것도 심심치는 않을 거야. 이게 다 자네를 위해서라구. 그런데 산지, 오늘 밤 나는 이로하 찻집에서 묵을 테니까 이 녀석을 데리고 먼저 돌아가지 않겠나?"
 "착한 마음을 갖게나. 사람 좋은 이 산지를 내버려 두고 이로하 찻집의 오시나와 많이 놀다 오게."
 "질투하지 말게. 내일은 아침 일찍 돌아갈 테니까."
 "몸조심이나 하게."
 "바보 취급 말게. 하하하하."
 마고베는 겸연쩍은 웃음을 흘린 채 나막신 소리를 탁탁 내면서 어둠 속으로 사라졌다.
 그날 밤부터 만키치는 숲으로 둘러싸인 수상한 집, 스미요시 촌의 산지 집에 감금되었다. 줄이 풀린 채로 내던져진 곳은 칸막이가 된 다락방이었다. 날이 새면서 격자문 사이로 흘러 들어오는 빛으로 주위를 둘러보니 그 방은 굵은 밧줄, 돛, 해도와 같은 뱃사람 도구와 대포 등으로 가득 차 있었다.

'앗, 밀무역자 소굴이군.'

만키치는 눈을 크게 떴다. 당시 이 밀무역자들은 수입이 금지된 물건을 1년이나 2년에 한 번씩 모아서 다른 나라 배에 팔곤 했다. 이 집의 주인 산지는 그 밀무역자들의 우두머리였던 것이다.

또한 마고베에게 쓰지기리를 권한 것도 바로 이 산지였다. 마고베가 노리는 것은 품 안에 있는 돈이 아니라 허리에 차고 다니는 칼이었다. 당시 일본도는 밀무역자에게 가장 돈을 많이 벌게 해주는 물건이었다. 그리고 가장 사기 어려운 물건이기도 했다.

그래서 산지는 마고베에게 쓰지기리를 하게 하여 관리들을 헷갈리게 만들고, 대신 이로하 찻집에 있는 여자로 하여금 마고베를 만족시키는 방법을 취했던 것이다.

하지만 만키치로서는 밀무역자들을 잡아 넣을 생각보다 눈 앞에 놓인 더 커다란 사건 쪽에 신경이 쏠려 있었다. 10년 동안이나 해결되지 않았던 큰 사건을 그 편지에서 얻은 암시로 풀어 내어 온 천하를 들끓게 만들고야 말겠다는 공명심에 불타고 있었다.

'아, 속이 타는군. 이곳을 빠져 나갈 방법은 없을까……'

답답한 상태로 사흘이 지나고 나흘 째 한밤중이 다 되었을 무렵이었다.

'아니……' 갑자기 아랫방에서 웅성웅성하는 사람들의 목소리가 들렸다. 그리고 때때로 탁탁 하고 뭔가 다다미를 치는 듯한 소리가 났다.

'무슨 소리지? 아래에서 무슨 일이 일어난 걸까?'

만키치는 아무 소용 없다는 것을 알면서도 어제도 그제도 시도해 본 노력을 어두운 방에서 다시금 반복했다. 단단히 잠긴 출구와 쇠로 된 격자창을 한 시간이나 계속 밀고 더듬는 사이 바닥 한 쪽 구석에서 손가락이 하나 들어갈 정도의 구멍을 발견했다.

무심코 손가락을 걸어서 들어올리자 네모난 판자가 탁 하고 열렸다. 살짝 내려가 보자 밀무역자가 감추어 놓은 것 같은 소장품이 상당히 많이 보였다.

그러나 만키치는 그런 것에는 눈길도 주지 않은 채 불빛이 비치는 곳으로 고양이처럼 기어 나왔다. 그러자 한층 낮은 곳에 철망으로 된 문이 보여서 살짝 들여다보니 방에 있는 사람이 모두 보였다.
　무엇을 하고 있는지 궁금해서 자세히 살펴보니, 산지와 그의 동료들은 금화 은화를 앞에 쌓아 놓고 예쁜 그림이 그려진 패를 뿌리면서 네덜란드 트럼프를 하고 있었다.
　'뭐야? 이 소리였군……'
　만키치는 어처구니가 없었지만, 한편으로는 아래쪽에서 그런 노름에 열중하고 있는 것이 다행스러운 일일지도 모른다는 생각이 들었다. 만키치는 일단 그들의 얼굴을 기억해 두기로 했다.
　모두 다섯 사람으로, 점원처럼 보이는 요시조(由造), 도조 하야토(東条隼人)라는 이름의 무사, 지츠토쿠(十德) 노인, 다메(爲)라고 불리는 젊은 사람, 그리고 선장인 산지였다. 그 중에서도 바닷바람에 그을려 거무스름한 피부를 가진 산지의 눈매가 제일 날카롭게 보여 마치 매의 눈 같았다.
　'모두 도박에 빠져 있군. 그렇다면 내일은 모두 지치겠지. 그 틈에 천장을 뚫고서 도망쳐야지.'
　만키치는 이렇게 생각하며 고개를 끄덕였다.
　예상대로 욕심의 아수라장은 좀처럼 끝나지 않았다. 그들은 새벽닭이 우는 것도, 해가 중천에 떠올라서 한낮이 된 것도 몰랐다. 결국 다음 날이 되어도 촛불을 밝힌 그곳만이 한밤중이었다.
　얼마나 시간이 흘렀을까?
　누군가가 돈의 계산에 대해 불평을 하면서 시끌벅적하게 다투기 시작했는데, 갑자기 반대편 판자문이 밖에서부터 탁 열리면서 간담이 서늘할 정도로 맑은 햇빛이 흘러들어왔다.
　"누구냐!"
　깜짝 놀란 다섯 사람의 눈이 동시에 뒤를 돌아보았다.
　"놀라지 마, 마고베야."
　칼을 옆에 찬 마고베는 이렇게 말하면서 천천히 방으로 들어섰다. 그러자 그 뒤에 또 한 사람, 긴 소매의 눈부신 옷을 입고 새빨간 연지를 바른 여자가 따라 들어왔다. 그리고 전혀 여자답지 않은 말투로 한 마디 했다.
　"분위기가 한창인데 깜짝 놀라게 해서 미안하군."
　그 여자는 전혀 위축되지 않은 기세로 몸집이 커다란 남자들 사이에 있는 자리에 털썩 앉았다.

"누군가 했더니, 오쓰나잖아?"

산지가 눈을 크게 뜨며 아는 척하자 나머지 네 사람도 트럼프 치던 걸 잠시 잊어버린 채 오쓰나의 그윽한 향기에 빠져 있었다.

"요전에 일이 잘 되면 바로 에도로 돌아간다더니, 그 일은 결국 실패한 거야?"

"천만에요, 내가 실패 같은 걸 하겠어요?"

오쓰나는 웃으며 말했다.

"일이 너무 잘 되어 여기저기 오사카 구경을 하면서 대갓집 아가씨처럼 행세했죠. 어제는 도미주로(富十郎) 가부키에 출연한 배우와 남자 관객 7, 8명하고 같이 섬 안의 아야메(菖蒲) 찻집에서 너무 놀았더니 이제 노는 것이라면 진력이 날 정도예요."

"나랑은 그곳에서 우연히 만난 거야."

마고베가 말을 덧붙이자 한 사람이 앞으로 나서며 말했다.

"형님이 아야메 찻집에 혼자갈 리가 있겠나. 이로하 찻집의 오시나 아니면 다른 사람을 데리고 갔을 텐데……."

"물론이지. 하지만 매춘부 오시나와 에도 미인 오쓰나는 하늘과 땅만큼 차이가 있지. 그래서 즉시 오시나를 쫓아 버렸어."

"과연 굉장한 바람둥이야. 그러면 엊저녁은 오쓰나와 멋지게 보냈다 이거지? 그리고 보란듯이 이곳으로 같이 온 거야? 그렇다면 실망했는데……."

"하지만 이 아가씬 보기처럼 그렇게 호락호락하지 않더군. 완전히 김칫국만 마신 셈이야."

"그래? 그러면 나에게도 기회가 있겠군."

모두가 떠들썩 웃고 있는 사이에 오쓰나는 손가락끝으로 가볍게 트럼프 패를 네다섯 장 들더니 그윽이 바라보았다.

"산지, 이것이 바로 꽃트럼프예요?"

"나가사키(長崎)에서 유행하고 있는 거야, 외국 거지."

"재미 있겠군요, 나도 해 볼까요?"

"아니야, 이건 남자끼리 하는 거야, 푼돈 가지고는 어림도 없어."

"이 정도로는 부족할까요?"

오쓰나는 허리춤에서 묵직하게 보이는 100냥짜리 세 묶음을 꺼냈다. 그러자 다섯 사람의 교활한 눈빛이 욕심으로 빛나기 시작했다. 이때 천장 위에서는 만키치가 고양이처럼 눈을 번득이고 있었다.

'안 되겠군. 이렇게 되면 언제 저 녀석들이 지쳐 떨어져 잠들지 알 수 없겠군.'

만키치는 혀를 끌끌 찼다.

제대로 알지도 못하고 시작한 네덜란드 트럼프, 그리고 산지 패들의 속임수에 속아 넘어가 오쓰나는 어이없이 200냥 정도를 잃고 말았다.

"빨리 해, 그쪽 차례야."

"알았어요."

오쓰나는 패를 손가락으로 퉁기며 투덜거렸다.

"이렇게 나쁜 패만 들어오다니."

오쓰나는 트럼프를 한 장 손에서 빼려고 하다가, 잠시 생각에 잠긴 듯한 표정으로 문득 눈길을 올려 천장을 바라보았다. 그러자 천장의 틈 사이로 아래를 내려다보고 있던 만키치의 눈과 딱 마주쳤다.

"어머?"

눈길이 마주치는 순간 만키치는 당황해서 목을 쏙 집어 넣었다. 지금 소동을 일으켜서는 곤란하다는 생각이 들었기 때문이다. 그래서 위에서 모두의 손에 든 패가 보이는 것을 이용해 오쓰나가 빼려고 하고 있던 패를 그렇게 하지 말라는 뜻의 눈짓을 해 보였다.

"어떻게 된 거지, 빨리 해."

"잠깐만요."

오쓰나가 만키치 쪽을 힐끔 쳐다보자 오른쪽 것을 내라는 신호가 왔다. 시키는 대로 하자 생각하던 패를 쥘 수 있었다.

그리고 그때부터는 일이 순조롭게 풀렸다. 어쨌든 오쓰나는 적의 손 바닥을 자세히 볼 수 있는 만키치가 있기 때문에 누워서 식은 죽 먹기로, 금방 그 자리의 돈을 다 따 버렸다.

"아, 재미 있어. 그러면 이것으로 끝이군."

오쓰나는 아무렇지도 않은 얼굴로 허리끈을 풀어서 되로 담아도 될 정도의 금은을 모두 챙기더니 재빨리 몸에 감았다.

"기다려, 이것으로 끝낼 수 없어."

무사인 도조 하야토가 트집을 잡으려고 하자 산지가 달랬다.
"오쓰나도 어차피 3, 4일은 이곳에 있을 거야. 그러니 그동안에 또 얼마든지 기회가 있잖아? 원래 처음 하는 사람에게 운이 따르는 법이지……. 아, 졸립군, 어쨌든 오늘은 이만 자지."
녹초가 된 다섯 사람이 팔베개를 하고 누웠다. 그때 갑자기 마고베가 일어서더니 문을 열고 천장 위로 뛰어올라가 만키치의 옷깃을 잡고 아래로 끌고 내려왔다.
"아니, 이 에도의 앞잡이, 어째서 그런 곳에 있었지?"
모두 일어서서 떠들어댔지만, 설마 이 남자가 오쓰나에게 돈을 따게 해 주었으리라고는 꿈에도 생각지 못했다. 다만 범죄자 특유의 포졸을 증오하는 흉포성이 그들을 흥분시킬 뿐이다. 산지가 마고베를 보고 투덜거렸다.
"마고베, 이런 녀석을 끌어들여서 신경이 몹시 쓰여. 도대체 어떻게 할 생각이지?"
"나도 잊고 있었네. 그런데 지금 누워서 문득 위를 올려다보니 철망 뒤에서 뭔가 움직이지 않겠나? 녀석, 틀림없이 도망칠 기회만을 노리고 있었을 거야."
"귀찮아 죽겠어. 도망이라도 치는 날에는 긁어 부스럼이니까 빨리 처치하는 게 어때?"
"음, 그럼 밖에서 단세키 류의 칼 솜씨를 보여 줄까? 이봐, 좀 도와 줘!"
모두가 달려들어 만키치를 밖으로 질질 끌고 나갔다. 커다란 모밀잣밤나무 아래에 만키치를 밧줄로 꽁꽁 묶고, 산지는 몽둥이로 만키치를 때렸다.
"자, 말해 봐, 너는 마고베를 혼자 상대하려고 했을 정도이니까, 틀림없이 이곳을 탐색하고 있었을 거야. 봉행소에서도 이곳에 대해 알고 있어? 네 놈의 동료는 누구 누구지? 단속을 하기 위한 작전도 짜있겠지? 이놈, 말하지 않으면 맛 좀 봐라!"
내리쳐지는 채찍에 만키치는 피부가 찢어지는 듯한 고통을 느꼈지만 꾹 참았다. 아프다는 느낌보다는 어떻게든 여기서 살아 나가야 한다는 생각이 더욱 절실했다.
여기에서 죽고 말면 모처럼 해결할 수 있을 것 같은 큰사건이 또다시 미로를 더듬게 되고, 그렇게 되면 고잔 선생님도 이치하치로님도 평생 사회의 모욕을 받으면서 불우한 그늘에서 생애를 보내야만 한다. 그렇게 생각하니 더더욱 살고 싶어졌다.
"안 되겠어, 이놈은."
산지는 몽둥이를 던지면서 덧붙여 말했다.
"뼈를 부러뜨려도 입을 열지 않을 녀석이야."
산지는 마고베에게 만키치를 빨리 처치해 버리라고 재촉했다. 그런데 오쓰나만은 왠지 만키치가 불쌍하게 여겨졌다.
"살려 줘요······."
오쓰나는 조용하게 참견을 했다.
"포졸 한 사람 살려 준다고 해서 무슨 큰일이 나는 것도 아니잖아요. 불쌍하잖아요."
"당치 않아!"
산지가 고개를 거세게 가로저었다.
"이 녀석을 돌려 보내면 우리들이 있는 곳이 밝혀질 테고, 역습을 해 올 것은 뻔해. 마고베, 빨리 처리해 버리지 않으면 나중에 엉뚱한 일이 생길 거야."
"알겠네!"
산지의 경고에 고개를 끄덕인 마고베는 피비린내가 아직도 가시지 않은 칼을 번쩍하고 뽑더니 칼집을 툇마루에 놓고는 오른손으로 칼을 단단히 잡았다.
그리고 조심조심 모밀잣밤나무 밑을 향하여 다가가기 시작했다.

덴마 무사

직책을 충실히 이행하지 못했다는 불명예스러운 이유로 견책당해 퇴역하다시피 한 몸으로 7년간 비둘기를 기르며, 오직 비둘기와 살고 있는 사람이 있다.
성은 다와라(俵), 이름은 이치하치로(一八郎)이다. 34, 5세의 한창 나이로 규조(九条) 마을의 한적한 집에 칩거한 이후 비둘기 사육사가 되었다. 교토(京都)의 히에이(比叡), 시가마(飾磨), 멀리는 아와 부근까지 가서 기르던 비둘기를 놓아 준 후 다시 돌아오게 하는 등 비둘기를 자유자재로 부리고 있었다.

뿐만 아니라 최근에 비둘기를 자기 몸처럼 부리게 된 이치하치로는 자신이 목숨처럼 섬기고 있는 쓰네키 고잔(常木 總山)에게 편지를 보내거나 만키치를 부르러 보낼 때, 또는 여동생에게 볼일이 있을 때면 비둘기를 날려보내기도 하였다.

여동생은 오스즈(お鈴)라고 불리는 얼굴이 하얀 미인으로, 상당히 오래전부터 신분을 숨긴 채 아지강 기슭에 있는 하치스가 아와노가미(蜂須賀 阿波守)의 저택에 살고 있었다.

어떤 비밀 편지를 보내도 언제나 비둘기가 심부름을 해주는 만큼 들킬 일은 걱정하지 않아도 되었다.

"주인님, 오스즈님으로부터 답장이 왔습니다."

하인인 도스케(東助) 영감이 잔 무늬의 집비둘기를 주먹 위에 올려 놓고 툇마루 끝에서 이치하치로의 서재를 들여다보았다.

"음, 왔군……."

몹시 기다리고 있었던지 이치하치로는 즉시 비둘기 발에 묶여 있는 종이를 풀고 비둘기를 마당에 있는 상자에 놓아 주었다. 그리고 다시 책상 앞으로 돌아와서 접혀진 종이를 폈다.

"도스케!"

편지를 다 읽고 나자 이치하치로는 기쁜 듯이 하인 영감을 불렀다.

"드디어 아와노가미가 귀국할 때 오스즈도 함께 도쿠시마(德違) 성 안쪽으로 옮긴다고 하네."

"아, 좋은 일이긴 하지만, 그렇게 되면 비둘기도 나루토(鳴門) 바다를 넘어서 왔다갔다 해야만 되는데요."

"자신 있네. 그 정도의 거리는 아무것도 아닐세. 어떤가, 영감, 이렇게 자유자재로 비둘기를 부리는 사람도, 또 이런 것에 착안을 한 사람도 이 이치하치, 나말고 또 누가 있겠는가?"

언제나 하는 비둘기 자랑이 또 시작되었다.

"헤헤헤헤."

도스케는 '또 시작되었군' 하고 생각하며 자신도 모르게 웃음을 지었다.

"이 늙은이는 사연을 잘 알고 있기 때문에 실은 별로 감격스럽지도 않습니다."

"바보 같은 소리! 사연이라니, 누구에게 들었는가?"

"덴마(天滿)의 저택에서 들었습죠. 물론 고잔님이 말씀하셨지요. 오래 전부터 비둘기를 통해 편지를 보낸 것은 당(唐)나라의 장구령(張九齡)이 원조이지, 이치하치로님이 처음은 아니라고요."

"이것 안 되겠군. 그런 말씀을 다 하셨나?"

"예, 충식본(虫蝕本)의 《팔민통지(八閩通志)》, 《환가초(還家抄)》 등의 책에도 이런 이야기가 실려 있다고 했습니다요."

"아하하하하, 이제 됐네."

"주인님이 너무 자랑을 많이 하시기에 그 말을 잘 새겨 두었습죠."

이렇게 주인과 하인이 웃으며 이야기를 나누고 있을 때 여자 한 사람이 찾아왔다. 발소리를 듣고 도스케가 나가 보니 만키치의 아내 오키치(お吉)였다. 뭔가 걱정스러운 일이 있는 듯이 풀이 죽은 모습으로 이치하치로의 앞에 앉았다.

"무슨 일이지, 왜 그렇게 힘이 없는 건가?"

오키치는 보통때처럼 인사말을 하고 나더니 말하기 시작했다.

"실은 나리님, 만키치가 오늘로 벌써 닷새째 돌아오지 않고 있습니다. 요즘 별로 일이 없다고 했는데, 도대체 무슨 일인지……."

오키치의 말을 듣고 있던 이치하치로는 기분이 별로 좋지 않았다.

"쓸데없는 걱정이야. 포졸은 있는 곳을 모를 수도 있고 또 범인을 잡으러 멀리 가는 일도 많지. 그런데 5일 정도 돌아오지 않았다고 아내가 안달하면 만키치가 제대로 일하기가 힘들지 않겠는가."

이치하치로는 일단 오키치를 나무랐으나 오키치가 하는 말을 끝까지 듣자 자신도 조금 걱정이 되기 시작했다.

다리 입구에서 만키치의 이름이 새겨져 있는 몽둥이를 주워서 가져다 준 사람이 있었다. 그리고 그 전날 밤 츠쿠시야에서 보았다고 하는 사람도 있어서 가서 물어 보니, 에도에서 온 사람을 미행하러 간다고 했다고 한다.

또한 그 손님과 같이 묵었던 가라쿠사 긴고로라는 자도 다도츠로 떠난 후여서 일의 정황을 알 수 없었다.

이러한 앞뒤 사정으로 미루어보아 아무래도 만키치에게 무슨 일이 일어난 것 같다고 오키치가 걱정하는 것이다.

"그래?"

이치하치로의 안색도 조금 변했다.

"괜찮을 걸세. 걱정하지 말고 집으로 돌아가서 좋은 소식을 기다리 게나."
이치하치로는 오키치를 돌려 보냈다.
그는 즉시 뛰어난 비둘기 한 마리를 골라서 품에 넣고는 초여름의 햇살로 눈이 부신 논과 배밭 길을 지나 서둘러 외국인 무덤이 있는 언덕으로 올라갔다.
외국인 무덤이 있는 언덕에 서서 땀을 닦은 이치하치로는, '아, 좋군……' 하면서 자신도 모르게 사방을 둘러 보았다. 감청색 바다 저 멀리 가물가물 보이는 섬들의 윤곽이 매우 아름다운 곡선을 이루고 있었다.
바로 근처에 바다로 흘러드는 강이 보였고, 바람이 불어오는 스미요시 길에는 푸르름이 넘치고 있었다.
그는 그곳에서 비둘기를 날려 보냈다.
비둘기는 이치하치로의 뜻을 알고 있는 것처럼 하늘 높이 올라갔다. 손을 이마에 댄 채로 위를 올려다보자 처음에는 성이 있는 쪽을 향해 직선으로 날아가더니, 다시 동그랗게 원을 그리며 남쪽으로 돌아와 스미요시 마을을 향했다.
그때 무덤 뒤에서 갑자기 사람의 인기척이 느껴졌다.
"앗, 전서구(傳書鳩)군, 이치하치로가 아닌가?"
뒤를 돌아보자 듬성듬성하게 엮은 삿갓에 엷은 옷을 입고 풍채가 좋은 40세 전후의 무사가 서 있는 것이 보였다.
"아니, 고잔 선생님."
"여전하군."
고잔은 삿갓 아래에서 미소를 지어 보였다.
"아니, 뭐……."
이치하치로는 비둘기가 간 방향에 신경이 쓰였다.
"실은 선생님, 만키치의 신변에 무슨 일이 일어난 것 같아서요."
"아니, 그래? 그것 참 안타까운 일이군."
다리만 굽혀 앉은 무사는 원래 덴마 여력(與力)^{에도 시대에 봉행소 등에서 부하를 지휘하던 사람}인 쓰네키 고잔이었다. 그 역시, 당시 이치하치로의 윗사람으로서 같은 일로 견책을 받았다. 이후 불운의 은거자로 서로 마음을 합해서 은밀하게 어떤 사건을 계획하고 있는 동료이기도 했다.
두 사람이 견책을 당한 것은 보력변(寶曆變) 때였다.

명화(明和) 2년, 그러니까 지금으로부터 8년 전, 교토에서 일어난, 다케우치 시키부(竹内式部)가 황궁에 대한 반란을 일으키다 실패한 사건으로 공경 17가문이 무너졌다. 그때 시키부는 유배되었고, 그 집안의 사람들은 모두 벌을 받았다.

그 사건이 일어났을 때 덴마조(天滿組)인 쓰네키 고잔과 이치하치로는 맹활약을 했다.

하지만 그 뒤가 좋지 않았다. 두 사람의 솜씨가 너무 뛰어난 것이 화근이 되었다.

'이 사건은 뿌리가 깊어.'

처음에 고잔은 이렇게 생각했다.

'막부를 뒤엎으려는 큰일인데, 대부 신학자나 공경만으로는 피할 수 없지. 뭔가 흑막이 있어. 뒤에 분명히 뭔가가 있어! 틀림없어! 막후에 뭔가가 있다면 어느 무가일까? 물론 사이코쿠(西國 : 지금의 규슈 지방)이겠지? 사이코쿠의 무가는 기회만 있으면 난을 일으키려고 하는군. 시마즈(島津)일까, 아니면 모리(毛利)일까? 아니 어쩌면 다른?'

고잔이 고심하자 부하인 이치하치로나 만키치도 몸을 아끼지 않고 여러 가지 기밀을 탐색하는 데 힘썼다.

아와 지방의 25만 석 거부인 하치스가 시게요시는 아직 젊기는 하지만 빼어난 기질과 함께 근왕사상(勤王思想 : 천황이 아닌 일국의 영주에게 충성을 다하자는 사상)을 지니고 있으며, 가신들의 학문 연구도 게을리하지 않았다.

또한 전에는 시키부를 몰래 초대해 그의 설을 들은 적도 있으며, 자기 영토에 있는 바다에서 군선을 앞세워 군사 연습을 하고 있다는 소문도 돌았다.

"그렇다면 흑막은 바다 저쪽이다."

고잔은 뭔가를 잡은 듯했다.

"아와는 원래 수수께끼의 나라다. 돈이 많아 정예의 무력을 갖추기가 쉽고, 그리고 그곳은 비밀을 갖기에 적당한 지리적 조건을 갖고 있지. 아와지(淡路)를 발판으로 삼아 오사카를 치고 교토에 뿌리를 내릴 때는 사이코쿠 무가와 담합한다면 유리해지겠지. 그냥 내버려 두면 큰일이 나겠군."

즉시 그러한 내용의 의견을 시로요시 사카이(城代酒井) 공경에게 보냈다.

하지만 관청에는 그의 말에 귀를 기울이는 사람이 없었고, 그의 상소는 비웃음이 되어 돌아왔다. 모두가 무사안일 주의에 빠져 있었던 것이다.

"그런 어리석은 짓은 하지 않을 겁니다. 아와는 마츠히라(松平)라는 성을 받고 대대로 장군의 이름을 받을 정도로 훌륭한 가문입니다."

"그러니 안 된다는 겁니다!"

고잔은 자신의 주장을 굽히지 않았다.

"그렇게 아와의 힘이 크단 말입니다. 장군 가에서도 두려워하고 있을 정도죠."

고잔은 상부의 무관심에도 개의치 않고 이치하치로에게 탐색을 해 보라고 했다.

하지만 그런 활동을 하기도 전에 두 사람은 견책을 받았다. 관청에 나오지 말라는 것이다.

"두 사람 모두 너무 잘난 척했어."

"명예를 바라고 소위 과대망상증에 걸린 것이야."

주위에서 어떠한 말을 해도 고잔과 이치하치로는 그 신념을 굽히지 않았다.

그러고 나서 7년 동안 두 사람은 아와의 내정을 줄곧 탐색하는 데에만 고심을 해왔다.

포졸 자리에서 물러나지 않은 것은 만키치뿐이었다.

그는 신분이 낮아서 문책당하지 않은 채 여전히 동쪽 봉행소에서 근무를 하며 순찰을 하고 있었다. 그러다 아와에 대한 소식을 들으면 그것이 아무리 사소한 것이라도 두 사람에게 즉시 알려 주었다. 따라서 지금 두 사람에게 있어서 만키치는 더할 나위 없이 소중한 사람이었다.

그런 만키치가 행방이 묘연하다는 말에는 고잔도 놀라지 않을 수 없었다. 이치하치로는 지금 하늘을 날고 있는 비둘기를 가지고 그가 어디에 있는지 알아보려고 했다.

"그러면 작은 힘이나마 나도 돕겠네."

고잔은 자리에서 일어나더니 갑자기 성큼성큼 무덤 뒤로 돌아갔다.

그곳에 한 사람이 또 있었다. 무사처럼 보이지는 않았지만 풍채가 좋은 남자였다. 외국어로 된 무덤의 글씨를 베끼고 있다가 고잔으로부터 사정 이야기를 듣고 고잔의 뒤를 따라서 이치하치에게로 왔다.

"나는 에도에서 온 히라가 겐나이(平賀 源內)이네. 전서구는 상당히 재미있는 발상이군. 귀찮지 않다면 같이 가지."

이들 세 사람은 언덕을 내려와서 비둘기가 날아간 방향을 향해 서둘러 걷기 시작했다.

한편 스미요시촌 마을 숲 속에서는 밀무역자 일당에게 잡혀 모밀잣밤나무 밑에 묶인 만키치의 머리 위로 긴 칼이 무지개를 그렸다.
마고베가 숨결을 멈추면서 만키치를 내려 칠려는 찰나, 일행에서 떨어져 뒤쪽 툇마루에 있던 오쓰나가 마고베의 옆으로 뛰어가 막았다.
"그렇게 사람을 함부로 죽이는 법이 어디 있어요?"
"위험해, 왜 방해를 하는 거지?"
"이건 죄를 짓는 거예요."
오쓰나는 책망하는 듯하면서도 여전히 아름다운 눈초리로 마고베를 바라보았다.
"사람을 그렇게 묶어 놓고 베면서 무슨 솜씨를 보여 준다는 거죠? 그건 누구나 할 수 있는 거예요."
"당신은 이 녀석을 왜 그렇게 감싸는 거지?"
"아무리 악당이라고 하더라도 조금은 자비심 갖고 있는 거니까요. 자, 밧줄을 풀어 주고 동등한 입장에서 베는 게 어때요?"
"어느 쪽이든지 마찬가지야."
"아니, 그래야만 내 마음이 조금은 편하겠어요. 보기에도 좋고요. 그리고 죄를 짓는 기분도 안 들것 같아요."
오쓰나는 그렇게 말하면서 허리춤에서 단도를 빼서 만키치의 묶인 줄을 끊어 주었다.
"자, 이것을 빌려 줄 테니까 당신도 남자답게 싸워 봐요."
오쓰나는 만키치에게, '아까 트럼프할 때 가르쳐 순 대가예요' 하는 듯한 눈길로 잠자코 단도를 건네 주었다.
"고맙소."
만키치는 단도를 거꾸로 거머쥐고는 벌떡 일어섰다. 오쓰나가 나비처럼 가벼운 걸음으로 만키치의 옆에서 떨어지자 동시에 산지, 하야토, 다메 등도 긴장한 모습으로 일어섰다.
"좋아, 이러니까 한판 붙어 볼 마음이 생기는데."
기분 나쁜 정적 속에서 마고베는 칼의 손잡이를 비틀어 잡더니 뱀 같은 눈길로 만키치의 눈길을 휘어잡으며 다가섰다. 만키치는 온몸에 진땀을 흘리며 조금씩 조금씩 뒷걸음질을 쳤다.
"어차피 죽은 몸이다."
만키치는 입 속으로 중얼거렸다.
각오는 되어 있지만 왠지 자신에게 마음을 써 주는 여자에게 품 속의 편지를 이치하치로님에게 전해 달라고 부탁하고 싶으나 오쓰나는 벌써 어디론가 사라졌는지 보이지 않았다.
"에이! 될 대로 돼라."
만키치는 우뚝 선 채로 무서운 눈으로 상대를 노려보았다. 마고베의 칼 끝도 딱 멈추었다.
그때 모밀잣밤나무 가지에 탁탁 하고 날개짓하는 소리가 들리더니 비둘기 한 마리가 나타났다.
"앗, 나를 찾으러 왔다!"
만키치가 비둘기를 쳐다보는 순간 마고베의 칼날이 재빨리 옆으로 가로질렀다.
칼끝이 가슴을 스치자 만키치는 뒤로 벌렁 자빠졌다. 그러나 재빨리 다시 일어나서 다람쥐처럼 나무 뒤로 몸을 피했다.
"이놈!"
만키치를 향해 뛰어드는 마고베의 행동은 정말 빨랐다. 하얀 칼날과 사람이 서로 엉켜서 나무 주위를 빙빙 돌았다. 그런데 위에서 날아온 그 비둘기가 거의 미친 듯이 마고베의 칼날에 달려들어서 떨어지지 않았다.
"만키치, 정신 차려!"
담 위에서 갑자기 목소리가 들렸다.
"아, 나리님."
"내가 왔으니 이제 괜찮다."
위에서 뛰어내려온 이치하치로는 마고베의 옆쪽을 공격했다. 너무나 뜻밖의 광경에 산지를 비롯한 밀무역자들은 모두 당황했다.
그때 또 한 사람이 대문을 박차고 들어왔다. 쓰네키 고잔이었다. 츠네키류의 포승술은 자타가 공인할 정도였다. 하지만 지금은 잡기보다는 한 사람이라도 더 베어야 할 때, 고잔은 칼을 빼자 마자 재빨리 하야토의 팔을 베어버렸다. 그것뿐만 아니었다. 담 밖에서는 갑자기,

"꼼짝 마라, 관가에서 나왔다!"

하는 소리가 들리자 밀무역자 일당은 그만 전의를 잃고, 오직 마고베 한 사람만 분발할 뿐이다.

하지만 관복도 입지 않은 사람들 뒤를 이렇게나 빨리 포졸들이 따라 왔다는 것이 이상하여 밖을 내다보자 포졸은 보이지 않았다. 대신 바로 앞에 있는 나무 그늘에 남자 한 사람이 앉아 있을 뿐이다.

작은 상투, 좁은 턱.

바로 무덤 있는 곳에서부터 그들과 동행한 히라가 겐나이였다. 의사에 작가이면서 상법가였지만, 무예자가 아닌 겐나이로서는 달리 도와줄 방법이 없었던 것이다.

그래서 '꼼짝 마라. 관가에서 나왔다!'라고 말하고는 중국 부채로 얼굴을 부치고 있었다.

시끌벅적하던 밀무역자 소굴은 순식간에 조용해졌다. 그러자 다시 바람 한 점 없는 스미요시 마을답게 나른한 매미 우는 소리만 가득했다.

"겐나이님! 겐나이님!"

고잔이 부르는 소리를 들은 히라가 겐나이는 일어서더니 중국 부채를 탁 접어서 허리춤에 끼웠다.

"이제야 끝난 것 같군."

겐나이는 부서진 대문을 통해 서둘러 안으로 들어갔다. 마당 여기저기에 핏자국이 보이고, 장지문은 무참하게 부서져 있었다. 그리고 산지와 그의 부하 두 사람은 쓰네키 고잔에 의해 손이 뒤로 묶여 있었다.

"다 해치웠군요, 츠네키 선생님. 정말 대단합니다."

겐나이는 피비린내에 양미간을 찌푸리면서 발 밑을 살피더니 피가 없는 곳을 디디며 들어왔다.

"이치하치로는 어디 갔습니까?"

"마고베라는 놈이 도망치는 바람에 그 뒤를 쫓아갔습니다. 그런데 겐나이님, 죄송하지만 여기 쓰러져 있는 만키치를 봐 주시겠습니까?"

"알겠습니다. 약이라면 이 겐나이에게 맡기십시오."

겐나이는 잠시 만키치를 살펴보더니 다시 말했다.

"자, 기절했군요, 며칠 동안 피로가 쌓인데다가 갑자기 긴장이 풀려서 그

위험한 신호 47

런 겁니다."

겐나이는 우물물을 길어다 만키치의 입을 적셔 준 다음 허리춤에 차고 있던 주머니에서 자신이 만든 약을 꺼냈다.

그 동안 고잔은 묶어 놓은 산지 일당을 방 하나에 집어 넣고는 단단히 문을 잠궈 놓았다.

그때 이치하치로가 숨을 헐떡이면서 돌아왔다.

"놓쳤습니다!"

이치하치로는 흐르는 땀을 닦지도 않은 채 쓰네키 고잔 앞에 한쪽 무릎을 꿇었다.

"숲 속 끝까지 몰아갔지만, 그놈은 솜씨가 뛰어날 뿐만 아니라 아주 민첩해서 그만 놓쳐 버렸습니다. 정말 죄송합니다."

"아닐세, 만키치를 구했으니 됐네."

고잔은 이치하치로를 위로해 주었다.

"겐나이님, 만키치는 어떻습니까?"

"정신이 들었습니다. 이제 걱정할 것 없습니다. 이봐 만키치, 만키치!"

"으음……."

만키치는 신음 소리를 내며 힘겹게 일어나 주위를 둘러보니 고잔과 이치하치로의 모습이 눈에 띄었는지 뛸 듯이 다가왔다.

"가, 감사드립니다. 정말로 감사드립니다. 나리님들이 오시지 않았다면 이 만키치는 벌써 모밀잣밤나무의 거름이 되었을 겁니다."

만키치는 양손을 땅에 대고 기쁜 듯이 말했다.

"기분은 어떤가? 힘들지 않은가?"

"아니, 괜찮습니다. 이 정도 가지고 힘이 든다면 포졸 자리에서 그만 두어야겠지요. 아 참! 두 분에게 보여 드려야 할 것이 있습니다."

만키치가 몸에 감은 천에서 떨리는 손으로 꺼낸 것은 츠쿠시 가게에서 손에 넣은 그 편지였다.

"제 목숨을 버리고서라도 이것만은 전해 드리고 싶어서 여기에 갇힌 4, 5일 동안 얼마나 발버둥쳤는지 모릅니다. 에도의 오치에라는 여자가 아와에 들어간 고가 요아미 앞으로 보낸 편지입니다. 자, 어쨌든 내용을 보십시오."

"뭐라고, 고가 요아미라고?"

이름을 들은 것만으로 고잔의 얼굴색이 확 바뀌었다.

이치하치로도 안색이 변한 채 아무 말 없이 편지를 읽어 내려갔다.

보력변 전후 고잔과 이치하치로가 힘을 합해서 공경의 배후에 아와가 있으며, 시키부나 야마가타 다이니(山縣大貳) 등의 음모의 흑막에도 하치스가가 있다고 외쳐도 아무도 귀를 기울여 주지 않았다.

그러나 단 한 사람 막부 고가 조(甲賀組)의 밀정에 자신들과 같은 날카로운 식견을 가진 무사가 있어서 단신으로 아와로 들어갔다는 소문이 있었다. 또한 그것이 고가 요아미라는 것은 어렴풋이 듣고 있었기 때문에 두 사람은 그 이름이 뇌리에 깊숙이 박혀 있던 터였다.

"중요한 편지를 손에 넣었군!"

편지를 읽고 있는 두 사람은 처음에는 놀랍다는 표정을 짓더니, 차츰 환해졌다가, 험악한 표정이 되더니 다시 감격스러운 눈길로 만키치를 바라보았다.

"오치에를 만나보면 더 자세한 것을 알 수 있을 거야. 요아미가 아와에 들어간 이후의 소식과 그리고 그가 그곳으로 들어간 목적, 또한 막부의 의향까지도 알 수 있을 것일세."

"고잔님, 제가 만키치를 데리고 즉시 에도로 가겠습니다."

"그래, 자네와 만키치가 고가 가를 방문해서 실상을 알아보고 오는 것이 좋겠네. 그러면 나는 그 동안에 산지나 그 아랫것들을 타일러서 아와로 타고 갈 비밀선을 준비시키고 만사를 정비해 둘 수 있을 걸세."

책모하기에 좋은 밀무역자의 소굴은 쓰네키 고잔을 중심으로 은밀한 의논을 하는 가운데 저물어 갔다.

피리 한 자루

장사치들이 물건을 파는 시끌벅적한 소리와 샤미센 소리가 뚝 끊겼다. 그러자 여기저기에서 분을 잔뜩 찍어 바른 여자들이 교태스런 표정을 짓기 시작하고, 버드나무 뒤에 있는 이로하 찻집의 붉은 등이 불을 밝힌다.

어딘가에서 보화종(普化宗)의 승려(이들은 머리를 길게 기르고 삿갓을 깊숙이 쓴 채 피리를 불며 방방곡곡을 돌아다니며 수행함)가 부는 피리 소리가 석양을 가르고 있었다.

"어떻게 된 걸까? 벌써 나흘째인데 요시조(由造)는 아직 돌아오지 않으니

……."
 오요네(お米)는 초조한 표정으로 혼자말을 하고 있었다.
 엉성하게 지어진 이로하 찻집의 색색으로 물들인 발 사이로 여자들의 분냄새가 떠다니고 있었다.
 이곳 가와초(川長)의 집은 멋지고 훌륭하게 지어진 2층짜리 민물고기 요릿집이다.
 가와초의 외동딸인 오요네는 창문 아래에 의자를 놓고 앉아서 누군가를 애타게 기다리고 있었다.
 "이제 소식이 있을 때도 되었는데……."
 오요네가 이렇게 말하며 가볍게 혀를 차자 지나가는 여자가 뒤를 돌아보았다.
 "아니, 오요네님. 아직 초저녁인데 누구 올 사람이라도 있나 보죠?"
 "예, 지금 기다리다 지쳐서 이렇게 앉아 있는 거예요."
 "이렇게 날씨도 더운데."
 이로하 찻집의 오시나는 젖은 수건이 든 대야를 땅에 놓고는 조심스럽게 오요네 옆에 앉았다.
 "목욕하고 가는 거예요? 매우 아름다워요."
 "그야 나도 사랑하는 사람이 있으니까요."
 "아 참, 그렇죠. 오시나와 마고베의 소문이 많이 나 있던데요. 그러고 보니 요즘 마고베님의 모습이 전혀 보이지 않는군요?"
 "지난번 아야메로 구경 갔을 때 그곳에서 이상한 여자를 만났는데, 그러고 나서는 갑자기 발길을 뚝 끊었어요. 정말로 남자들은 못 믿겠어요. 오요네님도 사람을 잘 보고 만나세요."
 "괜찮아요. 나에게는 평생 그런 사람이 생기지 않을 테니까……."
 농담처럼 시작한 말이 어느 틈엔가 쓸쓸한 말투로 바뀌면서 오요네는 얼굴을 옆으로 돌렸다. 어딘가에서 흐르고 있는 승려의 피리 소리를 듣는 척하면서…….
 오요네의 너무나 투명하고 하얀 얼굴과 가냘픈 목덜미를 보고 오시나는, '아, 내가 멍청한 말을 했구나' 하고 마음 속으로 후회했다.
 가와초의 무남독녀로 귀여움을 독차지하고 자란 오요네는 빼어난 용모를 가지고 있었지만, 하나의 불운이 그녀를 따라다녔다. 당시만 해도 저주의 병이라고 부르는 폐병에 걸린 것이다.
 그녀의 겉모습을 보고 반해 버린 어떤 남자와 결혼을 했으나 반 년도 지나지 않아 친정으로 쫓겨와 버렸다.
 그때부터는 집에서 하는 일 없이 지내고 있던 오요네였다. 숨기고는 있었지만 나이는 벌써 스물다섯쯤으로 여자로서 한창때였으니 오요네는 타는 불꽃을 혼자 가슴 속에서 삭여야만 했다.
 병이 깊어 갈수록 오요네의 처절한 아름다움은 더욱 눈에 띄어 주위 사람들을 안타깝게 만들었다.
 "오요네님은 남자를 가까이하면 좋지 않아."
 누군가가 농담으로 한 말도 오요네의 가슴에 못이 되어 박혔다.
 오시나도 그것을 어렴풋이 알고 있었다. 하지만 이야기 도중에 말을 끊고 갑자기 일어설 수도 없었다.
 "그런데 누구를 그렇게 기다리는 거예요?"
 오시나는 서먹서먹해진 분위기를 바꿔 보려고 이렇게 물었다.
 "우리 집에서 일하는 요시조예요. 나흘 전에 중요한 심부름을 보냈는데 아직 돌아오지 않아서 답답해서요."
 "아, 그 굼벵이 요시조 말이에요?"
 그 사람이라면 오요메의 고민할 상대가 아닌 사람이었다.
 "요시조가 어딜 갔어요?"
 "실은 요전에 우리 집에 드나들던 뱀장어 장사꾼이 강에 빠진 사람을 데리고 왔는데, 지금 저 건너채에서 몸조리를 하고 있거든요."
 "아, 나도 들은 적이 있어요. 칼에 맞은데다가 물에 빠지기까지 하는 바람에 상태가 상당히 안 좋다고 하던데요?"
 "예. 하지만 에도 남자들은 의지가 강하잖아요. '중요한 임무를 띠고 있으니 우리 주인님을 불러 달라, 제발 부탁한다'하면서 혼수 상태에서도 계속 그 말만 되풀이하고 있는 거예요."
 "어머, 불쌍해라! 그런데 그 사람의 주인은 어디에 있어요?"
 "가라쿠사 긴고로라는 사람인데 다도츠로 갔다고 해서 즉시 요시조를 보냈어요. 아마 오늘쯤은 같이 올 것 같은데……."
 이렇게 말하면서 오요네가 무심코 다리 부근을 애가 타는 듯한 눈길로 쳐다보자 누군가가 가마를 타고 이쪽으로 오는 것이 보였다.

"아, 이제야 왔군!"

오요네는 자신도 모르게 벌떡 일어나서 가게 앞으로 뛰어나갔다.

"아, 피곤하다."

그런데 가게 입구에 쳐진 발을 젖히고 들어온 것은 애타게 기다리던 요시조가 아니라 칼을 찬 세 사람이었다.

하치스가 집안의 배에 대한 일을 관장하는 구키 야스케(九鬼弥助)와 모리 게이노스케(森啓之助), 그리고 한 사람은 큰 몸집에 여러 개의 칼을 차고 있었는데 아와본국의 무사인 뎬도 잇카쿠(天當一角)였다. 모두 자주 오는 손님이기는 하지만 오요네는 자신의 예상이 빗나가자 조금 실망스러웠다.

"어서 오세요."

그래서 이 말만 남긴 채 곧 안으로 들어갔다. 바람이 잘 통하는 2층에 즐겨 찾는 술상이 차려지고, 오요네도 인사 겸 그 자리에 앉아 있었다.

"언제 보아도 아름답군. 나와 사귀어 보지 않겠나?"

"어머, 그런 농담을……."

아름답다는 말만 들어도 오요네는 가슴을 송곳으로 찔리는 것처럼 아팠다.

"이제 당분간 당신도 볼 수 없게 되었군. 즉, 오늘 밤이 이별의 자리가 된다는 거지. 자 한 잔 받게나."

"아니, 그러면 이제 아와로 가시게 되었나요?"

"그래, 귀국 명령이 내려졌어. 괜찮다면 오요네도 데리고 가고 싶은데……."

"좋아요, 게이노스케님. 정말로 데리고 가 주세요."

"아하하하, 진심으로 받아들이면 곤란해. 알고 있겠지만 아와에는 다른 고장 사람은 단 한 발도 들여놓지 못해. 더구나 엄격한 검문이 있는 배로는 아무리 사랑하는 아내라도 태우고 갈 수 없어."

"옛날에는 아와에도 상인들이나 순례자들이 자유롭게 왕래했는데, 언제부터 그렇게 엄격하게 된 거죠?"

"벌써 시게요시님이 오고 나서 7, 8년이 넘었지? 앞으로는 더 엄격해질 거야."

"왜 그렇지요?"

"왜냐구? 전하의 깊은 마음을 우리들이 알 수 있나? 하지만 시코쿠에는 아와 말고도 그런 데가 또 있어."
"그러면 그곳에 너무나 사랑하는 사람이 있다면 뱀이라도 되어서 그 바다를 건너야만 하겠군요?"
"아하하하, 요즘 그런 마음을 가진 여자가 있을까?"
"있어요!"
오요네는 말에 힘을 주면서 빨간 부채로 얼굴을 부쳤다.
"제게 만일 사랑하는 사람이 있다면 그 바다는 물론이고 어떤 어려운 난관이라도 헤치고 갈 거예요. 뱀으로 변해서도 안 되면 귀신이 되어서라도 말이죠."
"이거 무섭군. 그러면 그 상대는 게이노스케인가, 아니면 잇카쿠인가? 그렇지 않으면 바로 나 야스케인가?"
"호호호, 여기 계신 분 얘기가 아니에요. 만약 그런 사람이 있다면 하는 이야기죠."
오요네는 웃음으로 얼버무리고 말았지만 자신이 조금 전에 한 이야기에 대해 진지하게 생각하기 시작했다.
그런데 덴도 잇카쿠도 벽에 기댄 채 그들의 잡담에는 귀를 기울이지 않고 잠자코 다른 무슨 소리에 귀를 기울이고 있었다.
그러자 이야기를 나누면서 웃고 있던 다른 사람들도 잇카쿠의 태도에 조금 서먹해져서 차가워진 술잔을 만지작거리고 있었다.
그때 바로 옆에서 여울물 소리처럼 낭랑한 피리 소리가 모두의 귓가에 들려 왔다.
"음, 언제 들어도 좋은 소리야."
아까부터 그 피리 소리에 귀를 기울이고 있던 잇카쿠가 혼자서 중얼거렸다.
"저 소리는 종장류(宗長流)로 교토 기죽파(寄竹派)의 소리가 아닌가? 그렇다면 부는 사람은 틀림없이 스님이겠군."
"어머, 정말로 스님이네요."
오요네는 몸을 난간에 기대고 2층에서 아래를 내려다보았다.
"젊은 보화종 스님인데요. 저렇게 열심히 불고 있는데, 시주를 하는 가게가 없네요."
"그렇다면 내가 돈을 좀 주고 이곳에서 불라고 해야지."

게이노스케는 허리춤에서 돈을 꺼내더니 난간 쪽으로 다가섰다.
"게이노스케님, 돈을 이것으로 싸세요."
오요네가 종이를 내밀며 말하자 벌써 술에 취한 게이노스케가 빈정거리며 말했다.
"뭐야, 거지나 다름없는 중에게 돈을 던져 주는데 이렇게 정중하게 할 필요가 있어?"
그러면서 아래쪽을 내려다보았다.
"스님! 돈 받으시오!"
게이노스케가 던진 돈이 아래에서 탁 소리를 내면서 굴러갔다.
그러나 스님은 피리 불던 손길을 멈추더니 발 아래 떨어진 돈에는 눈길도 주지 않은 채 그대로 지나쳤다.
마침 그때 가마 두 채가 도착하고, 가마 하나에서 몹시 지친 모습의 요시조가 뛰어나왔다.
"아가씨! 요시조입니다! 지금 막 도착했습니다."
오요네는 2층에서 몸을 내밀었다.
"긴고로님을 모시고 왔습니다."
"그래, 수고했어! 지금 내려갈게."
오요네는 스님이나 손님 일은 잊어버리고 빠른 걸음으로 긴 소매를 흔들며 가게 아래로 내려왔다.
거의 몸의 반을 붕대로 감은 상태인 다이치는 여름 밤의 더위와 상처의 통증으로 인해 신음 소리를 내면서 몸부림을 치고 있었다.
그때 전나무와 단풍나무 사이로 징검돌을 밟는 오요네의 나막신 소리가 들렸다. 오요네의 바로 뒤에는 두 사람의 그림자가 따르고 있었다. 한 사람은 요시조이고, 다른 한 사람은 막 가마에서 내린 가라쿠사 긴고로였다.
"다이치님, 다이치님!"
앞에 선 오요네는 툇마루에서 다이치의 이름을 부르면서 안으로 들어갔다. 이곳은 방 두 칸으로 된 별채로 손님들은 출입할 수 없는 곳이었다.
"자, 긴고로님, 이쪽으로 오십시오."
"실례합니다."
긴고로도 오요메를 따라 안으로 들어갔다. 유약 냄새가 코를 팍 찔렀다.
여기까지 오는 동안에 요시조로부터 자세한 사정을 들었지만, 막상 와서 보자 너무나도 처참한 다이치의 모습에 입이 딱 벌어지고 말았다. 그리고 손등으로 눈가의 눈물을 훔쳤다.
　다행인지 불행인지, 다이치는 마고베의 칼에 두 군데 상처를 입고 이곳에서 치료를 받고 있으나 혼수 상태에 빠졌다가 간혹 깨어나기도 했다.
　"다이치님!"
　오요네는 가볍게 다이치를 흔들었다.
　"잠들었어요? 많이 아파요? 당신이 꿈 속에서까지 부르던 긴고로님이 여기에 와 있어요."
　"뭐라고, 주인님이?"
　다이치는 눈을 번쩍하고 떴다. 그리고 일어나려고 하는 것을 긴고로가 만류하며 다이치의 얼굴을 들여다보았다.
　"다이치, 정신이 들었나? 날세, 긴고로……."
　"주인님."
　긴고로가 야윈 다이치의 손을 잡자, 다이치의 눈에서는 뜨거운 눈물이 흘러내렸다.
　"무리하게 몸을 움직이면 안 돼. 가만히 있어. 이제 내가 왔으니까 아무 걱정 말게."
　"주인님, 제 몸은 나아지지 않을 겁니다……. 다만, 마음에 걸렸던 것은 주인님이 먼저 다도츠로 가셔서, 제가 이렇게 된 것도 모르고 얼마나 기다리실까 생각하니……."
　"음, 오치에님의 편지 말인가?"
　"그렇습니다. 죄송합니다만 주인님, 다이치는 이제 틀렸으니 저에게는 신경쓰지 마시고 다시 에도로 가십시오. 그리고 오치에님에게 사정을 말씀드리고 누구 다른 사람을 데리고 아와로 가십시오."
　"바보 같은 소리 말게."
　격려를 할 생각으로 긴고로는 일부러 말에 힘을 주었다.
　"그렇게 약한 마음으로 무슨 일을 할 셈인가? 자네의 근성을 알기 때문에 이번 여행에도 데리고 온 게 아닌가? 그것도 단순한 일이 아니라 고가 집안의 존속과 오치에님의 신상에 관련된 중요한 일이지 않나!"
　"그런 말씀을 들으니 안타깝지만, 주인님……. 어차피 저는 오래 살지 못할 겁니다."

"무슨 병이든 마음에 달린 걸세. 마음을 단단히 먹게. 우리들이 가야 하는 곳은 다른 지역과 달리 뱃길도 육로도 모두 엄격하게 조사하는 하치스가의 영지야. 더구나 생사를 알 수 없는 요아미님에게 비밀 편지를 가지고 가려는 상당히 위험한 일이지. 그러니 어떻게 자네 말고 다른 사람을 데리고 갈 수 있겠나?"

"아, 정말 고맙습니다…… 주인님, 어차피 죽을 목숨이라면 기필코 회복해서 아와의 땅을 밟아 보고 나서 죽겠습니다……."

다이치는 눈을 감고 이를 악물며 그렇게 말했다. 그러나 칼을 맞은 두 군데의 상처가 몹시 아픈 듯이 창백한 피부에서는 비지땀이 배어 나오고 있었다. 오요네는 옆에서 지켜 보다 자신도 모르게 눈물을 흘리며, 옆에서 다이치의 이마에 흐르는 땀을 닦아주고, 그 수건을 요시조에게 주었다.

"차가운 물로 빨아 오게."

"예."

요시조가 일어서서 마루로 나갔을 때였다. 갑자기 창가의 오동나무 가지가 흔들리고 사람이 뛰어가는 소리가 들렸다.

"무슨 소리지?"

오요네가 나와 보자, 2층에서 술을 마시던 손님인 하치스가의 모리 게이노스케가 서둘러 나무를 헤치며 안으로 뛰어들어가는 모습이 보였다.

"이 집에 수상한 녀석이 숨어 있습니다!"

2층으로 오자마자 게이노스케는 숨을 헐떡이며 말했다. 조금 전에 들은 긴고로의 말과 행동을 마치 정찰병이라도 되는 것처럼 두 사람에게 자세하게 보고했다.

그곳에서 조금 전까지 술을 마시고 있던 덴도 잇카쿠와 구키 야스케는, 오요네의 뒤를 살며시 따라간 게이노스케를 이상하게 생각하고 있다가 지금 게이노스케의 긴장된 말에 놀라서 자신들도 모르게 술잔을 내려놓았다.

"아니, 그런 녀석이 숨어 있단 말이야?"

야스케와 잇카쿠는 얼굴을 마주 보았다.

"고가 요아미의 이름을 입에 담으며 아와로 가려는 녀석이라면 틀림없이 에도에서 온 놈일 텐데……."

"잡아서 자세히 조사해 볼 가치가 있겠지요?"

"있고 말고. 즉시 가서 잡아 오세."

"상대방이 무사인 것 같지는 않아요. 그래서 별로 힘들지는 않겠지만, 만일을 위해 잇카쿠님께서 좀 도와 주시죠."

"알겠네."

텐도 잇카쿠는 칼집을 손에 든 채로 큰 몸집을 천천히 일으켰다. 구키 야스케는 모리 게이노스케를 앞장 세우고는 '술깨기에 좋은 기회로군' 하면서 일어섰다. 세 사람의 칼이 어슴푸레한 붉은 등불의 빛을 받아 흔들릴 때, 하녀가 종종걸음으로 달려와 방 앞에 멈추어 섰다.

"저, 무사님……"

모두 일어서 있는 모습을 보고 하녀는 더듬더듬 말을 이었다.

"조금 전에 피리를 불던 스님이 인사를 하고 싶다고 합니다."

"뭐라고, 조금 전의 그 중이 만나고 싶어한다고?"

"예, 그런데 자신을 거지처럼 취급해서 돈을 던지는 것은 보화종 승려를 무시하는 것이라고 하면서 조금 화가 난 듯한 말투였습니다."

"건방진 녀석! 그 녀석은 싸움을 걸어서 술값이라도 달랠 속셈으로 인사를 하겠다는 것일거야. 그런 중이라면 거지와 다를 바 없지. 좋아, 본보기로 목을 베어 보일 테니 데리고 와."

몹시 기분이 상한 듯이 야스케가 큰 소리로 말했다.

"야스케님, 중놈의 뻔한 수작에 일일이 신경을 쓸 필요는 없습니다."

게이노스케가 야스케를 달래며 하녀를 향해 말했다.

"그러한 자의 말을 일일이 우리에게 전할 필요는 없어. 빨리 소금이라도 뿌리고 쫓아 버려라."

그러자 지금까지 조용하던 옆방에서 탁탁 가볍게 손뼉을 치는 손님이 있었다.

"예."

하녀는 빠져 나가기에 좋은 기회라고 생각하고 얼른 방을 나갔다. 옆방에서는 여자 손님 한 명이 여러 가지 요리를 시켜 놓고 조용하게 쉬고 있었다.

그 여자 손님은 지체 높은 집안의 귀인처럼 화려한 옷차림을 하고 있었다. 그러나 자세히 보니 상 위에는 술병이 놓여져 있었고, 담뱃대를 입에 물고는 검푸른 입술 연지 사이로 연기를 내뿜고 있었다.

"미안해요, 바쁜데 불러서."

"아니에요. 무슨 시키실 일이라도?"
"별다른 일은 아니에요. 옆에서 거절당한 스님을 이곳으로 불러 한 곡조 부르게 하고 싶어서요. 수고스럽지만 이곳으로 불러 오겠어요?"
"저, 밖의 저 스님 말입니까?"
하녀는 내키지 않는 듯이 즉시 대답을 하지 못하고 있었다.
"건방진 여자로군!"
옆방에서 그 말을 듣고 있던 야스케가 큰 소리로 외치며 당장에라도 달려갈 듯한 기세로 말했다.
"그만둬!"
잇카쿠가 야스케를 제지했다.
"큰일을 앞두고 사소한 일에 신경쓰지 말게. 우리가 이러고 있는 동안에 별채에 있는 녀석이 우리가 하치스가 집안의 무사라는 것을 안다면 쏜살같이 도망칠걸세."
"그러면 빨리 가죠."
게이노스케가 앞장을 서서 뒤편에 있는 사다리를 내려가 가와초의 정원으로 밤이슬을 맞으며 살며시 들어갔다. 연못 속의 물고기가 사람의 기척을 느꼈는지 물살을 가르며 헤엄을 치자 연못 위에 둥그렇게 떠 있던 달 그림자가 부서졌다.
"쉿……!"
앞에 선 게이노스케가 뒤에 있는 사람에게 손짓을 한 다음 연못에 걸쳐진 작은 다리 건너편 조금 전의 방 안을 살짝 들여다보았다. 그런데 그곳에는 오요네도, 요시조도 이미 사라지고 다만 간간이 들리는 것은 다이치의 희미한 신음 소리만이 흘러 나오고 있었다.
베개 맡에는 긴고로가 다이치의 잠든 얼굴을 지켜 보면서 샤미센 소리와 함께 깊어 가는 밤 생각에 잠겨 있었다.

"이 첩자 녀석!"
순식간에 방 안으로 뛰어든 구키 야스케는 일어서는 긴고로의 팔을 비틀었다.
"아와로 들어가려고 하는 에도의 첩자 녀석! 순순히 우리를 따라 나서거라!"

야스케의 기습을 받고 긴고로는 속으로 움찔했으나, 아무런 내색도 하지 않은 채 부드럽게 야스케에게 말했다.

"사람을 잘못 봤겠지요. 전 고야(高野)에 왔다가 돌아가는 길입니다. 절대로 아와에 들어가려는 사람이 아닙니다."

"조금 전에 네 이야기를 다 들은 사람이 있다. 네 녀석이 고가 요아미와 아는 자라는 게 명백하다. 할 말이 있다면 우리와 같이 가서 하거라!"

"아니, 그렇다면 당신들은 하치스가 집안의 사람입니까?"

"어차피 알게 될 일. 난 배에 대한 일을 관할하는 구키 야스케다. 누구라도 규칙을 깨뜨리고 아와로 입국하려고 하면 벌을 받는다. 아마 그것을 모르는 멍청이는 없을 것이다."

"하지만 저는 정말 억울합니다."

"아니, 계속 시치미를 뗄 셈인가?"

야스케는 긴고로의 팔을 더욱 심하게 비틀며 칼에 매달려 있는 끈을 풀어 입에 물린 다음 양쪽 손목을 확 조였다. 그래도 긴고로는 눈을 꼭 감고 참았다. 그때 긴고로가 위기에 처해 있음을 알고 갑자기 몸을 일으킨 다이치가 야스케를 향해서 달려들었다.

그러나 야스케는 창호지에 비친 그림자로 다이치의 공격을 알고는 한쪽 발로 다이치의 배를 걷어찼다.

그렇지 않아도 중태인 다이치가 활처럼 휘어서 등불과 함께 넘어지는 바람에 갑자기 방 안이 어두워졌다.

계획했던 일은 이제 깨어진 셈이다, 이제 끝이다, 하고 독하게 마음을 정한 긴고로는 손목을 조이고 있는 끈을 풀고 있는 힘을 다해서 야스케의 다리를 걷어찼다.

"앗!"

불의의 기습을 당한 야스케는 외마디 비명을 지르며 옆방으로 굴렀다. 그러는 사이에 긴고로는 옆에 찬 칼집에서 칼을 빼면서 툇마루로 뛰어나왔다.

뛰어나온 긴고로의 그림자를 향해 칼 하나가 달빛 아래 바람 소리를 내면서 공기를 갈랐다. 몸을 피한 긴고로가 다시 칼을 휘두르자 상대방은 상처를 입고 뒤로 물러섰다. 상대방의 얼굴에 한 줄기 붉은 피가 흘러내렸다. 바로 게이노스케였다.

그러자 긴고로의 앞에 또 하나의 칼이 나타났다. 쓰러졌던 구키 야스케가 뽑은 칼이었다. 그리고 바로 뒤에서 그를 노려보며 덴도 잇카쿠가 서 있었다. 세 명의 적에게 둘러싸인 긴고로는 머리가 흩어지고 온몸에 땀이 흘렀다. 이렇게 어이없이 죽는가, 달빛을 받은 긴고로의 얼굴은 사색이 되었다.

긴고로는 사명도 완수하지 못하고 죽는 것이 허무해 한 걸음 한 걸음 연못가로 물러섰다.

기회를 엿보던 잇카쿠가 살기 가득 찬 두 눈에 불꽃을 뿜으면서 긴고로의 뒤에서 칼을 휘두르려는 찰나, 갑자기 어디에선가 이상한 소리가 나더니 칼은 의외의 방향으로 날아가 버렸다.

"아니?"

놀라서 쳐다보니 바람같이 다가온 하얀 그림자는 게이노스케의 배를 걷어차고, 야스케의 다리를 걸어서 연못 속으로 빠뜨렸다.

"아니, 웬 녀석이냐?"

잇카쿠는 몹시 화가 난 얼굴로 달빛이 쏟아지는 곳을 바라보았다. 푸른 하늘 아래 잿빛 옷차림의 승려가 서 있었다. 옻나무로 만든 나막신을 신고 오른손에 들고 있는 것은 작은 피리였다.

"이 녀석은 보통 중이 아니군."

잇카쿠는 당황한 목소리로 중얼거렸다.

언뜻 보기에 아무렇게나 피리를 들고 있는 것 같았으나 조금도 빈틈이 없었다. 그리고 대나무로 만든 것 같은 피리에서도 칼에서 느껴지는 살기가 전해져 섬뜩했다. 이것은 떠돌이로서 배운 무술이 아니었다.

잇카쿠도 검술에는 일가견이 있었다. 이 승려가 보통이 아니라는 것이 느껴지자 잇카쿠는 다시 검을 잡았다. 그리고 긴고로 쪽을 쳐다보니 연못에서 나온 야스케와 게이노스케에게 둘러싸인 채로 네다섯 걸음 앞에서 일전을 치르고 있었다.

"좋아!"

잇카쿠는 마음을 정했다.

'솜씨가 있을지도 모르지만, 얼마나 대단하려고? 빈틈을 파고들어가서 위에서부터 가슴까지 단칼에 내려쳐야지.'

팽팽하게 흐르는 살의가 눈으로 모여서 번쩍이는 빛이 되었다. 세 척짜리 칼이 달빛을 받아 윙 하고 소리를 내면서 상대방을 향해 조금씩 다가갔다.

상대방도 기합을 넣었다.

피리 구멍에서 갑자기 삑 하는 소리가 나고 잇카쿠의 칼이 승려를 내려치려는 순간, 어디에서 날아왔는지 접시 하나가 어두운 하늘에서 바람을 갈랐다.

"앗!"

잇카쿠가 놀라 소리를 지르는데 다시 접시 하나가 쟁이처럼 날아와 잇카쿠의 칼에 부딪치더니 쨍 하고 깨졌다.

"웃!"

깨진 접시 조각이 눈에 들어갔는지 잇카쿠는 한 손으로 눈 주위를 누른 채 그 자리를 떠날 채비를 했다.

"안 되겠다. 오늘 밤은 철수하자."

잇카쿠는 계속 얼굴에 손을 댄 채 승려가 들어온 뒷문을 통해 재빨리 뛰어나갔다.

아와의 무사 가운데에서도 제일 강하기로 손꼽히는 잇카쿠가 도망을 치자, 야스케와 게이노스케도 긴고로 쪽을 힐끔 쳐다보면서 가와초의 담을 훌쩍 뛰어넘어 사라졌다. 칼을 든 긴고로가 그들의 뒤를 쫓아가려고 하는데 승려는 조용하게 삿갓의 끝을 올리며 긴고로를 불렀다.

"긴고로, 긴고로!"

"누구십니까?"

자신의 이름을 알고 있는 것이 이상해서 긴고로는 자신도 모르게 뒤를 돌아보았다.

"자네가 대적할 수 있는 상대가 아닐세. 그러니 쫓아가서는 안 되네."

"예? 저……."

긴고로는 승려 쪽으로 돌아서서는 한쪽 무릎과 한쪽 손을 땅에 대고 엎드렸다.

"무어라고 감사의 말씀을 드려야 할지 모르겠습니다. 하지만 제가 긴고로라는 걸 어떻게 알고 계십니까?"

"다 아는 수가 있지."

승려가 긴고로의 어깨를 가볍게 두들기며 정감어린 목소리로 말했다. 그러고는 정원에 놓인 돌 위에 앉았다.

"자네에게도 여러 가지로 신세만 진 채 재작년에 에도를 떠난 노리즈키 겐노조(法月弦之丞)일세."

"예?"

긴고로는 퉁기듯이 곧바로 일어났다.

"겐노조님이라고요? 맞아, 겐노조님이군, 겐노조님이야!"

긴고로는 승려의 얼굴을 뚫어지게 바라보면서 너무나 놀라워서 잠시 말을 잇지 못했다.

겐노조가 삿갓을 벗자 한 가닥으로 묶어 아래로 내려뜨린 칠흑 같은 머리카락이 보였다. 달빛 탓도 있겠지만 하얀 피부는 영롱하다고 해도 좋을 정도였다. 그러면서도 눈썹 가운데에서 쭉 뻗어 내려온 콧마루의 날렵한 선에서 높은 기상이 엿보였다.

승려는 사랑과 공명심으로 불타 오르기 쉬운 한창 나이의 젊은 청년이었다. 어떤 검법을 연습한 것인지, 밤하늘을 흐르는 피리의 풍류와, 그 피리로 보여준 솜씨는 너무나도 깊이가 있었다.

게다가 이목구비가 뚜렷한 미남이었다. 그런 얼굴을 삿갓으로 가리는 것은 아마 적을 피하기 위해서라기보다는, 또한 종문이라기보다는, 피리 하나를 들고 정처 없이 여행을 할 때 따라다닐 여난(女難)을 피하기 위해서일지도 모른다.

그때 2층 난간에 기대어 선 채 아래를 내려다보는 여자가 있었다.

"아, 정말 달빛이 아름답군."

덴도 잇카쿠의 옆방에서 술을 마시며 그쪽에서 거절한 스님을 불러 달라고 한 여인, 또 조금 전에 접시를 던진 오쓰나였다.

난간에 기대어 선 오쓰나의 눈동자는 요염한 빛을 띠며 겐노조의 솜씨와 모습에 빨려들어가고 있었다.

사랑의 갈림길

긴고로 일행이 아와의 무사들과 일전을 치른 다음부터 오요네의 행동이 이상해지기 시작했다.

그 다음 날 다이치와 긴고로, 또 그날 밤 묵은 겐노조의 모습이 사라지고 벌써 닷새가 지났다.

그날부터 계속 오요네는 어두운 방에서 경대에 기대어 앉은 채로 뭔가에 홀린 듯이, 기도하는 듯이, 마치 울음을 참고 있는 듯이 눈길을 천장으로 향하고 있었다.

'겐노조님, 겐노조님……. 아, 내 마음은 어떻게 된 것일까? 어째서 이 이름이 이렇게도 내 마음에 깊이 새겨져 버린 것일까? 단 하룻밤 같은 지붕 아래서 보냈을 뿐인데, 그 사람이 이토록 잊혀지지 않는 것일까?'

한 번 결혼한 경험이 있는 여자에게 자주 있는 강렬한 사랑, 남자를 알지만 덮어 두고 있던 정열의 불길이 타올라서 아예 자신조차 잊어버리는 위험한 사랑에 오요네는 빠진 것이다.

"겐노조님을 단 한 번 본 것뿐인데, 그분이 떠나니 이곳은 마치 무덤 같아……."

가벼운 기침이 일었다. 그로 인해 가냘픈 어깨가 떨리고 경대가 흔들했다. 오요네는 두세 번 기침을 하고 나자 종이를 꺼내 입가를 눌렀다.

종이를 펴보니 그곳에 붉은 피가 배어 나왔다. 그러나 그녀의 눈에는 그것이 가슴 속 깊은 데서 사랑의 뜨거운 젊은 피가 나온 것 같은 생각이 들었다.

'사랑도 지금뿐일 거야. 어차피 나는 오래 살지 못할 테니까. 그래, 일단 오쓰로 가 보자.'

오요네는 비틀비틀 일어섰다.

'하지만…….'

발 아래 놓여져 있는 빗을 바라보면서 오요네는 문득 망설여졌다.

'모처럼 온 집안 사람이 걱정이 되어 다른 사람 눈에 띄지 않도록 긴고로 일행을 오사카에서 떨어진 은신처로 보내 주었는데, 내가 들락날락거린다면 하치스가 집안의 무사들이 냄새를 맡을지도 몰라. 하지만…… 겐노조님을 만나지 않고서는 견딜 수 없을 것 같아.'

오요네는 보이지 않는 실로 조종당하고 있는 인형 같았다.

'더 이상은 초조해서 견딜 수 없어 될 대로 되라지…….'

오요네는 마음을 정하고 경대 앞에 똑바로 앉았다. 그러고는 헝클어진 머리를 곱게 빗어 올리고, 향료와 기름으로 단장을 했다. 오요네는 이미 사랑에 빠져서 판단력이 약해졌기 때문에 오로지 오쓰로 가서 겐노조를 만나야 한다는 생각뿐이었다.

잘생긴 남자의 매력은 아름다운 여자의 매력보다 더 뛰어난 법이다. 그날 밤 가와초의 정원에서 달빛 아래 한바탕 일전을 벌이고 나서, 겐노조는 승려 모습을 한 자신에게 오쓰나, 오요네 두 여인이 혼을 빼앗겼다는 것을 전혀 모르고 있었다.

"오요네……."

이때 애정 어린 목소리가 들려 왔다.

오요네의 어머니로, 그녀는 가게의 모든 것을 맡아서 처리하고 있었다. 그녀는 빨간 물같은 것이 들어 있는 작은 그릇을 들고 들어왔다.

"또 약 먹는 것을 잊어버렸더구나."

대답도 하지 않은 채 거울을 보며 입술 연지를 바르고 있는 오요네의 눈은 이미 사랑에 빠져 있었다.

"약을 빼먹지 말아야지. 자, 오요네, 이것을 마셔라."

"오늘은 먹고 싶지 않아."

화장을 마친 오요네는 거울에 자신의 모습을 비추어 보면서 어머니 쪽으로는 눈길도 주지 않았다.

"그렇게 억지부리지 마라. 자신의 몸은 자신이 소중하게 생각해야 해. 자, 마셔. 내가 일부러 가지고 왔잖니?"

어머니가 오요네 쪽으로 가지고 온 그릇 안에 담긴 빨간 액체, 그것은 폐병에 좋다고 해서 오요네가 다른 사람 몰래 마시는 자라의 피였다.

"싫어, 오늘은 왠지 쳐다보기도 싫어."

"왜 이러는 거냐? 마치 어린애 같구나."

"어쨌든 오늘은 싫어."

"너는 네 목숨이 아깝지도 않니?"

"응, 하나도 아깝지 않아."

"바보같이! 어미 마음도 모르고……."

어머니의 눈에는 눈물이 가득 고였다.

"오요네님, 오요네님을 만나고 싶다는 사람이 왔습니다."

그때 요시조가 갑자기 얼굴을 내밀며 말했다.

"누구야?"

"요전에 왔던 하치스가 집안의 모리 게이노스케님입니다. 오늘은 혼자서 3층에서 기다리고 있습니다."

오요네의 몸에서는 그윽한 향기가 풍겨 나왔다.

"게이노스케님, 오셨습니까?"

오요네는 장지문을 열고 안으로 들어섰다.
어쨌든 하치스가의 사람들은 가와초 민물고기 요리집의 중요한 고객이어서, 오요네는 마지못해 얼굴을 내밀었다. 게이노스케는 오요네를 애타게 기다리고 있었던 것 같다.
"오요네, 이쪽으로 조금만 더 가까이 오게."
"예, 지난번에는 큰일날 뻔했지요?"
"무슨······?"
게이노스케는 정체를 알 수 없는 스님에게 밀려 연못에 빠졌던 부끄러운 모습을 오요네에게 보여 주었다고 생각하니 겨드랑이에서 진땀이 배어 나왔다.
그래서 그것을 얼버무리려고 얼른 다른 말을 했다.
"오늘은 여느 때보다도 한층 더 아름답군. 어디 나가는 길인가?"
게이노스케가 그렇게 묻자 오요네는 자리에서 일어날 좋은 기회라고 생각했다.
"예, 갑자기 급한 볼일이 생겨서요. 그런데 게이노스케님, 저에게 하실 말씀이 있으시다고요?"
"음, 별일은 아닌데······."
게이노스케가 목소리를 낮추며 오요네의 얼굴을 은근한 눈길로 바라보았다.
"며칠 전 나와 한바탕 했던, 그 에도에서 온 남자와 중이 벌써 이곳을 떠났다고 하던데, 설마 다른 곳에 숨겨 준 것은 아니겠지?"
"아니, 결코 그런······."
오요네는 즉시 부정을 했다.
하지만 이제부터 그곳으로 가려고 하는 오요네의 얼굴에는 동요의 빛이 역력히 떠올랐다.
"그럼 됐어. 캐물으려는 것은 아니네. 나는 다만 그것이 궁금했을 뿐이지."
부드럽게 말을 한 게이노스케는 조용히 앉아 있는 오요네의 손을 잡더니 옆으로 끌어당겼다.
"그리고 또 한 가지 의논할 것이 있네. 사실은 그것이 더 중요한 이야기일세. 저, 오요네, 나와 함께 아와로 갈 생각은 없나?"

"옛! 아와로요?"

"그래, 아와는 무척 좋은 곳이야. 특히 푸른 바닷물에 둘러싸인 이노츠(渭之津) 성의 하얀 벽은 너무나 아름답지. 산에서는 온갖 새들이 노래하고, 당신이 좋아하는 남빛 향기가 안개처럼 펼쳐지고……."

게이노스케는 낮은 목소리로 속삭이면서 오요네의 어깨에서 가슴으로 손을 돌려 심장 소리라도 듣는 것처럼 가만히 대고 있었다.

한때 아와는 오요네가 동경하던 나라였다. 아마 겐노조라는 사람을 알기 전이었다면 그 속삭임에 즉시 미혹되었을 것이다.

"어때, 오요네? 나와 함께 아와로 가지 않겠어? 나는 당신을 처음 봤을 때부터 그런 생각을 했었지. 소나무가 울창한 곳? 아니면 물이 좋은 곳? 당신이 좋아하는 곳이라면 어디든지 집을 지어 주지. 그리고 당신이 원하는 것은 무엇이든지 해줄게."

"하지만 게이노스케님, 아와는 다른 영지의 사람을 들여 보내지 않는다는 엄격한 규율이 있지 않아요?"

"그래, 그런 규율이 있긴 하지만 오요네만 좋다면 어떤 수단이라도 써야지."

"수단이라니요? 어떻게 그 바다를 몰래 건널 수 있어요?"

"뱃사람을 다루는 내가 당신 한 사람 들여 보내지 못할 것 같나?"

"하지만 왠지 저는 무서워요."

"뭐가 무섭지? 이렇게 하면 되는 거야……."

오요네가 어떻게든 게이노스케의 품에서 빠져 나오려고 애쓰는 것도 무시한 채 오요네의 귀에 얼굴을 찰싹 붙인 게이노스케는 뭔가 한 두 마디를 작은 소리로 속삭였다. 하지만 게이노스케의 속살거림도 오요네의 마음을 끌 만한 것이 못 되었다.

"아, 누가 오나 봐요. 게이노스케님, 이 손을 좀 놓아 주세요."

"알겠나? 승낙한 거지?"

"잘 생각해 볼게요."

"이제 와서 무슨 생각을 한다는 거지? 오요네, 당신은 나 같은 남자가 필요해. 그렇지?"

"아……아…… 게이노스케님, 숨이 막혀요. 놓아 주세요."

게이노스케의 손을 뿌리친 오요네는 떨어진 비녀를 주울 생각도 하지 않고 비틀거리는 걸음으로 밖으로 뛰어나왔다. 그러고는 잘 아는 가마꾼을 불렀다.
"저, 서둘러 오쓰의 오이와케(追分)까지 가 주세요. 돈은 얼마든지 드릴 테니까요."
가마에 탄 오요네는 양쪽에 있는 휘장을 쳐서 밖에서 보이지 않게 했다.
그리고 가마의 흔들림에 몸을 맡기자 가벼운 현기증이 느껴졌다. 아직도 몸에 남아 있는 듯한 남자 냄새가 기분 나쁘게 오요네를 감쌌다.
'답답해, 어째서 이렇게 느린 거지? 아, 겐노조님, 겐노조님……'
이렇게 마음이 허공에 붕 뜬 오요네는 게이노스케의 부하가 그녀를 발견하고 가마 뒤를 쫓아오고 있는 것은 생각지도 못하고 있었다.

오요네가 그곳에 도착했을 때는 이미 어두컴컴해져서 말이나 가마 등 여행객의 모습이 거의 보이지 않았다.
바늘 가게, 도자기 가게가 즐비하게 늘어서 있는 한쪽 구석에는 귀신 그림 같은 것이 마을의 수호신처럼 서 있었다.
"작은아버지, 안녕하세요?"
등꽃 같은 여자가 갑자기 들어오자 등불과 모기장을 들고 그림을 그리려던 한사이(半齋)는 깜짝 놀랐다.
"아니, 오요네 아니냐?"
"예……."
오요네는 가마를 타고 와서 몹시 피곤한지 가게 입구의 벽에 잠깐 몸을 기댄 채 멍하니 불빛을 바라보고 있었다.
"혼자 왔어?"
한사이는 물끄러미 조카의 모습을 살펴보았다.
"예, 갑자기 저 …… 걱정이 되어서요."
"무슨 걱정?"
"요전에 작은아버지에게 돌보아 달라고 부탁한 세 분이 하치스가 집안 쪽에 알려지지 않았나 해서요."
"쓸데없는 걱정 말아라."
"하지만 상처가 심한 다이치님이 어떻게 되었는지……."
"그래서 일부러 여기까지 왔니?"

조카의 응석 섞인 말을 그대로의 뜻으로 받아들인 한사이는 껄껄 웃으면서 여전히 그림에 덧칠을 하고 있었다.
"저, 작은아버지, 그분들은 안에 계세요?"
"이곳은 길가라서 사람들 눈에 띄기 쉽지. 그래서 저 산 위에 시구레도(時雨堂)라는 곳으로 가셨다. 마침 그곳에 주인이 없어서 아주 잘 되었지 뭐냐."
"정말로 여러 가지로 죄송해요. 그런데 다이치님은 좀 어때요?"
"긴고로라는 사람이 의원을 불러서 상처를 치료하고 마치 부모처럼 잘 돌보아 주어서 많이 좋아졌다."
"잘됐군요."
오요네는 벽에 걸려 있는 불화의 눈동자를 보거나 소매 끝을 매만지며 우물쭈물한 다음에 겨우 마음 속에 있는 말을 꺼내기 시작했다.
"그리고 그 젊은 스님도 아직 함께 있나요?"
"음, 그런 것 같아."
한사이는 대답을 하면서 귀신의 머리를 그리고 있었다.
"그럼 전, 잠깐 그곳에 다녀올까 해요."
"내일 가도록 해라. 그곳은 이제 몹시 깜깜할 테니까."
"시구레도라면 잘 알고 있으니까 괜찮아요."
오요네가 재빨리 문을 나서자 한사이는 당황해서 뒤에서 오요네를 불렀다.
"오요네!"
"예?"
"곧 돌아와야 한다."
"알겠어요."
잠시 미간을 찡그린 오요네는 서둘러 길을 나섰다. 오사카(逢坂)산의 삼나무 숲이 마귀처럼 보이고, 멀리에서 들려오는 바람소리도 보통때라면 무서울 터이지만, 지금의 오요네는 몸의 피로도 아무런 두려움도 느끼지 못했다.

차가운 밤 공기 사이로 마을의 등불이 반짝이고 있었다. 개울물을 건너 대나무 숲 사잇길로 물 소리도 아니며 조릿대의 흔들림도 아닌 피리 소리가 시구레도로부터 새어 나오고 있었다.
그 피리 소리는 부는 사람이 흥에 겨워 부는 것도 아니며, 듣는 사람의 즐거움을 위한 것도 아니었다. 오로지 환자가 고통을 잊고 잠들었으면 하는 바람으로 부는 것이었다.
"긴고로, 이제야 다이치가 잠든 것 같군."
한 곡이 끝나자 오요네의 가슴을 들끓게 만드는 노리즈키 겐노조의 목소리가 들렸다.
"겐노조님 덕분에 편히 잠든 것 같습니다."
대나무 잎 사이로 시구레도의 안이 들여다보였다. 안에는 모기장이 쳐져 있었고 하얀 옷을 입은 겐노조가 긴고로와 마주 앉아서 모깃불을 태우고 있었다.
"지금 시간이 어떻게 되었을까?"
겐노조가 물었다.
"이제 4각(오후 10시 무렵)이 지나지 않았을까요?"
처마에 난 창으로 별을 바라보면서 긴고로가 대답했다.
"저 산 위에 있는 불은 이곳을 지키느라고 켜 놓은 것이겠지요. 아, 사방이 칠흑처럼 어두우니까, 왠지 저 같이 멋없는 사람도 공연히 쓸쓸해지는데요."
"그런데 자네는 언제쯤 에도를 떠났는가?"
"장마가 시작되자마자 떠났으니까, 벌써 그럭저럭 한 달이 지났군요. 그런데 처음의 계획과는 완전히 틀어져서 아와로 들어가기는커녕, 다이치는 쓰러졌고 여비는 소매치기당해 버렸죠. 아무래도 운이 없나 봐요."
"그럼 앞으로 어떻게 할 생각이지?"
"저, 겐노조님, 실은 그것 때문에 저도 의논을 하고 싶었어요."
긴고로가 정색을 하며 갑자기 목소리를 낮추었다.
밖에 있는 오요네는 겐노조가 그리워서 오사카에서 달려왔는데도 막상 겐노조의 모습을 보자 부끄러움 때문에 선뜻 들어갈 수가 없었다. 부르지도 못하고 머뭇거리고 있는 동안 두 사람의 밀담이 시작되었으니 더욱 들어갈 용기가 나지 않았다.
그런데 그때 갑자기 기침이 나오려고 해서 오요네는 가슴을 안고 울타리 옆에 주저앉아 버렸다.
조용하기는 하지만 힘이 들어간 긴고로의 목소리가 들렸다.
"이번 여행길에서 얼빠진 짓만 하다가 이제 겐노조님을 만났으니 이 모든 것이 하늘의 도움이라고 저는 믿고 싶습니다. 사실 저에게는 아와로 들어가는 것은 너무나 벅찬 일입니다. 부디 저희들을 도와 주십시오."

"도와 달라고?"

"예, 쓰러져 가는 고가 집안을 지탱할 수 있는 힘을 가진 사람은 오직 겐노조님뿐입니다. 특히 가련한 것은 이 세상에 의지할 사람이라고는 하나도 없는 오치에님입니다. 겐노조님, 그분이 가엾지 않습니까?"

겐노조는 아무 말도 하지 않고 눈을 감고 있었다. 마음에 어떤 상처가 있어서 그런지 겐노조의 입술이 가볍게 떨렸다.

"겐노조님, 그분을 벌써 잊지는 않으셨겠지요? 저는 오치에님을 생각하면 저절로 눈물이 나옵니다……."

긴고로는 소매 끝을 들어 눈물을 훔치고 잠시 얼굴을 돌렸다.

"하지만 불운한 오치에님에게도 단 한 사람, 겐노조라는 강한 힘이 있었습니다. 하지만 그 한 사람조차 재작년부터 승려 차림을 한 채로 돌연 모습을 감추고는 오치에님을 버리고 말았습니다. 솔직히 저는 그 때 겐노조님을 원망했습니다. 어릴 때부터 사랑의 맹세를 해놓고 그 사랑이 세상에 알려졌다고 해서 그렇게 에도를 떠나는 법이 어디 있습니까? 저는 그때 '황궁의 무사인 겐노조님답지 않아, 이건 남자답지 않은 짓이야' 하고 혼자 화를 냈습니다."

"그래? 내가 오치에님을 버리고 에도에서 모습을 감춘 것이 그렇게도 원망스러웠나?"

"그랬지요! 오치에님의 유모인 제 누이도 그렇게 박정한 분인지도 모르고 오치에님과의 만남을 도와 주었다고 얼마나 후회를 했는지 모릅니다. 아니, 저나 누이의 원망은 그렇다고 치더라도 겐노조님이 버리고 간 오치에님은…… 아, 정말 생각만 해도 불쌍합니다. 겐노조님은 죄를 지은 것입니다."

"……"

겐노조는 어두워진 얼굴로 입을 꼭 다물었다. 그 모습은 마치 얼음처럼 차가워서 죽은 사람 같았다.

'오치에님? 오치에님이라고?'

그 이름은 울타리 뒤에 숨어 있던 오요네의 가슴에 마치 비수처럼 파고들었다. 지금까지 애타게 그리워한 사랑에 점점 악마의 그늘이 드리워지는 듯했다.
겐노조의 태도가 냉정해질수록 긴고로의 말투는 더욱 진지해 졌다.
"그것뿐이 아닙니다. 지금 오치에님 주위에는 오치에님의 아름다움과 고가 집안의 재산을 노리는 악마같은 놈이 빙빙 돌고 있습니다. 그것은 겐노조님도 잘 아실 겁니다. 교활하고 끈질긴 다비가와 슈마(旅川周馬)를……."
"음, 다비가와 슈마 말인가?"
이렇게 중얼거리면서 눈을 뜬 노리즈키 겐노조의 희미한 눈동자에 뭔가 강한 기억이 되살아나고 있는 듯했다.
"예, 그 슈마 녀석입니다. 연적이었던 겐노조님이 에도를 떠나자 음으로 양으로 오치에님을 괴롭히고 있습니다."
"그러면 슈마 그 자는 아직까지도 오치에님을 포기하지 않았다는 말인가?"
"포기하기는커녕 점점 끈질기게 시도하고 있습니다. 이제는 고가 집안의 재산까지 자기 것으로 만들려는 심보로…… 정말 뻔뻔스러운 녀석입니다."
"슈마라면 그 정도는 아무것도 아니겠지."
"저는 원래부터 기와 장사꾼 출신이니, 도저히 그 녀석과는 상대가 되지 않습니다. 하지만 오치에님의 처지를 옆에서 그냥 보고 있을 수가 없어서 일단 아와로 들어가기로 결심했던 겁니다. 요아미님이 살아 계셔서 오치에님의 편지를 전할 수만 있다면 고가 집안에도 봄이 다시 찾아올 거라는 생각으로……."
"자네는 여전히 의협심이 강하군. 삿갓 아래 신분을 감춘 내가 면목이 없네."
"처, 천만에요! 그런 결심을 할 때 이미 제 한 목숨 없어져도 좋다는 각오를 했습니다. 그러나 여전히 머리에서 떠나지 않는 것은 오치에님입니다. 회복할 길 없는 집안과 함께 저물어 가는 오치에님…… 만일 겐노조님이 오치에님을 가엾게 생각하신다면 제가 아와로 떠난 후 에도로 돌아가셔서 불행한 오치에님의 힘이 되어 주십시오. 간절히 부탁드립니다."
"……글쎄."
"무엇을 망설이고 계십니까? 오치에님은 겐노조님을 진심으로 사랑하고 있습니다. 겐노조님이 얼굴만 보여 주어도 얼마나 기뻐하실는지? 겐노조님, 긴고로 평생의 부탁입니다. 부디 오치에님에게 돌아가 주십시오……."
 이렇게 진지한 부탁도 상대방의 마음을 움직이지 못했는지 겐노조의 옆얼굴은 여전히 차갑기만 했다.
 긴고로의 말에 진한 충격을 느낀 사람은 겐노조가 아니라 아까부터 울타리 옆에 앉아 있던 오요네였다.
 '겐노조님에게는 이미 여자가 있었어! 오치에라는 깊고 깊은 사랑을 하는 여자가 있어!'
 오요네는 갑자기 차가운 물벼락을 맞은 것 같았다. 어느새 빙빙 현기증이 나면서 깊은 어둠의 나락 속으로 떨어지는 것 같아서 옆에 있는 대나무를 부둥켜안았다.
 그런데 오요네가 안고 있던 대나무가 옆으로 휘면서 오요네의 가슴으로 무참히 이슬이 내렸고, 그녀는 그 자리에서 쓰러지고 말았다.
 그때 그곳을 떠나 어둠 속으로 사라지는 남자의 모습이 보였다. 끈기 있게 오요네를 따라와 시구레도까지 쫓아온 모리 게이노스케의 부하였다.
 얼마나 시간이 흘렀을까?
 오요네는 문득 정신이 들었다.
 주위를 둘러보니 바로 눈앞에 등불이 있고 많은 사람들이 자신을 둘러싸고 있었다. 작은아버지도 보였고, 가게에서 일하는 사람들도 보였다. 또한 긴고로와 겐노조도 앉아서 뭔가 낮은 소리로 속삭이고 있었다.
 이윽고 오요네는 들것으로 옮겨졌다.
 비련의 빛인 시구레도의 불빛에서 점점 멀어지면서 오요네 일행은 어둠 속을 헤쳐 나가고 있었다.
 '아……, 나는 저곳에서 피를 토했어. 옷에 피가…… 피가 묻어 있어. 나는 이제…….'
 손가락이 피에 젖어 차가운 것을 느끼면서 오요네는 별을 바라보았다.
 '이루어질 수 없는 나의 사랑. 겐노조님에게 연인이 있다니…… 게다가 나는 이렇게 병이 들었고…….'
 그러나 오요네의 머릿만은 투명하게 맑아지는 것을 느꼈다.

아와 무사

　아름답고 화려한 행렬이 먼지가 뽀얗게 일어나는 길을 통해 산조구치(三條口)에서 오쓰 쪽으로 가고 있었다.
　20명이 조금 넘어 보이는 사람들이 분홍빛 양산과 불꽃 그림이 그려진 양산으로 햇살을 가린 채 행렬을 지어 길을 가고 있었다. 화려한 등나무빛이나 비취색의 옷을 입은 그들은 나막신이나 짚신을 신고 있었다.
　가마 하나에는 오똑한 콧날이 그 아름다움을 더해 주는 한 여자가 타고 있었다.
　처음에는 귀인의 행차라고 생각했지만, 사람들의 말투나 또한 노래를 아무런 거리낌없이 하는 모습으로 보아서 결코 양갓집 규수는 아닌 것 같아 보였다.
　하지만 지나가는 사람들은 그 화려한 행차에 거의 눈길을 빼앗기고 있었다.
　"누굴까?"
　멍하니 바라보고 있는 사람들 사이로 소문이 무성하게 퍼져 나갔다.
　"어딘가에 사는 고관이 수도의 기생이나 서자를 데리고 호수로 놀러 가나 보군."

"아니야, 고관이라면 남자일 게 아냐? 그런데 저 가마 안에 있는 것은 여자잖아?"

"그렇군, 여자로군. 보통 여자가 아니라 아름다운 여자야. 그러면 귀한 집 딸인가?"

"어리석긴. 양가집 여자가 저런 옷을 입고도 아무렇지도 않게 이런 대낮에 나다니겠어?"

"맞아, 그렇지. 그러면 뭐지? 정말 뭐가 뭔지 모르겠군."

이러한 말과 수상스러운 눈초리가 그 행렬을 더욱 번잡하게 만들었다. 그런데 하시리이(走井)에 있는 찻집 앞에 이르자 일행은 한가운데에 있는 가마를 내리고 모여든 사람들을 모두 쫓았다.

"저 …… 아씨, 아씨."

안을 들여다보면서 나이 든 여자가 이렇게 불렀다.

"이곳이 오이와케에 있는 하시리이의 명물 찻집입니다. 아쉽지만 전송은 이곳까지만 해야겠어요."

"어머, 벌써 헤어져야 하나요? 왠지 섭섭하군요."

"에도까지 따라가고 싶습니다만, 그렇게 되면 아씨 편에서 너무 비용이 많이 들것 같아서요."

"정말 그래요. 모두 인형이라면 좋겠지만, 어쨌든 밥을 먹는 사람들이니까요."

"아니, 그렇게 심한 말씀을!"

"어쨌든 이곳에서 잠시 쉬지요."

"자, 천천히 준비를 하십시오."

그러자 아름다운 무희들이 다가와 그 여자에게 부채질을 해주고, 찬 우물 물을 수건에 적셔다 주는 등 대단한 대접을 하고 있다.

"이제 됐어요. 아무리 부채질을 해주어도 에도로 데리고 가지는 못하니까 모두들 편안히 쉬세요."

"예, 그렇다면 우리도 잠시 이곳에서 쉬지요."

"이건 여기까지 데려다 준 수고비예요. 사이좋게 나누어 가지세요."

그러고는 허리춤에서 꺼낸 금은을 기생들에게 던져 주었다. 그러자 무희들은 물론 남자들까지도 소리를 지르면서 앞을 다투어 그 금은을 차지하려고 했다. 게다가 이 여자는 무희들을 귀찮게 하는 것도 아니고 이상한 요구를 하는 것도 아니었다. 다만 자신이 이러한 분위기에 휩싸여 있는 것을 재미있어 하는 것 같았다. 그런데 갑자기 무슨 생각을 했는지 그 여자는 찻집 여자를 손짓으로 불렀다.

"저기 술통이 보이는데, 한 잔 따라 주지 않겠어요? 안주는 필요 없어요. 그냥 콩이나 생강 정도면……."

한쪽에서는 무희들이 등나무 아래에다 의자들을 모으더니 은으로 만든 비녀와 돈을 챙겨서 트럼프를 시작하려 하고 있었다.

아씨라고 불리는 수상스러운 여자, 그녀는 바로 오쓰나였다. 오쓰나가 에도로 돌아가는 길이었다.

천왕사에서 훔친 300냥과 트럼프로 생각지도 않게 들어온 돈을 합쳐 700냥 남짓 되었는데, 교토에서 남자처럼 돈을 뿌리며 놀고 오사카를 두루 구경하고 나서 이제 에도로 돌아가려는 것이다.

그래서 교토의 기생과 무희들이 에도의 아씨가 드디어 떠난다고 하면서 하시리이에 있는 찻집까지 전송하러 온 것이었다. 오쓰나는 여기에서 마지막 남은 돈까지 모조리 뿌렸다.

그러나 오쓰나의 눈에는 사람들이 다니는 길이라면 언제나 돈이 굴러다니고 있었다.

그래서 부잣집 딸 행색을 내면서 무희들을 상대로 하여 이별의 술을 마시고 있었다.

그런데 그때 찻집 밖에서 잠시 쉬고 있던 가마꾼이 등나무 쪽을 보면서 갑자기 소리를 질렀다.

"앗, 큰일이군. 자 빨리 트럼프를 치우세요. 관리들이 이쪽으로 오고 있어요."

"괜찮아요."

네덜란드 트럼프에 정신이 팔린 무희들은 그 말을 들은 척도 하지 않고 그대로 모여 앉아 있었다.

"괜찮지 않아요. 사람들이 다니는 곳에서 그런 짓을 하면 틀림없이 잡혀갈 거예요."

"기껏해야 과자 내기 정도인데요. 관리들이 보아도 별일 없을 거예요."

"어머, 또 시작했어요?"

오쓰나는 쓴웃음을 짓다가 갑자기 무슨 생각이 났는지 말을 이었다.

"이 트럼프는 내가 나가사키에서 가지고 와서 당신들에게 가르쳐 줬던 거죠? 만일 나중에 내가 문책이라도 당하면 안 되니까 이제 돌려 줘요."

"여기 있어요."

한 무희가 일어서더니 곧 카드를 모아서 오쓰나에게 내밀었다. 오쓰나는 그것을 받아서 박박 찢었다. 그러고는 담배 지피는 불로 그것을 태워 버렸다.

"어머, 아까워라……!"

무희들은 트럼프가 타면서 내는 연기를 쳐다보며 오쓰나가 원망스러운 듯이 중얼거렸다.

"나는 조금 어두워지면 이곳을 떠날 테니까, 여러분도 나에게 신경쓰지 말고 이제 돌아가세요."

"그렇다면 아씨, 내년에도 꼭 오세요."

"알겠어요. 꼭 올게요. 아 참, 그리고 내가 부탁한 옷은 어딨죠?"

"여기 있어요. 아씨, 조심해서 가세요."

"가는 길에 조심하세요."

"물과 벌레도 조심하세요."

모두가 이별의 인사말을 끝내자 그 일행은 다시 산조구치로 이어지는 오솔길 너머로 사라졌다. 그런 다음 오쓰나는 손뼉을 탁탁 쳐서 찻집의 하녀를 불렀다.

"오랫동안 가게 앞을 막아서 미안했어요."

"아니에요……. 그런데 무슨 일로 부르셨죠?"

"이런 모습으로 그냥 가면 아마 가마꾼에게 바보 취급을 받을 거예요."

그러면서 오쓰나는 보따리를 들어올려 보였다.

"옷을 갈아 입을 만한 방으로 안내해 주세요."

"그렇다면 저쪽 방에 경대가 있으니 그 방을 사용하세요."

"그러면 잠시 그곳을 빌릴게요."

오쓰나가 일어서서 찻집 안으로 들어가려고 할 때 마침 그 집 앞을 넓은 옷자락을 흔들며 옆을 쳐다보지도 않은 채 지나치는 서너 명의 무사가 눈에 띄었다.

"아니?"

오쓰나는 벽 뒤에 몸을 딱 붙이고 숨었다.

'맨 앞에 가는 남자는 틀림없이 요전에 가와초에서 옆방에 있던 아와의 무

사잖아, 저렇게 많은 무사들이 무리를 지어 도대체 어디로 가는 것일까?'

그들을 몰래 엿보고 있는데 갑자기 일행 중의 한사람인 덴도 잇카쿠가 수상스런 눈초리로 날카롭게 그녀를 쳐다보고 있었다. 그러자 오쓰나는 살짝 안쪽 방으로 숨었다.

그리고 거울 앞에 선 다음 손을 머리 위로 올려서 즉시 비녀와 머릿 장식을 빼 버렸다.

모처럼 올린 아름다운 머리가 엉망이 되어 버렸다.

헛된 흥정

두 시간 정도 지났을까, 허름한 옷에다 머리도 아무렇게나 말아 올린 모습의 오쓰나는 마치 다른 사람같이 보였다.

"아, 상쾌하군······."

옷을 갈아 입은 오쓰나는 '하시리이'라고 씌어진 부채를 한 손에 들고 오쓰를 향해 천천히 걷고 있었다. 마치 세련된 요릿집 여주인 같은 모습이어서, 어느 누가 보아도 여행자처럼 느껴지지는 않을 것이라고 생각되었다. 그러나 길가에 있는 가마꾼들의 눈은 속일 수가 없었다.

"어디로 가십니까?"

즉시 파리처럼 두 사람이 달려들었다. 한 사람은 가마를 가지고 있었고, 다른 한 사람은 빈손으로 뒤에 서 있었다.

"어때요, 타시죠."

오쓰나는 뒤도 돌아보지도 않고 여전히 부채를 부치며 걸었다.

"귀찮은 사람이군!"

그러더니 혀를 차며 이렇게 말한 다음 가마꾼을 노려보았다.

"나십시오. 해가 시기 선에 와나시(渡船)를 선너 구사즈(草津)에서 묵을 수 있습니다. 그렇게 나막신을 걷고 타박타박 걸으면 오늘 안에 오쓰까지 가기도 어려워요."

"쓸데없는 참견 말아요!"

"이렇게 친절하게 가르쳐 주는데, 그렇게 말씀하시면 섭섭하지요."

"그렇게 친절하다면 에도의 니혼바시(日本橋)까지 가 주시겠어요?"

"예, 좋고 말고요. 숙박지만 잡아 준다면 에도가 아니라 그 어디라도 갈 수 있죠."

"그래요? 하지만 말이에요……."
"어쨌든 일단 타세요."
"공짜로 말이죠?"
"예?"
"이제 나는 단 한 푼도 없어요. 공짜라면 타지요."
그렇게 말하며 지나치는 오쓰나의 뒷모습을 보고 불끈 화가 난 가마꾼들은 갑자기 빈 가마를 집어 던지더니 소매를 걷어붙이며 달려들려고 했다.
"우리를 놀려!"
벼락같이 달려들었지만 오쓰나의 몸에 손이 닿기도 전에 두 가마꾼이 비명 소리를 내질렀다. 두 사람은 모두 누군가에게 목덜미를 잡혀서 숨을 헐떡였다.
"버러지같은 놈들 같으니라고. 그런 짓을 하면 죽여 버릴 거야."
"아, 죄송합니다."
가마꾼들은 당황하면서 상대방을 쳐다보았다. 그는 한여름인데도 칠흑같이 검은 옷을 입고 얼굴의 반을 두건으로 감싸고 있었다. 오쓰나도 뒤를 돌아다보더니,
"어머, 당신은 마고베잖아요."
하며 두세 걸음 되돌아왔다. 그러자 마고베는 양손으로 잡고 있던 가마꾼들을 저쪽으로 던져 버렸다.
"아, 잠깐만 기다려요, 가마꾼님."
오쓰나는 정신 없이 도망치는 가마꾼을 일부러 가마꾼님이라고 하며 상냥하게 불렀다.
"이런 곳에서는 눈감으면 코 베어 간다고 하잖아요? 남의 돈을 그냥 먹으려고 하기 전에 자신의 품 속부터 조심하는 것이 좋을걸요."
오쓰나는 생긋 웃으면서 어느 틈에 훔쳤는지 땀에 전 가마꾼의 지갑을 그들의 발 밑에다가 툭 던졌다.
"이런 푼돈은 시시하니까 돌려 주는 거예요. 하지만 앞으로 정직하게 살아요."
"앗, 이것은 내거다."
어떻게 된 일인지 몰라 어안이 벙벙해진 가마꾼은 지갑을 얼른 주워 들고는 마고베의 눈길을 피하며 가마를 들고 도망쳐 버렸다.

"호호호호, 저 가마꾼들 정말 한심하군."
오쓰나는 황급히 도망치는 가마꾼의 뒷모습을 바라보며 맑게 웃었다.
"이봐."
이때 마고베는 오쓰나의 어깨에 손을 얹고는 작은 목소리로 그녀를 불렀다.
"여전히 재빠르군."
"너무나 꼴불견이라서 잠시 놀려 준 것뿐이에요. 그런데 마고베, 무슨 일로 이런 곳까지 왔어요?"
"당신은 갑작스럽게 만났다고 생각하겠지만, 나는 그때 밀무역자 소굴에서 한바탕 소동이 있고 나서 당신을 얼마나 찾았는지 알아?"
뭔가 할 말이 있는 듯이 마고베는 끈끈한 눈길로 오쓰나를 바라보았다. 잔뜩 찌푸렸던 하늘이 어느새 갰다. 몇 줄기 햇살이 소나무 사이를 뚫고 나란히 걷고 있는 오쓰나와 마고베의 뒷모습을 눈부시게 비추었다.
"그 후 계속 나를 찾았단 말이에요?"
"이번 일을 계기로 당신과 함께 에도에 가보고 싶었어."
"그것 좋군요."
"여자 혼자 사는 곳에 남자가 들어가는 것은 이상하지만, 당분간 당신이 좀 도와 주어야겠어."
"괜찮아요. 에도에서는 내 얼굴도 좀 알려져 있으니까, 걱정 말고 오세요."
"고마워. 이제야 마음이 놓이는군."
"사실 마음이 놓이는 것은 저예요."
오쓰나가 하얀 이를 살짝 보이며 웃었다. 마고베는 오쓰나의 웃는 모습이 너무나 사랑스러워 숨이 막힐 것만 같았다.
워낙 여자를 좋아하는 마고베인지라 오쓰나의 그런 모습을 보고 제 멋대로 상상하기 시작했다.
'이상해. 이번에는 오쓰나가 나에게 친절하게 대해 주는군. 나를 쳐다보는 눈길이 너무나 정열적이야. 역시 오쓰나도 남자가 필요한가 보지? 그렇다면 의외로 쉽게 나에게 빠질지도 모르겠군.'
마고베는 마음 속으로 그런 생각을 하면서 오늘 밤 같이 자는 모습까지 상상하고 있었다. 그리고 나란히 걷는 도중 오쓰나의 손이 가끔 마고베의 손에 닿았다.

'여기에서 오쓰나의 손을 꼭 잡기만 한다면…… 아무리 오쓰나라도 여자는 여자다. 한 번 안기만 해도 더 이상 허세를 부리지 못할 것이다. 틀림없이 나의 강한 힘에 빠져서 어느 사이엔가 내 가슴에 파고 들 것이다. 뭐니뭐니 해도 아직 남자에 대해서는 오쓰나도 아직 순진한 면이 있다. 세상살이에 닳고 닳았으면서도 남자에게는 약하고, 남자에게 닳고 닳았으면서도 여전히 사랑에 약한 것이 여자다.'

아무것도 모르고 보호만 받던 여자의 사랑보다는 오쓰나처럼 거칠게 살아온 여자의 사랑이 때로는 바보스러울 정도로 맹목적이어서 남자에게 모든 것을 바치는 법이다.

……마고베의 망상은 끝도 없이 펼쳐졌다.

'방울 소리가 날 것 같은 오쓰나의 맑은 눈, 꼭 다문 입술, 조각가가 하나 하나 판 것 같은 머리카락, 매달리고 싶은 가슴, 적당하게 통통한 체격. 이런 것이 일단 내 손에 걸리면 다음 날 아침은 그런 흔적이 하나도 남지 않을 것이다. 오쓰나가 겉으로 내세우고 있는 고집과 허세는 모두 벗기고 아무것도 입지 않은 오쓰나로 만들어 주겠다. 그리고 계속 같이 살면서 이 여자를 아예 다른 사람으로 바꾸어 본다면…… 이것은 칼을 써서 피를 보는 것보다 더 기분 좋은 일일지도 모른다…….'

마고베는 이렇게 생각하고 빙긋 웃었다.

그때 갑자기 숲 속에서 바람이 불어 오쓰나의 옷깃을 흔들면서 마고베의 환상도 그곳에서 멈추었다.

"어머, 비가 내리네요."

오쓰나는 고개를 들어 빠르게 움직이는 구름을 바라보았다.

"소나기로군."

"큰일이네. 오쓰는 아직 한참 남았는데……."

"빨리 숙소를 찾아야겠는걸."

"저쪽이 오이와케지요?"

"그래, 오늘은 그곳에서 머물도록 하지. 아니, 이거 큰일이군, 비가 많이 쏟아지는데."

말을 하고 있는 사이에 빗방울이 더욱 굵어졌기 때문에 두 사람은 뛰기 시작했다. 그때 뒤에서부터 부는 바람에 삿갓이 날아와 오쓰나의 다리에 걸렸다.

"앗!"

이들 뒤에 사람이 오고 있었다. 얇은 옷에 삿갓을 쓴 남자였다. 오쓰나는 힐끔 뒤를 돌아보고 어디에선가 본 듯한 남자라고 생각했지만, 비바람 때문에 얼굴을 제대로 알아볼 수 없었다.

오쓰나와 마고베는 오이와케 변두리에 있는 조용한 여관으로 들어 갔다. 물통에 넘치는 빗물과 푸른 빛의 번갯불이 장지문을 흔들 때 오쓰나는 깊은 잠에 빠졌다.

문 하나를 사이에 둔 옆방에서는 오쓰나가 따라준 반주를 마시고 취한 마고베가 코를 골면서 자고 있었다.

눈에 보이지 않는 어떤 것이 어슴푸레한 등불속에서 두 개의 베개를 연결하고 있었다.

슬픈 사랑

다음 날.

비는 그쳤지만 여전히 잔뜩 흐려 있었다. 호수의 물빛이나 히에이(比叡)산에 걸린 구름으로 보아 한 차례 더 비가 내릴 것 같았다. 여관에는 묵어 가겠다는 사람들로 붐볐다.

"안에 누구 없소?"

여관 앞에서 한 남자가 안을 들여다보며 소리쳤다.

"예, 어서 오십시오."

여관의 하녀가 나왔다. 입구에 한 사내가 서 있었다. 큼직한 줄무늬가 있는 옷을 입고 삿갓 앞을 손으로 누르고 있어서 얼굴은 볼 수 없었다.

"아니, 자려고 하는 것이 아닐세. 이곳 손님에게 전할 말이 있어서 왔네. 어제 갑자기 소나기가 내릴 때 두건을 쓴 무사와 함께 세련된 여자가 이 집에 왔지?"

"예, 이곳에서 묵고 있는데요."

"그 여자에게 이것을 전해 주게. '어제 하시리이의 찻집 앞에서 주웠습니다, 아마 당신이 떨어뜨린 것이라고 생각해서 가지고 왔습니다' 하고. 알겠소? 잊어버리면 안 돼요."

그러고는 품에서 아름다운 그림이 그려진 패 한 장을 꺼내서 그것을 하녀에게 주었다.

"하지만 더 중요한 것은 다음 말이오. '그런데 이것을 가져다 준 남자가 언젠가 당신에게 은혜를 입었다고 합니다. 덕분에 목숨을 구했다고 몹시 고마워하고 있습니다' 하고 전해 주시오. 꼭 전해야 하오."
"그러면 잠시 나오라고 할까요?"
"아니, 만날 수는 없소. 내 일행이 밖에서 기다리고 있으니까. 내가 지금 한 말만 부탁하오."
그러더니 남자는 급히 밖으로 나가 버렸다.
"손님, 실례합니다."
하녀는 즉시 그것을 가지고 안채의 손님방으로 갔다. 방 두 개 가운데 하나에서는 마고베가 한낮인데도 푸른빛이 도는 얼굴을 베개에 묻은 채 쿨쿨 자고 있었다.
"어머, 아직도 주무시고 계십니까?"
"아니에요."
옆방에서 오쓰나의 목소리가 들렸다. 오쓰나는 화장을 끝낸 얼굴에 옷도 제대로 차려 입고 있었다.
"함께 오신 분은 아직도 주무시는군요. 아침 식사도 하시지 않은 것 같던데요."
"그냥 내버려 두세요. 어제 저녁 조금 아팠거든요. 저녁때까지 푹 자고 일어나면 괜찮을 테니까 걱정하지 말아요."
"손님, 지금 어떤 분이 오셔서 이것을 전해 주라고 하셨습니다."
하녀는 줄무늬가 있는 옷을 입은 남자로부터 들은 대로 말을 전하고, 예쁜 그림이 그려진 패를 오쓰나 앞으로 내밀었다.
"아니, 이것을 누가 가져다 주었다고요?"
오쓰나는 눈을 크게 했다. 그것은 다름아닌 트럼프 패였다. 하시리이 근처에서 주웠다고 하면, 자신을 전송하러 온 무희들이 찻 집 앞에서 트럼프를 가지고 놀았으니까 그때 떨어졌을 것이다.
그러니 이상할 것은 없다. 하지만 그 트럼프 한 장이 자신의 것이라면서 가지고 온 남자의 예리함에 오쓰나는 순간 당황했다. 하녀의 말에 의하면, 그 남자는 별로 악의를 품고 그러는 것 같지는 않으며, 악의는커녕 오히려 오쓰나에게 고마워하고 있었다고 한다.
"그러면 이제 저에게 볼일은 없지요?"
하녀가 돌아가려고 하자 이번에는 오쓰나가 질문을 했다.

"저 …… 혹시 이 근처에 보화종 절이 있어요?"
"보화종 절이오? 글쎄요…… 잘 모르겠는데요."
"그러면 어제 저녁 빗소리를 뚫고 가끔 피리 소리가 들리던데 그것은 어디에서 나는 소리죠?"
"피리 소리 말씀이에요?"
"그래요, 뭔가 짐작되는 것이라도 있나요?"
"그러고 보니 얼마 전부터 저 산기슭에 있는 시구레도에서 누군가가 피리를 불고 있던 것 같아요."
"시구레도? 아, 그래요? 고마워요."
 하녀가 간 다음에 오쓰나는 잠자코 눈을 감았다. 어젯밤 빗소리 사이사이로 들린 피리 소리가 다시 들리는 것 같았다.
"으음, 음……"
 마고베가 몸을 움직였다. 그러자 오쓰나는 발딱 일어서서 등을 벽에 기댄 채 마고베의 창백한 얼굴을 살폈다. '시구레도…….'
 어쩐지 좋게 느껴지는 이름이라고 오쓰나는 생각했다.
 오쓰나의 마음은 한결같이 그곳으로 향했다. 울타리 너머로 얼굴이라도 한 번 보거나 목소리라도 듣고 싶은 사모의 정 때문에 견딜 수가 없을 지경이었다.
 오쓰나는 아직도 잠들어 있는 마고베를 그대로 둔 채 여관에서 살짝 빠져나왔다.
 오쓰나는 산길을 천천히 걸으면서 겐노조에게로 향하는 자신의 마음이 문득 이상하게 생각되었다.
'내가 지금 어떻게 된걸까?'
 하지만 여기까지 왔는데 돌아가고 싶지는 않았다.
'이제 나에게도 때가 온 걸까? 지금까지 남자들 속에 섞여 살며, 남자를 남자로 생각지도 않았는데. 남자처럼 놀기도 하고, 또 남자들로 부터 유혹을 받아도 아무렇지도 않았는데…… 이상하군, 이번만은 그 피리 부는 사람이 잊혀지지가 않아. 왜 그런 것일까?'
 그렇게 생각하면서도 다리와 마음은 여전히 자신을 이끄는 쪽으로 끌려가고 있었다. 시구레도로.
 하지만 세상에 피리를 잘 부는 사람은 많았다. 종장류(宗長流)도 많이 있었다. 어젯밤 여관에서 들었던 피리 소리의 주인이 반드시 그 스님이라고는 할 수 없었다. 세상에는 보화종 스님들도 많이 있으니까.

하지만 어젯밤 들었던 피리 소리와 가와초의 2층에서 들었던 그 피리 소리는 너무나 음률이 비슷했다. 곡조도 비슷했고 기법도 똑같았다.

'아, 어떻게 된 거지, 내가!'

같은 사람이 아닐지도 모른다고 아무리 자기 자신을 달래 보아도 오쓰나의 마음 한구석에서는 시구레도에 있는 사람이 바로 그 스님일거라는 생각이 떠나지 않았다.

그날 밤 가와초 3층에서 옆방에 있던 아와의 무사가 갑자기 정원으로 나가자, 오쓰나도 바로 내려가 보았다. 그러자 달빛 아래에 검이 부딪히는 소리가 들렸다. 그리고 한사람이 위험에 처하게 되었다. 그때 뒷문으로 그 스님이 백로처럼 나타나서는 아와 무사에게 피리로 대적 했다. 그 아와 무사의 검법이 무척이나 예리한 것을 보고 그만 오쓰나는 상에 놓여 있던 접시를 들어서 던졌던 것이다.

그러나 오쓰나는 나중에 후회했다.

그것은 쓸데없는 짓이었다. 스님이 들고 있던 피리는 충분한 자신감과 잘 훈련된 솜씨로 빛나고 있었다. 그것은 아무리 솜씨가 어설픈 사람이 보아도 알 수 있을 정도였다. 왠지 경망스러운 짓을 한 것 같은 기분이 들어서 오쓰나는 어울리지 않게 부끄러운 기분에 빠졌었다.

그리고 잠시 달빛 아래에서 소곤소곤 말하고 있는 스님을 2층 난간에서 바라보고 있는 사이에 그녀는 뼛속까지 스며들 정도로 오싹한 사모의 정에 빠져 버렸다.

오쓰나는 사랑처럼 허무한 짓을 하지 않겠다고 늘 자신에게 말했었다.

'이것은 다만 달밤에 걸린 감기 같은 것이야!'

여자는 세상에 닳고 닳아도 남자에게 약하고, 남자에 닳고 닳아도 사랑에 약하다는 옛말이 이제야 오쓰나에게 실감되기 시작했다.

달밤에 걸린 감기는 잘 낫지 않았다.

그리고 나서도 두세 번, 가와초 근처에 있는 찻집에 가서 피리 소리의 주인을 기다려 보기도 했다.

하지만 결국 그 이후 피리 소리와 함께 스님의 모습은 볼 수 없었다. 교토 부근에서 700냥이나 되는 많은 돈을 한꺼번에 쓴 것도 갑자기 느낀 허무함 때문이었다. 그렇게 해도 달밤에 한 번 걸린 감기는 그녀의 뼛속에서 빠져 나가지 않았다.

"아, 나도 모르게 이상한 곳으로 왔군……."

오쓰나는 땀을 닦으면서 문득 멈추어 섰다.

아까 왼쪽으로 돌았어야 시구레도로 가는 높은 돌계단이 나오게 되어 있다. 완만한 비탈길로 들어서자, 짙은 녹색의 대나무 숲 사이로 졸졸 흐르는 물소리가 들렸다.

'이 부근이 아니었나? 이런 때 피리 소리가 들린다면 좋을텐데.'

두 갈래 길에 서서 주위를 둘러보자 노송나무 그늘에서 웬 여자 하나가 나무에 기대어 울고 있었다.

나무 사이를 통해서 보이는 하늘은 무겁게 가라앉아 있고, 전나무와 소나무 그리고 잡초가 축축한 암녹색으로 둘러싸고 있는 산그늘이었다. 그곳에서 훌쩍훌쩍 울고 있는 여자는 잔잔한 무늬의 옷을 입고 있었다.

여자는 눈물을 닦던 소매 끝을 얼굴에서 떼고는 숲 속의 오솔길을 두리번거렸다. 그러더니 갑자기 빨간 허리끈을 나뭇가지에 걸었다.

"앗!"

오쓰나는 자신도 모르게 허겁지겁 달려갔다.

잡초에 발이 걸려서 넘어지려고 했다.

오쓰나는 막 나뭇가지에 허리끈을 던져서 적막한 숲 속에서 목을 매려고 하는 여자 뒤에서 허리를 단단히 껴안았다.

"이런 짓을 하면 안 돼요! 쓸데없는 짓이에요!"

오쓰나는 이렇게 소리지르며 여자를 껴안은 채 비틀거리다가 그만 조릿대 나무 아래에 주저앉았다.

여자는 소리를 내며 울기 시작했다. 울어도 울어도 눈물이 그치지 않는 듯 애달프게 통곡했다. 그러더니 이윽고 목소리마저 쉬고 어깨를 들썩이며 괴로운 듯이 오열했다.

"큰일날 뻔했어요."

그제서야 오쓰나는 안심하고 물끄러미 여자의 모습을 바라보았다.

"깜짝 놀랐어요. 젊은 분 같은데 도대체 무슨 일이죠? 한 번 말해 봐요."

"아무것도 아니에요. 당신에게 말할 만한 일이 아니에요. 그냥 이대로 내버려 두세요."

여자는 띄엄띄엄 말했다.
"그래요? 다른 사람에게는 말할 수 없는 일인가 보군요."
"죄송해요. 모처럼 친절을 베풀어 주셨는데……."
"그러면 말 못 할 사정이 있는 것 같은데, 묻지 않기로 하죠. 누구든지 다른 사람에게는 말할 수 없는 가슴 속의 비밀이 있죠. 더구나 이런 경우 꼬치꼬치 물으면 괴로움만 더할 거예요. 하지만 당신도 나만큼이나 젊은 것 같은데 피기도 전의 꽃처럼 숲의 사신(死神)에게 끌려가면 안 되죠. 알겠어요?"
"고마워요."
"알았다면, 무리한 이야기겠지만 마음을 고쳐먹고 빨리 집으로 가세요."
오쓰나가 부드러운 손으로 살짝 어깨를 감고, 머리가 엉망으로 헝클어져 고개를 숙이고 있는 여자의 얼굴을 들여다보고는 깜짝 놀랐다.
이 여자는 가와초에서 본 적이 있는 오요네였던 것이다.
깜짝 놀라 오쓰나의 안색이 변했을 때 음산한 공기를 가르고 뒤에서 갑자기 사람 소리가 들렸다.
"주인님! 오요네님이 여기에 있습니다! 여기예요!"
"그곳에 있나?"
나무 사이에서 네다섯 명이 나왔다. 오요네의 작은아버지인 한사이와 하인들이었다.
"아니, 목을 매려고 하다니…… 바보 같은 녀석, 바보 같은 녀석!"
한사이는 몹시 화가 난 듯이 나뭇가지에 걸려 있는 허리끈을 탁 잡아채더니 두 사람이 앉아 있는 조릿대나무 앞으로 왔다.
"제 조카를 구해 주셨군요. 정말 감사합니다. 정말 속썩이는 녀석이죠. 실은 이 애는 얼마 전에 오사카에서 놀러 왔는데, 원래 지병이 있어서 피를 토했지요. 그 이후 우울증으로 반쯤 얼이 빠진 상태입니다. 오늘도 어느 틈엔가 빠져 나가서 보이지 않길래 찾으러 온 겁니다. 정말 감사합니다."
한사이는 변명 섞인 인사말을 하더니 하인들과 함께 울고 있는 오요네를 달래 데리고 갔다.
그 사람들이 오솔길을 따라서 대나무 숲으로 내려가는 것을 보고 오쓰나는 문득 중얼거렸다.
"저렇게 아름다운 여자가 불쌍하게도…… 어쩌면 저 여자는 몸의 병뿐만 아니라 사랑 때문에 앓고 있는지도 몰라."

그때 새의 울음소리만큼이나 쓸쓸하게 느껴지는 피리 음률이 숲의 적막을 낮게 흔들면서 오쓰나에게 전해졌다.

피리 소리에 귀를 기울여 보니 틀림없이 종장류의 음률과 곡조였다. 오쓰나의 연정과 오요네가 토한 피, 두 여자의 혼이 피리의 소리에 빨려들어간 듯 애처롭게 울려 퍼지고 있었다.

오쓰나의 위기

오쓰나가 마고베 몰래 여관을 빠져 나가고 나서 3각 정도 지났을 때였다. 머리를 쇠망치로 맞은 듯한 통증을 느끼며 마고베는 문득 잠에서 깨어나 그대로 누운 채 천장을 올려다보았다.

붉은 황혼녘의 빛이 방의 한쪽 구석을 비추었다.

"아아!"

몸을 일으킨 마고베는 귀신이라도 붙었다 떨어진 사람처럼 양손을 뒤로 짚은 채 잠시 탁한 머리를 흔들었다. 머리가 멍하고 속에서는 계속 토할 것만 같았다.

'어제 저녁…… 비가 내려서 이곳으로 왔지. 목욕을 하고 오쓰나가 따라주는 술을 두세 잔……. 그래, 겨우 두세 잔이었어. 그것을 마시고 칸막이를 사이에 두고 제각기 잠자리에 누웠지……. 오쓰나가 누우면서 빙긋 웃는 얼굴로 나를 쳐다보았지. 뭔가 뜻이 있는 듯한 미소……. 오쓰나는 남자가 처음이군, 그래서 먼저 말할 수 없겠지……. 그러나 조금 애가 타게 만들자……. 그래서 이불을 덮고 누웠는데 그때 등불이 흔들렸어.'

그때까지는 마고베도 기억을 하고 있었다.

하지만 그 다음은 전혀 기억이 나지 않았다. 자신은 거짓으로 잠든 척할 셈이었지만, 그런 다음은 바닥이 없는 늪에 빠진 것 같았다. 마고베는 정말 죽은 듯이 잠을 잤다.

"음……."

마고베는 팔짱을 끼고 방을 둘러보다가 깜짝 놀랐다.

오쓰나가 없다!

옷이 있는지 찾아보자 어젯밤 오쓰나에게 잘 어울렸던 여관의 잠옷이 한쪽구석에 놓여 있는 것이 보였다.

경대도 아무렇게나 놓여져 있었다. 하지만 오쓰나의 소지품은 빗 하나도 남아 있지 않았다. 다만 몇 올의 머리카락만이 마고베의 눈에 쓸쓸하게 들어왔을 뿐이다.

"아니?"

이때 마고베의 눈에 뭔가가 들어왔다 비틀거리며 일어선 마고베는 오쓰나의 이부자리로 손을 뻗었다. 그곳에는 트럼프 한 장이 떨어져 있었다. 마고베는 그것을 들고 이상한 듯이 이맛살을 찡그렸다.

그러나 곧 양손을 정수리에 대고 입술을 덜덜 떨더니 바닥에 엎드리고 말았다.

뱃속 깊숙이에서 올라오는 구토증과 함께 입에 고이는 불쾌한 침, 그리고 잇몸 사이에서 마고베의 신경을 쿡쿡 찔렀던 것은 바로 수면제 냄새였다.

'수면제를 먹였군! 어젯밤의 술! 오쓰나는 어젯밤 수면제를 술에 넣어서 나에게 주었음에 틀림없다.'

마고베의 얼굴은 심한 분노로 창백해졌다.

"이 마고베를 우습게 보고 감쪽같이 나를 속였어! 어디 두고 보자."

마고베는 트럼프를 손에 꼭 쥔 채로 오쓰나에게 어떻게 복수해야 할 지를 생각했다.

마고베는 이런 경우 마음 속에서는 불꽃같은 분노가 활활 타오르면서도 흥분하지 않았다. 또한 칼을 쓸 때도, 여자를 탐할 때도, 사람에게 보복을 할 때도 그의 방법은 어디까지나 어둡고 음산했다.

복수의 방법을 곰곰이 생각하고 나자 어느 정도 기분이 풀렸는지 마고베는 잠자코 일어서서 복도로 통하는 문을 모두 닫았다.

잠시 동안은 아무런 소리도 나지 않았다. 이윽고 허리끈을 조이는 소리와 경대가 움직이는 소리가 들렸다. 모습은 보이지 않지만 두건을 고쳐 쓰고 있는 것 같았다.

마고베는 오늘날까지 다른 사람에게 자신의 두건 벗은 얼굴을 보여 준 적이 없었다.

두건에 그토록 세심한 신경을 쓰고 있어서 목욕할 때도 사람이 없는 때를 골랐다. 또한 술에 취해서 잠이 들었을 때에도 두건에 다른 사람의 손길이 닿으면 눈을 번쩍 뜨고 화를 냈다.

"그러면 2각쯤 전에 시구레도로 가는 길을 묻더니 나갔단 말이군. 좋아.

그러면 이대로 돌아갈 수 없지. 숙박비는 하녀에게 다 주었네."

마고베는 여관 남자에게 이렇게 말하고 그곳에서 나왔다.

하늘을 올려다보자 시커먼 구름이 가득 차 있었다. 빙 둘러선 산이 비를 기다리듯 잿빛을 띠고 있었다.

마고베의 모습은 금방 산기슭에서 대나무 숲 속으로 사라졌다. 그러더니 곧 비탈길에서 모습을 보이다가 이윽고 노송나무 오솔길로 들어섰다.

누군가 얼마 전에 밟고 간 듯이 풀이 누워 있었다. 그때 마고베의 발에 뭔가 부드럽게 감기는 것이 있었다. 빨간 비단으로 된 허리끈이었다.

기대감에 얼른 허리끈을 들고 보았지만 오쓰나의 것과는 무늬가 달랐다.

'뭐지?'

이상한 표정을 지으며 마고베는 그것을 버리고 다시 숲을 빠져 나가자 갑자기 눈앞에 석양이 맑게 펼쳐지고 발 아래로 상당히 높은 절벽이 그를 막아섰다.

"앗, 막다른 곳인가?"

절벽에서 내려다보자 마을 뒷길이 보였는데, 그곳에는 우뚝 솟은 바위를 따라서 대나무 숲이 마치 넓은 바다처럼 펼쳐져 있었다. 그리고 그 일대의 대나무 숲 속에서 지은 지 오래된 듯한 탑과 절의 지붕이 보였다.

마고베는 갑자기 풀 속에서 몸을 구부리더니 한 마리 제비처럼 날쌔게 숲을 헤치고 그 절벽을 내려가기 시작했다.

바로 앞에 오쓰나가 있었던 것이다.

그곳에는 잡초가 무성했다. 오쓰나는 뒤에서 마고베가 다가오고 있는 것은 꿈에도 생각지 못하고 남색 물감을 뿌려 놓은 듯한 풀에 얼굴을 묻고 누워 있었다. 그녀의 모습은 너무나 순수하고 맑아 보였다.

대나무 숲 어디에선가 피리 소리가 가냘프게 들려 왔다. 오쓰나는 아마 그 소리를 듣고 있는 것 같았다.

분노에 가득 찬 마고베의 귀에도 희미한 피리 소리가 들려 왔지만, 그 정취만은 느낄 수 없었다. 마고베는 숨을 죽이며 풀 속을 기어서 드디어 오쓰나 옆에 이르렀다.

그때까지도 오쓰나는 전혀 알아차리지 못하고 있었다.

마고베는 이를 악물고는 오쓰나 옆에 우뚝 섰다. 오른손으로 살짝 칼의 손잡이를 잡고 양쪽 눈은 섬뜩한 살기를 지닌 채 오쓰나의 하얀 목덜미를 노리고 있었다.
 칼에 기합이 들어가면 오쓰나의 가는 목은 단번에 떨어질 것이다.
 여느 때의 오쓰나라면 풀 하나의 흔들림에도 그 기척을 재빨리 알아 차렸겠지만, 지금은 완전히 겐노조의 피리 소리에 마음을 빼앗기고 있어서 주위에서 나는 소리에 신경을 쓰지 못했다.
 아무 생각도 없이 황홀 지경에 빠진 오쓰나의 모습은 다른 때보다도 더욱 요염하게 보였다. 머리카락이 바람에 흩날리도록 내버려 둔 채 고개를 숙이고 있는 목덜미와 어깨에서 발까지 이어지는 부드러운 선의 아름다움, 풀을 누르고 있는 가슴 부근.
 오쓰나의 요염한 모습이 마고베의 정욕을 자극하였다. 마고베의 눈길은 오쓰나의 그러한 모습에서 떠날 줄을 몰랐다. 한동안 주저하는 사이에 마고베의 살기는 정욕으로 바뀌어 갔다.
 '음, 기억해 둬.'
 '남자의 무서움을 보여 주지.'
 '네 아름다운 몸을 벗기고야 말 거야. 그리고 나에게 복종하게 만드는 거야. 평생 나를 따라다니고 저주하면서 눈물로 세월을 보내도록 만들어 주겠다.'
 '그것이 어젯밤의 보복이다.'
 "오쓰나!"
 마고베가 오쓰나의 이름을 부르는 동시에 그의 몸은 뱀처럼 오쓰나에게 감겼다.
 "앗……."
 오쓰나의 입에서 희미한 신음소리 같은 것이 새어 나왔다.
 마고베는 오쓰나의 입을 커다란 손으로 막고 굵은 팔로 목을 눌렀다. 거기에서 빠져 나오려고 바둥거리는 오쓰나의 하얀 발 아래에서 풀잎이 뭉개지고 흙이 튀며 풀꽃 이파리가 여기저기로 흩날렸다.
 오쓰나는 자신의 입을 막고 있는 마고베의 손가락을 힘껏 물었다.
 그 통증에 마고베는 오쓰나의 입에서 손을 떼었다.
 오쓰나가 그 틈을 이용해서 일어섰지만 마고베의 억센 주먹에 가슴을 한 대 맞고 뒤로 비틀거렸다. 그러더니 마고베를 노려보면서 찢어질 듯한 소리로 외쳤다.

"마고베! 도대체 무슨 짓을 하는 거야?"

오쓰나의 머리가 완전히 헝클어지고 옷차림새도 흐트러졌다. 그 모습이 마고베에겐 한층 더 요염하게 보여 더욱 날뛰게 했다.

"오쓰나!"

두 걸음…… 세 걸음……

마고베가 점차 다가섬에 따라 오쓰나는 뒤로 물러섰다.

"도망칠 생각이라, 흥, 도망칠 수 있으면 그렇게 해 봐."

"나를 도대체 어떻게 할 셈이죠?"

"나에게 약을 먹인 답례를 할 생각이지."

"너 같은 계집에게 그런 꼴을 당한 채 가만히 있을 마고베가 아니야."

"성에 있을 때 매일 밤마다 예닐곱 명분의 피를 본 칼이 여기에 있어. 베려고 생각만 하면 너 같은 여자 하나쯤은 아무것도 아니지. 그런데 그렇게 하지 않는 이 마고베의 마음을 알고 있나?"

"뭐라고 한 마디 말해 봐. 아무리 남자 같은 너도 조금은 두렵겠지? 순순히 내 말을 들어. 억울해도 이제 너는 내 여자이고, 발버둥쳐 봐도 내 여자지. 이 마고베는 한 번 노린 사람은 놓치는 법이 없어. 이제 적당히 포기해."

마고베가 한 걸음 더 다가갔지만 오쓰나는 이번에는 뒤로 물러서지 않고 험악한 눈초리로 입술을 깨물었다. 그리고 목소리를 낮추어서 말했다.

"마고베, 당신도 상당히 둔하군요. 어째서 그렇게 머리가 안 돌아가죠? 그렇게 내가 싫다는 표시를 했는데도 왜 그걸 눈치채지 못하는 거죠?"

"이제 나를 싫어해도 어쩔 수 없어."

"멍청이 같으니라구! 나에게 반했다고? 당신 자신이 어떤지 좀 아는 것이 어때요? 나를 좋아하려면 솜씨를 닦아 더 훌륭해지거나 아무리 악인이라 하더라도 좀더 나은 사람이 되어 봐요. 겨우 쓰지기리를 해서 먹고 사는 그런 남자는 난 싫어요!"

"음, 상당히 매서운데."

"더 심한 말도 할 수 있어요. 당신에게는 싫은 점이 또 있어요. 당신의 그 두건, 사실 어제 저녁 약에 취해서 자고 있는 동안 벗겨 보려고도 했지만, 어차피 내 남편도 아닌 남자라고 생각되어 그만두었죠."

"시끄러워!"

이렇게 소리치면서 마고베는 표범과 같이 맹렬하게 오쓰나에게 달려들었다.
이때 번쩍하고 원을 그린 것은 오쓰나의 허리춤에서 나온 비수였다.
하지만 마고베를 상대하기에는 역부족이었다. 오쓰나는 비수를 휘둘렀지만 공중에서 헛되이 원을 그렸을 뿐이었다. 그 틈을 이용해서 마고베는 자신의 왼팔을 오쓰나의 목에 감았다.
두 사람의 몸이 서로 엉켜서 비틀거리며 쓰러졌을 때였다.
횡 하고 소리를 내며 날아온 오랏줄이 있었다. 줄끝에는 납이 달려서 빙글 마고베의 목에 감겼다.
"좋아!"
줄은 던진 사람의 목소리가 들렸다.
오쓰나는 마고베가 줄에 감겨 꼼짝도 못 하고 있는 사이에 재빨리 도망쳤다. 노송나무 숲에서 대나무 숲 쪽으로 새처럼 빠르게 뛰어갔다.
"윽, 윽, 윽……."
목에 오랏줄이 감긴 마고베는 활처럼 몸을 구부린 채 그곳에 서 있었다.

침묵

오쓰나에게만 신경이 쏠려 있었을 때 갑자기 오랏줄이 날아와서 목에 감긴 마고베는 덫에 걸린 짐승처럼 발버둥쳤다.
오쓰나가 재빨리 도망쳤다는 것은 알았지만, 마고베는 오쓰나를 쫓기는커녕 살을 파고드는 오랏줄의 힘을 왼쪽 엄지손가락으로 견뎌야만 했다.
목덜미의 핏줄이 지렁이처럼 불거지고, 얼굴은 순식간에 붉어졌다.
마고베가 숨을 참아가며 필사적으로 줄을 빼려고 안간힘을 쓰고 있을 때, 뒤에서 또 소리가 들렸다.
"앗, 빌어먹을!"
마고베는 발뒤꿈치에 힘을 주고 오랏줄을 잡아당겼다.
"으음."
신음 소리를 낸 마고베는 오랏줄을 뒤로 힘껏 잡아당기고는 한쪽 손을 칼집에 대자마자 혼신의 힘으로 기합을 짜내어 몸을 비틀었다.
횡 하고 허공을 향해 뺀 칼이 오랏줄을 끊고 춤을 추었다.
눈 깜짝할 사이에 마고베는 오랏줄을 몸에 감은 채 절벽에서 잡목림이 있는 계곡으로 뛰어내렸다.

"쳇."

이때 혀를 차면서 숲 속에서 뛰어나온 남자가 있었다. 그는 끊겨진 오랏줄을 손으로 감고 절벽 끝에 서서 아래쪽 경사면을 유감스러운 듯이 내려다 보았다.

먼지가 자욱한 곳에 줄무늬 옷을 입고 머리카락을 흩날리고 있는 사람은 바로 만키치였다.

"아, 유감스럽군. 오랏줄을 던질 때 호흡은 딱 맞았는데 끌어당기는 것이 조금 늦었어. 그러니 내 방원류(方円流)도 괜찮다고 할 수는 없겠군."

그러자 그곳에서 조금 떨어진 소나무 아래에서 억새풀 사이로 몸을 일으킨 무사가 만키치 쪽으로 다가왔다.

"만키치, 비둘기를 보았나?"

이렇게 물은 사람은 쓰네키 고잔의 심복인 다와라 이치하치로로, 만키치와 마찬가지로 여행자가 입는 가벼운 옷차림을 하고 있었다.

"저, 비둘기를 지켜 보고 있었는데 뜻밖의 녀석이 나타나서요. 제 장기인 방원류의 오랏줄을 던진 것은 좋았는데 결국 마고베 녀석은 놓쳐 버렸습니다."

"아하하하."

이치하치로는 통쾌한 듯이 웃었다.

"나도 모르게 잠든 사이에 그런 기척은 느꼈지. 하지만 네가 던질 때의 밧줄 소리를 듣고 놓치리라 생각했어."

"아니, 그러면 나리는 어렴풋하게 알고 계셨군요?"

"여자의 목소리도 들렸던 것 같은데."

"오쓰나라는 여자였습니다. 전에 밀무역자 소굴에서 위험할 때 그녀에게 도움을 받았지요. 전 포졸이지만 소매치기인 그 여자를 오랏줄로 묶을 생각은 없습니다. 실은 하시리이에 있는 찻집 앞에서 언뜻 모습을 보고는 트럼프를 주고 넌지시 인사까지 했죠. 하지만 저 마고베 녀석만은 여기에서 만난 것을 다행으로 생각하고 꽁꽁 묶어서 관청으로 데리고 가려 했는데, 나리도 정말 나쁘군요. 그때 조금만 도와 주셨다면 틀림없이 잡을 수 있었을 텐데."

만키치가 이렇게 마고베를 놓친 것을 안타까워하고 있어도 이치하치로는 위로해 주지 않았다.

"이보게, 만키치."
이치하치로는 바위에 앉은 채 정색을 하고 말을 했다.
"이 여행을 떠날 때 고잔 선생님께서 자네에게 당부하신 말을 벌써 잊었는가?"
"아닙니다."
만키치가 조금 주눅이 든 목소리로 대답했다.
"그 포졸 근성을 왜 버리지 못하는 거지? 이번에 우리는 마고베를 잡으러 에도로 가는 것이 결코 아니야. 밀무역자 소굴에 그대로 남으신 고잔 선생님과 겐나이님은 아와로 건너갈 준비를 하면서 우리가 좋은 소식을 가져오기를 하루가 여삼추처럼 기다리고 계신다네."
"알겠습니다. 바로 눈앞에 마고베 녀석이 보이자 저도 모르게 흥분해서……."
만키치는 즉시 자신의 경솔함을 뉘우쳤다.
"말씀하시는 대로 천하의 대사에 착수하려고 하는 순간, 이제 살인자를 만나든지 도둑을 만나든지 하는 작은 일에 포졸 근성은 보이지 않겠습니다."
"음, 자네는 잘 잊어버리는 습성을 가지고 있기도 하지만, 장점으로 이해가 빠르기도 해. 대사를 앞둔 이상 그 정도로 결심을 하지 않고는 곤란하지. 그건 그렇고, 비둘기 밀사는 어떻게 된 거지?"
스미요시 마을로 만키치를 구하러 가서 밀무역자들을 잡고는 그대로 그곳을 비밀 장소로 정한 고잔은 겐나이와 이치하치로와 함께 여러 가지 의논을 했다. 그리고 결국 이치하치로와 만키치를 에도로 보내기로 했다.
어쨌든 아와로 잠입하기 전에 일단은 고가 집안의 외동딸인 오치에를 만나 두는 편이 좋을 것 같았다. 또한 하치스가 집안의 내부 사정에 대해서도 정보를 얻을 수 있을지도 모르기 때문이다.
그래서 오사카를 떠난 두 사람은 오늘 뭔가 알아야 할 것이 있어서 데리고 온 전서구를 이 산에서 놓아 주었던 것이다. 그리고 지금은 그 대답을 기다리고 있는 중이었다.
목적지는 아지 강 근처로, 비둘기가 날아가기에 그다지 멀지 않은 곳이다. 따라서 이제 돌아올 시간이었던 것이다.
그때 하얀 번개가 구름 사이에서 번쩍 하고 어둠을 갈랐다. 밤의 장막이 다가오면서 폭풍의 안내자인 바람이 살랑살랑 풀을 어루만지는 모습을 보고 이치하치로는 마치 길 떠난 자식을 기다리는 듯한 염려와 초조함에 휩싸여서 하늘을 바라보았다.

"아직도 보이지 않는군."

이치하치로는 몇 번이나 이렇게 중얼거렸다.

"갑자기 어두워져서 방향을 찾지 못하는 것이 아닐까요?"

만키치도 손을 이마에 대고 멀리 하늘을 바라보았다. 그 사이에도 두 사람의 그림자를 몇 번인가 번개가 가로질렀다.

"아니, 이 정도의 어둠이라면 문제는 없어."

"그렇지 않으면 번개에 놀라서 어디 숨어 있는 것일까요?"

"그럴 리가 없어. 이번에 가지고 온 비둘기는 장거리에 익숙한 놈이야. 어디에 가더라도 내가 있는 곳으로 반드시 돌아오는 성질을 가지고 있어."

"앗!"

만키치가 이야기 도중에 하늘을 손으로 가리켰다.

"나리, 왔어요. 틀림없이 저거지요? 저것 봐요. 하얀 화살이 날아오는 것같이 곧바로 이곳을 향해서 오고 있잖아요."

"그렇군."

만키치가 손가락질하는 곳에서 흰 비둘기가 보이자 이치하치로의 마음에는 근심의 그림자가 씻은 듯이 사라졌다.

"돌아왔군. 돌아왔어. 내 소중한 밀사가……"

탁탁 날개짓하는 소리조차 무척이나 경쾌하게 들렸다.

이치하치로가 주먹을 내밀자 잿빛 비둘기는 익숙한 몸짓으로 내려와 그 손 위에 앉았다.

"수고했어."

이치하치로가 발에 묶여져 있는 종이를 펴고 비둘기를 놓아 주자, 비둘기는 오늘 밤 잠자리를 찾는지 다시 숲 속으로 사라졌다.

그것을 보고 나서 이치하치로는 가늘게 접혀 있는 얇은 종이를 조심스럽게 펼쳤다.

"조금 어둡군."

"잠시 기다리십시오. 작은 횃불이라도 만들지요."

만키치가 마른 삼나무를 모으더니 부싯깃을 꺼내어 탁탁 불꽃을 피웠다.

이치하치로는 희미하게 타오르는 불빛으로 밀서를 읽기 시작했다. 그것은 오래 전에 하치스가 집안에 들여보낸 이치하치로의 여동생 오스즈에게서 온 편지였다.

문의하신 아와노가미의 귀국은 9월 초순이라는 소문이 있습니다. 그래서 저택 수리를 시작한 것 같습니다. 바다를 건널 배 만마루(卍免)도 오늘 아지 강으로 가서 장식품을 손질하고 수리를 시작했습니다. 에도에서 좋은 소식 보내기를 기다리고 있겠습니다.

다 읽고 난 이치하치로는 다시 한 번 편지의 첫부분으로 눈길을 돌렸다.
"9월 초순이라……. 그렇다면 앞으로 두 달 남았군."
"그 정도라면 고잔 선생님께서도 충분히 준비하실 수 있을 것이고, 우리도 에도에서 돌아올 수 있습니다."
"가능하다면 아와노가미가 입국할 때의 혼잡을 틈타서 아와로 들어 가는 것이 상책일세. 내일은 이 일을 고잔 선생님에게 알려 주어야겠어."
"쉿!"
그때 갑자기 만키치가 목소리를 낮추더니 활활 타고 있는 불을 발로 밟아서 꺼 버렸다.
왜 그러는지 이상하게 생각할 틈도 없이 이치하치로는 깜짝 놀랐다. 어느 틈엔가 뒤로 다가온 7, 8명의 무사가 자신들을 지켜 보고 있는 것이었다.
하늘에 별 하나 없어 주위는 칠흑처럼 캄캄했다. 불과 열 걸음 남짓 떨어져 있는데도 서로의 모습은 윤곽조차 알아볼 수 없을 지경이었다.
만키치 일행이 입을 다물자 상대방도 계속 침묵을 지켰다. 다만 날카로운 신경만이 눈동자와 함께 서로 상대를 탐색하고 있었다.
'누구일까?'
단지 지나가던 사람인 것 같지는 않았고, 그렇다고해서 쓰지기리를 하는 무사같지도 않았다. 또한 그 자리를 떠나려고 하지도 않고 위세라도 부리듯이 만키치 쪽을 응시하고 있는 7, 8명의 무사들.
그들에게 일전을 치를 의사는 없다고 하더라도 어떤 적의는 가지고 있는 것같이 생각되었다.
눈치가 빠른 만키치도, 아는 것이 많은 이치하치로도 전혀 상대방의 신분을 짐작할 수 없었다. 적어도 상대의 얼굴이라도 보인다면 좋겠지만, 때때로 번쩍이는 번갯불 사이로 그곳에 서 있는 무사가 한결같이 복면을 하고 있다는 것만 언뜻 보았을 뿐이다.

"이상한 녀석들이군. 칼이라도 우선 빼 두게. 우리 쪽에서 선수를 칠 수 있도록."

만키치는 손에 단도를 감추고 잠시 숨을 죽이고 있었는데, 그렇다고 해서 단도를 뺄 생각은 없었다. 여전히 대치하고만 있었다. 그러는 동안 만키치는 어쩐지 바보스럽게 생각되면서 신경이 지치고 말았다. 그래서 말을 다른 곳으로 돌리려고 했다.

"나리."

만키치는 작은 목소리로 속삭이며 이치하치로 쪽으로 신호를 보냈다.

"소낙비라도 내리면 곤란하고 배도 고프니까 이제 서서히 산을 내려가요."

작은 목소리지만 상대방에게 일부러 들으라는 듯이 말하고 난 만키치는 터벅터벅 앞장 서서 걷기 시작했다. 그러자 이치하치로도 잘됐다는 듯이 따라왔다.

"뒤에서 따라오나?"

뒤에서 무사들이 따라오리라고 예상했는데 그러한 기색도 전혀 없고, 서라는 소리도 들리지 않았다.

"뭐야? 쓸데없이 마음만 졸였잖아."

산자락을 다 내려와서야 발걸음이 가벼워졌다. 보통때처럼 가벼운 목소리로 만키치가 말했다.

"나는 또 우리가 하던 이야기를 그 녀석들이 들은 것 같아서 간이 콩알만 해졌었습니다."

"나도 그 순간 깜짝 놀랐네. 하지만 생각해 보니 이런 곳에 하지스가 집안의 무사가 돌아다닐 턱이 없지 않은가?"

이치하치로도 그제서야 쓴웃음을 짓는 것이었다.

"도대체 그 녀석들은 뭐 하는 녀석들일까요?"

"얼핏 보니 복면을 하고 있었던 것 같아."

"그래서 더욱 짐작이 안 됩니다. 말이라도 하면 어느 고장의 사투리인가 짐작을 해서 어느 집안의 무사인지 알 수 있었을 텐데요. 아무 말도 하지 않으니 더욱 모르겠던걸요. 어라, 길이 두 갈래로 갈라집니다."

"오른쪽으로 가지. 그쪽에서 불빛이 보이니까."

"오늘 밤은 오쓰에서 자겠군요?"

"그래. 하늘만 밝다면 그대로 걸어가 야바세(矢走)의 배에서 밤을 지새는 것도 좋겠지만, 이런 날씨에는 위험해서 안 돼."

이치하치로는 어둡다는 것을 알면서도 험악한 하늘을 다시 올려다 보았다.

그때 만키치는 누군가가 바쁜 걸음으로 다가오는 소리를 듣고는 옆에 있는 삼나무 뒤로 몸을 숨겼다.

어떤 남자가 조심스럽게 주위를 살피면서 산기슭에서 종종걸음으로 올라오고 있었다. 그 발소리가 사라지는 곳을 향해 귀를 기울이고 있자니 지금 두 사람이 온 방향과는 반대쪽으로 가는 것 같았다.

"이상하군, 아무래도 수상해."

만키치가 삼나무 뒤에서 나와서 살짝 자신의 귓불을 잡아당겼다. 그것은 만키치가 생각에 잠겼을 때면 늘 하는 버릇이었다.

"아무리 생각해도 보통 일이 아닙니다. 뭔가 이상한 일이 이 산을 감싸고 있습니다. 나리는 그렇게 생각하지 않습니까?"

"아하하. 자네는 아까 그 무사들에게 완전히 겁을 먹었군."

"웃을 일이 아닙니다. 정확한 직감을 타고난 것은 아니지만, 10여 년간 포졸로 밥을 먹어 온 덕택에 제 직감도 믿을 만한 구석이 있습니다. 이렇게 저절로 느껴지는 것이 지금까지 별로 틀린 적은 없습니다. 아, 실수. 또 포졸 근성이 나왔군요. 나리, 지금 것은 농담입니다."

두 사람이 내려오는 길에서는 바람이 대나무 숲을 요란하게 흔들어 대고, 짚신 아래로 부드러운 낙엽의 촉촉함이 느껴졌다. 그리고 주위의 밤이슬 속에서 희미한 불빛이 보이고 있었다. 대나무 숲 반대편에 있는 집 한 채에서 새어 나오는 불빛이었다.

"만키치, 가서 잠시 길을 물어 보고 오게."

"누가 있는 것 같군요."

만키치는 푸른 이끼가 낀 징검돌을 밟고 가서 아무런 생각 없이 시구레도 안을 들여다보았다.

은신처

길을 물을 셈으로 철쭉 울타리 너머로 시구레도의 정원을 들여다본 만키치는 갑자기 안색이 변하더니 막 나오려던 말을 집어삼켰다. 그리고 결국 그대로 아무 말도 묻지 않고 조심스럽게 이치하치로가 있는 곳으로 뛰어왔다.

"왜 그래?"

이치하치로는 책망하듯이 물었다.

만키치는 조용히 하라는 눈짓을 한 다음에 다시 시구레도 안쪽을 살폈다. 그리고 손가락으로 시구레도를 가리키며 이치하치로의 귓가에 입을 대고 속삭였다.

"나리, 저곳에 누가 있는지 좀 보십시오. 툇마루에 등불을 걸고 남자 두 사람이 뭔가를 하고 있지요?"

"정원에다 큰 대야를 놓고 목욕을 하는 것 같군. 그런데 그것이 어쨌다는 거지?"

"한 사람은 틀림없이 상처를 입었습니다. 보십시오, 옆에 있는 남자가 부은 곳을 닦아 주고 있습니다. 여기에서는 얼굴만 보입니다만, 저 사람이 바로 다이치입니다."

"아니, 저 사람이 말인가?"

"천왕사나 츠쿠시야 등에서 세 번이나 보았으니 제 말이 맞을 겁니다."

"그렇다면 옆에서 돌보아 주고 있는 사람은 그의 주인 긴고로라는 사람인가?"

이치하치로는 만키치로부터 이미 그 전후 사정을 듣고 있었다. 또한 긴고로와 다이치 두 사람이 자신들과 같은 목적인지 어떤지는 모르지만 아와로 몰래 들어가려 한다는 것까지 알고 있었다.

그래서 우연스럽게도 그들이 있는 곳을 찾아 냈다고 마음 속으로 기뻐했다.

"정말로 한쪽은 긴고로일지도 모릅니다. 언젠가 그날 밤, 다리에서 마고베에게 당했다고만 생각했던 다이치가 이런 곳에 숨어서 치료를 받고 있으리라고는 꿈에도 생각지 못했습니다."

만키치는 의외의 현실에 멍하니 주위를 둘러보았다.

그와 반대로 이치하치로의 머리는 치밀하고 빠른 속도로 이 만남의 관계를 계산하고 있었다. 그 두 사람도 아와로 몰래 들어가려는 사람이고, 또 자신들도 오랫동안 아와의 내정을 살펴려고 고심하고 있었다.

둘 다 우연히 같은 목적을 갖고 있으므로 흉금을 털어놓고 말을 하다 보면 반드시 양쪽에 이로운 일이 있을 것 같았다.

한 걸음 물러서서 가령 서로의 목적이 다르다고 해도 지금부터 저 멀리까지 만나러 갈 참인 오치에님에 관해서는 긴고로나 다이치가 자세하게 알고 있을 터였다.
'어쨌든 한번 만나 보자.'
이치하치로는 이렇게 마음을 정하고 만키치에게 의논을 하자 만키치도 좋다고 말했다.
두 사람은 조용하게 문을 열고 들어가 안에서 깜짝 놀라지 않게 작은 목소리로 정중하게 말을 걸었다.
"저, 잠시 여쭐 말이 있습니다만……."
툇마루 끝에서 긴고로가 다이치를 목욕시키고 난 후 상처에 약을 바르고 있던 참이었다.
"누구시죠?"
낯선 사람의 방문에 긴고로의 눈이 어둠속에서 빛났다. 이치하치로와 만키치는 성큼 안으로 들어섰다.
"갑자기 실례되는 질문이지만, 당신은 긴고로라는 사람이 아닙니까?"
긴고로는 깜짝 놀랐다. 하치스가 집안에서 보낸 사람일지도 모른다는 생각이 들어 그는 몸을 움츠렸다. 그 모습을 보자 만키치가 앞으로 나섰다.
"숨기실 필요 없습니다. 뒤에 있는 다이치와는 천왕사 경내에서 만난 적이 있습니다." "아, 그래. 맞아요."
긴고로 뒤에 있던 다이치는 그제서야 생각이 난 듯이 말했다.
"그때 나를 불러 세운 포졸이죠?"
"그렇습니다. 만키치라고 합니다. 그리고 여기에 있는 분은 전 덴마의 관리인 다와라 이치하치로님입니다. 저희들이 너무 갑작스럽게 여러분이 계신 곳에 뛰어들어서 이상하게 생각되시겠지만, 결코 하치스가 집안의 첩자가 아닙니다. 안심하실 수 있도록 우선 이것을 그쪽에 맡겨 두지요."
만키치가 칼을 빼서 툇마루로 던졌다.
긴고로는 그 칼과 당돌한 손님의 얼굴을 번갈아 보더니 다소 마음이 가라앉는 것 같았다.
"어떤 용건인지 모르겠습니다만, 우선 이쪽으로 올라오십시오."
긴고로는 모기장을 약간 밀어 놓고는 호신용 작은 칼을 놓아 둔 곳으로 가서 앉았다.

'이야기가 잘 풀릴 것 같군.'

이치하치로와 만키치가 마음 속으로 기뻐하면서 짚신을 풀고 있는 사이에 시구레도의 다른 문을 통해 하얀 그림자가 조용하게 밖으로 나갔다.

비를 머금은 차가운 바람은 가을을 느끼게 했다. 하얀 옷의 그림자는 대여섯 걸음 걷더니 구름이 흩어진 하늘을 조금 걱정스러운 눈초리로 바라보았다.

큰 키에 날렵한 윤곽과 손에 피리를 들고 있는 것으로 보아 그가 호리즈키 겐노조라는 것을 알 수 있었다.

겐노조는 이윽고 오쓰의 뒷길을 빠져 나가서 호수 부근까지 걸어갔다. 오늘 밤은 호수 저 아래쪽에서부터 물결이 일고 있어서인지, 소나무 사이로 늘 보이던 찻집 등불도 보이지 않고 또 바람을 쐬러 온 사람도 없었다.

겐노조는 오히려 그것을 다행스럽게 생각하였다. 그는 피리를 들고 혼자서 왔다갔다 하며 명상에 잠겼다.

"오치에님도 지금쯤은 틀림없이 나를 생각하고 있겠지."

겐노조는 이렇게 혼자서 중얼거렸다.

요전에도 긴고로가 눈물을 흘리며 말하지 않았던가.

"쓰러져 가는 고가 집안과 이 세상에 의지할 사람이라고는 당신밖에 없는 오치에님. 그것을 지탱할 수 있는 힘, 구할 수 있는 분은 당신 뿐입니다."

'그때 내가 얼마나 차가운 인간으로 보였을까? 아, 나는 냉혈한이다. 긴고로의 그러한 부탁도, 불행한 처지에 놓인 연인까지도 버리고 뒤돌아보지 않는 이 겐노조는 냉혈한이라고 비난받아도 변명조차 할 수 없는 남자다.'

그런데도 오치에라는 여인을 겐노조는 한시도 잊어 본 적이 없었다. 오치에를 향한 연모의 마음은 예전과 변함없이, 아니 그때보다 더욱 강렬하게 불타 오르고 있었다.

"아아……."

소나무 아래에 앉아서 무릎 사이로 얼굴을 처박은 겐노조는 가지고 있던 피리가 어느 사이엔가 오치에의 것처럼 생각되었다. 오치에가 사는 저택이나 그리운 에도의 풍물까지도 안개 속에서 희미하게 떠올랐다.

그러나 호리즈키 겐노조에게는 그렇게도 가고 싶은 에도 땅을 밟을 수 없는 사정이 있다.

그 이유 때문에 그는 집과 연인을 버리고, 정처없이 여행을 하며 떠돌아다니고 있었던 것이다.

보고 싶어도 볼 수 없는 에도의 하늘. 때때로 사모와 번민의 정을, 애절한 사연을 피리 소리에 담고 있었다.

겐노조의 마음에 숨겨진 이러한 번민을 긴고로는 모르고 있었다. 아니, 긴고로뿐만 아니라 겐노조가 마음 속에 이런 고뇌를 품고 있다는 것을 아는 사람은 아무도 없다.

겐노조가 나간 다음 시구레도에서는 이치하치로와 만키치 쪽에서 먼저 보력변 이후 아와의 비밀을 파헤치려고 애써 온 자기네 사정을 이야기했다. 그러자 긴고로도 자신이 어떤 사람인지, 또한 오치에와 요아미가 현재 처한 상황에 대해 두 사람 앞에서 숨김없이 털어놓았다.

이렇게 서로 이야기를 끝내고 보니, 10년 전 고가 요아미가 아와로 들어간 목적과 보력변 이후 이치하치로나 고잔이 가지고 있던 목적이 긴고로 일행과 우연히 일치하고 있다는 것을 알았다.

처음부터 이 모든 것을 알았다면 만키치도 물론 두 사람을 도와 주었을 것이고, 긴고로나 다이치도 이렇게까지 고생하지 않고 지금쯤은 아마 아와에 가 있을지도 모르는 일이었다.

하지만 오쓰나에게 소매치기를 당함으로써 결국은 모두가 운명의 소용돌이에 빠지게 된 것이다.

그러나 앞으로는 아와라는 커다란 수수께끼를 풀기 위해 서로 힘을 합치자면서 이치하치로가 다른 사람의 기운을 북돋워 주었다.

환자인 다이치도 그 말을 듣고는 누운 채로 빙그레 웃었다.

긴고로는 뜻밖의 동지를 만나게 되어 마음이 든든했다. 그러나 마음 한구석에서는 여전히 오치에에 대한 겐노조의 냉혹한 태도가 원망스럽기만 했다.

'세상에는 이런 사람들도 있는데, 겐노조님은 오치에님이 어떻게 되든 수수방관만 하고 있을 것인가?'

이치하치로와 만키치는 시구레도에서 하룻밤 묵기로 하고 서로 다른 방에서 잠자리에 들었다. 잠결에 툭툭툭 비 쏟아지는 소리가 들리기 시작했다.

그렇게 내리던 비도 그치고 밤이 꽤 깊었는데도 겐노조는 돌아오지 않고, 산마루 부근에서는 새가 푸드득 날아오르는 소리만 들렸다.

그 산의 중턱에는 속세를 피해서 사는 늙은 신주(神主 : 神社를 모시는 사람)가 적막한 산자락에 혼자 머물고 있었다.

마침 작은 비둘기가 잠자리를 찾아 그곳에 내려앉았을 때, 그 늙은 신주는 신사 한쪽 구석에서 저녁 밥상을 앞에 놓은 채로 쓸쓸하게 젓가락을 들고 있었다.

"아무도 없소? 이곳의 신주는 없습니까?"

밖에서 칼을 찬 무사가 큰 소리로 신주를 찾았다.

신주는 당황해서 뛰어나갔다. 거기에는 깊숙하게 삿갓을 눌러 쓰고 여행용 옷차림에 칼을 찬 무사가 서 있었다. 이 부근에서는 전혀 본 적이 없는 무사였다.

"누구십니까? 아무튼 이곳에 좀 앉으십시오."

"아니, 이곳이 더 좋소. 실은 부탁하고 싶은 것이 있는데……."

무사는 삿갓의 끝을 산 정상 쪽으로 향하면서 말을 이었다.

"저곳에 보이는 세미마루(輝免) 신사의 가쿠도(額堂)를 오늘 밤만 빌리고 싶은데, 괜찮겠지요?"

"가쿠도를 빌리겠다고요?"

신주는 조금 이상하다는 표정을 지었다.

"언제나 비어 있으니까 별로 상관은 없소만, 도대체 무슨 일에 쓸 겁니까?"

"이상하게 생각되시겠지만, 실은 나는 오사카에서 창고업을 하는 사람이오. 그런데 동료와 이야기를 하다 보니 갑자기 연가(連歌: 두 사람 이상이 상구와 하구를 번갈아 하는 노래) 놀이를 하게 되지 않았겠소. 이 산의 가쿠도라면 주변의 풍취도 뛰어나고 조용해서 이보다 더 좋은 곳이 없다고 생각해서 오늘 밤만 빌리려고 하는 거요."

"아, 그러시군요? 연가를 할 자리입니까? 정말 멋진 일이군요. 그런 일이라면 어려워 말고 쓰십시오."

"허락해 준다니 고맙소."

"차는 내가 대접하리다."

"미안하지만 그건 거절하겠소. 조용하게 연가를 즐기고 싶어서 일부러 이곳까지 온 것이오. 그러니 오늘 밤만은 다른 사람들이 이 산에 올라와도 가쿠도 이상은 올라가지 못하도록 해주시오."

"지당하십니다. 그러면 방해되지 않도록 나는 이곳에 있겠소. 그럼 재미있게 보내시오."

신주는 무사의 뒷모습을 바라보며 아무런 의심도 하지 않았다. 그는 다시 밥상 앞으로 돌아와서 젓가락을 들었다.

신사를 떠난 무사는 신주에게 일단 다짐을 받은 뒤라서 안심하고 비에 젖은 돌계단을 올라 가쿠도 쪽으로 성큼성큼 걸어갔다. 약간 썩은 가쿠도의 기둥에는 비파를 안고 있는 모습의 조각과 그림이 먼지와 거미줄을 잔뜩 뒤집어쓰고 있었다.

하지만 그것은 낮에라야 볼 수 있는 것으로, 지금은 가쿠도 전체가 완전히 어두워져 신사 쪽에서 이곳으로 오고 있는 무사의 그림자는 즉시 가쿠도의 짙은 어둠 속으로 사라져 버렸다.

그림자가 사라지자마자 몇 사람의 낮은 목소리가 점차 높아지기 시작했다. 자세히 보니, 가쿠도 안에는 적어도 20명 이상이나 되는 사람이 제각기 정좌를 하거나 기둥에 기대거나 난간에 기댄 채 뭔가를 생각하고 있었다.

그들은 한 무사가 신주에게 말한 것처럼 아무에게도 방해받지 않는 가쿠도에서 서늘한 산바람을 쏘이면서 연가를 읊고 있는 것이 아니었다. 어둠 속에서 눈을 번뜩이고 있는 무사들의 얼굴에는 풍류라고는 아예 찾아볼 수 없었으며, 그 중 어느 한 사람도 붓을 놀리거나 노래를 짓지 않았다.

한쪽 구석에서 바스락바스락 움직이면서 준비해 온 두건을 꺼내어 얼굴에 쓰는 사람이 있었다. 또한 허리에 찬 칼을 빼어서 살펴보는 사람도 있었다.

그러자 북쪽 절벽 쪽에서 7, 8명의 두건을 쓴 무사가 이쪽으로 다가왔다. 제일 앞쪽에 있던 무사가 가쿠도 아래에서 큰 소리로 불렀다.

"잇카쿠님, 잇카쿠님!"

"왔군."

즉시 난간으로 몸을 내민 것은 하치스가 집안의 무사 덴도 잇카쿠였다.

"게이 노스케인가?"

잇카쿠는 고개를 끄덕이면서 가후도 위에서 내려왔.

뒤쪽 절벽에서 이쪽으로 올라온 사람 가운데에는 게이노스케와 구키 야스케도 있었다. 모두 복면을 하고 있어서 자기들끼리도 상대방이 누구인지 잘 알 수 없을 정도였다.

"시구레도 쪽 사정은 어떤가?"

"별일은 없는 것 같습니다."

"긴고로나 다른 녀석들이 설마 우리 쪽 행동을 눈치채지는 못했겠지?"

"그럴 염려는 전혀 없습니다. 저녁때부터 지금까지 북쪽에서 망을 보고 있었지만, 쥐죽은 듯이 조용합니다."
"그러면 완전히 독 안에 든 쥐로군…… 우선 잠시 동안 가쿠도에서 날이 새기를 기다리도록 하지."
"그런데 잇카쿠님……."
그때 옆에서 갑자기 다른 이야기를 꺼낸 것은 야스케였다.
"단 한 가지, 이곳으로 오는 도중에 이상한 녀석을 만났습니다."
"이상한 녀석이라고?"
"어디에서 날아온 것인지는 모르지만 비둘기 다리에 묶여진 종이를 풀어서 읽고 있는 녀석이 있었습니다."
"어느 책에서 본 기억이 있는데, 전서구를 부리는 녀석이 아닌가?"
"어쩌면 그럴지도 모르겠습니다. 어쨌든 수상한 녀석이라고 생각해서 옆으로 다가가서 잠시 거동을 살펴보았습니다. 그런데 당황하여 도망치지도 않고 그대로 산을 내려갔습니다. 붙잡을 것까지는 없다고 생각하여 그냥 지나쳤습니다만, 아무래도 조금 수상한 구석이 있는 것 같습니다."
"그 녀석의 모습이나 나이는?"
"한 사람은 여행중인 듯한 옷차림에 나이는 서른 두셋 정도로 무사로 보였고, 또 한 사람은 보통 옷을 입고 있었습니다."
"어떤 녀석들인지 전혀 짐작이 안 되지만 아와의 사정을 탐색하려는 덴마 무사 놈들이 있다는 소문이 돌고 있네. 그 녀석들을 그대로 보낸 것은 유감이군."
"그 대신에 녀석들이 우리를 보고 놀라 찢어 버린 종이를 나중에 주워 왔습니다. 그런데 날이 너무나 어두워서 읽을 수 없었습니다. 그 편지는 제 하인이 가지고 있습니다."
이렇게 말하고 있는 동안에 숨을 헐떡이면서 게이노스케의 하인이 달려왔다. 만키치와 이치하치로가 산기슭에서 본 남자는 시간으로 봐서 틀림없이 이 하인이었을 것이다.

모리 게이노스케가 가와초로 간 날, 오요네의 가마를 따라서 시구레도의 은신처를 알아 낸 것도 게이노스케가 아니라 이 하인이었다.

그래서 잇카쿠, 야스케, 게이노스케 세 사람은 각각 8, 9명씩의 무사들을 데리고 이 산으로 모인 것이다. 이번에야말로 물샐 틈 없는 경계를 하여 수상한 중과 아와를 염탐하려는 긴고로, 다이치를 놓치지 않을 셈이었다.

7, 8년 전 아와의 영토를 봉쇄한 뒤부터 영토의 내정에 대해 조금이라도 알려는 자에 대해 예민하게 신경을 쓰고 있는 하치스가 집안에서는, 오늘날까지 긴고로 이외에도 많은 사람을 잡아서 그 목적을 캐물었다.

그러나 그런 사람을 잡아들일 때는 대낮이 아니라 한밤중 아니면, 주위에 사람이 하나도 없을 때였다. 따라서 세상사람들은 전혀 눈치를 채지 못했다.

아와에서는 그런 염탐꾼들을 많이 잡을수록 명예스러운 일로 여겨졌으며 공적을 인정받았다.

게이노스케의 하인이 지금 막 살펴보고 온 시구레도의 모습에 대해 상세히 설명을 하자 30명 가까이 되는 검은 두건을 쓴 사람들이 일제히 일어섰다.

뒷길을 내려가서 온나사카이(女坂) 도중에서 오른쪽으로 들어가자 아주 가까이 있는 사람 모습조차 보이지 않을 정도로 어두컴컴한 숲이었다.

그 숲을 빠져 나와 대나무 숲으로 들어가자 이윽고 이 주위에서는 단 한 채뿐인 시구레도의 불빛이 보였다.

"쉿! 이제부터는 조용히 해."
"저기 공터에 누가 좀 가 봐."
"알겠어. 신호는?"
"잇카쿠님이 소리를 지르면 모두 한꺼번에 뛰어든다."

조릿대나무 잎에서 나는 소리보다 더 조용하게 속삭이더니 검은 그림자가 몸을 숙인 채 뛰어갔다. 그러더니 어느 틈엔가 한 사람의 모습도 보이지 않았다.

밤은 점점 깊어 갔다.

마치 폭풍 전야처럼 깊은 정적이 산을 감쌌다.

밤하늘에는 구름이 떠다니고 있었고, 시구레도에는 사방에서 숨소리를 죽이면서 때를 기다리고 있는 복면한 무사들이 있었다.

한참 후 시구레도의 마당으로 사뿐히 뛰어든 것은 새까만 복면을 한 야스케였다.

사람의 키를 넘는 남천촉나무에서 이슬이 떨어질 때 야스케의 몸은 두께비처럼 마루 밑으로 기어들어갔다.

방에서 말소리가 새어 나왔다.

긴고로와 다이치, 그리고 마침 저녁때 이곳으로 온 이치하치로와 만키치의 목소리였다. 그들은 아주 은밀하게 속삭였지만 마루 밑에 엎드려 있는 야스케의 귀에는 바로 옆에서 들리는 것처럼 생생했다.
 야스케는 자신들의 짐작이 맞은 것이 기뻐서 가슴이 뛰었다. 그리고 계속 새어 나오는 밀담의 내용은 상상했던 것 이상이어서 그를 몹시 놀라게 했다.
 '야, 이거 대단한 일이군. 만약 내가 이 사실을 미리 눈치채었길래 망정이지, 그렇지 않았다면 이 사건으로 하치스가 집안이 파멸할지도 모른다.'
 얼굴에 달라붙은 거미줄을 손으로 떼면서 야스케는 끈기 있게 숨을 죽이고 있었다. 그래서 이치하치로와 긴고로가 흉금을 털어놓고 하는 이야기를 야스케가 남김없이 듣고 말았다.
 '잘되었군! 하치스가 집안의 비밀을 염탐하려는 네 녀석들은 오늘 밤 모두 일망 타진이다!'
 야스케는 마음 속으로 외쳤다. 야스케가 생각하기에 더욱 잘된 것은 마침 오늘 밤 그 중이 없다는 사실이다.
 '그 녀석만은 왠지 두려워.'
 솜씨가 뛰어난 잇카쿠조차도 겐노조만은 두려워하여 오늘은 솜씨가 뛰어난 젊은 무사를 여럿 데리고 왔다. 그러나 어쨌든 그들이 가장 두려워하고 있던 적이 없다니, 무엇보다도 잘된 일이었다.
 적막한 밤 공기를 타고 시간이 흘러갔다.
 시구레도 안에 있는 사람들에게는 보이지 않는 적의 손길과 운명의 기류가 시시각각으로 눈앞에 다가오고 있었다.
 하지만 영감이 뛰어난 만키치와 이치하치로도 이야기에 몰입하는 바람에 위험을 눈치채지 못했다.
 이야기가 너무 길어지자 환자에게 나쁠 것이라고 생각되어서 그들은 다음 날 다시 의논할 것을 기약하고 두 사람은 다른 방으로 가서 잠자리에 들었다.
 긴고로는 혼자서 방안을 치운 다음 다이치에게 이불을 덮어 수면서 무심코 하늘을 바라보았다.
 그때 갑자기 비가 세차게 내리기 시작했다. 침묵하고 있던 어둠의 한쪽 구석에서 기분 나쁠 만큼 차가운 공기가 나무들을 뒤흔들고 있었다.
 "결국 비가 내리는군."
 다이치가 있는 곳까지 비가 들이칠 것 같아 긴고로는 당황해서 덧문을 닫으려 했지만, 그래도 뭔가 불안한듯이 양미간을 찡그리며 비 내리는 밖을 바라보고 있었다.

"비가 많이 내리겠는데."

푸르스름한 번개가 번쩍하면서 정원을 비추었다.

'겐노조님은 어디로 가신 걸까? 어디 계신지 알면 우산이라도 들고 가겠는데 마을로 가셨다면 괜찮지만, 산에 계시다면 이 비에 완전히 젖을 텐데. 어디로 가셨을까? 요즘은 힘이 하나도 없으시고 말도 잘 하시지 않던데…….'

긴고로가 내리는 비를 보며 생각에 잠겨 있을 때 툇마루 밑에 있던 구키 야스케는 덧문이 닫히기 전에 살금살금 긴고로 발 아래쪽으로 다가갔다.

야스케가 살짝 몸을 옆으로 비틀어서 마루 틈 사이로 위를 올려다보자 긴고로는 자신의 몸이 비에 젖는 것도 모른 채 겐노조를 걱정하면서 계속 혼자 말을 하고 있었다.

"혹시 내가 너무나 끈질기게 부탁해서 화가 나신 것은 아닐까? 그렇지 않으면 오치에님이 그리워서일까? 아니야, 오치에님을 그렇게 생각하는 분이라면 그렇게 내가 부탁을 했을 때 승낙했을 거야. 아, 이제 더 이상 부탁하지 말자. 솜씨가 좋으면 뭘 하겠어? 그토록 박정한 분한테. 그래, 하늘이 무너져도 솟아날 구멍은 있다고 했어. 생각지도 않은 사람들과 힘을 합치게 되었으니까 이제 겐노조님에게 더 이상 의지하지 말고 내 힘으로 아와의 내막을 탐색해 볼 거야! 그리고 오치에님을 행복하게 만들어 줄 거야……."

자신도 모르게 중얼거리는 사이에 눈물이 나서 긴고로는 입술을 꼭 깨물었다.

그때 구키 야스케가 바로 긴고로 발 밑에서 입에 손을 대고 목소리를 바꾸어 긴고로를 불렀다.

"긴고로 나리……."

미친 듯한 칼날

"긴고로 나리."

갑자기 마루 밑에서 자신을 부르는 소리가 들리자 긴고로는 깜짝 놀랐다. 그러나 즉시 그렇게 놀란 자신이 부끄러워졌다.

"누구냐?"

긴고로는 이렇게 물으며 몸을 약간 굽혔다.

수상한 자라면 먼저 말을 걸 리가 없다.

긴고로는 이 부근 대나무 숲에서 살고 있는 거지에게 두세 번 먹을 것을 준 적이 있는데, 지금 자신을 부른 사람은 바로 그 거지일 것이라고 생각하며 마음을 놓았다.

"긴고로 나리."

구키 야스케는 다시 한 번 긴고로의 이름을 부르고 나서 칼을 쓰기 좋은 자세로 몸을 바꾸었다.

"누구냐고 묻는데 왜 대답을 안 하느냐? 그런 곳에 들어가 있으면 안 된다. 너는 저번에 왔던 거지냐?"

"예……."

"하지만 지금 이 시간에 오면 먹을 게 아무것도 없다."

긴고로는 아래를 들여다보지도 않고 계속 선 채로 말하다가, 갑자기 무슨 생각이 들었는지 다른 이야기를 했다.

"아, 그렇지. 오늘 저녁에 스님을 못 보았나? 이렇게 억수같이 비가 내리니 어디 집 안에 계시겠지만, 어느 집인지 알면 우산을 가지고 가주지 않겠나?"

"……."

"모르는군?"

"알고 있습니다."

"그렇다면 내 부탁을 들어 주겠나?"

"……."

아무런 생각 없이 긴고로가 한쪽 발을 마당에 디디고 신발을 신으려는 순간이었다.

칼집을 잡은 채 끈기 있게 기다리고 있던 구키 야스케가 옆으로 칼을 휘둘렀다.

"얍!"

마루 아래이기는 하지만 충분히 팔꿈치를 벌리고 있어서 칼집에서 나온 칼은 긴고로의 한쪽 발을 갈랐다. 옷 위로 붉은 피가 배어 나왔.

불의의 습격을 당한 긴고로는 한쪽 발을 뺄 생각이었지만 통증이 너무 심해 비가 쏟아지는 마당으로 그대로 나뒹굴었다.

그러나 야스케의 칼이 옷자락 끝을 스치는 바람에 칼에 베인 상처는 뼈를 자르지 못했다.

"에잇, ……누구냐?"

긴고로가 비틀거리면서 일어섰다.

긴고로는 상처를 누르면서 칼을 가지러 가려고 했지만 발에 상처를 입었기 때문에 일어설 수가 없어 한두 걸음 비틀거리다가 다시 쓰러지고 말았다.

긴고로는 굵은 빗줄기를 맞으며 피와 흙으로 뒤범벅이 된 채 발버둥치고 있었다.

구키 야스케는 득의 만만한 얼굴을 하고 한쪽 손에 조심스럽게 칼을 잡은 채 더욱 안쪽으로 몸을 빼고는 긴고로를 노려보고 있었다.

땅에서 튀어 오르는 빗방울이 하얗게 물안개를 일으켰다. 시구레도의 지붕에서는 폭포처럼 물방울이 넘치고 반쯤 열려져 있는 문에서는 등불이 꺼질 듯이 흔들리고 있었다.

"어느 녀석이냐…… 비겁한 녀석. 다이치, 다이치!"

계속 퍼붓는 비 속에서 긴고로가 소리 높여 외쳤지만 그것은 빗소리에 지워질 뿐이다.

또한 어떻게 해서든 일어나 보려는 노력도 빗줄기의 힘에 눌려 그만 수국처럼 시들어 버렸다.

너무나 순식간에 일이 벌어졌기 때문에 안쪽 방으로 들어간 이치하치로 만키치조차 알아차리지 못했다. 다만 지붕을 두들기는 질풍같은 빗소리에 서로 얼굴을 마주보고 있을 뿐이다.

하지만 방금 긴고로 옆에서 잠이 들었던 다이치는 뭔가를 느끼고 가슴이 뛰었다.

"뭐지?"

다이치는 자유롭지도 못한 몸으로 모기장 속에서 나오면서 긴고로를 불렀다.

"주인님, 주인님!"

그러나 아무 대답이 없었다.

문도 그대로 열려 있었다.

문 사이로 어렴풋이 보이는 밖의 어두움이 악마의 입 같았다. 마치 짐승이 쉰 목소리로 부르짖는 것 같은 바람 속에서 새파란 번갯불이 명멸하고 있었다.

"어떻게 된 거지? 그러고 보니 아까 이상한 소리가……."

다이치의 얼굴에 한순간 불안이 스쳐 지나갔다.

'어쩌면?'

불쑥 툇마루까지 기어 나와서 육친의 몸을 걱정하는 듯한 비통한 목소리로 긴고로를 불렀다.

"주인님, 주인님!"

그러나 아무런 대답이 없었다.

"만키치."
"예?"

"아까부터 누군가가 계속 소리를 지르는 것 같지 않나?"
"그래요? 어디에서 말입니까?"
"건넌방인 것 같아. 빗소리 때문에 잘 들리지는 않지만……."
"그래요? ……음, 그런 것 같군요. '주인님' 하며 부르는 소리가 나는군요. 무슨 일일까요?"
"그 다이치라는 환자가 아닌가?"
"그럴지도 모릅니다. 그런데 이상하군요. 왜 저렇게 큰 소리로 외치고 있는 것일까요?"
안쪽 방으로 들어가서 잘 준비를 하던 이치하치로와 만키치는 우뚝 서서 가만히 귀를 기울여 보았다.
불러도 대답이 없는 긴고로가 걱정스러워 자꾸 부르는 다이치의 목소리가 이번에는 마루 가까이에서 두세 번 들렸다.
"나리."
만키치는 이맛살을 찌푸린 채로 가라앉은 목소리로 이치하치로를 부르고 나서 얼굴을 바라보았다.
"또 이상한 말을 한다고 하시겠지만, 아무래도 저는 아까부터 가슴이 두근거려서 견딜 수 없습니다. 그 산에서 내려올 때부터 그랬습니다. 어쨌든 마음을 단단히 먹으십시오."
"긴고로가 수상하다는 말인가?"
"아니, 그 사람들은 전혀 의심스럽지 않은데 절벽에서 만났던 무사들이 왠지 걱정이 됩니다. 어쩌면 하치스가 집안의 녀석들이 벌써 행동을 개시했는지도…… 그 말이 끝나기도 전에 다이치의 목소리가 똑똑하게 들렸다.
"주인님이 없어, 주인님……."
"어떻게 된 일이지?"
허리끈을 다시 맨 두 사람이 다이치의 방으로 뛰어갔다. 그러자 마루에서 방까지 빗물로 젖어 있고, 바람에 꺼질 듯 깜박거리는 불빛으로 장지문에 매달려 허둥대고 있는 다이치의 모습이 보였다.
"주인님이…… 주인님이 보이지 않습니다."
"긴고로님이 보이지 않는다고?"
이치하치로의 목소리가 높아졌다.
"조금 전까지도 여기에 있었지 않은가?"

"그래, 문을 닫는 소리가 들렸는데."
"그런데 어느 사이에 밖으로 나갔나 봅니다."
"앗!"
밖을 쳐다보고 있던 만키치가 깜짝 놀라서 비가 쏟아지는 마당을 향해 등불을 돌렸다. 그러자 비를 맞으며 쓰러져 있는 하얀 것이 어슴푸레하게 보였다. 분명 긴고로의 옷이었다. 긴고로는 기절해 있는 것 같았다.
"아니……?"
다이치의 얼굴은 마치 죽은 사람 같았다. 만키치와 이치하치로는 동시에 쏟아지는 비를 맞으면서 마당으로 내려섰다.
내려설 때 만키치의 어깨가 썩은 덧문을 건드렸는지 덧문이 그대로 떨어졌다.
"앗! 당했군."
"긴고로님, 정신 차리세요."
이치하치로가 긴고로를 안고 만키치가 긴고로의 귀에 대고 그의 이름을 부르는 사이에도 비는 사정없이 온 천지를 때렸다.
"긴고로, 긴고로!"
"으음……."
"정신이 드나? 다행이 급소는 아니네만, 그래도 마음을 놓아서는 안 되네."
"이치하치로님……."
긴고로는 이치하치로의 손에 몸을 기대고 있는 힘을 다해 일어서면서 주위를 둘러보았다.
"니에게 정신을 빼앗겨 방심하시면 안 됩니다. 하치스가 집안의 손길이 이곳까지 뻗쳐 있습니다."
"뭐, 하치스가 집안의 손길이?"
그때였다.
마루 아래에 숨어서 때를 기다리고 있던 구키 야스케는 준비해 온 호각을 품에서 꺼내 입에 물었다.
시끄러운 호각 소리가 마루 아래에서 사방으로 울려 퍼지자 즉시 새까만 그림자들이 마당에 있는 세 사람을 둘러쌌다.
가늘고 하얀 칼날이 사람의 그림자와 함께 여기저기에서 번뜩였다. 칼 끝이 낮게 흔들거리며 긴고로 일행을 노리고 있었다.
"아, 발이 말을 안 들어요."
긴고로는 발이 몹시 아픈지 신음 소리를 냈다.
긴고로를 안고 있던 이치하치로는 수많은 적에 둘러싸여 있었으나 관리답게 침착함을 잃지 않았다.
"만키치! 조심하게."
"예, 이 녀석들이었군. 그래서 아까부터 왠지 가슴이 안정되지 않았군."
만키치도 품에서 방망이를 꺼냈다.
원을 이루고 있던 그림자가 그 원을 조금씩 좁히며 칼날을 번뜩였을 때 어디에선가 둔중한 목소리가 어둠을 갈랐다.
"잠깐만!"
우뚝 선 채로 싸울 태세를 갖추고 있던 사람들이 눈길을 돌려서 보니, 정원 한구석에 있는 큰 나무 아래에서 비를 피하며 상황을 살피고 있던 덴도 잇카쿠였다.
잇카쿠만은 복면을 하지 않고 허리까지 내려오는 옷을 입고 있었다. 그 옆에서 칼집에 손을 대고 있는 것은 게이노스케였다.
"이제 포기하지……."
그의 오만한 몸짓은 벌써 이들을 죄인 취급하고 있었다. 잇카쿠의 말은 바람 소리에 밀려 드문드문 희미하게 들렸다
"이제 소용 없어! 포기하고 뒤로 손을 돌려라. 우리들은 하치스가 아와노가미의 무사들이다. 너희들의 목숨은 우리에게 달려 있다. 그래도 대항하겠다면 좀더 가지고 놀다 죽여 주고."
"닥쳐라!"
갑자기 이치하치로가 그의 말을 가로막으며 큰 소리로 대꾸했다.
"아와의 무사가 도대체 뭐냐? 하치스가 집안이라고 해서 무고한 백성을 그렇게 난폭하게 다루어도 된다는 건가?"
잇카쿠의 하얀 이빨이 어둠 속에서 빛났다.
"뻔뻔스러운 놈! 너희 죄는 바로 너희들이 더 잘 알 것이다. 할 말이 있으면 아지 강 저택에 가서 해라."
"우리들은 그러한 곳으로 끌려갈 만한 행동을 한 기억이 없다."
"아와의 금지된 법을 어기고 그곳으로 기어들어가 비밀을 캐내려고 한 불

미스러운 대죄를 저지르지 않았나! 변명을 해도 소용 없다."
"금지된 법이라는 것도 아와의 주장일 뿐, 천하의 법은 아니다. 이 곳은 천황의 영지, 즉 장군 가의 지배지이니, 한 성의 영주에 지나지 않는 아와 노가미가 자신의 규율을 모든 사람에게 지키라고 할 권리는 없다."
이치하치로의 변설은 과연 관리로 근무했던 만큼 조리가 있었다.
"더구나 우리들은 이제까지 아와의 법을 어기고 그곳으로 들어간 기억도 없고, 비밀을 탐지한 일도 없다. 그런데도 우리를 의심하는 것을 보니, 그곳에 그렇게까지 세상에 알려질까 두려운 비밀이 틀림없이 있다는 이야기가 아니냐?"
이치하치로는 상대방의 아픈 곳을 찔렀다.
그 말 그대로 아와 이외의 영토에서 아와의 법을 주장한다는 것 자체가 무리였다.
하지만 지금은 그러한 횡포와 권력이 횡행하는 시대였다. 덴도 잇카쿠처럼 그러한 횡포를 휘두르는 일로 밥을 먹고 살고, 그러한 것을 자랑으로 삼는 무사들의 귀에 조리에 맞는 이치하치로의 말이 들어올 리가 없었다.
"좋아! 이제 더 이상 말은 필요 없다."
이렇게 말하자 잇카쿠는 뒤에서 손을 흔들었다.
"에도에서 온 긴고로와 계속 우리 주위에서 냄새를 맡고 돌아다니는 덴마 무사들을 단 한 번에 쳐 없애라."
"옛!"
원을 그리고 있던 복면의 무사들이 한꺼번에 대답을 했다.
"맛 좀 봐라."
만키치는 맨 앞에서 달려오는 무사들을 향해 몽둥이를 힘껏 내리쳤다.
앗! 얍!
목소리와 목소리가 얽히고 사람과 사람, 검과 검이 어둠 속에서 소용돌이를 쳤다.
억수같이 퍼붓던 비의 기세가 조금씩 수그러들고, 언뜻 벌어진 구름 틈새에서 맑은 하늘이 나와 일순 칼들이 춤추는 모습을 보여 주었다.
하지만 구름이 다시 넓게 퍼지면서 짙은 어둠이 깔렸다.
잠시 후 그 소용돌이 속에서 이치하치로의 절규가 들렸다.
"우웃······. 이제 나는 틀렸다."

"앗, 나……나리."

"만키치, 나에게 신경쓰지 말고 빨리 이곳을 떠나라."

"아니, 그럴 수는 없습니다."

"빨리 가서 고잔님에게 이곳의 사정을 알려야 한다."

"앗, 저 녀석을 놓치지 마라!"

모여 있던 무사들이 두 패로 갈라졌다.

한쪽은 길게 만키치의 뒤를 쫓고, 다른 한 패는 이치하치로에게 밧줄을 던졌다.

긴고로는 어떻게 된 것일까?

시구레도의 불빛이 꺼져서 다이치의 모습도 알아볼 수 없었다.

만키치는 담을 넘어 도망쳤다.

그때였다. 고막이 찢어질 듯 큰 소리가 시구레도의 마당에서 들렸다.

깜짝 놀란 모두의 눈앞에 번쩍 하더니 커다란 불기둥이 보였다.

번개였다. 아비규환의 소용돌이 바로 옆에 있던 느티나무가 죽음의 냄새를 풍기며 쓰러졌다.

허공에 하얀 뿌리를 드러낸 커다란 느티나무가 완전히 갈라진 채로 누워 있었다.

적막한 대지를 조롱하듯이 먼 곳에서 다시 천둥이 꽝 하고 소리를 치며 사라졌다.

백사장

두세 곳에 번개가 떨어지고 나서 폭풍우 치던 하늘은 완전히 맑게 갰다. 그러자 말끔한 반달이 그 모습을 드러내 검푸르게 일렁이는 호수의 물결을 비추어 주었다.

우치데가하마(打出謙)의 소나무 숲에도 여기저기 뿌리채 뽑힌 나무들이 처절한 그 모습을 드러내고 있었다.

임시로 지어진 몇 채의 오두막집이 그 주위에 흩어져 있다. 기와를 굽는 기와꾼의 오두막집이었다.

사람이 살지 않는지, 소나무 사이로 오두막집은 보여도 불빛은 보이지 않는다. 그러나 갑자기 어딘가에서 중얼거리는 소리가 들렸다.

"아아, 이렇게 비가 많이 오다니……."

오두막집 처마 밑에 서서 흠뻑 젖은 옷자락의 물기를 짜다 말고 고개를 내민 달을 자신도 모르게 황홀하게 쳐다보는 사람은 바로 오쓰나였다.

달빛에 보이는 그녀의 콧날은 너무나 아름다웠다.

머리도 조금 젖었는지 엉킨 머리카락이 상아처럼 하얀 얼굴에 착 달라붙어 있는 것을 손가락으로 떼어 옆으로 붙였다.

"어떻게 하지? 결국 오늘 밤은 잘 곳을 찾지 못했네. 내가 이 지경이 되고 만 것도 모두 마고베 때문이야. 마고베 녀석, 조금 전 벼락에라도 맞아 죽었으면 좋겠어."

오쓰나는 화가 나는 듯이 중얼거렸다.

그러나 그곳에서 조금 떨어진 오두막집에 누군가가 서 있는 듯해서 오쓰나는 깜짝 놀랐다.

끈질긴 마고베라고 생각했던 것이다. 하지만 설마, 하고 다시 보자 그쪽에서도 자신을 보았는지 힐끔 얼굴을 돌렸지만 별로 신경을 쓰지 않는 모습이었다.

오쓰나는 방금 느꼈던 마음의 동요가 사라지자 갑자기 가슴이 뛰는 것을 느꼈다. 하지만 그것은 조금 전의 불쾌한 놀라움이 아니라 너무나 갑자기 찾아온 기쁨이었다.

자신이 잘못 본 것은 아닌가 하며 마음을 진정시키고 몇 번이나 보았지만, 역시 착각이 아니었다.

그곳에 서 있는 사람은 바로 시구레도의 스님, 피리 소리의 주인이었다. 지금도 손에 피리를 들고 있었다.

'어째서 저분이 지금 이 시간에 이런 곳에 있을까?'

오쓰나는 이상하게 생각했지만 피리를 들고 있는 것을 보니, 백사장에 나왔다가 자신과 마찬가지로 비를 피하러 온 것이라고 생각했다.

하지만 그렇다고 하더라도 너무 밤이 깊었다. 자신은 마고베의 눈에 띄지 않기 위해서 일부러 이 소나무 숲에 몸을 숨겼다가, 만약 야바세(矢走)로 떠나는 배가 있으면 그 배를 타고 구사즈(草津) 부근에서 하룻밤 자려고 했는데 갑자기 비가 오는 바람에 떠나지 못한 것이다.

'그런데 저분은 어째서 지금 이런 곳에 쓸쓸하게 혼자 서 있는 것일까?'

겐노조의 번뇌를 모르는 오쓰나는 그것이 이상하게 여겨졌다.

하지만 어쨌든 우연히 그를 만나게 된 기이한 인연의 기쁨으로 가슴은 두

근거리기 시작했다.
 어떻게 해서든지 말을 걸고 싶었다. 그러나 어떻게 해야 좋을지 생각이 나지 않아 머뭇거리고만 있는데, 상대방은 자신에게 말을 걸 기회도 주지 않았다.
 잠자코 달을 바라보고 있던 오쓰나는 시간이 흐를수록 점점 당황해 지면서 마음이 어수선해졌다.
 어떻게 된 것일까?
 오쓰나는 자신이 이토록이나 초조해 하는 것에 스스로 놀라며 목까지 올라온 듯한 말을 다시 집어삼키고 말았다.
 '이렇게 좋은 기회는 다시 없을 거야.'
 오쓰나는 사랑에 눈 먼 자신을 어찌할 수가 없었다.
 남자를 남자라고도 생각지 않고, 다른 사람의 품에 있는 물건까지 재빠르게 훔쳐 내는 오쓰나에게도 이런 여자다운 면이 있었던 것이다.
 여자로서 느끼는 사랑의 괴로움을 오쓰나는 지금 처음 깨달았다. 오늘날까지 자라면서 거친 흙 속에 뿌리를 내렸었다. 성격, 본능, 모든 것이 계속 자라서 나쁜 꽃으로 피지만 단 한가지 순수한 게 남아 있었다.
 그것은 바로 사랑을 느끼는 감정이었다.
 "다행이야. 내일도 이렇게 밝아야 할 텐데 ……."
 오쓰나는 겨우 용기를 내 이렇게 중얼거렸다.
 하지만 그것은 겐노조에게 한 말이 아니다. 이렇게 중얼거리면 겐노조가 그것을 실마리로 해서 뭔가 말을 걸어 주지나 않을까 하는 기대감에서였다.
 오쓰나는 오두막집 처마에서 얼어붙어 버린 듯이 꼼짝도 하지 않았다.
 '아주 심한 비였지요……'라든지, '혼자이십니까?' 하며 지금이라도 저쪽 처마에 있는 겐노조가 말을 걸지나 않을까 하여 오쓰나는 가슴이 두근거렸다.
 '어린애도 아닌데 내가 왜 이렇게 유치하게 구는 거지?'
 오쓰나는 갑자기 자신이 불쌍해졌다.
 그러면서 겐노조를 훔쳐보는 오쓰나의 모습에는 세상사에 닳고 닳은 여자의 그늘이라고는 조금도 보이지 않고, 부끄러움만이 넘치고 있었다.
 의중사(義仲寺)의 종이 큰 소리로 울리며 새벽 3시를 알렸다. 우치데가하마의 파도 소리에 섞여 종의 여운이 엷어져 가자 겐노조는 갑자기 일어서서 걷기 시작했다.
 겐노조는 깊은 번민에 싸여 괴로워하다가 종소리를 듣자 문득 긴고로가 걱정할 것이라는 생각이 들었다. 겐노조의 하얀 모습이 소나무 사이를 뚫고 터벅터벅 걷기 시작했다.
 부질없는 소망이 끊기자 오쓰나는 갑자기 서글퍼졌다. 그러자 자신도 모르게 겐노조를 향해 말을 걸었다.
 "아, 저……."
 그곳에 여자가 있다는 것을 미리 알고 있었기 때문에 겐노조는 의외라는 표정도 짓지 않은 채 소나무 숲을 가로지르던 발길을 멈추었다.
 "왜 그러시죠?"
 조용하면서도 냉정한 말투였다.
 "저……."
 오쓰나의 입술은 갑자기 바들바들 떨리고, 자신이 느낄 정도로 혀가 잘 돌아가지 않았다.
 "저, 당신은……."
 오쓰나는 어떤 말인가 하려다가 당황해서 뒷말을 잇지 못했다. 하지만 이렇게 좋은 기회를 놓치면 안 된다는 생각에 다시금 용기를 냈다.
 "저, 혹시 오늘 저녁때 시구레도에서 피리를 불고 계시던 분이 아닙니까?"
 이상스럽다는 듯이 여자를 바라보고 있던 겐노조의 얼굴에 갑자기 미소가 떠올랐다.
 "제 피리 소리를 들으셨군요? 그냥 제가 좋아서 부는 것이라 들을 만한 것도 못 됩니다."
 "아니에요, 정말로 좋은 소리였어요. 산에서 들었는데 뼛속까지 소리가 스미는 듯했습니다."
 "당신도 피리를 좋아하는 모양입니다."
 "깊이 배워 본 적은 없지만, 그냥 좋아서요."
 오쓰나는 자신도 모르는 사이에 조금씩 말이 유창해짐을 느꼈다.
 "특히 당신이 부는 종장류를 가와초에서 처음 듣던 날 밤부터 이상하게 마음이 끌렸지요. 그 후로도 얼마나 그 음색에 끌렸는지 모릅니다."
 "아니? 그러면 그때 술에 취한 아와 무사가 무례하게도 나에게 2층에서 돈을 던져 준 다음에 불렀다는 여자 손님이 바로…… ?"
"예, 바로 저예요."
눈길을 둘 곳이 없어서 당황하면서 얼굴을 붉히는 여자의 모습을 겐노조는 그제서야 자세히 보았다.
여자의 옷차림이나 얼굴 모습으로 보아 이 지방 사람은 아닌 것 같았다. 여자는 에도에서도 중심지에서나 볼 수 있을 듯한 세련된 옷차림을 하고 있었다.
빗으로 말아 올린 머리나 허리를 아무렇게나 질끈 묶은 자신의 겉모습 때문에 오쓰나는 겐노조 앞에서 주눅이 들었다. 자칫 자신이 여자 소매치기라는 것까지 겐노조가 알아채지 않을까 두려워졌다.
오쓰나가 중간에 이야기를 멈추자 겐노조도 더 이상 아무 말도 하지 않았다.
철썩 철썩…… 하며 우치데가하마로부터 들리는 너무나 맑은 파도 소리와, 거울을 닮은 서늘한 달의 모습이 사랑에 빠진 오쓰나의 마음을 오그라들게 하는 것 같았다. 그때 겐노조는 빨리 시구레도로 돌아가지 않으면 긴고로나 다이치가 걱정할 것이라는 생각이 다시 들었다. 그런데 시간이 지나도 두 사람 사이에 아무런 연결 고리가 없어서 자칫하면 겐노조가 그곳을 떠날 것이라고 생각한 오쓰나는 다시 당황해서 덧붙여 말했다.
"말씀하시는 것을 들으니 에도에서 오신 것 같군요."
에도라는 말을 듣자 겐노조는 자신도 모르게 여자에게로 마음이 끌렸다.
"맞습니다. 그렇다면 당신도 에도에서 왔습니까?"
"예, 혼고츠마고이입니다. 여자 혼자서 여행한다고 보이면 좋지 않을 것 같아 일부러 이런 모습을 하고 있습니다. 저는 에도에서 꽃꽂이를 가르치고 있습니다. 에도에 계실 때 저희 집에 한번 들르십시오."
"같은 에도에 산다니 언젠가 또 볼 날이 있겠지만, 저는 사정이 있어서 당분간 에도로는 가지 않을 생각입니다."
"어머, 무슨 사정인데요?"
"특별한 일은 아닙니다. 그저 마음껏 여행을 하고 싶어서……."
"아닙니다. 여행도 좋지만 에도도 좋은 곳이죠. 야마노테(도쿄의 부유층이 사는 지역)는 잘 모르지만 시타마치(도쿄의 상공업 지대)의 고즈넉한 풍경이 생각나는군요. 아침 상에는 가마쿠라(謙倉)의 생선, 저녁에는 스미가(隔圈) 강에서 회를 먹고, 밤에는 초밥 파는 사람들이 다니며, 달밤에는 3층에서 자면서 장군님이 사는 성을 바라볼 수 있는데, 그런 생활이 싫으십니까?"

에도가 그립기는 하지만 겐노조는 오쓰나가 그 생활을 회상시켜 주어도 아무런 매력을 느끼지 못했다. 하지만 이 여자의 매끄러운 에도 어투로 에도의 풍물에 대해 듣는 것은 결코 기분 나쁘지만은 않았다.

"무사님들에게 에도는 더욱 좋은 곳이죠. 전 오사카 부근을 구경하러 왔다가 돌아가는 길인데, 만약 괜찮다면 에도까지 함께 가는 게 어떻겠어요?"

오쓰나는 마음을 단단히 먹고 이렇게 물어 보았지만, 만약 겐노조가 승낙한다면, 어떻게 길을 함께 걸어가지, 하며 미리 이런저런 걱정까지 했다.

겐노조는 다만 웃고 있었다. 그러더니 갑자기 몸을 움츠렸다.

저쪽에서 달려 오는 두세 사람의 모습이 보였다.

자세히 보자 그들은 소나무 숲을 가로질러 어깨에 달빛을 받고 뛰어 오다가 겐노조의 모습을 보았는지 이쪽으로 달려왔다.

"앗, 여기에 계셨습니까?"

달려온 사람이 숨을 헐떡이며 말했다. 그러자 또 한 사람이 황급히 말을 덧붙였다.

"겐노조님, 크, 큰일났습니다."

그 사람들은 겐노조도 알고 있는 오쓰에 있는 한사이 가게의 점원들이었다.

"큰일이라고?"

겐노조도 뭔가 짚이는 데가 있어 움찔했다.

"뭐라고 해야 좋을지 모르겠습니다. 어쨌든 빨리 시구레도로 돌아가 보십시오."

"무슨 일이 일어났는가? 우선 침착하게 무슨 일인지 얘기를 해 보게나."

이렇게 말한 것은 그 남자들보다도 자기 자신부터 침착해지기 위해서였다.

"겐노조님, 놀라지 마십시오. 실은 조금 전에 굉장한 벼락이 쳤지요? 그때 한사이님이 마침 변소에서 나오시며 우리들에게 방금 그 번개가 분명히 시구레도 근처에 떨어진 것 같다, 만약 누가 다치기라도 했으면 큰일이니까 즉시 보고 오라고 말씀하셨습니다. 그래서 비가 조금 그쳤을 때 쏜살같이 시구레도로 달려갔습니다. 가서 보니 새까만 복면을 쓴 무사가 여럿이서 가마를 메고 시구레도에서 갑자기 뒷길로 올라가는 것이 아니겠습니까?"
"무사들이?"
"30명 정도는 되는 듯했습니다. 큰일이다 싶어 시구레도의 마당으로 뛰어가 보니, 세상에 ! 이게 무슨 날벼락입니까? 긴고로님과 다이치님을 아무리 불러도 대답이 없고 시구레도 안은 완전히 텅 비어 있었습니다. 그러다 달빛이 비추길래 멈칫멈칫 둘러보니 주위는 온통 피바다였습니다. 게다가 그곳에 있는 커다란 버드나무에 조금 전의 벼락이 떨어졌는지 복면을 쓴 두세 명이 그 나무 아래에 깔려 있었고, 시구레도 안은 피와 발자국으로 엉망이 되어 차마 눈뜨고는 볼 수 없을 지경이었습니다."
"음……."
겐노조는 신음 소리를 내면서 다음 말을 재촉했다.
"긴고로와 다이치는 어떻게 되었나?"
"다이치님은……."
하인 두 사람은 그곳에서 보고 온 처참한 광경이 생생하게 떠올라서 마음이 괴로운 듯이 얼굴을 마주 보았다.
"제대로 움직이지를 못해서 아마 제일 먼저 당한 것 같습니다. 다이치님은 툇마루와 방 사이에서 칼에 찔린 채 있었습니다. 하지만 긴고로님은 어떻게 된 일인지 아무리 찾아도 보이지 않았습니다."
"보이지 않았다고?"
"예."
"뒷길로 빠져 나갔다는 가마는 틀림없이 두 채였나?"
"가마 주위를 까마귀떼처럼 무사들이 둘러싸고 갔기 때문에 분명히는 알 수 없었지만, 가마는 두 채인 것 같았습니다."
이야기를 다 듣고 난 겐노조는 너무 놀란 나머지 잠시 멍해 있었다. 겐노조는 평소에도 다이치와 긴고로 주변에 하치스가 집안의 사람들이 따라다닌다는 것을 알고 있었기에 넌지시 그들을 보호하고 있었다. 오늘 시구레도를 너무 오래 비운 것이 커다란 실수였다. 그러나 그대로 있을 수만은 없었다.
'시구레도를 습격한 것은 가와초에서 본 적이 있는 덴도 잇카쿠와 아와의 무사일 것이다. 그리고 틀림없이 가마 하나에 긴고로를 태우고 갔을 것이

다.'

이렇게 생각한 겐노조는 갑자기 눈빛을 바꾸었다.

"뒷길은 어디로 연결되어 있나?"

"교토에는 가깝지만 오사카로는 조금 돌아가는 길로, 산을 넘으면 우지(宇治)의 부내장(富乃莊)으로 나갈 수 있을 겁니다."

"음, 그러면 틀림없이 그곳으로 갔겠군. 한시라도 빨리 그 가마와 무사들을 쫓아가야겠네."

"아니, 그들을 바로 쫓아가실 겁니까?"

"그렇다네. 그러니 미안하네만 시구레도도 치워 놓지 못하고, 또한 한사이 님께 폐만 끼치고 인사도 못하고 떠나게 되었다고 말 좀 잘 전해 주게나."

"예, 그렇게 하지요."

"부탁하네."

요즘 들어 과묵하고 침울하게 보였던 겐노조는 마치 사람이 달라진 것처럼 힘있게 말하고는 즉시 아와 무사들을 뒤쫓기 시작했다.

변고를 알리러 온 한사이의 하인들은 다시 시구레도를 향해 불안한 걸음으로 돌아갔다.

밤은 더욱 깊어지고, 우치데가하마에는 하얀 파도만이 넘실거리며 적막한 공기가 감돌고 마음껏 소리를 지르고 있었다.

오쓰나만은 아직 그곳에 서 있었다. 오두막집 기둥에 기대어 맥빠진 모습으로……

달빛 속에서 달보다 하얗게 사라져 가는 겐노조의 뒷모습을 한없이 바라보고 있는 사이에, 주위의 달빛은 희미해지고 이슬 같은 눈물이 오쓰나의 양쪽 눈에 가득 고였다.

겐노조에게는 오쓰나가 스쳐 지나가는 여자에 불과하겠지만, 오쓰나에게 있어서는 손안에 들어온 진주를 놓친 것보다 더 절망적인 공허가 가슴을 적셔 왔다.

어슴푸레 밝아 오는 새벽, 아무도 없는 백사장……

보는 사람도 듣는 사람도 없는 저 바다의 파도.

기와터에 털썩 주저앉아 고개를 숙인 오쓰나는 태어나서 처음 진정으로 슬픔을 느끼고 훌쩍훌쩍 흐느껴 울기 시작했다.

이윽고 부우, 하고 뱃고동 소리가 들렸다.

야바세로 가는 첫배 소리였다.
'에도로 돌아가요. 오쓰나님, 겐노조를 포기하고 에도로 돌아가요. 그를 따라다니다가는 목숨을 잃을지도 몰라요.'
첫배의 고동 소리가 오쓰나에게 이렇게 말하는 것 같았다.

뜻깊은 죽음

비 갠 뒤의 태양이 온 천지를 비추고 있었다. 새 소리가 유난히 맑게 울려 퍼지고, 산봉우리는 물기를 머금은 푸르름에 젖어 있었다. 산비탈에 있는 나무들은 강렬한 태양빛을 받아 하얀 김을 뿜어 내고 있었다.
"서둘러라."
언덕에서 무사들이 선정사(禪定寺) 산마루를 올라가는 모습이 보인다. 어제 폭풍우로 떨어진 나뭇잎이 좁은 산길 여기저기에 흩어져 있고, 낙엽을 밟는 소리를 듣고 놀란 산새가 푸드득거리며 날아갔다.
"서둘러라!"
"산마루만 넘으면 이제 우리 땅이다."
"그곳에 가면 쉴 수가 있어."
"이제 누가 대신 가마 좀 들어 줘."
"새벽녘부터 갑자기 피로해지는군."
"먹을 것이 좀 있었으면……."
"잠깐 한숨 돌리지."
"가와치(河內)까지만 가면 길이 평탄해질 거야. 교토까지 이제 6, 7리 정도밖에 남지 않았어."
피로에 지친 무사들은 한두 마디씩 불평을 내뱉었다.
앞에 서서 격려하는 것은 덴도 잇카쿠, 구키 야스케, 모리 게이노스케였다. 두 채의 가마를 둘러싸고 20명 정도의 무사가 따라갔다. 무사들이 줄로 꽁꽁 묶은 두 채의 가마를 메고 있었다. 가끔 교대를 하면서 꼬불꼬불 구부러진 길을 통해 정상까지 올라왔다.
"앗, 또 피가 흐르는군……."
가마를 멘 무사가 그렇게 말하더니 쿵 하고 한 채의 가마를 내렸다. 그 가마 밑바닥에서 핏방울이 뚝뚝 떨어지고 있었다. 눈 깜짝할 사이에 그것은 몇 줄기의 붉은 선이 되어 살아 있는 지렁이같이 흙 위로 흘러내렸다.

"이렇게 피를 많이 흘려서야 어디 살 수 있겠어?"
"그래, 이 녀석은 곧 죽을 거야."
내린 가마를 둘러싸고 모두들 한 마디씩 했다.
"이 상태라면 어차피 교토까지 살아서 가지도 못하겠는데……."
"저택에 도착하기 전에 시체가 되어 버리면 우리만 헛고생한 셈이야."
이때 잇카쿠가 게이노스케, 야스케와 함께 성큼성큼 걸어와 그것을 보더니 피로에 지친 무사들을 보고 큰 소리로 외쳤다.
"그놈이 죽으면 안 돼!"
잇카쿠는 가마 끈을 풀어서 안을 들여다보고는 낭패한 듯한 표정을 지었다.
"빨리 어떻게든 해 봐. 앞으로 문초해야할 녀석을 죽게 만들면 이곳까지 힘들여서 끌고 온 보람이 없잖아."
긴고로는 무사들에 의해 가마 밖으로 끌려나왔다. 발의 상처가 석류처럼 벌어져 있었다. 또 두어 곳에 상처가 더 있어서 온몸은 피로 범벅이 되어 있었다.
"준비해 온 약은 누가 가지고 있나?"
"여기에 있습니다."
"손가락끝으로 발라 줘. 그리고 천을 감아서 지혈을 시키도록."
"옛!"
즉시 두세 사람이 계곡으로 내려갔다. 긴고로는 심한 출혈로 정신을 잃고 있었다.
"한쪽은 괜찮겠지?"
물을 뜨러 간 무사를 기다리는 동안 구키 야스케가 말했다. 한쪽이라는 것은 또 다른 가마를 가리키는 것이다. 그곳에는 이치하치로가 꽁꽁 묶인 채 들어 앉혀져 있었다. 무사 가운데 한 사람이 말했다.
"저 녀석은 잡힐 때 그리 큰 상처를 입지 않았으니 염려할 것 없습니다."
"그래……."
야스케는 고개를 끄덕이고 나서 잇카쿠와 게이노스케가 서 있는 바위 옆으로 걸어갔다. 그때 잇카루는 팔장을 낀 채 산마루 아래를 내려다보다가 갑자기 무엇을 발견했는지 눈썹을 찡그렸다.
"하필이면 이런 때에……."

미친 듯한 칼날 125

잇카쿠가 혀를 찼다.

"누군가가 이쪽으로 오고 있어."

잇카쿠는 찡그린 눈썹 주위에 손으로 그늘을 만들었다.

"절에 가는 사람일까 아니면 그냥 지나치는 사람일까? 네다섯 명이나 되는걸."

옆에서 게이노스케가 중얼거리자 야스케도 그쪽을 쳐다보았다.

"그렇군."

그리고 세 사람 모두 잠시 동안 산마루를 올라오는 사람들을 보고 있는데 갑자기 구키 야스케가 웃으며 말했다.

"설마 우리 뒤를 쫓아오는 사람은 아니겠지?"

"물론 그럴 만한 사람이 없다는 것은 알고 있지만……."

그렇지만 잇카쿠는 다른 무사들에게도 들리도록 큰 소리로 말했다.

"아무리 여행을 하는 사람이라도 이런 모습을 본다면 틀림없이 수상하게 생각할거다. 만일 하치스가 집안의 무사들이란 것이 알려져서 세상에 좋지 않은 소문이라도 난다면 큰일이지. 어쨌든 긴고로란 놈을 어디에 숨기는 게 좋겠다."

"그렇습니다."

게이노스케도 동의하였다.

"처치는 나중에 하고 우선 긴고로를 보이지 않는 곳으로 데리고 가라. 그리고 각자 잠시 동안 숨어 있어라."

"옛, 알겠습니다."

무사들은 대답 즉시 긴고로의 묶인 손발을 들고 관목 덤불로 둘러싸인 오솔길 저편으로 사라졌다. 그리고 두 채의 가마도 보이지 않는 곳에 숨겨 놓았다. 덴도 잇카쿠는 햇살이라도 가리듯이 삿갓을 비스듬히 고쳐 쓰고, 야스케와 게이노스케는 길가 바위 위에 걸터앉아서 아무렇지도 않은 듯이 담배를 피웠다. 잠시 정적이 흐르더니 갑자기 떠들썩한 목소리와 함께 발소리가 다가왔다.

"아주 날씨가 좋군."

"정말 기분이 좋아. 이렇게 산길을 걷다 보면 먼지 나고 소란스러운 저 아래의 길은 걷고 싶은 마음이 안 들어요."

"하지만 저 아래의 세상도 싸움이 없고 높은 사람들의 왕래만 없다면 결코 나쁘진 않을 거요."
"아, 이곳에 서니 마침 우지(宇治) 강의 흐름이 꺾여져 흐르는 것이 보이는데요."
"산도 좋잖아요? 동쪽을 보세요. 옛날 도쿠가와(德川)님에게 발탁 되어 채용된 은자(忍者 : 둔갑술을 쓰는 사람)의 출생지인 그 유명한 고가(甲賀) 산이 저 근처에 있죠."
"그래요? 지금 막부에서 일하는 고가 집안의 고향이에요?"
"예. 저 뾰족한 산이 야하즈가다케, 그 오른쪽이 이노세(猪の背) 산이지요. 뭐 이름 따위야 아무래도 좋지만, 저 산의 굴곡을 보십시오. 정말 깊이가 있지 않습니까?"
그들은 승려 옷을 입고 있었는데, 모두 다섯 명으로 한결같이 지팡이를 가지고 있었다.
그 가운데 단 한 명 지팡이를 들지 않은 승려가 보화종 차림을 한 채 섞여 있었다.
"어떻습니까?"
스님 한 사람이 다리를 두들기며 말했다.
"이 부근에서 잠시 쉴까요?"
그러자 다른 스님이 쉬어 가자는 승려의 옷소매를 살짝 끌더니 길가에 있는 무사를 눈으로 가리키면서 일부러 태연한듯이 말했다.
"아니, 조금 더 가서 쉬지요."
"그럴까요?"
"조금 더 가면 갈림길이 나오는데, 전망이 좋은 곳이 있어요."
스님들은 무사들이 두려워 서둘러서 그곳을 지나쳐 버렸다. 보화종 차림의 스님도 다른 사람들을 따라서 발길을 재촉했지만, 무사들의 옆을 지나치고 나서 두세 번 뒤를 돌아보았다. 일부러 관심 없는 듯이 담배를 피우고 있던 게이노스케나 야스케는 그들이 빨리 사라지기만을 기다리고 있어서, 보화종 스님이 섞여 있던 것도, 또 그 스님의 삿갓 아래에서 민첩하게 눈동자가 움직인 것도 알아차리지 못했다. 무사들을 본 것이 언짢은지 스님들은 아무 말도 없이 묵묵히 아래로 내려갔다. 이윽고 갈림길에 왔을 때 갑자기 보화종 스님이 발길을 멈추었다.
"그러면 여러분, 저는 여기에서 이별을 고하죠."

"아니?"

네 명의 스님들은 이상하다는 표정을 지었다.

"스님, 당신은 고가 마을로 가신다고 하셨잖습니까?"

"예."

보화종 스님이 정중하게 대답했다.

"원래부터 목적이 있는 여행은 아니지만 아까 산마루 위에서 고가 산을 보자 갑자기 그쪽으로 가고 싶어져서요."

"그래요? 하지만 이곳에서 고가 산에 가려면 길도 험하고 고개가 많아서, 아무리 산을 좋아하는 사람이라도 힘이 들텐데요."

"그리고 또 갑자기 생각난 일도 좀 있구요……."

"그래요? 그러면 조심해서 가십시오."

"감사합니다. 아침부터 일행에 끼워 주시고 여러 가지로 폐만 끼쳤습니다."

"아닙니다. 어차피 스님도 우리와 다 같은 일행이지요. 짚신이나 여비는 괜찮습니까?"

"예, 여분이 있습니다."

"혼자시니 반드시 날이 저물기 전에 숙소를 정하세요. 그러면 조심해서 가십시오."

반나절의 동반자와 헤어지는 것도 유감스러운 듯 한 사람이 줄어서 네 사람이 된 일행은 탁탁 지팡이 소리를 쓸쓸하게 남긴 채 선정사 고개를 내려갔다.

혼자 남은 스님은 조용히 서서 고개를 내려가는 그들을 바라보았다. 여행객의 정은 각별한 것이다. 특히 이렇게 여행 도중에 만난 사람들끼리 정을 나누다 보면, 싸움투성이인 세상이나 권세가들 사이에서는 결코 볼 수 없는 애절한 아름다움이 깃들일 때가 있다.

보화종 스님은 조용히 길 옆으로 다가섰다. 썩은 나무 등치에서 뚝뚝 떨어지고 있는 물에 목을 적시려다가 문득 이끼와 나뭇잎에 묻혀 있는 이정표를 보았다.

남──고노구치(鄕の口)를 거쳐서 나라(奈良)
북──우라지로(裏白) 넘으면 고가로(甲賀路)

"고가……."

이정표를 물끄러미 바라보고 있던 스님의 가슴에 그리움이 샘물처럼 솟아올랐다.

"고가로라면 고가조(甲賀組)의 발상지. 아, 오치에님의 선조들의 고향이군……."

갑자기 스님은 이상한 기분을 맛보았다.

뜻하지 않게 연인의 선조를 만난 듯했다. 그곳에서 계속 이정표의 글씨를 바라보고 있는 스님은 바로 호리즈키 겐노조였다.

겐노조는 전날 저녁 우치데가하마에서 가마를 따라 쏜살같이 달려 왔다. 물론 하치스가 집안의 무사들을 쫓아가서 긴고로를 되찾기 위해서다.

잘 알지도 못하는 이치하치로야 어찌 되었건 염두에도 없었다. 그러나 긴고로만은 자신의 목숨을 버리고서라도 구출해야겠다는 결심을 했다. 자신이에도 땅을 밟을 수 없을 동안은 긴고로야말로 오치에님을 지키고 고가 집안을 지탱해 줄 유일한 사람이었다.

하치스가 집안의 무사들은 세상의 이목을 피하기 위해 반드시 뒷길을 따라 교토로 돌아갈 것이라고 생각해서, 그는 망설이지 않고 이 길을 택했다. 새벽녘에 다이고 산사에서 잠시 쉬는 중에 그곳에서 바로 지금 헤어진 스님 일행을 만난 것이다. 삿갓이랑 짚신도 그 스님들이 절에서 마련해 준 것이다. 겐노조는 하치스가 집안의 눈을 속이기 위해서 승려들과 함께 여기까지 동행했다.

그리고 드디어 산마루 위에서 덴도 잇카쿠와 구키 야스케의 모습을 보았다.

그들은 겐노조를 알아보지 못했지만 겐노조는 그 순간을 그냥 지나치지 않았다. 가마도 두 개가 있었고, 다른 무사들은 어딘가에서 쉬고 있으리라 생각했다. 모든 정황을 날카롭게 살피면서 겐노조는 그 앞을 태연히 지나 왔던 것이다.

이곳은 갈림길, 여기까지 오려면 길은 하나밖에 없다. 어차피 잇카쿠나 그 일행은 반드시 자신의 눈앞을 지나칠 것이다.

겐노조는 물 한 모금에 끓어오르는 피를 억누르며 천천히 이정표 옆에 앉았다.

'이제 서둘러야 해.'

그는 마음을 진정시키기 위해 피리를 들고는 눈을 반쯤 감고 서서히 입술에 갖다 댔다.

선정사 고개.

그 꼭대기에서 조금 내려가 조용한 그늘로 들어서면 오른쪽은 늪이 이어진 옆으로 졸참나무가 빽빽이 자라 있었고 그 위로는 침엽수나 소나무가 무성하여 아무리 여행에 익숙한 자라도 음침한 기분이 드는 숲이었다.

가끔 귀를 찢는 듯 날카로운 새의 울음소리가 마치 봉변을 당하는 여자의 비명 소리처럼 들렸다.

바로 그 때 탁탁 땅을 차는 듯한 많은 발소리가 경사면을 따라 내려왔다.

조금 전 산마루 위에서 두 채의 가마를 내렸던 아와 무사 일행이었다.

모리 게이노스케와 구키 야스케는 이치하치로가 있는 가마 쪽에서 걷고 있었고, 그 뒤에는 덴도 잇카루가 긴고로의 가마를 지키며 갈림길까지 왔다. 그러자 갑자기 어디에선가 귀를 찢는 듯 우렁찬 소리가 들렸다.

"멈춰라!"

이어서 같은 목소리가 들렸다.

"잠시 멈추거라!"

이정표 위에서 벌떡 일어선 호리즈키 겐노조가 당황하는 무사들을 헤치고 재빨리 이치하치로가 있는 가마의 한쪽 봉을 잡았다.

"아니……?"

무사들은 놀란 눈초리로 겐노조를 흘겨보았다.

"그대들에게 하고 싶은 말이 있어서 기다리고 있었다. 어쨌든 이 두 채의 가마를 내려놓아라!"

겐노조는 몸을 긴장시키고 일행이 가려는 길을 막아섰다.

"뭐라고?"

구키 야스케가 소리를 지르면서 칼을 빼들고 겐노조를 노려 보았다.

"모른다면 어쩔 수 없을 테지만, 우리가 하치스가 집안의 무사라는 것을 알고도 발길을 멈추라 말했느냐! 도대체 네 녀석은 무엇 하는 놈이냐?"

"벌써 잊었는가?"

겐노조는 한 손으로 삿갓의 끈을 풀었다. 사방의 적과 대항할 준비를 하기 위해서이다.

"언젠가 가와초에서 너희들에게 모욕을 당하고 그날 밤 뒷정원에서 일전을 치른 사람이다."

"앗!"

야스케는 간담이 서늘해졌지만 자신이 두려워한다는 것을 보이지 않으려고 이마에 힘줄을 세웠다.

"무엇 때문에 이 가마를 세웠나?"

"이것은 그날 밤의 보복이 아니다. 내 일행인 긴고로와 다른 사람이 아무 이유도 없이 너희들에게 잡혀 갔다는 말을 듣고 데려가려고 왔다."

"뭐라고? 안 돼!"

야스케는 큰 소리를 지르며 옆에 있는 모리 게이노스케를 보았다.

"이런 녀석을 상대하고 있을 시간이 없다. 먼저 가거라."

"알겠습니다."

모리 게이노스케는 다른 8, 9명의 무사와 함께 가마 한쪽 끝을 들었다.

"멈추지 못하겠느냐!"

"방해하지 마라!"

난폭한 구키 야스케가 먼저 칼을 휘둘렀다. 겐노조는 몸을 숙여서 자신에게로 뻗어 온 야스케의 칼을 눈 깜짝할 사이에 손으로 잡았다. 아뿔싸! 야스케는 얼굴이 창백해지며 뒤로 물러섰지만, 때는 이미 늦었다. 겐노조의 손으로 넘어간 칼은 갑자기 명검으로 변했다고 생각될 정도로 날카로워져서 한 번 휘두르자 스윽 하고 야스케의 늑골까지 가르는 게 아닌가.

"으악."

피가 분수처럼 솟기 시작했다. 구키 야스케는 허공을 움켜쥐며 쓰러지더니 졸참나무의 경사면 쪽으로 굴러떨어졌다.

긴고로가 탄 가마를 세운 채 상황을 살피고 있던 덴도 잇카쿠는 그 모습을 보자마자 칼을 움켜쥐고는 겐노조에게로 조금씩 다가왔.

잇카쿠는 게이노스케처럼 유약하지도 않고, 또 야스케보다 흉포할 지는 모르지만 결코 성급하지는 않았다. 검을 쓰는 데 있어서도 그들과는 솜씨의 차이가 있어서 겐노조도 무시할 수 없는 강적이었다.

이 틈을 이용하여 게이노스케는 무사 반 이상과 함께 이치하치로가 탄 가마를 들고 산기슭 쪽으로 서둘러 도망쳤다.

그렇다면 이제 중요한 상대는 잇카쿠뿐이다. 나머지 보잘것 없는 무사들은 그리 신경쓸 만한 적이 되지 못한다. 그 무사들에게 3할 정도의 신경을 쓰고, 잇카쿠를 향해서는 나머지 7할 정도의 힘을 들이기로 작정하고 피로 물들인 칼을 다시 잡았다.
번쩍번쩍 빛나는 칼들이 수레바퀴처럼 겐노조 주위를 감싸고 있었다. 잇카쿠는 끊임없이 겐노조 앞으로 칼끝을 뻗었다.
그러나 아무리 해도 겐노조에게는 털끝만큼도 상처를 입힐 수 없었다.
한 걸음이라도 함부로 다가간 자는 즉시 겐노조의 번개 같은 칼날에 어이없이 피를 쏟았다.
이미 네 명이 그렇게 당했다.
탁 하고 젖은 수건을 치는 듯한 소리가 들렸다. 또 쓰러진 것이다.
잇카쿠 일행의 머릿수만 점점 줄어들 뿐이다. 잇카쿠를 제외한 다른 무사들은 두려움 때문에 도망칠 생각만 하고 있었다.
몇 번 일전을 치러도 겐노조의 몸가짐은 조금도 흐트러지지 않았다. 잇카쿠는 아무리 칼 끝을 뻗어도 겐노조를 파고들어갈 수가 없었다.
'어떤 유파지? 도대체 어떤 검법이란 말인가?'
잇카쿠 편의 믿음직스럽지 못한 졸개 무사들은 다시 한 사람이 피로 물든 것을 보더니 갑자기 뒤로 돌아서서는 산기슭 쪽으로 뛰기 시작했다.
먼저 도망친 게이노스케를 불러 올 생각인가?
그러나 아마 게이노스케는 다시 이곳으로 돌아올 정도의 용기를 지닌 사내는 아닐 것이다.
그러나 잇카쿠는 그곳에서 피하지 않았다. 이제 단 두 사람, 덴도 잇카쿠와 겐노조는 잠시 숨을 죽이고 서로 노려보았다. 아와 무사 가운데에서도 난파일방류(難波一方流)로서 뛰어난 솜씨를 가진 잇카쿠를 겐노조로서도 만만히 볼 상대가 아니었다.
이러한 솜씨를 가진 무사는 거의 칼을 빼는 손길도, 칼을 넣는 손길도 다른 사람의 눈에 보이지 않을 정도로 속도가 빠르다.
얍 하고 단 한 번 서로의 하얀 칼날이 부딪쳤지만 잇카쿠의 모습은 갑자기 그곳에서 사라지고, 다만 겐노조의 바로 옆에 있는 나무에 어디선가 날아온 것인지 오랏줄 하나가 뱀처럼 감겨 있었다.
겐노조와 잇카쿠의 솜씨 중 누구의 것이 더 훌륭한지 결국 우열을 가리지 못했다. 잇카쿠가 갑자기 몸을 피해 버린 것이다.
시구레도에서 도망친 만키치는 스미요시 마을에 있는 쓰네키 고잔에게 알리려고 단숨에 이 산을 넘어서고 있었다.
 그리고 두 사람이 일전을 치르는 모습을 발견하고 순간적으로 자신의 오랏줄을 잇카쿠를 향해서 던졌다.
 그런데 오랏줄 끝이 공중을 향해서 소용돌이치는 순간, 잇카쿠가 재빨리 알아차리고 졸참나무가 무성한 계곡 쪽으로 몸을 숨겨 버렸다.
 "당신은 시구레도에 계셨던 겐노조님이 아닙니까?"
 목표를 벗어난 오랏줄을 다시 감으면서 만키치는 겐노조 앞으로 나섰다.
 "그렇다네. 자네는 누구지?"
 "그날 밤 그곳에 묵고 있던 만키치라는 사람입니다. 자세한 이야기는 나중에 하고 우선 그곳에 있는 가마부터 보십시오. 계속 신음소리가 새어 나오고 있습니다."
 뛰어가서 가마를 묶은 줄을 풀자 긴고로의 몸이 힘없이 밖으로 밀려 나왔다. 조금 전 치료를 해서 정신은 들었지만 입에서는 끊임없이 괴로운 듯한 신음 소리가 새어 나왔다.
 "아니, 긴고로가 아닌가?"
 겐노조는 무릎 위에 긴고로의 몸을 올려놓고 두세 번 긴고로의 귀에 입을 대고 이름을 불러 보았다.
 "아, 겐노조님……."
 "나를 알아보겠나? 정신 차리게." 긴고로는 고개를 끄덕였다.
 "저를 구해 주셨습니까?"
 "그래, 하치스가 놈들의 손아귀에서 벗어난 거야. 이제 걱정 안 해도 된다네."
 "힘드셨겠지만……겐노조님, 이제 소용 없습니다."
 "무, 무슨 말을 하는 거냐? 이 겐노조가 너를 구해 냈는데 소용이 없다니?"
 "소용 없습니다. 저, 저는 조금도 기쁘지 않습니다."
 "기쁘지 않다고?"
 겐노조는 당황했다. 이렇게 힘을 들여 구해 주었는데 이런 어이없는 말을 듣다니…….
 조용하게 산새가 울고 있었다.
 만키치는 주위의 시체를 계곡으로 던져 버리고 주위를 조심스럽게 살피고 있었다.

"겐노조님……."

긴고로는 아픈 것도 잊어버렸는지 정중한 자세를 취하고는 겐노조를 불렀다.

"틀림없이 제 말에 화가 나겠지요…… 하지만 거짓말하기를 싫어하는 저는 솔직히 기쁘지 않습니다."

"도대체 이해할 수가 없군. 그 이유를 말해 보게."

"말씀드리지요……. 어떻게 말씀드리지 않을 수 있겠습니까?"

긴고로는 뜨거운 숨을 내쉬었다. 참고는 있지만 출혈을 많이 한 탓에 긴고로의 눈주위에는 검은 그늘이 져 있었고, 띄엄띄엄 하는 이야기에도 힘이 없었다.

"실례되는 말이지만 긴고로는 당신이 싫어졌습니다. 저는 이제 다시는 겐노조님을 보지 않으려고 했습니다…… 겐노조라는 사람은 칼 솜씨는 뛰어나지만 눈물도 피도 없는 무사라고……."

"그렇다면 자네는 어디까지나 오치에님과 연결시켜서 아직도 나를 원망하는 건가?"

"그렇습니다! 겐노조님, 저는 이렇게 구해 주시면서 왜 오치에님을 도와 주지 않는 겁니까?"

"음, 긴고로, 그 말만은 이제 하지 말게."

"아니, 해야겠습니다……."

긴고로는 겐노조의 손목을 꽉 잡은 손이 심하게 떨리는 것이 느껴졌다. 그는 마지막 남아 있는 힘을 모두 불태우고 있었다. 입술이 마르고 혀가 잘 돌아가지 않았다. 더구나 아직도 뜨거운 피가 긴고로의 몸을 타고 흘러내렸다.

"지난 밤에도 부탁드린 대로…… 이제 마지막입니다. 자, 말씀해 주십시오. 에도로 돌아가서 오치에님을 도와 주실 것인지, 아니면…… 빨리 대답해 주십시오."

"무리일세……."

겐노조는 양심의 가책과 긴고로의 가슴 아픈 말에 얼굴까지 창백해지면서 번민했다.

"나에게는 에도로 돌아갈 수 없는 사정이 있네. 지금까지 말하지 않았나? 제발 이 겐노조의 마음을 알아 주게."

"그러면 어떠한 일이 있어도 안 된다는 겁니까?"

"……몸에 뼈와 살이 없다면…… 부모나 형제, 그리고 가문이나 도쿠가 (德川) 가를 모시는 가계(家系)가 없다면……."

"알겠습니다."

긴고로는 그 말 한 마디를 남긴 채 갑자기 앞으로 푹 고꾸라졌다. 어느 사이엔가 겐노조가 옆에 놓아 둔 칼을 보았던 것 같다.

겐노조가 깜짝 놀라서 일으켜 보았을 땐 이미 칼을 옆구리에 깊숙이 찔러 넣은 뒤였다.

계속 솟구치는 붉은 피가 자신의 무릎에까지 따뜻하게 스며드는 것을 느끼면서 겐노조는 아무 말도 하지 않은 채 다만 긴고로를 끌어안고 그대로 앉아 있었다.

긴고로는 자신의 사명을 이루지 못한 괴로움에 몸부림쳤다. 하지만 그는 이미 자신이 살아날 수 없다는 것을 알고 있었다. 다이치가 죽고, 이치하치로도 잡혔으니 이제 모든 것이 자신의 목숨과 함께 끝나는 것도 당연하다고 생각했다.

원망스러운 것은 아와의 땅에 한 발도 들여 놓지 못했다는 것과, 겐노조의 마음을 결국 움직이지 못했다는 것 두 가지였다.

그가 백골이 되어도 이 두 가지 한은 그의 마음에 영원히 남아 있을 것이다.

겐노조는 긴고로를 안고 있던 팔이 점점 무거워짐을 느꼈다.

멍하니 앉아 있던 겐노조의 눈에 눈물이 고였다. 눈가에 흐르는 눈물을 닦으며 긴고로의 뺨에 자신의 뺨을 갖다 대었다.

"긴고로! 긴고로!"

겐노조가 목소리를 짜내어 긴고로를 불렀다. 아까부터 그들을 지켜 보고 있던 만키치가 수건에 물을 적셔와 긴고로의 입가에 흘려 주었다.

그러자 긴고로의 희미해져 가는 혼(魂)도 똑똑히 들을 수 있을 만큼 커다란 목소리로 겐노조가 말했다.

"긴고로! 너의 마지막 가는 길에 한 마디 할 말이 있다. 오늘까지는 황궁 무사의 가문을 더럽히지 않으려고, 또 내 양친이나 형제들에게 근심을 끼치지 않으려고 무사의 길을 버리고, 사랑까지도 버렸다. 그리고 나는 피도 눈물도 없는 겁쟁이가 되었다. 그러나 이제 나는 내가 가야 할 길을 똑똑히 보았다. 긴고로, 이것만은 듣고 가라! 네 부탁은 내가 틀림없이 받아 들이겠다. 혼신의 힘을 다하여 오치에님을 지키겠다. 또 고가 집안도 다시 일으켜 보겠다. 그것을 위해서라면 내 힘이 다할 때까지 아와 본토에 들어 가서 요아미님의 생사를 확인하고, 하치스가 집안의 비밀을 반드시 알아 내고야 말겠다. 긴고로, 들었는가? 겐노조의 오늘의 맹세를 황천으로 가는 노잣돈으로 받아 주게……"

긴고로의 무덤 위에 한송이 꽃이 심어진 것은 그로부터 2시간 정도가 지난 후였다.
겐노조는 합장을 하고 잠시 눈을 감았다. 만키치도 눈물을 흘렸다.
그곳은 산마루를 옆으로 끼고 들어간 절벽 중턱에 위치해 있어 고가의 산과 맑은 날에는 기탄(紀淡)의 바다까지도 보이며, 바람에 조용히 흔들리는 소나무와 오리나무로 둘러싸여 있었다.
"그러면 겐노조님, 이제 즉시 에도로 가실 겁니까?"
만키치는 오늘에 이르기까지 자신들의 상황을 겐노조에게 상세히 말해 주었다. 그리고 만일 겐노조가 이제부터 에도로 갈 생각이라면 자신은 오치에님을 만나는 것을 잠시 미루고 스미요시 마을로 가서 쓰네키 고잔에게 사태의 심각성을 알리겠다고 말했다.
만키치로부터 전후 사정을 듣고 한참 생각에 잠겨 있던 겐노조가 말했다.
"아니, 일단 내가 고잔님을 만나 보기로 하지. 그런데 에도에 있는 오치에님과 긴고로의 가족에게도 빨리 이 사실을 알려야만 하는데……"
겐노조는 다시 고개를 저으며 생각에 잠겼다가 무릎을 탁 쳤다.
"그래, 만키치. 에도에는 자네가 가 주지 않겠나?"
"예? 오치에님의 저택으로요?"
"그렇지. 긴고로의 유품으로 이 머리카락을 가지고 가서 오치에님을 만나 자세한 이야기를 해주게. 그리고 이 겐노조도 곧 에도로 갈 거라고 전해 주게."
"겐노조님이 오신다면 오치에님도 틀림없이 기뻐하실 겁니다."
"그러나 내가 아와로 간다는 걸 다른 사람에게는 비밀로 해주게. 원래 나에게는 에도에 가면 안 되는 사정이 있으니, 다른 사람 귀에 들어 가면 곤란하네."

"빈틈없이 잘하겠습니다. 저는 한사이 어른 댁에 들러서 사죄의 말씀을 드린 다음에 바로 에도로 가겠습니다. 그런데 언제쯤이면 겐노조님과 에도에서 만날 수 있을까요?"
"아마 두세 달 뒤가 되겠지."
"상당히 시간이 많이 걸리는군요."
"들리는 소문에 조만간 하치스가 아와노가미는 곧 덕도(德島) 성으로 귀국한다고 하네. 아지 강 아래에 있는 저택의 상황을 그틈에 살펴보고 갈 생각이네. 그렇지 않으면 오치에님을 만났을 때 앞으로의 계획을 세울 수 없으니까."
"그래요?"
만키치는 겐노조의 얼굴을 뚫어지게 쳐다보았다. 포졸이란 직업으로 이 나이까지 밥을 먹어 온 자신조차 그 저택 담에 있는 구멍밖에 볼 수 없었는데, 하고 겐노조의 말을 믿을 수 없다는 듯한 표정이었다.
"하지만 위험합니다."
"위험해지면 곧바로 철수하겠네. 운이 좋으면 이치하치로를 구해 낼 수 있을지도 몰라."
"아, 이치하치로 나리도 결국 아와의 희생물이 되고 말았군요."
만키치는 자신도 모르게 어두운 표정으로 중얼거렸지만, 결심을 다지듯 의연하게 일어섰다.
"길이 정해졌으니 한시라도 빨리 헤어지지요. 이번에는 긴고로님의 죽음이 헛되지 않도록 하겠습니다. 또 고잔님을 만나시면 이 만키치는 잘 있다고 전해 주십시오."
"알겠네. 그러면 이제 떠나세. 긴고로가 이 땅속에 잠들어 있다고 생각하니 발길이 떨어지지 않지만, 언제까지 이러고 있을 수만은 없겠지."
"그렇지요. 에도에서 겐노조님과 오치에님이 사랑을 불태울 때 긴고로님이 많이 도와 주었다고 하던데요."
"옛날 오치에님의 아버지 요아미님이 긴고로를 조금 도와 주었을 뿐인데, 이렇게 그 집안을 위해 죽다니, 정말 대단한 사나이지. 내가 갈림길에서 이쪽으로 돌아설 수 있었던 것도 긴고로의 의리 때문일세."
"저도 에도로 가면 긴고로님처럼 남자다워지고 싶습니다."
겐노조는 피리를 들었다.

"긴고로의 영혼을 위해 한 곡 불지. 자네도 이별의 표시로 듣고 가는 게 어떤가?"

"그것만은 사양하겠습니다. 그렇지 않아도 아까부터 이치하치로님이 생각나고, 긴고로님의 처참한 모습이 눈앞에 아른거려 견딜 수가 없습니다. 게다가 애달픈 피리 소리를 듣는다면 두고 온 아내까지 생각날 것 같습니다. 눈물의 눈자도 포졸에게는 금물이니 저는 그만 이쯤에서 에도로 떠나겠습니다."

무서운 곳에서 도망치듯이 만키치는 석양을 향해 삿갓을 고쳐 쓰고 선정사 산마루에서 서둘러 에도로 떠났다.

우연한 만남

책상 하나가 쓸쓸하고 적막하게 놓여 있었다.

감나무잎 사이로 새어드는 가을 햇살이 오래 된 다다미 위를 비추었다.

주위에 풀이 많아서 그런지 언뜻 보기에 농가 같았다. 그러나 외국에서 들여온 전기불을 켜놓은 방 안에는 중국책이며 약을 써는 작두가 보였다. 또 책상 위의 종이에는 서투르게 쓴 네덜란드 글자가 보였으며, 외국인 무덤의 돌조각으로 만든 문진도 있었다.

사람은 아무도 없었다.

방은 텅 비고 잠시 햇볕을 쪼이고 있던 가을 파리만이 검은 콩처럼 가만히 앉아 있었다.

"어흠……."

잠시 후 어딘가에서 헛기침 소리가 한 번 들리더니 변소의 문 닫는 소리가 들렸다.

변소 문을 열고 유유히 나온 것은 그 집 주인으로 보이는, 좁은 상투와 가는 턱을 가진 히라가 겐나이였다.

겐나이는 대야에 담긴 물을 떠서 남천 잎에 조금씩 주고나서 수건 걸이에 손을 닦으며 천천히 가을색이 완연한 마당을 둘러보았다. 그리고 책상 서랍에서 약초씨 같은 것을 꺼내 들고 마당으로 내려섰다.

나가사키에서 입수한 약초의 씨나 뿌리는 느긋한 한방 의원처럼 보이고 싶었다.

마루 아래에서 쟁기를 꺼내어 그것을 지팡이 삼아 짚으면서 끝없이 펼쳐진 풀 사이를 걷기 시작했다.

그런데 겐나이가 어느 한곳에서 멈추어 서서 쟁기를 꽂더니 더 이상 아무 것도 하지 않고 그대로 있었다. 순간 그의 안색은 변해 있었다. 자기 집 담장 밖에서 수상한 사람이 계속 주위를 두리번거리고 있었기 때문이다.

"또 수상한 녀석이 왔군……."

겐나이는 씨가 들어 있는 주머니를 그곳에 놓고는 살짝 방으로 들어갔다.

'나는 단순히 의술만을 발휘할 뿐 천하가 누구의 것이 되든 상관없어. 내가 얼마 동안 쓰네키 고잔과 함께 있었다고 해서 하치스가 집안에서 끈질기게 나를 감시하는데, 이제 그만 좀 해 두었으면 좋으련만. 정신이 소란스러워서 네덜란드 사람들이 말하는 신경쇠약에 걸리고 말겠어.'

담뱃대에 담뱃가루를 넣으려 했으나, 솜씨가 없는 탓인지 담뱃가루가 넘쳤다. 그리고 이번에는 작두를 가져와 계피를 자르기 시작했다.

'의원이랍시고 한약이든 네덜란드 약이든 가리지 않고 팔지만, 병이라는 게 약먹어 낳을 수는 없지. 하물며 신경쇠약에 걸리면 정말 골치 아플 거야. 그것에만은 걸리고 싶지 않아. 다른 사람이 그런 병에 걸리면 나야 돈을 벌어서 좋겠지만, 내가 걸리는 것은 질색이네.'

작두를 사용할 때는 손만 움직이면 약초가 저절로 썰어진다. 그러니 공상하기에는 아주 좋은 일감이었다.

'그때는 정말 놀랐어. 그때부터 내가 신경쇠약에 걸린 것 같아. 쓰네키 고잔이 밀무역자 일당을 이용해서 아와로 갈 준비를 하는 것을 어느 틈엔가 하치스가 집안에서 냄새를 맡고 말았지. 지금 생각해 보니 아마 산지가 밀고해서 그렇게 되었던 것 같군. 스미요시 마을의 밀무역자 소굴로 갑자기 복면을 한 녀석들이 쳐들어왔어. 아마 2, 30명은 족히 되었을 거야. 고잔은 가까스로 배를 타고 도망치고, 나는 무덤에 숨어서 목숨만은 겨우 건질 수 있었지. 하지만 그 이후부터 왠지 사람을 보면 깜짝 놀라고 말아…….'

이때 맑은 소리로 새가 울었다.

'도대체 내가 너무 호기심이 강했던 거야. 왜 함부로 고잔 따위와 함께 밀무역자 소굴로 들어갔을까? 이렇게 농가에 방 한 칸을 빌려서 아픈 사람을 고쳐 주고 용돈이나 벌면서, 조신하게 외국인 무덤의 문자라도 베껴서 공부하면 좋았을 텐데. 고잔은 도대체 어떻게 된 걸까? 배로 도망쳤으니까 잡히지는 않았을 텐데. 기슈(紀州) 안쪽에 숨었을까? 어쨌든 나는 고잔 때문에 고생만 했어. 이제 덴마 무사나 밀정이나 하치스 가 집안, 그 어떤 쪽에도 절대로 끼지 않을 거야. 그렇고 말고. 빨리 전기나 화완포(火浣布, 불에 타지 않는 섬유. 일본에서는 이 히라가 겐나이가 처음으로 만들었다고 전해진다)를 만들어서 돈이나 많이 벌어야지……."
 겐나이는 지난날의 일들을 떠올리며 마음을 진정시켰다.
 그때 울타리 밖에서 이상한 피리 소리가 조용하게 겐나이를 방문해 왔다.
 피리의 음률은 문 밖에서 사라질 줄을 몰랐다.
 겐나이는 그 피리 소리가 귀찮은 듯이 썰던 손길을 잠시 멈추고 밖을 향해 소리를 빽 질렀다.
 "저리 가!"
 거리를 돌아다니는 질 나쁜 스님 가운데에는 거절하면 거절할수록 서툰 솜씨로 피리를 계속 불면서 돈을 구걸하는 자가 있었다. 지금 담 밑의 스님은 겐나이의 한 마디에 피리 부는 것을 딱 그쳤다.
 이제 하치스가 집안의 염탐꾼도 없고, 중놈도 가 버렸구나, 하고 생각하는데 밖에서 소리가 들렸다.
 "잠시 여쭐 말씀이 있습니다."
 겐나이는 지긋지긋하다는 얼굴로 방에서 나왔다.
 "뭐요?"
 "이곳에 겐나이님이라는 분이 살고 계십니까?"
 "내가 겐나이이오만……."
 "그래요? 겨우 찾아왔군요."
 따로 문이 있는 것도 아니어서 스님은 울타리를 넘어서 안으로 들어왔다.
 "누구요?"
 겐나이는 의원으로서의 체면을 지키기 위해 책상 앞에 앉은 다음 한쪽 팔꿈치를 괴었다.
 "병이라면 봐 주리다. 안으로 들어오시오."
 "아니, 병을 고치려고 온 사람은 아닙니다. 저는 호리즈키 겐노조라고 합니다."
 겐노조는 방에도 들어가지 않고 마루에 걸터앉은 채로 계속 말했다.
 "그러고 보니 말투도 에도 사람같고……. 호리즈키라는 성은 어디서 들어본 것 같은데……."

"고지마치(麴町)에 사는 호리즈키 이치가쿠(法月一學)의 아들입니다. 에도에서 선생님의 고명한 이름은 많이 들었지만 뵙는 것은 처음입니다."
"아……고지마치의 호리즈키라면 황궁 무사의 수장을 하고 계시는 분이 아닙니까? 그분의 아드님?"
겐나이는 의외라는 표정을 지었다.
"그런데 나에게 무슨 용건이 있습니까?"
"실은……."
겐노조가 말을 하려고 하자 겐나이는 "우선 이쪽에 앉으시오." 하며 방석을 마루 끝으로 내밀었다.
"그럼."
겐노조는 천천히 자리에 앉자 담배 한 대를 피워 물더니 연기를 내뿜으면서 방문한 이유를 말하기 시작했다.
선정사 산마루에서 만키치를 에도로 보내고 겐노조는 교토로 다시 왔다. 스미요시 마을로 가서 고잔의 행방을 물으면 즉시 만날수 있을 것 같아 그곳으로 간 겐노조는 실망하고 말았다.
밀무역자 소굴은 황폐해질 대로 황폐해져서, 밀무역자들뿐만 아니라 고잔이나 겐나이도 이미 그곳에 머물고 있지 않았던 것이다.
바닷가에 사는 사람에게 물어 보자, 4, 5일쯤 전 한밤중에 다들 도망쳤다고 이야기하는 것이다. 무슨 일이 있었는지 자세히 캐물어 여러 가지 털어놓은 대로 짐작을 해 보니 아무래도 하치스가 집 안에 알려져서 모습을 감춘 것 같았다.
이럭저럭 한 달 남짓이 허무하게 지나고 어느 사이엔가 가을 바람이 불기 시작했다.
그렇게 언제까지나 고잔의 소재를 기다리고 있을 수가 없어서 겐노조는 아슈(阿州) 저택으로 넌지시 눈길을 돌리기 시작했다.
마침 이날 아지 강에서 나미요케(波除) 산의 끝자락에 이르렀을 때 우연히 겐나이의 소재를 알게 되었다는 것이다.
"그렇습니까? 하긴 이제 스미요시 마을에는 아무도 없을 겁니다. 그러면 아직도 고잔님이 어디에 계시는지 모릅니까?"
그것을 물으러 온 겐노조에게 겐나이가 오히려 물었다.
"전혀 짐작이 가지 않습니까? 저는 겐나이님은 알고 계시지 않을까 해서 이렇게 찾아왔습니다만……."

"내가 고잔님과 함께 있었으니까 마땅히 알아야겠지요. 하지만 겐노조님, 그날 갑자기 한밤중에 하치스가 놈들이 물밀듯이 닥쳐와서 고잔님이 배로 도망치는 모습을 본 것이 마지막입니다. 그리고 나서는 제각기 흩어졌지요. 더욱이 이 겐나이는 당신들 계획과는 아무런 관련이 없으니까요……."

그때 밖에서 상냥한 여자의 목소리가 들렸다.

"실례합니다."

밖에는 한 여인이 하인을 데리고 서 있었다. 울타리 너머로 여자의 농염한 하얀 얼굴이 언뜻 보였다.

"들어오시오."

겐나이가 책상 옆에서 얼굴을 내밀자, 하녀를 밖에 남겨 둔 채 조심스럽게 들어온 젊은 여자는 어딘가 아픈 듯이 보였다.

"선생님, 지금 괜찮으시겠습니까?"

여자는 등을 보이고 앞에 있는 겐노조가 신경이 쓰이는 듯 잠시 멈추어섰다.

"괜찮습니다. 이 손님은 신경쓰지 않으셔도 됩니다. 먼저 보아 드리지요. 어때요? 잘 때 식은땀을 많이 흘립니까? 여전히 잠을 못 주무시나요? 그래서는 안 돼요. 잠을 푹 자고, 맛있는 음식을 많이 먹으면서 마음을 편하게 갖는 것이 좋습니다. 화장을 예쁘게 하고 놀러다니거나 사람들과 어울리는 것도 좋고. 하지만 단 한 가지, 남자는 안 돼요. 아무리 시간이 많더라도 사랑만은 절대로 안 됩니다."

"어머, 그런……."

"아하하, 농담입니다. 이쪽으로 오시오."

겐나이는 나가사키로 돌아갈 때까지 임시방편으로 환자를 진찰해 주고 있지만, 의술에 있어서는 일가견이 있었다. 특히 그는 여자환자에게 친절히 대해 주어 평판이 좋았다.

여자는 인형처럼 얌전하게 겐나이 앞에 앉았다.

겐노조는 조금 뒤로 물러나서 겐나이가 진찰하는 모습을 물끄러미 바라보았다. 깡마른 환자의 뒷모습. 여자의 허리끈과 어깨선, 비녀와 함께 도라지꽃같이 가녀린 목선에서 어디선가 본 것 같은 느낌이 들었다.

"감사합니다."

젠노조 앞에서 일어났을 때 여자도 젠노조를 정면에서 쳐다보았다.
"어머, 당신은!"
여자는 깜짝 놀라서 소리를 질렀다.
"그렇군요. 오요네님이었군요. 아까부터 어디선가 본 것 같은 느낌이 들었습니다."
"저는 전혀 몰랐어요."
오요네의 하얀 얼굴이 복숭아빛처럼 붉어졌다. 마치 납인형의 차가운 얼굴에 갑자기 불이 켜진 것 같았다.
"이런 곳에서 뵙다니, 정말 묘한 인연이군요. 저는 설마 당신이리라고는 생각지도 못했어요."
오요네는 반가운 마음에 조리 있게 말을 하지 못했다. 그것은 가와초에서 처음 만났을 때와 산에서 죽으려고 했던 때의 생각이 떠올라 몹시 당황했기 때문이다.
오요네가 자신에게 연모의 정을 가지고 있다는 것을 전혀 모르는 젠노조는 그녀에게 진심으로 고마움을 느끼고 있었다.
"여기에서 뵙게 되다니 정말 다행입니다. 지난 여름에는 여러가지로 신세만 졌습니다. 특히 오쓰의 한사이님께는 너무나 많은 폐를 끼쳐서, 정말 면목이 없습니다."
"아니에요. 그 인사는 만키치라는 분이 에도로 가는 도중에 들러서 다 하셨어요. 그분 이야기로는 젠노조님이 다시 교토로 돌아가셨다고 하던데…… 실은 한 번 정도는 틀림없이 어디에선가 만나지 않을까 생각하고 있었어요. 그런데 이렇게……."
오요네는 가느다란 손가락을 마주 잡고는 뜨거운 눈길로 젠노조를 바라보았다. 오요네는 아무도 없는 곳에서 자신의 마음을 털어놓고 싶었다.
"그러면 오요네님도 그때 바로 오쓰에서 교토로 가셨습니까?"
"예. 작은아버지께 몹시 야단을 맞았어요. 전 병 고치기를 포기한 뒤라 별로 내키지 않았지만, 작은아버지께서 하도 성화를 하셔서 여기 겐나이 선생님에게 다니고 있어요."
"요즘은 어떻습니까? 조금 좋아지셨나요?"
"예……."
고개를 숙이는 오요네의 얼굴이 갑자기 어두워졌다. 마음에 비애나 열등

감이 끓어오를 때면 어쩔 수 없는 병색이 그녀의 눈가에 떠올랐다.

'내가 병들지만 않았어도 반드시 이 남자를 내 사람으로 만들 수 있었을 텐데.'

오요네는 속으로 이렇게 생각했다.

정말로 오요네에게는 그렇게 할 수 있는 정열이 있고, 또한 남자에 대한 경험도 있었다. 오요네의 성격으로 보아 건강하기만 하다면 자신의 사랑을 향해 강하게 부딪쳐 갈 것이다. 폐병이라는 저주스러운 병이 자신의 사랑을 방해할 때면 오요네는 그 악마를 기르고 있는 자신의 피와 저주받은 몸을 망가뜨리고 싶었다.

약이 쌓여 있는 방에서 오요네의 약을 조제하고 있던 겐나이는 그녀의 모습을 살짝 훔쳐보고는 혼자 빙긋 웃었다.

겐나이가 약을 건네 주자 오요네는 겐노조 옆에 더 머물러 있고 싶어도 어쩔 수 없이 그곳을 떠나야 했다.

"한창 나이에 폐병에 걸리다니…… 가련한 사람이지요."

오요네가 떠난 뒤 겐노조와 겐나이는 그런 이야기를 주고받았다.

"너무나 지나치게 아름다운 것이 죄겠지요. 미인 박명이라고 하는 말도 있잖아요."

"나을 가능성은 있습니까?"

"아니, 낫지 않을 겁니다. 오요네의 작은 아버지가 졸라서 약은 주고 있지만, 폐병은 불치의 병이죠. 특히 저 나이 때는 남자가 그리울 때이니까요. 뱀이나 거북이 피를 마시더라도 어렵지요. 정말 불쌍해요."

그때 문가에서 겐노조의 이름을 부르는 사람이 있었다.

나가 보자 오요네가 데리고 다니는 하녀였다. 겐노조의 손에 편지를 건네 주고 그녀는 대답도 기다리지 않은 채 종종걸음으로 돌아가 버렸다.

편지는 근처에 있는 찻집에서 붓과 종이를 빌려서 급히 쓴 것 같았다. 서두도 생략하고, 꼭 이야기하고 싶은 것이 있으니 규조(九條) 마을 나루터 앞에서 기다리겠노라고 씌어 있었다.

겐노조는 조금 당황하였다.

오요네는 뜻하지 않은 곳에서 겐노조를 만나자 흥분했다. 그래서 다시 겐노조를 만나기 위해 나루터 앞에서 눈부신 가을 햇살을 바라보며 서 있었다.

"겐노조님은 꼭 온다고 하셨어?"

편지를 주고 돌아온 하녀에게 묻자, 하녀는 마치 자신의 사랑에 관계되는 일인 양 얼굴을 붉혔다.

"아니오, 그것까지는 듣지 못했어요. 안에 겐나이님이 계셔서요."

"아이, 답답하기는. 그 선생님과는 상관 없는 일이잖아?"

"하지만 질투하지 않을까요? 겐노조님은 꼭 오실 겁니다. 아씨처럼 아름다운 사람이 청하는데 마음이 움직이지 않을리 있겠어요?"

"어머, 듣기 좋으라고 그런 말은 하지 마."

오요네가 고개를 돌리며 먼 곳을 바라보자 버드나무의 푸른 잎이 햇살을 받아 반짝 빛났다.

하구에는 돛단배가 유유히 흘러가고 그 주위를 하얀 새들이 날아 오르는 모습이 보였다.

"당신은 가와초의 아씨가 아닙니까?"

나루터 앞에서 말을 걸어 오는 여자가 있었다. 수수한 옷차림에 겉모습은 세파에 시달린 여자처럼 꾸몄지만, 고개를 숙여 인사를 할 때 보니 머리에 꽂힌 산호가 몹시 화려했다.

"어머, 당신은 전에 우리 집에서 일하던 오키치……?"

"그래요. 오랫동안 오요네님을 뵙지 못했는데, 많이 어른스러워졌군요."

"당신도 우리 집에 있었을 때와 달리 나이가 들어 보이네요."

"예, 고생을 많이 해서 옷 같은 것에 별로 신경을 쓰지 못하고 살아요."

"그런데 지금도 그때 그분과 함께 살고 있나요?"

"예."

"그것이 가장 행복한 거예요. 너무나 부러워요……."

오요네의 얼굴에 잠시 그늘이 드리워졌다.

"그런데 남편 되는 분의 직업은 뭐예요?"

오키치는 조금 쑥스러운 듯이 고개를 숙였다.

"사람들이 별로 좋아하지 않는 포졸이에요. 글쎄 그이가 봉행소 일은 내팽개치고 다른데 정신이 팔렸는지 두 달 전에 훌쩍 집을 나간 뒤 죽었는지 살았는지 최근까지 아무런 소식이 없어요. 그래서 이렇게 관음보살님께 매일 불공을 드리고 있지요. 오요네님, 포졸의 아내라는 것은 정말로 고생뿐이랍니다."

"두 달이나 돌아오지 않는다니, 정말 걱정이 많겠네요."

"오요네님은 아무리 사랑하는 남자가 있어도 포졸이라면 절대 결혼하지 마세요."
"포졸이란 언제나 목숨을 걸고 일하는 직업이니까요. 그런데 남편의 이름은 뭐죠?"
"만키치라고 하는데, 동료들에게는 인기가 좋았어요."
"아니, 만키치라고요? 그분이라면 바로 얼마 전에 오쓰에서 만났는데……."
"오요네님이 만나셨다고요? 그렇다면 그 사람이 아직 무사하다는 거예요?"
오기치는 관음보살의 영험이라도 만난 것처럼 가슴을 쓸어 내리며 오요네에게 전후 사정을 물었다.
그때 20여 걸음 떨어진 모래사장에서 오요네를 바라보고 있는 사람이 있었다. 그는 이곳에 별장(別莊)를 가지고 있는 게이노스케였다.
바로 뒤에는 눈치가 빠른 하인 다쿠스케(宅肋)가 딱 붙어 있었다.

살아 있는 인형

"내릴 분들 어서 내리십시오."
선장의 말과 함께 사람들이 방파제로 우르르 밀려 나왔다.
오기치는 만키치가 오쓰에 있는 한사이네 집에 들렀다가 그대로 에도로 갔다는 이야기를 오요네로부터 듣고는 적이 안심이 되었다.
"그럼 오요네님, 다음에 또 뵙겠습니다."
오기치는 서둘러 인사를 하고는 뛰어가 배를 타더니 배 위에서 다시 고개를 숙여 인사했다. 떠나가는 배를 보고 서 있던 하녀 오후지가 오요네에게 속삭였다.
"아씨, 이쪽으로 숨으세요."
"왜?"
"이렇게 배가 몇 번이나 더 지나칠지 모릅니다. 몇이나 배를 기다리던 사람들이 우리를 이상한 눈초리로 보고 있잖아요."
"그런데 겐노조님은 어떻게 된걸까?"
"벌써 날이 저물려고 하는데…… 원래 남자란 여자쪽에서 관심을 보이면 일부러 이렇게 애를 태우게 만드는 법이죠."

"애가 타는 것이야 괜찮지만, 혹시 나를 싫어하는 것은 아닐까? 내가 나쁜 병에 걸렸다는 것도 알고 있으니까."
"그런 생각을 하면 안 돼요. 그렇게 지레짐작으로 미리 걱정을 하는 건 몸에 좋지 않아요."
"아, 벌써 해가 저물고 있어. 오후지, 난 어쩌면 좋지?"
"겐노조님도 너무 하는군요. 그러면 제가 그댁에 다시 가서 겐노조님이 있는지 보고 올게요."
"그럼 빨리 갔다와."
오요네의 말이 끝나기도 전에 오후지는 벌써 종종걸음으로 모래사장을 뛰어가고 있었다. 그러자 백사장 뒤 돌이 쌓여 있는 곳에서 갑자기 한 남자가 튀어 나와서 오후지와 부딪칠 뻔했다.
"위험해!"
오요네의 목소리가 바닷가에 울려 퍼졌다. 깜짝 놀라 눈을 크게 떠 보니 벌써 오후지의 몸이 축 처져 있는 것이 보였다. 남자는 오후지를 번쩍 들어 강물에 던졌다.
"아니! 오후지, 오후지!"
정신 없이 뛰어간 오요네의 눈앞에는 커다란 파도가 강기슭까지 들이치고 있었다.
"살려 주세요. 사람이 빠졌어요! 어머, 떠내려가요. 누가 좀 도와 줘요!"
그때 필사적으로 구원을 요청하는 오요네의 입을 거친 손바닥이 덮었다. 그리고 오요네의 옆구리에 손을 넣더니 강하게 조였다. 오요네가 발버둥치며 저항했으나 뒤에서 끌어안은 사람의 힘은 너무도 강했다. 마침 땅거미가 질 때라 규소 세빙에는 사람 그림자 하나 보이지 않았다.
"떠들지 마, 오요네. 자신의 몸을 생각한다면 잠시 조용히 하는 것이 좋을 거야."
"아니, 이 목소리는 게, 게이노스케님……."
"풀어 줄 테니까 도망쳐서는 안 돼. 도망치는 뒷모습을 보면 나도 모르게 칼에 손이 가니까 말이야."
"숨, 숨이 막혀요."
"다쿠스케, 미안하지만 잠시 저쪽 제방에 서서 사람들이 오는지 좀 봐 주게."

"게, 게이노스케님, 도망치지 않을테니까 가슴에 있는 이 손을 좀 놓아 주세요."

"그렇지. 당신 병은 이 가슴에 있었지. 나도 모르게 손에 힘을 주어서, 가슴이 많이 괴로웠겠군. 미안해 이것도 다 당신을 생각하는 마음에서지, 나쁜 뜻이 있어서 그랬던 것은 아니야."

"하지만 죄도 없는 하녀를 강에 빠뜨리고, 게다가 이런 추태를 부리다니 너무하지 않아요?"

"원망스럽기도 하겠지. 나는 곧 아와로 돌아가야 해. 그런데 당신에게서는 아무런 대답이 없더군. 우연히 저쪽에서 당신을 발견하고 그 이야기를 마무리지어야겠기에 나도 모르게 그만……."

"무슨 이야기를요?"

"당신도 짐작되는 것이 있을 텐데?"

"언젠가 말씀하신 아와로 가자는 이야기요?"

"마침 4, 5일 후면 시게요시 전하가 탈 만지 호가 떠날 거야. 그때 혼잡한 틈을 이용하면 당신을 숨길 수 있어. 그러니 오요네, 이제 마음을 정하지."

게이노스케가 가슴에 감았던 손을 풀자마자 오요네는 썩은 나무가 쓰러지듯이 백사장에 쓰러졌다.

"오요네, 왜 그러는 거야?"

숨을 헐떡이며 엎드려 있는 오요네의 등이 크게 요동치고 있었다. 그러나 새파랗던 얼굴빛이 갑자기 홍조를 띠어 바늘로 찌르면 금세 피가 뿜어져 나올 것 같았다.

"내가 굳이 당신을 아와로 데리고 가려는 것은 당신을 사랑하기 때문만은 아니야. 당신의 그 가슴병에는 바닷내음이나 산의 정기가 어떤 약보다도 좋은 효력이 있을 걸세. 오요네, 싫다고 하지는 않겠지?"

"저, 게이노스케님."

"그래, 결심이 섰나?"

"저는 아와로 갈 생각이 없어요."

"나루토(鳴門)의 소용돌이치는 바다를 건너 보지 않은 사람은 그 바다를 두려워하지. 사랑도 마찬가지야. 건너고 보면 아무런 고통도 없지. 더구나 쌀 천 석을 실은 배라면 소용돌이에 휩쓸릴 우려도 없어. 하루만 지나면 아와에 도착할 텐데……."
"그런 것이 아닙니다."
"그럼 뭐지?"
게이노스케의 떨리는 목소리가 오요네의 귓가를 스쳐 갔다.
"내가 싫다는 건가? 그렇다면 왜 진작에 거절하지 않았나?"
"용서해 주세요. 전 무엇이든지 냉정하게 잘라 거절할 수가 없는 장사꾼의 딸입니다."
"닥쳐! 장사꾼의 딸이라는 변명은 이로하 찻집의 매춘부들과 마찬가지로, 당신도 그동안 이 게이노스케를 가지고 놀았다는 뜻인가? 좋아, 그렇다면 끌고라도 가지. 두고 봐, 꼭 아와로 데리고 갈 테니까."
"아니, 그런 말을?"
"내가 놓아 줄 것 같나? 다쿠스케, 다쿠스케, 좀 도와 주게!"
비단을 찢는 듯한 비명 소리가 강가에 울려 퍼졌다.
바람이 불었다. 어느 틈엔가 깊은 어둠이 그 주위를 감싸고 있었다. 게이노스케는 머리카락을 휘날리면서 백사장을 달렸다. 그는 오요네의 입에 재갈을 물린 다음 그녀를 옆구리에 차고 달렸으나 그녀는 발버둥칠 힘마저 잃고 있었다.
제방을 내려와 어둠 속으로 계속 달려 다시 강가로 나오게 되었다. 그곳에 배가 한 척이 그들을 기다리고 있었다.
"주인님, 이제 저에게 주십시오."
"그래, 그렇게 하지. 물에 빠뜨리지는 말게."
"인형처럼 가벼운데요."
"좋아, 배는 내가 끌고 오지."
오요네를 어깨에 맨 다쿠스케가 먼저 배에 올랐다. 이어서 게이노스케가 타서 삿대를 누르자 배 바닥에서 갈대가 사그락거리는 소리가 나며 뱃머리가 두 번 빙글 돌았다.
"주인님, 설마 뱃사람들의 방으로 데리고 가는 것은 아니겠지요?"
"아니야."
"그러면 배의 창고입니까?"
"수문으로 가자."
"그곳엔 감시하는 사람이 있을 텐데요."

"그래서는 곤란하지."
"인형도 아니고 살아 있는 사람이니까 들키는 날에는 그야말로 큰 일입니다."
"음, 집으로는 데리고 갈 수도 없고……."
"여자 한 사람 때문에 집안과 문제가 생기면 주인님이 손해죠."
"나도 이젠 오기로 버틸 거야, 어디든지 가 보자."
"그러면 저택의 숲 속은 어떻습니까?"
"창고 밖에 있는 숲 말인가?"
"실은, 하인 방과 뱃사람들 방 옆쪽으로 밤마실 다니는 길이 하나 있습니다."
"좋아, 그곳으로 가자."
"알겠습니다."

다쿠스케는 삼각주를 끼고 오른쪽으로 돌면서 힘차게 노를 저었다. 그런데 겐나이 집에 있던 겐노조는 문득 오요네가 기다릴 거라는 생각이 나서 바닷가로 나왔다가 이 광경을 모두 지켜 보고 있었다. 그는 잠시 갈대 뒤에 숨어서 일이 되어 가는 모양을 지켜 보고 있다가 갑자기 갈대를 헤치며 뛰기 시작했다.

불꽃

갈대 숲에는 거룻배 한 척이 숨겨져 있었다. 갈대를 헤치고 달려온 겐노조는 거룻배에 올라타더니 재빨리 강가를 떠났다.

썰물 때가 되었는지 물살이 빨라서 배는 나뭇잎처럼 빠르게 흘러갔다.

강물에 비치는 불빛들이 일렁거리고 그 사이로 조금 전 육지를 떠난 게이노스케의 배에서 노 젓는 소리가 희미하게 들려왔다.

'의외인걸. 그런데 저 여자를 데리고 어떻게 저택 안으로 들어가겠다는 걸까? 어떻게 아와로 데리고 갈 생각일까? 어쩌면 자기네들만 아는 저택으로 통하는 길이 있을지도 모르겠군.'

물살의 흐름에 진행을 맡긴 거룻배에서는 겐노조의 눈과 손발이 무섭도록 신속하게 움직였다.

우선 턱 밑에 묶여져 있던 삿갓의 끈을 풀어서 강물에 던졌다.

다리에 찬 각반도 풀고, 몸에 걸친 가사와 가슴 부근에 매달린 주머니를 재빨리 떼어 냈다. 다음에는 허리끈도 풀고 하얀 종가의 옷도 모조리 벗었다.

그리고 예전부터 주머니에 넣고 다니던 검은 겹옷 하나와 사람 눈에 잘 띄지 않는 회색 바지를 입었다.

뱃바닥의 판자를 두세 개 떼어 내니 그곳에서 꺼낸 것은 짚으로 만든 꾸러미로, 그 꾸러미를 풀고 꺼낸 것은 납색 칼집에 들어 있는 매끄러운 칼 한 자루였다.

하치스가 집안의 저택을 탐색하기 위해서 벌써부터 준비해 두었던 것이다. 순식간에 가벼운 복장의 무사 모습으로 변한 겐노조는 노를 저어 앞에 가는 배를 쫓았다.

한편 게이노스케는 뒤에서 누가 쫓아오리라고는 꿈에도 생각지 못한 채 화살처럼 배를 몰아 아지 강을 가로질렀다. 배는 하치스가 집안의 창고와 저택 아래를 거슬러 올라가더니 어두컴컴한 하안에 도착했다.

"주인님, 오요네의 다리를 드세요."

다쿠스케는 앞에서 오요네의 몸을 들었다. 어둠 속에서도 오요네의 농염한 자태가 느껴졌다. 여전히 재갈이 물린 채 숲 속에 누워 있는 오요네는 기절했는지 축 처져 있었다.

깜짝 놀란 게이노스케가 오요네의 얼굴을 살며시 만져 보자 따뜻한 눈물이 손끝에 닿았다.

"다쿠스케, 자네가 말한 비밀 길은 어디인가?"

"저쪽에 보이는 숲을 빠져 나가면 저택의 높은 벽이 있습니다. 그 막다른 곳의 대나무 숲 속에 그 길이 있습니다."

"집안 사람들 눈에 띄거나 하지는 않겠지?"

"아까 말씀드린 대로 하인들이 밤마실 다닐 때 이용하는 길이라 순찰을 하는 일도 결코 없습니다."

"그래?"

"그런데 여자는 어디에 숨겨 둘 생각이십니까?"

"밧줄을 넣어 두는 창고. 내가 그곳의 책임자라서 열쇠는 항상 가지고 다니지. 그러니 다른 사람이 들어갈 염려는 없네."

"그것 잘되었군요. 밧줄 창고에 숨겨 두면 배가 떠날 경우에도 다른 짐과 함께 배 바닥에 넣기가 쉽겠는데요."

"어쨌든 3, 4일만 참으면 돼. 무사히 아와에 도착한 다음에 푸짐한 상을 내릴 테니 날 도와 주게."

"좋습니다."

다쿠스케는 다시 오요네를 어깨에 메고 뛰기 시작했다. 칠흑처럼 어두운 숲은 세 사람의 발소리와 그림자를 빨아들였다.

그때 아지 강에서 겐노조가 탄 거룻배도 끼익 소리를 내면서 하안으로 향했다.

바닷물이 잘게 부서지며 물이 튕기는 배 위에 머리카락을 날리며 겐노조가 서 있었다.

'하안에 도착했군.'

힘차게 노를 젓던 겐노조는 기슭에 다가오자 노 젓는 소리를 죽였다.

하치스가 집안의 창고가 바로 눈앞에 있기 때문이다. 울타리가 보이고 수문도 보였다. 소나무 사이로 높게 솟아오른 것은 초소였다. 초소의 붉은 횃불이 강물을 비추고 있었다.

그곳에서 이어지는 강 아래에는 아와노가미 시게요시의 별장인 아지강 저택이 있다. 최근 겐노조가 조사하기 시작한 곳이다.

창고 뒤에는 사당이 하나 있었다. 이 주변 일대에는 철새가 둥지를 트는 곳이 많아서 겨울이 되면 솜 같은 깃털이 나뭇가지에 걸려 있곤 했다.

지금은 가을, 숲 속에는 참억새가 빽빽이 자라 있었기 때문에 주위 풍경이 희미하게 보였다.

강에서 올라온 겐노조는 억새풀을 헤치며 안쪽으로 들어가니 사당이 나타났다. 겐노조는 사당의 격자문을 올려다보면서 잠시 주춤했다.

'분명히 이쪽으로 갔는데……'

여기까지 와서 그만 게이노스케의 모습을 놓쳐 버린 것이다. 그런데 그때 격자문 앞에 뭐가 떨어져 있는 것이 눈에 띄었다.

주워 보니 비녀였다. 오요네의 것이리라.

'그렇다면?'

겐노조는 격자문을 살짝 밀고 사당 안을 들여다보았다.

과연 그 안에는 비밀의 문이 있었다.

사당 안은 바닥이라고 할 것도 없이 6자 정도 파 내려가 있었다. 그 곳을 내려가서 잠시 옆으로 걸어가자 예상대로 하인들이 밤마실을 나가는 길이 나왔다. 겐노조는 마침내 하치스가 집안의 울타리 안으로 들어선 것이다.
'됐어!'
겐노조는 가슴이 뛰었다.
나무 뒤에 숨어서 일단 주위를 둘러보자 뱃사람들이나 일꾼들이 묵는 곳인 듯한 방이 죽 이어져 있었다. 이곳을 통해서라면 시게요시가 사는 저택까지도 무리없이 들어갈 수 있을 것 같았다.
'드디어 시게요시를 아주 가까이까지 와서 볼 수 있게 되었군. 이것도 다 긴고로가 하늘에서 지켜 주는 덕택일 거야.'
겐노조는 사방이 철벽과 같은 담으로 둘러싸인 이 저택 안으로 이렇게 쉽게 들어온 것이 기적처럼 생각되었다.
비밀 길을 알았을 때 겐노조는 오요네의 가련한 처지를 생각하는 것조차 잊어버렸다. 그의 가슴에서 불타 오르는 것은 비밀을 탐색하려는 마음뿐, 그것은 오로지 오치에를 위해서였다.
넓은 저택 안은 쥐죽은 듯이 조용했다. 겐노조는 나무 뒤에서 나와 저택으로 다가가려다 그만 길을 잘못 들어서 이상한 곳으로 나오게 되었다.
아지 강에서 물을 뺀 배를 수문 안으로 끌고 와서 두는 곳이었다. 크고 작은 배가 7, 8척 보이고, 그 사이로 보이는 커다란 것은 아와의 중요한 일을 맡아 보는 배로 쌀 천 석을 실을 수 있다는 만지 호였다.
당시 500석 이상의 화물을 실을 수 있는 배는 막부에서 건조 자체를 금하고 있었다. 붉게 칠한 난간과 금색으로 칠한 선구나 지붕의 훌륭함은 31만석을 받고 있는 시게요시의 배인 만큼 대단한 위용을 갖추고 있었다.
'모든 것이 풍부한 아와의 배라서 그런지 장군 가의 배와 비교해도 뒤지지 않겠는데.'
겐노조는 자신도 모르게 경탄의 눈길로 배를 바라보았다.
그때 뒤에서 기척이 느껴져 돌아보니 밧줄을 두는 창고에서 흘러 나오는 소리였다.
그물을 친 하얀 벽에 난 창문으로 희미한 불빛이 흔들리고 있어서 살짝 들여다보니, 다쿠스케와 게이노스케의 모습이 보였다.
다쿠스케는 촛불 앞에 앉아 있었다.
"게이노스케님이 이렇게 친절하게 대해 주시는데, 고집은 이제 그만 부리지. 이 다쿠스케는 그런 것을 보면 용서 못해."

오요네에게 협박하고 있는 것 같았다.

흐느껴 우는 소리가 들렸다. 가물거리는 촛불이 오요네의 모습을 비추었다. 뱀처럼 똬리를 틀고 있는 밧줄 앞에서 오요네는 몸을 웅크리고 앉아 있었다.

"싫어요, 싫어! 아와같은 곳에는……."

다쿠스케는 혀를 차며 말했다.

"주인님, 아무래도 포기해야 할 것 같은데요. 만지 호가 떠나기 전에 누군가에게 발각되기라도 하면 큰일이니까 차라리 지금 베어 버리는 편이 좋겠습니다."

다쿠스케가 게이노스케를 향하여 눈을 찡긋하더니 말했다.

그 말이 끝나자 게이노스케는 칼집에서 칼을 빼더니 오요네의 얼굴에 칼끝을 들이댔다.

'아, 불쌍한…….'

밖에 서 있던 겐노조는 구해 줄 방법을 고심하면서 창고의 문을 따라 걸어갔다. 그때 그 뒤를 따라 흔들리는 그림자가 하나 있었다.

경비를 하고 있던 무사였다. 겐노조가 살짝 틈을 보이는 순간 빠른 솜씨로 겐노조의 옆구리를 향해 창을 뻗었다. 그러나 겐노조의 모습은 이미 그곳에 없었다.

빗나간 것인지 창은 하얀 벽에 박혔고, 언제 잘린 것인지 하치스가 집안의 무사는 창을 잡은 채 한쪽 어깨가 잘려 나가 쓰러져 있었다.

피의 축제

바둑알이 바둑판 위에 놓였다.

탁……

투명한 소리가 울려 퍼졌다.

비자나무로 만든 바둑판에 나치구로(那智黑 <small>와카야마 현 남쪽의 나치 강 부근에서 나는 점판암</small>)로 만든 바둑알이었다.

이제 잠시 뜸을 들여야겠지, 하는 듯이 삼품경 아리무라(有材)는 차분하게 부채질을 했다.

"천천히 하십시오."

아리무라는 느긋한 여유를 부리고 있었다.

대국을 하는 사람은 아와노가미 시게요시였다.

"음……"

시게요시는 손가락에 바둑알 하나를 끼운 채 바둑판을 한참 동안 노려보고 있었다.

탁!

이윽고 바둑알 놓는 소리가 났다.

"이제 거의 승부가 가려진 것 같군요."
"섣부른 소리."
바둑알이 바둑판을 메워 간다.
"이렇게 놓았네."
"어허, 치사한 적을 만났군요."
"손자의 병법에도 복병은 항상 준비하라고 했네."
"우스운 변명이군요."
 기판과 기석은 훌륭했지만, 승부에는 시게요시도 아리무라도 역시 보통 사람과 다를 바 없었다.
 하지만 지기 싫어하는 시게요시와 성격이 급한 청년 아리무라의 대국이라, 실력은 제쳐놓고라도 서로에게 흥미를 갖는 시합이었다. 이곳은 저택의 일부로, 인범정이라고 불리는 다실(茶室)이다.
 아직 초저녁이지만 깊은 정적이 감도는 저택 안쪽이었다. 가을 풀과 대나무가 알맞게 심어져 있는 다실에서 고풍스러운 등불을 켜고 탁탁 소리를 내며 두는 바둑은 그윽한 풍취를 느끼게 했다. 그리고 주위에서는 비를 예고하는 듯 벌레의 울음소리가 자지러지게 들려왔다.
 벌레 소리가 갑자기 멈추었다.
"전하."
 정원 끝 징검돌에 가신 한 사람이 웅크리고 앉았다.
"뭐냐?"
 시게요시는 바둑판에서 눈을 떼지 않은 채 물었다.
"내일 출선할 만지 호에 대해서 여쭙고 싶은 것이 있습니다."
"어떤 것에 대해서 말인가?"
"배 안의 천장과 여러 가지 물건입니다."
"음."
 시게요시는 바둑알을 탁 놓고 다시 생각에 잠겼다.
"지난 해와 똑같이 해 놓을까요?"
"게이노스케에게 맡겨라."
"예, 그럼 교토에서 오는 짐은 그것뿐이고, 그외 다른 것은 없습니까?"
"없다."
"그리고 강의 사정으로 만지 호는 내일 새벽에 출항합니다. 전하도 오늘 밤 안에 준비를 해 두시길 바랍니다."
"알겠다."
가신이 인사를 하고 물러서려고 했다.
"잠깐!"
시게요시는 처음으로 가신 쪽으로 얼굴을 돌렸다.
"교토에서 오시는 손님은 아직 도착하지 않았느냐?"
"예, 아직 도착하지 않았습니다."
"말은 해 두었네만, 오시면 즉시 이곳으로 안내하게."
"알겠습니다."
잠시 후 다시 벌레 소리와 바둑알 소리가 다실에 울려 퍼지기 시작했다.
아리무라 공경은 보력변 당시 18살이었는데, 이때 도쿠가와 가를 정벌해야 한다고 열변을 토해서 막부에게 제일 먼저 주목받았던 인물이다.
다른 17명의 당상이 근신을 받을 처지가 되자 아리무라는 홀연히 모습을 감추었다. 그때 그가 자살했다는 소문이 장안에 파다했었다.
"막부 따위에게 내가 자유를 빼앗길 수 있나?"
기개로 충만한 젊은 아리무라가 자살 따위를 할 리 없었다. 아무도 몰래 하치스가 가의 저택 깊숙한 곳에 숨어 오랫동안 신학서와 손자의 병서 등을 탐독하고 있었다.
그리고 시게요시와 자주 토의를 했다.
병학, 궁술, 기마술 등 저택 안에서 할 수 있는 것이라면 무엇이라도 시게요시와는 좋은 적수가 되어 주었다. 아리무라는 타협을 싫어하는지라 얹혀 사는 주제에도 아랑곳하지 않고 가끔 거친 말을 하고, 또한 장소를 가리지 않고 당장 막부를 쳐야 하다고 주장했다. 따라서 시게요시도 아리무라로 인해 몹시 곤란할 때가 많았다.
한 사람의 병사도, 하나의 화살도 없는 빈털터리 젊은 공경이야 어떤 과격한 말이라도 내키는대로 할 수 있지만, 시게요시에게는 자신의 위치와 대대로 내려오는 가문이라는 족쇄가 채워져 있었다. 따라서 아무때나 함부로 막부를 칠 수는 없는 일이다.
가령 존왕 사상과 반 도쿠가와 사상이 가슴 속에서부터 솟아 오르고는 있다해도 자칫 잘못하는 날에는 마사카츠(正勝)로부터 이어지는 이노츠 성의 하얀 벽에 화살 구멍이 뚫릴지도 모르는 일이었다.

"전하! 손님들이 방금 도착했습니다."

조금 전의 가신이 뛰어와서 시게요시에게 보고했다. 정원을 따라 다실로 안내된 사람은 교토 무사라고 부르고는 있지만 실은 시치조(七條) 좌마두(左馬頭)와 우메타니(梅溪) 우소장(右少將 : 근위부 차관), 가타노(交野) 좌경태부(左京太夫 : 5품 벼슬) 등 어엿한 막부의 공경들이었다.

눈에 띄지 않는 복장을 한 그들은 등불이 조금도 흔들리지 않을 정도로 조용히 자리에 앉았다.

"기다리고 있었습니다."

시게요시가 바둑알을 손으로 만지작거리며 먼저 인사를 했다.

"무척 늦었군요."

아리무라는 주인이라도 된 듯한 표정으로 불평을 했다.

"봉행소의 눈을 피하느라고요."

우메타니가 점잖게 변명을 했다. 시치조는 따뜻함이 담긴 목소리로 시게요시를 향해 말했다.

"드디어 내일 만지 호로 귀국하신다니, 교토가 이제 적막하겠는데요."

"아와라야 더 좋은 계획을 꾀할 수 있어서 가는 것입니다."

"물론 저희도 같은 뜻입니다."

제일 먼저 찬성의 뜻을 나타낸 것은 가타노였다.

"보력변 이후 8년의 세월이 지나서 그런지 막부는 최근 방심하고 있는 것 같습니다. 그러나 덴마조의 일부와 에도 쪽의 밀정 가운데 끈질기게 이쪽을 살피고 있는 녀석들이 있습니다."

"벌써 행동으로 옮기는 놈들도 있습니다. 우선 우리들에게 아와라는 뒷배경이 있다고 간파한 자는 에도의 밀정 고가 요아미였지요. 일단 그자는 아와의 쓰루기(劍) 산 감옥에 가두어 놓았으니 안심입니다만 요즘 덴마 무사인 쓰네키 고잔, 다와라 이치하치로라는 자가 이곳의 비밀을 염탐하고 있답니다."

"그것 큰일이군요. 또 보력의 전철을 밟게 될지도 모르겠군요."

우메타니의 목소리에는 근심이 배어 있었다.

"하지만 안심하십시오."

아리무라는 자신의 공훈인 것처럼 말을 이었다.

"고잔은 스미요시 마을에서 쫓아 버리고, 이치하치로는 벌써 잡아 놓았습니다. 이자도 곧 쓰루기 산으로 보낼 예정입니다. 요아미와 마찬가지로 평생을 감옥에서 지내게 될 것입니다."
"반가운 소식입니다."
"우리는 빈틈없이 행동하고 있습니다. 명민한 시게요시 전하와 게다가 불초 소생 아리무라가 뒤에 있으니까요."
"아하하하."
그때까지 잠자코 있던 시게요시가 주눅들지 않고 말하는 활달하고 젊은 아리무라의 말이 마음에 들었는지 호탕하게 웃어젖혔다.
그리고 다시 진지한 표정을 지으며 말을 이었다.
"그건 그렇고, 예전에 보낸 밀사들에게서는 어떤 소식이 왔습니까?"
"대답은 각각 다르지만, 오늘까지 승낙해 온 제후들의 이름은……."
가장 나이가 많은 가타노가 자기 품을 더듬어 작은 보따리를 풀더니 면사를 깐 위에 연판장(連判狀)을 펼쳐 보였다.
"아리무라님, 수고스럽겠지만……."
시게요시가 아리무라에게 눈짓을 했다. 아리무라는 일어서서 주위에 사람이 없는 것을 확인하더니 마루 끝에 앉아서 망을 보았다. 수도에 있었다면 아리무라도 구중궁궐의 연회나 왕정에 참가하는 신분이었으리라. 이곳에 와서 이렇게 망을 보는 일을 하리라고는 자신도 생각지 못했다.
"식객이라고 생각하면 화가 나지만, 이것도 막부를 치기 위한 것이라고 생각하면……."
아리무라는 혼자서 중얼거리며 원망스러운 듯한 표정을 지었다. 몸을 앞으로 내밀며 연판장을 바라본 시게요시는 마른침을 꿀꺽 삼켰다.
"당장 이상으로 우리 편이 37가(家), 앞으로 막바지에 이르면 모두가 우리에게 합류할 겁니다."
시치조가 말했다.
"우지(宇治)에 계신 다케우치 시키부(竹內式部) 선생님은?"
"군사(軍師)로서 모실 생각입니다."
"에도는 야마가타 다이니(山脚大貳)가 제일 먼저 불을 지르고 하코네(精根)에서 근왕을 기다릴 계획인가요?"
"지금 그렇게 계획하고 있습니다."
"이 대의에 호응하는 다이묘(大名, 넓은 영지를 가진 무사)는 누구누구입니까?"

가타노가 시게요시 앞에 무릎을 끓었다.

"하치스가 아와노가미 시게요시 공. 즉 당가(當家)."

"음!"

"아리마 다다요시(有馬忠可) 공."

"음."

"오즈(大洲)의 가토(加藤) 가, 야나가와(柳川)의 다치바나(立花) 가."

"음."

"사가(佐賀)의 나베시마(鍋島), 구마모토(熊本)의 호소가와(細川), 노슈 야와타(濃州八幡)의 가나모리(金森) 가."

가타노가 거기까지 말했을 때였다.

"앗, 뭐지?"

망을 보고 있던 아리무라가 소리를 치며 손을 흔들었다.

아리무라의 외침 소리를 듣고 방 안에 있던 사람은 황급하게 연판장을 감아서 품 안에 넣었다.

촛불에서 그을음이 나며 일말의 불안을 더해 주자 방 안에 무거운 공기가 가득 찼다.

"누구냐! 어떤 녀석이야!"

젊은 아리무라는 벌써 정원으로 내려서서 나무 뒤쪽의 어둠 속을 향해 외치고 있었다.

나무가 흔들리더니 이어서 사람의 발소리가 들렸다. 그러자 갑자기 무사 하나가 6척이나 되는 봉을 흔들며 급히 타다닥 뛰어나왔다.

"멈춰라!"

"옛!"

"이곳은 시게요시님이 계신 곳이다!"

아리무라가 성큼성큼 다가가자 6척 봉을 가진 무사는 다실 안에 있는 사람들을 보고 깜짝 놀란 듯이 양손을 땅에 대며 머리를 조아렸다.

"무례한 놈!"

아리무라가 큰 소리로 야단을 쳤다.

"오늘 밤 이곳 근처에는 아무도 얼씬거리지 말라고 하지 않았느냐?"

"옛, 저는 그 책임자입니다."
"그렇다면 더욱 발칙한 놈 아닌가! 경계를 해야 할 자가 이 자리에 나타나 소동을 피우다니."
"정말로 죄송합니다."
"물러나거라. 이번만은 용서해 주겠다."
"그러나 일단 정원 안을 확인하고 가겠습니다. 그것이 제 임무이니까요."
"뭐라고!"
"감옥 안에 있는 다와라 이치하치로라는 덴마 무사가……."
"이치하치로가 어떻게 되었단 말인가?"
"이치하치로는 감옥 안에 얌전히 있습니다만, 밖에서 계속 감옥에 접근하려는 자가 있습니다."
"아니, 그게 사실인가?"
"여느 때와 다름없이 순찰을 하고 있었는데, 수상한 그림자가 감옥의 문에 다가가서 무슨 말인가 하려는 것을 마침 발견했습니다. 누구냐고 소리치며 쫓아갔습니다만 즉시 사라져 버렸습니다. 그래서 그자를 쫓다가 이렇게 여기까지……."
"임무에 충실한 것을 책망할 수는 없지."
"아리무라는 다실 마루에서 시게요시를 향해 말했다.
"들으신 대로입니다. 아무래도 이 저택 안에 이치하치로와 내통하는 자가 있는 것 같습니다."
"발칙한 일이군. 보초!"
"옛."
"더 가까이 오너라."
"예."
경비 책임자라는 자는 6척 봉을 놓고 멈칫거리면서 마루 앞까지 와서 두꺼비처럼 섬돌에 엎드렸다.
"지금 한 말, 추호의 거짓이 없으렷다?"
"물론입니다."
"이치하치로에게 접근하려던 자는 도대체 어떻게 생겼더냐?"
"어젯밤에도, 오늘 밤에도 얼핏 보았을 뿐 바로 놓쳐 버리는 바람에 유감스럽게도 자세히 보지 못했습니다."

"그래?"

시게요시의 얼굴에 어두운 그림자가 깔렸다. 옆에 있는 세 사람도 고개를 가로저으며 불안한 표정을 감추지 못했다.

"그러나 단 한 가지 분명한 것이 있습니다."

"뭐지?"

"수상한 자는 틀림없이 여자라는 것입니다. 그것만은 어둠 속에서도 확실히 보았습니다."

"뭐라고?"

시게요시의 눈이 빛났다.

"여자라니 더욱 수상하지 않은가? 그러면 하녀들 가운데 이치하치로와 관계가 있는 사람이 있단 말인가?"

"저도 딱 잘라 분명하게 말씀드리지는 못하겠습니다만, 아무리 생각해도 역시 이 저택 안에 있는 자의 소행인 것 같습니다."

"발칙한 일이로고."

시게요시는 벌컥 화를 냈다. 자신의 집 안에 수상한 자가 있다고 생각하니 갑자기 불쾌감이 치밀어오른 것이다.

잠시 생각에 잠겨 있던 시게요시는 뭔가 한 가지 책략이 생각났는지, 어두운 표정을 풀고 말했다.

"보초."

"옛."

"게이노스케를 불러 오너라. 즉시! 그리고 온 집 안에 모두 불을 밝히고 하녀들을 모조리 모아 놓거라. 주연을 베풀자. 내일은 만지 호가 출선하는 날이니까 이별의 연회를 해야겠다."

14, 15명쯤 되는 하녀들은 하얗게 분을 바른 얼굴에 분홍빛 불빛을 받으면서 하나씩 든 촛대로 어둠을 헤쳐 긴 복도를 따라 연회장으로 들어왔다.

이윽고 시게요시가 다실에서 서원으로 자리를 옮기고 교토 무사라고 칭하는 삼경을 비롯해 식객인 아리무라도 왔다.

내일의 출선을 위한 이별의 연회이니 만큼 다이묘다운 환락의 밤이었다.

"오늘은 모두 마음껏 취하거라."

시게요시가 잔을 들면서 말했다.

"밤의 연회를 위하여!"

우메타니가 잔을 들며 외쳤다.

"이것은 기념 연회이기도 하다. 나의 조상이 아와의 영지를 맡은 이후 귀국하는 배 안에서는 영주를 비롯하여 뱃사람까지 한 방울도 술을 허용하지 않았다. 그러나 오늘은 마음껏 마셔라."

"현명하신 생각입니다. 마시죠."

항상 따분해 하고 있던 식객 아리무라는 이런 밤을 너무나 좋아했다. 시게요시는 서서히 취기가 올라옴을 느꼈다.

"아, 취하는군. 노래를 부르자."

"춤도 춥시다!"

"좋지. 북을 가져오게."

시게요시는 즉시 하녀 손에서 북을 받아 들더니 끈을 조이기 시작했다.

"안 됩니다."

아리무라가 옆에서 북을 빼앗았다.

"북은 예전부터 오쿠라 류(大倉流)를 연습한 이 아리무라에게 맡기시지요. 전하는 춤을 추십시오."

"그러면 춤을 출까? 나루토 춤이다!"

"볼 만하겠군. 시게요시 전하의 나루토 춤이라니……."

시치조와 우메타니, 가타노도 모두 술에 취해 얼굴이 붉어져 있었다.

"너희들도 봐 두거라."

장지문 옆에 있는 하녀들은 자지러지게 웃으며 시게요시가 춤추는 모습을 보았다.

"그러면 아리무라님, 북을 치게."

"예."

아리무라는 자세를 잡고 북을 두들겼다.

둥둥둥!

맑은 북소리에 귀를 기울이던 시게요시의 하얀 버선발이 조용히 미끄러지기 시작했다.

"오, 나루토! 오나루토(大鳴門)!"

시게요시가 춤을 추기 시작하자 삼경이 모두 입을 모아 노래를 부르기 시작했다.

"오, 나루토! 오나루토!"

피의 축제 163

"탁한 세상의 끝없는 바닥에서 소리를 내는 오나루토, 오나루토!"
"흘러가라 탁한 세상, 잠겨라 나루토!"
"화를 낸다, 화를 내, 나루토의 소용돌이!"
"씻어가라, 나루토!"
"말세의 흐린 세상."
갑자기 아리무라가 큰 소리로 외쳤다.
"물리 치자, 도쿠가와!"
아리무라의 소리에 깜짝 놀란 삼경이 노래를 멈추었을 때였다. 복도를 종종걸음으로 뛰어오는 무사가 있었다.
"전하."
무사는 시게요시 앞에서 양손을 땅에 대고 엎드렸다.
"뭐냐?"
"게이노스케님에 대해서입니다만⋯⋯."
"아까부터 기다리고 있는데 왜 빨리 나타나지 않는 거냐?"
"만지 호의 출선 준비를 위해 하구에 잠깐 갔다고 합니다."
"뭐라고? 이런 시각에? 이상한 녀석이군."
시게요시는 혀를 차면서 중얼거렸다.
"어쩔 수 없군. 그러면 덴도 잇카쿠를 불러라."
"옛."
그런데 시게요시가 막 물러서려고 하던 보초를 다시 서둘러 불러 세웠다.
"잠깐 기다려라. 잇카쿠에게 우선 감옥으로 가서 이치하치로를 마당으로 끌고 오라고 해라."
보초가 사라지자 시게요시는 다시 낭랑한 목소리로 노래를 부르며 나루토 춤을 추기 시작했다. 하지만 춤을 추면서도 그 눈길은 장지문에 앉아 있는 하녀들의 수를 세었다. 그때 마당에서 움직이는 그림자가 보였다.
"잇카쿠, 왔는가?"
춤을 멈추고 시게요시가 큰 소리로 물었다.
"옛. 이치하치로를 데리고 왔습니다."
"빨리 왔군."
시게요시는 고개를 끄덕였다. 그리고 이치하치로를 향해 큰 소리로 외쳤다.

"괜한 의혹을 가지고 이 집안의 비밀을 탐색하려고 하는 덴마의 무사 이치하치로, 마침 출선의 연회에 좋은 안주감이 아니겠는가? 이 시게요시가 직접 피의 축제를 보여 주겠다. 누가 빨리 가서 칼을 가지고 오너라."

시게요시는 옆에 있는 하녀들을 날카로운 눈매로 둘러보았다.

"칼 가져왔습니다."

즉시 한 하녀가 칼을 내밀었다.

"그 촛대를 가지고 복도로 나와서 너희들도 피의 축제를 구경하거라."

시게요시는 자신의 자랑거리인 명검의 손잡이를 잡고 칼을 뺐다.

"시게요시 전하, 조금 취하신 것이 아닙니까?"

아리무라는 이해가 안 된다는 듯한 표정으로 북을 치웠지만, 다른 삼경들은 피를 보는 것이 신기하다는 듯 몸을 앞으로 내밀고 구경할 준비를 했다.

하녀들은 명령대로 촛불을 든 채 복도로 나와서 꽃처럼 앉았지만, 한 줄기의 살기가 시게요시의 미간에 흐르는 것을 보고는 두려움에 떨었다.

"이 녀석인가? 오늘 축제의 제물은?"

굵직한 목소리로 그렇게 말하며 시게요시는 마당을 노려보았다. 초췌한 모습의 이치하치로가 사지가 묶인 채 서 있었다.

시구레도에서 이곳에 끌려온지도 벌써 100일이 지났다. 말라서 뼈가 불거지고 얼굴은 새파랬지만 아직 의지만은 꺾이지 않았다.

이치하치로는 형형한 촛불 아래 두려워하는 기색도 없이 시게요시의 얼굴을 똑바로 바라보았다.

시게요시의 눈길과 이치하치로의 눈길이 얽히며, 한동안 무언(無言)의 투쟁이 벌어졌다.

"얼굴을 보니 쉽게 입을 열지 않겠군."

시게요시는 이렇게 서두를 달며 칼 끝을 위로 치켜 올렸다.

"내 저택에 네가 넣어 둔 여자가 있지. 이곳에 있는 하녀 가운데 하나일 거다. 그 여자의 이름만 대면 네 목숨을 살려 주지."

이치하치로는 눈을 꼭 감았다. 복도에 앉아 있는 하녀 가운데 세 번째에 16, 7세 정도로 보이는 둥근 얼굴의 소녀가 고개를 숙인 채 부들 부들 떨고 있었다.

"이놈의 목을 벨 테니 물을 가져오너라."

시게요시의 말에 덴도 잇카쿠와 무사들은 황급하게 움직이며 즉시 죽음의 자리를 만들었다.

"준비 되었습니다."

시게요시는 마당으로 내려가려고 하다가 옆에 있는 하녀에게로 눈길을 돌렸다.

귀엽게 생긴 둥근 얼굴의 하녀는 깜짝 놀라 손을 소매 뒤로 숨겼지만, 허리끈 앞에서 단도의 끈이 풀어져 떨어졌다.

"덴마 무사의 첩자!"

시게요시는 재빨리 뒤로 돌아가서 한쪽 발로 여자의 허리를 걷어찼다.

"앗!"

놀란 소녀가 그대로 넘어지자 단도가 옆으로 떨어졌다. 그러자 소녀는 이치하치로에게 달려와 울기 시작했다.

"앗, 오스즈."

다른 하녀들이 놀란 표정을 지으며 눈을 휘둥그레 떴다.

비둘기 밀사를 사용해서 이치하치로에게 시게요시의 비밀을 탐색하게 했던 사람, 바로 그 오스즈였다.

"울지 마!"

이치하치로는 격앙된 목소리로 야단을 쳤지만 자기 옆으로 온 동생을 안고 싶었다. 그러나 양손이 묶여 자유롭지 못하니 마음뿐이었다.

"모두 이렇게 될 운명이었어. 울지 마라, 오스즈야. 이 오빠 옆에서 죽는 것을 다행으로 생각해라."

이치하치로는 괴로운 듯이 입술을 꽉 깨물었다.

그때 무사 하나가 게이노스케가 왔음을 알렸다. 시게요시는 이치하치로를 피의 축제의 제물로 삼는다는 구실 아래 자신의 예상대로 하녀 가운데에서 첩자를 발견한 것에 만족했다. 그래서 칼을 도로 칼집에 넣으면서 게이노스케를 불렀다.

"게이노스케."

"옛."

잇카쿠 옆에 선 게이노스케는 머리를 깊이 숙였다.

"내일 출선할 준비를 철저히 하기 위해 뛰어다니다보니 연락을 받지 못해 늦었습니다."

이렇게 말했지만 실은 몰래 틈을 보아 오요네를 숨겨 둔 창고에 들어가 있었다.

"내일 만지 호 옆 배에는 누가 타지?"
"이시다 주타로(石田十太郎)님의 일꾼이 탑니다."
"사정이 생겼으니 자네가 그 배에 타도록 하게."
"옛."
"그리고 그 배 아래에 이치하치로와 오스즈 두 연놈을 태우게."
"알겠습니다."
"무야(撫養) 포구에 도착하면 이노츠 성에 들르지 말고 곧바로 요시노(吉野) 강을 거슬러 올라가서 쓰루기 산 감옥에 저 밀정 둘을 처넣게."
게이노스케는 속으로 무척 기뻤다. 사실 오요네를 아와로 데리고 가기 위해서는 본선 만지 호보다 옆에서 따라가는 배가 더 안성맞춤이었다.
'마침 잘되었군' 하는 표정을 억지로 감추고 게이노스케는 이치하치로와 오스즈를 끌고 창고로 갔다.

뱃노래

오스즈와 이치하치로 남매를 게이노스케에게 맡기고 시게요시가 자리로 돌아오니, 아리무라가 애석한 표정을 짓고 있는 것이 보였다.
"늘 자랑하시던 칼솜씨를 결국 이번 피의 축제에서 보지 못하게 되었군요."
"처음부터 첩자를 잡기 위해 일을 벌였던 것이네."
시게요시는 웃으면서 잔을 들었다.
"시게요시님의 형안에는 정말 놀랐습니다. 그런데 왜 그렇게까지 해 놓고 처치를 하지 않으셨는지 납득이 안 갑니다."
시치조가 의문을 제기했다.
우메타니와 가타노도 동감인 것 같았다.
"우리 계획을 눈치챈 녀석들을 쓰루기 산에 가두어 놓는 것도 좋겠지만, 검의 맛을 보여주는 편이 오히려 더 안전하고 덜 번거롭지 않습니까?"
"그 점은 나도 알고 있지만, 하치스가 집안의 규정인지라. 밀정을 잡으면 옛날부터 쓰루기 산에 가두어 두기로 하고 있지요."
"그래요? 언제부터 그렇게 되었나요?"
"지금으로부터 130여년 전, 하치스가의 3대 주인인 기덴(義傳) 공 시절에 남쪽에서 아마쿠사(天草) 난이 일어났습니다."

"기덴 공은 대단한 영웅 호걸이었지 않습니까? 떠도는 소문에 의하면 눈동자가 두 개 있었다고도 합니다만."

"그렇습니다. 어쨌든 이 세상의 어느 누구라도 고개를 숙일 정도였으니까요. 그때 에도에 있는 장군들은 모두 기덴 공을 두려워했습니다."

"그랬겠지요."

"마침 일어난 아마쿠사 난에서 패한 자들이 아와를 믿고 바다를 건너왔지요. 그때 기덴 공은 그들을 모두 쓰루기 산에 숨겨 주었습니다."

"그러면 기덴 공 당시에도 아마쿠사 난 이후의 혼란을 틈타서 도쿠가와 토벌을 계획하셨군요?"

"아니, 그것은 잘 모르겠습니다. 그러나 오늘날까지 이잔(滑山) 성에 있는 무기나 선구, 창, 화약, 화살촉, 금은 등 군비는 모두 그 당시 아마쿠사가 가지고 온 것과 기덴 공이 준비한 것이 틀림없습니다."

"음...... 그것이 120년이 지난 지금도 도쿠가와 토벌에 도움을 주고 있다니, 정말 묘한 기분이 드는군요."

"조금 다른 이야기이지만, 그토록 뛰어났던 그 기덴 공이 불행하게도 결국 독살되고 말았습니다."

"누구에게 말입니까?"

"이에비카리(家光)의 첩자한테요."

"밀정 말입니까?"

"아니, 기덴 공 부인이었지요. 그 부인은 이에비카리의 조카로, 막부로부터 기덴 공을 독살하라는 지시를 받고 아와로 시집을 온 여자였습니다."

"자기가 죽여야 할 상대에게 시집 온 신부의 마음, 정말 독한 여자군요. 그렇게까지 하다니, 정말 도쿠가와의 음모 정치가 잘 드러난 사건이군요."

"기록에 의하면 1월 말, 성 아래에 있는 천광사(千光寺)에 부부 동반으로 매화꽃 구경을 갔답니다. 그때 부인이 기덴 공의 술에 독을 넣었습니다. 그것도 아주 무서운 맹독으로, 뛰어난 호걸인 기덴 공은 연못에 있는 돌다리까지 가더니 쓰러졌답니다. 그 부인도 곧 독약을 먹고 스케토(助任) 강에 몸을 던졌지요. 그 후 아와에서는 큰 소동이 벌어졌습니다."

"모두가 나서서 도쿠가와 정벌을 외쳤겠군요."

"물론 포구마다 군선을 준비하고 성 안은 말을 탄 무사들로 가득 찼었다고, 지금도 어른들이 말씀하십니다. 그러나 당시의 주변 정세로는 아직 막부의 힘이 강해서 어차피 정벌은 불가능하니 원한을 참고 집안 사람들을 이곳에서 결속하자고 했지요. 그리고 에도에서 기덴 공의 부인을 따라온 하인들과 도쿠가와 인연이 있는 자들을 모두 스케토 강에 데리고 가서 베었지요. 그래서 강물은 피로 발갛게 물들고 통곡 소리로 가득 차서, 이 노츠 성에 괴상한 소문이 나는 등 몹시 소란스러웠습니다."

"그래서요?"

"일종의 미신이 생긴 것인지, 4대 영주 때부터 쓰루기 산의 감옥제도가 생겼지요."

이제 하녀나 무사들은 모두 물러가고 서원에는 시게요시와 네 사람뿐이었다.

하얀 장지문에 쓴 붓글씨의 검은 빛이 선명하고, 서늘한 가을 밤은 조금씩 깊어 가고 있었다. 그때 서원 창 밖에 거미처럼 다가와서 안에서 흘러나오는 이야기에 가만히 귀를 기울이는 자가 있었다.

머리를 길게 늘어뜨리고 검은 옷을 입었으며, 허리에 찬 두 개의 납색 칼집이 아래를 향해 늘어뜨려져 있었다.

호리즈키 겐노조였다.

오오네가 밧줄을 넣어 둔 창고에 갇힌 날 밤, 그는 무사 하나를 단숨에 베고 그곳을 빠져 나와 몸을 감추었다.

그리고 오늘이 나흘째.

드디어 내일이면 만지 호가 출선하는 날이다. 겐노조는 저택의 혼잡함을 틈타 여기 안까지 들어왔다.

인범정에서 시게요시를 비롯해 네 명의 공경이 밀담을 나누고 있는 모습을 초저녁부터 나무 뒤에 숨어 보고 있었다.

쉽게 접근할 수 없는 곳이었지만, 이윽고 자리를 옮겨 연회를 벌리던 사이에 그는 마루 아래를 통해 안쪽으로 들어와 이 곳에 모습을 나타낸 것이다.

짚신을 신고 옷을 가볍게 입은 것은 만일의 경우를 대비해서였다.

쓰루기 산의 감옥에 대한 유래, 아마쿠사 당시의 과정, 그리고 기덴 공 독살로 인해 생긴 도쿠가와 가를 향한 뿌리 깊은 원한.

이야기를 들으면서 겐노조는 마음속으로, 아와의 밀모(密謀)가 분명하다고 믿게 되었다.

또한 그것이 하루 아침에 세워진 음모가 아니라 기덴 공 이후, 역대의 영주들이 '막부에 조금이라도 틈이 생기면……' 하고 항상 칼날을 갈고 있는 것이 틀림없었다.

원래 한 나라의 민심에까지 새겨질 정도의 원한은 반드시 그 아들에게 전해지고, 또 손자에게 전해져서 복수를 이룰 때까지 대대로 이어지는 법이다.

더구나 가장 뛰어난 군주라고 받들던 기덴 공이 도쿠가와 가의 책모로 살해당하자 그 원한이야 자손들은 물론이고, 반농 반무사들의 가슴에까지 새겨졌으니, 조금 전 시게요시가 부른 나루토처럼 들판에서 일할 때 부르는 노래에까지도 나타난 것이다.

그렇다면 아와의 반 도쿠가와 사상은 어제 오늘의 일이 아니라, 오랜 역사 속에 뿌리 깊은 숙원으로 서려 있는 셈이다. 하치스가 가의 자녀들은 당시 몹시 가난해서 막부에서 좋아하지 않는 공경 당상과 많은 혼인 관계를 맺었다. 그때부터 보력의 기운이 싹트고 존왕 기풍이 일어나서 막부를 쓰러뜨리자는 움직임이 서서히 시작되었다.

공경들과 밀접한 관계가 있고, 또한 슬픈 원한의 역사를 가진 하치스가 가 뒤에서 책동을 한 것은 너무나 당연했다.

지금 서원에서 들리는 이야기로 미루어 짐작한 겐노조는 자신도 모르게 오싹 소름이 끼치는 것을 느꼈다.

'아, 막부는 어쩌면 쓰러질지도 모른다.'

이렇게 위험한 기운이 싹트고 있는데도 에도(江戶)성은 너무나 태평했다. 전 장군 이에시게(家重)의 퇴폐적인 생활과, 지금 10대인 이에하루(家治)의 방탕한 생활…….

기덴 독살의 원한을 결코 잊지 않는 아와에 비해 태평하게 풍류나 즐기면서 사는 에도는 그 기개에서 너무나 큰 차이가 있었다.

그러나 막부가 위험하다고 느끼면 미리 조치를 취해야만 하는 것이 무사 집안의 아들 겐노조의 도리였다.

위험한 것은 에도 성만이 아니다. 연인 오치에의 앞길은 더욱 어두웠다. 그의 아버지 요아미가 아와에 들어갔다 돌아오지 않았기 때문이다.

'어쩌면 고가 요아미는 아직 살아 있을지도 모른다. 아니, 틀림없이 살아 있다. 쓰루기 산의 감옥. 그는 잡히고 나서 10년의 세월을 감옥 안에서 보냈을 것이다.'

그것은 의심할 나위가 없는 일이다. 지금 시게요시 본인이 서재에서 말하지 않았는가? 잡은 밀정은 반드시 쓰루기 산의 감옥에 보내서 평생 가두어 두는 것이 규정이라고.'

겐노조는 마음 속으로 외쳤다.

'오늘 밤 이곳에 오길 잘했군.'

겐노조는 서원 창문의 불빛을 피해 살짝 네다섯 걸음 물러났다. 그러자 밀정의 접근을 막기 위해 복도에 쳐 놓은 장치에서 끽끽 소리가 났다.

겐노조는 깜짝 놀랐다. 고가의 밀정으로 훈련받지 않았던지라, 겐노조는 몸을 띄우고 다니는 것이나 소리에 대해 예방하는 방법을 몰랐던 것이다. 깜짝 놀란 겐노조는 자신도 모르게 한쪽 무릎을 세우고는 마루에서 마당으로 뛰어 내리려고 했다. 그때 잇카쿠가 문을 박차고 달려왔다.

"이 녀석!"

잇카쿠는 뒤에서 겐노조의 목에 밧줄을 걸더니 타타타탁 하고 10여 걸음 뒤로 물러섰다.

뒤에서 겐노조의 목에 밧줄을 감은 잇카쿠의 솜씨는 말 그대로 전광석화 같았다.

이때 겐노조가 소리를 지르는 것은 저택 안의 무사를 불러 모으는 결과를 초래하므로 자살이나 마찬가지임을 생각해 냈다. 또한 자기 힘으로 밧줄을 풀려고 발버둥치는 것도 위험하다. 그렇다고 해서 계속 이대로 끌려가면 턱 밑이 보랏빛으로 되어 버릴 것이다.

갑작스럽게 당한 일이라서 겐노조도 당황하였다. 그러나 어떻게든 빨리 조치를 취해야 했다.

우선 호흡에 기력을 모았다.

물론 상황을 잘 알고 있는 그는 소리도 내지 않고, 힘도 넣지 않으면서 잇카쿠가 끌고 가는 대로 복도를 뒷걸음으로 끌려갔다.

그 사이에 잇카쿠의 왼쪽 어깨를 더듬어 힘껏 한방 날렸다.

잇카쿠는 몸을 숙인 겐노조의 어깨 너머로 복도에서 마당으로 한 바퀴 빙그르르 돌았다.

그러자 갑자기 섬광처럼 칼이 들어오더니 겐노조의 머리카락을 베었다.

아와에서 대접을 받는 무사인 만큼 잇카쿠의 솜씨도 대단했다. 잇카쿠는 밧줄을 놓자마자 허공에서 허리에 찬 칼을 뽑으며 마당에 내려선 것이다.

"첩자다!"

잇카쿠는 그때 처음으로 소리를 질렀다.

동시에 오른손에 있는 칼을 들고 달려왔는데 겐노조가 재빨리 몸을 뒤로 피하면서 서원의 장지문 하나가 안으로 쓰러졌다.

안을 보니 컴컴한 어둠이 내려앉아 있었다.

어느 틈엔가 등불 하나도 보이지 않았다. 시게요시를 비롯해서 그 안에 있던 사람들은 소리가 나자 재빨리 어딘가로 몸을 피해 버렸다. 쓰러진 문을 밟은 겐노조는 서원 안의 어둠 속에서 약간 비틀거렸다. 그 그림자를 보고 가슴이 뛴 것은 가리개 뒤에 몸을 숨기고 있던 아리무라였다. 아리무라는 어느 틈엔가 벽에 걸려 있던 단도를 쥐고 있었다. 패기는 있었지만 세상 물정을 잘 모르는 아리무라가 이 저택의 식객이 된 이래 처음으로 마치 자신이 무예자라도 된 기분이 들었다.

비틀거리는 겐노조의 모습을 보자 이곳에 와서 배운 가츠산류(月山流)대로 단도를 단단히 잡았다.

하지만 실전 경험이 없는 아리무라는 그렇게 쉽게 사람을 베지는 못했다.

겐노조는 제비처럼 날쌨다. 아리무라는 단도를 놓치고 앞으로 넘어지다가 다시 단도를 잡았다. 그때 겐노조가 달려들어 단도를 잡은 손을 발로 차자 단도는 허공을 가로질러 떨어지고, 아리무라는 화병과 함께 쓰러져서 한바탕 물을 뒤집어썼다.

"빌어먹을!"

아리무라가 일어서서 다시 단도를 주웠을 때 옆 방의 장지문이 스르르 열렸다. 재빨리 몰려온 무사들이 서둘러 겐노조를 향해서 뛰어갔다.

'처음에 저 녀석에게 접근한 것은 바로 나다. 다른 사람에게 공을 빼앗길 수는 없지.'

쓰러지면서 생긴 허리의 통증을 잊은 채 무사들과 함께 뛰려는 찰나, 뒤에서 아리무라를 부르는 목소리가 들렸다. 뒤를 돌아보자 시게요시가 미소를 지으며 서 있었다.

"어디로 가시는가?"

"어디로 가다니요? 전하께서도 지금의 이 소동을 보셨지 않습니까?"

"알고 있지. 그래서 재빨리 옆방으로 피한 걸세."

"이렇게 은밀한 곳까지 들어온 발칙한 놈을 놓쳐서는 안 됩니다. 이 아리무라가 잡아서 묶어 오겠습니다."
"아하하하."
시게요시는 유쾌한 듯이 웃었다.
"그런 일은 가신들에게 맡기게. 자네의 가츠산 류로는 조금 어려운 상대일세. 아마 지금쯤 어딘가에서 잡아 이곳으로 끌고 오는 중일 걸세."
겐노조는 시게요시 저택의 소동을 뒤로 한 채 도망치는 토끼처럼 배가 있는 곳으로 달렸다. 잠시 멈추어 숨을 돌리며 어둠 속을 둘러보자, 이곳은 지난번 오요네의 흐느낌 소리를 들은 호리와리(堀割) 기슭임을 알 수 있었다. 내일이면 아지 강을 떠날 만지 호도 어디로 갔는지 그곳에는 그림자도 없고, 철썩철썩 파도 소리와 함께 달도 없는 검은 하늘이 그를 둘러싸고 있었다.
"이봐!"
갑자기 바로 근처의 어둠 속에서 누군가의 소리가 물에 메아리를 치며 들려오자 겐노조는 언덕으로 끌어다 놓았던 배 바닥에 몸을 감추고 상황을 살폈다.
"어이!"
계속해서 다른 목소리가 또 부르자 메아리처럼 반대편에서도 대답하는 소리가 들렸다.
그러자 호리가와의 수문에서 끼익하고 노를 저어 오는 배 한 척이 보였다. 검은 파도를 헤치며 사람들이 서 있는 부두로 노를 저어 왔다.
"수고했다."
게이노스케의 목소리였다. 이어서 배를 붙잡는 사람, 배에 뛰어 타는 사람으로 잠시 시끌벅적 했다. 그들은 저택에서 끌고 온 이치하치로와 오스즈를 다른 배로 옮기기 위해서 이 작은 배를 부른 것이다.
"밧줄로 튼튼하게 묶었는가? 강물로 뛰어들면 큰일이야."
"옆에 있는 기둥에 단단히 묶어 놓았습니다."
"그렇다면 안심이군. 만일을 위해 그 천으로 저 두 사람을 씌우게."
"옛."
"좋아. 이제 일이 다 끝났으니까 자네들은 가 보게."
"그러나 게이노스케님 혼자로는……."
"아니, 염려할 필요 없네. 만지 호 쪽도 일손이 부족할 것이고, 이제 곧 전하께서도 시킬 일이 있을 것이야. 지금까지 도와 주었으니 이제 나머지는 내가 혼자서 하겠네."
"그러면 가 보겠습니다."
사람들은 그곳을 떠나 각각 일터로 사라졌다. 게이노스케는 훌쩍 언덕으로 올라왔다. 그리고 조심스럽게 주위를 둘러보더니 황급히 달려간 곳은 밧줄을 둔 창고였다.
"다쿠스케, 다쿠스케!"
게이노스케는 문을 몇 번 두들기다가 조심스레 열었다.
"주인님입니까?"
게이노스케는 황급히 안으로 들어가 주위를 살피더니 안색이 조금 변했다.
"오요네는 어디에 있지?"
"당황하지 마십시오. 준비를 해 두라고 하셔서 지금 이 긴 궤짝에 넣어 두고 있던 참입니다."
다쿠스케는 히죽 웃으며 긴 궤짝을 손으로 가리켰다.
"갑자기 사정이 바뀌었네."
"아니, 무슨?"
"우리한테는 아주 좋은 일이야. 갑자기 쓰루기 산으로 보낼 자가 생기는 바람에 만지 호를 따라가는 옆 배를 내가 맡게 되었어."
"정말 잘되었군요."
"그래서 오요네를 지금 그 배에 태울 생각이야. 궤짝을 그곳까지 가지고 가게."
"혼자서는 들 수 없겠는데요."
"좋아, 도와 주지."
"주인님, 이 여자가 그렇게 좋으십니까?"
"바보 같은 소리 말게. 정말 무거운데…… ?"
"사랑하는 사람이 들어도 그 정도인데, 저는 얼마나 무겁겠습니까?"
"조심하게나."
"너무 어두운데요."
"저쪽에 묶여 있는 배로 가세."
"주인님, 제가 먼저 내려갈 테니까 여기에서 손을 떼지 마십시오. 자칫 잘못해서 물에라도 풍덩 빠지면 이 다쿠스케는 물론이고 주인님도 큰일이니까요."

그런데 배 안에 궤짝을 내려놓았을 때였다.
"잠깐!"
갑자기 겐노조가 외쳤다.
겐노조는 밧줄을 풀고 있던 다쿠스케를 번쩍 들어 던지고, 놀라는 게이노스케를 발로 찬 다음 배에 올라탔다.
예전에 만키치에게서 자세한 사정을 들어 알고 있는 이치하치로와 그 여동생 오스즈, 그리고 가련한 여인 오요네까지도 한꺼번에 구출하려는 속셈이었지만, 겐노조는 자기에게 닥쳐온 위기를 느끼지 못하고 있었다.
어둠 속에서 춤을 추듯 달려오고 있는 것은 창이었다. 번쩍거리며 빛을 뿌리고 있는 것은 칼이었다.
하치스가 유수의 무사들이 덴도 잇카쿠를 선두로 첩자를 잡기 위해 막 강가로 몰려오고 있었다. 앞에 선 잇카쿠가 멈추었다.
"저놈이다!"
창과 칼을 든 2, 30명의 무사가 물밀 듯이 잇카쿠의 뒤를 따랐다.
앞에는 끝없이 펼쳐진 강, 뒤에는 칼을 든 무사.
비밀 지역으로 한 걸음 내디디는 겐노조는 이곳에서 마지막인가?
뒤를 돌아본 겐노조는 의외로 침착하게 칼의 손잡이를 꽉 잡았다.
기세 등등해서 달려온 젊은 무사도 열 걸음 이상은 다가오지 못하고 그곳에서 반원을 만들며 서 있었다.
"포기하라!"
"도망칠 길은 없다."
제각기 질러대는 소리가 강가에 공허하게 울려 퍼졌다.
겐노조가 여기에서 여유를 부리는 데는 그만한 이유가 있었다. 겐노조는 예전에 귀중한 체험을 한 적이 있었다.
에도의 간기자카(雁木坂)에 사는 도가사키 세키운(戶崎夕雲)은 당시의 명인이며 겐노조의 스승이었다. 가미즈미 류(上泉流)의 검법에 고하쿠 와쇼(虎白和尙)의 검법을 받아들여 무주심검석운 류(無住心劍夕雲流)를 창시했다. 겐노조는 그 석운 류에서 제일 뛰어난 검사였다.
어느 해 봄, 어슴푸레한 달밤이었다.
볼일이 있어서 밖에서 밤을 지새우고 고지인가하라(護持院原)에 돌아와

보니 원한을 가진 다른 파 무사 30여 명이 잠복해 있다가 기습을 가했다.

혈투를 치르고 무사히 저택으로 돌아오기는 했지만 대여섯 군데 가벼운 상처를 입어서 며칠 동안 자리에 눕게 되었다. 그때 그를 보러 온 세키운 선생이 호되게 야단을 쳤다.

"얼간이 녀석! 넌 석운 류의 이름을 더럽혔다. 도대체 그날 밤의 적은 모두 몇 명이었느냐?"

그 말을 듣자 겐노조는 조금 자랑스러운 듯이 대답했다.

"30명이었습니다."

"30명이라고?"

"아니, 30명 정도……."

"세 명이었겠지."

"아닙니다, 분명히 30명 정도였습니다."

"이런 멍청이!"

세키운은 한동안 겐노조에게 언짢은 기색을 보이다가 다시 얼굴 표정을 누그러뜨리며 말했다.

"가령 한 사람이 여러 사람에게 둘러싸여 싸울 경우, 적은 세 사람 이상은 없는 거다. 어떠한 경우에도 반드시 등을 지키는 방패는 있다. 그러니 오른쪽의 적, 왼쪽의 적, 앞에 있는 적, 이 이상의 적은 없는 것이다. 상대의 숫자가 아무리 많아도 한 사람을 향해 많은 검이 한꺼번에 달려들 수는 없다. 그렇다면 30명도 세 사람의 적과 마찬가지고, 40명도 마찬가지다. 요는 몸과 마음을 어떻게 지키느냐에 달려 있다. 알겠느냐?"

이때 입으로 전해받은 것이 시시도(脚子刀)와 고란(虎亂)의 검법이다. 이것은 한꺼번에 많은 적을 상대로 할 때의 검법이었다. 겐노조는 그것을 이미 터득하고 있었다.

그는 지금 세 척 정도의 칼을 조용히 빼려 했다. 한 사람과 한 사람의 대전이라면 괜찮겠지만, 많은 사람에게 둘러싸여 있을 때 칼을 빼는 것은 위험하다. 앉아서 칼을 쓰는 검술의 명인이라도 칼을 뺄 때는 허점이 보여 양쪽에서 허를 찔릴 수 있기 때문이다.

이렇게 팽팽한 살의는 순간적으로 그곳에 검도 없고, 사람도 없고, 소리도 없이 얼어붙게 만든다.

피융! 하며 움직이는 칼끝이 보여도 쉽게 접근하지는 못하고 반짝 빛을 떨치는 창 끝도 다가오지 못한다.

겐노조가 빛나는 눈동자로 노려본 채, 칼 손잡이에 손을 대고 칼을 빼지 않는 것이 오히려 적들에게는 더욱 음산하게 느껴졌을지도 모른다.

이렇게 잠시 시간이 지났다.

그러자 뒤에 있는 배에서 궤짝의 뚜껑이 조금 들렸다.

"게, 겐노조님."

오요네가 필사의 힘으로 소리를 질렀다.

오요네가 겐노조를 부른 것과 잇카쿠가 잡고 있던 창을 겐노조의 오른쪽을 향해서 찌른 것은 거의 동시였다. 그러나 창 끝이 다가오는 것보다 빨리 겐노조는 칼의 손잡이를 잡은 채, 발뒤꿈치로 땅을 차고 왼쪽으로 뛰어오르며 칼을 뽑았다.

갑자기 겐노조의 모습이 보이지 않았다.

상대방의 모습은 보이지 않고 그곳에는 핏자국만이 남아 있었다. 주위에 있던 무사들이 혼란스러워하는 사이에 저쪽에 한 사람이 달리고 있었다.

"놓치지 마라!"

타타타탁 하고 8, 9명이 뛰어갔지만, 겐노조를 뒤쫓는 사람마다 모두 한칼에 쓰러졌다. 고란의 솜씨, 시시도의 칼 끝, 겐노조의 뒤에서 젊은 무사 몇 사람이 핏줄기를 터뜨리며 고통스럽게 쓰러졌다.

"이렇게 많은 무사가 한 녀석을 잡지 못하는가!"

이를 부드득 갈며 잇카쿠는 창을 다시 잡고 질풍같이 겐노조를 쫓아 갔지만 그 간격은 점점 벌어지기만 했다. 겐노조는 이치하치로를 구하는 것도, 또 오요네를 구하는 것도 포기해 버렸다. 지금은 이 저택에서 빠져 나가는 것도 만만치 않았다.

사당으로 빠져 나가는 길까지는 그리 멀지 않고, 길도 잘 알고 있어서 조금 움푹하게 들어간 덤불 속으로 몸을 감추었다.

그러자 그가 숨은 장소에서 4, 5척 떨어진 은행나무 밑동에 쿵 하는 소리가 나더니 창 하나가 날아와서 꽂혔다.

꽂힌 창의 진동이 멈추기도 전에 뛰어온 사람은 창을 던진 덴도 잇카쿠였다.

잇카쿠는 덤불 속으로 뛰어들었지만 그곳에서 의외의 길을 발견하고 멍하니 멈추어 섰다.

"아뿔싸!"

"잇카쿠!"

그때 뒤를 쫓아온 사람이 덤불 밖에서 잇카쿠를 불렀다.

"누구냐?"

"아리무라다."

"아리무라님?"

"시게요시님이 즉시 오라고 하시네."

"지금 염탐꾼이 이 길을 통해 저택 밖으로 도망쳤습니다. 여기까지 왔으니까 저는 그놈 뒤를 쫓아가야 합니다."

"아닐세. 염탐꾼이 도망쳤다는 것은 전하도 이미 알고 계시네. 어쨌든 만지 호에 승선할 때가 다 됐네. 빨리 가세."

그 말을 듣고 보니 밤은 벌써 자시를 지나 이윽고 8각 반(새벽 3시) 정도가 되어 있었다. 새벽 7각(새벽 4시)부터 6각 반 사이(새벽 5시)가 그날의 만조이다. 강물의 사정상 만지 호는 꼭 그 시각에 출발해야만 했다.

일각이라도 빨리 서두를 수밖에 없었다.

잇카쿠는 어쩔 수 없이 아리무라를 따라서 발길을 재촉했다.

만지 호는 저택의 뒷마당쪽 아지 강 옆에 있었고, 시게요시는 이미 만지 호 위에 앉아 있었다.

준비는 하루 전에 벌써 다 되어 있었지만 시게요시의 소지품을 운반하는 하녀, 햇살을 가리기 위해 장막을 치는 사람, 노를 살펴보는 키잡이, 또는 붉게 칠한 난간 여기저기에 창과 무기 등을 점검하는 무사 등이 몹시 분주하게 돌아다닌다.

그 혼잡을 뚫고 잇카쿠가 멈칫거리며 시게요시 옆으로 다가갔다. 그리고 겐노조를 놓친 것을 변명했다.

시게요시는 별로 불쾌한 표정도 짓지 않았다. 그 대신에 잇카쿠가 불안에 떨 정도로 오랫동안 생각에 잠겨 있었다. 이윽고 시게요시가 명쾌한 어조로 말했다.

"어쩔 수 없다. 어젯밤의 혼잡을 틈탄 놈이니까."

그렇게 말한 다음 갑자기 엄격한 말투가 되었다.

"잇카쿠, 너는 귀국한 다음 잠시 쉬거라."

"옛, 쉬라고요?"

잇카쿠는 간담이 서늘해졌다. '잠시'라는 말을 '영원히'라고 잘못 들은 것이다.

"그래! 우선 1년 정도 유람할 생각으로 가고 싶은 곳을 구경하라. 단, 그 동안에 임무가 있다. 바로 호리즈키 겐노조, 그자를 쫓아가서 반드시 없애라. 그는 어젯밤 우리들의 밀담을 틀림없이 다 들었을 것이다. 살려 두면 나중에 커다란 방해가 되어 대사를 그르칠지도 모른다. 알겠나?"

"옛!"

"그자를 없앨 자신은 있나?"

"제 몸이 가루가 되더라도 꼭 없애겠습니다."

"그렇다면 안심하고 아와로 가겠다. 무슨 일이 있으면 에도에 들러 우리쪽 다이묘에게 도움을 받아라."

시게요시는 자리에서 일어서서 아리무라와 함께 누각의 난간으로 다가서며 중얼거렸다.

"아, 치누 포구가 밝아 오고 있군."

안개 속에서 드러난 바다 위로 아침 햇살이 내리쪼이고 있었다. 배에 불이 모두 켜져서 밀물이 들어온 아지 강 일대는 금박을 풀어놓은 것 같았다.

높은 곳에서 고동 소리가 울렸다.

하치스가 가의 망루였다.

아와로 향할 만지 호는 지금 밧줄을 풀고 있다.

배 위에서도 그에 답하는 신호를 보냈다. 그러자 반각 정도 배를 잠시 멈추고 갑자기 모든 것이 그림자를 숨기는 것은 육지에 있어서 다이묘 행차의 예식과 같았다.

게이노스케가 탄 옆 배는 한 발 앞서 강으로 나아가고 있었다.

오요네는 어떻게 된 것일까? 오늘 아침은 그녀도 출선하고 있었다. 하지만 그것은 너무나 어두운 운명의 출선이었다.

게이노스케가 탄 배의 바닥 궤짝에 있는 오요네는 영원의 비련과 어둠의 공포를 느꼈다.

눈물과 어둠의 궤짝 안에 있는 오요네의 운명은 어떻게 바뀔 것인가?

그것을 아는 사람은 지금 뱃머리에 서 있는 게이노스케뿐이다.

'아, 상쾌한 바람. 바닷물 빛도 좋고, 바람도 딱 알맞군'

자기의 행운을 축복하는 날씨인 것처럼 게이노스케는 생각했다.

그에게는 넘치는 광명이 있었다.

히죽, 하고 야릇한 웃음을 흘리며 게이노스케는 사방을 둘러보았다.

만지 호는 서서히 강 입구에서 내려오고 있었다. 그리고 거울 같은 강물에 뜨기 시작했다.

게이노스케의 배는 만지 호 옆에 따라가는 형태를 취했다. 이것도 바다를 건널 때의 통상적인 습관이었다.

시게요시가 타고 있는 만지 호와 옆에 따라가는 배에는 만자(卍) 모양의 깃발이 아침 해풍을 받아 펄럭였다.

창에 매달린 깃발은 태양보다 더 붉고 현란했으며, 파도에 비치는 선구(船具)는 위세가 당당했다. 돛이 바람을 가득 안고 이윽고 멀리에서 고동 소리가 들리자 배는 파도를 가르기 시작했다.

"아리무라님! 아리무라님!"

이렇게 부른 것은 배 위에 있는 시게요시였다.

'무슨 일일까?'

아리무라는 사다리를 힘차게 올라갔다. 바다 위에서는 자연적으로 목소리가 커졌다.

"부르셨습니까?"

"너무나도 좋은 전망이라서 혼자 보는 것이 아까워서일세."

"날씨도 오늘의 출선을 축복하고 있사옵니다."

"불길한 어젯밤의 소동도 완전히 깨끗하게 씻기는 것 같군."

시게요시는 아주 기분이 좋은 표정이었다.

"앗!"

시게요시는 갑자기 옆에 있는 장막을 쳤다.

그때 마침 배는 강 왼쪽 기슭에 있는 메지루시 산(目印山)에서 멀지 않은 곳에 있었다. 언덕에는 소나무 사이로 검은 등대가 솟아 있었다.

그 언덕 소나무 숲 사이에서 만지 호를 내려다보고 있는 무사가 있었다. 바로 겐노조였다.

"시게요시님, 아무리 쇄국을 하신다고 해도 언젠가는 겐노조가 아와의 영토를 밟으러 올 것입니다. 증거를 잡으러 말입니다. 일단 에도로 돌아가지만 다시 아와로 와서 일격을 가하겠지요."

그때 어디에선가 바람을 가르고 화살 하나가 날아왔다. 화살은 겐노조의 귀를 살짝 스치고 뒤에 있는 소나무에 꽂혔다.
"과연 시게요시군. 방심하지 않고 내 모습을 보았단 말인가?"
겐노조는 시게요시의 주도면밀함에 놀랐다. 화살을 뽑아 들여다보자 화살 끝에는 '아리무라'라고 씌어 있었다.
배에서는 느긋하게 노 젓는 소리가 들렸다. 그리고 아와 특유의 뱃노래가 안개의 비밀에 싸인 나루토 바다를 향해서 서서히 미끄러져 갔다.

전화위복

　진눈깨비가 내릴 듯한 겨울 하늘이었다. 메이와(明和) 2년도 저물어 11월 중순을 지났다.
　이곳은 에도, 오차노미즈를 남쪽으로 따라 스루가다이(凌河臺)의 언덕이다.
　점점 잎이 떨어져 가는 나목은 멀어지는 가을을 아쉬워하듯 매서운 바람에 울고 있다.
　그때 한 남자가 허리춤에 수건을 차고 등 뒤에는 수레를 끌고 있었다.
　"아, 정말 춥군. 이것이 에도의 바람인가?"
　몸을 움츠리고 있는 청소부의 어깨 위로 낙엽이 떨어졌다.
　"추운 것은 괜찮지만, 전혀 일이 없으니 걱정인데. 적어도 이 근처에 한 명이라도 아는 사람이 있었으면 좋으련만…… 내 나이 벌써 서른여섯. 올해 액운이 많이 끼었나?"
　불평을 하며 고개를 숙이고 걷고 있자 창문에서 자기를 부르는 여자의 목소리가 들렸다. 그 소리를 듣고 갑자기 생각난 듯이 청소부는 소리쳤다.
　"청소요?"

그러자 여자가 우습다는 듯이 킥킥거렸기 때문에 청소부 자신도 겸연쩍어서 고개를 숙였다.

"부르셨어요?"

청소부는 창으로 고개를 내민 여자에게 물었다.

"저쪽으로 돌아와요."

"어느 쪽으로요?"

"저쪽에 쪽문이 있지요?"

쪽문을 열고 키를 든 청소부가 들어왔다.

"상당히 춥군요."

"마루 쪽으로 오세요. 조금 오래 된 쓰레기이니까요."

주위를 둘러보자 부엌으로 좁은 마당이 이어져 있고, 마음이 좋은 한 부인이 쓰레기를 가지고 나왔다. 청소부는 담뱃불을 빌려서 담배를 피우면서 이 지역에 관해 여러 가지 물었다.

"그런데 부인, 이 스루가다이에 있다는 고가조(甲賀組)는 이 앞에 있는 새까만 저택입니까?"

"그래요. 스미(墨)저택이라고 해서 스물일곱 집안의 밀정들이 한 곳에 모여서 살죠."

"27채나 됩니까? 상당히 넓군요."

청소부는 감탄을 하며 잠시 부인의 얼굴을 보았다. 그 눈동자 아래에 날카로운 빛이 숨어 있었다.

"이렇게 말하면 실례지만, 밀정이라는 것은 태평성대에는 아무런 일도 없을 텐데, 이만큼 큰 규모의 밀정을 갖고 있는 장군 가는 역시 대단하군요."

"그래서 점점 밀정 집안을 장군 가에서도 줄이려고 한다던데요."

"그렇겠지요. 곤겐(權現)님 시대에는 싸움도 많고 적도 많아서 자연히 고가조라든지 이가조(淨賀組)라든지 많이 필요했지만, 지금은 태평성대니까요. 어떻게든 구실을 만들어 줄이려고 하겠지요."

"실제로 얼마 전에도 오래된 가문 하나가 대가 끊기고 말았지요."

"고가 요아미는 37채 가운데에서도 종가라고 하던데요."

"어머, 당신은 잘 아시는군요?"

"실은 부인······."

청소부는 갑자기 주위를 둘러보며 목소리를 낮추었다.
"저의 익숙지 않은 청소부 모습에서 눈치채셨겠지만 저는 이것이 본업이 아닙니다."
"뭐라고요? 이상한 청소부로군요. 매일 이 주위에서 어슬렁거리지만 일이 없는 것 같아서 불쌍해서 불렀더니……."
"아니, 부인. 그렇게 놀라지 마십시오."
"그렇게 위장하고 수상한 짓을 하는 사람이라면 나가 주세요."
"결코 도둑질이나 사기를 치려고 하는 게 아닙니다. 안심하시고 고가 가에 대한 것만 말씀해 주십시오."
"싫어요. 신원도 모르는 사람에게 말할 수는 없어요."
"그러면 그 신원을 정직하게 밝히지요. 저는 이것이 본업입니다."
청소부는 품 안쪽에서 꺼낸 방망이를 살짝 부인 앞에 내밀었다.
"어머!"
부인은 방망이를 보고 더욱 언짢은 표정이 되었다. 괜히 청소부를 불렀다고 후회하는 빛이 역력했다.
"그러나 이곳에 누가 되는 일은 결코 하지 않겠습니다."
이마에 쓴 수건을 접고 마루 끝에 앉아 있는 남자는 만키치였다.
"깊은 사정은 말씀드릴 수 없지만, 저는 교토의 동쪽 봉행소에 있는 포졸입니다. 속사정이 조금 있어서요."
부인이 내준 차를 마시며 자신의 신원을 밝힌 만키치는 최근 절가가 되어버린 고가 집안의 소식을 꼬치꼬치 묻기 시작했다.
선정사 산마루 위에서 겐노조와 헤어져 한발 앞서 에도로 들어온 만키치는 아직 오치에를 만나지 못했다.
그는 에도로 들어오자 제일 먼저 스루가다이에 있는 고가 집안을 방문했다.
그러나 문 앞에 서서 문패를 보자 이름이 달랐다. 문패는 고가 요아미 대신에 '다비가와 슈마(旅川周馬)'라고 씌어 있었다.
아와로 간 긴고로가 그런 지경에 빠져서 아무런 소식도 없이 벌써 반 년 이상이 지났다. 밀정 조직에서는 규칙대로 만 10년이 지나도 돌아오지 않는 고가 요아미를 객사한 것으로 간주하여 절가(絶家)의 명령이 내려진 것이다.

'아, 모든 것이 끝이다' 하고 만키치는 낙담했다.

그러나 어쨌든 요아미를 대신하고 있는 다비가와 슈마라는 자를 만나서 오치에님이 어디에 몸을 의탁하고 있는지 그것을 물어 보려고 문을 두들겼다.

그런데 문은 못이 꽁꽁 박혀 있고 자물쇠로 채워져 있었다. 불러도 나오는 사람은 없고, 낮인데도 덧문까지 닫혀 있었다.

검은 담을 따라 둘러보자 고가 종가는 이 부근의 스미 저택 가운데에서 가장 컸다. 그러나 황폐해지고 잡초가 무성해서 오래된 사당 같은 모습이었다.

그 집 한쪽 구석에 있는 창문이 조금 열려 있는 것이 눈에 들어왔다. 만키치는 담에 있는 구멍을 통해서 들여다보았으나 역시 사람이 있는 기척은 없었다. 쥐죽은 듯이 조용해서 귀신이 사는 집인 것처럼 생각 될 정도였다.

하지만 이곳에 누군가가 살고 있다는 것을 만키치에게 가르쳐 준 것이 있었다. 그 방의 벽과 담 사이에 떨어져 있던 접혀진 종이 조각이었다. 비에 맞은 흔적도 없이 풀위에 떨어져 있는 것은 지금 막 버린 종이임에 틀림없다.

언젠가 이치하치로가 '이번 일은 목적이 크다. 그러니 너의 포졸 근성을 버려라' 하고 말했었지만, 이런 것이 눈에 띄면 만키치는 호기심이 끓어오르는 것을 억제할 수 없었다.

만키치는 긴 막대기를 주워 벽구멍으로 집어 넣고 종이 조각을 끌어 당겼다.

냄새를 맡아 보니 침향나무 기름 냄새가 났다. 그리고 접힌 것을 펴보니 헝클어진 머리카락이 나왔다. 머리카락 하나를 손가락으로 펴 보자 그는 그것이 여자의 머리카락이라는 것을 알았다.

'그렇다면 이 저택에는 오치에님이 떠난 다음에 다비가와 슈마라는 녀석과 다른 여자가 살고 있는 것이군. 그렇다면 이상한데. 왜 여기저기에 못을 박아 둔 것일까?'

버릇인 귀를 비틀면서 생각해도 만키차의 머리에는 확실히 떠오르는 것이 없었다.

그래서 이번에는 그 주위에 있는 다른 집을 방문하기로 했다. 그러나 그곳에서 나온 대답은 한결같았다.

"오치에님 말입니까? 참 불쌍하지요. 하지만 저는 그분에 대해서 아무것도 모릅니다."

 매일 같은 모습으로 돌아다니면 사람들이 수상하게 생각할지도 모른다는 생각에 만키치는 청소부로 변장했다. 청소부라면 어디든지 자유롭게 드나들 수가 있기 때문이다.

 그리고 스미 저택 근처를 매일 돌아다닌다고 해서 수상하게 생각할 사람도 없을 것이다.

 그렇게 해서 드디어 오늘 들어온 집의 부인이 아무래도 고가 저택이나 스미 저택의 사정에 밝은 듯한 말투여서 만키치는 일부러 신분을 밝히고 이 기회를 놓치지 않으려고 했던 것이다.

 부인의 이야기로 짐작건대 그곳의 주인은 고가조와도 다소 친분이 있었던 것 같다. 처음에는 별로 내켜 하지 않던 부인도 점점 만키치에 대한 의심이 풀리는지 서서히 이야기를 풀어 놓았다.

 "그러면 뭐죠? 오치에님이 있는 곳만 알면 된다는 거예요?"

 "예. 그것만 알면 됩니다. 부인, 도대체 오치에님은 어디로 사라진 것일까요?"

 "글쎄요, 깊은 사정이 있는 것 같던데……."

 "저도 조금 들었는데, 같은 고가 집안의 사람으로 오치에님의 미모와 요아미님이 남긴 재산에 눈독을 들여 따라다니는 녀석이 있다고 하던데요."

 "맞아요! 그것이 오치에님의 괴로움이었지요."

 "그 녀석이 누굽니까?"

 "다비가와 슈마라고 해요. 아 참, 다른 곳에서는 내가 했다는 말은 하지 마세요."

 "비밀로 하겠습니다."

 "슈마는 요아미님의 저택을 장군 가로부터 받자 다른 사람에게는 오치에님이 다른 곳으로 간 것처럼 말을 퍼뜨렸지만 실은 문을 모두 못으로 친 채 그 저택 안에 가둬 놓고 있어요. 그것은 슈마의 동료 중에도 어렴풋이 알고 있는 사람이 있지만, 악한인 슈마를 적으로 만드는 것이 두려워서 모두 모르는 척하고 있는 거죠."

 "아니, 그러면 오치에님이 그 저택 안에 있다는 겁니까? 그렇군. 그러니 아무리 물어 봐도 모를 수밖에. 정말 감사합니다. 그것을 알았으니 이제 어떻게 해서라도 오치에님을 찾아 내겠습니다."

만키치는 인사를 하고 밖으로 나왔다. 나온 곳에서 가까운 고가 저택의 오래된 담을 끼고 돌면서 만키치는 외쳤다.

"청소, 청소오!"

긴장하고 있는 마음과는 반대로 일부러 얼빠진 듯한 탁한 소리를 질렀다.

갑자기 만키치는 멈추어 서서 뒤를 돌아보았다. 저택의 담과 나무가 있을 뿐 이곳은 사람이 다니지 않는 곳이다.

만키치가 멈추어 선 곳은 지난번 이곳에 처음 왔을 때 조금 창문이 열려져 있던 그 부근이었다. 그곳에 서자 만키치는 귓불을 비틀며 잠시 생각에 잠겼다.

그리고 벽에 뚫려 있는 구멍에 눈을 대고 들여다보자 저택 안은 변함없이 조용했지만, 오늘도 그 창문만은 조금 열려 있었다.

'이곳이군. 이곳 외에는 사람 냄새가 전혀 나지 않아. 지난번에 왔을 때 풀 위에 머리카락이 있는 종이를 주운 것도 이 근처지? 어디 한번 들어가 볼까?'

만키치는 담에 뚫려진 구멍을 발견하고 개처럼 기어들어갔다. 그리고 그대로 무릎걸음으로 창문 아래까지 걸어와서 몸을 숙였다.

그리고 잠시 귀를 기울였지만, 노란 은행잎이 떨어지는 소리뿐이었다.

'아무도 없는 것인가?'

이렇게 생각할 때 방 안에서 아주 작게 선반문이라도 여는 듯한 소리가 들렸다. 그리고 뭔가 아주 자그마한 소리가 창 가까이에서 들렸다.

'창을 열고 오치에님이 얼굴이라도 내밀어 준다면 정말로 좋겠는데.'

만키치는 마음 속으로 중얼거렸다.

만키치는 기다리다가 지쳐서 판자문을 손가락 끝으로 살짝 두들겨 보았다.

그러나 아무리 기다려도 안에서 문을 열 기척은 없었다. 만일 운 나쁘게 슈마 녀석이라도 나오는 날에는 큰일이었다. 그래서 다시 잠자코 참아 보았지만, 아무래도 자신이 시도해 보는 것 이외에는 방법이 없다는 판단이 들었다.

만키치는 반쯤은 도망갈 자세를 취하고 모기 소리만큼 작은 소리로 오치에를 불렀다.

"오치에님."

창은 키가 닿지 않을 정도로 높은 곳에 있었다.
"오치에님."
두 번째 불렀을 때였다.
"누구?"
즉시 낮은 대답이 흘러 나왔다. 그것도 아주 부드러운 여자의 대답이었다. 만키치는 가슴이 뛰고 자신도 모르게, 마음 속으로 다행이라고 중얼거렸다.
"오치에님이십니까?"
몸을 숨기고 눈만 창쪽으로 치켜뜨면서 만키치가 물어 보자 잠시 아무런 대답이 없다. 그렇게 잠시 사이를 두고 나서 여자의 희미한 목소리가 조금 전과 마찬가지로 들려왔다.
"누구?"
만키치는 슬슬 몸을 앞으로 내밀었다.
"고가 요아미님의 외동따님이신 오치에님이십니까?"
끈질기게 다시 한 번 만키치는 물었다.
"예."
조금 꺼리는 듯한 대답이 만키치의 귀에 들려 왔다. 그 목소리를 듣자 한 꺼번에 무거운 짐을 벗은 듯한 기분이 든 만키치는 처음으로 허리를 펴고 틈이 조금 벌어진 창을 올려다보았다. 그러나 키가 닿지 않아서 안을 들여다볼 수가 없었다.
하지만 일단은 안심이었다. 이제 오치에님을 만난 것이다.
"오치에님이 맞군요. 그렇다면 말씀드리지요."
만키치는 창문 아래에서 고개를 숙였다.
"저는 교토에서 왔습니다. 꼭 만나 뵙고 드릴 말씀이 있습니다만······."
만키치는 우선 이렇게 말하고 오치에의 대답을 기다렸다. 그러나 만키치가 여러 가지로 의심을 가진 것처럼 그쪽 또한 다소 경계를 하는지 쉽게 대답을 하지 않았다.
그래서 만키치는 먼저 그 의심을 풀기로 했다.
"저는 오치에님도 잘 아시는 호리즈키 겐노조님의 심부름으로 중요한 임무를 띠고 온 사람입니다."
"뭐라고요? 겐노조님?"
"그렇습니다."

만키치는 발끝으로 서서 창문에 손을 댔다. 그때 갑자기 창문 틈에서 만키치의 손을 잡아 창문 격자 쪽을 향해 강하게 비트는 자가 있었다.
"앗!"
만키치는 발을 땅에 딛고 몸을 비틀었지만, 몸부림을 치면 칠수록 창문에 걸린 손이 더욱 아플 뿐이다.
'젠장, 내가 이렇게 멍청하다니! 여자 목소리에 방심을 한 것은 나답지 않았어.'
만키치는 이를 악물고 손을 뿌리치려고 했다. 그러나 창가에서 양손으로 힘껏 누르는 사람과 발끝으로 서서 매달려 있는 만키치의 힘은 상대가 되지 않았다.
스스로 감이 빠르다고 자부하던 만키치도 자신의 이러한 실책에 유감천만이었다.
그는 힘껏 힘을 모아 상대를 뿌리치려고 하면서도 머릿속으로는 그가 도대체 누구일까를 생각해 내려했다.
'소문에 들은 다비가와 슈마? 아니, 그렇지는 않을 것이다. 틀림없이 조금 전의 목소리는 여자의 음성이었다. 목소리뿐만 아니라 손의 감촉에서도 분명히 부드럽고 따뜻한 여자의 손이라는 것을 알 수 있다. 다만 여자치고는 너무나 힘이 강하다.'
"빌어먹을!"
만키치는 팔이 빠질 것처럼 세게 팔을 흔들었지만, 안에 있는 여자는 얄미울 정도로 손을 놓지 않았다.
"소동을 피우는 것은 그만둬요. 나에게는 면도날이 있으니까요. 너무 발버둥을 치면 뱀장어 목을 끊는 것처럼 손을 끊어 버릴 테니까요."
여자는 몹시 음산하고 조용하게 말했다.
면도날로 손을 잘린다면 큰일이다. 만키치는 등골이 오싹해지며 여자의 손이 마치 귀신 손처럼 느껴졌다.
'다비가와 슈마도 아니고 오치에도 아니라면 도대체 누구일까? 이 고가 요아미의 폐가에는 슈마가 대신 들어갔고, 슈마는 오치에를 포로로 잡아서 몰래 감금시키고 있다고 조금 전의 부인이 말하지 않았는가? 그러면 그 부인의 말은 거짓이었단 말인가? 아니다!'
만키치의 눈에는 그 부인이 그렇게 거짓말을 할 사람처럼 보이지는 않았다. 만키치의 머리는 혼돈과 무기력으로 지쳐 버렸다.
"조용히 해요. 소란을 피우면 오히려 당신이 불리해질 테니까요."
여자의 목소리 속에 비웃음이 담겨 있었다. 만키치는 저주스러운 듯이 입술을 깨물었지만, 어차피 소용 없다는 것을 알고는 더 이상 발버둥치지 않았다.
"이렇게 괴롭힐 생각은 없었지만, 도망치면 곤란하니까 잡고 있지요. 당신에게 묻고 싶은 것이 있는데, 이곳에서는 곤란하니까 우리집으로 와 주지 않겠어요?"
만키치는 고개를 갸우뚱거렸다. 침착하게 목소리를 듣고 있자 어딘가에서 들은 적이 있는 말투였다.
"당신은 이 저택의 사람이 아닌가?"
"누가 이렇게 귀신 나올 것 같은 집에 살고 있겠어요? 안 그래요, 만키치 님?"
"아니, 어떻게 내 이름을?"
"꼭 부탁할 것이 있으니까 우리 집으로 와 주세요. 당신은 오랏줄을 가진 포졸, 나는 그늘에서 사는 사람. 하지만 꼭 의논할 일이 있으니 나를 만나 줘요. 우리 집은 혼고츠마고이 1번지."
"앗, 오쓰나로군."
"이제 아셨어요?"
잡았던 손이 풀어지자 놀란 만키치는 뒤로 비틀거리면서 창문을 바라보았다. 그러자 하얀 손이 부드럽게 움직이더니 덧문을 조금 열었다.
갑자기 흘러들어오는 햇살을 받고 눈이 부신 듯이 미소를 짓고 있는 여자는 머리를 뒤로 말아 올리고 두루마기를 입은, 지적인 차림을 한 오쓰나였다.
만키치는 다만 어안이 벙벙했다.
집을 잘못 찾아온 것은 아닐까 하고 주위를 둘러보았다. 그러나 역시 이곳은 고가 저택으로, 지금은 다비가와 슈마의 문패가 걸려 있는 집임에 틀림없었다.
'이곳에 오쓰나가 있다니!'
교토에서는 그렇게 요염한 아씨 차림이더니 지금은 완전히 돌변해서 두루마기 차림으로 있는 것이 만키치는 이상하게 여겨졌다.

오쓰나는 한쪽 보조개가 들어가는 얼굴을 만키치 쪽으로 향했다.
"목소리를 바꿔서 깜짝 놀랐지요?"
"깜짝 놀랐어. 게다가 손목을 비튼다는 것은 너무 심하지 않은가?"
"이해해 주세요. 반은 장난이고, 반은 당신을 놓치지 않으려고 그랬어요."
"그런데 어째서 이런 곳에 있지?"
"슈마에게 빌려 준 돈을 받으러 왔어요. 그런데 와서 보니 이렇게 황폐한 집에, 게다가 못까지 박혀 있잖아요. 그래서 오늘은 문을 열고 이 방으로 들어와서 슈마가 오는 것을 기다리고 있었죠. 책이 많이 있길래 팔베개를 하고 읽고 있자니 창 밖에서 당신의 목소리가 들리지 뭐예요? 정말로 묘한 곳에서 다시 만났군요."
"그러면 이곳에 사는 다비가와 슈마라는 자와 당신은 예전부터 잘 알고 있었나?"
"아니요, 가끔 도박장에서 만났으니까 잘 안다고는 할 수 없어요. 그런데 그 자리에서 200냥 정도 빌려 준 적이 있지요. 아참, 이런 이야기는 포졸님에게는 금물이지요? 호호호호."
"상관 없네. 포졸이라도 나는 다른 임무를 띠고 있는 몸이라 함부로 포졸 방망이를 쓰는 일은 없을 테니까 당신도 모든 것을 자세하게 말 해 주게."
"그러면 소매치기도 잡지 않아요?"
"그건 내가 지금 어떻다고 말할 수 없지만 당신에게는 스미요시 촌에서 도움을 받은 은혜가 있지 않은가? 나는 그것을 아직 잊지 않고 있네."
"별로 은혜랄 것도 없어요. 그런데 아까 말한 것처럼 우리 집에 잠깐 들르지 않겠어요?"
"무슨 일로 그러는 거지?"
"저…… 겐노조님에 대해서 조금 묻고 싶은 것도 있고…… 제가 고백할 것도 있어서."
말을 얼버무리면서 오쓰나는 문득 마음 속으로 우치데가하마의 달밤에 본 겐노조의 모습을 눈앞에 그렸다.

밀약(密約)
"오쓰나, 어떤 이야기인지는 모르지만 다음에 만나 천천히 하기로 하지."
"그래요, 그러면 혼고츠마고이에 있는 우리 집으로 꼭 오세요!"

"다음에 가기로 하지."
"꼭이에요. 꼭 약속했어요?"
"만키치는 약속은 잘 지키는 사람이라네."
"저도 그렇게 믿고 있어요. 소매치기와 포졸, 조금 이상한 만남이네요."
"그렇군."
"그럼, 기다릴게요."
오쓰나는 고혹적인 웃음을 보이고 덧문을 닫으려고 했다.
만키치는 깜짝 놀랐다. 찾으려던 사람은 찾지 못하고 뜻밖에 오쓰나와 약속만 한 채 창문이 닫혀 버린다면 지금까지 헛고생한 것이 되기 때문이다.
만키치는 당황해서 소리를 쳤다.
"오쓰나, 자신의 용건이 끝났다고 내 부탁은 듣지도 않는다면 너무 하잖아?"
"어머, 내게 부탁하실 일이 있어요?"
"있으니까 포졸인 만키치가 소매치기인 당신과 손을 잡으려는 것이 아닌가?"
"죄송해요. 너무 나만 생각했나봐요. 어차피 세상은 모두 그런 것 아니에요?"
"그렇게 제멋대로인 사람과는 상대하지 않을 거야."
"어머, 미안해요. 너무 뜻밖이라 당황했나 봐요."
"소매치기에서 손을 씻는 게 어떤가?"
"어머? 충고까지 하시는군요. 천천히 생각해 보지요."
"아, 또 이야기가 빗나갔군. 오쓰나……."
만키치는 진지하게 창의 덧문을 잡았다.
"이 저택 안 어딘가에 다른 사람이 있지는 않은가?"
"아무도 없는 것 같던데요. 방은 모두 캄캄하고 우선 뭐가 없어요. 뭐가 없다는 것은 먹을 것이 없다는 증거거든요. 가끔 다비가와 슈마 만 다녀가는 정도가 아닐까요?"
"이상하군. 분명히 오치에님이 이곳에 감금되어 있다는 이야기를 들었는데……."
"아, 그래서 나를 그분으로 착각하고 불렀군요? 나도 천박한 모습을 보이지 않으면 무가(武家)의 아씨로 보일까요?"

"쓸데없는 소리 하지 말고, 오쓰나, 이렇게 하면 어떨까?"
"어떻게요?"
"당신의 부탁은 아직 내가 듣지 않았지만, 이 만키치가 목숨을 걸고라도 틀림없이 받아들일 테니까, 지금은 나를 좀 도와 주게."
"정말이에요?"
기분이 나쁠 정도로 진지한 얼굴로 오쓰나는 창문에서 몸을 내밀었다. 만키치는 갑자기 눈앞으로 흘러내려온 오쓰나의 옷고름을 보면서 잠시 말을 잊었다.
그의 생각에 오쓰나의 부탁이란 봉행소의 사정이나, 동료에 관한 일 정도로 생각했던 것이다.
설마 겐노조와 얽힌 오쓰나의 사랑 이야기라고는 전혀 짐작하지 못했다.
여기에서 만키치가 오쓰나를 이용하려고 한 것은 현명했지만, 서로 부탁을 교환한 것 때문에 나중에 얼마나 고생을 하고, 얼마나 뼈를 깎는 고충을 당하게 될지는 알 수 없는 일이다.
보통 사람이라면 자신의 부탁은 다 들어주게 만들고, 부탁 받은 일은 잊어 버리겠지만, 그렇지 못한 성격의 만키치였다.
"설마 내가 거짓말을 하겠어?"
만키치의 말을 듣고 오쓰나는 안심을 하며 기쁜 표정을 지었다. 에도로 오고 나서 부질없는 일이라고 한탄하고 있던 겐노조에게 접근할 수 있는 일말의 서광이 비쳤던 것이다.
"말해 보세요, 만키치님."
오쓰나는 만키치의 부탁이 무엇이든 들어 줄 결심을 했다.
"별로 어려운 일은 아니야. 당신이 잘 알고 있는 다비가와 슈마 녀석을 꼬셔서 오치에님을 이 저택에서 구해내 주면 돼."
"좋아요!"
오쓰나는 즉시 승낙했다. 갑자기 오쓰나가 눈을 돌리더니 귀를 기울였다. 그때 담 저쪽에서 탁탁 하고 나막신 끄는 소리가 들렸다. 아마 슈마가 돌아온 것 같았다.
"슈마지?"
만키치는 담에 등을 딱 붙였다.
그리고 재빨리 도망갈 곳을 찾았다.

"쳇, 하필이면 이런 때에 돌아오다니."
"아니에요. 저 발소리는 다른 사람인 것 같아요."
"그래?"
만키치는 휴 하고 숨을 내쉬며 고개를 들었다.
"아직 이야기가 남았어. 아무리 슈마에게 갇혀 있는 오치에님이라도, 이 저택에서 도망치라고 하는 오쓰나를 의심하지는 않을 거야."
"그렇겠죠."
"그러니, 이렇게 말해 줘. 머잖아 겐노조님이 에도에 와서 여러 가지로 오치에님과 의논을 할 것이라고. 그때까지 이 저택에 있어서는 곤란하다고 알겠어?"
"아니, 겐노조님이 에도에 온다고요?"
"응, 곧 오시기로 약속했어."
목단꽃이 활짝 핀 것처럼 오쓰나는 밝게 웃었다.
"좋아요. 오치에님은 내가 슈마를 꼬여서 꼭 구출해 내겠어요."
"그러면 좋은 소식은 당신 집으로 들으러 가지."
"4, 5일 뒤에 오세요."
"고맙군!"
만키치는 나무 뒤에서 다시 오쓰나에게 머리를 숙여 당부의 말을 무언으로 전하고 담 밖으로 기어나왔다. 갑자기 차가운 겨울 바람이 불었다.
밖으로 나오니 벌써 주위는 어둑어둑했다.
"어휴, 춥군."
코를 푼 만키치는 다시 청소부로 돌아와서 무릎과 소매의 흙을 털고 소리쳤다.
"청소오!"
탁한 목소리가 쓸쓸하게 울려 퍼지고 나서 몇 걸음 옮겨 놓았을 때였다.
만키치는 발에 무엇이라도 걸린 것처럼 깜짝 놀라 길 옆으로 피했다.
어떤 사내가 도마뱀처럼 벽에 기대어 자신을 노려보고 있었던 것이다.
만키치도 그를 노려보았다.
검은 옷에 검은 두건.
검은 벽에 검은 사람이 잠자코 서 있어서 처음에는 눈치채지 못했지만, 실팍한 몸집에 나막신을 신고 있는 모습은 바로 오주야 마고베였다.

'그 녀석이다. 틀림없는 마고베다! 녀석이 어떻게 에도에 왔을까?'

만키치는 날카로운 눈으로 노려보았다. 그리고 조금씩 짚신을 끌며 왼쪽으로 돌자 마고베도 적의를 품고 왼쪽으로 돌았다.

'이리 가까이 오너라. 목숨이 아깝지 않다면 빨리 다가와라. 내 칼은 그 동안 피맛을 보지 못했어. 그러니 단 한번에 널 베어 주지.'

그러다 마고베는 속으로 생각을 고쳐먹었다.

'그러나 지금은 나에게 소중한 때이다. 모처럼 오늘 오쓰나를 발견해서 여기까지 따라왔는데, 또 그때 산에서처럼 엉망이 되면 안 된다. 오늘은 저 놈이 모르는 척하면 나도 참아야겠군.'

만키치도 손이 근질근질했으나 마음 속으로 이렇게 타일렀다.

'짐승 같은 놈! 두고 봐라. 방원 류의 오랏줄을 네 목에 걸어서 네놈의 몸을 갈가리 찢어주지. 아, 손이 좀이 쑤시는군. 그러나 오늘은 놓아 주마. 나에게는 다른 큰일이 있기 때문이야. 젠장, 그 일만 없다면 너 따위가 숨을 쉬게 놔 두질 않아!'

마음과는 달리 만키치는 방망이를 잡고 부들부들 떨었다.

살의를 느끼고 마고베의 손도 번개처럼 칼 손잡이를 잡았다.

그때 갑자기 어디선가 샤미센의 소리가 애달프게 새어 나왔다. 슈마를 기다리다 지친 오쓰나가 연주하는 것이다. 샤미센의 소리는 만키치와 마고베의 살의를 갑자기 없애고 두 사람을 이성적으로 돌아가게 했다.

특히 만키치는 이치하치로의 훈계를 생각하고 눈을 감고 빠른 걸음으로 뛰기 시작했다.

달리는 등 뒤로 바람이 불어서 목에 매달려 있던 삿갓이 황혼속으로 떨어졌다.

한편 마고베는 어둠 속에서 팔짱을 낀 채 만키치와 반대 방향으로 담을 따라 걷기 시작했다. 여유를 부리며 천천히 걷는 마고베의 나막신 소리가 어둠 속에서 울려 퍼졌다.

이곳까지 오는 동안 돈이 떨어지면 다시 쓰지기리를 해서 옷과 신발을 모두 좋은 것으로, 에도에 온다고 상당히 멋을 낸 것 같았다. 물론 그것은 오쓰나를 위해서였다.

그렇게 여색을 탐하던 마고베가 오쓰나를 본 뒤로 금욕을 하고 있다. 쓰지기리도 함부로 하지 않고 모든 정력과 시간을 오쓰나를 손에 넣는 것에만 신경쓰고 있었다. 물론 혼고츠마고이에 있는 오쓰나의 집도 끈질기게 감시하고는 있었지만, 결국 오늘까지 좋은 기회가 없었다.

그러는 동안 오쓰나는 가끔 꽃꽂이를 가르치러 간다고 하면서 기슈(紀州) 저택의 하인 방에서 도박을 한다는 이야기를 언뜻 들었다. 오늘도 오쓰나가 그곳에 왔다는 이야기를 듣고 마고베는 즉시 달려왔다.

그러나 마고베가 도착하자 이미 오쓰나는 그곳에 없었다.

돈을 더 준비해 온다고 하면서 나갔다는 것이다. 어디에서 돈을 준비해 오는가 하고 물었더니, 이곳에 자주 온 적이 있는 고가조의 다비가와 슈마에게 돈을 받으러 갔다고 했다. 오쓰나가 전에 빌려 준 돈이 있어서 오늘은 무슨 일이 있어도 꼭 받아 온다고 했으니 그곳에 버티고 앉아 재촉을 하고 있을 것이라고 말했다. 그 말을 듣고 마고베는 이곳에 나타난 것이다.

이곳에서 상황을 살피고 있자니 오쓰나는 틀림없이 이 황폐한 저택 안에 있었다.

'조금 전에 흘러 나온 샤미센 소리는 오쓰나가 퉁긴 것이리라. 다비가와 슈마는 도대체 안에 있는 것인가, 없는 것인가? 만일 없다면 좋은 기회인데.'

마고베는 날쌘 고양이가 닭장 주위를 빙빙 도는 것처럼 마음의 칼날을 갈았다.

그리고 어느 사이엔가 팔짱을 끼고 넓은 저택의 외각을 한 바퀴 돌았다. 그러나 역시 묘책은 떠오르지 않았다.

한때 오쓰나에게 거절당한 마고베다. 아무리 팔장을 끼고 생각에 잠긴다 해도 묘안은 없을 것이고, 갑자기 오쓰나의 마음을 끌 수단이 있을 리도 없다.

하지만 마고베는 묘책이 없다고는 결코 생각하지 않았다.

'아직 오쓰나의 마음을 끌 만한 방법은 많다. 돈, 힘, 끈기, 그리고 협박. 아니면 오쓰나의 마음이 아프게 울어 볼까? 아니면 저주받은 이 칼을 사용할까?'

"음. 방법은 얼마든지 있어."

마고베는 혼자말을 하며 어느 사이엔가 대문 앞에 와 있었다.

대문에는 '다비가와 슈마' 라는 문패가 걸려 있었지만 폐가 같은 적막감이 감돌았다.

문을 한 번 밀어 보았지만 열리지 않았다.
'오쓰나는 어디로 들어갔을까?'
마침 땅거미가 밀려와 사람들의 왕래가 끊어지자 마고베는 담 위에 손을 얹고 올라가기 시작했다.
그리고 담 안쪽으로 사뿐히 내려가려는 순간 질풍처럼 달려온 그림자가 마고베의 한쪽 발을 잡고 담 밖으로 끌어내렸다.
깜짝 놀란 마고베의 몸은 누군가에게 한쪽 발이 잡혀서 담 위에서 미끄러졌다.
"이 녀석!"
달려온 남자는 좀도둑이라도 다루듯이 마고베의 멱살을 움켜잡았다.
멱살을 잡힌 마고베는 천천히 오른발을 앞으로 내밀어 어두운 땅을 발끝으로 더듬어서 벗어 놓았던 나막신을 발에 끼웠다.
너무나도 당당한 동작이었다.
그리고 힐끔 날카롭게 상대를 노려보았다. 마고베의 멱살을 잡은 사람은 27, 8세 가량의 젊은 남자였다. 젊은 무사는 머리를 전부 뒤로 묶고 상당히 거드름을 피우는 모습이었다.
'이 녀석이군, 다비가와 슈마라는 녀석이……'
마고베는 일부러 온몸에 힘을 뺐다.
단석류의 달인 마고베의 멱살을 잡고 슈마는 어떻게 할 셈인가? 일부러 마고베는 슈마의 솜씨를 보려고 얌전히 몸을 굽히고 상황을 지켜 보았다.
슈마는 마고베의 멱살을 잡고 있어서 오른손을 사용할 수 없었다. 그러나 마고베는 상대에게 멱살이 잡혀 있지만 오른손은 재빨리 칼을 잡고 언제든지 뽑을 태세를 갖추었다.
이런 상황에서는 분명히 마고베의 승리다.
다비가와 슈마가 조금이라도 검법을 안다면 지금은 위험한 상황이라는 것을 알 것이다. 슈마는 마고베를 절대 어찌할 수 없다.
"아하하하."
갑자기 슈마가 웃었다.
무슨 생각인지 알 수 없지만 슈마는 또 한 번 호탕하게 웃으면서 멱살을 잡은 손을 놓았다.
"누구인지는 모르지만, 풍채가 훌륭한 걸 보니 설마 좀도둑은 아닐 테고.

훌륭한 무사님이 왜 내 집에 함부로 들어가려고 하는지 그 사정이나 들어 봅시다."
슈마가 정색을 하며 묻자 마고베는 곤란해 했다.
"저……."
옷깃을 여미면서 마고베는 조심스럽게 말했다.
"무사답지 않은 무례함을 저지른 나를 무사 취급을 해주다니 정말 면목이 없소."
"아니, 나는 항상 밖을 돌아다니니까, 사정에 따라서는 뭐라고도 할 수 없소. 이 집 안에 급한 볼일이라도?"
젊기는 하지만 슈마는 상당히 말을 잘하고 임기응변에 강했다. 마고베의 솜씨와 살의에 가득찬 분위기를 교묘하게 파악한 다음에 이렇게 말하면서 서서히 상대방의 진의를 파악하려는 눈치였다. 악당 중에 악당 두 사람이 서로 음험한 눈초리로 상대를 탐색했다.
"그렇다면……."
마고베는 몹시 정중하게 말을 했다.
"실은 내 아내가 이 저택 안에 있어서 데리러 왔소."
"그건 이상한 일이군요?"
슈마는 짐짓 시치미를 떼며 말했다.
"당신의 아내가 누구요?"
"당신과 예전부터 아는 사람이죠. 오쓰나라고 하는데 부끄럽지만 정말 제멋대로죠. 마음대로 집을 나와서 이 에도에서 놀고 있다는 이야기를 듣고 멀리서 찾으러 왔던 거요. 그런데 오늘 당신에게 볼일이 있는지, 낮부터 이 저택 안에서 기다리고 있다는 말을 들었소. 미안하지만 이곳으로 불러 줄 수 있겠소?"
"아니, 그러면 오쓰나가 와 있다는 얘기요?"
"틀림없이 안에 있을 거외다."
"거 참 곤란하군."
슈마는 머리를 긁적였다.
"오쓰나에게는 빚이 있는데……. 그것을 받으러 왔을 거요."
"그 일은 나와 상관 없는 일이고…… 어쨌든 잠시 오쓰나를 불러 주시겠소?"

"알겠소. 그런데 당신의 이름은?"

마고베는 말문이 막혔다. 그러나 잠시 후 적당히 둘러댔다.

"저는, 후지다 사부로(藏田三郎)라고 하오."

"알겠소. 잠시 기다리시오."

몹시 경쾌하게 고개를 끄덕인 슈마는 허리춤에서 열쇠를 꺼내 문을 열고 안으로 들어서더니 마고베를 향해 씨익 웃었다. 그러더니 문을 닫고 안으로 사라져서는 반각, 일각, 이각이 지나도 나오지 않았다.

어둠의 나락(奈落)

아무리 기다려도 슈마는 나오지 않았다. 슈마는 황량한 정원을 그대로 지나쳐서 뒷문을 살짝 열고 아무도 모르게 사라진 것이다.

집 안에서 기다리고 있던 오쓰나와 문 밖에서 기다리는 마고베를 내버려 두고 슈마는 그날 밤도 또 다음 날도 돌아오지 않았다.

마고베가 슈마에게 속은 것을 깨달았을 때는 이미 그가 그곳에서 사라졌을 때였다.

마고베는 한 번 더 담을 넘을 기운도 없어서 후일을 기약하며 그날 밤은 그냥 돌아갔다.

한편 오쓰나는 그 저택에 당분간 있을 심산이었다.

여자인 만큼 오쓰나는 요령이 좋았다. 방 한 칸을 깨끗하게 청소하고, 창고 구석에서 발견한 화로와 붉은 이불을 깔고 그 안에서 웅크리고 앉았다.

이 정도면 3일은 물론이고 한 달이나 100일이라도 계속 있을 수 있었다. 다만 불편한 것은 식사였다. 그러나 당분간 먹을 것은 미리 준비해 왔기 때문에 주전사에 차도 끓이고 책 옆에 찐빵도 있었다.

화로와 이불에 샤미센이 있고 차와 찐빵이 있고, 그 옆에 아름다운 여자가 겨울 햇살을 받고 있다면 다른 사람들은 이 저택의 젊은 부인이나 또는 첩이라고 생각할 것이다. 그러나 화려한 첩 생활에도 다른 사람이 모르는 고민이 있듯이 오쓰나의 가슴 속도 편하지만은 않았다.

다비가와 슈마가 돌아오면 어떤 방법으로 오치에가 있는 곳을 알아낼까하는 걱정과 만키치가 이미 자기 집으로 길보(吉報)를 들으러 온 것은 아닐까 라는 걱정으로 조마조마했다.

또한 오쓰나는 책장에 있는 책에서 부질없는 여자의 사랑 이야기를 읽고 겐노조를 생각하면서 하루를 보내는 일도 있었다.
이렇게 해서 이 빈 저택에서 일주일을 지냈다.
8일째가 되어도 다비가와 슈마는 돌아오지 않았다.
'어떻게 된 것일까?'
오쓰나도 조금 지치기 시작했다.
'이렇게 돌아오지 않는 것을 보면, 이 저택에 문패만 달아 놓고 이곳에는 살지 않는 것은 아닐까?'
오쓰나는 생각에 잠겼다.
'게다가 만키치는 오치에님이 이곳에 있다고는 했지만, 이곳 어디에도 있는 것 같지는 않아. 일주일 동안 안쪽 방에서부터 하녀 방까지 모조리 찾아보았지만, 아무데도 없었어. 틀림없이 슈마 녀석이 다른 곳에 오치에님을 숨겨 놓고 지금 그곳에 있을 거야. 그렇다면 내가 여기에 있을 필요가 없는데……'
오치에는 내일은 집으로 가려고 생각했다.
'만키치에게 이 사실을 전하자. 오치에님이 있는 곳을 알아내기 위해 내가 얼마나 혼신의 힘을 다했는지 이야기하고, 겐노조님에 대한 것을 부탁하자.'
그런 생각을 하면서 어느 사이엔가 오쓰나는 화로 옆에서 꾸벅꾸벅 졸기 시작했다.
무슨 꿈을 꾸는 것인지 잠든 얼굴에 미소가 떠올랐다. 귀에는 가와초에서 들은 피리 소리가, 눈에는 우치데가하마의 달빛이 보이는 것일까?
이 주위는 모두 밀정 조직의 사람들이 살고 있다. 더구나 이 넓은 집 안에는 오쓰나 외에는 아무도 없고, 또 선잠을 깨울 아무런 소리도 나지 않았다.
그때 얼음 위를 미끄러지듯이 방문이 소리도 없이 열렸다.
남자가 한 명 들어왔다.
턱 밑에서부터 비쳐 보이는 등불 속의 그 모습은 너무나 무섭게 보였다. 잠시 남자는 묵묵히 선잠을 자고 있는 오쓰나의 아름다운 얼굴을 내려다보았다.
마고베였다.
요전엔 슈마 때문에 방해를 받았지만, 오늘 밤엔 수월하게 들어왔다.
오쓰나를 깨우려 하다가 마고베는 아름답게 잠을 자는 오쓰나를 깨우는 것이 아깝다는 생각이 들었다.

 전날 산 위에서 황홀한 표정으로 누워 있을 때의 오쓰나도 요염하게 보였지만, 불빛을 받으며 상기되어 자고 있는 지금의 오쓰나는 마고베의 눈을 현혹시킬 만큼 아름다웠다.

 마고베는 조용히 앉아서 이불 속으로 손을 넣었다.

 그리고 오쓰나의 머리 냄새를 맡는 듯이 화로 옆으로 다가갔다.

 화로에 타는 기름 냄새가 마고베를 황홀하게 만들었다.

 '어떤 일이 있더라도 나는 이 여자만은 죽일 수 없을 것이다.'

 마고베는 얼굴에 차갑게 닿는 오쓰나의 머리카락 한 줄기를 자기 입에 물면서 눈길은 잠이 든 여자의 목덜미에 박혀 있었다.

 선잠을 자는 귀에 사람의 호흡 소리가 희미하게 닿아서 오쓰나는 깜짝 놀라 눈을 떴다.

 그뿐만 아니라 누군가의 커다란 손이 자신의 손을 잡고 있는 것에 놀라 자신도 모르게 이불에서 펄쩍 떨어져 앉았다.

 "놀랄 필요 없어. 마고베야."

 오쓰나는 도둑고양이 같은 마고베의 모습을 바라보았다.

 "결국 여기까지 들어왔군요."

 오쓰나는 가슴이 뛰었지만, 말투만은 냉정하리만치 차가웠다.

 "어떻게 오지 않을 수 있겠어? 당신이 에도로 가면 나도 에도로, 북쪽으로 도망치면 북쪽 끝까지 쫓아다닐 거야. 예전에 그 산 위에서도 그렇게 말했을 텐데."

 마고베는 빙긋 웃으면서 말했다.

 "수고 많이 했군요. 어쩐지 얼마 전부터 혼고츠마고이에 있는 우리 집 근처에 이상한 나막신 소리가 들린다 했더니……."

 "그러면 어렴풋이 내 진의를 느끼고 있었을 텐데 당신도 상당히 박정하군. 당신은 피가 차가운 여자야."

 오쓰나는 콧소리를 냈다.

 "흥, 박정하다는 말은 당신에게 어울리지 않는 불평이에요. 내 피가 차가운 것은 태어날 때부터죠. 그렇게 태어나고 자랐기 때문에 어쩔 수 없어요. 나는 싫은 사람에게는 얼음과 같고, 그 대신에 좋아하는 사람에게는 불보다도 더 뜨거운 여자가 되죠."

"그렇게 열에 들뜬 나이에는 누구라도 당신처럼 모두 헛소리를 하는 법이지. 그러나 점점 세상을 알게 되고 고생을 해보면 나 같은 남자를 싫어한 것을 후회하게 되는 거야."
 "멀리 오사카에서부터 이렇게 찾아온 것은 정말 당신이 아니면 할 수 없는 일이에요."
 "나도 언제까지 피비린내 나는 쓰지기리를 하는 것이 싫고, 당신도 언제까지 위험한 짓을 할 수도 없을 거야. 오쓰나, 우리 여기서 마음을 모아 둘이서 큰 건수를 올리고, 그것을 마지막으로 나와 함께 살지 않겠나?"
 "나도 언제나 그런 생각을 하죠. 그러나 마고베, 당신은 싫어요."
 "왜지?"
 "그것은 나도 몰라요. 내 마음이니까요."
 "그러면 달리 생각하는 남자가 있나?"
 "물론 오쓰나에게도 그런 사람이 있지요."
 "그 녀석은 누구지?"
 "듣고 싶어요?"
 "말해 줘."
 마고베는 칼집을 꼭 잡고 무서운 형상으로 한 걸음 오쓰나 앞으로 다가갔다. 오쓰나는 식은 차를 한 모금 마시고 쓰디쓴 웃음을 지으며 마고베를 싸늘하게 바라보았다. 이렇게 협박을 받으면 받을수록 오쓰나는 더욱 오기가 생겼다. 또한 오히려 말로써 마고베가 몸부림치게 만들고, 자기 마음껏 조롱하고 싶은 배짱까지 생겼다.
 "어쩌면 말하는 편이 좋을지도 모르겠군요. 그렇게 하면 당신도 자신이 하는 짓이 얼마나 어리석은 일인지 분명히 알게 될 테니까요."
 "그런 것은 아무래도 좋아. 그 남자의 이름만 말해!"
 "내 가슴에 새겨져 있는 사람은 천하를 떠돌아다니는 사람으로……."
 "그래, 그 녀석이 누구지?"
 오쓰나의 비아냥거림을 마고베는 지나칠 정도로 심각하게 받아들여 칼을 잡은 왼손이 부르르 떨리고, 눈에서는 불꽃이 튀었다.
 "호리즈키 겐노조라는 분이에요. 마고베, 나에게 손가락 하나라도 댈 생각이라면, 미안하지만 우선 그분에게 허락을 받으세요!"
 "좋아! 난 오주야 마고베야!"

"어떻게 할 셈이죠?"

"잘도 나를 조롱하는군."

마고베는 오쓰나에게 슬슬 다가가더니 후 하고 등불을 불어서 꺼 버렸다. 방 안은 암흑 속이었다. 재빨리 등불을 끈 마고베의 속셈은 뻔했다. 오쓰나는 재빨리 뒤로 물러섰다. 그러나 뒤에 있던 도자기에 걸려서 오쓰나는 다시 앞으로 넘어졌다.

"어디로 갈 셈이지?"

마고베의 비열한 얼굴이 어둠속에서도 눈에 보이는 것 같아 오쓰나는 불끈했다.

"이것 놔요, 내 옷!"

마고베의 가슴을 때린 것이 오히려 마고베에게 팔을 붙잡힌 꼴이 되었다. 그리고 마고베의 무릎으로 오쓰나는 쓰러졌다.

"오쓰나, 고집도 정도껏 부리지."

"나에게는 겐노조님이라는 마음에 새긴 사람이 있다는데도, 당신은 그렇게도 미련한가요?"

"연적이 있다는 말을 들으면 더욱 고집이 생기는 걸. 당신을 겐노조 따위에게 보내지 않을 거야."

"누가 당신 같은 사람에게!"

엉킨 팔을 풀려고 했지만 마고베의 힘은 너무나 강했다. 더구나 여자가 발버둥치는 모습에 마고베는 마음 속으로 야릇한 흥분까지 느꼈다.

"소리쳐 봐! 얼마든지 발버둥쳐 보라구. 이곳은 산 위와 달라서 아무리 당신이 소란을 피워도 소용 없다구. 슈마 녀석이 오지 않는 한 이 마고베 외 당신 두 사람 이외에는 아무도 없어. 아하하하. 오쓰나! 이제 그만 포기하지."

마고베는 오쓰나를 껴안았다. 그리고 이를 악무는 오쓰나의 얼굴을 보면서 자신의 뺨을 그녀의 뺨에 대려고 했다. 오쓰나는 얼굴을 돌리고 가까이 다가온 마고베의 두건 끝을 잡아당겼다. 마고베의 두건이 벗겨지려고 했다.

그러자 마고베는 마치 잊고 있던 신경 끝을 바늘에 찔린 것처럼 갑자기 두 손으로 두건을 잡았다.

그 순간 오쓰나는 살짝 일어섰다.

"아니!"

마고베는 천박한 정염에 타올라 어두운 저택 안으로 달려가는 오쓰나의 뒤를 쫓았다. 지금 마고베의 눈에는 오쓰나 이외에는 아무것도 보이지 않았다.

오쓰나는 필사적으로 도망쳤다.

하지만 이 텅 빈 집은 낮에도 거의 모든 문이 잠겨져 있어서 쉽게 도망칠 수 없었다. 다만 오쓰나는 만키치의 부탁을 받아 오치에를 찾아서 온 집 안을 샅샅이 돌아다녔기 때문에 집안의 구조를 대강 알고 있을 뿐이다.

하지만 도망치면 도망칠수록 마고베의 집념은 더욱 맹렬해졌다. 오쓰나가 도망치는 모습을 바라보는 마고베의 얼굴은 욕정만으로 가득 찬 짐승 같았다.

둘 사이는 점점 간격이 좁아졌다.

이제 모퉁이를 돌면 조금 전에 있던 곳으로 다시 돌아가게 된다. 그러면 더 이상 도망칠 수 없는 막다른 곳이다.

그러나 오쓰나는 똑바로 달렸다.

왼쪽은 서원, 오른쪽은 거실이다. 옛날 이 저택의 주인인 고가 요아미가 있었을 당시는 이곳에 거주했던 모양으로 모두 나무로 만들어 놓은 별채였다.

오쓰나는 재빨리 서원의 문을 열려고 했다. 하지만 열리지 않았다.

벌써 마고베의 그림자는 복도까지 쫓아왔다.

깜짝 놀라 다시 거실의 문을 밀어 보았다.

"아, 어떻게 하지?"

오쓰나의 절망적인 소리가 들렸다. 그곳도 역시 열리지 않았던 것이다.

'이상하군!'

순간적으로 생각했다. 언젠가 이곳에 왔을 때는 분명히 양쪽 다 문도 열렸고 안에서 잠그게 되어 있었는데……

"오쓰나!"

악마의 손이 오쓰나의 옷깃에 닿았다. 오쓰나는 얼른 빠져 나왔다. 하지만 이제 복도는 막다른 길이다.

오쓰나는 그곳에서 마고베를 바라보았다. 독 안에 든 쥐는 막판에 고양이를 물려고 하는 법이다. 오쓰나는 허리끈 사이에서 비수를 꺼내 거꾸로 잡고, 마고베에게 당하더라도 자신도 상대를 찌르겠다는 일념 뿐이다.

비녀는 어딘가에서 떨어졌는지 오쓰나의 검은 머리는 어깨로 흘러 내려 처절한 아름다움을 더해 주었다.

욕정을 억제할 수 없는 마고베는 거의 반 미치광이가 되어 있었다. 복도 끝까지 오쓰나를 쫓아와서는 갑자기 달려들려고 했다. 굶주린 늑대가 닭에게 달려들 듯이.

그때 그의 핏발 선 눈앞에 빛나는 것이 있었다. 오쓰나가 죽음을 각오하고 뽑아든 비수였다. 가까이 다가오면 가만 있지 않겠다는 오쓰나의 독한 마음이 비수 끝에 아로새겨져 있었다.

마고베는 잠시 멈칫거렸다.

치켜뜬 오쓰나의 눈과 조각달 모양의 칼날이 이번에는 마고베 쪽으로 한 걸음씩 다가오고 있었다.

오쓰나의 뒤는 막다른 복도이고, 좌우는 거실과 서원으로 통하는 잠긴 문이었다. 도망치려고 해도 도망칠 수 있는 곳은 없었다. 오쓰나의 몸은 이제 마고베의 손에 유린당하든지, 그 비수를 빼앗기고 마고베에게 심장이 찔리든지 두 가지밖에 없었다.

'죽는 편이 더 나을까, 아니면 그래도 목숨을 부지하는 편이 더 나을까? 그러나 이런 남자에게 내 몸을 맡길 수는 없다.'

오쓰나는 그렇게 생각하자 더욱 표독스러워졌다. 하지만 마고베는 보통 사람은 상대도 할 수 없는 단석 류의 달인이다. 여자의 비수 정도에 놀라 빈 틈을 줄 사내가 아니다. 정욕과 살의에 불타는 눈길로 마고베는 조금씩 오쓰나의 손목으로 자신의 팔을 뻗었다.

'아아, 분하다!'

오쓰나는 입술을 꼭 깨물고 비수 끝을 흔들었다. 하지만 마고베의 몸이 금방이라도 덮쳐 올 것 같아서 한 걸음 물러나고, 두 걸음 뒤로 물러나서 결국 복도 끝의 벽에까지 밀렸다.

'이제 끝이다!'

마음 속으로 오쓰나는 비명을 질렀다. 그러자 동시에 그녀의 마음은 풀이 죽기 시작했다. 그때 앞을 바라보자 마고베는 귀신이라도 만난 것처럼 대여섯 걸음 앞에서 갑자기 멈추어 선 채 더 이상 다가오지 않았다. 오쓰나 뒤에 갑자기 검은 두건을 쓴 남자가 나타난 것이다.

"앗!"

마고베의 정욕이 싸늘히 식었다. 남은 것은 흉포한 살의뿐이다. 그는 오쓰나의 뒤에서 갑자기 나타난 남자를 보자 사지가 긴장되기 시작했다.

오쓰나는 뒤를 돌아볼 여유가 없었다.

더구나 자신의 뒤에 나타난 두건 쓴 남자 때문에 마고베가 멈춘 것도 몰랐다. 다만 비수를 거꾸로 쥔 채 마지막 마음의 준비를 하고 있었다.

어둠 속에서 두 사람의 숨소리만이 들렸다.

잠시 후 마고베가 희미한 신음 소리를 냈다. 오쓰나 뒤에 있는 남자는 어딘가에서 들어온 희미한 빛을 통해 마고베의 모습이 거울에 비친 것이다. 폭이 3척, 길이가 5척 정도나 되는 커다란 거울이었다. 그것이 막다른 벽에 문처럼 끼워져 있었다.

어둠에 눈이 익숙해지자 그것을 알게 된 마고베는 아까보다도 더 맹렬하게 다시 오쓰나에게 다가갔다.

그때 오쓰나는 목숨을 걸고 비수를 휘둘러 마고베의 옆구리를 노렸다.

"흥, 끝내 체념을 못하는군."

마고베는 살짝 몸을 옆으로 피했다. 그리고 오쓰나의 손목을 잡고 비틀었다. 그때 갑자기 마고베도 비명을 질렀다.

"앗, 아야!"

오쓰나에게 손을 물리자 오쓰나는 그 손아귀에서 벗어날 수 있었다.

비틀거리던 오쓰나는 뒤에 있는 거울에 손을 짚었다. 그러자 갑자기 벽이 한바퀴 빙글 돌더니 눈 깜짝할 사이에 오쓰나는 사라지고 마고베의 앞에는 차가운 거울만 서 있었다.

손 안에 다 들어온 보석을 놓친 마고베는 어안이 벙벙했다.

"이게 뭐야?"

마고베는 조심스럽게 벽에 다가가서 거울을 살짝 밀어 보았다.

그러자 거울은 자연스럽게 벽에서 떨어져 빙그르르 도는 장치가 되어 있었다.

마고베는 그 안으로 떨어질 뻔했지만 재빨리 몸을 뒤로 했다. 무가의 주인이 사는 거실 가까이에 회전식 비상구가 반드시 숨겨져 있다는 말은 들었지만, 이렇게 진귀한 거울을 벽에 붙여서 만들었다니 도대체 이것은 어디로 연결된 것일까?

"음, 여기까지 들어와서 놓칠 수야 있나?"

그는 다시 거울에 손을 댔다. 그때 갑자기 뒤에서 소리가 들렸다.
"위험하네."
동시에 친밀하게 마고베의 어깨에 손을 얹은 사람이 있었다.
"아하하하, 멍청하게 그 거울 뒤를 들여다보지 말게. 거울 뒤는 어둠의 나락이지, 떨어지면 그것으로 끝장이네."
깜짝 놀라 조소를 담고 웃는 사람을 쳐다보니 젊은 무사인 다비가와 슈마였다. 슈마는 이 저택의 주인이다. 어디에서 나오든지 이상할 것은 없지만 마고베는 잠깐 당황하여 말문이 막혀 버렸다.
"마고베."
그는 벌써 마고베의 이름까지 알고 있었다. 슈마는 히죽 웃음을 지었다.
"결국 담을 넘어서 오셨군. 너무나 솜씨가 좋아서 이 슈마는 감탄했소. 그것은 상관 없지만 거울 뒤로 빠진 오쓰나가 당신 아내라고 했지만 거짓말이었지? 난 알고 있었다네. 아하하하, 우린 서로 고집이 센 여자 때문에 고생을 하고 있군."
모든 것을 다 알고 있다는 말투였다. 젊은이가 늙은이 같은 말투로 말하고는 재빨리 서원의 문을 열고 안으로 들어가려다 마고베를 바라 보았다.
"오쓰나는 내가 인질로 잡았네. 그런데 앞으로 어떤 조건으로 교환할 것인지, 이곳에서 잠시 의논하지 않겠나?"
슈마는 서원 안으로 들어가서 탁탁 부싯돌을 두들겼다. 이윽고 희미하게 불이 켜지고 주위로 그을음이 퍼졌다.
"들어오게, 마고베."
마고베도 이 녀석은 상대하기가 쉽지 않겠다고 생각했다. 책망을 한다든지 화를 내면서 달려드는 녀석들은 오히려 상대하기 쉽지만, 슈마 같이 속셈을 알 수 없는 끈적끈적한 녀석은 마고베에게는 처치 곤란이었다.
"주저할 것 없네. 이곳은 내 거실일세. 나는 아무래도 상관 없지만, 설마 오쓰나를 두고 이대로 돌아가지는 않겠지? 데리고 갈 것인가, 아니면 이곳에 둘 것인가 의논하자는 걸세. 자 이쪽으로 더 다가오게."
"좋아."
마고베는 고개를 크게 끄덕이고 칼을 손에 들고 들어갔다.
"오쓰나를 데리고 가고 싶은데, 설마 거울 뒤에서 저택 밖으로 빠져 나가는 길이 있는 것은 아니겠지?"

"걱정할 필요 없네. 지금 말한 것처럼 거울 뒤는 어둠의 나락이네. 도망친 다면 오히려 좋겠지만, 잘못하면 저대로 숨이 끊어질지도 모르네."
"뭐라고?"
오쓰나를 죽게 만들면 모든 것이 끝이다. 마고베가 당황해서 다시 거울 쪽으로 가려고 하자 슈마는 음침하게 웃었다.
"잠시 기다리게, 오쓰나의 생사는 조금 있다가 이 슈마가 보고 올 테니까. 그 전에 자네 소원을 하나 들어주지. 들을 필요도 없이 그것은 오쓰나를 손에 넣고 싶다는 것이겠지. 그래, 그 소원은 내가 들어 주지. 그러면 이번에는 내 쪽의 주문도 하나 들어 주어야만 하네."
"그래. 오쓰나를 넘겨 주는 조건이라면?"
"그렇네. 자네에게 부탁이 있네."
"듣고 나서 받아들이지."
"무리하게는 부탁하지 않겠네. 다만 오쓰나가 저대로 다시 숨을 쉬지 못하고 끝나도 좋다면?"
"어쨌든 그쪽 소원을 말해 보게."
잠시 뜸을 들여 마고베를 초조하게 만든 다음에 슈마는 간사한 눈길로 마고베를 바라보았다.
"그러면 말하겠네."

일능일기(一能一技)

"부탁이란 별로 어렵지 않은 거야. 자네 재주를 잠시 빌리자는 걸세."
"내 재주?"
마고베는 이해가 안 된다는 표정을 지었다. 오쓰나를 인질로 잡고 그 교환 조건으로 재주를 빌리자는 것이 도대체 무슨 뜻인가? 마고베는 슈마의 얼굴을 바라보았다.
"자네 재주라면 말할 필요도 없이 가지고 있는 칼로 사람을 죽이는 게 아닌가?"
"그렇지."
마고베는 자신도 모르게 고개를 끄덕이다가 깜짝 놀랐다.
'이 슈마 녀석은 언제 내가 쓰지기리를 한다는 것을 알아차린 것일까?'
"어떤가? 승낙하는 건가?"

"천천히 생각해 보겠네."
"그래, 너무 쉽게 받아들이는 것은 믿음직스럽지 못하지. 천천히 주판알을 튕기며 생각해 보게."
"상당히 어려운 부탁이군."
"나는 아주 극히 가벼운 부탁을 했다고 생각하는데……."
슈마는 은빛 담뱃대를 꺼내서 등불에다 불을 붙이며 담배를 피우기 시작했다.
"그것을 승낙해 준다면 거울 뒤에 떨어진 오쓰나는 내가 반드시 자네에게 넘기지. 자네가 싫다면 이제 오쓰나와는 헤어질 수밖에 없네. 게다가 오히려 오기가 생겨서 오쓰나의 편이 되어 다른 곳으로 도망치게 해줄 수도 있지. 인간의 마음이란 오기 쪽으로 자꾸 쏠리는 법이니까."
혼자말처럼 지껄이며 슈마는 마고베를 달래기도 하고 위협하기도 했다.
마고베와 같은 악당을 이렇게 알고 덤비는 슈마는 끊임없이 모든 것을 음모적으로 또한 타산적으로 생각하는 성격을 가진 사내였다.
그와 반대로 마고베의 성격은 외곬으로, 계획도 없고 깊은 생각도 없으며 본능에 맡겨서 악을 악이라고도 생각지 않고 움직이는 사내였다.
둘 다 거리낄 게 없는 악당이었지만, 슈마를 도회적인 악당이라고 본다면 마고베는 전(前) 아와의 무사인 만큼 야성적인 악당이라고 볼 수 있다.
마고베는 이곳에서 오쓰나를 인도받느냐 마느냐 하는 기로에 서게 되었다.
그러나 마고베의 세 치의 혓바닥으로는 도저히 슈마의 적수가 되지 못했다.
마고베는 이 저택의 문 앞에서 슈마를 만났을 때부터 슈마에게 조종당하는 것 같은 꼴이 되었다.
'이런 풋내기에게 당하다니.'
마고베는 화가 치밀어 올랐다.
'이 녀석을 처치하고 거울 뒤로 들어가서 오쓰나를 확인해 보자.'
마고베가 속으로 살의를 품고 있자 슈마는 다시 엷은 비웃음을 지었다.
"상당히 심사숙고하는군. 아직 결심이 서지 않았나? 아하하하! 더할 나위 없이 간단한 일일 텐데. 쓰지기리인 마고베라면 하룻밤만 지나면 해결할 수 있는 일일세."

"좀더 생각을 하게 해주게."

슈마를 초조하게 만들려는 생각과 빈틈을 보려는 속셈으로 마고베는 팔짱을 꼈다.

"그렇게 하게. 밤은 길고 기니까 생각도 천천히 하는 것이 좋지. 그러나 자네의 운명은 오쓰나와 마찬가지로 이 슈마의 손에 달려 있다는 것을 잊어서는 안 되네. 이것은 거짓이 아닐세. 자신의 목숨과 사랑하는 여자가 필요하다면 내 청을 받아들이는 것밖에 길은 없을 걸세."

슈마의 말이 끝나기도 전에 마고베는 칼집을 잡았다.

"이런 건방진⋯⋯!"

옆구리 아래에서 칼을 빼 마고베는 슈마의 미간에 칼을 들이댔다.

"이건, 위험한 짓이야, 이것이 단석류인가? 이렇게 성급하니 오쓰나가 싫어하는 것도 당연하지."

슈마는 몸도 일으키지 않고 마고베의 화를 부채질했다. 놀림을 당한 마고베는 불같이 화를 냈다.

"슈마. 이 마고베를 너무 쉽게 봤군. 오쓰나는 원래부터 내 여자다. 그런데 네가 나에게 준다고?"

등불에 비친 마고베의 칼날이 번쩍 빛났다. 마고베는 칼 끝을 슈마의 코끝 가까이에 댔다.

"오쓰나를 데리고 갈 테니까 거울 뒤로 안내하라. 만일 싫다고 하면 두 동강이를 내 줄 테다."

"어허, 농담을 하면 안 되네."

담뱃대를 가지고 슈마는 대여섯 걸음 뒤로 물러났.

"그렇게 칼을 빼고 나를 위협하는 자네가 정말 가소롭군. 물론 칼 솜씨에서는 자네가 나보다 강할 걸세. 그러나 이곳은 고가조의 스미 저택이야. 게다가 머리가 뛰어난 이 슈마님이 사시는 곳이지. 어떤 장치가 되어 있는지 주위를 둘러보고 칼을 빼는 것이 좋을 텐데⋯⋯."

슈마의 말에 마고베는 움찔했다. 그러자 슈마의 왼손이 어느 틈엔가 방 안의 기둥에 있는 갈고랑이 같은 것을 잡고 있었다.

"이것을 당길까?"

마고베의 안색이 바뀌었다.

"바닥 아래에 있는 나락으로 가겠나, 아니면 천장이 갑자기 내려앉는 것을 보겠나? 어느 쪽의 장치든지 한 번 보고싶지 않나? 하지만 그런 것으로 목숨이 사라진다면 아깝지 않은가? 그렇지? 마고베, 우리는 어차피 같은 배를 타야만 하네. 그러니 그런 무서운 얼굴을 하지 말고 나와 손을 잡고, 내 이야기를 듣는 게 좋을 걸세."

"음."

담력이 큰 마고베도 조금 껄끄러운 듯이 뺀 칼을 갑자기 둘 곳이 없어졌다. 말할 필요도 없이 이 방에는 이곳저곳에 위험한 장치가 되어 있었다. 그렇지 않으면 자신의 입으로 칼솜씨는 없다고 고백하는 슈마가 저렇게 침착할 수가 없는 일이다. 슈마는 마고베의 기죽은 모습을 보고 다시 흥정을 시작했다.

"그 칼을 다시 집어 넣게, 내가 자네에게 죽여 달라고 부탁하는 자는 자네에게도 살려 둘 수 없는 녀석이야. 그렇다면 그것은 나를 위해서만은 아니지 않은가? 게다가 나를 돕기만 한다면 오쓰나를 자네에게 준다는 조건이구. 이렇게 좋은 일을 싫다고 한다면 자네는 머리가 나쁜 것일세."

"뭐라고? 자네가 죽이려고 하는 녀석이 나에게도 적이 된다는 말인가?"

"그렇지 우리 두 사람에게 있어서 살려 둘 수 없는 자일세."

"나는 전혀 짐작이 안 되는군. 도대체 누구인가?"

"사실을 말하자면 이 슈마의 연적(戀敵)일세."

"나를 또 놀렸군."

"화내지 말게. 나에게도 연적이지만 자네에게도 연적이 되는 녀석일세. 바로 호리즈키 겐노조. 아무리 머리가 나쁜 자네이지만 이 이름을 잊지는 않았겠지?"

"뭐라고? 겐노조?"

"나는 그 녀석을 꼭 죽여야 하네. 반드시!"

"그래? 상대가 겐노조라면 이 마고베도 도와 주지."

"물론 그래야지, 그 녀석이 살아있는 동안은 평생 나는 불안에 빠져 있어야 하네. 이 슈마와 마찬가지로 자네에게 있어서도 오쓰나를 가운데 두고 있는 연적이니 자네는 굳이 내가 부탁하지 않더라도 꼭 죽여야만 하는 적이지."

"그렇다면 왜 처음부터 그 녀석의 이름을 대지 않았나? 그 녀석의 이름을 댔다면 이렇게 칼을 빼지 않아도 됐을 텐데."

마고베는 칼을 칼집에 넣었다.
"하지만 겐노조가 자네의 연적이라는 것은 처음 듣는군. 도대체 그 녀석에게 그렇게 원한을 품는 이유가 뭔가?"
"그것은 하루아침에 다 이야기할 수 없지만…… 우선 오치에라는 요아미의 딸도 겐노조를 그리워하며 그 녀석 만나는 것을 일념으로 살고 있네."
"그래서 오치에가 당신을 싫어한다는 말이로군?"
슈마는 비열한 미소를 입가에 띠었다.
"마치 오쓰나가 자네를 싫어하는 것처럼 말일세."
"겐노조라는 놈은 여자복도 많군!"
마고베는 자못 부러워하는 기색이 엿보였다.
"그러니 죽여 버리는 것이 좋네."
"그런데 지금 그 녀석은 어디에 있나?"
"내일 에도로 돌아온다는 이야기를 들었네."
호리즈키 겐노조가 에도로 온다, 이것은 다비가와 슈마에게 정말로 두려운 일이었다.
슈마는 지금 요아미가 남긴 보물과 아름다운 오치에를 차지하기 위해서 여러 가지 책략을 쓰고 있었다.
오치에는 지금 어디에 있는가?
그 보물이라는 것은 무엇일까?
이것은 오로지 슈마의 검은 심보 안에 있는 것으로 마고베에게는 조금도 말할 생각이 없었다.
슈마는 다만 절묘한 솜씨를 가진 단석 류의 마고베를 잘 이용해 보려는 속셈뿐이다.
그래서 이곳에 와 있는 오쓰나를 마고베가 따라다닌다는 것을 알고 있으면서도 일부러 모르는 척하면서 모든 것을 계획하고 마고베를 낚아 버린 것이다.
만일 마고베도 오쓰나의 입에서 호리즈키 겐노조라는 이름을 듣지 않았다면 아마 슈마의 계획에 넘어가지 않았을 것이다.
그런데 죽여야 할 상대가 오쓰나가 사랑하는 겐노조라는 말을 듣게 되자 그의 마음이 갑자기 바뀌어서 슈마의 계획에 가담하기로 했다.
"좋아! 내가 그 녀석을 죽여 주지."

그 말투에서는 상대를 가볍게 생각한다는 것을 느낄 수 있었다. 그러자 갑자기 슈마가 진지한 목소리로 말했다.

"자칫 잘못하면 실패하네, 겐노조는 석운 류의 고수로, 에도의 검객 가운데에서도 이름을 날리는 솜씨네. 그러니 자네와 나, 둘이서 덤벼야 겨우 처리할 수 있을 걸세."

"음, 석운 류를 하는 녀석이라고?"

이것은 마고베가 처음 듣는 것이었다. 아니, 이 말뿐 아니라 마고베는 오늘까지 겐노조라는 자를 만난 적이 없었다. 더구나 그 솜씨가 어느 정도인지, 슈마의 이야기로는 알 수 없었다. 어쨌든 악당과 악당이 이 날 밤 손을 잡은 것은 겐노조에게는 불행한 일이었다. 슈마는 갑자기 일어섰.

"그러면 우리 만남의 표시로 어디 가서 한 잔 하지. 자세한 이야기와 계획은 그곳에서 술을 마시면서 하세."

"잠깐."

마고베는 잠시 주저했다.

"오쓰나는 도대체 어떻게 되는 거지?"

"죽지는 않아. 기절 정도는 했을지도 모르지만."

"그러면 치료를 해야 하잖아?"

"그럴 필요까지도 없네. 이제 곧 정신이 들 거야. 그리고 정신이 들어도 도망칠 염려가 없는 곳일세."

슈마는 성큼성큼 복도를 걷기 시작했다. 마고베는 아직 오쓰나를 남겨 두고 가는 것을 걱정하며 말없이 슈마를 따라 그곳을 나왔다. 슈마는 어두운 안쪽의 방으로 들어가서 옆 벽을 눌렀다. 그러자 문이 열리고 바닥을 향해 깊숙이 돌계단이 있었다. 두 사람의 그림자가 그곳으로 사라졌다.

대문에 못을 박아 두고 슈마는 이곳으로 출입한다는 듯이, 익숙한 걸음으로 어둠 속을 걸어갔다. 그러자 별이 보이고 나뭇잎이 보였다. 이윽고 몇십 걸음 나와서 주위를 둘러보니, 그곳은 오차노미즈의 절벽이었다.

그늘의 꽃

"아, 아."

오쓰나는 겨우 깨어났다. 정신이 들어서 가만히 주위를 둘러보았지만, 그곳은 소리도 없고 빛도 없는 암흑이었다.

오쓰나는 비틀거리며 일어섰다.
"아, 어떻게 된 것이지? 아, 그래, 위에서 떨어졌었지. 이상한 곳이군."
뭔가 손에 잡히는 것이 있을까 하고 헤엄치듯이 걷던 오쓰나는 떨어졌을 때 입은 통증에 못이겨 갑자기 쓰러졌다.
하지만 바닥에는 다다미가 깔려 있어 그다지 아프지는 않았다. 축축하고 퀴퀴한 다다미 냄새가 코를 찔렀다. 그리고 아무래도 이곳은 아무것도 없는 넓은 방인 것 같은 생각이 들었다.
가슴 속까지 파고드는 추위와 여기저기 뼈마디가 아픈 것을 참으면서 오쓰나는 다시 어두운 방을 더듬기 시작했다.
그러나 그곳은 손으로 더듬어서는 알 수 없을 정도로 넓었다. 다다미가 아마 7, 80장은 깔려 있는 것같이 생각되었다.
굵은 기둥이 손에 닿았다.
또 얼음처럼 차가운 널빤지도 손에 닿았다.
방 안을 한 바퀴 더듬어 보았으나 그 방엔 장지문도 없고 출구도 없으며 창문도 없었다.
"아, 지하에 만들어 놓은 방인 것 같군."
이성을 되찾자 보통때의 오쓰나로 돌아온 그녀는 그때 처음으로 분명하게 자신이 있는 곳을 알았다.
그때 발에 닿아 소리를 내는 물건이 있었다. 손을 뻗어 주워 보자 자신이 거울 뒤에서 이곳으로 떨어질 때까지 손에 꼭 쥐고 있던 비수였다.
이럴 때 칼을 발견한 것이 더없이 믿음직스럽게 생각되었다. 오쓰나는 그것을 줍고는 어두운 다다미 위에 누웠다.
'소리를 쳐 봐도 어쩔 수 없겠군.'
오쓰나는 스스로 자신을 격려했다.
'침착하게 있어 보면 무슨 좋은 생각이 떠오를 거야. 눈이 익숙해지면 조금은 볼 수가 있고, 날이 밝으면 어디에선가 조금은 빛이 들어올 지도 몰라.'
이렇게 마음을 정하고 체력을 낭비하지 말자고 마음을 정했다. 이럴 때는 함부로 몸을 사용해서 지쳐 버리는 것은 헛된 일이다. 시간이 지날수록 오쓰나는 냉정을 되찾았다. 그때 오쓰나의 맑은 신경이 이윽고 이상한 것을 느끼기 시작했다. 눈으로 느낀 것도 아니고 귀로 느낀 것도 아니다. 어디에선가 조용하게, 아주 희미하게 떠다니는 향기를 맡은 것이다.

"이건 뭐지?"

그녀는 움찔 놀라며 어둠 속을 둘러보았다. 몸을 움직이면 금세 사라져 버릴 것처럼 그 향기는 희미했다. 그러나 오쓰나는 그 가냘픈 향기에 전신의 신경을 모았다.

'이런 지하 방에 있을 수 없는 향기가 도대체 어디에서 풍겨 오는 것일까?'

당황하는 사이에 오쓰나는 너무나 그윽한 향기에 취해서, 몸이 녹아 내리는 듯한 기분이 들었다. 이 향기는 햇살을 받고 있는 매화 향기는 아니다. 마치 그늘 속에서 피는 정향꽃을 생각나게 하는 향기였다. 언제였던가? 오쓰나가 꽃꽂이 선생으로 있을 때, 어느 저택의 향기를 맡는 자리에 참석한 적이 있었다.

그때 누린내풀 향기라든지, 국화 향기, 사향목 등 각자가 자랑하는 것을 보고, 그 사람들은 정말로 바보스러운 놀이를 하고 있다고, 향기를 맡는 놀이보다는 차라리 트럼프라도 치는 편이 좋으리라는 생각을 하며 구석에서 하품을 참은 적이 있었다.

그런데 이 향기는 지금까지 맡았던 어떤 향기보다도 뛰어났다.

그러면 과연 누가, 어디에서, 이런 아름다운 향기를 내고 있는 것일까?

오쓰나는 다시 한 번 눈에 신경을 모아 주위를 둘러보았다. 그러나 아무리 보아도 그곳에는 역시 두터운 어둠이 가득 내려앉아 있을 뿐이다.

갑자기 오쓰나의 눈이 한쪽 구석으로 빨려들어갔다.

어둠 속에서 보일 듯 말 듯 한 줄기 빛이 보였다. 오쓰나는 지옥에서 부처를 만난 것처럼 반가웠다. 오쓰나는 자신도 모르게 어둠 속에서 기었다.

그곳에 다가가 보자 아름다운 향기가 더욱 강히게 콧속으로 스며들어 왔다. 가는 불빛은 구석의 판자 틈 사이에서 희미하게 새어 나오고 있었다.

정향꽃 냄새 같은 향기도 이 틈에서 조용하게 흘러들어오고 있었다. 오쓰나는 그 판자벽 건너편에 있는 사람이 누구일까 생각지도 않고 소리쳤다.

"분명 누군가가 있어!"

비수 손잡이를 잡고 힘껏 판자벽을 찔러 보았다. 그러나 느티나무로 된 판자처럼 단단해서 칼이 잘 들어가지 않고 바닥으로 떨어졌다.

"이게 부러져서는 안 되지."

비수 끝을 살펴보니 부러지지는 않아 오쓰나는 일단 안심했다. 이 비수야

말로 이 어둠속에서 자신에게 용기를 주는 유일한 것이었다. 오쓰나는 그렇게 생각하고 이번에는 신중히 비수를 잡고 판자를 파기 시작했다.

하얀 비수 끝에서 퉁겨져 나온 나무 조각이 얼굴과 가슴으로 튀었다. 그녀는 신중한 모습으로 정성을 다했다. 그리고 조금씩 파지는 것이 자신의 최선의 살 길인 것처럼 믿었다.

그러자 겨우 눈을 대고 들여다볼 수 있을 정도의 구멍이 뚫렸다. 비수에 비치는 불빛이 점점 강해졌다.

그제서야 오쓰나는 자신의 온몸이 땀투성이인 것을 깨닫고 숨을 쉬며 흩어진 머리를 귀 뒤로 넘겼다.

'누구일까? 이런 곳에서 살고 있는 사람은?'

오쓰나는 처음으로 의혹을 가질 여유가 생겼다. 비수의 칼날을 손에 쥐고 살며시 파낸 구멍에 눈을 대고 들여다보니 그곳에는 오쓰나가 상상도 하지 못했던 광경이 펼쳐져 있었다.

그곳에는 두 여인이 앉아 있었다.

방은 오쓰나가 있는 어두운 판자와 기둥으로 된 곳과 달라서 보통과 다름없는 방으로, 아름다운 장식까지 되어 있었다.

금박이 박힌 아름다운 선반, 꽃 모양의 서랍장, 염색을 한 다다미, 그리고 엷은 등불이 모든 것을 봄비처럼 적시고 있었다.

그 방 안에 검은 머리를 뒤로 젖히고 가만히 합장을 한 채 한 여인이 불빛을 받고 앉아 있었다. 그 옆에는 다른 여인이 역시 고개를 숙이고 있었다. 희미하게 피어 오르는 것은 향 연기였다.

실보다도 가는 연기 줄기가 꿈결처럼 피어 오르고 있었다. 그리고 정향꽃 같은 그윽한 향기가 판자 하나를 사이에 두고 오쓰나를 황홀하게 만들었다.

'아, 누구일까. 이곳은 도대체 어디일까?'

오쓰나의 뇌리가 그 순간 갑자기 번뜩였다.

기억의 저편에서 되살아나는 이름이 있었다.

오치에! 바로 그 이름이었다.

"오타미."

조용한 정적 속에서 방울을 흔드는 것 같은 소리가 났다. 바닥을 향해서 향을 피우고, 돌부처처럼 눈을 감고 있던 여인, 그 여인의 입에서 낮게 새어 나온 말이었다.

"예."

옆에 있던 여인이 손을 땅에 짚는 모습을 보고 있자니 다다미 위로 눈물 떨어지는 소리가 들렸다.

여인은 울고 있었다.

그러자 바닥을 향해 있던 여인의 뒷모습도 살짝 눈물을 닦는 것 같았다.

희미한 불빛이 주위를 부드럽게 비추고 있지만, 방의 훌륭한 세간살이도 젊은 여인이 사는 곳에 있는 밝음도 모두 깊은 어둠 속에 잠겨서 처연하게 느껴졌다.

'분명히 오치에님이다.'

오쓰나는 가슴이 뛰었다. 겨우 손가락 하나 들어갈 정도의 틈을 만들고 오쓰나는 숨을 죽이고 들여다보았다. 그리고 그 여인이 틀림없는 오치에님이라고 생각하자 오쓰나는 머리끝에서 발끝까지 온몸의 피가 얼어붙는 느낌이었다. 살면서 이렇게 강렬한 느낌을 받아 본 적이 없었다.

오쓰나는 계속 귀를 기울였다.

"오타미."

밤의 쓸쓸함을 견디지 못하는 것처럼 이렇게 부르고 젊은 여인은 떨어지는 눈물을 닦았다. 이렇게 추운 겨울인데도 아래에는 얇은 옷을 입고, 위에는 하얀 눈같은 홑옷을 입고 있었다. 매끄럽게 빛나는 검은 머리는 하나로 묶었다.

"아씨."

마찬가지로 눈물을 닦고 옆에 있는 여자가 조용하게 손을 뻗자, 젊은 여인은 그 손에 새하얀 구슬을 올려놓았다. 수정으로 만든 염주였다.

오늘은 요아미가 에도를 떠난 지 10년 2개월째 되는 날이었다.

벽에 걸린 족자에 초상화가 걸려 있다. 그것이 아와로 들어간 뒤 소식이 없는 고가 요아미의 초상이다. 막부에서는 죽었다고 간주해서 절가(絶家)의 명령을 내렸고, 오치에도 지금은 이미 세상에 없는 아버지라고 포기하고 있었다.

"오타미."

지금 오치에는 오랜 불공을 마쳤다.

"예."

"몹시 추워졌군."

"벌써 섣달에 들어섰으니까요."
"틀림없이 바깥 세상에는 추운 바람이 불겠지?"
"이곳은 바람 소리도 들리지 않는군요."
"바람은 싫어, 세상의 찬 바람은 싫어. 나는 이대로 이 방에 묻히고 싶어."
"아씨, 저도 함께 묻히지요. 하지만 아씨, 썩은 낙엽 아래에서도 언젠가 새싹이 돋아나게 마련입니다. 어쩌면 제 오라비가 돌아오든지, 아니면 겐노조님이 에도로 돌아오신다면……."
"아와로 동정을 살피러 간 네 오라비 긴고로가 돌아오는 일은 있겠지만……."
"겐노조님도 언젠가는 틀림없이……."
"오타미, 이제 그런 말은 하지 마."
하얀 옷을 입은 오치에가 마치 눈이 무너지듯이 소매에 얼굴을 묻고 울기 시작했다.
"아씨, 아씨. 아씨가 울면 이 유모는 어찌합니까? 마음을 강하게 가지세요. 지금이 중요한 시기입니다. 아씨는 더 강해지지 않으면 안 됩니다."
"유모까지 그렇게 무리한 말을……."
"이제 조금만 참으세요. 조금만 참으면 아씨의 편지를 가지고 아와로 간 오라비가 틀림없이 좋은 소식을 가지고 올 겁니다."
오치에는 어째서 이런 지하 방에 있는 것일까?
거울 뒤로 오쓰나가 떨어진 곳은 옛날 큰일이 있을 때마다 고가 가의 사람이 이곳에 집결해서 밀정 회의를 하던 장소였다. 그들이 밀담을 다른 사람이 듣는 것을 꺼렸기 때문에 회의는 반드시 종가의 이런 장소에서 모여 이루어졌다.
그래서 조직 동료들은 이곳을 암호로 '거울 아래' 또는 '이야기 방'이라고 부르고 있었다. 하지만 세상이 태평스러워지자 그러한 모임도 없어서 요아미의 대(代)가 되어서는 한 번도 사용된 적이 없었다.
슈마는 자신이 이 저택으로 옮기자마자 오치에와 유모를 이곳에 밀어 넣고 세상에는 행방불명이 되었다고 말했던 것이다. 그리고 3일에 한 번씩 슈마는 거울 아래에 있는 줄사다리를 타고 내려왔다.
그날이 오치에에게는 지옥이었다. 바늘의 산, 피의 연못에 빠지는 것보다 더 큰 괴로움을 맛보았다.

'내 뜻에 따라라! 이 슈마의 아내가 돼라!'

'대대로 전해 내려온 고가의 비서(秘書)와 재산이 숨겨져 있는 곳을 대라!'

슈마는 악마처럼 오치에를 괴롭혔다.

'당신이 나에게 손가락 하나라도 대는 날엔 오치에는 그 즉시 죽겠습니다.'

오치에가 하는 말은 그 말뿐이다.

슈마는 너무나 영리했다. 오치에는 반드시 자신의 말대로 죽는다는 것도 알고 있었다. 오치에를 죽게 만들면 아무런 소용이 없다는 것도 알고 있었다. 그래서 그는 조금씩 오치에를 약하게 만드는 책략을 썼다. 3일에 한 번씩 와서 협박을 하고 음식을 놓고는 거울 뒤로 빠져 나갔다.

오치에는 몇 번인가 죽으려고 했다. 슈마에게 수치를 당하며 이렇게 살아갈 수는 없었다. 하지만 유모인 오타미가 긴고로가 좋은 소식을 가지고 올 때까지, 하면서 오치에의 죽음을 저지해 온 것이다.

이렇게 애타게 기다리고 있는 긴고로가 선정사 산마루에서 한 줌 흙이 되어 있다는 것을 두 여인이 알 리가 있겠는가.

그러한 일을 일으킨 애당초의 원인은 지금 살며시 이곳을 엿보고 있는 오쓰나의 손이었다.

오쓰나의 손이 천왕사에서 편지와 돈을 소매치기한 것이 이런 엄청난 소용돌이를 만든 것이다.

그러나 오쓰나 자신은 자신의 손버릇이 이 사람들의 운명을 그렇게 커다란 소용돌이로 밀어 넣었다는 것을 전혀 모르고 있었다.

그녀는 오로지 겐노조라는 자신의 사랑만을 쫓아서 이곳을 떠나지 못하고 있지만, 그렇지 않으면 벌써 독나방처럼 독을 뿌리면서 다른 곳으로 떠났을 것이다.

그리고 또 오쓰나의 자석에 마고베가 끌려온 것이다.

오쓰나의 연인인 겐노조는 내일 에도로 들어올 예정이었다.

또한 겐노조를 치기 위해 뒤를 쫓아온 하치스가 집안의 자객 잇카쿠도 동시에 에도로 들어올 것이다. 겐노조가 에도로 들어오면 에도에서는 슈마와 마고베가 독을 품고 기다리고 있고, 뒤에서는 잇카쿠가 겐노조의 목을 노리고 따라올 것이다.

욕심의 투쟁, 피의 난무, 사랑과 사랑의 생생한 싸움. 그러한 악의를 품은 험악한 태풍의 전조가 지금 에도로 조금씩 불어 오고 있었다.

오쓰나는 비수를 다시 잡았다.

'이야기 방'의 어둠 속에 서서 그녀는 다시 구멍을 파기 시작했다.

조금씩 구멍이 커졌다.

오쓰나의 비수가 나무판을 계속 파들어갔다. 옆방에 있는 오치에와 오타미는 그 소리에 깜짝 놀라서 뒤쪽 벽을 바라보았다.

"앗."

오타미는 기절할 듯이 놀랐다. 오치에의 미간도 불안과 두려움으로 잔뜩 일그러졌다.

방 한쪽 구석에 칼끝이 보였던 것이다.

칼끝을 보고 있는 사이에도 구멍은 계속 커졌다.

"누, 누구냐!"

오타미의 목소리가 날카롭게 울렸다.

필사적으로 구멍을 파고 있던 오쓰나에게는 그 말이 들리지 않았다.

비수는 계속 나무를 파들어가 1척 정도의 나무 조각을 쌓았다.

"누구냐!"

오쓰나는 잠시 손을 멈추었다. 오쓰나 쪽에서 안의 모습을 분명하게 볼 수 있었던 것처럼, 오치에 쪽에서도 오쓰나의 얼굴이 보였다.

"누구죠, 당신은?"

"저는 오쓰나라고 합니다만, 당신은 고가 집안의 외동딸인 오치에님이 아닙니까?"

"아니, 어떻게 저를 알고 있습니까?"

"오치에님! 아, 역시 그랬군요. 그러면 말을 하지요. 포졸 만키치라는 자가 멀리 교토에서 당신을 만나기 위해 에도로 와 있습니다. 그런데 이 저택으로 오자 언제나 못이 박혀 있고, 더구나 슈마의 눈이 있어서 만키치는 당신을 만날 수가 없었습니다."

"잠깐만요."

오타미는 조금 안심하고 오쓰나의 말을 가로막았다.

"교토에서 온 포졸 만키치라면 전혀 알지 못하는 사람인데요, 그 사람은 도대체 우리 아씨와 어떤 관계가 있는 사람입니까?"

"저, 실은 저도 그것까지는 듣지 못했습니다. 사정이 있으니 여러분을 이 곳에서 구출해 달라는 부탁을 받았는데, 이상한 녀석에게 발견되어 갑자기 이곳으로 떨어졌지요. 그래서 여러분을 보게 될 줄이야…… 자세한 이야기는 만키치에게서 들으세요."

"아씨, 어떻게 할까요?"

대답을 듣기 전에 오쓰나는 또 만키치에게서 들은 말을 계속했다.

"만키치라는 사람은 틀림없이 여러분이 이상하게 생각하실 거라고 하면서, 자신은 결코 나쁜 사람이 아니라 겐노조님으로부터 중요한 일을 부탁받고 한발 앞서 이곳에 왔다고 합니다."

"뭐라고, 겐노조님에게서?"

"예, 겐노조님이 조만간에 이 에도로 오신다고 합니다."

"어머!"

오타미는 오치에의 얼굴을 돌아보았다. 오치에는 오쓰나의 말을 듣고 기뻐해야 할지 의심해야 할지 몰라 멍하니 바라보고 있었다.

"오쓰나님이라고 했죠? 그 말 진실입니까?"

"제가 왜 우울한 처지에 있는 두 분에게 거짓말을 하겠습니까? 자, 슈마의 눈에 띄기 전에 이곳에서 도망칠 생각을 합시다. 일단 혼고즈마고이에 있는 저희 집에 가서 그곳에서 다시 다른 곳으로 숨지요."

"아씨, 드디어 때가 왔습니다."

"하지만, 오타미……."

오치에는 될 뜻한 기쁨을 차가운 이성으로 제지했다.

"아무리 생각해 봐도 겐노조님이 에도로 돌아오실 리가 없어. 이것은 뭔가 잘못된 걸 거야."

"가령 잘못이 있다고 해도 지금 오쓰나님이 말한 것처럼 우선 이곳을 빠져나가지요. 어떻게 되든지 이 이상 더 나쁜 쪽으로 가지는 않을 겁니다."

"오타미, 이렇게 엄중한 곳에서 도망칠 수가 있을까?"

오타미는 그 생각을 하고 당황했다. 슈마가 빈틈없이 출구를 다 막아 놓았기 때문이다. 사방을 다 막아 놓은 지하방, 오쓰나 역시 나갈 길이 없을 것이다.

"아씨."

오타미는 격려하듯이 말에 힘을 넣었다.

"도망칠 수 있습니다. 저 장벽만 뚫을 수 있다면 저 거울 뒤의 출구를 통해서요."

"오치에님."

오쓰나가 다시 말하기 시작했다.

"이 장벽은 이 비수로 제가 뚫겠습니다. 그러니 빨리 준비를 하십시오. 만약 슈마 녀석이 돌아오는 날에는 이제 모든 것이 끝장입니다."

오쓰나는 비수를 다시 쥐고 사람이 빠져 나갈 수 있을 만큼 구멍을 파기 시작했다.

그 사이에 오타미는 재빨리 준비를 했다. 하지만 오치에는 아직 주저하는 빛이 보였다.

그것을 보자 오타미는 유모다운 말투로 강하게 야단쳤다.

"아씨! 이런 지옥같은 곳에 무슨 미련이 있습니까? 선조님들의 재산을 남겨 두고 가는 것이 아깝습니까?"

"아니야, 오타미. 그런 것에 미련은 없어. 나는 다만 대대로 전해 오는 고가 류의 엄청난 비서(秘書)를 짐승같은 다비가와 슈마에게 남기고 가는 것이 아버님에게 죄송스러워서……."

"지금은 아씨 몸보다 더 중요한 게 없습니다. 집안이 망해도 아씨만 살아 계신다면 고가 집안의 핏줄만은 남습니다."

오타미가 오치에를 안으며 토닥거렸다.

"그 나쁜 놈에게 모든 것을 남기고 가는 것보다는 아씨, 차라리 이 곳에 불을 지르고 가십시다."

"불을?"

"예, 아깝기는 하지만 이 저택에 숨겨져 있는 보물과 비서를 슈마 같은 악당에게 남겨 주는 것보다는 모든 것을 재로 만들어 버리는 게 낫겠습니다. 그리고 아씨가 고가 집안의 핏줄을 이어 나가면 돼죠."

오타미는 눈가에 맺힌 눈물을 손끝으로 눌렀다.

"오타미."

"아시겠습니까?"

"알겠어. 하지만……."

오치에는 눈앞에 무섭게 타오르는 불꽃을 떠올리고 공허한 눈으로 오랜 역사가 있는 방을 둘러보았다.

"자, 이젠 나갈 수 있습니다!"

그때 오쓰나의 기쁨에 찬 소리가 들렸다.

그쪽을 바라보자 이제 드나들 수 있을 정도의 구멍이 뚫렸다.

"자, 오치에님."

오쓰나는 손을 내밀고 오치에를 불렀다. 오타미는 불을 지피기 위해 뒤에 남아서 휴지와 나무 조각과 상자 등을 있는 대로 방 안에 쌓아올렸다.

텅 빈 방에 촛불 하나가 흔들렸다.

오쓰나는 촛불을 하나 가지고 나와 조금 전 자신이 떨어진 곳을 올려다보니 남자 키보다 더 높아서 사다리가 없으면 올라갈 수 없을 것 같았다. 안에 남아 있는 오타미가 소리를 쳤다.

"오쓰나님, 도망칠 곳이 발견되면 소리를 쳐 주십시오. 즉시 불을 지르고 저도 그곳으로 갈 테니까요."

오타미는 소리를 치고 등불에 남아 있는 기름을 종이와 나무 위에 뿌렸다.

"잠시만 기다려 주세요."

오쓰나는 다급한 마음에 당황해 하고 있었다. 저렇게 높아서는 뛰어오를 수도 없고 발 아래 밟을 것도 없어서 어떻게 올라가야 할지 생각이 막혀 버린 것이다.

"아직 안 됐어요?"

오타미도 서두르고 있었다.

"그곳에 틀림없이 줄사다리가 있을 것입니다."

그 말을 듣자 오쓰나의 눈에 띈 것은 기둥 뒤에 숨겨진 채 매달려 있는 줄이었다. 군데군데 매듭이 지어져 있기 때문에 올라가기에 부족함이 없었다.

"그곳에 있지요?"

"예."

이번에는 오쓰나도 힘차게 대답했다.

"줄사다리가 있어요."

"그러면 이제 됐지요?"

확인을 하고 나서 오타미는 즉시 불을 붙이기 시작했다.

불을 붙이고는 검은 연기를 뚫고 오타미는 오쓰나가 파놓은 구멍에서 밖으로 나왔다.

그때 오쓰나가 절망적인 소리를 질렀다.

"앗, 큰일이다!"

오치에가 먼저 올라가는 도중에 줄사다리가 갑자기 뚝 끊어져 버렸다.
안쪽의 불꽃은 계속 타올라서 어둠 속을 밝게 비추고 있었다.

에도 대화재

썩어 있던 줄사다리는 세 사람의 희망을 끊고 오쓰나의 손에 떨어졌다.
"아니!"
"어떻게 하지!"
세 사람 모두 비통한 소리를 내질렀다. 오쓰나는 오치에의 손을 잡고 다른 탈출구를 찾았다. 하지만 다른 탈출구는 어디에도 없었다.

그때 안쪽에서 뜨거운 불기운이 흘러 나와서 당황하는 세 사람의 주위를 감싸고 들었다.

"아, 큰일이다!"

오타미는 다시 되돌아가서 활활 타오르는 불을 끄려고 했다. 하지만 종이와 기름은 벌써 끌 수 없을 정도의 불꽃이 되어 있었다.

검은 연기 속에서 붉고 푸른 불꽃이 혀를 날름거리고 있었다.
"아씨! 오쓰나님! 빨리 도망치십시오. 불이! 불이……."
온힘을 다해 오타미는 두세 개의 다다미를 빼서 오쓰나가 파 놓은 구멍을 막았다. 그리고 그것을 자신의 등으로 지탱했다.

"오쓰나님! 빨리 허리끈을 줄사다리에 이으세요. 빨리, 빨리요. 우리 아씨를 살려 주세요!"

뒤의 목소리는 연기에 가로막혀 간헐적으로 들려왔다. 이렇게 오타미가 자신의 등이 탈 때까지 다다미로 구멍을 막고 있는 동안은 흘러 나오던 연기도 막고 또 불길이 번지는 것도 어느 정도는 늦춰질 것이다.

하지만 안쪽의 불길이 밖으로 나오기 전에 어떻게 도망칠 수 있을까?

오쓰나는 재빨리 허리끈 두 개를 묶었다.

그리고 오치에의 몸을 높이 안아올려서 끊어진 줄사다리 쪽으로 그 허리끈을 묶으라고 했다.

오치에의 하얀 손이 위를 향해 뻗었다. 하지만 그것은 약 두 자, 아니 한 자 정도가 모자랐다.

"아씨."

오타미는 등이 뜨거워지는 것을 참으면서 괴로운 듯이 목소리를 쥐어짰다.
"아, 아직입니까? 빨리, 아, 뜨거워! 빨리, 빨리 도망치십시오."
"오타미, 안 돼."
오치에는 결국 지쳐서 허리끈을 잡은 손을 내렸다. 그러자 오쓰나도 연기에 헉헉거리면서 오치에의 몸을 안은 채 입술을 깨물며 옆으로 쓰러졌다.

역시 그날 밤의 일이다. 간다(神田)의 하안을 바람에 날리며 사자탈을 든 두 명의 아이가 있었다. 두 아이는 닭의 빨간 털과 목면으로 만든 얇은 천으로 만든 사자탈을 등에 지고 나막신을 탁탁 끌고 걸었다. 아마 사자탈을 쓰고 춤을 추고 곡예를 하면서 돈을 버는 아이들인 것 같았다.
"아, 추워. 정말 추운데."
두 아이는 뛰면서 밥집으로 들어갔다.
밥집 안에는 감자 냄새와 술 냄새 파 냄새가 한데 섞여서 마치 별세계처럼 따뜻했다.
"아저씨!"
사자탈을 든 아이가 불렀다.
열네 살 정도의 여자아이와 열한 살 정도의 남자아이로 남매처럼 보였다.
아이들은 꽁꽁 언 손을 입에 대고 후후 입김을 불었다.
"아저씨, 밥 주세요."
안쪽에서 밥집 아저씨가 몸을 내밀었다.
"오늘은 늦었구나. 이제 곧 따뜻한 것을 만들어 줄 테니까, 저쪽 손님이 있는 화로에서 조금 몸을 녹이거라. 오미와, 종이를 줄 테니까 오토키치의 코를 좀 닦아 줘. 콧물을 질질 흘리며 손님 옆에 가지 말구. 손님이 드시는 아구탕이 맛없어지니까."
"아니, 괜찮습니다."
안쪽에 있는 손님이 대답했다.
"이쪽으로 와서 불을 쬐렴."
손님은 화로 옆에서 남매에게 손짓을 했다.
그 손님은 바로 만키치였다.
남자아이는 만키치 옆에 있는 화로로 다가가서 붙임성 있게 말했다.

"아저씨, 불 좀 쪼일게요."

남매는 얼어붙은 손을 만지며 떨고 있었다.

"너희들, 참 훌륭하구나."

"뭐가 훌륭하지요?"

"그것을 모르는 것이 더 훌륭해, 어린데도 일을 잘하는구나. 사람이란 누구라도 일을 하지 않으면 안 돼. 그래서 훌륭하다고 하는 거야."

만키치는 아구탕에서 파를 집어 후 하고 불어 식힌 다음에 입에 넣었다.

언젠가 스미 저택의 창문 아래에서 오쓰나와 약속한 것이 있어서 그는 청소부 모양을 하고 그날 오쓰나의 집을 살짝 보러 갔다.

오쓰나는 아직 돌아오지 않은 것 같았다. 만키치는 하는 수 없이 그 곳을 나오면서, 스미 저택으로 가볼까, 아니면 내일까지 기다리다 다시 오쓰나의 집으로 갈까 결정하지 못한 채 망설이다가 이 집에 들어와서 언 몸을 녹일 겸 한잔 하고 있었다.

겨우 술 한 병으로 취기가 올라와서 밥을 먹으려고 하는데 귀여운 남매가 붙임성 있게 다가와서 자신도 모르게 술 한 병을 더 시켰다.

"착한 아이들이군."

만키치는 차가운 손을 따뜻하게 해줄 셈으로 두 아이의 손을 하나씩 잡아주었다.

"이름은 뭐지?"

"저요? 오토키치라고 해요. 누나는 오미와이고요."

"그래? 좋은 이름이군. 집은 어디지?"

"요시하라(吉原, 유곽이 많은 지역)예요."

"아주 좋은 곳에 사는군."

"아저씨도 갈래요?"

"어디에?"

"요시하라요."

만키치는 자신도 모르게 웃음을 터뜨렸다.

"아저씨는 촌놈이라서 아직 요시하라를 본 적도 없어. 하지만 설마 너희들 그 집에 사는 것은 아니겠지?"

"예. 그 뒤에요. 구자쿠나가야(孔寒長屋)라는 곳에 살아요."

"그런 곳이 있어?"

"큰 웅덩이가 옆에 있어요. 언제 가도 늘 사람들이 많아서 무섭지 않아요."

"어머니는 계시니?"

"어머니는 죽었어요."

"아버지는?"

"계세요."

"다행이구나. 한 분이라도 계시다니, 그런데, 형제는 둘 뿐이니?"

"아니요. 위로 누나가 둘 더 있어요."

"그런데 너희들 사자탈을 쓰고 돈을 버는 것은 아버지가 몸이 안 좋아서 병구완하려는 거니?"

"아니에요."

오미와가 슬픈 듯한 표정을 지었다.

"그러면 왜지?"

"아버지는 건강하지만 술을 많이 마셔요."

"그래? 그럼 언니는 무엇을 하니?"

"작은언니는 요시하라의 유곽에 팔려 갔어요."

"뭐?"

"아버지가 팔았어요."

오토키치는 말하면서 눈물을 뚝뚝 흘렸다. 떨어진 눈물이 화로에 닿아 치익 하고 사라졌다.

"불쌍하게도……."

만키치는 생각이 난 것처럼 접시에 남아 있던 토란을 젓가락으로 찔러서 두 아이에게 하나씩 주었다.

"자, 이것 먹어라."

아이들은 그것을 받아서 재빨리 먹기 시작했다.

그 아이들은 이 친절한 아저씨가 품에 방망이를 가지고 있는 무서운 포졸이라는 사실은 모르고 있었다.

만키치 역시 자신이 악당도 무서워하는 포졸이라는 것을 잠시 잊고 있었다.

그때 주인이 누룽지 주먹밥과 된장국을 가지고 상 위에 놓자 아이들은 주머니에서 돈을 꺼내 밥값을 치르고는 허둥지둥 먹기 시작했다.

모든 것을 잊고 정말로 맛있게 밥을 먹었다.
"주인장, 나도 밥을 주게."
만키치도 뜨거운 밥에 차를 붓고, 나물 장아찌와 밥을 먹기 시작했다.
만키치는 잠시 젓가락질을 멈추고 아이들에게 다시 말을 걸었다.
"그럼 언니 한 명은 집에 있니?"
손에 있는 주먹밥을 입으로 가져가면서 오미와가 말을 했다.
"큰언니는요, 우리들이 어렸을 때, 그러니까 어머니가 죽은 다음 어디론가 가 버렸어요."
"아버지는 술만 마시고, 작은언니는 요시하라에 팔려 가고, 게다가 큰언니까지 가출했다는 거로군."
만키치는 지금까지의 이야기로 거의 그 집안의 상황을 알 수 있었다.
그리고 왠지 다른 사람 일이 아닌 것처럼 화가 났다.
"그래서 어린 너희들이 매일 밖에 나가서 돈을 버는 거니? 불쌍하게도. 이렇게 바람이 불고 꽁꽁 언 마을에 나가서 번 돈은 거의 아버지의 술값으로 날리겠군. 세상에는 이런 일이 너무 많아. 특히 유곽 주변에는 그런 사람이 너무 많지. 그런데도 어린 너희들은 정말 잘 참고 있구나. 이제 곧 너희 아버지도 눈을 뜨겠지. 그리고 큰언니가 돌아오면 틀림없이 너희에게 사과할 거야."
"우린 큰누나가 너무 보고 싶어요. 아저씨, 만약 누나를 찾으면 가르쳐 줘요."
"물론 그래야지."
"매일 일을 나가도 누나가 혹시나 있는지, 그것만 신경써요."
"누나는 몇 살 정도니? 어떤 여자지?"
"아버지가 말했어요. 누나는 젊고 예뻐서 천 냥에 팔 수 있다고요."
"예쁘고 젊다고? 이름은 뭐지?"
"오쓰나요."
"뭐, 오쓰나?"
"아저씨, 알고 있어요?"
"자, 잠깐만……."
"아저씨."
아이는 밥알이 묻은 손으로 만키치의 소매를 붙잡았다.

"알고 있으면 가르쳐 줘요, 네, 아저씨?"
"잠깐만 기다려 봐. 지금 아저씨가 생각하고 있는 중이니까. 그러니까 너희 누나가 오쓰나라고?"
"예."
두 아이의 얼굴을 바라보고 있던 만키치는 손에 들고 있던 젓가락을 떨어뜨렸다.
"음, 그러고 보니 닮았군."
만키치가 아이들의 손을 꼭 잡았을 때였다.
밤을 지켜 보는 망루대 위에서 갑자기 큰 종소리가 났다.
시각은 거의 5각(오후 8시경)이 되어 있었다.
그것은 스루가다이의 스미 저택 지하방에서 오쓰나와 오치에, 그리고 유모인 오타미가 불을 지르고 도망치려다가 유일하게 믿고 있던 줄사다리가 뚝 끊기고 나서 얼마 후의 일이다.
밥집 2층에서 서너 명의 젊은 사람이 뛰어내려왔다.
"불이야!"
"불, 불, 불이야!"
손님들이 나막신을 신고 뛰어나가자 접시를 닦고 있던 주인도 밖으로 나갔다. 만키치도 아이들과 덩달아서 밖으로 뛰어나왔다. 섣달의 차가운 바람이 야니가와라(柳原)에서 간다(神田) 강물을 흔들고 마을 쪽까지 불어왔다.
"어디에서 불이 났지?"
"지금 3층 난간에서 분명히 보였어요."
"그런데 아무 데도 보이지 않는데?"
"불길은 올라오지 않았지만, 오차노미즈 숲 근처에서 하얀 연기가 올라왔어요."
"그러면 밤안개나 목욕탕의 연기를 잘못 본 건 아니야?"
어두운 밤하늘을 올려다보고 있던 사람들이 조금 맥 빠진 듯이 있자 갑자기 두 번째 종이 울렸다.
댕그랑! 댕그랑! 댕그랑!
"앗, 가까운 곳이다!"
누군가가 외치자 주위 사람들은 메뚜기처럼 달려갔다.
"어디야?"

밥집 주인이 집 앞에 있는 큰 나무를 올려다보며 외쳤다. 벌써 재빠른 사람은 어느 틈엔가 높은 나무 끝에 올라가서 주위를 살피고 있었다.
"바로 저기예요!"
나무 위에서 얼빠진 대답이 들렸다.
"바로 저기가 도대체 어디야?"
"오차노미즈 쪽이에요."
"바람이 부는 나무 끝에 까마귀처럼 붙어 있던 남자는 계속 방향을 탐색하였다.
"불이 난 곳은 스루가다이의 고가조 같군요. 스미 저택 아래쪽 숲에서 새까만 연기가 올라오고 있어요."
불이 난 곳이 확인되자 나무 위로 올라간 남자는 아래로 내려왔다.
"뭐라고? 스루가다이에 있는 스미 저택이라고?"
깜짝 놀라서 외친 것은 이제나 저제나 오쓰나로부터의 소식을 기다리고 있던 만키치였다.
여태껏 오지 않는 오쓰나의 소식과 모습을 감춘 오치에. 이 두 사람이 불과 연결되자 순간적으로 만키치의 날카로운 신경에 불길한 예감이 스쳐 지나갔다.
만키치는 허리끈을 다시 맸다.
불이 났다는 소리를 듣고 놀란 아이들은 친절하게 대해 준 만키치의 옆을 떨어지려고 하지 않았다.
"아저씨!"
아이는 만키치 옆에서 추운 듯이 이를 덜덜 떨고 있었다. 가까운 망루에서 치는 종소리에 맞추어 먼 곳에서도 종소리가 울렸다. 그러자 만키치의 가슴에도 빠르게 종치는 소리가 울렸다.
"이렇게 가만히 있을 수만 없어."
갑자기 만키치가 달려가자 허리에 매달려 있던 오토키치가 넘어지면서 으앙! 하고 울음을 터뜨렸다.
"앗, 미안해."
만키치는 뒤를 돌아보았으나 아이 쪽으로 오려고 하지는 않았다.
"이봐!"
뒤에서 만키치를 부른 것은 밥집 주인이었다.

"아 참, 계산을 잊었군."
목에 감아 놓은 주머니에서 돈을 꺼내 만키치는 주인 쪽으로 던지며 소리쳤다.
"주인장, 잔돈은 아이들에게 주시오."
만키치는 이 말을 남기고는 뒤도 돌아보지 않고 단숨에 스루가다이까지 달려갔다.
살갗이 에는 듯한 추운 겨울인데도 만키치는 진땀을 흘리며 스루가다이에 올라갔다.
오치에님이 있는 저택에 불이 나지는 않았는가 하며 달려왔으나 이곳까지 와보니 걱정했던 그 저택에 별 이상이 없는 것을 확인하자 안심이 된 만키치는 갑자기 맥이 빠졌다.
그러나 주위엔 온통 밤안개 같은 희미한 연기가 가득 차 있었다.
"불이 난 곳은 어디야?"
여기저기에서 달려나온 사람들이 우왕좌왕하다가 이윽고 그 연기가 인가가 없는 오차노미즈 절벽에서 나오는 것임을 알고 모두 그쪽으로 달려갔다.
그 절벽에는 슈마가 스미 저택 안으로 출입하는 숨겨진 길이 있었다. 오늘 밤도 슈마는 마고베를 데리고 일각 정도 전에 그 입구에서 나왔다.
하지만 아무도 그곳을 아는 사람은 없었다. 이상한 곳에서 연기가 난다며 사람들의 소동은 점점 커졌다.
만키치는 오차노미즈에서 나는 연기에는 눈길도 주지 않았다. 어쨌든 스미 저택에 있는 오쓰나와 오치에님이 걱정이 되어 담을 넘어 만키치는 저택 안으로 들어갔다.
집 주위를 둘러보자마자 민키치는 큰 소리를 질렀다.
변함 없이 덧문도 창문도 상자처럼 완전히 닫혀 있었지만, 문과 문 사이로 마치 떡시루처럼 집 안에서 하얀 연기가 새어 나오고 있는 것이 아닌가?
"큰일이다."
만키치는 먼젓번 오쓰나와 이야기하던 그 창문으로 뛰어갔지만, 오늘 밤은 창문이 닫혀 있었다. 발밑에서 돌을 주워서 창문을 부수고 장지문도 대여섯 개 부수었다.
손가락을 걸어 문을 열고 만키치는 집 안으로 뛰어들어갔다.
"앗!"

만키치는 입을 막고 다다미에 엎드렸다.

집 안엔 눈도 뜰 수 없을 정도로 검은 연기로 가득 차 있었다.

자신도 모르게 숨을 들이마신 만키치는 눈물을 흘리며 컥컥거렸다.

불길은 이 저택의 어딘가에서 난 것이 틀림없다. 바람이 불면 불길이 더 거세질 우려가 있다고 생각한 만키치는 문을 닫아 버렸다.

이제 그의 몸은 떡시루 안으로 자진해서 들어간 것이나 마찬가지였다.

오쓰나가 걱정되었다. 게다가 오치에님의 소식도 모르는 상황에서 그는 불 안으로 뛰어들 수밖에 없었다.

위를 바라보고 숨을 쉬지 않으면서 우선 주위를 둘러보자 따뜻한 화로에다 네댓 권의 책, 그리고 찻잔이 굴러다니고 있었다.

그것을 보고 만키치는 어둠 속을 향하여 힘껏 오쓰나를 불렀다.

"오쓰나……!"

그리고 대답이 있기를 기다렸다.

하지만 아무런 반응이 없었다.

입을 막고 귀를 기울이며 눈에 스며드는 눈물을 참으면서 잠시 기다렸지만, 그의 귀에 들리는 것은 아무것도 없었다.

그러나 이때 만키치의 귀에는 분명하고 생생하게 어떤 소리가 들려 오고 있었다.

낮은 곳일수록 연기가 엷기 때문에 만키치는 몸을 숙이고 기어갔다.

다음 방으로, 또 다음 방으로 점점 만키치는 깊이 들어갔다.

"오치에님!"

불러도 대답하는 소리는 없었다.

"오쓰나! 오쓰나!"

가장 안쪽까지 오자 긴 복도로 된 안은 굳게 잠겨 있었다.

뭔가 깨뜨릴 만한 것이 없는지 주위를 둘러보자 빗이 하나 있었다. 빗으로는 문을 비틀어 열 수도 없었다. 하지만 이곳에 빗이 떨어져 있다는 것은 분명히 여자가 있었다는 증거였다.

만키치는 더욱 초조해졌다. 그러자 마루 구석에서 쇠로 된 수반이 손에 닿았다.

그것을 들고 힘껏 문을 때리자 문이 열렸다.

동굴 같은 복도가 입을 쩍 벌리고 있었고 그 속에서 나오는 뜨거운 공기가 혹혹 얼굴을 달궜다.

"여기서 불이 났군."

만키치는 쏜살같이 몸을 일으켰다.

왼쪽 팔로 입을 막은 채 거리낄 것 없이 만키치는 안으로 뛰어갔다.

그러자 그 어둠 속에서 갑자기 그의 눈을 가로막는 자가 있었다. 무시무시한 모습의 남자였다.

"앗, 이건 뭐야?"

너무나 갑작스러웠기 때문에 만키치는 정신 없이 오른손에 쥐고 있던 수반을 그 남자를 향하여 힘껏 던졌다.

맞았다! 하고 생각한 순간, 와장창 하고 굉장한 소리가 나고 사방팔방으로 흩어진 것은 새하얀 유리조각이었다. 그 큰 거울이 산산조각이 나서 부서지고, 갑자기 연기 덩어리가 아래쪽에서 그의 얼굴로 올라왔다.

"앗!"

만키치는 자신도 모르게 뒤로 물러섰을 때, 연기 속에서 희미하게 여자의 비명이 새어 나왔다.

"저 소리는? 오쓰나가 아닌가?"

유리 조각을 밟으면서 틀만 남아 있는 거울 쪽으로 다가가자 아래로부터 더욱 짙은 연기가 솟아 올라오고 있었다. 아래쪽에서 거센 기침 소리와 함께 외치는 소리가 들려왔다.

"누가 있소? 누가 안에 있는 거요?"

만키치는 소리를 지르면서 안을 들여다보았다.

아래쪽에는 불길과 연기로 가득 찬 검은 구름 사이에 석양이 비치고 있는 것 같았다.

깊은 바닥에까지 만키치의 목소리가 울려 퍼졌다.

그러자 아래쪽에서 메아리처럼 되돌아오는 소리가 있었다.

"오쓰나. 오쓰나. 오쓰나예요!"

"아, 역시 그랬군. 나야, 만키치야. 오쓰나, 정신 차려! 지금 곧 구해 줄 테니까 잠들면 안 돼. 땅에 입을 대고 잠깐만 참아."

"마, 만키치님. 빨리 줄을!"

"잠깐만, 잠깐만 기다려. 지금 곧 가지고 올 테니까."

더 이상 견딜 수 없을 것 같은 괴로운 목소리로 또 오쓰나가 아래쪽에서 외쳤다.

"빨리 해요, 만키치님. 나보다도 오치에님이!"

"뭐라고? 오치에님이라고? 오치에님이 그곳에 있어? 크, 큰일이군."

만키치는 더 이상 연기를 마시는 괴로움도 불의 열기도 느끼지 못한 채 허둥거렸다.

"줄, 줄, 밧줄이 어디 있지?"

만키치는 눈을 위로 치켜떴다. 상기되어 붉게 물든 얼굴로 복도 여기저기를 정신 없이 돌아다녔다.

"줄이 없어. 줄, 밧줄이 어디 있는 거야?"

우물쭈물하는 사이에 지하에 있는 사람은 불꽃 속에서 타 죽을지도 모른다.

거울이 깨졌기 때문에 불길은 더더욱 빨리 타오를 것이다.

만키지는 지옥 같은 불길 속에서 타 죽는 사람보다 더 괴로운 심정이었다. 그는 너무나 당황하고 혼란스러워서 반 미치광이가 되어 있었다.

줄! 밧줄! 구원의 밧줄!

그곳에 있을 리가 없는 밧줄을 그는 미친 듯이 찾고 있었다.

불의 지옥

세 여인은 지금 지하방에서 신음하고 있다.

검은 연기가 오차노미즈의 비밀 통로에까지 새어 나올 정도이니 오치에가 있던 방은 이미 불길로 가득 차 있었다.

그것을 목숨 걸고 밖에서 막고 있는 것은 오타미였다.

조금 전까지 감옥이었던 두꺼운 판자벽이 지금은 불길을 막는 유일한 방화벽이 되어 주고 있었다.

다만 오쓰나가 비수로 뚫은 구멍으로 불길이 새어 나오지 못하게, 오타미는 다다미를 몇 개 겹쳐 몸으로 막으면서 필사적으로 버티고 있다.

하지만 안타깝게도 불길은 입구가 막힌 분노까지 담아서 이불을 태우고 천장을 태우고 두꺼운 판자벽을 태우면서 시뻘건 손길을 거침없이 뻗었다.

무자비한 화마는 구멍만 발견하면 그 틈새로 거침 없이 불꽃을 내뿜었다.

"아씨."

오타미는 기진맥진하여 소리를 질렀다.

불꽃은 오타미의 등허리로 휠휠 소리를 내며 다가오고 있었다.

오치에는 오쓰나의 몸으로 둘러싸여서 바닥에 얼굴을 숙이고 연기를 막고 있었지만, 유모의 목소리가 들릴 때마다 힘을 짜내어 자신도 오타미를 불렀다.

오타미는 등이 지글지글 타고 있는데도 그곳을 떠나려고 하지 않았다.
"오타미!"
"아씨."
이제 양쪽은 더 이상 부를 힘조차 없었다. 오타미의 검은 머리에 불이 붙었다.

오빠 긴고로만큼이나 다부진 오타미가 불이 붙은 머리를 흔들면서 정신을 잃어 갔다.
"아, 아, 뜨거워."

그와 동시에 반쯤 불덩어리가 된 다다미가 오타미의 몸으로 쓰러졌다. 갑자기 앗! 하는 단말마 비명을 끝으로 오타미 쪽에서는 아무런 소리도 나지 않았다.

다만 새까만 연기와 불꽃이 몽롱하게 오타미가 가로막고 있던 구멍을 대신할 뿐이다. 마침 그때 만키치가 유리를 깨뜨렸던 것이다.
"만키치님, 빨리 줄을!"

화염 속에서 오쓰나가 외치자 만키치는 당황하여 이를 악물고 허둥댔다.
"아, 줄이 없어. 줄이 어디 있지?"

으악, 하는 비명이 들려왔다.
'오쓰나의 비명일까?'
'오치에님의 몸에 불꽃이 붙은 것일까?'

만키치는 이제 더 이상 감당할 재간이 없었다. 모른다면 모르지만 자신이 이곳에 있는데 오쓰나가 죽는 것을 보고만 있을 수 있는가? 오치에님이 불에 타 죽는다면 겐노조에게 무어라고 말할 것인가?

만일 오치에님의 신상에 문제가 생긴다면 긴고로의 죽음은 헛된 것이 되고, 겐노조의 결심도 물거품이 되는 것이다.

나아가 요아미의 소식을 알아내서 아와의 비밀을 탐색하려는 중심 힘을 잃어버려 모든 것은 원점으로 돌아가게 된다. 또한 이치하치로나 고잔 선생도 영원히 다시 떠오르지 못하고 그늘로 사라지게 될 것이다.

물론 만키치도 그렇게 된다면 오늘날까지 사랑스러운 아내에게조차 있는 곳을 알리지 못하고 에도까지 와서 청소부며 고생한 일이 모두 허사가 되는 것이다.

"이런 얼간이!"

그때 만키치는 자신을 야단치다가 번개처럼 생각이 났다.

줄이 있다! 줄이 있었다! 밧줄은 포졸의 밥줄이다. 항상 몸에서 떨어지지 않는 오랏줄이 자기 품 속에 있었다.

악당을 보면 포졸의 밧줄은 저절로 품 안에서 뛰어나오는데, 사람을 구하려고 할 때는 이렇게 혈안이 돼서 찾아도 머리에 떠오르지 않았단 말인가!

치솟는 불꽃을 헤치면서 지옥 속으로 만키치는 다시 돌아왔다.

복도 끝으로 뛰어가서 뿜어 나오는 두꺼운 연기 너머 아래를 내려다보았다.

"오쓰나, 정신 차려. 정신 차려!"

어렵사리 던진 밧줄로 바닥에서 끌어올린 오쓰나의 한 손에는 인형처럼 축 처진 오치에가 안겨져 있었다.

"괜찮아?"

"괘, 괜찮아요."

갑자기 미친 듯한 불길이 덧문에서 기둥을 따라 타올라 얼어붙은 겨울 밤하늘에 불기둥이 솟았다.

넘어지고 구르면서 오치에를 업은 만키치와 오쓰나는 소용돌이치는 불의 지옥을 빠져 나왔지만, 유모 오타미는 결국 화마의 제물로 희생되었다.

때마침 불어온 북풍을 타고 불꽃은 거세게 번져 나갔다. 유서 깊은 스미 저택, 고가 류의 종가인 요아미의 흔적은 비서와 보물을 숨긴 채 그대로 아낌없이 불타 사라져 갔다.

바람은 더욱 세차게 불이 불길은 순식간에 주위의 27가 저택에서 마을까지 번져 여기저기에서 불꽃이 튀었다.

스미 저택은 고지대에 있었다. 게다가 불길이 강하여 밤하늘 가득 붉은 빛을 발했기 때문에 에도에서도 보이지 않는 곳이 없었다.

점점 세찬 바람 사이로 마을 곳곳에서 종이 울려 퍼져 사람들의 잠을 깨웠다.

이미 오쓰나의 모습도 만키치의 모습도 보이지 않고, 스루가다이 일대는 사람들과 등불과 불길로 아비규환을 이루고 있었다.

한편 이곳은 교바시(京橋) 나가자와초(長澤野)의 뒤편이다.
"아니, 불이 났잖아?"
마시던 술잔을 놓고 3층 장지문으로 고개를 내민 사람 둘이 있었다. 여자도 없이 술을 마시고 있던 사람은 마고베와 슈마였다.
그곳은 기선이라는 목욕탕 겸 술집으로 여자를 상대로 마음껏 놀 수 있게 안쪽 깊숙이 지어진 집이라서, 아까부터 쳐대는 종소리가 들리지 않을 정도로 조용했다.
"대단한 불길이군."
하늘을 바라보고 마고베가 이렇게 말하자 슈마는 3층 밖으로 뛰어 나갔다.
그러자 즉시 돌아와서 큰 소리로 말했다.
"마고베, 불이다! 큰 불이야. 게다가 근원지는 간다라고 하네."
슈마는 술이 확 깨는 것 같았다.
"괜찮겠지."
마고베는 자리로 들어와 술잔을 비웠다.
"아무리 바람이 세다고 해도 설마 그렇게 높은 곳까지 불이 옮겨 붙지는 않을 거야."
"안심할 수만은 없어. 어쨌든 이제 집으로 돌아가세."
당황하면서 칼을 차는 슈마를 본 마고베는 뭔가 불만이 있는 것같이 말했다.
"슈마, 잠깐 기다려. 이상하게 자네는 침착하군. 어쨌든 일단 나가서 상황을 듣고 나서 다시 오기로 하세."
"그러면 아까 그 이야기는 없었던 것으로 하는 건가?"
"그럴 리가 있나?"
"그렇지? 처음부터 그것을 의논하기 위해 일부러 여기까지 오지 않았나? 불 따위는 아무래도 상관 없어. 드디어 내일 에도에 온다는 겐노조를 처리하는 논의가 오늘 밤 화재보다 더 급하네."
"그것도 일리가 있군."
슈마는 귀를 찢는 듯한 종소리와 겐노조를 번갈아 생각하면서 우뚝 서 있었다.
마고베가 말하는 대로 오늘 밤 일부러 이곳까지 와서 여자도 없이 술을 마시는 목적은 겐노조를 처리할 의논을 하기 위해서였다.

　내일은 겐노조가 에도에 도착하는 날이다. 그가 에도 땅을 밟기 전에 그의 목숨을 끊어 버리는 것은 슈마에게나 또 마고베에게도 가장 좋은 일이다.

　도카이도(東海道)에서 에도로 들어오려면 반드시 들러야 하는 곳은 야츠야마구치나 다카나와(高輪) 포구였다. 그곳에 필살의 방책을 준비해 두었다가 겐노조를 죽이자는 것이 그들의 계획이었다.

　그렇게 하기 위해서 심부름꾼에게 편지를 주고 두세 곳의 도박장에 있는 불량배들을 모으러 보냈다.

　그러나 답장이 오기 전에 슈마가 자리에서 일어서자 마고베가 조금 불끈한 것이다.

　"자, 침착해."

　마고베는 슈마를 다독거렸다.

　"큰일을 계획할 때는 다른 곳에 신경을 쓰는 것은 금물이야. 그렇게 성급하다면 나도 당신과 손을 잡는 것을 거절할 테니까 그렇게 알게."

　"마고베, 뭐 그토록 화를 내는가?"

　"생각해 보게. 겐노조는 내 연적이니만큼 살려 두어서는 안 되는 녀석이야. 그러나 자네는 여자 외에도 저택의 멋진 보물까지 모조리 차지하지 않나. 이 일이 무사히 끝나면 자네가 7할이고 내가 3할일세, 즉 난 그 3할을 위해서 단석 류의 솜씨를 빌려 주려는 걸세. 조금은 나에게 은혜를 입는다고 생각해도 되지 않을까?"

　"알고 있네."

　슈마는 마고베가 여기에서 화를 내고 틀어지면 곤란하기 때문에 다시 마고베를 달래면서 술을 마셨다.

　그때 얼굴에 하얀 분을 바른 유곽의 여자가 술을 가지고 들어왔다.

　"나리."

　"뭐냐?"

　"심부름꾼 한지(半次)가 돌아왔습니다."

　"빨리 다녀왔군. 들여 보내."

　여자가 나가자 남자 하나가 들어왔다.

　"수고했네. 부탁한 사람들은 모두 온다고 했겠지?"

　"그런데 나리."

심부름꾼은 이마에 난 땀을 소매로 훔쳤다.

"편지를 가지고 간 도박장마다 아무도 없었습니다."

"어째서지?"

"나리, 오늘 간다 일대는 불바다가 되어서 난리들입니다. 집에 있는 사람들은 거의가 불길을 피하기 위해 밖으로 나가고, 또 모두 불구경을 하느라 사람 그림자도 없습니다."

"그렇겠군. 불이 그렇게 큰가?"

"크게 다 뭡니까? 높은 곳에서 불이 나서 바람을 타고 사방으로 퍼지고 있습니다. 그래서 간다 지역은 완전히 불길로 뒤덮였습니다."

슈마의 안색이 갑자기 변했다.

"불의 근원지가 어디냐?"

"그게 좀 이상하다는 이야깁니다."

"이상하다고? 그런데 스루가다이에 있는 고가조의 스미 저택과는 떨어져 있으니까 상관 없겠지?"

"아닙니다요, 나리. 그 불길이 애당초 스미 저택의 뭐라더라, 아주 오래된 집에서 나왔다고 하던데요?"

"뭐라고!"

깜짝 놀란 것은 슈마뿐만 아니라 마고베도 마찬가지였다. 둘은 술잔을 놓고 약속이라도 한 듯이 벌떡 일어섰다.

"자네, 지금 이야기가 틀림없겠지?"

"예, 거짓말은 하지 않습니다만, 이 편지는 어떻게 할까요?"

"곤란하군."

슈마와 마고베는 당황하였다. 일단 심부름꾼에게 후일을 약속하고 바람처럼 2층에서 뛰어내려갔다.

슈마는 어딘가에 숨겨 놓았을 보물과 지하에 가둬 놓은 오치에가 걱정이 되었다. 한편 마고베는 남겨 두고 온 오쓰나가 걱정이 되어 견딜 수 없었다. 위를 올려다보니 하늘은 온통 붉은빛으로 가득했다. 두 사람은 어깨를 나란히 하고 뛰기 시작했다.

"빌어먹을, 큰일이군."

고지인가하라(護持院原)까지 달려온 슈마는 그곳에서 망연히 발길을 멈추었다.

"틀렸군. 역시 불의 근원은 스미 저택이었어. 지금 와서 달려간다고 해도 이미 늦었네."
그 말을 듣자 마고베도 풀이 죽어 커다랗게 한숨을 쉬었다.
"소용 없을까?"
"자네 눈으로 보게."
슈마는 끔찍스러운 듯이 고지(高地)의 불길을 가리켰다.
"저택은 이미 다 타 버렸을 거야."
슈마는 자포자기한 듯이 말했다.
"어쩔 수 없군. 그런데 오쓰나는 어떻게 되었을까? 그 거울 뒤에서 어디로 도망칠 수 있는 길은 있었나?"
갑자기 생각난 듯이 마고베가 물었다.
"도망칠 길은 없어. 없으니까 안심하고 오쓰나를 두고 온 것이 아닌가?"
"아니, 그러면 지금쯤은?"
"재가 되었을 거야. 자네는 여자뿐이지만, 이 슈마를 생각해 보게. 오랫동안 정성을 들여 손에 넣으려고 계획했던 보물과 여자, 둘 다 한꺼번에 잃어버렸네."
슈마는 마치 울음을 터뜨릴 듯이 낙담했다.
갑자기 마고베가 슈마를 크게 불렀다.
"슈마!"
"뭐야? 나는 이제 대답하는 것도 귀찮네."
"그렇게 풀이 죽어 있기에는 아직 이르네. 조금전 심부름꾼 이야기로는 불의 근원지는 스미 저택에서 나왔으나 조금 이상하다고 하지 않았는가?"
"그래. 그런데?"
"뭔가 사정이 있을 것 같지 않은가? 어쨌든 이곳에서 울상을 지어봤자 소용 없으니까 상황을 직접 보고 나서 생각해 봄세."
"그래, 그것이 좋겠네."
기운을 다시 차린 마고베와 슈마는 황급히 뛰었다.
불길이 연기에 섞여 소용돌이치는 속을 뛰어 스미 저택까지 오자 예상대로 온통 불바다였다.
요아미의 집을 비롯하여 27가의 밀정 조직의 저택은 흔적도 없이 다 타 버리고 도가니를 깨뜨려 놓은 것 같은 타다 남은 불꽃이 두 사람을 비웃듯 보랏빛으로 흔들리고 있었다.
"음......"
낮게 신음 소리를 내면서 두 사람은 말도 하지 못했다.
마고베의 눈에는 오쓰나가 불에 타는 모습이 보이고, 또 슈마의 눈에는 불에 감긴 오치에와 재물이 잿더미 속에서 일렁거렸다.
"아, 큰일이다."
언제부터인지 바람의 방향이 바뀌었다. 마고베가 뒤를 돌아보자 불길은 시타마치(下野)까지 옮겨 붙어서 우물쭈물하다가는 두 사람도 도망칠 길이 막혀 버릴 것 같은 형세였다.
"이것, 위험하군."
환멸과 비애를 안고 불에 쫓기며 두 악당은 마지못해 달렸다. 가는 도중에 큰 나무들이 즐비하여 불길을 막아주는 제방이 되어 주었다. 그곳을 뛰어넘자 적막한 나무 아래로 흘러가는 물소리가 들렸다.
간다 강이었다.
흔들릴 때마다 떨어지는 낙엽을 맞으며 벼랑을 타고 내려가자 오타히메(太田爆) 신사의 경내였다.
그곳은 버드나무와 매화나무로 둘러싸여 있으며 불길과 상관없다는 듯이 간다 강물이 어둠에 조용히 잠겨 있었다.
"아니!"
절벽에서 신사 경내로 내려온 마고베의 발에 뭔가 부드러운 것이 걸렸다. 주위서 경내에 켜져 있는 등불 옆으로 가지고 간 마고베는 그것을 보자마자 허를 찔린 듯한 신음 소리를 냈다.
"앗, 이것은?"
"뭐야?"
슈마가 옆에서 고개를 내밀자 마고베는 화가 나서 얼굴이 일그러졌다.
"제기랄! 도망쳤어!"
마고베는 손에 들고 있던 것을 빙글 감아 팽개쳤다.
그것은 군데군데 불에 탄 여자의 두루마기로, 엷은 무늬가 있는 것이 틀림없는 오쓰나의 옷이었다.

불길 속에서 정신 없이 달린 만키치는 기절한 오치에를 어깨에 메고 또 오쓰나를 격려하면서 겨우 오타히메 신사의 경내로 도망쳤다.
 이곳은 오차노미즈의 절벽이 병풍처럼 에워싸고 있어서 불이 숲을 모조리 태우지 않는 한 우선 안전한 장소였다.
 만키치는 경내에 우선 오치에를 누였다. 불구덩이 속에서 아우성치던 괴로움과 놀라움 끝에 그녀는 의식을 잃은 것이다.
 하얀 옷에 둘러싸인 채 축 처져서 쓰러져 있는 오치에. 오쓰나는 놀라서 오치에의 몸을 만져 보았다.
 온기가 느껴졌다. 아름다운 검은 머리도 다행스럽게 타지는 않았다.
 "오쓰나, 손에 물을 떠 와서 오치에님에게 좀 먹여 줘. 나는 배를 찾아볼게. 이렇게 소란스러운 상태에서는 도저히 다리를 건널 수 없을 테니까."
 "예, 알겠어요."
 기절을 하고 있으나 추위에 떨게 만들어서는 안 되겠다고 생각하고 오쓰나는 오치에에게 자신의 두루마기를 벗어서 입히려고 했다.
 그때 처음으로 오쓰나는 자신의 두루마기가 없다는 것을 알았다.
 '어디에 떨어진 것일까?'
 그것을 생각할 여유도 없었다. 오쓰나의 머리는 지금 모든 것이 혼란스러웠다. 만키치도 마찬가지였다. 강가로 뛰어가서 눈에 띄는 배의 밧줄을 풀어 신사 뒤편으로 끌고 왔다.
 그 사이에 하얀 맨발을 어둠 속에 보이며 오쓰나는 물이 있는 곳으로 달려갔다. 살얼음을 깨고 바가지에 물을 떴다.
 마음은 초조하고 급하면서도 물을 쏟지 않도록 오쓰나는 잰걸음으로 돌아가고 있었다.
 붉은 하늘에서 불꽃이 춤을 추었다. 불꽃이 비친 간다 강은 석양처럼 붉었다.
 "앗!"
 발 아래에 뭔가 부드러운 것에 걸려 비틀거리면서 오쓰나는 바가지의 물을 엎어 버렸다. 엷은 불빛에 비추어 보자 다름 아닌 그것은 자신이 입고 있던 두루마기였다.
 "여기에 떨어뜨렸었나?"
 오쓰나는 언뜻 생각하다가 바가지를 주워 다시 물을 뜨러 갔다.
 그때였다.

이곳에 떨어져 있던 옷을 보고 몰래 숨어 사람의 기척을 찾던 마고베가 등불 뒤에서 나타나 소리 없이 오쓰나의 멱살을 잡았다.

오쓰나는 놀라서 오른손에 들고 있던 바가지를 휘둘렀다. 바가지는 마고베의 칼집에 맞아 탁 깨졌다.

깨진 바가지의 끝으로나마 오쓰나는 마고베를 찌르려고 덤볐다. 하지만 오쓰나의 몸은 너무나 지쳐 있어서, 그것을 마고베에게 가볍게 빼앗기고 오히려 일격을 당해 나가떨어져 버렸다.

오쓰나는 다시 일어설 힘이 없었다. 힘이 빠져서 뭐라고 외칠 기운도 없었다.

다만 억울한 눈물과 원망을 담고 마고베를 노려볼 뿐이다. 마고베도 오쓰나가 반항할 힘이 없다는 것을 알자 한쪽 손을 품에 넣고 아무 말을 하지 않았다. 마치 꼴 좋다는 듯 오쓰나를 지켜 보았다.

비명 소리도 들리지 않았기에 만키치는 전혀 사정을 모르고 배를 끌고 가까운 기슭에 줄을 묶고 있었다.

그러자 누군가의 발소리가 뒤에서 들려서 돌아보자 갑자기 경내 안으로 들어선 젊은 무사가 기절한 오치에의 몸에 손을 댔다.

그 검은 그림자는 슈마였다.

만키치가 놀라는 사이에 슈마는 아무런 저항도 못하는 오치에를 옆으로 안았다.

"마고베, 그런 여자 하나를 두고 언제까지 우물쭈물하고 있을 텐가?"

마고베에게 소리치면서 오치에를 안고 슈마는 성큼성큼 걷기 시작했다.

'슈마로군.'

만키치는 그렇게 짐작했다.

"빌어먹을! 불길 속에서 목숨을 걸고 구해 온 오치에님을 이렇게 어이없게 빼앗길 수야 없지."

만키치는 스무 걸음 정도 앞선 슈마의 그림자가 사라지기 전에 단숨에 뒤에서 따라붙었다.

"거기 서라!"

만키치는 슈마의 허리끈을 잡았다. 단 한 번에 넘어뜨릴 심산이었지만, 슈마도 그렇게 만만치는 않았다. 슈마는 만키치의 손을 뿌리치고 옆으로 몸을 피하더니 무서운 눈으로 만키치를 노려보았다.

"너는 뭐냐?"

바람에 머리를 날리며 오치에를 안고 있는 슈마의 모습은 옛날 이야기에 나오는 악귀처럼 보였다. 만키치는 슈마의 가슴을 철렁 내려앉게 할 생각으로 큰 소리로 말했다.

"나는 겐노조님의 부탁으로 오치에님을 보살피기 위해 에도에서 온 만키치라는 사람이다."

만키치는 품 안의 방망이를 잡으며 자신의 신분을 밝혔다. 그러나 슈마는 놀라기는커녕 콧방귀를 뀌었다.

"흥, 겐노조의 앞잡이로군."

"겐노조님이 에도로 오면 네 녀석 목도 위험해질 것이다. 오치에님을 나에게 주고 지금 당장 어디 멀리 가서 숨는 게 좋을 거다."

"쓸데없는 참견 마라!"

슈마는 갑자기 껄껄 웃었다. 만키치는 슈마의 그런 모습에 불끈했다.

"이 녀석, 오치에님을 주지 않으면 방망이맛을 보여 주겠다!"

"시끄럽다. 이제 보니 스미 저택에 불을 지른 것은 네 녀석이구나."

"인과응보, 천벌의 불, 저주의 불이다. 그렇게 된 것이 당연하지 않은가?"

"좋아! 오치에는 너에게 줄 수 없다. 겐노조를 만나거든 이렇게 말해라. 요아미의 딸 오치에는 이 슈마가 사랑해 줄 거라고."

"에이, 이 녀석 귀찮게 구는군."

만키치가 방망이를 들고 정면에서 달려들자 슈마는 대여섯 걸음 도망치다가 칼을 뽑았다. 그리고 한 손에 안고 있던 오치에의 목에 칼 끝을 들이댔다.

슈마는 만키치와 칼 끝을 번갈아 바라보았다.

"함부로 날뛰면 오치에는 끝장이다. 어차피 스미 저택의 재산이 잿더미로 변한 마당에, 나에게 손가락 하나만 대 봐라. 그러면 네 녀석이 달려들기 전에 오치에의 목을 찌를 것이다."

깜짝 놀랐지만, 만키치는 즉시 그것이 슈마의 교활한 협박에 불과하다는 것을 깨달았다.

"서툰 짓 하지 마라!"

날카로운 자세를 취하며 슈마의 칼을 방망이로 떨어뜨리려 만키치는 조금씩 다가갔다. 그러나 슈마는 뒤로 물러서지 않고 히죽 하얀 이빨을 드러냈다.

어느 틈엔가 만키치의 뒤에 나타난 마고베가 칼을 손에 들고 숨을 죽이고 있었던 것이다.

"얍!"

기합과 동시에 내리꽂힌 마고베의 칼 끝은 위험천만 머리카락 차이로 스쳤다.

"젠장."

힘에서 밀리는 만키치는 이를 부드득 갈았지만 마고베의 칼에 쫓겨 어쩔 수 없이 뒤로 계속 물러났다.

뒤에는 강, 앞에는 마고베, 만키치는 절대 절명의 위기에 빠졌다.

"이얍!"

마고베가 다시 기합을 넣고 칼을 휘두른 순간 튀어 오른 것은 간다 강의 물보라였다. 만키치가 미끄러져서 강에 빠진 것이다. 강에서 커다란 파문이 일었다. 일단 만키치는 내버려 두고, 마고베와 슈마는 뜻밖에 되찾은 오쓰나와 오치에를 어디로 데리고 갈까 어둠 속에 서서 소곤소곤 의논하기 시작했다.

"오쓰나는?"

슈마는 인사말로 오쓰나의 안부를 묻자 마고베는 칼을 칼집에 넣으면서 대답했다.

"잠시 기절시켜 놓았어."

마고베는 몹시 기분이 좋은 것 같았다. 이제 오쓰나를 어디로 데리고 가든지 어떻게 하든지 그녀는 완전히 자기 것이라고 생각했다.

"그것 잘됐군. 하지만 만키치라는 녀석은? 괜찮을까?"

"괜찮네. 추운 겨울에 강물에 빠져 살아 나올 수 있겠어? 아마 강물에 얼어 죽을 거야. 그런데 슈마, 자네는 그 여자를 데리고 어디로 갈 생각인가?"

"소중한 집이 다 타 버렸으니, 나도 이제 어떻게 해야 할지 막막하네."

"설마 오치에를 데리고 노숙(路宿)을 할 생각은 아니겠지?"

"하는 수 없으니 아까 그 술집 안쪽 방이라도 빌려서 그곳에 숨겨 두기로 할까?"

"오랫동안 빌릴 수야 없겠지만, 잠깐 동안이라면 괜찮겠지. 여자를 아름답게 꾸며서 천천히 즐기는데는 아주 안성맞춤인 곳이지. 나도 오쓰나를 데리고 함께 그곳에 갈까?"
"그런데 그곳까지 어떻게 가지?"
아무리 사랑하는 여자라도 이런 불바다 속을 업고 교바시(京橋)까지 걸어갈 수는 없었다.
"내가 가서 가마꾼을 불러 올까?"
"잠깐만, 아까 저 앞에 가마 등불이 보였는데."
"뭐라고? 가마가 있다고?"
"운이 좋을 때는 뭐든지 잘 풀리는 법이지. 이곳은 신사의 경내야. 신이 우리들을 위해서 가마를 불러 온 것이겠지."
"잘됐군. 그 가마는 어디에 있지?"
두 사람은 슬슬 걸음을 내디뎠다.
슈마는 오치에를 안고, 마고베는 정신을 잃은 오쓰나를 안았다.
밖으로 나와 보니 과연 그곳에는 두 채의 가마가 있었다.
등불은 켜져 있었지만 가마꾼은 없고, 휘장도 쳐져 있었다. 가마를 타고 온 자가 불 때문에 길이 막히자 어딘가로 피난을 했거나, 어쩌면 무심코 이곳까지 왔을 때 슈마와 마고베의 난폭한 행동을 보고 깜짝 놀라서 도망쳤는지도 모른다.
어쨌든 두 사람에게는 행운이었다.
슈마가 먼저 한 채의 가마 속에 오치에를 밀어 넣었다. 그리고 재빨리 가는 끈을 당겨서 가마 주위를 묶었다.
마고베도 뒤쪽에 있는 가마로 다가가서 한쪽 손으로는 오쓰나의 몸을 받치고 다른 손으로 가마의 휘장을 걷어 올렸다.
그러자 동시에 가마 안에서 손이 불쑥 나와 마고베의 발을 잡았다.
한쪽이 빈 가마라서 완전히 방심한 마고베는 뒤로 벌렁 나자빠졌다.
"으악!"
마고베는 서둘러 칼을 빼고 가마에 쳐진 휘장 쪽을 향해서 휘둘렀다.
"어떤 녀석이냐?"
칼을 빼고 자세를 취하기는 했지만, 천하에 난폭한 마고베라 하더라도 목소리는 떨리고 있었다.
"슈마, 도와 주게!"

불의 지옥 247

마고베가 당황하여 소리치자 슈마도 놀랐다. 아무리 교활한 슈마라도 이렇게 되자 못본 채 도망칠 수만은 없었다.
슈마도 자신의 칼을 뽑았다.
"음, 알았네."
슈마의 칼빛이 서서히 다가와서 마고베와 함께 수상한 가마를 둘러 싸며 좌우에서 조금씩 다가들었다.
두 사람은 안에 있는 사람이 가마에서 나올 때 단번에 치려고 신중히 태세를 취하면서 몰래 상대방을 탐색하고 있었다. 그러나 가마 속은 너무나 조용했다.
마고베의 발을 잡아 넘어뜨릴 정도이니 그에 상응하는 방어도 준비했을 텐데 움직이는 기색이 전혀 없었다.
가마 안에는 분명 사람이 있었다.
느긋하게 가마 안에서 몸을 기댄 채 분노에 가득 찬 두 개의 칼날이 다가오는 것을 아는지 모르는지 초연하게 앉아 있었다. 그는 깊숙이 눌러 쓴 삿갓의 끈을 묶었다.
가마 안의 상대가 너무나 침착하자 마고베는 화가 머리끝까지 치밀어 올랐다.
"이 녀석, 나와라!"
"잠깐만 기다리거라!"
비아냥거리는 대답과 함께 가마 안에서 철로 만든 부채 하나가 두 사람을 향해 뻗어 왔다.
그와 동시에 무사가 슈마와 마고베의 칼날에 방어 자세를 취하면서 서서히 가마 밖으로 나왔다.
마고베의 예상은 완전히 빗나갔다. 철부채를 빈틈없이 잡고 일어서는 무사에게 벨 만한 허점을 전혀 찾아볼 수 없었다.
마고베는 분에 겨워 혀를 차면서 날카로운 눈으로 상대를 노려보았다.
"원한이냐, 장난이냐, 왜 내 발을 잡았지?"
"입 닥쳐라!"
"뭐라고?"
"왜 발을 잡았느냐고 묻기 전에, 왜 내 가마에 함부로 손을 댔는지 그 이유부터 말해라."

"건방지다!"

마고베와 무사가 이야기하는 틈을 노려 슈마가 갑자기 칼 끝을 날렸다. 슈마의 칼날이 허공을 가르자 무사는 오른손에 든 철부채에 힘을 주어 슈마의 얼굴을 세게 때렸다. 이렇게 되자 마고베도 가만히 있을 수 없었다.

"이 녀석!"

마고베의 칼날도 달려 들었다. 그러자 슈마를 때린 철부채가 이번에는 마고베의 눈을 향해 날아왔다. 마고베가 얼굴을 피하는 바람에 철부채는 어깨 너머로 떨어졌지만, 그 찰나 무사의 삿갓이 마고베의 팔꿈치를 쳤다. 마고베는 순간 당황하여 칼을 놓쳐 버렸다.

"제기랄!"

마고베가 다시 칼을 잡으려고 뻗은 손목은 이미 강한 손아귀 안에 잡혀 있었다. 두세 번 힘껏 뿌리치려고 했지만 상대의 힘이 너무나 강했다.

"슈마! 슈마!"

마고베는 헐떡거리면서 칼을 찾으며 슈마를 불렀다. 그러나 슈마는 버거운 상대라는 것을 알고 어느 사이엔가 모습을 감추었다.

"슈마 녀석, 나중에 두고 보자."

발버둥치는 마고베를 누르며 삿갓을 쓴 무사는 고개를 끄덕였다.

"아무래도 본 적이 있는 녀석이라고 생각했는데. 너는 이번 여름에 스미요시 촌의 밀무역자 소굴에 있었던 마고베라는 놈이지?"

깜짝 놀라며 삿갓 속을 올려다본 마고베는 자신도 모르게 부들부들 떨기 시작했다. 그리고 겨우 손에 잡힌 칼의 머리 부분으로 목을 조이고 있는 상대의 팔을 힘껏 쳤다.

목을 잡고 있던 힘이 느슨해지자 마고베는 죽을 힘을 다해서 일어섰다.

그리고 재빨리 삿갓을 쓴 무사 쪽으로 칼을 한 번 휘둘렀지만, 상대편 무사도 재빨리 1척 정도가 되는 것을 품 안에서 꺼내 막았다.

그것은 작은 방망이였다. 방망이에 박힌 마고베의 칼날이 불꽃을 일으켰다.

부딪힌 순간 마고베의 팔에 번개를 맞은 듯이 갑자기 마비가 오기 시작했다.

'앗!' 하고 칼을 빼려고 하였으나 이어 날이 깊이 박혀버렸다.

'안 된다, 도저히 대항할 수 있는 상대가 아니다' 하고 마고베는 포기를 해야했다.

　마고베는 속으로 슈마의 비열함에 화를 내면서 어쩔 수 없이 자신도 도망치기 시작했다.

　삿갓을 쓴 무사는 바지에 묻은 흙을 털고 뒤로 돌아섰다. 그리고 슈마가 열심히 묶고 있던 가마 안을 들여다보고 중얼거렸다.

　"아, 역시 오치에님이군."

　잠시 후에 가마꾼을 불러와 그 무사는 황급히 어딘가를 향해서 가마꾼을 재촉했다. 한 채의 가마에는 오치에를 태우고, 다른 가마에는 자신이 탔다.

　하늘은 아직도 시뻘겋기만 하다.

　스루가다이에서 시타마치 쪽으로 옮겨 붙은 불은 그날 밤 강을 넘어서 간다 외곽 지역을 모두 태우고, 동쪽으로는 간가쿠자카(勸學校)에서 오가와초(小川町)까지 봄을 앞둔 마을을 무참히 휩쓸었다.

　그 불바다를 멀리 바라보며 오치에를 태운 가마는 언덕을 넘어갔다.

　다행스럽게 만키치가 떨어진 곳은 얕은 여울이어서 그는 겨우 강에서 기어 나왔다.

　하지만 그곳에는 정신을 잃고 있는 오쓰나만 있을 뿐, 오치에의 모습은 보이지 않았다.

마고베의 칼

　철 이른 꽃이 필 정도로 따뜻한 겨울 햇살이 온 누리를 가득 채웠다. 가나가와주쿠(神奈川宿)를 나와서 조금 걷자 왼쪽은 때까치가 우는 오솔길이 이어지고 오른쪽은 소나무 숲이 끝나는 곳에서 아름다운 모래사장이 펼쳐졌다. 그리고 철썩철썩 파도가 치는 포구가 에도까지 이어진다.

　동남풍이 불어서 추운 겨울 바다를 따뜻하게 만들어 주고 있다. 어시장의 오두막에는 사람이 없고 말리기 위해 내어놓은 해초나 조개, 바닷게 등이 죽 널려 있었다.

　어딘가에서 피리 소리가 조용히 흘렀다.

　멀리서 퍼져오고 있기에 더욱 그윽했다.

　모래에 짚신 자국을 내면서 에도 쪽을 향해서 걷고 있는 보화종 스님이 있다.

　스님은 피리 불기를 멈추고 비단으로 싸서 좁은 허리끈 옆에 칼처럼 끼우고 있었다. 갑자기 걸음을 멈춘 그는 뜨거운 눈길로 바다를 바라보며 움직이지 않았다.
"아, 에도가 보이는군."
파도에 일렁이는 햇살이 삿갓 아래 스님의 얼굴을 비추었다. 하얀 얼굴, 굳게 다문 입, 깊은 눈동자가 바다를 사이에 둔 에도의 하늘을 물끄러미 바라보고 있었다.
무슨 생각에 잠겨 있는 것일까? 스님은 그곳에서 잠시 망아(忘我)의 지경에 빠져 있었다. 그러다 이윽고 다시 발길을 재촉해서 성큼성큼 걷기 시작했다. 나루터에 오자 배를 타려는 손님들로 몹시 붐비고 있었다.
"정말 올 연말에는 이상한 일이 많이 있었지요?"
"무슨 액운이 끼었는지 기가 막힐 따름이오."
"도대체 불은 어디에서부터 시작됐대요?"
"글쎄요, 그건 다들 잘 모른다고 해요."
"귀신이라도 와서 불을 질렀을까요?"
"그렇지 않으면 그런 한밤중에 스루가다이에서 간다 외곽 지역까지 모두 태울 수가 있겠어요?"
비옷을 입은 여행객과 보따리를 들고 있는 사내가 간다 대화재(火災)에 대해서 이야기하고 있었다.
"저, 말 좀 묻겠습니다."
뱃전의 어수선한 속에서 담뱃대를 탁탁 두들기며 옆에서 말을 거는 사람은 왠지 경박해 보이는 구석이 있는 남자였다.
"어디 불이라도 났습니까?"
"몰랐소?"
"전혀요. 도대체 그 불은 언제 났습니까?"
"어제 저녁이오."
"엊저녁에요?"
"그것도 아주 큰 불이죠. 게다가 제일 번화한 간다에서 스루가다이 주변의 저택까지 모두 다 타 버렸어요."
"그러면 사쿠마초(佐久間町) 부근은 어떻게 되었지요?"
"그곳도 거의 다 탔을 겁니다."
"아니, 이런 일이 있을 수가?"

"화를 내도 어쩔 수 없소. 당신, 간다에 사시오?"
"사쿠마초 골목입니다. 기원할 것이 있어서 오야마(大山)의 석존님에게 빌러 갔다가 오는 길입니다. 불공을 드리러 가서 집을 비운 사이에 불이 나서 다 탔다니, 그런 일이 있을 수 있는 겁니까? 만약 집에 가서 몽땅 다 탔다면 설날을 앞두고 어떻게 해야 하냐고 아내와 자식을 다 데리고 다시 석존님에게 따지러 가야겠군요. 스님, 안 그렇습니까?"
남자는 옆에 앉아 있는 스님을 향해서 하소연조로 말했다.
배가 로쿠코(六鄕)에 도착하자 배에 탔던 손님들은 앞을 다투어 뭍으로 내리기 시작했다.
간다 대화재의 소문을 듣고 불안한 기색을 띤 보화종 스님도 가장 뒤에서 나루터로 발을 옮겼다.
그리고 한 걸음 한 걸음 에도로 발길을 재촉했다.
잠시 나루터에 서서 에도 쪽을 보자 대화재의 여진으로 어둠침침한 검은 연기가 자욱히 하늘을 덮고 있었다.
시나가와(品川)에 이르자 스님은 걱정스러운 표정으로 역참 관리를 불러 세웠다.
"저, 뭐 좀 묻겠소."
스님은 삿갓 끝을 올리며 조심스럽게 말을 건넸다.
"예. 뭡니까?"
"어제 저녁 간다 쪽에서 대화재가 있었다고 합디다만……."
"그래요. 아주 큰 화재였지요."
"스루가다이는 어떻습니까?"
"스루가다이도 모두 다 탔어요."
"오차노미즈 위에 있는 밀정 저택은요?"
"밀정 저택이라니요?"
"고가조의 집이 있는 곳 말입니다."
"아, 그곳도 모두 탔다고 합디다."
"아니, 그곳도 모두 탔다고요?"
"아마 그럴 겁니다."
스님은 자신도 모르게 커다란 한숨을 내쉬며 우뚝 멈추어 섰다.
그는 다름 아닌 호리즈키 겐노조였다.

선정사 산마루 위에서 어이없는 죽음을 맞이한 긴고로의 진심에 마음이 움직인 겐노조는 우선 아지 강에 있는 하치스가 집안의 동정을 살피고, 시게요시가 귀국하는 배까지 확인하고 나서 서둘러 에도로 돌아온 것이다.

에도에는 만키치를 먼저 보냈다. 만키치가 벌써 틀림없이 오치에를 만나서 긴고로의 죽음과 또 자신이 에도로 온다는 것을 이야기했을 것이라고 생각하고 오던 길이다.

그러나 뜻밖에 스미 저택은 전날 밤의 대화재로 모두 소실되었다고 한다.

만약 오치에 신변에 무슨 일이 있다면 모든 것이 다 물거품이 되어 버린다고 생각하니 견딜 수 없었다. 무엇 때문에 두 번 다시 밟지 않을 거라고 맹세한 에도로 서둘러 돌아올 필요가 있었나? 겐노조의 노력은 결국 헛되이 끝나 버리는 것인가?

그렇다, 그는 에도로 돌아올 사람이 아니었다. 평생 떠돌아다니며 지내리라 맹세한 겐노조였다. 긴고로가 죽는 순간까지 그렇게 열의와 의리를 보이며 매달리지 않았다면 5년, 10년, 아니 죽을 때까지 피리 하나에 쓸쓸한 마음을 달래며 계속 떠돌아다녔을 것이다.

그러나 에도의 모습을 바라보고 있자니 그에게 너무나도 강렬한 애착이 되살아났다. 역시 고향은 어머니와 같은 매력이 있다. 적이 있고, 박해가 있고, 시끄러운 소란이나 음모가 있다고 해도 고향은 그 자체만으로도 끝없는 그리움을 불러일으키는 힘이 있다.

그러면 겐노조는 왜 그토록 사랑하는 에도를 떠나야만 한 것일까?

두 번 다시 돌아오지 않으려고 할 만큼 겐노조가 표류할 수 밖에 없었던 이유는 무엇일까?

그것은 해서는 안 되는 사랑을 했기 때문이다. 오치에외 사랑을 한 것이 그를 그렇게 만들었다.

오치에는 고가 요아미의 딸이다. 막부의 정책상, 밀정은 반드시 같은 조직 이외의 사람과는 인연을 맺지 말라는 규정이 있다.

당시 밀정 조직에는 스루가다이의 고가조, 요츠야의 이가조(伊賀組), 우시고메의 네고로조(根來組) 등 세 개의 조직이 있었다.

모두 장군의 진영을 자유롭게 드나들 수 있고, 장군 가와 만날 때도 직접 대면하였다. 밀정은 당시 장군 가의 사설 탐정으로 장군의 명령을 받아 제국의 수상한 다이묘를 탐색하기 때문에 기밀이 누설되는 것을 두려워했다. 그래서 이 세 조직의 사람들에게 같은 집안 이외의 사람과 혼인하는 것을 엄하게 금하고, 모두 피로써 맹세를 했다.

그런데 오치에는 같은 집안이 아닌 겐노조와 사랑을 했다.

그 이야기가 다비가와 슈마에 의해 막부의 귀에 들어가게 되었으니, 겐노조가 에도에 있다가는 아버지인 호리즈키 이치가쿠의 집안도, 물론 그 자신도, 오치에도 모두 멸하게 되는 것이었다.

겐노조가 보화종 절에 숨은 후 그대로 에도를 떠난 것은 이런 애절한 이유가 있어서였다.

'어쨌든 서둘러 가 봐야겠군. 스루가다이에 가 보면 더 자세한 상황도 알 수 있고, 어쩌면 오치에님의 안부도 알 수 있을 것이야.'

겐노조는 멍하니 맥이 빠져 있던 자신을 채찍질했다.

에도의 경계를 넘은 것은 그날 7각(오후 4시경)이 지나서였다.

겐노조는 드디어 에도에 도착했다.

"음, 겐노조로군."

에도에 막 도착한 겐노조의 뒷모습을 응시하며 혼잣말을 하는 자가 있다. 그 남자는 다카나와(高輪) 기슭의 찻집에 앉아서 낮부터 계속 왕래하는 사람들을 주시하고 있었다. 그러다 겐노조가 지나치는 것을 보자마자 황급히 그곳을 뛰어나갔다.

이것을 알 리가 없는 겐노조는 서둘러 앞길을 재촉했다.

뒤에서 겐노조를 쫓아온 사람은 가벼운 여행복 차림이었다. 훌륭한 무사다운 짧은 바지에 삿갓을 쓰고 허리에는 긴 칼을 차고 있었다.

겐노조가 오른쪽으로 돌면 그림자처럼 오른쪽으로 돌고, 갈림길에서 멈추면 같이 멈춰 서고, 또 걸으면 따라서 걸었다.

시게요시에게 겐노조를 처치하라는 명령을 받고 교토에서부터 여기까지 달려온 덴도 잇카쿠였다.

여기까지 오는 사이에 그는 몇 번인가 겐노조에게 접근했지만 결국 마땅히 공격할 기회를 포착하지 못했다.

잇카쿠의 계산은 빗나가고 있었다.

겐노조의 모습이 에도의 번잡한 거리로 들어가면 쉽게 처리하지 못 할 것 같고, 놓쳐 버릴 우려도 있기 때문에 도카이도(東海道)에서 오는 도중에 처치할 생각이었지만 결국 이루지 못한 것이다.

'오늘은 무슨 일이 있어도 꼭 베어 버리고 말겠다.'

잇카쿠의 살의는 계속 꿈틀거리고 있었다.

때마침 겐노조는 사람이 많이 다니는 길을 피해서 한적한 산길을 가고 있었다. 증상사(增上寺)가 있는 산자락은 벌써 어둠이 낮게 내려앉았다.

그때 앞에 가던 겐노조가 조용히 혀를 찼다.

'잇카쿠가 또 쫓아오는군. 귀찮은 녀석.'

겐노조는 뒤에서 자신을 노리는 자객의 기운을 벌써부터 알고 있었다.

'그러면 어떻게 한담.'

겐노조는 쫓아오는 잇카쿠를 떼어 버릴 생각을 했다. 갑자기 멈추어 서서 뒤를 돌아보자 뒤에 따라오던 잇카쿠가 발길을 멈추고 재빨리 나무 뒤로 숨었다.

갑자기 겐노조가 증상사 안으로 뛰기 시작했다. 그 모습이 새처럼 너무나 날쌔서 잇카쿠는 깜짝 놀랐다.

'앗, 내가 너무 방심했어. 겐노조는 내가 따라가는 것을 눈치채고 있었군. 하지만 놓칠 수는 없지.'

잇카쿠는 겐노조의 뒤를 쫓아 뛰어들어가 돌계단 아래에 몸을 숨기고 안으로 들어간 겐노조를 기다렸다. 빠져 나갈 수 없는 길인지라 하얀 옷에 삿갓을 쓴 사람이 다시 잇카쿠 쪽으로 되돌아 나왔다.

'지금이다!'

잇카쿠는 문 쪽으로 몸을 기대어 칼 손잡이를 잡았다.

터벅터벅 잇카쿠 쪽으로 오는 발소리가 들렸다.

그때 문 쪽으로 하얀 그림자가 나오자 잇카쿠는 달려들어 단칼에 그 그림자를 베었다.

"욱!"

하얀 옷을 입은 사람은 어깨의 상처를 누르고 삿갓이 뒤집힌 채로 비틀비틀 돌계단 위로 쓰러졌다.

차가운 밤공기에 떠다니는 피비린내나는 어둠 속에서 잇카쿠는 희미하게 미소를 지었다.

불의의 기습으로 멋지게 상대를 베어 쓰러뜨리기는 했지만 겐노조 치고는 너무나 허술하고 무방비였다.

"이거 좀 수상한데……."

잇카쿠는 쓰러진 자 쪽으로 피 묻은 칼을 들고 살짝 다가갔다.
아니었다. 겐노조가 아닌, 틀림없이 다른 사람이었다.
"나를 속이다니."
잇카쿠는 자신의 어리석음에 가슴을 치며 다시 겐노조의 모습을 혈안이 되어 찾기 시작했다.

한편 겐노조는 뒷담의 축대를 훌쩍 뛰어넘어 벌써 산을 빠져 나갔다.
'이제 당분간 잇카쿠는 나를 따로오지 못하겠지.'
겐노조의 마음이 조금은 상쾌하게 개어 있었다.
피로와 추위를 참으면서 그날 밤 스루가다이에 도착했다.
불에 탄 스루가다이의 처참함이 황량하게 그를 맞이했다. 물론 스미 저택의 흔적도 없고 오치에의 모습도 없었다.
여기까지 오면 오치에의 안부와 난을 피해서 간 곳도 들을 수 있을 것이라고 한 가닥 희망을 안고 온 것이 한꺼번에 무너져내리는 것 같았다.
불길의 여진은 모두 사라졌지만, 아직 사람들의 불안과 무서웠던 어젯밤의 소란은 사라지지 않았다. 소방 관청의 등불과 관리의 행렬, 보급품용 쌀을 나누어 주고 받는 등 일대는 대단히 혼잡했다.
제 정신이 아닌 그 사람들에게 오치에의 소식을 물어 봐도 알 리가 없을 게 뻔한 일이다. 겐노조는 어쩔 수 없이 마음을 떨구고 아무것도 없는 어둠을 허망하게 바라보고 있었다.
그런데 자신이 서 있는 곳에서 열 걸음 정도 떨어져 마찬가지로 멍하니 서 있는 자가 있었다.
두 사람의 무사였다.
팔장을 끼고 우뚝 선 채 돌처럼 언제까지나 묵묵히 잿더미가 된 흔적을 바라보고 있었다.
그러는 사이 하얀 것이 하늘에서 떨어졌다.
눈이었다. 함박눈이 내려왔다.
하지만 아직도 두 사람은 그대로 서 있었다. 겐노조도 그대로 서 있었다.
'음…… 저기에 있는 사람들도 역시 이 주위에 살던 집을 잃은 사람들이겠지. 같은 고가조의 사람이라면 어쩌면 오치에의 소식을 알지도 모르겠군.'
겐노조는 이렇게 생각하고 조용히 무사들의 옆으로 다가갔다.

"잠깐 말씀 좀 묻겠습니다."
 두 무사는 스님의 말을 무시할 생각이었는지, 아니면 잿더미로 다 타버린 것을 걱정하느라 아무말도 들리지 않은 것인지, 대답도 없이 얼굴이나 옷에 떨어지는 눈도 털지 않고 서 있었다.
 "저, 말씀 좀 묻겠습니다만……"
 겐노조는 한 번 더 말을 했다.
 "뭐야?"
 쌀쌀맞게 한 사람이 돌아보았다.
 "정말 실례되는 말입니다만, 당신들은 고가조의 무사입니까?"
 "뭐라고?"
 "불에 탄 고가조의 사람입니까?"
 "그렇다."
 "그렇다면 어쩌면 알지도 모르겠는데요……"
 "뭐를 말이냐?"
 "고가조 가운데의 종가인 요아미님의 따님이신 오치에님의 행방을요."
 "뭐, 오치에를?"
 "예."
 "넌 지금 오치에를 묻고 있는 건가?"
 "예. 그렇습니다."
 겐노조가 문득 삿갓 끝을 들고 그 무사의 얼굴을 보았을 때였다.
 거의 양쪽이 동시에 깜짝 놀라며 불과 물이 만난 것처럼 튀겨 나갔다.
 "앗!"
 "아니!"
 겐노조가 다음 말을 하기도 전에 수상한 두 사람의 무사는 내리는 눈 속으로 쏜살같이 도망쳤다.

 집의 대들보가 삐걱삐걱 하고 소리나는 이외에는 아무 소리도 없었다. 어제 저녁에 눈이 많이 내려서 오늘 아침엔 제법 많은 눈이 쌓여 있었다.
 철썩철썩 하고 어디선가 물 소리가 들렸다.
 술집 겸 목욕탕인 기센에는 늦은 아침인데도 두 남녀가 목욕을 하고 있었다.

"아, 정말 기분이 좋아요."
"아침 목욕은 풍취가 있지?"
"이렇게 눈이 많이 와서 오늘도 또 돌아가시지 못하겠네요."
"당신은 정말이지 대단하더군."
"호호호호."
목욕탕 밖에서는 손님을 상대로 밤을 밝히고 너저분한 채로 아직도 졸린 듯한 표정의 여자들이 아침 청소를 하며 장사준비로 부산을 떨고 있었다.
"아이, 추워. 아직도 눈이 오고 있어."
과장스럽게 소리를 지르며 서둘러 덧문을 닫았다.
엊저녁에 마시던 술병과 접시들을 들고 역시 흩어진 옷차림의 한 여자가 2층에서 내려왔다.
"그쪽은 어떻게 하고 있어?"
"아직도 자고 있어."
"오늘도 이곳에 있을 생각인가?"
"잘 모르겠지만, 두 사람 모두 간다에 있는 집이 다 타 버려서 갈 곳이 없대, 그래서 이곳에서 설날을 보내야 한다고 했어."
"아 참, 그러고 보니 슈마는 집이 스루가다이라고 했지? 그렇다면 정말 집이 다 탔을지도 몰라."
"하지만 마고베라는 무사는 왠지 기분 나쁜 사람이야."
"목욕하는 곳에 왔으면서 목욕도 하지 않잖아?"
"아니야, 목욕을 하긴 해. 그런데 언제나 문을 꼭 닫고 아무도 없을 때만 목욕을 해. 혹시 범죄자가 아닌가 몰라."
"그 사람 상대는 누구야?"
"아, 정말 싫어."
"어머, 너야?"
"응."
"잘됐다."
"남의 일이라고 놀리는 거야."
"어쨌든 남자다워 보이던데."
"누구랑 좀 바꿨으면 좋겠어."
"왜?"

"왠지 무서워."

"넌 낯을 안 가리잖아?"

"그런데 무서운 소리를 내고 잠꼬대를 하는 거야. 여자 이름을 부르고는 갑자기 사람이라도 벨 듯이 큰소리를 지르기도 해. 그것뿐이 아니야. 그 두건을 잘 때도 벗지 않아."

계단을 밟는 소리가 나자 여자 둘은 깜짝 놀라서 안으로 숨었다. 다행히 그곳에 나타난 사람은 마고베도 슈마도 아닌 다른 손님이었다.

이런 온천 여관에서 밤을 지샌 사내라니 시시한 인물임은 더 말할 나위가 없다.

계단을 올라가자 제법 큰 방에는 바둑판, 장기판 등이 여기저기에 흩어져 있었다. 그 옆으로 작은 방이 쭉 이어져 있었다.

가장 안쪽에 있는 방 두 칸은 뒤쪽으로 사다리가 있어서 다른 사람과 얼굴을 마주치지 않고 드나들 수 있었다.

그곳에 마고베와 슈마가 누워 있었다.

둘은 여러 가지 일이 예상과 어긋나자 조금 자포자기한 심정으로 지내고 있었다.

오늘도 아직까지 일어나지 않고 뒤척거리고 있다.

"눈이 계속 내렸으면 좋겠군."

"이봐, 슈마."

이불 안에서 목만 내밀고 마고베는 슈마를 불렀다. 마고베는 배를 바닥에 대고 베개 위에 턱을 얹고는 담뱃대로 옆에 있는 슈마의 이불을 들추었다.

"아직 자는 거야?"

여자가 열어 두고 간 창문을 통해 소리 없이 내리는 눈발이 보였다.

"이제 잠에서 좀 깨지?"

마고베의 말에 슈마는 어쩔 수 없이 이불을 둘둘 감고 마고베를 바라보았다.

머리는 엉망이 되고 개기름이 잔뜩 낀 얼굴은 더욱 번들거렸다. 더욱이 숙취로 충혈된 눈에 수염마저 덥수룩한 그의 얼굴은 모든 것을 포기한 패배자의 그것과 다를 바 없다.

"마고베, 어때?"

슈마는 아직 잠에서 덜 깬 목소리로 물었다.

"뭐가?"

"생각이 났느냔 말이야."

"음, 그 녀석 말인가? 겨우 생각이 났네."

이렇게 말하고 마고베는 이마를 찡그리며 잠자코 있었다.

그 녀석이란 화재가 일어난 날 밤에 가마 안에서 철부채를 꺼낸 무사를 가리키는 것으로, 두 사람은 그가 누구인지 기억을 더듬고 있었던 것이다.

"알았어?"

슈마가 겨우 잠에서 깬 목소리로 말했다.

"응."

"누구야? 무술이 상당하던데."

"틀림없이 예전에 덴마 여력을 지낸 쓰네키 고잔일 거야."

"음, 그 녀석이 왜 에도에 왔지?"

"나도 짐작이 가지 않지만, 스미요시 촌의 밀무역자 소굴에 있었을 때 그 녀석에게 당한 적이 있어."

"그러면 뭔가를 찾으러 온 걸까?"

"설마 나를 쫓고 있는 것은 아닐 테지."

"오치에와 오쓰나는 도대체 어떻게 된 걸까?"

"그 뒤에 오타히메 신사의 경내에 가 보았지만, 가마도 없고 두 사람의 모습도 보이지 않았어. 정말 뭐가 뭔지 판단이 서지 않는군."

"그 고잔이라는 녀석이 어딘가로 데리고 간 것은 아닐까?"

"그렇게 생각할 수밖에 없지."

"큰일이군."

"우선 오쓰나의 행방을 찾아야만 해."

"나는 오치에를 찾겠어."

"찾을 수 있을까?"

"아무리 넓다해도 에도 안에서라면 틀림없이 찾을 수 있을 거야."

"그러면 너무 초조해하지 말기로 하세."

마고베는 엎드려 있다가 숨이 차올라 천장을 보고 돌아누웠다. 아직도 일어날 마음은 없는지 가만히 천장만 바라보았다. 슈마도 마고베를 따라 천장을 보고 누웠다. 잠시 둘 다 입을 열지 않고 침묵을 지켰다. 눈이 오는 날은 생각도 마음도 왠지 푹 가라앉는 모양이다.

"음."
이윽고 슈마가 낮은 신음 소리를 냈다.
"왜 그래?"
"흉조가 겹치는 걸 보니 아무래도 앞길이 막막해."
"집어치우게!"
마고베는 엄한 소리로 슈마를 나무랐다.
"하지만 엊저녁에도 불탄 곳에서 겐노조를 보지 않았는가?"
"그렇게 꽁지가 빠져라 도망치는 법이 어디 있나? 자네가 깜짝 놀라 뛰는 바람에 나까지 덩달아 뛰었지만, 이번에 만난다면 그때는 베어 버릴 걸세. 알겠나, 슈마? 이제 도망치지 말게."
"알았어."
슈마는 대답을 하며 눈을 감았다. 하지만 대화재 이후, 또 겐노조의 모습까지 보고 나자 슈마는 악당 주제에 신경쇠약이 들어 버렸다.
허무한 날이 며칠인가 지나고 드디어 연말이 다가왔다.
기센 술집 안쪽에 있는 마고베와 슈마는 겐노조를 칠 기회를 잡지 못하고 오쓰나와 오치에의 소식도 모른 채 다만 초조하게 세월을 보내고 있었다. 오늘도 두 사람은 술에 취해 있었다. 그들의 기분을 살피다 옆에 있던 여자들이 아사쿠사(淺草)로 놀러 가자고 두 사람을 꼬였다. 그들은 결국 가마 네 채를 준비시켰다.
차야초(茶屋)에서 가마를 내린 마고베와 슈마는 여자 둘을 데리고 아사쿠사의 화려한 분위기로 빨려들어갔다.
"어머, 멋있어!"
"정말 날녀가 끝이인고 싶군."
"가부키의 배우들은 정말 화려해."
"저건 뭐지?"
"소주로(宗十郞) 역할을 하는 사람이잖아? 저 사람이 쓰고 있는 소주로 두건이라는 것이 올 겨울 대단히 유행했다고 하던대?"
두 여자는 신기한 듯이 구경을 하며 걸었다. 마고베와 슈마는 사람들에게 밀리면서 쓸데없는 곳에 왔다고 새삼스럽게 후회를 했다. 이런 곳에 여자들을 데리고 오면 언제나 여자들 하는 대로 끌려가게 되어 있다.
"저건 누구지? 못 보던 배우잖아?"

한 여자가 또 멈춰 서서 손가락으로 가리킨 곳을 마고베가 바라보았다.
그러자 마고베는 조금 자랑스러운 듯이 대답했다.
"저것 말이야? 저건 교토의 아네가와 신시로(姉川新四郎)야."
"저 칼은?"
"저 칼은 신시로가 차고 무대에 나와 유행을 시킨 거지. 그래서 아와 무사 중에는 저 칼을 차고 있는 사람이 많지."
"어머, 그럼 마고베님의 고향은 아와예요?"
"하하하하. 이상한 곳에서 고향을 밝히게 되었군."
"마고베는 너털웃음을 터뜨리며 그 자리를 떴다.
조금 빨리 걸어서 관음당(觀音堂)을 한 바퀴 돌고 돌아가려고 오솔길 쪽으로 나왔다.
그러자 술집 여자가 중얼거렸다.
"아니, 아까 그 사람이잖아?"
옆을 보고 있던 슈마가 그 말을 듣고는 여자를 나무랐다.
"아까 그 배우가 아니잖아."
"아니, 그 사람과 똑같은 칼을 찼어요."
"뭐야?"
"하지만 똑같잖아요. 저 앞쪽에 성큼성큼 걷는 무사 모습이, 삿갓을 쓴거며 짧은 바지며 그리고 옆에 찬 칼까지 신시로와 똑같아요."
"그러고 보니 에도에서는 볼 수 없는 진귀한 칼을 차고 있군."
"아까 연극을 하던 사람들이 판 게 아닐까요?"
"설마?"
그 말에 슈마와 여자들은 웃었다.
하지만 마고베는 웃지 않았다.
마고베는 여자가 발견한 칼을 찬 무사를 물끄러미 바라보았다.
"슈마, 나는 잠깐 들를 데가 있으니 먼저 돌아가게."
갑자기 마고베는 사람 사이를 헤치면서 빠른 걸음으로 칼을 찬 무사 뒤를 쫓아갔다.
"덴도 잇카쿠!"
갑자기 잇카쿠의 어깨를 치는 사람이 있었다.
잇카쿠는 깜짝 놀라 뒤를 돌아다보았다.

에도에서 이렇게 자신을 친하게 부를 만한 사람이 없기 때문이다.

"세키야 마고베(關屋孫兵衞)가 아닌가?"

세키야는 마고베의 본명이었다. 마고베가 아와의 무사였을 때 잇카쿠와는 친한 친구였다.

"기이한 만남이군."

"정말 그래."

"몇 년 만에 보는 거지?"

"벌써 옛날이지. 내가 아와를 떠나 이렇게 떠돌아다니는 것도 7, 8년이 됐으니까."

"그러면 아직도 떠돌이 생활을 하나?"

"먹고 살 만하니까 그만 떠돌이 생활을 그만둘 수 없더군."

"두건이며 나막신이며 상당히 좋은 것만 하고 있군."

"이 생활도 고생이 심해. 그건 그렇고, 구키 야스케와 모리 게이노스케는 다 잘 있나?"

"야스케는 이번 가을 선정사 산마루에서 목숨을 잃었네. 하지만 게이노스케는 지금 아와로 들어가서 변함없이 잘 있네."

"그런가? 자네는?"

"어떻게 나를 알아봤지?"

"에도에서 쉽게 볼 수 없는 칼을 차고 있어서 눈에 띄었네."

"그렇군. 나도 몰랐는데, 그 말을 듣고보니 이 칼이 상당히 눈에 띄는군."

"눈에 띄는 게 좋지 않은가? 이 에도라는 곳은, 검술하는 사람은 달인답게, 여자는 아름답게, 눈에 띄지 않으면 손해지."

"실은 지금 쫓고 있는 사람이 있어서 다른 사람의 눈에 띄면 안좋네."

"재미있는 이야기로군. 잇카쿠 자네는 원수라도 잡기 위해서 이곳에 온 것인가?"

"그렇게 대단한 이야기는 아닐세."

"그러면 무슨 일로 여기에 온 건가?"

"좀 말하기 곤란하네."

"그렇게 냉정한 말은 하지 말게. 나도 옛날의 내가 아닐세. 이야기를 해준다면 힘이 될 수도 있고 돈벌이가 된다면 내가 그 일을 대신해도 되네. 나와 인연이 없는 이야기라면 입을 다물고 단념하면 되는 게 아닌가?"

"꼭 비밀이라고 할 것까지는 없지만 전하로부터 직접 명령을 받은 대사(大事)라서 이런 길거리에서 말하기가 조금 꺼려지네."
"그렇게 말하니 더욱 듣고 싶어지는데?"
"실은 아와에서, 살려 둘 수 없는 남자 하나를 쫓아서 왔네."
"그 남자 이름은 뭔가?"
"호리즈키 겐노조."
"뭐라고?"
갑자기 마고베가 잇카쿠의 멱살을 잡아서 잇카쿠는 깜짝 놀랐다.
"왜 이러나, 마고베?"
"호리즈키 겐노조라고?"
"그렇다네."
"잠깐 저쪽으로 가세. 이곳은 큰길이라서 제대로 이야기를 할 수가 없어."
마고베는 잇카쿠의 손을 끌고 사람이 없는 곳으로 갔다. 그곳은 스미다(田) 강의 기슭이었다.

강에는 작은 배들이 오갔고 어둠을 뚫고 날아가는 갈매기가 보였다.
강 기슭에 주저앉아 마고베와 잇카쿠는 이야기에 잠겨 있었다.
둘은 이야기에 몰입하여 해가 지는 것도 모르고 있었다.
"그런 일이 있었나?"
잇카쿠의 이야기가 끝나자 마고베는 팔장을 끼고 멀리 바다를 바라 보았다.
"지금 한 말은 아와의 비밀이야. 다른 곳에 가서 말하면 곤란하네."
"지금은 떠돌이지만 나도 한때는 아와의 무사였네. 어찌 고국의 비밀을 이야기할 수 있겠나?"
마고베는 잇카쿠에게서 교토에서 있었던 일을 듣고 나자 묘한 감회에 빠져들었다.
옛 군주인 시게요시를 둘러싸고 움직이고 있는 겐노조를 비롯해 쓰네키 고잔이나 만키치, 그들은 모두 자신과 악연(惡緣)을 가지고 있는 자였다. 따라서 잇카쿠의 이야기가 모두 자신과 연결이 되어 있는 것이다.
그것뿐만이 아니다.
덴도 잇카쿠가 시게요시의 명령을 받아 겐노조의 목숨을 끊기 위해 여기에도까지 따라왔다고 하니, 마고베는 더욱 놀라웠다.

그것은 완전히 기이한 만남이었다. 슈마, 잇카쿠, 그리고 자신, 이렇게 셋은 모두가 똑같이 겐노조를 죽이려는 사람이다. 그렇다면 이제 일은 성취된 것이나 다름없다.

'우선 잇카쿠를 기센으로 데리고 가자. 그곳에서 슈마와 만나게 해 주자.'
마고베는 이렇게 생각했다.

세 사람이 힘을 합하면 겐노조를 없애는 것은 더욱 빠를 것이다.

겐노조를 처리한 다음의 대가는 각각 다르다.

마고베는 오쓰나를 자기 마음대로 하고, 슈마는 오치에를 찾아서 아내로 삼을 것이다. 그리고 잇카쿠는 아와로 돌아가서 시게요시에게 보고를 하고 막대한 포상과 녹봉을 받게 되고 위신도 크게 올라갈 것은 뻔한 일이다.

"잇카쿠."
"왜?"
"겐노조의 이야기라면 안심하게."

잇카쿠는 자신의 목적만을 밝혔을 뿐, 마고베의 이야기는 아직 듣지 않았기 때문에 그의 밑도 끝도 없는 위안이 이해되지 않았다."

"우린 세 사람이야. 자네와 나, 그리고 다비가와 슈마."
"슈마?"
"우선 나와 함께 기센으로 가세. 그곳에서 슈마를 만나 의논을 하세."
"아닐세. 나는 일각이라도 빨리 겐노조를 찾아야만 하는 바쁜 몸일세. 여기에서 헤어지세."
"촌스러운 말 하지 말게. 여자를 데리고 놀자는 게 아닐세. 결론부터 말하자면 나 마고베도 그곳에 있는 슈마라는 사람도 사정이 있어서 겐노조 놈을 칠 기회를 보고 있네."
"아니, 자네도 그 놈을?"
"그러니 세 사람이 의논하자는 게 아닌가."

마고베가 열을 올리며 잇카쿠를 설득하고 있을 때 그곳에 아이 두 명이 뛰어왔다.

그쪽으로 눈을 돌리자 사자탈을 쓴 남매였다.

오늘도 돈을 벌고 집으로 돌아가는 도중에 스미 강 기슭에서 물수제비를 뜨며 장난을 쳤다.

"두 번 튀었어."

"난 세 번이야."

"이번에는 네 번이야."

아이들은 작은 돌을 주워서 강 위로 던지고는 탁탁 튀기는 숫자를 세며 신이 나 있었다.

"저리 가지 못해!"

마고베가 야단을 치자 몸을 움츠리면서 오미와와 오토키치는 도망쳤다.

"무서운 아저씨."

"도둑 두건을 썼대요."

"두건은 멍청한 사람만 쓰는 거야."

"비밀 이야기는 모두 들었어."

"두 번 들어서 모두 기억해."

"세 번째는 잊어버리지 않아."

"네 번째는 일러 줘야지."

두 아이는 교대로 한 소절씩 노래를 부르면서 건너편으로 뛰어갔다.

세 남매

만키치는 불에 타서 잿더미가 된 스루가다이 주위를 그 후에도 계속 맴돌았다. 불이 났던 섣달 그믐도 지나고 명화(明和) 3년 4일째 되는 날이었다. 그날도 만키치는 어김없이 불이 난 곳으로 왔다가 그가 이제나저제나 하고 손꼽아 기다리던 소식을 들었다.

다른 사람 눈에 잘 띄지 않는 돌담 한구석에 숯으로 써 놓은 글씨였다. 그것은 호리즈키 겐노조가 만키치를 의식해 써 놓은 것이 분명했다.

＝나는 에도에 도착해서 오치에님이 계시는 곳을 찾고 있다. 나를 만나려는 사람은 시타야(下谷)에 있는 일월사(一月寺), 보화종 에도 지소로 오면 된다.＝

"내 생각이 맞았어. 겐노조님도 에도에 도착해서 우리를 찾고 있는 거야."

만키치는 그 글을 읽고는 즉시 발길을 돌렸다.

그의 마음은 벌써 일월사의 에도 지배소로 향하고 있었다. 그러나 대화재 이후 만키치는 오쓰나에게 신세를 지고 있었기 때문에, 어쨌든 오쓰나에게도 이 기쁜 소식을 빨리 알려 줄 의무가 있다고 생각했다.

"안에 있나?"

만키치는 경쾌한 발걸음으로 오쓰나 집의 문을 열고 들어갔다.

"어머, 만키치님."

화로 옆에서 생각에 잠겨 있던 오쓰나가 턱을 괴고 있던 팔을 풀면서 생기가 넘치는 만키치의 얼굴을 바라보았다.

"오쓰나, 기뻐하게. 겨우 알아 냈어."

"무엇을요? 그날 밤 오치에님을 데리고 간 자가 누구인지 알아 냈다는 거예요?"

"유감스럽게도 그것은 아직 알아 내지 못했네. 하지만 겐노조님이 계신 곳을 알았어."

"겐노조님이 계신 곳이라고요?"

오쓰나의 얼굴이 붉게 물들자 더욱 아름다워 보였다.

작년 연말의 무서운 사건은 오쓰나에게 너무나 큰 충격을 주었다. 다행히 만키치의 도움을 받아 혼고츠마고이에 있는 집으로 돌아와서 간신히 정신을 차렸지만, 오쓰나는 아직도 그 악몽 같은 충격에서 깨어나지 못하고 있었다.

하지만 지금 만키치에게서 그토록 기다리던 소식을 듣자 비로소 오쓰나의 마음과 얼굴이 들꽃처럼 환해졌다.

"정말이에요? 그럼 이제 한 가지는 해결된 셈이군요. 우리 빨리 겐노조님을 만나 뵙고 앞일을 의논하기로 해요."

"그래서 지금 바로 일월사 지소로 갈 생각이야."

"그럼 저도 함께 갈게요."

오쓰나는 재빨리 준비를 했다.

겉옷은 입지 않고 보라색의 비단으로 얼굴만 가리더니 화로 옆에 있는 담배를 허리끈에 끼웠다.

만키치는 갑자기 생기가 넘쳐 서두르는 오쓰나의 마음을 너무나 잘 알고 있었다. 그래서인지 오쓰나를 말릴 수가 없었다.

'당신이 오치에님을 구해 준다면, 나는 어떤 일이라도 당신을 도와 주겠어.'

얼마 전에 스미 저택의 창가에서 만키치와 약속을 한 것 때문에 오쓰나는 목숨을 걸고 그 저택의 지하방까지 떨어졌던 것이다.

그런데 오치에를 완전하게 구출해 내지 못했다고 해서 이제와서 그 약속

을 어길 수는 없는 일이었다
'어떻게 한다지……?'
겉으로 표시내거나 말하지는 않았지만, 만키치는 마음 속으로 깊이 고민하고 있었다. 지금에 와서 생각하니 너무 엄청난 약속인 것 같아 후회스럽기까지 했다. 정작 겐노조를 만났을 때, 오쓰나가 사랑의 다리 역할을 해달라고 조르면 어떻게 거절해야 한단 말인가?
만키치는 화재 사건 이후 오쓰나에게 자신들의 목적을 포함한 모든 진상을 남김없이 고백했다. 하지만 단 한 가지, 겐노조와 오치에가 어떤 사이인지는 오쓰나에게 말하지 않았다. 그 말을 꺼내기도 전에 오쓰나가 먼저 자신의 애절한 사랑을 고백했기 때문이다.
오쓰나는 겐노조에 대한 사랑만으로, 아와의 비밀을 탐색하는 일을 도와주겠다고 맹세까지 했다.
만키치로부터 지금까지 일어난 사건에 대해 자세한 이야기를 들은 그녀는 자신의 죄가 너무나 무겁다고 생각했다.
사천왕사에서 아무 생각도 없이 소매치기한 사건이 이윽고 다이치의 죽음으로 연결되고, 그 일로 인해 긴고로가 최후를 맞았다. 또한 이 에도의 하늘까지 너무나 무서운 재난을 뻗쳐 왔다.
그것은 모두 자신의 손에서 비롯되었다. 오쓰나는 비로소 소매치기라는 직업이 얼마나 무서운 악업(惡業)인지를 깨달았다. 그리고 긴고로나 다이치에게 깊이 사죄하는 마음을 가졌다.
오쓰나는 자신의 목숨을 걸고서도 그 죗값을 치러야 한다는 생각을 하게 되었다. 그것은 또한 겐노조를 향한 사랑처럼 철석같이 강했다.
오쓰나의 집에서 나온 두 사람은 묵묵히 걸었다. 오쓰나의 들뜬 마음은 자연히 발걸음을 재촉했지만 만키치로서는 답답한 마음에 발걸음이 무거워졌다.
이윽고 보화종에도 지소가 있는 일월사에 도착했다.
절 앞에 걸려 있는 현판을 본 두 사람은 조용히 안으로 들어가서 경내를 둘러보았다. 소나무가 많았다.
이곳은 근증파(勤證派) 승려들이 있는 절이므로 경내에서 피리 소리가 은은하게 들렸다.
"이곳에 호리즈키 겐노조라는 스님이 머물고 계십니까?"

만키치는 한 승려에게 물었다. 그러자 그 승려는 승려 명부를 들추어 보았다.

"호리즈키 겐노조라…… 이 스님은 기죽파(奇派)이기는 하지만 사정이 있어 이곳에 머무르고 있소. 그런데 무슨 볼일이 있으시오?"

"그럼 분명히 계시군요?"

만키치는 그 대답을 듣고서야 비로소 안심했다.

오쓰나는 만키치 뒤에서 기다리며 안쪽에서 새어 나오는 피리 소리에 억제할 수 없는 가슴이 뛰고 있었다.

"정말로 죄송합니다만, 만키치라는 자가 뵙고 싶어한다고 전해주시기 바랍니다. 만키치라고만 말씀하시면 아실 겁니다."

"아, 그렇소? 그러면 6각(오후 6시경)이 지나서 다시 오시오. 그 스님은 아침에 시주를 받으러 나갔소."

"그러면 지금은 안 계시는 겁니까?"

"저녁 무렵에는 돌아올 거요. 돌아오면 그렇게 전해 주겠소."

"그럼 그때 다시 오겠습니다."

두 사람은 어쩔 수 없이 그곳을 나왔다. 하지만 그다지 실망이 크지는 않았다. 오히려 오랜만에 만나는 것이므로 여러 가지 사연이 있다 보니 차라리, 그때까지 마음의 여유를 가지고 기다리는 편이 더 나은 듯했다.

"지금 집에 갔다 다시 올 시간이 없으니까 어디 가서 식사라도 하면서 기다리는 게 낫지 않겠어요?"

"글쎄……"

"내가 단골로 가던 밥집이 있어요. 저쪽 연못가로 가지요."

"나는 에도의 지리를 잘 모르니까 어디든지 따라가지."

"나도 자세한 것은 몰라요. 하지만 역시 음식은 그쪽이 좋아요. 그리고 겐노조님을 만나기 전에 미리 부탁할 것도 있고요."

그 말이 만키치의 가슴을 쿵하고 울렸다.

'그때의 약속을 지켜줘, 겐노조님에게 내 이야기를 해줘' 하고 오쓰나는 요구할 것이다. 두 사람의 모습은 이윽고 시노바즈(不忍) 연못 앞에 있는 하스미(蓮見) 찻집으로 사라졌다.

저녁때 겐노조를 만나러 가야 하기 때문에 두 사람은 취하지 않으려고

불의 지옥 269

잔뜩 긴장하고 있었다. 하지만 하스미 찻집에서 술병 두세 개를 비우는 사이에 오쓰나는 귀가 조금 빨개졌고, 만키치는 얼굴이 붉어졌다.
"이제 계산을 하고 슬슬 나가지."
만키치가 먼저 자리에서 일어섰다.
"하지만 아직 해가 저렇게 떠 있잖아요."
"기다리는 시간은 정말 길군."
"그보다 만키치님, 한 가지 묻고 싶은 게 있어요. 거기 잠깐 앉지 않을래요?"
"뭔데?"
만키치는 당황해서 잘 마시지도 못하는 술을 다시 한 잔 비우고는 고개를 끄덕였다.
"나도 대강은 짐작하고 있어."
"대강은 짐작하고 있다고요? 마치 점쟁이처럼 말씀하시는군요."
"엉터리이긴 하지만 나도 포졸이니까 반은 점쟁이인 셈이지. 당신이 나에게 부탁하고 싶은 것은 지난번 스미 저택 창 아래에서 한 말이지? 오치에님만 구해 준다면 나도 의논 상대가 되겠다는 그 약속. 그러니 겐노조님에게 당신의 사랑을 말해 달라는 부탁이겠지. 그렇지 않나, 오쓰나?"
"만키치님……"
오쓰나는 술로 인해 빨개진 얼굴을 더욱 붉히며 들릴 듯 말 듯한 소리로 말했다.
"절, 이해해 주세요."
"하지만……나에게 좀더 시간을 줘. 지난번에 당신에게 말한 것처럼, 겐노조님은 원래 황궁을 수호하는 무사 수장 호리즈키 이치가쿠의 아드님이야. 아무리 사랑에는 신분 차이가 없다고 해도, 당신도 알다시피 겐노조님은 앞으로 우리들과 힘을 합쳐 아와로 가서 하치스가 가의 속사정을 탐색해 내려는 큰뜻을 지닌 분이야."
"예, 그런 깊은 사정이 있다는 것을 아니까, 지금 당장 어떻게 해달라고 하지는 않을게요. 그러니 제발 그 일이 끝난 다음이라도 좋으니 오쓰나라는 마음이 비뚤어진 여자, 그늘에서 사는 여자를 구하는 셈치고……"
"틈을 봐서 이야기는 해 보겠어."
"그냥 순간적인 기분으로 하는 이야기가 아니에요. 저는 진심이에요. 마음 속에서부터 지금의 내가 아닌 참된 인간이 되려고 고뇌하고 있어요. 그러기 위해서라도 저에게는 겐노조님의 사랑이 필요해요."

허리춤에 손을 찔러 넣은 채 굳은 어조로 말하는 오쓰나는 너무나도 진지했다.

만키치는 적당히 넘겨서는 안되겠다는 책임감으로 자못 긴장되었다.

"그렇다면 당신은 자신이 정말로 비뚤어진 여자에다 천박한 생활을 했으며, 아니 더 확실히 말하자면 도리에 벗어난 나쁜 짓을 했던 소매치기라는 것을 스스로 부끄러워하고 있단 말이지?"

"솔직히 말해서 사천왕사에서 소매치기로 훔친 종이 한 장으로 인해 그렇게 많은 사람들이 궁지에 빠지게 되었다는 말을 듣기 전까지는 심각하게 생각지 않았어요. 그러나 에도에 돌아온 후 당신으로부터 지금까지 있었던 이야기를 듣고 처음으로 소매치기라는 것이 저 자신도 무서워졌어요. 만키치님, 전 이번에는 정말 소매치기에서 손을 뗄 생각이에요. 그리고 속죄하는 뜻에서 미약하나마 겐노조님이 위업을 달성할 때까지 제 몸이 가루가 되는 한이 있더라도 도와 드릴 생각이에요."

"그래, 그렇게 해야 돼."

만키치는 오쓰나의 진심에 감동되어 자신도 모르게 고개를 끄덕였다. 하지만 그는 오쓰나가 소매치기에서 손을 씻게 하기 위해서라도 오쓰나와의 약속을 지켜야만 한다는 부담감을 강하게 느꼈다. 이렇게 질이 나쁜 여자를 본연의 순수한 마음으로 되돌리기 위해서는 신의 힘보다도, 부처님의 공덕보다도, 또한 끊임없는 채찍보다도 한 사람의 사랑의 힘이 더 큰 위력을 발휘하는 것이다.

오쓰나는 그렇게 해서 무서운 악업의 길에서 구원되고 싶다고 생각했다. 자신만의 결심과 의지로서는 고칠 수 없는 나쁜 습성이라도 겐노조와 함께라면 틀림없이 고쳐질 것이라고 믿었다.

밖의 어딘가에서 봄축제를 하는지, 북소리며 피리소리에 장단 맞추는 소리가 들렸다.

두 사람은 잠시 후 찻집을 나왔다. 해도 적당히 저물어 가고 있었다.

그때 시노부가와(忍川) 쪽에서 갑자기 뛰어오는 두 아이가 있는데, 그 아이들은 사자탈을 들고 있었다.

만키치가 눈을 크게 뜨고 그들을 지켜 보았다. 아이들은 뒤따라온 세 명의

불의 지옥 271

불량배들에게 쫓겨서 공터로 끌려가며 비명을 지르고 있었다.
"미안해요! 잘못했어요!"
울음소리와 함께 한 아이가 땅에 엎드렸는데, 불량배들은 그 아이를 발로 찼다.
"뭐야? 싸움이야?"
"싸움이 아니야. 자주 오는 어린 곡예사야."
"불쌍하게도, 불량배들에게 잘못 걸렸군."
구경꾼들이 제각기 한 마디씩 하며 그들 주위를 빙 둘러쌌다.
"앗! 저 아이들은 지난번 소토간다의 밥집에서 본 오미와와 오토키치로군."
짚히는게 있는지라 만키치는 오쓰나의 안색을 살펴보았다. 취기가 사라진 오쓰나의 얼굴이 새파래졌다.
"만키치님, 잠깐만 기다려 줘요."
오쓰나는 갑자기 달리기 시작했다.
"나도 갈게!"
만키치도 오쓰나의 뒤를 따랐다.
하지만 이미 그곳에는 그들이 가까이 다가갈 수 없을 만큼 사람들이 많이 모여 있었다. 사람들 틈으로 쳐다보니 오미와와 오토키치는 발길로 채여 흙투성이가 된 채 울고 있었다.
"이 꼬마 녀석!"
힘이 없는 남매를 발길질하며 괴롭히고 있는 세 불량배는 바로 잇카쿠와 슈마, 그리고 마고베였다.
"이제 적당히 용서해 주자."
사람들이 너무 많이 모이자 슈마가 이렇게 말했다.
"안 돼!"
마고베는 남매의 멱살을 한꺼번에 잡았다.
"오늘뿐이라면 괜찮겠지만, 저번에도 나와 잇카루가 말하는 것을 듣더니 욕을 하며 도망쳤어. 바로 이 녀석들이 틀림없어."
"아저씨, 용서해 줘요."
"잘못했어요."
오토키치와 오미와가 울면서 이렇게 말하는데도 마고베는 들은 척도 하지 않았다.

"이 녀석! 계속 울면 칼로 베어 버릴 거야. 너희는 왜 우리가 술 마시는 곳까지 따라와서 살짝 이야기를 듣고 있었던 거지? 어린 애라고 해서 너무 마음을 놓으면 안돼."

세 사람은 술을 마시고 있었는지 얼굴이 붉었다. 마고베는 울고 있는 오토키치와 오미와를 추궁하면 뭔가를 알아 낼 수 있다는 속셈을 갖고 있었다.

"비켜, 비켜!"

세 사람은 구경꾼들을 쫓으며 아이들을 숲 속으로 끌고 가려고 했다. 그러자 구경꾼들도 무심하게 바라보고 있을 수만은 없었던 모양이다.

"누가 좀 말려 줘요."

"어떻게 할 생각이지? 아이들이 불쌍하지 않나? 누가 좀 도와 줘. 아니, 끌고 가려고 해."

"본보기로 벨 생각인가 봐."

제각기 떠들고는 있지만 상대가 너무나도 험악한 인상을 풍겨서 다들 말로만 떠들 뿐이었다. 그때 혼잡한 사람들 사이로 달려온 오쓰나는 마고베와 잇카쿠의 손에 끌려가는 아이들을 보자 자신도 모르게 소리쳤다.

"앗, 오미와!"

아이들을 끌고 가는 사람이 누구인지 눈에 들어올 리 없는 오쓰나는 허리춤에서 날카로운 비수를 꺼내더니 소매 뒤에 숨기며 큰 소리로 그들을 불렀다.

"이봐, 잠깐만!"

오쓰나가 오로지 불쌍한 동생들을 찾으려고 달려가려 하자 만키치는 오쓰나를 잡았다.

"어디로 가려는 거야?"

"알고 있잖아요? 아, 불쌍한 아이들."

"잠깐만, 잠깐만 기다리라니까."

"이런 젠장! 만키치님, 이렇게 여유를 부릴 때가 아니에요. 지금 끌려가는 아이들은 바로 내 동생이란 말이에요."

"오미와와 오토키치가 당신의 동생이라는 것은 나도 어렴풋이 짐작하고 있었어. 그러나 상대는 마고베이고, 거기다가 두 사람이 더 있어. 그렇지 않아도 저 녀석들은 당신을 찾고 있는 중이지."

"상관 없어요. 상관 없으니까 나를 좀 놓아 줘요."

"그렇게 바보 같은 소리 하지도 마, 굶주린 늑대 앞에 스스로 먹이가 되는 사람이 도대체 어디 있어? 나도 잠자코 있지는 않을 테니까, 잠시 더 지켜 보자구."

흩어지는 사람들 속에 섞여 만키치는 오쓰나를 계속 붙잡고 있었다. 그때 이리저리 흩어지는 사람들 사이에서 빠른 걸음으로 세 사람을 향해서 가는 사람이 있었다.

"잠깐!"

회색 옷에 각반을 차고 삿갓을 쓴 승려였다.

"이 불량배들, 기다려라!"

승려가 이렇게 소리치는데도 슈마 일행은 모르는 척 오미와와 오토키치의 등을 밀고 재촉하고 있었다. 그러자 화가 난 승려가 큰걸음으로 다가와 묵묵히 한 손으로 마고베의 팔을 잡더니 다른 손으로 아이들을 밀어 자신의 뒤에다 세웠다.

"무슨 짓이냐?"

슈마와 잇카쿠가 칼에 손을 댔다. 그러자 승려는 차가운 눈초리로 그들을 노려보았다.

"이 가여운 아이들을 그냥 내버려 두지 않겠나?"

"뭐냐, 네 녀석은?"

옆에서 이렇게 소리를 지른 사람은 마고베였다. 그는 왼손으로 갑자기 승려의 멱살을 움켜잡았다.

"나는 호리즈키 겐노조다."

"뭐라고, 겐노조라고?"

슈마와 잇카쿠는 갑자기 발 밑에서 하얀 칼날이라도 올라온 것처럼 겁에 질려 버렸다.

이제 아이들은 더 이상 문제가 되지 않았다. 마고베는 일단 잡은 겐노조의 멱살을 더 조이며 공격을 할까, 던져서 쓰러뜨릴까, 아니면 허리에 찬 칼을 뽑아 들까 하며 순간 망설였다.

하지만 겐노조는 침착한 태도로 빙긋 웃으면서 삿갓을 벗었다. 보화종의 예의로서 벗으면 안 되는 삿갓을 벗었으니, 그것은 마음의 준비를 했다는 표시였다. 하지만 도전의 선언이라고는 생각되지 않을 정도로 조용하게 벗었다. 삿갓을 벗어 든 하얀 겐노조의 얼굴에 모든 사람의 시선이 모였다. 겐노조는 하얀 피부가 눈에 띄어서, 마고베의 검은 두건이나 잇카쿠의 우람한 체격, 슈마의 여드름투성이인 얼굴과는 성격이나 용모의 차이가 너무나 확연하게 나타났다.

겐노조는 천천히 마고베의 손에서 빠져 나왔다.

"슈마, 잇카쿠, 마고베. 당신 세 사람을 여기서 만나다니, 정말 신기하군."

그때 조금 떨어진 곳에서 오쓰나를 잡고 있던 만키치가 소리쳤다.

"아니, 저건 겐노조님이잖아?"

지옥에서 부처님이라도 만난 것처럼, 긴장으로 조여졌던 신경이 갑자기 풀어지면서 다리의 뼈가 흐늘흐늘해진 것처럼 힘이 빠졌다.

"아, 겐노조님이……"

오쓰나도 멀리에서 겐노조를 바라보고는 자신도 모르게 그리움이 담긴 목소리로 중얼거렸다.

하지만 겐노조가 에도의 큰 길에서 이렇게 갑작스럽게 만난 적을 어떻게 할 것인지, 우선 그것이 걱정되었다.

마고베와 잇카쿠는 겐노조의 얼굴을 보고는 깜짝 놀랐지만, 겐노조의 인사가 의외로 정중하자 오히려 껄끄러운 기분이 되었다. 살며시 칼집에 손을 대고는 일부러 얼굴을 험상궂게 만들었다.

칼솜씨는 없지만 임기응변에 강한 슈마는 아무렇지도 않은 척 말했다.

"어이, 겐노조인가? 의외의 곳에서 만나는군. 건강해 보이는데, 도대체 언제 에도로 왔는가?"

슈마는 과장된 몸짓을 하며 너무나 친밀한 표정을 지었다. 겐노조가 하얀 이를 드러내주면 어깨라도 두들기는 척하다가 멱살을 잡으려고 하고 있었다. 하지만 겐노조는 여드름투성이 슈마의 뻔한 속셈을 예전부터 파악하고 있었다.

이렇게 잇카쿠와 마고베와 함께 있는 것을 보니 더욱 확실했다. 방심해서는 안 되는 세 사람. 역시 이 세 사람은 일심동체가 되어 자신을 노리고 있을지도 모른다.

겐노조의 형안은 이미 그것을 파악하고 있는 모습이었다.

하지만 이렇게 사람이 많은 곳에서 대낮에 싸울 수는 없었다. 더구나 겐노조는 아직 공공연하게 삿갓을 벗고 에도를 걸어다닐 수 없는 몸이 아닌가!
　그래서 겐노조는 서둘러 자리를 뜨려고 슈마의 가식적인 표정을 그대로 받아들이는 척했다.
　"자네도 변하지 않았군."
　히죽 웃으며 슈마는 검게 마른 입술을 핥았다.
　"아닐세, 대단한 변화가 있었지. 아직 모르는가? 스미 저택을 비롯하여 고가조 일대가 전부 불타 버렸네."
　"그 이야기는 들었네. 하지만 곧 장군 가에서 그에 상응하는 저택을 내려 주시겠지."
　"그건 평상시에 열심히 일을 하는 사람에 한해서일세. 나는 이제 밀정 조직같은 태평성시에 아무 쓸모가 없는 일에는 진저리가 나네. 그래서 이제 무사가 되어 앞으로는 자유롭게 살 생각이네."
　"아주 좋은 생각이군."
　"그런데 겐노조, 자네가 황궁 수호 무사의 아들로서 자유로운 사랑을 하고 아무도 속박을 하지 않는 곳으로 떠나다니, 그 일은 참으로 현명했어. 이 슈마도 경탄했네. 5, 6백 석 정도의 녹봉을 받으면서 아침저녁 정해진 옷차림으로, 추운 겨울에도 버선 하나를 신고 뛰어다녀야 하는 무사 생활에 비하면 얼마나 자유로운가. 아하하하! 그건 그렇고, 겐노조, 에도에 온 것을 보니 틀림없이 오치에님을 만났겠지? 지금 그분은 어디에 계신가?"
　여담이라도 나누는 듯 슈마는 교묘하게 겐노조를 탐색했다.
　'버러지 같은 놈!'
　겐노조는 속으로 경멸을 내뱉었다.
　"그 소식은 나도 전혀 모르네. 오치에님이 간 곳이라면 나보다 오히려 자네가 더 잘 알고 있을 텐데."
　겐노조는 화살의 방향을 바꾸었다.
　"처, 천만에!"
　슈마는 순간 당황했다.
　"알고 있다면 자네에게 물을 리가 있겠나. 하긴 언젠가는 알게 되겠지. 그렇게 되면 누구보다도 먼저 자네에게 알려 주지. 자네는 지금 어디에 묵고 있나?"
　"일월사의 에도 지소일세."

"아, 그렇군. 조만간에 한 번 들르지."

겐노조는 좌우를 날카롭게 휘둘러보았다.

"그때는 여기 있는 잇카쿠님과 마고베님도 같이 오도록 하게."

"음……"

잇카쿠는 그 말의 깊은 뜻이 가슴에 와 닿는 듯했다. 그러나 적당한 대답이 생각나지 않았다.

마고베는 잇카쿠를 향해 계속 '칼을 빼자! 베어 버리자!'는 뜻이 담긴 눈짓을 했다. 하지만 잇카쿠는 지금은 좋은 때가 아니라고 생각하고 있었다. 게다가 슈마가 우유부단하게 사이에 끼는 바람에 시기를 놓쳐 버렸다. 잇카쿠는 '안돼! 빼지 마!' 눈과 눈으로 말하며 마고베를 제지했다. 사람들 틈에서 조마조마해 하고 있던 오쓰나와 만키치도 겨우 안심을 했다.

"그러면 다음에 다시 만나기로 하지. 단 그때는 내가 부탁할 것이 있을지도 모르겠네."

잇카쿠가 다소 위협적인 모습으로 겐노조에게 이 말을 신호로 나머지 사람과 어울려 성큼성큼 사라져 버렸다. 그동안 오미와와 오토키치는 재치를 굴려 사람들 틈으로 모습을 감추어 버렸다.

"에이, 시시해."

모여든 사람들은 실망했다.

"틀림없이 칼싸움이 벌어질 것이라고 생각했는데, 서로 아는 사람들이었군."

구경꾼들은 소곤소곤하면서 흩어졌다.

겐노조는 쓴웃음을 지으며 다시 삿갓을 고쳐 쓰더니 산자락을 향해 서둘러 걷기 시작했다.

"만키치님, 빨리 가지 않으면 겐노조님을 놓치고 말겠어요."

오쓰나는 만키치를 재촉하면서 사람들 사이를 뚫고 종종걸음을 쳤다. 오쓰나의 조급해하는 모습을 보자 만키치는, 그렇게 다부진 오쓰나도 사랑 앞에서는 어쩔 수 없는 여자인가 보다고 생각했다.

"그렇게 서두를 것 없어. 어차피 겐노조님은 일월사로 가실 테니까. 게다가 겐노조님이나 나도 다른 사람들 눈에 띄면 곤란해. 사람이 덜 보이는 곳에 이르면 말을 걸도록 하지."

한참을 걸어가니 울창한 숲 아래 계곡에 도착했다.

여기라면 사람들에게 보이지 않았다.
"겐노조님, 겐노조님!"
만키치가 큰 소리로 부르자 겐노조가 뒤돌아보았다. 겐노조의 얼굴을 본 오쓰나는 가슴이 뛰며 자신도 모르게 발길을 멈추었다.
"만키치 아닌가?"
겐노조는 삿갓 끝을 조금 들추며 만키치 쪽으로 걸어왔다.
"어떻게 된 거야? 에도에 온 후 얼마나 자네를 찾았는지 모르네."
"지금 이곳에서는 말할 수 없을 정도로 많은 사건이 일어나, 저도 겐노조님이 어디 계신지 찾느라고 마음이 무척 초조했습니다."
"그러면 불 탄 자리에 써 놓은 글을 보았나?"
"그것을 보지 않았다면 이렇게 뵐 수도 없었을 겁니다. 실은 낮에 일월사에 갔는데 시주를 받으러 나가신다고 해서요. 지금까지 연못 옆의 찻집에서 기다리고 있었습니다. 아까 그 세 녀석들이 아이들을 괴롭힐 때 저도 사람들 사이에 있었습니다."
"아, 그래?"
"그런데 그 아이들이⋯⋯실은 정말 이상한 인연으로⋯⋯"
만키치는 머리를 긁적이면서 뒤에 서 있는 오쓰나를 가리켰다.
"여기 있는 오쓰나의 동생들입니다. 그런데 오쓰나의 이야기로는, 겐노조님과는 오쓰의 우치데가하마에서 본 적이 있다고 하면서⋯⋯동생들을 도와 준 데 대한 인사를 드리고 싶다고 해서⋯⋯"
그제서야 비로소 겐노조는 뒤에 한 여자가 수줍어하는 모습으로 서 있는 것을 보았다.
"오쓰의 우치데가하마라고? ⋯⋯음, 폭풍우가 치던 날 밤 기와터에서 만난 여자인가?"
"예⋯⋯ 오랜만에 뵙겠습니다."
오쓰나는 겨우 이 말만 할 수 있을 뿐이었다. 그러고는 아무 말도 못 한 채 귓불이 빨개져서는 만키치에게 도움을 구하는 눈길을 주었다. 만키치는 여기에서나마 오쓰나의 과거와 함께 지금의 마음, 그리고 스미 저택에서의 참사까지도 재빨리 이야기하려고 했다.
"저, 겐노조님."
"잠깐만. 이런 길에서는 이야기하기가 좀 어렵겠군. 조금만 가면 일월사가 있으니, 그곳에 가서 이야기하기로 하세."
"그러면 따라 가겠습니다."
"만키치님, 저는 어떻게 하죠?"
오쓰나는 조금 어리광을 부리듯이 만키치의 소매를 잡아끌었다.
"둘 다 오게."
겐노조가 앞장 서서 걷자 오쓰나의 마음은 달콤한 기쁨으로 녹아들 것 같았다. 일월사에 가도 된다고 허락을 받은 것으로 마치 모든 것이 이루어진 것처럼 생각되었다.
앞에 가는 겐노조의 뒷모습이 마치 자석같이 오쓰나의 몸과 마음을 다 끌어당겼다.
오쓰나는 연인을 따라가는 발길이 땅에 닿지 않는 것처럼 정열에 들떠있었다.
'나는, 난 죽어도 이 사람을 잊지 않을 거야! 목숨을 거는 한이 있더라도 이 사람에게 매달릴 거야. 그러면 무서운 소매치기 짓도 끝낼 수 있어.'
바로 그때 산길에서 오미와와 오토키치가 튀어나왔다.
"누나! 누나!"
"언니, 잠깐만 기다려요!"
두 아이는 거의 필사적으로 울며불며 오쓰나를 찾았다
"언니!"
오미와의 목소리에 겐노조의 뒤를 꿈꾸듯 따라가던 오쓰나는 현실로 돌아왔다. 항상 마음 한구석에 남아 있던 가련하고 사랑스러운 동생들이다. 그런데 겐노조를 본 순간부터 오쓰나는 동생들에 대해서 새까맣게 잊어버리고 있었던 것이다.
귀청이 울리는가 했더니 달콤한 환상은 안개처럼 흩어져 버렸고 오쓰나는 당황했다.
뒤를 돌아보자 오토키치와 오미와가 숨을 헐떡이면서 달려오는 모습이 보였다.
그리고 새끼 사자가 어미 사자에게 달라붙듯이 오쓰나의 양쪽 소매에 와락 매달렸다.
"오미와로구나!"
양쪽 팔에 매달리는 아이들을 바라보면서 오쓰나는 순간 이렇게 천진스럽고 어린 아이들에게 고생을 시키는 자신이 미워졌다.
"누나! 누나! 그것 봐, 틀림없이 누나였어!"
"그래, 누나야!"
오쓰나는 본능적으로 두 아이를 꼭 끌어안았다.
"오랫동안 이 누나를 보지 못했을 텐데 잘도 기억하고 있었구나. 아 아, 정말로 너희들은 이제 너무나 커서……"
겐노조나 만키치 앞이라는 사실도 잊은 채 오쓰나는 끝없이 뜨거운 눈물을 흘렸다. 오미와도 훌쩍거리기 시작했다.
오토키치도 큰 눈물 방울을 흘리며 소매로 코를 닦았다.
"오미와, 미안해. 오토키치도 조금만 더 참아. 내가 곧 집에 돌아가면 그런 일은 시키지 않을 테니까. 좋은 옷도 사 주고, 맛있는 음식도 만들어 줄게……그리고 공부도 시켜 줄 거고. 알겠지?"
"응, 누나, 정말이지?"
"그래, 거짓말 아니야. 그러니 조금만 더 참고 있어. 내가 집에 돌아 갈 때까지만. 착하지?"
"……"
"알겠어? 나는 저기에 있는 두 분과 함께 볼일이 있어서 가는 길이니까, 해가 지기 전에 빨리 집에 가."
"싫어!"
오토키치는 고개를 흔들었다.
그리고 떨어지지 않으려는 듯이 오쓰나의 소매 끝을 꼭 잡았다. 이렇게 되면 아무리 달래고 말을 해도 순순히 집으로 갈 것 같지는 않았다.
오쓰나는 어쩔줄 몰라했다.
아이들이 이렇게 나오는 것도 무리가 아니었다. 술주정꾼에 난폭한 아버지는 있지만, 따뜻하게 돌보아 주는 어머니가 없었다. 검은 거품이 부글부글 끓는 뒷골목 시궁창 옆에서 사랑도 받지 못하고 자란 아이들이라 누나를 만나 떨어지지 않으려는 건 당연한 일이다. 그렇게 생각은 들었지만 한편 여기에서 겐노조와 허무하게 헤어져야 한다는 것이 오쓰나는 너무 괴로웠다.
어쩌면 그것은 어린 두 아이가 어렵게 만난 누나와 헤어지는 것보다 오쓰나에게 있어서는 더욱 애절하게 느껴졌다. 겐노조는 길 옆에 서서 만키치의 이야기를 듣고 있다가 오쓰나에게 말했다.

"오쓰나, 아이들이 불쌍하지 않은가?"

"예, 예……"

"대강의 사정은 만키치에게서 들었네. 아이들이 떨어지지 않으려는 것도 무리가 아니지. 나와 만키치는 잠시 동안 일월사에 머무를 테니까 어쨌든 아이들을 보내고 내일이든지, 아니면 4, 5일 후에 그곳으로 오게."

그러자 옆에 있던 만키치도 맞장구를 쳤다.

"그래 그렇게 해. 저렇게까지 매달리는 아이들을 어떻게 떨치고 가겠어? 겐노조님의 말씀대로 아이들과 함께 가서 집안일도 보살펴 주고 나서 나중에 일월사로 오게. 그동안 겐노조님이 사라지지는 않을 테니 아무 걱정하지 말고."

오쓰나는 일단 그곳에서 겐노조와 만키치와 헤어지기로 했다. 동생들을 안심시킨 다음에 나중에 일월사로 가겠다고 굳게 약속을 했다. 오미와와 오토키치는 신이 나는지 저희들끼리 웃거나 장난을 치면서 오쓰나를 앞서거니 뒷서거니 하며 걸었다.

"언니."

"응?"

"누나."

"왜?"

"아무것도 아니야."

아이들은 마치 꿈인지 생시인지 다시 확인이라도 하는 듯 계속 오쓰나를 불러 보았다. 그리고 오쓰나의 얼굴을 보고는 빙그레 웃고 다시 걸었다. 오쓰나도 싱긋 웃었다.

얻기 힘든 사랑에 집착하며 괴로워하는 것에 비하면 이토록 천진난만한 아이들이 주는 기쁨은 오죽하랴마는. 그러나 사람들은 마음 시끄러운 사랑을 선택한다. 물론 오쓰나도 예외일 수 없었다.

"언니."

"응?"

"왜 언니는 그 동안 한 번도 집에 오지 않았어?"

오미와의 질문에 오쓰나는 말문이 막혔다. 에도는 물론이고 멀리 교토까지 가서 소매치기를 한 일을 어떻게 이 순진한 아이들에게 말할 수 있을 것인가?

"나는 어떤 집에서 일하고 있었어. 그래서 너희들이 보고 싶어도 집에 갈 수 없었어."

"그래? 그러면 언니는 훌륭한 저택에 있는 거네? 근데 모퉁이에 있는 야채가게 아줌마는 언니가 화려한 생활을 하고 있다고 말했어. 그래서 언니는 우리 집 같은 더러운 곳에서 자는 것이 싫은 거야?"

"그럴 리가 있어? 아무리 토끼장 같은 곳에 짚을 깔고 자더라도 가족이 함께 사는 것만큼 행복한 것은 없는 거야."

오미와는 이해할 수 없다는 표정으로 오쓰나를 바라보았다. 그렇다면 왜 집에 오지 않았던 것일까 하는 의문이 어린 마음에 가득 찼다.

마을의 불빛이 드문드문 보이기 시작했다. 소나무 가지 사이로 보이는 석양이 너무 아름다웠다.

그때 바람이 불어 대나무 잎이 귀를 찌르자 오쓰나는 접어 놓은 천으로 얼굴을 가렸다.

잠자코 있었지만 두 아이는 몹시 배가 고팠던 듯, 오쓰나가 관음당 경내에서 감자꼬치를 사 주자 오미와와 오토키치는 정신 없이 먹었다.

아이들이 너무나 맛있게 먹는 모습을 보며 오쓰나는 또 다시 뜨거운 눈물을 흘렸다. 그 동안 자신이 방탕하고 화려한 생활을 해 왔던 것에 대해 이 두 아이에게 미안한 기분이 들었다.

관음당에서 뒷길로 나오자 멀리에서 요시하라 유곽이 저녁 하늘에 거므스레 떠올랐다.

붉은 등이 켜진 곳은 모두 기녀들의 방일 것이다. 피리나 샤미센 소리, 북 치는 소리가 멀리서부터 들려왔다.

요시하라 뒷길을 따라 오쓰나는 고개를 숙인 채 아이를 데리고 터벅터벅 걸었다.

설거지를 한 물이며 목욕탕의 땟물, 말그대로 유곽의 추한 찌꺼기가 하수구로 흘러들어와 검은 거품을 만들고 있었다.

그곳에는 유곽 여자의 한숨 섞인 눈물도 있을 것이다. 주위의 공기도 하수처럼 탁한 듯해서 왠지 숨이 막히는 것 같았다. 바로 이 시궁창에 찌든 마을이 오쓰나가 어린 시절을 보낸 고향이었다.

오쓰나는 마음을 다잡고 발길을 멈추었다.

"이제 집 근처까지 왔으니까 언니는 그만 갈게. 언니가 일 끝내고 나면 바로 와서 너희들과 놀아주겠다고 약속하마."

오쓰나는 허리춤 사이에서 돈을 꺼내 오미와에게 주었다. 그러나 오미와는 돈을 받지 않은 채 오토키치와 함께 눈에 눈물을 가득 담고 슬픈 표정을 지었다.

"아까도 말한 것처럼 언니는 큰 저택에서 일하는 몸이니 집에서 자고 갈 수 없어. 자, 착하지? 언니와는 오늘 이곳에서 헤어지자."

"응……"

"알겠지? 이제 곧 너희들을 행복하게 해줄게. 유곽에 팔려 간 언니도 내가 곧 집으로 데리고 갈게. 그러니 울지 마."

아이들은 오쓰나의 말에 겨우 눈물을 그치고 고개를 끄덕이면서 타박타박 걸어갔다. 그들의 모습은 시궁창 다리를 왼쪽으로 건너서 좁은 골목으로 사라졌다.

초승달이 하늘에 떠 있었다.

유곽은 지금부터 사람의 출입이 많아질 때였다. 커다란 등불이라도 켜 놓은 것처럼 유곽의 불빛이 하늘을 붉게 물들이고 있었다.

사라져 가는 아이들 모습을 지켜 보던 오쓰나는 시궁창 옆에 주저앉아서 어깨를 들썩이며 어린애처럼 흐느껴 울었다.

이곳은 자신이 자란 곳이었다. 이 시궁창도, 유곽도, 주위의 집도 모두 옛날 그대로인 것을 보자 자신도 어린 시절의 심정으로 되돌아 갔다. 그것이 더욱 오쓰나를 슬프게 만들었다.

"엄마만 살아 있다면 나도 이렇게 되지 않고, 동생들도 저토록 불행해지지는 않았을 텐데……"

아버지는 유곽에 틀어박힌 채 호랑이로 불릴 만큼 남들이 어찌해 볼 수도 없는 방탕자였다.

하지만 죽은 어머니만은 지금도 생각하면 눈물이 날 만큼 따뜻한 채로 오쓰나의 가슴에 남아 있었다. 어머니 오사이 또한 유곽 여자였다. 에도의 명기였던 어머니가 어떻게 해서 아버지 같은 불량배와 부부가 되었을까. 오쓰나는 어릴 때부터 아무래도 이해되지 않았다.

어머니가 살아 있었을 때 어느 날 그것을 물어 보았다.

"넌, 언제 그런 것을 느꼈니? 정말 영리한 아이구나."

어머니는 처음에는 깜짝 놀라며 이렇게 말했지만, 곧 오쓰나를 껴안더니 볼을 비비면서 단 한 마디만 했다.
"너는 지금 아버지의 자식이 아니다."
그러나 오쓰나가 누구의 딸인지 말해 주지 않은 채 끝내 수수께끼로 남게 되었다.
어머니가 죽은 후 게으른데다 술만 마시던 아버지는 재산을 모두 도박으로 날려 버리자 오쓰나를 유곽에 팔려고 했다.
오쓰나는 지긋지긋한 집을 뛰쳐나왔다. 이러한 가정 배경과 죄악의 거리에서 자라난 그녀는 어느 사이엔가 훌륭하게 자립할 수 있는 기술을 배웠다. 그것은 바로 아버지에게 놀러 오던 어떤 장사꾼이 재미삼아 가르쳐 준 소매치기였다.
아버지의 사람 같지도 않은 짓에 반항해서 집을 뛰쳐나온 오쓰나였지만 자신도 역시 사람이 가지 말아야 할 길로 빠지게 된 것이다.
재미삼아 배운 손기술을 이용해 마음먹은 대로 생활할 수 있었다. 하지만 아무리 많은 돈이 들어와도 아버지에게 갖다 주고 싶은 적은 한 번도 없었다. 다만 불쌍한 것은 오미와와 오토키치, 그리고 유곽에 팔려간 동생이었다.
'아무리 생각해도 동생들이 불쌍해.'
동생들과 헤어져 우울한 발길을 돌린 오쓰나는 문득 유곽의 등불을 올려다보았다. 이곳에도 무능한 아버지에 의해 팔린 동생이 있다고 생각하자 가슴이 메어져 왔다.
'아, 어떻게든 구해 주고 싶다. 아버지의 소행은 밉지만 동생은 죄가 없잖아. 오랜만에 한 건 해서 동생을 빼낼 돈과 두 동생이 편하게 살 수 있을 만큼 돈을 벌어 볼까?'
자신에게 있어서는 그것은 식은 죽 먹기보다 쉬운 일이었다. 오쓰나는 시궁창의 그늘에서 나와 밝은 곳을 향해 발길을 옮겼다. 유곽과 찻집의 등불이 빗물처럼 쏟아지는 곳을 가마가 지나가고, 술에 취한 사람들이 비틀거리며 지나갔다.
오쓰나는 어두운 그늘을 서성이며 목표물을 고르기 시작했다.
돈이 두둑해 보이는 사람의 품을······

갈등(葛藤)

'200냥 정도면 된다. 유곽에 있는 동생을 빼내고, 남은 돈은 아버지에게

주자. 양심이 조금이라도 남아 있다면 오미와와 오토키치에게 더 이상 그런 일은 시키지 않겠지.'

200냥이 결코 큰 돈은 아니다.

하지만 오쓰나의 품 안에 있는 돈이 아니라, 지나가는 사람에게서 슬쩍하려고 하는 것이다.

그녀는 천으로 얼굴을 감싼 채로 제방 주위를 부지런히 살폈다.

벌판의 찬바람에도 불구하고 제방은 유곽으로 가는 사람들로 꽤나 붐비고 있었다. 그때 건너편에서 젊은 남자 몇 명이 술에 취해서 오는 모습이 보였다.

오쓰나의 눈이 빛났다.

'저 녀석!'

목표를 정하면 결코 놓친 적이 없는 오쓰나였지만, 이상하게 손가락 끝이 굳어지는 바람에 그냥 지나쳐 버렸다.

오쓰나는 혀를 차며 아까운 듯이 뒤를 돌아보았다. 이윽고 또 한 사람, 돈이 많아 보이는 사람이 오쓰나의 앞으로 걸어왔다.

짚신을 신은 노인이었다. 짚신을 신은 것을 보면 유곽에 들어가려는 사람이 아닌 듯했다. 다만 오쓰나의 눈길을 끈 것은 뱀이 개구리를 먹은 것같이 불룩해진 가슴 부근이었다. 분명히 상당한 돈이 품 안에 있는 듯했다.

노인은 골목으로 갔다.

사람도 별로 없었다.

지금이다, 하고 생각하면서 오쓰나는 앞으로 뛰어가려고 했다.

그러나 갑자기 마음이 무거워지며 오쓰나의 마음 속에서 자신을 책망하는 소리가 들렸다.

'오쓰나, 안 돼! 넌 지금 마가 낀 거야!'

그렇게 생각한 찰나, 오쓰나의 몸이 부들부들 떨렸다. 이렇게 자기 자신을 분명히 의식하고 있어서는 매처럼 재빠르게 다른 사람의 돈을 훔쳐 낼 수가 없었다.

'내 솜씨도 무뎌진 것일까, 이렇게 생각하는 동안 어느 새 오쓰나는 혼자 다리 위에 서 있었다.'

"아, 그만두자. 당치도 않은 짓을 저지를 뻔했다. 소매치기는 이제 안 하겠다고 만키치님에게 참회를 하지 않았나? 스스로도 나쁜 짓은 하지 않겠다고 맹세까지 하지 않았나? 사천왕사에서 소매치기한 것 때문에 많은 사람을 불행에 빠뜨리고 그 무서운 일들을 두 눈으로 똑똑히 보았잖아!'

오늘 밤 오쓰나의 마음은 정말로 냉정하고 순수했다. 오미와와 오토키치에게 받은 감화 덕분이지만 그 때문에 불행한 동생들을 구할 수 없게 되었다.

"미안해 ......"

누구에게랄 것도 없이 오쓰나는 이렇게 중얼거리고 다리 난간에 기댄 채 힘없이 고개를 떨구었다. 과거의 죄를 생각하고 긴고로에게 사죄하는 것일까, 불쌍한 동생들에게 사죄하는 것일까, 아니면 신에게 참회하는 것일까?

밤안개가 조용히 옷을 적셨다.

아래에는 강물이 조용하게 흐르고 있었다. 스미다(隅田)강에서 들어온 거룻배가 밤공기를 가르며 떠갔다.

오쓰나는 머리가 복잡한 지 잠시 고개를 숙이고 있었다. 오로지 빨리 겐노조가 있는 곳으로 가서 모든 것을 참회하고 용서를 빌고 싶은 마음뿐이었다. 그러나 저 시궁창에 버려져 있는 동생들을 그대로 둘 수도 없었다.

소리도 없이 물새떼가 하얗게 일어나 숲으로 날아갔다.

오쓰나가 머뭇거리고 있는 동안에 그녀의 발 아래로 두꺼비처럼 사람의 그림자가 모여들었다. 그 그림자들은 다리의 좌우에서부터 점차 안쪽으로 다가왔다.

포졸이다!

몰래 숨어 있던 14, 5개의 방망이가 조용하게 다가왔다.

벌써 관가의 손이 뻗친 것이다. 나쁜 짓으로 이름을 더럽힌 자가 고향이나 육친이 있는 집에 모습을 보이면 반드시 잡히게 되어 있다.

그것을 모르는 오쓰나가 아니었는데……

위험이 다가온 줄도 모르고 비련의 다리 위에서 고개를 떨구고 있는 오쓰나는 그 순간 정말로 순수한 여자로 돌아가 있었다.

우연히 마을의 관리가 오쓰나의 모습을 발견하고 이곳으로 가차없는 손길을 뻗은 이상 오쓰나는 이제 독 안에 든 쥐였다.

먼저 다가온 포졸 하나가 갑자기 오쓰나의 발을 노리면서 뛰어들며 신호를 했다.

"꼼짝 마라!"

"앗!"

불의의 기습을 당한 오쓰나는 난간에서 조금 미끄러졌다. 주위를 둘러보니 이미 자신은 포졸들로 에워싸였다.

"꼼짝 마라!"

"꼼짝 마라!"

계속 두세 명의 포졸이 방망이를 들고 조금씩 다가왔다.

"도망갈 생각은 마라!"

또 다른 포졸 몇 명이 다리 위로 타타타탁 뛰어오더니 오쓰나 앞에 섰다.

"무, 무슨 짓이에요?"

날카로운 오쓰나의 목소리에는 아랑곳하지 않고 오쓰나의 얼굴을 가린 천을 포졸 한 사람이 힘껏 벗겼다.

"시치미를 떼도 소용없다! 너는 소매치기 오쓰나! 예전부터 이곳에서 너를 기다리고 있었다!"

밤에도 똑똑히 알아볼 수 있는 요염한 얼굴이 그대로 드러났다.

오쓰나는 이제 끝인가 생각했지만 갑자기 오기가 생겼다.

'이 오쓰나가 호락호락 잡힐 수야 없지.'

오쓰나는 허리춤에서 비수를 꺼내 달려오는 포졸을 향해 휘둘렀다. 피가 튀었다. 오쓰나의 하얀 손도 피로 물들었다.

"관리에게 대항할 셈인가?"

포졸 대장으로 보이는 사람이 보통의 방망이보다 조금 긴 쇠몽둥이로 정면에서 그녀를 내려치려고 했다.

그러나 오쓰나는 몸을 옆으로 피한 다음 다가오는 포졸에게 비수를 휘두르면서 똑바로 뛰었다.

이어서 14, 5명의 포졸이 뒤를 따랐다. 안개낀 밤을 울리는 포졸의 목소리가 한층 험악해지자 주위에는 창문조차 여는 사람도 없었다.

"어디로 갔지?"

"틀림없이 이 골목이야."

"놓치지 마라. 빨리 저쪽으로 돌아가라. 지나가다 관청 앞을 지나면 도와달라고 해. 이봐, 모두 그쪽으로 가면 안돼. 반은 이곳에서 뒤를 쫓아라."

포졸들은 두 패로 나뉘었다.

골목에서 골목으로 포졸들은 쓰레기통 뚜껑이며 빈집 마루 아래까지 들여다보았지만 오쓰나의 모습은 그 어디에서도 발견되지 않았다.

결코 이 부근에서 빠져 나가지 못했으리라 장담하며 사람을 더 동원해 구석구석 찾아보았지만 오쓰나는 커녕 비슷한 여자도 찾을 수 없었다.

오쓰나는 도대체 어디로 어떻게 사라져 버린 것일까?

날카로운 눈을 가진 포졸들이 두 번 세 번 샅샅이 뒤진 골목 목욕탕에 느긋하게 들어앉아 있었다.

하얀 김이 가득 차고 벌거벗은 여자들이 붐비고 있어서 누가 누군지 알아 볼 수 없었다.

"아, 정말 물이 좋군."

오쓰나는 욕탕에 몸을 담그며 말했다.

"그럼요, 인삼탕이니까요."

갓난아기를 안은 젊은 여자가 말을 걸었다.

"아이가 있으면 목욕하는 것도 힘들죠?"

"정말이에요. 게다가 겨울에는 감기에 걸릴까 봐 나도 목욕을 자주 못 와요."

"제가 잠시 안아 볼까요?"

"그럼요, 괜찮아요."

그때 목욕탕 입구가 열렸다. 잔뜩 서린 김 때문에 잘 보이지 않았지만, 갑자기 여탕으로 들어선 것은 남자였다.

"아, 그쪽 문이 아닙니다."

목욕탕 주인이 막아서자 남자는 고개를 흔들며 주인에게 속삭였다. 목욕탕 주인은 점점 얼굴이 새파래지면서 김이 서린 욕탕 안을 바라보았다.

이 무렵 에도는 이미 혼욕이 금지되어 있었다. 주인의 허락을 받고 여탕에 들어올 정도의 위력을 가진 남자는 물론 포졸이었다.

오쓰나를 찾기 위해 목욕탕에 들어오긴 했지만, 차마 자신도 옷을 벗고 욕탕 안에 있는 여자 하나하나를 확인해 볼 수는 없어서 일단 목욕탕 주인을 추궁하고 있었다.

"조금 전에 여자가 한 명 들어갔겠지?"

"글쎄요, 워낙 복잡하니까요."

"정말 칠칠치 못한 사람이군."
"죄송합니다. 하지만 욕탕 안을 확인하는 것은 좀 삼가 주십시오. 남자 목욕탕이라면 전혀 상관이 없지만, 다른 손님에게 지장이 있으니까요. 꼭 확인해야겠다면 벗어 놓은 그 옷을 보시지요."
"밤이라서 어떤 옷을 입었는지 잘 보지 못했네. 그러면 뒷문으로 도망치지 않도록 조심하게."
"그것은 걱정 마십시오."
"꼭 부탁하네."

목욕탕 발을 젖히고 밖으로 나온 포졸은 좌우 골목을 향해서 손짓을 했다. 10여 명의 포졸이 모였다. 그들은 머리를 맞대고 소곤소곤 의논을 하더니 이윽고 사방으로 흩어져서 몸을 숨겼다.

놀란 것은 목욕탕 주인이었다. 도대체 소매치기는 어떻게 생겼을까 하고 나오는 사람을 일일이 지켜 보았다. 손님이 거의 다 바뀌었을 정도로 시간이 많이 흘렀지만, 아무리 기다려도 그럴 만한 여자는 나오지 않았다. 모두 얼굴을 아는 이웃 사람뿐이었다.

'멍청한 녀석, 포졸인 주제에 여탕을 보고 싶어서 왔나 보군.'

그때 조금 세련된 여자가 눈에 띄었다. 주인은 의심스러운 눈길로 여자를 쳐다보았으나 근처에 사는 젊은 여자와 친한 듯 함께 나오는 바람에 차마 불러 세우지는 못하고 인사만 하였다.

"고마워요. 조심히 가세요."

이웃의 여자는 목욕 도구와 아기의 기저귀 등을 잔뜩 들고서 잠자는 갓난아기를 다른 여자에게 맡기고 있었다.

"미안합니다. 정말로 친절하군요."
"천만에요. 저도 마찬가지예요. 바람이 아주 좋군요. 아기도 편안히 자고 있어요."
"정말 태평하게 자는군요. 감사드립니다."
"모처럼 편안히 자는데 깨면 안 되니까 내가 데려다 드리지요."

시원한 밤바람이 젖은 수건을 들고 가는 여자를 감싸며 불어 갔다.

포졸은 기다림에 지쳤다. 이제나저제나 하고 숨을 죽이면서 기다렸지만, 설마 지금 아기를 안고 나온 여자가 오쓰나라고는 아무도 생각지 못했다.

"어머, 내 나막신이 없어."

그때 목욕탕 안에서 작은 소동이 일어났다.
그제서야 포졸은 아뿔사 무릎을 쳤지만, 오쓰나는 이미 사라진 뒤였다.
한편 일월사에서 마키치와 겐노조는 오쓰나가 오기를 기다리고 있었지만 2, 3일이 지나도 그녀의 모습은 보이지 않았다.
에도의 니혼바시는 언제나 사람들로 북적였다
"어머 ……"
깜짝 놀라며 다리 위에서 나막신이 벗겨진 여자가 있었다.
올림 머리에 붉은 빛깔의 옷을 입고 손에는 작은 보따리를 안고 있었다.
2, 3일 전과는 완전히 다른 차림새였지만, 틀림없는 오쓰나였다.
"쳇."
저 앞쪽에 뛰어가는 아이의 연실이 발에 걸려 넘어질 뻔 했던 것이다.
"오늘 일진이 안 좋겠군."
그녀는 귀찮은 듯이 실을 빼고는 그대로 열 걸음 정도 걷다가 다리 옆에서 잠깐 멈추어 섰다.
그곳에는 오늘도 변함없이 사람들이 모여 있었다.
"아니!"
그때 갑자기 멍청하게 생긴 남자가 괴성을 지르며 미친듯이 자신의 몸을 더듬어 댔다.
"소, 소매치기다!"
"뭐라고, 소매치기?"
"지금 도자기를 팔고 40냥을 받아 왔는데, 그것이 없어! 보따리째 없어졌다구!"
남자는 혈안이 되어 울부짖었다.
그곳에 있는 사람들이 서로 의심스러운 눈길을 보내며 웅성거렸다. 소매치기 당했다는 남자는 관청에 호소하러 간다며 소란스레 뛰어갔다.
오쓰나는 어느 틈엔가 오른쪽 산기슭을 돌아 아무도 없는 한적한 뒷길을 걷고 있었다. 그녀의 얼굴에는 아무런 표정도 없었다.
그녀가 잠시 주위를 둘러보고 소매에서 꺼낸 것은 상인들이 가지고 다니는 가죽 보따리였다.
'시시하게 40냥이야. 이 정도는 아무 소용도 없어.'
안에 있는 돈만 꺼내고 빈 보따리를 강물로 던져 버렸다.

'조금 더 큰 돈이 필요한데. 그것만 있으면 이 일에서 손을 씻을 수도 있을 텐데.'

보통때라면 같은 장소에서 하루에 두 번은 일하지 않는데, 초조해 있는 오쓰나는 다시 다리 쪽을 향하여 걷기 시작했다. 그러자 야마젠(山善)이라는 약 도매상 앞에서 삿갓을 쓰고 약을 사고 있는 무사 한 사람이 눈에 띄었다. 그 무사는 왼손에는 처방이 씌인 종이를 든 채 약을 비교하고 있었다.

"그러면 약은 이것으로 전부인가?"

"예."

점원은 약보따리 안을 확인하면서 정중히 말했다.

"전부 다 있습니다. 여기 이 서양 약초는 우리 가게가 아니면 없는 겁니다."

"오늘은 이 처방전을 구하느라고 상당히 많이 돌아다녔네. 그런데 값은 얼마지?"

손님은 말을 하면서 허리춤에서 작은 주머니를 꺼냈다.

"아닙니다. 제가 댁으로 받으러 갈 테니까, 오늘은 그냥 가십시오."

"아닐세. 나는 떠도는 사람이네. 자네가 받으러 올 집도 없네."

점원을 주판을 튕기며 빙긋 웃었다.

"모두 비싼것 뿐이라서요. 3냥 3푼입니다."

"그래? 여기 있네."

오쓰나는 지나치다 무심코 무사의 주머니를 보았다.

약 도매상을 나온 무사는 그대로 큰 길을 향하는 듯 하다 갑자기 길을 바꾸어 골목에 있는 칼 가는 집에 들러 그곳에서 주인과 잠시 이야기를 나누었다.

이윽고 무사가 나오자 오쓰나는 그 뒤를 따라갔다.

칼 가는 집에서도 깊숙이 눌러 쓴 삿갓을 벗지 않아 무사의 얼굴은 볼 수가 없었다. 그러나 큰 귀에 어깨도 떡 벌어졌으며 짚신을 신고 걷는 걸음걸이를 보니 분명 상당한 실력의 무사처럼 보였다.

나이는 40세 전후 정도에 옷도 훌륭했으나 조금 이상한 것은 여행복차림이었다. 하지만 떠돌이 무사 같지는 않았고, 그렇다고 여행 도중 같지도 않았다.

더구나 전혀 천박해 보이지 않는 인품이 느껴졌다.

'이 무사는 도대체 어떤 사람일까?'

마음 속으로 치밀하게 관찰하면서 오쓰나는 틈을 노리고 있었다.

하지만 쉽사리 기회가 오지 않았다. 삿갓을 쓴 무사는 고쿠초(石町)에서 뒷길로 빠지더니 이윽고 다리를 건너서 마루노우치(丸の內)로 들어갔다.

'이 다리 건너편은 모두 다이묘의 저택으로 일반 주택은 없는데, 무사는 도대체 어디로 가는 것일까?'

'그런 것까지 신경쓸 때가 아니야.'

오쓰나는 결심이 서자 무사에게 가까이 다가갔다.

그때 마침 어느 저택의 골목에서 화려한 가마와 함께 하인들이 쏟아져 나왔다. 좁은 골목에 피할 길이 없던지라 앞서 가던 무사가 갑자기 물러섰다.

"어머!"

그 순간 오쓰나의 몸은 돌멩이에 발이라도 걸린 것처럼 무사의 옆으로 비틀거렸다.

"위험해."

무사의 부축을 살짝 피해 오쓰나는 두세 걸음 앞으로 나아갔다.

"죄송합니다."

오쓰나는 뒤를 돌아보면서 무사를 향해 요염하게 웃었다.

그리고 그대로 제비가 날아가듯 빠른 걸음으로 눈 깜짝할 사이에 골목길을 돌아 나가 모습을 감추고 있었다.

그때 번쩍 빛을 내며 날아오는 단검이 있었다. 바람을 가르며 새처럼 날아와 막 골목을 돌려고 하는 오쓰나의 하얀 발을 노렸다.

"앗!"

오쓰나는 비틀거렸다.

발을 스치며 땅에 떨어진 것은 단검이 아니라 4, 5척이나 되는 쇠방망이였다.

"아야."

오쓰나가 아픈 발을 누르면서 몸을 일으키자 한 걸음에 달려온 무사가 오쓰나의 오른팔을 잡아 비틀었다.

"소매치기로군. 벌레 한 마리도 죽이지 못할 것 같은 얼굴로 무사의 가슴을 노리다니, 정말 대담한 여자군."

"아, 아파요. 나리, 지금 제가 훔친 돈을 돌려 드릴 테니까, 제발 이번만은 놓아 주세요. 너무나 절박한 사정이 있어서 저도 모르게……"
"아니, 안 돼! 아무리 일류 무사라도 나에게 함부로 다가오지 못하는데, 멋지게 내 품 안에 있는 것을 빼내 갔더군. 당신 수법을 보니 처음이라고는 생각되지 않아."
무사는 아무 말도 하지 않고 오쓰나의 오른팔을 잡아 비틀어 끌며 성큼성큼 발길을 내디뎠다.
커다란 대저택의 칠흑 같은 담을 따라 걷는가 싶더니 그 저택의 뒷문으로 오쓰나를 던져 넣었다. 자신의 집이 없다고 말했던 무사는 오쓰나를 앞세우고 뒷문을 통해 재빨리 안으로 들어갔다.
아름답게 꾸며진 정원에는 자그마한 언덕이 있었고 여러 가지 꽃이 피어 그윽한 향기가 풍겨 나왔다.
서원과 다실은 물론이고 밤을 기다리는 등불이 여기저기에 켜져 있었다.

초지일관(初志一貫)

저택은 너무나 훌륭했다. 오쓰나의 마음은 붙잡혔다는 불안감보다 오히려 황홀함이 앞섰다.
호화로운 정원과 멋을 부려 지은 집.
틀림없이 몇십만 석을 받는 다이묘의 저택일 것이다. 소매치기의 죄를 묻기 위해 일부러 데리고 온 규문소 같지는 않았다.
"잠시 이곳에 있어."
무사는 오쓰나의 어깨를 가볍게 두들기더니 처음으로 삿갓의 끈을 풀었다. 깊게 그을린 얼굴에 눈썹이 짙었다. 어딘가에서 본 것 같아서 오쓰나는 순간 섬칫했지만 분명한 기억은 없었다.
"사쿄노스케(左京之介)님, 사쿄노스케님, 지금 돌아왔습니다."
무사가 마루 쪽을 향하여 이렇게 말하자 서원의 한쪽 장지문이 사르르 열렸다.
문이 열리자 그윽한 병풍 앞에 반짝이는 등불이 보였다. 방 한가운데에는 보루 위에 작은 책상을 놓고 턱을 괸 사람이 앉아 있었다.
바로 마쓰다이라 사쿄노스케(松平左京之介)였다.
지나가는 개도 벌벌 떠는 권세가문의 종손이자 이 저택의 주인이었다.
지금부터 11년 전 사쿄노스케가 교토에 있을 무렵 보력변이 일어났다. 그때 그는 다케노우치 시키부를 조사하고 공경 17가를 처리하여 그 수완을 인정받았던 것이다.
"그래, 지금 왔나?"
사쿄노스케는 차를 마시면서 인자한 목소리로 말했다.
"당분간은 가급적 외출하지 말게."
"알고 있습니다. 하지만 오늘은 꼭 필요한 게 있어서 뭘 좀 사왔습니다."
"뭘 사러 갔다고? 왜 하인들을 시키지 않았나?"
"조금 어려운 서양 약이 들어가서, 약 이름을 잘 모르니까요."
"그 환자에게 먹일 약인가?"
"그렇습니다. 어차피 저런 상태로는 한약도 별 효험이 없습니다. 그래서 실은 오늘 문득 머리에 떠오른 네덜란드 약의 처방을 가지고 도매상을 모조리 뒤져서 겨우 사왔습니다."
"그래? 자네가 상당히 박식하다고는 들었지만, 의학에까지 정통한 줄은 오늘 처음 알았네. 최근에는 네덜란드 약이 한창 유행하고 있다더군."
"이 처방은 제가 한 것이 아닙니다. 오사카에 있을 때 잠시 함께 지냈던 히라가 겐나이라는 사람의 비법입니다."
"아, 겐나이의 처방인가? 그 자라면 난학(蘭學, 네덜란드 학문, 즉 서양 학문)에 대해서는 통달해 있지. 그런데 겐나이는 지금 어디에 있지?"
"지난번 말씀드린 것처럼 스미요시 마을에서 헤어진 후 전혀 소식을 모릅니다."
스미요시 마을이란 말을 들은 찰나, 오쓰나는 비로소 기억이 되살아났다. 지금 사쿄노스케와 친밀하게 이야기하고 있는 무사는 다름아닌 쓰네키 고잔. 자신이 마고베와 함께 스미요시 마을의 밀무역자 소굴에 있을 때, 만키치를 구하러 이치하치로, 겐나이와 함께 그곳을 습격한 덴마 류의 쓰네키 고잔임에 틀림없었다.
'어떻게 고잔이 이곳에 있는 것일까? 아니, 그것보다는 난 정말 엄청난 사람의 품을 노렸군.'
오쓰나는 이렇게 생각했다. 고잔의 방망이술은 천하에 비교할 사람이 없다는 것을 오쓰나도 소문을 들어 익히 알고 있었다.
그 사람의 품에 손을 넣었으니 붙잡히는 것은 당연한 일이었다. 그 무사가 고잔이라는 것을 알고 난 오쓰나는 온몸의 털이 곤두서는 것 같았다.

"옆에 있는 여자는 누구인가?"

사쿄노스케가 갑자기 생각이 난 듯 턱을 고인 손을 풀면서 궁금한 표정으로 오쓰나를 바라보았다.

"이 여자는 소매치기인 오쓰나라고 합니다."

"뭐라고, 소매치기라고? 여자가 쯧쯧……"

"아무래도 제가 찾는 사람이 어디 있는지 알 것 같아서 데리고 왔습니다. 죄송합니다만, 잠시 심문하게 해주십시오."

"그러면 이 여자가 겐노조가 있는 곳이라도 알고 있다는 건가?"

사쿄노스케가 보료에서 앞으로 몸을 내밀었을 때, 오쓰나도 겐노조의 이름을 듣고 자신도 모르게 고개를 들었다.

"겐노조가 있는 곳을 아는 사람이라면 귀천을 가릴 때가 아니지. 고잔, 입을 열도록 만들게."

사쿄노스케는 위에서 오쓰나의 모습을 뚫어지게 내려다보았다.

"옛."

고잔은 사쿄노스케에게 고개를 숙이고 나서 엄한 눈초리로 오쓰나를 바라보았다.

"오쓰나, 당신은 나를 알고 있겠지?"

"예, 알고 있습니다."

"분명히 나는 당신을 두 번 보았다. 한 번은 오사카에 있었을 때 스미요시 마을에서 당신을 보았지. 또 한 번은 바로 며칠 전 스루가다이 대화재 때, 오타히메 신사의 경내에서."

"옛?"

오쓰나는 깜짝 놀라며 고잔의 말을 가로막았다.

"스미 저택에 불이 난 날 밤에요?"

"그래. 하지만 당신은 모를 거다. 정신을 잃고 있었으니까. 마침 그 날 밤 나는 볼일을 마치고 이다초(飯田町)에서 돌아오는 중이었어. 그런데 화재로 길이 막혀 어쩔 수 없이 가마에서 쉬고 있는데, 그곳에 당신과 또 한 여자가 정신을 잃고는 끌려 왔지."

'또 한 분은 오치에님이었습니다!'

오쓰나는 마음 속으로만 외쳤을 뿐 입 밖에 내지 않았다.

"하지만 그날 밤에는 당신을 구할 마음이 내키지 않아 다른 여자만을 가마에 태우고 요츠야(四谷)로 돌아서 왔지. 그런데 나중에 후회했네. 왜 그때 당신도 함께 데리고 오지 않았나 하고."

'아, 그렇다면 오치에님은 그때 고잔의 손에 구출되어 이 저택에 무사히 계시는군.'

오쓰나는 처음으로 마음이 놓여 고개를 끄덕였다. 하지만 고잔이 왜 이 저택에 있으며, 또 어떻게 해서 이렇게 모든 것을 자세히 알고 있는 것일까?

작년 여름, 하치스가 가 무사의 침입을 받아 스미요시 마을을 떠난 그는 몇 개월 동안 기이(紀伊)에 있는 산 속에서 보냈다.

그 후 그는 시게요시가 아지 강 저택에서 아와로 돌아갔다는 말을 듣고 몰래 산에서 내려왔다. 그리고 겐나이를 만나 그곳에서 겐노조의 이야기를 들었다.

길이 엇갈리는 바람에 겐노조를 만나지 못한 고잔은 즉시 에도를 향해 길을 떠났다.

그리고 사쿄노스케의 집을 방문한 것이다.

사쿄노스케와는 옛날부터 알고 지낸 사이였다. 11년 전 고잔이 보력 전란 시 맹활약을 하고 있을 때, 사쿄노스케도 교토에 있으면서 사건을 담당하고 있었다.

고잔은 오늘날까지 있었던 고통스런 전말을 사쿄노스케에게 모두 고백했다.

여력이나 포졸 가운데에는 하나의 사건을 4, 5년 동안 끈기 있게 조사하는 자도 있지만, 11년 동안이나, 더구나 직책에서 쫓겨난 지금도 초지일관인 고잔의 이야기를 들은 사쿄노스케로서 마음이 움직이지 않을 수 없었다.

마침 그때 사쿄노스케는 최근 에도의 나가사와초(長澤)에 병법학교를 개설한 야마가타 다이니라는 자를 주목하고 있었다.

이 다이니도 11년 전의 사건을 일으켰던 다케노우치 시키부와 연관이 있는 듯, 교토의 각료들과 손을 잡고 막부의 허점을 엿보는 것 같아 의심스러웠다.

하지만 분명한 증거가 없었다.

보력변...... 반 막부사상...... 불평이 있는 공경...... 다케노우치 시키부...... 그 일원...... 야마가타 다이니.

이렇게 생각을 맞추어 보자 그 흑막에 아와라는 수수께끼의 나라가 생생하게 떠올랐다.

화근의 뿌리는 아와였다.

공경을 움직이는 자는 아와다. 그리고 봉록을 받지 못하는 병법자들을 움직이는 것은 공경이었다. 또한 불평이 많은 무사를 움직이는 것은 병법자였다.

우선 그 재앙의 뿌리를 자르기 위해서는 고잔의 말대로 아와의 밀모를 탐색해서 확증을 잡고 쳐부수어야만 했다.

이렇게 생각한 사쿄노스케는 고잔을 자신의 집에 머물게 한 뒤 남몰래 여러 가지 편의를 보아 주기로 약속했다.

고잔은 우선 겐노조와 만키치를 찾은 다음 그들과 힘을 합하고 싶어 했다. 또 한편으로는 요아미가 남긴 고가 가의 상황과 오치에에 대해서도 조금씩 조사를 하고 있었다.

이런 과정이 있었기에 고잔은 오쓰나가 깜짝 놀랄 정도로 모든 것을 알고 있는 것이다.

다만 한 가지 곤란한 일이 생겼다.

대화재가 있었던 날 밤에 이곳으로 데리고 온 오치에는 의식이 혼미해져 정신이 들었을 때에도 헛소리를 내지르곤 했다.

그 때문에 고잔은 오늘도 혼자서 겐나이가 가르쳐 준 대로 서양 약을 사러 나간 것이지만, 과연 그것의 약효가 어느 정도인지는 확신이 서지 않았다.

백 약이 무효라는 정신병의 징조가 나타나고 있었다.

"오쓰나, 이렇게 된 거야."

지금까지 있었던 일에 대해 대강의 설명을 끝낸 고잔은 드디어 오쓰나를 다그치기 시작했다.

"당신은 겐노조와 만키치가 어디에 있는지 분명히 알고 있을 거야. 그날 밤의 상황을 보아도 알 수 있어. 그곳으로 나를 안내해 주게. 그렇게 하면 당신이 저지른 죄는 용서해 주지. 그리고 무슨 사정인지는 모르지만, 절박하다니 그 정도 돈이라면 준비해 주지."

칼을 들이대거나 심한 문초를 받을 것으로 생각했던 오쓰나는 너무나 뜻밖이었다. 겐노조와 만키치가 있는 곳으로 안내해 주면 필요한만큼 돈까지 주겠다는 고잔의 말에 자신도 모르게 엎드려 눈물을 흘렸다.

"죄송합니다. 그리고 감사합니다."

"처음에 나를 쫓아왔을 때부터 당신이 소매치기라는 것은 알고 있었어. 하지만 조금 전에 말한 것처럼 묻고 싶은 것이 있어서 일부러 끌어들인거지. 그러니 나에게도 책임은 있어."
"그렇게 말씀해 주시니 이 오쓰나는 너무도 창피해, 구멍이 있다면 들어가고 싶을 정도입니다."
"그런 사람이 왜 그렇게 위험한 짓을 하고 있는가?"
"실은 저도 진심으로 뉘우치고 절대 소매치기는 하지 않겠다고 맹세했습니다. 그러나 꼭 구해 주어야 할 불쌍한 동생들이 있어서 이 일을 마지막으로 손을 씻으려던 생각이었습니다. 이제 속이 풀리시도록 마음대로 처리하여 주십시오."
"그 말에 거짓은 없는 것 같군. 아까 당신 손에 들어갔던 주머니일세. 돈은 그리 많지 않지만 넣어 두게. 그리고 이것을 마지막으로 이제 다시 나쁜 짓은 하지 말게."
"가, 감사합니다. 이것만 있으면 마음에 늘 걸렸던 동생들을 구해 줄 수 있고, 이 오쓰나도 다시 태어날 수 있습니다."
"내 작은 성의로 당신까지 다시 태어난다니, 무엇보다도 기쁘군. 그런데 오쓰나, 겐노조와 만키치는 지금 어디에 있는가? 한시라도 빨리 만나고 싶은데……"
"은혜를 갚기에는 너무나 작은 일이지만, 언제라도 안내하지요. 시타야에 있는 일월사에 있습니다."
"아, 그러면 보화종 절에 있군."
고잔은 복도 끝에 서서 사쿄노스케의 거실을 향해 말했다.
"들으신 대로입니다. 제가 가서 만날까요, 그렇지 않으면 편지를 보내서 은밀히 이곳으로 오게 할까요?"
사쿄노스케는 잠시 생각에 잠겨 있었다.
"이 집에 다른 사람의 출입이 너무 많으면 눈에 띨지도 모르네. 우선 자네가 그 여자와 함께 만나러 가는 것이 좋겠네."
"저도 그것이 좋다고 생각합니다. 그러면 오쓰나, 바로 안내해 주게."
"뭘 타고 가겠나?"
사쿄노스케가 묻자 이미 채비를 끝낸 고잔은 삿갓을 깊숙이 고쳐 쓰며 말했다.

"마을로 나가서 찾아보겠습니다."

"그것도 좋지. 어쨌든 오늘 밤 안으로 좋은 소식이 있겠지? 자지 않고 자네가 올 때까지 기다리겠네."

"예. 그럼……"

정원을 나서며 인사를 마친 고잔은 눈짓으로 오쓰나를 재촉했다. 어차피 살아서는 이 저택을 나갈 수 없다고 포기하고 있었는데, 오히려 동생을 구할 수 있을 만큼의 큰 돈이 생겼을 뿐 아니라 이제 곧 겐노조가 있는 곳으로 갈 수 있다니, 오쓰나에게는 지금의 상황이 꿈만 같았다.

오쓰나는 기쁘면서 한편으로는 당황스럽고, 또한 부끄러움이 뒤섞여 주체할 수 없는 감격에 휩싸여 있었다.

열 걸음쯤 걸었을 때였다. 갑자기 긴 복도 끝에서 낭랑한 여자의 웃음소리가 들려 오는가 싶더니 바로 비단을 찢는 듯 절규하면서 아름다운 여자가 뛰어나왔다.

"겐노조님! 겐노조님!"

이어 뒤에서 하녀와 하인들이 손을 흔들며 허둥지둥 쫓고 있었다.

"오치에님, 아, 오치에님이 또 발작을 일으키셔서……"

오쓰나는 등줄기에 찬물을 끼얹은 듯 섬뜩해져 그곳에 멈추어 섰다. 그리고 납보다도 창백한 얼굴로 깔깔대면서 여러 사람에게 안겨 가는 오치에의 모습을 눈앞에서 생생하게 보았다.

"아 참, 중요한 약을 잊고 있었군."

고잔은 심부름하는 아이에게 약을 건네 주면서 오치에에게 먹일 것을 부탁하고 서둘러 뒷문으로 빠져 나왔다.

석운류의 진수

봄 밤의 추위가 목덜미와 발끝에서부터 스며들었다.
화로에서는 붉고 파란 불이 타고 있었다.
"어떻게 된 거지? 벌써 오늘이 7일째인데."
만키치는 계속 같은 말을 되뇌며 손가락을 꺾고 있었다. 화로 건너편에 앉아 있는 겐노조는 두세 개의 마른 나뭇가지를 골라 불길이 약해지려는 화로에 던져 넣고 있었다.
"그렇게 약속했으니 이제 올 만도 한데. 혹시 또 마고베에게 잡힌 것은 아닐까?"
자신도 모르게 혼잣말을 자주 하는 것을 보면 오쓰나가 상당히 걱정되는 모양이다.
이곳은 일월사 경내의 보화종 승려가 머무르는, 일명 여관인 셈이다. 피리 하나 들고 찾아오는 자는 누구라도 머무를 수 있지만, 겐노조가 전수받은 교토의 기죽파는 이 절과 완전히 달랐다. 그래서 본원에서 자는 것은 허락받지 못해, 경내에 있는 다른 객방을 빌리고 있었다.
그것이 오히려 마음도 편하고 좋았다.

만키치도 그 이후 겐노조와 숙식을 같이 하면서, 낮에는 밖에 나가 오치에의 행방을 수소문하고, 밤에는 화롯불을 가운데 두고 아와로 들어갈 일에 대해 겐노조와 밀담을 나누었다.

하지만 최근 며칠 동안 아무리 열심히 돌아다녀 보아도 오치에의 소재에 대해서는 실마리조차 발견할 수가 없었고, 오쓰나도 헤어진 이후 다시 찾아오지 않자 두 사람이 둘러싼 화로에는 초조와 우울함만이 계속되었다.

그때 징검돌을 밟는 나막신 소리가 나고 객방 툇마루에서 사람 기척이 느껴졌다.

"스님들."

"예."

"아직 주무시지 않으셨습니까?"

자주 들르는 승려의 목소리였다.

"일어나 계신다면, 급한 일이 있으니 이 문을 좀 열겠습니다."

"예, 괜찮습니다."

안에서 겐노조의 손이 문에 닿자 밖에 있는 승려도 장지문에 손을 대었다.

가득 찬 연기가 밖으로 빠져 나가고 대신 향긋한 매화 향기 실린 차가운 밤바람이 방 안으로 들어왔다.

"어떤 사내가 편지를 가지고 왔습니다."

일월사 승려는 마루에 걸터앉은 채 편지 한 통을 내밀었다.

"제 앞으로 온 편지입니까?"

"예. 곧 답장이 필요하다며 편지를 가지고 온 사람이 기다리고 있습니다. 내용을 보세요."

"누굴까?"

겐노조가 봉투를 뜯고 눈으로 읽어 내려갔다. 그러고는 편지를 넣더니 물끄러미 천장을 바라보며 생각에 잠겼다.

"겐노조님, 이런 밤중에 도대체 누가 보낸 편지입니까?"

만키치가 궁금해 하여도 대답도 없이 한참을 있더니 겐노조는 승려를 향하여 말했다.

"심부름 온 사람에게 잘 알겠다고 말해 주십시오."

"예, 그렇게만 말하면 됩니까?"

"곧 가겠다고요."

"그럼 그렇게 말하겠습니다."
"저희 때문에 수고가 많습니다."
"아니, 천만에요."
 승려의 나막신 소리가 본원 쪽으로 사라졌다. 겐노조는 두세 번 담배를 깊이 빨더니 천천히 일어섰다.
"만키치, 잠깐 나갔다 올 테니까, 먼저 자게."
"아니, 어디로 가시는데요?"
"그 편지를 좀 보게, 조금 꺼림칙하긴 하지만, 어쩌면 실마리를 발견할 수 있을지도 모르겠네."
 만키치는 황급히 화로 옆에 놓여 있는 편지를 펼쳐 보았다. 보낸 사람은 다름아닌 슈마. 오치에님의 소재를 알았으니 급히 우구이스(鷺) 계곡의 고매암(古梅)이라는 곳까지 나오라는 내용이었다.
 지난번 길에서 만났을 때는 일행도 있고 길 한복판이라서 실례가 많았지만, 오늘 밤이야말로 느긋하게 친구의 정을 나누자, 그리고 내가 알아낸 오치에님의 소재를 알려 주겠다, 그것을 내 성의로 받아 주기 바란다, 하며 미사여구를 교묘하게 섞어 놓은 편지였다.
"버러지 같은 놈."
 만키치는 편지를 내동댕이치며 겐노조를 강력히 말렸다.
"안 됩니다. 겐노조님, 이런 뻔한 거짓말을 믿고 나가시다니, 어디에 어떤 적이 숨어 있을지 모릅니다. 가지 마십시오. 만키치가 절대 보내지 않을 겁니다."
 그러나 겐노조는 만키치의 강한 만류를 가볍게 흘려 들었다.
"그렇게 깊이 걱정할 것은 없네. 저녁밥 먹은 다음이니까 운동 겸 헛수고한다고 생각하고 갔다올 테니까 자네는 여기에 있게."
"그러면 꼭 다녀오셔야 되겠습니까?"
 애가 타는 만키치의 말에는 아랑곳하지 않고 겐노조는 허리끈을 묶었다.
"바람이 세게 부는 것 같군. 슈마나 잇카쿠, 마고베보다는 오히려 불이 나는 것이 더 무섭네. 절의 규칙에 화로의 불을 켜 둔 채 방을 비우지 말라고 했네. 만키치, 내가 없는 동안 절대 이곳을 비워서는 안 되네."
 따라갈 생각인 만키치에게 겐노조가 이렇게 못을 박았다.
"저도 함께 가겠습니다. 화로의 불은 완전히 재로 묻어 두면 됩니다."

"이것 봐, 만키치. 쓸데없이 고집을 부려서 방해하지 말게. 아와에 들어갈 때나 그곳에 도착해서 일을 할 때는 자네 솜씨를 빌리겠지만, 이것은 내 개인적인 일이네."

만키치는 그런 말을 듣자 순순히 마음을 접었다.

"꼭 해야 할 일은 오늘 밤에만 있는 것이 아닐세. 앞으로 중요한 일이 산처럼 쌓여 있는데, 몸을 상하기라도 하면 어떻게 할 셈인가?"

"저로서도 겐노조님이 걱정이 되어 이러는 겁니다."

"자네 마음은 충분히 알겠네. 슈마의 편지에는 깊은 속셈이 있고 야비한 계획이 있다는 것쯤 나도 눈치채고 있네. 하지만 그 세 사람이 하는 일이란 뻔하다네. 아하하, 오랫동안 묵혀 두었던 석운류를 경우에 따라서는 오늘 쓸 수 있을 것 같군."

겐노조는 칼 한 자루를 피리 주머니에 넣었다.

"물론 겐노조님은 솜씨가 뛰어나니 걱정할 일이 못 되지만, 어둠 속을 틈타 어떤 속임수를 쓸지도 모르고, 그물을 던질지도 모르니 절대로 방심하지 마십시오."

"그렇게 걱정하는 것을 기우라고 한다네. 그런 것쯤은 무술 수업중에 얼마든지 겪는 일이네. 무사에게 있어서는 일상 다반사라고나 할까……"

겐노조는 첫마루에서 마당으로 내려와서 신을 신고 삿갓을 깊숙이 눌러썼다.

"그럼 부탁하네."

겐노조는 만키치가 뭐라고 말하기도 전에 문을 닫고 경내를 가로질러 절 밖으로 나갔다.

만키치는 처음에 느꼈던 불안이 씻기지 않는 듯이 발소리가 사라져 가는 어둠 속을 문 틈으로 계속 바라보면서 중얼거렸다.

"어두운 밤이군. 아무 일도 없어야 할 텐데."

음력 2월이 다가오고 있었다. 차가운 동풍이 불어 작은 소용돌이가 일월사의 어둠 속을 떠다니고 있었다. 그 바람에 매화꽃이 눈처럼 하얗게 흩어졌다.

겐노조의 그림자가 매화 향기와 함께 절문을 나갔다. 돌계단을 밟는 나막신 소리가 울려 퍼졌다.

절 정면에 있는 돌계단 아래에는 '고매암'이라고 쓰여진 등불을 옆에 둔 채 몸을 웅크려 느슨해진 짚신 줄을 다시 묶고 있는 사내가 있었다.

등불의 빛이 주위를 넓게 밝히고 있었다. 겐노조가 막 그 옆을 지나갈 때였다.

"이제 됐어."

짚신을 다 묶은 남자는 성큼성큼 겐노조 뒤를 따라 걷기 시작했다.

빨간 글씨가 씌어 있는 등불이 겐노조의 그림자를 따라 흔들거렸다.

"저……일월사에 계신 분은 모두 비슷비슷해서요. 만일 아니라면 죄송합니다."

사내는 미리 겐노조에게 양해를 구했다.

"당신은 제가 지금 편지를 가지고 간 겐노조님이 아니십니까?"

"그렇네만……"

사내는 안심을 하며 등불을 조금 앞으로 내밀었다.

"아, 그렇다면 마침 잘되었군요. 저는 보시는 대로 고매암에 있는 사람입니다. 슈마님으로부터 부탁을 받고 편지를 가지고 온 사람이죠."

"그런가? 그러면 안내를 부탁하겠네."

"물론 좋습니다. 어쨌든 이 주변은 낮에도 조금 음침한 곳이라서요. 밤에는 심부름을 잘 가지 않습니다. 게다가 올 때는 혼자라서 무척 무서웠는데, 덕분에 지금은 마음이 든든합니다."

"군데군데 보이는 불빛은 별장이나 은거처인가?"

"예. 높으신 분의 별장이나 큰 유곽을 가진 사람들의 집이죠. 스님, 그쪽에 개울이 있습니다."

어둠 속을 등불이 헤치고 나갔다. 사그락사그락 대나무 잎에 스치는 소리를 들으며 사내는 등불이 바람에 꺼지지 않도록 옷소매로 가리고 걸었다.

겐노조는 유난히 잦은 사내의 물음에 적당히 대답하면서 피리 주머니의 끈을 풀어 왼손을 칼에 대고 주위를 둘러보면서 걸었다.

'이 사내 역시 고매암에서 일하는 사람은 아닐 것이다.'

슈마의 심부름꾼이 되어서 자신을 유인하러 온 함정임에 틀림없을 것이라고 겐노조는 간파했다. 그 탓인지 사내는 일부러 언제나 겐노조 왼쪽으로 다가와서 등불을 겐노조 앞으로 향한 채 걷고 있었다. 이렇다면 만키치가 걱정하던 그물이 날아올지도 모를 일이다. 등불은 밤에 공격하는 데 있어서는 무엇보다도 정확한 표적이므로, 뛰어난 무사라면 담배나 등불을 결코 들지 않는 법이다.

대나무 숲을 지나 길이 두 갈래로 갈라지는 곳까지 오자 사내는 오른쪽으로 가려고 했다.
"잠깐, 길이 틀리지 않은가?"
겐노조가 멈추어 서자 사내는 순간적으로 매서운 눈초리가 되어 겐노조를 힐끔 쳐다보았으나 얼른 웃음을 지었다.
"에헤헤헤. 나리, 걱정하지 마십시오. 저는 이래뵈도 이곳에서 4년이나 살고 있습죠. 그러니 결코 길을 헤매는 일은 없을 겁니다."
"하지만 우구이스 계곡으로 가는 길이 아닌 것 같은데."
"이쪽이 지름길입니다."
그렇게 말하고 사내는 앞장 서서 성큼성큼 걸었다. 이윽고 가파른 절벽까지 나가자 어둡지만 앞이 탁 트여 있는데다 어딘가로 흐르는 물소리가 나즈막히 들렸다.
"어휴, 춥군."
사내는 옷깃을 여미었다.
"나리, 이곳이 어디인지 알고 계십니까?"
"다이묘 저택 바로 아래지."
"저기 보이는 것이 구이나(水鷄) 다리지요. 저 다리를 건너서 왼쪽 기슭으로 가면 바로 고매암이 나옵니다. 틀림없이 슈마님도 거기서 기다리고 계실 겁니다."
"상당히 늦었는데, 슈마는 오늘 초저녁부터 와 있었나?"
"예. 제가 심부름 나오기 두 시간 전부터 안쪽 좌석에서 술을 마시고 있었습니다."
"슈마 혼자는 아니겠지?"
겐노조가 눈에 힘을 주고 사내의 미간을 노려보면서 묻자 사내는 움찔하는 듯했다.
"예."
사내는 당황하면서 등불을 겐노조 쪽으로 내밀더니 두세 번 고개를 숙였다.
"나리님, 정말로 죄송합니다만 이 등불을 잠시만 들어 주시겠습니까. 지저분한 이야기지만, 볼일이 급해서요."
수상한 고매암의 남자가 앞장 서서 길 안내를 하더니 이번엔 겐노조에게 등불을 맡기고 소변을 보러 가는 척하면서 옆으로 몸을 감추었다.

아무런 생각 없이 등불을 받아 든 순간 그는 이상한 낌새를 맡았다. 어둠 속에 떠다니는 냄새, 화약이었다.
'화약이 타는 냄새다!'
겐노조가 등불을 허공으로 던진 것이 빨랐을까, 아니면 요란하게 터진 화총 소리가 빨랐을까, 거의 간발의 차이였다.
우에노 숲 뒷산에서 한 발의 총성이 메아리를 치며 울려 퍼진 찰라, 하늘을 날던 등불은 간 곳 없고 그것을 들고 있던 겐노조의 모습도 없었다.
다만 코를 찌르는 화약 냄새와 하얀 연기가 뭉게뭉게 어둠을 떠돌고 있었다.
"제대로 맞았다!"
다리에서 튀어나온 남자는 중얼거리며 풀숲을 헤쳐 보았다. 고매암의 등불을 들고 심부름을 온 것은 슈마가 기센 술집에서 빈둥거릴 때부터 데리고 있던 한지였다.
사마귀처럼 다리에서 기어나온 한지는 잠시 숨을 죽이면서 주위를 살펴보았다. 그런데 한쪽에서 나뒹구는 등불은 찾았는데 겐노조의 모습은 보이지 않았다.
"녀석, 어디에서 뻗었을까?"
한지는 겨우 안심을 했는지 슬슬 허리를 펴기 시작했다.
그때 다리 쪽에서 한 사람, 반대편에서 한 사람, 숲속에서 또 한 사람이 나타났다.
모두 어둠을 더듬으면서 한 걸음 한 걸음 조심스럽게 내디뎠다. 검은 옷을 입고 한결같이 허리춤에 빛나는 긴 칼을 차고 있었다.
"한지냐?"
"슈마님입니까?"
"그래."
"어떤가?"
마고베의 목소리였다.
"느낌으로는 분명히 맞았습니다."
이렇게 말한 것은 총을 들고 있던 한지였다.
한지를 둘러싼 세 명이 모두 어둠속에 복면을 하고 있어 누가 누구인지 잘 구별이 가지 않았다.
"어디지? 녀석이 쓰러진 곳은?"

"저쪽이요. 저기 조릿대나무 밑일 겁니다."

"그래?"

"그, 그곳에 하얀 것이 쓰러져 있지 않습니까?"

한지는 엉거주춤한 자세로 그곳을 가리켰다.

"아니야……저건 이정표야."

"그러면 조금 더 저쪽이었나?"

"어떻게 된 거냐?"

그 목소리의 주인은 틀림없는 덴도 잇카쿠였다.

"쓰러지긴 해도 총알이 급소를 벗어났을 수도 있어."

그 말에 갑자기 세 사람은 금방이라도 칼을 뽑을 태세를 취하고는 한 발짝씩 조심스럽게 숲 쪽으로 다가갔다.

"아니?"

"어떻게 된 거지?"

"이상해요. 없어요. 아무도 없어요."

"그럴 리가?"

한 사람이 뒤로 돌았을 때였다.

바로 옆에 있는 나무 뒤에 몸을 찰싹 붙이고 있던 그림자가 큰 소리를 질렀다.

"겐노조는 여기에 있다!"

칼이 날아가기도 전에 상대의 마음을 벌써 둘로 쪼개놓을 듯 살기등등한 목소리였다.

동시에 검의 빛이 낮게 흘렀다. 부지불식간에 허를 찔린 한 사람이 앞으로 쓰러졌다.

"으악!"

나무 쪽으로 뛰어가보니, 심부름꾼 한지. 심한 상처를 입지는 않은 듯 부리나케 도망쳐 버렸다. 그렇다면 이 음산한 신음 소리는 셋 중 재수없는 한 사람의 것이 틀림없다.

"쳇, 당했다!"

남은 두 사람은 벌떡 일어나 칼을 휘둘렀다. 그 순간 한쪽에서 탁, 하고 불꽃을 뿜으며 칼이 부딪치는 소리가 났다. 다시 칼날과 칼날이 부딪치는가 싶더니 또 한쪽이 쓰러졌다.

쓰러진 검은 복면의 남자가 가지고 있던 칼로 땅을 차며 일어섰다.

일어서자마자 겐노조의 뒤를 몇 걸음 쫓아갔는데, 그때 뒤에서 그를 부르는 소리가 들렸다.

"마고베, 잠깐 멈춰!"

그 목소리는 슈마의 것 같았다.

놀랍게 빠른 솜씨로 한 사람을 베고 한 사람을 쓰러뜨리며, 질풍같이 뛰어간 겐노조의 모습은 이미 어둠 저편으로 사라진 뒤였다.

"에잇, 멍청한 녀석들!"

마고베는 혀를 차면서 뒤돌아 날카로운 눈길로 어둠 속을 노려보았다.

"누구야, 지금 당한 게 누구야?"

"잇카쿠야. 잇카쿠가 심한 상처를 입었어."

슈마가 힘없는 목소리로 말하며 칼에 베인 잇카쿠를 안아 일으켰다.

그때 폭풍우처럼 소리를 내며 흔들리는 대나무 숲에서 네 명, 다섯 명, 세 명씩 무리를 이룬 불량배들이 무기를 든 채 맥 빠진 얼굴로 슈마 주위에 모여들었다.

"얼간이 녀석들!"

마고베는 뒤늦게야 어슬렁어슬렁 나온 사내들을 향해 침을 튀기며 화를 내었다.

"어째서 내가 칼을 뽑았을 때에 즉시 상대를 둘러싸지 않았지? 겐노조 녀석은 벌써 옛날에 도망쳐 버렸어, 한지는 어떻게 되었지, 한지는?"

마고베는 주변을 휘둘러보았다.

"예, 여기 있습니다."

"왜 너는 모두에게 신호를 보내지 않았지? 상대는 석운류의 제일 가는 무사다. 네 녀석이 우물쭈물하고 있는 사이에 많은 사람이 잠복한 걸 알아채고 겐노조 녀석이 재빨리 도망친 게 아니냐?"

"마고베, 마고베."

슈마가 마고베를 부르며 정신을 잃은 잇카쿠를 안고 비틀비틀 일어섰다.

"이제 와서 그렇게 화를 내보았자 무슨 소용이 있나. 빨리 잇카쿠를 데리고 가서 치료를 해야겠어."

"상처가 심한가?"

"심해. 하지만 급소는 아니야."

"살 것 같으면 업고 돌아가자. 어쨌든 이렇게 어두워서는 아무것도 못 할 테니까."
"당장 급한대로 지혈을 시켜 두었어. 하지만 내 손은 피로 미끌미끌하니까 자네가 업고 가게."
"아니야. 모두가 피투성이가 되어서 마을로 갔다가는 오히려 사람들이 의심할거야. 이봐, 한지, 한지. 네가 의원이 있는 곳까지 잇카쿠를 업고 가라. 그리고 아무 쓸모도 없는 저 녀석들은 모두 쫓아 버려."
"예, 그렇게 하겠습니다. 하지만, 나리……"
"뭐냐?"
"저 녀석들이 술값을 달라고 합니다만."
"까불지 말라고 해."
"상황이 좋지 않아서 별 도움은 되지 않았습니다만, 도박장에서 놀고 있는 녀석들을 가마를 불러 모아 왔는데 어떻게 빈손으로 돌려 보낸단 말입니까?"
"뻔뻔스러운 녀석들이군. 빈손으로 돌아가는 것이 싫다면 이것이나 가지고 가라. 어느 녀석이지, 술값이 필요한 녀석은?"
마고베가 칼을 빼 들고 겐노조를 베지 못한 데 대한 화풀이를 그들에게 하려고 하자 그들은 꽁지가 빠져라고 도망쳤다.
"아아, 이렇게 많은 피가……"
잇카쿠를 업고 걷기 시작한 한지는 얼굴을 찡그리며 자신의 목덜미를 쓸었다.
슈마와 마고베는 씁쓸한 표정으로 그 뒤를 따랐다. 상처를 입은 잇카쿠는 고통스러운 듯 가쁜 숨을 몰아쉬고 있다.

상소함

그날 밤, 겐노조가 밖으로 나가고 나서 얼마 되지 않아 일월사에 두 사람의 손님이 찾아왔다.
불안한 만키치는 화로 옆에서 여전히 안절부절 못한 채 서성거리고 있었다.
그때 가볍게 문을 두드리는 소리가 들리고 조심스럽게 들어온 사람은 삿갓을 쓴 무사와 얼굴을 가린 젊은 여자였다.
만키치는 그 여자가 애타게 기다리고 있던 오쓰나라는 것을 단번에 알았다. 그런데 같이 온 무사는 누구일까 하며 걱정스럽게 바라보는데, 그 무사는 다름아닌 쓰네키 고잔이었다.
"갑자기 찾아와서 깜짝 놀랐겠지?"
고잔은 삿갓을 벗어 오쓰나에게 건네 주었다.
"앗, 고잔님!"
만키치는 다만 어안이 벙벙해서 멍해진 얼굴로 고잔을 바라보았다.
덴마조 세 사람 가운데 이치하치로는 아와 저택으로 잡혀 가고, 고잔은 밀무역자 소굴을 떠난 이후 기슈(紀州) 산에 숨어 있다는 소문을 들었을 뿐이다. 지금 실제로 이 계획에 참가하고 있는 사람은 자기 혼자라고 만키치는 생각하던 참이었다.
그런 고잔이, 더구나 오쓰나와 함께 돌연 이곳에 나타났으니 그 놀라움이야 이루 말할 수 없었다. 물론 똑같은 의외의 방문이라 할지라도 조금 전에 있었던 슈마의 소식과는 달리 정말로 반가운 해후였다.
"우선, 이쪽으로 앉으십시오."
만키치는 화로 옆으로 고잔을 안내했다.
'오사카를 떠난 이후의 일, 에도에서 일어난 사건……도대체 무엇부터 말해야 좋은가?'
만키치가 대강 지금까지 벌어진 사건에 대한 얘기가 끝나자 고잔은 고개를 끄덕이더니, 다음에는 자신이 이곳에 오기까지의 경로를 담담하게 말했다.
"오쓰나가 내 품 안의 돈을 훔쳐서 쇠방망이를 던진 것이 바로 자네가 있는 곳을 알게 된 계기가 되었네. 그래서 한시라도 빨리 겐노조님과 만나고 싶어서 밤중에 이렇게 달려온 걸세."
고잔이 웃으면서 그때의 일을 서슴지 않고 말하자, 오쓰나는 그만 얼굴이 붉어지며 부끄러워했다.
"일단 마음을 바꾸겠다고 약속해 놓고도 부끄러운 짓을 했습니다. 하지만 거기에는 절박한 사정이 있었습니다."
오쓰나가 지난 이야기를 털어놓으며 참회의 빛을 내보이자 두 사람은 마음 속 깊이 감동하였다.
그때 발소리도 내지 않고 조용히 겐노조가 돌아왔다.
평상시와 다름없는 침착한 태도였다.
만키치는 겐노조의 그러한 모습을 보자 일단 안심이 되었지만 자세히 보자 소매 끝에 피가 묻어 있었다.

'무슨 일이 있었군.'

짐작은 갔지만 손님이 있는 터라 이유는 묻지 않았다. 겐노조도 나갔다 온 일에 대해서는 이야기하지 않고 고잔과의 첫 대면 인사를 나누었다.

그 방에서는 새벽이 될 때까지 화로 지피는 소리가 끊이지 않았다.

모두 손을 꼭 잡은 채 흉금을 털어놓았다.

고잔은 자신의 목적에 서광이 비치는 것을 확신하고 다음 날 아침 상쾌한 얼굴로 일월사를 떠나 사쿄노스케의 저택으로 돌아갔다.

그리고 이후 4, 5일에 한 번씩 일월사와 사쿄노스케의 저택을 왕래했다.

이리하여 사쿄노스케와 고잔, 그리고 겐노조 사이에 어떤 밀약이 성립된 것 같다.

2월 초승 어느 날이었다. 사쿄노스케의 저택을 나온 가마 한 대가 에도 교외에 있는 사쿄노스케의 요요기(代代木) 별장으로 서둘러 갔다. 그 가마에는 오치에가 타고 있었다.

고잔이 애써 구해와 먹인 네덜란드 약초도 별 효험이 없는지 오치에는 여전히 제정신이 들지 않고 있었다.

사쿄노스케는 그 전날부터 별장에 머물렀는데, 이른 아침부터 겐노조와 고잔이 그를 방문해 안쪽 방에서 가신들조차 멀리한 채 은밀하게 밀담을 계속하고 있었다.

요요기 별장의 밀담은 반나절이나 계속되다가 오후에야 겨우 일단락 된 것 같았다.

"그러면 가능한 한 빠른 편이 좋겠네."

안에서 사쿄노스케의 단호한 목소리가 들렸다. 그때 철쭉꽃이 검은 땅 위로 툭 떨어지고 장지문이 조금 열렸다.

"지금 말한 대로 일을 진행하다 보면 이제 곧 위에서도 무슨 말이 있을걸세. 천하의 대사를 놓고 방관할리가 없네."

"옛."

밀담이 끝나자 겐노조와 고잔은 두세 걸음 뒤로 물러나서 양손을 무릎에 대고 정좌하였다.

"그러면 그 거사와 관련하여 내가 부름을 받을 걸세, 상부를 만나서 그대들의 원망(願望)과 함께 10년간 겪은 고충을 모두 말씀드리겠네. 더불어 아와 탐색의 필요성도……"

"이렇게 도와 주셔서 정말 감사합니다."

"아닐세. 이것은 대공(大公)에게 있어서도 간과할 수 없는 중요한 문제이네. 앞으로 나를 방패로 생각하고 일하게. 하지만 교토의 공경들과 손을 잡고 막부를 치려는 아와의 음모는 확실한 증거를 잡기 전까지 세간에 퍼뜨려서는 절대로 안 되네."

"옛, 그건 겐노조님도 알고 있습니다. 소인도 신중에 신중을 기하여 비밀은 꼭 지키겠습니다."

"그러한 점에서도 이것은 은밀히 상부에만 이야기하고, 겐노조가 대공의 밀정이 되어 아와로 들어가는 것이 가장 좋은 방책이라고 생각하네. 다만 걱정이라면 겐노조가 황궁 무사인 이치가쿠의 아들이라서 밀정역으로서 인가가 날지 그 점이……"

"여러 가지로 심려를 끼쳐 드려서 뭐라고 말씀을 드려야 좋을지 모르겠습니다."

겐노조는 사쿄노스케에게서 이미 중대한 지시를 받은 것처럼 예의를 갖춰 인사를 했다.

"저는 지금부터 한시라도 빨리 일월사로 돌아가 자세한 계획을 세운 뒤, 명령하신 대로 수행한 다음 지시를 기다리겠습니다. 그러면 이만……"

"아니, 잠시만."

사쿄노스케가 일어서려는 겐노조를 만류했다.

"이 얘기는 끝났네만, 오늘이 지나면 더 좋은 기회가 없을 것 같아 고잔이 자네에게 한 여인을 만나게 해줄 걸세."

"겐노조님, 지난번 말씀드린 오치에님이신데……"

고잔은 마음이 무거운 듯 말끝을 흐리다가 곧 다시 이어갔다.

"네덜란드 약도 먹여 보고, 그 외에 여러 가지 처치를 해보았습니다만 아직도 가끔 정신이 나가는 일이 있습니다. 그래서 소란스러운 에도 저택보다는 이 요요기에 있는 것이 공기도 좋고 사람들 눈에도 띄지 않을 것 같아서 오늘 은밀하게 이곳으로 모셨습니다. 어떻게 하시겠습니까? 잠시 만나 보시는 것이 좋을 듯 싶은데요."

"아……정말 어떻게 인사를 드려야 좋을지……"

겐노조는 냉정을 되찾으려고 했지만, 번민하는 표정이 역력히 얼굴에 드러났다.
겐노조는 잠시 고개를 숙이고 있다가 이윽고 무엇인가 결심한 듯한 표정으로 입을 열었다.
"사쿄노스케님의 깊은 배려에 감사드립니다만 지금 오치에님을 만나더라도 저를 알아보지도 못하고 그 동안 쌓인 이야기도 나눌 수 없을 겁니다. 무리한 부탁인줄 아오나 그대로 얼마간 오치에님을 돌봐주심이……"
고잔은 겐노조의 마음을 이해할 수 있다는 듯이 고개를 끄덕였다.
"그것이 좋을 것 같습니다. 약으로도 어찌할 수 없는 병이라고는 하지만 이 고잔이 무슨 수를 써서라도 꼭 낫도록 하겠습니다.
"그 말씀을 들으니 마음이 놓입니다. 그럼 이만."
겐노조는 자리에서 일어나 별장 문을 쓸쓸하게 나왔다.
그때 겐노조 옆을 스쳐서 문 안으로 들어오는 가마가 보였다.
'아, 저 가마가……?'
겐노조는 자신도 모르게 삿갓을 쳐들고 뒤를 돌아보았다.
안쪽에서 종잡을 수 없었지만 분명하게 들리는 오치에의 목소리가 그의 가슴에 비수처럼 꽂혔다.
"아아……"
겐노조는 기둥 그늘에 서서 가마를 따라 안으로 들어간 가슴 아픈 사랑의 뒷모습을 애처로이 배웅했다. 요요기 들판을 달리는 겐노조의 두 눈에 뜨거운 것이 날리고 있었다.

겐노조는 아침에 잠에서 깨자마자 책상 앞에 앉았다. 그러고는 현란하게 붓을 달려 편지 7, 8장을 단숨에 쓰더니 이중으로 봉하고, 봉투 앞면에 굵다란 글씨체로 '상(上)'이라 쓰고는 책상 위에 놓더니 잠시 팔짱을 끼고 그대로 앉아 있었다.
겐노조는 잠시 후 옆방에 있는 만키치를 불렀다.
"만키치, 다른 일이 없다면 잠시 심부름 좀 다녀와 주게."
"예."
만키치가 문을 열자 화로 옆에 방망이가 놓여 있었다. 틈이 날 때마다 닦았는지 방망이는 반짝반짝 윤이 나고 있었다.

"무슨 일이십니까?"

겐노조는 책상 위에 놓여 있는 편지를 들고 문득 옆 방을 들여다보다가 만키치에게 물었다.

"오쓰나는?"

"무슨 일이 있는지 아침밥도 먹기 전에 집에 다녀오겠다며 나갔습니다."

"아무래도 이해할 수 없는 여자로군."

"제가 오쓰나의 마음을 조금은 알고 있습니다만 아직은 겐노조님에게 말할 수는 없습니다. 어쨌든 당분간 오쓰나는 그대로 내버려 두십시오."

"그건 곤란하네. 지금 같은 상황에서는 오쓰나가 이곳에 있는 것조차 위험하지 않나."

"하지만 오쓰나는 우리의 일에 틀림없이 도움이 될 겁니다."

"대체 무슨 말인가. 왜 그렇게 생각하는 거지?"

"어젯밤 겐노조님이 요요기에서 돌아오셔서 이제 아와로 떠날 날이 왔다고 하신 말씀을 듣고 그녀는 혼고츠마고이에 있는 집을 정리하고 저희와 함께 길을 떠날 준비를 하고 있습니다."

"그러면 오쓰나도 우리를 따라 아와로 갈 생각인가?"

"오쓰나로서는 그렇게 해야 사천왕사에서 저지른 자신의 죄를 속죄할 수 있다고 믿고 있으니, 그만두라고 할 수도 없습니다."

"그렇게는 할 수 없네. 내가 아와로 가는 것은 크게는 막부를 위해서이고, 작게는 고가 요아미의 소식을 알아서 오치에님······"

거기까지 말하자 겐노조의 얼굴이 갑자기 어두워졌다. 요요기 별장에서 스친 오치에의 모습과 미친 듯 들뜬 목소리가 생생하게 떠오른 것이리라.

다시 굳은 표정으로 겐노조는 만키치를 책망하였다.

"오쓰나가 그렇게 생각하고 있다면 자네는 왜 진작 알아듣게 타이르지 않았나? 이것은 단순한 여행이나 수행이 아닐세. 아와의 금지된 법을 깨뜨리기 위해 목숨을 걸고 들어가야 하는 일일세. 감히 여자 따위를 어떻게 데리고 가겠나?"

만키치는 한 마디도 대답할 수가 없었다. 오쓰나에게 너무 관대하다는 핀잔을 듣더라도 오쓰나의 일편단심을 아는 만키치로서는 역시 사정이 허락하는 한 받아 주고 싶었다. 하지만 겐노조를 향한 오쓰나의 열정만은 아무래도 꺼내기 어려워서 만키치는 결국 지금까지 겐노조에게 아무 말 못하고 있었다.

겐노조는 오쓰나가 사천왕사에서 소매치기한 죄를 깊이 후회하고 있는 마음도 알고, 또 다시 태어나려는 데서 오는 괴로움도 알고 있지만 왜 굳이 자신을 따라서 아와까지 가려고 하는지는 이해할 수 없었다.

사랑의 힘이라고 고백하면 겐노조도 수긍이야 하겠지만, 그렇게 하면 오쓰나를 더욱 불행에 빠뜨리는 결과가 될지도 모른다. 불쌍한 오치에를 잊어 버리고 오쓰나의 사랑을 받아들일 겐노조가 아니라는 것을 만키치는 너무나 잘 알고 있었다.

따라서 겐노조의 말을 만키치는 한 걸음 물러서서 받아들일 수밖에 없었다.

"지당하신 말씀입니다."

"기회를 봐서 잘 타이르게."

"어떻게든 그렇게 해보지요."

이렇게 대답은 했지만, 만키치는 이러지도 저러지도 못해 마음만 탔다.

"아 참, 이야기가 좀 벗어났군. 수고스럽겠지만 오늘은 부탁이 하나 있네. 이 편지를 가지고 서둘러 다녀와 주게."

"알겠습니다. 어디로 가면 됩니까?"

"다츠노쿠치(辰の口)에 있는 관청 입구 오른쪽의 상소함에 이것을 살짝 넣고 오게. 이 편지는 내가 이제 아와로 가는 도화선이 되는 것이니 주의하고, 빨리 다녀오게."

"예?"

만키치는 겐노조로부터 밀봉한 편지를 받아 들며 눈이 휘둥그레졌다.

"그러면 관청 상소함에 넣고 오라는 겁니까?"

"그렇다네. 마침 오늘이 7일이니까 한 달에 세 번 상소함을 개봉하는 날이네. 상소함이 장군의 진영으로 가는 오시(午時, 오전 11시부터 1시 사이) 전에 서둘러 그것을 넣고 오게."

"알겠습니다."

만키치는 허리춤 사이에 편지를 집어 놓고 다시 잘 묶었다. 이어서 방망이를 품 안쪽에 끼워 넣었다.

"그럼 다녀오겠습니다."

"부탁하네."

겐노조도 일어서서 쓰다가 망친 종이를 화로 안에 넣고 태워 버렸다.

화로 안에서 피어나는 연기와 함께 힘차게 만키치는 문을 나섰다.

서둘러 달리면서도 만키치는 계속 고개를 갸우뚱거리고 있었다.
"상소함에 이것을 넣으라고? 상소함에? 그렇다면 어제 쓰네키 고잔 님과 겐노조님, 그리고 사쿄노스케님의 이야기가 마무리지어졌군. 그래서 이 상소를 올리는 게 틀림없어. 그렇다면 아와의 수상한 상황이 장군 가의 귀에 들어갈 게 뻔하고, 표면적으로 일할 것인지, 그렇지 않으면 겐노조님과 내가 살며시 아와로 들어갈 것인지, 좌우간 결정이 나겠군. 드디어 때가 왔어, 드디어."
만키치는 혼자말로 중얼거리면서 일월사 문에서 논밭 사이로 난 길을 가로질렀다.
정신 없이 뛰어가던 만키치는 누군가와 부딪쳤지만 뒤도 돌아보지 않은 채 그냥 달렸다.
그는 눈 깜짝할 사이에 관청이 있는 다츠노구치까지 왔다.
'이제 봄이군! 버드나무에도 새싹이 돋았어. 마루노우치(丸の內)에도 제비가 왔어. 이러한 봄이야 매년 찾아오겠지만 나에게는 11년 만에 겨우 찾아온 봄이 아닌가? 왠지 올해는 멋진 일이 생길 것 같군.'
그는 마음 속으로 이렇게 외쳤다. 실제로 지금의 만키치는 따뜻한 봄 하늘을 나는 새처럼 경쾌하고 밝았다. 아직 겐노조에게서 상세한 이야기를 듣지는 못했지만, 이 편지를 상소함에 넣고 오라는 말 한 마디로 내용을 거의 짐작할 수 있었다.
아마 아와 공경과 무사들의 책동, 그리고 고가 요아미의 행적 등 모든 것을 다 적어서 장군 가에게 보내는 것이리라. 그 다음에 무슨 일이 일어날지에 대해서는 몰랐지만 틀림없이 길조인 듯한 기분이 들었다.
이윽고 관청이 보였다.
'저곳이군.'
만키치는 성큼성큼 문 앞으로 다가갔다. 엄중한 문 앞부터 청사 안까지 깨끗한 자갈이 단정하게 깔려 있었다. 그 대문 기둥에서 2, 3척 떨어진 곳에 상소함이 걸려 있었다.
상소는 8대 장군인 요시무네(吉宗) 시대부터 실시된 제도로 농민, 상인, 승려, 신관 등 신분에 관계 없이 정치상의 이해득실, 관리들의 악행 등 상신하고 싶은 일을 서면으로 적어서 상자 안에 넣어 두는 것이었다.
상소함을 여는 날은 한 달에 세 번, 7자가 붙은 날로 정해져 있었다. 그날 정오에 상자째 가져가서 장군의 휴게실 중앙에 놓아 둔다. 그 사이에는 어떤 사람이라도 안에 있는 서류에 손을 대는 것은 물론 들여다보는 것도 허락되지 않는다.

그 상소함 옆에 이르자 만키치는 허리춤에서 밀봉한 편지를 꺼내어 마른 침을 삼키며 상자 안에 던져 넣었다.

'이것이 길이 될 것인가, 흉이 될 것인가? 이 한 통의 투서가 덴마조인 우리들과 고가 가의 오치에님, 그리고 겐노조님의 일생을 어떻게 만들 것인지……'

자신의 손으로 넣은 투서가 상자 안으로 떨어지는 소리를 듣자 그는 흥분과 함께 가슴 설레임을 느끼며 한동안 그곳에 망연히 서 있었다.

"이봐, 거기서 뭐 하나?"

정문 보초가 외치는 소리를 듣고서야 만키치는 제정신이 들었다. 그리고 꼭두각시 걸음마냥 봄바람을 맞으며 살랑살랑 걸어갔다.

그날의 상소함은 언제나처럼 관리의 손에서 순서를 거쳐 장군 가의 휴게실로 옮겨졌다.

이윽고 장군이 나왔다. 이번 달 담당 관리인 다치바나 이즈모노카미(立花出雲守)가 안을 향하여 정중히 외쳤다.

"지금 상소함이 도착했사옵니다."

당시의 장군은 10대인 이에하루(家治). 이에하루는 가볍게 고개를 끄덕였다.

"자물쇠를 열어라."

관리는 상자의 자물쇠를 열고 안에 있는 투서를 꺼낸 다음 빈 상자는 원래대로 가져갔다. 이에하루는 그것을 가지고 집무실로 들어갔다. 이번에는 4, 5통의 편지가 들어 있었다. 집무실은 밀실이기 때문에 수석 가신 이외에는 아무도 접근할 수 없었다.

위에서부터 순서대로 펼쳐서 읽는데, 이윽고 이에하루의 눈에 이상한 빛이 흘렀다.

그것은 겐노조가 쓰고 만키치가 던져 넣은 7, 8장이나 되는 장문의 편지였다.

"음…… 이것은 보통 일이 아니군."

숨을 죽이고 읽어 내려가는 사이에 이에하루는 심한 충격을 받았다. 지금 장군 가는 봄햇살에 가득차고 천하는 봄바람처럼 순조롭다고 생각하고 있었는데, 어느 사이에 교토 지역에 불길한 사상이 퍼지고, 공경과 다이묘 사이에 무서운 반역의 밀모가 은밀히 진행되고 있다니, 너무나 놀라운 일이 아닐 수 없었다.

더구나 그 상소문에는 너무나도 상세한 연역이 구체적으로 적혀 있었다. 그리고 시게요시가 막부에 역모를 꾀하는 우두머리라고 지적되어 있었다.

아와의 수상한 점을 들라면, 첫 번째 10년 전부터 영내에 다른 지방 사람을 들여놓지 않는 것.

두 번째는 아지 강변에 있는 저택에서 당상 공경들과 은밀한 회합을 자주 갖는 것, 세 번째는 보력변(實曆變) 당시 막부 타도 선봉에 섰던 아리무라가 막부의 허점을 틈타 슬며시 모습을 감춘 다음, 어느 새 시게요시에게 가 있다는 점.

이 외에도 이에하루를 놀라게 하는 것은 한두 가지가 아니었다.

더불어 겐노조의 탄원서가 한 통 들어 있었다.

탄원서의 내용은 겐노조의 본래 목적인 고가 가의 일에 대한 것이었다. 지금부터 11년 전 비밀을 탐색하기 위해 아와로 들어간 요아미의 전말에 대해 적혀 있었으며, 또 그 자식이 여자이기 때문에 작년에 고가 가의 대가 끊어지게 되었다는 내용과 함께, 마지막으로 겐노조 자신은 개인적인 사정이 있어 시게요시의 주변도 탐색하고, 또 요아미의 소재를 알고 싶으니 장군 가의 밀정으로서 아와 탐색의 명을 받고 싶다는 사연이었다.

또한 자세한 사정은 사쿄노스케가 알고 있다는 것까지 덧붙여 있었다.

겐노조가 상소함을 이용한 것은 요요기 별장에서 고잔과 사쿄노스케와 함께 의논한 일이지만, 또한 오치에를 위해 고가 가를 재건해야겠다는 생각이 밑바닥에 진하게 깔려 있기 때문이기도 했다. 아무리 자신이 고생해서 목적을 달성한다고 해도 일개 호리즈키 겐노조가 한 일이어서는 무의미하기 때문이다.

상소문의 효과는 당장에 있었다. 며칠 후, 사쿄노스케는 갑자기 장군 가의 부름을 받고 그곳으로 향했다. 이에하루로부터 겐노조의 탄원서에 관한 아와의 혐의와 고가 가에 관한 것, 그리고 겐노조의 신병에 관하여 여러 가지 하문이 있었다.

이날 장군 가는 사쿄노스케에게 뭔가 중요한 밀명을 내렸다. 사쿄노스케는 자신의 집으로 돌아오자 즉시 고잔을 별실로 불러 밀담을 나눈 후, 사람을 시켜 일월사에 있는 겐노조를 불러 오도록 했다.
　애타게 기다리고 있던 겐노조는 일월사에서 초조한 며칠을 보냈다.
　소식을 받자 걷는 것도 마음이 갑갑했는지 겐노조는 가마를 불러 타고 곧바로 사쿄노스케의 저택으로 향했다.
　이날, 틀림없이 사쿄노스케의 저택으로 들어간 겐노조였으나 며칠이 지나도록 저택에서 나오지 않았으며, 그렇다고 일월사에도 돌아오지 않았다.

출생의 비밀
"싸움이 벌어졌다!"
"싸움이다, 싸움!"
　이른 아침부터 사방이 소란스러웠다. 양쪽에 쪽발이 쳐진 음식점 안에 있던 손님들이 모두 밖으로 뛰어 나왔다.
　무사 한 사람이 피로 물든 칼을 든 채 유곽의 문에서 에몬자카(衣坂)쪽으로 도망치는 모습이 보였다.
"도대체 누가 그랬어?"
"상대는 도망쳐 버렸어. 빨리, 어떻게 좀 해봐!"
"도저히 살지 못하겠는데, 늑골부터 단 한 번에 잘렸어."
"그렇다고 그냥 보고만 있으면 어떻게 해?"
"이봐, 다들 그렇게 멍청하게 구경만 하지 말고 좀 도와 줘!"
　마침 유곽의 정문 입구에서 싸움이 벌어졌던 것이다.
　이 유곽에서는 칼싸움 따위가 늘상 일어나는 별로 놀랄 일도 아니지만 아침부터 피투성이 소동이 일어나자 사람들이 우글우글 모여들며 소란스러웠다.
　어깨에서 등 아래까지 처참한 상처를 입고 그곳에 쓰러진 남자는 신음 소리를 내며 괴로운 듯이 발버둥치고 있었다.
"아니, 이 사람은 구자쿠(孔雀)에 사는 사람이잖아?"
"그래, 호랑이 도라고로(虎五郞)야."
　호랑이라고 하면 모르는 사람이 없을 정도로 방탕자였다.
　깜짝 놀라서 누군가가 안아 일으키자 베인 자리에서 피가 솟구쳤다.
　해장술이라도 마실 때 당했는지 역한 술냄새가 입에서 풍겨져 나왔다.

"이 녀석, 또 술을 마시고 싸움을 걸어서 당했을 거야. 꼴 좋다……그래도 아무리 나쁜 녀석이라도 이렇게 심한 상처를 입고 죽어가는 걸 보니 불쌍하군. 누가 판자라도 좀 가져와."

한 사람이 허리끈을 풀어 상처를 누르고 있는 사이에, 누군가가 가지고 온 판자에 도라고로를 눕히고 영차영차 소리를 합해 뛰었다.

우글대는 구경꾼들을 쫓아 버리고 4, 5명만이 판자에 누운 도라고로와 함께 시궁창 다리를 건너서 골목 안쪽으로 들어갔다.

"여기야, 호랑이 집이."

"누가 있나?"

"텅 비었어. 아무도 없어."

"옆집에 가서 좀 물어 봐."

사람들이 우왕좌왕하는 사이에 도라고로의 얼굴은 흙빛으로 변하고, 이제는 판자 틈으로 떨어지는 핏방울도 힘이 없었다.

"실례합니다."

한 사람이 옆집 부엌에다 얼굴을 들이밀었다.

"도라고로의 집에 아무도 없는데, 식구들은 어디 갔나요? 큰일이 났는데요."

"아, 옆집 사람 말입니까?"

담뱃대를 입에 문 영감이 찢어진 문을 열고 나오며 말했다.

"아이들이 있소만…… 큰애가 오미와고 작은애가 오토키치라고 하오. 오늘 아침에는 아무것도 못 먹고 떨고 있길래 그 집 밥솥을 들여다 보았더니 밥이 한톨도 없지 뭡니까? 그래서 지금 우리 집에서 밥을 먹이고 있는데, 무슨 일이슈?"

"아이들밖에 없어요?"

"그러면 그애 아버지를 찾아보슈. 저쪽 밥집에라도 가서 또 허풍을 떨고 있을 거유."

"그 호랑이가 오늘 어떤 무사에게 당했어요."

"아니, 칼로 베였수, 호랑이가?"

"판자에 눕혀서 데리고 왔는데……그렇다면 치료할 사람도 없겠군요. 그냥 놔두면 얼마 살지 못할 텐데."

"정말 큰일이군."

안색이 변한 영감이 맨발로 밖으로 뛰어나온 순간 그 집에서 아침밥을 먹고 있던 오미와와 오토키치는 손에 들고 있던 밥공기를 떨어뜨리고 울음을 터뜨렸다.
 그 소란에 동네 사람이 모두 나와서 우선 도라고로를 집 안으로 옮겨 뉘었다. 이웃 사람들은 빈사 상태에 빠진 도라고로보다는 오히려 옆에서 훌쩍거리고 있는 오미와와 오토키치를 동정하며 위로했다.
 "애들아, 울지 말거라. 그렇게 울지 마."
 "걱정하지 마라. 오늘 밤은 내가 옆에 있어 줄 테니까."
 도라고로는 혼수 상태에 빠졌다가 가끔 갸날픈 신음 소리를 냈다.
 "이제 틀렸어요."
 이미 환자의 회생은 포기했는지 도라고로의 베갯머리에서 3, 4명이 나지막하게 사후 대책을 논의하고 있었다.
 우선 가장 큰 문제가 장례식 비용이었다.
 "하는 수 없어요. 우선 마을 장로들께 울면서 자비를 구해야 되겠어요."
 "그건 안 돼요."
 "맞아요, 도라고로는 불쌍하다고 동정할 사람이 하나도 없을 겁니다. 상당히 나쁜 사람으로 통했으니까요."
 "그러면 동네 사람에게 조금씩 동정을 구해서 관하고 향값을 치르는 수밖에 없겠는데요."
 "장지는 어디로 하죠?"
 "미노와(箕輪)에 있는 정한사(淨閑寺)에다 묻게 해달라고 부탁하는 수밖에 없어요."
 "정한사라면 유곽의 여자나 친척 하나 없는 사람만 매장하는 곳인데, 이곳에 있는 사람까지 받아 주겠소?"
 "골치 아프군요. 하지만 달리 방법이 없으니까 일단 한번 부탁해 보기로 합시다."
 도라고로는 멍하니 뜬 눈동자를 천장으로 향한 채 찡그리고 있어 마치 무서운 가면처럼 보였다.
 그때 아버지 옆에서 고개를 숙이고 울던 오미와가 울어서 퉁퉁 부은 얼굴을 들었다.
 "아저씨, 곤란하다는 건 돈을 말하는 거예요?"

석운류의 진수 321

"그래, 장례 치를 돈말이다. 하지만 오미와, 너희는 어린애니까 그런 것을 걱정할 필요는 없어."

"하지만 아저씨, 돈이라면 아버지 가슴에 금화가 아직 많이 있어요."

"뭐라고, 금화가 있다구?"

한 사람이 반신반의하며 도라고로의 가슴에 감아 놓은 천을 풀자, 오미와가 말한 대로 때 하나 묻지 않은 금화가 낡은 다다미 위에 쏟아졌다. 200냥이 넘는 거금.

"앗, 금화다!"

"정말이군!"

모두들 한동안 말을 잃고 금화만 바라보았다.

직업도 없는 도라고로에게 이렇게 많은 금화가 있다는 것은 수상하기에 앞서 오히려 무서운 일이었다.

이 돈의 출처도 모르는 채 손을 댔다가는 앞으로 어떤 재난을 당할지 모를 일이었다.

이웃 할머니가 갑자기 목소리를 낮추며 오미와 옆으로 다가왔다.

"오미와, 대체 어떻게 해서 이렇게 큰 돈을 아버지가 가지게 되었지? 너 뭔가 알고 있니?"

"예, 알고 있어요."

오미와는 솔직하게 대답했다.

"요전날 밤, 오쓰나 언니가 몰래 와서 나에게 주고 갔어요."

"뭐, 오쓰나가 말이야?"

모두들 얼굴을 마주 보았다.

"왜 너에게 그 돈을 주고 갔지?"

"이 돈으로 유곽에 있는 작은언니를 빼내고, 나머지 돈으로 가게라도 열어서 모두가 사이좋게 살라고 했어요. 그러면서 자세한 것은 이 편지에 써 있으니까 아버지가 오면 읽어 보라고 부탁했어요. 그리고 그대로……"

오미와는 이렇게 말하면서 소리 죽여 훌쩍훌쩍 울더니 더 이상 말을 못하고 이불에 얼굴을 파묻어 버렸다.

"음……"

모두들 어찌해야 좋을지 몰라 서로 쳐다보고만 있는데, 지금까지 혼수 상태에 빠져 있던 도라고로가 신음 소리를 내었다.

"아, 아야야……아야야……"
도라고로는 고통스런 얼굴로 뜨거운 신음을 내며 눈물을 뚝뚝 흘렸다.
"미, 미안해, 오쓰나에게 미안해. 여러분, 마지막 부탁이 있소. 내가 눈을 감기 전에 그애를 한 번 만나게 해주시오. 오, 오쓰나는 여기에 있으니까."
도라고로가 떨리는 손으로 내민 편지에는 검은 피가 말라붙어 있었고, 일월사라는 글씨가 희미하게 적혀 있었다.
죽음이 가까워졌다는 것을 느꼈는지 도라고로는 힘겹게 지나온 일들을 되새겼다.
"내가 나빴어. 미안해."
입술을 바들바들 떨면서 도라고로는 그 말만 반복했다.
"오미와와 오토키치, 그리고 유곽에 판 딸은 모두 나와 오사이 사이에서 태어난 아이요. 저애들은 못된 아버지에게서 태어난 죄로 이렇게 고생하는 겁니다. 하지만 오쓰나는 내 아이가 아니오. 그런데 그런 오쓰나가 준 돈으로 술을 마시고 도박을 하다니……천벌을 받은 거요. 천벌을 받아 마땅하지."
도라고로는 쥐고 있던 편지를 힘없이 내려놓았다.
"오쓰나는 일월사에 있다고 씌어 있습니다. 여러분, 내 마지막 소원이니 오쓰나에게 알려 주세요. 그애에게 남길 말이 있소. 내가 이대로 죽어 버리면 오쓰나는 결국 평생 동안 모르고 살 겁니다."
뭔가 깊은 사정이 있는데, 그 말을 오쓰나에게 하기 전에는 눈을 감을 수 없다는 단호한 표정이었다.
"일월사라면 그리 멀지 않으니까 누가 좀 갔다오시오."
"아니, 위험해요. 오쓰나는 유명한 소매치기여서 이 근처에 오면 신고하라고 했소."
"하지만 호랑이의 마지막 부탁인데 그대로 내버려둘 수만은 없잖소!"
오늘 밤 살짝 왔다가 곧 돌아가면 관청에서도 알아채지 못할 것이라고 하면서, 서로 입을 다물기로 굳게 약속했다.
"좋아. 그러면 이 일을 다른 곳에서 말하는 사람은 마을에서 쫓겨나는 겁니다."
"도라고로, 지금 오쓰나를 불러 올 테니까 그때까지 정신을 차리고 있게."

알겠나?"

모인 사람들 가운데에서 가장 젊은 남자가 일어나 짚신을 신더니 황급히 골목에서 뛰어나갔다.

한편, 상소문이 효과를 발휘하여 장군 가의 집무실에서 밀담을 한 사쿄노스케는 밀명까지 받았다.

그 후 겐노조도 사쿄노스케의 부름을 받아 사쿄노스케의 별장으로 갔지만 그대로 행방불명이 되어 버렸다.

일월사에 있는 만키치와 오쓰나는 오늘이면 돌아올까, 내일은 사쿄노스케 집에서 뭔가 소식이 있을까 하고 마음을 졸이며 기다리고 있었다. 불안하고 쓸쓸한 날이 계속되었다.

하지만 결국 겐노조는 돌아오지 않았다.

오쓰나는 심한 우울증에 빠져 버렸다

'역시 겐노조님은 나를 싫어하는 거야.'

만키치는 만키치대로 나쁜 생각만 머리에 떠올렸다.

'상소문이 잘못된 것은 아닐까?'

초조한 나머지 만키치는 이날 아침 일찍 일월사를 나섰다.

사쿄노스케의 저택으로 가서 어떻게 된 일인지 묻고, 만약 그곳에서도 모른다면 요요기 별장까지 가서 고잔을 만나 일이 돌아가는 상황과 겐노조가 돌아오지 않는 이유를 묻고 오겠다며 길을 나선 것이다.

그리고 오후가 되자 만키치는 어디에서 준비를 했는지 여행용 비옷과 칼, 그리고 삿갓을 쓰고 나타났다.

"오쓰나, 이제 이별이야."

만키치는 나갔을 때의 불안해 했던 얼굴과는 달리 매우 활기차 보였다. 그리고 먼 여행이라도 떠나는 것처럼 짐을 어깨에 멘 채 방으로 들어올 생각도 하지 않았다.

"갑자기 서쪽으로 갈 일이 생겼어. 하지만 당신에게 아무 말 않고 그대로 떠나자니 마음에 걸려서 이렇게 들렀네. 오쓰나, 지금은 아무 말도 물어보지 말고 당신도 갈 길을 가게."

오쓰나는 뭐가 어떻게 돌아가는지 궁금하기만 했다. 만키치가 주는 눈치로는 겐노조가 자신을 불쌍하게 여기는 것 같아서 혼고츠마고이에 있는 집도 처분하고, 동생들에게도 돈을 주어, 언제라도 미련 없이 에도를 떠날 수 있도록 마음의 준비를 끝낸 상태였다.

그런데 겐노조가 한번 나가더니 그 길로 모습을 감추어 버렸고, 만키치는 만키치대로 갑자기 돌아와서는 엉뚱하게 헤어지자는 말을 했다.

오쓰나의 안색이 바뀌었다.

'겐노조도 그렇고, 만키치조차도 나를 믿지 않는다. 그래서 나를 버리는 것이다. 귀찮은 여자라며 두 사람이 작심하고 이렇게 차버리는 것이다. 서쪽으로 간다고? 물론 아와로 가는 거겠지.'

이렇게 생각하자 오쓰나는 입술이 부들부들 떨렸다.

지기 싫어하는 성격인 만큼 잠자코 참고는 있지만 끓어오르는 슬픔을 주체할 수 없는 듯 뜨거운 눈물이 한가득 눈에 고였다.

"만키치님."

오쓰나는 만키치에게로 불쑥 다가와서 그의 손을 아플 정도로 꼭 잡았다.

"왜, 분명하게 이유를 말해 주지 않는 거죠? 저도 에도의 여자예요. 사정을 말해 주면 더 이상 고집을 부리지 않을 게요."

"그래서 사정을 말하고 이해를 시키려고 이렇게 급히 돌아온 것이 아닌가? 자, 진정하고 내 말을 들어 보게."

"아니에요. 듣지 않아도 대강 짐작은 해요. 하지만 그렇다면 당신……"

"그 다음 말은 하지 말게. 스미 저택에서 우리가 약속한 것은 아직 잊지 않았어. 또 당신이 목숨을 걸고 오치에님을 구해 낸 것에 대해서는 겐노조님도 진심으로 고마워하고 있어. 하지만 이번 여행만은 우리도 어쩔 수가 없어. 겐노조님은 이 만키치에게조차 한 마디 하지 않고 벌써 보름 전에 교도 쪽으로 떠났다고 하네."

"옛? 그렇다면 겐노조님은 벌써 이 에도에 없다는 거예요?"

"그래, 나도 바보스러웠지만 겐노조님도 너무했어. 사쿄노스케님의 부름을 받아 고잔님과 셋이서 의논을 하고는 그 길로 요요기 별장에서 밤을 틈타 떠났다고 하네."

"그러면 만키치님까지 남겨 놓고요?"

"나도 고잔님께 그 말을 들었을 때에는 상당히 실망스러웠지. 하지만 사정 이야기를 듣고 보니 이해할 수 있었네."

갑자기 만키치는 목소리를 낮추며 살짝 주위를 둘러보더니 문지방에서 몸을 안으로 들이밀었다.

"상소문으로 인해 사쿄노스케님이 겐노조님에게 아주 은밀한 하명을 내렸어. 즉 장군 가의 명령이지. 아와의 감옥에 있는 요아미님을 만나서 하치스가 가의 음모를 폭로할 수 있는 증거를 듣고 오라는 명령을 받았다고 하더군."

"그렇다면 결국 그 일이 장군님의 지시로 이루어진 거군요?"

"모든 것을 표면화시키기에는 아직 증거가 충분치 않아. 그래서 대규모로 아와에 손을 쓰면 그쪽에서 눈치를 챌 테니까 이 탐색은 겐노조님 혼자 하는 것이 좋다는 방침인 것 같아. 그래서 겐노조님이 운좋게 고가 요아미님을 만나서 하치스가 가의 급소를 찌를 만한 증거를 찾아온다면 즉시 아와를 치게 되어 있어. 물론 그렇게 된다면 그분의 명예를 높이는 일도 되고, 고가 가도 다시 꽃을 피울 수 있겠지. 그리고 10년 이상이나 암흑 속에서 헤매던 덴마조인 우리들도 과연 예리한 눈을 가졌다는 평판을 들을 수 있을 테고."

감추기 힘든 흥분으로 어느 틈엔가 높아진 자신의 목소리를 느끼고 만키치는 여기에서 잠시 말을 끊었다.

"아와의 검문소는 바다와 육지를 합해 스물일곱 곳이야. 그곳을 뚫고 쓰루기 산의 감옥까지 숨어들려면 가능한 한 은밀해야겠지. 겐노조님 입장으로 보아서는 거추장스럽지 않은 편이 좋긴 하지만 나는 불만이야. 여기까지 와서 중요한 본무대에 오르지 못하다니, 그것은 만키치의 성에 차지 않아. 아니, 이렇게 말하면 상당히 내가 잘난 체하는 것 같지만, 나는 출세하자는 것도 아니고 돈을 벌자는 것도 아니야. 다만 이렇게 사건을 풀어가는 것에 보람을 느낄 뿐이지. 그래서 집이랑 아내까지 버리고 이 사건에 매달렸는데 이렇게 버려지다니, 정말 가슴이 답답했지. 하지만 나는 덴마의 만키치야. 멍청하게 에도에서 우두커니 기다리고 있을 수는 없어. 고잔님도 나를 꽤나 설득하셨지만 겐노조님을 따라 함께 에도로 갈 거야. 요요기 별장에서 나오는 길에 비옷과 각반 등을 준비해서 바로 떠나려고 하다가 당신 생각이 나서……"

만키치가 친밀하게 목소리를 낮추자 지금까지 오해했던 마음도 풀려서 오쓰나는 젖은 눈길을 떨궜다.

"내 마음만은 알아 줘. 같은 말을 또 하는 것 같지만, 생판 남이지만 그래도 나만큼 당신의 지금 기분을 잘 이해하는 사람도 없을 거라고 생각해. 그런 만키치가 이렇게 부탁하는 거야. 오쓰나, 마음을 바꾸고 지금의 생각을 포기하지 않겠나?"

지금까지 한 말 뿐이랴, 만키치에게도 여러 가지 사정은 있을 것이다. 장군가의 은밀한 보증까지 받았다고 한다면 겐노조가 만사를 젖혀 놓고 아와로 간 것도 무리는 아니다. 그리고 만키치의 충정 또한 동정하지 않을 수 없다.

다만 부질없는 것은 오쓰나의 가슴이었다.

만키치에게 정황에 대한 이야기를 듣고 부탁까지 받은 오쓰나는 더욱 괴로운 입장이 되었다.

사랑의 비애, 갱생의 실망.

오쓰나는 지금은 악행의 향락도 없고, 돌아갈 집도 없다. 다만 속절없이 무심한 사모의 마음과 다시 태어나고 싶은 마음만 있을 뿐이다.

"알겠어요⋯⋯하지만 만키치님, 지금의 내 마음이 되어 보세요. 저는 겐노조님에게 매달리지 않고는 살아갈 수 없는 몸이에요⋯⋯"

"그건 나도 잘 알고 있어. 그러면서 모든 것을 포기하라고 부탁하는 것은 마치 당신에게 비구니가 되라는 말 같지만⋯⋯"

"아니에요. 차라리 비구니라도 될 수 있다면 좋겠지만, 도저히 내 성품으로는 절에서 살 수 없어요. 그렇다고 해서 겐노조님이나 당신 곁을 떠나서 이대로 에도에 머물러 있으면 언젠가는 또 옛날 버릇이 나와서 나쁜 짓을 할지도 몰라요. 만키치님, 나는 그것이 제일 무서워요."

"그러면 오쓰나, 이렇게 내가 간절히 부탁해도 이해해 주지 못하겠다는 건가?"

"결코 쓸데없는 고집을 부리는 게 아니에요. 만키치님, 저의 간절한 소원이에요."

"그러면 나더러 어떻게 하라는 거야?"

"사람 하나를 구해 준다고 생각하세요. 마지막 부탁이에요."

"아무리 부탁을 해도 소용없네. 나까지 남기고 떠난 겐노조님의 각오를 생각하면 결코 승낙할 수 없어."

"아아, 그러면 절대로 안 된다는 겁니까?"

"이봐, 이봐, 오, 오쓰나!"

"그냥 내버려 둬요."

"무, 무슨 짓을 하는 거지?"

"나로서는 이제 죽는 것밖에는……"

오쓰나의 손에서 어느 틈엔가 비수가 빛나고 있었다.

그 비수 끝이 오쓰나의 목을 향하자 만키치는 당황해서 오쓰나의 소매를 잡았다.

오쓰나는 그 손을 뿌리치고 안쪽 방으로 들어갔다

"왜 이렇게 엉뚱한 짓을 하는 거지?"

만키치는 짚신도 벗지 못한 채 방으로 뛰어들어가 재빨리 비수를 빼앗아 들었다.

"바보같이! 그렇게 성급하게 생각하면 안돼. 당신은 누가 뭐래도 오쓰나가 아닌가?"

거친 숨을 몰아쉬며 얼굴이 새파래진 만키치는 오쓰나에게 화를 내기도 하고 책망하기도 했지만, 자신도 모르는 사이에 눈물이 뺨을 타고 흘러내렸다.

오쓰나도 흩어진 머리카락에 얼굴을 묻고 울고 있었다.

잠시 놀라움과 슬픔이 뒤섞인 정적이 흘렀다.

그때 한 남자가 뒷문으로 들어와서 방 안을 들여다보았다.

"본원에서 들으니, 이곳에 오쓰나라는 사람이 있다고 하던데요?"

"누구시오?"

만키치는 당황해서 비수를 뒤로 감추고 짚신을 신은 채 바닥에 앉았다.

"저는 요시하라 부근에 사는 사람입니다만, 어제 아침에 오쓰나의 애비가 싸움을 하다가 당했습니다. 어제 저녁은 간신히 넘겼지만, 오늘 밤은 아무래도 어려울 것 같아서요. 숨이 넘어가면서도 오쓰나를 애타게 찾아서 이웃 사람들과 의논한 끝에 제가 이곳으로 알리러 온 것입니다."

"아아, 빨리 와야 할 텐데."

도라고로의 베갯머리에 있는 이웃 사람은 가끔씩 한숨을 내쉬면서 안타깝게 기도하였다.

그리고 서로 아픈 마음을 누르며 도라고로의 용태를 지켜 보았다. 고통으로 인해 의식이 혼미한 도라고로는 이제 신음 소리마저 내지 못했다. 얼굴 색깔, 꺼져 가는 숨결이 점차 죽음의 사자와 동행할 준비를 하는 듯했다.

"어떻게 된 거지?"

"이제 올 때도 됐는데."

"꼭 만나야 할 텐데. 우리는 전혀 몰랐지만, 오쓰나는 도라고로의 피를 나눈 딸이 아니래. 게다가 말이야……"

그들이 낮은 목소리로 속삭이고 있자, 또 통증이 찾아왔는지 도라고로는 이맛살을 찡그린 채 새우처럼 몸을 비틀었다.

마침 일월사로 심부름을 보낸 사내가 이마에 흐르는 땀을 닦으며 헐레벌떡 들어왔다.

"왔습니다. 오쓰나가 왔어요."

"왔어?"

모두가 자신의 일인 것처럼 반가워하며 안도의 숨을 내쉬었다. 나막신 소리가 조용하게 울리고, 남루한 집 안으로 오쓰나와 낯선 남자가 들어왔다.

"그러면 전 들어갔다 올게요."

"나는 여기에서 기다리고 있을게."

불의의 소식을 들은 만키치는 오쓰나와 함께 이곳으로 왔던 것이다.

"앗, 언니!"

오미와와 오토키치가 오쓰나에게 벌떡 일어나 달려드는 것을 옆에 있던 이웃 사람이 막아 안았다.

"쉿, 조용히 해야지."

의식이 없던 도라고로가 희미하게 정신이 돌아오는지 초점없이 무기력한 눈을 열었다.

배겟머리에 있던 사람들은 도라고로의 귀에 입을 대고는 오쓰나가 왔다고 알려 주었다.

"오쓰나가 왔소. 당신이 그렇게도 기다리던 오쓰나가……"

얼굴 가까이에 손가락을 대고 오쓰나를 가리키자 도라고로의 흐릿한 눈길이 손가락을 따라서 오쓰나의 모습을 보려고 필사적으로 움직였다.

그리고 잠시 후 어두운 등불 아래에 오쓰나의 모습이 겨우 도라고로의 눈에 들어왔다.

눈꺼풀의 근육이 경련하며 눈물이 뚝뚝 흘렀다.

"오, 오……"

도라고로는 감정이 격해지는지 입술이 바르르 떨렸다.

"아버지."

그 순간 오쓰나는 모든 것을 잊고 도라고로 옆으로 뛰어갔다. 그리고 도라고로가 내민 손 위에 자신의 양손과 얼굴을 묻었다.

갑자기 주위에 있던 사람이 엉거주춤한 자세로 환자의 얼굴을 살폈다. 찰라였지만 몰라볼 정도로 얼굴빛이 변하고 움직이지 않던 눈동자가 치켜올라갔다.

"아버지!"

대답은 물론 아무 반응이 없었다.

"이보게!"

"정신차리게. 오쓰나가 왔어!"

"이제 틀린 것 같아. 오쓰나, 네가 안아 드려라."

"나도 용서를 빌게요. 아버지! 오쓰나는 정말로 불효를 했어요."

오쓰나가 울면서 매달리자 도라고로는 무겁게 숨을 뱉었다.

그리고 물 한 모금을 겨우 삼키고는 입술만 움직였다.

"오, 오쓰나, 미안했어. 이제 더 이상 마, 말로는 할 수 없어. 나중에, 저, 저 서랍 안을 봐. 칼과……"

그것뿐이었다.

그것으로서 도라고로는 마지막이었다. 무덤처럼 조용한 가운데 모두가 흐느껴 우는 소리만 들렸다. 만키치도 흙마루 구석에서 잠자코 고개를 숙이고 있었다.

그때 혼비백산 뒷문으로 뛰어들어온 남자가 오쓰나에게 큰일이 났다고 말했다.

황망히 전하는 바에 의하면, 지금 수상스러운 남자가 이곳을 들여다보더니 재빨리 관가 쪽으로 뛰어갔다는 것이다.

눈앞에는 지금 막 숨을 거둔 도라고로의 시체가 있고, 옆에는 흐느껴 울고 있는 오미와와 오토키치의 가여운 모습이 있었다.

그리고 오쓰나에게는 이제 곧 포졸의 손길이 미칠 것이다.

오쓰나는 당황해서 이것이 자신이 저지른 악업의 응보인가 하고 절실히 생각했다.

"빨리 도망쳐, 빨리."

이웃 사람들은 오쓰나를 서둘러 밖으로 내보내려 했다.

"뒤처리는 우리가 어떻게든 할 테니까. 오미와와 오토키치 일이라면 걱정하지 마."
"그렇게 하는 게 좋겠어. 이곳에 포졸이 와서 오랏줄에 묶이기라도 한다면 아버지도 편안하게 저세상으로 가지 못할 거야."
만키치도 옆에서 재촉했다.
그래도 오쓰나는 움직이지 않았다. 오쓰나 자신보다도 이웃 사람들이 더 걱정하며 내쫓듯이 준비를 하게 만들었다.
"아 참, 그것을 보고 가야지. 도라고로가 유언한 것, 서랍 안쪽, 오쓰나에게 주고 싶은 것이 있다고 했잖아."
"칼이라고 한 것 같은데."
"그게 마음에 걸려서 그토록 만나고 싶다고 했는데 잊어버리면 큰일이지."
소란스런 와중에 그것을 기억해 낸 사람이 있었다. 그 사람은 서랍 안에 고개를 들이밀고 뭔가를 찾더니 3척 정도의 가늘고 긴 보따리를 찾아서 등불 앞으로 내밀었다.
"이것이야?"
그리고 먼지투성이 보따리를 풀어 보자 비싼 기름종이로 두 겹 세 겹 정성껏 싸놓은 칼 한 자루가 있었다.
"이런 물건이 있을 만한 집안이 아니고, 소중하게 간직해 둔 것을 보면 아까 도라고로가 칼이라고 말한 것은 이것을 가리키는 것이겠지. 오쓰나, 아버지의 유언대로 이것을 네가 가지고 어쨌든 잠시나마 다른 곳에 가서 관가의 손길을 피하도록 해라. 그리고 이제부터는 성실히 살아서 세상의 소문을 씻어 버려. 네 아버지가 좋은 본보기이니까."
이웃 사람은 모두 한결같이 멀리 여행 떠나는 가족이라도 배웅하듯이 눈물에 젖은 오쓰나를 달래서 억지로 밖으로 떠밀었다.
한 발 늦었는가! 등불을 밝힌 낯선 무사가 주위를 둘러보면서 이 골목 안으로 들어왔다.
모두가 깜짝 놀라서 그 자리에 멈추어 서 있는데, 관리인 같아 보이지 않는 젊은 남자와 함께 나이든 무사가 가까이 다가왔다.
"도라고로라는 자의 집이 이곳인가?"
"예. 그렇습니다만……"
"나는 용천사(龍泉寺)에 사는 고이케 기헤이(小池喜平)라는 무사다."
무사가 먼저 자신의 신분을 밝히고는 선 채로 찾아온 용건을 말했다.

"내 조카가 어제 요시하라에서 실수로 사람을 베었다고 하기에 은밀히 조사해 보니, 당한 사람은 이 부근에서 자주 보이는 사자탈을 쓰고 곡예를 하는 남매의 아버지라는 것을 알았다. 실은 그 남매를 아내가 항상 불쌍하게 생각하여 물어물어 찾아온 것이다. 정말 마음 아프게 생각하며, 조카가 저지른 죄에 대해 보상을 하지 않을 수 없다. 그래서 고아가 된 오미와와 오토키치를 내 집에서 키우면 안 되겠는가?"

고이케 기헤이는 이렇게 말했다. 이것은 예상치도 못한 일이었다.

이웃사람들은 그 말을 듣자 모두 기쁨의 눈물을 흘렸다. 오쓰나에게도, 두 아이를 위해 더 이상 이의가 있을 수 없는 이야기였다.

그리고 또 하나, 유곽에 있는 동생도 요전에 준 돈으로 충분히 빼낼 수 있을 것이라고 생각하니 오쓰나의 마음은 한결 가벼워졌다."

"그러면, 여러분."

오쓰나는 모두를 향해 고개를 숙였다.

"죄송하지만 여러분에게 모든 것을 맡기고 저는 떠나겠습니다."

오쓰나는 이웃 사람에게 이별을 고했지만, 일부러 무사에게는 자신이 아이들의 언니라고는 말하지 않았다. 다만 마음 속으로 이런 더러운 바닥에 사는 사람들의 아름다운 마음씨에 감사하면서 종이에 싼 칼을 들고 만키치와 함께 골목을 조심스럽게 빠져 나왔다.

대자대비각(大慈大悲閣)

혼자가 되었다.

이제 부모도 없는 외톨이.

'소매치기 죄인 언니는 동생들에게도 차라리 없는 편이 낫다. 행복하게 자라 다오. 좋은 싹을 똑바로 키우면서.'

오쓰나는 마음 속으로 이렇게 기원하면서 소매 끝으로 살짝 눈가를 눌렀다. 그러면서도 무의식중에 발은 어두운 길을 선택하고 있었다.

언제쯤이면 밝은 길을 마음껏 걸어갈 수 있을 것인가?

'소매치기에서 이제 손을 씻었습니다!'

이렇게 외치고 있는데, 이렇게 맹세하고 있는데, 세상은 그것을 믿어 주지 않았다.

아버지가 목숨을 거둔 밤에도 포졸은 자신을 쫓아다녔다.

'아, 걸으면 걸을수록 길은 어둡다. 지금도, 그리고 앞으로도. 목적지가 없는 어두운 길, 그것이 내가 평생 가야 하는 나의 생애일까?'

오쓰나가 한숨을 쉬었을 때, 갑자기 주위가 밝아졌음을 느꼈다.

어느 사이엔가 오쓰나는 요시하라의 유곽을 빠져 나와서 천초사(淺草寺)에 있는 관음당 앞에 와 있었다.

올려다보자 퇴색한 금빛 감실 등불이 주위를 밝게 비추고 있었다.

"잠깐만요."

오쓰나가 부르자 마찬가지로 묵묵히 걷던 만키치가 멈추어 섰다.

"만키치님."

"응?"

"잠깐만 기다려 주지 않겠어요?"

"좋아. 쉬어 가는 것도 괜찮지. 실은 마음 속으로는 빨리 떠나고 싶어 몹시 초조하지만, 어차피 이렇게 늦은 밤에야 어쩔 수 없지. 내일 아침 일찍 떠나세."

"쉬고 싶어서 그런 것이 아니라, 아버지가 돌아가시면서 남긴 이것에 뭔가 깊은 사연이 있는 것 같아서 빨리 열어 보고 싶어요."

"그래. 자세한 사정은 모르지만, 나도 그렇게 생각했어, 오쓰나, 저쪽 마루가 좋겠어. 등불이 있으니까."

깊은 밤이라 그런지 참배객의 모습은 보이지 않았다.

인기척이라고는 잘 곳이 없는 거지가 누더기에 싸여 잠꼬대하는 차가운 숨소리뿐이었다.

연못에서 끼꺽 하고 거북이 우는 소리가 들릴 정도로 관음당의 공기는 조용했다.

"아까 당신을 기다리는 동안 나도 모르게 눈물을 흘리며 우연히 듣게 되었는데, 무슨 칼에 관한 이야기를 하는 것 같더군."

"그게 도저히 나에게는 이해가 되지 않아요. 내가 아주 어릴 때부터 우리 식구는 지금 살던 곳에 살았는데, 이런 칼이 있다는 것은 오늘 처음 알았어요."

"그러면 그건 당신이 어릴 때 돌아가셨다는 어머니가 지니고 있던 칼이 아닐까?"

"나도 그렇지 않을까 생각해요. 나와 어머니가 관련된……"

두 사람은 마루 끝에 앉았다.
마침 본당의 희미한 불빛이 옆 문에서 흘러나와서 어렴풋이 그곳을 비추고 있었다. 감겨진 실을 풀다가 오쓰나는 얼굴을 들고 만키치를 보았다.
"만키치님, 왠지 이것을 열어 보기가 두려워요."
"뭔가 짐작가는 것이라도 있나?"
"이렇게 조용한 밤 관음당에 있는 탓인지, 갑자기 떠오르는 것이 있어요. 그건 벌써 10여년도 훨씬 전에 있었던 일이지만……"
"그러면 당신이 여덟 살이나 아홉 살 정도였을 때?"
"희미하게 생각나는데, 벚꽃이 하늘거리며 떨어지는 밤이었어요. 엄마 손을 잡고 이 관음당에 왔어요. 그것도 분명히 깜깜한 한밤중에요."
칼을 싸고 있는 종이를 풀다가 오쓰나는 그리운 목소리로 마치 꿈을 꾸듯이 말했다.
"만키치님에게도 이야기를 한 적이 있지만, 어머니는 오사이라고 이 근처에서는 꽤 인기 있는 기생이었죠. 매우 아름다웠어요. 어머니와 함께 무심코 와보니, 이곳에는 우리를 기다리고 있던 무사가 있었어요. 너무나 무서운 생각이 들어서 나는 어머니에게 매달렸죠. 그랬더니 그 무사가 내 손을 잡고는 나를 애절하게 바라보며 눈물을 흘리더군요."
밤이 깊어 가는 절 안은 물밑같이 고요한 밤 공기만 흘렀다.
만키치는 오늘 밤의 오쓰나가 열 살이나 아홉 살 정도의 어린 여자 아이로 보였다. 머리를 뒤로 쫑긋 묶고 어머니 손을 잡고 가는 오쓰나의 모습이 그대로 눈에 떠올랐다.
"얼마나 깜짝 놀랐는지, 지금도 그 장면이 생생하게 떠오를 정도예요."
오쓰나는 넋을 잃고 자신의 이야기에 빠졌다.
"그리고 이 관음당에서 어머니와 나를 기다리고 있던 이상한 무사는 무서워하는 내 손을 잡고 잠시 눈물을 흘리더니, 이번에는 어머니에게 이별의 말을 했어요. 아주 친밀하게 그러고는 멀리 여행이라도 떠나는 듯이 아쉬워하며 몇 번이나 뒤를 돌아보면서 꽃이 지는 어둠 속으로 가버렸어요…… 그림자같이 그 무사의 모습이 사라진 거예요."
"그리고 어떻게 되었지?"
"그리고 나서야 아시다시피 시궁창 뒤에서 왈가닥으로 자랐지만, 어머니가 죽을 때까지 가끔 그 무사가 이상하게 머릿속에 떠올랐어요. 만키치님,

어째서 그 무사와 헤어질 때에 우리 어머니가 그토록 울었을까? 정말 이해할 수 없었어요."
"그 말을 들으니 이제서야 알 것 같군."
"나도 철이 들고 나서야 그것을 깨닫게 되었어요."
"꽃이 지는 밤에 이곳에서 이별을 한 무사는 당신의……"
"진짜 아버지였을까요?"
"그래. 틀림없어."
"기른 아버지인 도라고로는 나에게 계속 감추고 있었지만, 숨을 거둘 때가 되어 비로소 그것을 알려 주려고 했던 것이 아닐까 하는 생각이 들어요."
"그러면 당신에게 준 칼과 함께 뭔가 사연이 씌어 있을지도 모르겠군."
"이 본당에 와서야 그 생각이 난 것도 신기하군요. 빨리 뜯어 보고 싶어요."
오쓰나의 얼굴이 순간 환해졌다.
"어쨌든 빨리 안을 확인하는 것이 좋겠어."
"예."
오쓰나는 다시 현실로 돌아온 듯 두근거리는 가슴을 진정시키며 무릎에 놓인 종이를 조심스레 뜯기 시작했다. 종이 속에는 또 다른 천 주머니가 있었다.
단단히 묶여 있는 실을 끊으려고 하자 성긴 올 사이로 7, 8통의 편지가 와르르 떨어졌다.
무서운 운명의 제비뽑기라도 잡는 듯이 오쓰나는 멈칫거리며 그 편지를 주워 보니, 그리운 어머니의 이름이 씌어 있었다.

시나에게
또 한 통을 들어 보자 역시 그것도 같은 필체로 '오시나에게'라고 씌어 있었다.
그리고 하나씩 주워서 무릎에 올려놓다가 무심코 마지막에 주운 편지의 뒷면을 보았다.
"만키치님, 조금만 비켜 봐요."
그런데 오쓰나는 본당에서 새어 나오는 불빛에 그 편지를 비추어 보더니 갑자기 손을 부들부들 떨기 시작했다.

거기에는 이상하게도 '고가 요아미'라고 씌어 있었다.

고가 요아미?

고가 요아미?

몇 번이나 눈을 씻고 보아도 역시 고가 요아미였다.

도대체 어떻게 된 일일까? 고가 요아미라면 지금에 와서 새삼스럽게 생각할 것도 없이 고가조 종가의 사람이자 오치에의 아버지, 그리고 아와의 감옥에 갇힌 채, 10년 남짓 생사조차 알 수 없는 사람이었다.

또한 겐노조가 장군의 밀명을 받아 아와로 들어가 반드시 만나려고 하는 사람이 아닌가?

그 고가 요아미의 이름이 어머니에게 보낸 편지 뒷면에 또렷하게 씌어 있는 것이다.

오쓰나는 망연히 앉아 있었다.

만키치도 놀란 눈을 크게 뜬 채 마른 침만 삼킬 뿐이었다.

두 사람은 기가 막힌 듯 할 말을 잊고 있었다.

"음……"

이윽고 만키치가 신음 소리를 내었다. 오쓰나도 같이 깊은 숨을 쉬었다.

"아, 모르겠어……"

오쓰나의 손에서 편지가 떨어지자 만키치가 재빨리 주워서 편지를 읽기 시작했다.

　다도츠로 가는 배를 기다리는 동안 이 편지를 쓰는 거요. 하지만 이것을 마지막으로 앞으로는 편지를 쓰지 못할 것 같소. 에도에 있었을 때 당신과의 오래된 인연도, 관음당에서 오쓰나의 얼굴을 본 것도 어쩌면 마지막이 될 것 같소. 이번에는 아와로 들어갔다가 못 돌아올지도 모르니 모든 것을 잊고……

여기까지 읽어 내려간 만키치는 오쓰나의 얼굴을 바라보았다.

"오쓰나! 지금 읽은 것을 들었어?"

"듣고 있었어요. 그, 그리고 그 다음은요?"

"이제 끝까지 읽으면 모든 사정을 알겠지만, 오쓰나! 당신은 틀림없이 이 사람의 딸이야. 고가 요아미님의 피를 받은 아씨라구!"

"하지만……"

오쓰나는 믿을 수가 없었다.

"고가 요아미님의 따님은 스미 저택에 계셨던 아름다운 오치에님이……"

"하지만 당신이 요아미님의 딸이라는 것은 분명해. 당신의 돌아가신 어머니가 에도의 유명한 기생이었지? 그때 뭔가의 인연으로 요아미님과 알게 되어 그 사이에서 태어난 것이 당신이야. 일단 끝까지 읽어 보지……"

종이가 뚫어질 듯한 눈길로 만키치는 나머지 편지를 마저 읽었다.

모든 의혹이 풀렸다. 그의 상상은 적중한 것이다. 에도의 명기였던 오쓰나의 어머니와 그 당시 32, 3세였던 요아미와는 상당히 오랫동안 알고 지내던 사이였다.

그리고 두 사람 사이에서 오쓰나가 태어났다.

오사이는 에도에서도 알아 주는 명기였다. 나이가 들어도, 또한 찻집 앞에서 자신의 아이가 놀고 있어도 인기는 끊이지 않았지만, 마침내 요아미는 아와로 들어가 버렸다.

그 후로 오사이는 기방을 떠나 피리나 불어주는 악사가 되었다. 외롭고 힘들어도 다만 커가는 오쓰나를 유일한 기쁨으로 알고 살고 있었다.

그러는 동안 도라고로가 끈질기게 따라다니자 어쩔 수 없는 사정 속에 오미와와 오토키치가 태어나고 아름답던 모습도 몇 해가 지나자 빛이 바래 버렸다.

"명기의 말로가 왜 저럴까?"

그때 유곽 주변에서는 이런 말이 떠돌았다.

보자기 속에는 그러한 오래된 기록 외에도 더 확실한 증거가 있었다.

함께 나온 묽은 비단에는 금실로 관음상이 수놓아져 있었고, 요아미와 오사이의 생일, 그리고 오쓰나가 태어난 날까지 분명하게 적혀 있었다.

이제 의심할 여지가 없지만 남은 칼을 잘 살펴보니, 이것은 요아미가 아와에 들어가기 전에 마지막으로 오사이에게 준 것이었다.

육각의 손잡이에 남색 실이 달려 있고, 고조(光乘)의 작품인 듯 기운 넘치는 은어가 새겨진 칼집하며 유려한 품격이 흘러 넘치고 있었다.

"멋지군. 다이묘의 칼이라고 해도 좋을 정도야. 오쓰나, 한 번 보여주게."

만키치는 명검을 황홀한 눈길로 바라보면서 조용하게 칼을 뺐다.

칼은 2척 반 정도의 길이에 두께도 적당했다. 칼날은 별을 그대로 머금은 것처럼 푸르스름하게 빛났다.
 "음, 등골까지 오싹해지는군. 이런 명검을 가지고 있는 패기만만한 젊은이의 모습이 저절로 떠오르는데."
 칼을 뺀 채 칼집과 칼을 오쓰나에게 주자, 오쓰나는 잠시 넋을 잃은 듯이 그것을 바라보았다. 그리고 갑자기 큰 소리로 외쳤다.
 "아와에 가면 만날 수 있어! 나를 낳아 준 아버지를 만날 수 있는 거야. 나는 쓰루기 산에 있는 감옥에 꼭 가야만 해."
 "좋아."
 오쓰나의 말에 만키치도 고개를 끄덕이며 결심을 했다.
 "함께 가는 거야. 아와에!"
 "아니, 그러면 승낙해 주는 거예요?"
 "모든 사실을 안 이상 말릴 수만은 없지. 날이 밝기를 기다려 즉시 떠나세."
 "왠지 제 앞날이 갑자기 밝아진 것 같은 느낌이 들어요. 그렇게 되면 겐노조님을 도와 드릴 명분도 있고 생부와 만날 수도 있어요. 이것도 돌아가신 어머니 덕분인지도 몰라요."
 오쓰나의 목소리는 열에 들떠 있었다. 어둠 속에서 한 줄기 빛을 본 것처럼 오쓰나는 칼을 바라보았다.
 그 곳에 어머니의 모습이 떠올라서 자신에게 말을 하는 것 같았다.
 하지만 그것은 에도의 명기 오사이가 아니었다. 날카로운 눈매를 가진 남자가 오쓰나를 노려보는 것이 칼에 비치었다.
 "앗!"
 소스라치며 어깨 뒤를 돌아보자 어느 틈엔가 등불을 받으며 한 남자가 서 있었다.
 옆구리에 찬 긴 칼 두 개와 깊숙하게 눌러 쓴 두건, 그것은 틀림없는 마고베의 모습이었다. 기름이 다 떨어졌는지 등불이 크게 깜박거리자 뒤에 서 있는 마고베의 얼굴이 마귀처럼 흔들거렸다.
 "아니, 네 녀석은?"
 마고베를 보자마자 만키치는 자리에서 벌떡 일어났다. 거의 동시에 오쓰나도 몸을 앞으로 빼었는데, 이때 무릎에 있던 편지가 주위에 하얗게 흩어졌다. 하지만 지금은 그것을 주울 틈이 없었다.

"이 방해꾼!"

마고베가 쉰 소리로 고함을 치며 뛰어든 만키치를 발로 걷어찼다.

만키치는 뒤로 벌렁 자빠지더니 간신히 몸을 추스리고 재빨리 오쓰나에게 눈짓을 했다.

그렇다! 이런 녀석을 상대하고 있을 때가 아니다, 오쓰나도 그 눈빛의 의미를 깨닫고 본당 정면을 향해 뛰어가는데, 바로 그때 복도 모퉁이 굵은 기둥 뒤에서 하얀 칼날이 불쑥 튀어나왔다.

"잠깐!"

슈마였다.

마찬가지로 마루를 뒤쪽으로 돌아서 뛰어간 만키치의 앞에도 서슬퍼런 칼날이 살기등등한 빛을 발하며 길을 막아 버렸다.

난간 사이를 통해 눈에 들어온 것은 왼손을 붕대로 감은 채 목을 걸고 있는 잇카쿠였다.

"움직이면 죽는다. 움직이지 마라!"

잇카쿠가 한 손에 칼을 든 채 조금씩 다가오고 만키치는 경계 뒤로 물러섰다.

"에잇, 큰일이다! 이렇다면 아까부터 우리가 하는 말을 다 듣고 있었단 말인가?"

만키치는 자신의 부주의함에 화를 내면서 사력을 다해 방망이를 꼭 잡았다.

그때 오쓰나는 복도 끝에서 슈마와 팽팽하게 맞설 준비를 하고 있었다. 자신도 모르게 요아미의 칼을 거머쥐고.

칼날에서 튀는 푸른 불꽃이 서로의 눈을 찔렀다.

슈마는 오쓰나의 대단한 기세와 푸른 칼날에 겁을 먹어 잠시 주저하는 듯 했지만 이윽고 칼을 고쳐 잡고 조금씩 다가왔다.

오쓰나도 이전의 그녀가 아니었다. 그 순간 오쓰나는 자신이 고가 요아미라는 무사의 피를 받았음을 기억해 내고 있었다.

오쓰나로서는 오랫동안 고가 가를 괴롭히고, 오치에를 괴롭힌 슈마를 적으로 삼을 충분한 이유가 있었다.

하지만 지금은 이런 자를 상대하고 있을 때가 아니었다. 한시라도 빨리 아와로 가야 한다고 오쓰나는 마음 속으로 서두르고 있었다.

"물러나!"

칼을 번득이며 탈출을 시도하는 오쓰나.
　그때까지 복도 한가운데에 서서 동정을 살피던 마고베가 뒤에서 오쓰나를 붙들었다.
　오쓰나의 오른팔을 비틀려고 하는 찰나, 오쓰나는 몸을 빼내어 마고베의 그림자를 향해서 칼을 휘둘렀다.
　그리고 날개를 편 봉황처럼 재빨리 복도 난간에서 아래로 사뿐히 뛰어내렸다.
　"오쓰나를 놓치지 마라!"
　"물론이지!"
　마고베와 슈마가 막 뛰어내리려고 난간에 발을 올려놓는 순간 어디에선지 밤공기를 가르며 굉장한 총성이 고막을 찢었다.
　"아니!"
　깜짝 놀라 뒤를 돌아보니 잇카쿠의 칼날이 잠시 흔들리는 틈을 타 만키치도 관음당에서 뛰어내리고 있었다.
　"저쪽으로!"
　만키치는 오쓰나와 함께 다리를 넘어 오동나무 숲으로 달려갔다.
　"놓치지 마라!"
　마고베가 앞장 서고 슈마와 잇카쿠는 그 뒤를 따랐다. 그때 옆길에서 갑자기 4, 5개의 등불을 흔들며 두 채의 가마가 나타났다. 마치 일부러 끼여드는 것처럼.
　그리고 가마와 등불을 따라가는 사람들이 발길을 멈추더니 슈마 일행을 향해 총의 방아쇠를 당겼다. 그 순간 붉은 불꽃이 밤하늘을 수놓았다.
　"앗!"
　"위험하다!"
　슈마와 잇카쿠는 자기도 모르게 땅에 엎드렸다. 몸을 일으키려고 하자 잠시 간격을 두고 세 번째의 총성이 밤하늘을 찢었다. 그 사이에 앞선 가마와 사람들은 이미 슈마 일행을 따돌리고 멀어진 오쓰나와 만키치의 뒤를 따라 오동나무 밭을 빠져 나가서 어디론지 사라졌다.
　호랑이 굴에서 겨우 빠져나온 오쓰나와 만키치는 그들이 도대체 누구인지, 등불에 적힌 이름조차 확인하지 못한 채 사람들에 섞여 함께 달렸다. 이윽고 시타야까지 왔을 때 만키치는 오른쪽으로 돌려고 했다

"만키치, 조금 더 앞으로 가게."

총을 가진 무사가 말했다.

깜짝 놀란 만키치가 의문을 가질 틈도 없이 다시 달리기 시작한 가마와 사람들은 세교(施行) 오두막집 앞에서 골목길로 빠져서 들판 쪽으로 들어갔다.

달도 뜨지 않은 하늘은 어슴푸레했지만, 풀내가 끝없이 펼쳐지고 짚신에 닿는 이슬 감촉으로 봄기운이 느껴졌다.

"이제 이쯤이면 괜찮겠지, 가마를 내리고 잠시 기다리자."

누구를 기다리는 것인지 알 수 없지만, 총을 자루에 넣고 빙그르르 돌려 싸더니 뒤쪽에 있는 무사에게 주었다. 멈추라는 표시를 하자 이슬이 내린 봄의 초원에 가마가 가볍게 내려졌다.

그리고 젊은 무사가 두 명, 일꾼 서너 명이 가마 주위에 둘러 앉아 쉬었다.

오쓰나와 만키치도 처음으로 숨을 돌리고, 그제서야 총을 갖고 있던 무사의 얼굴을 보게 되었다.

얼굴을 확인한 순간 그만 깜짝 놀라고 말았다.

도라고로가 숨을 거두었을 때, 고이케 기헤이라며 오쓰나의 집에 와서 오미와와 오토키치의 양육을 맡겠다고 하던 바로 그 무사가 아닌가!

"어머, 당신은?"

오쓰나가 영문을 몰라 눈이 휘둥그레지자 그 무사는 빙그레 웃었다.

"아까는 실례했습니다. 저는 사쿄노스케님의 가신입니다. 자세한 사정은 나중에 고잔님께서 직접 말씀해 주실 겁니다."

무사는 조심스럽게 이 말만을 할 뿐 더 이상 입을 열지 않았다.

얼마 지나지 않아 들판 너머에서 주위를 둘러보며 오는 무사가 있었다.

"고잔님, 이쪽에서 기다리고 있었습니다."

목소리를 듣고 삿갓을 깊숙이 눌러 쓴 무사가 이쪽으로 다가왔다.

"수고했다."

고잔은 가마 옆에 있는 사람들을 격려하며 조금 떨어진 곳에 멍하니 서 있는 오쓰나와 만키치 옆으로 다가왔다.

"오쓰나님."

고잔이 정중하게 자신을 부르자 오쓰나는 깜짝 놀랐다.

자신의 품을 노렸던 여자에게, 더욱이 형편을 가여이 여겨 큰 돈까지 동정해준 고잔으로부터 오쓰나님이라는 대접을 받으니 의외일 수밖에 없었다.

"만키치와 함께 아와로 가시겠다는 결심, 정말 훌륭합니다. 그래서 이 고잔이 마음으로부터 인사를 하러 왔습니다."

그러면서 고잔은 품에서 무엇인가를 꺼내어 오쓰나에게 주었다. 그것은 바로 다루이(垂井)에 있는 국분사(國分寺)의 도장이 찍힌 순례 표시로, 이것을 가지고 국분사에 가면 3월 중순 아와로 향하는 순례자 배에 편승할 수 있다는 것이다.

"아와의 스물일곱 개 검문소마다 철저히 통제하며 타지방 사람을 들여보내지 않지만, 종법(宗法)을 하는 자만은 거절할 수 없어서, 봄과 가을에 두 번씩 순례자 배에 한해서 입국을 허락하는 규칙이 있습니다. 먼저 에도를 떠난 겐노조님도 국분사에 가서 그 배에 편승할 준비를 하고 있을 겁니다. 그러니 지금부터 길을 서둘러 가면 어쩌면 그곳에서 겐노조님을 만날 수 있을 것입니다."

또한 오늘 밤 자신이 이곳에 온 정황에 대해서는 다음과 같이 설명을 해주었다.

주의 깊은 고잔은 어느 사이에 마을 노인에게 부탁해서 오쓰나의 신상을 조사해 보게 했다.

그때 도라고로의 갑작스러운 죽음을 알고는 요요기 별장에 있는 무사를 시켜 신병을 인도해 오라고 지시했던 것이다. 그리고 오쓰나가 만키치와 함께 집을 떠나 천초사에 도착했을 때, 마침 천초사의 어둠 속에 마고베와 슈마, 잇카쿠가 잠복해 있는 것을 알고 고잔도 관음당 안에 숨어서 오쓰나와 만키치의 이야기를 모두 듣고 있었다.

전에 노인에게서 오쓰나가 고가라는 유서 깊은 무사집안의 딸이라는 것을 들어 알고 있었지만, 지금 아와의 감옥에 있는 요아미의 피를 받았다는 것은 자신도 이때 처음 알고 실로 감개무량했다고 말했다.

고잔은 새삼스런 눈빛으로 오쓰나의 얼굴을 물끄러미 바라보았다.

아무리 빨리 떠나고 싶어도 지금은 사람 그림자 하나 없는 한밤중이었다. 일행은 에도에서 중선도로 들어서는 제1관문인 모리가와주쿠(森川宿)의 어느 찻집에서 잠시 쉬었다.

"그럼 만키치, 가는 도중 조심해서 부디 사고를 당하지 않도록 하게. 또 겐노조님은 아무것도 모를 테니까 만났을 때는 전후 사정을 잘 말씀드리게."

이곳까지 일부러 전송하러 온 고잔은 드디어 밤을 틈타 에도를 떠나는 두 사람에게 주의를 당부하였다.
 오쓰나는 입은 옷 그대로에다 찻집에서 구한 삿갓과 짚신, 지팡이로 채비하고 짚신의 끈을 매었다. 준비가 끝나자 이윽고 두 사람은 나란히 선 채 고잔의 따뜻한 배려와 인정에 진심으로 감사의 뜻을 표했다.
 "오쓰나님이 건강하게 무사히 아버지를 만나고 올 수 있도록, 이 고잔도 빌겠습니다."
 "이렇게 세심하게 마음을 써주신 은혜는 제가 혹시 도중에 아와의 흙이 될지라도 결코 잊지 않겠습니다."
 그러자 옆에서 만키치가 끼어들었다.
 "아닙니다, 고잔님. 가령 몸이 가루가 되더라도 틀림없이 쓰루기 산까지 가서 목적을 달성하고 올 테니까 안심하고 계십시오."
 "순례 표시가 있는 이상 검문소나 배 때문에 고생하는 일은 없을 걸세. 그러나 자네와 겐노조님을 노리는 자가 있으니, 에도를 떠난 후에는 절대 방심하지 말게."
 "잘 알겠습니다. 그러면 고잔님, 대사를 꼭 수행하고 돌아와서 다시 뵙겠습니다."
 고잔은 만키치를 향해 고개를 크게 끄덕이더니 오쓰나를 향했다.
 "오쓰나님, 얼굴이라도 한 번 보고 가면 어떻겠습니까?"
 고잔은 뒤에 놓여진 가마의 휘장을 걷었다. 안에는 세상모르고 편안한 얼굴로 잠들어 있는 오미와와 오토키치의 모습이 보였다.
 오쓰나는 동생들의 얼굴을 잠자코 바라보았다.
 "아이들은 아무것도 모를 테니까, 이대로 가겠습니다."
 "모처럼 평화롭게 잠들어 있는 것을 깨워서 또 괴로운 눈물을 흘리는 것도 안 좋겠지요. 그러면 후일을 기약합시다. 사쿄노스케님도 모든 사정을 알고 이 아이들을 요요기 별장에서 길러 주신다고 하셨으니까요."
 "예, 이제 이것으로 티끌만큼도 마음에 걸리는 것은 없습니다. 다만 오치에님을 한 번 만났으면 좋겠지만……"
 "오치에님은 지금 상태에서는 무슨 이야기를 해도 알아듣지 못할 겁니다. 언젠가 병이 완치된 다음에 행복하게 만날 기회가 있을 겁니다."
 "그럼, 오쓰나님……"

만키치는 오쓰나를 재촉하면서 삿갓 끈을 묶고 어쩌면 다시 못 볼지도 모를 에도의 하늘을 올려다보았다.
총소리가 관음당의 경내를 뒤흔들고 나서 한 시간 정도가 지났을까.
한 남자가 경내를 계속 둘러보면서 뛰어갔다. 경내 안의 등불 아래 웅크리고 세 사람이 머리를 맞대고 있었다. 그들은 조금 전 오쓰나가 떨어뜨린 편지를 주워서 읽고 있었던 것이다.
"마고베님."
"한지인가?"
세 사람의 눈이 갑자기 번쩍이며 한지 쪽을 향했다.
"그쪽은 어떻게 되었느냐?"
"모리가와주쿠까지 쫓아갔다 왔습니다. 예상대로 우리를 방해한 녀석들은 고잔의 하수인이었습니다. 여기서 이렇게 우물쭈물하고 있을 때가 아닙니다. 오쓰나와 만키치가 오늘 밤 안으로 에도를 떠난다고 합니다."
"뭐, 에도를 떠나?"
"고잔에게 아와로 가는 순례 표시를 받아 다루이로 갔습니다. 먼저 모습을 감춘 겐노조도 그곳에서 이번 봄의 순례자 배에 탈 준비를 하고 있답니다."
"뭐라고?"
세 사람은 놀라 벌떡 일어섰다.
한시라도 빨리 만키치와 오쓰나의 길을 막아서 겐노조와 만나기 전에 조치를 취해야 한다며 서두르고 있었다.
하지만 그것은 겐노조를 치려고 하는 잇카쿠와, 오쓰나에게 집착을 하고 있는 마고베의 일일 뿐, 슈마에게는 말그대로 강건너 불보듯 냉담하였다. 지금까지 노렸던 고가 가의 보물도 다 타 버리고, 오치에와도 사랑할 수 없는 상태에 빠진 슈마는 모든 것이 귀찮아진 것이다.

늑대 세 마리

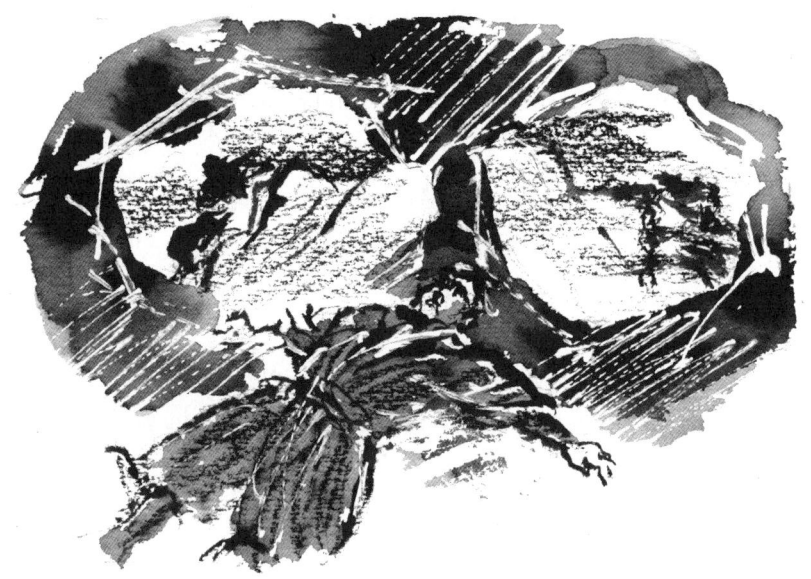

 오쓰나와 만키치가 중선(中仙) 길을 거쳐서 떠난 지 3일 후, 같은 길에 세 사람의 무사가 보였다.
 그들은 물론 마고베 일행이었다. 이번 여행의 목적은 물론 오쓰나와 만키치의 뒤를 쫓아가서 겐노조까지 처치하는 것이다. 그러나 짚신과 삿갓, 그리고 여행용 옷을 제대로 챙겨 입은 것은 잇카쿠뿐이고, 슈마는 삿갓도 쓰지 않았고, 마고베는 삿갓도 짚신도 싫다면서 두건만을 쓰고 있었다.
 그러나 마고베도 슈마도 여행에는 익숙해 있어 산마루를 넘어도 별로 지친 기색은 보이지 않았다.
 "우리가 설마 엉뚱한 길로 가고 있는 것은 아니겠지?"
 오이와케(追分) 갈림길에서 사쿠(佐九)로 꺽이면서 푸른 보리밭이 있는 들판 한 옆으로 유채꽃이 만발해 있는 모습을 보며 마고베가 불쑥 이렇게 물었다.
 "무슨 말이야?"
 뒤를 돌아다본 잇카쿠가 되물었다.
 고매암으로 가는 길목에서 겐노조에게 당한 상처는 목숨에 지장이 없었다 하더라도 매우 깊었다. 그래서 아직도 왼쪽 손목에 붕대를 감아서 더욱 흉포한 인상을 주어 그를 스쳐 지나가는 사람이면 누구나 다시 한 번 뒤를 돌아 보았다.

"벌써 에도에서 40리 남짓을 3일이나 달려왔는데. 만키치와 오쓰나의 모습이 전혀 보이지 않잖아?"

"그런 걱정은 접어 두어. 설마 한지가 거짓말을 했겠나?"

"그렇다면 이제 거의 보일 때도 됐는데."

"걱정하지 말게. 실은 고모로(小諸)에서 잠시 쉴 때 좀 물어 봤지. 어제 아침에 두 사람이 틀림없이 이 길로 들어서는 걸 본 사람이 있어."

"그래? 그렇다면 우리와 하루 차이는 계산이 나오는군. 잘하면 이제 곧 만나겠는걸."

마고베의 말투는 주위 경치처럼 다소 경쾌해져 있었지만, 슈마는 전혀 내키지 않는 얼굴로 가장 뒤쳐져서 따라오다가 나뭇가지를 하나 꺾어 들었다.

"잠깐 쉬기로 하세."

잇카쿠가 치쿠마(千曲)의 다리를 건너서 햇볕이 잘드는 곳에 앉았다.

"좋아. 시간이 아깝기는 하지만."

마고베도 담배를 꺼내더니 책상다리를 하고 앉았다.

"아직 갈 길이 멀었는데, 그렇게 초조해 할 것 없어. 이봐, 슈마."

"왜 그러나?"

"잠시 쉬었다 가지."

"좋네."

"자네는 여행을 별로 좋아하지 않는 것 같군."

"여행은 좋아하지만, 아무래도 이번 여행은 별로 재미가 없군. 사람의 감정은 정직한 거야. 나로서야 목적없는 여행인데다 하루에 10리씩이나 걸으니 편치 않을 수밖에."

"왜 그러나? 왜 이번 여행에 목적이 없다고 하는 건가?"

"마고베나 자네는 좋겠지. 하지만 이 슈마에게 있어서는 이렇게까지 만키치와 겐노조를 죽여야 할 이유가 없네."

"바보 같은 소리. 스미 저택은 오쓰나 때문에 타 버린 거야. 또 오치에를 그렇게 빼앗아 간 것은 만키치지. 알겠어? 그리고 그것을 모두 사주한 녀석이 바로 겐노조 아닌가? 그래도 자네는 그 녀석들에게 아무런 원한도 없다는 건가? 우리들과 힘을 합쳐 그 원한을 풀려는 마음이 생기지 않느난 말일세?"
"아무리 해도 그렇게 생각되지 않네."
"쳇! 무사답지 못하군."
"오치에도, 스미 저택의 보물도 지금은 모두 날아가 버렸네. 게다가 목숨을 걸고 만키치나 겐노조를 노려봤자 아무런 보상이 없지 않은가? 나는 그만 여기에서 헤어져야겠네. 에도로 돌아가서 낮잠이나 자는 편이 훨씬 낫겠어."
"원한을 풀고자 하는 마음이 없는가?"
"그까짓 것 부모의 원수도 아니지 않은가?"
슈마가 계속 비뚤어진 말을 하자 잇카쿠는 불끈했다.
"뭐? 그까짓 것이라고?"
잇카쿠가 담뱃대를 손에 든 채 벌떡 일어섰다. 잇카쿠가 무섭게 다가오자 슈마는 조금 지나치게 말한 것을 후회했지만, 기왕 내친 김이라는 생각에 마음과는 다른 말이 튀어나왔다.
"말꼬리 잡지 마! 다만 그렇게 깊은 원한이 없다는 뜻일 뿐이야."
"멍청하긴!"
잇카쿠가 슈마를 노려보았다.
"그러면 왜 에도를 떠나기 전에 진작 말하지 않았지? 여기까지 와 놓고 재미없다고 트집을 잡으면 어떻게 해?"
"트집잡는 게 아니야. 나는 다만 내 입장에서 말하고 있는 거지."
"이제 와서 겁이 나는 게로군? 에도에 있을 때는 자네도 우리들과 힘을 합쳐서 겐노조를 치자고 맹세하고, 또 만키치도 살려 둘 수 없다고 욕하지 않았는가?"
"한때 그렇게 생각한 적도 있어. 하지만 원한이라는 것이 불끈했을 때는 눈에 뵈는 게 없지만, 언제까지나 불덩어리 같지는 않은 거야. 게다가 여행을 하다 보니 상당히 냉정하게 생각하게 되는군."
"그러면 아무리 해도 우리들과 목적을 같이해서 갈 마음은 없다는 것이군?"
"잇카쿠, 자네는 자꾸 목적 목적 하지만 앞으로 오쓰나와 만키치를 쫓아서, 또 겐노조를 친다고 해서 도대체 이 슈마에게 무슨 이득이 생긴다는 거지? 그것이 나에게는 너무나 막막해."

"이득? …… 그렇다면 뭐야, 자네는 처음부터 타산적으로만 이 일을 하고 있는 것인가? 무사로서의 오기도 없고, 복수를 하겠다는 집념도 없이?"
"누가 오기에 목숨을 걸 수 있는가? 자네도 마고베도 모두 나름대로 계산이 있어서 일을 하지 않는가? 슈마에게는 그러한 보수가 없다네."
"정말 김 빠지게 하는군, 썩어 빠진 불량배 근성이야. 이제 더 이상 사이비 무사와는 가까이 할 필요가 없어. 싫다면 여기서 꺼져!"
"뭐야, 꺼지라니!"
슈마의 눈꼬리가 치켜 올라갔다. 아무리 사이비 무사일지라도 이렇게 무시당하자 자신도 모르게 칼로 손이 갔다.
강가의 돌로 담뱃대 끝을 치면서 마고베는 두 사람의 언쟁을 지켜만 보고 있었다.
'참 재미있군. 도대체 슈마와 잇카쿠가 맞붙었으니 어떻게 결론이 날까? 한번 내버려둬 봐야지.'
마고베는 여유롭게 다시 담뱃대를 입에 물었다.
"뭐야, 꺼지라니!"
슈마가 입술을 바들바들 떨면서 고함을 질렀다.
"만키치나 오쓰나 정도야 괜찮지만, 겐노조를 치려면 마고베의 솜씨를 가지고는 염려스러우니까 꼭 협조를 부탁한다며 네놈이 정중하게 부탁해서 이곳까지 오지 않았나? 그런데 이제 와서 꺼지라니, 꺼지라니?"
"시끄러워! 네놈이 조금은 의지할 만한 녀석일까해서 난 하치스가 가의 내부 사정까지 말했어. 그런데 이제 네놈을 알고 나니 후회스럽군. 더 이상은 부탁하지 않겠어! 나와 마고베만으로도 틀림없이 겐노조를 칠 수 있어!"
"좋을대로 해."
"빨리 에도로 돌아가 버려!"
"누가 더 있기라도 한대? 이제 이곳에서 헤어져 주지."
슈마가 핏대를 세우고 자리에서 일어나 걸어 나가자 아무래도 잇카쿠는 화가 가라앉지 않는지, 들고 있던 담뱃대를 슈마를 향해 휘두르며 욕을 해댔다.
"쓸개도 없는 엉터리 무사놈!"
하필이면 운이 나쁘게도 잇카쿠의 담뱃대가 슈마의 이마를 건드렸다.
아무리 비겁한 슈마도 그대로 등을 보이고 갈 수 없는지 허리에 찬 칼을 빼들고 잇카쿠의 미간을 노렸다. 칼을 뺄 용기도 없을 것이라며 슈마를 경멸하던 잇카쿠는 깜짝 놀라 뒤로 한 걸음 물러났다. 그러다 큰 돌에 발이 걸려서 넘어지면서 자신도 칼을 뺐다. 그래도 마고베는 여전히 히죽거리면서 담뱃대를 입에 문 채 바라만 보고 있었다.

'이대로 내버려 두면 어떻게 될까?'

잇카쿠의 왼손이 자유스럽다면 물론 승부는 뻔한 것이다. 하지만 아직 붕대를 풀지 않은 왼손으로 인해 몸의 균형이 완전히 잡히지 않아 싸움에 자신할 수 없었다. 한편 슈마는 칼솜씨에 있어서는 잇카쿠에게 훨씬 뒤지지만 물불 안가리고 화가 나 뽑은 칼이므로 보통때의 슈마보다도 훨씬 강할 것이다.

그렇다면 승산이 잇카쿠가 6할, 슈마가 4할 정도인데, 쌍방이 베고 베이며 상처만 입을 것은 불을 보듯 뻔한 일이다.

닭싸움이라도 보고 있는 듯이 마고베는 이렇게 머릿속으로 계산하면서 두 사람을 바라보았다.

하지만 피를 볼 때까지 내버려 둘 수 없는 노릇. 마고베는 두 사람 사이로 들어가서 중재를 시작했다.

"도대체 왜이러나, 자네들."

"비켜, 마고베."

"잇카쿠가 주제넘는 말을 하니 단칼에 베어 놓지 않으면 마음이 풀리지 않겠어."

슈마는 기세등등하게 말했다.

"너 따위 녀석은 그런 말을 들어도 싸!"

잇카쿠도 얼굴이 빨개지면서 뽑아 든 칼을 내려놓으려고 하지 않았다. 팔뚝에는 혈관이 지렁이같이 튀어나와 있었다.

"여행을 떠나서까지 싸움을 해야겠어? 자, 잇카쿠. 이봐, 슈마."

"슈마를 무사히 에도로 돌려 보내면 아와의 비밀을 퍼뜨리고 다닐 거야. 나는 주군의 가문을 위해서라도 이 어설픈 무사 녀석을 살려 보낼 수 없어."

"아무리 슈마라도 그렇게까지 하지는 않을 걸세. 자, 이 마고베에게 맡겨. 슈마의 기분은 내가 잘 알고 있네."

잇카쿠도 겐노조라는 강적을 앞두고 한 사람이라도 잃으면 좋지 않다는 것을 알고 있었다. 슈마도 일시적으로 흥분하여 칼을 빼들기는 했지만 내심 불안했던 터라 오히려 마고베의 중재에 마지못하는 척하며 따르기로 했다.

그래서 그날 밤은 치아사가타(小)의 시모와다주쿠(下和宿)에 도착해서 여자들과 함께 화해의 의미로 술을 마시기로 했다.

술이 어느 정도 취하자 슈마가 샤미센에 맞추어 에도 노래를 자랑스럽게 했다.

이것으로 취중에 타협이 된 것이다. 술이 꽤 취한 잇카쿠는 머리를 묶은 끈을 풀고, 지금까지 두 사람에게 보여 준 적이 없는 시게요시의 보증서까지 보여 주었다. 잇카쿠는 자신이 아와에서 어떠한 대접을 받고 있는지, 또 대망을 이루고 귀국하면 하치스가 가에서는 높은 자리에 앉는 것은 물론이고, 이윽고 막부가 쓰러지고 하치스가 가가 장군의 직위에 오르는 날에는 자신도 10만 석이나 20만 석을 받는 다이묘가 된다고 떠벌렸다.

그리고 슈마나 마고베의 배포가 작다며 비웃으며 술이 취해 잘 돌아가지 않는 혀로 횡설수설했다.

"그러니, 자네들도 조금 큰 욕심을 갖는 게 어떤가? 여자! 아하하하 …… 여자 따위는 남자가 온 힘을 쏟아 놓을 만한 것이 못 돼. 우흐흐흐, 거짓말 같아? 그렇다면 너희 둘 다 아와에 가서 만금을 걸고 도박을 해 봐. 오쓰나도, 오치에도 머리에서 확 사라질 거야! 당연히 사라지고 말고."

잇카쿠는 호기를 부리며 벌컥벌컥 술을 마시더니 뻗어 버렸다.

하지만 그런 잇카쿠의 취중 철학에는 아랑곳 하지 않고 마고베는 자리에 앉아 있던 여자를 데리고 어느 틈엔가 별실로 사라졌다. 슈마도 오치에를 꿈꾸면서 오치에와는 닮지도 않은 여자와 잠자리에 들었다.

다음 날 아침 세 사람 모두 힘찬 걸음으로 안개에 둘러싸인 다이몬(大門) 산마루를 넘어서, 오후에는 와타(和田)의 오(大) 산마루를 넘고 있었다. 산마루에 있는 찻집에서 준비를 끝내고 일어서서 하늘을 보았다. 아직까지 해가 많이 남아 있었다. 그렇다면 오늘 밤은 스와에서 잘 수도 있으리라 생각했다.

앵초가 뒤덮힌 언덕을 성큼성큼 걸어 내려오자 깎아지른 듯한 절벽 저 아래의 구불구불한 계곡길을 이야기를 주고받으면서 가는 남녀의 모습이 언뜻 눈에 들어왔다.

산 속의 결투

꽃이 진다. 꽃잎이 떨어진다.

하늘에서도 봄이 가는 것을 아쉬워하는지 꽃잎은 그럴 줄 모르고 떨어지며 대지에 가득 하얀 빛을 뿌리고 있다.

어슴푸레한 달밤이었다.

미풍이 따뜻하게 귀를 어루만진다. 숲도 절도 연못도 산도, 형태를 가진 모든 것이 조용히 물기를 머금은 채 희미한 달빛 아래 춤을 추고 있다. 그 달빛 아래에 하얀 등불이 켜져 있다.

아아, 여기가 에도의 유명한 천초사 관음당. 누가 다가오는 듯한 기척이 들렸다.

작은 여자아이의 발소리였다.

너무나 귀여운 소녀였다. 혼자가 아니라 같은 또래의 여자아이가 뒤에 또 있었다. 이렇게 어두운 곳에서 무엇을 하고 있을까? 같이 온 것일까? 아니면 일행이 아닌 것인가?

그러나 두 소녀의 얼굴 생김새는 비슷했다. 둘 다 눈을 감은 채 손으로 더듬으면서 걷고 있었다.

위험해! 저쪽이야!

그런 곳으로 가면 위험해.

연못이 있어. 다리는 저쪽에 있어.

하늘에 갑자기 시커먼 구름이 잔뜩 끼었다.

그쪽으로 가지 마, 그쪽으로 가면 무서운 사람이 있어.

아니, 애들은 어디로 갔지? 어딘가에서 우는 소리가 들리는데.

앗, 큰일이다.

결국 연못에 빠졌어. 아아, 물에 잠긴다. 물 속에서 허덕이고 있다.

누가 좀 구해 주지 않겠나? 관세음보살님은 저애들을 구해 주지 않을까? 저애들을 저대로 보고만 있어야 하나?

안 돼. 점점 깊은 곳으로 흘러 간다. 아, 슬픈 얼굴로 나를 쳐다본다. 아니! 저애들은 바로 내 딸이 아닌가? 맞아, 내 딸이다. 둘 다 내 딸이다.

빨리 누가 좀 살려 줘.

나는 저곳으로 갈 수가 없어.

누가 없어, 아무도 없나?

아아, 관세음보살님.

저 아이들은 내 딸입니다.

내 딸, 오치에와 오쓰나입니다.

시코쿠 아와의 가장 험한 봉우리인 쓰루기 산의 정상에서 매 한 마리가 후두둑 날갯짓을 하면서 비스듬히 날아오르더니 이윽고 희미한 안개 속으로 사라졌다.

뭔 소리에 놀랐는지 고가 요아미는 퍼뜩 깊은 꿈에서 깨어났다.

현실로 돌아온 이곳은 에도의 관음당도 아니고, 또한 꽃이 지는 달밤도 아니었다.

에도에서 몇백 리 떨어진, 본토와는 나루토 바다를 사이에 둔 먼 곳 아와였다. 그것도 쓰루기 산의 동굴 속이었다.

산새 소리가 들리는 것으로 보아 벌써 날이 밝은 듯하지만 요아미의 옆에는 생선 기름으로 지핀 불이 그의 목숨처럼 가냘프게 타오르고 있었다.

"아아……."

요아미는 꿈의 피로함을 큰 하품으로 풀었다.

이 동굴이 바로 쓰루기 산의 감옥이다. 그가 11년의 세월을 보낸 아와의 감옥.

올해도 눈이 녹더니 봄이 오는지 나무에 새싹이 돋았다. 그리고 또 새 날이 밝았지만, 그것은 요아미에게 있어서 희망을 의미하는 것도 아니었다.

깊은 동굴 속에는 다다미 두 장 정도의 판자 위에 짚과 짐승 가죽을 깔아 놓았다.

살아 숨쉬는 듯 바위 틈 사이로 배어 나온 물방울이 겨울에는 고드름이 되고, 여름에는 똑똑 바닥을 적셨다. 요아미가 나뭇잎으로 이어 천장을 막아 두었지만, 그것도 지금은 새까맣게 썩어서 가끔 얼음보다 차가운 물이 떨어졌다.

"아아, 꿈이었군."

이윽고 요아미는 아쉬운 듯이 고개를 들었다.

요아미에게 있어서 꿈만큼 즐거운 것은 없었다. 꿈에서는 이 쓰루기 산의 감옥에서 해방되어 바다 건너 에도까지도 갈 수 있었다.

그는 어두운 동굴에서 나왔다. 바깥 세상에는 모든 싹을 틔우는 봄의 태양이 따뜻한 빛을 비추며 하늘 위에 떠올라 있었다. 종달새, 언치새, 제비 등 여러 가지 새가 봄의 은혜를 예찬하고, 주위의 풀과 나무도 빛나는 싹과 꽃을 피우며 요아미를 반기고 있었다.

"아……."

그러나 그는 눈이 부셔 양손으로 얼굴을 감싸면서 터벅터벅 낮은 물가로 내려갔다. 11년이나 동굴에 갇혀 지내다 보니 마치 그 모습이 이 세상 사람 같지 않았다. 태양 앞에서도 그는 그림자도 없는 것 같았다.

바위 사이로 흐르는 물에 요아미는 무릎을 꿇고 지푸라기처럼 버석거리는 머리를 적셨다.

그리고 막 물에 입을 헹구려 할 때 그는 무엇인가 발견하였는지 반대편 풀 속으로 재빨리 뛰어갔다.

4, 5개의 모과나무가 자라 있는 곳, 가을부터 초겨울에 걸쳐 노란 열매가 열릴 무렵에는 그 향기로 요아미를 위로해 주어서 친구 같은 느낌이 드는 나무였다. 뿌리에 얽힌 잡초 속에 못 보던 화살이 하나 꽂혀 있었다.

빼어 살펴보니 화살은 값비싼 재질에 화려한 나뭇잎 모양을 한 것으로 화살촉이 아직 녹슬지 않은 것으로 보아 어제나 오늘 쏘아진 것이라고 생각되었다.

"또 덕도 성에 있는 자가 산으로 올라왔나 보군."

요아미는 짐작이 가는지 중얼거리면서 화살을 들고 동굴로 돌아왔다. 그리고 햇살에 화살을 비추어 보았다. 화살촉 부근에 깨알같은 글씨로 아리무라라고 새겨져 있었다.

"아리무라라…… 아리무라 삼품 말인가?"

요아미도 기억을 더듬으며 잠시 그것을 바라보고 있노라니 어딘가에서 분명 사람의 목소리가 들렸다.

"게이노스케, 게이노스케."

"옛."

"어떻게 된 거야? 왜 그렇게 힘이 없나?"

"아닙니다. 힘이 없는 것이 아니고, 구리가라(俱利伽羅) 언덕을 단숨에 올라와서 그런지 조금 지치는군요."

"아직도 이 위에는 이치노모리(一ノ森), 니노모리(二ノ森)등 험한 길이 많은데 벌써 그런 말을 하다니 조금 걱정인걸."

"아니, 당치도 않은 말씀입니다."

"뭐가 당치도 않은 말씀이라는 건가?"
"봄이라고는 하지만 아직 계곡에는 눈이 많이 쌓여 있어서 위쪽은 상당히 위험합니다."
"바보 같은 소리 하지 말게. 오늘은 무슨 일이 있어도 니노모리를 돌파하고 정상까지 가 볼 걸세. 그렇지 않으면 아직 사람들의 발길이 닿은 적이 없다는 무카데바라(百足虫腹)까지라도 가 봐야겠네."
"뭐라고 말씀하셔도 5월이 되기 전에는 이 위로 함께 갈 수 없습니다."
"그러면 나 혼자 가지."
"또 아리무라님의 그 고집이 나오는군요. 만일 다치시기라도 하는 날에는 이 게이노스케가 잘못해서 그런 거라고 전하로부터 질책을 받습니다. 제발 오늘은 이곳에서 계곡의 물이라도 보면서……"
나뭇잎 하나가 떨어지는 소리도 널리 울려 퍼지는 산 속의 적막함 속이라 그들의 목소리는 요아미의 귀에 무서울 정도로 가깝게 들려왔다.

쓸쓸한 골짜기에서 참으로 오랜만에 접하는 반가운 소식과도 같았다. 요아미는 말소리가 들리는 쪽으로 귀를 기울였다.
무척 가까이에서 들리는 것처럼 생각되었지만, 실제 그들이 있는 곳까지 상당히 먼 거리였다. 그가 있는 감옥은 사위가 키낮은 식물에 둘러싸인 언덕이었다. 요아미가 목을 빼고 아래를 내려다보자 아득한 산기슭에 두 개의 그림자가 서 있었다.
"저 사람이군. 하지만 산지기는 아닌 것 같군."
요아미는 나무를 헤치고 그들이 있는 곳으로 내려갔다.
하지만 어느 정도까지 내려가면, 더 이상은 한 걸음도 갈 수 없게 되어 있었다. 쓰루기 산을 둘러싼 폭포가 삼엄한 물보라를 일으키고, 그 암벽을 따라서 철책이 빙 둘러쳐져 있기 때문이다.
즉 이곳은 산에 있는 섬이나 마찬가지였다. 그의 종신 감옥 생활은 이 자연적인 지형과 인위적인 철책 내에 국한되어 있었고, 또 이곳과 산기슭 사이에 있는 세 개의 관문에서 철저히 지키고 있어서 도망칠래야 도망칠 수가 없었다.
감시는 오에(麻栢), 이타노(板野)에 사는 무사들이 번갈아 가면서 하도록 되어 있었다.

지금 고가 요아미가 이 쓰루기 산 안에서 좀처럼 들을 수 없는 사람의 목소리를 듣자 자신도 모르게 철책 있는 곳까지 내려왔지만, 특별하게 목적이 있었던 것은 아니다. 다만 사람을 향한 본능적인 이끌림일 뿐이다.

마침 사람 키 정도로 자란 소나무와 철쭉이 몸을 가려 주어서 그대로 잠자코 철책 밖을 바라보고 있을 수 있었다.

조금 전의 두 사람이 여전히 거리낌없는 큰 소리로 말을 주고받으면서 계곡 옆까지 오더니 바위에 걸터앉았다.

"게이노스케."

마치 하인이라도 부르듯 아리무라는 게이노스케를 불렀다.

"그러면 내가 포기하지. 자네의 부탁이라니 말이야."

"그럼 쓰루기 산 정복은 없었던 것으로 하는 겁니다."

비로소 게이노스케는 안심하고 웃었다.

게이노스케는 작년에 시게요시와 함께 아와로 올 때, 만지 호의 배에 오요네를 숨겨서 데리고 왔다.

또한 그때 그는 시게요시의 명령을 받아 이치하치로와 동생인 오스즈를 이 쓰루기 산으로 데리고 왔다.

이치하치로는 요아미가 있는 산보다도 더 깊은 이치노모리의 감옥에 갇혀 아직 살아있지만, 오스즈는 겨울 추위를 견디지 못하고 그만 얼어 죽었다.

게이노스케는 그 후 배 돌보는 일과 겸해서 쓰루기 산을 감시하라고 명령 받았기 때문에 한 달에 한 번씩은 반드시 감옥을 순찰하기로 되어 있었다.

이날도 순찰을 하러 쓰루기 산으로 가려는데, 아리무라가 동행하겠다고 해서 먼 덕도 성에서부터 사냥꾼 차림으로 같이 오게 되었다.

하지만 아리무라는 자신의 활솜씨가 별로 빛을 발하지 못하고 큰 수확도 없자 곧 사냥에 싫증을 내어 버렸다. 게이노스케는 아리무라가 싫증이 나면 먼저 덕도 성으로 돌아가기를 은근히 기대했으나 젊은 아리무라는 오히려 아와에 온 이상 쓰루기 산 정상에는 올라가 보아야 한다며 치기를 부려 게이노스케를 곤란하게 했다.

그러나 감옥 근처까지 오자 과연, 찬 공기와 험한 산세로 인하여 오늘은 포기하자며 아리무라의 고집을 꺾고 나서야 게이노스케는 비로소 안심했다.

아리무라가 변덕을 부리기 전에 빨리 하산을 하려고 하는데, 갑자기 조용한 공기를 가르며 멀리 산 위에서 절규가 들렸다.

"산지기, 산지기, 산지기 없나?"

"아니……"
게이노스케는 깜짝 놀라 아리무라의 얼굴을 보았다. 아리무라도 메아리치는 목소리에 놀라서 바위 위에서 벌떡 일어났다.
"산지기……"
두 번째 외침이 메아리 치는가 싶더니 온 산은 이내 정적에 휩싸였다.
"무슨 일이 있나?"
아리무라는 이상한 눈초리로 주위를 둘러보았다.
"이 산에 이변이 있을 리가 없습니다."
게이노스케는 부정했다.
"아닐세. 지금 그 마지막 목소리는 너무나 절박했어. 누군가가 칼에 맞은 것 같은데."
"그럴 리가 없습니다."
"게이노스케, 자네는 병학에 정통하지 않기 때문에 모르는 거야. 사람이 죽기 전의 목소리만큼 분명한 것은 없어. 분명히 누군가 살해당했어. 아니, 누군가가 아니야. 지금 소리를 지른 사람이 당한 거야."
아리무라의 말이 채 끝나기도 전이었다. 바로 위의 오솔길에서 피투성이가 된 산지기 두 사람이 내려왔다.
아리무라의 짐작은 너무나 정확했다.
게이노스케는 깜짝 놀라 외쳤다
"무슨 일이냐?"
"앗, 게이노스케님 크, 큰일났습니다."
산지기는 숨을 헐떡이면서 말했다.
"또 그 놈이 칼을 빼앗아서 옥지기를 죽였습니다."
"뭐, 죽였어?"
"그것 보게. 누군가가 당했다고 하지 않았는가?"
게이노스케의 말을 받아 아리무라는 보란 듯이 고개를 크게 끄덕였다.
"그 녀석은 어디 있지?"
"옥지기의 외침 소리를 듣고 우리들이 뛰어갔을 때는 벌써 철책을 뚫고 있어서……"

"뭐라고, 탈옥했단 말인가?"
"즉시 막아보려 했습니다만, 녀석이 칼을 갖고 있는데다가 미친 듯이 달려들어 저희 둘이서는 당해 내지 못했습니다. 그리고는 눈 깜짝할 사이에 철책을 들고 서쪽 계곡을 향해서 달아났습니다."
"바, 바보 같은 녀석들. 서쪽 계곡으로 뛰어가는 탈옥수를 보고도 이쪽으로 도망쳐 오면 어떻게 해! 신호 장치는 무엇 때문에 만들어 놓았지? 멍청한 녀석들. 빨리 신호를 보내. 빨리!"
"옛."
이제야 생각난 듯 산지기는 조금 떨어진 거양옻나무로 뛰어갔다. 그러고는 둥치에 매달리더니 원숭이처럼 나무를 타고 올라갔다.
다 올라간 나뭇가지에 등나무 줄기가 하나 걸려 있었다. 한 손으로 나뭇가지를 안고 다른 한 손으로 등나무 줄기를 힘껏 잡아당기자 나뭇 가지에서 나뭇가지로, 계곡에서 산 쪽으로 희미하면서도 어마어마한 떨림이 울려 퍼졌다.
위를 올려다보던 게이노스케는 내려오려던 산지기에게 손짓으로 신호를 했다.
"잠깐 기다려! 거기서 그대로 주위를 둘러봐!"
"예."
"밑이 잘 보이겠지?"
"잘 보입니다. 지금 신호에 맞추어 사람들이 움직이고 있습니다."
"오니부치(鬼)쪽은 어떤가?"
"잘 보이지 않습니다만……"
산지기는 이마 위로 손을 올리면서 등을 쭉 폈다.
"앗, 보입니다. 무시들이 14, 5명 뛰어오고 있습니다."
"반노타이라에는?"
"보초가 서 있습니다."
"좋아!"
게이노스케는 고개를 끄덕이더니 아리무라를 돌아보며 웃었다.
"이제 됐습니다. 제 아무리 귀신 같은 솜씨를 지닌 놈이라도 이 산에서 빠져 나갈 수는 없습니다."
"탈주를 기도한 놈은 누군가?"
"바로 다와라 이치하치로입니다."

"그 녀석인가?"
아리무라는 문득 아지 강 저택에서 시게요시가 들고 있던 칼빛이 생각났다.

"게이노스케님."
나무 위에서 산지기가 게이노스케를 불렀다.
"뭐냐?"
"이치하치로를 발견했나 봅니다. 사방에서 한 곳으로 사람들이 모여듭니다."
"그래? 이제는 쉽게 잡을 수 있을 거다. 그만 내려와도 좋다."
게이노스케는 안심한 듯 바위 위에 앉아서 아리무라와 다시 이야기를 시작했다.
"아리무라님도 아시지요? 비둘기를 부리는 그 텐마 무사인 이치하치로를."
"알고 있네. 아지 강 저택에 동생을 잠복시킨 자 아닌가?"
"동생 오스즈도 이 쓰루기 산에 함께 가두었습니다만 이번 겨울에 결국 얼어 죽었습니다. 그 후 이치하치로 녀석은 거의 짐승처럼 미쳐 날뛰며 무모한 탈주를 여러 번 기도했지요. 그래서 산지기 두 명과 옥지기 한 명을 붙여 놓았는데, 또 이런 소동을 벌였습니다."
"이제 자포자기했군."
"이런 산 속 감옥은 다시 도망칠까 불안하니, 다시 마에가미(前神)숲에 있는 돌감옥에 넣어야겠습니다."
"그렇게 귀찮은 녀석이라면 왜 단번에 목을 치지 않는 건가?"
"밀정은 베지 마라, 평생 감옥에 넣어서 나루토 건너편에는 보내지 마라, 첩자를 베면 덕도 성에 재앙이 닥친다고 하는 것이 기덴 공 이후 깨지지 않은 이곳의 규정입니다."
"그래, 오사카에 있었을 때 그런 이야기를 시게요시님에게서 들은 적이 있네. 그 때문에 11년이 넘게 고가 요아미가 이 동굴에 갇혀 있다더군. 그 사람은 아직 살아 있나?"
"살아 있다는 것도 말뿐이죠. 마치 살아 있는 송장 같습니다."
"그래서 이 철책 안이 음산하군."
당사자인 요아미가 여울물 건너편 철책에서 몸을 굽힌 채 듣고 있다는 것도 모른 채 아리무라는 철책 너머로 고개를 돌렸다.
　그 눈길을 피하기 위해 요아미가 재빨리 몸을 숙이자 옆에 있던 대나무와 철쭉이 흔들렸다.
　"앗, 누구냐?"
　아리무라는 여울물 쪽을 노려보았다.
　게이노스케도 철책 쪽을 둘러보았지만, 별 이상이 없는 듯해서 신경 쓰지 않았다.
　"산새겠지요."
　"저런 곳에?"
　"뭔가 보셨습니까?"
　"내가 어제 쏜 화살촉이 언뜻 보였네."
　그 말을 들은 요아미는 가슴이 철렁 내려앉았지만, 이제 와서 몸을 움직일 수도 없는 노릇이었다.
　"그건 매의 이빨로 만든 아주 귀한 거라네. 나중에 사람을 시켜 주워 오게."
　"알겠습니다."
　게이노스케의 대답과 동시에 아리무라는 아까 뭔가 움직였던 곳으로 허리에 찬 작은 칼을 던졌다.
　그래도 아무런 움직임이 없자 그는 그제야 비로소 안심하는 듯했다. 하지만 칼을 던질 때 자신의 품에서 가죽으로 만든 주머니가 바위 사이로 떨어진 것까지는 차마 알지 못했다.
　구리가라 언덕에서 갑자기 살기를 띤 목소리가 들렸다.
　철저하게 부상한 아와의 무사 10여 명이 한 사람을 질질 끌고 이쪽으로 다가오고 있었다.
　탈주를 기도하다 잡힌 이치하치로였다. 어느새 몰라볼 정도로 말라서 광대뼈가 튀어나오고 눈밑은 검푸르게 그늘져 있었다. 얼굴과 팔, 다리는 피범벅이 되어 있어 차마 눈 뜨고 볼 수 없는 형상이었다.
　"아, 왔나?"
　게이노스케는 그들을 맞이했다.
　"어지간히 시끄럽게 구는 녀석이군. 이번에는 마에가미의 돌감옥에 넣어 꼼짝도 못하게 만들어라."

늑대 세 마리　359

"돌감옥 말입니까? 좋습니다."

무사는 으름덩굴을 둘둘말아 여울물 쪽으로 가더니 그것을 물에 적셔 부드럽게 만든 후 이치하치로를 향해 던졌다.

이를 부득부득 갈고 있던 이치하치로의 몸에 칭칭 감겼다.

물이 마르면 덩굴은 철사처럼 단단해져서 점차로 살을 파고 들어간다.

철책 안에서는 고가 요아미가 숨을 죽인 채 무참한 광경을 바라보고 있었다. 그의 허벅지에는 조금 전 아리무라가 던진 날카로운 칼이 박혀 있었다.

하지만 지금은 미동도 허락지 않는 상황이라 그 칼을 빼낼 수가 없었다.

요아미는 피조차 흐르지 않는 상처를 꾹 누르며 참고 있었다.

아와에만 있는 특수 무사 가운데에는 그때까지 살벌한 피가 많이 유전되고 있었다.

그들은 하치스가 가의 하인이면서도 결코 하인으로서의 속박을 받지 않으며, 봉록이 없는 떠돌이 무사와 비슷하지만 떠돌이 무사는 아니었다. 이를테면 산과 들에 방치해서 기르는 들짐승과 비슷했다.

영주의 전답이 있는 땅 이외의 곳은 어디라도 그들이 자유로이 소유할 수 있었다.

그래서 그들은 결코 성에 집을 갖는 법이 없이 모두 아산(阿讚)산맥 부근 더 깊숙한 곳에 고풍스런 집을 짓고 살았다.

그들 중에는 전국시대부터 내려온 오래 된 집안도 있으며, 아마쿠사의 잔당도 있었다. 산을 개척해서 요시노 강으로 보내는 목재나 남국적인 꽃이 피는 담배 등으로 부를 누릴 수도 있었다.

한편 그들은 하나같이 무술에 뛰어난데다 포악하기조차 했다.

그런 잔인무도한 무사들은 아무런 가책도 없이 이치하치로를 돌감옥에 넣어 버렸다.

돌감옥이란 일종의 바람구멍으로 안쪽에서 차가운 바람이 불어오고, 주위의 절벽에서는 밤낮없이 작은돌이 굴러 떨어지는 소리가 들리는 곳이다. 무사들은 이치하치로를 그 안에 넣은 다음 입구를 큰 바위로 막아 놓고는 아주 적은 음식물만 드나들 수 있는 통로만을 남겨 놓았다.

그것을 본 후 게이노스케는 아리무라를 재촉해서 산에서 내려왔다. 다음 날부터 산은 또 온종일 쥐 죽은 듯이 조용해졌다.

돌감옥에서 미친 듯이 날뛰는 이치하치로의 소리도 들리지 않게 되었다.

태양의 열은 점차 뜨거워져 나무와 풀이 쑥쑥 자랐다.

그러나 죽음과도 같은 산속의 정막에 이변이 일어났다. 요아미의 모습이 갑자기 생동감 넘치게 된 것이다. 그는 아리무라의 칼에 허벅지를 깊숙이 찔려 기어왔음에도 불구하고 11년 만에 처음으로 크게 웃을 수 있었다.

'아, 이 산에는 나 말고도 또 한 사람의 동지가 있다. 이름이 뭐라고 했지? 맞아, 이치하치로, 이치하치로라고 했어. 그는 틀림없이 오사카 덴마조의 무사야. 하고 있는 모습을 보니 아주 최근에 이곳으로 온 것 같아. 요즘 소식을 많이 알고 있겠지? 어떻게 해서든 이치하치로와 이야기를 해 봐야겠군.'

요아미의 가슴이 희망으로 부풀어올랐다.

희망은 생명의 불꽃과 같은 것이다. 희망이 사라지면 사람은 늙게 되고 희망이 불탈 때에 사람은 젊어진다.

요아미는 상처를 치료하기 위해 매일 약초잎을 뜯어서 즙을 낸 다음 상처에 바르며 원기를 회복하고 있었다. 그리고 철책에서 도망칠 수 있는 방법과 장소를 탐색하기 시작했다.

폭풍우가 심하게 치는 날 밤이었다.

다음 날 아침 나가 보니 커다란 밤나무가 쓰러지면서 마침 철책을 밀어 넘어뜨렸다.

산지기가 고치러 오기 전에 요아미는 쓰러진 나무를 풀 속에 숨겨 놓았다.

폭풍우가 친 다음, 2, 3일 동안은 겨울처럼 달이 밝았다.

한밤중이 되자 요아미는 감옥에서 몰래 기어나왔다. 파란 달빛을 받으며 귀신처럼 소리도 내지 않고 움직였다.

이윽고 철책을 넘어 밖으로 나오자 요아미는 숨겨 놓았던 나무를 격류가 흐르는 바위에 걸치고 그 위를 건넜다.

"이치하치로, 이치하치로."

겨우 찾아 낸 돌감옥 속에다 대고 이치하치로의 이름을 부른 것은 요아미였다.

절벽 위에서 돌이 계속 굴러 떨어지고 있었다. 그 절벽 위에 파란 달이 걸려 있었다.

"이치하치로."

다시 한 번 돌과 돌 사이를 뚫고 요아미가 이름을 부르자 잠시 후 바람구멍 안에서 소리가 났다.
"누, 누구냐?"
소리는 났지만 이치하치로도 깊은 밤에 찾아온 사람을 수상쩍게 생각했는지 얼굴을 내밀지는 않았다.
"이치하치로, 나는 고가 요아미라고 하네. 아와의 사람이 아닐세. 11년 전부터 이 산의 감옥에 갇혀 있는 막부의 밀정이라네."
"옛, 요아미님이라고요?"
"나를 알고 있나?"
"알고 말고요."
이치하치로는 창백한 얼굴을 돌 사이로 내밀었다.
요아미는 요귀가 노려보는 듯한 섬뜩한 처절함을 느꼈다.
"요아미님이군요. 요아미님이 이 쓰루기 산에 있다는 것은 진작부터 알고 있었지만, 아무리 해도 만날 수가 없었습니다. 그래서 일부러 철책을 뚫고 산을 소란스럽게 만들어서 요아미님께 제가 있다는 것을 알리려고 했었는데……아, 이제야 겨우 소원이 이루어졌군요."
"그러면 탈주할 목적이 아니라?"
"그렇습니다. 이 산에서 도망친다고 하더라도 사면이 산과 바다로 둘러싸인데, 스물일곱 군데나 초소가 있어서 도저히 도망칠 수 없다는 것은 잘 알고 있었습니다."
"맞는 말일세. 도사자카이(土佐境)도, 사누키고에(讚岐越)도 도망칠 길은 없다네."
"하지만 이제 요아미님을 뵈었으니 그것으로 됐습니다. 요아미님, 할 말이 있습니다."
요아미가 얼굴을 가까이 대자 두 사람 사이에 돌이 떨어져 구멍을 막았다. 그것을 헤치고 다시 요아미가 말했다
"나도 자네를 만나면 뭔가 소식을 들을 수 있을까 하고 어렵게 철책을 뚫고 온 것일세. 그런데 나에게 할 말이란 무엇인가?"
"요아미님의 따님이신 에도의 오치에님으로부터 편지를 가지고 가라쿠사 긴고로라는 사람이 아와로 들어오려고 오사카까지 왔었습니다."
"그러면 긴고로가 내 딸의 소식을 가지고 아와로 들어온다는 건가?"
"그런데 긴고로는 오는 도중에 어이없이 죽고 말았습니다. 장소는 오쓰의

선정사 고개였지요. 저도 그때 아와의 무사들에게 잡혀서 결국 이곳으로 오게 되었구요. 하지만 낙담하지 마십시오. 아직 강 저택에 잡혀 있을 때, 제 동생 오스즈가 알아 낸 바에 의하면, 저와 같은 덴마 조의 만키치라는 자가 겐노조라는 분의 도움으로 아와에 들어올 준비를 하기 위해 오치에 님을 만나러 갔다고 합니다."

"아니, 겐노조라면 내가 에도에 있을 무렵 아직 14, 5세의 소년으로, 석운류를 배우러 다니던 황궁 무사의 아들인데…… 어떻게 그 소년이 내 딸 오치에를 알고 있을까?"

"두 사람은 사랑하는 사이라고 합니다."

요아미는 감개가 새로웠다. 그가 꿈에서 만나는 오치에는 언제나 그가 에도를 떠났을 때처럼 어린아이였기 때문이다.

"그렇군. 이제 사랑을 할 나이가 되었겠군. 그러면 한 가지 묻겠네만, 오치에 말고 오쓰나라는 아이의 소식은 모르는가?"

"오쓰나? 그 사람은 누구입니까?"

"실은 오치에 이복 동생일세."

"잠시 오사카에 들른, 에도의 유명한 소매치기 오쓰나라는 사람은 알고 있습니다만."

"그럼 아닐거야. 전혀 다른 사람일 걸세."

"물론 그 오쓰나는 아니겠지요. 하지만 그 이외에 오쓰나라는 이름은 들어 본 적이 없습니다."

"없는 것이 당연하겠지. 괜한 말이니 웃어넘겨 주게."

"요아미님, 지금 말씀드린 대로 겐노조님이 에도에 도착하고 나서는 틀림없이 소식과 함께 장군 가의 뜻을 기지고 언젠가는 이 곳으로 올 거라고 생각합니다. 그것을 믿고 부디 낙담하지 마십시오."

"11년 만에 처음으로 들어 보는 길보일세. 그러니 자네도 성급하게 생각하지 말고 아와의 밀모가 온 천하에 공포되어 막부에서 도움이 올 날을 기다리는 것이 좋겠네."

이치하치로는 갑자기 우울한 표정을 지었다.

"하지만……제 목숨은 이제 얼마 남지 않았습니다."

그때 갑자기 산지기의 기침 소리가 들렸다. 요아미는 이치하치로가 한 말의 뜻을 물을 겨를도 없이 서둘러 돌감옥 앞을 떠나 뛰기 시작했다.

숲을 빠져서 절벽으로 나와 등나무 덩굴에 매달리면서 철책이 있는 산밑까지 달렸다.

그리고 아까 여울물에 걸쳐 놓은 나무를 더듬어 찾는데, 갑자기 손에 걸리는 것이 있었다.

달빛 아래에 비추어 보자 종이가 들어 있는 가죽 주머니였다.

"아리무라의 것인가 보군."

요아미는 별 중요하게 여기지 않았으나 그대로 품 안에 넣고 급류를 건넜다.

그리고 나중에 의심을 남기지 않도록 하기 위해 나무를 급류 속으로 밀어 넣자 나무는 하얀 물보라를 치며 뱀처럼 흘러갔다.

물론 요아미가 철책을 빠져 나와 돌감옥에 있는 이치하치로와 이야기를 나누었다는 것을 눈치챈 사람은 아무도 없었다.

오랫동안 감옥에 틀어박힌 채 낙담의 세월을 보내던 요아미의 마음은 그 날부터 한줄기 희망을 안고 에도의 하늘 쪽을 바라볼 수 있게 되었다.

"내가 이곳에 있다는 것을 아직 세상은 잊지 않았다. 이제 곧 누군가 올 것이다."

그러나 냉정하게 생각해 보자, 요아미는 그것 또한 너무나도 부질없는 기대에 불과한 것은 아닌가 하는 의심이 생겼다. 단지 사람이 그리운 나머지 생각을 부풀리는 게 아닌가 하고 반성했다.

'너무나 큰 위험을 무릅쓰고 이곳에 온 사람에게 자신의 모습을 보이고, 그의 모습을 자신이 본다고 해서 과연 무슨 의미가 있을 것인가? 역시 그것도 하나의 몽상에 불과할 뿐이다.'

하지만 요아미는 생각을 달리 고쳐먹기로 했다.

이렇게 위험한 지역에 목숨을 걸고 들어오는 사람이라면 반드시 큰 뜻을 지닌 게 분명하다.

보력변 이후 은밀한 구름에 가려 있는 이 나라의 비밀, 그 수수께끼를 풀 비밀의 열쇠를 쥐고 있는 것은 요아미 자신뿐이다.

'겐노조라는 자, 또 덴마 조의 만키치라는 자가 이곳으로 올 것이라는 이치하치로의 말뜻은, 그렇다, 그 열쇠를 구하러 온다는 것이다.'

오랜 감옥 생활에 지쳐 요아미는 자신이 너무나 바보스러워졌다고 생각했다. 다만 에도에 남겨 놓은 두 딸에 대한 사랑으로만 얽매여 있었다.

'본래 내가 이 아와에 들어와서 이러한 운명에 처해질 수 밖에 없었던 사명은 무엇이었는가? 나루토의 소용돌이와 쓰루기 산의 구름으로 뒤덮인 덕도 성의 대비밀을 풀어헤쳐 천하를 깜짝 놀라게 할 장대한 꿈으로 불타고 있지 않았는가?'

고가 요아미는 그때의 드높게 빛나던 기상을 생각하자 지금의 자신이 너무나 부끄러웠다.

'그렇다! 준비를 해 두자!'

언제 어떤 사람이 이 산을 찾아오더라도, 즉시 자신이 탐색해 두었던 것을 전달해 줄 수 있도록. 설령 그것이 헛된 일이 될 지라도.

명예롭게 최후를 맞이하자고 결심하자 가슴이 뛰기 시작했다.

덕도 성 내의 여러 가지 밀모나 아와에 가득 차 있는 반(反)도쿠가와 막부의 풍조를 요아미는 너무나 잘 알고 있었다. 그러나 평생 감옥에서 말라 죽을 운명이라고 포기하고 있었다.

하지만 자신이 알고 있는 것을 적어서 누군가를 통해 에도 성으로 갖다 주기만 한다면, 그것으로 고가 요아미는 죽어서라도 꽃을 피울 수 있으리라.

벌레처럼 죽지 않고 사람답게 죽을 수가 있다.

그래서 요아미는 준비를 하기로 했다. 하지만 이 감옥 안에 기록할 만한 지필묵이 있을 리가 없다.

팔장을 끼고 고민에 잠겼을 때, 그는 바위 틈에서 주운 가죽 주머니가 떠올랐다. 주머니에 들어 있는 종이를 펼쳐 보자 그 안에 지도 같은 것이 그려져 있었다.

아마 아리무라가 직접 실측을 해서 그린 것 같은데, 덕도 성내의 중요 지점과 나루토 바다 주변까지 자세히 그려져 있는 해도(海圖)였다.

'아니, 이것은 군선의 배치와 포진을 그린 것이 아닌가? 나루토의 뒤쪽 바다에 어느 틈에 이렇게도 많은 군선이 숨겨져 있었지?'

요아미는 놀란 가슴을 재우며 도면에 찍힌 점을 자세히 세어 보았다.

"좋은 것이 손에 들어왔군. 이것도 하나의 증거가 될 수 있겠어. 더구나 아리무라가 직접 그린 것이라면 무엇보다 유력한 증거품이지. 그래, 이것에다 내가 조사한 것을 적어서……"

혼자서 중얼거리며 고개를 끄덕였다. 요아미는 다시 아래쪽으로 내려가서 적당한 조릿대나무를 꺾어 와 바닥에 깔아 놓은 사슴 가죽에서 털을 뽑아 가는 붓을 만들었다

'붓은 만들었는데, 먹은?'
 풀숲을 헤쳐 보라색, 감색, 붉은색 등 여러 가지 색깔의 꽃을 꺾어서 먹으로 시도해 보았지만, 모두 햇볕을 받으면 색이 바랠 뿐만 아니라 끈기도 없었다.
 어렵사리 비교적 진한 색소가 있을 듯한 꽃을 골라 가지고 동굴로 돌아왔다. 그리고 보랏빛 꽃즙을 짜서는 자신의 손가락을 깨물어 피를 내어 섞었다.
 바위를 책상으로 삼고, 짐승 기름으로 불을 밝힌 그는 마치 불경을 대하는 승려처럼 경건한 자세로 자신의 피와 꽃물로 만든 먹에 붓을 적시기 시작했다.
 그리고 아리무라가 나루토 해도에 선을 그려 놓은 곳의 여백에 아주 가는 글씨로 5, 6자 써 보았다.
 글씨는 피와 보라색 꽃즙이 잘 혼합되어 먹보다도 강한 빛을 띠고 있었다.
 "그래, 됐어."
 요아미는 묵묵히 붓을 놀리기 시작했다. 등불이 다하면 짐승 기름을 붓고, 붓이 마르면 손가락의 피를 짜내었다.
 손가락에서 붓을 적실 피도 나오지 않자 그는 몸의 여기저기를 칼로 베어 가며 글을 써 내려갔다.

 담배를 실은 배가 하얀 돛을 달고 서서히 요시노 강을 미끄러져 가고 있다.
 그 아래에는 새끼 은어가 반짝반짝 등을 빛내고 있었다. 남국다운 유채꽃 밭이나 사시사철 변하는 기슭의 풍경이 양쪽 강변을 더욱 아름답게 만들어 주었다.
 그러나 이 강변의 경치도 무색하게 할 정도로 눈에 띄는 여인이 배에서 내리자 나루터의 여자들은 모두 그쪽을 바라보았다.
 아와에도 미인은 많지만, 풍부하고 육감적인 남국 여자들과는 달리 그윽한 풍취가 감도는 미인이었다.
 여자는 몹시 가냘퍼서 소슬바람에도 휘영청 흔들릴 것만 같았다.
 "다쿠스케, 귀찮은데 이것 좀 들어 주지 않겠어?"
 여자가 붉은 삿갓을 하인에게 넘겨 주자 하인은 그것을 자신의 삿갓과 겹쳐 놓았다.
 "예. 이제 다 왔습니다."
 하인이 남쪽 하늘을 올려다보자 그곳에 쓰루기 산이 솟아 있었다.

"이곳에서 몇 리나 더 걸어야 돼?"
"글쎄요, 저도 이렇게 깊이까지 온 것은 처음이라서 잘 모르지만, 가와시마고(川島鄕)에서 4, 5리 정도 걸으면 아나후키구치(穴吹口)에 도착할 겁니다."
"그곳이 바로 저 산기슭이야? 아직 상당히 남았잖아? 어디 가마꾼은 없을까?"
"에헤헤헤헤. 오요네님, 언제까지나 오사카에 있는 기분이어서는 곤란합니다. 이곳은 아와에서도 요시노 강 골짜기인데 그런 것이 있을 리가 있겠습니까요?"

붉은 화살

여자는 하인과 함께 조용히 강둑의 길을 걸었다.

활짝 핀 중꽃에 많은 벌들이 날아와 앉곤 했다. 벌들에 둘러싸인 채 걸어가는 오요네의 뒷모습은 눈이 부실 정도로 아름다웠다.

"하지만, 다쿠스케."

하인에게 보여 주기에는 아까울 정도의 보조개를 만들면서 여자가 물었다.

"번듯한 가마는 없을지라도 뭐든 탈 만한 것이 있지 않을까?"
"있긴 하겠지요. 말이라면 어떻게 준비해 보겠습니다만."
"농담하지 마."

오요네는 다쿠스케를 향하여 눈을 흘기는 시늉을 냈다.

"이곳 여자도 아닌 내가 어떻게 말을 타겠어?"
"그렇게 화내지 마십시오. 그러니까 탈것이 없다고 아까 말씀드렸지 않습니까?"
"당신이 나를 놀리니까 내가 싫어하는 거야."
"예. 어차피 저를 싫어한다는 것은 알고 있습니다. 오사카에 있었을 때부터 이 다쿠스케는 당신에게 미움받을 역할만 도맡아 했으니까요."
"나에게 얼마나 심한 짓을 했는지나 알아?"
"아직 원망이 남으셨나 봅니다."
"평생 잊지 않을 거야."
"노, 농담하지 마십시오."

다쿠스케는 머리를 박박 긁었다.

"그 원망은 잘못된 겁니다. 저는 다만 주인님이 시키는 대로 했을 뿐이에요. 목숨을 걸고 아지 강 나루터에서 당신을 데리고 오고, 긴 궤짝에 넣어 숨겨오는 것도 상당히 힘들었지요. 하지만 결국 아름다운 꽃을 차지한 것은 우리 주인님이죠. 그러니 게이노스케님을 원망하셔야 됩니다."
"나는 그런 것은 몰라."
"그렇게 빨리 걸으면 또 금방 숨이 차게 됩니다."
"당신도 밉고, 게이노스케님도 미워. 아아, 이런 곳에 와서 이렇게 산길을 걸으리라고는 생각도 못했어."
"안 돼요. 그렇게 한숨을 쉰 다음에는 언제나 몸이 안 좋잖아요. 마음을 진정시키고 종달새 소리라도 들으세요."
"생각만 해도 화가 치밀어."
"뭐 생각해 보면 이것도 좋지 않아요? 가난한 곳의 이상한 녀석한테 잡혀간 것도 아니고, 성 아래에 좋은 집에서 곱게 화장도 하고 놀이와 사치도 실컷 하는데 뭐가 그리 불만이십니까?"

다쿠스케의 짓궂은 말투가 오요네를 더욱 우울하게 만들었다. 오요네는 작년 가을 게이노스케와 다쿠스케에게 이끌려 아와로 들어왔다.

이후 어쩔 수 없이 게이노스케의 말에 따를 수밖에 없었다. 하지만 마음만은 아직 게이노스케의 완력에 꺾이지 않고 있었다.

그것이 두 사람의 대화에 언뜻언뜻 비쳤다. 약한 여자의 불평과 반항이었다. 하지만 형식상으로는 이제 누구의 눈에도 오요네는 게이노스케의 여자이고, 다쿠스케는 오요네의 하인이라는 것은 부정할 수 없었다.

다만 오요네에게 있어서도 다행스러운 것은, 오사카에 있었을 때보다 폐병이 많이 나아졌다는 점이다. 눈 주위의 검은 그늘과 환자의 핏기없는 안색이 사라지자 오요네는 이전보다 한층 건강해 보였다.

환경이 바뀌었기 때문이리라.

오요네가 있는 집은 바닷바람과 소나무로 둘러싸여 있다.

잠자코 걷자니 가야 할 길이 더욱 멀리 느껴졌다.

무슨 볼일이 있어 가는 것인지, 쓰루기 산의 기슭까지는 아직 많이 남아 있었다.

"이것, 큰일인데, 오요네님이 또 화가 나셨군."

다쿠스케는 뒤를 따라 걸어가면서 자신의 지나친 말을 후회했다. 그리고 어떻게든 기분을 맞추려고 눈치를 보는데, 갑자기 멀리서 손을 흔들며 부르는 사람이 있었다.

"이봐! 잠시만 기다려요!"

뛰어오는 남자의 얼굴은 삿갓 때문에 보이지 않았고 줄무늬가 있는 비옷을 입었다.

"누굴까? 이런 곳에서 우리를 부를 사람이 없는데."

오요네가 조금 불안한 듯이 길 옆으로 비켜 서자 삿갓을 쓴 남자는 다가오더니 반갑게 오요네를 불렀다.

"오요네님."

허리춤에서 수건을 꺼내어 땀을 닦는 남자를 제대로 보았지만, 오요네도 다쿠스케도 도저히 알 수 없는 얼굴이었다.

"저를 알아요? 혹시 누구신지……"

"잊으셨습니까?"

"글쎄요……"

"작년 초여름에 자주 댁의 집으로 생선요리를 먹으러 갔던 사람입니다."

"어머, 저의 가게 단골손님이셨군요?"

"뭐 단골이랄 것까지도 없지만, 마고베라는 사람과 술을 종종 마신 적이 있지요."

"아, 이제야 기억이 나는 것 같아요. 그러면 당신은 스미요시 마을에 있던……"

"맞습니다. 그때 밀무역을 했던 산지라는 사람입니다."

"어쩜 살다 보니 이렇게 뜻밖의 장소에서 만나는 일도 있군요."

"우연이 아닙니다. 실은 저도 당신이 만나러 가는 사람에게 볼일이 있어서 그곳으로 가는 중입니다."

"제가 만나러 가는 사람이라니요?"

"시치미 떼지 마십시오. 당신의 남편 말입니다."

오요네의 얼굴이 조금 일그러졌다. 산지는 작년 이후 밀무역을 하는 동료들과 흩어져서 여러 항구를 떠돌아 보았지만, 마땅한 일거리를 찾아 내지 못했다. 그래서 뱃사람들을 다루는 게이노스케라도 신세를 질까 부탁하러 가는 길이었다.

오요네로서는 예전 자기네 가게의 손님이기도 하고, 게이노스케와 산지가 어떠한 관계인지 잘 모르기 때문에 그와 이야기를 주고받으면서 걷는 수밖에 없었다. 하지만 옆에 있던 다쿠스케는 산지의 뻔뻔스러운 태도에 은근히 화가 났다.
'뭐야, 이 벌레 같은 놈은. 재수 없는 녀석이 붙었군.'
다쿠스케는 앞서 가는 산지에게 거친 말투로 말을 걸었다.
"이봐!"
"뭐야?"
"네 녀석은 도대체 왜 따라오는 거지?"
"지금 말한 대로 게이노스케님에게 볼일이 있어. 성 아래쪽에 있는 집으로 갔더니 안 계셔서 오요네님이 있는 곳으로 갔는데. 그런데 그 곳에도 안 계시더군. 그래서 이곳저곳에다 물어 보았더니 당신들이 요시노 강을 건너갔다길래 이렇게 뒤쫓아온 거야."
"우리 주인님이 당신 같은 사람을 알 리가 없어."
"게이노스케님은 나를 잘 모르더라도 나는 잘 알고 있으니, 걱정 마."
"당신이 상관 없다고 해서 되는 일이 아니야. 어떤 개뼈다귀인지도 모르는 녀석을 왜 우리 주인님이 만나시겠어? 멀리서 왔어도 다 헛일이야."
"생각해 줘서 고맙지만, 쓸데없는 참견은 사양하겠네."
"뭐라고?"
"그만해, 다쿠스케."

오요네는 눈짓으로 다쿠스케를 제지했다. 이렇게 사람도 없는 산길에서 싸움이라도 나는 날에는 여자 혼자서 어찌할 수도 없는 일이다.

특히 매처럼 사나운 산지의 눈을 보니 호락호락 물러설 위인이 아니라는 게 불 보듯 뻔했다.

그보다 한시라도 빨리 게이노스케와 무사들이 있는 쓰루기 산기슭에 도착하려고 오요네는 숨이 차는 것도 참으면서 서둘러 갔다.

쓰루기 산기슭에 원시적인 한 부락이 있었다.

거대한 석재나 자연목으로 둘러싸인 건물은 무사들이 모여 있는 감시대였다. 그 건너편에 초소가 보였다.

이 부근에 흩어져 있는 것은 쓰루기 산을 지키는 산지기들이 사는 오두막집이다. 도사자카이의 초소에서 교대로 일하는 무사들이 살고 있었다.

진영 입구에 오요네와 다쿠스케가 겨우 도착했다. 사방을 둘러보자 츠나

츠키(綱付)산, 아카보시(步子)언덕, 마루자사 봉우리 등이 하얀 구름 위로 솟아 있어서 깊은 산속에 온 느낌이 물씬 들었다.

"이제 이곳에 도착했으니 날이 저물거든 비가 오든 안심입니다. 어쨌든 게이노스케님이 계시는 곳으로 빨리 가죠."

다쿠스케가 성큼성큼 초소 앞으로 다가가자 뒤따라오는가 싶었던 산지가 어느 틈에 벌써 그곳 사람에게 고개를 숙이며 뭔가 이야기를 하고 있었다.

"그래? 그러면 잠시 그곳에서 기다려."

보초는 그렇게 말하면서 안쪽의 초소로 들어갔다.

산지는 스스럼없이 주저앉더니 담배를 꺼냈다.

"죄송합니다만 잠시 부탁드리겠습니다."

이번에는 다쿠스케가 굽신거리며 다가갔다.

"성에서 와 계신 게이노스케님을 뵙고 싶어서 왔습니다. 말씀 좀 전해 주십시오."

"게이노스케님이라면 지금 방금 다른 사람이 알리러 갔어. 그러니 잠시만 기다리게."

"아닙니다."

다쿠스케는 산지 쪽은 쳐다보지도 않은 채 들으라는 듯 목소리를 높였다.

"저기에 있는 자와는 틀립니다. 저는 게이노스케님의 심부름꾼입니다."

"그래? 같이 온 사람이 아닌가?"

그때 안에서 게이노스케가 이쪽을 향해 걸어오는 것이 보였다.

"누구냐? 나에게 급한 볼일이 있다는 자는?"

게이노스케는 주위를 둘러보고 문 뒤에 서 있는 오요네를 일부러 못 본 척 보초에게 물었다.

"예. 게이노스케님, 접니다. 산지입니다. 정말로 오랜만입니다."

"당신은 누구지? 전혀 기억이 나지 않는데?"

"이런 산속이니까 기억이 잘 나지 않겠지요. 게이노스케님도 배를 타고, 이 산지도 밀무역을 하면서 배를 탔습니다. 서로 물 위에서 얼굴을 마주 보면, 아, 그때의 그 녀석이군 하고 알아보실 겁니다."

"음, 알것 같네. 바로 그 산지로군?"

"부탁할 것이 있어 찾아왔습니다. 저쪽에 아름다운 손님도 와 계시니까 오래 방해는 하지 않겠습니다만, 잠시 시간을 내주시면 고맙겠습니다."

게이노스케는 쓸데없는 녀석을 만나게 해준 멍청한 보초에게 화가 났지만, 집요하게 매달리는 산지를 떨쳐 버릴 수가 없었다.

"그래? 그러면 초소의 집무소에서 기다리게. 무슨 일인지 모르지만 나중에 들어 보지."

"감사합니다. 저도 이제야 안심입니다. 이렇게 산 속까지 와서 만나지도 못한다면 큰일이지요."

벗은 비옷을 한 손에 들고 오요네를 힐끔 쳐다보고 산지는 돌계단을 통해 안쪽으로 들어갔다.

게이노스케는 산지의 뒷모습이 사라지자 기다렸다는 듯이 문 밖으로 나왔다. 그리고 재빨리 나무 그늘에 숨어 오요네를 눈으로 불렀다.

"어인 일이오. 이렇게 돌아다니면 안 된다고 했는데, 이 곳까지 뭐하러 왔나? 그리고 다쿠스케, 자네는 그렇게 생각이 없나! 이곳까지 아씨를 데리고 오다니?"

말은 이렇게 했지만, 정작 게이노스케의 행동은 오요네가 갑자기 찾아온 것이 너무 기뻐 들뜰대로 들떠있었다.

모두에게 비밀로 하고 있는 여자가 근무처로 갑자기 찾아오자 게이노스케는 내심 쑥스러우면서도 당황한 기색을 감출 수 없었다.

초소 안에는 아직 아리무라가 남아 있어서 거처로 오요네를 데리고 갈 수도 없고, 또한 이런 곳에서 소곤대는 것은 남 보기에 안좋을 것 같았다.

게이노스케는 오요네를 근처에 있는 집으로 안내하여 기다리게 해놓은 다음 초소 집무소로 돌아왔다.

게이노스케가 사용하고 있는 책상 옆에서 제 집인 양 익숙한 태도로 담배를 피우고 있던 산지는 게이노스케가 들어오자 벌떡 일어났다.

"저렇게 아름다운 여자가 이 산 속까지 나리를 만나러 오다니, 상당히 부럽습니다."

"자네와 상관없는 일이니 신경 끄게. 산지라고 했지? 바쁘니 용건만 간단히 말하게."

"간단하게 말입니까? 물론입죠. 그러면 단도직입적으로 말씀드리겠습니다. 게이노스케님, 저를 배꾼으로 써 주시지 않겠습니까?"

"그러면 뭐야, 자네는 일할 곳을 찾아 여기까지 왔나?"

"밥 먹고 살 곳이 마땅치 않아서요. 이제 이 아와 이외에는 편안하게 살

곳이 없습니다요."

"그렇다면 거절하겠네. 특히 뱃사람은 다른 지방 사람을 쓰지 않네."

"그러면 좋습니다. 거절하시니 어쩔 수 없죠. 그 대신에 천 냥이나, 500냥 정도만 빌리고 싶은데 어떻습니까?"

"뭐, 뭐라고?"

"돈을 빌려 달라는 얘깁니다."

"자네는 제정신이 아니로군. 말에도 정도가 있는 법이네."

"정도가 있다고 생각하니까 천 냥을 500냥으로 깎아 드린 것 아닙니까? 이건 아주 싼 겁니다. 잘 계산해 보세요. 그것도 게이노스케님 주머니에서 달라는 이야기가 아닙니다. 하치스가 가의 창고에서 끌어 낼 수 있지 않습니까?"

"입 닥쳐! 하치스가 가의 공금이라니, 설령 한 푼이라도 네 녀석에게 줄 수 없어."

"안 주겠다는 것을 억지로 받을 산지는 아닙니다. 그러면 이야기를 들어 보시겠습니까? 시게요시님은 최근 화약을 많이 구입하시던데요. 막부에서 금하고 있는 화약을요. 무슨 연유에서인지 막대한 양을 서양 배들로부터 사들여 이 아와의 유키(由岐)항에 내려놓고 몰래 이노츠 산으로 운반한다는 소문이 떠돌고 있습니다. 그렇다고 해서 안색까지 변하며 놀랄 필요는 없습니다. 이 소문은 바다 위에서만 떠돌 뿐 아직 무서운 에도 성까지는 알려지지 않았으니까요."

말없이 듣고 있던 게이노스케의 얼굴색이 점점 새파랗게 질려 갔다.

이 간교한 녀석에게 독을 쏘인 것이다. 그리고 그는 4, 5년 전 네덜란드 선에서 최신 총기를 넛천 정 밀수입했을 당시 비디에서 일하고 있던 밀무역자 중에 산지라는 이름을 들은 적이 있던 것을 기억해 냈다.

"이제 쓸데없는 이야기는 그만두지요. 작년 스미요시 마을에 있는 집을 습격당한 뒤 계속 나쁜 일만 있어서 밥도 제대로 못 먹은 부하 5, 6명이 입을 벌리고 있습니다. 부디 어떻게든 도와줄 방법을 강구해 주십시오. 그렇지 않으면 나는 제쳐두고라도 굶주림에는 못 견디는 부하 녀석들이 언제 어떤 식으로 세상에 퍼뜨릴지도 모릅니다."

"이보게 산지, 자네가 뭔가 오해하고 있는 것 같군. 그건 잘못 들은 이야기일세."

"농담하지 마십시오. 오랫동안 바닷바람에 묵혀 살아온 밀무역자 산지입니다. 바다 위에서의 일이라면 누구보다도 잘 알죠. 그럼 이번에는 게이노스케님 관상을 한 번 봐 드리죠."
산지는 팔장을 낀 채 게이노스케의 얼굴을 물끄러미 바라보았다.
"게이노스케님도 밀수입을 한 적이 있군요. 더구나 그것은 아름다운 여자, 싫다고 우는 것을 억지로 달래어 다른 지방 사람의 입국을 금지하는 이곳 성 안에 넣고서 전하의 눈을 속이고 있는 게 보이는군요……"
산지가 게이노스케를 끈질기게 협박하고 있을 때 어디에선가 바람을 가르고 날아온 화살이 산지의 목을 꿰뚫었다.
하얀 화살 깃은 금방 새빨갛게 물들었다.

여자의 눈물

산지기들의 음식과 물건을 넣어 두는 창고인지, 그곳에서는 술이 발효할 때의 냄새가 코를 찔렀다.
아니나 다를까 뒷토방에는 술단지가 휘어지도록 쌓여 있었다. 오요네는 어둠침침한 구석방에서 게이노스케를 계속 기다리고 있었다. 워낙 가구조차 전혀 없는 방이어서 밤이 되자 더욱 음침해져서 혼자 있는 오요네는 불안하여 견딜 수 없었다. 게다가 집 안 가득 차 있는 술냄새만으로도 취할 것 같았다.
그와 반대로 다쿠스케는 몰래 술을 퍼서 대여섯 잔이나 마신 뒤 어느 틈엔가 뒷토방에서 코를 골며 자고 있었다.
무거운 문이 열리는 소리가 들렸다. 게이노스케가 새파랗게 질린 얼굴로 들어왔다.
"오요네……"
"나리님이세요?"
"그래. 어디에 있지?"
"이쪽 방이에요."
"그곳은 창고지기가 자는 곳이야. 이 마루 안쪽이 더 나아."
"어디든지 마찬가지예요. 판자도 없이 짚으로만 된 천장을 바라보니 오사카에서 올 때 무서웠던 배 바닥이 생각나요."
"바보같이."

게이노스케도 그런 말을 듣자 오래 된 상처가 쑤시는 듯한 기분이 들어서 혀를 차면서 오요네 옆에 앉았다.

그러나 오요네는 깜짝 놀라며 눈을 크게 떴다.

"피가, 당신 소매에, 그리고 귀에도 피가……"

게이노스케는 자신의 소매와 귀를 만져 보았다.

"아무것도 아니야."

"무슨 일이에요?"

"산지의 피야. 내 몸에서 나는 것이 아니야."

"옛? 그러면 그 산지를 죽였어요?"

"아리무라님이 활을 쏘아 죽였어. 아리무라님은 사람을 죽이는 것을 좋아해서 큰일이야."

게이노스케는 피로 인해 겁에 질려, 산지의 부하들이 화약에 관한 건이며 자신과 오요네에 관한 일을 세상에 퍼뜨리지는 않을까 걱정이 되었다.

오요네는 게이노스케의 뺨에 달라붙은 핏자국을 보자 갑자기 가슴이 울렁거리는 것을 느꼈다. 이곳에 오고 나서 잠시 멈춰 있던 가슴 속의 나쁜 피가 때를 기다리고 있었던 것처럼 들끓었다.

"이 안은 음침하군."

"빨리 이야기를 끝내고 저는 오늘 바로 성으로 돌아가겠어요. 이런 곳에서는 하룻밤도 지내기 싫어요."

"바보 같은 소리. 지금 어떻게 돌아간다는 거야?"

"하지만 견딜 수가 없어요."

"도대체 무슨 일이야? 이렇게 깊은 산 속이라는 것을 알면서도 온게……?"

"실은 갑자기 부탁이 있어서……"

"또 오사카로 가겠다는 말인가?"

게이노스케는 이마에 핏대를 세우며 버럭 큰 소리를 질렀다.

"예……"

게이노스케가 먼저 말해 버리자 오요네는 고개를 떨구고 가련한 목소리로 대답했다.

오는 도중에 생각해 두었던 여러 가지 변명거리가 목에 꽉 막혀 나오지 않는 것이 안타까웠다.

"몇 번 얘기해도 허락할 수 없는 일이야. 앞으로 4, 5년 지나면 그렇게 해 주지. 그때까지는 오사카에 갈 수 없어."
"오사카에 간다고 다시 이곳으로 안 온다는 것도 아니에요. 곧바로 다시 오겠어요."
"안 된다고 하지 않는가?"
"하지만, 그, 그런……"
"끈질기군."
"너무 억지예요."
"안 된다고 했잖아!"
게이노스케는 오요네의 뺨을 한 대 휘갈겼다.
"너무나 억울해요. 나, 나는 이런 곳에 끌려와서 어머니가 위독한데도 집에 갈 수 없다니."
눈물이 넘쳐 나자 가슴이 뻥 뚫렸는지 거짓 변명도 진실처럼 입에서 술술 흘러나왔다. 오요네의 원망스러운 소리를 듣자 게이노스케는 또 시작이군, 하는 듯이 혀를 차면서 매몰차게 입술을 꽉 물었다.
"왜 그렇게 홀짝홀짝 우는 거지? 이제 좀 그만해."
"그만할 사람은 당신이 아닌가요?"
"시끄러워! 이곳이 도대체 어디라고 생각해? 남자가 일하는 곳까지 와서 떼를 쓰는 사람이 도대체 어디 있어?"
"이곳이 어디든 나는 하고 싶은 말을 할 거예요. 내가 약하게 하고 있다가는 나 따위야 당신이 곧 죽여 버리겠지요."
"당신을 어떻게 하든, 그것은 이 게이노스케에게 달렸어."
"나는 이곳에 유배되어 온 죄인도 아니고, 몸을 팔러 온 여자도 아니에요."
오요네도 지지 않을 듯 게이노스케를 향해 쏘아붙였다.
그리고 끊임없이 흐르는 눈물을 그대로 내버려 둔 채 너무나도 원망스러운 눈초리로 게이노스케를 노려보았다.
그는 오요네의 눈빛에서 깊은 반항심이 자신을 향해 불타고 있는 것을 느꼈다.
"몸을 팔러 온 여자가 아니라고? 그러니 어떻게 하라는 거지?"
"돌려 보내 달라는 거예요."

"어디로?"
"오사카의 우리 집으로요." 공
"뻔뻔스럽군."
"보, 보내 주지 않겠다는 거예요?"
"당연하지!"
"조, 좋아요. 당신이 보내 주지 않겠다면 나는 내가 알아서 오사카로 갈 거예요. 어머니가 위독하다는데도 보내 주지 않으니까요."
"거짓말 하지 마. 그런 뻔한 거짓말에 이 게이노스케가 속을 것 같아?"
"거짓말이 아니에요. 다쿠스케에게 물어 보세요. 집에서 편지가 왔어요."
"시끄러워! 무슨 말을 하더라도 안 돼. 혹시 내가 오사카에 갈 일이 생기면 데리고 가겠지만, 당신 혼자는 절대 안돼."
"그렇게 말하지 말아요."
오요네는 게이노스케의 무릎에 얼굴을 파묻으며 흐느껴 울었다.
"금방 돌아올게요. 제발 20일 정도만 시간을 주세요. 정말로 지금 말한 것처럼 어머니가 위독해요."
"안 돼."
그래도 게이노스케가 강경하게 나오자 오요네는 거짓말이나 부탁만으로는 들어 주지 않으리라는 걸 깨달았다.
"당신은 귀신이야! 악마 같은 사람이야!"
"그래, 나는 귀신이야. 당신이 나를 그렇게 만들었어."
"세상 모두에게 이야기할 거예요. 배 바닥에 나를 억지로 처넣고, 게다가 이렇게……"
"큰 소리를 내지 마!"
"할 거예요. 어느 쪽이 나쁜지 세상에 모두 말할 거예요."
"바보 이곳은 쓰루기 산기슭이야."
"저쪽 초소에는 아리무라님이 계시겠지요. 아리무라님도 들을 수 있도록 더 큰 소리로 말할 거예요."
그러더니 오요네는 상기된 모습으로 벌떡 일어서서 창문에 손을 짚었다. 그대로 내버려 두다간 정말로 무슨 말을 할지도 모르는 판국이어서 게이노스케는 당황하여 오요네의 입을 손으로 막았다.
"쓸데없는 말은 하지 마. 그런 말이 전하 귀에 들어간다면 나뿐만 아니라 우리 두 사람 모두 끝장이야."
"싫어요, 싫어!"
게이노스케의 손을 손톱으로 할퀴면서 오요네는 흐트러진 머리를 흔들었다.
"온 세상 사람에게 말하겠어요."
"오요네, 너무 나를 화나게 하지 마. 당신은 목숨이 아깝지 않은가?"
"나를 죽이겠다는 거예요?"
"고집이 센 여자로군. 그렇다면 이 게이노스케도 생각이 있어."
"그렇다면 죽여 주세요. 죽어서라도 나는 가야겠으니까요."
"어째서 당신은 그렇게 나를……"
 갑자기 두 사람의 몸이 겹쳐지며 쓰러졌다. 가슴이 약한 오요네는 게이노스케에게 눌리자 괴로워 눈을 감았지만, 게이노스케는 보이지 않는다는 듯이 가녀린 오요네의 목덜미를 거칠게 파고들었다.
 오요네는 거역할 수 없는 힘에 떨면서 흐느껴 울 뿐이었다. 그리고 죽인다, 죽여 달라고 하던 두 남녀는 나른한 봄의 창고에서 정염의 화신이 되어 몸부림쳤다.
 그리고 잠시 시간이 흘렸다.
"저, 지금 한 말 있잖아요."
  오요네는 가냘픈 손가락으로 머리를 매만지면서 게이노스케를 등지고 앉았다.
"진짜지요?"
 그 뒷모습을 바라보면서 게이노스케는 팔베개를 한 채 누워 있었다.
"그렇게도 오사카에 가고 싶나?"
 오요네는 머리에 손을 댄 채 주위에 떨어진 자신의 머리장식을 눈으로 찾았다.
"그곳은 내가 태어난 곳이에요. 더구나 아무 준비할 겨를도 없이 이곳으로 왔으니……"
 게이노스케도 이제는 오요네가 조금 가련하게 생각되었다.
"그러면 보름 정도 있다가 틀림없이 돌아오는 거야."
"정말 가도 돼요?"
"그래."
"빨리 돌아가서 즉시 채비를 해야겠네요."

오오네가 서두르는 모습을 보자 그는 쉽게 놓아 주고 싶지 않은 마음이 다시 일었다.

"잠시만."

"당신, 좋다고 하셨잖아요?"

오오네는 당황해서 게이노스케 옆으로 다가가 한껏 애교를 부리며 두 팔로 게이노스케를 안았다.

"너무 내 애간장을 태우지 말아요. 부탁이니까."

"에이, 창녀 같은 짓은 하지 마."

게이노스케는 오히려 퉁명스레 오오네를 밀쳐 놓고 일어나더니, 품에서 꺼낸 배표를 오오네의 무릎 위로 던졌다.

"다녀와! 하지만 만일 오사카에 가서 돌아오지 않을 때는 난 반드시 목숨을 받으러 갈 거야. 알겠지? 그것만은 잊지 마."

"어머, 의심도 많군요."

"그렇지 않아도 당신은 쓰루기 산에 있는 녀석처럼 틈만 있으면 도망치려고 하잖아."

"그럴 리가 있어요? 틀림없이 하루라도 빨리 아와로 돌아오고 싶을 거예요."

"다쿠스케를 데리고 가."

"예. 그편이 저도 마음이 든든해요."

"한동안은 적당한 배편이 없으니까 짐을 싣는 시코쿠 상인의 배를 타도록 해. 그리고 돌아올 때에는 하순에 아와로 들어오는 같은 배를 타면 돼."

자칫하면 게이노스케의 마음이 바뀔 것 같아서 오오네는 기쁜 표정을 겉으로 드러내지 않았다.

그때 두 사람이 있는 창고를 향해 누군가가 급히 달려오더니 발길을 멈추었다.

"게이노스케님, 이곳에 계십니까?"

"앗, 누가 왔어요."

"쉿! 오오네."

게이노스케는 허둥지둥 주위를 둘러보더니 짚이 쌓여 있는 곳에 오오네를 숨겼다. 그리고 얼른 일어서서 입구로 나갔다.

"나는 여기 있다. 무슨 일이냐?"

"이곳에 계셨습니까?"

창고로 들어온 것은 7~8명의 쓰루기 산의 산지기들로, 그 중 한 사람이 피가 말라붙어 있는 화살 하나를 게이노스케에게 내밀었다.

"돌감옥에 있던 이치하치로가 죽었습니다."

"뭐, 이치하치로가 죽었다고?"

"예, 누군가에게 사살당했습니다."

"그 화살을 줘보게."

게이노스케가 낚아채듯이 화살을 빼앗아 살펴보니 틀림없는 아리무라의 화살이었다.

요전에 아리무라는 감옥에 대한 유래를 듣고 미신이라며 조소했었다. 그리고 농담처럼, 지금이라도 밀정을 죽이면 덕도 성에 재앙이 있는지 없는지 시험해 볼 겸 요아미나 이치하치로 둘 중에 하나를 죽여 보면 재미있겠다고 말했었다.

무책임한 식객이 또 헛소리를 하고 있군, 하며 그때 게이노스케는 예사로 흘려 넘겼었다.

그러나 아리무라는 정말로 쓰루기 산의 미신에 정면으로 도전한 것이다.

"어쨌든 이치하치로의 시체를 처리하고 자세한 사정을 덕도 성에 알리기로 하지. 늘 방자하던 아리무라님이 또 곤란한 짓을 저질렀군."

게이노스케는 이맛살을 찡그리면서 화살 끝에 묻은 피를 보자 자신도 모르게 소름이 돋는 것을 느꼈다.

그의 머릿속에는 자신도 의식하지 못하는 미신에 대한 공포가 있었다.

"때도 때이니 만큼 이노츠 성에 아무쪼록 불길한 일이 없으면 좋겠는데."

게이노스케는 혼자말을 하며 가늘게 떨리는 눈을 감았다.

게이노스케만이 아니라, 사건을 알리러 온 산지기들도 금단의 전설을 깨뜨린 것에 대해 왠지 모를 두려움에 젖어 있는 것 같았다.

협박하러 온 산지를 뒤에서 쏘았을 때에는 아리무라의 살인 취미도 그리 나쁘지 않다고 생각했었다.

하지만 그 방자한 화살을 돌감옥 안으로 쏘다니, 아무리 중요한 손님이라고 해도 이곳의 관리를 담당하는 자신을 무시한다고 생각되어 게이노스케는 화가 났다.

이것을 보고하면 틀림없이 시게요시도 화를 낼 것이다. 괜히 은폐해 두고 있다가 나중에 알려지는 경우에는 오히려 게이노스케의 실수로 처리될 것이다.
그러니 한시라도 빨리 덕도 성으로 가서 사실대로 보고하고 아리무라의 방종도 상부에 경각시켜야만 한다.
게이노스케는 산지기들에게 각각 지시를 내리고는 창고 밖으로 쫓았다.
그리고 자신은 다시 음침한 방으로 돌아왔다. 여자의 향기로 가득 차 있어 애욕을 불러일으키기에 충분했지만, 게이노스케의 머리에는 이미 그것은 차갑게 식어 있었다.
"오요네, 갑자기 성으로 돌아갈 일이 생겼으니, 빨리 준비해."
"예? 지금 바로요?"
"응, 하늘이 흐려서 내일 비라도 오면 곤란해. 피곤하겠지만 곧 떠나도록 해."
"아니에요. 걸을 수 없을 정도는 아니에요."
오요네는 오사카로 빨리 갈 수 있게 된 데 대한 기쁨으로 자신도 모르게 얼굴이 환해졌다.
피로와 술에 취해서 잠들어 있던 다쿠스케는 갑자기 잠에서 깨는 바람에 허둥거리며 짚신 끈을 묶고 밖으로 나갔다. 게이노스케는 여행복 차림으로 앞서 기다리고 있었다.
"만약 가는 길에 이곳 사람을 만나면 내 옆에서 떨어져서 모르는 척하는 것이 좋아. 요시노 강에 가서 배를 타면 다른 사람 눈에 띄어도 괜찮지만."
여자를 몰래 숨겨서 데리고 가는 일이란 무척이나 신경이 쓰일 수밖에 없다. 게이노스케는 길에서 만나는 사람을 조심하면서 오요네와 함께 길을 갔다.
"덕도 성에 도착하면 집에 들를 틈이 없을 거야. 조금 전 당신이 들은대로 그 일 때문에 바로 성으로 가서 전하에게 자세한 사정을 보고해야만 해. 당신은 집에 가서 여러 가지 준비를 해야 할 테니까, 그 동안에 다쿠스케는 시코쿠 상인의 배가 언제 떠나는지 알아 보게. 그리고 조금 전에 준 배표를 잃어버리지 마. 알겠어? 오사카에 가도 이곳에 관한 이야기나 쓸데없는 말을 해서는 안 돼. 다쿠스케, 자네도 주의하게."
세 사람이 3리 정도 걸었을 때였다. 말발굽 소리가 나더니 세 사람을 향해 똑바로 말을 타고 오는 사람이 보였다.

깜짝 놀라 양쪽으로 길을 비키자 흙을 튀기며 질풍처럼 달려와서 게이노스케를 하인처럼 부르는 사람이 있었다.

"이봐, 게이노스케! 덕도 성으로 빨리 가자. 지금은 여자 따위에게 신경 쓸 틈이 없어! 에도에 간 잇카쿠에게서 중요한 연락이 와서 곧 회의가 있을 거라는 이야기일세. 자네도 빨리 성으로 오라는 시게요시님의 명령이야. 빨리 가세. 천하의 풍운이 급변하는 이때, 여자 하나쯤 버리고 가면 어떤가?"

그 말을 남긴 아리무라는 채찍을 휘두르며 빈정거리 듯 먼지를 남긴 채 사라졌다.

시간으로 봐서는 아직 저녁이 되기 전이었지만, 갑자기 하늘과 땅이 어두컴컴해지고, 쓰루기 산 중턱이 새카맣게 보이고 하늘은 온통 구름에 덮여 있었다.

구름 뒤에서인지, 땅 끝에서인지 무서운 울림이 간간이 전해졌다. 담배밭에 있던 여자들이 잡초를 뽑던 손길을 멈추고 재빨리 집으로 향했다. 이윽고 도사자카이의 하늘에서 번개가 치기 시작했다.

우회로(迂廻路)

스와의 온천 거리는 우물 정(井)자처럼 형성되어 있었다. 어느 여관에도 개인 목욕탕을 갖고 있지 않고 마을 한가운데에 있는 세 개의 큰 욕탕으로 사방에서 손님이 수건을 든 채 모여들었다. 이곳은 기소를 거쳐서 오는 손님, 선광사(善光寺)에서 돌아가는 여행객, 와타 고개를 넘어서 에도 방향에서 오는 손님 등이 하룻밤의 여독을 씻어 내리려고 온천을 찾기 때문에 언제나 많은 사람들로 북적였다.

중선도(中仙道) 가운데에서도 손꼽히는 번화가였다.

저녁 6각(지금의 6시)쯤이면 이제 세 곳에서 손님들이 물밀듯이 밀려온다. 온천 입구는 말과 가마와 사람들로 가득 메워져 있었다. 낮에는 별로 하얗게 보이지 않는 김이 저녁에는 무럭무럭 피어올라서 유황 냄새가 신선하게 코를 찌른다.

빨간 발을 드리운 여관의 여자들이 나막신을 신고 나와 손님을 한 명이라도 더 끌어들이려고 소리를 지르는 것도 이때쯤의 일이다.

"가시와입니다. 가시와는 이쪽입니다."

"기쿄는 바로 이곳, 작년에도 이곳에 있었습니다."
"고시고는 이쪽입니다."
"그 유명한 가기는 여기입니다."
그들은 손님들의 삿갓을 빼앗거나 멋대로 짐보퉁이를 가져가버리기도 할 뿐만 아니라 손님들의 소매를 서로 잡아끌어서 옷이 찢어지는 일도 있다. 불평을 하면 '밤에 제가 꿰매드리지요.' 하며 능청스럽게 받아넘기기도 한다. 일부러 그렇게 옷을 찢어 손님을 끌어들이는 여자들만 있는 숙박지가 있기도 하다.
어쨌든 이곳에 있는 오두막집에서는 5각(저녁 8시경)의 종이 칠 때까지는 이러한 소동이 끊이지 않는다.
"이곳이군."
"아이다, 손님이야."
시모노유(下ノ湯)의 골목에 있는 커다란 여관 앞에 두 채의 가마가 내려졌다.
"수고하셨습니다."
"가마꾼, 이쪽으로 앉아서 좀 쉬세요."
"잘 오셨습니다."
"발 씻을 물을 가져오지요."
"짐은 이쪽으로 주세요."
하녀와 하인들에게 둘러싸여서 대야 앞으로 몸을 숙인 것은 장사꾼의 아내로 보이는 중년의 여자와 소박한 줄무늬 옷을 입은 집사 같은 남자였다.
그들이 발을 씻고 있는데 안쪽에 있던 아이다의 늙은 주인이 붓을 귀에 꽂은 채 나왔다.
"시코쿠 댁 마님이 아니십니까? 참 오랜만에 오셨군요."
부인은 점잖게 웃었다.
"어머, 젠시치(善七)님이군요? 언제나 건강하신 것 같아서 정말로 보기 좋습니다."
"예, 덕분에요. 그런데 마님, 이번에도 역시 선광사에 갔다가 돌아가시는 길입니까?"
"예, 그리고 고모로(小諸)의 거래처에 외상값도 받고 불심도 쌓을 겸 겸사겸사 볼일도 좀 있어서요."

늑대 세 마리 383

"아, 그러면 대단히 멀리까지 갔다가 오셨겠군요? 그러면 오늘은 와타 고개를 넘으셨겠네요. 많이 피곤하시겠습니다."
"피곤도 어딘가로 사라졌습니다. 그 와타 고개에서 엄청난 일이 있었으니까요."
"이곳에서는 좀 뭣하니까, 이쪽으로 오십시오."
부인은 종업원 쪽으로 눈짓을 했다.
"신키치, 자네는 빨리 이쪽으로 몸을 숨기게. 그런 곳에 앉아 있으면 또 밖에서 보이지 않는가."
"밖에서 무슨 무서운 일이라도 당하셨습니까?"
"예. 와타 고개에서 우리들을 쫓아오는 무사가 있었어요."
"아니, 당신들을요?"
"이제야 겨우 안심이 되지만 아직도 가슴이 뛰고 있어요. 누가 물 좀 갖다 주세요."
"무서운 무사들이었어요. 세 사람이었는데 와타 언덕을 내려오는 곳에서 우리들을 부르지 뭡니까?"
마님은 숙박지 주인에게 이렇게 말하고는 이맛살을 찡그렸다.
"아니, 세 사람의 무사가요?"
"뒤를 돌아보자 위에서 빠른 걸음으로 우리 쪽으로 달려오지 않겠어요? 거리가 떨어져 있기에 망정이지, 너무 무서워서 산기슭에 도착하자 재빨리 가마를 타고 도망쳤지요. 기분 나쁜 무사들은 그 뒤에도 계속 쫓아온 것 같아요."
"아니, 그런 몹쓸 놈들이."
"외상값을 받아 온 것을 알고, 그 돈을 노리지 않았나 싶어요."
"그럴지도 모르겠군요. 하지만 이제 안심하세요. 이곳에 온다고 해도 제가 결코 들어오게 하지 않을 테니까요."
"앞으로 오사카까지 가야 할 일이 걱정이에요."
"빨리 안쪽에 있는 방에 숨으세요. 근데, 어느 방이 좋을까?"
주인인 젠시치가 잠시 생각하는 새에 마님과 하인이 갑자기 안쪽의 복도로 후다닥 뛰어 들어갔다.
주인이 이상하게 여기고 문득 가게 앞을 보자 방금 마님에게서 이야기를 들은 무사 세 사람이 그곳에 서 있는 게 아닌가!

"이곳이지?"

"맞아, 이곳 같아."

무사들은 가게 앞에서 주위를 두리번거렸다. 한 사람은 삿갓을 쓰고, 한 사람은 머리를 뒤로 묶었다. 그리고 한 사람은 빛나는 눈동자에 검은 두건을 쓰고 있었다. 말할 필요도 없이 이들은 잇카쿠와 슈마, 그리고 마고베였다.

와타 고개를 내려올 때 슈마와 잇카쿠가 앞에서 서둘러 가는 남녀의 뒷모습을 보고 오쓰나와 만키치라고 생각해서 쫓아온 것이다.

앞에 가던 남녀가 눈치를 챘는지 뒤도 돌아보지 않고 그대로 도망치는 것을 보고 혹시 했던 슈마 일행은 틀림없다며 그 길로 두 남녀를 바싹 뒤쫓아 온 것이다.

"가마가 도착한 곳은 여기가 틀림없어."

슈마가 가게 앞에서 이렇게 말하자 마고베와 잇카쿠가 안을 들여다 보았다. 밖에서 호객행위를 하던 여자가 신이 나서 세 사람 앞으로 발 씻을 물을 가져다 주자 주인 젠시치는 깜짝 놀라서 가게 앞으로 튀어나와 여자를 향해 큰 소리로 야단을 쳤다.

"이제 모든 방이 꽉 차서 안내할 방도 없는데 왜 거절하지 않는 거냐? 칠칠치 못하군. 무사님들에게 실례잖아."

주인의 갑작스런 호통에 여자는 영문을 몰라 어리둥절해 했지만 장사하다 보면 이런 일도 있으려니, 아무 말 않고 그대로 입을 다물고 있었다.

"정말 죄송합니다."

젠시치는 무사 세 사람에게 공손히 인사를 했다.

"모처럼 오셨는데 방이 모두 차서 쉬실 만한 곳이 없습니다. 정말로 죄송합니다만 다른 곳으로 가시죠."

세 사람은 잠자코 얼굴을 마주 보았다. 이렇게 부자연스럽게 거절을 하는 것을 보니 분명 이 안에 오쓰나와 만키치가 투숙해 있다고 확신이 들었다.

한편 젠시치로서는 자신을 의심하며 바라보는 세 사람의 무사가 점점 산도적을 일삼는 무사처럼 생각되었다.

"그래? 방이 없다는데 무리하게 내놓으라고는 하지 않겠네."

잇카쿠는 상처가 난 왼팔을 가슴에 댄 채 삿갓 아래로 주인을 노려 보고 있었다.

"하지만 방금 가마를 타고 이곳으로 들어온 남녀가 있을 터, 그 사람들을 불러 주게."
"우리 집에는 그런 손님이……"
"숨기지 마! 틀림없이 보고 왔어."
"아닙니다. 결코 숨기지 않습니다."
"그러면 불러 내. 그 사람들을 이곳으로 끌어 내란 말이야."
"지금 시각에는 그런 손님은 없습니다."
잇카쿠의 협박을 젠시치가 교묘하게 피해 가자, 옆에 있던 마고베가 짜증 난다는 듯이 말했다.
"이봐, 주인장, 우리를 어수룩하게 보면 온 집안을 쑥대밭을 만들어 놓을 거야. 돈을 얼마나 받았는지 모르겠지만 어느 쪽이 수지가 맞는지 계산을 해보고 답변을 하게."
마고베의 태도는 말그대로 떠돌이 부랑인 그 자체였다.
이미 목욕탕 등불과 숙박지의 대문 앞 등불이 켜지는 시각이었다. 때마침 지루한 온천의 손님들이 우르르 몰려들어 아이다 집 앞을 가로막았다.
"이건 구경거리가 아니야. 왜 이곳에 몰려 있지? 저리 가! 빨리 저리 가라구."
슈마는 마고베와 서로 등을 대고는 모여드는 구경꾼들을 쫓았다.

그러는 동안 아무 것도 모르는 하인이 나와 주인의 편을 들지를 않나, 또한 지나가던 무사가 싸움난 줄로 착각하여 말리려 들지를 않나, 마고베의 위세도 결국 한 판의 희극으로 끝나 버렸다.
마을마다 지켜야 할 규칙이 있듯이, 온천에서 싸움을 벌여서는 안 된다는 여행객 나름의 규칙이 있다. 아무리 잇카쿠의 칼솜씨와 슈마의 풍채가 뛰어나도 결코 그 규칙을 깨뜨릴 수는 없는 일이었다.
더 이상 소동을 일으키다가는 관청에서 포졸이 나올 우려도 있고, 구경꾼들 수가 점점 불어나자 세 사람은 어쩔 수 없이 아이다 숙소 앞을 떠날 수밖에 없었다. 그곳을 떠났다고는 하지만 순순히 스와의 온천을 완전히 떠난 것은 아니다. 그들은 7, 8걸음 바로 앞에 있는 주산(十三)이라는 숙박지로 들어갔다. 그리고 아이다의 2층과 마주보이는 길가 2층방에 자리를 잡고 그곳에서 아이다의 출입구를 감시하기로 했다.
그래도 불안한지 세 사람은 종업원에게 많은 돈을 주고, 그 시각에 아이다로 들어간 남녀 손님이 뒷문으로라도 나갈 때에는 신속하게 알려 달라며 빈 틈없이 주의를 주고 나서야 겨우 여장을 풀었다. 슈마와 잇카쿠는 잠옷으로 갈아 입었다. 마고베는 원래 입고 있던 간편한 복장 그대로 차를 마시고 있었다.

두 사람은 어느 틈엔가 목욕을 하고 들어왔다.

"물이 상당히 좋은데. 마고베, 자네도 목욕을 하고 오는 게 어떻겠어?"

"나는 나중에 갈 걸세. 잠들기 직전에."

저녁상이 들어왔다. 가막조갯국에다 잉어 조림, 그리고 버섯 요리와 술이 놓여져 있었다.

"이곳에 오면 항상 잉어 요리가 상에 나오지."

슈마는 매우 맛있다는 듯이 국을 단숨에 들이켜더니 젓가락을 놀렸.

석양이 붉게 물든 마을에 기소 지방의 민요를 부르는 여자의 목소리가 울려 퍼지기 시작했다.

"어떤가, 우리도 부탁해 볼까?"

슈마가 노랫소리에 귀를 기울이면서 이렇게 묻자 잇카쿠가 퉁명스럽게 되물었다.

"무얼 말인가?"

"무엇이라니? 노래하는 여자 말일세."

잇카쿠는 아무 대답도 하지 않은 채 고개를 빼고는 아이다의 입구를 내려다보았다.

마고베는 뭐가 우스운지 슈마의 얼굴을 보고 쓴웃음을 지었다. 그는 그것을 숨기려고 술잔을 들었다.

별 일 없이 하룻밤이 지나고 다음 날 아침이 밝았다.

잇카쿠는 일어나자마자 종업원을 불러 앞 숙소에서 묵고 있던 남녀가 떠났는지를 물었으나 종업원은 분명 아직 떠나지 않았다고 대답했다.

그 종업원은 어젯밤 이들 세 사람이 아이다 숙박지에 도착하기 조금 전에 두 남녀가 가마에서 내려 아이다로 들어가는 모습을 틀림없이 보았다고 해서, 마고베와 잇카쿠는 종업원을 완전히 믿고 있었다.

물론 종업원이 남녀를 본 것은 분명했다. 하지만 종업원이 얘기한 남녀가 오쓰나와 만키치인지, 아니면 다른 사람들인지는 아직 모르고 있었다.

도착하고 나서 두 번째 밤이 지나려 하고 있었다.

잇카쿠와 슈마는 벌써 잠들어 버린 한밤중이었다. 마고베는 조용히 방을 빠져 나와 여관의 나막신을 신고는 지붕에 커다란 돌이 몇 개 올려져 있는 목욕탕으로 향했다.

주위는 대낮처럼 밝게 불이 켜져 있지만, 새벽 공기는 지친 듯 무겁게 가라앉아 있었다. 마고베는 고개를 들어 하늘의 파란 별을 보았다. 주위는 모두 잠들었는지 사람의 그림자도 보이지 않았다.

언제나 그는 이러한 시각에 목욕을 하곤 했다. 습관이라기보다는 그것은 의도적이었다. 그는 절대 다른 사람 앞에서 두건을 푸는 일이 없었다. 두건을 풀 때는 한 사람이라도 옆에 있어서는 안 되었다.

마고베는 이 시간에는 모두가 잠들어 있어 목욕탕 안에는 아무도 없을 것이라고 생각했다.

두 개가 나란히 이어진 욕탕에서는 하얀 김이 무럭무럭 피어오르고 있었다. 그는 무심코 가까이 있는 욕탕의 문을 열고 들어갔다. 그런데 옷을 얹는 선반을 보자 여자의 허리끈과 옷이 놓여 있었다.

마고베는 그것을 피해 다음 욕탕 쪽으로 걸었다. 욕탕 문을 조금 열고 들여다보자 김이 가득 차서 앞이 전혀 보이지 않았다. 온천물이 퐁퐁 솟아 오르는 소리만 들릴 뿐 사람이 있는 듯한 기색은 없었다. 마고베가 안심하고 살짝 들어가 허리에 찬 칼을 꺼내서 선반에 놓으려고 하는데 칼에 뭔가 닿는 소리가 났다.

자세히 살펴보자 피리 하나와 삿갓이 놓여 있었다.

'안 되겠군. 목욕을 하는 녀석이 있나 보군.'

마고베는 혀를 차면서 뒤를 돌아보았다. 목욕탕의 뿌연 김 사이로 회색 옷을 입은 스님 한 사람이 허리끈을 풀면서 욕조에 들어가려고 하는 모습이 보였다.

무엇에 놀라기라도 한듯 마고베는 그곳을 튀어 나와서 숙박지로 부리나케 달려왔다. 그러고는 정신 없이 자고 있는 슈마와 잇카쿠를 흔들어 깨웠다.

"일어나! 빨리 준비를 해, 준비를!"

갑자기 잠에서 깬 두 사람은 아직 꿈에서 헤매이는지 눈을 비비면서 마고베의 당황한 모습을 멍하니 바라보았다.

"도대체 왜 그러는 거야?"

두 사람은 베개 위에 턱을 얹은 채 일어서려고 하지 않았다.

"엉뚱한 곳에서 녀석을 만났어. 어쨌든 빨리 일어나!"
"지금 당장 일어나라는 거야?"
"그렇게 우물쭈물하다간 모처럼의 기회를 놓치게 돼."
 마고베는 발로 두 사람의 이불을 걷어찼다. 이렇게 되자 아무리 둔한 슈마와 잇카쿠라도 편히 누워 있을 수 없어서 서서히 일어섰다.
"아이다에 묵고 있는 사람들이 지금 떠나기라도 한다는 거야?"
 슈마가 지금 상황에서 유일하게 던질 수 있는 질문을 하자 마고베는 고개를 흔들었다. 그리고 머리맡에 놓여 있던 물그릇을 들어 건네 주었다.
"어쨌든 이 물을 마시고 빨리 정신 차려. 그러고 나서 이야기를 하지."
 잇카쿠는 영문을 모르겠다는 표정을 지었지만 어쨌든 물을 마시고 난 뒤 슈마에게도 물그릇을 건네 주었다. 슈마도 사태가 조금은 파악이 되는지 심상치 않은 마고베의 얼굴을 뚫어지게 쳐다보았다.
"도대체 뭔가, 마고베?"
"슈마."
"응."
"잇카쿠."
"뭔가?"
"호리즈키 겐노조가 바로 코 앞에 와 있네."
"뭐라고, 겐노조가?"
 이 한 마디에 두 사람은 찬물을 뒤집어쓴 듯 정신이 화들짝 들었다.
"방금 전에 내가 목욕탕에 갔었는데 그곳에 중이 한 사람 있었네. 목욕탕 안에 서린 김 때문에 그쪽에서는 나를 보지 못한 것 같은데, 나는 분명히 보았어. 틀림없이 겐노조야. 지금쯤 온천물에 몸을 담그고 있을 테니까, 이럴 때 기습을 하면 어떻겠나?"
"좋아. 제대로 걸렸군."
 잇카쿠는 칼집에 몸을 기대며 일어섰다.
 그러자 슈마가 침착한 말투로 두 사람에게 의문을 제기했다.
"잠시만 기다려 봐. 에도에서 들은 바로 지금쯤 겐노조는 벌써 다루이에 있는 국분사에 도착해서 배가 떠날 날을 기다리고 있다고 했네. 그런데 아직까지 이 부근에 있다는 게 이상하지 않은가?"
"이상할 것 없어. 내가 틀림없이 봤다니까."

"하지만 잘못 봤을 수도 있지 않은가? 항상 겐노조에 대한 생각을 하다 보니 다른 중을 겐노조로 잘못 보았을 수도 있지 않은가?"

"쳇. 자네의 그 어설픈 이론이 또 나오는군. 이렇게 우물쭈물하고 있는 동안에 그가 선수라도 치면 큰일이야. 마고베, 지금 쓸데없는 말을 하고 있을 때가 아니야. 어쨌든 빨리 가 보세."

잇카쿠가 칼을 옆에 차고 황급히 그곳을 나서자 마고베도 슈마를 내버려 두고 계단을 내려갔다. 그러자 슈마도 더 이상 어쩔 수 없었는지 그들을 따라 여관 밖으로 뛰어나갔다.

깊은 밤, 아무도 없는 욕조에 몸을 담그고 따뜻한 온천물에 몸과 마음을 씻으면서 기분 좋게 피로를 푼 겐노조는 이윽고 욕조에서 나와 옷을 입었다.

겐노조는 사쿄노스케의 명을 받고 아무도 모르게 요요기 별장을 떠났다. 예정대로라면 벌써 미노(美濃)길에 들어서야 했지만, 순례자 배를 타기 까지는 다루이에서 상당히 기다려야만 했다.

그래서 일부러 길을 멀리 돌아 우에다(上田)에 있는 친구 집에 들렀다. 그리고 마치 아무런 목적도 없이 그저 떠돌아다니는 것처럼 오늘도 밤새 고개를 넘어서 이 온천에 도착하여 여독을 풀고 있었던 것이다.

오랜만에 온천에서 목욕을 해서 그런지 기분이 매우 상쾌했다. 그러나 시간은 벌써 5경(새벽 4시에서 6시 사이)이 되어 숙박지를 찾기도 어설프고, 그렇다고 지금부터 시오지리 언덕을 넘기에는 너무 이른 시각이었다.

보화종 승려의 옷을 입고 있으니 나무 아래나 돌 위에서 잠을 잔다고 해도 떠돌이 스님을 수상하게는 보지 않을 것이다.

길을 따라 걷다가 지치면 풀 위에서 쉬기로 하고, 피리를 챙기고 삿갓을 썼다. 그때 목욕탕 문이 살짝 흔들렸다. 바람 때문에 문이 열린 것인지, 아무도 욕탕 안으로 들어오는 기척은 없었다.

겐노조가 다시 한쪽 발을 올리고 짚신 끈을 조이려고 할 때 또 아주 작은 소리가 들렸다.

사람의 발소리와 낮은 속삭임. 분명하게 들려 오지는 않았지만 그의 직감에는 분명히 새벽 공기가 동요하는 것이 느껴졌다.

문에 손을 대고 조금 당겨 보자 밤기운이 흘러들어 올 뿐 아무런 인기척이 느껴지지 않았다. 그러나 여릿한 살기가 그의 얼굴을 때리는 듯했다.

안그래도 조금 전에 욕탕으로 들어오려다 말고 황급하게 나간 남자가 수상하게 생각되었다.

"뭔가 있군."

겐노조는 낌새를 맡고 목욕탕 한쪽 벽에 등을 댄 채 문을 갑자기 열어젖혔다. 그러자 기다리고 있었다는 듯이 한 남자가 갑자기 달려들어 하얀 칼날을 휘두르며 김이 자욱이 서린 허공을 갈랐다.

겐노조는 그 남자의 허리를 발로 힘껏 찼다.

텀벙 하고 욕조 안에서 물방울이 튀어올랐다. 머리부터 거꾸로 욕조 안에 처박혔는지 물에 빠진 생쥐 꼴이 되어 고개를 내민 것은 다비가와 슈마였다.

"잇카쿠, 빨리 공격하게!"

슈마가 이렇게 소리치는 것과 동시에 겐노조가 입구에서 밖으로 발을 조금 내딛였을 때였다. 그러자 오른쪽에서는 잇카쿠의 하얀 칼날이, 왼쪽에서는 숨을 들이마시며 기회를 노리고 있던 마고베의 예리한 칼날이 겐노조를 향해 동시에 내리쳐졌다. 다리를 삐끗한 마고베의 칼은 바람을 가르며 목욕탕 기둥에 박히고, 잇카쿠의 칼은 대나무 피리에 부딪쳤다.

기둥에 박힌 마고베의 칼이 쉽사리 빠지지 않자, 마고베는 칼을 그대로 둔 채 사력을 다해 겐노조를 쫓아 맨몸으로 달려들었다. 마고베는 엄지손가락에 힘을 주어 겐노조의 목에 구멍이라도 낼 듯 누르면서 소리쳤다.

"잇카쿠! 옆을 찌르게!"

하지만 잇카쿠는 마고베와 겐노조가 뒤엉켜 있기 때문에 자칫 잘못하면 겐노조보다 마고베를 먼저 칠 것 같아 잠시 망설여졌다.

세 사람은 장소도 시각도 잊어버린 채 무시무시한 소리로 기합을 질렀다.

그러자 사방에 밀집되어 있는 숙박지와 가게 앞에는 깜짝 놀라 잠에서 깨어 튀어나온 사람들로 가늑 차서, 조용한 온천 지역의 평화는 단숨에 깨져 버렸다.

감탕나무 언덕

기소 관문이 있는 고지에서 아래에 있는 집들을 내려다보면, 지붕 위에 돌을 얹은 집이 즐비하니 늘어서 있어 그것은 하나의 장관을 이루었다.

그 관문 서쪽에 있는 경사가 급한 돌계단을 선비처럼 보이는 한 남자가 커다란 자루와 조그마한 조롱박을 어깨에 멘 채 마치 유랑길에 나선 것처럼 유유히 내려오고 있었다.

숙박지가 죽 늘어서 있는 곳으로 들어서자 조롱박을 멘 그 나그네는 좌우의 토산품 파는 가게들을 둘러보았다. 그러더니 말린 생선의 값을 물어 보거나 약 냄새를 맡아 보거나 또 노송나무로 만든 인형 파는 가게 안을 기웃거렸다. 하지만 그는 물건을 사려고 그러는 것 같지는 않았다.
그뿐만이 아니다. 그는 어울리지 않게 빗을 파는 가게에서 여러가지 빗을 들고 빗에 새겨진 장식을 자세히 들여다보기도 했다. 그러더니 품에서 종이를 꺼내서 두세 가지의 모양을 그린 다음 값도 묻지 않고 다시 그 주위를 어슬렁대기 시작했다.
그는 전혀 서두르는 기색이 없었다. 뒤에서 오는 다른 여행객이 아무리 앞질러 가도, 또한 가마꾼이 비키라고 소리를 질러도 전혀 신경을 쓰지 않았다. 그때 갑자기 옆에서 말이 긴 얼굴을 그에게로 들이대자 조금 놀란 듯 개구리처럼 옆으로 뛰었다.
이 숙박지 끝에는 마치 이 정체를 알 수 없는 나그네를 기다리기라도 하듯이 조금 색다른 가게들이 늘어서 있었다.
기소 거리에서는 유명한 가게였다. 양쪽 옆으로 간판에 곰 가죽, 웅담, 담비 가죽이라고 적혀 있는 가게들이 이어졌다.
우리를 가게 앞에 내놓고는, 그 우리에 여우, 멧돼지, 곰을 가두어 놓아 그 앞을 지나가는 사람들의 눈길을 끄는 가게도 있고, 아름다운 새들의 울음소리로 사람들의 발길을 멈추게 하는 가게도 있다.
그곳에 있는 가게에서는 짐승 가죽, 짐승 기름, 고약, 활로 만든 세공품, 말가죽, 보자기 등 짐승으로부터 나오는 것이라면 무엇이든지 파는 것 같았다.
조롱박을 멘 그는 한동안 그곳들을 넋을 잃고 바라보다가 이윽고 웅담을 파는 가게 앞에서 걸음을 멈추었다.
"어서 오십시오. 웅담을 드릴까요?"
가게 주인이 재빨리 조개껍데기로 만든 상자를 가져오자, 그는 막 웅담을 먹고 난 사람처럼 쓰디쓴 표정을 지으며 가게 안을 둘러보았다.
"그런 것은 필요없네, 나는 의원이니까."
"아, 그렇습니까?"
주인은 손님의 신분을 알아보지 못한 자신의 우둔함에 몸둘 바를 모른 채 허둥댔다. 말을 듣고 보니 작게 묶은 머리라든지 풍채가 의원 같기도 한데……

"검은 담비의 번이 있는가?"

"번? 번이 도대체 뭡니까?"

"손바닥 말일세, 검은 담비의 손바닥."

주인장은 고개를 크게 끄덕였다.

"아, 손바닥 말이군요? 하지만 아무리 깊은 기소 산골짜기라 하더라도 검은 털이 있는 담비는 좀처럼 잡히지 않습니다."

"그러면 다음에 잡았을 때 나에게 가져다 주게."

"약속은 할 수 없지만, 댁은 어디에 있습니까?"

"나는 오사카의 규조 마을에 사는 히라가 겐나이라는 사람일세."

"아, 겐나이 선생님이십니까? 이름은 익히 들어 알고 있습니다. 그런데 어디로 가시는 길입니까?"

"온타케(御岳) 산에 약초를 채집하러 왔는데, 내가 필요한 것이 별로 없더군. 하지만 의외의 보물을 얻었다네. 이것을 좀 보게."

겐나이는 주머니를 풀어헤쳐 채집해 온 풀과 나무껍질을 한 줌 꺼내어 주인에게 내밀었다. 그때 문득 가게 앞을 지나가는 사람을 보더니 그는 황급히 약초를 다시 집어 넣었다.

"그러면 필요한 것이 있을 때에는 서신으로 주문할 테니까 잘 부탁하네."

겐나이는 서둘러 남자 뒤를 몰아가면서 손을 흔들었다.

"이보게, 만키치. 자네는 덴마의 만키치가 아닌가?"

겐나이가 부르는 소리를 듣고 발길을 멈춘 사람은 바로 중선도를 거쳐서 기소로 온 만키치와 오쓰나였다.

두 사람을 발견한 겐나이는 좋은 길동무를 얻었다고 생각하여 함께 느긋하게 걸으면서 기소에 대해 이야기히거나 오타케 산에서 채집한 약초의 효능을 설명해 주었다. 또한 오사카에서 요즘 통 볼 수가 없었던 고잔과 이치하치로의 전서구(傳書鳩)에 대해서도 말했다. 그리고 빗에 칠을 하고 빗 끝에다 은으로 된 장식을 한 다음 여기에 겐나이 빗 이라고 이름을 지어 화류계에 유행을 시키면 어떻겠나 하고 묻는 등 끊임없이 말을 건넸다.

덕분에 오쓰나와 만키치는 지루하지 않게 걸어갈 수 있었다. 온타케 산의 약초나 빗 따위는 두 사람의 여행에 전혀 도움이 되지 않는 것이었다. 하지만 어차피 여정이 같았기 때문에 그날 밤은 스하라(須原)에서 같은 방에서 묵을 수밖에 없었다.

저녁에 술을 마시면서 겐나이는 여행에 필요한 자질구레한 이야기를 다시 꺼내었다.

"우선 숙박지에 도착하면 그 건물이 앉은 방향과 화장실 그리고 앞 뒷문을 첫 번째로 살펴보아야 하네. 칼은 반드시 등 뒤 바닥에 끼워 두고 자야 하며, 옆방에서 바둑이나 장기, 그리고 노래 따위를 해도 결코 참견을 해서는 안 되네. 또한 이런 것을 가지고 다니면 아주 편리하지."

겐나이는 주머니를 풀어서 만키치 앞에 그것을 죽 늘어놓았다. 거기에는 삿갓, 옷, 큰 주머니, 담뱃주머니 등이 들어 있었다.

"그리고 가마 멀미는 뱃멀미보다 사람을 더 지치게 만든다네. 그러니 멀미를 잘하는 사람은 가마의 문을 열고 타는 것이 좋지. 속이 울렁거리고 두통이 날 때에는 뜨거운 물에 생강즙을 넣어서 마시면 좋다네. 특히 멀미가 심한 여자는 명치를 꼭 동여매고 가마에 타면 예방할 수 있네."

겐나이는 그 말을 하고는 오쓰나를 보았다.

"배도 상당히 힘들긴 하지. 심하게 뱃멀미를 하는 사람은 피까지 토하는 일도 있다네. 유황이나 불쏘시개를 품에 넣고 타면 뱃멀미를 하지 않는다고 하지만, 반드시 그렇지도 않아 심하게 뱃멀미를 할 때에는 반하(황백색의 꽃이 피고 줄기는 구토 해수 등의 약재로 쓰임), 진피, 복령(소나무 따위의 뿌리에 기생하는 버섯의 일종)을 섞어서 마시면 좋지. 하지만 그런 것이 없는 경우가 많으니까, 그런 때는 어린애의 변을 마시면 즉시 효과가 있다네. 더러워할 것 없네. 피를 토하는 것보다는 낫지 않은가? 만약 어린애 변이 없을 때는 어른의 소변을 마셔도 된다네."

이 말은 아와로 들어가려고 하는 만키치와 오쓰나의 귀를 잠시 솔깃하게 했다.

"또한 우렁이를 볶아서 여행길에 먹으면 배탈이 날 염려가 없다네. 그리고 삿갓 밑에 복숭아 잎을 넣고 삿갓을 쓰면 일사병에 걸리지 않지. 너무 많이 걸어 발이 부어서 열이 나고 아플때에는 지렁이를 진흙째 갈아서 바르는 것이 즉효네. 그리고 고삼이라는 풀을 바닥 아래에 깔고 자든지 탱자나무 잎을 안고 잠을 자면 벼룩이 달려들지 않는다네."

겐나이가 계속 입담을 풀어놓고 있을 때 갑자기 지금까지 조용하던 옆방에서 흥분된 목소리로 말을 하는 사람이 있었다.

"하지만 무슨 얼굴로 아와로 돌아간단 말인가?"

훌쩍훌쩍 우는 여자와 그 여자를 위로하는 듯한 젊은 남자의 목소리가 들렸다.
"마님, 그렇게 생각하시면 안 됩니다. 아와로 돌아가지 않는다든지, 죽어버린다든지, 그렇게."
"너는 그렇게 생각할 수 있겠지만 나로서는 이대로는 나리 얼굴을 볼 수 없어."
"아닙니다. 저도 마님을 따라와서 이러한 일이 벌어졌으니까, 죄를 똑같이 받아야 합니다. 하지만 한번 잃어버린 돈이 죽음으로 사죄를 한다고 해서 돌아오는 것은 아니지 않습니까?"
"그러나 액수가 적기는 하지만 이번 것은 아와에 공물로 바칠 돈이라서 내가 오기만을 기다리고 있지 않겠느냐? 그것을 그런 녀석들에게 빼앗기다니……."
아와라는 말이 나오자 오쓰나와 만키치는 자신도 모르게 옆방의 이야깃소리에 귀를 기울였다.
겐나이도 여행 이야기를 중단하고 옆방에서 흘러나오는 소리를 잠자코 듣고 있었다.
사정 이야기를 다 듣고 난 겐나이와 만키치는 그들을 도울 방법에 대해 의논을 하고 나서 방문을 열고 옆방으로 들어갔다.
깜짝 놀라 두 사람을 쳐다본 두 남녀는 바로 조금 전 와타 고개에서 만키치와 오쓰나로 착각되어 슈마 일행에게 쫓겨 스와에 있는 아이다 숙소로 도망친 시코쿠 가게의 마님과 종업원인 신키치였다.
겐나이와 만키치는 불쑥 그곳에 들어선 자신들을 소개하고 대강의 정황을 옆방에서 들었다며 도와 줄 일이 없을까 하여 찾아왔다고 얘기했다.
잠시 후 사정 이야기를 들어 보니 이 두사람은 그때 위기를 넘기고 간신히 도망쳤지만, 나흘 동안을 도망 다닌 끝에 이곳에 오기 바로 직전 사람이 없는 고개에서 진짜 산적을 만나 돈을 모조리 빼앗겨 버렸다는 것이다.
그것도 단순한 돈이 아니라, 시게요시에게 담배의 공물로 바쳐야 하는 돈으로, 급하게 가지고 돌아가는 길이었다는 것이다. 집에서 목을 길게 빼고 애타게 기다릴 남편 생각을 하면 면목이 없다면서 부인은 훌쩍거렸다.
그러면서도 그녀는 옆방에 있는 사람에게까지 기분을 상하게 만들어서 미안하다는 말을 덧붙였다.

질병에 관한 이야기라면 겐나이가 여러 가지 응급 처방을 내려 주겠지만, 잃어버린 것이 워낙에 큰돈이기도 하고 상대가 상당히 솜씨가 좋은 산적이라는 말을 듣고 보니 좋은 묘안이 떠오르지 않았다.

그래서 겐나이는 자기를 도와 줄 수 없지만 만키치는 도와 줄 수 있으리라고 위로만 한 다음 먼저 잠자리에 들었다.

다음 날 아침 겐나이는 자신은 나고야(名古屋)로 가야 한다면서 만키치와 오쓰나에게 작별을 하고 먼저 숙박지를 떠났다.

하지만 시코쿠 가게의 부인 일행과 만키치 일행은 점심때까지 숙소에 남아서 그곳의 3층에서 앞의 거리를 감시하고 있었다.

얼마 후 눈을 동그랗게 뜨고 지나가는 사람들을 지켜 보고 있던 시코쿠 가게의 종업원 신키치가 소리를 치며 손가락질을 했다.

"맞아, 저 녀석이야! 저 녀석이 맞습니다!"

"저쪽에 시커멓고 가는 수염에 덩치 큰 남자 말입니까?"

그러자 마님이 대답했다.

"그래요. 붉은 청동으로 만든 칼을 차고 있는 저 사람이에요. 아니, 이쪽을 쳐다보잖아? 우리를 보았을까요?"

"만키치님, 곧 돌아올 테니까 떠날 수 있도록 준비를 하고, 이 집 문 앞에 나와 있으세요."

오쓰나는 혼자서 계단을 내려가 문을 나가더니 그들이 지목했던 사람의 뒤를 쫓아갔다. 남은 만키치는 숙박비 계산을 하고 떠날 준비를 끝낸 다음 가마를 불렀다.

하지만 자신은 타지 않고 마님과 신키치를 가마 안에 숨긴 후 잠시 입구에서 주인과 이야기를 나누었다. 그리고 담배를 대여섯 모금 빨았을 때 오쓰나가 미소를 지으면서 돌아왔다.

"이것이지요?"

오쓰나는 허리춤에서 주머니를 꺼내서 마님이 탄 가마 안으로 던져 넣었다. 탁, 하고 금속이 바닥에 부딪치는 소리가 났다. 깜짝 놀라면서도 얼굴에 기쁨을 감추지 못하고 가마에서 뛰어나오려는 두 사람을 만키치는 손으로 만류했다.

"자, 어서 서둘러 길을 떠나십시오, 인사는 필요없습니다. 인연이 있다면 또 만날 수 있겠지요."

두 사람이 탄 가마를 먼저 보내고, 오쓰나와 만키치는 뒤에서 천천히 걸어가기 시작했다. 그리고 나카가와하라(中川原)에 있는 역참까지 오자 조금 전의 산적이 이정표의 돌에 자신의 삿갓을 올려 놓고, 풀밭에 앉아 짐을 풀고 있었다. 그러자 그는 갑자기 눈이 휘둥그레지더니 옷을 탁탁 털고는 생각에 잠기는 모습이었다.

만키치는 자신도 모르게 웃음이 나오자 손으로 입을 막고는 고개를 돌리고 그 자리를 지나쳤다. 오쓰나도 곁눈질로 그를 바라보고 아무런 내색도 하지 않고 그대로 옆을 지나쳤다.

사람을 도와 주느라고 그렇게는 했지만, 그것이 어떠한 이유에서든지 소매치기당한 사람의 당황하는 모습을 보니 오쓰나의 참회의 마음에 아픔이 부가되는 것이었다.

이윽고 미노로 들어서자 다루이에 있는 국분사에 훨씬 가까워졌다. 주위의 풍경을 바라보니 봄이 깊어 이제 곧 여름이 되려는 것을 알 수 있었다.

국분사에 도착하면 곧바로 겐노조를 만날 수 있다는 생각을 하니, 오쓰나와 만키치는 해가 져서 어두컴컴한데도 불구하고 조금 무리를 해서 감탕나무 언덕을 오르기 시작했다.

"나도 발바닥에 바늘이 박힌 것처럼 아픈데, 오쓰나 당신은 몹시 힘들겠군."

오쓰나가 요아미의 딸이라는 것을 알고 나서 고잔이 오쓰나에게 존대를 하자, 만키치도 그녀에게 존대말을 했었다. 하지만 오쓰나의 부탁으로 다시 만키치는 편안하게 말을 놓았다.

"아니에요. 우리는 아와로 가서 쓰루기 산까지 가야 하는데, 이런 곳에서부터 지치시는 아무 일도 못 해요."

"그래. 이제부터가 정말 어려운 길이야. 피의 연못이 있을지, 바늘로 된 산이 기다리고 있을지, 어쨌든 목숨을 건 길이 될 거야."

만키치가 그렇게 말하면서 감탕나무 언덕을 올려다보자, 그 도중에 나고야로 나가는 뒷길이 있고, 표시가 되는 일곱 그루의 소나무가 서 있었다. 그곳에서 멀리 바라보자 끝없는 구름의 바다 사이로 가가(加賀)의 하쿠(白)산이 우뚝 솟아 있는 것이 보였다.

대나무 사이로 저녁 바람이 불고, 한 걸음 떼어 놓을 때마다 붉은 저녁 햇살이 점차 엷어져 갔다.

천천히 걸어서 나고야로 가는 뒷길까지 오자 동백나무와 대나무에 묻혀서 사이교(西行, 중세 시대를 대표하는 일본의 가인) 법사의 노래비가 보이고, 그것과 나란히 낮은 대나무로 둘러싸인 게시판이 보였다. 내용을 보자 관청의 포고문과, 누군가의 얼굴 그림, 그리고 잡다한 것이 잔뜩 붙어 있었다. 그런데 그 옆에 있는 하나의 표찰이 눈에 띄었다.

무심코 그 표찰을 들여다본 만키치의 얼굴색은 새하얗게 변하면서 굳어졌다. 거기에는 두 사람이 가려고 하는 국분사에서 봄의 순례자 배가 떠나지 않는다는 내용을 알리는 글이 적혀 있었다.

'아와의 장육사(丈六寺)의 인가를 받아 본 국분사에서 운행하던 순례자배는 아와의 정지 명령에 따라 중지하기로 결정했기에 이를 알리는 바이다.'

"앗, 이거 큰일이군."
만키치는 표찰의 내용을 다시 한 번 읽어 보았다.
"음, 이러한 명령이 아와에서 있었다면, 시게요시는 이미 결심을 굳혔다는 것이군."
"그렇다면 올 봄부터 순례자 배까지도 못 들어간다는 건가요?"
"그렇게 씌어 있어."
"그러면 겐노조님은요?"
"만약 이것이 사실이라면 겐노조님이 국분사에 있을 리가 없지."
한숨을 내쉬며 팔짱을 낀 만키치는 표찰을 노려보다가 맥이 풀린 듯이 탄식을 했다.
"이제 어떻게 하지? 나라는 놈은 온통 실수뿐이군. 아와로 가는 것에만 신경을 빼앗겨서 이쪽의 내막을 살펴보는 것을 소홀히 했던 것이 큰 실수야. 아무리 생각해도 잇카쿠가 에도에서 아와로 일일이 보고해서 선수를 친 것이 틀림없어. 그렇다면 아와로 들어가는 것은 앞으로 더더욱 곤란해지겠군."

자책하는 듯한 만키치의 말을 듣고 오쓰나는 너무나 낙담한 나머지 그 자리에 주저앉고 싶었다. 그대로 가야 할지, 아니면 뒤로 물러서야 할지, 그러한 것조차 생각해 볼 여유가 없었다.

다루이에 가면 겐노조를 만날 수 있고, 국분사의 인가를 받아서 목적지까지 쉽게 갈 수 있다고 서로 격려하면서 여기까지 온 두 사람이었다. 그런데 지금 그 두 사람의 눈앞을 절벽이 가로막자 당혹감에 갈피를 잡을 수 없었다.

한편 그때 언덕 중턱의 평평한 초원에 있는 찻집에서 무사 한 사람이 족제비처럼 고개를 내밀었다.

그가 고개 위에 망연하게 서 있는 오쓰나와 만키치의 뒷모습을 바라보고 나서 고개를 들이밀자, 이번에는 그 속에서 4, 5명의 무사가 나오더니 두 사람을 바라보았다.

그들은 손가락을 세워 두 사람을 가리키면서 뭔가 소곤대더니 이윽고 그 가운데 한 사람이 손가락 하나를 세워 입술에 댔다.

그러자 갑자기 저녁 바람을 타고 대나무 소리 혹은 물 소리처럼 호각 소리가 사방으로 울려 퍼졌다.

붉은 싹이 트기 시작한 떡갈나무 숲에 희미하게 달이 떠올랐다.

때아닌 호각 소리가 들리자 넋을 놓고 있던 만키치는 깜짝 놀라서 오쓰나에게 눈짓을 했다. 그리고 곧 표찰 앞을 떠나서 감탕나무 언덕을 향해 뛰어 올라갔다.

그러자 동시에 절벽 양쪽에서 짚신을 신은 10여 명의 무사가 뛰어 내려왔다.

"잠깐만!"

뒤를 돌아보니 중턱 평지에서도 삼삼오오 짝을 지어 몇 패가 풀 위나 돌에 앉아서 그 두 사람을 지켜 보고 있는 게 아닌가!

도시의 무사답지 않은 말투와 풍채로 보아 이들은 아와에서 왔거나, 아니면 시게요시의 명령을 받고 아지 강 저택에서 온 것이라고 만키치는 짐작했다.

"이쪽으로 좀 와!"

조금 전에 호각을 분 무사가 언덕 위에서 내려오는 무사들을 향해 소리를 쳤다. 무사들에게 둘러싸인 오쓰나는 오른손을 잡히고, 만키치는 멱살을 잡혔다.

"아와로 몰래 들어오려고 한다는 만키치라는 녀석이 바로 네 놈이지? 네 옆에 있는 계집은 오쓰나가 틀림없을 테고. 너희들 소원대로 쓰루기 산으로 데리고 가 주마. 일부러 우리가 너희들을 마중 나와 준 거야. 얌전히 있어."

호각을 분 무사가 이렇게 말하자 좌우에 있던 무사들이 두 사람 앞으로 밧줄을 내밀었다. 그러자 만키치는 재빨리 오쓰나의 앞으로 가서 두 팔을 벌리고 오쓰나를 감싸더니 부들부들 떨며 말했다.

"무, 무슨 말씀을 하시는 건지 전혀 모르겠습니다. 우리들은 장사꾼입니다. 이곳에 와서 불공을 드리고 돌아가는 길이었는데 혹 사람을 잘못 보신 것은 아닙니까?"

"그런 거짓말이 통할 것 같은가? 그러면 어째서 저쪽의 표찰 앞에서 그렇게 넋을 잃고 우두커니 서 있었지? 우리는 너희들을 비롯해 겐노조가 이곳으로 온다는 것을 미리 알고 있었어. 그래서 덫을 놓고 기다리고 있었지. 입닥쳐!"

"무슨 말씀을 하셔도 우리는 그러한 사람이 아닙니다. 저는 지금 말씀 드린 대로 다만 장사꾼에 불과하고, 이애는 제 동생으로…… 만키치가 필사적으로 변명을 하고 있을 때 찻집 뒤에서 머리부터 발끝까지 새까맣게 감싼 무사가 팔짱을 끼며 만키치 앞으로 나오는 것이 보였다.

"그만둬, 만키치."

무사는 비웃는 듯한 표정으로 이렇게 말하며 만키치의 옆에 섰다. 만키치가 그의 옆얼굴을 바라보니, 푸른 달빛을 받고 서 있는 사람은 뜻밖에도 마고베였다.

"아니!"

그러자 이제 변명도 통하지 않을 것이라고 생각한 만키치는 손을 뿌리치고 일어서려고 했다. 그때 무사들과 함께 뒤에 서 있던 슈마가 막아섰다.

"어디로 가려고?"

그 모습을 바라보면서 마고베는 입가에 쓴웃음을 지었다.

"만키치, 발버둥치는 꼴이 볼 만하군. 좀 촌스럽다고 생각지 않는가? 덴마의 만키치라면 제법 알아주는 무사인데. 네가 그렇게도 가기를 원하는 쓰루기 산에서 평생을 지내도록 해주려고 이렇게 수십 명이 맞으러 왔지 않은가? 이렇게 좋은 사람들에게 대적을 하려고 하면 천벌을 받지."

마고베의 말이 계속되고 있는 동안에 감탕나무 언덕의 뒷길에서 나무를 헤치며 삿갓을 쓴 남자가 뛰어왔다. 숨이 차서인지 도중에 바위 위에 잠시 서서 산기슭 쪽을 바라보다가 이윽고 다시 다람쥐처럼 재빠르게 바위와 조릿대나무를 잡으면서 사람들이 있는 평지에 그 모습을 드러냈다.

모두의 눈이 갑자기 그쪽으로 쏠리자 삿갓을 쓴 남자는 잠시 그곳에서 선 채로 손을 흔들었다.

"조용히 해!"
그리고 단숨에 모두가 있는 곳으로 달려오면서 삿갓을 벗어 던지고는 눈썹을 치켜올렸다.
"드디어 왔어!"
감격에 찬 듯이 힘을 주어 말하는 사람은 잇카쿠였다.
몹시 기다리고 있었던 듯 점점이 흩어진 무사들은 자신도 모르게 숨을 들이마셨다.
그때 감탕나무 언덕 아래에서부터 어둠을 가르며 가냘픈 피리 소리가 조용하게 들려 왔다.
"음, 드디어 왔군."
산기슭 쪽을 바라보면서 마고베와 잇카쿠가 중얼거리더니 재빨리 칼에 매달린 끈을 풀었다. 그러자 다른 무사들도 험악한 눈길로 신호를 주고받았다.
"저 피리 소리인가?"
그 사이 피리 소리는 점점 가까워졌다. 칼을 단단히 잡고 있는 무사들 사이에 살기 넘치는 험악한 기운이 퍼지고 있었다.
슈마에게 멱살을 잡힌데다가 두 사람의 무사에게 양팔까지 잡히게 된 만키치는 이제 마지막인가 하고 생각했다. 잇카쿠와 아와가 이렇게도 교묘하게 연결되어 있어서는 어차피 쓰루기 산은 커녕 덕도 성, 아니 나루토 바다를 보는 것조차 불가능하다는 생각이 들었다.
이렇게 되리라는 것을 조금이라도 눈치챘더라면 조금 전 손쉽게 무사들에게 잡히지는 않았으리라는 후회가 들었다.
오쓰나가 어떻게 되었는지 궁금하여 옆을 보자 그녀도 여러 명의 무사들에게 발로 차이고 마고베에게 손이 잡힌 채로 소나무숲으로 질질 끌려가고 있었다.
"이곳에서 우물쭈물하지 마!"
무사 한 명이 소리를 질렀다.
"예닐곱 명은 저쪽으로 돌아가!"
"좋아!"
슈마가 신기하게도 순순히 그쪽으로 뛰어가자, 그 뒤를 따르는 무사들에게 잇카쿠가 주위를 주었다.
"조용히 해!"

잇카쿠는 다시 마고베를 돌아보았다.

"마고베, 오늘 밤 실수하면 안 돼!"

"그래, 오늘은 이렇게 많은 무사와 우리 세 사람이 잠복하고 있지 않나. 스와에서는 한밤중에 소란을 피워 구경꾼들이 너무 많이 몰려드는 바람에 놓쳐 버렸지만, 사람 하나 없는 이 언덕에서 이렇게 많은 무사들의 지원을 받으면 숨통을 단숨에 끊어 놓을 수 있어."

"다만 원통한 것은 내 왼팔이 말을 듣지 않는다는 거야."

"아직도 팔이 자유롭지 못한가?"

"붕대는 풀었지만, 칼을 마음대로 다루기는 아직 어려워. 호전류(戶田流)를 사용하려고 하지만, 막상 힘을 넣으려면 팔이 말을 안 들어."

"내가 먼저 선수를 쳐서 벨 테니까 자네는 잠시 상황을 보고 있게."

마고베는 이날 밤만은 자신이 있는 것처럼 다른 무사와는 조금 떨어진 채로 일곱 그루 소나무가 있는 곳으로 몸을 굽혀서 갔다.

한순간 그곳은 무덤같이 적막해졌다. 삼삼오오 짝을 지어 있던 많은 무사들이 한 사람도 남김없이 모습을 감추어 버렸다. 그리고 다만 움직이는 것은 어두컴컴한 달빛 아래에 풀 속에서 발버둥치고 있는 오쓰나와 만키치뿐이었다.

만키치의 귀에도 산기슭 쪽에서 피리 소리가 간간이 들려 왔다. 그러다 언덕 중턱 옆을 가로질러 계곡 옆에서 피리 소리가 들리기 시작했다.

"아, 저 소리는 산물떼새! 산물떼새의 곡이다!"

오쓰나는 소나무 밑둥 옆에서 발버둥치면서 외쳤다. 크게 소리를 질렀지만 목소리는 나오지 않았다. 마고베가 그녀에게 재갈을 물려 놓았기 때문이다.

아무런 소용이 없다는 것을 알면서도 오쓰나는 계속 발버둥을 치면서 소리를 지르지 않을 수 없었다.

"겐노조니……임!"

필사적으로 목소리를 짜내어 보았지만, 피리 소리만이 들릴 뿐 그녀의 목소리는 입 안에서만 우물거릴 뿐 밖으로 들리지 않았다. 싸늘하게 물결치는 풀숲을 헤치고 산바람과 피리 소리는 조화를 이루어 자연과 사람을 일체화시킨 것처럼 투명했다.

나무에 정령이 있고 꽃에 정령이 있다면, 지금의 이 달빛 아래서라면 춤을 출 것이리라.

한편 겐노조의 마음에서 파도치는 것은 그러한 아름다운 자연이 아니었다. 피리를 불면서 이 기소의 밤길을 한 걸음씩 내디딜 때마다 선정사 산마루에 뼈를 묻은 긴고로의 모습이 눈앞에 아른거려 견딜 수가 없었다.

피투성이가 되어 죽어 가면서도 마지막 목소리를 짜내는 긴고로의 모습을 떠올리던 겐노조는 자신도 모르게 긴고로의 평안한 저승길이 되기를 바라는 마음을 피리 소리에 담았다.

그의 마음 속에 깊이 자리잡고 있는 무사로서의 패기는 피리 구멍을 뚫을 것처럼 넘쳐나고 있었다. 그것은 비장한 행진곡이고 협객의 곡이었다.

자신이 부는 피리 소리가 목표로 하는 나주토의 바다에도 울려 퍼지고 쓰루기 산 속에 있는 요아미의 꿈에도 나타날 것을 기대하면서.

겐노조는 지금 감탕나무 언덕의 경사면에 놓여진 작은 다리를 건너고 있었다.

대나무 피리에 입술을 대고 고개를 숙인 채 걷고 있는 그의 어깨 주위와 옷자락에 언뜻언뜻 하얀 그림자가 눈처럼 비추다 사라졌다.

나뭇가지 사이로 비치는 희미한 달빛이었다. 산을 둘러싸고 있는 언덕의 중턱, 달 그림자도 없는 절벽길은 급경사였다.

탁 하고 가끔 작은 소리를 내며 떨어지는 것은 시든 동백꽃이었다.

겐노조는 피리를 주머니에 넣고는 묵묵히 어둠 속을 걸어갔다.

그때 그 주위에 여우처럼 다가오는 검은 그림자가 4, 5명 있었다.

사이교 노래비가 있는 평지까지 와서 잠시 쉬면서 겐노조의 삿갓이 뒤로 조금 젖혀졌을 때, 검은 그림자는 양쪽 바위에서 풀처럼 흔들렸다.

일각 정도 전에 오쓰나와 만키치가 시시 보았던 구분사의 표찰이 악마의 화신인 양 겐노조의 눈길을 끌었다.

그는 무심코 그쪽으로 발길을 옮겨서 그 표찰에 빨려들어갈 듯이 바라보았다.

"⋯⋯?"

삿갓 안에서 묵독하고 있던 겐노조에게 만키치와는 달리 동요의 빛이 순간 스쳐 지나갔다. 오히려 당연하다는 듯이 고개를 끄덕였다.

겐노조가 표찰 앞을 떠나려고 하는 찰나, 일곱 그루의 어두운 소나무 그늘에서 숨을 죽이고 있던 얼음같이 차가운 무사들이 튀어나왔다.

뒤를 돌아보자, 그곳에도 늑대 같은 무사들이 흉측한 칼을 들고 조금씩 발을 움직였다.
좌우 풀숲에 숨어 있는 칼날이 선명하게 보였다.
언덕 위, 언덕 아래, 사방은 완전히 칼로 담이 쌓였다. 겐노조는 한 걸음도 그곳에서 움직일 수 없었다.
겐노조는 발 옆에 있는 바위에 천천히 걸터앉았다.
동시에 삿갓을 벗고 손가락을 하나하나 쥐기 시작했다.
마치 장님이 신경을 집중시키듯이.

이렇게 위기에 빠진 경우, 겐노조는 반드시 몇 번 숨을 조용하게 내쉰다.
아무리 흉포한 칼날이라도 상대가 호흡을 가라앉히고 있는 동안에 쉽게 공격할 수 없는 법이다.
상대방에게 의심과 망설임을 갖게 하고 그 사이에 자신은 몸과 마음을 조용하게 다듬고 검이 나아갈 방향을 결정한다.
보이지 않는 적을 보고, 들리지 않는 소리를 듣고, 빛이 없는 어둠까지도 순간적으로 파악해야만 한다.
그러한 생각도 없이 자신의 실력만을 과신해서는 몇 명의 검과 대적을 하고 좌우의 적을 베어 버렸다고 해도, 그 사이에 빈틈을 이용하여 사방에서 들어오는 칼날에 벌집처럼 당하고 마는 것이다.
지금 감탕나무 언덕에 잠복해 있던 적에게 둘러싸인 겐노조는 마음이 차분히 가라앉았다.
삿갓을 땅에 던지고 손가락 마디를 하나씩 접어 소리를 내면서 주위를 흘겨보고 있는 것도 마음의 준비가 다 되어 있다는 표시처럼 보였다.
하지만 그것도 산들산들 부는 바람이 두세 번 머리카락을 흔들었을 정도의 순간이었다.
나무 뒤나 숲에, 또는 땅에 포복하고 있는 적의 수를 겐노조는 모조리 읽을 수 있었다.
'이런 상황에서는 몰래 그물망을 던지는 수법은 통하지 않을 것이다. 사방에 흩어진 나무 위에도 그럴 만한 무사가 올라가 있는 모습을 볼 수 없다.'
"주위에 있는 놈은 스물대여섯 명 되겠군. 아와의 무사와 잇카쿠, 마고베, 그리고 슈마겠지."

겐노조는 이렇게 중얼거렸다.
 스와의 온천에서 그들이 자기를 습격한 이후 겐노조는 이미 전후의 사정을 짐작하고 있었다. 그랬기 때문에 조금 전 순례자 배가 떠나지 않는다는 표찰을 보고도 그렇게 놀라지 않았던 것이다.
 또한 시나노에서 세 사람이 앞서 갔다는 것도 알고 있는 터라 이날 밤의 잠복 작전까지도 이미 예상할 수 있었다.
 여기까지 어렵게 온 길 때문에라도 지금 그는 한 걸음이라도 물러설 수 없었다.
 '산을 막아 보라, 바다를 막아 보라, 아와의 관문소도 더욱 엄중히 단속해 보라!'
 아무리 그렇게 해도 겐노조는 반드시 쓰루기 산의 감옥까지 들어가리라 결심했다.
 자신에게 다가오는 위험과 고통이 커질수록 겐노조의 결심은 더욱 굳어져만 갔다.
 '어떻게든……'
 겐노조는 온몸의 피가 타올라 불꽃처럼 뜨거워짐을 느꼈다. 그리고 손은 허리에 찬 검의 손잡이를 잡고, 넘쳐 흐를 듯한 힘으로 가득 찬 몸을 서서히 바위 위에서 일으켰다.
 그의 모습은 마치 바위에서 기지개를 펴는 숫사자처럼 너무도 당당해 아름답기조차 했다.
 그리고 갑자기 큰 소리로 말했다.
 "무슨 짓을 하는 거냐! 비겁한 녀석들."
 멀리까지 울려 퍼지는 굵은 목소리였다.
 주위의 무사들은 공격할 기회를 놓쳤는지, 아니면 겐노조의 기세에 눌려 버린 것인지 아무런 대답이 없었다. 겐노조는 더욱 목소리를 높였다.
 "너희들이 아와의 무사라는 것은 다 알고 있다. 너희들이 잠복해 기다리고 있던 겐노조다. 무엇을 주저하고 있느냐! 자, 빨리 덤벼라! 나를 베라! 아무런 방해꾼도 없는 감탕나무 언덕은 바로 너희들이 바라던 곳이 아니냐! 너희들 솜씨가 얼마나 훌륭한지 구경해 보자, 그렇지 않으면 내 석운류가 너희들을 시체로 만들어 산을 쌓겠노라!"
 이렇게 말하면서 겐노조는 상대방 무사의 초조함을 읽을 수 있었다. 겐노조는 다시 어두운 숲을 향하여 소리쳤다.
"슈마는 없나? 마고베는? 잇카쿠는 어떻게 된 거지? 언제나 살금살금 나를 따라다니며 뒤에서 노리기만 할 뿐, 정면에 정정 당당히 나서지 못하는가? 음, 대답이 없군. 그렇다면 예의가 아니라 하더라도 내가 먼저 검으로 인사하겠다."
"건방지다!"
처음으로 노기를 띤 아와의 무사 한 사람이 번쩍 하는 섬광과 함께 겐노조를 향해 달려들었다.
오랫동안 기다리던 겐노조의 한쪽 팔이 살짝 움직이더니 칼을 빼 정면에서 달려드는 무사를 향해 내리쳤다.
그러자 그 무사는 신음 소리 한 번 지르지 못하고 조용하게 옆으로 쓰러졌다.
겐노조의 칼 아래 벌써 세 명이 피의 축제에 희생물이 되었다.
"우앗!"
어둠을 가르는 소리는 산을 흔들고 숲을 흔들고 그리고 하늘을 뒤흔들었다.
피를 보자 무사들은 발작적으로 소리를 지르며 더욱 흉포한 자세를 취했다.
"상대는 한 사람이다!"
"저놈도 사람이다! 기죽지 마라!"
스무 명 정도의 검은 그림자가 여기저기에서 겐노조를 감싸며 조금씩조금씩 조여 왔다.
이미 상대방에서 튀는 피로 온몸이 검붉게 물들고 검 이외에는 아무 생각도 없이 무아지경에 빠진 겐노조는 쓰러진 세 구의 시체를 한쪽 발로 밟고 있었다.
"자, 빨리 와 봐라!"
칼을 옆으로 쥐고 날카로운 눈으로 겐노조는 사방을 둘러보았다.
"에잇!"
"얍!"
아와의 무사들이 조금씩 겐노조의 주위를 돌고 있을 때 언덕 위쪽에 있던 6, 7명이 원을 무너뜨리며 칼을 들고 일제히 달려들었다.
"물러서지 마!"
"단칼에 베라!"
언덕 아래쪽의 무사도 기회는 이때다 싶었는지 칼 끝을 나란히 하고 어둠 속에서 달려들었다. 희미한 달빛 아래 칼들이 미친 듯이 춤을 추었다. 겐노조의 모습은 무사들에게 둘러싸여 보이지 않았다.

그러자 갑자기 모든 그림자가 일제히 모습을 감추었다. 그곳에 쓰러져 있는 4, 5명의 무사의 몸에서 핏빛의 김이 피어올랐다.

겐노조는 언덕 위쪽에 있는 무사를 베고 언덕 정상을 향해 똑바로 달려가고 있었다.

아와의 무사들은 도망치는 겐노조를 뒤쫓아갔지만 돌연 겐노조가 방향을 바꾸어 무사들과 다시 대치하는 형세가 되었다. 이번에는 높은 곳에서 낮은 쪽에 있는 무사들을 내려다보면서 왼쪽 오른쪽으로 검을 휘둘렀다.

그 예리한 검에 반수 정도의 무사들이 쓰러지거나 나뒹굴었다. 겐노조와 대적하던 아와의 무사들은 아래쪽 경사 면으로 도망쳐 버렸다. 겐노조는 쫓아가서 한 사람도 남김없이 모두 베어 버렸다.

도망치는 무사를 다시 질풍처럼 쫓아가자 갑자기 뒤에서 큰 소리가 들렸다.
"겐노조, 잠깐만!"
뒤에서 은빛 칼이 번쩍였다.
"뭐냐?"
언덕 경사면에서 발길을 멈춘 겐노조는 뒤를 돌아보았다.

갑자기 눈이 아찔할 정도의 기세와 함께 단석 류의 자세를 취한 마고베가 칼을 똑바로 쥔 채 조금씩 겐노조에게 다가오고 있었다.

두 개의 칼날이 허공에서 부딪쳤다. 서로의 이마 부근에서 파란 불꽃이 튀었다.

상대방을 치느냐, 아니면 자신이 당하느냐?
검과 검 사이에는 조그마한 틈도 없었다.

표범의 사지처럼 탄력이 있는 마고베의 팔에는 일종의 점력이 있어서 결코 얕볼 수 있는 상대가 아니었다. 더구나 수명의 적과 대적한 겐 노조는 이미 힘이 빠져 있었지만 마고베는 이제 시작이라 힘이 넘치고 있었다.

일합, 이합!
겐노조가 언덕 아래로 조금 밀리는 듯하더니 검 손잡이를 비틀고 뒤로 물러섰다. 갑자기 겐노조가 뒤로 물러서자 마고베는 조금 비틀거렸다. 그때 뒤에서 큰 소리가 들렸다.
"이 녀석!"

조금 높은 곳에서 한 손에 긴 칼을 흔들면서 뛰어내린 것은 잇카쿠였다.
슈마가 나타나지 않는 것에 대해 화를 내다가 더 이상 참을 수 없어서 뛰어내렸지만, 겐노조는 재빨리 틈을 봐서 옆으로 뛰기 시작했다.
그곳은 겐노조가 이곳에 오기 조금 전에 잇카쿠 일행 세 사람을 비롯해 무사들이 모여 있던 초원으로, 겐노조는 자신이 싸우기에 유리한 지세를 살피려고 했던 것이다.
겐노조가 평지로 내려서자 초원 구석에 몸을 숨기고 있던 슈마가 몸을 일으켰다. 그리고 나서 조금씩 겐노조에게로 다가갔다. 그 사이에 잇카쿠와 마고베는 더욱 맹렬하게 칼 끝을 나란히 하고, 이날 밤에는 무슨 수를 써서라도 겐노조의 목을 자르겠다는 기세를 보였다.
그때 흩어진 아와의 무사들은 다시 뒤돌아 뛰어와서 피로에 지친 겐노조를 다시 둘러쌌다.
언덕에서 이 평지까지 오는 사이에 겐노조의 칼에 맞아 피투성이가 된 무사가 적어도 8, 9명은 되었다. 그러나 나머지 무사들이 한 곳에 모이니 전혀 숫자가 줄어든 것 같지 않았다.
번쩍번쩍 칼 끝에서 빛이 발할 때마다 겐노조의 목숨은 조금씩 줄어드는 것 같았다. 아무리 뛰어난 검객이라도 몸이 지쳐서는 더 이상 버틸 수가 없는 법이다.
하늘에는 잿빛 구름이 가득 차 있고, 땅에는 희미한 달그림자가 춤을 추고 있었다.
꽃에는 이슬이 맺혀 있고, 풀은 조용하고 부드럽게 호흡을 했다. 그 고요한 대자연의 평화 속으로 인간의 선혈이 흩뿌려졌다.
오쓰나는 괴로운 숨을 헐떡거리고, 만키치도 깊은 피의 연못에 빠진 것처럼 발버둥쳤다. 두 사람은 묶여 있는 소나무를 흔들면서 어떻게든 밧줄을 풀어 보려고 이리저리로 몸을 흔들어 보았다.
그때 만키치가 묶여 있는 소나무에서 두세 걸음 떨어진 곳에서 슈마가 몸을 숙인 채 소총에 화약을 넣고는 겐노조를 향해서 방아쇠를 당기려고 하는 순간이었다.
"빌어먹을!"
하지만 몸의 자유를 빼앗긴 만키치로서는 어떻게 할 수도 없었다. 아까부터 몸을 움직이지 않고 총구만을 노려보고 있던 슈마는 단 한 발에 겐노조의 급소를 노리려고 하고 있었다.
 위기 일발이었다.
 겐노조에게 치명상을 입히려는 위기를 당사자보다는 오히려 만키치가 더 절실히 느끼고 있었다.
 "아, 내 눈앞에서 녀석이 총을 쏘려는 것을 보고 있으면서도……."
 만키치는 이빨로 입술을 꽉 물었다. 그는 양쪽 발을 딱 버틴 채 소나무에서 애벌레처럼 몸을 비틀었다. 그리고 온몸의 힘을 다 짜내어서 줄이 늘어나는 한 힘껏 슈마 쪽으로 발을 뻗었다.
 슈마는 오로지 겐노조를 향해 총구를 겨누느라 만키치에게는 신경을 쓰지 못했다. 갑자기 뻗어온 만키치의 발이 슈마의 한쪽 무릎을 걷어찰 때까지 그는 아무것도 모르고 있었다.
 만키치의 발이 슈마를 걷어차는 동시에 총에서 화약이 불을 뿜었다. 표적을 잃은 총성은 그저 하늘중에서 흩어질 뿐이었다.
 총성이 울려 퍼지고 자신의 노력이 무위로 돌아가자 슈마는 만키치를 노려보았다.
 "무슨 짓이냐!"
 슈마는 아직 연기가 피어오르는 총신으로 만키치를 후려쳤다.
 그때 총성을 듣고 질풍처럼 그곳으로 달려온 자가 있었다.
 눈썹은 치켜 올라가고 머리카락은 흩어졌으며 숨은 마치 타오르는 불꽃같이 거칠었다. 손에는 피투성이가 된 긴 칼을 든 채 똑바로 질주해 왔다.
 겐노조였다.
 마치 밀물이 밀려오듯 겐노조 뒤로는 아와의 무사들이 함성을 지르며 뒤따르고 있었다. 겐노조는 뒤를 돌아보지도 않고 슈마를 향해서 단숨에 달려왔다.
 역풍을 가르고 검을 휘두르는 모습은 이날 밤 같은 수법으로 몇 명의 목을 베어 버린 석운류의 역풍검이었다.
 슈마는 갑자기 겐노조의 검풍을 받자 뒤로 물러서더니 자신도 검을 휘둘렀다.
 몸이 뒤로 물러섰기 때문에 슈마의 검은 허공을 가를 뿐이다.
 겐노조는 다시 슈마를 향해 검을 휘두르려고 했다.
 그때 마고베와 잇카쿠, 그리고 아와의 무사들이 아주 가까이까지 다가왔음을 느꼈다.
 젠노조는 그 순간에 슈마를 베지 못한 것이 아쉬웠다. 그는 일단 그를 향한 검을 거두지 않을 수 없었다. 우선 만키치의 밧줄을 끊어 주었다.
 이상한 소리를 지르며 일어선 만키치는 오쓰나의 옆으로 굴러가서 그녀의 몸에 감긴 밧줄을 끊었다. 만키치가 재갈 물린 것을 풀어 주자 오쓰나는 자신도 모르게 젠노조의 이름을 불렀다.
 "젠노조님……."
 힘없는 소리였다. 아니, 어떻게 보면 흐느낌인 것 같기도 하다.
 하지만 슈마, 잇카쿠, 마고베의 예리한 칼날 앞에서 필사적으로 진땀을 흘리고 있던 젠노조에게는 어쩌면 오쓰나의 목소리는 들리지 않았을 지도 모른다.
 만키치는 새로운 결의로 칼집에서 칼을 빼었다. 오쓰나 또한 어머니의 유품이며 쓰루기 산에 도착했을 때 아버지인 요아미에게 보여 줄 유일한 증거품인 칼의 손잡이를 잡았다.
 구름이 잔뜩 낀 달밤에 뿌려진 선혈은 감탕나무 언덕 주위에 있는 풀들을 온통 붉게 물들였다.
 잠시 후 사위는 정적 속으로 잦아들었다.
 그리고 기소에는 지난 밤 아무 일도 일어나지 않은 듯 똑같은 해가 떠오르며 날이 밝았다.
 짐 실은 마차에서 나는 방울 소리가 새벽을 알리고, 작은 새가 경쾌하게 지저대기 시작했다.
 한낮의 태양으로 풀에 맺힌 이슬이 말랐을 때에는 먹물을 풀어 놓은 듯한 길가의 혈흔도 먼지에 덮여, 길을 가던 어느 누구도 어젯밤의 아수라장을 알아채지 못했다.
 몇 구의 시체와 부상당한 자들은 누가 어디로 데리고 갔는지, 이미 흔적도 없이 사라졌다.
 여행객들은 보통때와 다름없이 여전히 감탕나무 언덕을 지나쳤다. 그러나 예민한 등에나 나비 같은 벌레들은 여기저기의 풀에서 얼굴을 돌린 채로 날아다니고 있었다.

마음의 지진

 커다란 나무들이 울창하게 들어차 있지만, 이(渭) 산은 그다지 높지 않았다. 산이라기 보다는 커다란 언덕에 가까웠다.
 종루대, 서문, 동문 등 덕도 성의 하얀 벽은 인위적인 장중함과 역사적인 위용을 보이며 동남쪽으로는 기탄(紀淡) 바다를 내려다보고 있었다.
 성 아래를 둘러싸고 흐르는 몇 개의 강은 자연적인 수로를 만들어서, 평지에 건축한 성치고는 더할 나위 없이 좋은 지세였다.
 한참 동안을, 3층 종루대 기둥에 기대어 사방을 둘러보고 있는 사람이 있다.
 성주인 아와노카미 시게요시였다.
 그는 희미하게 보이는 출래도(出來島)의 한쪽 끝을 바라보고 있었다. 강과 접한 조선소에서는 많은 목수들이 쉴 새 없이 커다란 배를 만들었다.
 그 다음에 시게요시의 눈길은 덕도 성 아래로 옮겨졌다.
 그곳에서는 많은 석공들이 외벽을 둘러싸고 돌담을 쌓고 있었다. 공격을 당할 때에 대비하여 교량이나 수로를 만드는 공사였다.
 돌담을 쌓는 공사에는 언제나 막부가 간섭을 하지만, 시게요시는 하천 보수를 구실로 대담하게 이 공사를 벌였다. 더구나 막부에 보고된 내용과는 달리 성곽의 대규모 손질이었다.

끌과 망치 소리가 새롭게 솟구치는 힘을 연상시켰다. 시게요시의 가슴속에서는 그 소리가 오래 되어 썩어 가는 막부에 대항에 들고 일어나자는 함성처럼 들렸다.

세상 천지에, 바다나 하늘, 그리고 저 너머 본토에도 황학 신흥의 세력과 반(反)도쿠가와 사상으로 가득 차서, 이 이노츠 성에서 횃불만 올리면 그에 맞추어서 시코쿠의 다이묘와 그에 가담하는 자들이 일어설 것이다.

시게요시는 그런 상상을 하면서 시간이 가는 것도 잊고 있었다.

그러다 문득 스스로 반문해 본다.

"하지만 이러한 대사가 사전에 누설되면 모든 것이 끝나 버리지. 이 성, 이 나라가 하루아침에 없어지게 돼."

망루를 걷는 시게요시의 표정은 고뇌에 차 있었다. 천천히, 특별한 목적도 없이 한 걸음 한 걸음 내디디는 발길에는 힘이 담겨 있으나, 가슴 속의 우울한 기분은 그의 얼굴에 그림자를 드리웠다.

'당상을 중심으로 해서 다케노우치 시키부, 야마가타 다이니, 그리고 사이코쿠의 제후들이 연판장을 돌리고 피로써 비밀을 지킬 것을 맹세해서 나는 이미 맹주가 되어 있다. 그러니 지금에 와서 비겁하게 뒤로 내뺄 수는 없어!'

시게요시는 의지가 흔들리려는 자신을 스스로 나무라고 입술을 깨물었다.

"좋아. 에도에서 어렴풋이 의심을 갖는 것도, 성벽의 개축과 배를 만드는 것에 대해서라면 얼마든지 변명할 구실은 준비되어 있어."

시게요시는 더욱 힘차게 자신을 채찍질하며 성 안을 성큼성큼 내딛었다.

결심이 새로워지자 한층 밝은 얼굴이 되어 바닷바람이 불어오는 쪽을 바라보니 아와지와 오카자키 사이를 왕래하는 배 한 척이 눈에 들어왔다.

돛을 보고 시게요시는 그것이 상선임을 알았다.

한 달에 한 번씩 오사카를 향해서 담배, 제지 등을 싣고 가는 시코쿠의 상선이었다.

눈을 가늘게 뜨고 자세히 살펴보니 바다 위로 소금을 싣고 가는 배며 파발용 배 등 크고 작은 업무용 배들이 여기 저기에서 들어 오고 있었다.

그 모습을 보고 있는 사이에 시게요시는 또 희미한 불안감을 느끼기 시작했다.

'아무것도 두려워할 건 없다. 단지 위험한 것은 영내에 잠입하는 다른 영지의 사람이다. 게다가 에도에서 어떤 목적을 가지고 들어오는 녀석이라면 더욱 위험해. 잇카쿠의 연락으로 우선 이번 봄의 순례자 배는 정지시켰지만, 저렇게 많은 배가 드나드니 어떤 놈들이 어떻게 들어올지 몰라.'

지금까지 시게요시의 의지를 굳건히 지탱하고 있던 것이 한꺼번에 무너지면서 극도로 시게요시를 두려움에 떨게 만들었다.

그렇지 않아도 최근 몇 년 동안 내면적으로 적지 않은 고통과 걱정에 시달린 나머지 그는 상당히 깊은 신경쇠약에 걸려 있었다.

이노츠 성 위에 서서 광대한 바다를 바라보면서도 시게요시의 마음이 비장해지지 않는 것도, 그의 눈썹이 바늘에 찔린 듯 심하게 떨리는 것도 닳을 대로 닳은 신경 탓이었다.

신경쇠약에 걸리면 항상 불안을 느끼고 초조해지며, 의심이 많아지고 환각에 빠지기도 한다.

끊임없이 색욕에 빠지고 좋은 음식과 아름다운 음악으로 둘러싸인 다이묘 중에도 이런 증상이 있지만, 시게요시의 병은 그것과는 종류가 달랐다. 말 그대로 마음의 병이었다.

"전하! 무엇을 하고 계십니까?"

그때 아리무라가 시게요시가 있는 곳으로 올라왔다.

아리무라를 보니 고통도 근심도 없는 듯 혈색 좋은 얼굴에 기름기가 흘렀다.

3층 종루대 위에서 시게요시와 나란히 선 아리무라는 바다를 바라보면서 자신이 지은 막부 토벌의 시를 기분좋게 읊조렸다.

"전하도 노래하시지 않겠습니까?"

아라무라는 바다를 향해서 그저 묵묵히 서 있는 시게요시에게 노래할 것을 권했다.

시게요시는 그 말을 미소로써 흘려 들었다. 하지만 쓸쓸한 웃음 뒤에 복잡한 심경이 감추어져 있다는 것을 아리무라는 알아차리지 못했다.

"요즘은 전하의 낭랑한 노랫소리를 들을 수 없습니다. 가끔 시를 읊고 춤을 추고 나면 기운을 북돋우는 데 아주 좋습니다."

"그렇지."

"원컨대, 전하께서는 더욱 기운을 내셔야만 합니다. 대사를 벌일 이번 가을이 점차 다가오고 있습니다."

"음."

"이곳에서 성을 개축하고 배를 만들고, 또 화약 병기의 준비가 착실히 진행됨에 따라 쿄토의 제후들을 비롯한 에도의 다이묘들도 은밀히 군사를 정비하고 있답니다."

"음."

"물론 그렇게 될 경우 이곳의 군대는 이 아리무라가 통솔하리라고 생각합니다만……."

아리무라는 마치 이 성이 자신의 성이고, 이미 막부를 쳐서 천하를 통일한 것 같은 기세였다.

"무엇보다도 군사들의 사기와 직접 관계되는 것은 시게요시님의 건강입니다. 시게요시님의 건강이 즉시 군사들에게 영향을 미치니까요."

"그렇지……."

"바다와 같이 넓고, 하늘과 같이 밝게."

"마음을 가지라는 것인가?"

"그렇습니다."

"알고 있네. 하지만 아리무라, 이 집안은 물론이고 모두의 목숨을 좌우하는 나일세. 주의에 주의를 기울이다 보면 그에 따르는 걱정이 많을 수밖에 없지."

"그러고 보니 안색이 몹시 안 좋습니다. 처음에는 바닷물에 반사되어서인가 나무 그늘 때문이라고 생각했는데……."

"자네가 정말 부럽네."

"무슨 말씀을요? 저는 단순한 식객에 불과합니다."

"아니, 그렇지 않네. 모든 공경들은 오히려 마음이 가벼울 걸세. 사전에 일이 발각되어도 당상들은 근신 정도로 끝날 테니까. 그들은 지금 막부 토벌을 하려는 것도 공차기를 하는 것 정도의 가벼운 기분으로 할 수 있지만, 다이묘의 입장이 되면 그렇지 않네."

"아닙니다. 이 아리무라도 만약 패한다면 죽을 각오 되어 있습니다."

"그것이 정말 부럽다는 이야기일세. 이 시게요시는 그렇게도 할 수 없다네 왜냐하면……."

"잠시만요."
 조금 안색이 변하며 아리무라는 시게요시 앞에 건강한 가슴을 쭉 폈다.
"그러면 시게요시님은 막부 토벌의 장대한 계획이 실패할 수도 있다고 생각하시는 겁니까?"
"성공하리라 믿기 전에 그러한 생각을 갖는 것은 무사의 도리라네."
"무슨 말씀! 지금의 막부는 손가락으로 찔러도 쓰러질 만큼 부패되어 있습니다."
"아니, 그것보다도 우리 쪽의 상황을 눈치채지 못한다고 생각하고 일을 진행하고 있는 사이에 역습을 당할 수도 있다는 말일세. 자네도 늘 그것을 염두에 두게."
"그것이라면 안심하십시오. 이미 잇카쿠의 연락에 따라 조치하여 모든 배들과 산에 있는 초소에도 한층 더 엄격한 경비를 명령했습니다."
"하지만 작년에 오사카에서 놓친 겐노조라는 에도 놈은 결심을 단단히 하고 이 아와로 잠입하려고 한다던데."
"도대체 무슨 짓을 하고 있는지…… 잇카쿠는 아직도 그 녀석 숨통을 끊어 놓지 못한 것 같습니다. 그런 걸 보면 겐노조라는 녀석은 분명히 예삿놈은 아닙니다."
 예전에 아지 강 저택에서 겐노조에게 월산류의 단도를 던졌으나 오히려 그에게 역습을 당한 것이 지금도 아리무라의 기억에 생생히 남아 있었다. 그 때 가신이 시게요시 앞으로 달려왔다.
"쓰루기 산의 게이노스케님이 전하를 뵙고 싶다고 합니다."
"그래? 지금 왔나?"
 즉시 내답을 한 깃은 시게요시기 이니라 아리무라였다.
"알겠다, 가지."
 시게요시는 종루대를 내려와서 덕도 성의 서쪽으로 향했다.
 혼자 그곳에서 바람을 쏘일 필요가 없다고 생각했는지 아리무라도 시게요시의 뒤를 따랐다.
 제멋대로에 건방지기까지한 아리무라의 방자를 너그러이 받아주는 시게요시는 과연 다이묘로서의 면모라 할 수 있다.

"쓰루기 산은 어떤가?"

마음의 지진 415

"옛! 어젯밤 성으로 돌아왔는데, 어제까지는 아무 일도 없었습니다."
"매달 감시를 하는 것도 어렵지?"
시게요시는 묵향이 은은히 풍겨 나오는 다실로 게이노스케를 불러 쓰루기 산 감옥의 정황에 대해서 이것저것 물었다.
옆에는 아리무라가 태연하게 앉아 있었다. 게이노스케의 눈과 아리무라의 눈이 시게요시의 눈길을 피해서 가끔 이상하게 얽혀들었다.
"자네도 알고 있겠지만, 에도에서 계속 이곳을 탐색하려고 하고 있네. 그러니 쓰루기 산이나 초소에 있는 자들에게도 한층 더 경계하라고 하게."
"요즘은 모두들 긴장하고 있습니다."
"그렇다면 별로 걱정할 만한 일은 없겠군."
"그런데…… 덴마 무사인 이치하치로가 갑자기 죽었습니다."
"결국 병으로 죽었나?"
"그렇다면 별로 이상할 것은 없겠지만, 누군가의 장난으로 살해된 것 같습니다."
"감옥에 있는 자를 살해했다고? 누가 말인가? 도대체 누가 감히 그런 짓을?"
"첩자를 죽이면 재앙이 온다는 당가의 규칙을 미신이라고 비웃으면서 일부러 활을 쏘아 죽인 것입니다. 더구나 그 하수인은……."
"접니다."
옆에서 잠자코 듣고 있던 아리무라가 게이노스케의 말허리를 자르며 시게요시를 향해 몸을 돌렸다.
"그 하수인의 이름은 하수인의 입으로 직접 말하겠습니다. 이치하치로를 화살로 죽인 자는 바로 이 아리무라, 당가의 식객입니다."
갑자기 시게요시의 안색이 변했다. 그러고는 한동안 새파랗게 질린 채 평정을 되찾지 못하고 병적으로 빛나는 눈동자로 아리무라를 노려봤다.
"무슨 짓을 한 건가! 이 집안을 중흥시킨 기덴 공 이후로, 어떠한 일이 있더라도 우리 영토에 들어온 밀정을 죽이지 않는다는 규칙, 첩자를 죽이면 재앙이 따른다는 덕도 성의 규칙을 자네가 일부러 깨뜨렸다는 말인가?"
"흉사를 초래할 생각은 아니었습니다. 오히려 이것을 길조를 가지고 오는 피의 축제로서, 당가의 오랜 미신을 깨뜨려서 새시대를 나타내려고 한 것입니다. 또한 그러한 케케묵은 사상에 물들어 있는 집안 사람들의 어리석음을 깨우쳐 주기 위해서라도 그를 죽일 수밖에 없었습니다."

"입 닥치게!"

참고 있던 화가 일시에 터진 것처럼 시게요시의 목소리는 열에 들떠 있었다.

"아와에는 아와식의 역사가 있고, 이 성에는 이 성의 지주를 이루는 규칙과 인심이라는 것이 있는 법일세. 첩자를 죽이면 흉사가 있다는 것은 온 집안 사람의 가슴에 깊이 새겨져 있어서 어느 누구를 막론하고 굳게 믿고 있는 일이야. 자네의 난폭한 화살은 그 사람들의 마음에 두려움을 갖게 하고 동요를 일으켰네. 대사를 앞둔 지금 사람들의 마음에 불안감을 심어 버린 걸세! 만약 앞으로 이 산에 조금이라도 괴변이 생기는 경우 이곳 사람들은 불길한 예감에 휩싸인다는 것을 알기나 하는가? 아, 자네는 정말 쓸데없는 짓을, 정말로 경거망동을 했군."

아리무라는 시게요시가 미신을 믿고서 저토록이나 불안해 하는 마음을 이해할 수가 없었다.

'꼴 좋군.'

게이노스케는 쓰루기 산에서 돌아오던 중 오요네와 자신을 향해 말 위에서 폭언을 쏟고 간 아리무라가 시게요시에게 책망을 듣는 것이 고소해서 마음 속으로 비웃어 주고 있었다.

하지만 아리무라로서는 게이노스케에게도 자신의 감정대로 말을 던졌을 뿐이고, 지금 비록 시게요시에게 문책을 당하긴 했지만 자신은 올바른 행동을 했다고 믿고 있어서 조금도 위축되지 않았다.

그래서 더욱 의연하게 쓰루기 산의 제도는 이곳에 쓸데없는 미신을 만드는 암적인 존재라고 다시 한 번 말했다.

"더욱이 지금 살아 있는 고가 요아미도 죽여 버리는 편이 좋다고 생각합니다!"

자신도 너무 지나친 말이라고 깨달았을 때는 이미 늦었다. 시게요시와 게이노스케는 깜짝 놀라서 질린 듯이 눈을 휘둥그렇게 떴다.

그때 갑자기 두두두둑 하고 땅이 울리고 기둥이 흔들리기 시작했다. 세 사람이 앉아 있는 자리까지 진동이 울리자 앉아있지 못할 정도의 두려움을 느꼈다.

"앗"
게이노스케는 허둥거리고,
"지진이다!"
아리무라가 소리를 치며 안절부절 못하였다.
하지만 시게요시는 자리에서 꼼짝도 하지 않았다. 탄식과 함께 굉장한 소리를 내며 흔들리는 천장을 치켜 뜬 눈으로 바라볼 뿐이다.

지진!
상당한 규모의 지진임을 세 사람 모두 직감할 수 있었다. 진동은 서서히 그쳤지만, 겁을 잔뜩 먹은 게이노스케는 다음에 올 더욱 큰 여진을 걱정하면서 핏기 없는 얼굴로 굳은 채 서 있었다.
처음의 진동이 있은 후 더욱 음산해져 넓은 저택 안은 말 그대로 쥐죽은 듯 조용했다.
그때 하인들이 서쪽복도에서 입구 쪽으로 한꺼번에 앞다투어 밀려 나오기 시작했다.
"갑자기 소란스러워졌군."
아리무라는 장지문을 열고 옆방을 통해 복도로 뛰어나갔다. 이어서 시게요시가 자리에서 일어서고, 게이노스케도 눈치를 보다 재빨리 정원으로 나가려고 했다. 밖에는 목수와 일꾼을 다스리는 나카무라 효고(中村兵庫)와 마스다 도베(益田藤兵衞) 등이 경황없이 시게요시 앞에 와서 엎드렸다.
보통때라면 성주 옆에서 섬기는 신하나 관리를 통해서 알현하는 법인데, 갑자기 작업 도중에 짚신 차림으로 마당에까지 찾아온 것을 보니 상당히 곤란한 일이 벌어진 게 분명했다.
"무슨 일이냐, 효고, 도베! 너희 안색을 보니 심상치 않구나."
시게요시가 복도에 서서 다그치자, 효고는 부들부들 떨며 급변을 알렸다.
효고와 도베의 책임 아래 새로 개축중인 성 남쪽 수로에 쌓아올린 주춧돌이 어찌 된 셈인지 지금 갑자기 내려앉아 위쪽 종루대 일대까지 산이 무너지듯이 모두 무너졌다는 것이다. 지금까지 그 예가 없던 대변고였다.
"정말로 죄송합니다."
효고와 도베는 이마를 조아리고 용서를 빌었다. 시게요시는 그들에게는 아무 말도 하지 않고 서둘러 종루대 위로 뛰어올라가 보았다.

아리무라와 게이노스케도 숨을 헐떡이면서 시게요시의 뒤를 따랐다.
시게요시는 입을 굳게 다문 채 기둥에 손을 대고 성 남쪽에 있는 공사 현장을 비장하게 내려다보았다. 그곳은 차마 눈 뜨고는 볼 수 없는 모습이었다.
조금 전 아리무라가 이곳에 서서 막부 토벌의 시를 음미했을 때까지만 해도 우뚝 솟아 있던 성벽과 망루대가 무참하게 일그러져 있었다. 그리고 강에서 올라오는 물을 막고 있던 수로 바닥에는 몇천 관이나 되는 커다란 돌들이 무수히 굴러다니고 있었다.
성내에서 달려 나온 젊은 무사들은 우왕좌왕하는 일꾼들을 질타하며 그 수로에서 일하다 돌에 깔린 일꾼들의 시체를 끌어내도록 지휘하고 있었다.
소리를 지르는 사람, 돌 아래에서 버둥거리는 사람들로 아수라장이 되어 마치 전쟁터 같은 광경을 바라보고 있는 시게요시는 넋이 나가 움직이지도 않고 그 자리에 못이 박힌 듯 서 있었다.
"아, 예삿일이 아니군."
게이노스케는 자신도 모르게 중얼거렸다.
"처음 지반 공사를 할 때 바닥을 좀더 다졌어야 하는 건데. 지반이 약해서 돌들을 지탱하지 못하고 무너져 버린거야. 이것은 분명 작업하는 사람의 실수야."
"그럼 조금 전에 있었던 진동은 이 소리였군. 지진이 아니었어."
아리무라가 이렇게 말하자 게이노스케는 천재지변보다는 오히려 안심이라는 듯이 살짝 숨을 내쉬었다.
"그렇습니다. 지진이 아니었습니다."
게이노스케는 아리무라의 말에 맞장구를 치면서 시게요시의 안색을 살폈다.
그러나 시게요시는 계속 아무 말도 하지 않았다.
그의 마음은 지금도 커다란 지진의 힘이 이 산의 성과 함께 그를 뒤흔들고 있는 듯했다.
그날은 시게요시에게 있어서 몹시 바쁜 하루였다.
배를 타고 온 서신 한 통이 신하를 거쳐 시게요시에게 전달되었다.
밀봉되어 있는 서신 위에 기소의 다루이 파발마의 도장이 찍혀 있었다.

"기분이 좀 언짢군."

무겁게 한 마디를 하고 전해 받은 편지를 한눈에 다 읽은 시게요시는 그 서찰을 아리무라에게 넘겨 주고 신하와 함께 망루를 내려갔다.

"잇카쿠의 편지로군. 요즘은 꽤 자주 소식을 전하고 있군."

아리무라가 편지로 눈길을 떨어뜨리자 게이노스케도 옆에서 얼굴을 들이밀었다.

서신의 문맥은 간단했다. 하지만 길보는 아니었다.

잇카쿠가 아지 강 저택에서 급히 파견된 무사들과 협력하여 감탕나무 언덕에서 겐노조를 기다리던 이틀 후, 다루이에 있는 숙소에서 보낸 것이었다.

유감스럽게도 이번에도 겐노조를 놓쳤지만, 다음 기회에는 반드시 이 불명예를 씻겠다는 내용이었다.

그리고 자신이 자객으로서 겐노조의 뒤를 따르는 동안에 마고베, 슈마라고 하는 두 검객에게도 적지 않은 도움을 받았다고 적혀 있었다. 또한 마고베는 원래 당가의 무사이며, 겐노조를 처치한 다음에는 아와의 무사로 다시 회복시켜 주길 바란다고 덧붙여져 있었다.

"이건 안 되겠군!"

아리무라는 가망없다는 듯 절레절레 고개를 흔들며 서찰을 게이노스케 앞으로 밀어 버렸다.

"어차피 겐노조 놈은 잇카쿠의 상대가 아니야. 잇카쿠의 소식이 올 때마다 시게요시님의 기분이 더 나빠지잖아. 좋아, 이 아리무라가 따끔하게 편지를 써서 잇카쿠를 채찍질해야겠군."

"아리무라님."

"뭔가?"

"그만두십시오. 또 쓸데없는 참견을 하면 나중에 전하의 노여움만 사게 됩니다."

"괜찮아, 괜찮아. 어차피 천하에 주인의 마음에 드는 식객은 없다네. 이왕 책망을 들은 김에 잇카쿠가 화가 나서 어떻게든 겐노조를 치든지, 아니면 혀를 깨물고 자살할 정도의 글을 쓰지."

간섭할 거리만 찾는 한가한 아리무라는 생각이 나면 어린애처럼 참지를 못한다.

그는 재빨리 망루를 내려와서 자신의 방으로 향했다. 그런데 조금 전 서 있던 복도까지 오자 노신하와 많은 사람이 모여서 웅성거리며 황급하게 움직이는 모습이 보였다.

작업 책임자였던 도베와 효고 두 사람이 처음 시게요시에게 엎드렸던 마당에서 그대로 할복을 한 것이다.

시체는 이미 운반된 뒤였지만, 피를 빨아들인 마당에는 그 흔적이 생생하게 남아 있었다.

"효고도 도베도 훌륭하군!"

아리무라는 시끄러운 사람들 사이를 빠져 나와서 자신의 방으로 갔다. 실제로 그는 그렇게 생각했다. 두 사람의 장엄한 할복 소식이 마치 청량제와 같이 시원하게 암울함을 씻어주는 기분이 들었다.

'그런데 도대체 잇카쿠는 무엇을 하고 있는 거야? 겐노조 녀석 하나를 처치하지 못해서 그렇게 많은 인원이 언제까지나 따라다닐건지, 원.'

이윽고 아리무라는 방에 앉아서 먹을 갈고 붓을 놀리기 시작했다.

글씨도 그의 기질을 닮아 제멋대로 날뛰고 있었다. 내용도 심하였지만, 글씨도 한 자 한 자가 화를 내고 있는 듯한 모습이었다.

한동안 편지에 몰두해 있는 사이에 큰 소동으로 들썩였던 덕도 성의 해도 저물어 갔다.

"좋아, 이것으로 됐어!"

아리무라는 편지를 둘둘 감더니 봉함에 풀을 붙이고 그 위에 '오사카 아지강 저택 관리인'이라고 썼다. 그 옆에다 작게 '덴도 잇카쿠'라고 쓰더니 잠시 고개를 갸우뚱거리다가 '선생'이라고 덧붙였다.

'덴도 잇카쿠 선생'

자신이 쓴 이름을 바라보더니 아리무라는 혼자서 히죽 웃었다.

"선생이라…… 야유가 느껴져서 참 좋군. 하지만 이것을 그대로 받아들이면 때로는 커다란 실수를 저지르는 법이지. 괜찮겠지? 본래 선생이라는 명칭은 그대로 받아들이는 것보다 이면의 의미가 더 강한 법이니까."

아리무라는 그대로 보내기로 하고 책상에서 눈을 떼었다. 주위를 둘러보자 어느 사이에 해가 졌는지 방 안이 어두침침했다.

'아니, 그렇다면 벌써 6각(오후 6시)이 지났을 텐데, 오늘은 촛대도 늦게 가지고 오는가?'

아리무라가 편지를 들고 방을 나오는데 음산한 저녁 불빛이 떠도는 성 안에서 갑자기 이상한 신음 소리가 들려 왔다.

그 소리를 들은 것은 아리무라만이 아니었다. 신하 한 사람 역시 마루 끝에 선 채 귀를 기울이고 있었다.

"야스다 이오리(安田伊織) 아닌가?"

아리무라가 별안간 말을 걸자 신하는 깜짝 놀라서 뒤를 돌아보았다.

"아, 아리무라님이군요?"

"저 신음 소리는 전하의 침실에서 나는 것 같은데, 시게요시님에게 무슨 변괴라도?"

"조금 전 종루대에서 내려오시더니 몸이 좀 안 좋다고 하셨습니다. 그러더니 의원이 드린 탕약도 드시지 않고 자리에 드셨습니다."

"그러면 지금 들려오는 저 소리는 잠꼬대란 말인가? 이치하치로의 죽음에 대해서 심하게 걱정을 하시더니 사고까지 겹쳐 나쁜 꿈이라도 꾸시는가 보군."

"앗, 또 뭐라고 소리를 지르고 계십니다."

"신경이 상당히 지쳐 있나보군. 이오리, 잠시 침소에 가서 깨워 드리게나."

"예."

"아직 촛대가 오지 않았는데……."

"지금 가지고 오는 중입니다."

젊은 신하는 아리무라가 시키는 대로 시게요시의 방문을 살짝 열고 들어갔다.

"누구냐!"

갑자기 안에서 하얀 비단 이불이 확 젖혀졌다.

이오리는 하얀 비단옷을 입고 눈을 부릅뜬 시게요시의 험악한 모습에 너무나 놀라서 주춤거렸다. 그러자 시게요시의 날카로운 눈이 이오리를 얼어붙게 만들었다.

"저, 전하."

이오리가 떨리는 목소리로 부르는데도 시게요시는 여전히 이오리를 노려보고 있었다.

시게요시는 서서히 창백한 손을 머리맡에 있는 칼로 뻗었다. 이오리는 너무 두려워서 가만히 서 있을 수 없었다. 자신도 모르게 뒷걸음질치려고 하는데 시게요시의 하얀 버선이 이오리의 옷자락을 밟았다.
"이 녀석, 밀정이군!"
시게요시는 칼을 치켜들고 이오리를 단숨에 베어 버렸다.
"아리무라님, 아, 아리무라님!"
이오리는 절규하면서 나뒹굴더니 그대로 숨이 끊어졌다. 그 소리를 듣고 놀란 하인 두세 명과 게이노스케가 시게요시의 침실로 급히 뛰어 들어왔다. 가장 먼저 뛰어온 아리무라가 시게요시를 뒤에서 껴안은 채 목에 핏대를 세우며 소리치고 있었지만, 시게요시는 아직도 진정되지 않는 듯 눈동자를 굴리며 계속 헛소리를 질러댔다.
"에도의 녀석이…… 에도의 밀정이……."
"무슨 말씀을 하시는 겁니까?"
아리무라는 이불 위에 시게요시를 누였다.
"이 성 안에 어떻게 에도의 밀정이 있을 수 있습니까? 전하는 지금 꿈을 꾸고 계시는 겁니다. 빨리 촛불을 가져오게!"
우왕좌왕하고 있는 사이에 시게요시의 방은 이윽고 촛불로 가득 차 그림자조차 환하게 비쳐주고 있었다. 누워있는 시게요시의 얼굴만이 어둡게 드리워져 있었다.
의원이 와서 진맥을 해 보니 아까보다 열이 더 많이 올라 있었다. 하지만 그 이후 악몽에 시달리는 모습은 보이지 않았다. 오히려 보통 때보다 더욱 냉철하게 신경이 뚜렷해 졌다. 물론 그것도 병의 한 증상이었다.
게이노스케는 그날 밤 결국 성에서 나올 수가 없었다. 그는 두 가지 일로 마음이 심란했다.
하나는 물론 시게요시에 대한 일 때문이었고, 다른 하나는 오요네에 관한 것 때문이었다.
오늘 오사카로 향하는 배로 오요네와 하인인 다쿠스케를 태워 보냈다. 어쩔 수 없이 오사카에 가는 걸 허락해 주기는 했지만, 아무래도 오요네가 영영 돌아오지 않을 것 같은 불길한 생각을 떨쳐 버릴 수 없었다.
아무리 울고 매달려도 오사카로 보내는 것이 아니었는데, 하고 게이노스케는 후회로 가슴이 답답해 졌다.
'여자의 눈물만큼 거짓된 것은 없다. 정말로 흘리는 눈물이라도 여자는 나중에 거짓이었다고 태연하게 말할 수 있는 족속 아닌가! 더구나 오요네는

억지로 이곳에 끌려 온 것이 아닌가?'

게이노스케는 자신도 모르게 머리를 가로저었다.

'실수야, 실수 내가 되돌릴 수 없는 실수를 저지른 것인지도 몰라.'

게이노스케는 남모르는 초조함을 느끼면서 시게요시의 머리맡에 앉아 있었다.

게이노스케 이외에도 보통때보다 많은 무사들이 시게요시 주위를 지키고 있었지만, 이상하게 그날 밤은 덕도 성에 음침한 기운이 서려 있었다. 불안에 가득 찬 사람들의 마음이 더욱 음침한 분위기를 자아냈다.

그리고 아무도 입에 담지는 않았지만, 모든 사람의 가슴에 쓰루기 산 돌감옥에 있던 이치하치로의 죽음이 깊게 새겨져 있었다.

태평한 아리무라만은 자기 방으로 돌아가자마자 코를 크게 골면서 잠이 들었다. 개구리가 시끄럽게 울어대는 봄 밤, 식객은 아랑곳하지 않고 행복한 것이다.

끈

저주스러운 운명의 속박에서 벗어나고 싶은 일념뿐이었다. 끈질기게 시도한 보람이 있어서, 오요네는 드디어 그리운 오사카의 거리를 다시 볼 수 있게 되었다.

오요네는 시코쿠의 짐 싣는 배가 검사를 받는 사이 작은 거룻배로 바꿔 타고 아와를 벗어났다.

오요네는 양산을 쓰고 배 안에 서 있었다. 게이노스케의 손길에서 벗어나면서 오요네는 마음 속으로 굳게 다짐을 했다.

'이제 어떤 일이 있어도 아와에는 가지 않을 거야.'

아와에 영원히 이별을 고하고 온 오요네였으나 자기가 떠나기 전과 조금도 달라지지 않고 여전히 복잡한 오사카의 거리를 바라보면서 어쩐지 꺼림칙한 기분이 들었다.

집념이 강한 사내의 손길 아래에서 무서운 체험을 하였으니 당연히 몸도 마음도 예전과는 달라지는 법이다. 그 처지에 빠져 있을 때에는 못 느꼈는데, 오랜만에 고향을 찾고 보니 완전히 바뀌어 버린 자신을 오요네는 느낄 수 있었다.

다리 위를 지나치는 사람, 길 옆을 걸어가는 사람들 모두가 자신을 쳐다보는 것처럼 느껴졌다. 그리고 그 꺼림칙한 마음을 가리기라도 하듯 오요네는 양산을 썼다.

오사카에 들어오기 한참 전부터 오요네는 아는 사람들을 의식해서, 머리 모양도 처녀처럼 하고 게이노스케가 사 준 옷을 벗고는 화려한 것으로 완전히 바꾸어 입었다.

그래도 마음이 놓이지 않는지, 밤마다 비열한 남자와의 쾌락에 젖었던 입술에 진한 연지를 한 겹 한 겹 덧발라 끔찍했던 과거를 감추고 있었다.

"역시 오사카는 다르군요. 나도 오랜만에 오니 이렇게 좋은데, 오요네님이 애타게 오고 싶어했던 것도 무리가 아니지. 그렇죠, 오요네님?"

배가 나아가는 반대 방향으로 뱃머리에 걸터앉아서 담배를 피우던 다쿠스케가 말했다. 다쿠스케는 게이노스케의 명령을 받아 오요네를 감시하기 위해서 따라왔다.

"오요네님은 참 좋겠네요. 나리의 허락이 있었으니 어쨌든 아와로 돌아갈 때까지는 가고 싶은 곳으로 마음대로 가세요. 하지만 혼자서 다니면 안 됩니다. 게이노스케님에게 단단히 주의를 들었습니다. 오요네님의 끈이 되어 언제나 함께 다닐 겁니다. 친정집에 갈 때도, 또 연극 보러 갈 때도, 그리고 오쓰에 있는 작은아버지를 방문할 때도 이 다쿠스케는 항상 동행을 해야 합니다."

'귀찮은 녀석, 버러지 같은 놈.'

오요네는 미간을 찡그린 채 아무 대답도 하지 않고 일부러 양산을 다쿠스케 쪽으로 돌려 버렸다.

'후후, 상당히 기분이 안 좋으시군.'

다쿠스케는 절대로 오요네에게서 떨어지지 않겠다는 듯이 히죽 웃었다.

"모처럼 고향에 왔는데도 혼자서 기분을 내실 수 없어 물론 언짢으시겠지요. 하지만 이 다쿠스케는 주인 명령에 따라야만 하는 하인입니다. 에헤헤헤, 임무 때문에 어쩔 수 없다고 저를 불쌍히 여겨 주세요. 오요네님, 감시하는 것도 쉬운 일은 아니지요."

"알고 있으니, 그만 하게."

오요네는 뱃사람이 바로 앞에 있어서 이렇게 한 마디 하고 다쿠스케를 노려보자, 여자를 잘 다룰 줄 아는 다쿠스케는 일부러 호들갑을 떨며 죄송하다는 듯 머리를 긁적거렸다.

"또 저를 야단치시는 겁니까?"

"말 조심해. 이제 오사카에 거의 다 왔으니까."

"물론 저도 알고 있지요."

"알고 있다면서 왜 쓸데없이 말이 많은 거지? 사람들 앞에서 창피를 주면 이제 다시는 아와로 돌아가지 않을 테니까 알아서 해."

"돌아가지 않는다는 말은 너무 심한데요. 오요네님도 많이 변하셨군요. 대담하게 배짱까지 부리니까요."

"물론이야. 당신 같은 늑대나 벌레들과 지금까지 싸워 왔으니까."

"이거 큰일이군요. 오사카가 가까워질수록 점점 말이 거칠어지는 걸? 아니, 아니, 거칠어지시네요."

"지금까지의 복수야. 이곳에서만큼은 하고 싶은 말을 마음껏 하겠어."

"다쿠스케가 이렇게 사과할게요. 오사카에서 오요네님이 저를 그렇게 야단치신다면 저는 더욱 힘들어집니다. 부디 육지로 올라가서 얌전하게 놀고 얌전하게 아와로 돌아가 주세요. 이제 농담은 그만 하고, 이 배를 어디에다 댈까요?"

"글쎄……."

"그렇게 대답이 분명치 않으면 노를 젓는 사람이 곤란하지요. 정 그렇다면 강을 따라서 이대로 가와초에 있는 친정집에다 댈까요?"

"바보 같은 소리는 하지도 마!"

오요네는 화를 벌컥 냈다.

"집을 떠나 반 년 이상이나 사라졌다가 갑자기 나타나면 어떻게 될 지, 당신도 생각을 해 봐."

오요네는 거칠게 말했지만, 속으로는 뭔가 계획을 짜고 있는 듯 깊은 눈매가 반짝였다.

오요네는 떠날 때부터 이제 다시는 게이노스케에게로 돌아가지 않으리라 결심했었다.

그러기 위해서는 이 다쿠스케라는 감시의 끈을 오사카에서 끊어 버리고 따돌릴 방법을 찾아내야만 했다.

하지만 다쿠스케라는 끈은 너무나 치밀하면서 여자를 다루는 데에도 능숙했다. 능구렁이 같은 다쿠스케는 오요네의 마음을 거울처럼 환히 들여다보고 있어서 정말로 처리가 곤란한 끈이었다.

반면 게이노스케 입장에서 보면 가장 좋은 끈을 오요네에게 붙여 놓은 것이다.

이 세상에 사는 잡다한 인간들 중 아무리 어리석고, 둔하고, 바보 같고, 경박하든 간에 쓸모가 없는 인간이란 없다 하지 않은가. 누구든지 뭔가 한 가지 잘하는 것은 있는 법.

다쿠스케가 바로 그러했다. 다른 일에는 별로 재주가 없는 사람이지만, 오요네의 경멸 어린 말도 잘 참아 내고, 또한 사람을 따라다니는 감시 역할에는 안성맞춤이었다.

끈의 자격은 첫째로 호색 근성이 없어야 한다. 둘째로 동정심에 잘 빠지지 않는 냉혹함을 가지고 있어야 한다. 셋째로 항상 뻔뻔하고 또한 끈질겨야 한다. 넷째로는 상대방이 아무리 싫어하더라도 주눅이 들지 않고, 더구나 그 상대방을 싫어해서는 안 된다.

그리고 절대 느슨해지는 일 없이 시종일관 여자 허리에 붙어다녀야 끈의 사명을 완수할 수 있는 것이다.

이러고 보면 끈의 역할을 수행하기도 원수를 치는 것만큼이나 힘든 게 아닌가. 따라서 하인 가운데에서도 이 임무를 제대로 수행할 수 있는 사람은 쉽사리 발견할 수 없다.

어쨌든 오요네에게 있어서 다쿠스케는 힘겹고 무서운 상대였다.

하지만 비상 수단을 사용해서라도 다쿠스케를 떼어 놓기 전에는 결코 오요네는 자유를 얻을 수 없었다. 숲에서 잡힌 꾀꼬리가 새장에 넣어진 채로 다시 숲으로 돌아간들 아무런 의미가 없기 때문이다.

"다쿠스케, 나는 이렇게 생각하는데, 당신은 어때?"

오요네가 진근한 밀투로 이야기하자 다쿠스케는 조금 경계의 빛을 보였다.

"상당히 심각한 이야기인가요? 그토록 싫어하는 저에게 의논을 다 하시다니, 웬일이십니까?"

"놀리지 말고 내 말을 좀 들어 봐."

뱃사공도 목적지가 정해지지 않아 노를 잡은 손에 힘을 빼고 강물에 배를 맡기고 있었다.

"결코 놀리는 것이 아닙니다. 이것이 다쿠스케의 진심이지요."

"아무리 내가 뻔뻔스럽다고 해도 이대로 집으로 돌아갈 수는 없으니까,

한 2, 3일 다른 곳에 있으면서 오쓰에 있는 작은아버지를 오시게 하는 것이 좋을 것 같아."

"그림을 그리는 한사이님 말이죠? 그것 좋지요."

"그리고 작은아버지께는 그 동안 게이노스케님에게 신세를 지고 있었다고 사실대로 말하고, 작은아버지가 우리 집에 잘 이야기하도록 한 다음에 떳떳하게 아와로 돌아가는 것이 어떨까?"

"어라? 나리께 말씀드릴 때에는 오요네님의 어머님이 위독해서 급히 가야 된다고 하지 않았습니까?"

"그것이 처음부터 거짓말이라는 것은 당신도 잘 알고 있잖아어! 나는 다만 이 오사카로 오고 싶었어."

"정말 놀라운 솜씨군요. 그런데 그렇게 눈물을 잘 흘렸어요?"

"아니, 언제 내가 눈물을 흘렸다는 거지?"

"쓰루기 산 기슭의 그 더운 창고 안에서 하염없이 훌쩍이지 않았습니까?"

오요네는 양산을 접어 그 끝으로 다쿠스케의 무릎을 쿡 찔렀다.

"이제 적당히 해. 저 사람이 웃잖아."

"저야 기분좋게 취해 있었으니까, 그 이상은 모르는 것으로 해 두죠. 이제 적당한 곳에서 육지로 올라가지요. 어차피 오사카는 저보다도 오요네님이 자세히 아니까요."

"그렇지?"

오요네가 고개를 들었을 때 배는 마침 다리 아래를 지나가고 있었다.

그러자 그때 다리 난간에서 오요네가 탄 배를 유심히 쳐다보는 나이 든 여자가 있었다.

"어머, 가와초의 아씨잖아?"

여자는 깜짝 놀란 얼굴이 되어 다리 아래로 고개를 길게 빼고 오요네를 불렀다.

"오요네님, 오요네님이지요?"

갑자기 자신을 부르는 소리가 들리자 오요네는 반사적으로 다리 위를 쳐다보았다. 그러고는 접어 둔 양산을 황급히 다시 펼치더니 뱃사공에게 말했다.

"저, 조금 더 저쪽으로 가 주세요. 서둘러서요."

오요네는 양산 아래로 얼굴을 숨긴 채, 아무렇지 않은 얼굴로 뱃길을 재촉했다.

"어머?"

다리 위에 있던 여자는 아무래도 이상하다는 듯이 배가 가는 방향에서 눈을 떼지 못했다.

그 여자는 만키치의 아내 오키치였다.

"내가 잘못 본 걸까? 하지만 오요네님인 것 같았는데."

오키치가 중얼거리면서 겨우 고개를 돌리자 강물 위로 제비가 날아가는 것이 보였다.

오키치와 오요네는 오래전에 규조의 나루터에서 만난 적이 있다. 그때 오키치는 소식이 끊긴 만키치가 걱정이 되어 불공을 드리고 돌아오는 길이었다.

여자끼리 터놓고 서로의 신세를 한탄하기도 하고 위로하면서 헤어졌던 오요네가 문득 오사카에서 모습을 감춘 것은 그 이후의 일이었다.

만키치와 부부의 인연을 맺기 전에 가와초에서 얼마 동안 일을 한 적도 있어서 오키치도 오요네의 행방을 가게 사람들과 함께 찾아보았지만, 아무리 해도 알 수가 없었다.

그러한 오요네가 지금 무심코 바라본 강물 위에서, 얼굴도 훨씬 좋아져서 하인인 듯한 남자와 이야기를 주고받고 있었다. 그녀를 본 오키치는 너무나 놀란 나머지 더 살펴볼 여유도 없이 큰 소리로 오요네를 부른 것이다.

하지만 오요네처럼 보였던 그 여자는 양산으로 모습을 감추고는 들은 척만 척 냉정하게 지나가 버렸다.

'오요네라면 그렇게 지나칠 리가 없다. 역시 내가 잘못 보았나 봐.'

오키치는 머리를 흔들었다.

'더구나 무가의 하인인 듯한 남자도 같이 있었는데, 가와초의 아가씨가 그런 남자와 함께 있을 리가 없어. 비슷한 사람을 보고 내가 착각했을 거야. 그나저나 내 남편은 어떻게 된 것일까?'

그대로 잠시 다리 난간에 한쪽 팔꿈치를 고인 채 쉬고 있던 오키치는 어느덧 오요네에 대한 일은 잊어버리고 남편 만키치의 안부가 걱정되기 시작했다.

지난 가을 에도로 갔다는 이야기는 전해 들었지만, 그 이후 편지 한 통 없이 겨울이 지나갔고, 또 이 봄도 아무런 소식이 없이 다 지나려 하고 있었다.
"박정한 건지, 아니면 남자다운 건지, 포졸이라는 직업을 갖게 되면 한군데 머무르지 못 한다지만 집이나 마누라까지 까맣게 잊고 살지 않아도 될 텐데. 아, 생각하지 말자. 너무 그이 생각만 하면 지금처럼 사람을 잘못 보고 착각할지도 몰라."
오키치는 혼잣말로 중얼거리며 자신의 마음을 다독거렸다.
오늘도 만키치를 위해서 불공을 드리러 가는 길이었다. 줄무늬가 있는 옷에 수수한 허리끈을 매고 아무렇게나 말아 올린 머리에는 유일한 장식품인 붉은 산호가 빛나고 있었다. 그러나 작년 가을에 비해 몸이 훨씬 여위었다.
오키치의 모습이 다리에서 사라지고 나서 바로 빈 거룻배가 강줄기를 거슬러 왔다.

이미 그 무렵 육지로 올라온 오요네와 다쿠스케는 나가하마(長浜)에 있는 본원사(本願寺)의 긴 담을 따라서 나란히 걷고 있었다.
오요네는 조금 전 다리에서 얼굴을 마주친 오키치에게 그렇게 대할 수밖에 없었던가 하는 생각을 하자 몹시 우울해졌다.
오요네가 고개를 숙이고 걷자, 감시의 끈인 다쿠스케도 아무 말 없이 개처럼 졸졸 따라왔다.
오후의 햇살이 발 아래에 두 개의 긴 그림자를 늘어뜨리고 있었다. 오요네는 자신의 그림자 옆에 착 들러붙어 건들건들 따라오는 다쿠스케의 그림자를 보고는 한껏 짓밟아 주고 싶었다.
'아, 정말 지긋지긋하군. 어떻게 하면 이 귀찮은 녀석을 떼어 버릴 수 있을까? 이 녀석을 떼어 버리기 전에는 초조하고 신경이 쓰여서 아무것도 못 하겠어.'
오요네는 어금니를 악물고 필사적으로 좋은 방책을 생각해 내려 했다. 그와 반대로 다쿠스케는 아무런 생각이 없는 듯이 오요네의 뒤를 그저 따라갈 뿐이었다.
"조금 전에 다리 위에서 오요네님에게 아는 척한 여자는 누구죠?"
다쿠스케는 조금 심심해졌는지 따라오면서 말을 걸었다.
"다리 위에서 말인가?"
오요네는 다쿠스케보다 두세 걸음 앞서 걷고 있었다.

"그 사람은 옛날에 우리 집에서 일한 적이 있어서 내 얼굴을 기억하고 있겠지. 하지만 지금 나를 알아보면 귀찮은 일이 생길까 봐서……."
"친정집으로도 가지 않고, 또 아는 사람을 만나도 그렇게 숨어 버리면서 오사카에 도대체 왜 왔는지, 정말 바보 같군요. 이 다쿠스케는 오요네님의 마음을 알 수 없습니다."
"바보 같고 멍청해 보여도 나는 이 오사카가 너무나 그립고 그리워서 꿈까지 꿀 정도니 어쩌겠어."
"태어난 고향이라는 것이 그렇게 좋은 것입니까? 나는 노토(能登)의 고이데가자키(小出ヶ崎)에서 태어나서 열 살 때 산조(三條)에 있는 대장간에 종업원으로 들어갔지요. 열네 살 때 그곳을 뛰쳐나와서 우스이 고개에서 짐을 날라 주거나 여관 목욕탕의 불을 지피고, 또 도박판에서 망을 봐 주는 일을 했답니다. 결국 아와 촌구석까지 와서 이 짓을 하고 있지만, 그래도 적성에 맞는지 이젠 완전히 눌러앉은 것 같습니다. 고향을 떠난 이후 그곳에 가 보고 싶다는 생각은 꿈에도 한 적이 없으니 말입니다."
"그건 당신이 정이 없든지, 아니면 당신을 묶어 둘 만한 사람이 그곳에는 없기 때문이야."
"그렇다면 이 오사카에는 오요네님을 묶어 두는 사람이 있다는 말이 되겠군요?"
"나는 있어. 어머니, 그리고 작은아버지도."
"농담하지 마십시오. 주름투성이가 된 어머니와 작은아버지에게 그렇게 깊은 애정이 있을 리가 있겠어요? 한창 피가 끓는 나이에는 부모도 내팽개쳐 버리고 남자에게 달려가는 법이지요. 아하하하, 그렇다면 나에게도 짐작되는 것이 있습니다."
"이상한 추측은 하지 마!"
"이 다쿠스케도 제법 점을 잘 친답니다. 이 신통한 눈으로 점괘를 보니, 오요네님이 오사카에 오려는 이유는 못 만나면 죽을 정도로 보고 싶은 사람이 어딘가에 틀림없이 있기 때문이군요. 어떻습니까, 이 다쿠스케의 점괘가?"
"없다고는 할 수 없지."
"이제야 바른 말을 하시는군요. 드디어 부정한 짓을 해서 이 다쿠스케를 화나게 만들려고 하시는 겁니까? 그리고 아와로 가기 싫다고 떼를 쓰겠군요. 하지만 아무리 그래도 다쿠스케는 화를 내지 않습니다. 내 머리를 때리고 싶으면 때리고, 오요네님의 발을 핥으라고 하면 기꺼이 핥겠습니다. 그렇게 조금만 참고 무사히 오요네님을 아와로 데리고 가면 나리로부터 많은 상금이 내리겠지요. 평생을 벌어도 못 벌 돈을 받으려면 그 정도는 참아야 합니다. 그렇지 않으면 여자의 감시원 같은 것은 할 수가 없답니다.”

그런데 아무리 열심히 떠들어도 오요네로부터 대꾸가 없자 이번에는 조금 말투를 부드럽게 했다.

“하지만 이런 여행길에 그 정도의 말은 관대하게 봐 드리죠. 다만 무슨 수를 써도 이 다쿠스케한테서 빠져 나가려는 것은 불가능할 테니까 지금이라도 생각을 돌리십시오. 세상에는 헛되고 어리석은 수고를 하는 자도 많이 있지요.”

“엉뚱한 상상하지 마.”

다쿠스케가 오요네의 마음 속을 다 알고 있다는 듯이 빈정거리자 오요네는 정곡을 찔러 당황해 하면서 입술을 떨었다.

“말은 그렇게 했어도 정말 내가 사랑하는 사람은……”

“그것 보세요. 역시 내 점괘가 맞았죠?”

“그렇게 정색을 하고 걱정할 필요는 없어. 그 사람은 이 오사카에 없으니까. 지금쯤 또 어디로 흘러가고 있는지 몰라.”

자신도 모르게 오요네는 이 야비한 남자에게 가슴에 간직하고 있는 진심을 퍼부어 주고 싶다는 생각이 들었다.

“피리 하나를 든.”

그 사람의 이름이 목까지 나오려고 했으나 의심이 많은 다쿠스케에게 그 이상의 말을 하면 결국 자승자박의 화를 초래할지도 모른다는 생각이 들었다. 오요네는 쓸쓸한 미소를 지으며 뒤의 말을 얼버무렸다.

어쨌든 당장 머무를 숙소를 구해야겠기에 오요네는 그날 밤 나카바시 근처에 있는 묘가야(茗荷屋)를 선택했다.

그곳을 선택한 특별한 이유는 없었지만, 여관치고는 그다지 눈에 띄지 않고, 손님들도 무난할 것 같아 보였다.

물론 감시의 끈인 다쿠스케도 함께였다.

일단 여관에 들어가니 지금까지처럼 오요네의 허리에 대롱대롱 매달려 있을 수만은 없었다. 하인은 하인으로서 대우받고, 젊은 부인은 젊은 부인으로 별도로 모셔져, 방도 각각이고 밥상도 각각이었다. 또한 두 사람을 대하는 종업원들의 말투까지 달랐다.

오요네가 따로 시키지 않는 이상 상에는 술이 오르지 않았다.

다쿠스케는 술이 없는 쓸쓸한 밥상을 받자 벌이라도 받고 있는 듯한 기분이 되었다.

"다쿠스케, 너는 피곤할 테니까 먼저 자는 게 좋겠어."

오요네는 새삼스럽게 하인 대하듯 쌀쌀맞은 말투로 다쿠스케에게 명령했다.

"함께 따라와 준 나에게 반주 정도는 대접할 수 있잖아. 자기도 첩 주제에 뻐기고 있네. 좋아, 어디 한 번 당해 봐라!"

얼굴을 일그러뜨리며 중얼거렸다.

다쿠스케는 옆방에서 나와서 오요네의 방문을 조금 열었다.

"오요네님."

다쿠스케는 협박하는 듯이 눈을 하얗게 치뜨고 험상궂은 얼굴을 내밀더니 일부러 무례한 말투로 내뱉었다.

"조금 전에 뭐라고 했지요?"

오요네는 거울 앞에 앉아서 분을 바르면서 다쿠스케 쪽은 쳐다보지도 않고 대꾸했다.

"당신이 먼저 자는 것을 허락한다고 했어."

다쿠스케는 속에서 부글부글 화가 치밀어 올라 바싹 탄 얇고 검은 입술을 핥으면서 막 욕이 나오려던 참이었다.

그때 마침 여관 종업원이 와서 잠자리 준비를 하기 시작했다.

하녀 앞이라 차마 꺼내지는 못하고 다쿠스케는 목까지 치밀어 올라온 화를 삭이며 인사를 했다.

"고맙습니다."

어쩔 수 없이 잠자리로 돌아온 다쿠스케는 다시 투덜대면서 몸을 뒤척였다.

"정말 징그러운 여자야. 이곳에서 나가면 다시 손에 밧줄을 묶어 두어야겠군."

오요네의 방에서 후 하고 등불을 끄는 소리가 들리고 칠흑 같은 어둠이 주위에 내려앉았다.

일각 정도 지났을 즈음, 숙소의 모든 방은 쥐 죽은 듯 조용했고, 목욕탕의 물 떨어지는 소리와 숙소 당번의 하품 소리만 들릴 뿐이다.

잠자는 버릇도 고약해서 다쿠스케는 심하게 코를 골았다. 그 소리 때문에 잠이 오지 않는 건지, 어둠 속에서 두세 번 몸을 뒤척이던 오요네는 이윽고 잠자리에서 빠져 나와 살짝 복도로 나갔다.

뒷간에라도 가는지 덧문을 여는 소리가 나고 복도에 바람이 들어왔다.

뒤뜰로 나가는 문이 소리도 없이 조심스럽게 열렸다.

오요네가 살짝 마당의 흙을 밟으려고 했을 때였다.

"어디로 가시나, 오요네님? 방향이 틀립니다요."

다쿠스케가 이렇게 말하며 오요네를 끌어안고 조금 전에 있던 방으로 되돌아왔다. 보통 사람이라면 여자가 없어졌다고 당황해서 불을 켜거나 어디로 도망갔나 소란을 피우겠지만, 다쿠스케는 천연덕스럽게 유유히 뒷문으로 나가서 오요네를 찾아낸 것이다.

"여자가 밤에 벽을 넘으면 다른 사람들이 고양이인 줄 알고 잡아 갈지도 모릅니다. 후후후."

야릇한 웃음을 흘리면서 다쿠스케는 다시 자신의 잠자리로 들어갔다.

그리고 나서 다쿠스케는 아무 말도 하지 않았고, 오요네도 자신의 잠자리에서 멍하니 앉아 있었다.

이제 서로 잠들었는지 탐색하는 것은 그만두었다. 다만 오요네의 심장이 어둠 속에서 쿵쾅거리고 있을 뿐이었다.

다음 날 아침, 어젯밤의 소동에도 불구하고 다쿠스케와 오요네는 서로 어색한 이야기를 꺼내지 않았다.

점심때가 지나자 오요네는 작은아버지인 한사이에게 편지를 썼다. 그것을 인편을 통해 부탁하면서 기분전환 겸 산책을 하려고 다쿠스케를 재촉해서 밖으로 나왔다.

"이제야 기분이 좀 좋아졌군."

다쿠스케는 혼자서 이렇게 중얼거리며 고개를 끄덕였다. 여관 밖으로 나오자 다쿠스케의 말투가 다시 원래대로 거칠어졌다.

"오요네님, 오쓰의 한사이님에게 뭐라고 편지를 썼죠?"

"어제 내가 말한 대로야."

"전 뭐라고 했는지 잊어버렸는데요."

"어쨌든 작은아버지와 의논할 것이 있으니까 묘가야까지 와 주기 바란다고 썼어."

"그래요? 한사이님이 오시면 사정 이야기를 하고 가와초에 다리를 놓아 달라고 할 작정이군요. 하지만 두 분이 의논할 때에 제가 옆에 있어야만 합니다."

"좋아. 어차피 집안 사람들에게 승낙을 받으면 내 소지품과 옷을 모두 아와로 가져갈 생각이니까."

"그렇죠. 반드시 그래야만 합니다. 어젯밤 같은 일이 앞으로는 없도록 말이죠."

오요네는 부드러우면서도 가시돋친 다쿠스케의 말을 못 들은 척하면서 덴마의 하안이 있는 곳으로 나왔다. 오요네는 깨끗한 요릿집을 찾고 있었다.

오요네가 다쿠스케에게 굴요리를 대접하겠다고 하자, 어제와는 180도 달라진 오요네의 태도에 다쿠스케는 의심을 품었다. 하지만 어젯밤의 일로 오요네가 포기를 했을 거라고 생각하기로 했다.

그 동안 술에 굶주려 있던 다쿠스케는 마음의 긴장을 풀지 않으면서도 의외로 많이 마셨다.

오요네도 어젯밤 이후 뭔가 좋은 방책이라도 생각해 뒀는지 침착해져서, 가끔 다쿠스케에게 술까지 따라 주기도 했다.

"어머, 그렇게 방파제 쪽으로 걸으면 위험하잖아."

두 사람이 요릿집에서 나왔을 때 덴마 하안은 완전히 저물어 있었다.

다쿠스케는 술에 취해서 불안한 발걸음을 내디디고 있었다. 하지만 방심하는 기색은 전혀 없이 오히려 취하지 않았을 때보다 더 끈질긴 눈초리로 오요네를 지켜 보았다.

"위험하다니요, 누, 누가 말입니까?"

"그렇게 강 쪽으로 걸으면 위험해. 당신이 물에 빠지면 내가 곤란해."

"친절도 하시군요. 헤헤헤. 하지만 말이죠, 오요네님. 미안하지만 이 다쿠스케는 조금도 취하지 않았다구요. 소용 없어요. 오요네님이 저를 속이려고 아무리 얌전하게 굴어도 절대 빈틈을 보여주진 않을 겁니다."

다쿠스케는 앞장 서서 걸었다. 항상 뒤에 매달려 오던 끈이 오늘은 앞에서 오요네를 끌고 가는 셈이었다.

"그래. 그렇다면 당신은 아직까지 나를 의심하고 있군."
오요네는 쓸쓸한 표정으로 말했다.
"요전에 오요네님이 말씀하셨잖아요. 내 눈은 거울 같다고."
"정말로 당신의 눈은 예리해."
"어차피 소용 없으니까, 이제 포기하시죠."
"하지만 쉽사리 포기할 수가 없어. 이왕 말이 나왔으니 당신에게 숨길 필요도 없겠지. 나는 이제 다시 아와로는 돌아가지 않을 생각이야."
"생각이라고요? 아하하하."
다쿠스케는 큰 소리를 내고 웃는가 싶더니 갑자기 고통스러워하며 배를 움켜쥐고 길 바닥에 주저앉아 버렸다. 그리고 퀙 하고 마른 침을 뱉는 소리를 내더니 그 자리에서 꼼짝도 하지 않았다.
"왜 그래?"
오요네는 다쿠스케와 조금 떨어져서 한 손을 버드나무에 댄 채 싸늘한 눈초리로 다쿠스케를 내려다보았다.
"그리도 잘난 체 하더니 퍽이나 둔하군. 이제야 약이 효과를 나타내나?"
"뭐, 뭐라고?"
억지로 일어서려던 다쿠스케는 신음 소리를 내고 괴로운 듯이 몸부림치며 나뒹굴었다.
"감시의 끈인 당신이 그렇게 눈치가 없어서는 곤란하잖아. 당신도 집념이 강해서 끝까지 나를 놓치지 않으려고 한 것 같은데, 오늘 저녁 당신이 마신 술에 약이 들어갔다는 것을, 그래, 거울 같은 눈을 가졌다는 당신도 알지 못했나?"
"그, 그렇다면 도, 독약을?"
"아니, 너무 걱정은 하지 마. 마침 가지고 있던 쥐약을 아주 조금 술잔에 묻혔을 뿐이니까. 그 뻔뻔스러운 목숨을 빼앗을 정도는 아닐 거야. 어찌 되었든 나라는 여자도 솜씨가 대단해졌어. 이런 배짱도 모두 당신과 게이노스케 덕분에 생긴 거지. 아와로 돌아가면 그 남자에게 부디 안부나 전해 줘."
"우웃, 제기랄!"
"분하기도 하겠지 호호호. 괴로운가? 내가 긴 궤짝에 넣어져서 아와로 갔을 때도 그렇게 괴로웠지. 독약이라도 먹고 차라리 죽으려고 했던 적이 한

두 번이 아니었어. 하지만 이 한몸 죽게 되면 그립고 그리운 분과 만날 수 없다는 것이 마음에 걸렸지. 다행히 먹지 않고 가지고 있었던 약을, 어젯밤 생각이 나서 당신에게 조금 시험해 본 것뿐이야. 어때, 다쿠스케? 이래도 이 오요네를 아와까지 데리고 갈 수 있겠어?"

"……."

새우처럼 몸이 꼬인 다쿠스케의 그림자에는 단지 격렬한 경련만이 일었다.

"어머, 이제 대답도 할 수 없게 되었어? 나는 아직 할 이야기가 남았는데. 그 동안 여러 가지로 신세 많이 졌어. 다쿠스케, 안녕."

눈물 섞인 하소연

커다란 거울을 보며 얼굴에 화장을 하고 있던 이로하 찻집의 오시나는 치장을 마쳤는지 경대를 구석으로 밀어 넣었다. 그러다가 창 밖은 내다보지도 않고 쓰고 남은 대야의 물을 창 밖에 버렸다.

마침 찻집 창문 밑에 서서 이야기를 하고 있던 두 명의 무사가 갑작스런 물세례에 놀라 양쪽으로 갈라지며 창문을 올려다보았다.

"누구야!"

"어머, 물이 튀었어요?"

"이것 좀 봐."

"미안해요."

하얗게 분을 칠한 얼굴을 길게 내밀고 오시나는 물이 튄 무사들의 짚신을 바라보았다.

"저도 모르게 그만."

"쯧쯧. 앞으로 조심해."

말총머리의 젊은 무사가 오시나를 노려보았다. 하지만 총총히 늘어선 찻집에서 분을 칠한 여자들의 눈길이 모두 쏠리자 다른 무사가 젊은 무사를 진정시켰다.

그리고 찻집 골목을 떠나 걸어가다 말고 다시 누군가를 기다리는 듯이 멈춰 섰다.

집 안으로 고개를 들이자마자 오시나는 코웃음을 치며 옆에 있던 여자에게 말했다.

"흥, 여드름투성이인 주제에 그런 얼굴을 하면 누가 무서워할까 봐! 물 정도 튀었다고 노발대발 할 게 뭐람."
"하지만 네가 잘못했잖아."
"기생 화장하는 방 창문 밑에 서 있었던 게 멍청한 거지. 그 찡그린 표정하고……."
"상대가 가고 나니까 이제서야 그런 말을 하네."
"아니야, 아직 저쪽 강가에 서 있어. 물귀신이라도 기다리는가 보지."
"어디?"
누워 있던 여자가 어기적어기적 일어나더니 창문으로 다가갔다.
"둘 다 멋도 없게 생겼지?"
오시나는 자신의 울분에 동의를 구하자 그때 옆에 있던 여자가 깜짝 놀라면서 오시나의 소맷자락을 잡아당겼다.
"아니, 오시나. 저쪽에서 오는 것은 마고베님이잖아?"
대낮에 귀신이라도 본 것처럼 소리를 지르는 바람에 오시나도 얼른 그쪽을 보았다.
작년 봄부터 초여름까지 산지와 함께 이곳에 자주 오다가 무슨 일이 있는지 발길을 뚝 끊어 버린 마고베가 진지한 얼굴로 다가오는 것이 보였다.
"그냥 지나치지는 않겠지?"
오시나는 흥분된 모습으로 2층에서 내려와 마고베 쪽으로 뛰어갔다.
"아니, 오시나 아냐?"
"정말 오랜만이에요. 그런데 그냥 지나치실 셈이었어요?"
"일행이 기다리고 있어. 그럼 다음에 만나지."
"상관 없잖아요, 일행이 있어도."
"그렇지 않아. 더구나 요즘은 놀 여유가 없어. 어떤 사람을 찾느라 매일 이렇게 혈안이 되어 바쁘게 돌아다니고 있는 거야. 그러고 보니 당신도 그 사람을 알고 있겠군?"
"찾는 사람이 누구죠?"
"호리즈키 겐노조라는 사람인데, 아마 이름을 들어도 누구인지 모를 거야. 작년 여름에 이 주위를 맴돌며 피리 불던 중이라고 하면 생각이 나겠지."
"아, 오요네님이 열을 올리던 그 스님 말이죠? 그런데 그 스님이 무슨 일을 저질렀어요?"

"그 중 말고 또 두 사람을 기소에서 놓쳐서 행방을 찾고 있는데, 어디에 숨었는지 찾을 수가 없군. 하지만 앞뒤 사정으로 짐작건대, 분명히 이 오사카에 숨어 있을 거야. 오시나도 그 중을 보게 되면 나에게 알려 줘. 그렇게 해서 잡게 되면 대가는 톡톡히 지불할 테니까, 알겠어?"
"하지만 나는 당신이 있는 곳도 모르는데······."
"나 말인가? 나는 2, 3일 전부터 아지 강에 있는 아슈 저택에 살고 있어."
"아슈 저택이라니요?"
"말귀를 못 알아듣는군. 아슈 저택은 시게요시님의 별장이잖아."
그때 두 사람 옆을 지나가던 여자가 시게요시의 이름에 이끌려 깜짝 놀란 듯이 뒤를 돌아보았다.
하지만 동시에 마고베의 예리한 눈과 마주쳤다. 여자는 당황한 눈길을 오시나에게 돌리고 애교 있게 웃음을 지으며 아무렇지도 않은 듯이 지나쳤다.
소박한 옷차림에 산호로 된 머리 장식을 한 중년의 여인이었다. 마고베는 오시나에게 눈인사를 하며 지나친 여자의 뒷모습을 끝까지 바라보고 있었다. 이윽고 그 여자가 강가에 있는 가와초의 가게로 들어가는 것이 보였다.
"저 여자는 누구지?"
마고베가 오시나에게 묻고 있을 때, 아까부터 그를 기다리고 있던 잇카쿠와 슈마가 얼굴을 찌푸리고 이쪽으로 다가왔다.
"마고베, 이야기 끝내려면 아직 멀었어?"
슈마가 투덜거리자 잇카쿠도 조금 비아냥거리며 말했다.
"그래봤자 매춘부잖아. 그런 여자와 길거리에서 무슨 할 이야기가 그리 많다는 거지?"
"흥, 쓸데없는 참견 마세요."
마고베를 의식해서인지 오시나가 거칠게 쏘아붙였다. 게다가 조금 전의 일도 생각이 나서 덧붙였다.
"아무리 내가 매춘부라도 당신들에게 나를 사 달라고는 하지 않아요. 마고베님은 내 서방님이죠. 그러니 땅바닥에서 이야기하든지 지붕에 올라가서 이야기하든지 당신들이 신경쓸 것 없잖아요."
이야기가 이렇게 되고 보니 상당히 얼굴이 두껍다는 마고베조차 처녀처럼 얼굴이 벌게지면서 얼버무렸다.
"조금 전에 수상한 여자가 지나가는 것을 보았거든. 그래서 그 여자에 대해서 묻고 있었어."
"수상한 여자라니, 어디?"
슈마가 심술궂게 추궁하자 마고베는 다시 오시나에게 물었다.
"지금 누구라고 했지? 가와초로 들어간 여자가?"
"그 사람은 원래 그 가게에서 일하던 오키치라는 여자예요."
"하녀가 도대체 어쨌다는 거야?"
잇카쿠가 어이없다는 듯이 비웃자, 마고베는 어떻게 해서라도 그 여자를 끌어들여야만 했다.
오시나에게 이것저것 캐묻자 우연히 그녀의 입에서 오키치가 바로 포졸 만키치의 아내라는 사실을 알아냈다.
드디어 슈마와 잇카쿠의 얼굴에서 일순 웃음기가 사라지며 표정이 굳어졌다.
"틀림없나?"
마고베가 오시나의 어깨를 꽉 잡았다.
"오키치와는 옛날부터 잘 알고 있어요. 잘못 볼 리가 있겠어요?"
"그래? 그러면 저 여자가 만키치의 아내란 말이지?"
"마고베."
슈마가 마고베의 소매를 끌더니 오시나로 부터 조금 떨어진 곳에서 잇카쿠와 함께 소곤소곤 뭔가를 의논했다.
"음, 그래."
마고베는 고개를 끄덕이면서 이번에는 오시나에게 뭔가를 속삭였다. 그리고 세 사람은 곧 바로 오시나가 있는 이로하 찻집 안으로 모습을 감추었다.
세 사람은 안에서 술을 마셨지만, 오시나만은 가끔 문 밖으로 나와서 가와초 쪽을 살피거나, 또 같이 있는 여자에게 오키치가 나왔는지 묻기도 했다.
2각 정도 지나 해가 뉘엿뉘엿 지고 있었다. 꽃은 져도 아직 봄기운이 완전히 가시지 않은 그곳에 노랫소리가 울려 퍼지며 사람들이 모여들기 시작했다.
이곳저곳의 문발을 들추며 안을 들여다보는 손님들의 행렬, 그리고 화려하게 차려 입은 여자들이 불빛 아래에서 바삐 움직이고 있었다.
이윽고 밤에 취한 사람들을 헤치며 급히 발걸음을 옮기는 세 사람의 모습이 보였다. 그들의 몇 걸음 앞에는 지금 막 가와초에서 나온 오키치의 뒷모습이 보였다. 오키치의 동정을 지켜보던 오시나의 밀고를 받고 서둘러 쫓고 있는 것이다.
 오키치는 인사도 하고 오요네의 소식도 들을 겸 오랜만에 가와초를 찾았다.
 그리고 귀에 쟁쟁한 오요네 어머니의 눈물 섞인 하소연을 생각하면서 걷고 있었다.

 얼마 지나지 않아 오키치는 모모다니(桃谷)에 있는 집에 도착했다.
 아무도 없는 집에 등불만 켜져 있었다. 오키치는 방으로 들어가 편안한 옷으로 갈아 입고 집으로 오는 도중에 사온 반찬거리를 풀어서 부엌으로 가지고 갔다.
 어두컴컴한 부엌에서 설거지하는 소리며 쌀 씻는 소리가 한동안 들렸다. 집 뒤쪽에 있는 도랑으로 하얀 뜨물이 흘렀다. 도랑 건너편에는 유채꽃이 피어 있고, 그 앞은 복숭아밭이었다.
 그리고 건너편에는 더부룩한 덤불 사이로 포졸의 집임을 나타내는 등불이 켜져 있고, 그리고 경비대의 거대한 그림자가 산처럼 하늘을 막고 있었다.
 오키치는 울타리 옆에 있는 우물로 물통을 가지고 가다가 검은 그림자처럼 세 사람의 무사가 우뚝 서 있자 화들짝 놀랐다.
 '누구일까?'
 갑자기 두려워진 오키치는 물통을 팽개치고 부엌으로 다시 돌아왔다. 남자가 없는 집, 남편이 없는 집은 가끔 도둑들의 습격 대상이 된다.
 더구나 남편이 포졸이라서 개중에는 보복하러 오는 자들도 있었다.
 '이상한 무사가 세 사람이나? 그렇다면 내 뒤를 쫓아왔을까?'
 오키치는 긴장했지만, 마음을 가다듬고 야채를 썰기 시작했다. 그러나 가슴이 심하게 방망이질해 칼 끝에 손가락을 베고 말았다.
 피가 방울방울 배어 나오는 손가락을 입에 대고 빨면서 서둘러 방으로 뛰어들어가 오키치는 바느질함에서 천 조각을 찾았다. 그때 다락문이 살짝 열리더니 젊은 여자가 조심스럽게 오키치를 불렀다.
 "오키치."
 천 조각으로 손가락을 감으면서 오키치는 그 여자를 향해 잠자코 고개를 가로저었다.

그러자 다락에 있던 여자는 살며시 문을 닫다가 말고 무슨 생각이 난 듯이 더 낮은 목소리로 말했다.

"지금 돌아왔어? 그런데 집은 좀 어때?"

"쉿!"

이번에는 손까지 흔들어 가며 오키치의 눈이 강하게 제지했다. 조금 전부터 이상한 발소리가 집 주위를 계속 맴돌았는데, 오키치가 바느질함을 놓고 자리에서 일어서자 그 발소리는 딱 멈추었다.

"실례하네."

방 앞에 세 사람이 막아섰다.

"예."

오키치는 주저하면서 방문을 열었다.

"여기가 포졸 만키치의 집이지?"

"예."

"당신은 만키치의 아내로군?"

"그렇습니다."

"만키치는 에도에서 돌아왔나?"

"아니, 아직 돌아오지 않았습니다. 그런데 당신들은 누구시죠?"

오키치는 세 사람을 번갈아 보면서 물었다. 그러나 세 사람 중 어느 누구도 그 말에 대답하지 않았다.

"그 동안 소식이 있었겠지?"

"그렇지 않습니다. 지금 어디에 있는지조차 모르고 있습니다."

"거짓말 하지 마! 아내가 남편이 있는 곳을 모르다니, 어디 말이나 되는 소리야! 또 남편이 아내에게 자기가 있는 곳을 알리지 않을 리도 없고, 분명히 만키치는 4, 5일 전에 이곳에 나타났을 거야. 빨리 있는 곳을 대!"

"하지만 지금 말씀드린 것에는 조금도 거짓이 없습니다. 게다가 제 남편은 집에서 나갔다 하면 어디로 가는지 한 번도 알려 준 적이 없었습니다."

"우리를 아예 바보 취급 하는군."

잇카쿠가 삿갓을 벗어서 방 안에 던져 넣고는 신발을 신은 채 뛰어들었다.

"거짓말이라는 게 밝혀지면 혼줄을 내 줄 테다. 자, 만키치가 지금 어디에 숨어 있는지, 또 겐노조라는 중놈과 여자 하나가 이곳에 왔을 거야. 그러니 그들이 있는 곳을 대. 빨리 말하지 못하겠나?"

잇카쿠는 오키치의 팔을 잡아서 뒤로 꺾어 몇 차례 뺨을 때렸다.
 잇카쿠는 여자 혼자밖에 없다는 것을 알고 겐노조를 놓친 화풀이를 마음 껏 하고 있었다. 그러는 동안 슈마는 눈치 빠르게 집안 여기저기를 둘러보다가 방 안으로 들어왔다.
 그리고 거친 손길로 궤짝과 서랍까지 열어 보더니 결국에는 바느질함까지 들쑤시고는 막판에는 쓰레기까지 뒤졌다.
 순식간에 조그마한 방 안은 폭풍이 지나간 것처럼 엉망이 되었지만 만키치에게서 온 듯한 편지도 없었고, 또 소식을 알 만한 종잇조각조차 발견되지 않았다.
 자신들의 예상이 완전히 빗나갔음을 안 잇카쿠와 슈마는 약간 기운이 빠져 버렸다.
 그런데 정작 오키치의 뒤를 쫓아가자고 처음에 말을 꺼낸 마고베는 이곳에 오자 팔짱만 낀 채 두 사람의 행동을 경멸의 눈초리로 쳐다보고 있었다.
 그의 눈에 비친 잇카쿠는 무모하리만치 촌스러운 행동을 하고, 슈마는 사소한 것까지 신경을 쓰며 자신의 지혜로움을 과시하려는 것으로 보였다. 마고베는 그들의 거동이 전혀 쓸데없을 뿐 아니라 오히려 경박한 소동으로밖에 여겨지지 않았다.
 "슈마, 잇카쿠, 이제 그만하게. 만키치도 없고 아무런 실마리도 찾지 못했으니 더 이상 이곳에 있을 필요가 없지 않은가? 그것보다 잠시 이 주변을 돌아보는 게 더 낫겠네."
 "그래. 그러면 이곳에서 그만 철수하지."
 "오키치."
 잇카쿠는 미고베의 뒤를 따라서 나가며 말했다.
 "네 남편 만키치, 그리고 겐노조와 오쓰나라는 여자가 곧 이곳에 나타날 거야. 그러면 그들에게 이렇게 말해. 어디에 숨더라도 우리 세 사람이 틀림없이 목숨을 가지러 갈 거라고. 알겠어!"
 잇카쿠는 거칠게 문을 닫고는 밖으로 나왔다. 길을 걸으며 마고베가 두 사람에게 넌지시 말했다.
 "나이가 좀 들기는 했어도 만키치에게는 아까운 여자군. 자네에게 맞으면서 눈물을 참고 있는 모습이 꽤 요염하던걸?"
 "정말 자넨 이상한 취미를 가졌군."

잇카쿠가 히죽거리면서 말했다.

"마고베, 우리는 먼저 아지 강 저택에 가 있을 테니까, 자네는 오키치를 위로해 주고 오게."

슈마의 능청스런 농담과 함께 세 사람의 모습이 점점 멀어져 갔다.

만키치가 없는 집은 마치 한 차례 폭풍이라도 지나간 것처럼 엉망이 되었다. 오키치는 벽에 기대어 헝크러진 머리카락을 쓸어 올릴 생각도 하지 않고 분을 삭이고 있었다.

하지만 기가 센 이 여인, 눈물은 흘리지 않았다.

"그래, 두고 봐!"

새파란 얼굴에 잇카쿠가 때려서 생긴 손자국이 붉게 나 있었다. 아픈 것은 둘째치고 너무나 분해서 몸을 부들부들 떨며 오키치는 부러진 비녀를 바라보았다.

"오키치."

그때 다시 다락방 계단에서 조용하게 부르는 여자의 목소리가 들렸다.

마고베 일행이 완전히 사라진 듯하자 다락방에서 살며시 내려온 것은 오요네였다.

덴마의 하안에서 겨우 귀찮은 끈을 잘라 버리고 도망친 오요네는 즉시 오키치에게 의지하러 왔다.

오요네는 다쿠스케를 떼어 내고 나면 오키치의 집 이외에는 몸을 숨길 만한 곳이 없다고 생각했기에 다리 위에서도 일부러 모르는 척한 것이다.

"아씨, 제가 잘 말할 테니까 어쨌든 저와 함께 집으로 돌아가세요."

사정 이야기를 다 들은 오키치가 간절히 설득했지만, 오요네는 고개를 옆으로 저으며 아무래도 집으로 돌아가지 않겠다고 고집했다.

아와로 돌아가는 것은 죽어도 싫고, 집으로 돌아가는 것도 원치 않으며, 오쓰에 있는 작은아버지 집도 가지 않겠다고 하는 오요네의 마음을 오키치는 도대체 이해할 수 없었다.

"그러면 창고처럼 지저분하지만 저 위에 다락방이 하나 있으니 잠시 동안만 그곳에서 참고 계세요. 다쿠스케라는 하인이 그대로 죽었다면 다행이지만, 혹시라도 다시 살아난다면 아씨를 잡으려고 혈안이 되어 돌아다닐 테니까 당분간은 집 밖으로 절대 나가지 마세요."

뭔가 일념으로 마음을 쏟고 있는 것 같은 오요네를 억지로 닦달해 봤자 좋지 않다고 생각한 오키치는 오요네에게 밖으로 나가지 말라고 단단히 다짐을 해 놓고는 이날 아침 가와초로 간 것이다.

오요네의 어머니에게 자초지종을 설명하고 의논을 해 보았지만, 오요네의 어머니는 오사카에 돌아왔으면서도 집으로 돌아오지 않는 딸에게 몹시 화를 내었다. 그러면서도 푸념처럼 눈물이 멈추지 않았다.

이제 자식으로 생각하지 않고 죽었다고 포기하겠다는 어머니와, 집에 돌아가기 싫다고 떼를 쓰는 딸 사이에서 오키치는 어찌해야 할 바를 몰랐다.

그래서 하는 수 없이 당분간은 자신이 돌보고 있다가 오요네가 지칠 때쯤 달래서 집으로 데리고 오겠다고 일단락을 짓고 가와초에서 돌아온 참이었다.

그런데 난데없이 무사 세 사람이 갑자기 나타나서는 집안을 어지럽히고 갔다. 더구나 그들은 아와의 무사인 듯한데, 남편인 만키치뿐만 아니라 겐노조, 오쓰나라는 사람의 목숨까지 노리고 있다고 했다.

'다시 올 거야. 반드시 목숨을 가지러 오겠다.'

그들의 말 한 마디 한 마디가 오키치의 가슴에 박혔다.

오키치는 연약한 여자이기는 하지만 한편 포졸의 아내이기도 했다. 그래서 얼마든지 그들에게 대들 수도 있었다. 하지만 마음과는 달리 다락방에 숨어 있는 오요네가 걸려서 하는 수 없이 참고 있었던 것이다.

"오키치."

여태까지 행패를 부리는 소리가 들리다가 겨우 잠잠해지자 다락에서 내려온 오요네는, 오키치를 위로하며 우선 엉망으로 흩어져 있는 방 안을 정리하기 시작했다.

"아씨, 내버려 두세요. 나중에 내가 정리할 테니까요."

"괜찮아요. 내가 도와 줄게요. 당신은 머리를 좀 빗고 기분을 푸는 게 좋아요. 어지러운 방에서 화만 내고 있다고 뭐가 달라지겠어요."

"아, 남자가 없는 생활이 이렇게 힘들 줄 몰랐어요."

"정말로 쓸쓸하고 괴로운 일이지요. 나도 오키치를 도우려고 다락에서 나오려고 하는데, 그 세 사람 가운데에 두 사람이 아는 얼굴이 아니겠어요? 그전부터 알고 있었던 잇카쿠와 마고베라는 무사였어요. 그래서 나오지도 못하고 마음만 졸이면서 상황을 지켜 봤죠."

"아니, 그러면 그 무사들을 알고 있어요?"

"모리 게이노스케와 함께 가와초에 자주 오던 사람들이지요."
"그러면 아씨가 발견되지 않은 게 천만 다행이군요."
"그런데…… 만키치님은 도대체 어떻게 된 거지요?"
"저렇게 아와의 무사가 찾으러 다니는 것을 보면, 아직 목숨만은 무사한가 봐요."
"하지만 혼자서 다니는 것은 아니겠지요?"
"예. 아까 뭐라고 하던 것 같은데……."
"겐노조님과 함께 다닌다고 했지요? 오키치, 나도 겐노조님과 만키치님이 무슨 일을 계획하고 있는지 어렴풋이 알고 있어요. 그러니, 그 겐노조님이 어디에 계신지 나에게만 가르쳐 줘요. 이렇게 부탁할 테니까."

겐노조가 있는 곳을 가르쳐 달라고 하는 오요네의 모습이 전혀 다른 사람처럼 진지했다.
"글쎄요, 그건 저도 잘……."
"오키치, 틀림없이 당신은 알고 있을 거예요."
오요네는 애타는 눈빛으로 오키치를 끈질기게 추궁했다.
"모릅니다. 왜 제가 아씨에게까지 그것을 숨기겠어요."
"그런데 조금 전에 왔던 무사들이 만키치님과 겐노조님이 틀림없이 오사카에 있다고 했잖아요."
"물론 그렇게 말하긴 했지만, 남편 있는 곳도 모르는 제가 그 분이 있는 곳을 어떻게 알겠어요?"
"아니에요. 만일 오사카에 왔다면 남의 눈을 피해서라도 이 집에 틀림없이 들렀을 거예요. 알겠어요, 당신은 나를 아와의 첩자로 의심하고 있지요?"
"그런 게 아닙니다. 정말 오키치는 아무것도 모릅니다."
"됐어요. 그만둬요."
또 떼를 써서 사람을 곤란하게 만드는군, 하고 오키치도 지친 표정이 되었다. 토라져서 돌아 앉은 오요네의 눈에 눈물이 가득 고였다.
"아씨."
오키치가 오요네의 어깨에 손을 얹고는 다정한 말투로 불렀다.
"이제 당신에게는 의논도 하지 않고 부탁도 하지 않을 테니까 그냥 내버려 둬요."

"무슨 말씀을 하셔도 저는 그분이 있는 곳을 모릅니다."
"알고 있다고 해도 나에게는 가르쳐 주지 않겠지요."
"그 겐노조라는 분에게 아씨는 도대체 어떤 볼일이 있는 거지요?"
"볼일이라고 할 것까지는 없지만, 어쨌든 나는 그분을 꼭 만나야만 해요. 오직 그것 때문에 아와에서 죽을 각오로 도망쳐 온 거예요."
"그러면 아씨는 그분을……."

오키치는 이제서야 오요네의 마음을 겨우 알 수 있을 것 같았다.

폐병 환자라고 너무 오냐오냐 한 것이 오히려 그애를 망쳤다고 하면서 눈물짓던 오요네 어머니의 말을 떠올리고, 오키치는 한숨을 쉬며 오요네를 바라보았다.

"그래요. 오요네님의 마음이 정 그렇다면 어떻게 해서든 알아보기는 하겠지만……."

오키치의 말에 오요네는 오히려 투정을 부리면서 발딱 일어섰다.

"이제 오키치에게 더 이상 폐를 끼치지 않겠어요."

오요네는 그렇게 말하고 나서 다락방으로 올라가 버렸다.

오키치는 더 이상 달래 줄 생각이 없어 부엌으로 와서 밥상을 차리기 시작했다. 그녀는 가와초에서 밥을 먹고 왔기 때문에 오요네를 위해서 상을 차리는 것이다.

"아씨."

오키치가 방으로 상을 들고 와서 다락 쪽을 향해 오요네를 불렀다. 하지만 아무 대답이 없었다.

"저녁이 늦어서 죄송해요. 식사하세요. 좋아하는 반찬을 했어요."

"……."

"마음을 풀고 내려오세요. 네, 오요네님."

"……."

"오요네님!"

"나 말이에요? 오늘은 먹고 싶지 않아요."

그러고는 오요네는 더 이상 아무 말도 하지 않았다.

그렇지 않아도 남편이 없어서 쓸쓸한데 오늘은 아와의 무사들에게 수모까지 당한 차에 오히려 위로를 받아야 할 입장이었던 오키치로서는, 오요네가 토라져 버리자 그만 적막감에 휩싸였다.

기분을 풀어 보려고 바느질감을 꺼내서 등불 아래에서 바늘을 놀렸지만, 밤이 깊을수록 어색한 침묵이 더욱 집안을 음산하게 만들 뿐이다.

'오요네님이 옛날부터 좀 제멋대로이긴 했어도 저 정도로 심하진 않았었는데, 몸이 약해 얌전한 분이 왜 저렇게 되어 버렸을까? 반드시 해야 할 일이 있어서 집에 가고 싶지 않다고는 하지만, 저대로 자포자기한다면 오요네님의 인생이 어떻게 될지 알고나 있을까?'

오키치는 남의 집안 문제라고 무시하면서도 차츰 오요네가 불쌍해지기 시작했다.

그때 갑자기 다락에서 내려오는 발소리가 들렸다.

"배가 고파서 안 되겠지요?"

오키치가 부엌을 향해 농담처럼 한 마디 했다. 그런데 부엌 안을 들여다보니 오요네가 국자를 들고 술독 옆에 서 있는 것이었다.

"오키치, 나 마음이 산란해서 술을 마셨어요."

벌써 눈가가 발그레해진 오요네가 국자를 다시 입으로 가져갔다.

"아니, 술을?"

오키치는 어안이 벙벙해서 눈이 동그래졌다.

흐트러진 옷차림으로 마시지도 못하는 술을 얼마나 폈는지 오요네는 목까지 빨개져서 히죽 웃었다.

"아, 맛있어."

오요네는 국자를 던지고는 비틀비틀 걷더니 다시 다락방으로 올라가려고 계단에 발을 걸쳤다.

"오키치."

오키치는 그때까지도 아무 말도 못한 채 멍하니 서서 오요네를 바라보았다. 그런 오키치를 오요네는 차가운 눈초리로 한 번 훑어보고는 웃었다.

"어때요, 내 얼굴?"

하지만 오키치는 웃을 수가 없었다

"내 얼굴, 상당히 빨갛죠? 낮에 살짝 나가서 사두었던 거예요. 술이라도 마셔야지, 그렇지 않으면 난 하루도 살 수 없어요."

계단에 걸터앉아서 마치 세파에 시달린 술집 작부처럼 말하는 오요네의 모습이 오키치에게는 전혀 낯설었다.

가냘픈 몸매에 여린 마음을 가졌던, 기침과 함께 터져 나오는 피를 다른 사람에게 보이지 않으려고 언제나 우울하게 지냈던 오요네였었다. 하지만 지금 눈앞에 있는 오요네는 아무리 보아도 예전의 그 오요네가 아니었다.
"왜 그런 눈으로 보는 거예요, 오키치?"
"아씨."
"아씨라니, 나는 이제 처녀가 아니에요. 남자에게서 많은 고통을 받은 여자지요. 게다가 폐병으로 오래 살지도 못해요. 그러니 이제부터라도 하고 싶은 것을 하지 않으면 손해라고 생각해요. 아무 말도 못하고 짓밟힌 채 울면서 끝나 버리는 들국화보다는 차라리 엉겅퀴가 되어서라도 가시를 세우고 화려하고 강하게 살고 싶어요."
오키치는 어이가 없었다. 오키치가 뭔가 말을 꺼내려고 하자 오요네가 재빨리 가로막았다.
"괜찮아요. 그냥 이대로 내버려 둬요. 나 혼자서 겐노조님을 찾아 볼 테니까."
"그건 그렇다 치고, 몸도 약하면서 잘 마시지도 못하는 술을 왜 그렇게 많이 마시죠?"
"상관하지 말아요. 내 몸이니까."
"모처럼 조금 건강해진 것 같은데……."
"내 부탁도 들어 주지 않으면서 쓸데없는 참견을 하는군요."
"하지만 모르는 것을 어떻게 해요?"
"알고 있다면 나중에 원망할 거예요. 나는 내일부터 그 사람을 혼자 찾으러 다닐 테니까요."
술탓이기는 하지만 오키치를 힐끔 노려보고 오요네는 다락으로 비틀거리니 올라갔다.
흐느껴 우는 듯한 빗소리가 깊어 가는 봄밤을 적시고 있었다. 다음 날 아침도 이슬비가 계속 내려서 새어든 빗물로 부엌 문이 완전히 젖어 버렸다.
어젯밤 분명 부엌 문을 단단히 닫고 잤는데 왠일인지 열려 있어서 오키치는 일어나 주위를 둘러보았다. 그러자 요전에 씻어서 걸어 둔 나막신과 벽에 걸어 놓았던 새 우산이 보이지 않았다.
"아니."
놀란 오키치가 혹시나 다락방으로 올라가 보니 당초무늬 이불은 그대로 깔려 있었지만 아니나 다를까 오요네의 모습은 이미 보이지 않았다.

어젯밤에는 오요네가 술이 취해 나오는 대로 생각 없이 얘기하는 줄로만 알았는데 그녀가 말했던 대로 오늘 아침 나가 버리자 오키치는 깜짝 놀라서 짐을 찾아보았다.

오요네는 두 번 다시 이 집으로 돌아오지 않을 생각인지 완전히 준비를 하고 나가서, 그곳에는 허리끈 하나 남아 있지 않았다.

"이렇게 비가 오는데 대체 어디로 갔을까?"

오키치는 다락 문을 열고 밖을 내다보았다. 보슬보슬 내리는 빗줄기 사이로 아픈 몸을 끌고 정처 없이 걷고 있을 오요네의 모습이 눈앞에 아른거렸다.

문득 아래를 내려다보자, 몰래 버려진 작은 대야 안에 입술을 닦은 종이와 함께 선명한 피가 넘칠 정도로 담겨 있었다.

"아."

오키치는 자기도 모르게 옷소매를 입에 대었다. 그리고 오요네가 남기고 간 슬프고도 무서운 흔적에 소름이 돋았다.

한참을 바라보고 있자니 그 붉은 피로 인해 병이 옮을지도 모른다는 공포도, 더럽다고 하는 느낌도 없이, 다만 아름다운 한 여자가 피투성이가 되어 어딘가로 껍데기처럼 사라진 것이 가련하게 생각될 뿐이었다.

"만일 이럴 때가 아니라면 겐노조님이 있는 곳을 정말로 가르쳐 주고 싶어요. 아씨……."

오키치는 혼자서 중얼거리며 눈시울이 뜨거워졌다.

아, 여인이여!

여기에 또한 가련한 처지의 남자가 있었다. 바로 감시의 끈인 다쿠스케였다.

자신의 임무에 지나칠 정도로 자신감을 가졌지만, 결국 쥐약을 먹었고 오요네는 도망쳐 버렸다.

다쿠스케는 겨우 목숨만은 건진 채 그로부터 일주일이 지났다.

돈도 다 떨어져 하룻밤 잘 여관비도 없는 다쿠스케는 아픈 배를 누르며 밤에도 이리저리 헤매고 다녔다.

시퍼렇게 핏기 가신 얼굴은 웃기기도 하고 불쌍하기도 했다.

"두고 보자, 나쁜 년."

통증이 올 때마다 울분이 솟아 오요네를 저주하는 욕설이 입에서 튀어 나왔다. 아직 뱃속에 남아 있는 독약 기운으로 인해 그의 얼굴은 더욱 심하게 일그러졌다.

"그냥 두지 않겠어."

다쿠스케는 계속 중얼거리며 침을 뱉었다. 그러나 눈만은 예리하게 주위를 둘러보았다. 물론 오요네를 찾기 위해서였다.

다쿠스케는 어디를 어떻게 걷는지도 모른 채 여기저기를 정처없이 돌아다녔다.

그러기를 이틀, 그는 산송장이나 다름없는 비참한 모습으로 다마츠쿠리(玉造) 찻집의 동쪽 출입구에 나타났다.

그곳은 오사카에서 난토(南都)로 가는 길목의 입구였다. 찻집은 언제나 북적이며 이세(佐勢)로 떠나는 사람의 전송객이나 나라의 옷감 장사, 그리고 삿갓 장사를 하는 여자들이 네코마(猫間) 강을 바라보며 차를 마시고 있었다.

다쿠스케는 한가운데에 빈 자리를 발견하고는 털썩 주저 앉았다. 그러고는 혼자서 뭐라고 중얼거리더니 온몸으로 숨을 쉬는 듯 크게 한숨을 내쉬더니 고개를 흔들었다.

옷감을 파는 여자가 쿡쿡 웃자 주위에 앉아 있던 여행객들도 큰 소리로 웃기 시작했다. 다쿠스케는 비로소 다른 사람의 눈을 의식하고 무슨 생각에선지 갑자기 일어나서 모두에게 인사를 했다.

"여러분. 저는 여자에게 속아서 약을 먹었습니다. 그리고 그 여자는 도망쳐 버렸습니다. 머리가 어지러워서, 저기에 있는 산도, 이 집도, 여러분의 얼굴도 잘 보이지 않습니다. 그러니 여러분이 보시기에는 조금 이상하겠지오. 하지만 미친 사람은 아니니까 저를 비웃지 마십시오. 제 입장을 생각해 보시면 너무나 불쌍해서 결코 웃음이 나오지 않을 겁니다."

다쿠스케가 진지하게 말했다. 다쿠스케의 이야기를 듣는 사람들은 처음에는 모두가 웃더니, 이야기가 끝날 즈음에는 아무도 웃지 않았다.

"여자라고 해도 제 정부가 아닙니다. 주인의 명령을 받고 함께 온 주인어른의 첩이죠. 그 여자가 있는 곳을 아시는 분은 좀 가르쳐 주십시오. 그 사람을 잡지 않으면 전 주인어른 곁으로 돌아갈 수 없고, 또한 제 마음도 풀리지 않을 겁니다."

다쿠스케는 사정을 말하며 찻집 안에 있는 사람의 얼굴을 일일이 쳐다보았다.
하지만 아무도 대답하는 사람은 없었다.
도대체 이 사람은 미쳤을까, 아니면 정말로 여자를 찾아서 저렇게 돌아다니는 걸까, 하고 판단이 서지 않는 눈치였다.
"아 참, 그냥 여자라고만 하면 여러분이 누구인지 모르시겠지요. 그 여자는 이 오사카의 어엿한 요릿집 딸입니다. 물론 그곳으로는 가지 않았습니다만 틀림없이 이 주위에 있을 겁니다. 나이는 스물대여섯 정도지만, 그보다는 훨씬 어려 보입니다. 폐병을 앓고 있기 때문에 얼굴은 투명할 정도로 하얗고 아름다우며 몸집은 버드나무 가지처럼 가느다랗습니다. 옷은 제대로 갖춰 입은 겹옷으로, 매화무늬가 그려진 띠를 매고 있습니다. 여러분 가운데에서 그런 여자를 본 분은 안 계십니까? 이름은 오요네, 오요네입니다. 알고 계시다면 저에게 가르쳐 주십시오."
그 말이 끝나자 이번에는 모두가 웃음을 터뜨렸다.
너무나 진지한 다쿠스케의 언행이 다른 사람의 눈에는 재미있게 비친 것이다. 더구나 망가진 꼬락서니하며 절세미인을 찾는 것까지 익살스런 연극이 따로 없었다. 다쿠스케는 지푸라기라도 잡는 심정으로 매달려 보았으나 아무도 상대해 주지 않자 어색해져서 슬금슬금 찻집을 나왔다.
그런데 그의 뒤를 따라 찻집을 나오는 사람이 있었다.
"다쿠스케. 다쿠스케!"
찻집에서 나와 다쿠스케의 뒤를 쫓아온 사람은 시코쿠 가게의 오쿠라와 종업원 신키치였다.
"이보게, 다쿠스케 잠깐만 거기 서게."
눈에서만은 여전히 빛을 발하였지만 힘이 없어 몸을 구부리고 걷고 있던 다쿠스케는 겨우 그 목소리를 듣자 힘 없는 얼굴로 멈추어 섰다.
"시코쿠 가게의 마님과 신키치로군."
"어떻게 된 일이야?"
신키치가 어깨를 두들기자 다쿠스케는 비틀거렸다.
"정말 곤란한 일이 생겼어."
"그 이야기는 지금 찻집에서 들었네. 게이노스케님의 첩이 없어졌다고?"
"오사카에서 도망가고 말았어. 그 여자를 찾기 전에는 나는 아와로 돌아갈 수 없다네. 아 참, 그리고 자네 가게의 배는 이제 곧 아와로 가야 하지?"
"중간에 사정이 생기는 바람에 조금 늦어졌어. 아마 이번 달 안에는 가지 못할 걸세."
"그렇다면 5월 중순이 되겠군. 그러면 아직 여러 날 남았으니까, 그 때까지 오요네를 잡아서 함께 타고 가야겠군. 처음부터 주인나리가 시코쿠 가게의 배를 타고 돌아오라고 명령했었으니까."
"자네가 탄다니까 배에는 어떻게든 자리를 마련하겠지만, 그 오요네라는 여자를 찾기 전에는 곤란하겠구만."
"정말 진절머리가 난다네. 하지만 이 다쿠스케, 그때까지 틀림없이 오요네를 찾아 내겠네. 그리고 신키치, 정말로 면목이 없는 부탁이지만 돈을 좀 빌려 주지 않겠나? 부끄러운 이야기지만, 여비를 모조리 오요네가 가지고 가는 바람에 오늘 아침부터 아직 밥 한 톨도 먹지 못했다네."
"여기 있네."
마님이 불쌍히 생각해서 돈을 몇 푼 건네 주자, 다쿠스케의 마음은 반짝이는 은전처럼 불끈불끈 힘이 솟았다.
"가, 감사합니다, 마님."
다쿠스케는 여러 번 인사를 했다.
그리고 뜻밖에 얻은 돈을 품에 넣고 신키치와 헤어져서 가려고 하는데, 네코마 강 제방을 따라서 부드러운 풀을 밟으며 그들 쪽으로 오는 남녀가 보였다.
남자는 젊은 무사로, 모양이 적당한 삿갓에 겹옷을 입고 있었으며 맨발에 짚신을 신고 있었다. 체격은 보통이었고 허리에는 크고 작은 칼 두 자루가 흔들렸다. 그리고 삿갓을 숙여 여자의 말에 귀를 기울이고 있었다.
그 남자와 함께 오는 여자는 붉은 줄무늬가 있는 옷을 입고 에도 사람 분위기가 풍겼다. 살짝 눈을 내리뜨고 발밑의 꽃들을 쳐다보며 걷고 있었다.
신키치는 갑자기 오쿠라의 소매를 끌면서 턱으로 그들을 가리켰다.
"마님, 저 무사 옆에 있는 여자는 언젠가 기소에서 우리들을 도와 준 그분이 아닙니까?"
"어머, 맞아."
오쿠라는 눈을 크게 떴다.
자신들을 보지 못하고 막 옆을 지나치려고 하는데 오쿠라가 그들을 부르며 정중히 허리를 굽혔다.

"저, 실례합니다."

"저 말인가요?"

"예. 저를 모르시겠습니까?"

"아, 당신은 지난번 기소에서……."

"다시 만나서 정말 다행입니다. 그때는 너무나 다급한 바람에 도움을 주신 데 대해 제대로 인사도 못 하고 헤어졌지요. 그래서 여기에 있는 신키치와 함께 수소문을 많이 했답니다."

"그렇게 말씀하시면 제가 오히려 송구스러워집니다. 다만 여행길에 재미 삼아 했던 일을 가지고."

"아니에요. 꼭 만나 뵙고 인사를 드리고 싶었습니다. 저희들은 배가 조금 늦게 출발하게 되어서 고즈(高津)에 있는 절에 불공드리러 갔다가 돌아오는 길입니다. 이렇게 당신을 만나다니, 정말 부처님이 인도해 주셨나 봅니다."

"그러면 아와에는 아직?"

"예, 사정이 생겨 조금 늦어졌어요."

"그렇다면 다음에 좋은 배편이라도 있나요?"

"아니에요. 저희들이 가지고 있는 배로 짐을 싣고 아와로 들어가기로 되어 있어요."

"그래요? 그러면 시코쿠 가게의 배가 떠나겠군요?"

그 말을 듣자 옆에 있는 무사와 오쓰나는 눈을 마주치더니 잠시 생각에 잠겼다.

이때 삿갓 아래로 무사의 얼굴을 들여다본 다쿠스케는 깜짝 놀라서 급히 도망치려고 했다.

그러자 무사의 한쪽 소매에서 제비 날개처럼 재빠르게 손이 나왔다.

"으음."

다쿠스케, 여기에서도 한 대 맞고 거꾸러지더니 그대로 기절하고 말았다.

다쿠스케가 정신을 잃은 것을 보고 무사는 손을 다시 서서히 소매 안으로 집어 넣고 삿갓 끝을 조금 올리면서 오쿠라와 신키치에게 첫인사를 했다.

"초면에 실례가 많습니다."

그리고는 다시 삿갓을 내렸다.

방금 보인 무시무시한 솜씨에 어울리지 않게 수려한 이목구비를 지닌 사람이었다.

어리둥절해하며 두 사람이 황급히 눈인사를 보내자 무사는 빙그레 미소를 짓더니, 옆에 있던 오쓰나를 한쪽으로 불렀다.

"오쓰나, 쓰러진 저 사람은 게이노스케의 하인이야. 그가 내 얼굴을 알고 있기 때문에 임시로 기절을 시켜 놓았네. 하지만 이 두분은 몹시 놀라셨을 거야. 당신이 자세한 사정을 이야기하고 그 뒤에 배편을 부탁해 보면 어떻겠나?"

"저도 그렇게 생각했어요."

"반드시 승낙을 얻어야 하네."

"예. 부탁을 해 보겠습니다."

"음."

삿갓 속 얼굴의 주인공은 바로 겐노조였다.

겐노조는 네코마 강 제방으로 올라가 오가는 사람들을 둘러보았다.

기소에서의 위기를 뚫고 그날 밤 오쓰나와 만키치를 구해서 도망쳐, 겐노조는 며칠 동안 밤을 틈타서 이 오사카까지 온 것이다.

그가 승복을 벗고 평범한 무사의 옷을 입은 것은 아와 무사들의 눈길을 피하기 위해서였다.

변장도 완벽하거니와 네코마 제방에 앉아서 사방을 둘러보고 있는 평범한 그의 모습을 보면 결코 대사를 계획하고 있는 무사라고는 생각되지 않았다.

"부인."

오쓰나는 다시 정중하게 오쿠라 부인을 불렀다.

오쿠라와 신키치는 당황스러워서 움츠러들며 대답했다.

"새삼스럽게 무슨 일이라도?"

"당신들에게 부탁이 있습니다. 들어 주시겠습니까?"

"큰 은혜를 입었으니, 저희들이 할 수 있는 것이라면 무슨 일이라도 하지요."

오쿠라는 물들인 이를 보이며 애교 넘치는 미소를 띠었다.

"비록 인연이 있었다고는 하나 이렇게 부탁하는 게 뻔뻔스럽다고 생각하실지도 모르지만……."

오쓰나는 잠시 머뭇거렸다.

"천만에요. 그렇지 않아요. 저희도 꼭 만나서 인사를 하려고 했습니다. 그런데 부탁이라는 건 뭐지요?"

"댁의 배가 아와로 들어갈 때 저희들도 그 배를 탔으면 합니다."

"옛, 아와로요?"

"저를 포함해서 세 사람이 꼭 그곳으로 가야 합니다."

"자, 잠깐만요."

오쿠라는 오쓰나의 말을 가로막으면서 좌우를 두리번거리더니 오쓰나를 제방 옆으로 데리고 갔다. 마차가 요란스레 지나가며 하얗게 흙먼지가 일었다. 잠시 기다렸다 오쿠라는 입을 떼었다.

"아와로 가려는 데는 그만한 사정이 있겠지요. 알고 계시겠지만, 아와는 다른 영지의 사람에 대해서 검문을 철저히 하고 또 웬만한 사람은 배에서 받아 주지도 않습니다."

"그 제도를 알고 있기 때문에 당신에게 부탁하는 겁니다. 짐 속에라도 숨어서 가겠다는 거죠."

"그러면 그쪽 관리의 눈길을 피해야 하는 겁니까?"

"절대 비밀리에 들어가야 합니다."

"그래요……."

이야기를 듣고 어두운 표정이 된 오쿠라는 초조한 듯 팔짱을 낀 채 잠시 생각에 잠겼다.

괜한 인정에 끌려, 목적도 모르는 이 사람들을 관리의 눈을 속여가며 상선에 태웠다가 그것이 발각되는 날이면? 말할 필요도 없이 시코쿠 가게는 엄청난 봉변을 당한다. 기소에서 은혜를 입기는 했지만, 그렇게 위험한 부탁을 받아들여서는 안된다고 신키치의 손짓이 오쿠라에게 알려 주었다.

"어떻습니까, 부인?"

"……."

오쿠라는 아직 아무 말도 못 하고 망설이고 있었다.

부드러운 미풍이 제방에서 불어왔다.

두 사람의 대화 내용을 듣고 있던 겐노조는, 이미 비밀을 안 이상 거절할 경우 불쌍하기는 하지만 오쿠라와 신키치를 이대로 보낼 수 없다고 생각하고 있었다. 어느 사이엔가 칼이 선 듯 날카로운 눈으로 오쿠라의 태도를 바라보았다.

"이렇게 무리한 부탁을 하는 우리들이 뭔가 엄청난 일을 꾸미는 사람이라고 눈치채셨겠지요."

오쓰나는 부인의 주저하는 모습을 보면서 아주 태연스럽게 말했다.

"하지만 결코 당신에게 폐가 되는 일은 하지 않겠습니다. 만약 금지된 법을 깨뜨린 것이 탄로나서 영주인 시게요시가 댁을 벌하는 일이 있더라도, 그때는 막부의 후광을 얻어서라도 분명 구제받을 길이……."

겐노조가 위에서 탁 하고 칼집을 치자 오쓰나는 자신이 쓸데없는 말을 한 것을 깨달았다.

"저……, 오쓰나님."

오쿠라는 결심을 한 듯이 고개를 들었다.

"어쨌든 여기서 자세한 얘기를 할 수 없고…… 배가 떠나는 날짜도 지연되었으니 언제라도 제가 묵고 있는 곳으로 한 번 들러 주세요. 그 때 다시 의논하기로 하죠."

교묘하게 빠져 나가려는 게 아닌가 하고 겐노조는 의심스러운 눈으로 바라보았으나, 오쿠라의 표정에는 조금도 수상쩍은 곳이 없었다.

"겐노조님, 어떻게 할까요?"

오쓰나는 뒤를 돌아다보았다. 오쓰나를 대신해서 이번에는 겐노조가 말을 했다.

"부인이 묵고 있는 곳으로 와서 더 의논을 하자는 말씀은 지당하지만, 어쨌든 저희들은 다른 사람들 눈에 띄어서는 안 되는 몸입니다. 게다가 시게요시 쪽에는 적도 많고……."

신키치는 보통 일이 아니라고 생각하여 마른 침을 꿀꺽 삼켰다.

오쓰나가 센노조의 말을 이었다.

"게다가 신고하는 일이라도 생기면 큰일이니까요."

그러자 과연 상인의 아내답게 오쿠라는 여유 있는 미소를 지으면서 고개를 크게 끄덕였다.

"일개 장사꾼이기는 하지만, 은인이신 당신들을 아와 쪽에 밀고한다든지 하는 비겁한 일은 하지 않습니다."

"틀림없겠지요?"

"이렇게 굳게 맹세합니다."

"그 말을 믿습니다."

"예."

겐노조는 오쿠라의 대범한 성품이 그대로 드러나는 명쾌한 대답을 믿고 제방에서 내려왔다.

"숙소는 어디입니까?"

"농인교(農人橋) 바로 앞입니다. 그곳은 시코쿠 가게의 분점입니다만, 정국사(淨國寺) 쪽에 있는 것이 오사카에 왔을 때 묵는 곳입니다."

"그러면 만날 날과 시각은요?"

"여러분이 편하실 때에 오면 됩니다. 하지만 낮에는 다른 사람의 눈도 있으니까 가능하면 밤이 좋겠지요."

"그러면 모레는 어떻습니까?"

"기다리고 있겠습니다."

"어쩌면 저 대신에 이 오쓰나와 만키치라는 사람이 찾아갈지도 모릅니다."

"만키치님이라면 기소에서 여러 가지로 신세를 진 분이라 꼭 뵙고 싶습니다. 그러면 이만."

그 말을 남기고 오쿠라는 신키치를 재촉해서 다시 찻집 쪽으로 사라졌다.

겐노조와 오쓰나는 두 사람의 모습이 멀어질 때까지 그곳에서 움직이지 않았다.

"겐노조님, 이곳에 계셨습니까?"

그때 강 쪽에서 겐노조를 부르는 소리가 들렸다.

뒤를 돌아보자 네코마 강의 물이 커다란 파문을 그리고 뜸으로 덮은 작은 거룻배가 갈매기처럼 미끄러져 왔다.

거기에 타고 있는 것은 만키치였다.

노를 젓느라 물방울을 튀기며 배를 갈대숲으로 대자 아무 말없이 겐노조가 먼저 올라탔다. 그리고 오쓰나가 탈 때 배가 약간 기울면서 몸이 갸우뚱거렸다.

"앗, 위험해!"

겐노조가 손을 내밀자 오쓰나는 비틀거리면서 그의 가슴에 안겼다.

작은 거룻배는 네코마 강을 거슬러 상류 쪽으로 올라갔다.

가을이 되면 벌레들의 노랫소리를 들으러 많은 사람들이 모이는 곳이었다. 위로 올라갈수록 강폭은 좁아지고 기슭 양쪽에는 억새풀과 갈대로 가득 차 있었다.
뜸 사이로 하얀 연기가 피어오르고 있었다.
작은 냄비와 숯불도 보였다.
오쓰나의 하얀 손이 배 위에서 두세 개의 그릇을 씻고 있었고, 초라한 배 위에서 저녁 식사가 준비되고 있었다.
그러는 동안에 배는 더욱 안쪽으로 들어가, 만키치가 작은 다리에다 배를 묶어 놓았다.
완전히 날이 저물어 고양이 눈동자 같은 초승달이 물에 비치고 있었다.
"겐노조님, 전 오늘 밤 잠시 집에 들러서 먹을 것을 준비해 오겠습니다."
만키치는 이렇게 말하면서 육지로 올라갈 준비를 했다.
"지금 가겠나?"
"제가 돌아올 때까지 이곳에서 떠나지 마세요."
"오늘 밤은 이 배 안에서 잘 테니까 볼일을 보고 천천히 오게."
"오사카에 온 후 아직 아내의 얼굴 한번 제대로 못 보았습니다. 어쩌면 오늘 밤은 그곳에서 자고 오게 될지도 모르겠습니다."
"음, 그렇게 하는 것이 좋겠네."
"감사합니다."
만키치는 겐노조의 얼굴과 오쓰나의 부끄러워하는 모습을 번갈아 쳐다보았다.
"오늘 밤은 이 만키치가 돌아오지 않는 편이 두 분에게는 더 나을지도 모르겠군요. 어떤가, 오쓰나?"
만키치가 농담처럼 오쓰나에게 이렇게 말하자 오쓰나는 얼굴이 새빨개졌다.
"가능하면 빨리 오세요."
"그런 거짓말은 하는 게 아니야."
만키치는 웃으면서 훌쩍 육지로 올라갔다. 그리고 갑자기 무슨 생각이 난 듯이 오쓰나를 새삼스레 바라보았다.
"정말로 오늘 밤은 조금 늦을 테니까 그렇게 알고 계십시오. 오쓰나, 난 그 약속을 아직 잊지 않고 있었어."
그 약속이란 물론 스미 저택에서 오쓰나와 만키치 사이에 이루어진 약속이다. 그런데 오쓰나는 아직도 겐노조에게 아무 말도 못하고 혼자서 끙끙 앓

마음의 지진 459

고 있었다.
 겐노조에게는 오치에라는 연인이 있다. 그것을 알고 있는 만키치로서는 아무리 오쓰나가 가여워도 겐노조에게 차마 오쓰나가 겐노조를 사모하고 있다는 말은 할 수가 없었다.
 그러니 오늘 밤은 둘만 있는 좁은 배 안에서 마침 달빛도 좋으니, 오쓰나 자신이 직접 고백을 해 보라고 만키치가 암시를 준 것이다.
 만키치는 제방을 내려와 다리를 건너더니 그곳에서 멀지 않은 자신의 집을 향해 성큼성큼 걸어갔다.

 오사카에 도착한 후 아와의 무사와 마고베 일당이 자신들을 찾고 있다는 소문을 전해 들었다. 그들의 눈길을 피하기 위해 이 세 사람은 남몰래 이 배에 뜸을 씌워서 부초 같은 며칠을 보냈다.
 그리고 한편으로는 아지 강 저택의 동정을 탐색하고, 또한 아와로 건널 수 있는 기회를 노리는 중이었다.
 어떤 날에는 하루 종일 한 번도 육지로 올라오지 못할 때도 있어서, 필요한 것은 만키치가 한밤중에 자기 집에 가서 살짝 가져오거나 오키치를 시키기도 하였다.
 이 작은 배는 강에서 강으로 떠돌다가 밤이 되면 사람들 눈에 띄지 않는 갈대 속에서 물새처럼 지냈다.
 그렇게 며칠 밤을 보내는 동안 겐노조도 오쓰나의 출생에 대한 사연과 됨됨이를 충분히 이해하게 되었다. 특히 오쓰나가 요아미 집안 사람이라고 알고 난 후에는 그녀가 아와로 함께 가는 것을 더 이상 막지 않았다.
 그리고 어느 사이엔가 오쓰나에게 깊은 친밀함까지 갖게 되었다.
 하지만 그것은 사랑의 진전이 아니었다. 오쓰나는 아직 마음 속에 간직하고 있는 이야기를 겐노조에게 한 적이 없기 때문이다.

 하지만 그럴수록 오쓰나의 사랑은 점점 깊어져 갔다.
 이렇게 좁은 배 안에서 함께 생활을 하고 있으니, 끓어오르는 연정을 이성으로 억제할 수가 없었다. 사랑에 빠진 사람이라면 당연히 일어나는 고뇌였다.
 사랑하는 사람과 함께 있으면서도 가슴 속에 불타는 사랑을 표현할 수 없을 때는, 그 사람 옆에 있음으로써 기쁨을 느끼기보다는 오히려 참담한 슬픔을 느끼는 법이다.

어느 날 밤에는 목침을 나란히 하고 누워 있다가 자신도 모르게 겐노조의 몸에 손이 닿아서 깜짝 놀라 깬 적도 있다.

또한 잠든 겐노조의 얼굴을 보느라고 꼬박 밤을 새운 다음 날 얼굴이 통통 부어서 부끄러웠던 적도 있었다.

오쓰나의 그 마음을 만키치는 누구보다 잘 알고 있었다.

그렇지만 겐노조에게 그런 말을 할 수 없는 만키치로서는 다만 오쓰나가 불쌍하다고 생각될 뿐이었다.

'물론 오치에님과 사랑을 약속했다고 하지만, 그분은 나을지 어떨지도 모르는 병에 걸렸으니까……."

만키치는 이렇게 자신만의 이유를 대면서 어떻게든 오쓰나의 사랑이 이루어지게 해주고 싶었다.

'결코 불륜은 아닌 거야. 오치에님과 오쓰나가 배다른 자매 사이이기는 하지만, 동생이 정신 이상이 되어 겐노조님의 사랑을 몰라보는 마당에 오쓰나가 대신한다고 해도 조금도 나쁜 이야기는 아니야. 나로서는 오히려 더 괜찮은 일이라고 생각되는데, 겐노조님은 융통성이라고는 조금도 없다니까.'

그러나 막상 겐노조의 얼굴을 대하게 되면 만키치도 오쓰나도 그런 말을 입에 담을 수가 없었다.

그래서 만키치는 오쓰나에게 기회를 줄 겸, 실은 자신도 오랜만에 만나는 아내에게 다정한 말이라도 해줄 심산으로 집으로 향했던 것이다.

오쓰나에게 있어서는 만키치의 뒷모습을 향해 양손을 마주 잡고 합장이라도 하고 싶을 정도로 좋은 기회였다.

하지만 만키치가 가고 나자 어쩐지 어색해서 모처럼만의 기회에 한 마디 말도 못하고 그냥 지나칠 것 같았다.

생각하니 벌써 1년 전 여름이었다.

오쓰에 있는 우치데가하마의 기와터에서 비를 피하고 있던 겐노조를 보는 순간 오쓰나는 사랑의 전율을 느꼈다.

짝사랑으로 1년이 저물었다. 지금도 여전히 그 사랑은 짝사랑이다.

눈물 겨운 1년을 보내고 몸도 마음도 야윌대로 야위었지만, 간절한 오쓰나의 일편단심이 오늘 밤에야 겨우 이루어진 것이다. 하지만 오쓰나는 여전히 1년 전 수줍어하던 모습 그대로였다.

　작은 배 구석에 앉아서 뜸에 있는 지푸라기를 빼서 그것을 묶고는 다시 강물 속으로 던져 넣는 일을 몇 번이나 반복했다.

　겐노조도 아무 말 없이 뱃전에 한쪽 팔꿈치를 고인 채 물끄러미 강물에 비친 달을 바라보고 있었다.

　"조금 춥지 않아요?"

　이윽고 오쓰나가 먼저 입을 열었다.

　"그래도 뜸을 완전히 씌우기에는 더운 날씨."

　"그렇군요."

　오쓰나는 아무리 궁리해도 다음에 이을 말이 막혀버려 결국 또 어색한 침묵이 계속될 것 같았다.

　"아, 지금."

　"뭔가?"

　"저것은 두견새의 울음소리 아니에요?"

　"저건 해오라기일세."

　"그래요?"

　"두견새와는 상당히 다르지. 아하하하."

　또 이야기할 실마리를 잃어버리고 오쓰나는 얼굴이 빨개졌다.

　잠시 오쓰나가 우물쭈물하고 있자 이번에는 겐노조가 말을 꺼냈다.

　"오쓰나, 지금 잠시 머리를 만져 주지 않겠나?"

　보화종의 승려복을 입고 있을 때라면 머리를 뒤로 묶어 놓아야겠지만, 무사 옷을 입고 머리를 그냥 그대로 둔다는 것은 누가 보아도 수상한 일이다. 그래서 어제 머리 모양을 바꾸자 이야기가 나왔었다.

　"저도 잊고 있었어요. 그러면 다시 빗어서 올릴까요?"

　"그렇게 해주겠나?"

　"예."

　오쓰나는 자신의 머리에 꽂고 있던 빗을 떨리는 손으로 빼서 겐노조 뒤로 갔다. 그리고 겐노조에게 두근거리는 가슴을 들킬까 봐 왼손으로 오른쪽 가슴을 지긋이 눌렀다.

"머리 빗는 물을 담을 그릇도 없어요."

"아무것이면 어떻겠나."

겐노조는 대야에 손을 뻗어 강물을 퍼서 오쓰나 옆에 놓았다.

"그리고 거울도."

"거울은 필요없네."

"모두 없는 것 투성이에요. 마치 신접살림처럼."

"어차피 떠도는 인생인걸. 그래도 이곳에서 잠시나마 편안하게 있을 수 있지 않은가?"

겐노조는 이렇게 말하면서 미소를 지었다.

뜸을 조금 벗겨 놓아서 희미한 달빛과 별빛이 오쓰나의 손을 어렴풋이 비추었다.

오쓰나는 겐노조가 퍼 놓은 물에 회양목 빗을 적시면서 눈부신 듯이 겐노조의 옆얼굴을 바라보았다.

"머리는 어떻게 해드릴까요?"

"대망을 앞두고 있는 몸, 미련 없이 앞쪽은 모두 밀고 뒤쪽에다 상투만 틀게."

"예."

오쓰나는 남편을 대하 듯 대답을 했다. 목소리가 조금 떨렸지만, 겐노조는 그저 오쓰나의 손길에 머리를 맡기고 편안한 표정으로 눈을 감고 있었다.

오쓰나는 겐노조가 건네준 칼로 모양을 만들어 머리를 면도하고 여자용 기름을 조금 발라 상투를 틀었다.

"어떻습니까?"

"좋아. 수고했네."

"마음에 드시지 않을지도 모르지만……."

차마 바로 보지도 못한 채 빗에 얽혀 있는 머리를 손가락 끝으로 감으면서 애교있게 말했다.

"상투를 틀으니 정말로 잘 어울려요."

오쓰나는 사모의 정을 가득 담은 눈망울로 겐노조를 바라보았다.

여기서 이대로, 겐노조를 향한 자신의 마음 한 자락이나마 전하려고 했지만, 눈시울이 뜨거워지고 목이 괜시리 말랐다. 오쓰나는 자신도 모르게 뜨거운 한숨을 쉬었다.

"아."

오쓰나가 털썩 하고 한쪽 손이 떨어지는가 싶더니, 칠흑 같은 그녀의 머리가 겐노조의 무릎 위로 쏟아졌다.

겐노조는 깜짝 놀라서 오쓰나의 등을 바라보았다.

"겐노조님!"

오쓰나는 폭풍 같은 눈물을 터뜨리며 몸을 들썩였다.

"요, 용서해 주세요. 저를 그냥 이대로 울게 내버려 두세요."

지금까지 무리하게 억눌러 왔던 이성과 수치감을 깨뜨리고 난 짝사랑의 눈물은 겐노조의 무릎을 뜨겁게 적시며 그칠 줄을 몰랐다.

겐노조는 바람에 떨어지는 꽃잎처럼 슬피 울며 쓰러진 여인의 무게가 이토록 무겁게 가슴을 짓누르는 것인지 처음 알게 되었다.

오쓰나는 울고 싶은 만큼 실컷 울었다. 마음 가는 대로 울 수밖에 없는 사랑이었다.

배는 강물에 천천히 흔들리고 있었다.

흐느껴 우는 오쓰나의 발이 옷자락 사이로 보였다. 추위 때문일까 슬픔 때문일까 하얗게 굳어 있는 발을 바라본 채 겐노조는 말을 잃었다.

"왜 그러는 거지, 오쓰나?"

겐노조는 조금 침착해지자 오쓰나의 몸을 일으켜 세웠다.

눈물에 젖은 오쓰나는 쉽게 겐노조의 무릎에서 떨어지려고 하지 않았다.

"그렇게 울고만 있어서는 내가 이유를 모르지 않느냐? 그러니 이유를 말해 주어야지."

겐노조가 달래듯이 다정하게 묻는 말은 오쓰나로 하여금 또다시 새로운 눈물을 자아내게 했다.

달밤에 절실하게 저며드는 여수가 오쓰나의 마음을 더욱 간절하게 만들었는지도 모른다.

다른 누구보다 고생도 많이 하고 거친 세파에 일찍부터 시달렸던 오쓰나는 남자를 남자로 생각하지 않고 살아왔지만, 이상하게 겐노조 앞에만 서면 언제나 유순하고 때가 묻지 않은 순수한 처녀가 되었다.

사랑이 가진 힘은 정말로 커서, 이렇게 한 여자의 성품까지 바꾸는 것인가 하고 만키치가 언제나 감탄하곤 했다.

하지만 오쓰나는 스스로도 자신이 위험한 여자라는 것을 알고 있었다. 우치데가하마에서 겐노조를 사랑하게 되지 않았다면 지금 같은 고뇌는 없었을지도 모르지만, 그 대신 헤쳐 나올 수 없는 죄악의 늪에서 소매치기라는 멍에를 평생 등에 지고 포졸 방망이로부터 도망쳐 다닐 것이라고 언제나 생각했다.

오쓰나가 악몽에서 벗어날 수 있었던 계기는 전적으로 사랑의 힘이었다. 그 불길은 꺼지지 않고 끝없이 활활 타오르고 있었다. 더구나 겐노조의 옆에 있게 되자 그 불길은 더욱 세게 타올랐다.

이제 오쓰나는 홀로 태운 사랑의 불꽃을 사모하는 사람에게 옮기지 않고서는 견딜 수가 없었다.

겐노조의 부드러운 말에 용기를 내어 피를 토하듯이 최근 1년 동안 품고 있었던 자신의 마음을 띄엄띄엄 털어놓았다.

"틀림없이 천박한 여자가 주제넘은 짓을 한다며 경멸하시겠지요. 하지만 겐노조님, 저는 아무리 노력해도 당신을 단념할 수가 없습니다. 이루어질 수 없는 사랑이라는 것을 알면서도요."

겨우 겐노조의 무릎에서 떨어졌다가 다시 고개를 떨군 오쓰나의 목덜미는 유난히 새하얗게 빛났다.

희미한 달빛에 비친 겐노조의 얼굴은 마치 조각상처럼 차가웠다. 눈썹 하나 움직이지 않는 냉정하고 무표정한 얼굴이었다.

석운류의 검처럼, 또 지금의 얼굴처럼 겐노조님의 마음도 이렇게 차가울까 하고 생각하는 순간, 겐노조의 콧등을 타고 흘러 내리는 한 줄기의 눈물을 오쓰나는 보았다.

"저 …… 겐노조님, 제가 그 동안 여자의 몸으로 무서운 소매치기를 해왔다고 언젠가 만키치에게 들으셨지요. 저도 셀 수 없이 많이 참회를 했습니다. 그리고 이제 오쓰나는 깨끗하게 손을 씻었습니다. 저는 정말 평범한 여자가 되고 싶어 발버둥치고 있습니다. 한 여자를 수렁에서 구해 주신다고 생각하시고, 부디 이 오쓰나를, 오쓰나를……."

사랑하는 사람이 자신을 위해 흘려주는 눈물에 여인은 한없이 행복했다. 오쓰나는 겐노조에게 매달려 애원했다. 여자가 남자에게 매달리는 힘은 어떤 경우에는 생명을 거는 것 이상이다.

"저 자신도 몹시 부끄럽지만 이렇게 부탁합니다. 겐노조님은 무사 가운데에서도 황궁을 수호하는 무사의 아드님, 저는 하찮은 여자 소매치기. 그것만으로도 저를 싫어하시리라는 것은 잘 알고 있어요. 하지만 오쓰나는 당신이 없으면 살 수 없는 여자입니다."

"그 마음은……."

겐노조는 조용하게 말하면서 슬쩍 눈가에 맺힌 눈물을 훔쳤다.

"그럼 제 마음을 알아 주시는 겁니까?"

"알고는 있지만. 아아."

겐노조의 너무나도 고통스러운 한 마디. 무표정한 표정과 냉철하게 보이는 눈길, 그 안에는 끝없는 번민이 서려 있었다. 그렇지 않고서 어찌 겐노조의 눈물을 설명할 수 있을까.

사실 겐노조도 어렴풋이나마 오쓰나의 마음을 짐작하고는 있었다.

하지만 에도에는 이미 사랑을 약속한 오치에가 있지 않은가. 겐노조로서는 아직 오치에를 폐인이라고 생각지 않았다. 아니 다시 소생할 수 없는 사람이라고 해도 오치에를 버리고 오쓰나의 사랑을 받아 줄 수는 없는 일이다.

"그러면……."

뛰는 가슴을 억지로 누른 채 오쓰나는 겐노조 옆으로 바싹 다가왔다. 이미 오쓰나는 수치라는 것은 버린 지 오래다.

"겐노조님만을 생각하고 있는 저의 마음을 알고 계신다고 말씀하셨어요?"

겐노조의 손에 매달린 오쓰나의 아름다운 눈동자가 불타고 있었다. 너무나 순수하고 강한 매력에 젊고 다정다감한 겐노조의 피가 끓지 않을 수 없었다.

겐노조의 손은 모든 것을 잊고 오쓰나의 나긋나긋한 몸을 안으려고 했다. 한순간의 번민이 아찔하게 그의 뜨거운 피를 어지럽혔다.

"알고는 있네. 하지만……."

"하지만, 하지만 뭡니까?"

땀으로 흠뻑 젖은 오쓰나의 손은 뿌리치려는 겐노조를 놓으려고 하지 않았다.

겐노조는 너무나 큰 괴로움에 휩싸였다. 그의 무사다운 이성은 오쓰나의 강한 머리 향기와 애원으로 숨이 막힐 것만 같았다.

"알고는 있지만, 제가 싫다는 겁니까? 겐노조님, 진심을 말해 주세요. 부디 진심을."

오쓰나는 필사적이었다. 남자는 사랑을 생활의 일부로 생각할지언정 여자에게는 생명인 것이다.

'하지만……' 하고 말끝을 흐린 겐노조의 이성도 목숨을 걸고 매달리는 오쓰나 앞에서는 제 기능이 발휘되지 않았다.

"겐노조님, 진심을 말해 주세요."

"……."

"진심을 들려 주세요. 싫으면 싫다고."

이제 오쓰나의 눈에는 더 이상 눈물은 없었다. 엄숙한 각오를 가지고 생사의 갈림길에 선 사람처럼 오쓰나는 물었다. 사랑의 붉은 피가 온몸을 돌며 휘몰아치고 있을 뿐이다.

겐노조는 쉽사리 대답을 하지 못했다. 이렇게까지 마음을 바쳐 열렬한 사랑을 고백하는 여자에게 난처함을 감추기 위해 거짓말을 할 수는 없는 일.

아니, 마음을 쪼개 열어보면 그도 오쓰나가 싫지는 않았다. 오히려 어느 사이엔가 오쓰나에게 마음이 많이 기울고 있다는 것을 부인할 수 없었다.

사랑스럽고 정열에 차 눈물까지 흘리는 오쓰나에게 그의 젊은 마음이 조금씩 녹아 가는 것은 어찌 보면 당연한 일일지도 모른다. 하지만 오쓰나를 사랑하고, 오쓰나의 사랑을 받아들여서는 안 된다는 흔들리지 않는 판단력이 오히려 무표정처럼 보이는 겐노조를 괴롭히고 있었다.

"나는 결코 당신을 싫어하지는 않아."

"아아, 그것은 진실이옵니까?"

오쓰나는 감격에 찬 목소리로 되물었다.

"진실이네, 나는 당신을 미워할 수 없어."

"너, 너무나 기쁩니다."

뒤에서 불어오는 바람에 새파란 수면에 파도가 일고 배가 흔들렸다.

"하지만 오쓰나, 내 말도 들어 주게."

"예."

오쓰나는 겐노조의 품에 살며시 자신의 몸을 기댔다.

겐노조는 자신의 품에 오쓰나가 안겨 있다는 것을 애써 잊고 겨우 끓는 피를 억제하려고 했다.

"당신의 마음은 잘 알지만, 나에게는 옛날부터 맹세를 한 여인이 있네."

오쓰나는 갑자기 가슴에 차가운 얼음이 닿는 기분이었다.

"아, 결국 그 말씀을 하시는군요. 그 사람의 이름을 들으면 저는 바로 당신 곁을 떠나야만 합니다."

"그러면 당신도 그 사실을 알고 있었나?"

오쓰나는 대답 대신 심하게 몸을 떨며 또다시 흐느껴 울기 시작했다.

겐노조와 오치에가 어떤 사이인지 겐노조는 물론 만키치도 오쓰나에게 한 번도 말해 주지 않았다. 그러나 예리한 오쓰나는 스미 저택 이후의 사정을 종합해서 마음 속으로 이미 짐작하고 있었던 것이다.

"겐노조님, 왜 오쓰나가 그것을 모르겠습니까? 사랑하는 사람의 일이라면 여자는 무서울 정도로 마음이 섬세해집니다. 하지만 동생의 사랑을 빼앗아서 저 혼자서 행복해질 생각은 꿈에도 하지 않습니다. 다만 제 사랑은 어느 시기까지…… 어느 시기까지만 한정된 것입니다."

오열하면서 항상 마음 속에 걸려 있었던 고뇌를 오쓰나는 모조리 털어 놓았다.

"제 사랑이라는 것은 겐노조님과 함께 아와로 가서 목적을 이룰 때까지, 함께 그 길을 가는 동안만의 것입니다. 그러니 이 오쓰나의 부질없는 사랑을 당신도 동생도 그때까지만 용서해 주세요. 그리고 그날이 오면 나는 모든 것을 잊겠습니다. 동생에게 행복을 양보하고 제 한 몸은 어떻게든 알아서 하겠습니다. 이러지도 저러지도 못하는 겐노조님 입장에서 보면 상당히 무리한 이야기겠지만, 겐노조님이 동생과 장래를 약속한 분이라는 것을 오쓰나는 정말 몰랐습니다."

고통스럽게 흐느끼는 소리가 배 안에서 주위의 어둠 속으로 새어 나갔다.

그러자 그때 그 소리를 따라서 잡초를 헤치며 물가로 내려오는 7, 8명의 검은 그림자가 있었다.

"뜸을 젖혀 보게!"

명령이 떨어지자마자 한 사람이 배를 잡고 나머지 사람이 질풍처럼 좁은 배로 뛰어올라왔다.

'또 마고베와 잇카쿠인가? 감탕나무 언덕에서 질리지도 않고 여기까지 쫓아왔군.'

겐노조는 이렇게 생각하며 오쓰나를 감싸고 일어섰다.

뜸이 다 걷히고 흙발인 채로 7, 8명의 사내들이 배 안에 올라섰다.

"얌전히 굴어!"

한 사람이 쏜살같이 겐노조의 한쪽 팔을 잡고 앞으로 끌어 내려고 발을 헛디뎌 갑자기 물 속으로 풍덩 하고 빠졌다.
"앗!"
깜짝 놀란 사내들이 일제히 한구석으로 몰리자 배가 곧 뒤집혀질 듯이 휘청거렸다.
"대항할 셈인가?"
날카로운 목소리를 지른 사람이 치켜든 것은 '동쪽 봉행소'라고 씌어진 방망이였다.
"아니?"
겐노조는 깜짝 놀라서 주위에 둘러선 사내들을 일일이 둘러보았다. 이들은 아와의 무사 같지는 않았다.
"동쪽 봉행소의 관리들입니까?"
"물을 필요도 없다. 이것이 보이지 않느냐?"
"하지만 너무 무례하군요. 당신들이 우리 배에 무슨 볼일이 있다고 함부로 망가뜨리는 겁니까?"
대장인 듯한 사람에게 보란 듯이 면박을 주자 화가 난 포졸은 얼굴을 찌푸리며 혀를 찼다.
"이 녀석, 좋은 말로 해서는 들을 녀석이 아니군."
"현장을 봤으니 끌고 가게."
자기들끼리 눈짓을 하더니 몇 사람이 일제히 달려들어 겐노조와 오쓰나의 손목을 비틀었다.
"어쨌든 가자!"
"어디로 말입니까?"
겐노조는 노기어린 큰 소리로 반문했다.
"뻔하지 않은가? 동쪽 봉행소까지 가잔 말이다."
"이상한 말씀을 하시는군요. 어째서 내가 동쪽 봉행소로 가야 하지요?"
"귀찮은 녀석이군. 빨리 가자."
"아니, 가지 않겠습니다."
"뭐라고?"
험악한 눈길이 한꺼번에 겐노조에게로 쏠렸다.
"순순히 말을 듣지 않으면 너만 해롭다. 현장을 들킨 이상 변명도 필요없

마음의 지진 469

다. 할 말이 있으면 봉행소에 가서 해라."
"점점 이해가 되지 않는 말만 하는군요. 현장이라니, 도대체 무슨 말을 하는 것인지 저는 전혀 짐작을 할 수 없습니다."
"뻔뻔스럽게 시치미를 떼는군. 여자가 저렇게 겁에 질려 있는데 짐작이 가지 않는다니, 우리를 바보 취급 하는 거냐?"
겐노조가 무슨 말을 해도 듣지 않고 포졸들은 두 사람을 억지로 배에서 끌어 내어 동쪽 봉행소로 데리고 가려고 했다.
겨우 7, 8명 정도야 단숨에 베어 버릴 수 있지만, 아와도 아닌 봉행소에서 자신들을 노리는 이유가 짐작이 가지 않는 겐노조로서는 이런 포졸들에게 석운류를 사용해서 쓸데없는 살생을 하고 싶지 않았다. 그렇다면 어떻게든 이야기를 해서 오해를 풀 수밖에 없었다.

이러한 경우 예의 없이 굴거나 함부로 반항하는 것은 어리석은 일이라고 깨달은 겐노조는 그들이 시키는 대로 고분고분 다리 위까지 왔다.
"다시 한 번 묻겠습니다."
겐노조는 개중에 이해심이 많을 듯한 포졸을 바라보며 조용하게 말했다.
"뭐냐?"
"봉행소까지 굳이 가자면 따라가겠습니다. 그렇지만 우리들은 도둑도 아니고 또 나쁜 짓을 저지르지도 않았습니다. 도대체 어떠한 이유로 데리고 가는지, 그것만 알려 주십시오."
"매춘부를 상대한 죄다."
"예, 매춘부라고요?"
"지금 보니 자네도 무사가 아닌가? 그렇다면 잘 알고 있을 텐데. 적당히 봐 달라든가 아니면 미안하다든가 순순히 사죄하기는커녕 겁 없이 대들고 계속 그렇게 변명을 한다면 우리도 가만히 있지 않는다구."
"잠시만요."
겐노조는 당황해서 그 말을 가로막았다.
"이건 점점 이해가 안 됩니다. 매춘부라니 도대체 무슨 뜻이죠? 아니, 그건 도대체 누구를 가리키는 말입니까?"
"말하지 않아도 알지 않나? 바로 옆에 있는 여자다."
의기양양한 표정으로 포졸이 오쓰나를 가리키자, 너무나 엉뚱한 포졸들의 착각에 겐노조는 웃음이 터지는 것을 참을래야 참을 수가 없어 그만 너털웃음을 터뜨리고 말았다.

"뭐가 그렇게 우습지?"

겐노조와 오쓰나를 번갈아 바라보던 포졸들도 아뿔싸! 조금 풀이 꺾여 고개를 갸우뚱거렸다.

"요즘 시중의 단속이 강해지자, 오사카의 강가에 뜸을 입힌 배를 세워 놓고 그 속에서 매춘을 하는 일이 성행하고 있지. 수상한 배를 발견해서 이 다리 주위에 오니 여자의 속삭임 소리가 새어 나와서……."

"아, 그랬군요."

겐노조는 쓴웃음을 지으면서 고개를 끄덕였다.

"장소도 그렇고, 상황도 그런데 뭘 잡아떼려고 하나?"

"정말 지당한 말씀입니다. 하지만 그것은 착각이기도 합니다. 우리들은 에도에서 밀사의 명을 받고 목적지로 향하는 도중, 적의 눈을 피하기 위해 일부러 뜸을 입힌 배에서 몸을 숨기고 있었습니다. 결코 헛된 장난을 하는 사람이 아니죠. 또 이 여자가 그러한 밤의 꽃이 아니라는 것은 화장과 머리 모양, 그리고 인품을 보면 알 수 있지 않습니까?"

겐노조의 명쾌한 말에 고집불통 관리들도 고개를 끄덕였지만, 쉽사리 수긍을 하면 자신들의 체면이 깎이기 때문인지 집요하게 캐물었다.

"그러면 증거를 가지고 있나?"

"내 말이 무엇보다도 확실한 증거입니다."

"그것 가지고는 곤란해. 그러면 저 배는 어디에서 입수했나?"

"일행인 만키치라는 자가 고이야(鯉屋)라는 곳에서 빌려 온 것이죠."

"그러면 그곳으로 함께 가 보사."

"저 혼자 가도 되겠지요?"

"아니, 그 여자도 함께 가야 해."

귀찮기는 하지만 봉행소보다는 낫다고 생각하고 두 사람은 계획에도 없던 길을 걷기 시작했다.

그것도 뜻밖의 재난이기는 했지만, 또한 중대한 이변을 만난 것은 두 사람이 있는 배를 떠나서 오랜만에 자신의 집을 찾은 만키치였다.

눈이 빠져라 기다리고 있을 오키치의 보조개가 눈앞에 아른거려서 어두운 길을 재촉해서 뛰어갔지만, 결국 만키치는 그날 밤 잠복하고 있던 함정에 완전히 걸려 버렸다.

재앙은 언제나 행복의 가면을 쓰고 기다리고 있는 법이다.

습격당한 만키치

한편 아지 강 저택에 진을 치고 있던 잇카쿠, 마고베, 슈마, 세 사람은 급보를 받자 10여 명의 무사를 데리고 모모다니로 뛰어갔다.

겐노조 일행을 찾을 수 있는 유일한 수단이라고 믿고 진작부터 사람을 시켜 만키치의 집을 계속 감시하고 있었는데, 그 만키치가 오늘 밤 몰래 돌아와 다락방에서 오키치와 소근대고 있다는 소식이 있었다.

아지 강 저택에서 모모다니에 있는 만키치의 집까지는 아무리 빨리 가도 일각 정도가 걸렸다. 요코보리(橫堀)를 지나 절 쪽으로 빠져 나가자 이제 오사카다운 번잡함은 없어지고, 계속 펼쳐지는 어둠 속에서 손가락으로 꼽을 정도의 불빛만 멀리 깜빡였다.

가느다란 초승달이 발 밑을 희미하게 비추어 주었다. 이 주위에 많은 기와터나 꽃밭을 가로질러서 이윽고 만키치의 집에 도착하니 다락에서 새어 나오는 불빛이 보였다.

앞뒤의 문이 모두 꼭 닫혀 있고, 섬돌에 벗어 놓았을 만키치의 나막신도 어디에 감추었는지 보이지 않았다.

하지만 귀를 기울이니 아주 희미한 말소리가 다락에서 새어 나오고 있는 게 분명했다.

"안에 있군."

"틀림없이 있어."

"그러면……."

눈과 눈이 예리하게 부딪쳤다.

잠시 후 갑자기 무사들은 그 집에서 멀리 흩어져서 모습을 감추었다.

얼마 지나지 않아 다락에서 등불을 들고 오키치가 아래로 내려왔다.

그리고 토방의 문을 살짝 열었다. 얼굴을 조금 내밀고 주위를 둘러보았을 때 수상한 기척은 전혀 느낄 수 없었다.

"여보, 그러면 이제 당분간은 다시 만날 수 없다는 거예요?"

만키치 앞으로 나막신을 내 주는 오키치의 가슴이 적막함으로 가득 찼다.

"그래."

만키치는 산책이라도 하는 사람처럼 일부러 아무렇지 않게 대답했다.
"잠시 동안은 돌아올 수 없어."
"어쨌든 건강하게 지내세요."
"걱정할 필요없어. 그것보다 그 동안 침이라도 맞아. 머리 아픈 것이나 낫도록 해."
"예."
"그러면 잘 있어."
"여, 여보."
"뭐 잊은 거 있어?"
"……."
"싱거운 사람."
"……."
"울지 마! 남편이 큰 뜻을 품고 먼 길을 떠나려는데 부정타게시리……."
"미, 미안해요. 그만 나도 모르게."
"제발 부탁이니까 웃어 봐. 웃으면서 보내 줘. 이제 가야겠어. 겐노조님이 기다리실 테니까."

문을 열고 밖으로 나온 만키치는 뒤도 돌아보지 않고 그대로 네코마 강을 향해 서둘러 걸어갔다.

그리고 두 사람이 기다리고 있어야 할 그곳에는 묶어 놓았던 배도 찾을 수 없었고, 오쓰나와 겐노조의 모습도 보이지 않았다.

"어디로 간 것일까? 그렇게 이곳에서 기다리라고 신신당부 했는데."

만키치는 다리 위에서 팔장을 낀 채 주위를 둘러보았다. 문득 이상하다고 느낀 것은 갈대 사이로 보이는 뜸이었다.

그때 밧줄이 풀린 배가 네코마 강물에 밀려서 천천히 아래쪽으로 흘러가는 모습이 보였다.

설마, 만키치는 사람 없이 떠가는 배라고 생각하지 않기에 배를 향해 나지막히 겐노조를 불러 보았다.

그러자 엉뚱하게도 뒤에서 대답이 있었다. 깜짝 놀라 뒤돌아본 곳에서 칼을 뽑아 든 잇카쿠와 슈마가 갑자기 만키치 앞으로 튀어나왔다.

"이 녀석!"

만키치는 간신히 몸을 피해 난간에서 뛰어내렸으나 다른 한쪽에서 눈을 번뜩이며 다가오는 자가 있었다.
 만키치가 튀어오르자 동시에 그 사람은 기다리고 있었던 듯이 칼집에서 칼을 빼어서 옆으로 갈랐다.
 "으악!"
 단말마의 비명을 지른 만키치는 허공을 움켜잡으며 몸이 활처럼 휘었다.
 그리고 허리에 박힌 칼이 빠지자 다리 위에 그대로 툭 쓰러졌다.
 "잘했어!"
 코를 찌르는 피비린내에 고개를 숙이면서 이렇게 말한 것은 슈마였다. 슈마는 쓰러진 만키치가 헐떡거리며 숨이 끊어져 가는 모습을 바라보며 스스로 대견스러워 했다.
 "단칼이었어."
 마고베는 가슴이 후련한 듯이 칼을 내리칠 때의 자세 그대로 아직도 피로 번들거리는 칼날을 바라보면서 입술을 일그러뜨리고 히죽 웃었다.
 그때 잇카쿠가 갑자기 강 아래쪽을 가리키며 소리를 질렀다.
 "저거다! 저 배를 쫓아가. 저 배를! 겐노조가 저 배에 타고 있을 거야."
 "맞아!"
 슈마도 덩달아 외치며 다리 위에서 허둥대었다.
 배는 조금씩 멀어지더니 강 아래쪽으로 사라졌다.
 "틀림없이 저것은 겐노조야. 마고베, 빨리 서둘러."
 "알았어."
 슈마와 마고베는 만키치의 숨통을 확실히 끊어 놓기 위해 다시 칼을 휘둘렀다. 그러나 어디에 닿았는지 슈마의 칼은 두 동강이 나고 슈마는 얼굴이 벌겋게 달아올라 칼을 버린 채 그대로 갔다.
 "다들 멍청해. 배에 탄 사람을 쫓아가는데 모두 강기슭으로만 뛰어 가면 어떻게 해?"
 마고베는 잇카쿠의 뒤를 따라 강기슭으로 향하는 슈마를 야단치면서 자신은 무사 네다섯 명을 데리고 반대쪽 기슭으로 돌았다.
 일행은 다리 위에서 두 패로 나뉘어 그리 넓지 않은 네코마 강을 사이에 두고 강 아래쪽을 향해서 질주했다.
 "저거야, 저쪽에 가는 배야."
 "놓치지 마!"

"오늘 밤은 꼭 잡아야 해."

서로 소리를 지르며 신호에 맞추어 번개처럼 뛰어 갔다. 배의 모습이 점점 가까워졌다.

하지만 자세히 보니 배에는 노 젓는 사람도 없고, 위에 얹은 뜸도 난폭하게 반쯤 뜯겨져 있었다.

조금 전에 만키치가 소리를 내어 부른 것을 보면 틀림없이 이 배에 겐노조가 타고 있다고 모두 생각했다. 의심스런 눈에는 겐노조가 배 바닥에 납작 엎드려 있는 것처럼 보여 오히려 더 이상 다가가지도 못하고 있었다.

"나와!"

"이제 순순히 포기해!"

"빨리 나와!"

배를 향해 모두들 소리를 질러댔지만, 배는 혈안이 된 사람들을 비웃기라도 하는 듯 그대로 흘러갈 뿐이다.

조금 전 만키치를 단칼에 베어 버린 마고베는, 그 기세를 타고 기슭 가까이에 흘러온 배 위로 단숨에 뛰어들었다.

그리고 망연자실한 것은 말할 필요도 없는 일.

빈 배를 우르르 쫓아왔다가 속았다는 생각에 화가 치민 무사들은 배 안의 것을 닥치는 대로 부수고 모조리 강에 던져 넣었다.

냉정한 밤기운에 제정신이 들었는지 굉장한 기세로 후려쳐 댄 칼이 갑자기 멋쩍어져 다시 칼집에 넣고는 네코마 제방으로 모였다.

맥이 빠진 무사들은 밤이슬이 내려앉은 제방 위에 흩어 앉아 다리를 뻗고 쉬었다.

"도, 도와 주세요."

기어들어가는 소리를 내면서 젖은 잡초를 헤치며 사마귀처럼 기어 나오는 사내가 있었다.

"뭐야, 이 녀석은?"

호기심에 모두 몸을 일으켜 풀 속의 사내를 바라보았.

잇카쿠가 곁에 있던 무사에게 눈짓을 하자 더러운 것이라도 만지듯이 꺼림칙해 하며 사내의 목덜미를 잡아 일으켜 세웠다.

"아니, 네 녀석은 아와에 있는 게이노스케의 하인 아니야?"

"아, 저를 알아보시는군요."

"너 다쿠스케 맞지?"

"그렇습니다. 그러면 당신도 아와의……."

다쿠스케는 천천히 잇카쿠를 올려다보다가 깜짝 놀라서 떨리는 목소리로 더듬거리며 물었다.

"아, 아니, 잇카쿠님이 아니십니까?"

"어떻게 된 일이냐? 나쁜 짓이라도 해서 게이노스케에게서 쫓겨나기라도 했나?"

"무슨 그런 박정한 말씀을! 이 세상에 다쿠스케만큼 주인을 충심으로 섬기는 자는 아마 없을 겁니다. 저는 너무 주인을 잘 섬기다가 이런 꼴이 되었습니다. 충성도 너무 지나치면 안 좋은 일이 생기는군요. 부디 저를 도와 주십시오."

거지가 구걸하듯 매달리는 다쿠스케의 모습에 잇카쿠도 바라보고 있던 다른 사람들도 자신도 모르게 웃음이 나왔다. 그러나 다쿠스케는 필사적이었다.

"거짓말이 아닙니다, 잇카쿠님."

"거짓말이라고는 생각되지 않지만, 도대체 그 동안 어떤 일이 생긴 거냐?"

"한 마디로 말씀드리면, 실은, 저…… 단 이것은 비밀입니다."

"상관 없네. 게이노스케의 일이라면 비밀은 지켜 줄 테니까 말해 봐."

"사실은 작년에 시게요시님이 아와로 가실 때, 게이노스케님이 어떤 여자를 몰래 숨겨서 가지고 아니, 데리고 갔습니다."

"음, 그래서?"

"그런데 그 여자는 주인나리가 너무 오냐오냐 해주니까 떼를 쓰기 시작했습니다. 오사카에 다녀오겠다고요. 지금 생각해 보니 주인나리를 속이려고 작정했던 것 같습니다."

"그 여자는 바로 가와초의 딸 오요네지?"

"아니, 그럼 잇카쿠님도 알고 계셨습니까?"

"오사카에 있을 때 게이노스케가 그 집에 뻔질나게 드나들었으니까."

"그렇다면 모조리 털어놓겠습니다. 아시는 대로 그 여자는 바로 오요네입니다."

"그래서 오사카로 왔나?"

"저는 그 오요네의 감시역으로 함께 왔습니다. 그런데 나리, 그 여자가 이렇게 착한 다쿠스케에게 쥐약을 먹이고는 도중에서 사라져 버렸습니다."

"오요네의 입장에서 보면 그것도 무리가 아니지."

"하지만 이 다쿠스케는 얼굴을 들고 아와로 돌아갈 수 없습니다. 쥐약을 먹은 것만 해도 억울한데, 실은 부끄러운 이야기이지만, 돈도 모두 오요네가 가지고 가 버려서 어제 오늘은 아무것도 먹지 못했습니다. 그러나 다행스럽게 오늘 시코쿠 가게 사람들을 만나서 당장 쓸 돈을 얻으려고 하는데, 설상가상이라고 갑자기 나타난 녀석이…… 맞아, 겐노조라고 언젠가 오쓰의 시구레도에 숨어 있던 중놈입니다."

"뭐라고, 겐노조를 만났다고?"

제방 위에 앉아 있던 무사들이 일제히 일어나자 다쿠스케는 깜짝 놀라서 말을 잃고 다만 눈만 껌벅거렸다.

"어디에서 만났지?"

"동행하는 사람은 있던가?"

"어떤 모습으로, 어디로 향해서 가던가?"

사방에서 화살처럼 질문이 한꺼번에 쏟아졌다. 이래서는 다쿠스케도 대답을 할 수 없을 것이니 모두에게 말을 멈추게 하고 마고베와 슈마가 다쿠스케의 옆에 쭈그리고 앉았다.

"거짓말이나 잘못 본 것은 아니겠지?"

"틀림없이 겐노조였습니다."

"그러고 나서 어떻게 했지?"

"그 다음 또 큰일이 벌어졌습니다. 아, 안되겠군 나리님, 배가 너무 고파 뱃속에서 꼬르륵 소리가 나서 너 이상 말을 할 수가 없습니다."

"칠칠치 못한 녀석이군. 그러고 나서 어떻게 되었어?"

"안 됩니다. 한 마디라도 더 하면 머리가 돌아 버릴 것 같습니다."

"어쩔 수 없는 녀석이군."

잇카쿠는 못마땅한 듯 다쿠스케를 핀잔 주고는 주위에 있는 무사를 둘러보았다.

"혹시 음식을 가지고 있는 사람 없나?"

그러자 무사 가운데 한 사람이 대답했다.

"총에 넣을 화약은 가지고 왔지만, 음식은 없는데요."

모두가 웃었지만, 다쿠스케의 위장은 눈물을 흘렸다.

작약(芍藥) 가마
「겐나이의 옷은 누가 꿰매 줄까?」

그날 밤 신곤(眞言) 언덕 위에 있는 하이카이시(俳諧師, 5, 7, 5조로 된 일본의 전통 시를 짓는 사람)인 가테이(荷亭)의 집에서 시조 대회가 열렸다.
고즈의 숲이 보이는 소박한 거실에 네다섯 사람이 둘러앉아 저마다 붓과 먹을 앞에 둔 채로 조용히 시를 짓고 있었다.
모두들 입을 열지 않고 속으로 시구를 음미하고 있었다.
그때 어떤 사람이 장지문에 바른 종이를 조금 찢어서 장난으로 겐나이의 신세를 조롱하는 시를 썼다. 혼자서 보고 웃다가 장난기가 발동해서 잠자코 옆에 있는 사람에게 그것을 보여 주고 급기야 방 안은 키득대는 소리가 퍼졌다.
겐나이가 좁은 턱을 한 손으로 만지며 자신이 놀림감이 된 줄도 모르고 골똘히 생각에 잠겨 있었다.
겐나이는 아직도 독신으로 규조 마을의 농부 집 방 한 칸을 빌려서 의원 생활을 하고 있었다. 여름에는 중국 부채를 들고, 겨울에는 다 떨어진 누더기 옷을 감추기 위해서 언제나 겉에 나들이옷을 입고 다녔다.
오늘은 보통때와 달리 깨끗하게 옷을 차려 입고 있었지만 그것이 오히려 사람들 눈에 우습게 보였던 것이다. 후에 초라한 이 의원이 세상의 호기심을 다 모으게 될 줄이야. 그는 다이묘 저택에 영입되어 화류계에 겐나이 빗을 유행시키고, 또 물산회(物產會)를 열어 외래 물건을 팔아 큰 부자가 된다.
'겐나이는 시보다도 돈 버는 재주가 뛰어나'라는 말이 생겨날 정도였지만, 아직 상업에 눈뜨지 않은 시절의 그는 글재주도 뛰어나 '시 따위는 대수롭지 않다'는 표정으로 앉아 있었다.
그러다 조금 전 누군가 장난으로 쓴 글이 겐나이 앞으로 왔다.
"어허, 좀 심하군."
그리고 자신이 쓰고 있던 시첩을 내려 놓았다.
"이 겐나이에게도 친절하게 대해 주는 여자가 한 사람 정도는 있습니다.

그런데 지금의 그 글은 너무 심하지 않소?"

겐나이는 호탕하게 웃고 과자 하나를 집어 들더니 차를 따르며 먹기 시작했다.

"그렇고 말고요."

류조(柳絮)라고 하는 기생집 주인이 맞장구를 쳤다.

"의원님이니까 아주 유용하게 쓰고 계시지요. 아름답고 젊은 여인이 진찰을 받으러 오면…… 그 다음에는 굳이 말하지 않는 편이 더 좋지 않을까요? 호호호."

"아하하하, 그렇다면 더욱 안 되지요."

겐나이는 잠시 농담을 주고받으면서 문득 오요네를 떠올렸다.

실은 오늘 밤 그가 모임에 초대받아 오는 도중에 오랜만에 오요네를 만났다.

오요네는 하녀도 딸리지 않고 혼자 규조의 나루터에서 기운없이 걸어 오고 있었다.

"선생님, 피를 또 토했어요."

오요네는 가냘픈 목소리로 말했다.

"저는 아직 죽고 싶지 않아요. 그래서 약을 받으러 왔어요."

겐나이는 자신의 집으로 다시 돌아가면 약속 시간이 늦어질 것 같았고, 또한 급한 병도 아니라고 생각해 내일 다시 오라고 말해 준 뒤 헤어졌다.

오요네의 모습을 눈으로 그리다가 좋은 시구가 떠오른 듯 그는 갑자기 붓을 들었다.

'폐병의'라고 써 놓고 시작하려니 너무 음산한 쪽으로만 몰고가서 왠지 불쾌해지는 바람에 붓으로 글씨를 지우고는 종이를 접어 버렸다.

그리고 다시 다음 종이에, '이윽고 죽을'이라고 쓰고 다음 구를 생각했다.

그때 버섯밥에 국을 곁들인 밤참이 들어왔다. 폐병을 앓는 여자의 가련한 모습과 식욕을 돋우는 버섯밥의 향기가 복잡하게 뒤얽히면서 겐나이는 다음 구를 이어갔다.

　　이윽고 죽을 병에 아름다운 옷을 갈아 입다.

'썩 좋은 글이야' 하고 다시 읽어 보더니 겐나이는 혼자서 기쁨에 잠겼다.

마음의 지진　479

시조 대회는 항상 늦은 시각에 끝났다.

그날 밤도 예외없이, 겐나이와 네다섯 명이 신곤 언덕을 내려온 것은 밤이 상당히 깊어서였다.

겐나이와 사람들은 가테이의 집에서 받은 작약꽃을 들고 있었다.

그 가운데 교후(狂風)라는 사내는 창고에서 일하는 한량으로, 또 어딘가로 밤을 보내러 간다고 말했다.

무리 중에 가장 성실한 것은 네코마 강 근처에 살고 있는 조각가 모쿠아도(默蛙堂)였다.

"지금 돌아가면 저쪽에서 쓰지기리를 만날지도 모릅니다. 그러니 나와 함께 놀다 갑시다."

한량인 교후가 모쿠아도를 유혹했다.

"제 아내가 워낙 바가지를 긁어서……"

모쿠아도는 정중하게 거절하더니 인사를 하고 성큼성큼 사라져 갔다.

"아마 저런 사람은 다시 없을 거야."

교후는 모쿠아도의 뒷모습을 보면서 빙긋 웃었다.

고즈의 신사 앞까지 오자 언덕 아래의 가마꾼 등에 불이 켜져 있었다. 혼자서 들뜬 기분이 된 교후가 가마꾼을 깨웠다.

"가마 세 대."

"가마를 댈까요?"

짚신을 신은 채 선잠을 자고 있던 가마꾼이 토방에 걸려 있던 갈대발을 젖히며 나왔다.

"그럼 여기에 와서 배를 찾을까 봐 그러나?"

교후는 가마꾼을 놀렸다.

"어디로 가십니까?"

"세 사람이 다 다르네."

겐나이는 들고 있던 작약꽃을 가마의 지붕에 얹어 놓았다.

"나는 규조 마을로 가네."

세 개의 노란 등불이 고요하게 잠든 마을 길을 달렸다. 이윽고 갈림길이 나오자 세 방향으로 각각 흩어졌다.

밤에 가마를 타고 달리는 것만큼 기분 좋은 일은 없다.

요란한 소리도 없고 먼지도 나지 않는 큰길을 달리며 뒤로 흘러가는 듯한 땅을 내려다보고 있으면 가마꾼의 발소리도 일종의 리듬을 타고 기분 좋게 들린다.
가마꾼이 갑자기 겐나이를 불렀다.
"나리."
"뭐냐?"
"지금 두견새가 울었습니다."
"그래서?"
두견새는 규조 마을에도 드물지 않은 새라서 자신도 모르게 냉정한 대답이 나와 버렸지만, 가마꾼의 풍류를 무시한 듯해서 좀 미안한 기분이 들었다.
이왕 말이 나온 김에 겐나이는 두견새로 이어지는 시구에 빠져들었다.
그때 뒤에서 가마를 부르며 달려오는 자가 있었다.
겐나이는 가마꾼에게 물었다.
"뭔가?"
"이상한 녀석이 뛰어오고 있습니다."
두견새 우는 소리를 가르쳐 줄 정도이니 가마꾼은 선량하고 마음이 약했다.
발걸음도 허둥대기 시작했다.
"나리, 어떻게 할깝쇼?"
"잠시 가마를 세워 보게."
"하지만……."
"아는 목소리인 것 같아서 그러네."
우물쭈물하고 있는 사이 뒤에서 뛰어온 자는 겐나이를 보자마자 숨을 헐떡거리면서 띄엄띄엄 말했다.
"선생님, 선생님! 빠, 빨리 이쪽으로 좀 가십시오. 서두르지 않으면 안 됩니다. 피가, 피가……."
사내는 조금 전에 헤어진 조각가 모쿠아도였다.
무슨 일이 일어났는지 제대로 설명할 겨를도 없이 모쿠아도는 온 방향으로 다시 뛰어갔다. 겐나이도 일단 가마를 돌려 그의 뒤를 따랐다.
고즈를 넘어서도 계속 달리기만 하더니 이윽고 초원이 나왔다.
평지에 나오자 초승달이 비추어 희미하게나마 주변이 보이기 시작했다.

가마 안에서 휘장을 조금 걷고 보니 바로 옆에는 강물이 은하수처럼 흐르고 있었다.

겐나이는 목적지도 모르고 따라가는 길이 약간 불안해졌다.

"이곳은 네코마 강이 아닌가?"

그러나 그 말이 들리지 않는 듯이 모쿠아도는 여전히 달리고 있었다.

"이보게, 모쿠아도, 도대체 어디로 가는 거지?"

겐나이가 더 이상 참을 수 없어 소리치자 모쿠아도는 강 위의 다리에 멈추어 서서 숨을 헐떡였다.

"여, 여기입니다."

가마에서 내린 겐나이의 바로 옆에 쓰러진 남자가 있었다.

"칼에 당했군."

가마꾼은 짚신 바닥에 스며드는 피를 기분 나쁜 듯이 바라보았다.

"나를 부르러 오기 전에 자네가 지혈을 시켰나?"

"여기까지 왔는데, 이 사람이 쓰러져 있는 것이 보였습니다. 어떻게 해야 좋을지 몰라 우선 소매와 허리끈을 찢어서 피가 나오는 곳만 묶어 두었습니다."

"그래?"

겐나이는 이제 더 이상 묻지 않았다. 양손으로 사내를 일으켜 안더니 피범벅이 된 상처를 살펴보았다.

"앗!"

얼굴을 본 순간 겐나이가 소리를 질렀다. 모쿠아도는 깜짝 놀라서 몸을 굽히고 들여다보았다.

"무, 무슨 일입니까?"

"내가 알고 있는 사람이야, 만키치라고 하네."

"아니, 아시는 분이라고요?"

"얼마 전 기소에서 만났는데…… 어떻게 된 일이지? 그렇군, 역시 아와의 ……."

겐나이는 자신도 모르게 몸이 오싹해짐을 느꼈다. 하지만 다시 입을 닫고 꼼꼼히 상처를 살펴보기 시작했다.

"아직 숨이 붙어 있습니까?"

"아니."

"그러면 이제 틀렸습니까?"
모쿠아도는 약간 낙담한 듯한 어조로 물었다.
"그렇다고는 할 수 없네."
"물을 좀 먹여 볼까요?"
"그렇게 하면 큰일나네."
겐나이는 양미간을 잔뜩 찡그렸다.
"당한 곳은 허리입니까?"
"가장 상처가 심한 곳은 여기일세. 하지만 그렇게 대단한 것도 아니군."
소매 속에 넣어 둔 주머니에서 바늘을 꺼낸 겐나이는 상처를 꿰매기 시작했다.
나가사키에서도 이름을 날렸던 겐나이의 재빠른 솜씨를 보고 가마꾼과 모쿠아도는 감탄했다.
허리의 상처를 다 꿰매고 난 겐나이는 눈도 돌리지 않은 채 곧바로 만키치의 얼굴에 묻은 피를 닦았다.
얼굴이 온통 피투성이라서 혹시 상처가 있을지도 모른다고 생각했지만 다행히 그곳에는 상처가 없었다. 어깨에서 뿜어져 나온 피가 얼굴에 튄 것이다.
정성껏 어깨를 꿰매던 겐나이는 그제서야 자신감이 있는 소리로 말했다.
"살 수 있겠어!"
모쿠아도는 가슴을 쓸어내리며 자신이 달려가서 겐나이를 불러 온 것이 헛수고가 아니었다며 기뻐했다.

모쿠아도의 집이 강에서 가까웠기 때문에 만키치는 즉시 그 집으로 실려 갔다. 그리고 겐나이는 밤을 꼬박 새워서 만키치를 간호했다.
새벽녘이 가까웠을 무렵 겐나이는 희미하게나마 의식이 돌아온 만키치의 용태를 보고 그제서야 안심하는 얼굴이었다.
그리고 밤 사이에 쌓인 피로도 잊은 채 어젯밤 타고 온 가마를 타고 규조 마을로 약을 가지러 갔다.
시든 작약꽃을 가마 위에 얹고 꾸벅꾸벅 졸면서 겐나이는 마을을 달려왔다.
가마꾼이 깨우는 소리에 깜짝 놀라 일어나자 어느 사이엔가 자신의 집에 다 와 있었다.

"수고 많이 했네."

겐나이가 시린 눈을 비비면서 방으로 들어가 보니, 그곳에는 어제 만났던 오요네가 혼자서 오도카니 앉아 있었다.

오랫동안 기다리고 있었는지 겐나이를 본 오요네는 무척 반기면서 일어섰다.

"안 계시기는 했지만 어차피 날이 밝았으니 곧 돌아오실 거라고 생각해서 기다렸어요."

겐나이는 나른한 표정으로 자리에 앉았다.

"많이 기다렸나?"

"예. 어제도 헛걸음을 쳐서……."

"그래. 어제는 미안했네."

"이렇게 일찍부터 어디에 가셨어요? 선생님도 상당히 수완이 좋으신가 봐요."

오요네는 뭔가 알고 있다는 듯한 야릇한 표정을 지었다.

"이상하게 생각지 말게. 그런 곳에 갔다온 것은 아니니까."

"하지만 상당히 피곤해 보이시는데요. 호호호호."

'이 여자는 어느 틈엔가 남자에게 길들여져 있군. 수치심이라고는 찾아볼 수 없어. 오히려 남자의 수줍어하는 모습을 즐기고 있어.'

겐나이는 내심 놀라워했다. 그런데 장난스럽게 웃고 있던 오요네가 눈을 휘둥그레 뜨면서 뒷걸음질쳤다.

"선생님, 옷에 피가 묻어 있어요."

"어디에?"

오요네가 팔을 가리키자 겐나이는 낭패스러운 표정으로 황급히 자신의 소맷자락을 말아 넣었다.

"무슨 일 있으셨어요?"

"실은 어젯밤 시조 대회에 갔다가 돌아오는 중에 칼에 베인 사람을 치료해 주었다네. 누가 그랬는지 알 수는 없지만, 만키치라고 내가 조금 아는 사람이었어. 그냥 내버려 둘 수 없어서 밤을 꼬박 새우고 돌아오는 길일세."

겐나이는 옷을 갈아 입으면서 손을 씻었다.

오요네는 그 동안 잠시 생각에 잠겨 있었다.

"선생님, 그 만키치라는 사람은 덴마에 있는 포졸이 아닌가요?"

"오요네도 아는군?"

"어머, 그러면 역시 그 사람이 맞군요? 그 만키치님이 살해당한 거예요?"
"아니, 목숨은 겨우 건졌네. 하지만 상처가 꽤 깊어서 당분간은 움직일 수 없을 거야."
그 말을 들으면서 오요네는 자신이 겐나이를 찾아온 이유도 잊었는지 안절부절 불안해 했다.
"그러면 겐노조님은 지금 어디에 있지요?"
"뭐? 겐노조? 그건 또 누구지?"
"아니, 저…… 만키치님 말이에요."
오요네는 마음 속에 있던 말이 튀어나오는 바람에 혼자서 얼굴이 붉게 달아올랐다.
"있는 곳 말인가?"
"예, 가르쳐 주세요."
"난 모르네."
겐나이는 지나치다 싶을 정도로 냉정하게 고개를 저었다.
오요네가 왜 갑자기 이렇게 들떠서 만키치가 있는 곳을 알고 싶어하는지 미심쩍지 않을 수 없었다.
사정을 알기 전에는 말하지 않는 편이 좋겠다고 생각한 겐나이가 적당히 말을 돌리자 오요네도 더 이상 물을 수가 없었다.
약을 지어 주고 오요네를 보내려는 생각에 겐나이는 목침을 베고 누웠다. 오요네는 민망한지 인사를 하고 밖으로 나왔다.
시들어 가는 자신의 몸을 약으로 고쳐 보겠다는 희망보다도 겐나이의 말이 마음 속에서 더 강하게 울려 퍼졌다.
만키치와 겐노조가 함께 오사카로 왔다는 것은 잇카쿠가 만키치의 집에서 난동을 피웠을 때 이미 들어서 알고 있었다. 그러니 만키치를 만나기만 한다면 겐노조가 있는 곳을 알 수 있을 것이다.
이렇게 생각하면서 어느 틈엔가 제방이 있는 곳까지 왔다. 그때 어느 술집 처마 밑으로 가마가 보였다.
가마 지붕에는, 꽃 주인인 겐나이도 잊고, 가마꾼도 잊어 버린 작약이 말라 버린 채 놓여져 있었다.
"맞아, 가마꾼에게 물어 보면 알 수 있을 거야."
오요네는 번득이는 생각에 술집 안을 들여다보았다.

망원경

아지 강 뒤쪽 높은 언덕 위에는 신사가 자리잡고 있었다.

참배를 마치고 돌아가는 사람들의 손에는 고즈노미야 특산품인 소금 한 봉지씩이 들려져 있었다.

청량한 신록을 즐기며 돌계단을 느긋한 발걸음으로 내려가는 사람들 사이로 세 사람의 무사와 하인 하나가 어깨로 바람을 가르며 황급히 올라가는 모습이 눈에 띄었다.

그들은 신전을 향해서 창을 찌를 듯한 기세로 신전에 절도 하지 않은 채 이마에 흐른 땀만 닦았다.

신이 계신 곳에 와서 예의를 갖추지도 못 할 바에 뭐하러 신을 찾았담.

지나가는 노인이 혀를 끌끌차며 마음 속으로 중얼거렸다.

"지금 지나쳐 온 네코마 강은 저쪽에 보이는 건가?"

"아니야, 저기 동쪽에 있는 것일세."

"상당히 많이 걸었군. 배가 고프지 않나?"

"음, 하지만 이 주변에는 아무것도 없을 거야."

"있습니다."

옆에서 다쿠스케가 아는 체를 했다.

"두부집이라고 해서 고즈의 명물이 있습니다. 사람들은 대개 그곳에서 쉽니다."

"꽃놀이 계절에 두부만으로는 너무 초라하지 않나. 다른 찻집은 없는가?"

"간판은 두부집이라도 버섯요리며 구운 대합도 있고, 술도 마실 수 있습니다."

"그래 좋아. 아침부터 성찬을 먹을 수야 없지. 어디야, 그곳이?"

"저쪽 뒤에 있습니다."

세 사람은 다쿠스케의 뒤를 따라서 경내 뒤쪽에 있는 두부집으로 들어갔다. 아직 점심 전인데도 안에는 손님이 가득 차 있었다. 마침 안쪽에 자리 하나를 발견하고 네 사람은 그리로 가서 앉았다.

"술맛이 짜릿한걸."

잇카쿠가 단숨에 한 사발을 들이키고 마고베에게 자신의 술잔을 건네주면서 말했다.

"어젯밤은 정말 통쾌했어."

"아직 그 정도로는 마음이 풀리지 않아. 만키치를 쓰러뜨린 정도로 마음을 놓으면 안 돼. 문제는 겐노조와 오쓰나야. 진짜 일은 지금부터야."

"그래 한시라도 빨리 겐노조와 오쓰나를 찾아야 해. 지금 생각해 보니, 어젯밤 만키치의 시체를 내버려 두고 오는 게 아니었어."

슈마가 여우처럼 반짝이는 눈을 굴리며 말했다.

"왜?"

"그 시체를 미끼로 겐노조를 기다리고 있으면 반드시 언젠가는 걸릴 게 아니겠어? 오늘 아침에 그 다리에 가 보았더니 벌써 시체가 보이지 않았어."

"그렇게 머리 좋은 자네가 왜 사람도 타지 않은 빈 배를 쫓아갔나?"

"잇카쿠가 먼저 달려갔으니까…… 내 실수가 아닐세."

"나까지 끌어들이지 말게. 사람이면 가끔은 실수도 하는 법이니까."

"이제 됐어. 이런 곳에서 서로 헐뜯지 마. 다쿠스케의 말로는 네코마 제방에서 시코쿠 가게의 부인과 겐노조가 만났을 때 보니 대단히 친한 것 같다고 하니까, 이번에는 방법을 바꾸어서 시코쿠 가게의 오쿠라는 부인을 조사해 보기로 하세."

"그래. 나도 그렇게 생각하고 있었어. 그때 겐노조가 다쿠스케를 기절시켰다는 것이 아무래도 이상해."
"분명 오쿠라와 밀담을 나눌 필요가 있었기 때문일 거야."
"하지만 오쿠라는 아와의 사람이고, 시코쿠 가게 또한 아와에 공물을 바치는 입장이야. 그런데 어째서 겐노조 일행과 잘 알고 지내는지 그것이 이해되지 않는군."

세 사람은 겐노조가 있는 곳을 어떻게 하면 찾을 수 있을까 의논하면서 계속 술잔을 기울이고 있지만, 누구도 다쿠스케에게 술 한 잔 권하지 않았다.

어젯밤 아지 강 저택으로 가서 배고픔은 충분히 해결되었지만, 하인인 다쿠스케일지라도 배를 채우고 나면 그 다음에는 자연히 술을 마시고 싶어지는 법이다.

'나에게도 술 한 잔 정도는 줘도 되지 않나? 시코쿠 가게의 부인과 겐노조가 이야기를 했다는 정보까지 주었는데, 정말 은혜도 모르는 녀석들이군.'

다쿠스케는 따분한 얼굴로 좌석 끝에 앉아서 마음 속으로 불평을 했다.

다쿠스케가 침을 꼴깍 삼키며 원망하고 있는데도 세 사람은 아침부터 붉어진 얼굴로 끊임없이 이야기를 나누고 있었다.
"시코쿠의 가게는 오사카에도 있지?"
"농인교의 동쪽에 있어. 그곳에는 분명 숙소도 있을 거야."
"그러면 오쿠라라는 부인은 그곳에 가면 만날 수 있겠군."
"배가 떠날 때까지는 아마 그곳에 있겠지."
"그래? 그럼 우리 셋이서 그곳에 가보지 않겠나? 이 칼을 들이대고 추궁하면 자백하지 않을 수 없을 걸세. 게다가 그쪽은 아와에 공물을 바치는 입장이니까 협박이 통할 거야. 증인인 다쿠스케가 있으니까 잡아 떼지 못해."

세 사람이 주고받는 이야기를 들으면서 다쿠스케는 화가 났다. 자기에게 술 한 잔도 주지 않으면서 미끼로 이용하려고만 하고 있었다.

거기에 비하면 게이노스케는 무사로서 변변치 못하다고는 하나 자신을 인정해주었다. 이런 녀석들의 심부름을 하고 있으니 빨리 오요네를 잡아서 아와로 돌아가는 편이 훨씬 낫겠다고 다쿠스케의 결심이 섰다.

속이 부글부글 끓어 더 이상 참을 수 없게 되었다. 품에서 담배 주머니를 꺼내어 담뱃대를 탈탈 털면서 다쿠스케는 머리를 긁적였다.

"나리, 죄송합니다만……."

"뭔가, 다쿠스케?"

"죄송하지만 이 녀석이 거의 다 떨어져서요."

다쿠스케는 상스럽게 담뱃대를 불쑥 내밀었다.

"담배값이 필요한가?"

"예, 예."

"잠시 참고 있게."

잇카쿠는 다시 술을 들이켰다.

"쳇."

다쿠스케는 더욱 화가 났다. 그래서 일부러 신고 있던 짚신 끈을 끊은 다음 짚신을 들어올렸다.

"나리, 나리."

"귀찮은 녀석이로군. 또 뭐야?"

"공교롭게 짚신 끈이 끊어졌습니다요, 이것을 하나 사 주시지 않으면 함께 갈 수 없겠는걸요."

"정말 주문도 가지가지군. 쉬고 있는 동안에 끈을 묶어 두면 되잖아?"

옆에서 보기에 딱했던지 마고베가 참견을 했다.

"잇카쿠, 돈을 좀 주게."

"하인 녀석은 다루는 법이 따로 있는 법이야. 달라는 대로 돈을 주면 버릇이 나빠진다구."

"다쿠스케는 다른 사람의 하인이잖나? 맘대로 부리면서 그렇게 잔혹하게 말해서는 안 되네. 이보게, 다쿠스케."

"에, 감사합니다."

돈이 오기도 전에 다쿠스케는 약삭 빠르게 인사를 했다. 그리고 마고베가 던져 준 몇 푼을 받자 개구리처럼 팔딱 뛰어서 짚신을 산다고 말하고는 두부집 밖으로 나왔다.

모처럼 술을 마신 다쿠스케는 그제서야 마음이 가라앉는 것 같았다. 취한 발걸음을 억지로 돌려 두부집에 와서 보니 세 사람이 그때까지도 여유를 부리고 있기에 다쿠스케는 그대로 경내를 어슬렁거리기 시작했다.

'저기에 진치고 작당을 하는 세 사람에 비하면 나는 정말로 착한 녀석이야.'

술이 오른 얼굴을 어루만지면서 다쿠스케는 스스로를 위로했다.
"아, 정말 날씨가 좋군."
참배객들 사이에 섞여서 신사에 기대고 있자, 바로 옆에서 어린애며 노인 여럿이 뭔가를 보며 신기한 듯 떠드는 소리가 들려왔다.
"어머, 저쪽에 큰엄마 집이 보여."
"어디, 나도 좀 볼게."
"조금만 더 보고."
"그렇게 혼자만 보는 법이 어디 있어? 잠깐 비켜 봐."
"싫어. 아니, 밀지 마."
"정말이네? 정말 멀리까지 잘 보이네. 우메가쓰지(梅ケつじ)도 보이고, 사람들이 걸어가는 모습도 보여."
"어디, 나도 좀 봐."
"나도 좀 볼게."
아이들뿐 아니라 어른까지 소동을 피웠다. 다쿠스케도 궁금해져 난간 쪽을 쳐다보자 망원경이라는 새로운 기계가 놓여져 있었다.
그 망원경을 중심으로 참배객들이 한 가족처럼 즐거워하고 있는 것을 보자 다쿠스케는 평화스러운 가정을 들여다본 고아처럼 쓸쓸함을 느끼고, 자신도 그 속에 끼고 싶어졌다.
오사카가 그립다며 입버릇처럼 한탄하던 오요네를 비웃었지만, 이 평화로운 신사에 딸을 데리고 온 어머니, 손자와 함께 온 노인, 어린애와 함께 기뻐하는 어른들을 보자 역시 가정이 있는 사람, 사랑이 있는 사람들은 좋겠다며 침을 질질 흘릴 정도로 부러워했다.
"여러분, 모두 참배를 오셨습니까? 에헤헤헤. 정말 날씨가 좋죠? 이런 날은 역시 놀기에 딱이죠."
다쿠스케는 은근 슬쩍 그들 옆으로 다가가며 말을 걸었다.
"오늘은 정말 화창하군요. 저쪽에 포구와 나니와(浪華)도 이곳에서는 완전히 보이겠는걸."
한창 심취해서 망원경을 쳐다보고 있던 사람들은 어느 누구도 술냄새를 폭폭 풍기며 다가온 다쿠스케를 상대하려고 하지 않았다.
하지만 다쿠스케는 혼자서 들떠 이야기를 계속했다.
"꼬마 아가씨, 넌 무리야, 망원경이 네 키보다도 더 크잖아. 내가 안아 줄 테니까 봐. 뭐, 뭐라고? 쓸데없는 참견은 하지 말라고? 다음에 내가 볼 차례라서 그래. 자, 이제 잘 보이지? 지금은 뭐가 보여? 그러면 이제 아저씨가 볼 테니까 좀 비켜 봐. 잠깐만 보마."

망원경 주위에 있는 사람들은 눈을 흘기며 이상한 주정뱅이가 끼여든 것을 불쾌해 했다.

그리고 사람들이 하나둘 떠나자 다쿠스케는 오히려 잘됐다는 듯 망원경으로 다가갔다.

"그러면 어디서부터 볼까?"

그의 우스꽝스런 모습을 손가락질 하며 여자들이 킥킥거려도 술에 취한 다쿠스케는 아랑곳 않고 야단스레 큰 소리를 내었다.

"정말 잘 보이는군. 굉장해. 아와지 섬이 바로 발 밑에 있는 것 같아. 손오공이 아무리 구름을 타고 달려도 이렇게 빨리 아와지 섬에 도착하지는 못할 거야. 그러면 동쪽으로 가볼까? 보인다, 보여 천왕사가. 5층탑 꼭대기에서 까마귀가 하품을 하고 있군. 그 다음은 논과 복숭아나무가 있는 초원이야. 아, 그리고 가마가 지나가고 있어, 보리밭 사이로. 이건 상당히 가깝게 보이는군."

혼자서 기분이 좋아 중얼거리면서 여기저기를 바라보고 있던 다쿠스케가 갑자기 소리를 지르면서 망원경에서 눈을 뗐다.

취해서 축 처졌던 얼굴 근육마저 팽팽히 긴장시키면서 다시 망원경을 들여다보았다.

이번에는 중얼거리지도 않았고 웃지도 않았다. 무서울 정도의 진지함이 감은 한쪽 눈에까지 전달되었다.

그리고 신음 소리 같은 것을 내면서 발로 땅을 쾅쾅 밟았다.

"빌어먹을! 그 년이잖아? 틀림없어. 저런 곳에 있다니. 어디 두고 보자. 이 다쿠스케가 당장 가서 모가지를 낚아채 줄 테니까."

다쿠스케를 바라보고 있던 사람들은 다만 어안이 벙벙할 뿐이다. 그의 새빨갛던 얼굴이 탈을 바꿔쓴 것처럼 파래지더니 허리에 찬 목도를 잡고 부르르 떨었다.

"이 녀석! 그곳에서 무엇을 하고 있느냐!"

그때 이쑤시개를 물고 어슬렁거리면서 두부집을 나오던 슈마와 마고베의 뒤에서 잇카쿠가 얼굴을 찌푸리며 다쿠스케를 불렀다.

상대도 없는데 다쿠스케가 혼자서 화를 내고 있자 세 사람은 의아했다.
"뭐야, 그 표정은? 싸움이라도 하려는 건가?"
"뜻밖에 사냥감을 만났습니다. 우물쭈물하고 있을 틈이 없습니다. 먼저 가야겠습니다."
그러자 잇카쿠는 신경질적으로 눈썹을 치켜올리며 화를 내었다.
"우리는 아직 자네에게 볼일이 있어. 그러니 멋대로 우리 곁을 떠나서는 안 돼."
"안 된다고 하셔도 소용 없습니다. 다쿠스케로서는 일생일대의 중요한 일이니까요. 지금 놓치면 큰일입니다."
"하지만 우리의 일이 더 중요해. 시코쿠 가게에 자네를 증인으로 데리고 갈 때까지는 결코 자네를 보낼 수 없어."
"잇카쿠님, 무슨 그런 곤란한 말씀을…… 이 다쿠스케에게는 게이노스케님이 주인이지, 잇카쿠님을 따를 이유가 없습니다."
"닥쳐! 무슨 말이 그렇게 많은가?"
"부디 제 입장도 조금 생각해 주십시오. 지금 이 망원경을 보고 겨우 찾아냈는데 여기서 더 이상 어물대면 놓쳐 버리고 맙니다."
"망원경으로 도대체 무엇을 봤다는 건가?"
"나에게 쥐약을 먹이고 도망간 오요네 년이 양산을 쓰고 가는 것을 보았습니다."
"그런 여자가 뭐 그리 중요해! 그냥 내버려 두게. 네 녀석도 상당히 바보 같군. 게이노스케가 싫어서 도망친 여자를 왜 기어코 잡으려고 하는 건가? 아와와는 아무런 관계도 없는 여자를 그렇게 핏발 세우고 찾아다니는 멍청이가 어디 있나? 가서는 안 돼!"
잇카쿠가 야단을 치자 다쿠스케도 불끈했다.
'쥐약을 먹인 오요네에 대해 원한도 있고, 무엇보다 아와로 데리고 가면 게이노스케에게 상금도 듬뿍 받아 낼 수 있는데, 네 녀석들이 무엇을 알겠어.'
다쿠스케는 속으로 화를 내며 얼굴이 일그러졌다.
"잇카쿠, 좀 너무하는 거 아닌가? 다쿠스케의 사정을 들어 보니, 당연한 일인데 말이야."
마고베가 끼여들었다.

"내가 알아서 할 테니까 다녀오게. 그 대신에 오요네를 잡는 대로 아지 강 저택으로 돌아와야 하네."
"감사합니다. 그러면······."
"잠깐!"
"빨리 가지 않으면 또 놓쳐 버립니다."
"오요네는 도대체 어디에 있지?"
"여기 망원경을 보십시오. 우메가쓰지의 외길에 분홍색 양산을 쓰고 가는 마른 여자가 있지요? 마치 처녀와 같은 화려한 옷을 입고 가는 여자가 바로 오요네입니다."

다쿠스케의 설명을 들으면서 마고베가 망원경을 들여다보고는 고개를 끄덕였다. 그러자 잇카쿠도 덩달아 망원경에 눈을 대었다. 각도가 살짝 바뀌었는지 오요네의 모습은 온데간데 없고 언덕 아래를 급히 뛰어가는 남자의 모습이 보였다. 자세히 바라보자 그것은 조금 전에 자기 옆에서 이야기하고 있던 다쿠스케가 아닌가.

"저 녀석, 벌써 가 버렸군."
잇카쿠는 못마땅해 하면서 망원경에서 얼굴을 떼었다.
"아마 다쿠스케는 이제 돌아오지 않을 거야."
슈마가 냉소하며 잇카쿠에게 말했다.
"왜지?"
"자네가 너무 거칠게 다루었기 때문이야."
"돌아오지 않으면 시코쿠 가게의 부인을 문초할 때 곤란한데, 에잇, 놓아주는 것이 아니었는데······."
"그러면 오요네를 잡는 데 자네도 한몫 하는 것이 어때? 그렇다면 다쿠스케도 고마워서 돌아올 걸세."
"바보 같은 소리 말게. 내 체면도 좀 생각해 보게. 어떻게 이런 대낮에 게이노스케의 첩을 하인과 함께 쫓아다닐 수 있겠나?"
"아하하하. 재미있군. 또 잇카쿠가 화났어."
마고베도 함께 웃음을 터뜨리며 다시 망원경을 들여다보았다.
"음, 상당히 괜찮은 여잔데. 자네가 정히 그렇다면 내가 가서 도와 줄 테니까 그동안 저쪽에 있는 에마도(繪馬堂)에서 기다리고 있게."
마고베는 나막신을 끌며 돌계단을 내려갔다.

길 옆에 작은 불당이 있었다.

간노(觀音)로 가는 길 주변에는 연못과 덤불, 복숭아밭, 그리고 묘지가 펼쳐져 있었다.

초여름의 한낮이라 쾌적한 기운이 흘러넘치고 어딘가에서 석수장이의 정 소리가 가볍게 들렸다.

오요네는 양산을 접었다. 그리고 가볍게 고개를 숙여 불당에 절을 했다. 작은 불당은 위엄이 있는 큰 신전보다 더욱 정겨웠다. 특히 작은 불당의 툇마루는 길을 가는 나그네가 지친 다리를 쉴 수 있고, 또한 집 없는 사람들과 행려병자들의 잠자리가 되어 주기도 했다.

더러 나쁜 사람들은 이것을 악용해서 신 앞으로 여자를 데리고 들어오거나, 도박판을 벌이고 심지어 그림과 신불까지 훔쳐가지만, 이러한 작은 불당은 의연하게 지붕과 기둥이 썩을 때까지 길가를 지킨다.

"아, 피곤해."

그곳에서 오요네는 가볍게 무릎을 두들겼다.

이제 조금만 가면 네코마 강이다. 그 강 건너편에 만키치가 있다는 이야기를 이미 가마꾼에게서 들었다. 만키치는 자신이 어떤 처지에 놓여 있는지 모르니까, 오키치처럼 겐노조가 있는 곳을 알면서도 숨기지는 않을 것이라고 오요네는 생각했다.

'내가 생각해도 이번에는 고생이 너무 심했어. 그런데도 그분을 만나지 못하고 죽으면 너무 억울하잖아? 만약 그분을 만나지 못한다면 나는 어떻게 될까? 아마 분풀이를 하려고 요부라도 되겠지. 술과 남자에 찌들어, 결국에는 피를 토하고 죽을 거야.'

하얀 등꽃이 하늘하늘 떨어졌다.

'거짓말. 아직도 나는 깨끗한 처녀나 착한 여자인 척하고 있군.'

오요네는 스스로를 비웃었다.

'나라는 여자는 이미 훌륭한 요부가 되어 있잖아? 게이노스케를 속이고, 또 오키치에게 욕을 하고, 다쿠스케에게 약을 먹이고, 집에도 돌아가지 않은 채 이렇게 남자를 찾아 돌아다니니……."

오요네는 수건을 꺼내서 입을 닦았다. 가벼운 기침과 함께 붉은 매화꽃 같은 것이 수건에 묻어 나왔다.

'이제 어떻게 되든 상관 없어.'

낮달을 향해서 웃는 모습이 스스로도 너무나 처량했다.

그렇게 손을 뒤로 불당 바닥에 집고 쉬고 있는데, 불당 옆에서 무슨 소리가 들리는 것 같아 오요네는 무심코 고개를 돌렸다.

그곳에 다쿠스케가 비열한 웃음을 띤 채 오요네를 노려보고 있었다.

"앗!"

오요네는 간이 떨어질 듯 놀랐지만 이제 도망치기에는 너무나 늦어 있었다.

단단히 마음을 다잡고 오요네는 말없이 자리를 지켰다.

다쿠스케는 주먹을 쥐고 잠자코 오요네를 바라보고 있었다.

하지만 말은 하지 않아도 두 사람의 마음은 면도날처럼 날카로워져 있었다. 다쿠스케의 양미간에는 죽여도 시원치 않을 정도의 분노가 흐르고 있었고, 오요네의 입술은 죽을지도 모른다는 생각으로 부들부들 떨리고 있었다.

"오요네."

다쿠스케가 조금씩 다가왔다.

죽일 테면 죽여 봐라. 나라고 가만히 있을 줄 알고.

오요네는 이미 각오를 했는지 다쿠스케의 끔찍한 눈길을 피하려고 하지 않았다.

그렇지만 다쿠스케는 주먹을 펴고 오요네의 어깨를 한번 툭 치더니 히죽 웃었다.

"오요네, 왜 도망치지 않는 거지? 도망쳐 봐!"

먹을 것을 보거나 무사에게 걸리면 찍 소리도 못하는 다쿠스케지만, 오요네 앞에 서면 이상하리 만큼 힘이 솟았다. 성대를 거칠게 다루는 대담함과 악당다운 여유마저 생기는 것이다.

여자라고 생각하고 얕보는 것도 있겠지만, 게이노스케가 오요네를 데리고 올 때부터 함께 도와 주었기 때문에 오요네를 다루는 요령을 잘 알고 있었던 것이다.

유감스럽기는 하지만 죽여 버려서는 아무런 이득이 되지 않기에 다쿠스케는 참기로 했다.

"오요네, 상당히 얌전해졌군. 오랜만에 만나서 어색한 건가? 그렇군. 덴마의 강기슭에서 헤어지고 나서 처음이지? 그때는 여러 가지로 신세를 많이 졌어."

다쿠스케는 가시 돋힌 말로 오요네를 날카롭게 추궁했다.

접은 양산을 무릎 위에 얹은 채 불당에 그대로 앉아 있는 오요네는 마음대로 해보라는 표정이었다. 제비가 옆을 스쳐 지나가도 눈썹 하나 까딱하지 않았다.

"그렇게 입을 잘 놀리더니 오늘은 웬일이신가? 그렇겠지. 게이노스케님을 속이고, 나까지 헤매게 만들고, 그림자 같은 남자를 찾아다니고 있으니까."

"……."

"아 참, 인사를 잊을 뻔했군. 고맙게도 이 다쿠스케에게 귀한 쥐약을 먹였지. 그 은혜는 아와로 가서 조금씩 갚기로 하마."

"그런 건 난 몰라."

오요네는 발딱 몸을 일으켰다. 그러자 다쿠스케가 오요네의 어깨를 잡았다.

"어디로 가려는 거지?"

"내 마음이야!"

거칠게 대답한 오요네는 아까부터 단단히 잡고 있던 양산으로 다쿠스케의 옆얼굴을 휘갈겼다.

"아니, 이 년이? 적당히 봐 주니까 기어오르고 있네. 돼먹지 않은 짓거리로 나를 화나게 하면 꽁꽁 묶어서 배 바닥에 처넣어서라도 아와로 보내줄 테니까 그렇게 알아!"

다쿠스케는 오요네의 머리채를 잡고 양산을 빼앗아 세게 내리쳤다.

모란꽃처럼 쓰러져 엎드린 오요네의 손에는 어느 사이엔가 비수가 들려 있었다.

오요네는 위에서 덮치는 다쿠스케의 손목을 죽을 힘을 다해 찔렀다.

한편 고즈에 있는 신사에서는 슈마가 망원경으로 다쿠스케의 동태를 지켜보고 있었다.

"아하하하, 이거 아주 재미있군. 다쿠스케 녀석, 여자 하나 제대로 다루지 못하고, 쯧쯧……."

"마고베는 어디에 있나?"

따분하게 앉아 있던 잇카쿠는 잔뜩 불만스런 표정으로 있다가 슈마의 말에 옆에서 참견을 했다.

"마고베? 어찌 된 일인지 그가 보이지 않네. 분명 마고베는 아직도 어슬렁거리며 가고 있는 중일 거야. 아, 오요네도 필사적으로 대항하는데? 오치에도 그랬어. 여자가 한을 품으면 오뉴월에 서리가 내린다고 하더니…… 저러다 잘못하면 다쿠스케가 당하겠어."

"어디, 나도 좀 볼게."

"그러게."

"틀림없는 오요네로군. 그런데 가와초에 있었을 때에는 저렇게 대단한 여자가 아니었는데."

한 번 망원경을 들여다본 잇카쿠도 재미가 붙어서 좀처럼 슈마에게 망원경을 양보하지 않았다.

"앗, 녀석이다."

잇카쿠는 심상치 않은 소리를 지르며 갑자기 펄쩍 뛰었다.

망원경에서 본 것을 육안으로는 확인할 수 없는 일. 다시 들여다보았으나 방금 펄쩍 뛰었을 때 몸에 부딪혀 망원경의 각도가 바뀌었는지 전혀 다른 광경이 나왔다.

"아, 도대체 어디였지?"

"뭐야? 무엇을 본 거야?"

"분명하지는 않아. 그런데 아까 봤던 곳이 아니야……."

"위치가 틀리잖아. 내가 좀 볼게."

"빨리 해야 돼!"

"뭐야, 나쿠스케야?"

"아니."

"오요네?"

"아니야. 빨리 좀 해 봐."

"재촉한다고 될 일이야!"

슈마가 대신 망원경을 들여다보면서 아까 봤던 곳으로 방향을 이리저리 옮겨 보았지만, 쉽게 각도가 맞지 않았다.

남과 여

겐노조의 가슴에 갑자기 누군가가 뛰어들더니 겐노조의 등뒤로 돌아가서 매달렸다.
"무사님."
겐노조는 뜻밖에 당한 일이라 발걸음을 멈추고 뒤로 돌아간 사람의 손목을 잡았다.
부드럽고 가는 여자의 손이었다. 얼음장처럼 차가운 손은 부들부들 떨기 시작했다.
그는 차양이 넓은 삿갓을 한 손으로 걷고 자신의 등 뒤에 숨은 여자를 보려고 했을 때였다.
"이 무사놈!"
누군가의 울퉁불퉁한 주먹이 겐노조의 멱살을 잡았다.
"이 녀석, 왜 그 여자를 숨겨 주는 거냐?"
겐노조는 영문을 몰라 잠시 멍해 있었다.
오늘 그는 고이야 2층에 오쓰나를 남겨 둔 채 혼자서 네코마 강 기슭에 갔었다. 자신들이 탔던 배와 어젯밤 이후로 돌아오지 않는 만키치를 찾다가 결국 헛걸음을 치고는 마음이 우울해서 다시 돌아가는 길이었다.
그러다 숲을 따라 이곳에 있는 작은 불당을 지나치는 순간 생각지도 못한 일이 일어난 것이었다.
"이 녀석, 비키지 않겠느냐?"
사내는 성난 말처럼 앞 이빨을 드러내면서 겐노조를 향해 달려들었다.
"방해하면 가만있지 않을 테다. 빨리 여자를 이쪽으로 보내!"
겐노조는 귀찮은 듯이 멱살을 잡힌 채로 내버려 두었다. 삿갓의 성긴 틈새로 그 사내의 얼굴을 쳐다보고는 눈을 크게 떴다.
언젠가 네코마 제방에서 잠시 기절을 시켰던 게이노스케의 하인이었다.
"네놈은 다쿠스케로군."
"뭐라고? 그러는 네 녀석은 누구냐?"
삿갓 아래로 얼굴을 들여다본 다쿠스케는 놀라 도망치려고 했지만, 재빨리 겐노조의 오른손이 다쿠스케의 뒷덜미를 잡았다.
질질 끌리며 발버둥치니 하얀 흙먼지가 일었다.
"아뿔싸. 큰일이군."
다쿠스케는 당황하여 겐노조의 손에 잡힌 웃옷을 껍질 벗 듯 벗어 버리고 도망쳤다.

"음, 두고 보자."

다쿠스케는 대여섯 걸음 떨어져서 겐노조를 노려보더니 뒤도 돌아보지 않은 채 급히 뛰어갔다. 한낮의 태양 아래 번들거리는 몸뚱아리가 도망을 치고 있었다.

그때 고즈 쪽에서 마고베가 탁탁 나막신을 끌면서 왔다.

슈마와 잇카쿠를 남겨 두고 다쿠스케를 도와 주러 오는 중이었다. 그는 설마 문신 투성이 알몸으로 달려오는 남자가 다쿠스케라고는 생각도 하지 못했다

뱀문신을 하고 쏜살같이 도망치는 다쿠스케를 보며 겐노조는 쓴웃음을 지었다.

"다친 데는 없소."

삿갓을 조용히 젖히고 실랑이를 벌인 주인공을 찾았다.

뒤를 돌아보자 4, 5명의 장사꾼이 짐을 지고 오고 있어서 조금 떨어져 그들이 지나가기를 기다렸다.

오요네는 그 행상인들이 밟고 지나간 자신의 신발과 양산을 찾고는 불당 뒷마루에 등을 지고 앉아 있었다. 머리와 옷을 여미고 있었던지라 겐노조는 더 이상 상관하지 않고 그대로 숲을 향해 걷기 시작했다.

그는 지금 있었던 일은 벌써 머릿속에서 지워버리고 오로지 만키치만 생각하고 있었다.

'만키치는 어떻게 되었을까? 어째서 보이지 않는 거지? 설마 대의를 버리고 변심한 것은 아니겠지.'

사람은 고생을 같이 해야만 비로소 본심을 알 수 있는 법이다. 아직 만키치와 만난 날은 그리 오래 되지 않았지만, 의리나 인정면에서 보아 그렇게 경박한 사람이 아니라는 것은 잘 알고 있었다.

'어제 저녁 네코마 강에서 집으로 갈 때에도 자신이 돌아올 때까지 움직이지 말고 있으라고 그렇게 다짐을 했는데…….'

그런 생각에 다다르자 왠지 모를 가슴의 동요가 일어 겐노조는 다시 네코마 강 쪽으로 발길을 돌렸다.

혹시 핏자국이라도 있는 것은 아닐까, 겐노조의 심란한 눈길이 바빠졌다.

숲 그늘이 끊긴 곳에서 소나무가 제방을 따라 네코마 강 쪽으로 이어져 있었다. 한 번 지나온 길이었지만 수풀을 살피며 강을 따라 걸었다.

"저……."

오요네는 그곳에서 처음으로 겐노조를 불렀다. 그녀는 불당 앞에서 이곳까지 오는 동안 잠자코 겐노조의 뒤를 따라왔다. 다쿠스케와 싸우고 난 후의 흥분이 쉽게 가시지 않은 상태에서, 찾고 있던 사람이 너무나 갑자기 나타나자 오요네의 마음은 진정되지 않고 있었다.

더구나 그 사람에게 흐트러진 모습을 보인다는 것이 역시 여자로서 주저되기도 했다.

이 기회를 놓쳐서는 안 된다는 일념으로 오요네는 용기를 내기로 했다.

"저……."

오요네는 종종걸음으로 달려왔다.

"아, 아까 그 여인이군요."

"감사드립니다. 조금만 더 그대로 있었더라면 저는 어떻게 되었을지 모릅니다."

"그렇다면 다행입니다."

"정말 뭐라고 인사를 드려야 좋을지 모르겠습니다."

"괜찮소, 그렇게 격식을 차리지 않아도. 그보다 어둡기 전에 빨리 집으로 돌아가시오."

"겐노조님!"

"아니?"

"저를 잊으셨습니까?"

"어떻게 당신이 내 이름을?"

"겐노조님, 저를 자세히 보세요."

그는 고개를 숙이고 있는 여인의 얼굴을 똑바로 바라보더니 비로소 무릎을 쳤다.

"가와초의 오요네로군. 오랜만에 보니 몰라 볼 정도로 모습이 바뀌었어. 정말 미안하네."

"겐노조님도 그때의 종장류 피리를 불던 스님의 모습은 아니에요."

"조금 사정이 있어서…… 당신 집과 작은아버지인 한사이님께는 긴고로나 다이치의 일로 많은 신세를 졌지. 소식을 전하지 못해서 미안하네. 시구레도에서 소동이 있은 뒤 한사이님도 많이 곤란했을 거야. 그분은 그 이후 건강하신가? 그리고 자네 집도 무사한가?"
"예. 덕분에 오쓰에 있는 작은아버지도, 오사카의 저희 집도 모두 다 잘 있습니다. 다만 저만이 변했을 뿐……."
오요네는 말끝을 흐리며 애꿎은 풀을 손가락으로 뜯었다.
쓸쓸한 말투로 자신만이 변했다는 이야기를 듣자, 그가 시게요시의 아지강 저택에 잠입했을 때, 창고의 어둠 속에서 도움을 구하던 오요네의 비명 소리가 문득 생각났다.
"당신은 아와로 간 줄 알고 있었는데, 언제 이 오사카로 다시 돌아왔나?"
"게이노스케라고 하는 모리배에게 잡혀서 갔으니까, 돌아왔다고 하기보다는 도망쳐 온 것이죠."
"그래? 그러면 저 하인 놈이 당신을 다시 잡으러 온 건가?"
"저는 이제 아와로 돌아가지 않을 것입니다. 그런데 저 끈질긴 다쿠스케가 계속 쫓아다녀서 집으로 갈 수도 없고, 이제 어떻게 해야 좋을지 막막하기만 합니다."
오요네는 빨갛게 달아오른 얼굴을 숙인 채 살며시 겐노조 옆으로 다가갔다.
"저는 지금 정말로 곤란한 지경에 빠져 있습니다. 겐노조님, 당분간 저를 숨겨 주실 수는…… ?"
"하지만 이 겐노조 자신도 갈 곳 없이 떠도는 처지라네. 정해진 집도 없으며, 당신을 어딘가 숨겨 줄 재주도 없네."
"집이 없으면 당신의 소매 속에라도 들어가겠습니다. 또 정처없는 여행길이라면 저 자신도 부초가 되어 그 여행길에 동행하겠으니, 제발……."
고개를 돌리는 겐노조를 향해 오요네는 필사적으로 매달렸다.
"부디 저를 데리고 가 주세요. 아와로 가기 전부터 제가 얼마나 당신을 찾았는가는 언젠가 겐나이님 집에서 돌아갈 때, 하녀에게 보낸 편지에 써 있는 그대로입니다."
오요네는 겐노조를 기다리고 있던 규조의 나루터에서 게이노스케와 다쿠스케에게 잡혀서 아와로 끌려간 것, 그리고 덕도 성 옆에 사는 동안에도 겐노조를 얼마나 그리워하며 지냈는지, 또한 쓰루기 산의 기슭까지 가서 게이노스케를 구슬려 겨우 이 오사카로 도망쳐 올 수 있었다는 이야기를 하면서 넌지시 겐노조에 대한 사랑을 털어놓았다.

그리고 겐노조의 기색을 살펴보았다. 그는 오요네의 강한 사랑 고백보다는 아와, 쓰루기 산이라는 말에 더 심한 충격을 받고 잠시 생각에 잠겨 있었다. 그리고 고개를 끄덕이면서 천천히 걷기 시작했다.

'오늘 우연히 만난 것은 기쁘지만, 슬픈 사랑에 환멸을 느낀 날이야.'

오요네는 겐노조의 냉정함에 오히려 피가 뜨거워졌다.

"겐노조님, 지금 말씀드린 제 소원을 들어 주시는 겁니까, 아니면 싫다고 하시는 겁니까? 이렇게 고생을 많이 하고도 당신의 마음과 통하지 않는다면 차라리 저는……."

"무슨 짓을 하겠다는 건가!"

겐노조는 뒤를 돌아보자마자 오요네의 손목을 잡고 끌어안았다. 그 손에서 비수가 떨어져서 땅에 내리꽂히자 오요네는 다시 주우려고 발버둥쳤다.

"저는 죽는 편이 낫습니다. 저는 죽는 것 이외에는 길이 없는 여자입니다."

겐노조는 심하게 몸부림치는 오요네의 손목을 가만히 잡고 있었다.

그 순간 오요네에게서 육감적인 경련을 느끼고는 겐노조는 무척 당황했다. 그러고는 오치에에게도 오쓰나에게도 아직 느낀 적이 없는 악마적인 유혹이 스쳐 지나갔다.

'이 여자의 사랑을 이용하면 어떨까?'

그의 가늘고 긴 눈이 물끄러미 오요네를 바라보자, 오요네는 따뜻한 겐노조의 팔에 몸을 맡긴 채 저항할 힘을 잃었다. 사람의 것이라 생각되지 않을 정도로 하얗고 투명한 피부 아래에서는 절박한 순간을 즐기려는 피가 용솟음치고 있었다.

'이 여자가 나를 찾아다니는 것은 단지 강한 포옹일 뿐이다. 열병과 같은 본능의 정열이, 또한 그것을 부채질하는 폐병이라는 병이 우연히 나를 대상으로 하여 오요네의 몸을 불태우고 있는 것은 아닌가? 쓰루기 산으로 갈 때까지 오요네의 도움을 받는 것이 난관을 극복할 수 있는 좋은 방법이다. 그러나 큰 뜻을 위해서라고는 하지만, 과연 내가 악마의 속삭임을 계속 유지할 수 있을 것인가? 또한 이 방종한 사랑의 감정을 가진 환자를 그때까지 조종할 수 있을까?'

겐노조는 오요네의 손을 잡은 채, 눈을 지그시 감고 생각에 잠겼다.

오요네는 손이 저려 오는 것도 잊은 채 황홀한 눈길로 겐노조의 얼굴을 지켜 보고 있었다.

그때 소나무 사이에서 밝은 색의 허리끈이 언뜻 보이더니 오쓰나가 나타났다.

무슨 급한 일이 생겼는지 겐노조를 찾으러 온 오쓰나는 뜻밖의 광경을 보고 깜짝 놀라 나무 뒤로 숨었다.

겐노조는 오요네의 팔을 잡은 채 사람 눈에 잘 띄지 않는 나무 그늘까지 그녀를 데리고 갔다.

오요네는 온몸으로 심장이 고동치는 것 같았다.

쓸쓸한 나무 그늘이 두렵기도 하고 설레기도 했다.

"오요네."

무섭도록 날카로운 눈길로 겐노조는 오요네를 바라보았다.

"지금 한 말에 추호도 거짓은 없겠지?"

겐노조의 확인이 오요네를 더욱 들뜨게 만들었다.

"제가 왜 거짓말을 하겠습니까? 아직 그렇게 의심이 간다면 보시는 앞에서 죽어 보일 수도 있습니다. 지금 당장이라도."

"그러면 진실로 그렇게 이 겐노조를……."

겐노조는 말을 다 맺지 못하고 오요네를 쳐다보았다.

"가슴 속에 담고 있습니다."

오요네는 백사와 같은 자태로 겐노조의 가슴에 착 감겼다.

"하지만 그렇게 생각하는 것은 저뿐이고, 당신은 저를 조금도 생각지 않으시죠?"

오요네가 원망스러운 눈길로 자신을 쳐다보자 겐노조는 얼굴을 돌렸다.

"아니야."

그는 오요네를 속이고, 자신의 마음을 속이는 혀가 더 없이 무겁게 느껴지며 말하기 시작했다.

"지금에 와서 무엇을 숨기겠나. 그러한 마음은 나도 마찬가지일세. 긴고로와 함께 당신 집에 숨어 있을 때부터 계속……."

"아니, 그게 정말입니까?"

"오늘날까지 당신을 한시도 잊은 적이 없네."

겐노조는 오요네의 손을 힘껏 잡으면서도 끈끈하게 달라붙어 있는 그녀를 가슴으로부터 밀어 냈다.

"그러면 제 사랑을, 그리고 제 부탁을……."

"그래, 들어 주지. 하지만 당신의 진심이……."

오요네는 조바심으로 몸이 달았다.

"아직도 제 마음을 의심하나요?"

"아니야. 당신의 진심을 알았기 때문에 중요한 일을 당신에게 털어 놓으려고 해."

오요네의 투명한 두 눈동자가 움직였다.

"그리고 당신이 꼭 들어 주어야만 하는 부탁이 있네."

"제가 당신을 위해 할 수 있는 일이 있다니, 정말 기쁩니다. 겐노조 님, 걱정 마시고 저에게 말씀을 해 보세요."

"반드시 들어주는 건가?"

"예."

오요네는 침을 꿀꺽 삼켰다.

"무슨 부탁인데요?"

"그건…… 당신이 아와로 다시 돌아가 달라는 것일세."

"옛? 제가요?"

"싫기는 하겠지만 게이노스케에게 돌아가서 잠시 얌전히 있어 주게. 조만간에 나도 아와로 들어갈 걸세."

"드디어 덕도 성과 쓰루기 산에 밀정으로 가실 각오시군요?"

"뭐라고!"

겐노조는 자신도 모르게 험악한 눈길로 오요네의 표정을 읽었다. 이 여자가 언제 어떻게 자신의 신분과 목적까지 알아냈는지 너무나 의심스러웠다.

물론 오늘까지 있었던 내막을 종합해 보면, 또 그 동안 게이노스케 옆에 있었으니 자연히 그것을 알게 된 것이 당연하지만 이러한 중대사를 눈치 채고 있는 여자가 자칫 다른 마음을 먹으면 미친 불꽃이 될 수도 있는 법이다.

"조용히!"

겐노조는 오요네의 말을 제지했다. 오요네도 급히 주변을 둘러보았다.

사방은 고요하고 간간이 작은 새가 우는 소리와 나뭇잎을 스치는 바람소리밖에 들리지 않았다.

겐노조는 침착하게 말을 이어갔다. 위험한 오요네의 사랑을 달래 바로 대망을 이루기 위한 수단으로 삼으려는 악마가 어느 틈엔가 그의 마음에 자연스럽게 자리잡았다.

"그래. 바로 그 목적을 위해서 제일 먼저 쓰루기 산 감옥에 가야 하는데, 설사 위험을 무릅쓰고 아와로 들어간 후에도 여러 가지 방해가 틀림없이 따를 거야. 그러나 당신이 게이노스케와 함께 있으면 몸을 숨기기에도 좋고, 또한 일을 계획하는 데에도 좋지. 어떤가, 오요네? 그 목적을 이루기만 한다면 나는 자유로워져. 그때까지 기다린다고 생각하고 다시 게이노스케에게로 돌아가지 않겠나?"

자신만만하던 오요네도 잠시 머뭇거리더니 고개를 끄덕였다.

"예. 그것이 당신의 부탁이라면 눈 딱 감고 아와로 돌아가겠어요. 하지만 나중에, 틀림없이, 저를……."

오요네는 어리광섞인 목소리로 대답을 하며 겐노조를 바라보았다.

그 사이에 오쓰나는 일부러 소리를 죽이며 오솔길을 걷고 있었다. 조금 더 상황을 지켜 보려고 주저했지만, 오요네의 하얀 손이 겐노조의 어깨로 다가가자 순간 자신도 모르게 발걸음을 내디뎠다.

"겐노조님!"

오쓰나는 어색해 하는 두 사람을 차가운 눈초리로 바라보면서 쓸쓸하게 미소를 지었다.

오요네는 갑자기 나타난 여자가 겐노조의 이름을 부르자 멈칫했다.

어쩐지 낯이 익은 듯 했지만 처지가 처지인지라 입을 다물고 있는데, 오쓰나는 의식적으로 오요네를 피하는 것이다.

"지, 겐노조님, 괜찮으시다면 잠시 저를 좀 보셨으면 하는데요."

오쓰나는 일부러 급한 볼일이 있는 것처럼 친숙하게 겐노조에게 말을 걸었다.

겐노조는 미련 없이 오요네에게서 돌아서서 오쓰나에게 다가갔다.

"오쓰나가 아닌가? 갑자기 무슨 일이라도?"

"겐노조님이 나가시고 바로 신키치가 찾아왔습니다. 고이야에 우리들 있는 것을 알고서요."

"신키치라니? 아, 시코쿠 가게의 종업원 말이군?"

"갑자기 짐이 다 모여서 출항 날짜가 정해졌다면서 일부러 알려 주러 왔습니다."
"내일 밤 내가 그곳으로 가기로 되어 있었는데……."
"아무래도 아와의 무사들이 어렴풋이 눈치를 챈 것 같으니까, 그 전에는 오지 말라고 이야기 하더군요."
"그러면 배가 떠나는 날은?"
"19일 밤 5각에 기즈(木津) 기슭에서 아지 강으로 간답니다. 그날 저녁에 시코쿠 가게 뒤쪽으로 오시면 나머지는 오쿠라님이 잘 처리해 주겠답니다."
"음, 그러면……."
겐노조는 손가락을 꼽아 보았다.
"앞으로 닷새가 남았군."
"만키치님은 어떻게 되었나요?"
"그 소식 말인데……."
목소리를 낮추고 말하는 사이에 겐노조는 오쓰나와 나란히 걷기 시작했다.
오요네는 덩그러니 외따로 남겨져 버렸다.
두 사람이 달콤한 속삭임을 나누고 있을지 모른다고 생각하니 오요네의 마음은 편치 않았다.
즐거운 꿈을 꾸고 있는데 갑자기 누군가가 잠을 깨운 것처럼 화가 나고 쓸쓸하며 공허했다.
"사람을 바보로 만들고 있군."
오요네는 오쓰나의 뒷모습을 노려보더니 이윽고 자신도 걷기 시작했다.
"겐노조님, 겐노조님!"
오요네가 부르는 소리에 두 사람이 뒤를 돌아다보았다. 정작 이름이 불리운 겐노조는 빼고 오쓰나와 오요네의 눈길이 면도날처럼 날카롭게 마주쳤다.
"무슨 일이죠?"
오쓰나가 차갑게 물었다.
"아니, 당신에게 볼일이 있는 것이 아니에요."
"처면에 인사가 대단할 걸. 겐노조님, 도대체 이 여자는 누구예요?"
"나 말인가요?"

오쓰나의 말이 끝나기도 전에 오요네가 언짢은 표정을 지으며 앞으로 나섰다.
"오요네라고 해요. 겐노조님과는 아주 옛날부터 알고 있지요."
"아니, 오요네님이라면?"
"왜요, 저를 알고 있나요?"
"상당히 오래 전의 일이지만, 시구레도가 있는 숲에서 목을 매려고 했을 때 내가 구해 준 적이 있어요. 하지만 그 오요네님은 아주 얌전하고 상냥한 분이었는데…… 아마 당신과는 이름만 똑같을 거예요."
"아, 그렇다면……?"
오요네도 비로소 기억이 나는 듯 오쓰나의 말을 이었다.
"내가 작은아버지 집을 빠져 나와서 숲에서 죽으려고 했을 때 말려 준 분이 바로 당신?"
"그러면 그때 그 사람이 맞군요?"
"덕분에 살아났다고 인사를 드렸어야 했는데……."
말은 그렇게 하면서도 오요네는 오쓰나를 순수하게 받아들일 수 없었다.
"천만에요. 생색을 내려고 한다고 생각하지 말아요."
"그때 죽지 않은 덕택에 아직 업보가 끝나지 않아서 이런 모습으로 돌아다니고 있죠."
"그건 내 탓이 아니에요."
"누가 당신 탓이라고 했나요? 나는 다만 내 자신의 업보를 원망하는 거예요."
"그렇게 이 세상이 싫다면 다시 한번 시도해 보는 게 어때요? 이번에는 내가 노와 줄 테니까."
"끔찍하게도 친절하시군요. 너무 고마워서 몸이 다 떨리네. 하지만 나에게는 이제부터 겐노조님이 계시니까 그런 친절은 사양하겠어요."
오요네는 지지 않고 쏘아붙이더니 겐노조의 오른쪽으로 돌아 보이지 않도록 소매 안으로 손을 잡았다.

자신의 죄는 즉시 자신에게 돌아오는 법이다.
겐노조는 후회했다.
불꽃 같은 여자의 질투를 코앞에서 보니 그의 약하기 약한 악마적인 생각은 금세 시들해졌다.
 하지만 비밀을 알고 있는 한 사랑에 미쳐 있더라도 오요네를 그냥 내버려 둘 수는 없는 일이다.
 '오쓰나는 영리한 여자이니 금방 오해를 풀 수 있으리라.'
 겐노조는 우선 오요네를 달래고 엉망이 된 두 사람의 기분을 풀어 주면서 숙소로 돌아왔다.
 오사카에 잠복해 있는 동안 고이야에서 계속 머물고 있었다. 숙소에 도착하자 손님이 찾아와 아까부터 2층에서 기다리고 있다고 주인이 알려 주었다.
 "손님이? 누구일까?"
 그들이 2층으로 올라가려고 하는데, 오요네가 놓여 있는 나막신을 보더니 갑자기 안색이 바뀌었다.
 "저는 배가 떠나기 전에 다시 오겠어요."
 겐노조의 옆에서 조금도 떨어지지 않을 듯이 딱 붙어 있던 오요네가 갑자기 돌아가자 겐노조도 오쓰나도 조금 이상하게 생각되었다.
 계단을 올라가 보니 머리를 말아 올린 나이든 여자가 깊은 생각에 잠긴 채 풀이 죽어 고개를 숙이고 있었다.
 손님은 바로 만키치의 아내 오키치였다.
 오키치는 오늘 아침 겐나이에게서 남편의 소식을 들었다.
 서둘러 오바세(小橋) 마을에 있는 모쿠아도의 집으로 만키치의 용태를 보러 갔다. 희미하게 의식이 든 만키치는 계속 두 사람의 일을 걱정하고 있었다. 하는 수 없이 물어물어 고이야를 찾아왔다는 것이다.
 겐노조는 그 말을 듣는 사이에 분한 듯이 입술을 깨물었다.
 "역시 걱정하고 있던 대로 마고베와 잇카쿠에게 당한 것이군. 상처도 상처지만, 만키치의 성격에 여기까지 와서 낙오되었으니 틀림없이 억울해서 견디지 못할 것이네. 정말 유감천만이군."
 눈물을 참고 혼잣말처럼 중얼거리는 겐노조의 주먹이 무릎 위에서 떨렸다. 허공을 바라보는 겐노조의 눈동자에 핏기가 서렸다.
 어쨌든 한시라도 빨리 위로해 주고 싶어서 서둘러 저녁 식사를 마쳤다. 그리고 주인에게 부탁한 배를 빌려 타고 네코마 강을 거슬러 모쿠아도의 집으로 향했다.

적막한 집 안에 만키치는 홀로 뉘어져 있었다. 그런 만키치의 얼굴은 집 뒤에 핀 배꽃보다 더 새하얬다.

"환자의 신경을 건드려서는 안 된다고 겐나이님이 말씀하셨습니다."

모쿠아도가 걱정스런 표정으로 말했다.

모두는 눈으로 끄덕일 뿐이다.

오쓰나는 돌아서서 눈물을 흘리고 있었다. 일월사에 있었던 때의 일이며, 같이 여행을 하던 일이 주마등처럼 스쳤다.

함께 의논한 끝에 이윽고 만키치를 이불에 둘러싸서 판자 위에 올려 놓았다. 그리고 슬프게 가라앉는 황혼 속에 만키치는 모모다니에 있는 그의 집으로 옮겨졌다.

그날 밤 겐나이도 와 주었다.

겐나이가 칼로 베인 상처를 씻어 내고 다시 붕대를 감자 만키치는 어느 정도 정신이 드는지 밤이 되자 자꾸 몸을 뒤척였다.

하지만 아직도 깊은 이야기까지는 할 수 없었다. 겐노조도 가능한 한 돌아가는 상황에 대해서 말을 아꼈다. 물론 19일 밤에 시코쿠 가게의 배를 타고 아와로 간다는 이야기는 전혀 비치지도 않았다.

기다리고 기다리던 소식이니 틀림없이 만키치도 기뻐하리라는 것을 알면서도 말해 줄 수 없으니 괴로운 일이었다.

그것을 안다면 만키치의 성격으로 봐서 분명 상처가 낫기만을 기다리고 있지는 않을 것이다. 제대로 가누지도 못하는 몸을 무리하게 움직여서 자리에서 일어날 것이다.

아니면 너무나 억울해서 죽을지도 모른다.

오쓰나는 자지 않고 밤새 오키치와 함께 간호를 했다.

겐노조도 만키치의 베갯머리를 떠날 수가 없었다.

하지만 배가 떠나는 19일은 벌써 내일로 다가왔다.

어차피 만키치는 남기고 가야만 한다. 겐노조는 만키치에게는 안된 일이지만 아무 말 하지 않고 잠자코 떠나는 수밖에 없다고 생각했다.

준비할 것도 있고, 숙소를 비운 사이 시코쿠 가게에서 소식이 올 지도 몰라 초조해진 겐노조는 오쓰나와 오키치에게 살짝 말하고 혼자서 만키치의 집을 나섰다.

18일 밤.

'내일 이 시각에는 오사카에 없을 것이다. 아와로 가는 어두운 바다에서 바람 소리를 듣고 있겠지.'

겐노조의 가슴이 뛰기 시작했다. 겐노조의 귓가에는 벌써 나루토의 거센 파도 소리가 들리는 것 같았다.

'하지만……'

아무리 생각해도 분하고 억울한 일은 만키치의 낙오였다.

고개를 들어 보니 하늘 가득 별이 빛나고 있었다.

서로 손을 잡고 험한 인생 길을 걸어온 동반자가 목적지에 이르기도 전에 죽어 버린 듯, 쓸쓸한 감회가 겐노조의 가슴을 아프게 했다.

거미줄 작전

시게요시가 아와로 가고 나자 아지 강 저택은 거의 드나드는 사람이 없어 마치 한적한 사찰처럼 적막했다. 나이 든 관리인과 문지기, 몇몇 하인이 가끔 거미줄을 치우는 정도였다.

그래서 아무것도 거칠 것이 없는 무사 방은 지금 잇카쿠와 마고베, 슈마에게 있어서 다시없이 좋은 보금자리가 되었다.

세 사람이 모이면 문수보살의 지혜가 나온다는데, 이 세 사람이 모이면 지혜는커녕 입만 열었다 하면 술만 마셔댔다.

어제도 술, 오늘도 술이었다.

술에 젖어서 나른해진 이들의 행태도 가지각색이었다. 마고베는 팔베개를 한 채 벌렁 드러눕고, 잇카쿠는 기둥에 엿처럼 찰싹 들러붙었으며, 슈마는 술병을 끼고 엎어져 있다.

"꼼짝도 않고 이렇게 있으니 정말 좋군."

최근에 새로 돋아나기 시작한 여드름을 손끝으로 만지작거리면서 슈마가 말했다.

그러자 마고베가 슈마의 말을 그대로 따라했다.

"그래, 꼼짝도 않고 이렇게 있으니 정말 좋아."

그리고는 모두 나른한 듯이 다시 침묵했다.

하품, 졸음, 그리고 주위는 적막함으로 가득 찼다.

하지만 세 사람의 마음 속이 마냥 편한 것만은 아니었다. 고즈 신사의 망원경을 통해 겐노조를 발견한 이상, 제아무리 방탕한 탐닉거리라 할지라도 뭔가 꿍꿍이가 없고서는 이렇게 여유를 부릴 수야 없는 것이다.

슈마가 얼굴에 자꾸 앉는 파리를 쫓다가 지쳐 엎드렸다.

"이제 그만 마실 건가?"

"그래 이제 술도 지겹네."

"술자리가 끝난 뒷풍경은 정말 끔찍하게도 지저분하군. 보고 있으니 진절머리가 나는데, 누가 좀 빨리 치우지 않겠나?"

그 말을 하고 슈마는 벌떡 일어났지만, 마고베는 여전히 눈을 감은 채 누워 있었다.

"다 마신 술상이 보기 싫은 것은 데리고 놀던 여자가 귀찮아지는 것과 마찬가지야."

"오쓰나도 그럴까? 그 여자와 함께 있어도?"

"글쎄…… 그거야 아직 잘 모르겠지만, 지금까지 데리고 놀던 여자는 모두 그랬어."

잇카쿠는 또 여자 이야기가 시작되는가 하고 얼굴을 찡그렸다.

"상을 치울 거라면 다쿠스케를 부르게."

"그 녀석, 이 근처에 있을까?"

"요즘 하인 방에서 장기 두느라고 정신이 팔려 있어. 그 창문에 대고 큰 소리로 부르면 들릴걸세."

잇카쿠가 슈마에게 턱짓을 했다.

슈마는 불만스러운 듯이 입술을 삐죽거렸다. 잇카쿠는 오만하고, 마고베는 뻔뻔스러워서 언제나 자신에게 귀찮은 일이 돌아오는 것이었다.

'좋아. 이제 나도 잇카쿠처럼 오만하고, 마고베처럼 뻔뻔스러워지자.'

슈마는 항상 마음 속으로 이렇게 다짐했지만, 결국은 늘 그가 심부름을 하곤 했다.

'괜찮아. 이제 곧 나의 진가가 나타날 거야. 이 다비가와 슈마가 어느 정도의 인물이었는지, 나중에야 이 녀석들이 알고 눈이 뒤집힐 때가 올 거야.'

슈마는 스스로를 달래고 분을 삭였다.

"그래, 내가 부르지."

슈마는 몸을 가볍게 일으켜 창문을 통해 저택 안을 둘러보았다. 오늘따라 넓은 저택 안에는 관리인도, 다쿠스케의 모습도 보이지 않았다. 그는 하인

방을 향하여 큰 소리를 질렀다.

"다쿠스케, 다쿠스케 있나?"

그때 문 쪽에서 두 명의 건장한 무사가 저택 안으로 들어서고 있었다. 그들은 문지기가 없는 저택 안을 둘러보고 이상하게 생각하는 것 같았다.

슈마는 두 명의 무사는 본 척도 하지 않고 더 큰 소리로 다쿠스케를 불렀다.

겨우 그 소리를 들은 다쿠스케는 문지기와 두고 있던 장기알을 손에 든 채 하인 방에서 그대로 뛰어나왔다.

"앗!"

그는 경망스럽게도 조심성이 없는지라 문 앞에 우뚝 서 있는 무사와 부딪치고 말았으니 쥐고 있던 장기알이며 금화 은화가 여기저기에 흩어졌다.

무사 하나가 어이없는 표정으로 떨어진 장기알과 다쿠스케의 얼굴을 번갈아 보면서 말했다.

"아니, 네 녀석은 다쿠스케가 아니냐? 어째서 네가 여기에 있느냐?"

다쿠스케가 갑자기 황송한 얼굴로 무사에게 머리를 조아렸다. 이를 무사 방 창문에서 내다보고 있던 슈마가 잇카쿠에게 말했다.

"누군지는 모르지만, 처음 보는 무사 두 명이 건방진 태도로 이곳으로 들어왔네."

"그래? 어떤 녀석인데?"

슈마 곁에 서서 밖을 내다본 잇카쿠는 깜짝 놀랐다.

"이것 큰일이군. 빨리 이곳에 있는 상을 치우세. 이보게, 마고베, 얼른 일어나서 그곳에 있는 술병을 숨겨."

"뭐야, 왜 이리 허둥대는 거지?"

"시게요시님이 총애하는 자가 왔네."

"감찰관인가?"

"아닐세, 단지 식객이지."

"식객?"

"응. 지난번에 이야기했잖아. 아와의 식객인 아리무라 삼품경 말이야."

"그래?"

마고베도 일어섰다.

"다른 한쪽은?"

"게이노스케 아닌가. 다쿠스케의 주인말일세. 게이노스케 녀석, 여자를 잘도 끌어들여 놓더니 천연덕스럽게 애꿎은 다쿠스케를 야단치고 있어."
"문지기도 혼나고 있겠지?"
"이제 곧 이곳으로 들이닥칠지도 몰라. 아무리 식객이지만 명색이 삼품이어서, 전하께도 무슨 말이든지 거침없이 하니까 잘못 건드리면 재미없어."
"두 사람이 갑자기 나타나다니…… 아와에 무슨 변고라도 생긴 것이 아닐까?"
"어차피 한가한 사람들이니까 잠시 살피러 왔을 거야. 지난번 아리무라에게서 편지가 왔는데, 봉투에는 '덴도 잇카쿠 선생'이라고 써 놓고는 내용을 보니 아직도 겐노조를 치지 못했는가 하며 나를 심하게 모욕했어."
"야비한 녀석이군. 하지만 공경 정도 된다니까 함부로 대들 수도 없겠군."
"그런데 게이노스케 녀석은 왜 왔을까? 맞아, 오요네가 걱정이 되어서 아리무라를 따라왔을 거야. 아무튼 둘 다 우리 일에 참견할걸세."

세 사람이 말하고 있는 사이에 아리무라가 게이노스케를 데리고 다실로 들어갔다. 눈치를 살피던 다쿠스케가 무사 방으로 호들갑스럽게 뛰어들어왔다.

"잇카쿠님, 큰일났습니다."
"뭐냐?"
"설마 이곳으로 오시리라고는 꿈에도 생각지 못했습니다."
"제일 먼저 오요네에 관해서 물었겠지?"
"아닙니다. 옆에 아리무라님이 계셔서 그런지 오요네에 대해서는 묻지 않았습니다만, 게이노스케님이 계속 저를 노려보는 것 같았습니다. 그렇다고 무서운 깃은 아니지만, 나중에 상금에 관계가 되는 일이니까요."
"아하하하. 하지만 오요네도 겐노조 주위에서 떠나지를 않고 있으니까 걱정할 것은 없네."
"아무튼 겐노조를 빨리 처치해주기 전에는 저도 참으로 곤란합니다. 당장이라도 주인나리가 저를 몰래 불러서 오요네가 어떻게 되었느냐고 추궁하실 겁니다. 아, 어떻게 할까요, 잇카쿠님?"
"게이노스케의 첩 따위는 내가 상관할 바가 아니네."
"당연합니다. 다른 사람의 첩 따위는 차라리 도망가 버리는 게 속이 시원하지요. 하지만 저는 그것에 생명을 걸고 있으니, 저를 불쌍하게 생각하셔서 부디 도와 주십시오. 그 대신에 잇카쿠님의 발이 되어서 열심히 일하겠습니다. 그저께도 그렇게 하지 않았습니까? 고즈의 신사에 갔을 때, 제가 오요네를 발견했기 때문에 그것을 더듬어 가서 겐노조와 오쓰나가 있는 곳을 알아 낸 것이 아닙니까? 잇카쿠님이 겐노조가 있는 곳을 알면서도 그냥 놓아 두는 데는 틀림없이 그 녀석들을 없앨 수 있는 방법이 있어서겠지만, 어쨌든 그 계기를 찾아 낸 것은 이 다쿠스케입니다. 그러니 그 공을 어여삐 여겨, 오요네도 좀 어떻게 해주십시오."
이야기를 듣고 있던 슈마가 다쿠스케를 놀리듯이 말했다.
"염치도 없이 넙죽넙죽 말은 잘하네. 수훈을 세운 것은 자네가 아니고 망원경일세."
"아참, 그렇군요."
다쿠스케는 머리를 긁적였다.
"제발 부탁합니다. 슈마님, 마고베님……."
"귀찮은 녀석이군."
세 사람은 쓴웃음을 지으면서 모두 일어서서 다음 방으로 갔다.
"그러면 그렇게 해주지. 그러니 이곳을 깨끗하게 청소해 두게."
"좋습니다."
다쿠스케는 불평도 하지 않고 술상을 치우기 시작했다.
"겐노조와 오쓰나를 처리하는 김에 해주서도 좋습니다. 그러면 나도 청소하는 김에……."
그러더니 다쿠스케는 술병을 기울여도 보고 코로 냄새를 맡아 보기도 했다.
"아직 남아 있어. 아깝군."
꿀꺽꿀꺽 술이 넘어가는 다쿠스케의 목이 지네의 배처럼 부풀어 올랐다.
"이보게, 다쿠스케, 뭐 하고 있나?"
다쿠스케는 입가에 묻은 술을 닦으며 뒤를 돌아다보았다. 조금 전 함께 장기를 두던 문지기 할아범이었다.
"어때요, 영감님도?"
"요까짓 것 가지고는 어림도 없네."
"아까 그 장기는 아직 승부가 난 것이 아닙니다."
"그런 뜻이 아닐세. 다쿠스케, 자네도 보기와는 다르게 남자 구실을 하는

가 보구먼."
"무슨 뜻이죠?"
"잠깐 이리 오게. 좋은 것을 줄 테니까."
"싫소. 기분 나쁘게……"
"이래도 말인가?"
문지기는 막 심부름꾼이 가지고 온 편지를 다쿠스케의 코 앞에 내밀었다.
"아니?"
겉봉에는 얄밉게도 입술 연지까지 찍어서 '다쿠스케님에게'라고 씌어 있었다. 그것은 분명 오요네의 글씨였다.
도대체 오요네가 무슨 바람이 분 건가 다쿠스케는 어리둥절해 하며 잠시 망설였다.

오요네에게서 편지가 오리라고는 상상도 못했다. 다쿠스케는 자신의 정부에게서 온 편지라도 되는 듯한 기분으로 봉투를 뜯었다.
하지만 편지를 읽기도 전에 의심이 깊은 다쿠스케의 마음은 바짝 긴장했다.
'이거 수상한데. 나에게 독약을 먹이면서까지 도망친 여자가 다쿠스케님에게라고 편지를 보내다니, 정말 이상해. 요전에 겐노조를 만나더니 그와 무슨 계략을 짠 것은 아닐까?'
다쿠스케는 신중하게 편지로 눈길을 돌렸다. 글씨는 알아보기 쉽게 씌어 있었지만, 다쿠스케는 눈에 힘을 주고 또박또박 읽어 내려갔다.
"지금에 와서 새삼스럽게 편지를 쓰다니, 정말로 부끄러운 일이지만, 만날 면목이 없어서…… 쳇, 무슨 잠꼬대를 하는 건지. 부끄러움이 뭔지 아는 사람이 들으면 정말 기절하겠네."
어처구니가 없다는 듯 적당히 뛰어넘어서 뒷부분을 읽었다.
"그래서 처음으로 그 사람의 무정함을 절실히 알았습니다. 사랑한다고 생각하고 그 사람에게만 달려간 것이 거듭거듭 제 잘못입니다. 박정한 남자를 만나고 나니 새삼스럽게 나리님의 사랑과 당신의 친절함을 알게 되어 완전히 꿈에서 깨어난 듯한 기분입니다. 아이고, 꼴 좋다."
여기까지 읽자 다쿠스케는 가슴 속이 후련해지는 것 같았다.
'겐노조에게 차였군. 그래서 부끄러움에 이렇게 거듭거듭이라는 말까지 했겠지? 이건 도망친 여자가 흔히 사용하는 타협 문구야. 저쪽에서 거절당하고는 이쪽으로 돌아오겠다니, 그렇게 제 마음대로 될 줄 알아?'
다쿠스케는 마치 자신이 게이노스케가 된 것처럼 흥분하며 화를 내었다.
'틀림없이 거절당했을 거야. 지금 겐노조로서는 사랑 타령이나 하고 있을 때가 아니지. 그야, 겐노조도 사람이니까 아무리 큰일을 앞에 두었다 하더라도 여자를 가까이할 때가 있겠지. 하지만 겐노조에게는 오쓰나라는 여자가 있어. 그래서 오요네의 꿈도 깨진 게 분명해. 그래, 틀림없이 그럴 거야. 또 우는 소리를 썼군. 뭐라고, 죽는다, 뭐, 죽는다고?'
뚫어질 듯이 편지를 쳐다보던 다쿠스케는 마지막 두세 줄을 몇 번이나 읽었다.
'나리님에게 사죄하는 뜻으로 죽겠다'라고 씌어 있는 것 같았다. 하지만 눈물로 먹물이 번져서 글씨가 잘 보이지 않았다. 마지막 접힌 곳에 머리카락까지 떨어져 있었다.
"이것 큰일이다!"
순간 다쿠스케는 당황했다.
"죽으려고 머리카락까지 남겼어. 오요네가 죽고 나면 아무 소용이 없지."
편지를 급히 품 안에 넣은 다쿠스케는 문지기가 있는 곳으로 달려갔다.
"이 편지를 가지고 온 사람은 어디 있지요?"
"답장은 필요없다고 하면서 그냥 갔어."
"어디로 갔어요?"
"그건 잘 모르겠는데, 어차피 이 저택에서 나간 이상 가스가(春日) 길 아니면 신보리(新堀)의 나루터로 갔을 거야."
"어떤 옷을 입고 있고, 나이는 어떻게 되어 보였어요?"
다쿠스케는 자세한 것을 묻고는 황급히 문을 빠져 나갔다. 심부름꾼의 옷차림은 눈에 잘 띄는 것이라, 반각 정도 쫓으니 저 앞에 가고 있는 것이 보였다. 그 남자를 붙잡고 이 편지를 부탁한 사람이 누구인지 물으니 마쓰시마(松島)에 있는 미즈(水) 찻집에서 머무르고 있는 젊은 여자에게 받았다는 것이다. 답장은 필요없다고 했지만, 아직 심부름삯을 주지 않아 자신이 돌아갈 때까지는 그곳에 있을 것이라고 했다.
다쿠스케는 일단 심부름꾼과 함께 배에 올라탔다. 그러나 배 안에서 그는 다시 생각에 잠겼다.

"무슨 책략에 걸려드는 것은 아닐까?"

오요네는 아와에 있을 때부터 잘 울고 떼를 쓰고 나갔다가도, 다시 태연한 얼굴로 돌아오는 등 변덕을 예사로 부렸다. 그러니 이런 편지까지 써서 나를 속일 필요가 없을 것 같은 생각이 들었다.

'이미 도망친 여자가 설마……'

미즈 찻집에 이르자 다쿠스케는 자신은 밖에서 기다리고 있을 테니 심부름꾼에게 말을 전해 달라고 부탁했다.

심부름꾼은 잠시 후 다쿠스케에게로 돌아왔다.

"저, 만나기 싫다고 하면서 아무리 해도 나오지 않습니다."

"나를 만나는 것이 싫다고?"

"아참, 그것이 아니라 면목이 없다고 했습니다."

"그래? 심부름삯은 받았나?"

"예 받았습니다."

"그러면 됐네. 수고했어."

다쿠스케는 심부름꾼을 돌려 보내고 나서 미즈 찻집의 푸른 발 사이로 안을 들여다보았다.

오요네는 시리나시(尻無) 강을 바라보며 돌아앉아 있었다.

다쿠스케는 막무가내로 오요네가 있는 방으로 들어갔다.

오요네는 대뜸 울먹이는 목소리로 말했다.

"어쩜 좋아!"

그녀는 구멍이라도 있으면 들어갈 것처럼 허둥대더니 그대로 바닥에 엎드렸다.

"다쿠스케, 나리님도 그렇지만 당신도 내가 어찌 얼굴을 들고 볼 수 있겠어. 미안해. 정말 미안해."

오요네는 흐느껴 울기 시작했다.

"오요네님, 당신은 이제야 눈을 떴군요. 혹시 항상 쓰던 수법으로 나를 또 골탕 먹이려는 건 아니겠지요."

"이제 그런 아픈 상처는 건드리지 마. 당신에게 쓴 편지에 참회한 대로 이미 각오를 했으니까."

"그럼 정말로 미안하다는 거로군요."

"내가 한 짓이 얼마나 나쁜지 절실히 깨달았어. 이렇게 당신에게 비참한 모습을 보여 주느니 차라리 죽어 버리는 게 낫겠어."

"죽는 것은 더 나빠요. 나도 한때는 머리에 피가 거꾸로 솟아 찾기만 하면 가만 있지 않겠다고 별렀지만 이제 됐어요. 자신이 나쁘다는 것을 알았으면 그것으로 내 역할도 끝났으니까 함께 아와로 돌아갑시다."

"아무리 내가 뻔뻔스러워도 당신에게 그렇게까지 해놓고 지금에 와서 어떻게……."

"나는 뭐 상관 없습니다. 나리님이 보고 있었던 것도 아니니까 이 다쿠스케가 비밀로 해 두죠."

"정말이야? 고, 고마워."

오요네는 소매에 얼굴을 파묻은 채 일어섰다.

"다쿠스케, 고마워. 화도 내지 않고 당신이 친절하면 친절할수록 그때의 일이 더욱 가슴 아파."

"이제 그런 말은 하지 말기로 해요. 오요네님, 화해하는 뜻으로 한 잔 마시고 마음의 응어리를 풀어 버립시다."

다쿠스케는 오요네의 변화를 확신했다. 그리고 손짓으로 하녀에게 술을 부탁했다.

미즈 찻집은 남녀가 밀회를 하려고 오는 집이었다. 술을 가지고 온 하녀는 강쪽에 쳐져 있던 발을 내리고는 시키실 것이 있으면 부르라고 하더니 문을 닫고 나갔다.

지붕의 차양에 붉게 석양이 비치고 있었지만 사방이 막힌 방 안은 어두 컴컴하게 느껴졌다.

"기분 푸는 묘약인 술을 한잔 하지요."

다쿠스케는 술잔을 들어 오요네에게 건네 주었다.

"술 말인가?"

오요네는 별로 내키지 않아 했다.

"난 안 마실래."

"그런 말 하지 말고 쥐약은 들어 있지 않으니 안심하셔도 됩니다."

"아직도 나를 원망하고 있군."

"아, 실수했군요. 없었던 것으로 하자고 내가 약속해 놓고는…… 이제 두 번 다시 그런 말은 하지 않을 테니까 한 잔만 받아요. 오요네님이 아와로 돌아가신다니 저로서는 불만이 없습니다. 자, 술잔을 받아요."

"그러면 아주 조금만 줘."

챙 하고 소리를 내며 술잔이 부딪쳤다.

잠시 후 다쿠스케는 술기운이 오르는지 눈이 붉게 충혈되었다.

다쿠스케는 홀짝홀짝 술을 들이켜면서도 정말로 오요네가 마음을 바꾼 것인지 조심스레 살펴보았다. 그러는 사이에 다쿠스케는 이제까지 모르고 있던 오요네의 아름다움을 발견하고 완전히 넋을 빼앗기고 말았다.

오요네는 얼굴에도, 목덜미에도 사람의 눈길을 끌어당기는 매력이 있었다. 새하얀 얼굴에 비해 유난히 돋보이는 새빨간 입술이 몹시 매혹적이고, 그리고 연약한 몸매에는 병적인 아름다움이 깃들여 있었다. 그것은 결코 육감적이라고까지는 할 수 없지만, 분명 남자를 참지 못하게 하는 아름다움이었다.

'이것이었군.'

다쿠스케는 이제야 겨우 이해가 되었다. 게이노스케가 이 여자에게 질질 끌려다니는 이유는, 병마가 조각해 놓은 미모였다. 또한 병약한 여자를 괴롭히고 싶은 남자의 잔인성이 존재했기 때문이다.

다쿠스케는 오늘날까지 긴장하고 있던 마음이 풀리자 탐욕스러운 눈길로 뚫어져라 오요네를 보았다.

"아니……?"

오요네는 점점 구석으로 밀려났다. 다쿠스케가 너무나 갑작스럽게 달려드는 바람에 발버둥을 쳤지만, 힘의 차이는 어찌할 수 없었다.

"나리에게는 비밀로 해줄게, 남자의 힘이 필요할 텐데, 나도 괜찮잖아?"

다쿠스케의 상한 쌀에 단단히 죄어 오요네는 얼굴을 흔들 뿐이었다.

오요네와 다쿠스케는 술이 깨 미즈 찻집을 나왔다.

마쓰시마는 어느덧 해가 져서 어둠이 깔려 있었다. 시원한 밤바람을 맞으며 두 사람은 지친 듯한 걸음걸이로 걷고 있었다.

"조만간에 갈게."

갈림길에서 오요네의 목소리를 듣고 다쿠스케는 히죽거리며 그녀의 얼굴을 보았다. 의미가 담긴 눈길이었다. 하지만 오요네는 지난 일을 까맣게 잊은 듯이 새치름해 있었다.

"흥, 아무 일도 없었다는 듯한 표정을 하고 있군."

다쿠스케가 중얼거렸다. 왠지 우습고 멋쩍었다.
 그리고 여자들이 갖고 있는 양면성을 본 것 같아 묘한 기분이 들었다. 어떻게 방금 그런 일이 있었으면서 언제 그랬느냐는 듯 시치미를 뗄 수 있을까 하고 감탄했다.
 '이제 너도 별수 없을 거야. 나는 벌써 그 한쪽 면을 보았으니까, 나를 허락했으니까 말이야. 후후후.'
 다쿠스케는 10년 묵은 체증이 한꺼번에 내려간 듯한 기분이었다.
 "아, 상쾌한 바람에 술이 다 깨는군. 그러면 오요네님, 나는 이제 갈 테니까요."
 "나는 시코쿠 가게로 가겠어."
 "배편을 잘 부탁해 놓아요. 그리고 내일 밤 시간을 어기지 말고 나루터로 와야 합니다. 나도 그곳으로 바로 갈 테니까요."
 "알겠어. 하지만, 당신……."
 오요네가 살며시 다쿠스케에게 다가왔다. 그러자 그녀의 살내가 풍겼다.
 "게이노스케님에게 말하면 절대 안 돼."
 "무슨 말을요?"
 "지금 있었던 일 말이야."
 "당치도 않습니다. 감히 어느 미친 놈이 그런 말을 스스로 하겠어요? 주인나리의 여자를 어떻게 했다고 만일 입에 담는 날에는 이놈의 목이 날아가는데요."
 "그러면 아와에 가서도 절대 모르는 척하기야."
 "그건 제가 더 잘 압니다. 하지만 오요네님, 그곳에 가면 이제 너 같은 하인은 질색이야, 하겠지요?"
 "그건 당신 하기에 달렸어, 이제 나루터에 다 왔군."
 "그러면 내일 밤에……."
 다쿠스케는 종종걸음으로 타고 갈 배를 찾아 뛰어들었다.
 다쿠스케와 헤어진 오요네는 반대쪽으로 발길을 향했다. 그리고 몇 걸음 안 가서 휙 뒤를 돌아다보고 혀를 차면서 옷깃을 여미었다.
 "쳇! 저 녀석은 정말 끔찍해. 약점을 발견하면 끝까지 물고 늘어진다니까."
 오요네는 붉은 입술을 핥고는 침을 뱉었다.

기즈에 놓인 다리를 지나자 오요네는 가마를 불러 세웠다.
'시코쿠 가게에 가서 내일 떠나는 배에 자리를 부탁해 놓고 곧 출발하면 오늘 밤 안에 겐노조님을 만날 수 있겠지? 아와로 가기 전에 한 번 만나서 진지하게 이야기를 해야겠어. 다쿠스케 녀석에게 몸을 주면서까지 죽어도 가기 싫은 아와에 가는 것이 모두 겐노조님을 위해서이니 말이야…….'
가마는 오요네를 태우고 가게들이 죽 늘어서 있는 하안을 달려갔다. 시코쿠 가게 앞까지 온 오요네는 아와에서 한번 만난 적이 있는 오쿠라가 생각나서 가게 종업원에게 그녀를 불러 달라고 했다.
"주인마님은 숙소에 계시니 그쪽으로 가십시오."
가게 앞에서 짐을 꾸리고 있던 종업원이 광 옆에 있는 검은 담을 가리켰다.

다쿠스케는 아지 강 저택으로 돌아왔다.
저택 안에서는 아리무라를 중심으로 게이노스케, 잇카쿠, 마고베, 슈마가 엄숙한 얼굴로 뭔가 밀담을 나누고 있는 모습이 보였다.
"마침 잘되었군. 그 동안은 좀 쉬도록 하자."
이렇게 중얼거리며 하인 방으로 들어가서 소처럼 누운 다쿠스케는 어두운 천장에 오요네의 하얀 목덜미를 그렸다.
아리무라를 중심으로 한참 이마를 맞대고 있던 서원의 네 사람은 드디어 밀담의 결말이 지어졌는지 저린 다리를 주무르며 일어섰다.
아리무라가 힘찬 목소리로 마치 자신의 신하를 부리듯이 나머지 사람들을 둘러보며 말했다.
"그럼 내일 밤은 실수가 없도록 해야 한다. 이번에도 겐노조 녀석을 처치하지 못하면 큰 치욕이 될 거야. 가까운 시일 내에 공경이나 사이코쿠에서도 다이묘의 밀사가 협의를 위해서 덕도 성으로 모일 거다. 이번 가을이야말로 드디어 천하의 풍운이 급변할 거야."
이야기가 조금 다른 곳으로 빗나가기는 했지만 아리무라의 열의와 기백에 눌려 분위기가 삼엄했다.
"그런데 대사를 눈앞에 두고 앞서 말한 대로 시게요시님은 쓸데없는 전설 때문에 심신이 극히 허약해지셨다. 이치하치로가 죽은 후에 공교롭게도 축성중인 망루대가 붕괴된 것뿐인데 마음의 병을 앓고 계시다. 그런 일로 막부 토벌의 장대한 꿈이 꺾인다면 천하의 백성들은 또 다시 막부의 악정에 시달리게 될 것이다."

이러한 말은 조금 전 밀담을 할 때도 들은 바 있다. 인내심이 한계에 다다른 네 사람은 조금 지겨운 표정이었다.

"잇카쿠, 그러니 하다못해 겐노조를 처리했다는 쾌보라도 들으시면 전하의 마음이 조금 편안해지실 것이다. 만약 이러한 때에 겐노조가 아와로 잠입하는 일이 있어서는 절대 안 된다. 그것이 걱정되어 시게요시님 허락도 없이 나와 게이노스케가 이곳에 온 것이다."

아리무라는 황송한 듯이 고개를 숙이고 있는 잇카쿠를 바라보았다.

"이제 밤도 깊었으니까 간단히 끝내고 이곳을 떠나지요."

게이노스케가 아리무라에게 주의를 주었다.

아리무라는 게이노스케의 말에 고개를 끄덕이는가 싶더니 다시 또 말을 덧붙였다.

"어쨌든 정말로 좋은 때에 우리가 왔군. 내일 밤 아무것도 모르는 겐노조가 시코쿠의 상선에 타기만 한다면…… 호랑이굴에 저절로 들어온 밥이지."

"겐노조를 칠 기회는 자주 있었지만, 확실히 잠재울 수 있도록 때를 기다리고 있었습니다. 그래서 일부러 이렇게 조용히 있으면서 우리의 계획이 다른 사람들에게 새어 나가지 않도록 조심하고 있던 참이었습니다."

잇카쿠는 아리무라가 가세한 것이 불쾌하지는 않았지만, 자신들도 결코 허투로 있지 않았다는 뜻을 은근히 비췄다.

"잘했네. 모처럼 호랑이굴에 제발로 들어오려는데 소동을 피워 막으면 안 되지. 앞으로도 내일 배가 떠날 때까지는 잠자코 있게. 지금 말한 대로 잇카쿠는 마고베와 슈마를 데리고 배 검문소에 나가 오늘부터 떠 나는 배를 빈틈없이 감시하도록."

"알겠습니다. 그것은 걱정하지 마십시오."

"한밤중과 새벽녘에 특히 주의하게. 나는 지금부터 게이노스케와 함께 시코쿠 가게로 가서 그곳에 숨어 있겠네. 상황에 따라서는 배가 떠날 때까지 이곳에 못 올지도 모르네."

"그러면 만일 오시지 않을 때는요?"

"그때는 나와 게이노스케가 먼저 시코쿠의 배에 탔다고 생각하면 되네. 그리고 배가 당가의 검문소 앞에 왔을 때 자네들이 일제히 뛰어들게, 배를 검문한다고 하면서 안에 탄 자를 비롯해 짐부터 배 바닥까지 빈틈없이 조사를 하게. 그 전에 나도 수상한 녀석이 있는지 확인할 테니까, 이번에야말로 꼭 잡아야 하네."

아리무라가 병서 안에서 찾아냈다는 묘책이 바로 이 거미줄 작전이었다. 이렇게 한다면 아무리 귀신 같은 솜씨를 지닌 자라도 결코 빠져 나가지 못할 것이다.

잇카쿠도 물론이거니와 슈마와 마고베 입장에서 보면 뼈 빠지게 고생한 것은 자신들이니 지금에 와서 새삼스럽게 젊은 아리무라의 지시 따위는 받을 필요가 없다고 생각했다. 봄과 여름 내내 땀 흘려 농사짓고 가을이 되어 수확한 것을 다른 사람에게 빼앗기는 꼴이었다.

그러나 불만은 불만이고 먼 덕도 성에서 여기까지 도와 주러 온 사람을 거절할 수는 없는 노릇이었다. 또 아리무라의 협력이 있었다고 해도 만일 겐노조를 죽이기만 한다면 그 수훈은 세 사람에게 돌아가는 것이다.

다시 결심을 새로이 하고 잇카쿠, 슈마, 마고베 세 사람은 오랫동안 진을 치고 있던 무사 방을 나와 배 검문소로 갔다.

오늘 밤부터 내일 밤까지는 잠을 자지 않고 교대로 망을 보기로 했다.

"또 술이 필요하겠군."

마고베가 혼자말로 중얼거렸다.

오월동주(吳越同舟)

틈을 노리던 게이노스케는 다급히 하인 방으로 왔다. 다쿠스케는 깜깜한 방 안에서 정신 없이 코를 골며 자고 있었다.

게이노스케는 다쿠스케를 거칠게 흔들면서 귀를 잡아당겼다.

"다쿠스케, 일어나. 일어나라니까!"

"음, 으음."

기지개를 펴며 일어난 다쿠스케는 술 마신 뒤의 갈증과 함께 영문 모를 귀의 통증을 느꼈다.

"앗, 주인님?"

"내가 없으니, 기회는 이때다 하고 술만 먹고 있었군."

"천만에요. 좀처럼 그런 기회가 없었습니다. 오요네가, 아 참, 오요네님이 얼마나 힘들게 하는지 모릅니다."

"그 때문에 너를 붙이지 않았더냐? 그런데 왜 너 혼자 이런 곳에 있는 거지?"

"며칠 전 고즈의 신사에서 잇카쿠님을 만났습니다. 그때 아지 강 저택으로 꼭 한 번 놀러오라고 해서서……"

"멍청한 자식! 그래, 잇카쿠 따위의 말을 듣고 여기까지 왔단 말인가? 그것보다 오요네는 어디에 있지? 오요네는?"

"오요네님은 오늘 밤 오쓰에 있는 작은아버지 집에 갔다가 내일 밤 저와 시코쿠 가게에서 만나기로 약속했습니다."

다쿠스케는 속으로 웃으면서도 겉으로는 정색을 하고 적당히 둘러댔다.

"걱정하실 필요 없습니다. 이 다쿠스케가 빈틈없이 지키고 있으니까요."

"그래? 그렇다면 됐어. 그런데 다쿠스케, 조금 곤란한 일이 생겼는데, 좋은 방법이 없겠나?"

"말씀해 보세요. 게이노스케님의 충실한 심복인 다쿠스케가 머리를 짜내어 볼 테니까요."

"다름이 아니라 내일 밤의 일인데……."

"내일 밤이라굽쇼?"

"19일 밤 시코쿠 가게의 상선에 겐노조가 탄다는 것을 알고 있나? 하긴 오쓰나라는 여자와 함께 겐노조가 그 배에 타려는 계획을 자네가 알 리가 없지."

그러자 다쿠스케는 자랑스러운 듯이 가슴을 뒤로 젖혔다.

"천만에요! 그것을 맨처음 알아 낸 것은 이 다쿠스케입니다. 제가 잇카쿠님에게 가르쳐 준 것이죠."

"그래? 그런데 그 녀석은 마치 자기의 공인 것처럼 말하던걸. 아무튼 그일 말인데, 내일 밤 그 배에 아리무라님과 내가 탈지도 모르네."

"아니, 그렇다면 주인님과 아리무라님도 내일 밤 아와로 돌아가시는 겁니까?"

"아니야. 돌아가기 위해서가 아니라 겐노조를 붙잡기 위해서지. 오늘 밤부터 시코쿠 가게에 잠복해 있다가…… 그러니 어떻게 해서든 오요네를 아리무라님의 눈에 띄지 않도록 해야 하네."

"그렇지요. 오요네님과 제가 아리무라님에게 발각되면 안 되겠지요. 입이 가벼운 아리무라 님이니 만약 이 일이 시게오시 전하의 귀에라도 들어가는 날에는 큰일이니까."
"맞아. 명심하고 실수 없도록 잘 해주게."
"오요네님에 관해서라면 걱정 마십시오. 대신에 아와로 돌아가면 저……포상은 주인님이 좀 생각해서 주십시오."
"게이노스케!"
그때 문 쪽에서 게이노스케를 부르는 아리무라의 목소리가 들렸다.
"옛. 지금 갑니다."
게이노스케는 황급히 일어나며 주머니에서 돈을 한 줌 집었다.
"이것은 우선 당장에 쓰거라."
미처 주머니를 여미지 못한 사이 엽전 몇 개가 바닥으로 떨어져 떼구루루 굴렀다. 다쿠스케는 잽싸게 달려가 바닥에 구르는 엽전까지 놓치지 않았다.
"이렇게 잘 해주시니까, 제가 목숨을 버려서라도 주인님을 위해 일하고 싶어지는 겁니다."
그러더니 다쿠스케는 게이노스케를 내몰듯이 하인 방의 문을 열어 주었다. 건너편 어둠 속에서는 아리무라의 화난 목소리가 계속 들렸다.
"게이노스케, 게이노스케 어디 있나?"
"옛! 여기 있습니다."
뛰어나가는 게이노스케의 상투가 춤을 추 듯 흔들렸다.

시코쿠 가게의 오쿠라는 종업원인 신키치의 걱정하는 소리를 새겨 들었다.
신키치가 염려하고 있는 대로, 이번 일이 자칫 잘못해서 발각이라도 되는 날이면 자기네 가게는 망하고 말지도 모른다.
그것은 오쿠라도 잘 알고 있었다. 또 겐노조나 오쓰나가 무엇 때문에 아와로 들어가려고 하는 것까지도 어렴풋이 눈치채고 있었다.
"하지만 그분들에게는 기소에서 입은 은혜가 있지 않느냐?"
지금도 숙소 안에서 오쿠라는 신키치를 마주하고 여전히 깊은 한숨을 쉬었다.
"물론 은혜를 입었다는 것은 저도 알고 있습니다. 하지만 가게 배에 그들을 태우는 것만은 거절하시는 게 좋겠습니다."

"나는 그렇게 할 수 없어."

"그러면 내일 밤 배에 그들을 태우시겠다는 겁니까?"

"어떻게든 방법을 찾아서 아와까지만 가게 해주게. 그렇게만 해준다면 그 뒤는 어떻게 되든 내가 상관할 바가 아니잖아."

신키치는 입을 다물었다. 그리고 더 이상 말리려고도 하지 않았다. 신키치는 오쿠라가 에도 태생이라는 것을 알고 있었다. 오쿠라는 보은을 내세우며 사실은 오쿠라 자신도 그들의 계획에 가담하고 싶어하는 마음이 있을지 모른다고 생각했다.

"그렇게 말씀하시니, 어떻게든 일을 만들어 보겠습니다."

"그래. 잘 좀 부탁하네."

"그 대신 마님은 이번 배로 아와에 가시지 말고 오사카에 그대로 계십시오. 혹시라도 탄로가 났을 경우, 모든 것은 이 신키치가 혼자 한 것으로 할 수 있으니까요. 그럼 가게와는 상관이 없다고 변명 할 수도 있지 않습니까."

"모든 것은 자네에게 맡겨 두겠네."

"감사합니다. 그렇게 해주시면 제가 가벼운 마음으로 일을 처리할 수 있습니다.

"다만 걱정되는 것은 아지 강을 나갈 때까지야. 에비스 섬에 검문소가 있고, 시게요시님의 배 창고 앞에서도 철저하게 조사를 할거야."

"실은 저도 그것 때문에 머리가 아픕니다."

신키치는 팔짱을 낀 채 고개를 푹 숙이더니 생각에 잠겼다.

"만약 오사카를 떠나기 전에 발각이라도 된다면 은혜를 원수로 깊게 되는 거야."

"짐과 달라서 움직이는 사람이니까 더욱 조심을 해야겠지요."

"뭐 좋은 생각이 없을까……"

내일 실을 짐을 싸느라 가게 안의 사람들은 분주하게 움직였으나, 오쿠라의 방문은 굳게 닫힌 채 정적이 감돌았다.

그때 종업원이 와서 오요네가 오쿠라를 만나고 싶어한다고 전했다. 오쿠라는 누구와도 만날 기분이 아니라서 용건만 전해 들었다. 좋은 생각이 떠오르기 전에는 다른 사람을 만나는 것이 귀찮았기 때문이다.

오요네의 용건은, 자신과 하인이 내일 떠나는 배에 타고 싶으며 게이노스케로부터 받은 배표도 가지고 있다는 것이다. 오쿠라는 오요네에게 내일 배가 떠나는 시각까지 오(大) 강 기슭에 있는 부둣가로 오라고 했다.

아직 하루가 남았는데도 내일 출항에 대해서 종업원들의 질문이 끊이지 않으니 오쿠라의 심정은 더욱 다급해져만 갔다.

"마님!"

아까부터 잠자코 팔짱을 끼고 있던 신키치가 갑자기 무릎을 탁 쳤다.

"좋은 생각이 떠올랐습니다."

"어떤 생각인데?"

"이것보다 더 좋은 방책은 없을 겁니다. 저……."

신키치는 오쿠라의 뒤를 손가락으로 가리켰다.

"교토의 우메타니 우장군님에게서 부탁받았던 저 세 개의 고리짝……."

신키치는 말을 하다 말고 너무나 두려운 나머지 마른침을 삼켰다.

신키치의 손끝을 따라 오쿠라의 눈이 뒤를 향했다.

그곳에는 조린 대나무로 만든 세 개의 고리짝이 놓여 있었다. 이 고리짝은 교토의 우장군 우메타니가 덕도 성으로 보내 달라고 시코쿠 가게에 맡겨 놓은 것이다.

암묵리에 두 사람의 동의가 이루어졌다.

신키치는 열쇠를 찾아 그 고리짝 하나에 손을 대었다.

"마님! 마님!"

그때 황급한 발소리를 내며 하녀가 달려왔다.

아와에서 온 사람들이 보이면 즉시 알려 달라고 손을 써 놓은 하녀였다.

"아리무라라는 분과 게이노스케라는 분이 오셨습니다."

"뭐라고, 아리무라님이?"

두 사람은 깜짝 놀라 열쇠를 떨어뜨렸다.

하얀 칼날이 기품 있게 빛나고, 강렬한 칼 냄새가 아무리 많은 피에도 겁먹지 않을 것처럼 느껴졌다. 손잡이부터 칼끝까지 세 척쯤 되는 명검이다.

그것이 지금 불빛 아래 옆으로 길게 누워 있었다.

칼에서 잠시도 눈을 떼지 않고 조용하게 바라보고 있는 사람은 겐노조이고, 칼 끝과 등불 앞에 숨을 죽이고 앉아 있는 사람은 오요네였다.

이곳은 겐노조가 묵고 있는 고이야의 2층이다.

바람이 조금 거세졌는지, 강물 소리가 등불의 불꽃을 흔들 듯이 들려왔다.

오요네는 지금 막 2층으로 올라왔다. 시코쿠 가게에 내일 떠나는 배편 자리를 부탁하고 오요네는 곧바로 그 가마를 타고 고이야로 달려 왔다. 그리고 2층으로 올라와 보니 겐노조가 등불 아래서 칼을 손질하고 있었다.

오로지 칼날에 집중하느라 자신이 온 것도 알아채지 못하는 겐노조가 오요네는 조금 불만스러웠다. 하지만 얼음 같은 칼날을 보자 가마 속에서 생각했던 사랑의 말과 교태는 간 곳 없고 자신도 모르게 숨을 들이마셨다.

'빨리 칼집에 넣으면 좋을텐데……'

오요네는 다만 마음 속으로 이렇게 기원했다.

겐노조는 칼날에 머물고 있는 과거의 피를 바라보고 있었다. 감탕나무 언덕에서의 피비린내가 아직도 생생하게 그림자를 드리우고 있는 것 같았다.

'앞으로도 이 이름 없는 칼이 얼마나 많은 피를 빨아들일 것인가? 겐노조라는 주인이 백골로 변한 다음에도 여전히 다른 사람들의 손을 통해 애욕의 피를 묻힐 것이다.'

그런 상상을 하다가 겐노조의 눈동자가 문득 오요네 쪽으로 움직였다. 오요네는 자신도 모르게 주춤거리며 뒤로 물러섰다.

요염한 폐병의 여자와 번득이는 칼날이 서로 아름다움을 경쟁하는 듯이 보였다. 겐노조는 칼을 조금 앞으로 당기고 가볍게 두들겼다.

그 틈에 오요네는 조금 마음이 안정된 듯이 겐노조에게 말을 걸었다.

"당신의 부탁대로 저도 내일 아와로 돌아갑니다."

"……"

겐노조는 여전히 오요네에게 눈길을 주지 않고 칼 손질만 계속 하였다. 어젯밤 내내 물에 담가 두었다가, 오늘 하루종일 그늘에 말린 닥나무 종이가 면처럼 부드러워져 있었다.

그는 그것을 들고 가볍게 칼날을 닦았다.

오요네는 혹시 겐노조가 손을 베지는 않을까 조마조마해 하면서 물었다.

"당신은요?"

겐노조는 오른손으로 칼날을 깨끗하게 닦았다.

"나도 내일은 오사카를 뜰 생각이네."

"그러면 역시 같은 배에 타는 겁니까?"

겐노조는 그 말에는 아무 대답도 하지 않은 채 칼집을 들고 소리 없이 칼을 넣었다. 그때 아래쪽에서 계단을 올라오는 소리가 들리더니 주인이 얼굴을 내밀었다.

"손님, 요전에도 왔던 시코쿠 가게의 종업원이 잠시 만나고 싶다면서 기다리고 있습니다."

겐노조의 안색이 순간 환해지면서 자리에서 일어서자, 오요네도 다급히 몸을 일으켜 겐노조 옆에 와서 매달렸다.

"저, 겐노조님, 같은 배에 타더라도 저에게는 다쿠스케라는 귀찮은 녀석이 붙어 있고, 또 아와에 가더라도 다시 만날 때까지는 잠시 헤어져 있어야만 합니다."

"그것은 어쩔 수 없지 않은가?"

"그러니 오늘 밤만 이곳에 머물게 해주세요."

"내일 떠날 준비로 몹시 바빠서 한가롭게 이야기를 하고 있을 틈이 없네."

"하지만 이제 늦어서 저는 돌아갈 수 없습니다."

"아니야. 당신이 타고 온 그 가마꾼 목소리가 아직 밖에서 들리고 있네. 빨리 그것을 타고 돌아가게."

겐노조는 냉정하게 오요네의 부탁을 거절하면서 다시 강한 어조로 다짐을 했다.

"더구나 저녁때부터 이 집 주위를 아와의 무사처럼 보이는 녀석이 어슬렁거리고 있네, 만일 당신의 부주의로 지금까지의 노력이 헛수고로 돌아가는 경우는 두 번 다시 이렇게 만날 수도 없지."

오요네는 더 이상 어쩔 수 없었다. 낙담해 있는 오요네를 그대로 두고 겐노조는 계단을 내려와 뒷문에 몸을 숨긴 채 어둠이 깔린 밖을 내다 보았다.

뒷문에서 조금 떨어진 곳에 이끼가 낀 우물이 있고, 그 뒤쪽에 조릿대나무 숲이 있었다.

언뜻 줄무늬 옷을 입은 신키치가 겐노조 쪽을 향해 손짓하는 것이 보였다.

"신키치인가?"

"예."

"내일 밤 일 때문에 왔는가?"

"그렇습니다. 아무래도 상황이 좋지 않습니다. 저희 마님께서 겐노조님에게 알려 드리라고 해서요……."

"그렇다면 내일 사정이 바뀌었다는 얘기인가?"
"그런 것은 아닙니다."
신키치는 더욱 목소리를 낮추었다.
"실은 오늘 밤 갑자기 아리무라님이 저희 가게로 오셨습니다. 그래서 내일 밤 배편에 대해서 마님도 몹시 걱정하고 계십니다."
"아리무라가 나타났다고?"
"상당히 의심을 하고 있는 듯합니다."
"그러면 사전 검문을 하러 온 것인가?"
"그렇다고 분명하게 말하지는 않았지만, 아리무라님과 게이노스케님께서 저희 배에 편승하시겠다는 겁니다. 어떤 이유를 막론하고 거절할 수 없는 일이라 어쩔 수 없이 승낙했습니다. 그러면 내일 밤 아무리 변장을 한다고 해도 들킬 게 분명합니다."
"음, 엎친 데 덮친 격이군."
"그래서 조금 힘들지 모르겠지만, 이틀 밤만 참으실 수 있다면 가능할 것도 같은 방책이 있어서 상의하러 왔습니다."
"무슨 방책인가?"
"교토의 우메타니 우장군님이 덕도 성에 보내 달라고 맡긴 고리짝이 있습니다. 그것도 내일 밤 배에 싣기로 되어 있는데, 그것 중에 두 개를 비워서……."
"쉿!"

겐노조의 제지하는 말에 신키치가 숨을 들이마셨다. 동시에 겐노조의 손을 떠난 작은 단도가 비스듬히 어둠을 가르고 날아갔다.

그러자 우물 뒤에서 신음 소리를 내며 두건을 쓴 그림자가 빙그르르 굴렀다.

그자는 바로 겐노조가 저녁 무렵부터 느끼고 있었던 아와의 무사였다. 흔들리는 조릿대나무를 뚫고 가마 등불이 멀어져 가는 것이 보였다.

신키치가 신음을 지르는 무사에 놀라는 사이, 오요네는 겐노조와의 하룻밤을 포기하고 돌아가고 있었다.

"오쓰나."
문 너머로 소리 죽여 부르는 사람이 있었다.

드디어 아와로 떠나는 날 저녁 무렵, 석양 빛에 물든 만키치의 집 앞에 한 사람의 무사가 서 있었다.

자줏빛 두건을 쓴 옆 얼굴이 더욱 하얗게 도두보였다. 날렵한 몸매에 양쪽 허리에는 칼을 차고, 손에는 부채를 들고 있었다.

"오쓰나."

이윽고 안에서 문이 열렸다.

"겐노조님 이세요?"

"시간이 됐네. 빨리 나오게."

"예."

"준비는?"

"다 되었습니다."

"만키치에게는 알리지 말고 오도록 하게."

"오키치님에게 잠시 인사를 하고 오겠습니다."

"이것을 전해 주게."

겐노조는 품에서 두툼한 편지를 꺼냈다.

"우리들이 떠난 뒤 만키치가 사실을 알고는 틀림없이 원망스럽게 생각할 것일세. 이 편지에 자세한 사정을 써 놓았네. 이것을 오키치에게 주고 나중에 만키치가 조금 회복이 되면 읽으라고 부탁해 주게."

만키치의 집에서 오키치와 함께 계속 간호를 하고 있던 오쓰나는 이날 아침부터 겐노조가 오기를 애타게 기다리고 있었다.

엷은 노란색 각반을 차고 은행잎 모양의 삿갓과 지팡이까지 준비했다.

만약에라도 발각될 때에는 시코쿠 가게에서 돌보아 준 일이 있는 연극 배우 사쿠라마 긴고로(辯間金五郎)라고 말할 테니까, 가능하면 복장도 그렇게 해달라는 신키치의 요청이 있었다.

"저…… 오키치님."

오쓰나가 다락방을 향해 작은 목소리로 불렀지만 오키치는 좀처럼 내려오지 않았다.

오키치는 만키치의 상태를 보아서는 도저히 일어날 수 없다는 것을 알고 있기 때문에 두 사람이 떠나는 것을 남편이 알아채지 못하도록 기도하는 중이었다.

오쓰나가 잠시 다락방 밑에 그대로 서서 오키치를 기다리고 있을 때 만키치의 그렁그렁한 목소리가 들렸다.
"아, 오키치, 어떻게 해서든 빨리 내 몸을 낫게 해줘. 나는 쓰루기 산에 가야 해. 오키치, 의원을 불러 줘. 다른 의원을! 이렇게 태평스럽게 치료를 받고 있을 때가 아니야."

다락방에서 비통한 목소리가 들려 오자 겐노조도 만키치를 남겨 두고 가는 것이 마치 죄를 짓는 것처럼 느껴졌다. 다락방 아래에 웅크리고 있는 오쓰나 역시 도저히 발이 떨어지지 않았다.
"아아, 마고베 녀석한테 당한 데가 또 쑤시기 시작하는군. 오키치, 다른 의원을 불러 줘. 이 상처가⋯⋯이 상처의 통증만 멈춘다면 떠날 수 있어. 아와 정도는 쉽게 갈 수 있을 거야."
"여보, 지금 그렇게 무리하게 움직이면 나중에 더 안 좋아요."
"하지만 초조해서 견딜 수 없어. 오키치⋯⋯."
"물 말이에요? 물을 드릴까요?"
"아니, 물이 아니야. 겐노조님은 어디에 계시지?"
"혼자서 고심하고 계세요."
"시코쿠 가게 쪽에서는 안 된다는 건가?"
"그런 것 같아요."
잠시 후, 만키치가 조금 안정을 되찾자 오키치는 다락방에서 얼굴을 내밀었다.
그리고 안쓰러워하는 오쓰나를 향해 빨리 떠나라는 뜻의 눈짓을 했다. 오쓰나도 눈으로 이별을 고했다. 오쓰나는 눈물을 흘리면서 삿갓을 가슴에 안고 문 밖으로 뛰어나왔다. 겐노조는 침통한 얼굴로 밖에서 다락방 창문을 올려다보고 있었다.
그 창문으로 오키치의 여원 얼굴이 비쳤다.
그녀의 눈빛에는 무탈함을 기원하는 뜻이 서려 있었다.
두 사람은 오키치에게 마음에서부터 우러나오는 아픈 이별을 고하고 빠른 걸음으로 사라졌다.
사위는 이제 옅은 어둠이 깔려 있었다.
강에는 나룻배로 가득 차 있었고, 나룻배의 붉은 등불이 빽빽하게 반짝이고 있었다. 시코쿠 가게의 창고에서는 아직도 계속 배로 짐을 싣고 있는 중이었다.

 짐을 실은 배는 교대로 강을 타고 내려가서 아미가미(天神)의 매립지에 매여 있는 모선으로 옮겨 날랐다.

 짙은 자줏빛 두건으로 얼굴을 감싼 겐노조와 파란 은행잎 모양의 삿갓을 깊숙이 눌러 쓴 오쓰나는 사람들의 번잡함을 피해 농인교 난간에 서서 강을 내려다보고 있었다.

 그리고 있는 두 사람은 누구의 눈에도 싸구려 삼류배우로 보였다. 흔히 볼 수 있는 무사를 흉내 낸 배우와 기생 출신의 여자가 또 어딘가로 연극 공연을 떠나는 모습이었다.

 오쓰나의 허리끈에 차고 있는 칼자루조차 피리처럼 보여서 다른 사람 눈길을 전혀 끌지 않을 정도로 조화를 이루고 있었다.

 "저, 사쿠라마님."

 그때 사람들 사이를 빠져 나와서 친밀하게 부르는 사람이 있었다. 시코쿠 가게의 신키치였다.

 그는 약속대로 강기슭에서 두 사람을 찾아 곧장 이곳으로 달려온 것이다.

 "아니, 신키치님이군요?"

 말을 맞추어 지나가는 사람에게 들리도록 큰 소리로 말했다.

 "요전에 편지를 보내셨다고 하던데, 왜 빨리 오지 않느냐고 마님도 말씀이 있으셨습니다. 배는 5각에 떠나니까 아직 시간이 조금 남았군요. 어쨌든 숙소로 가서 마님을 뵙고 가지요. 제가 안내해 드리겠습니다."

 신키치는 앞장 서서 일부러 가게 앞으로 빠져 나갔다. 이 세 사람 옆을 스치고 지나가는 복면의 무사가 있었다.

 "아니, 서 너식은?"

 무사는 가던 길을 멈춘 채 뒤돌아서서 팔짱을 끼고는 세 사람을 유심히 살펴보았다.

 곧이어 일행인 듯 복면 차림을 한 네댓 명의 무사가 다가와서 그의 어깨를 두들겼다.

 "이보게, 무슨 생각을 하고 있나?"

 "찾았어!"

 팔짱을 낀 무사는 다른 무사들을 젖히고 달려가더니 숙소의 뒷문을 통해 안으로 들어갔다.

어디랄 것도 없이 여기저기에서 박쥐같은 검은 옷의 무사들이 시코쿠 가게를 향해서 뛰기 시작했다.

딸랑 딸랑 딸랑.
문에 매달려 있는 방울이 서너 차례 흔들렸다.
"사쿠라마님, 이쪽으로 오십시오."
바다와 접한 벽은 밀려오는 파도로 흠뻑 젖어 있었다.
등불이 너무 밝지 않을 정도로 켜져 있었다.
"이 정원은 손질이 아주 잘 되어 있죠? 요즘 마님은 아와보다 이 오사카에서 살고 싶어하신 답니다. 자, 이쪽으로 오세요."
겐노조와 오쓰나는 징검돌을 하나씩 밟으면서 아무 말 없이 희미한 신키치의 그림자를 따라갔다.
정성껏 닦아 반지르르 윤기가 나는 툇마루 건너편에서 오쿠라의 목소리가 들렸다.
"신키치인가?"
"예. 같이 왔습니다."
"사쿠라마님이 왔나?"
초조했던지 서성이던 오쿠라가 툇마루로 내려왔다.
"너무 오랫동안 연락을 드리지 못해서 죄송합니다."
겐노조는 정중하게 문안 인사를 드리며 고개를 숙였다.
"그런 것은 아무래도 괜찮네. 저……."
오쿠라는 잠시 말을 멈추었다.
"어쨌든 안으로 들어오게."
오쿠라와 눈을 마주친 오쓰나도 조금 불안한 표정으로 삿갓 끈을 풀었다.
"그러면……."
겐노조는 두건을 쓴 채 오쿠라 뒤를 따라서 숙소 안쪽으로 들어갔다. 오쓰나의 삿갓을 받아 들면서 신키치도 안으로 모습을 감추었다. 그리고 그 다음에는 사람의 그림자도 보이지 않았다. 다만 나무 사이를 반딧불이 바쁘게 돌아다닐 뿐이다.

"게이노스케, 졸린가?"

바로 그 시코쿠 가게의 멋진 정원이 보이는 서쪽에 있는 다실에서 아리무라가 게이노스케를 야단쳤다. 게이노스케는 아리무라 앞에서 꾸벅꾸벅 졸았던 것이다.

어제 저녁부터 두 사람은 시코쿠 가게에서 머물며 대접을 받고 있었다.

게이노스케는 어젯밤 조금 자기는 했지만 출선을 기다리며 오랜 시간 지나치게 긴장한 탓인지 머리가 무거웠다. 시코쿠 가게에서 내준 술을 마시자 게이노스케는 갑자기 졸음이 쏟아졌던 것이다.

하지만 아리무라는 전혀 피곤한 기색이 보이지 않았다. 역시 공경 집안의 피가 흐뜨러짐 없이 맑게 흐르고 있었다.

"아니, 아닙니다."

게이노스케는 당황하면서 얼굴을 어루만졌지만, 눈이 붉어져 있는 것을 감출 수는 없었다. 부끄럽기도 하고 잠도 깰 겸, 회에 와사비를 듬뿍 묻혀 한입에 넣었다.

"지금 졸고 있을 때가 아니라는 것쯤은 잘 알고 있습니다."

"자네는 음식을 너무 많이 먹어. 그러니까 잠이 오지."

"죄송합니다. 저도 모르게 그만 무료해서……."

"무료함을 느낄 수 있을 정도로 마음이 편한가? 어젯밤부터 오쿠라의 기색이 조금 이상하니 절대 방심하지 말게."

"저도 그렇게 느끼고 있습니다만, 아직 증거가 없어서요."

"음."

"더구나 오쿠라의 대접이 너무 좋은 것도 의심스럽습니다."

"자네도 민감한 구석이 있군."

"싫은 표정도 짓지 않고 이렇게 상을 잘 차려 주지 않습니까?"

"그래서 자신도 모르게 너무 많이 먹어서 졸았다는 건가?"

"그런 것은 아닙니다만……."

게이노스케는 아리무라의 싸늘한 비아냥거림에 가차없이 잠에서 깨었다.

아리무라는 책상다리로 자세를 고정한 채, 가끔 시계를 쳐다보았다. 잠이 깬 게이노스케는 오요네의 모습을 그려 보고 있었다.

'어떻게 되었을까, 그녀의 건강은? 오사카에 돌아오고 나서 다시 폐가 나빠진 것은 아닐까?'

머릿속에 제일 먼저 떠오른 생각이었다.

자포자기가 되어 자신의 속을 썩일 때는 정말로 밉고 처치 곤란한 여자라고 생각했지만, 잠시 떨어져 있어 보니 역시 자신에게는 없어서 안 될 여자라는 것을 알았다.

보름 동안만 오사카에 있으라고 허락하였는데, 벌써 기간이 상당히 지났다. 물론 배 사정으로 늦어지기는 했지만……

오늘 밤 오요네도 다쿠스케와 함께 시코쿠 가게의 배로 아와로 돌아간다는 말을 들었다. 그런데도 그전에 잠시만이라도 만나고 싶었다.

물론 배가 떠날 때 얼굴이야 잠깐 볼 수 있겠지만, 눈치 빠른 아리무라가 옆에 있어서는 제대로 말도 나누지 못할 것 같았다.

게이노스케는 오요네와의 재회를 생각하니 기분이 좋아져 이런저런 상상에 빠져들고 있었다.

그때 숲 건너편 문에서 뭔가 기척을 느낀 아리무라의 예리한 신경이 칼날처럼 뻗쳤다.

"지금."

"왜 그러십니까?"

꿈을 쫓던 게이노스케의 눈이 아리무라의 눈과 마주쳤다.

"방울 소리가 난 것 같은데?"

"정원의 문에 방울이 달려 있습니다."

"누가 그곳에서 안채로 들어간 것은 아닐까?"

"알아볼까요?"

"그러게."

게이노스케는 즉시 일어섰다.

다실 창문에 얼굴을 대고 잠시 밖을 바라보았지만 나무가 가로막혀 보이지 않아 다시 툇마루 쪽으로 나섰다.

"조용히 가게."

아리무라가 주의를 주었다.

"옛."

버선발이 미끄러질듯 잘 닦인 복도를 따라 취객이 길을 헤매는 시늉을 하며 안채 쪽으로 걸어가자 눈 앞에서 등불이 흔들리고 있었다.

"저……, 게이노스케님이 아닙니까?"

발이 쳐진 방 안에 있던 오쿠라가 먼저 게이노스케가 오는 것을 알아차리고 나왔다.

"부인이로군. 배가 떠나려면 아직 멀었는가?"

당황한 게이노스케는 엉뚱한 질문을 했다.

"시간이 되면 다실 쪽으로 연락 드리겠습니다."

"그러겠나?"

게이노스케는 멋쩍어하며 잠시 복도를 이리저리 둘러보다가 다시 돌아가려고 했다.

"그러면……."

"게이노스케님, 잠시 물어 볼 말이 있는데요."

"나에게 말인가?"

"예."

등을 비춰 방으로 안내한 오쿠라는 게이노스케에게 의미있는 미소를 살짝 지어 보였다.

"오늘 밤 저희 배로 게이노스케님이 각별히 여기시는 분도 아와까지 가기로 되어 있습니다."

"아, 그, 그렇지."

정곡을 찔린 것처럼, 오요네의 이야기를 들은 게이노스케는 조금 겸연쩍은 표정이 되었다.

"고맙다는 말을 잊었군."

"아닙니다. 그런 말이 아닙니다."

"그 여자는 배에 익숙지 못하니 도중에 신경을 좀 써 주게."

"상당히 아름다우시더군요."

"뭐 그렇게까지는……."

게이노스케가 민망한 듯 붉어진 얼굴을 손으로 쓰다듬고 오쿠라는 싱글거리며 즐기는 양 바라보고 있었다.

"왜 그전에 한 번 만나지 않습니까? 게이노스케님이 박정하게 대하시면 틀림없이 오요네님도 원망하실 겁니다."

"그런 말을 하면 곤란한데……."

"하지만 모처럼 같은 배로 가는 게 아닙니까?"

"실은……."

게이노스케는 턱으로 다실을 가리키더니 씁쓸하게 덧붙였다.

"아리무라님에게는 아직 말을 하지 못한 여자라서……."
"호호호. 그것 참 곤란하겠군요."
"그러니 자네도 비밀로 해주게나."
"당연하지요. 전 그 사정도 모르고 배 좌석을 함께 놔드릴까 지금 여쭤보러 가려던 참이었습니다."
"아니, 당치도 않은 일이네!"
게이노스케는 무슨 목적으로 자신이 안채에 갔는지도 잊어버린 채 멍하니 다시 다실로 돌아왔다. 아리무라는 게이노스케를 보자마자 낮은 목소리로 물었다.
"어떤가?"
"별로 이상한 모습은 보이지 않습니다……."
게이노스케는 애매하게 말을 얼버무리며 자리에 앉았다.
"예민해진 신경 탓이겠지요."
그 말이 채 끝나기도 전에 두 사람이 앉아 있는 바닥 아래에서 탁 탁 하고 치는 소리가 들렸다.

수상한 소리를 듣고 게이노스케는 자신도 모르게 벌떡 일어서려고 했다. 그러나 의외로 침착한 아리무라는 한쪽 무릎을 세우며 게이노스케에게 말했다.
"게이노스케, 잠시 정원과 그 출입구를 잘 감시하게."
"옛."
대답은 했지만 게이노스케는 상황을 이해할 수 없었다. 주저하며 물으려고 하자 아리무라가 다시 눈짓으로 재촉했다.
"알겠습니다."
하는 수 없이 게이노스케는 다시 자리에서 일어섰다.
그리고 어쨌든 긴장된 눈길로 출입구를 빈틈없이 경계하면서 아리무라의 거동도 놓치지 않고 살펴보았다.
아리무라는 살며시 화로가 놓여 있는 다다미를 들어올렸다.
"아니?"
아리무라는 반쯤 들어올린 다다미 끝을 한 손으로 잡은 채 어두운 바닥을 들여다보고 있었다.

"음, 이상한 모습을 한 녀석이 신키치와 함께 이 숙소로 들어왔다고? 사쿠라마, 사쿠라마 긴고로라는 배우 같은 녀석이라고. 뭐, 지금 안으로 들어갔다는 건가? 아니, 어느 방으로?"

아리무라는 계속 바닥을 향해 이야기를 하고 있었다.

그 아래에는 아까 농인교 위에서 팔짱을 끼고 겐노조와 오쓰나를 지켜 보던 복면 무사가 두꺼비처럼 몸을 구부리고 있었다. 지금 자신이 본 것을 아리무라에게 알려 주고 있었다.

'배우, 사쿠라마 긴고로, 자줏빛 두건에 은행잎 모양의 삿갓을 쓴 여자라고?'

첩자에게 들은 모습을 머릿속으로 하나하나 엮어가면서 아리무라는 신경을 집중했다. 그러더니 몸을 더욱 아래로 굽혔다.

"어쩌면 그자들이 겐노조와 오쓰나일지도 모른다. 하지만 그곳에 정신이 팔려 다른 곳의 감시를 소홀히 하다가 지금까지 쫓아 온 표적을 놓쳐서는 10년 공부 나무아미타불이야. 음, 벌써 6각 반. 배가 떠날 때까지는 이제 일각 정도밖에 남지 않았다. 그 동안이라도 정체를 밝히고 싶은데 조금 전 그 두 사람이 숨어 있는 방은 어딘가?"

"안채 아래도 다 찾아보았지만, 이런 바닥 아래에서는 어디에 있는지 도무지 짐작이 되지 않습니다."

"주의 깊게 살펴보면 기척으로 알 수 있을 거야. 다시 한 번 찾아보게."

"옛!"

"그 두 사람에게서 잠시도 눈을 떼지 말게."

"알겠습니다. 그러면……."

마루 아래에 있는 그림지기 물러서려는 순간 아리무라가 다시 불렀다.

"잠깐."

그리고 잠시 생각을 하더니 단호하게 말했다.

"좋아, 가게! 이 아리무라도 이 집 뒤로 돌아 천장에서 안채의 모습을 탐색해 보지. 비상시에는 호각을 불어서 신호를 보내게. 알겠나? 아무쪼록 그 녀석들이 눈치채지 않도록 조심하고."

아리무라는 다다미를 제자리에 내려놓고 얼굴을 들었다.

"게이노스케."

"옛."

"내가 지시할 때까지 그곳을 떠나지 말게."
"너무 경솔한 행동을 하시는 것은 아닙니까?"
"아니, 괜찮네."
아리무라는 칼집 끈을 풀고 거추장스런 소매 끝을 묶더니 구석에 있는 천장으로 올라가는 계단으로 가볍게 올라갔다.
"게이노스케."
열린 천장문 틈으로 아리무라가 얼굴을 내밀었다.
"예?"
"이 문 좀 닫아 주게."
"그러면 너무 어두울 텐데요."
"상관 없네."
"옛."
게이노스케는 문을 닫은 뒤 쥐 죽은 듯이 고요한 천장을 올려다보았다. 대들보가 삐걱거리는 소리가 조용하게 안쪽으로 사라져 갔다.

"아리무라님은 어디에 가셨습니까?"
목욕을 하고 나왔는지 하얀 분을 엷게 바른 오쿠라가 방 앞에 서 있었다. 게이노스케는 속으로 움찔했으나 짐짓 태연한 얼굴로 대답했다.
"조금 무료하신지 방금 정원으로 산책하러 나가셨네."
"이제 배를 탈 시각이 거의 다 되었습니다."
"그래. 이제 일각 정도 남았군."
"너무 시각이 촉박하기 전에 선착장 쪽으로 제가 안내를 하려고 합니다만……."
"그래? 그거 고맙군. 그럼 아리무라님이 오시는 대로 즉시 준비를 하겠네."
게이노스케는 자신의 행동이 침착하지 못하다는 것을 느끼고 다시 자리에 고쳐 앉았다. 오쿠라는 아리무라가 없는 방에 지푸라기가 어수선하게 흩어져 있는 것을 유심히 바라보았다.

가시나무의 애교
본채 안쪽의 적막한 어둠 속에 세 개의 고리짝이 놓여 있었다.

조릿대나무에 새겨진 금문양이 어둠침침한 방에서 도두보였다.

하인이 잊어버리고 간 것인지, 선반 끝에 놓여 있는 촛불 하나가 흔들거리며 가냘픈 숨을 쉬고 있었다.

가구나 살림살이의 배치로 보아 안방마님의 방 같지만, 외로운 각등은 먹물같이 어두운 빛을 뿌릴 뿐 아무도 없었다.

그때 건너편 창고, 역시 불빛이 없는 어둠 속에서 말소리가 들렸다.

"배에서는 마츠베(松兵衞)라는 선장이 마님의 뜻을 이해하고 잘 처리해 주기로 되어 있습니다. 예, 물론 저도 그 배에 타서 여러 가지로 잘 살펴 볼 테니까 걱정할 필요는 없습니다. 다만 아지 강을 떠날 때까지는……."

주위에 들리지 않게 몹시 조심해서 소곤거리는 신키치의 말소리였다.

은밀히 주고 받는 오쓰나와 겐노조의 목소리도 간간이 들렸다.

"그러면 제가 생각한 방책대로, 마님이 다실 쪽을 맡고 있는 동안에……."

이윽고 문이 열리면서 사람이 복도로 나오는 기척이 느껴졌다.

신키치는 먼저 앞방으로 들어가더니 고리짝 옆으로 촛불을 가지고 갔다. 그리고 품에서 열쇠를 꺼내어 찰칵 하고 자물쇠를 열었다.

안에 있는 짐은 이미 다른 곳으로 옮겨 놓았는지 고리짝 속의 사각 어둠이 사람을 빨아들일 듯이 기다리고 있었다.

"……."

신키치가 잠자코 방 밖으로 눈길을 주자 삿갓으로 얼굴을 가린 오쓰나의 모습이 다가오더니 재빨리 고리짝 안으로 사라졌다.

겐노조 또한 신키치가 다음 고리짝을 여는 것과 동시에 칼을 손에 들고는 그곳에 발을 들여놓았다.

그리고 안으로 몸을 굽히듯이 하면서 문득 촛불의 불꽃을 보고 가마히 귀를 기울였다.

갑자기 겐노조는 칼을 빼들고 다다미의 이음새로 칼 끝을 향하더니 그대로 깊숙이 내리 찔렀다.

그러자 보이지 않는 곳에서 음산하고 깊은 신음 소리가 들려왔다. 신키치는 자신의 발 아래서 들썩하는 진동에 깜짝 놀라서 기둥에 몸을 기댔다. 어느 틈엔가 오쿠라가 와서 입구에 서 있었다.

"신키치."

"아아, 마님입니까?"

"아와에서 상당히 삼엄하게 탐색하고 있는 것 같아. 아무래도 오늘 밤 배는 위험하겠어."
"그렇다면 무사하게 나갈 수 없을까요?"
"안채에 있는 아리무라라는 사람의 눈치가 심상치 않아."
신키치는 자신도 모르게 한숨을 쉬었다.
"그것 참 큰일인데요."
"저는 상관 없지만, 겐노조님, 어떻게 하시겠습니까?"
"무슨 뜻이지?"
겐노조는 다다미에 꽂은 빼들고 칼을 묻어 있는 피를 닦더니 다시 칼집에 넣었다.
"마루 밑에 숨어 있는 무사도 하나둘이 아닐 겁니다. 그래도 오늘 밤 배에 타시겠습니까?"
"처음부터 위험하리라는 것쯤은 각오하고 있었네. 다만 이 집에 누를 끼치지 않을까 그것이 마음에 걸리네."
"이미 떠난 배입니다. 그런 것은 걱정하실 필요 없습니다."
"그렇다면 타도 좋네."
"그런 각오라면……."
"겐노조 운명의 갈림길일세."
"정말로 위험하다고는 생각하지만……."
"모든 것은 하늘의 뜻이니, 이 고리짝에 맡기는 수밖에 없네."
겐노조는 칼을 안고 고리짝 안으로 들어갔다.
"신키치, 자네는 이제 빨리 선착장으로 가 보게."
"마님은요?"
고리짝 뚜껑을 닫으면서도 신키치는 몹시 걱정이 되어 안절부절하지 못했다.
"나는 다실에 있는 사람들과 다른 길로 가겠네."
"알겠습니다. 그러면 그곳에서 다시……."
"쉿!"
오쿠라가 갑자기 소맷자락으로 촛불을 껐다.
깜짝 놀란 신키치는 고리짝을 안고 자신의 심장 소리를 들었다.
천장의 틈에서 어두컴컴해진 다다미 위로 아주 조금 먼지가 떨어졌다. 바늘이 옷감을 스치는 정도의 소리였다.

갈비뼈 같은 천장 위 대들보에 아리무라는 웅크리고 있었다.
"이 아래인가?"
천장의 이음새에 칼을 넣고 살짝 비틀어 벌리면서 얼굴을 대려던 찰나, 아래 방의 불빛이 꺼지고 촛불의 그을음이 올라왔다.
'수상하군.'
아리무라는 순간 날카로워졌다.
잠시 숨을 참고 있으니 이윽고 시코쿠 가게의 종업원들이 어둠 속에서 뭔가를 운반하는 기척이 들렸다. 온몸을 죄는 듯한 어둠 속을 기어서 아리무라는 다실로 돌아왔다. 그런데 그곳을 지키고 있어야 할 게이노스케가 보이지 않았다.
"이 녀석! 도대체 어디에 갔지? 이곳에서 꼼짝도 하지 말고 지키라고 했는데."
아리무라는 못마땅해 혀를 찼다. 옷에 묻어 있는 먼지를 털며 앞뜰을 바라보고 있는데 나무 사이를 뚫고 다가오는 그림자가 있었다.
"게이노스케인가?"
"아리무라님."
"어디를 그렇게 돌아다니느냐?"
"지금 무사들이……"
"무사들이 왜?"
"이곳을 떠나서 선착장 쪽으로 달려갔습니다."
"알겠다. 지금의 그 고리짝이야."
"예? 고리짝이라고요?"
"자네도 준비하게. 즉시 출발하지."
게이노스케가 흩어져 있는 종이와 부채 등을 황급히 정리하고 있는 사이에 아리무라는 등불을 끄고 성큼성큼 복도로 나왔다.
그러자 발이 쳐진 문 그늘에서 소리가 들렸다.
"잠시만 기다려 주십시오."
"누구냐?"
아리무라는 마음이 몹시 급한지 말투에도 초조함이 배어 있었다.

"오쿠라이옵니다."

"음, 오쿠라인가?"

아리무라는 입을 꼭 다물었다.

"지금 선착장으로 안내하려고 준비하고 있던 중입니다. 그곳은 짐을 싣는 일꾼과 배를 타려는 사람들로 북적대서 뱃사람들이 무례를 끼칠지도 모릅니다. 게다가 아리무라님이 타실 자리도 제가 가지 않으면 모르니까, 잠시만 기다려 주십시오. 지금 등불을 켜고 곧 모시겠습니다."

대답할 틈도 없이 오쿠라는 가게 표시가 되어 있는 등불을 손에 들고 아리무라 앞에 모습을 나타냈다.

아리무라는 사람의 마음을 읽는 듯한 눈동자에 위엄을 담고 뚫어져라 오쿠라의 얼굴을 응시했다. 그러나 그 눈길을 방해라도 하듯 아래에서 흔들리는 불빛이 엷게 화장한 오쿠라의 폭패인 보조개를 아름답게 드러내었다.

마음은 조급했지만 이렇게까지 친절하게 대하는 오쿠라의 말을 뿌리칠 수는 없는 일이다.

아리무라는 바짝바짝 속이 타는 것을 느꼈다.

조금 전 오쿠라의 방에서 본 세 개의 고리짝, 그 고리짝이 수상했다.

숙소 밖에 흩어져 있던 무사들도 그 고리짝이 몰래 이 집에서 나가는 것을 알았기 때문에 일제히 선착장 쪽으로 달려간 것이리라.

기왕 오쿠라와 나서야 할 바에 아리무라는 쓴웃음으로 고개를 끄덕이면서 큰 걸음으로 밖을 향해 걷기 시작했다.

그러자 오쿠라는 또 부드럽게 아리무라를 불렀다.

"아리무라님, 신발은 뒷정원에다 놓았습니다. 밖에는 벌써 짐을 부리느라 먼지가 심하고 가게 종업원들로 혼잡해서 발 디딜 틈도 없습니다."

오쿠라의 목소리에는 애교가 철철 넘쳤다.

등불로 정원의 어둠을 비추면서 오쿠라는 앞장 서서 한 걸음 한 걸음 발을 내디뎠다. 그 모습에서는 장사꾼의 아내다운 세심함과 함께 나이 든 부인의 친절함이 엿보였다.

하지만 촌각을 다투는 아리무라와 게이노스케에게 오쿠라의 느긋한 안내는 오히려 가시나무가 발목을 휘감고 있는 것처럼 느껴졌다.

고리짝 속의 어둠

"이제 올 때가 됐는데."

아까부터 다쿠스케는 선착장을 초조하게 서성이며 오요네가 나타나기만을 손꼽아 기다리고 있었다.

선착장에는 짐 주인이나 전송인들의 등불로 가득 차 있었다. 그들이 말하는 소리가 하나의 울림이 되어 강물로 퍼져 갔다.

펄럭이는 깃발이 200석 큰 선체의 여기저기에서 춤을 추고 있었다.

다쿠스케는 근처 다리 위까지 가 보았지만, 오요네는 여전히 모습을 보이지 않고 있었다.

"쳇, 뭘 이렇게 꾸물거리고 있는 거야?"

불만스럽게 중얼거리면서 등불 사이를 빠져나와 어두운 초원을 어슬렁거렸다.

'이제 애 좀 그만 태우고 적당히 나타나지. 어디 잠시 쉴 곳은 없을까?'

그렇게 생각하고 둘러보자 창고에서 조금 떨어진 곳에 빨간 등불의 우동을 파는 손수레가 보이고, 그 옆에 자그마한 오두막도 눈에 들어왔다.

가까이 가서 들여다보자 오두막집 안에는 돗자리며 장기도 있고, 담배 지피는 불도 놓여져 있었다.

"배를 탈 때까지 기다리는 대기소로군."

다쿠스케는 잘됐다 싶어 돗자리 위에 털썩 주저앉아 목에 걸고 있던 삿갓을 벗어서 옆으로 밀어 놓았다.

밤 바다의 냉기를 피하기 위해 걸친 비옷을 젖히고 담배를 꺼내 피우고 있는데, 우동 집에 앉아 있는 삿갓을 쓴 무사 한 사람과 두 아이가 보였다.

무뚝뚝한 표정의 무사는 누군가를 기다리는지 가끔 삿갓 끝을 들고 어둠 속 멀리까지 둘러보았다. 그 옆에 있는 아이들은 소리를 내며 우동을 먹고 있었다. 어찌나 맛있게 보이던지 다쿠스케도 갑자기 식욕이 솟았다.

"이보게, 나도 한 그릇 부탁하네."

다쿠스케는 담뱃대를 털면서 말했다.

"예."

이윽고 우동집 주인이 쟁반 위에 우동 한 그릇을 들고 나타났다.

"얼마인가?"

"12문(文)입니다."

다쿠스케는 주머니를 뒤져 쟁반 위에 12문을 올려놓고 우동 그릇을 들었다.

"감사합니다."

"저, 뭐 하나 물어 보아도 되겠나?"

"예."

"자네는 저녁 때부터 여기에 계속 있었나?"

"배가 떠날 때까지 있으려고 날이 밝자마자 저 수레를 끌고 왔습니다요."

"아주 많이 팔았겠군."

다쿠스케는 젓가락을 휘휘 저으며 우동을 먹었다.

"상당히 맛있는데."

"예. 이 주위에서는 우리가 제일 손님이 많습죠."

"그렇겠군. 내가 먹어 본 우동 가운데 가장 맛있네."

"감사합니다."

"혹시 내가 오기 전에 이 근처에서 스물네댓 살 된 여자를 보지 못했는가?"

"하녀 말씀입니까?"

"아닐세. 내 모습이 초라하다고 내가 찾는 사람을 하녀라고 생각하면 안 되네. 아주 가냘프고 버드나무 가지 같은 아름다운 여자일세."
"글쎄요, 장사에 정신이 팔려서 다른 것에는 신경을 쓰지 못했습니다만……."
"보지 못했는가?"
"예, 못봤는데요."
"그러면 역시 안 올 생각인가?"
"이 배를 타고 떠나는 분을 전송하러 나온 겁니까?"
"아니, 내가 모시고 아와로 가려는 사람일세. 이제 곧 배가 떠날 시각인데 아직 오지 않아서 애를 태우고 있던 참일세."
그때 우동 포장마차에서 삿갓을 쓴 무사가 불렀다.
"주인장, 얼만가?"
"24문입니다."
주인장이 굽신거리며 그곳으로 가자 무사는 주머니에서 2보(步)짜리 은을 꺼냈다.
"이곳에 놓겠네."
"죄송합니다만 잔돈은 없습니까?"
"거스름돈은 필요없네. 그런데 장사에 방해되지는 않을 테니 잠시 이 두 아이를 이곳에서 맡아 줄 수 없겠는가? 상당히 지쳐 있는 것 같아서."
"곧 돌아오실 겁니까?"
"음, 배가 떠날 때까지는 오겠네."
무사는 그 말을 남기고 어딘가로 모습을 감추었다. 그것을 바라보고 있던 다쿠스케도 먼지를 털며 일어섰다.
"나도 이러고 있을 때가 아니지. 도대체 오요네는 어디서 무엇을 하고 있을까? 빨리 오면 좋겠는데."
다쿠스케는 혼잣말로 중얼거리면서 삿갓을 챙겨 들고 넓은 공터를 헤맸다.
우동집에서는 주인이 그릇을 씻으면서 졸고 있는 아이들을 바라보고 자신도 모르게 빙긋 웃었다.
"귀여운 아이들이군. 너희들 피곤해 보이는데, 어디에서 왔지?"
주린 배를 채운 아이들은 쏟아지는 졸음을 참지 못하여 주인의 물음에는 대답도 하지 않고 포장마차에 기댄 고개를 떨구고 있었다.
"아하하하. 그곳에서 졸고 있으면 위험해. 아저씨가 자리를 만들어 줄 테니까 이쪽으로 와. 자, 이곳이라면 아무리 졸아도 넘어질 염려는 없지."
주인은 오두막집 안으로 아이들을 데리고 들어갔다. 무심코 구석에 놓인 짐 위에 멍석이 덮혀 있는 것이 보였다. 대여섯 장을 들추어 빼내니 그 아래에 금색 띠를 두른 파란 고리짝 세 개가 나란히 있었다.
금색 띠를 본 주인은 두려워서 더 이상 가까이 가지도 못한 채 대충 잠자리를 펴 주자 아이들은 아무것도 모르고 그대로 잠들어 버렸다.
그때 한 남자가 이쪽으로 뛰어왔다. 시코쿠 가게의 종업원인 신키치였다. 조금 초조한 듯한 기색으로 주인을 밖에서 불렀다.
"예."
주인은 오두막집에서 뛰어나갔다.
"우동 드릴까요?"
"아니, 우동은 필요없네. 지금 이곳에 높은 분이 오시니까 이것을 다른 곳으로 치워 주게."
"예?"
"야단맞기 전에 빨리 저쪽으로 가게. 빨리!"
"예."
"배가 밧줄을 풀고 출범할 때는 더 복잡해지니까, 자네 손수레가 뒤집혀도 내가 알 바 아니네."
"하지만……."
주인장이 뭔가 말을 하려고 할 때 손수레를 향해서 복면을 한 무사 14, 5명이 밤까마귀처럼 몰려드는 것이 보였다.
"앗!"
우동집 주인은 깜짝 놀라서 다급히 수레를 멀리 끌고 갔다.
신키치는 무사들이 눈 앞을 지나칠 때 오두막집 귀퉁이에 숨어 있었다. 그리고 그 발소리가 사라지는 것을 기다려서 안에서 나오더니 조용하게 빛을 발하고 있는 금줄이 박힌 고리짝으로 다가갔다.
"갑갑하시지요. 이제 곧 마쓰베라는 선장이 사람들을 데리고 올 테니까. 자세한 것은 마쓰베가……."
신키치는 고리짝 안을 향해 이야기를 하기 시작했다.

"……예, 상당히 많은 무사들이 돌아다니고 있습니다. 어쨌든 아지 강을 떠날 때까지가 어렵습니다. 아니요, 아리무라님은 아직 보이지 않습니다. 만약에 오면 마님과 마쓰베가……. 예, 잠시만 참으십시오."

말을 멈추고 신키치가 황급히 고리짝 위에 멍석을 덮어씌우며 목을 움츠렸다.

번개같은 창 하나가 오두막집 안으로 날아왔다.

신키치는 자신의 등줄기에서 고리짝 안까지 그 창이 꽂힌 줄 알고 눈을 질끈 감았다.

"으악."

털버덕 하고 누군가 쓰러지며 신음소리를 냈다.

밖을 내다보자 몸을 관통한 창을 잡고 복면무사의 시체가 꿈틀거리고 있었다.

어느새 하얀 칼을 들고 삿갓을 깊게 눌러 쓴 무사가 다가왔다. 다름 아닌 아까 우동집 주인에게 아이들을 맡긴 무사였다.

"어디로 갔을까?"

아이들의 모습이 보이지 않자 그 무사는 주위를 둘러보며 찾고 있었다.

"저쪽이군."

이윽고 삿갓을 깊게 눌러 쓴 무사는 멀리 사라져 가는 우동 손수레를 발견하고 그쪽을 향해 뛰어갔다.

방금 이곳에서 일어난 상황을 몰래 지켜 보고 있던 다른 무사들은 창과 칼을 숨긴 채 앞에 달려간 무사의 그림자를 바람처럼 따라갔다.

신키치는 살짝 얼굴을 들고는 뛰어기는 무사의 뒷모습을 바라보았다.

"저 무사는 뭐지?"

별안간 벌어진 일에 정신이 없었지만 신키치도 즉시 그곳을 나와서 배 쪽으로 뛰어갔다. 배에 묶인 밧줄을 푸느라 혼잡한 틈을 이용해 사방에서 번득이는 눈길을 속여 재빨리 세 개의 고리짝을 배 밑으로 가지고 가야 했기 때문이었다.

이제 시각도 거의 5각 반이 다 되어 가고 있어서 소란스럽던 배도 비교적 조용해졌다.

등불만이 뱃전 여기저기에서 바람에 흔들리고 있었다.

상쾌한 바람이 불어왔다. 별이 하늘에 가득 차고 달이 교교히 흐르는 5월치고는 드물게 아름다운 밤이었다.

이대로라면 바다도 순풍이고 나루토의 파도도 높지 않을 것이다. 배를 띄우기에는 아주 적합한 날이었다.

하지만 무사히 항해를 끝내기 전까지는 예상치 못한 대폭풍우가 찾아오지 않으리라 단언할 수는 없었다. 지금 이 조그마한 선착장은 세 개의 고리짝을 중심으로 복면을 쓴 무사와 수상한 삿갓, 그리고 다쿠스케, 신키치, 또한 여러 그림자가 빙글빙글 돌며 회오리바람을 일으키고 있었다.

그때 낡은 우물 곁에 등불 하나를 들고 어둠 속에서도 눈이 번쩍 뜨일 만큼 아름다운 자태로 건너편에 서 있는 남자를 부르는 여자가 있었다.

"다쿠스케!"

"오요네님입니까?"

다쿠스케는 허리를 굽히며 그쪽으로 다가갔다. 겨우 만난 기쁨을 과장해서 다쿠스케는 큰 소리로 말했다.

"얼마나 찾았는지 모릅니다. 정말 걱정했다구요!"

"그래? 호호호."

"그래가 아닙니다. 그렇게 단단히 약속을 해놓고 이제서야 나타나다니요. 전 이런 곳에서 힘들게 쭈그리고 앉아서 기다렸는데."

"어쨌든 만났으니까 됐잖아."

"또 달콤한 말로 저를 속여 놓고 한 방 먹이는 게 아닌가 하고 얼마나 걱정했는지 압니까?"

"만약 그랬다면 어떻게 할 건데?"

"이번에는 그냥 있지 않았을 겁니다. 어쩌면 내일 장안에 오요네가 누군가에게 살해됐다는 소문이 떠돌았을지도 모릅니다."

"어머, 무서워라."

오요네는 일부러 호들갑을 떨며 다쿠스케를 바라보았지만 조금도 무서워하는 것 같은 표정은 아니었다.

"어쨌든 조금 저쪽으로 가 계시지요."

"저쪽이라니?"

"배 시간까지 기다릴 수 있는 오두막이 있습니다. 그곳에 있으면 출발하기 직전에 선원들이 와서 알려 줄 겁니다."

"그러면 가 볼까?"
"오요네님."
"응?"
"누굴 찾고 있습니까?"
"왜?"
"아까부터 주위를 둘러보고 있었잖아요?"
"그래?"
"그래라니요, 제대로 걸음을 옮기지도 못 할 정도면서……."
"쓸쓸하기 때문이야. 너무나 적막하군. 배가 떠나는 밤은……."
'겐노조님은 어떻게 된 걸까? 보이지 않아.'
어둠 속에서 겐노조를 생각하니 오요네는 더욱 쓸쓸해졌다.

쫓는 자와 쫓기는 자

오요네와 다쿠스케가 떠나자 우물 안에서 뛰어나온 자가 있었다.
조금 전에 오두막집에서 우동 수레 불빛을 따라서 달려갔던, 삿갓을 깊이 눌러 쓴 무사였다.
"아니야."
무사는 오요네의 뒷모습을 보며 머리를 저었다.
"나이는 비슷한데."
팔짱을 끼고 두세 걸음 앞으로 내딛자 어둠 속에서 다가온 그림자 하나가 무사에게 달려들었다.
"야압!"
네 발이 서로 얽히면서 풀이 짓눌렸다.
"누구냐, 네 녀석은?"
무사의 외침이 무색하도록 또 하나의 그림자가 칼을 빼더니 삿갓을 눌러 쓴 무사의 옆 배를 찔렀다.
하지만 칼날은 비켜 갔다. 칼을 거두기도 전에 섬광같은 칼빛이 옆으로 가르자 그림자 하나가 쓰러졌다.
"으악!"
눈 깜짝할 새에 다시 두 번째 칼을 휘둘러 무사의 멱살을 잡고 있던 손을 풀었다.

삿갓을 눌러 쓴 무사는 칼날에 묻은 피를 허공에 뿌렸다.
"그 아이들이 걱정이군. 게다가 아와의 검문도 예상외로 심한 것 같아. 이렇다면 그도……."
수심 가득한 얼굴을 들어 하늘을 바라보는데 갑자기 발 아래에서 호각 소리가 흘렀다.
쓰러진 무사가 죽을 힘을 다해 가지고 있던 호각을 분 것이다.
희미한 호각 소리가 끊길 때 쯤 사방에서 모여든 무사들이 동료의 시체를 둘러쌌다. 그리고 이미 사라진 삿갓 무사의 출현에 초조해하며 분한 모습을 감추지 못했다.
"수상한 녀석이야, 도대체 누구일까?"
"물론 막부에서 온 녀석이겠지. 오늘 밤 소동을 틈타서 역시 아와로 잠입하려 했던 거야."
"이 상처를 봐! 대단한 솜씨야. 보통 녀석이 아니군."
"그 녀석이 바로 겐노조가 아닐까?"
"그래. 그럴 가능성이 높아."
불안감이 더해지며 우왕좌왕하고 있는 무사들 쪽으로 달려 온 자가 있었다.
"뭐냐? 무슨 일이냐?"
"아, 게이노스케님."
뒤를 돌아보자 게이노스케와 아리무라, 몇 걸음 뒤에는 등을 들고 오쿠라가 서 있었다.
저녁 무렵부터 이 일대에 수상한 삿갓을 쓴 무사가 나타났으며 결국 몇 명의 무사가 당했다는 이야기를 듣고 게이노스케는 고개를 갸우뚱거리면서 그 말을 다시 아리무라에게 속삭였다.
"음…… 도대체 어떤 녀석일까?"
아리무라도 전혀 짐작되는 바 없었다.
"아리무라님."
게이노스케는 손짓으로 아리무라를 따로 불렀다.
"솜씨를 보니 대단한 녀석인 것 같습니다. 혹 그 녀석이 겐노조가 아닌가 합니다만……."
아리무라도 그렇게 생각되는 점이 없지 않았다.

오쿠라의 방에서 몰래 운반된 고리짝이 수상한 것 같아 점을 찍어 놓았는데, 무사들의 말을 종합해 보니 오히려 그 삿갓 무사의 정체가 더욱 수상하게 생각되었던 것이다.

"서둘러 배를 탈 필요는 없어. 아직 담배 한 대 피울 시간은 있으니까 말이야."
다쿠스케는 억지로 오요네를 오두막집으로 데리고 갔다. 단 둘이 있게 되자 말투도 바뀌었다.
"마침 돗자리도 깔려 있군."
다쿠스케는 옷자락을 걷고 자리에 앉았다.
오요네도 다쿠스케와 나란히 앉아서 두 다리를 앞으로 내밀었다.
안성맞춤으로 기댈 것이 있었다.
다쿠스케도 그것에 기대면서 비스듬히 누웠다.
"오요네, 그저께 이맘 때는 참 좋았지?"
다쿠스케는 혼자서 상상하고는 징그럽게 히죽거렸다.
"그저께라니?"
"미즈 찻집 말이야. 벌써 잊었다니. 상당히 박정하군."
"잊지는 않았지만, 그렇게 정색을 하고 갑자기 그런 말을 하니까 그렇지."
"하지만 약속을 어기지 않고 오늘 밤 이곳에 왔으니 그 점은 높이 사지."
"내 마음은 변함이 없어."
"어떤 마음인지 궁금한걸?"
"막상 그리워하던 남자에게 다가가자 그 마음이 옳지 않았다는 것을 깨달았어."
"헤헤헤. 그게 정말인가?"
"글쎄, 내 말을 믿든지 말든지……."
"뭐라고?"
"정말 미워. 잘 알고 있으면서."
오요네가 물어뜯고 싶은 본심을 억누르고 다쿠스케의 손목을 살짝 꼬집었다.
"아, 아파. 놔 줘,
"잠깐, 누군가가 이곳으로 오고 있어."

오요네가 몸을 비틀어 뺐다. 그곳에 누군가의 그림자가 나타나서 오두막 집 안을 들여다보았다.
"다쿠스케가 아닌가?"
"아! 주인나리!"
다쿠스케는 깜짝 놀라서 일어섰다.
"옆에 있는 것은 오요네? 오랜만이군."
"예. 덕분에 마음껏 놀았습니다."
"음, 이제 아와로 돌아가는가?"
"오사카에 충분히 있었으니까요."
"이제 마음이 완전히 풀렸겠지?"
게이노스케는 매우 기분이 좋은 듯했다.
"길게 이야기하고 싶지만 아리무라님이 함께 있어서……."
"다쿠스케에게서 들었어요."
"아와에 갈 때 까지 배 안에서는 절대로 모르는 척하는 거야. 알겠어?"
"나리, 안심하십시오. 이 다쿠스케가 옆에서 잘하겠습니다."
"그렇기는 하겠지만, 탈 때도 충분히 주의를 하게. 아리무라님은 특별히 눈치가 빠른 분이니까."
"그런데 아리무라님은 지금 어디 계시죠?"
"지금 저쪽에서 무사들에게 주의를 주고 있어. 그 틈에 살짝 이곳으로 찾으러 온 거야."
"겐노조 놈은 언제 잡죠?"
"겐노조 말인가? 이 배가 아지 강을 떠나기 전에는 잡을 거야. 어쨌든 배에 몰아넣고 나서 잡을 방책을 강구해 놓았다고 하니까. 그건 그렇고……무슨 일이 있어도 배 안에서는 절대로 나에게 말을 걸어서는 안 돼. 그러면 오요네, 조금 서운하겠지만 아무쪼록 덕도 성까지 하룻밤만 참게."
게이노스케는 안절부절 못하는 모습으로 그렇게 말하더니 아리무라가 있는 쪽으로 성큼성큼 사라졌다.
다쿠스케는 게이노스케의 뒷모습을 보고는 터지는 웃음을 손으로 막았다.
"후훗. 정말로 멍청이 같군."
다쿠스케는 다시 아까 그 자리에 털썩 주저앉았다.
"오요네, 오두막 안이 어두웠기에 망정이지 갑자기 들어와서 얼마나 놀랐는지……."
"게이노스케님이 아무 눈치도 채지 못해서 다행이야."
"만약 눈치를 챈다고 해도 걱정 없어. 나도 다 생각이 있거든."
"나쁜 짓을 하고는 마음놓고 살 수가 없는 것 같아."
"복어 맛과 남자 맛은 한 번 들이면 헤어날 수 없다던데?"
다쿠스케는 겨우 안심을 했는지 다시 히죽거리며 뒤로 몸을 기대자 멍석이 스르륵 미끄러져 내려왔다.
"아니, 이게 뭐야?"
그가 뒤를 돌아다보자 멍석이 벗겨져 사각의 물건이 보였다.
"고리짝이군."
다쿠스케는 별다르게 신경을 쓰지 않았다. 그러고는 마침 기대기 좋은 것을 발견했다는 듯이 그 고리짝에 몸을 맡겼다.
"자, 오요네."
다쿠스케는 오요네에게 손을 뻗었다.
"이쪽으로 좀 와 봐."
오요네는 얼굴을 돌렸다.
"이 손 치워!"
오요네는 냉정하게 쏘아붙이며 다쿠스케의 수염 덮은 얼굴을 피했다.
"왜지?"
"아까 놀라서 아직 마음이 진정되지 않아 숨 쉬기가 곤란해. 그러니 제발 부탁이니까, 이 손 좀 치워 줘."
오요네가 부드럽게 나올수록 다쿠스케의 팔은 오요네를 더욱 괴롭혔다. 오요네는 화가 났다.
비열한 남자의 힘에 심장이 조여드는 것 같았다.
"치우라니까! 이제 배가 떠날 시각이 다 되었잖아."
"아직 괜찮아."
"아, 정말 끈질기군."
뒤에 있는 짐으로 몸이 짓눌려지며 오요네는 뒤로 밀쳐졌다.
"으악!"
그때 갑자기 다쿠스케가 괴상한 신음 소리를 내더니 심한 경련을 일으키면서 사지를 뻗었다.

고리짝 속의 어둠 555

"다쿠스케, 다쿠스케!"

오요네의 목에 감겨 있는 그의 손이 부들부들 떨렸다.

"어, 어떻게 된 거야? 다쿠스케, 다쿠스케!"

오요네의 가슴은 더욱 고동치기 시작했다. 겨우 목을 풀고 다쿠스케를 일으켜 세우려 하자 이마를 찡그린 채로 푸르게 변한 다쿠스케의 얼굴이 오요네의 어깨로 축 처지며 쓰러졌다.

"앗!"

오요네의 손끝으로 뭔가 따뜻한 액체가 느껴졌다. 자세히 보자 다쿠스케의 옆구리 늑골 아래에 번쩍 빛나는 것이 꽂혀 있었다.

살짝 보이기는 했지만 그것은 틀림없는 단도의 끝이었다.

"……"

오요네는 기절할 지경이었으나 비명도 지를 수 없었다.

너무나 놀라서 갑자기 다쿠스케의 몸을 밀쳤다. 그리고 이빨이 딱딱 부딪치도록 떨리는 것을 참으며 죽을 힘을 다해 일어서려고 했다.

그때 끼익 하는 소리가 들리더니 뒤에 있는 고리짝 뚜껑이 저절로 입을 벌렸다. 그러자 그 안에서 자줏빛 두건을 쓴 사람이 일어섰다.

"오요네."

"……"

"오요네."

조용한 목소리가 오요네를 불렀다.

오요네는 앞으로 발길을 내디디려고 했지만, 아무리 해도 앞으로 몸이 나가지 않았다. 발에 못이라도 박힌 것처럼 부들부들 떨면서 우뚝 서 있을 뿐이다.

어느 틈엔가 자신의 왼쪽 옷자락이 다른 고리짝 입구에 물려져 있었다.

뒤에서 뻗은 손길이 오요네의 옷깃을 잡자 그 순간 그녀는 끝장이다 싶어 자신도 모르게 외마디 비명을 지르며 땅에 엎드렸다.

그러자 다른 하나의 고리짝이 열리며 꽃이 피어나는 것처럼 오쓰나가 나타났다.

"겐노조님."

"쉿!"

갑자기 겐노조가 손을 흔들며 귀를 기울였다. 누군가의 발소리라도 들리는지 두 사람의 그림자는 고리짝 안으로 빨려가듯이 사라졌다.

바람처럼 들어온 사람은 삿갓을 깊이 눌러 쓴 무사였다.

우동집 주인을 찾아서 겨우 아이들이 있는 곳을 듣고 왔는지, 창 하나를 들고 오두막집 구석으로 달려갔다. 짚으로 둘러싸여 정신 없이 자고 있는 아이들에게 뭔가 한두 마디 속삭이고는 다시 바람처럼 뛰어나갔다.

그때 다쿠스케가 움직이기 시작했다.

"으윽."

다쿠스케는 상처를 누르면서 오두막집 판자를 붙잡고 일어섰다. 그 발에 매달려서 오요네도 안간힘을 다해서 비틀비틀 일어섰다.

200석 배의 선수에 서서 선장이 고동을 불었다.

5각 반이 다가오고 있었다.

출선을 코앞에 두고 술렁거리는 군중을 뚫고 다급하게 오두막집을 향해서 오고 있는 자는 아리무라였다.

"고리짝은 여기에 있나?"

뒤따라온 무사에게 아리무라가 물었다.

"옛. 시코쿠의 종업원이 아까 분명히 이곳으로 운반했습니다."

"음."

아리무라는 천천히 고개를 끄덕였다.

그리고 한 걸음 안으로 들여놓으려고 할 때 부스럭거리며 밖으로 나오는 자가 있었다.

수건으로 머리를 감싼 젊은 여자와 비옷을 입고 삿갓을 쓴 하인이었다. 그들은 마주친 사람의 눈길을 피해서 아무렇지도 않은 듯 지나치려고 했다.

"잠깐 거기 서라!"

아리무라가 호령을 치자 두 사람은 갑자기 멈추어 섰다.

"좀 수상하군. 두 사람 다 잠시 기다려!"

꼼짝 못하게 불러 놓고 아리무라는 두 사람을 뚫어질 듯이 바라보았.

삿갓 끝을 누르며 고개를 숙인 하인과 수건을 쓴 요염한 여자의 모습이 어둠 속에서 움찔했다. 여자가 입에 물고 있는 수건 자락이 부들부들 떨리고 있었다.

두 남녀가 당황하면서 오두막집에서 나오는 것을 보고 누구보다도 낭패스

고리짝 속의 어둠 557

러워한 사람은 바로 아리무라 옆에 있던 게이노스케였다.

'쳇, 멍청한 녀석.'

게이노스케는 남몰래 혀를 차면서 화를 내었다.

'그렇게 단단히 말을 해 두었는데 아직도 그곳에서 우물쭈물하고 있었다니! 아리무라를 기다린 게냐! 얼간이 같은 녀석!'

옆에 다른 사람이 없었다면, 게이노스케는 불같이 화를 냈을 것이다.

그러나 우선은 아리무라가 속아 넘어가 그들이 무사히 이 자리를 벗어날 수 있도록 마음 속으로 바랐다. 허무하게도 게이노스케의 바람은 무너졌고 아리무라는 턱짓으로 지시했다.

"이 남녀를 잡아서 문초를 해 봐라. 아무래도 수상한 것 같다."

"옛."

무사 두세 명이 앞으로 나오자 게이노스케는 깜짝 놀라서 열어서는 안 될 입을 열고 말았다.

"잠깐만요!"

"뭐냐?"

아리무라는 험악한 눈길로 게이노스케를 바라보며 이맛살을 찡그렸다.

"저, 실은…… 그자는 제가 볼일이 있어서 오사카로 보낸 하인입니다."

"그래? 자네의 하인이라고?"

"다쿠스케라고 하는 자입니다."

게이노스케의 등줄기에서 진땀이 흐르고 있었다.

"그러면 저 여자는 누구지?"

"저……."

"저 여자는? 옆에 있는 저 여자는 도대체 누군가?"

게이노스케는 비참할 정도로 말을 더듬었다.

"저 여자는 저…… 제 친척으로……."

게이노스케는 손등으로 얼굴에 흐르는 땀을 닦았다. 아리무라는 게이노스케의 당황하는 모습을 보고 모든 것을 짐작했으면서도 다시 짓궂게 물었다.

"저렇게 아름다운 친척이 자네에게 있었다니, 처음 듣는 이야기군."

아리무라는 쓴웃음을 지으면서 비아냥거리는 눈짓으로 게이노스케를 발끝부터 천천히 훑어보았다.

"죄, 죄송합니다."

"뭐, 죄송할 것까지는 없네. 친척이라면 각별한 사이지. 오늘 배에 타려는 것 같으니 친절하게 보살펴 주게."

"아닙니다. 하인이 딸려 있으니까……."

"사양하지 말게!"

가슴에 비수를 꽂는 한마디였다.

"다쿠스케!"

게이노스케가 아리무라에게 당한 화풀이라도 하려는 듯 다쿠스케를 야단쳤다.

"얼간이 같은 녀석, 왜 그렇게 우물쭈물하고 있는 거냐? 빨리 배로 가거라! 그렇게 걸리적거리지 말고!"

게이노스케를 무시하고 아리무라는 벌써 오두막 안으로 들어가서 여기저기를 둘러 보고 있었다.

"아니, 고리짝이 없지 않느냐?"

아리무라가 당황하여 큰 소리로 외쳤다.

그곳에서 분명히 고리짝 세 개를 보았던 무사들은 놀라서 아리무라와 함께 오두막 안을 찾았지만, 짐을 묶어 놓았던 밧줄과 멍석만 잔뜩 쌓여 있을 뿐, 있어야 할 고리짝은 어느 틈엔가 사라지고 난 뒤였다.

무사 하나가 한구석에서 두려움에 떨며 서로 끌어안고 있는 두 아이를 발견했다.

"야, 너희들은 이 오두막에 있었니?"

"예."

누나인 듯한 소녀가 보일 듯 말 듯 고개를 끄덕였다.

"저쪽 구석에 멍석에 덮여 있던 고리짝을 누가 가지고 갔는지 알고 있지?"

동생으로 보이는 열 살이나 아홉 살 정도의 남자애가 누나 가슴에 매달리며 떨리는 목소리로 대답했다.

"바로 지금이요."

"지금? 지금 가져갔다고?"

"아저씨들이 이곳에 오고 나서예요."

"그럴 리가 없어. 우리는 보지 못했어."

"거짓말이 아니에요. 정말이에요. 뒷문을 열고 살짝 뒤쪽으로 가지고 갔어요."

"또 선수를 쳤군!"

아리무라는 입술을 깨물었다.

하지만 걱정할 건 없었다. 오쿠라와 약속을 한 자가 교묘하게 고리짝을 배로 운반해 갔다고 해도 그것은 오히려 아리무라가 파놓은 함정에 스스로 빠진 것이다. 아리무라의 계획은 배 안에서 실행하기로 되어 있기 때문이다.

모선이 아직 강 저택 뒤쪽으로 가면 검문소에는 잇카쿠가 망을 보고 있고, 슈마와 마고베도 만반의 준비를 하고 기다리고 있다. 이제 어떠한 일이 있더라도 이 그물망에서 그들은 빠져 나갈 수 없었다.

안심이 되었는지 아리무라는 희미하게 웃으며 유유히 그곳에서 철수했다. 선착장 쪽으로 발길을 옮겨가 등불을 든 오쿠라가 아리무라를 부르고 있는 모습이 보였다.

부웅, 부웅…… !

출선을 알리는 고동 소리가 울렸다. 시각은 이제 5각 반으로, 밀물로 가득 찬 어둠의 바다가 출렁이고 있었다.

절정에 달한 듯 200석짜리 거대한 배 주변에는 사람들이 한꺼번에 몰려서 무척 복잡했다. 잡역꾼이나 선원들이 순항을 기원하며 각자 맡은 일을 하고 있고 상인들과 성으로 돌아가는 무사들, 순례자들로 북적거려 선체는 사람들의 소용돌이를 이루고 있었다.

다른 영지 사람들이 아와로 들어가는 것을 아무리 엄격하게 금지하고 있다고는 하지만, 역시 고향을 찾아서, 용무가 있어서, 신앙 때문에 반드시 국경을 넘어야 하는 사람들은 모두 어떠한 연줄을 찾아서라도 건너려고 했다.

평소 아와로 들어가는 배편이 거의 없는 만큼 기다림도 길 수밖에 없었다. 오늘은 유난히 승객이 많아 보였다. 그리고 게이노스케가 마음을 졸이고 있는 요염한 여자와 함께 비옷을 입은 하인도 혼잡함 속에서 등을 돌린 채 앉아 있었다.

어느 정도 소란이 가라앉을 즈음 아리무라와 게이노스케가 시코쿠 가게의 등불을 따라 배에 오르고 있었다. 그것을 보자 마쓰베라는 나이 많은 선장과 신키치가 달려와서 아리무라를 선실 안으로 안내했다.

"마쓰베, 신경을 쓰고는 있겠지만, 도중에 무례한 일이 없도록 잘 부탁하네."

오쿠라는 이렇게 말하고 아리무라 앞으로 다가가서 고개를 숙였다.

"그러면 아리무라님, 무사히 바다를 건너도록 빌겠습니다."

"그래. 신세 많이 졌네."

"정말로 부족한 점이 많았습니다. 보시는 대로 상선이라서 자리가 불편하시겠지만, 아무쪼록 참아 주십시오. 또 필요한 것이 있으시면 마쓰베에게 말씀해 주세요. 그러면 게이노스케님도 조심하세요. 신키치, 잘 부탁하네."

오쿠라가 육지로 내려가자 곧이어 배는 기슭을 떠나서 어두운 강물로 미끄러지 듯 나아갔다.

200석짜리 배에는 열네 개의 돛과 뜸 84장, 선원 16명, 마실 물 15석(石)이 실린다. 게다가 상당히 많은 사람이 타고 있고, 물건과 잡곡이 가득 실려 있기 때문에 갑판 위로 수면이 넘실거리도록 잠겨 있었다.

배는 바람을 타고 나아가기 시작했다. 육지의 잡음도 서서히 멀어지고 건너편으로 흔들리면서 밀려 나갔다. 굵은 밧줄이 파도를 가르고 선미 쪽으로 나아가는 것이 커다란 뱀처럼 보였다.

"아아."

오쿠라가 무거운 짐을 벗은 것처럼 깊은 숨을 내쉬었다. 어쨌든 이제까지 무사히 일이 진행되었다는 생각이 들자 갑자기 피로가 몰려왔다. 그리고 마음 속으로 합장을 했다.

'부디 무사히 아와까지 그 고리짝이 가도록.'

어느 틈엔가 전송 나온 등불은 하나둘씩 돌아가고 있었다. 오쿠라는 자기도 모르게 배의 그림자를 따라 기슭을 걷고 있었다.

문득 사람 기척이 느껴져 비로소 제정신으로 돌아왔다. 어린아이 둘이서 손을 잡은 채 훌쩍훌쩍 울고 있는 것이 보였다.

"누구 전송하러 왔니?"

오쿠라의 질문에도 두 아이는 고개를 가로저을 뿐 대답이 없었다.

"너희들, 어디에서 왔니?"

"에도에서요."

"뭐, 에도에서라고? 그런데 왜 이런 곳에서 울고 있니? 같이 온 사람을 잃어버렸어? 그래?"

둘은 더 크게 울면서 고개를 끄덕였다. 울음 소리에 이끌리기라도 한 듯 그곳을 향해 달려온 무사가 있었다. 삿갓을 깊숙이 눌러 쓴 무사였다.

"아니, 너희들 여기에 있었구나?"

그 무사가 다가와서 두 손으로 껴안자 아이들도 기뻐하며 무사의 팔에 매달렸다. 무사는 삿갓 너머로 오쿠라를 보더니 놀라서 큰 소리로 물었다.

"아니, 당신은?"

무사는 성큼성큼 앞으로 다가와 당황해 하는 오쿠라의 얼굴을 유심히 바라보았다.

"당신은 전에 우리 집에 있던 오쿠라가 아닌가?"

"그렇게 말씀하시는 당신은 누구시죠?"

"하긴 나를 잊어버리는 것도 당연하지. 10년 전에 당신과 많은 하인들을 데리고 있던 전 덴마 여력인 쓰네키 고잔일세."

"아니?"

오쿠라는 너무 놀라 몸이 휘청거릴 정도였다. 자신이 위험을 감수하면서까지 겐노조와 오쓰나를 도와 준 것도, 사실은 그 사람들이 예전에 은혜를 입은 주인 쓰네키 고잔과 같은 목적을 가지고 있다는 것을 알았기 때문이다.

특히 오쿠라는 에도에서 태어나 스무 살 정도까지 고잔 가에서 일을 했었다. 그리고 고잔이 관직에서 물러난 이후 아와의 시코쿠 가게로 시집을 왔다. 따라서 친정과도 같은 고잔 가를 그리며 겐노조에게 은밀히 호의를 가졌던 것이다.

그런데 에도에 있어야 할 고잔이 어떻게 갑자기 이곳에 나타난 것일까?

고잔은 순례자 배가 출발하지 않는다는 소식을 듣고 겐노조의 처지가 어려워질 것임을 알았다. 그래서 사쿄노스케와의 의논 후 다른 방도를 협의하기 위해 이곳으로 온 것이다. 데리고 온 두 아이는 오미와와 오토키치였다.

겐노조에게는 그 후 오치에님의 병세가 좀 나아졌다는 것을 말해 주고 싶었고, 또 오미와와 오토키치에게 그리운 혈육인 오쓰나를 만나게 해주기 위함이었다. 이곳에 오기 전에 만키치의 집에 들르니, 오늘 밤 두 사람이 시코쿠 가게의 배로 아와로 떠난다는 겐노조의 편지를 보여 주었다.

부랴부랴 지쳐 있는 두 아이를 북돋아 즉시 선착장으로 달려와 저녁 때부터 두 사람을 찾으러 돌아다녔으나, 망을 보고 있던 아와의 무사들에게 의심을 받아 이곳저곳으로 피하는 사이에 그 두 사람이 고리짝 속에 들어 있다는 것도 모른 채 바다와 육지로 헤어져버린 것이다.

여전히 위험이 도사리는 곳이라 깊은 이야기를 할 수 없다고 생각한 오쿠라는 뜻밖에 만난 옛날 주인 고잔과 두 아이들을 데리고 농인교 숙소로 갔다.

두 사람은 밤이 새도록 이야기를 했다.

만키치가 불의의 사고로 낙오한 것에 실망하고, 또한 겐노조와 오쓰나의 앞길에도 불안을 느낀 고잔은 오쿠라의 이야기를 듣자 조금 마음이 놓였다.

물론 두 사람의 앞길에 암초가 많이 놓여 있다는 것도 알았지만, 이제 모든 것은 하늘에 맡기는 수밖에 없다고 생각했다.

"당신이 10년 전의 인연 때문에 이렇게까지 해주리라고는 정말 생각지도 못했네. 이것은 신의 가호일세. 그러나 나도 이렇게 가만히 앉아 겐노조의 소식을 기다릴 수만은 없네. 귀찮겠지만 이 아이들을 잠시 이곳에서 맡아주지 않겠는가? 그리고 병상에 누워 있는 만키치도 멀리에서나마 신경을 써 주도록 부탁하네."

오쿠라에게 두 아이를 남기고 고잔은 삿갓의 끈을 묶고 언제랄 것도 모르게 시코쿠 가게의 숙소에서 훌쩍 떠났다.

한편 사건은 배가 떠난 날 4각 정도에 일어났다.

겉으로 보기에는 조용한 밤바람을 받으며 평온하게 출발한 상선이었다. 노 저을 수고도 없이 배는 물살에 밀려 드디어 아지 강 저택의 붉은 등이 보이기 시작했다.

배가 덴포(天保) 산 등대를 왼쪽으로 돌아갈 때까지는 돛을 세우지 않았기 때문에 하구에 나오자 선원들은 범차나 범망을 다루면서 본격적인 항해 준비를 하고 있었다.

처음으로 에비스 섬의 검문소가 있어서 관리가 정해진 대로 배 검문을 했다. 거기에서 약 반각이 걸렸다.

이 검문에서는 금테가 박힌 고리짝은 우메타니 가에서 시게요시에게 보내는 것이라고 말하자 별로 수상하게 생각지 않고 통과되었다.

사실 신키치로서는 이 막부 검문소도 적지 않은 걱정거리였다. 만약 관리들이 까다롭게 굴어 고리짝 뚜껑에 손이라도 대는 날에는 탄로가 나서 배에 타고 있는 아와 사람에게 발견되기 십상이기 때문이다.

다행히 그것은 기우에 지나지 않았다.

그제서야 신키치는 비로소 안심하고는 얼굴 가득 강바람을 받으면서 허리에 찬 담배쌈지를 빼냈다. 하지만 아직 완전히 마음이 안정되지 않았는지 불을 켤 기력이 없어 담뱃대를 손으로 들고 있을 뿐이었다.

강폭이 넓어짐에 따라서 달빛과 불빛을 받아 주위가 밝아졌다. 배에 탄 사람의 기분까지 밝아졌는지 갑판 위에는 두런두런 이야기 소리가 높아지기 시작했다. 끊임없이 부는 바람에 실려 가서 그다지 시끄럽게 느껴지지는 않았다.

신키치는 사람들이 붐비고 있는 사이에서 하인과 함께 있는 여자가 멀리 보였다. 요전에 숙소로 배표를 받으러 온 게이노스케의 여자일 거라고 생각했지만 고리짝 옆에서 조금도 떨어질 수 없어서 말을 걸어 가지는 못했다.

그는 배의 몸체와 후미 사이에 있는 선장실 입구에 세 개의 고리짝을 소중히 놓았다. 그리고 그 앞에 뜸 두세 장을 씌우고는, 이 배가 가라앉는 일이 생기더라도 결코 움직이지 않을 것 같은 표정으로 앉아 있었다.

밤이 이슥해지면 바다의 물보라가 일기 마련이라 배에 탄 사람들이 목침을 베고 잠이 들 무렵에 마쓰베가 다른 데로 옮겨 주기로 되어 있었다. 신키치는 뚜껑 틈 사이로나마 겐노조와 오쓰나에게 아와에 도착한 다음에도 주의할 것을 다시 한 번 말해 주어야겠다는 생각을 하고 있었다.

마쓰베는 지금 한창 선원에게 노를 젓는 것을 명령하거나 돛을 세우는 자에게 지시를 하기도 하면서 배 안을 돌아다니고 있었다. 하지만 바쁜 가운데에서도 신키치가 등지고 있는 고리짝 살피기를 소홀히 하지 않았다.

"바람도 적당하고 참 좋은 날씨야. 바다로 나가면 아주 상쾌할걸세."

"그렇습니다. 계속 이 상태로 간다면 크게 흔들리지도 않을 겁니다."

"작년에 시게요시님과 같이 아와로 갔을 때는 배가 화려하고 커서 자리도 편했지. 그러나 여행은 역시 이러한 상선을 타고 곡식이나 사람들과 함께 가는 편이 더 흥취가 있어."

"맞는 말씀입니다. 저도……."

"게이노스케!"

"예."

"아직 강 저택의 희미한 불빛이 이제야 보이는군."

기억 있는 목소리에 신키치가 문득 등줄기를 펴면서 기대고 있는 고리짝 너머로 뒤를 돌아보자 게이노스케와 아리무라의 얼굴이 바로 뒤에서 웃고 있었다.

엉뚱한 죽음

하얀 파도의 줄기가 커다란 곡선을 그렸다. 지금까지와는 다른 묵직한 파도가 배의 몸체에 부딪쳐 왔다. 바다가 가까워진 것이다.

왼쪽의 조금 높은 언덕에 덴포 산의 등대, 오른쪽 바로 앞에는 아지 강 저택의 검문소가 보였다.

그때 저택 검문소에서 거룻배 몇 척이 다가왔다.

"멈춰라! 잠시 멈추거라!"

거룻배 위에 세 사람의 그림자가 보였다.

소리를 지르는 자는 슈마였고, 손가락으로 배를 가리키며 서 있는 자는 마고베, 또한 노를 저으며 칠흑 같은 어둠을 가르고 있는 자는 잇카쿠였다. 가끔 파도의 물보라가 사람들을 하얗게 비추었다.

선장인 마쓰베가 모선의 뱃머리에 서서 물길을 노려보고 있었다.

"쳇, 또 왔군."

마쓰베는 거룻배에서 지르는 소리를 못 들은 척하고 왼쪽으로 노를 젓게 했다.

"선장님!"

노를 젓고 있는 사람이 뒤를 돌아보았다.

"아지 강 저택의 무사들이 계속 쫓아오는데요."

"상관 없으니까 빨리 저어라!"

"알겠습니다!"

힘찬 구령에 맞춰 노의 속도가 빨라졌다.

"영차, 영차, 영차!"

배가 물살의 흐름을 타자 마쓰베는 돛을 향하여 손을 흔들었다. 그러자 끼끼끼끼 하고 범차가 소리를 내고 빨간 등불이 흔들렸다.

갑자기 배 안이 시끄러워지는가 싶더니 새파랗게 질린 신키치가 뛰어왔다.

"마쓰베, 큰일났네."

"아니, 신키치. 왜 고리짝 옆에 있지 않고 이곳으로 왔나?"

"아리무라님이 자네를 데리고 오라는 거야. 불같이 화를 내고 있어. 그냥 있지 않을 것 같은데."
"상관 없어 내버려 둬!"
"하지만……."
"배에서는 선장이 곧 성주나 마찬가지. 자네는 어쨌든 그 고리짝 옆을 떠나면 안 돼. 이곳만 벗어나면 배 바닥으로 옮겨 줄게."
그때 마쓰베의 멱살을 잡고 한 팔을 비트는 자가 있었다.
"왜 빨리 오지 않는 거냐?"
돌아보니 게이노스케였다.
"무, 무슨 짓을 하는 거냐?"
"무슨 짓을 하려는 건지는 아리무라님 앞에 가면 알 수 있다. 그렇게 발버둥을 칠수록 너희들에게 좋지 않다."
마쓰베가 끌려가는 것을 보고 신키치는 몸을 부르르 떨었다.
"선장 마쓰베를 데리고 왔습니다!"
"그곳에 앉혀라!"
아리무라가 정색을 하고 큰 소리로 외쳤다. 간이 콩알만해진 마쓰베는 그만 털썩 주저앉아 버렸다. 아리무라는 고리짝 위를 덮고 있던 뜸을 치우고 한가운데에 자리를 잡고 앉아 있었던 것이다.
"마쓰베!"
"예."
"왜 배를 멈추지 않는 거냐? 검문을 하지 않는다면 몰라도, 아까부터 아지 강 저택 쪽에서 저렇게 부르고 있는데 왜 그냥 가는 거지?"
"아니, 멈추라는 지시가 있었습니까?"
"입 닥쳐라! 이 아리무라를 장님으로 보는 거냐?"
"하지만 검문은 에비스 섬에서 벌써 다 끝냈는데요."
"아지 강 저택에서 다시 검문을 하는 것은 아와가 정해 놓은 법률이다. 너희들은 영주인 시게요시님의 법을 무시해도 괜찮다고 생각하는 거냐?"
아리무라의 매서운 문책에 신키치도 마쓰베도 혀가 제대로 돌아가지 않을 정도였다.
"어쨌든 이 아리무라가 장님이 아니라는 것만은 잘 알아두어라! 그래서 묻겠는데, 이 세 개의 고리짝에 대한 송장(送狀)은 선장인 네가 관리하고 있겠지? 안에 들은 물건이 뭔가 말해 보아라."
"그것은 말할 수 없습니다."
"뭐라고?"
"그건 우메타니 가에서 맡은 귀중한 물건입니다. 게다가 배에서는 송장의 내용을 결코 다른 사람에게 말해서는 안 된다는 규칙이 있습니다."
"건방진 놈! 우리들 눈을 속이려고 하는 그런 변명에 넘어갈 아리무라가 아니다. 네가 그렇게 배에서의 규칙을 내세운다면, 우리는 영주인 시게요시 님의 이름으로 이 고리짝을 뜯어 보겠다. 이제 어떻게 하겠느냐?"
그때 밧줄 하나가 오른쪽 배 밑에서 높이 튀어올라왔다. 끝에 달린 갈고랑이가 배 끝에 박히자 밧줄을 타고 무사 세 명이 메뚜기처럼 배로 올라오려고 했다.
"이봐, 창을 줘!"
잇카쿠가 모선을 향해 외쳤다.
"여기 있네."
모선 쪽에서 아와의 무사가 창을 던져 주었다.
"먼저 올라가겠네."
마고베가 창을 붙들고 올라가자 다음에는 슈마가 매달렸다. 그러나 슈마는 숨이 차올라 다시 거룻배로 미끄러져 떨어졌다.
"슈마, 이렇게 하는 걸세."
잇카쿠가 놀리기라도 하는 듯 단숨에 올라갔다. 슈마는 안간 힘을 쓰며 밧줄에 매달렸다.
배 안은 갑자기 혼란스러워지기 시작했다.
선원들과 승객들은 어찌 된 영문인지 몰라 구석 쪽으로 몰렸다.
그 사이에 배에 올라탄 무사들과 잇카쿠 일행 세 사람은 아리무라의 앞뒤에서 고리짝을 둘러싼 채로 마쓰베, 신키치 두 사람에게 험악한 눈초리를 쏘았다.
키잡이도 키에 손을 대지 못하고 멍하니 서 있었다. 노를 젓는 자들도 혹시나 불똥이 튈까 모습을 감추었기 때문에, 방향을 잃은 배는 물살에 밀려 덴포 산 언덕에 닿아 있었다.
"마쓰베, 자백하라!"
게이노스케는 한가운데에 서서 그의 오른팔을 비틀었다. 신키치는 무사들에게 멱살이 잡혀 있었다.

"오쿠라에게 명령을 받아 이 고리짝 안에 사람을 숨기고 있지? 빨리 자백하라! 빨리! 신키치 너도!"

게이노스케와 무사들은 신키치와 마쓰베의 머리를 휘어 잡고 이마를 배 바닥에 쾅쾅 찧었다.

"모른다!"

마쓰베는 완강하게 고개를 흔들었다.

"나는 선장이다! 선장은 배를 움직일 뿐이다! 그리고 부탁받은 물건을 배에 실을 뿐이다! 그러니 그런 것을 알 리가 있는가!"

마쓰베는 자포자기 속에서도 여전히 강한 말투로 부정했다.

"고집이 센 녀석이군!"

아리무라는 고리짝에 앉은 채 두 사람을 노려보았다.

"너희들은 이 고리짝에 있는 금색 무늬가 무엇보다 신성하다는 것을 알고 우리들이 손을 대지 못하리라 생각했겠지. 그러나 우리는 이곳에 불순한 자가 숨어 있다는 것을, 이 고리짝이 시코쿠 가게를 떠날 때부터 알고 있었다. 아무리 부정한다 해도, 이제 곧 그것을 밝혀 보이겠다."

말이 끝남과 동시에 아리무라는 갑자기 칼의 손잡이를 잡았다. 순식간에 찬란하게 빛나는 검이 치켜들려 있었다.

그때 아리무라가 앉아 있는 고리짝과 옆에 놓인 것에서 손톱으로 긁는 소리가 나면서 열쇠를 채워 놓은 금속 부분이 흔들렸다. 신키치는 이미 산 사람의 얼굴이 아니었다. 그도 고리짝 안에서 발버둥치고 있는 사람과 똑같은 고통을 느꼈다.

"흐흠."

입가에 만족스러운 웃음을 띤 아리무라가 칼 끝을 세워 고리짝 뚜껑으로 향했다.

"이래도 자백하지 않겠다는 건가? 그렇다면 이 칼로 안에 있는 물건을 쑤셔 보면 어떻겠느냐?"

아리무라는 다시 질타했다.

"앗!"

게이노스케에게 멱살이 잡혀 마쓰베와 신키치는 몸부림쳤다. 입술을 계속 들썩였지만 무슨 말인가 뜻이 통하지 않을 정도로 두 사람은 제정신이 아니었다.
 아리무라는 자신이 앉아 있던 고리짝 안에서 필사적으로 뚜껑을 들어올리려고 하는 것을 온몸으로 느끼며, 자신도 모르게 검에 가득 차 끓어오르는 살의를 막을 수 없었다.
 "아직도 말을 하지 않겠느냐?"
 "아무리 해도 사실을 자백하지 않겠다는 거냐?"
 "으음."
 마쓰베는 배 바닥에 얼굴을 짓이겼다.
 "모른다."
 "그렇다면 좋다."
 아리무라는 단호한 입술을 꽉 물었다.
 "잇카쿠!"
 "옛!"
 잇카쿠가 기둥 옆에서 튀어나왔다.
 아리무라는 두 개의 고리짝에 눈길을 떨어뜨렸다.
 "이것을 창으로 찔러 보아라! 이 안에 분명히 사람이 있다! 불순하게 아와로 잠입하려고 하는 자가."
 "알겠습니다."
 "잇카쿠는 옆에 있는 무사의 손에서 창을 빼앗았다. 그리고는 손잡이를 낮게 쥐고 자세를 잡더니 고리짝 옆구리로 창끝을 들이밀었다.
 무거운 숨결이 흐르는 외에 배 안은 쥐 죽은 듯이 조용했다. 모든 사람의 눈길은 잇카쿠의 창끝에 쏠려 있었다.
 먼 하늘의 별도 고리짝으로 그 빛을 모으는 듯했다. 다른 하나의 고리짝에는 아리무라의 검이 다가가고 있었다.
 "마쓰베!"
 "……."
 "신키치!"
 "……."
 "얼굴을 들고 이 끝을 잘 봐라! 이래도 우메타니 가에서 맡은 물건이라고 주장할 것인가?"
 아리무라의 검은 고리짝 뚜껑을 미끄러지며 손잡이 끝까지 박혔다.

잇카쿠가 가지고 있던 창도 고리짝을 관통하여 깊숙이 박혔다.
동시에 귀를 막지 않고는 들을 수 없을 만큼 처절한 비명 소리가 갑판과 고리짝 사이를 뚫고 지나갔다.

아리무라가 칼을 빼내었다.
하얀 칼날에는 사람의 피가 선명하게 묻어 있었다.
두 개의 고리짝에서 따뜻한 피가 뿜어져 나왔다. 배 바닥을 흐르는 검은 핏줄기는 살아 있는 긴 뱀처럼 구불구불 퍼져 나갔다.
죽었다는 확실한 감촉이 전해지자 잇카쿠도 천천히 창을 빼냈다. 그리고 창 끝에서 실처럼 끈끈히 이어진 핏줄기를 보니 잇카쿠는 지금까지의 울분이 일시에 사라지는 듯했다.
그는 소리를 지르며 크게 웃고 싶은 심정이었다.
'결국 처리했다! 겐노조를 드디어 처리했다!'
잇카쿠는 몇 번이나 마음 속으로 외쳤다.
아지 강 저택에서 도카이도로, 그리고 에도로, 기소로, 계속 겐노조를 따라다니면서 틈이 있을 때마다 치려고 했으나 실패의 연속이었다. 지금에 와서 보면 모든 여정이 최후의 환희를 더욱 크게 하기 위해 쌓아 온 것이리라.
탁 하는 소리가 잇카쿠를 도취감에서 깨어나게 했다.
뒤를 향하고 있는 아리무라가 피를 닦고 칼을 칼집에 넣은 것이다. 그리고 피 묻은 종이를 버리더니 마쓰베와 신키치에게 후일의 처리를 예고했다. 숨을 죽이고 지켜 보던 무사들을 향해 고리짝의 처리를 명령했다.
무사들의 검은 그림자가 움직이기 시작했다. 하지만 아까보다 분위기가 훨씬 더 조용했다. 어떤 경우의 죽음이라도 살아 있는 사람으로서 무엇인가를 생각하게 마련인 모양이다. 이제까지 수많은 극악무도한 죽음을 보아 온 그들도 침묵 속에서 제각기 머리 속으로 감상을 그리고 있었다. 따라서 자연히 움직임이 우울하고 차분했다.
그들은 가는 끈을 가지고 와서 두 개의 고리짝을 단단하게 묶기 시작했다. 또한 만일을 위해 남은 하나의 고리짝에도 창과 칼을 찔러 댔지만, 아무런 반응도 보이지 않았다.
"거룻배를 이 아래에다 대라!"
고리짝은 조금씩 왼쪽에 있는 거룻배로 내려졌다.

남겨진 혈흔은 차마 눈 뜨고 볼 수 없을 정도로 참혹했다.

태양이 있었다면 불이 붙을 정도로 강렬했겠지만, 별빛 아래에서는 다만 검은 액체에 불과했다. 하지만 어쩐지 그 핏줄기는 살아 있는 듯이, 움직이고 있는 듯이 느껴졌다.

고리짝은 꽁꽁 묶인 채로 아까 무사들이 타고 온 거룻배 중의 하나에 내려졌다. 계속해서 아리무라와 다른 아와의 무사들도 내렸다.

게이노스케, 잇카쿠도 각각 거룻배로 옮겨 탔다.

이제 모선에는 공포와 적막만이 남았다. 마쓰베와 신키치는 아까부터 이마를 바닥에 댄 채 벼락이라도 맞은 듯이 그대로 엎드려 있었다.

그 무릎과 팔꿈치 아래까지 아직 식지 않은 처참한 액체가 흐르고 있는데 그것도 느끼지 못할 정도로 상심해 있었다.

아리무라의 가차없는 질책에는 도저히 항변할 여지가 없었다. 또한 자신들의 눈 앞에서 고리짝을 가지고 가도 저지할 기력이 있을 리 만무했다. 그곳에는 피정복자의 굴욕만이 있을 뿐이다.

노도, 닻도, 키도 망연하게 선원들의 손에서 잊혀진 채로, 배는 무서운 암초에서 밀려 나와 메지루시 산 앞바다의 끝없는 검은 물결에 뱃전을 부딪치고 있었다.

밤 갈매기가 어둠 속에서 음산하게 파닥거리며 날갯짓을 해댔다.

한편 시코쿠 상선에서 개가를 올린 아와의 거룻배는 어두운 강을 거슬러 아지 강 저택으로 향했다.

하얀 물보라를 일으키며 정박을 하고 그곳에서 정원을 따라 저택 쪽으로 철수했다.

어제부터 숨돌릴 틈도 없이 긴장된 상태였던지라 모두들 상당히 지쳐 보였다. 위로하는 뜻으로 아리무라는 주연을 베풀어 모두의 노고를 치하하고 자신도 마루 끝에 앉았다.

장작불이 불타는 마당에 이미 새빨갛게 피투성이가 된 고리짝 두 개가 놓여 있었다. 복면을 푼 무사들은 느긋하게 앉아서 술잔을 돌리고 기운 찬 환성을 질러댔다.

아리무라는 유쾌했다.

피냄새를 맡은 다음의 술자리는 잔이 돌아가는 속도가 더욱 빠른 법이다.

"아직 조금은 숨이 남아 있을지 모른다. 자, 안에 있는 두 사람을 끌어 내라."

기분이 좋은데다가 술이 몇 잔 들어가자 아리무라의 기세는 더욱 등등해졌다.

무사들 서너 명이 일어섰다.

그들은 단도를 빼서 줄을 끊고 자물쇠를 풀려고 했지만 쉽게 되지 않자 돌을 가지고 와서 결국 고리짝을 완전히 부수어 버렸다.

그러자 그곳에 틈이 생겼다. 무사 하나가 기합을 넣어 가며 고리짝 뚜껑을 힘겹게 들어 올렸다.

"좋아."

다른 하나의 고리짝도 열었다. 마루 위에서 아리무라가 손을 흔들며 소리쳤다.

"장작불을 더 가까이 대거라!"

"옛!"

게이노스케가 마루에서 내려서는 것을 보고 무사들 속에 섞여 있던 잇카쿠도 그곳으로 내려와 장작불을 집어들더니 고리짝 옆으로 다가갔다. 불꽃이 흔들리며 타타타탁 불길이 피어올랐다.

잇카쿠와 게이노스케는 두 개의 고리짝 옆에 서서 뚜껑에 손을 대었다.

"아리무라님."

두 사람은 아리무라를 바라보았다. 염화미소인가.

지금이야말로 이 붉게 타오르는 장작불 아래에서 죽어가고 있는 겐노조를 볼 때라는 뜻의 눈길이 서로 마주쳤다. 아리무라는 다만 조금 고개를 끄덕일 뿐이었다.

"그러면 뚜껑을 열겠습니다."

두 사람이 뚜껑을 들어올리자 자물쇠가 끼익 하고 슬픈 듯이 울었다. 그 소리를 듣는 순간 무사들은 모두가 통쾌함과 비장함을 넘어서는 일종의 처절함을 느꼈다.

관 뚜껑이 열리는 것처럼 피로 얼룩진 고리짝 안이 보였다.

잇카쿠가 손을 댄 고리짝 안에는 피로 물든 남자의 몸이 구부러져 있었다. 전혀 주저하지 않고 그 위를 덮고 있던 것을 젖혀 보니, 그날 저녁 겐노조가 얼굴을 감싸고 있던 자줏빛 두건 조각이 보였다.

다른 고리짝의 뚜껑을 치우자 파란 삿갓이 보였다.
게이노스케는 무참한 형상에 약간 동요되었다.
"음, 오쓰나로군."
안에서 살짝 풍겨 나오는 피와 분 냄새에 자신도 모르게 얼굴을 돌렸다. 그것도 잠시, 양손을 깊숙이 넣어서 오쓰나의 허리끈을 잡았다. 처박혀 있었던 탓인지 아직 따뜻한 체온이 조금 남아 있었다. 힘을 주어 끌어올리자 고리짝은 옆으로 쓰러지고, 창백한 손과 옷 소매가 실이 끊어진 인형처럼 흔들렸다.
"아리무라님!"
"뭐냐?"
"오쓰나는 벌써 숨이 끊어졌습니다."
그렇게 말하고 게이노스케는 한 손을 돌려 시체를 덮고 있던 삿갓의 끈을 풀려다 그대로 삿갓 끝을 잡고 뒤로 젖혔다.
"으악!"
게이노스케가 갑자기 소리를 지르고 여자 시체를 떨어뜨리더니 뒤에 있는 고리짝으로 넘어져 버렸다.
"무, 무슨 일이냐?"
모두가 일어서서 눈을 휘둥그렇게 떴다.
횃불 아래에 던져진 시체의 옷이며 허리끈은 오쓰나의 것이 틀림없었다. 그러나 숨은 끊어진 채 부릅뜬 눈으로 자신을 부를 것만 같은, 그것은 오요네였다.
게이노스케는 금방 정신을 잃을 듯이 입술을 바들바들 떨고 있었다.
"으음."
아리무라는 주먹을 꼭 쥐고 툇마루에 우뚝 서서 오쓰나라고 생각하고 있었던 오요네의 얼굴을 노려보았다.
'이 여자로군! 쓰루기 산에서 돌아올 때 말 위에서 본 게이노스케의 첩이!'
아리무라는 의외의 차질에 원통함을 감출 수 없었다. 그리고 그곳에 있는 얼간이 무사들이 발로 차도 시원치 않게 생각되었다.
"잇카쿠, 잇카쿠!"
그의 목소리는 급변하여 노여움과 울화로 가늘게 떨렸다. 아리무라는 발로 툇마루를 쾅쾅 차며 재촉했다.
 "그것은 어떤가? 그 고리짝의 것은 겐노조가 틀림없느냐?"
 잇카쿠는 안에 있는 시체가 잠금쇠에 맞물려 있어서 쉽게 꺼내지지 않아 끙끙거리며 고생을 하고 있다가 고리짝을 발로 차 쓰러뜨렸다.
 억지로 끌어 내 보니, 겐노조의 것으로 보인 옷과 두건을 쓰고 죽어 있는 자는 바로 게이노스케의 하인 다쿠스케였다.

광란(狂亂)

 고리짝 안에서 나온 오요네와 다쿠스케의 시체, 이 얼마나 무참한 윤회이며 운명의 장난이란 말인가!
 대체 겐노조와 오쓰나가 언제 이 두 사람과 바뀌어진 것일까? 아와의 무사들은 뒤늦게야 자신들의 불찰을 깨닫고 당황했다.
 "쳇, 감쪽같이 속았군."
 아리무라는 이를 부득부득 갈았다.
 '지금에 와서 생각하니, 이 두 사람은 오두막집에서 나간 수상한 남녀였다. 그때 게이노스케 녀석이 자신의 나쁜 처사가 탄로날까 봐 쓸데없이 참견을 하는 바람에 이 아리무라의 예리한 눈을 빗나가게 했다.'
 아리무라는 이를 부득부득 갈며 억울해 했다.
 무사들은 아연해서 멍하니 서 있을 뿐이다. 잇카쿠도 어안이 벙벙하여 할 말을 잊었다.
 겐노조가 이렇게 많은 사람들을 농락하다니! 그러한 쓰디쓴 표정이 모두의 얼굴에 가득 차 있었다.
 "멍청하게 있을 때가 아니다!"
 아리무라는 태도를 바꾸고 마당으로 내려섰다.
 "잇카쿠, 빨리 서둘러 배를 내라. 아직 그 배도 그렇게 멀리는 가지 못했을 거야."
 "그러면 쫓아가실 겁니까?"
 "물론이다. 빨리 서둘러라!"
 "빠른 배가 있느냐?"
 잇카쿠는 무사들을 둘러보았다.
 "손질중인 배가 있습니다만, 그것은 가벼워 많은 사람이 탈 수는 없습니다."

"그것으로 좋다. 빨리 준비하라!"

무사들은 배를 놓아 둔 창고 쪽으로 뛰어갔다. 어수선한 기운이 밤공기를 날카롭게 갈랐다.

아리무라가 나아가려 하자 게이노스케가 아리무라의 발 아래에 엎드렸다.

"아리무라님."

"뭐냐, 벌레 같은 놈."

"며, 면목이 없습니다."

"어떻게 하겠다는 거냐?"

아리무라의 눈에는 핏발이 굵게 서 있었다.

"소인의 불찰, 부끄럽기 짝이 없습니다. 본래 모두의 앞에서 할복을 해야 하겠지만……"

"그렇다! 그것이 당연하다!"

"시게요시님의 뜻도 받지 않고 제 마음대로 죽을 수는 없습니다."

"그건 괜찮다!"

"하지만……"

"상관 없다. 내가 시게요시님에게 말씀드리겠다. 시게요시님도 좋은 하인을 잃어버렸다고 아까워하지는 않을 것이다!"

"……. 하지만, 무사의 오기가……"

"다른 사람이 웃는다! 너 같은 녀석이 그런 말을 쓰다니……"

"예."

변명이 통하지 않자 게이노스케는 땅에 엎드려 아리무라를 향해 양손을 합장했다.

"아리무라님, 이, 이렇게 부탁 드립니다."

"무슨 짓을 하는 거냐? 멍청한 놈. 내가 부처인 줄 아느냐."

"마지막 소원입니다. 부디 불찰을 저지른 저는 시게요시님을 뵙고 용서를 빌게 해 주십시오. 이 게이노스케, 과거를 참회하고 더욱 힘껏 봉공을 하겠습니다. 그리고 무사의 오기로 겐노조 녀석을……"

"헛소리 하지 마라!"

"그러면……"

"시끄럽다. 너는 네가 할 것만 해라! 알겠느냐, 게이노스케."

아리무라는 옆에 있는 시체를 손가락으로 가리켰다.
다쿠스케의 시체와 오요네의 시체가 겹쳐져 있었다.
"저 끔찍한 것을 봐라. 네 것이 네 것으로 돌아온 것이 아닌가? 저것의 소유주는 네 녀석이다. 저것을 가지고 빨리 이 저택에서 나가라! 비열한 놈."
아리무라는 게이노스케의 어깨를 발로 찼다. 뒤로 벌렁 자빠진 게이노스케의 손에 오요네의 검은 머리카락이 닿자 소름이 끼쳤다. 무엇을 보고 있는 것인지 오요네의 눈은 감기지 않았다. 살아 있을 때보다 더욱 튀어나와 보이는 광대뼈 위로 집착이 강한 눈망울이 놓여 있었다.
'이 여인이 그렇게 자신을 불태웠던 바로 그 사람인가?'
그는 두 손으로 자신의 얼굴을 가렸다. 막다른 길에서 시체의 차가운 손이 자신을 쫓아오는 것 같아서, 게이노스케는 일어설 수도 앉아 있을 수도 없었다.
"아리무라님, 아리무라님!"
게이노스케는 외쳤지만 아리무라는 벌써 창고를 향해 달려가고 없었다. 그는 미친 듯이 일어나서 오요네의 얼굴을 비치고 있는 두 개의 횃불을 물속으로 던져 넣었다.
주위가 어두워지면 깊은 땅 속으로 현실을 묻어 버릴 수 있을 것 같아 어느 정도 마음이 편안해질 거라고 생각했지만 아무 소용이 없었다.
게이노스케는 방향도 생각하지 않고 마구 달렸다. 하지만 달릴수록 오요네의 처절했던 모습이 더욱 생생하게 떠올랐다.

바람이 조금씩 강해졌다. 어두운 바다를 검은 파도가 갈랐다. 찢어질 듯이 돛을 펄럭이며 똑바로 달려가는 아리무라의 배. 그의 손이 가리키는 어둠 저편에 남쪽으로 남쪽으로 검은 그림자가 희미하게 보였다.
갑자기 검은 구름이 몰려오기 시작했다.
피는 바닷물로 씻겼지만 시코쿠 상선 위에는 전날 밤의 음산한 공기가 떠다니고 있었다. 아무 말도 없이 움직이는 선원들, 겁을 먹고 뜸을 뒤집어쓴 손님들, 혼처럼 흔들리는 등불, 그것들을 태우고 배는 무서울 정도로 빨리 달리고 있었다.
이따금 산처럼 높은 파도가 뱃머리에 부딪쳐 왔다.

파도가 점점 잦아질 때마다 돛은 더욱 심하게 펄럭였으며, 아무래도 폭풍우의 전조 같았다. 배의 흔들림도 심상치 않았다.

그렇다고 정박할 만한 성도 보이지 않았다. 더구나 밤에 일어났던 일로 마음이 무겁게 가라앉아 있었기에 선원들은 소동을 피우지도 않고, 소리도 내지 않았다. 배는 묵묵히 제 갈길을 달리고 있었다.

한밤중이 지났다.

바람을 가득 받은 돛이 거대한 새처럼 신음 소리를 지르며 나아갔다. 움직이는 것은 배멀미를 하고 있는 사람뿐이었다. 그러자 한쪽 구석에서 뜸을 둘러쓰고 있던 두 사람이 몸을 일으켜 주위를 둘러보았다.

"……."

뭔가 서로 눈짓을 한 다음 뜸을 젖힌 두 사람은 마쓰베의 방을 향해 무릎으로 기기 시작했다. 배는 언덕처럼 기울어져 있었다.

두 사람은 좌우의 기척을 살폈다.

낮은 방문 틈으로 등불이 새어 나오는 마쓰베의 방 앞까지 왔다.

"마쓰베, 마쓰베."

한 사람이 조용히 문을 두들겼다.

"신키치님."

다른 한 사람이 가볍게 불렀다.

그 두 사람은 삿갓을 쓴 하인과 수건으로 머리를 감싼 여자였다.

방 안에는 선장인 마쓰베와 신키치가 등불을 가운데 둔 채로 아무 말도 하지 않고 암울한 표정으로 팔짱을 끼고 있었다.

탁탁, 문을 두들기는 소리에 고개를 들었지만 바람이라고 생각 했는지 다시 고개를 떨구었다.

목소리를 낮추자니 바닷바람에 날려가 버리고, 큰 소리를 내자니 주위에 들릴 우려가 있어서 두 사람은 잠시 망설이고 있었다.

가끔 허공을 날아가는 뜸 그림자에도 깜짝 놀라 뒤를 돌아보았다.

"한 마디라도 알려 주고 싶은데."

"그래요, 틀림없이 괴로워하고 있을 텐데요."

"사정을 안다면 깜짝 놀랄걸세."

"우리들을 귀신이라고 생각할지도 몰라요."

"어쨌든 쓸데없는 걱정을 하게 만들어서 미안하군. 게다가……."

"쉿!"

여자가 손을 입으로 가져가자 남자는 입을 다물었다.

"일어나 있는 사람이 있어요. 저쪽에서 사람이 움직였어요."

"그러면 나중에 다시 오지."

여자가 고개를 끄덕이고 몸을 숨기려고 했을 때, 머리를 감싸고 있던 수건이 바람에 날리면서 하얀 얼굴이 그대로 드러났다.

"어머."

날리는 머리카락을 누르는 사람은 틀림없는 오쓰나였다.

그리고 하인 모습을 한 사람은 물론 겐노조였다.

두 사람은 건재했다.

오두막집에서는 그 고리짝에 몸을 숨기고 있었지만, 돌아가는 상황을 보니 아무래도 안전하지 않다는 것을 느꼈다.

마침 그 고리짝에 기대는 남자가 있었다. 오요네를 희롱하려는 다쿠스케였다. 겐노조는 살짝 고리짝에서 나와 오요네 위에 있던 다쿠스케를 단도로 찔렀다.

그때 누군가의 기척이 있어서 겐노조는 다시 고리짝 안으로 숨었다. 그 사람이 고잔이라는 것을 알았다면 그렇게 할 필요도 없었지만, 재빨리 뚜껑을 덮어 버려서 그도 겐노조도 서로 상대방을 알아차리지 못했다.

고잔이 떠난 다음 겐노조는 오요네를 설득해서 오쓰나와 모습을 바꾸게 만들었다. 그토록 처참한 결과일 줄 예측하지도 못한 채……. 다쿠스케의 비옷을 억지로 벗겨 안으로 집어 넣었다. 모든 것은 눈 깜짝할 사이에 이루어졌다. 겐노조가 열쇠를 잠그고 있는 사이에 아리무라가 나타난 것이다.

그래서 당연히 마쓰베와 신키치도 고리짝 안에 있는 사람이 바뀐 것도 모르고 선장 방에서 한숨을 쉬고 있는 것이었다. 나중에 오키치에게 할 변명도 걱정이지만, 그보다는 영주인 시게요시에게서 어떤 처벌이 내려질까 고심하고 있었던 것이다.

"아, 바람이 심하군."

오쓰나는 하얀 새처럼 날아가는 수건을 바라보면서 기둥에 몸을 기댔다. 겐노조도 하얀 수건을 눈으로 쫓았다. 왠지 그것이 비참하게 최후를 마친 오쓰나의 영혼 같은 생각이 들었다.

그러자 방금 전에 오쓰나가 보았던 두 개의 그림자가 어느 사이엔가 발소리를 죽이며 겐노조에게서 조금 떨어진 뒤에 섰다.
"이봐, 어때?"
"으음."
두 사람은 조그만 목소리로 속삭이더니 서로 소매를 끌면서 오쓰나의 얼굴을 노려보았다.
"쉿!"
좌우로 미끄러진 두 사람은 띰을 머리에 덮어쓰고 바닥에 누웠다.
이때 아리무라를 비롯해 아와의 무사가 탄 배는 비말을 올리며 이 배를 쫓아오고 있었다.

갑자기 희미한 달빛이 바다를 비추었다.
고등어 등처럼 검푸른 바다가 달빛에 드러났을 때, 아플 정도로 굵은 빗방울이 후드득후드득 쏟아지기 시작했다.
폭풍우의 전조였다.
기분 나쁜 바람이 불어왔다. 한순간 사람을 속이듯이 바다를 비추던 달빛은 하늘이 화를 내기 전에 보여 준 짧은 미소였다.
"아. 아아."
오쓰나는 기둥을 붙들고 차가워진 이마를 눌렀다.
"왜 그러는가?"
겐노조는 오쓰나를 안아서 받치며 부드러운 목소리로 물었다.
"멀미라도 나는 건가?"
"예. 조금."
"정신을 차리게. 새벽이 되면 잠잠해 지겠지"
"예. 걱정하지 마세요."
"괜찮나?"
"괜찮아요."
"아까 있던 곳으로 가서 조금 누워 있게."
"예. 그렇게 할게요."
"내 허리끈을 잡고, 발 밑을 조심하게."
오쓰나는 겐노조에게 매달렸다.
겐노조는 한 손으로 오쓰나를 안고 다른 한 손으로는 삿갓 끝을 누른 채 선실로 향했다. 그때 갑자기 밧줄 하나가 겐노조의 발 아래로 날아왔다.
"앗!"
배의 흔들림에 정신이 팔려 있었기 때문에 손쓸 틈도 없이 한쪽 발이 빙그르르 밧줄에 감겨서 끌려갔다.
오쓰나의 몸은 그의 손에서 벗어나면서 뒤로 비틀거렸다. 겐노조는 넘어지면서 옆에 찬 칼을 빼서 발목에 걸린 밧줄을 끊어 버렸다.
"쳇. 젠장."
어둠 속에서 목소리가 들렸다. 겐노조와 오쓰나는 바닥에 엎드려 살펴 보았지만, 누구의 그림자인지 알 수가 없었다. 상대방도 엎드려 있는 것 같았다.
"으음. 아직 배 안에 아와의 무사가 남아 있었군. 오쓰나, 내 옆에 꼭 붙어 있어."
겐노조는 하얀 빛을 등에 받으면서 무릎걸음으로 밧줄이 날아온 곳을 향해 걸었다.
그러자 그쪽 그림자도 기듯이 움직였다. 그리고 빙글 방향을 돌려 이물 쪽으로 돌아갔다.
'많은 인원은 아닌 것 같군. 어쩌면 배 안에서 우연히 공명을 올리려고 하는 하찮은 녀석일지도 몰라.'
겐노조는 그렇게 생각했다. 그리고 틈을 봐서 덤벼들자 예상대로 칼을 빼지도 않고 다시 도망쳤다.
마음은 급했지만 다른 사람들을 깨워서는 더욱 곤란해질 터, 겐노조는 조용하게 짐이 쌓여 있는 사이를 돌아 쫓아가자 상대방 그림자도 만만치 않아 쥐처럼 민첩했다.
뒤의 갑판에서 갑자기 오쓰나의 비명소리가 들렸다. 겐노조는 깜짝 놀라서 황급히 되돌아갔다.
거기에 누군가가 오쓰나를 누르고 있는 모습이 보였다.
"이 녀석!"
겐노조는 말보다도 빨리 그 그림자를 옆으로 갈랐다. 하지만 상대방도 미리 준비를 하고 있었는지, 오쓰나의 가슴에 한 발을 올려놓은 채 칼을 꺼내서 겐노조를 막았다.
불꽃 냄새와 칼에서 뿜어 나오는 빛이 어둠을 갈랐다. 겐노조는 삿갓을 그대로 쓴 채 큰 소리로 말했다.

"네 녀석은 마고베로군!"

"놀랐나? 아리무라가 속는다고, 이 마고베도 그렇게 쉽게 속아넘어 갈 줄 알았나?"

배 아래쪽으로 도망쳤던 슈마가 틈을 노려서 배 기둥 중간까지 원숭이처럼 올라갔다.

고리짝 안에서 피가 품어 나오자 완전히 겐노조라고 믿고 아리무라와 잇카쿠가 철수했을 때, 마고베와 슈마 두 사람은 거룻배에 타지 않았다.

그러한 소동이 벌어지면서 배의 끝쪽으로 밀려 나간 승객 중에 언뜻 고개를 숙인 여자를 본 것이다.

수건으로 얼굴을 감추고는 있어도 마고베에게 있어서 오쓰나는 남이 아니었다. 남자의 연정을 송두리째 짓밟은 그 오쓰나였다.

다른 모든 사람은 고리짝에 정신을 빼앗겨 다른 곳에 전혀 신경을 쓰지 못했지만, 마고베는 슈마에게 귓속말로 눈치를 주고 계속 그 사람들을 지켜 보며 이 배에 남은 것이다.

또한 아리무라와 잇카쿠도 결국 알게 되면 이 배를 쫓아오리라 확신했다.

예상대로 스모토(洲本) 부근에서 하얀 파도를 가르며 오는 배가 보였다. 그러나 그들이 오고 나서라면 자신들의 업적은 빛이 바랠 것이다. 그 전에 이 두 사람을 요리하지 않겠느냐는 슈마의 위태로운 유혹을 듣고 마고베가 겐노조의 발을 향해 밧줄을 던진 것이다. 그리고 그는 기둥 뒤로 숨었고, 슈마는 겐노조의 칼에 쫓겨서 결국 기둥 위로 올라갔다.

"이제 저기까지 왔군."

가까이 오는 배를 보자 슈마는 안심을 했다. 그리고 난폭한 솜씨로 칼을 휘둘러 바람을 가득 안고 있는 돛을 베어 버렸다.

찢겨진 돛 조각은 바로 아래 겐노조와 마고베 위로 굉장한 소리를 내며 떨어졌다.

기둥에서 떨어진 14개의 돛은 배를 완전히 덮을 정도로 커서, 거대한 짐승의 등처럼 파도를 치고 있었다.

거센 바람으로 인해 비가 옆으로 휘몰아쳤다.

하얀 비 때문에 어둠이 더욱 짙어 보였다. 높은 파도가 끝없이 밀려 오고,

바람은 미친 듯이 불어댔다.
돛이 잘려 나간 배는 어둠 속을 빙빙 돌고 있을 뿐이다. 선원이나 승객들은 소리를 지르며 갈피를 못 잡고 당황하고 있었다.
"이게 무슨 소리지?"
"폭풍우다!"
선장 방에 있던 마쓰베와 신키치가 벌떡 일어섰다. 문을 열고 밖으로 고개를 내밀어 봤지만 온통 찢어진 돛으로 덮여 있어서 아무것도 보이지 않았다. 굉장한 빗소리와 바람의 포효 소리, 그리고 선원들의 다급한 목소리가 들릴 뿐이다.
폭풍우만은 아니었다. 뭔가 소동이 일어난 것 같아서 마쓰베는 이유도 모르고 바닥으로 기어가는데 뭔가 번쩍 빛나는 것이 보였다.
"앗!"
놀란 마쓰베가 바닥에 딱 엎드리자, 동시에 뒤에 있던 신키치는 선장 방으로 다시 굴러떨어졌다. 돛 조각을 찢고 튀어나온 사람은 겐노조였다. 움직이는 것을 노려서 칼을 휘두르려고 하다가 마쓰베의 비명 소리에 겐노조는 깜짝 놀라 손을 뒤로 뺐다.
마고베도 큰 물고기의 배를 가르고 나오듯이 돛을 뚫고 굴러 나왔다.
비는 돛 조각을 때리며 폭포처럼 하얗게 물보라를 일으키고 있었다. 굵은 빗방울이 하늘에서 나락으로 쏟아지고 있었다.
"으읏!"
"야압!"
서로 검을 잡고 상대방을 베려고 하지만, 자연의 힘인 비의 방해를 받아 검은 제대로 움직여 주지 않았다.
돛은 다 잘려져도 배는 운 좋게 파도에 휩쓸리지 않고 계속 앞으로 나아갔다.
기둥에 매달려서 상황을 살피고 있던 슈마도 점점 강해지는 바람에 자칫하면 날아갈 것 같았다.
"이제 더 이상 참을 수 없군."
슈마는 어쩔 수 없이 밑으로 내려왔다. 그곳에 오쓰나가 뱃멀미로 인해 창백해진 얼굴로 있었다. 내려오는 슈마의 발소리에 얼굴을 들고는 허리끈에 찬 칼에 손을 대었다.

요아미의 유품이었다.

슈마는 오쓰나를 향해 발을 들었다.

슈마가 오쓰나의 어깨를 발로 차자마자 그의 몸도 어이없이 뒤로 고꾸라졌다.

고꾸라진 것은 슈마뿐이 아니었다. 200석 배가 힘 없이 기울면서 바닷물에 잠길 듯이 심하게 진동을 했다.

갑자기 선체가 깨질듯이 엄청난 소리가 나는가 싶더니 이 배를 따라온 한 척의 배에서 와! 하는 함성이 일었다.

갈고리와 만줄이 이쪽 배와 저쪽 배를 연결하고 완전히 비에 젖은 무사들과 창을 손에 든 잇카쿠, 아리무라의 모습이 보였다.

그들은 배에 올라오더니 몸을 숙이고 있는 승객과 선원들을 잡고 일일이 확인을 했다. 이때 슈마는 오쓰나에게 눈을 떼지 않고 손을 크게 흔들며 소리를 질렀다.

"여기야, 여기!"

그 소리가 끝나기도 전에 겐노조가 슈마의 눈앞으로 날아왔다. 슈마가 자신도 모르게 도망갈 태세로 틈을 보인 사이 겐노조는 오쓰나의 몸을 옆으로 안고, 다른 한 손의 칼로 베려고 덤비는 마고베를 막으면서 선미 쪽을 향해 달렸다.

"앗, 있다!"

"겐노조다!"

"잡아라!"

창을 든 무사들이 앞을 다투어 외쳤지만, 쏟아지는 비 속에, 염라대왕의 모습인가 겐노조는 머리를 휘날리며 선미에 우뚝 섰다.

달려온 아리무라와 잇카쿠가 함께 소리를 질렀다.

"앗!"

하얀 빛을 뿜는 칼을 휘두르면서 겐노조는 오쓰나를 안은 채 광란의 바다로 뛰어들었다.

행운

그러고 나서 4, 50일 정도가 지났다.

아와는 남쪽 지방답게 찌는 듯이 무더운 여름 날씨가 계속되었다. 구름으로 둘러싸인 웅대한 봉우리 아래에 있는 도쿠시마 성을 기왓장까지 태워버릴 것처럼 이글거리는 태양이 내리쬐고 있었다.

탕, 탕, 탕!

석공의 정소리가 뜨거운 대낮임에도 불구하고 성으로부터 끊임없이 들려왔다. 마을 사람들의 게으름을 채찍질하는 것처럼.

도쿠시마 성의 외성 망루대는 거의 공사가 끝나 가고 있었다. 지금은 언젠가 무너진 돌담의 개축이 조금 남아 있을 뿐이어서, 힘찬 정소리는 완성을 노래하는 것 같았다.

아와노카미 시게요시도 그 후 신경증세가 빠른 속도로 회복해가고 있었다.

한때 가신들의 눈썹을 찡그리게 만들었던 병적인 광란 상태도 멈추고, 지금은 언제 신경쇠약에 걸렸었느냐는 듯 햇볕에 새카맣게 그을려 있었다.

최근에는 많은 젊은 무사와 함께 도쿠시마 성에서 바다 쪽으로 말을 달리는 시게요시의 모습을 자주 볼 수 있었다.

또한 바다에서 수영을 하기도 하고 어떤 때는 하인들을 모두 물리치고 가상 전쟁놀이를 하기도 했다.

오늘도 시게요시는 말을 타고 늠름한 모습으로 쓰다(津田) 해변의 찻집에 앉아서 다시 태어난 듯한 얼굴로 바닷바람을 쐬고 있었다.

그리고 하얀 파도를 가르며 물속을 달리는 말들을 바라보며 가끔 빙그레 웃기도 했다. 되찾은 건강과 함께 강한 희망의 불꽃이 그가 가는 곳마다 되살아 나고 있었다.

파도소리 바닷바람조차 막부 토벌의 소리로 들렸다.

뜨거운 여름 태양, 작열하는 땅은 천하를 바꾸려는 열기로 느껴졌다.

건강한 마음에는 미신이 차지할 자리도 없었다. 옥에서의 일도, 이치하치로의 죽음도 시게요시의 뇌리에서 어느 틈엔가 사라지고, 지금은 다만 커다란 희망만이 가득 차 있었다.

특히 50일 정도 전에 바다에서 겐노조와 오쓰나가 폭풍우가 광란하는 바다로 몸을 던져서, 결국 그대로 물귀신이 되었을 거라는 아리무라의 보고는 그로 하여금 마음을 푹 놓게 만든 것이 틀림없었다.

"행운은 나의 것이다!"

시게요시가 기운을 되찾자마자 수로 공사가 완공되었고, 돌담의 수리도 이제 곧 완성될 예정이었다. 또한 화약은 창고에 넘칠 정도로 가득 차고, 병선은 전열을 갖추어서 온 성 안의 사기가 충천하였다. 이상하게 생각될 정도로 모든 것이 착착 잘 진행되어 가고 있었다.

이제 곧 사전에 맹약을 맺어둔 교토의 대표자와 도쿠다이지(德大寺) 집안의 밀사를 비롯해 사이코쿠 다이묘나 그 외의 지역에서 제각기 사자가 도쿠시마 성에 모여 막부 토벌의 최초의 봉화를 올릴 계획을 짜기로 되어 있었다.

그래서 시게요시의 얼굴에는 이따금 밝은 웃음이 떠올랐다.

파도를 보고도 웃고, 사람을 보고도 웃고, 말을 보고도 웃었다.

"시게요시님!"

다실 끝에 앉아 있던 아리무라가 시게요시의 웃는 얼굴을 보고 말을 걸었다.

"뭔가?"

"기분이 좋으신가 보군요."
"그래. 기분이 상쾌해."
"젊은 무사들의 승마 기술이 날로 향상되고 있습니다."
"당연하지. 바로 이 시게요시의 무사인걸."
"피부도 무희처럼 강해졌습니다."
"우리 무사들에게 갑옷만 입혀 놓으면 이제 에도의 풋내기 무사쯤은 상대도 되지 않을걸세."
이렇게 말하던 시게요시는 문득 아리무라의 뒤에서 몸을 굽히고 있는 두 사람의 낯선 무사를 보았다.
"그런데 자네 뒤에 있는 자들은 누군가?"
시게요시는 이상하다는 표정으로 물었다.
한 사람은 두건을 쓰고, 다른 한 사람은 머리를 뒤로 묶었다. 모두 다이묘 앞에 나설 수 있는 모습은 아니었다.
"전 가와시마(川島)의 무사인 마고베입니다."
또 한 사람이 이렇게 대답하자, 기다리고 있었다는 듯이 아리무라가 덧붙였다.
"한 사람은 슈마라는 자로, 잇카쿠에게 뒤지지 않을 정도로 겐노조를 쫓는 데 있어서 많은 힘이 되었습니다."
"그래?"
시게요시는 거만하게 고개를 끄덕였다.
예전에 잇카쿠의 추천이 있어서 그 이름은 들은 적이 있었다.
그러나 시게요시는 자신 앞에서 두건을 쓰고 있는 마고베를 마땅찮게 여기는 표정이었다.
아리무라는 재빨리 마고베는 예전에 모처에서 결투를 벌였을 때 얼굴에 깊은 상처를 입었기 때문에 두건을 쓴 것을 용서해 주기 바란다고 덧붙였다. 이것은 아리무라도 진위를 알 수 없었지만, 마고베가 하는 말 그대로를 옮긴 것이다.
그래서 기분이 좋아 있던 시게요시는 두 사람의 접견을 허락하고, 당장 마고베를 치료해 주도록 시중을 드는 무사에게 명령했다.
또한 회계를 보는 무사에게서 금일봉이 전달되었다.
적은 돈은 아닌 것 같았다.

"그리고 나중에 다시 지시가 있을 것이다."

예상했던 대로의 시게요시의 말에 두 사람은 내심 기뻐하며 예의를 갖추고 물러갔다.

하지만 두건에 대해서만은 마고베도 식은 땀을 흘린 듯 겨드랑이를 닦은 뒤 슈마와 시시덕거리면서 묵고 있는 해변의 오두막집으로 돌아왔다. 그러자 잇카쿠가 막 승마를 마친 모습으로 팔짱을 낀 채 우울하게 앉아 있었다.

"이보게."

마고베가 잇카쿠의 어깨를 탁 두들겼다.

"무슨 일이 있는가?"

잇카쿠는 기운이 없어 보였다.

"말을 너무 타서 지친 건가?"

"그렇지 않네."

"지금 시게요시님을 뵙고 왔네."

"그래?"

"자네의 추천도 있고, 아리무라님이 거들어 줘서 체면을 세우고 왔네."

"그런가?"

"그러니 자네도 기분좀 돌리게."

"응."

"나도 가와시마로 돌아가서 이제 천 석을 받을 수 있는 신분이 될 걸세. 슈마도 이제 곧 말을 다루는 정도의 직책에는 오를 수 있을걸세."

"이야기가 상당히 진전되었군."

"어쨌든 이제 우리에게도 운이 트이기 시작했네."

"과연 그럴까?"

"잇카쿠!"

"왜?"

"그럴까라니? 자네도 소문을 들으니 상당히 좋아졌다고 하던데."

"그래. 녹봉도 받고 앞날도 보장받았네."

"부족하다는 말인가?"

"아니, 과분하지."

"그런데?"

두 사람의 이야기가 삐딱하게 꼬이기 시작했다. 그러자 슈마가 대신해서 말을 받았다.
"우리가 관리가 되고, 마고베가 고향으로 돌아가는 것이 마음에 들지 않는 건가?"
"바보 같은 소리!"
잇카쿠는 거만하게 말을 받았다.
"친구가 출세길이 열렸는데, 좋아하지 않는 사람이 어디 있겠나?"
"그렇다면 기뻐해 주는 것이 당연하지 않은가?"
"그래서 기뻐하고 있지 않는가?"
"쳇, 불만스러운 표정을 하고 있으면서……."
"달리 마음에 걸리는 것이 있기 때문일세."
"그게 뭐지?"
"어쩐지 조금 걱정이 돼."
잇카쿠는 다시 고개를 숙이고 생각에 잠겼다.
"도대체 무슨 일인가? 자네답지 않게 우울한 표정을 하고 말이야. 지금 시게요시 집안에도, 우리들에게도 행운이 따르고 있지 않은가?"
"그래서 더욱 그래. 이렇게 좋은 일만 계속되니까 왠지 불안해지네."
"이상한 말을 하는군."
도대체 이해할 수 없다는 표정으로 두 사람은 이맛살을 찡그리며 잇카쿠를 바라보았다. 잇카쿠는 뭔가 진지한 얼굴로 고민하고 있었다.
어떤 일에도 거칠고 직선적으로 나오는 성격인 잇카쿠가 이처럼 재미없는 듯한 표정으로 생각에 잠겨 있자 슈마와 마고베로서는 이해를 할 수 없었다. 두 사람이 계속 캐묻자 잇카쿠가 겨우 입을 열었다.
"아무래도 우리들의 행운은 꿈인 것 같네. 계속 꿈을 꾼다면 상관 없지만 깬 다음이 걱정되네."
잇카쿠는 뭔가를 두려워하고 있는 것처럼 말했다.
"왜지?"
"아무래도 겐노조와 오쓰나는 아직 죽지 않았다는 생각이 들어. 만약 다시 그들이 나타나는 날에는 시게요시님을 속인 게 되네."
"헛소리 마!"
슈마는 잇카쿠의 말을 일축했다.
"그 파도 속에서 어떻게 살 수 있단 말인가?"

마고베도 슈마의 말에 동의를 했다.
"잇카쿠, 그건 지나친 생각이야."
그리고 다시 한 마디 냉소를 섞어서 덧붙였다.
"운이 너무 좋다 보면 사람은 겁쟁이가 되지. 또한 부자가 되면 사람은 병에 걸릴까 두려워하는 법이야. 사람들은 항상 좋은 일에 마가 낀다고 생각하거든. 어차피 관 속에 들어가기 전까지 인생은 모두가 꿈이 아닌가?"
"쓸데없는 말 하지 말게. 난 정말로 걱정 하고 있는 거야. 포상을 받고 마냥 좋아하고 있는 자네들을 보니 더욱 뒤가 걱정되네. 결코 근거가 없는 기우가 아니란 말일세."
"어째서 갑자기 그런 생각을 하게 됐지? 우리는 그것이 이해되지 않네."
"사실을 말하면, 나도 지금까지는 자신만만했었다네. 그래서 오늘 해변에서 만난 숙부에게도 자랑을 했지."
"그런데?"
"숙부는 수영 교관으로, 생도류(生島流)의 달인이네. 평상시에는 배를 다루면서 400석을 받고 있지. 그러니 바다에 대해서는 모르는 게 없는 사람일세."
"나루세 긴자에몬(成瀨銀左衛門)님 말인가?"
"그래."
"긴자에몬님에게 자랑을 했다면, 겐노조에 대한 얘기겠군?"
"칼로 목숨을 끊어 놓은 것은 아니지만 어쨌든 바다에 빠져서 물귀신이 되었다고 생각했네. 그래서 시게요시님에게 앞날을 보장받았다는 이야기를 했지. 틀림없이 숙부에게도 자랑스러운 일이라고 생각한 거지."
"그랬더니?"
"'멍청한 녀석!' 하고 대번에 야단을 치는 게 아닌가?"
"흥, 이상한 사람이군."
"아닐세. 지나칠 정도로 상식적인 분일세. 그런 숙부가 야단을 치니 나도 조금 당황했지. 그래서 이유를 물었네. 그랬더니 '겐노조는 결코 죽지 않았을 거다, 반드시 어딘가에서 육지로 올라왔다, 그렇게 들떠서 지내지 마라, 시게요시님은 좋은 때에는 한없이 좋은 분이지만 일이 안 되었을 때에는 그 대가를 단단히 받아 내는 분이다' 이렇게 야단을 치는 걸세. 숙부의 말을 곰곰이 생각해 보니, 아무래도 겐노조가 아직 살아 있다는 결론이 나오는 걸세."

슈마도 마고베도 왠지 석연치 않은 기분이 들었다. 그 다음에 이어질 정확한 추리가 너무나 무섭게 생각되었다.

"상세한 얘기는 할 수 없지만 숙부는 수영과 배를 다루어 본 경험이 많아 이 근처의 조류에 대해서는 자세히 알고 있지. 또 스스로 바다에 뛰어들 정도의 겐노조이니까 반드시 자신이 있었을걸세. 상당히 수영을 잘하는 자라면 그날 밤의 파도 정도는 그리 큰 문제가 아니라는 것일세. 특히 밀정이라는 것은 잡힐지언정 결코 자살을 하지 않는 법이지. 고문에 견디고, 수치를 참고, 목이 잘리는 최후의 순간까지 살아서 목숨을 지키려는 끈질긴 점이 밀정의 본분이고 그들의 자랑이지. 그런 점이 보통 무사들이 말하는 아름다운 최후와는 상당히 다른 점이지. 그러니 겐노조가 오쓰나를 껴안고 바다로 뛰어든 것은 아마 도망칠 만큼의 자신감이 있었기 때문일 테고 배도 거의 아와 근처까지 와 있었으니 방심할 수 없다는 걸세."

"하지만 벌써 50일 정도 지난 오늘까지 그가 어디에 숨어 있다는 소문도 없었지 않은가?"

"그 대신 그의 시체가 발견됐다는 소식도 전혀 듣지 못했네."

"그건 그렇지만……."

슈마의 목소리는 거의 한숨에 가까웠다. 행운이 찾아왔다는 환희는 순식간에 흔들리고 있었다.

그렇게 의심을 하자, 자유롭게 변신하는 겐노조가 어쩌면 도쿠시마 성 주변을 아무렇지도 않은 듯이 활보하고 있을지도 모른다는 생각이 들었다.

어쩌면 해변에서 걷고 있는 사람이나 성에서 일하고 있는 석공 사이에 그가 교묘하게 변장을 하고 끼여들어 있을지도 모르는 일이다.

'들떠 있지 마라!'

바다의 생리를 잘 알고 있는 숙부의 말이 잇카쿠의 귀에서 떠나지 않았다.

시게요시가 해변에서 성으로 돌아간 뒤 세 사람은 생각다못해 아리무라에게 가서 어떻게 하면 좋을지 의논해 보았다.

"흐음."

아리무라도 전문가인 나루세 긴자에몬이 한 말을 대뜸 부정할 수만은 없었다.

"그 말을 듣고 보니 그냥 있을 수만은 없군."
아리무라도 똑같은 의심에 사로잡혔다.
"어쨌든 매사에 조심하는 게 좋겠지. 나에게 생각이 있으니까 크게 걱정할 필요는 없네."
다음 날 그는 세 사람을 데리고 포도대장인 기리이 가쿠베(桐井角兵衞)를 방문했다.
"이 그림을 자세히 보게."
아리무라가 가쿠베에게 보여 준 것은 전날 밤 슈마가 정성껏 그린 겐노조와 오쓰나의 용모파기로, 골격, 나이, 특징, 키 등이 자세하게 적혀 있었다. 그 종이를 펼치면서 아리무라는 말했다.
"지금부터 53일 전, 폭풍우가 치던 날 밤 이후로 이러한 남녀의 시체가 영내의 해안으로 올라온 적은 없는지, 또는 어부들이 이런 자에게 협박을 받아 숨겨 주고 있지는 않은지, 아니면 교묘하게 변장하고 성에 잠입하지 않았는지 자세히 조사해 주기 바라네."
이 어려운 주문을 받은 기리이 가쿠베는 죄인을 문초하는 관리들과 아와 전역의 포졸을 지배하고 있는 관리였다. 따라서 거절하지 못하고 즉시 용모파기를 여러 장 더 그려서 그것을 미마(美馬), 가이후(海部), 이타노(板野), 미요시(三好) 등에 배포한 다음 각 지역을 이 잡듯이 조사시키는 한편, 관청에 명령을 해서 성은 물론이고 아와의 각 연안을 샅샅이 수색하게 했다.
털어서 먼지가 안나는 데가 없듯이, 그 결과 여러 가지 보고가 있었다. 하지만 중요한 단서가 될 만한 것은 없었다.
다만 그 폭풍우가 있었던 며칠 후, 도쿠시마 성에서 남쪽에 있는 히우치자키(燧崎)에 한 장의 비옷이 떠내려온 것과 전혀 방향이 다른 도미오카고(富岡鄕)의 산 속에서 죽은 지 며칠 지난 듯 보이는 남녀의 시체가 서로 껴안은 채 썩어 있다는 두 가지 보고가 올라왔으나 상세히 조사해 보니 모두 이 일과는 전혀 관계가 없다는 것을 알았다.
두 사람의 행방은 여전히 오리무중이었다. 얻은 것이라고는 그러한 우연을 일으키는 착각과, 행운을 위협하는 의혹, 그것뿐이었다.
그래서 아리무라는 여전히 시게요시에게는 비밀로 한 채 두 번째 방안을 실행하려고 했다. 아리무라가 그것을 잇카쿠와 마고베, 슈마가 있는 자리에서 털어놓자 세 사람 모두 한 마디 이의 없이 동의했다.

시게요시에게 말하면 물론 허락을 하지 않을 일이었다. 허락은커녕 분노를 살 것이 뻔하기 때문에 비밀에 부치기로 했다.

아리무라와 세 사람은 가능한 한 가벼운 복장을 하고 밤을 틈타 쓰루기 산으로 향했다.

마고베만은 오랜만에 고향인 가와시마에 들르고 싶다고 해서, 다른 사람들보다 하루 먼저 떠났다. 나머지 사람들과는 가와시마에서 합류하여 계획을 짜 맞추기로 했다.

마고베는 지금까지 고향을 등지고 살았다. 이제까지 고향에 대해 거의 한 마디도 하지 않던 마고베가 이때 틈을 내서 고향에 들르겠다는 것은, 그의 방종한 생활과 마구 휘둘렀던 칼에 대해 일종의 쓸쓸함을 느꼈다는 것을 의미할지도 모른다.

"나도 이제는 고향에서 자리를 잡을걸세. 상으로 받은 돈과 봉록으로 옛날처럼 가와시마의 무사가 되어 집안을 다시 일으켜 세워 보겠네."

마고베는 방랑아답지 않게 주위 사람들에게 자신의 그런 마음을 고백했다. 이제 나이가 든 것일까, 그렇지 않으면 인간답게 안정되게 살고 싶다는 것일까?

어쨌든 이번의 행운이 마고베의 사나운 기질을 다소 완화시킨 것만은 사실이다.

"나도 나이가 들었으니 이제부터는 편안하게 보내고 싶네."

마고베는 진심으로 이렇게 원했다. 다음 날 아리무라 일행이 고향에 당도하자 마고베는 그들과 함께 요시노(吉野) 강 상류 쪽으로 서둘러 갔다.

작열하는 태양이 그들의 삿갓 위로 내리쬐었다. 아리무라와 잇카쿠는 웃통을 벗고 하얀 피부를 그대로 드러냈다.

칼 손잡이의 쇠장식과 칼날도 손을 대면 데일 것 처럼 뜨거워져 있었다.

이윽고 구름과 구름 사이로 위엄 있게 자리잡고 있는 쓰루기 산의 모습이 보였다.

고가 요아미가 있는 산이었다.

온몸의 피와 풀의 즙을 짜내어서 그가 자세하게 그리고 있던 아와의 정세는 지금 얼마만큼 완성되어 있을까?

아리무라 일행은 요아미가 최후의 작업이라 여기고 그러한 일에 혼을 쏟아 붓고 있다는 사실을 알 리 없다. 하지만 요아미를 반드시 죽여 버리는 것이 그들이 할 수 있는 최선의 수단이라는 생각에는 이견이 없었다.

만약 두 사람이 살아 있다면 오쓰나는 아버지를 만나러, 또한 겐노조는 요아미에게서 아와의 사정을 들으려고 쓰루기 산으로 올 것임은 거의 확실했다. 그래서 그 두 사람이 살아 있다고 가정해도 자신들이 선수를 쳐서 요아미의 목숨만 제거하면 나중에 그렇게 큰 일은 생기지 않을 거라고 아리무라는 생각한 것이다.

그것을 실행에 옮기기 위해 네 사람은 타는 듯한 더위 속에서 쓰루기 산으로 발길을 재촉했다.

순례(巡禮)의 노래

오늘 아침, 족제비처럼 날쌔게 마을의 골목길을 나온 간하치(眼八)는 앞으로 고꾸라질 듯이 감옥 벽 아래에 가래를 뱉으면서 재빨리 초소로 갔다.

"아침 일찍부터 누굴 잡으러 가나보군. 간하치가 저렇게 서둘러 가는 걸 보니."

마을 사람이 이렇게 말할 정도로 사람을 체포하는 데 일가견을 가진 간하치였다.

수건을 넣어 가슴이 불룩해도, 마을 사람들은 남보다 긴 포승줄때문이라며 두려워할 정도였다.

"잘 잤나?"

간하치가 문 앞에 섰다.

지붕이 없는 검은 문 밖에서부터 안쪽까지 자갈이 깊숙하게 깔려 있었다. 마을의 행징을 담당하고 있는, 포두대장 기리이 가쿠베의 관사였다.

물을 뿌리며 관사를 청소하고 있던 하인 둘이 간하치의 인사를 받았다.

"여어, 간하치. 오늘은 상당히 빠른데. 무슨 일이 있나?"

하인 하나가 빗자루를 어깨에 기대 세우며 간하치에게 물었다.

"응, 조금."

"자네는 여전히 매처럼 빠르군. 언젠가 큰 인물이 될걸세."

"그렇지도 않네."

"마을 포졸 담당인 다미야(田宮)님을 찾는다면 지금 저쪽에 계시네. 불러 줄까?"

"다미야님이 아니라, 포도대장님은 아직……"
"그러면 오늘은 가쿠베님 말인가?"
"간하치가 말씀드릴 것이 있어서 왔다고 전해 주겠나?"
"그러지"

하인 하나가 관사를 옆으로 돌아 담을 따라 가쿠베의 거처로 가서 간하치가 온 것을 알렸다.

가쿠베가 나오기를 기다리는 동안 간하치는 다른 하인과 무슨 이야기를 하다가 생각난 듯이 말했다.

"게이노스케의 저택에 있던 다쿠스케는 어떻게 된 건가? 그 녀석에게 이럭저럭해서 10냥 정도 빌려 준 것이 있는데."

"혹 빚이 많아 오사카에서 돌아오지 못하는 게 아닌가?"

"하지만 주인인 게이노스케도 아직 성으로 돌아오지 않은 것 같던데."

"게이노스케는 뭔가 실수를 해서 오사카에서 떠돌아다닌다고 하는 소문이 있던데?"

"뭐라고, 게이노스케가?"

"그래. 떠돌이 무사가 됐다는 이야기를 들었네."

그때 조금 전 보고를 하러 갔던 하인이 돌아왔다.

"간하치, 역시 사무실에서 기다리고 있으라고 하시네. 곧 나오실걸세."

"고맙네."

간하치는 시간을 보면서 그곳에서 두세 모금 담배를 피운 뒤 사무실로 들어갔다.

안을 들여다보자 기리이 가쿠베는 이미 그곳에 와서 책상에 쌓여 있는 여러 가지 서류를 들추어 보고 있었다. 그것이 모두 요전부터 각 지역에 문의를 한 겐노조에 대한 것이라고 생각하니 간하치는 왠지 우습게 생각되어 잠시 쓴웃음을 참고 있었다.

가쿠베가 기척을 알아차리고 간하치를 쳐다보았다.

"간하치 아닌가? 아침 일찍부터 하고 싶은 말이라니, 도대체 뭔가?"

"실례하겠습니다."

간하치는 마루 끝에 무릎을 꿇고 앉았다.

"지난번 아리무라님의 명령으로 포고를 내린 겐노조와 오쓰나라는 여자에 관한 일입니다."

"그래?"

간하치는 몸을 조금 앞으로 내밀었다.

"오늘 아침에도 사방에서 서류가 올라와서 보고 있던 중인데, 확실한 실마리가 될 만한 것은 하나도 없네. 뭔가 좋은 것을 잡았나?"

"짚이는 데가 좀 있어서 지시를 받으러 왔습니다."

간하치는 담뱃대를 빼서 손가락에 끼웠다. 그러나 재떨이가 너무 멀어서 손을 둘 곳이 없는지 잠시 말을 끊었다.

"으흠. 그래?"

가쿠베는 책상에 산적해 있는 각지의 보고서보다 간하치가 담배통과 함께 꺼낸 짚히는 데라는 한 마디에 완전히 신경이 쏠렸다.

"그 두 사람의 생사는?"

가쿠베는 우선 생사부터 물었다.

"그자들은 분명히 죽지 않았습니다."

간하치는 거침없는 말투로 단언했다. 어제 저녁 간하치는 마을의 칼 가는 곳인 오구로 소리(大黑宗理)의 가게에 들러서 어떤 흉포한 짓에 사용된 칼에 대해 문의하던 사이에 뜻밖의 소득을 얻었다.

하늘소의 수염같이 예리한 감각을 지닌 그는, 그곳 손님과 주인의 대화를 두세 마디 듣고 이상하다는 생각이 들었다.

직업적 흥분을 넘어서 일종의 공명심에 불타 가슴이 두근거리기까지 했다.

'얼마 전부터 아와 전역의 포졸이나 관리들이 혈안이 되어 찾고 있어도 생사조차 알 수 없었던 겐노조라는 에도의 밀정과 오쓰나라는 여자를 이 간하치의 손으로 잡는다면 눈이 8이 구멍이나 다름없는 마을의 포도대장이나 마을행정관이 어떤 표정을 지을까?'

생각만 해도 통쾌한 일이었다. 해볼 만한 가치가 충분했다.

그래서 간하치는 그 남자가 돌아간 다음 아무렇지도 않은 가게 주인과 서너 마디 말을 나누고는 집으로 돌아왔다.

잠자리에 누워서 곰곰이 앞뒤 말을 종합해 보니, 역시 겐노조와 오쓰나는 벌써 아와에 들어와서 어딘가에서 사태가 진정될 때까지 숨어 있을 거라는 결론이 나오는 것이었다.

그날 밤 간하치는 잠을 이룰 수가 없었다.

복권이라도 당첨된 것 같은 흥분으로 일생일대의 기회를 잡은 것만 같았다. 처음에는 성 안에서 위세가 대단한 젊은 공경 아리무라에게 이 사건을 보고하려고 했다. 그러나 그렇게 해서는 너무나 자기 윗사람을 무시하는 상황이 된다는 생각이 들어서, 우선 가쿠베에게 온 것이다.

그 말에는 가쿠베도 놀라지 않을 수 없었다.

"그런데 네가 있었을 때 가게에 온 남자는 도대체 누구였지? 설마 겐노조 본인은 아니겠지?"

"그렇습니다. 물론 겐노조는 아닙니다. 히와사(日和佐)에서 배를 만들거나 수리하는 목수입니다. 그 사람이 소리의 가게에서 잘 간 칼 두 자루를 받아 들고 돌아갔습니다."

"배목수가?"

"예. 하지만 하나는 긴 보통 칼이고, 다른 하나는 아주 멋진 명품이었는데, 정이나 도끼라면 몰라도 배목수가 가질 만한 물건이 아니라는 것쯤은 대번에 알 수 있었습니다. 그래서 칼을 맡긴 사람의 이름을 보려고 접수대장을 보았더니, 히와사에 있는 다이칸(大勘)이라는 도편수의 이름이 적혀 있었습니다."

"그래서?"

"물건이 워낙에 중요한 것인지라 맡긴 사람의 이름은 정확하게 적어 놓았을 겁니다. 게다가 히와사 근처에는 그런 칼을 갈 수 있을 정도로 솜씨 좋은 대장장이가 없으니까 일부러 도쿠시마 성까지 가지고 온 것이 틀림없습니다. 특히 그 칼은 바닷물에 빠졌던 것을 칼집, 손잡이에 감은 실까지 완전히 손질을 다시 한 것으로, 소리의 솜씨로도 50일 정도 걸렸다고 합니다. 손을 꼽아 보니 시코쿠 상선이 폭풍우를 만난 날부터 4, 5일 후가 되더군요."

"그렇군."

가쿠베는 고개를 끄덕였다.

"하지만 그 사실만을 가지고 그것이 겐노조의 칼이라고 단정하는 것은 너무 이르지 않은가?"

"또 하나 부정할 수 없는 증거가 있습니다. 보통 칼 손잡이에는 겐노조의 표시라고 들은 초승달 무늬가 새겨져 있었고, 다른 오래 된 칼집에는 고가요아미라는 가는 글씨가 새겨져 있었습니다. 이보다 확실한 증거가 어디 있겠습니까! 곧 사람을 시켜 그 자리에서 히와사로 보내도 됐지만, 중요한 일인 것 같아 일단 의논하러 온 것입니다."
"음, 그래?"
가쿠베로서도 이제 조금도 의심할 여지가 없었다.
"히와사에 숨어서 칼의 손질이 끝나기를 기다리고 있었군."
"누군가 겐노조를 숨겨 주고 있는 것 같으니, 아무런 준비 없이 잡으러 가면 허탕을 칠 수도 있습니다."
"어쨌든 먼저 아리무라님에게 알린 다음 지시를 받고 나서 수배를 하는 것이 순서일 거야."
"그 칼을 겐노조가 받았다면 겐노조는 어쩌면 히와사에 없을지도 모릅니다. 빨리 의논을 하셔서 소중한 기회를 놓치지 않도록 부탁드립니다."
갑자기 다급해진 가쿠베는 소중한 정보를 심부름꾼을 시켜 성 안에 있는 아리무라에게 알리러 보냈다. 하지만 그 아리무라는 어제 쓰루기 산으로 떠났다는 대답이 돌아왔다.
"그렇게 관리들을 재촉해 놓고서……."
아리무라의 속마음을 알 리 없는 가쿠베는 아리무라의 행동이 불쾌하게 생각되었다.
그러나 간하치가 애써서 사건의 실마리를 잡은 것 같은데, 아리무라가 돌아올 때까지 유유히 기다릴 수는 없어서 그는 그의 판단으로 히와사로 사람을 보내기로 결정했다.
간하치는 짚신을 신었다. 원래 걸음에는 자신이 있는 사람이었다.
그는 성 아래에서 바닷길을 따라 남쪽으로 14리 정도 되는 히와사로 걸음을 서둘렀다.
바닷내음이 강하게 풍겨 오는 바닷가 마을에 들어선 날 밤, 그의 모습은 즉시 그곳에 있는 관청 속으로 사라졌다. 그리고 그날 밤 안으로 준비가 다 되었는지, 다음 날이 되자 간하치는 나그네 차림으로 일부러 어리병병한 표정을 하고 액제교(厄除橋) 부근을 어슬렁대고 있었다.
바다가 어둠으로 인해 검푸르게 보였다. 어항답게 등불이 히와사 강을 비추고 있었다.
역함을 지나가는 길에서는 짐마차의 방울 소리와 여행객을 끄는 여관집 여자의 목소리, 그리고 온갖 여행객들의 모습이 끊이지 않았다.

시코쿠의 야쿠오지(藥王寺)로 가는 길손이 이곳에 모두 모이기 때문에 하얀 옷을 입은 순례자의 모습과 아련하게 울리는 방울 소리가 황혼의 쓸쓸함을 더해 주고 있었다.

"아, 이곳인 것 같군."

간하치는 겨우 찾았다는 듯이 어떤 문 앞에서 허리를 폈다.

무사하게 배가 떠나기를 기원하는 신장대가 차양 뒤에 가로 놓여져 있고, 세 칸짜리 토방 앞에는 신발들이 파도에 밀려 올라온 것처럼 어지러이 놓여 있었다.

실은 미리 다 조사해 놓고도, 느티나무 판자에 '다이칸'이라고 써서 밖에 걸어 놓은 문패를 확인하면서 간하치는 이곳에 처음 온 것처럼 위장했다.

"다이칸이라…… 음, 이곳이 다이칸 선생님의 집이 틀림없군."

간하치는 이렇게 중얼거리면서 문을 열더니 멈칫거리는 태도로 마루귀틀을 향해 허리를 숙였다.

"실례합니다."

그러자 제자인지 일꾼인지 모르겠지만 막되먹은 젊은 사람이 방에서 나와 간하치를 내려다보았다.

"뭐지?"

"여행객입니다. 선생님의 이름을 소문에 듣고 신세를 지러 왔습니다."

"목수인가?"

"예."

"들어와."

"감사합니다."

"뒤로 돌아가면 우물이 있어. 그 옆에 오두막이 있으니까 그곳에서 푹 쉬게. 그리고 아침에 떠날 때는 잠시 이 방에 들르게. 짚신 값이나 점심 값 정도는 줄 테니까."

"고맙습니다."

간하치는 문을 나와서 뒤로 돌아갔다. 가는 길 옆에 창문이 하나 있었다. 발 너머로 힐끗보니, 나한 같은 알몸들이 못된 유희에 한창이었다. 같은 일을 하는 여행객이라고 하면 집 없는 개에게 처마 밑을 빌려 주는 정도로 쉽게 재워 주었지만 그런 곳에서의 대접은 어김없이, 가재 도구 하나 없는 방에서 여기저기 부서진 상에 짠지 네 조각, 국 한 그릇, 나물 한 접시가 고작인데, 그것도 주위에 보는 사람이 아무리 없어도 반드시 무릎을 꿇고 먹어야 했다.

선승(禪僧)처럼 그릇이나 접시에 남아 있는 국물까지 깨끗하게 물로 씻어 먹고, 상을 구석에 잘 놓아 두는 것이 한끼 얻어 먹은 것에 대한 예의였다.

간하치가 저녁을 다 먹고 나자 나이 든 다이칸의 제자가 상을 물리러 왔다.

"손님, 다 들었는가? 이불이나 등불은 저 벽장 안에 있으니까 마음대로 꺼내 써도 되네. 그리고 기름이 있는지 기름통을 확인해 보게."

"있습니다. 저녁 잘 먹었습니다."

"그래? 그러면 잘 자게나."

"아, 잠시만요."

"뭔가?"

"선생님께 인사를 드리고 싶은데 말 좀 전해 주시겠습니까?"

"선생님은 안 계시네. 며칠 전부터 계속 집을 비우셨다네."

"그러면 마님이나 다른 친지분이라도 잠시 만날 수 없을까요?"

"마님은 근처에 있는 분과 순례를 떠나서 지금 안 계시고, 그 밖에는 제자나 이곳에서 머무는 사람들밖에 없는데, 무슨 일인가?"

"뭐 특별한 일은 아닙니다. 그러면 한 가지 물어 보겠는데, 이 집에 우리와 다른 직업을 가진 두 사람이 신세를 지고 있지 않습니까?"

"직업이 다른 사람이라니?"

"젊은 남자와 여자입니다."

"그런 사람은 없는데."

"없어요?"

간하치는 다시 한 번 확인하듯이 상대를 보았다. 문득 자신의 눈빛이 바뀐 것을 스스로 깨닫고는 얼른 시선을 돌렸다.

"에헤헤헤. 이상한 질문을 한다고 생각하겠지만, 사실 그 두 사람은 제 친척으로 다이칸님 집에서 신세를 지고 있다는 소문을 들어서요. 그런데 저…… 그런 분은 안 계시다고요?"

"그 두 사람이 언제쯤 이곳에 왔지?"

"글쎄요…… 이마에 손을 대고 일부러 생각하는 척하면서 갑자기 생각이 난 듯이 종이에 자그마한 은 덩어리 하나를 썼다.

"저, 이거 얼마 안 되지만……."
"필요 없네. 자네는 여행을 하는 사람이 아닌가? 여행객한테서 그런 것을 받으면 선생님께 꾸중을 듣네."
"누가 그런 걸 얘기 하겠습니까? 자, 받아 주십시오. 저도 이런 곳에서 신세를 지면 노자가 상당히 남으니까요. 그런데 아까 말한 젊은 남자와 여자 손님이 아마 이곳에 왔을 거라고 생각하는데, 그게 한 50일 전이나 그 후에요. 그러니 잘 좀 생각해 봐주세요. 틀림없이 짐작 되는 것이 있을 겁니다."
"아, 그래!"
"기억이 납니까?"
간하치는 은을 쥐어준 상대방의 손목을 꼭 잡았다.
"그것 보세요. 역시 잊어버리고 있었군요?"
간하치의 꼬임에 넘어간 다이칸의 제자는 그만 말을 하기 시작했다.
"아, 그러고 보니 비슷한 이야기를 들은 적이 있네."
"있다고요?"
"벌써 한달이나 전의 일이라서 완전히 잊어버리고 있었는데, 마침 당신이 얘기한 그 시기에 있었던 일이네. 폭풍우가 몰아친 뒤 보슬비가 계속 내리는데 일꾼들도 일이 없어서 일찍 잠자리에 든 밤이었지."
괜히 말참견을 해서 상대의 이야기에 맥을 끊어놓을까봐 간하치는 진지하게 고개만 끄덕였다.
"그런데 밤 5각경에 톡톡 하고 밖에서 문을 두들기는 사람이 있었네. 나는 선생님의 어깨를 주무르고 있어서 마침 잘되었다고 생각했지. 그리고 '선생님, 밖에 손님이 오셨나 봅니다' 하자, 선생님은 알고 있다며 고개를 끄덕이시더군. 그러더니 집안 사람은 모두 잠들었느냐고 묻더군."
"그래요?"
"선생님은 '어차피 이 시간에 오는 손님은 여행객일 테니까 저쪽 오두막에 등불을 넣어 줘라, 그리고 그 뒤는 내가 볼 테니까 너는 가서 자거라'고 하셨네. 평소에 그렇게 다정한 분이 아닌데 나도 뭔가 이상하다고 생각했지. 그러나 분부하시는 대로 지금 자네가 있는 이 방에 등불을 가져다 놓고 있는데, 선생님이 두 분 손님을 밖에서 이곳으로 안내해 왔다네."
"두 명이라고요?"

"그래, 두 명이었네. 그것도 머리부터 거적을 둘러써서 마치 거지 같은 행색을 하고 있는데도, 선생님은 이상하게 친절하게 돌보아 주셨지. 그러더니 나보고 이제 들어가서 자라고 하셔서 그대로 안채 쪽으로 돌아가다가 우물에서 발을 씻고 있는 손님을 보았는데 너무나 발이 하얘서 그때 처음으로 눈치챘지. 한 사람은 보기드문 미인이고, 다른 한 사람은 젊은 무사였어."

'옳거니!'

간하치는 가슴이 뛰기 시작했다.

그러면서도 간하치는 그리 대수로운 일이 아니라는 말투로 계속 물어 보았다.

그날 밤 이곳에 묵은, 정체를 알 수 없는 남녀는 이튿날 아침 집안 사람들이 잠에서 일어났을 때에는 이미 다른 곳으로 사라져서 아무도 그들이 이곳에 왔다 간 줄 모른다고 했다.

"그렇겠군요? 이제 사정을 대강 알겠습니다. 정말 감사합니다."

간하치는 정중하게 말하고 나서 자신의 짐을 풀었다.

"자꾸 귀찮게 해드려서 죄송합니다만, 내친김에 한 가지만 더 묻겠습니다."

간하치가 이렇게 말하면서 짐 속에서 종이 꾸러미를 풀자 정이 하나 굴러 나왔다.

"정이로군."

상대방도 이내 거기에 시선을 주었다.

"예. 아주 길이 잘 든 정입니다."

"팔 생각이라면 집안 사람에게 보여 주지."

"아닙니다. 이것은 팔려는 것이 아닙니다."

간하치는 정의 뾰족한 부분에 엄지손가락을 대고 번쩍하도록 한 바퀴 돌렸다.

"이것은 제가 도쿠시마 성 아래에서 우연히 주운 것입니다. 바로 다이칸이라고 씌어진 옷을 입고 있던 젊은 도편수가 떨어뜨리고 간 것이지요. 뒤에서 불렀지만 그대로 가 버려서, 다음에 기회가 있으면 전해 주려고 싸 둔 건데……"

간하치는 손에 든 정을 자신의 눈앞에 가까이 가져갔다.

"여기에 겐(源)이라고 새겨져 있는데, 이곳의 일꾼 중 그러한 이름을 가진 사람이 있습니까?"
"겐? 그러면 겐지(源次)의 것일지도 모르겠군."
"직접 전해 주고 싶은데 잠시 불러 주실 수 있겠습니까?"
"어렵지 않지. 지금 이곳으로 데리고 오겠네."
사내는 쟁반을 손바닥에 얹어 안채로 돌아갔다. 간하치는 엄지손가락으로 턱수염을 문지르면서 다타미 위에 있는 정을 바라보았다. 쓸모가 있을 거라고 생각해서, 요전에 소리의 가게로 칼을 찾으러 온 젊은 남자의 도구함에서 몰래 훔쳐 둔 것이었다.
'이 정을 가지고 있던 겐지라는 일꾼을 만나 보면, 칼 가는 곳에서 받아 간 칼이 어디로 갔는지 알 수 있을 거야. 그것만 알면 되는데……'
간하치가 숨을 죽이고 있는데 밖에서 소리가 들렸다.
"이곳인가?"
"그렇다네. 저, 손님!"
아까 왔던 다이칸의 제자가 다시 나타났다.
"물어 보니 역시 겐지가 정을 잃어버렸다는군."
"아, 그래요? 수고하셨습니다"
"그 사람도 손에 익었던 도구를 잃어버려서 곤란해 하고 있던 참이라, 말을 전해 주니까 몹시 기뻐하며 지금 이곳으로 같이 왔다네."
"그렇습니까? 겐지라는 분은?"
간하치가 한 손으로 바닥을 짚고 몸을 비틀면서 토방 밖에 서 있는 사람을 바라보았다. 틀림없이 요전에 소리의 가게에서 겐노조와 오쓰나의 칼을 받아서 돌아간 그 젊은 남자였다.
겐지는 잃어버렸다고 생각하고 있던 정이 자신에게 돌아오자 아무것도 모르고 그저 고마워 할 뿐이었다.
"정말 고맙습니다. 어디 가서 술 한잔 하지 않겠소?"
누가 먼저랄 것도 없이 바람도 쐴 겸 두사람은 술을 마시러 나갔다. 이것이야말로 간하치가 원하던 바였다.
"나는 이곳 지리를 잘 모르니까요."
간하치는 겐지의 뒤를 따랐다.
겐지는 자신이 대접할 생각이어서 마을 서쪽에 있는 단골 술집으로 안내했다. 그러나 술을 마시고 난 뒤 간하치가 재빨리 술값을 지불했다. 둘은 나른하게 취한 몸을 이끌고 술집에서 나왔다.

"어차피 지금 방으로 돌아가도 더위 때문에 잘 수도 없으니 어디 가서 바람 좀 쐬고 가지 않겠나?"

어느덧 두 사람은 말을 터놓을 수 있을 정도가 되었다.

간하치는 먼저 액제사로 올라가는 돌계단에 발을 올려놓았다.

같은 직업을 가진 사람이라고 생각해서 그런지 겐지는 완전히 마음을 터놓고 있었으나 중심이 반듯하게 서 있는 사람 같았다.

술을 마시면서 간하치가 이것저것 속을 떠보았으나 겐지는 전혀 입을 열려고 하지 않았다.

간하치는 조금 화가 나서, 사람이 없는 곳을 찾아가 문초를 해서 자백을 하게 만들 속셈으로 주위를 둘러보았다.

이곳은 이오(醫王) 산을 등에 업고 있어서 뻐꾸기 우는 소리라도 들릴 것처럼 한적했다.

액년에 든 남녀가 밟으면 액운을 피할 수 있다는 42계단과 33계단을 오르자 히와사 강의 입구에서 반원을 그리고 있는 앞바다의 하얀 파도가 한눈에 보였다.

거울 같은 여름 달이 시커먼 바다 위에 떠 있었다. 비늘구름의 느린 걸음으로 달빛이 바뀜에 따라 바다도 끊임없이 명암의 변화를 보이고 있었다. 잔잔한 바다를 보자 겐지는 마음이 평화로워지는 것을 느꼈다.

"아아, 정말 상쾌한 바람이군."

간하치는 땀을 닦고 나서 경내의 돌 계단에 앉았다.

"정말 좋은 곳이군."

조망이 좋은 곳이라는 의미와 겐지를 문초하는데 딱 좋은 곳이라는 두 가지 의미로 볼 수 있었다.

"이곳은 여름을 모르는 곳이라고들 하지. 난 어제도 이곳에서 더위를 식혔다네."

"어제?"

간하치가 재빨리 말꼬리를 잡았다.

"어제는 바닷가에 일하러 갔다고 하지 않았는가?"

"잠시 이 부근에 심부름할 것이 있어서 왔다네."

"그리고 그저께는 분명히 도쿠시마 성에 있었고?"
"선생님 대신에 새로 만드는 배의 그림을 받으러 갔다가 돌아오는 길에 성 아래쪽으로 왔었지."
겐지도 그곳에서 정을 잃어버렸다는 사실 때문에 이것만은 숨길 수가 없었다.
'좋아! 이제 슬슬 시작해 볼까?'
"겐지. 자네도 이곳에 앉게."
간하치는 담뱃대 끝으로 삼나무 밑둥 부분을 가리켰다.
"앉으면 잠이 와서 안 돼."
"졸리지 않도록 해줄 테니까, 어쨌든 이곳에 좀 앉게."
"서툰 노래를 듣는 일이라면 질색이네."
"이곳은 시코쿠 23번 영지(靈地)네. 노래 정도는 해야지 영지에 대한 예의지. 이쯤에서 시작해 볼까. 이보게, 겐지."
겐지의 어깨를 잡은 간하치의 말투가 갑자기 날카로워졌다.
"뭔가?"
간하치의 태도가 갑작스럽게 변하자, 겐지는 그만 어안이 벙벙해졌다.
"자네는 아까 내가 준 정을 도쿠시마 성 어디쯤에서 잃어버렸는지 생각나지 않는가?"
"농담하지 말게. 잃어버린 곳을 알고 있다면 일부러 다른 사람이 줍게 만들지도 않지."
"그렇겠지…… 그렇다면 내가 가르쳐 주지. 실은 그것은 소리의 가게에서 자네가 칼을 받고 있는 사이에 도구함에서 빠져 나온 걸세. 물론 정에 발이 달리지는 않았을 테니까, 내가 꺼냈다고 솔직히 얘기해야겠지."
겐지의 얼굴 표정이 조용히 변해갔다.
그때 소리의 가게에서 자신을 등지고 서 있던 남자를 떠올리고는, 아뿔사! 하며 후회하는 표정이 역력했다.
간하치는 겐지의 눈을 똑바로 바라보았다.
"이봐, 소용 없네. 도망치려고 해도 그렇게 할 수 없을 거야. 난 도쿠시마 성 행정관의 부하로 귀신이라고 불리는 간하치야. 그 귀신이 자네에게 붙은 이상 자네는 절대로 도망칠 수 없어."
"이 놈이!"

겐지는 한발 뒤로 물러섰다.

"네 녀석은 여행객이라 속이고는 도쿠시마 성에서 잠입한 끄나풀이군."

"얌전히 있어!"

"나쁜 녀석!"

수건에 싸여 있던 정이 바람을 가르며 간하치의 정수리로 날아들려고 하는 순간이었다.

"이런 것으로 장난치지 말게."

간하치는 몸을 약간 비틀며 정을 들고 있는 겐지의 손목을 잡고 업어치기를 하려고 했다. 그러나 겐지도 만만치 않아 두 사람은 서로 얽히면서 넘어졌다.

"이놈!"

소나무 사이로 비치는 달빛에 필사적으로 번쩍이는 정과 쇠방망이. 두 개의 검은 그림자가 한 덩어리가 되어 엎치락뒤치락하며 뒤엉켜있었다.

아래에 깔린 간하치는 발기술을 걸어 있는 힘을 다해 겐지의 몸을 조였다.

"으윽!"

겐지가 신음 소리를 내며 정신을 거의 잃은 듯했다.

"뼈가 부러졌을 걸세."

간하치가 일어나서 겐지 옆에서 떨어졌을 때는 그의 손과 겐지는 어느 틈엔가 포승줄로 이어져 있었다.

겐지는 더 이상 저항하지 않았다. 팔꿈치로 겨우 몸을 일으키면서 묶여 있는 자신의 손을 바라보고는 고개를 숙였다.

"멍청한 놈."

달빛에 빛나고 있는 정을 멀리 차 버린 간하치는 포승줄 끝을 석자 정도 늘어뜨린 채 쥐고 있었다.

"이몸이 이름 높은 귀신이라고 미리 일러 두었는데도 쓸데없이 발버둥을 치다니, 정말 멍청한 녀석이군. 자, 이제 순순히 자백하지 않으면 포승줄 끝에 매달린 이 납덩어리가 네 얼굴로 날아갈테니 그런 줄 알아!"

간하치는 매섭게 말하며 오른팔 소매를 들어올렸다.

"그저께 밤 네 녀석이 소리의 가게에서 가지고 간 칼에 대해서 묻겠다. 하나는 보통의 긴 칼이고, 다른 하나는 아주 훌륭한 보검이었어. 그곳 접수대장에서 다이칸의 이름을 보고 왔으니까 변명해도 소용 없다는 것만은 알아 두어라. 그 두 개의 칼을 도대체 어디로 가져다 주었는지 우선 그것부터 대답해 봐!"

"……나에게 물어야 아무 소용도 없다. 이 겐지의 입이 무겁다는 건 세상이 다 아는 일이다. 관청에 끌려가서 고문을 당해도 불지 않을 테다."

"흥, 점점 재미있어지는데."

간하치는 코웃음을 쳤다.

"네 녀석이 그렇게 입이 무거운 놈이라니, 이 간하치의 귀신 근성이 더욱 꿈틀거리는데 팔을 부러뜨려서라도 그 입을 열게 만들 테니까 두고 봐라. 자, 이래도 입을 열지 않겠느냐?"

포승줄 끝에 매달려 있던 납덩어리가 말이 꼬리를 치듯이 날아와 겐지의 뺨을 두세 번 때렸다.

"자, 말을 해라! 그 칼을 누구에게 가져다 주었느냐? 아니, 칼 주인은 이미 알고 있다. 그러니 그들이 있는 장소만 대라, 어서! 숨어 있는 장소를 대!"

"나는 그런 것까지는 모른다."

"뭐, 모른다고?"

"모른다! 내가 그런 것까지 알 리가 없지 않느냐?"

"나를 우습게 보는군."

다시 납덩어리가 날아가자 겐지의 얼굴에서 핏방울이 튀었다.

"악!"

"아픈가?"

"모르는 것을 어떻게 하란 말이냐?"

"이 녀석이 아직도……!"

간하치는 발로 겐지의 등을 찼다.

"모른다고 하는 것은 이제 곧 말하겠다는 것과 같은 말이다. 네가 그렇게 시치미를 뗀다고 넘어갈 간하치가 아니다. 빨리 말해라! 얘기하는 게 늦어지면 그만큼 네 녀석 얼굴만 못 쓰게 될 뿐이다."

그때 투둑투둑 하늘에서 차가운 것이 떨어졌다.

앞바다에 있는 다쓰미(辰巳) 섬에서 똑바로 불어오는 바닷바람에 큰 소나무 가지에 맺혀 있던 물방울이 떨어진 것이다.

간하치는 눈썹에 떨어진 물방울을 손등으로 닦으면서 말했다.

"지금부터 약 50일 전에 겐노조와 오쓰나라는 자가 거적을 둘러쓰고 보슬비가 내리는 어둠을 틈타 다이칸의 집으로 왔다는 것까지 밝혀졌다. 아무리 네 녀석이 다이칸과의 의리를 지킨다고 해도 조만간 알 게 될 일이다. 쓸데없는 고집 부리지 말고, 물에 빠진 칼을 갈아서 갖다 준 곳을 대라. 그들이 숨어 있는 곳이 어디인지 자백해라! 순순히 자백만 하면, 이 간하치가 관청의 심문은 가볍게 지나가게 해주마. 어떤가, 겐지? 빨리 가슴에 손을 얹고 생각해 봐!"

"백 번 물어도 소용 없다. 도쿠시마 성 쪽으로 심부름 간 김에 칼을 받아 온 것은 사실이지만, 그것을 선생님께 전해 주었을 뿐. 그 이상은 아는 바가 없다."

"끈질긴 녀석이군. 그러면 아무래도 자백을 하지 않겠다는 거냐? 좋다!"

간하치는 포승줄을 겐지의 목에 감더니 힘주어 줄을 잡아당겼다.

"바른 대로 말할 때까지 이 끈을 풀지 않을 테니, 누가 이기는지 해 보자."

"으음."

겐지는 목이 졸려 몹시 괴로운 듯이 눈을 치켜떴다.

"어떤가, 기분이?"

간하치는 포승줄을 더 조였다.

"아직 참을 만한가? 이래도?"

"수, 수, 숨이 막혀."

"숨이 막힐 거다. 하지만 아직 멀었어. 이 간하치가 본격적으로 시작하면 이 정도 가지고는 안되지."

간하치는 치가운 표정으로 괴로워하는 겐지의 모습을 내려다보고 있었다.

그곳에서 숲 건너편에 달빛에 잠겨 있는 이오 산 약사여래의 불당이 보였다. 그때 뒤에서 방울 소리가 적막을 깨고 희미하게 울렸다.

그 방울 소리는 이런 경내에서는 자주 들을 수 있는 소리였다. 그러나 사찰의 적막하고 삼엄한 밤 공기를 가르며 들려오는 방울 소리는 너무나 맑아서 도쿠시마 성의 귀신 간하치의 마음을 더욱더 얼어붙게 만들었다.

그래서 장소가 좋지 않다고 생각했는지 간하치는 겐지의 목에 걸린 줄을 풀어 주며 말했다.

"널 생각해서 여기서 끝내려고 했는데, 고집을 부리겠다면 할 수 없지. 관청에 가서 천천히 자백을 받도록 하지. 정말 바보 같은 녀석이다. 여기서 자백하면 이 간하치가 너그럽게 봐 줄 텐데. 이제 관청에 간 뒤에 네 녀석이 아무리 후회 해도 소용 없다."

"……."

"다이칸이 어떻게 입막음을 했는지 모르겠다만, 이렇게 해서까지 다이칸과의 의리를 지킬 필요가 있는가? 감옥살이 정도로 끝나면야 그런 대로 괜찮겠지만, 밀정을 숨겨 주면 도저히 그 정도로는 끝나지 않는다. 이보게, 겐지."

"……."

"아무리 배 만드는 목수 방에서 굴러다니는 녀석이라도 너도 어디엔가 부모님이 있겠지? 그런데 만약에 네 녀석의 목이 잘려서 이리저리 뒹굴어 다닌다고 생각해 봐. 부모 형제에게까지 그 피해가 미칠 거다. 아, 입안이 쓰군. 나도 더 이상의 친절은 사양하겠다. 자, 일어서 이제 관청으로 가자."

"자, 잠시만."

부모에게 화가 미친다는 얘기가 나오자 겐지는 마음이 바뀌었는지 얼굴색이 달라지면서 간하치에게 매달렸다.

"왜? 일어설 수가 없는가?"

"말하겠습니다. 숨기고 있었어요. 내가 잘못했소."

"자백할 생각인가?"

"예."

겐지는 풀이 죽어서 입술에 흐르는 피를 빨았다.

"그러면 겐노조와 오쓰나는 어디에 숨어 있나?"

"그것만은 저도 전혀 모르는 일입니다. 다만 제가 알고 있는 것만을 말하겠습니다."

"거짓은 없겠지?"

"예. 거짓과 진실을 섞어서 말한다고 해도 저에게 아무런 도움이 되지 않습니다. 알고 있는 것은 모조리 말씀드리겠습니다."

"좋아."

"저는 그 무사가 정말 겐노조라는 사람인지, 또 그 젊은 여자가 오쓰나라는 사람인지, 그리고 도대체 어디에서 무엇을 하는 사람인지, 그런 것은 전혀 모릅니다. 다만 도편수인 다이칸님이 마님을 봐서 하는 수 없이 잠시 숨겨 줄 집을 구해 준 다음부터, 저에게 잔심부름을 시켰을 뿐입니다."
"그 마님이라는 사람은 누군가?"
"도쿠시마 성 아래와 오사카에서 장사를 하고 있는 시코쿠 가게의 오쿠라 님이라고 했습니다."
"음."
이제 겨우 실마리가 풀리기 시작한 것 같아 간하치는 굳게 다물었던 입에서 커다란 앞이빨을 드러내었다.
"다이칸 녀석은 왜 오쿠라의 지시를 듣는 거지?"
"시코쿠 가게는 조그마한 배 하나까지도 우리 집에서 만드는 아주 중요한 고객입니다."
"그렇게 된 거군."
"특히 다이칸님이 마님의 총애를 받고 있는 터라, 이번 일도 싫다고는 할 수 없었을 겁니다."
"그런 사이라면 무리가 아니지. 그런데 오쿠라는 지금 오사카에 있을 터인데, 어떻게 그런 밀담을 나눌 수 있었지?"
"마침 지지난달 중순에 그곳에서 사람이 왔습니다."
"그래?"
간하치는 마음 속으로 날짜를 계산해 보았다.
"오쿠라님이 보낸 편지를 받고 다이칸님은 뭔가 걱정이 되는 듯이 생각에 잠겨 있곤 했습니다. 그리고 나서 3, 4일 후, 맞아! 19일 밤이었습니다."
"뭐, 19일 밤이라고?"
자신도 모르게 간하치가 큰 소리로 되물은 것은, 자신이 마음 속으로 꼽고 있던 날짜와 시코쿠 상선이 오사카에서 아와로 떠난 날과 딱 일치했기 때문이다.
"그러고 나서?"
간하치는 입가에 히죽 웃음을 지으면서 뒷말을 재촉했다.
"그 19일 아침, 다이칸님이 갑자기 고마쓰(小松) 섬으로 간다고 했습니다. 나가사키에서 배가 들어와 있는데, 볼일이 있다는 것이었습니다. 나도 같이 가겠다고 나서서 따라갔는데, 그곳에는 저녁 무렵에 도착했습니다. 그러나 부두에 나가 보니 그런 배는 보이지 않았습니다. 그래서 이상하게 생각해서 '선생님, 배는 어디에 있습니까?' 하고 묻자, '저쪽 바다야, 하지만 겐지, 오늘 일은 아무에게도, 부모 형제에게도 말하면 안 돼' 하고 단단히 주의를 주었습니다."

그리고 그 약속을 깨뜨리고 있는 자신을 느끼는지 겐지는 다시 고개를 푹 숙였다.

"그러고?"

간하치는 상대에게 생각할 틈을 주지 않고 계속 캐물었다.

"그러면 배를 보러 온 것이 아니냐고 물었더니, 다이칸이 조금 무서운 얼굴을 한 채 고마쓰 섬의 해안을 느릿느릿 걸어다녔습니다. 그러다가 어디선가 세 사람이 탄 배가 다이칸 앞으로 오자 다이칸은 잠자코 배에 탔습니다."

"그것이 19일 밤이었지?"

"그렇습니다. 한밤중이었는데, 하늘이 심상치 않은 구름으로 뒤덮여 있었습니다."

겐지는 그날 밤의 일을 떠올리기라도 하듯 바다 쪽을 바라보았다. 아까 마신 술기운도 어디론가 사라지고, 밤이 깊어질수록 밝아진 달빛에 겐지는 환자처럼 얼굴빛이 창백했다.

"배가 섬 뒤로 가길래 그곳이 어디냐고 물어 보자 아와지 옆에 있는 누시마(沼島)라고 했습니다. 전 어안이 벙벙했습니다. 그러는 동안에 바람이 점점 강해지고 파도가 거칠어지더니 큰 비가 내렸습니다. 그래서 모두가 완전히 녹초가 되었을 때, 검은 장막 같은 바다에서 붉은 등불 하나가 파도에 섞여서 보이기 시작했습니다."

"……으음."

"저기다!" 하고 갑자기 다이칸님이 소리를 질렀습니다. 그러고는 세 사람에게 10냥씩 술값을 던져 주고는 힘껏 노를 젓게 했습니다. 사방에서 폭풍우가 엄청나게 쳤지요. 얼마 후 눈을 떠 보니 반대편 배에 켜진 붉은 등불이 아까보다도 상당히 크게 보이고, 와! 하는 함성 소리까지 들렸습니다. 배가 가까이 다가왔나 보다고 생각했을 때는 등불도 꺼지고 앞에 있는 배도 빙글빙글 돌고 있는 것 같았습니다. 계속 시끄럽게 사람의 목소리가 들려 왔습니다. 이윽고 희미하게 날이 밝고 조금 바람이 가라앉았을 때에는 우리가 탄 배는 어제 출발했던 고마쓰 섬을 그냥 지나쳐서 히와사 앞에 있는 유키(由岐) 해변까지 돌아가 있었습니다. 이렇게만 말씀드리면 이제 우리가 탄 배 안에 누구를 태우고 왔는지 잘 아시겠지요. 다이칸님이 하신 일을 더 이상 확실하게 말하는 건 아무래도 혀가 얼어붙는 것 같아서 못하겠습니다. 그것만은 좀 봐주십시오."

물론 간하치로서는 더 이상 쓸데없는 말을 들을 필요가 없었다.

영리한 시코쿠 가게의 오쿠라가 오사카에서 고리짝을 태운 것만으로 안심할 리 없었다. 아와에 도착하면 보다 더 엄격한 검문이 기다리고 있다는 것을 누구보다도 잘 알고 있을 터였다.

그래서 누시마 앞바다에서 다른 배를 태우기로 미리 약속이 되어 있었던 것이다.

그렇다면 그날 밤 시코쿠 상선의 뱃전에서 아와의 무사와 부딪쳤을 때 오쓰나를 안고 격심한 폭풍우 속으로 몸을 던진 겐노조의 행동은, 아와의 무사들에게 겁을 먹고 어찌할 바를 몰라서 한 것이 아니라 당연히 약속된 행동을 한 것이었다.

그리고 그날 밤의 폭풍우와 함께 겐노조의 운명도 끝이라고 생각했던 것이 두 달 정도 시간이 경과함과 함께 완전히 아와의 경계를 허술하게 만들고, 상당히 예리한 아리무라까지 겐노조가 죽었다고 막연하게나마 믿게 만든 것이다.

간하치는 숨을 죽인 채 겐지의 자백을 듣고 있었다.

그도 오사카에서 그들이 떠나서 바다로 뛰어들기까지의 전말은 알고 있었지만, 이런 숨겨진 사정이 있으리라고는 상상도 하지 못했다. 그래서 바닷물에 젖은 칼로 인해서 이곳까지 도달한 것은, 자신이 생각해도 스스로가 엄청난 공을 세운 듯한 기분이 들었다.

"그랬군……."

간하치는 겐지의 얘기가 끝나자 깊은 숨을 몰아쉬었다.

"그날 밤 고용된 사람들이 누구인지 기억하고 있겠지?"

"아닙니다. 저는 모르는 사람들이었습니다."

"이 도쿠시마의 사투리를 썼나, 아니면 히와사의 어부들인가?"

"이 주변 사람들은 아니고, 아마 밀무역자들인 것 같았습니다."

"밀무역자라고?"

간하치는 조금 인상을 찡그렸다.

겐노조를 잡은 다음에 다이칸을 비롯해 그 녀석들도 굴비 엮듯이 모조리 잡아들일 속셈이었는데 바다새처럼 사는 곳이 일정하지 않은 밀무역자라면 아무리 난다 긴다 하는 간하치로서도 손을 댈 수가 없었다.
 나가사키에서 금지된 화약이나 병기를 외국 선박으로부터 사들이려고 일시적으로 이용한 밀무역자 패들은 지금도 아와에서 가까운 노노(野野) 섬 부근에 진을 치고 있지만, 손을 쓸 수 없는 바다의 표류자로 알고 있었다.
 산의 산적이나 바다의 밀무역자들은 관청으로서도 상당한 골칫거리였다.
 간하치는 밀무역자들에 대해서는 일단 포기하기로 했다.
 "그건 그렇다 치고, 유키 해변으로 올라와서 어떻게 했지?"
 "저는 곧바로 두 사람의 칼을 칼 가는 곳에 맡겨 달라고 해서 칼을 받고 다이칸과 헤어졌습니다."
 "그곳이 어디냐?"
 "하치반사마(八暢樣)의 숲이었습니다."
 "겐노조와는 말을 해 보았나?"
 "제가 있는 동안은 다이칸도 그 사람도 아무 말 하지 않았습니다. 더욱이 여자가 바닷물을 상당히 많이 마신 것 같아서 그 처치를 하느라고 얘기할 겨를이 없었습니다."
 간하치가 속으로 써내려가던 사건의 전말은 아까 중년의 하인이 한 얘기와 짝 맞춘 듯이 연결되고 있었다.
 "그래? 이제야 전후 사정을 알겠군. 일단 이정도로 하고, 겐지, 일어서게."
 "감사합니다."
 "뭐가 감사하다는 거지?"
 "제가 알고 있는 것은 모조리 자백했습니다. 그러니 이제 약속한대로 저를 놓아 주시는 거죠?"
 "흥, 뻔뻔스럽군."
 간하치는 이렇게 말하면서 갑자기 포승줄을 다시 졸라맸다.
 "자, 관청으로 가자!"
 간하치는 겐지의 허리를 발로 차면서 돌계단 쪽으로 끌고 내려갔다.
 겐지는 그제서야 간하치에게 속았다는 것을 알고 발을 동동 굴렀다.
 그리고 나자 다이칸의 신뢰를 배신한 것이 너무나 마음 아팠다. 선생님의 비밀을 팔아서 살아 남으려 했던 자신이 스스로 생각하기에도 너무나 한심했다.
'하지만 이제 어찌할 수가 없다.'
겐지는 이를 부드득 갈 뿐이다.
겐지는 간하치가 허리를 힘껏 차자 앞으로 고꾸라지면서 신음 소리를 질렀다.
그러자 간하치는 겐지를 비웃으며 다시 한번 발을 내질렀다.
"빨리 걸어라! 빨리!"
겐지가 비틀거리며 넘어지려고 하자 간하치가 포승줄을 팽팽하게 당겨 다시 겐지는 뒤로 벌렁 자빠졌다.
"개자식!"
겐지는 자포자기한 듯 간하치에게 덤벼들었다.
간하치는 넘어지는 겐지를 향해 욕을 퍼부었다.
"이런! 멍텅구리 같은 녀석!"
간하치는 꾸물대면 용서 없다는 듯이 포승줄 끝에 달린 납덩어리로 소를 몰듯이 겐지를 쳤다.
그리고 발길질을 하면서 겐지를 앞세운 채 언덕을 내려왔다.
그때 눈처럼 하얀 달빛을 밟으며 돌계단 아래에서 숨을 헐떡이며 오는 너댓 명의 사람과 하얀 달빛과 어둠이 섞인 삼나무 숲사이를 흩어져서 달려오는 등불이 보였다.
간하치는 깜짝 놀랐지만, 곧 그 등불 하나에 가이후(海部) 관청이라고 쓰인 붉은 글씨를 보고 마음을 놓았다.
그러자 갑자기 기운이 난 간하치는 다 죽어가는 골칫거리를 넘겨주려고 큰 소리로 상대방을 불렀다.
"이보시오! 관리님들!"
그러자 그들은 헉헉대는 숨소리가 들릴 정도로 바로 옆까지 뛰어와서 뜻밖이라는 듯이 간하치를 둘러쌌다.
"아니, 자네는 간하치가 아닌가?"
기리이 가쿠베의 지시로 조금 늦게 도쿠시마의 관청에서 파견나온 동심(同心 : 에도 시대의 하급 관리) 아사마 조타로(淺間丈太郎)와 다미야 요시스케(田宮善助), 그리고 오카무라 가게유(岡村勘解由)였다.

또한 등불을 들고 있는 사람은 가이후의 동심인 야스이 다미에몬(安井民右衛門)과 도키 데쓰마(土岐鐵馬) 두 사람이었다.
"여긴 왠일인가?"
모두들 영문을 알 수 없다는 표정이었다.
원래 간하치는 다이칸의 집에 여행객으로서 조용하게 머물면서 한밤중에 몰래 빠져 나와 다른 포졸과 접선을 하기로 약속이 되어 있었다.
그런데 그럴 필요가 없다는 생각이 들었고, 겐지라는 자에게 집착하는 바람에 갑자기 독단으로 계획을 바꾼 것이다. 그리고 이제부터 그 겐지를 관청으로 끌고가서 보고하려던 참이었기 때문에, 상대편은 뭐가뭔지 어리둥절한 모양이었다.
간하치가 우선 겐지에게서 알아 낸 내용을 그들에게 대강 이야기해 주자, 다섯 사람은 머쓱한 표정을 지었다.
간하치는 더욱 오만해져서 가슴을 내밀며 말했다.
"그러면 이 녀석을 인도할 테니까, 겐노조를 잡을 때까지 가이후의 감옥에서 맡아 주겠나?"
그러자 가이후측 포졸은 일언지하에 거절했다.
"그건 곤란하네."
"왜지?"
간하치가 그 이유를 묻자, 오늘 마을 길목에서 잠복하고 있던 밀정 한 사람에게서 요전부터 행방이 묘연했던 다이칸이 몰래 집으로 돌아와 무슨 일인지 다시 야쿠오지로 갔다는 소식이 왔다는 것이다.
그러자 즉시 관청에서는 큰 소동이 벌어졌다.
다른 포졸들은 방망이를 들고 산 아래에서 잠복해 있고, 도쿠시마 성의 동심인 조타로와 가게유, 요시스케 세 사람이 가세를 해서 가이후의 동심들과 함께 이곳으로 올라오던 참이었다.
따라서 지금 겐지를 이곳에서 인도받는 것은 곤란하다며 냉정하게 거절한 것도 무리는 아니다. 다이칸을 잡는 것은 촌각을 다투는 일이기 때문이다.
하지만 간하치는 자기의 뜻을 굽히지 않았다.
"이곳은 가이후의 지배 구역이 아닌가? 원래 자네들이 나서서 이런 자를 재빨리 체포해야 되는 것이 아닌가? 그런데 도쿠시마 성의 나까지 이렇게 도와 주러 와서 포승줄까지 묶어서 넘겨주는데, 그렇게 말을 하면 되나?"

간하치는 씩씩거리면서 화를 내었다.

평소에도 무척 오만한 간하치는 지금 상대하는 사람들이 시골 관청의 관리라고 더욱 낮추어 보고 있었다.

그러자 자연히 말이 거칠게 나오는 바람에 가이후의 동심도 화가 나서 잠시 말다툼이 벌어졌다.

그때 포졸 하나가 뛰어왔다.

다이칸이 아래쪽에서 이리로 오고 있다는 것이다. 그러면 이제 말다툼이나 하고 있을 때가 아니었다.

그러자 가게유가 뛰어온 포졸에게 겐지를 넘겨 주며 말했다.

"자 네가 잠시 이자를 맡아주게."

다 죽어가는 겐지를 맡게 된 포졸은 겐지를 안듯이 하여 언덕을 뛰어올라 가더니, 조금 전 간하치가 앉았던 곳에 있는 큰 나무에 겐지를 묶었다.

가이후측도 도쿠시마 성에서 온 자들도 더 이상 다투고 있을 시간이 없었다.

그들은 말없이 넓은 경내의 나무 뒤로 제각기 모습을 감추었다. 간하치도 다시 나무 그늘로 돌아가서 정면에 깔린 하얀 포석을 노려보면서 허리를 졸라맸다.

"여차하면 쇠방망이다."

이곳은 이제 인적이 끊어져 있었다. 가끔 절 근처에서 심야의 참배객이 울리는 방울 소리가 느긋하고 졸린 듯이 울릴 뿐이다.

적막이 흐르고 있었다. 달의 위치도 상당히 바뀌어 섬세한 침엽수의 그림자는 대지에 그물처럼 드리워져 있다. 돌계단 입구에 사람 그림자가 하나 보이는 듯했다.

사초로 만든 삿갓을 쓰고 있어서 얼굴은 보이지 않았지만, 큰 몸집에 각반을 찼으며, 짚신을 신고 칼을 차고 있었다.

그 사람은 잠자코 경내를 둘러보더니 이윽고 큰 걸음으로 본당을 향했다. 그러자 다시 발길을 멈추고는 드문드문 있는 삼나무가 서 있는 숲을 엿보듯이 쳐다보았다.

방울 소리가 울리고 있었다. 그 소리는 희미하지만 귀에 닿았다.

그 소리를 듣자 다이칸은 바로 숲 속으로 발길을 옮기려고 했다.

"다이칸!"

갑자기 뛰어나온 간하치가 쇠방망이로 힘껏 다이칸의 팔꿈치를 치며 소리를 질렀다.
"꼼짝 마라!"
"앗!"
다이칸은 비틀거리면서 잽싸게 뒤로 돌았지만, 그곳에도 몇 사람이 그를 기다리고 있었다.
"꼼짝 마라!"
포승줄이 날아왔다.
"꼼짝 마라!"
포졸의 방망이도 날아왔다.
달빛을 뚫고 여럿의 고함 소리가 들렸다.
사방팔방이 다 막힌데다 포졸들이 번갈아 다이칸을 공격했다.
"물러서라!"
간하치는 가이후측 포졸들에게 소리치고는, 보란 듯이 원을 헤치고 정면으로 뛰어들었다.
다이칸도 칼을 빼들고 정면에서 간하치의 공격을 받았다. 하지만 간하치의 방망이가 바람을 가르고 들어오는 동시에 어디선가 포승줄이 날아와 다이칸의 손목을 스치며 들고 있던 칼을 빙그르르 감아 버렸다.
그러자 다이칸은 아무런 대항도 하지 못한 채 칼을 놓쳐 버렸다. 간하치는 재빨리 옆 사람의 포승줄을 꺼내서 다이칸을 묶었다.
"수고했다."
도쿠시마 성에서 온 조타로와 요시스케가 모두를 둘러보며 말했다.
가이후측의 다미에몬과 데쓰마 두 사람도 자신들이 직접 하지 않아도 되었던 것을 다행으로 여기며 간하치를 칭찬했다.
"간하치, 역시 대단한 솜씨야."
"이봐, 그 녀석도 끌고 와!"
가게유가 손으로 나팔을 만들어 위를 향해서 소리를 질렀다.
그러자 조금 전의 포졸이 포승줄에 묶인 겐지를 끌고 왔다.
"이제 철수할까요?"
포졸들은 마음이 가벼운 듯 밝은 표정으로 달빛에 비친 동료들의 얼굴을 쳐다보았다. 그리고 겐지와 다이칸, 두 사람을 앞세우고 의기양양하게 아까 왔던 뒷길로 향했다.
 일부러 정면의 참배자 길을 피한 것은, 이오 산 약사여래의 신령스러움을 의식해서였다. 그들도 자신들이 하는 일이 정당하지 못하다는 것을 알고 있었던 것이다.
 "어둡군."
 "이렇게 도는 것이 지름길일세."
 모두 짚신을 신고 있어서 울창한 숲 속에 발소리가 말없는 가운데 조용하게 울려 퍼졌다.
 나무 사이를 스쳐 부는 바람 소리가 폭포 소리처럼 들려오고, 차가운 밤공기가 숲의 잠을 깨우고 있었다. 다이칸은 가끔 뭔가 할 말이 있는 듯이 겐지를 쳐다보았다. 겐지는 고개를 숙이고는 가끔 다이칸을 훔쳐 볼 뿐이다. 그러나 물론 한 마디도 할 수 없었다.
 칠흑같이 어두운 언덕을 내려갔을 때 바로 옆의 어둠 속에서 방울을 흔들며 일행 앞으로 걸어오는 자가 있었다.
 하얀 옷을 입은 순례자의 모습이었다.
 감색 테가 둘러진 순례자용 삿갓을 쓰고, 하얀 지팡이와 방울 하나를 손에 들고 있었다. 묵묵히 우뚝 서 있는 하얀 모습을 달빛이 가늘게 비추어 주었다.
 "비켜라!"
 포졸 한 사람이 큰 소리로 외쳤다.
 그런데 지팡이를 짚은 그 사람은 달빛 아래에 핀 독버섯처럼 가만히 뿌리를 내린 채 뒤로 물러서려고 하지도 않고, 놀라지도 않는 것이었다.
 좁은 신길에서 순례자 모습의 그 남자는 백조처럼 보이는 하얀 옷을 입고 유유한 태도로, 의기양양하게 돌아가는 포졸들 앞을 계속 막아서 있었다. 포졸이 큰 소리로 비키라고 해도 움직이지 않자, 앞에 서 있던 포졸 네다섯 명이 의아해 잠시 머뭇거렸다.
 그러자 앞에 선 포졸이 뒤에서 따라오던 동료를 기다렸다가 말을 걸었다.
 "이보게, 이상한 녀석이 있네."
 포졸들은 약간 숨을 죽이며 속삭이듯이 말했다.
 "뭐야, 순례자잖아?"
 "그런 것 같아."

"아까부터 얼간이처럼 방울을 흔들며 계속 이오 산의 경내를 헤매던 녀석이 아닌가? 그런데, 왜"
"맞아. 그런데 길을 막고 서서는 꼼짝도 하지 않는 거야."
"뻔뻔한 녀석이군."
한 포졸이 허리춤에서 쇠방망이를 꺼내더니 그것을 번쩍이며 앞으로 나섰다.
"이 녀석!"
포졸은 순례자가 짚고 있는 하얀 지팡이를 방망이로 쳤다.
"왜 이런 좁은 길을 장대처럼 막고 서 있는 거냐? 비켜라! 우리는 가이후 관청과 도쿠시마 성에서 나온 사람들로, 범인을 잡아 돌아가는 길이다. 비키지 않으면 걷어차겠다!"
그 포졸은 순례자의 얼굴에 가까이 대고 위세 좋게 외쳤지만, 그는 여전히 지팡이를 짚고 삿갓을 내리 쓴 채 대답도 미동도 하지 않았다. 포졸들은 서로 얼굴을 마주 보았다. 이 녀석은 벙어리이거나 장님, 아니면 정신 나간 녀석이 틀림없다는 듯한 표정이었다. 그렇다면 정상적으로 다루어서는 해결이 되지 않을 터이다.
하지만 불구자를, 그것도 순례자를 관리라 하여 거칠게 취급하는 것도 마음에 걸렸다. 그래서 옆으로 안아서 처리하자고 눈짓을 하고, 대여섯 명이 앞으로 나서는데, 오히려 저쪽에서 먼저 그들의 손이 자기 몸에 닿기 전에 지팡이를 한 번 올메며 삿갓을 흔들었다.
"물러서라!"
"벙어리가 아니잖아!"
포졸들이 깜짝 놀라자, 순례자는 차갑게 대답했다.
"물론! 벙어리가 아니다!"
순례자는 놀라서 입을 벌리고 있는 포졸 앞으로 한 걸음 나서더니, 삿갓을 조금 올리고는 상대방의 어깨 너머로 뒤에 있는 사람의 수를 세었다.
앞에서 무슨 일이 벌어졌는지 모르는 채로 간하치와 5명의 동심, 그리고 14, 5명의 포졸들이 범인을 에워싸고 뭔가 이야기를 하면서 삼나무 숲을 빠져 나왔다. 그러다 길이 좁아지더니 앞이 딱 막혀 버렸다.
"이봐, 무슨 일이야?"
뒤에서 조급한 듯이 간하치가 소리를 질렀다.

거기에는 대답을 하지 않고 앞에 선 포졸들이 거꾸로 비실비실 뒤로 물러서자 간하치는 까치발을 하고 앞을 보았다. 그러자 순례자 한 사람을 가운데 두고 언쟁을 벌이고 있는 것 같아서 간하치는 재빨리 앞으로 달려갔다.

그 모습을 보고 가이후의 포졸들도 간하치의 뒤를 따라 앞으로 나섰다.

순례자는 바위처럼 우뚝 멈추어 선 채 화를 내는 포졸의 말 따위에는 귀도 기울이지 않았다. 그러면서 뒤에 오는 관리들이 가까이 오기를 기다리고 있는 듯했다.

"네 녀석은 순례자지? 왜 여기서 꼼지락거리는 거냐? 이곳에 온 김에 가이후의 감옥에도 참배하고 싶은 거냐?"

간하치가 순례자의 멱살을 잡으려고 한쪽 팔의 소매를 걷어올렸다. 하지만 삿갓 아래에서 번쩍 빛나는 안광을 보고 나가려던 손이 한순간 주춤했다.

"너희들에게는 볼일이 없다. 너희 상관을 이 앞으로 보내라."

"뭐, 뭐라고?"

"할 말이 있다. 동심이 나오너라!"

순례자는 동심을 부르듯이 허리를 폈다.

"너는 뭐 하는 녀석이냐?"

가이후의 다미에몬이 가슴을 펴며 큰 소리로 물었다. 조타로와 요시스케, 그리고 도쿠시마 성 사람들은 무슨 일인가 하는 포졸들을 젖히고 앞으로 나왔다. 그러더니 제각기 큰 소리를 내었다.

"네 녀석은 도대체 누구냐?"

"무슨 용건이 있어서 그곳에 서 있느냐?"

"이름을 대라!"

제각기 한 마디씩 해도 순례자는 조금도 기가 죽지 않았다.

"나는……."

순례자는 조용하게 이름을 댔다.

"너희들이 그토록 찾고 있는 호리즈키 겐노조다."

겐노조는 침착한 모습으로 상대방의 동요하는 기색을 바라보았다.

깜짝 놀라 몸을 움찔하다가 모두들 서로 얼굴을 바라보며 자신의 귀를 의심했다.

'겐노조라고?'

포졸과 동심들은 지금의 말을 되뇌며 겐노조를 다시 보았다.

그러자 갑자기 얼음같이 차가운 공기가 양쪽을 에워싸는 듯했다. 도쿠시마 성은 말할 필요도 없고, 온 아와의 관리가 혈안이 되어서 찾고 있는 사람이 포졸과 동심들이 모여있는 바로 이곳에 와서 이렇게 태연하게 스스로 이름을 대다니, 그런 바보가 어디에 있을까?

그의 태연하고 거만한 모습과 삿갓 사이로 얼핏 보이는 얼굴, 키로 봐서는 슈마가 그린 그림에 있는 겐노조가 틀림없었다.

"아."

잠시 시간이 흐른 뒤 어딘가에서 맥이 빠진 듯한 소리가 나더니 동심인 가게유가 갑자기 큰 소리로 외쳤다.

"이 놈을 포위하라!"

그러더니 방망이를 꺼내어 겐노조를 내리치려고 했다.

"잠깐만!"

그때 겐노조의 착 가라앉은 한 마디가 그의 행동을 저지했다.

"함부로 날뛰지 마라! 움직이면 위험해. 나는 함부로 하는 살생은 싫어한다. 너희들에게 할 말이 있다. 그러니 조용히 해라!"

마치 자신의 부하를 진정시키듯 위압적인 자세로 말했다.

죄인을 잡는 자에게는 이렇게 상대방이 유유하게 말하도록 두는 것만으로도 치욕적인 일이다.

'다소의 희생자가 나오더라도 단숨에 공격하자.'

그렇게 속으로는 생각하면서도 그리 호락호락한 상대가 아니었다. 어디에도 달려들 빈틈이 보이지 않았다. 아니, 포졸들은 이미 공격할 기운을 잃어버리고 있었다.

겐노조는 그것을 알고 있었다.

'뭔가 순간적으로 흥분하게 만드는 계기가 없으면 이제 포졸들은 피를 흘리면서까지 덤벼들지는 않을 것이다.'

"겐노조!"

할 수 없이 조타로가 먼저 입을 열었다.

"도망칠 수 없다는 것을 깨닫고 자수하러 왔나?"

"그랬으면 좋겠지만?"

겐노조는 입가에 냉소를 머금었다.

"당신들에게 부탁할 것이 있어서 왔다."

"부탁이라고?"

"조금 전에 잡은 두 사람을 나에게 넘겨 주기 바란다."

이런 말을 만약 진지하게 받아들인다면 상관으로서 자격이 없다. 겐노조는 다시 말했다.

"나에게 넘겨 줄 리가 없겠지. 그랬다가 세상에 알려지면 자네들이 설 자리가 없어질 테니까. 그렇지만 나 때문에 끌려가는 다이칸과 겐지를 그대로 모른척 할 수는 없는 일…… 그러니 반드시 나에게 넘겨줘야겠다."

"다, 닥쳐라!"

"잔말 말고 겐노조를 잡아라!"

"소란 피우지 마라. 이곳은 이오 산의 성스러운 영지다. 이곳을 너희들의 부정한 피와 시체로 더럽힐 수는 없다. 그것은 부처님에 대한 예의가 아니고 무엇보다 장소가 좋지않아. 그러니 소란 피우지 말고 나를 따라와. 산을 내려가서 대적해 줄 테니까."

그러더니 겐노조는 앞장 서서 성큼성큼 걷기 시작했다. 스스로 포졸 앞에 나타난 그였으니 도망치는 일은 있을 리 만무하다.

겐노조가 대여섯 발자국을 걸을 때까지 아무도 걸음을 내딛으려고 하지 않았다.

"저 녀석이 눈에 보이는 것이 없나보군. 좋다, 내가 상대해 주마."

간하치가 이를 악물며 나서더니 한걸음에 겐노조를 향해 달려들었다. 그러자 겐노조는 몸을 피하며 간하치의 조금 살찐 몸의 왼쪽 팔을 잡더니 빙그르르 안고는 하얀 지팡이를 한 번 흔들었다. 그리고는 갑자기 간하치를 껴안은 채 언덕 아래의 어둠 속으로 달려가 버렸다.

그러자 겁을 먹고 우뚝 서 있던 포졸과 동심들은 얼굴이 하얗게 질려 그때서야 비로소 산기슭으로 멀어져 가는 하얀 그림자를 미친 듯이 쫓아갔다.

이윽고 야쿠오지의 산자락에서 와 하는 큰 소리가 울려 퍼졌다.

눈앞에 있던 상대를 놓치고 새삼스럽게 깜짝 놀란 포졸들의 외침이고, 놓쳐서는 큰일이라고 생각한 동심들의 질타였다.

그런데 모두가 그렇게 달려간 다음 서너 명의 포졸이 뒤에 처져 있었다. 다이칸과 겐지를 묶은 줄을 잡고 있던 포졸이었다.

모두가 그렇게 함께 달리다가 데쓰마가 문득 생각나는 것이 있어 도중에 발길을 돌려 서둘러 뒤로 돌아가 보았다. 그의 추측은 틀리지 않았다.

역시 다이칸은 이 기회를 얌전히 그냥 보내지는 않았다. 자신의 포승줄을 잡고 있던 포졸을 발로 차고 있었다. 겐지도 팔은 쓸 수 없었지만, 다이칸과 함께 죽을 힘을 다해서 날뛰고 있었다.

가까이 달려가서 그 모습을 본 데쓰마는 때마침 잘 왔다고 생각하고 단숨에 두 사람을 향해 달려들었다.

"이 놈이! 주제넘게 저항하는 거냐?"

데쓰마는 방망이를 꺼내 들고는 뼈가 부서질 정도로 세게 겐지의 어깨를 내려쳤다. 그때였다.

"앗."

누군가 땅에 쓰러졌지만, 그자는 데쓰마에게 얻어맞은 겐지가 아니라 바로 데쓰마 자신이었다.

데쓰마는 후두부에서 등줄기까지 단칼에 베어있었다. 그런데 상처가 깊지 않아서 죽지는 않고 신음을 하면서, 방망이를 잡은 채 자신이 흘린 피 속에서 몸부림치고 있었다.

그 틈에 포승줄을 내던지고 도망치던 포졸도 정강이를 걷어차여 앞으로 고꾸라졌다. 남아 있던 다른 한 포졸은 겐지가 정신 없이 발로 차서 배를 안고 신음하고 있었다.

겐지와 다이칸은 지금까지 묶여 있던 양팔이 갑자기 자유로워지면서 한꺼번에 피가 몰려 정신이 하나도 없었다.

멍하니 서 있는 그들의 앞에 아름다운 여자가 서 있었다. 하얀 피부에 검은 머리, 하얀 홑옷을 입은 깨끗하고 투명한 물처럼 아름다운 여자였다.

"아, 오쓰나님!"

다이칸은 겐지에게 눈짓을 했다. 겐지는 한참 묶여 있어서 저린 팔을 문지르며 주위를 둘러보다가 고개를 숙였다.

"겐노조님과 함께 어디 계셨습니까?"

"이곳에서 만나기로 약속했다고 해서 저녁때부터 위쪽 숲 속에서 당신의 발소리를 기다리고 있었습니다."

"그 사이에 이런 일이 벌어졌군요."

"겐지가 잡힌 것도 알고 있었지만, 다이칸님이 오고 나서 결정하려고 숲 속에서 걱정을 하면서 숨을 죽이고 있었어요."

겐노조와 마찬가지로 순례자 모습을 한 오쓰나는 방금 전 데쓰마를 뒤에서 내려친 칼을 들고 있었다.

그것은 소리의 가게에서 갈아 온 지 얼마 되지 않은 칼로, 사람을 베었는데도 그 끝에 입술 연지만큼의 피도 묻어 있지 않았다.

"여기 있으면 가이후의 포졸이 다시 몰려올 테니까, 오쓰나님은 겐지를 따라 이 뒷산을 빠져 나가 아카가와치(赤河內)로 피하십시오. 나는 겐노조님이 어떻게 되었는지 보고 가겠습니다."

"말씀은 고맙습니다만, 그렇게 할 수는 없습니다. 겐노조님은 일부러 포졸들을 유인해서 산기슭 쪽으로 갔습니다. 나중에 간바(寒葉)에서 만나자고 하셨습니다."

"하지만 저렇게 많은 포졸에게 쫓겨서야……."

다이칸이 불안한 듯이 말하자, 오쓰나는 미소를 지으며 자신이 먼저 뒷산의 오르막을 걷기 시작했다.

그리고 예정대로 간바 근처에서 나중에 온 겐노조와 만났다. 그의 손등과 옷자락 두세 곳에 검은 핏자국이 묻어 있었다. 다이칸은 그렇게 많은 포졸을 물리치고 온 것이 정말인가 하는 표정으로, 함께 길을 걸으며 겐노조의 옆얼굴을 가만히 바라보았다.

주위가 조금 밝아 올 무렵 네 사람은 무키(牟岐)의 상류에서 길을 버리고서 사사미(笹見), 니시마타(西又), 뉴도마루(入道丸), 그리고 더 깊은 오쿠카이후(奧海部)의 산으로 들어갔다.

다음 날, 한적한 마키나무 숲의 그늘에서 네 사람은 얼마 동안 잠을 잤다.

다이칸은 품 속에서 산의 지세를 그린 지도 한 장을 꺼내 겐노조에게 보여 주었다. 오쓰나도 옆으로 다가와서 함께 들여다보았다. 쓰루기 산의 지도였다.

겐지는 숲을 나와서 망을 보고 있었다. 겐지는 이러고 있는 사이에도 히와사에서 몰려오는 포졸들의 발소리가 들리는 것 같아서 몹시 두려웠다.

"전혀 길도 없는 듯한 곳입니다."

다이칸은 며칠 동안 집을 비우고 고심해서 그린 지도를 앞에 두고 여기저기 손가락으로 짚으며 세심하게 설명을 했다.

그가 가리키는 그림에 눈길을 돌려 보니, 쓰루기 산의 정상에 도착하려면 아직 몇 개의 산을 더 넘어야 했다.

그 중에는 나무꾼이나 사냥꾼이 아니면 갈 수 없을 정도로 험한 곳도 많았다.
 애당초 쓰루기 산을 올라가려면 편한 길은 없었다. 또한 편한 길이 있다고 하더라도 그곳은 남의 눈에 띄기 십상이라 갈 수 없는 길이었다.
 겐노조와 오쓰나보다 이틀 반 정도 빠르게 도쿠시마 성을 떠난 아리무라 일행이 서둘러 간 그 길은 쓰루기 산으로 올라가는 데는 아주 적합한 길이었다.
 마고베의 사정으로 가와시마에서 하루 남짓 낭비했다고 치더라도 그들 일행은 쓰루기 산을 바라보는 곳까지 거의 다 왔을 것이다.
 아리무라 일행은 북쪽, 겐노조 일행은 남쪽, 그들은 큰길을, 이쪽은 길이 없는 뒷산을 선택했다.
 물론 아리무라 일행이 한발 앞서 고가 요아미를 죽이러 가고 있다는 사실을 겐노조와 오쓰나는 짐작조차 못하고 있었다.
 "서둘러야겠어."
 다이칸의 호의에 감사의 인사를 하고 난 겐노조는 지도를 품에 넣고 포졸이 쫓아오기 전에 서둘러 길을 떠났다.
 "쓰루기 산은 아직 멀었어요?"
 오쓰나는 가끔 다이칸에게 물어 보았다.
 "아직 보이지 않습니다."
 맑은 공기, 처음 들어 보는 새의 울음소리와 함께 가도 가도 산이 앞을 가로막았다.
 숲을 지나고, 절벽을 돌아가고, 나무꾼과 만나고, 몇 채 되지 않는 마을을 바라보며 네 사람은 계속 깊은 곳으로 걸어갔다. 가끔 만나는 나무꾼이나 마을 사람들은 순례자 차림을 한 그들에게 아무런 의심을 갖지 않았다.
 "저기다!"
 드디어 다이칸이 힘차게 소리를 지르며 쓰루기 산을 가리켰다.
 네 사람은 호시고에(星越) 산마루를 밟고 있었다.
 "저것이 쓰루기 산이에요?"
 "그렇습니다. 지로규(次郎笈)와 야진마루(矢神丸) 사이에 우뚝 솟아 있는 저 산입니다."
 "아! 바로 저기가?"
 오쓰나도 다이칸이 가리키는 산을 손으로 가리켰다.

겐노조도 묵묵히 두 사람이 쳐다보는 산을 바라보았다. 오쓰나의 감회 어린 눈길은 하얀 구름이 흘러가는 높은 봉우리에서 떠날 줄을 몰랐다.

'아아…… 저것이 쓰루기 산인가?'

그렇게 생각하자 오쓰나는 마치 아버지의 모습을 보는 것과 같은 감명을 받았다. 쓰루기 산을 보자 아직 한 번도 본 적이 없는 아버지를 만난 듯한 기분이 들었던 것이다.

꼼짝도 하지 않은 채 산을 마주하고 있는 오쓰나의 눈에는 어느 샌가 눈물이 그렁그렁했다. 눈물 때문에 산이 잘 보이지도 않았다.

'아버님! 아직 얼굴도 모르는 아버님! 오쓰나가 여기까지 왔습니다! 아버님을 만나러, 그리고 아버님이 전 생애를 걸고 한 일을 도우러요!'

오쓰나는 목소리를 한껏 높여 이렇게 외치고 싶었다.

하지만 바로 앞에 산이 보이는 것 같아도 그곳에 도착하려면 몇 리나 더 걸어야 했다. 그것도 앞으로는 더욱 험악해져서, 협곡과 바위로 가로막혀 있는 곳이 많았다.

하지만 오쓰나에게는 여기서 부르면 쓰루기 산의 감옥에서 아버지가 메아리로 대답해 줄 것 같은 기분이 들었다.

"이곳까지 오시느라 수고 많이 하셨습니다. 두 분은 이제 돌아가셔도 됩니다."

겐노조는 삿갓을 쓴 채 고개 숙여 두 사람을 향해 인사를 했다.

'미안하군.'

겐노조는 이렇게 생각하고는 문득 표정이 어두워졌다. 틀림없이 이 사람들은 나중에 관청에서 고문을 당하게 될 것이다.

"그러면 부디 조심하십시오."

다이칸도 작별을 고했지만, 겐노조의 미안해 하는 기색을 보고 덧붙여 말했다.

"걱정하지 마십시오. 저와 겐지는 이제부터 도사자카이(土依境)에 있는 항구로 가서, 그곳에서 밀무역자 동료에게 부탁을 해 사건이 진정이 될 때까지 다른 섬에 있을 생각입니다. 그전에 시코쿠 가게의 마님을 만나서 어떻게든 말을 전하겠습니다. 우리는 정 한 자루만 있으면 어디에 가든 먹고 사는 데 어려움은 없으니까요."

다이칸은 산에 올라가서 주의할 점에 대해 다시 말해 주고는 겐지를 데리고 산을 내려갔다.

그 후 잠시 동안 오쓰나는 남빛으로 변한 구름과 산을 바라보며 내일에 대한 생각에 잠겨 있었고, 겐노조는 지도를 살피며 산에 나 있는 두 개의 길에 대해 생각했다.

그곳에는 폐허가 된 절이 있었다. 절의 건물은 다쓰러져 가고 있었지만, 한쪽 구석에 있는 연못에서는 연꽃이 꽃망울을 터뜨려 한때 아름다웠던 옛 흔적을 남기고 있었다. 고풍스러운 절의 창문을 파란 달빛이 은은하게 비쳐 들고 있었다.

황량한 절 안에는 거미줄 투성이인 부엌과 다실이 있고, 가재 도구에서 떨어진 자개가 고양이 눈처럼 빛나고 있었다. 축축한 요기가 감도는 절터에서는 곰팡이와 흙내가 섞여 나는 지독한 냄새가 코를 찔렀다.

산마루를 내려온 겐노조와 오쓰나는 다음 날을 위해 충분히 잠을 자 두려고 폐허가 된 절에 들어갔다.

잠을 푹 자두어야만 했다.

오쓰나는 기둥에 몸을 기대고, 겐노조는 뭔가에 걸터앉아 지팡이에 몸을 기댔다. 하지만 사람을 만나 반가운지 계속 덤벼드는 벌레와 모기 소리에 두 사람의 날카로워진 신경은 쉽게 가라앉지 않았다.

'내일은 드디어 쓰루기 산에 들어갈 수 있다.'

그렇게 생각하자 더욱 흥분이 되어 도저히 잠을 이룰 수가 없었다. 죽음의 세계 같은 적막함도 오히려 잠을 방해할 뿐이었다.

자고 있다고 생각한 겐노조 역시 잠을 잘 수 없었는지 갑자기 일어나서 밖으로 나갔다. 잠시 후 겐노조는 마른 삼나무와 비자나무 가지를 꺾어 가지고 돌아왔다. 그리고 자리를 잡더니 비자나무를 태우기 시작했다.

오쓰나가 쉽게 잠들지 못하는 것을 보고 벌레를 쫓아 주려는 겐노조의 자상한 배려였다.

희미하게 피어오르는 연기가 오쓰나의 몸을 부드럽게 감쌌다.

이윽고 오쓰나는 벌레로 인한 고통에서 벗어날 수 있었다. 그래도 오쓰나는 잠을 이룰 수 없었다.

"겐노조님, 새벽이 되려면 아직 멀었을까요?"

"당신은 조금도 잠을 자지 못한 것 같은데."

"왠지 잠이 안 와요."

"그래서는 안 돼."
"하지만 어제 저녁 숲에서 꽤 잤으니까 괜찮을 거예요."
 차라리 날이 밝을 때까지 이렇게 이야기를 하면서 있고 싶다고 오쓰나는 생각했다. 겐노조도 잠들 수 없어서 결국 이런저런 이야기를 하게 되었다.
 만키치는 어떻게 하고 있을까? 쓰네키 고잔 틀림없이 우리 걱정을 하고 있겠지? 사쿄노스케님은 우리가 희소식을 가져오기만을 손꼽아 기다리고 있을 텐데.
 그런 이야기 끝에 오쓰나는 오치에 이야기를 꺼내면서 겐노조의 안색을 살폈다.
 그러자 그는 갑자기 입을 다물었다.
 오쓰나는 겐노조를 우울하게 만든 자신의 경솔함이 미안하게 생각되었다.
 '이 사람과 오치에님은 떼려야 뗄 수 없는 사이가 아닌가?'
 태어날 때부터 비련의 숙명을 지닌 사람. 그리고 꽃도 피우지 못할 땅에 심은 꽃이 바로 자신의 사랑이 아니던가?
 보통 사람의 경우에는 아무것도 아닌, 아버지의 얼굴을 한 번 보는 것이 평생의 가장 큰 희망이 될 정도로 불행하게 살아온 사람은, 사랑에서도 마찬가지로 불행한 숙명의 길을 가게 되는 법이다.
 쓰루기 산에 당도할 때까지의 이 고난의 시간만이 오쓰나에게 주어진 즐거운 사랑의 시간이었다. 이것만이 자신의 사랑이 허용되는 길이다. 그리고 그 사랑도 어떤 선 이상을 넘어서는 안 되는 것이다.
 '부질없다! 이렇게 부질없는 사랑이 어디에 또 있을까? 아버지를 만나면 연인을 동생에게 되돌려 주어야만 한다.'
 쓰루기 산의 정상은 최대의 희망과 최내의 아픔을 동시에 지닌 채 오쓰나를 기다리고 있었다. 인생 희비의 엇갈림이 그곳 쓰루기 산 꼭대기에 걸려 있었다.
 겐노조는 침묵을 지키고, 오쓰나는 잠든 척하면서 여전히 생각에 잠겨 있었다.
 '아, 저 산이 더 멀었으면······.'
 쓰루기 산이 멀면 멀수록 오쓰나가 사랑할 수 있는 시간은 길어지기 때문이다. 그곳까지 가는 길은 단 두 사람만의 세계이고, 그 여행은 오쓰나에게 있어서는 즐거움이었다. 길이 험하면 험할수록, 밤이 어두우면 어두울수록 오쓰나는 행복했다.

하지만 이제 두 사람은 드디어 쓰루기 산의 기슭까지 왔다. 고난과 박해도 돌아보니 오히려 짧은 듯한 기분이 들었다.

'내일은 명암의 구름을 헤치고 처음으로 아버지의 얼굴을 볼 수 있다. 그것도 너무 기다려지는 일이다. 지금도 아버지의 얼굴이 눈앞에 아른거린다. 무슨 말을 하지? 어떻게 내 이름을 대지? 마음이 천 갈래 만 갈래로 흩어져서 눈물만 흐를지도 몰라.'

아버지를 만나는 것을 상상만 해도 오쓰나는 눈물이 솟는 것을 느꼈다.

그러자 그녀의 아픈 가슴에 미소를 일게 하는 공상이 떠올랐다.

'죽는 방법도 있지 않은가? 쓰루기 산에 도착한 다음 겐노조님과 둘이서 죽을 수만 있다면, 행복을 계속 유지할 수 있는 가장 좋은 길이 아닌가? 죽음의 여행은 멀다! 쓰루기 산에 온 것보다도 더 길다! 그리고 조용하고 끝이라는 것이 없다! 아버지를 만나 기쁨의 절정에 도달한 순간 겐노조와 손을 잡고 죽자.'

그렇게 생각하는 한편, 다른 한쪽에서는 오치에를 불행하게 만들어서는 안 된다고 꾸짖는 마음도 있었다.

자신의 행복을 위해 둘이서 쓰루기 산의 흙이 된다면, 겐노조가 지금까지 한 고생은 아무 의미가 없는 것이 되어 버리고 만다.

'우리는 다시 엄중한 포위망을 뚫고 아와를 빠져 나가야만 한다. 그래야만 비로소 아버지의 이름도 어둠에서 광명으로, 그리고 겐노조도 일개 무사로서 영광을 안고 에도로 돌아갈 수 있는 것이다.'

자기 하나만을 위해 겐노조를 죽음의 세계로 데리고 가고 싶어하는 자신의 마음이 오쓰나는 스스로 무서웠다. 분방해지려는 사랑의 방종, 그리고 자신의 이기주의가 무섭게 느껴졌다.

'그렇게 할 수는 없다. 내 성격으로도 그 일은 불가능하다.'

오쓰나는 정열과 이성의 싸움에 시달리며 굳게 눈을 감고 있었다. 겐노조에게는 조용하게 잠든 척 가장하면서.

'어떻게든 살아야만 한다.'

오쓰나는 다시 굳게 결심을 했다.

'목표로 하고 올라갈 때보다도 더욱 빨리 쓰루기 산을 벗어나야 한다. 죽어서는 안돼! 겐노조님을 죽게 만들어서는 안돼! 그리고 아버지 요아미와 겐노조님을 동생인 오치에에게 인도하는 것을 내 소원으로 삼아야 한다. 그렇게 하는 것을 더 없이 기뻐하는 것이 인간이고, 사랑이다! 그러면 나 자신에게는 무엇이 남는단 말인가? 사랑이, 인간의 일생이 그렇게 시시하게 끝나도 좋은가? 그래. 정말 허무한 이야기다. 하지만 그런 자신을 무(無)로 돌리는 마음은 쓸쓸하지만 아주 나쁜 것만은 아니다. 그렇게 믿도록 하자. 생각해 보면 처음부터 아무것도 가진 것이 없었던 오쓰나가 아닌가?'

잠자는 척하고 있던 눈꺼풀에서 어느 새 눈물이 끊임없이 흘러내렸다.

남무대사편조금강(南無大師遍照金剛).

이때 폐허가 된 절에서 불경을 읊조리는 소리가 들렸다. 오쓰나는 오늘 밤이 황폐한 절에 자신들 외에도 다른 사람이 밤이슬을 피하고 있다는 것을 알고는, 살짝 눈물을 훔치면서 겐노조를 보았다.

지팡이와 벽에 기대어 쓸쓸해 보이는 겐노조가 잠들어 있는 것인지, 아니면 깨어 있는 것인지 알 수가 없었다. 하얀 옷자락으로 비자나무 연기가 아련하게 지나갔다.

오쓰나는 먼 곳에서 들리는 불경 소리에 자신도 모르게 귀를 기울였다.

그 순례길의 몸은 아니지만 오쓰나도 불경 소리를 들으면서 잠시라도 마음이 편안한 경지에서 잠이 들기를 기원했다.

오쓰나는 잠시 조용하게 입 안으로 불경을 따라 외웠다.

그때 갑자기 절의 창문을 깨고 뛰어들어온 동심 너댓 명이 있었다.

방망이를 들고 맨 먼저 표범처럼 뛰어든 것은 가이후의 동심인 다미에몬이었다.

"겐노조, 오쓰나. 이제 꼼짝 마라!"

다미에몬은 날카로운 소리로 외쳤다.

불의의 습격을 당하고 오쓰나가 뒤로 물러섰을 때 다미에몬은 하얀 지팡이에 배를 얻어맞았다. 잠든 것 같았던 겐노조가 재빨리 오쓰나를 치려고 하는 다미에몬을 먼저 친 것이다.

"으읍!"

다미에몬은 다시 일어서서 지팡이를 잡고 빼앗으려고 했다.

하얀 칼날이 들어 있는 지팡이였다. 겐노조는 상대방이 그것을 잡도록 내버려 두고는 비수에 대고 있던 손가락을 퉁기듯이 폈다.

그러자 지팡이가 둘로 갈라지면서 '앗'하는 소리와 함께 다미에몬은 칼집만 든 채 비틀비틀 뒤로 물러섰다.

겐노조는 칼을 똑바로 내리쳤다. 칼끝은 다미에몬의 바지까지 찢었다. 겐노조는 다미에몬의 시체가 잡고 있던 칼집을 빼앗아 그것을 고쳐 잡고는 절의 복도를 너댓 바퀴 돈 뒤, 이윽고 오쓰나를 힐끔 보더니 부엌 뒤로 뛰어내려서 대나무 숲의 깊은 어둠 속으로 모습을 감추어 버렸다.

피로 쓴 밀서

 산지기가 감옥의 철책 밖에 놓아 둔 식량을 가지러 갈 때와, 계곡에 몸을 닦기 위해 내려갈 때를 제외하고는 동굴 밖으로 나가지도 않은 채 혈필(血筆)을 잡고 암반의 등잔 앞에 웅크리고 앉아 온 정성을 기울여 140일 동안 비첩(秘帖)을 쓴 고가 요아미도 지금은 지칠대로 지쳐있었다.
 너무나 지쳐서 동굴 바닥에 누우면 거의 혼수 상태가 되어 이틀이나 깨어나지 못할 때도 있었다.
 하지만 그러한 때에도 머리만은 송곳처럼 날카로웠다. 이것을 남김으로써, 자신은 개죽음을 당하는 것이 아니라 밀정으로서의 생애와 무사로서의 본분을 다하는 것이라고 생각했다.
 그래서 다시 비첩을 쓰려고 몸을 일으켰다. 그렇지만 이제는 몸이 말을 듣지 않았다.
 몸의 힘은 짜낸다해도 붓을 적실 만큼의 피는 이제 나오지 않았다. 손, 팔, 허벅지, 그의 온몸은 기름을 다 채취하고 난 옻나무 껍질처럼 상처투성이였다.
 10여 년 동안의 감옥 생활로 그렇지 않아도 마르고 쇠약해 있던 몸이 이제는 피조차 말라 버려서 마치 뼈만 남은 유령처럼 변해 있었다. 한 줄 한 줄 정성을 들이다가, 피가 나오지 않으면 요아미는 움푹 들어간 눈을 빛내며 동굴 밖으로 나왔다.

그리고 아귀처럼 머루나 산딸기를 따 먹고, 풀 줄기를 씹었다. 계곡에 엎드려서 작은 물고기나 물에 사는 벌레까지 잡아 먹었다. 살려고 하는 본능에서보다는 붓을 적실 피를 만들기 위해서였다.

한때 감옥 근처에 흐드러지게 피어 봄을 장식하고 있던 보랏빛 철쭉꽃이 다 지자, 도라지꽃이 그것을 대신해 주었다. 그는 먹물을 대신할 꽃을 찾는 것도 게을리하지 않았다.

아주 상식적으로 조금 알고 있던 본초학(本草學)이 어느 정도 도움이 되었다. 그는 자신이 알고 있는 모든 지식을 동원하여 그것을 응용했다.

그리하여 아리무라가 떨어뜨린 작은 해도(海圖)의 여백에서 뒷면까지 깨알 같은 작은 글자로 가득 채웠다.

이제 대여섯 줄만 쓰면 된다는 생각을 하자 붓을 들고 있던 요아미의 손이 약간 떨렸다.

'이제 죽음이 얼마 남지 않았다.'

요아미는 자신의 죽음을 예감했다.

'이제 대여섯 줄만 쓰면 그대로 눈을 감을 거야. 그래 틀림없어. 이제 거의 다 썼어.'

그는 높은 산의 정상에 올랐을 때처럼 호흡 곤란을 느끼기 시작했다. 손을 대지 않아도 느낄 수 있을 정도로 맥박이 어지럽게 뛰었다.

'아아, 이제 조금만 힘을 내면 된다.'

등불 접시에 짐승 기름이 다 떨어지자 요아미는 동굴에서 기어 나왔다. 그는 동굴 입구에 기대어 선 채 잠시 눈을 감았다. 그 옆에 자귀나무가 서 있었다. 엷은 홍색의 자귀나무 꽃과 지치고 마른 그의 모습은 너무나 어울리지 않는 대조를 이루고 있었다.

그는 앙상한 무릎에 손을 대고 혼자 중얼거렸다.

"이곳에서 내가 해야 할 일은 모두 했다. 하지만……."

요아미는 곧 적막감에 휩싸여 무섭게 빛나는 공허한 눈길로 하늘을 올려다보았다.

자신의 피를 다 짜내어 쓴 비첩을 에도로 보낼 길이 없으니, 이대로 자신이 안고 죽을 수밖에 없다는 생각이 들었다.
"하지만 그것으로 됐어."
그는 포기하는 수밖에 없다며 쓸쓸하게 긍정을 했다.
"그것으로 됐어."
그는 다시 한 번 혼잣말을 했다.
"만약 아와의 무사들이 내 시체 옆에서 그 비첩을 발견하게 되면, 내가 사명을 다하기 위해서 얼마나 끈질기게 일했는지 알게 될 거야. 또 에도의 밀정이 무사 근성에는 없는 강한 집착과 사명감을 가지고 있다는 것을 알고는 전율하겠지. 그리고 나중에는 사람들의 입을 통해 내 최후의 모습이 에도에 전해질 거야. 하지만 그와 동시에 밀정 가운데에서도 가장 오래 된 우리 고가 패도 멸망하겠지. 세상은 변하고 있어. 내가 에도를 떠날 때만 해도 밀정은 서서히 줄어들고 있었지. 그리고 10여 년……."
이렇게 말하며 요아미는 문득 있는 자귀나무 꽃에 눈이 갔다. 엷은 분홍빛의 자귀나무 꽃. 무릎 위의 그 달콤한 꽃잎을 보고 있으니 그의 생각은 문득 되살아난 것처럼 귀여운 두 소녀에게 옮겨졌다.
에도에 남겨 두고 온 오치에와 오쓰나였다.
이제 두 딸은 그 무렵의 소녀가 아니라고 생각해도, 그의 머릿속에서는 여전히 자신이 에도를 떠날 때의 어린 모습 그대로였다.
"불쌍한 아이들……."
자귀나무 꽃은 요아미의 움푹 들어간 눈에서 눈물을 자아내게 만들었다.
그때 하얀 화살촉 하나가 햇빛을 가르며 공허한 그의 모습을 향해 날아왔다.
"에이, 틀렸다!"
아리무라는 재빨리 두 번째 화살을 매기며 목표를 노렸다.
요아미가 갇혀 있는 고부야마(瘤山) 기슭의 감옥은 조그마한 폭포에서 계곡으로 흘러가는 물줄기와 철책으로 둘러싸여 있었다.
아리무라가 철책 밖에 있는 널찍한 바위 위에 올라서자 건너편에 동굴의 검은 입구와 자귀나무가 보였다. 그는 활을 들고 바위 위에 올라 섰다.
"쳇."
아리무라는 두 번째로 잡았던 화살과 활을 던져 버리고는 혀를 찼다.
"솜씨가 좋은데요."

밑에서 칭찬하는 자가 있었다.
"비꼬지 마라!"
아리무라는 바위에서 뛰어내려 잇카쿠, 마고베, 슈마 앞에 섰다.
"처참하게 죽이는 것보다는 단 한 번의 화살로 죽이는 것이 나을 것 같았는데, 첫번째 화살이 요아미의 옷깃을 스치고 자귀나무에 꽂혀 버렸네."
"요아미 놈이 눈치를 챘겠는데요."
"그래. 놈이 갑자기 모습을 감추어 버렸어. 하지만 도망칠 수 있는 장소가 아니니까 안심해도 되네."
"자신을 죽이러 왔다는 것을 안다면 아무 소용 없다는 걸 알면서도 틀림없이 몸부림을 칠 겁니다."
"고통스럽게 서서히 죽이는 것도 괜찮겠지."
"몹시 쇠약해졌을 테니까 크게 힘들지는 않을 겁니다. 그런 노인은 오히려 잠시라도 빨리 죽이는 편이 살생의 죄도 가벼울 겁니다. 이보게, 잇카쿠!"
마고베가 앞에 섰다.
"어디로 해서 철책을 넘어가지?"
"더 위로 올라가야 하네. 이 주변은 철책과 급류 때문에 도저히 넘어갈 수 없어. 조금 더 위로 올라가면 물줄기가 없는 곳이 있네."
"좋아!"
슈마도 앞으로 나섰다.
슈마의 패기에 찬 뒷모습을 보고 잇카쿠는 히죽 웃었다. 그 웃음은 결코 나쁜 의미가 아니었다.
'알고 보면, 이 녀석도 귀여운 데가 있어.'
그러자 잇카쿠는 와타 고개에서 화가나서 담뱃대로 슈마를 때렸던 일이 생각났다.
'처음에는 방심할 수 없는 녀석이라고 생각했는데, 결코 미워할 수 없는 녀석이야. 오히려 귀엽게 봐 줄 수 있는 치기도 가지고 있어. 이렇게 요아미를 죽이겠다고 앞장 서려는 걸 보면.'
잇카쿠는 슈마의 뒷모습을 보면서 따라갔다.
마고베는 쓰루기 산에 몇 번 올라와 본 적이 있지만, 슈마는 처음이었다. 높이 올라갈수록 산세가 험악해져서 슈마는 깜짝 놀랐다. 도중에 구리가라 언덕에서는 상당히 지쳤지만 차가운 산바람이 얼굴을 스치자 곧 피곤함도 잊어버렸다.
 또한 계곡을 따라 깊은 교목 사이에 자귀나무가 많은 것에도 놀랐다.
 예전에 와슈토우(和州多武) 봉우리에 올라섰을 때도 이 꽃이 많았지만, 이렇게 습한 공기와 차가운 냉기 속에서 피어 있는 걸 보니 더욱 신비스러워 보였다.
 사람을 죽이러 가는 인간에게도 산은 냉정한 반성과 함께 아름다운 감동을 부여한다. 하지만 인간은 그 감동에 계속 잠겨 있지 않아서, 나쁜 마음은 곧 되살아나는 법이다.
 네 사람은 칼을 언제라도 뽑을 수 있도록 찬 채 산등성이를 올라갔다.
 요아미의 목숨은 이제 바람 앞의 등불이었다. 조금 전 그가 문득 죽음을 예견했던 것은, 이런 일이 있으리라는 것을 영감으로 느꼈기 때문인지도 모른다.
 "나는 죽는다."
 이상하게도 스스로 이렇게 말했다. 그러나 인간에게 그만한 영감이 있다면, 같은 피가 흐르고 있는 오쓰나의 몸에도 요아미가 지금 울리고 있는 맥박이 전해지고 있지 않을까?
 깊은 밤, 폐허가 된 절에서 다시 도쿠시마와 가이후의 동심에게 쫓기는 겐노조와 오쓰나는 숲과 협곡을 올라 쓰루기 산으로 향했다.
 겐노조는 이미 그들을 상대할 틈이 없었다. 쓰루기 산의 감옥만이 그의 목표였다.
 하지만 아무런 어려움 없이 이곳으로 곧바로 온 아리무라 일행과, 길도 없는 산, 그것도 산지기의 눈을 피하면서 오는 그들과는 시간상으로는 반나절, 그리고 험한 산세의 불리함끼지 겹쳐 상당한 차이가 생겼던 것이다.
 그래도 다행인 점은, 깊은 밤에 습격을 받아서 그대로 새벽까지 길을 서두르는 바람에 차이가 조금 좁혀졌다는 것이다. 산기슭 초소에서 늦게까지 잠을 자고 이곳에 도착한 아리무라 일행과의 시간 차를 어느 정도 보충할 수 있었다.
 겐노조의 생사에 대해서는 막연하게 의구심만 가지고 도쿠시마 성을 떠났던 아리무라 일행은, 간발의 차이로 겐노조와 오쓰나가 이곳으로 오리라고는 꿈에도 생각지 못했다.
 그런데 네 사람이 철책을 넘을 장소를 유유히 둘러보고 있는데 곧 앞쪽의

피로 쓴 밀서 635

가파른 언덕 위에서 빠른 걸음으로 달려오는 사람의 모습이 보였다.
 네 사람이 숨어 있다는 것도 모른 채 그곳으로 달려온 남자는 삿갓을 손으로 누르고는 빠른 걸음으로 뛰었다.
 그때 갑자기 마고베가 달려들었다.
 "앗!"
 삿갓을 쓴 남자가 깜짝 놀라서 반사적으로 뒤를 보자, 그 뒤에서 잇카쿠와 슈마가 연달아 나타났다.
 "누, 누구냐!"
 목소리는 컸지만 상당히 당황한 모습이었다.
 "너야말로 누구냐! 보아하니 장사꾼 같은데, 감옥이 있는 이런 곳에서 무슨 일로 어슬렁대고 있느냐!"
 "그러면 여러분은 시게요시님의……"
 이렇게 말하다가 삿갓을 쓴 남자는 고개를 갸우뚱거렸다. 세 사람 가운데 한 사람은 두건을 썼고, 한 사람은 머리를 뒤로 묶었다. 또 한 사람은 얼굴이 보이지 않을 정도로 삿갓을 깊이 눌러 쓰고 있어서 시게요시의 저택에서 일한다고 보기에는 조금 이상한 모습이었다.
 사내는 그때 뒤에 있는 아리무라의 모습을 보더니 당황하면서 삿갓 끈을 풀었다.
 "거기 계시는 분은 아리무라 공경님이시군요? 저는 도쿠시마 봉행소의 포졸인 간하치입니다."
 "간하치였군."
 삿갓을 벗은 간하치를 보고 잇카쿠도 삿갓을 벗었다.
 "아, 잇카쿠님이셨군요? 간 떨어지는 줄 알았습니다. 하마터면 골짜기로 굴러 떨어져 황천으로 갈 뻔 했습니다. 어쨌든 마침 잘 만났습니다."
 간하치는 땀투성이가 된 가슴을 수건으로 닦았다. 그러더니 삿갓으로 바람을 일으켜 얼굴을 부치면서 긴 숨을 내쉬었다.
 "간하치, 웬 일이지? 도대체 무슨 일로 이 쓰루기 산까지 온 것인가?"
 "아마 모르실 겁니다."
 간하치는 굉장한 사건을 쉽게 말해 버리는 것이 아까운 생각이 들어 조금 거드름을 피웠다.
 "하여간 큰일이 있었습니다."

간하치는 겐노조와 오쓰나를 찾아 낸 자신의 공적을 자랑스러운 말투로 이야기하기 시작했다.

두 사람의 생사에 대해서 잔뜩 의심하고 있던 네 사람은 그 말을 듣자 놀라서 벌린 입이 다물어지지 않았다. 뿐만 아니라 오쓰나와 겐노조 두 사람은 이 산 중간에 있는 폐허가 된 절에서도 도망쳐 결국 쓰루기 산 속으로 모습을 감추었다는 것이다.

간하치는 말은 잠시 끊고 네 사람의 반응을 살펴보았다.

"그래서 저는 동심들과 헤어져 이 지름길로 와서 놈들의 길에 그물을 쳐두었지만, 워낙에 깊은 산이라서 그들을 쉽게 잡을 수가 없었습니다. 게다가 잘 아시는 대로, 토사사카이에서 가이후 방면은 길이 험한 탓인지 초소도 없고, 산지기도 별로 없어서 의외로 쉽게 도망칠 수 있었을 겁니다. 그래서 무사들이 있는 산기슭 초소에 이 사실을 알려 주려고 가던 참입니다."

간하치는 한 번 숨을 쉬고 나서 땀이 번뜩이는 붉은 얼굴을 수건으로 닦았다.

"그러면 오쓰나와 겐노조 녀석은 이미 이 산 속에 들어와 있다는 이야기군."

"아마……."

간하치는 조금 애매하게 얼버무리더니, 곧 자신의 짐작이 틀리지 않을 것이라는 자신감이 생겼는지 다시 말을 덧붙였다.

"아니, 분명히 그럴 겁니다. 우리가 서두르지 않으면 언제 이 감옥에 나타나서 요아미를 구출해 갈지 모릅니다. 어쨌든 조심하십시오."

아리무라는 혼란스러운 머릿속을 느닷없이 에리한 칼날에 베인 것 같아서 서 있는 발바닥에서 희미한 전율마저 느꼈다.

"겐노조가 이곳까지 온 것을 보면 상당한 각오를 하고 있는 것 같습니다. 그 녀석이 날뛰는 날에는 도저히 우리 포졸이나 동심들도 어떻게 할 수가 없습니다. 부디 빨리 무사님들이 처리를 해주십시오."

"그래?"

모든 이야기를 다 듣고 난 아리무라는 아랫입술을 꼭 깨문 채 이렇게 기다리고만 있을 수는 없는 일인 것 같아 초조해졌다.

"간하치, 너는 산기슭으로 빨리 가거라. 그리고 초소에 사태의 위급함을 알리고, 이 아리무라가 될 수 있는 대로 많은 인원을 보내라고 했다고 전해라."

"알겠습니다. 그럼……."

간하치는 고개를 숙이며 대답함과 동시에 땀이 마를 새도 없이 황급히 구리카라 언덕을 내려갔다.

뒤에 남은 네 사람은 뭔가 소곤대더니 이윽고 서로 눈짓을 했다. 그리고 철책이 끝나는 곳에서 바위가 높이 쌓인 곳으로 올라가더니 날쌔게 감옥 쪽으로 뛰어갔다.

이제 7각(오후 4시경)이 조금 지난 뒤라 황혼이 질 때까지는 아직 시간이 남아 있었지만, 쓰루기 산의 높은 봉우리에서는 벌써 해가 지려 하고 있었다. 골짜기에는 이미 깊은 그늘이 드리워져 있었다.

이윽고 이들 네 사람은 흐드러지게 피어 있는 붉은 꽃을 헤치고 동굴을 향해 기어서 접근했다.

마고베와 잇카쿠는 칼을 등 뒤로 돌린 채 무릎으로 걸어서 동굴 입구에 이르자, 양 옆에서 숨을 죽이며 어두운 안을 들여다보았다.

내려오고 있던 거미 한 마리가 깜짝 놀라서 다시 위로 올라가는 것이 보였다. 마치 얼음집 같은 냉기를 느끼면서 잇카쿠와 마고베는 동굴 안으로 조심스럽게 기어갔다.

"아니, 없잖아?"

앞서 들어간 마고베의 목소리가 어둠 속에서 메아리를 치면서 다시 돌아왔다.

"뭐, 없다고?"

"그래. 안 보여."

"아무리 숨었다고 해도 철책 밖으로는 나갈 수 없을 텐데."

"이런 곳에서 살아도 역시 목숨은 아까운가 보지. 자, 밖으로 나가지."

손으로 더듬어 밖으로 나오다가 잇카쿠가 문득 생각난 듯이 물었다.

"어디 구멍에라도 딱 달라붙어 있는 것은 아닐까?"

"그럴 만한 장소도 없는 것 같았는데……."

마고베는 대답하면서 뒤를 다시 둘러보았다.

그런데 뭔가가 있었다.

그런데 어둠에 눈이 익숙해지자 이상한 곳이 한 곳 눈에 띄었다.

암벽이 가로막고 있는 막다른 곳에서 오른쪽으로 조금 움푹 들어가 있는 곳이 있었다. 그 구멍의 좁은 곳에서 사람의 눈 같은 것이 빛나고 있었다.

그것은 꼼짝도 하지 않고 마고베를 노려보고 있었다.

하지만 그 외에는 아무것도 보이지 않아 그것이 사람의 눈이라고 단정할 수는 없었다. 그래서 마고베는 칼을 뒤로 돌려서 숨긴 채, 숙인 몸을 펴고는 가만히 숨을 죽였다. 그러자 상대방의 호흡을 느낄 수 있었다.

요아미는 역시 그곳에 숨어 있었던 것이다.

잇카쿠는 마고베가 처음에 없다고 한 말을 믿고 재빨리 밖으로 나간 뒤였다.

"흠, 저곳에서 꼼짝도 못 하고 있었군."

마고베는 요아미가 있다는 것을 알면서도 잇카쿠의 도움을 청하려 하지 않았다.

10년 이상이나 이런 동굴 속에 살았던 자 하나를 단칼에 베어 버리는 것은, 가만히 서 있는 나무를 베는 것보다 더 쉬운 일이었다.

하지만 어두워서 상대방이 어떤 무기를 가지고 어떻게 준비하고 있는지 전혀 짐작이 되지 않았다. 궁지에 몰린 쥐는 고양이를 무는 법이다.

일단은 조심할 필요가 있었다.

어둠에 눈이 완전히 익숙해지기 전에는 상대방을 공격할 수도 없었다.

그러자 암벽 구석에 눈먼 물고기처럼 꼼짝도 않고 있던 요아미가 갑자기 깊은 숨을 내쉬었다.

"우흡."

그러다 갑자기 놀란 듯한 소리가 들려 왔다.

이런 어둠에 익숙해져 있는 요아미는 자연히 생리적으로 잘 볼 수 있지만, 마고베는 전혀 상대방이 어떤 행동을 하려는지 짐작도 되지 않았다. 다만 쏘아보는 듯한 두 개의 눈동자를 느낄 뿐이다.

"반항하지 마라, 요아미! 그게 너한테도 이로울 것이다."

마고베는 요아미가 너무나 공포에 질린 나머지 신음 소리를 내었을 것이라고 생각해서, 발들을 세우고 달려드는 맹수를 기다리는 정도의 각오를 했다.

하지만 상대는 여전히 움직이지 않은 채 낮은 목소리로 말했다.

"그곳에 서 있는 자는 예전에 가와시마에 살았던 무사, 세키야 마고베가 틀림 없군."

"아니?"

마고베는 깜짝 놀라서 자신도 모르게 어둠 속에서 눈을 크게 떴다.

"요아미! 네가 어떻게 나를 알고 있는 거지?"

"알고 있지. 이유가 있다. 마고베, 너도 잘 생각해 보면 내가 누구인지 기억날 거다."

"생각을 해 보라? 음, 이상하군. 어쨌든 나는 네 얼굴이 전혀 보이지 않는다."

"벌써 오랜 옛날 일이니까, 내 얼굴이 보인다고 해도 어쩌면 생각이 나지 않을지도 모르지. 나도 나를 죽이러 온 사람 앞에서 그런 생각을 떠올린다는 게 우습지만 문득 너의 두건을 보니 그 생각이 나는군."

"뭐, 뭐라고?"

두건이라는 말을 듣고 마고베는 갑자기 당황하기 시작했다. 밖의 밝은 햇살 아래에서 봤다면 얼굴이 새파랗게 질린 것이 드러났을지도 모른다.

요아미는 생생하게 그 모습을 읽을 수 있었다.

"인연이야……."

요아미는 이렇게 탄식했다.

"네가 나를 죽이러 오다니. 설마 가와시마에 있던 그 마고베가 나를 죽이러 오리라고는 생각조차 못했지. 으음, 재미있군. 생사를 초월해서 인간 세상이 이렇게 돌고 도는 것을 보면 내가 너에게 죽음을 당하는 것도 재미있는 일이군."

"그렇다면 너는 이 감옥에 잡혀 오기 전에 가와시마에도 잠입한 적이 있다는 말이군?"

"가와시마는 물론 아와에서 내가 가지 않은 곳은 없다. 아직 아무에게도 말한 적은 없지만, 도쿠시마 성 안에도 내 발자국이 찍혀있다. 그리고 가장 오래 몸을 숨기고 있던 집이, 마고베, 너와 네 어머니가 살았던 가와시마의 언덕에 있는 너희 집이다."

"뭐라고! 내, 내 집에 있었다고?"

"하지만 밀정 요아미의 얼굴을 봐도 생각이 안 날지도 모르지. 11년 전, 나는 아와에 들어오자마자 곧 다다미 장사꾼으로 변장을 했지. 감색 옷을 입고 다다미를 바꾸라고 소리치면서 성 안까지 들어갔지. 그리고 아와 도처를 다다미 장사를 하면서 돌아다닌 끝에 가와시마의 너희 집 다다미도 바꾸게 되었지."

"……."

마고베는 요아미가 무슨 말을 하고 있는지 아직도 짐작이 되지 않았다.

다만 계속 마음에 걸리는 것은 요아미가 두건의 비밀을 알고 있는 듯한 말투였다.

요아미는 죽음을 각오하고 하는 얘기였다. 모습은 보이지 않아도 말투에서 그것을 느낄 수 있었기 때문에 마고베도 죽이기 위해 잡고 있던 칼도 잊어버리고 있었다.

"무사들의 집은 모두가 그랬지만, 너희 집도 오래되고 상당히 넓었지. 나는 다다미를 갈아주는 장인으로, 이름은 임시로 로쿠조(六藏)라고 했네. 안에는 다다미 18장짜리 방과 12장짜리 손님방, 6장짜리 다실, 그리고 10장짜리 서원……."

마고베는 자신의 옛날 집 다다미방의 수를 마음 속으로 세어 보았다. 요아미의 말에 하나도 틀림이 없었다.

"그리고 현관, 하녀방, 불당이 있었지. 이야기는 그 불당에서 시작되네. 그곳에는 옻칠이 되고 자개가 박혀 있는 오래 된 궤짝이 있었을 걸세. 그 궤짝 앞에 아침저녁으로 모습이 범상치 않은 노인이 와서 합장을 했지. 그건 이상한 일이 아니네, 조상에게 절을 하는 것이니까. 그런데 그러고 나서 이상한 일이 생겼지. 내가 다다미를 갈려고 손을 댄 날 궤짝 옆에 있는 기둥이 입을 딱 벌렸지. 마침 한손이 들어갈 정도로 박혀 있던 나무가 떨어진 거지."

"으음, 알았다."

"이제 알겠나?"

"그렇다면 너는 그것이 인연이 되어 반 년 정도 우리 집 하인으로 있었던 그 로쿠조로군."

"너의 어머니는 그러고 나서 꼭 자기 집에 있어 달라고 했지. 그건 나로서도 좋은 제안이었네. 그래서 밀정 고가 요아미는 당분간 하인으로 변신했지, 그러자 얼마 지나지 않아 자네 어머니가 중병에 걸렸다네. 어렴풋이 짐작한 바로는, 당시 마고베라는 외아들이 도박과 여색에 빠져 구제할 길 없는 방탕아가 된 것이 바로 병의 원인이었던 것 같더군."

이때 찰칵 하고 금속이 부딪치는 소리가 나서 요아미는 갑자기 말을 끊었다.

바로 조금 전 자귀나무 아래에서 날카로운 화살촉이 자신을 향해 날아왔을 때부터 자신도 이치하치로와 같은 운명에 처해질 것이라고 짐작했다. 그래서 각오는 하고 있던 그였지만, 막상 이야기하는 도중에 검이 울리는 소리를 듣자 역시 움찔하여 혀가 제대로 돌아가지 않았다.

요아미가 아무 말도 하지 않고 잠자코 바라보자 마고베는 요아미의 말에 충격을 받았는지, 칼을 들고 있던 손으로 갑자기 땅을 짚은 바람에 난 소리였다.

그런데 요아미가 말을 계속하려고 하자 동굴 밖에서 잇카쿠의 목소리가 들렸다.

"마고베, 뭐 하고 있어!"

우물 안에다 대고 소리를 치는 듯이 잇카쿠의 목소리가 몹시 크게 울려 퍼졌다.

마고베는 움찔하여 칼을 다시 잡았다.

하지만 그렇다고 해서 요아미를 즉시 죽일 마음은 일지 않았다.

지금 하던 이야기에 호기심도 상당히 있었고, 그의 말을 듣다 보면 나중에 시게요시에게 전해 줄 좋은 정보가 있을지도 모른다는 생각이 들었다.

하지만 무엇보다도 그를 당황하게 만든 것은, 자신의 어머니에 대한 이야기를 요아미가 하고 있다는 사실이다.

방탕한 생활에 도둑질, 칼을 시험하기 위해 아무나 베어버리기까지 하며 태연하게 악행을 저지르던 마고베지만 어머니를 생각할 때는 그도 나약한 인간이었다.

어머니에게 대해서만은 누구에게도 뒤지지 않을 정도로 순한 마음이 되는 마고베였다.

마고베는 그 누구에게도 자신의 어머니에 대해 이야기한 적이 없었다. 길에서 아이 손을 잡고 가는 어머니라도 자신의 어떤 목적을 위해서라면 단칼에 벨 수 있을 정도로 잔인한 성격을 지닌 마고베이지만, 자신의 어머니에게만은 순박하고 특별한 애정을 가지고 있었다.

하지만 마고베는 아는 사람이나 동료들이 자신의 그러한 면을 눈치챌까봐 항상 전전긍긍하고 있었다. 그래서 항상 잔인할 정도로 냉정한 악인으로 행세했다.
 단 한 번 기소로의 숙소에서 여자를 샀던 날 밤, 무슨 생각에선지 슈마와 잇카쿠에게 농담처럼 이런 말을 한 적은 있었다.
 "난 여러 여자를 만나 보았지만, 내가 이 세상에서 가장 사랑하는 여자는 어머니 한 사람뿐이네."
 이번에 7, 8년 만에 아와로 돌아와서 고향인 가와시마에 들른 그가, 집 뒤에 있는 어머니 묘소에 살짝 다녀온 것은 아무도 모르고 있었다.
 요아미에게서 어머니에 관한 이야기를 더 듣고 싶어진 마고베는 그를 즉시 죽이는 것이 애석해졌다.
 "이보게, 마고베!"
 잇카쿠가 다시 소리를 쳤다.
 "없는 걸 확인했으면, 빨리 나오게. 흩어져서 찾아야 하니까."
 "잠깐만 기다리게."
 마고베는 밖을 향해 크게 소리를 쳤다.
 "만일을 위해서 이 안을 확인하고 있네."
 "그래? 그 안에 있을지도 모르지."
 "잇카쿠, 이곳으로 들어오진 말게."
 "왜?"
 "이곳은 너무 좁아서 나 혼자서도 충분하니까 다른 곳을 찾아보게. 찾아보고 없으면 곧 나가겠네."
 "그래? 그러면 잘 찾아보게."
 "염려말게! 슈마와 아리무라님은 어디 있나?"
 "혈안이 되어 여기저기 찾아다니고 있네."
 잇카쿠가 동굴에서 멀어져 가는 발소리를 듣고 마고베는 다시 어둠 속의 눈을 향해 물었다.
 "하지만 요아미! 처음에 너는 내 두건을 보고 나를 알아보았다고 했는데, 그것이 이해되지 않는다. 밀정에서 다다미 장수, 또다시 하인으로 변장했더라도 내 두건의 비밀을 알 리가 없을 텐데……."
 요아미의 눈과 마고베의 그림자가 서로 마주 본 채 동굴 안의 대화는 계속되었다.
 "내가 자네 두건의 비밀을 모른다고 생각하는가?"

요아미가 이렇게 말하자 마고베는 문득 오래 된 기억 하나가 되살아났다.
"그날 밤은 나와 어머니, 그리고 친척뿐이었어."
"물론이지. 나는 심부름을 갔으니까. 요시노 강을 건너서……."
"그 사이에……."
마고베가 꿀꺽 침을 삼키는 소리가 괴롭게 들렸다.
"우리 어머니는 숨을 거두었다."
"다른 사람은 이상하다고 생각지 않았지만 나는 눈치를 챘지. 나는 막부에서도 소문난 밀정이었으니까. 더구나 그건 내가 몸 담고 있던 집안의 일이야. 그날 밤 이후, 너는 그 두건을 벗을 수 없게 되었지."
"그러면 그때 심부름 간 다음의 일을?"
"물론이다. 나는 빠짐없이 보고 있었다. 네 어머니가 위독하다고 하자 즉시 일곱 명의 친척이 너희 집으로 모여들었지. 모인 곳은 바로 그 궤짝이 놓여 있던 불당으로, 입구를 자물쇠로 채우고 한 사람이 망을 보았어. 그리고 나머지 사람은 조용하게 네 어머니를 둘러쌌다. 그리고 바로 그 기둥, 적당히 파여 있어서 다른 나무가 박혀 있던 기둥이었어. 예전에 내가 다다미를 바꾸어 깐 날 끼워 넣었던 나무가 떨어졌을 때에 뭔가 빛나는 것을 봤지만, 네 어머니가 다실에서 뛰어나와서 몹시 당황해 하며 감추었지. 그 기둥 앞에서 임종을 앞두고 있던 네 어머니는 머리를 베개 위에 올려놓은 채 약한 눈길로 바라보았지. 그러자 묵묵히 앉아 있던 일곱 명 가운데에서 한 사람이 일어나더니 조심스럽게 끼워진 나무를 빼고……."
"으음."
마고베는 음산한 신음 소리를 내며 갑자기 요아미의 말을 가로막았다.
"이제 됐다! 이야기를 멈춰라! 요아미, 나는 네 녀석을 죽여야만 한다. 왜 그런지는 잘 알고 있겠지?"
"그래."
요아미는 태연자약했다.
"이번 봄 이치하치로가 당하고 나자 나에게도 언젠가 그런 일이 찾아오리라고 생각하고 목숨을 포기하고 있었다. 하지만 마고베, 이야기를 조금 더 해도 되지 않을까?"
"시끄러."
"아니, 나는 너와 얘기하는 것이 기쁘다."

"나는 너를 죽이려는 거다. 그런데 너를 죽일 이 마고베와 말을 하는 것이 기쁘다는 거냐?"

"나를 죽이려는 적일지라도, 아니 그보다 더한 악인일지라도 이렇게 세상 사람과 말하는 것은 나에게 있어서 더할 나위 없이 기쁜 일이지. 그러니 잠시만 참아주게. 방금 전에 하던 이야기인데……."

요아미는 낮은 목소리로 말을 계속했다.

"임종 직전에 너희 어머니는 기둥에서 그 물건을 꺼내게 하여 가느다란 밀랍 같은 손으로 떨면서 받아들었지. 마치 하얀 뱀의 목을 누르고 있는 듯이. 그러면서 잠시 입 속으로 경문 같은 것을 외우고 있었지."

"요아미, 너는 그것을 도대체 어디서 보고 있었지?"

"심부름을 간다고 하고 나는 천장 속에 숨어 있었다. 고가류(甲賀流) 변신술을 썼으니 먼지도 떨어지지 않았을 거다. 그곳에서 숨을 죽이고 있는데, 병자의 손가락 사이로 작은 뱀 모가지 같은 물건이 약한 등불에도 찬란하게 빛나고 있는 것이 보이더군. 그러자 일곱 명의 친척들은 모두 뒤로 물러나서 머리를 드는 사람이 없었다. 그때는 무사들도 모두 두렵고 엄숙한 얼굴을 하고 있었지. 그날 밤에 모였던 일곱 명은 가와시마의 무사 가운데에서도 특별히 밀약을 맺은 자인 것 같았다."

"그만해! 그런 시시한 이야기는 이제 집어치워라. 그런 옛날 이야기는 더 이상 듣고 싶지 않다."

"그런데 나로서도 이해하지 못한 게 있다. 그러니 잠시만 더 듣기 바란다."

"그만하라는데도 정말 끈질긴 놈이군! 자, 이제 네 목숨을 받겠다."

"네 귀가 정 듣기 싫으면 잠자코 나를 찌르거나 베면 된다. 요아미에게는 이제 도망칠 기력조차 남아 있지 않으니까. 그때 네 어머니는 숨을 헐떡거리면서도 너에게 눈물겨운 말을 했지. 평생 소원이라고 하면서 두 손을 모아 네가 마음을 고치기를 부탁했지. 그런데 마고베, 너는 마치 악마의 화신인 양 평생 나쁜 짓을 그만둘 수 없다고 대답했다."

"당연하다. 죽어 가는 어머니에게 거짓말은 할 수 없으니까."

"그것은 좋다. 악당도 솔직한 건 좋은 법이지."

"쳇!"

마고베는 혀를 찼다.

"어머니의 유령처럼 도대체 나에게 무슨 말을 하고 싶은 거냐?"
"두건."
요아미는 어둠 속에서 웃었다.
"두건의 고뇌라고나 할까?"
마고베는 입을 다물었다. 어둠 속에서 두개의 눈이 하얗게 정면을 바라보고 있었다.
"네가 마음을 고쳐먹을 수 없다고 말하자 네 어머니는 도저히 눈을 감지 못하겠다는 듯, 하염없이 울기 시작했다. 그리고 마고베야, 하고 너를 불렀지. 네가 가까이 다가가지 않자 어머니는 다시 불렀다. 그래도 너는 어머니에게 다가가지 않았지. 그때 너는 아마 어머니가 무서웠을 것이다. 그러자 어머니는 다시 세 번째로 '아버님, 마고베를 이쪽으로' 하고, 옆에 있는 노인에게 눈으로 애원했어. 그러자 노인은 이름은 모르지만 옆에 있는 백발의 노무사에게 다시 부탁하더군. 나중에 들으니, 그 노무사는 가와시마의 무사 우두머리였다고 하는데 한때 그 무사에게 실수를 한 자는 아무리 다른 곳으로 도망쳐 숨어도 반드시 손길을 뻗어 죽일 정도로 무서운 지배자였다더군."
'다카기 류지(高木龍耳)를 말하는군.'
마고베는 이렇게 생각했다. 물론 아와 무사의 우두머리인 류지 노인은 분명히 무서운 사람이었다. 동료 가운데 나가사키 끝까지 도망친 사람이 있지만, 류지 노인은 손가락 하나 움직이지 않고 명령 하나로 그 남자의 목을 베었다.
마고베도 사정상 다른 지역에 가 있어도 끊임없이 류지 노인의 감시를 받고 있는 몸이어서, 류지 노인의 이야기가 나오자 갑자기 화가 치밀어올랐다.
요아미는 이야기를 계속했다.
"네 할아버지와 어머니가 부탁을 하자 그 노무사가 잠자코 네 멱살을 잡고는 끌고 와서 네 어머니의 머리맡에 앉혀 놓았지. 네 어머니는 가느다란 팔로 네 목을 힘껏 감싸안고 이불 속으로 밀어 넣었지. 한손에는 기둥의 구멍에서 꺼낸 그 찬란한 것을 계속 쥐고 있었다. 그러자 그때 너는 갑자기 비명을 지르며 사지를 발버둥쳤고, 네 어머니는 금방이라도 숨이 넘어갈 것처럼 헐떡였다. 네 비명 소리에 모두 깜짝 놀라기는 했지만 주위에 앉아 있는 사람들도 어쩔 수가 없었다. 그리고 하얀 이불이 피로 물들었지."

요아미는 잠시 말을 끊었다. 마고베는 요아미를 찌를 기회를 자꾸만 놓치고 있었다.

"그리고 숨을 막 거두려는 순간 네 어머니는 그 노무사에게 부탁했다. '마고베가 마음을 고쳐먹을 때까지 머리를 풀게 하지 마십시오. 마고베 녀석에게 내 기도가 필요없어질 때까지 내가 유물로 남겨 준 머리에 있는 것을 없앨 수 없습니다. 그리고 아버님, 마고베가 이 유언을 어겼을 때에는, 가와시마의 7(七)족들을 위해 부디 마고베를 죽여 주십시오. 그렇지 않으면 평생 이대로 그늘 속에서 살게 해주십시오. 이것이 자식을 사랑하는 어미의 마음입니다. 다른 일곱 분에게도 부탁 드립니다.' 그렇게 말하고 네 어머니는 마지막 길을 갔지."

마고베는 숨만 거칠게 내쉴 뿐 아무 말도 못하고 있었다.

"그러자 그 수장은 일곱 명의 친척들과 함께 잠시 묵도를 올리고는 사자(死者) 앞에서 엄연하게 너에게 이렇게 말했지 '마고베는 듣거라. 어머니께서 내린 사랑의 비밀을 스스로 깨뜨릴 때는, 네 녀석이 어디로 도망 가서 숨더라도 50일 안에 잡아 반드시 목숨을 빼앗을 것이다.' 하고."

이 말에 마고베는 눈물을 떨어뜨리더니 갑자기 큰 칼을 흔들며 요아미를 향해 맹렬하게 달려들었다.

"이 녀석, 정말 끝이 없군! 더 이상 지체할 시간이 없다. 각오해라, 요아미!"

"아직 한 마디 남았다."

"아직도 미련이 남았나?"

"마지막으로 한번 내 눈으로 보고 싶은 것이 있다. 나는 적어도 밀정의 우두머리인 요아미다. 그런 내가 마지막 순간에 뭐하러 그런 추한 모습을 보이겠나? 사실 나는 그날 밤 이후 네 두건 속에 있는 것에 무서운 흥미와 집착을 가지고 있었다. 밀정 특유의 집착이지. 밀정은 한 번 집착하면 그것을 확인해야만 직성이 풀린다. 더구나 두건 속의 네 비밀은 내가 풀어야 할 또 다른 아와의 비밀이다. 그것은 에도 성에 좋은 선물이 될 것 같아, 그것만 확인하면 아와에서 떠나려고 오로지 너의 그 두건만 노리고 있었다. 그러나 너는 온갖 방탕한 짓을 저지르고는 아와에서 행방을 감추었지. 그리고 나는 무사의 우두머리에게 정체를 들켜 결국 이 쓰루기 산에 갇혀 버렸다. 그러고 보면 너와 나의 인연도 어지간히 끈질긴 셈이지. 그런 네가 오늘은 나의 말라 비틀어진 목을 베러 왔고, 그래서 오래 된 기억이 다시 살아난 것이다. 죽음을 눈앞에 둔 지금 너의 비밀을 본다고 해서 무슨 도움이 되는 것은 아니지만, 어쨌든 내가 잡히게 된 원인인 만큼 그것을 꼭 보고 나서 죽고 싶다. 이곳에 온 이후에도 내 눈이 틀렸는지 맞았는지 내내 궁금했다. 이것은 다른 사람은 이해할 수 없는 밀정으로서의 욕망이다. 마고베, 내가 하고 싶은 말은 이것이다. 단 한 번만이라도 좋으니 보여 다오."

"무, 무엇을 말이냐?"

"그 두건 속에 숨겨져 있는 것!"

"허튼소리 하지 마라!"

"싫은가?"

"물론!"

"그러면 이제 이야기는 끝났군. 이제 나를 죽이겠느냐?"

"그렇게 재촉하지 않아도 죽일 거다!"

마고베는 고가 요아미의 멱살을 잡고 오른손으로 칼을 뒤로 뺐다.

그때였다.

갑자기 동굴 입구에서 잇카쿠가 심상치 않은 비명 소리를 지르더니 쓰러지는 것 같았다. 그러자 마치 지진이라도 나는 것처럼 땅이 울렸다.

"마고베, 좀 도와 줘! 큰일났다! 아리무라님이 위험해, 슈마도!"

"뭐라고? 무슨 일인가?"

"빨리 도와 줘! 겐노조와 오쓰나가 왔다! 겐노조, 으음……."

목소리가 흩어지더니 이윽고 아무 소리도 들리지 않았다. 마고베는 발 아래에서 대지가 움직이는 듯한 소리를 들었다.

그의 눈이 순간 번쩍 빛나더니 자신도 모르게 잡고 있던 요아미의 멱살을 놓았다.

"제기랄! 겐노조 따위에게……."

마고베는 동굴 안에서 달려나가려고 하다가 생각을 바꿨다. 어차피 나갈 바에는 요아미를 죽이고 가려고 다시 동굴 안을 바라보았다. 그때 요아미가 갑자기 마고베를 향해 뛰어올랐다.

바짝 말라 튀어나온 어깨뼈가 마고베의 가슴을 쳤다. 칼을 빼서 휘두를 수 있는 공간이 있으면 단칼에 베어 버렸겠지만, 그곳은 한치 앞도 보이지 않는 암흑 속이었다.

요아미가 가슴에 부딪쳐 온 것을 오히려 다행스럽게 생각한 마고베는 요아미의 가는 목을 왼손으로 잡았다. 그러고는 찌르려고 했으나 생각처럼 쉽지 않았다.

순순히 죽음을 받아들일 것으로 생각했던 요아미가 미친 듯이 소리를 질러댔다.

"나는 죽지 않아! 나는 아직 죽을 수 없어!"

요아미는 젖 먹던 힘까지 다짜내어 마고베의 손아귀에서 도망치려고 발버둥쳤다.

"발버둥치지 마라!"

요아미는 무서운 기세로 마고베의 팔목을 이로 꽉 물었다.

그때 마고베의 하얀 칼날이 요아미의 옆구리에 닿아 있었다.

요아미의 앞니가 마고베의 살을 파고드는 힘에 의해 마고베의 칼에 요아미의 배가 스스로 찔려 들어간 것이다. 마고베는 팔목의 통증을 참으며 칼을 그대로 잡고 있었다.

요아미한테서 붉은 피가 솟아올랐다.

"이제 됐다."

마고베는 다시 힘을 모아 요아미의 얼굴을 한손으로 내리 누르자 털썩하며 자빠진 요아미의 부릅뜬 눈과 이빨이 어둠 속에서 하얗게 빛났다. 요아미는 숨을 크게 쉬며 경련을 일으켰다.

"최후의 일격을……."

마고베가 마지막 일격을 가하려는데 다시 동굴 밖에서 다급하게 마고베를 부르는 아리무라와 슈마의 목소리와 함께 어지러운 발소리가 들렸다. 마고베는 그대로 표범처럼 동굴 밖을 향해 달려나갔다.

머리 위에서 밝은 햇살을 느꼈을 때, 마고베는 동굴 입구에서 뭔가에 발이 걸려 비틀거렸다.

신음소리를 내며 일어난 사람은 잇카쿠로, 정신은 들었지만 깊은 상처를 입고 있었다. 왼쪽 어깨 끝에서 소매까지 마치 붉은 물을 들인 듯했다.

그러나 마고베는 잇카쿠를 돌아볼 겨를이 없었다. 겐노조가 그곳을 내려다보는 경사면에 서서 슈마와 아리무라를 상대로 칼을 휘두르고 있었기 때문이다.

　평소에 월산 류의 대가라고 자랑하던 아리무라는 처음으로 칼과 칼이 마주치자 당황했다. 또한 슈마의 칼솜씨도 그렇게 뛰어난 편이 아니었다. 더구나 겐노조 앞에서는 더 말할 것도 없었다.

　두 사람은 뭔가 소리를 치면서 겐노조에게는 다가가지도 못하고 있었다. 다만 적당한 거리를 두고 도망치면서 마고베의 이름만 계속 부르고 있었다.

　그때 저쪽 철책을 넘어서 이곳으로 달려오는 무사들의 모습이 보였다.

　겐노조와 오쓰나를 추적해 온 가이후와 도쿠시마의 관리인 동심들이었다.

　형세가 뒤바뀌어 다급해진 겐노조는 두 사람과 대항하면서 틈이 있을 때마다 오쓰나를 불렀다. 그리고 계속 손을 흔들며 재촉했다.

　"오쓰나!"

　"예."

　오쓰나는 겐노조 등 뒤에서 같이 움직이고 있었다.

　"이곳은 괜찮으니 어서 동굴로 들어가 요아미님의 안부를!"

　"예."

　"빨리 가서 요아미님을 만나고 와!"

　오쓰나는 정신 없이 달리기 시작했다.

　동굴의 어두운 입구가 바로 위에 있었다.

　3, 40간 정도밖에 안 남았다.

　요아미의 칼을 오른손에 꼭 잡고 다른 한 손으로는 잡목과 풀 뿌리를 잡으면서 오쓰나는 동굴 입구를 향해 올라가며 땀과 눈물을 뿌리고 있었다.

　일단 일어났던 잇카쿠는 다시 자귀나무 아래에 쓰러졌다. 마고베를 향해 구원의 소리를 질렀지만 마고베는 대답도 하지 않고 동굴 앞에서 내려갔다.

　경사면을 내려가니 건너편 관목 사이를 헤치고 열심히 올라오는 하얀 그림자가 있었다.

　"아니?"

　황급히 그곳으로 달려가 보자, 뒤도 돌아보지 않고 동굴을 향해 가는 사람은 하얀 옷을 입은 오쓰나였다.

　"오쓰나!"

　오쓰나는 그 목소리를 듣지 못했는지 위를 향해 허겁지겁 걷고만 있었다.

마고베는 오쓰나가 몇백 리의 산과 바다를 넘어 이곳까지 만나러 온 그녀의 아버지 요아미의 피로 물든 칼을 든 채 오쓰나의 뒤를 쫓았다.

그는 아와로 오기 전에 젠노조와 오쓰나의 사이가 얼마만큼 가까워졌을까를 생각하고 잠못 이루며 괴로워한 적이 많았다. 그 후 그 폭풍우 치던 날 밤에 바다로 뛰어든 두 사람이 죽었다고 믿고 난 다음에는 번뇌의 안개가 걷힌 것처럼 오히려 개운한 기분이었다.

그래서 지금 눈앞에 살아 있는 오쓰나를 발견하자 기쁘다기보다 죽이고 싶은 마음이 더 강렬했다.

이룰 수 없는 악마의 사랑은 이제 될 대로 되라는 식으로 바뀌어 있었다. 마고베는 이제 칼로써 오랜 한을 풀려는 생각 외에는…….

오쓰나에게 가까워지자 마고베는 오쓰나의 등을 향해 칼을 뻗었다. 그러나 절벽에 가까운 경사면이기도 하고 나뭇가지가 방해를 해서 정확히 꽂히기는커녕 한참 빗나가고 말았다.

그때 오쓰나가 뒤를 돌아보았다.

"앗, 마고베!"

"서둘러 가 보아야 아무 소용없어. 고가 요아미는 방금 전에 내가 죽였으니까. 이번에는 네 차례지. 흐흐흐……."

"뭐라고? 그러면……."

깜짝 놀란 오쓰나는 비틀거리며 나무를 잡았다.

"나는 너에게 많은 원한이 있다. 너를 갈가리 찢어 죽이지 않으면 마음이 풀리지 않을 것 같다. 오쓰나, 잘 알고 있겠지?"

오쓰나는 위로 도망치려고 했으나, 오히려 7, 8척 정도 미끄러지고 말았나.

마고베의 발 밑으로 미끄러지면서 오쓰나는 칼을 고쳐 잡았다. 마고베는 얼굴에 비열하고 야비한 음음을 가득 담은 채 오쓰나에게 뛰어들려고 했다.

그때 뒤에서 큰 소리가 들렸다.

"잠깐!"

마고베가 뒤를 돌아다보자 젠노조가 동심 두 명과 슈마, 아리무라를 위로 유인하다가 그들을 떼어놓자마자 마고베 쪽으로 질풍처럼 달려오는 것이 보였다.

마고베는 그쪽을 향하여 다시 칼을 잡고 자세를 취하지 않을 수 없었다.

마고베는 아리무라 일행 네 사람을 합한 것보다도 무술면에서는 더 뛰어났다.

이미 이곳까지 오는 동안에 벌써 동심인 다미에몬이 당했다. 또한 가장 믿었던 잇카쿠가 겐노조와 대적하자마자 단번에 당해 버린 것은 아무래도 큰 타격이 아닐 수 없었다. 이제 나머지 희망이라고는 마고베밖에 없었다.

겐노조는 아리무라 일행과 분전하면서도 눈으로는 오쓰나를 좇고 있었다. 네 사람을 상대하면서도 계속 오쓰나를 지킨 것이다.

"앗, 오쓰나가 감옥으로 간다!"

오쓰나가 겐노조의 도움에 힘을 얻어 동굴 입구로 다가가는 것을 본 조타로가 소리를 지르며 위로 올라가려고 했다. 그러자 겐노조의 칼이 조타로의 발을 단번에 내리쳤다.

조타로의 몸은 잡목이 무성한 곳까지 나무토막처럼 굴러 내려갔다.

"가까이 다가오는 자는 단칼에 베일 줄 알아라!"

서서히 힘을 회복하고 있던 겐노조는 조타로를 베어 버린 탄력으로, 더 높은 곳으로 올라갔다.

오쓰나는 그 뒤를 바람처럼 빠져 나가서 동굴 속으로 미친듯이 달려갔다.

'마고베가 아버지를 죽였다고 말했으나 믿을 수 없다.'

죽였다고 한 마고베의 말은 오히려 아버지가 아직 살아 있다는 말처럼 생각되었다. 오쓰나는 지옥처럼 차갑고 어두운 동굴로 뛰어들면서 아버지를 부르고 싶었다.

하지만 몇백 리를 헐떡이면서 겨우 이 감옥에 이르렀는데, 자신의 존재를 알리기 전에 아버지라고 부르는 것이 왠지 어려워져 소리가 되어 나오지 않았다.

'아버지'라는 말을 목구멍으로 삼키면서 깊은 어둠 속으로 들어갔다.

"고가 요아미님! 고가 요아미님! 에도에서 오쓰나가 왔습니다."

깊은 어둠 속에서는 사람의 기척이 전혀 느껴지지 않고 안에서 들려오는 것은 오쓰나의 메아리뿐이다.

그때 갑자기 오쓰나의 발목을 잡는 손이 있었다.

동굴 가장 안쪽이었다.

오쓰나는 깜짝 놀라 비틀거리며 바위를 잡았지만 이끼에 손이 미끄러졌다.

"요, 요아미님이십니까?"

온몸의 털이 일어서는 것을 느끼면서 잡힌 발을 빼려고 하니 축 늘어진 무거운 느낌이 그대로 딸려 올라왔다.

"으음."

희미하지만 괴로운 듯한 신음 소리가 들렸다.

오쓰나는 가슴이 몹시 두근거리는 것을 느끼면서 발목 근처를 더듬어 보았다. 순간 그녀의 손에 이미 굳어져서 옆으로 누워 있는 누군가가 만져졌다.

부들부들 떨리는 오쓰나의 손끝이 차가운 얼굴에서 가슴을 만지며 내려갔다. 거기에 있는 것은 뼈만 남은 노인의 사지, 의심할 여지도 없이, 오쓰나는 요아미의 이름을 부르며 가슴에 안았다.

그러고는 정신 없이 동굴 앞쪽으로 요아미를 끌고 나오기 시작했다. 오쓰나는 한 손으로는 칼을, 다른 한 손으로는 요아미를 잡은 채 빛을 향해 급히 나왔다. 동굴 앞에 이른 오쓰나는 갑자기 다리가 꺾이며 그 자리에 쓰러졌다.

"적은?"

밖에 온 신경을 집중시켰다.

"겐노조님?"

그곳의 지옥같은 대결을 상상했다. 될대로 되라! 필사적인 마음으로 오쓰나는 칼을 다시 고쳐잡고 희미한 불빛을 향해 나아가기 시작했다.

주위는 어느 사이엔가 다른 곳처럼 변해 있었다. 잔뜩 낀 안개 때문에 한 치 앞도 보이지 않는다.

산도 나무도 보이지 않고 다만 뿌연 안개 사이로 저녁 햇살만이 보일 뿐이다. 미세한 물방울이 속눈썹 끝에 유리구슬처럼 빛나고 숨이 막힐 듯 탁한 기류가 천천히 움직이고 있었다.

어떻게 된 일인지 겐노조와 다른 사람들이 한 사람도 보이지 않았다. 귀를 기울였지만, 안개 속에서도 싸우는 소리는 들리지 않았다.

오쓰나는 몸을 일으켜서 요아미의 얼굴을 뚫어질 듯이 들여다 보았다.

요아미는 눈을 뜨고 었었다. 하지만 치명적인 상처를 입었는지 눈동자가 움직이지 않았다. 그러면서도 뭔가 할 말이 있는 듯 입술이 경련을 일으키듯 미미하게 움직였다.

오쓰나는 마고베의 말을 생각해 내고는 완전히 평정을 잃고 말았다.
"오쓰나입니다! 제가 바로 오쓰나입니다! 정신을…… 정신을 차리세요."
아무런 반응이 없자 오쓰나는 온몸에서 기운이 다 빠져 나가는 것을 느꼈다.
하지만 이대로 포기할 수는 없었다.
"아버님!"
오쓰나의 입술이 떨렸다.
"오쓰나예요!"
오쓰나는 눈물 섞인 날카로운 목소리로 아버지를 불렀다.
"으음."
정신이 약간 드는지 요아미가 눈앞에 있는 하얀 안개를 잡으려는 듯이 손을 뻗었다.
"음."
"알겠습니까? 오쓰나를 알겠습니까?"
"……."
"아버님!"
"……."
요아미의 목젖이 조금 움직이는 듯했다. 그러자 조금 편안한지 숨이 터져 나왔다.
요아미는 오쓰나를 보고 희미하게 웃었다.
"당신의 딸인 오쓰나입니다. 에도에서 아버님을 만나러 왔습니다."
"으음."
"오치에도 저처럼 무사하게 자랐습니다. 아버님, 제, 제 얼굴을 알아 보시겠습니까? 제…… 제 얼굴을……."
요아미는 보일 듯 말 듯 고개를 조금 끄덕였다.
그리고 품에서 피로 쓴 비첩을 꺼내더니 오쓰나의 손에 꼭 쥐어 주었다.
"이, 이것을……."
요아미는 온몸을 쥐어짜는 듯한 신음을 토하듯이 말했다.
"예?"
"에도에……."
"아, 유서입니까?"

"게, 겐노조에게……."

"알겠습니다."

"그리고……."

"예."

오쓰나의 두 뺨을 타고 눈물이 흘러내렸다. 그러나 오쓰나는 그 눈물을 닦으려고도 하지 않았다.

"마, 만일 기회가 있으면, 마, 마고베의……."

"제가 꼭 원수를 갚겠습니다."

"아니."

요아미는 고개를 흔들었지만 그 순간 이미 마지막이었다.

"두, 두건의……."

요아미는 혀가 감기듯이 이 말을 마지막으로 남긴 채 더 이상 아무 말도 하지 못했다.

"앗, 아버님!"

"……."

'물이다!'

오쓰나는 정신 없이 언덕을 내려갔다. 그러나 하얀 소매를 물에 적셔 돌아와 보니 벌써 요아미의 얼굴은 죽은 자의 얼굴로 변해 있었다. 하지만 그 얼굴은 만족한 빛을 띠고 있었다.

그러나……

조금 전에 물을 적시러 간 사이에 요아미의 옆에 놓아두었던 소중한 비첩이 없어지고 만 것이다.

산기슭에서 위를 올려다보니, 산허리를 하얀 구름이 관통하고 있는 것 같았다. 그 구름이 다 지나가기 전에는 감옥 앞에서 멀리까지 내려다볼 수 없을 것 같았다.

그런데 문득 정신을 차리고 보니 그리 멀지 않은 바위 사이를 한 남자가 기어가고 있었다.

감쪽같이 없어진 비첩을 애타게 찾고 있던 오쓰나는 안개 사이로 수상한 남자를 발견하고는 즉시 깨달았다.

'저 자가 아버지의 비첩을 훔쳐 간 거야.'

오쓰나는 황급히 아버지의 시체를 동굴 안에 감춘 다음 앞쪽에 가는 남자를 쫓았다. 남자는 뒤를 돌아보고도 거친 숨을 몰아쉬며 계속 기어가고 있었다.

가까이 다가가서 보자, 상대는 힘이 센 듯한 무사였다. 그러나 어깨에 심한 상처를 입고 있었다. 조금 전 마고베가 동굴에서 뛰어나오려고 했을 때, 발에 걸려 풀속에서 신음을 하고 있던 잇카쿠였다. 그는 심한 상처를 입었지만, 아직 기어갈 만큼의 기력과 의식은 남아 있었다.

잇카쿠는 오쓰나가 없어진 사이에 요아미 옆에서 피로 쓴 비첩을 훔쳐서는 거친 숨을 쉬면서 기고 있었다.

그의 뒤로 오쓰나가 발 소리를 죽이며 다가가고 있었다. 오쓰나는 조금씩 다가서면서 목표를 노리고 있었다.

잇카쿠는 곰처럼 바위에서 바위로 기어갔다.

'아리무라님은 어떻게 되었을까? 슈마는 어디에 있을까?'

그러나 소리를 내서 부를 힘도 없고, 안개는 너무 깊었다. 그때 바람을 가르고 날아온 하얀 칼날이 잇카쿠의 머리에 박히려 했다. 오쓰나가 가지고 있던 칼이었다.

그러나 그것은 빗나가서 바위에 깊숙이 박혀 버렸다.

오쓰나는 잇카쿠의 어깨 너머로 팔이 잡혀서 앞으로 넘어지고 말았다. 두 사람은 서로 거친 숨을 몰아쉬며 필사적으로 비첩을 빼앗으려고 뒤엉켰다. 서로 엉켜서 넘어졌다가는 일어나 또다시 뒤엉켰다.

한쪽이 무사라고는 하나 심한 상처를 입었고, 오쓰나는 에도의 여자인 만큼 오기는 있었으나 힘에서는 남자에게 당할 수가 없었다.

비첩을 두고 두 사람은 막상막하였다.

무사의 수장(首長)

그것은 좀처럼 없는 일이다.

아와 무사의 수장인 류지 노인이 외출하려고 길을 나선 것이다.

우선 요시노 강 상류의 평화로운 마을에는 전부터 커다란 사건이 없었던 탓도 있지만, 있다고 해도 류지 노인이 직접 나서는 일은 극히 드물었다.

하늘이 울고 있었다.

저녁때 구름과 안개로 새하얗게 감추어졌던 쓰루기 산은 밤이 되자 그 모습을 완전히 드러내었다.

"가을이 왔군."

하늘에 흐르는 은하수를 바라보며 노인은 하얀 수염을 만지고 있었다.

"산에 들어가면 가을의 소리가 들린다네."

노인의 말에 아무도 대꾸하지 않았다. 노인 앞에는 횃불을 든 두 사람이 가고 뒤에는 4, 5명이 묵묵히 따라가고 있었다.

쓰루기 산의 비탈길이다. 이날 저녁 무렵에 보았던 처참한 광경이 아직도 눈에 선했다. 그리고 아직 겐노조는 잡히지 않았다.

죽음이라면 진작에 초월한 듯 하얀 옷을 입은 겐노조가 언제 노송나무 뒤에서 번뜩이는 칼날과 함께 튀어나올지 모른다.

노인 이외의 사람들에게는 산에서 들리는 가을의 소리도, 하늘에 떠 있는 은하수의 아름다운 모습도 들어오지 않는 듯, 나무가 흔들릴 때마다 흠칫 놀라곤 한다.

마고베와 슈마조차 그 일행에 섞여 류지 노인의 안내를 받고 있지만, 눈빛은 이상하게 빛나고 마치 가면처럼 얼굴 표정이 굳어져 있었다.

"아니, 이것은?"

앞서 가던 사내가 깜짝 놀라자, 노인은 지팡이로 시체를 가리키면서 뒷사람에게 말했다.

"발을 조심하게. 이곳에서도 한 사람이 당했군."

뒤따르던 무사 한 사람이 횃불든 사람을 불러 시체를 껴안아 뒤로 끌더니 길 옆으로 치워 놓았다.

"이 자는 이 사건을 제일 먼저 알리러 온 포졸 간하치입니다."

"포졸?"

류지 노인은 지팡이로 땅을 탁탁 쳤다.

"포졸 방망이를 가진 자치고 끝이 좋은 사람 못 보았어."

"아, 당한 자가 여기 또 있습니다."

앞서 가던 횃불이 다시 멈추어 섰다.

"이것으로 벌써 다섯 명째로군. 시체 처리는 내일로 미루기로 하지."

노인은 시체를 돌아가려다 잠시 옆으로 몸을 숙였다.

"음, 상당히 훌륭한 솜씨군."

노인은 고개를 저으며 다시 뚜벅뚜벅 산비탈을 올라가기 시작했다.

점점 더 깊은 산속으로 접어들었다. 하지만 류지 노인은 젊은 사람 못지않게 빠른 걸음으로 걸으면서 뭔가 중얼거리고 있었다.

"겐노조라고 했지. 아무리 석운 류의 대가라고 하더라도 신은 아닐 터인데, 이렇게 많은 무사들이 당하다니……. 게다가 나까지 이렇게 나서게 만들다니, 그자는 정말 대단한 놈이군. 이번 사건은 이 아와에 서는 기록적인 일이 되겠군."

이 말이 귀에 거슬린 것은 마고베였다.

슈마는 잠자코 노인을 따라 걷고 있었다. 낮에 그렇게도 넘쳐 흐르던 기운은 어디론가 깨끗이 사라지고, 지금은 조금도 힘이 나지 않았다.

동굴 앞에서 겐노조를 둘러쌌을 때, 아리무라와 슈마가 조금만 더 애써 줬다면 자신의 힘으로도 틀림없이 처치했을 거라고 생각하자 마고베는 지금도 그것이 못내 아쉬웠다.

간하치가 아와의 무사들을 데리고 왔을 때에는 벌써 어떻게 손을 쓸 수도 없었다.

안개가 갑자기 몰려 온 것도 그들에게 불리하게 작용했다.

겐노조는 그것을 충분히 이용하여 행동했다. 간하치도 당하고, 무사 가운데에서도 부상자가 많이 나왔다. 그리고 안개가 걷혔을 때에는 사방이 어두워져 겐노조의 모습은 그 어디에서도 찾을 수가 없었다.

이렇게 되자 지리적 요건은 겐노조에게 유리해지고, 많은 인원이 날뛰는 아와의 무사에게는 불리해졌다. 밤이 깊어지자 산의 초소에 모여서 의논을 해 보았으나 의견은 저마다 달랐다.

그때 모처럼 초소에 나온 류지 노인이 옆에서 듣고 있다가 그들을 비웃었다.

"이보게 젊은이들, 쓰루기 산은 이노쓰 성의 마당보다 조금 넓을 뿐이네. 조금 귀찮기는 하지만 내가 가서 한 번 볼까?"

그래서 깊은 밤에 이렇게 나온 것이다.

하지만 인원은 여섯 명, 그것도 도중에서 돌아가게 해준다는 약속을 하고 나온 것에 불과하다. 약삭 빠른 아리무라는 동행에서 빠졌다. 아마 노인 앞에서는 자기 마음대로 행동할 수 없기 때문이리라.

"상당히 많이 걸었군."

"구리카라 언덕입니다."

"이제 조금 지치는군. 역시 나이는 어쩔 수 없어."

"저희들도 이렇게 땀이 나는데요."
"이보게."
"예."
"수고스럽겠지만 내 뒤로 와 주게."
"예."
"횃불은 내가 들고 있을 테니까. 내 허리를 밀어 주게."
앞에 가는 무사가 뒤로 돌아서서 노인의 허리에 손을 대었다. 뒤에서 밀어 주자 노인은 즐거운 듯이 앞으로 갔다.
그렇게 해서 요아미가 있던 감옥 가까이까지 왔다. 그곳에서 위를 올려다보자, 깎아지른 듯한 절벽이 앞을 가로막고 있었다.
"감옥은 이 위로군?"
"그렇습니다."
마고베가 대답했다.
"이곳은 산등성이에 해당됩니다."
"어딘가에서 물 소리가 크게 들리는 것 같은데?"
"조금만 더 가면 계곡이 있고, 그것을 따라 계속 올라가면 감옥 철책이 보일 겁니다."
"그래?"
노인은 지팡이를 멈추었다.
"수고했네. 이제부터는 나 혼자 가도 되네. 자네들은 돌아가게."
"하지만 조금만 더……."
"걱정할 필요 없네."
"위험하지는 않겠지만, 괜찮으시다면 적어도 겐노조를 발견할 때까지라도……."
"아니, 오히려 방해가 되네."
류지 노인은 손을 흔들더니 혼자서 길을 재촉했다. 그리고는 한두 걸음 걸을 때마다 지팡이를 세우고 감옥이 있는 곳을 올려다보았다.
노인의 그런 뒷모습을 보고 슈마가 감탄하며 혀를 내둘렀다.
"과연 보통 배짱이 아니군. 이보게, 마고베……."
"왜 그러나?"
"깊은 밤, 더구나 깊은 산 속이라 겐노조 녀석은 피맛을 본 데다가 자포자기하고 있어서 사람을 보는 대로 무조건 베어 버릴 거야. 우리 같으면 도 저히 혼자서 산에 들어갈 용기를 내지 못할 거야."
"그래, 곤란한 노인이야."
무엇이 곤란하다는 것인지, 마고베의 대답은 슈마의 질문에 걸맞지 않았 다.
"저 정도면 아무래도 당분간은 죽을 것 같지 않군."
마고베는 문득 두건을 쓴 머리가 갑갑함을 느꼈다. 일동은 감옥을 향해 올 라가는 류지 노인의 그림자가 엷은 밤안개에 가려 희미해질 때까지 바라보 고 있었다.
"저 노인이 칼을 든 겐노조와 딱 마주친다면 어떻게 될까?"
하지만 어느 누구도 류지 노인에 대해서는 걱정을 하지 않았다. 엷은 안개 속으로 사라지는 류지 노인의 뒷모습은 뭔가 생각해 둔 것이 있는지 그만큼 자신만만해 보였다.
"이곳에서 기다리고 있다고 해도 아무런 소용이 없으니까 돌아가지."
류지 노인이 옆에서 떠나자 마고베는 마음이 느긋해진 것 같았다.
"이보게, 슈마. 초소로 돌아가서 새벽까지 이불이라도 뒤집어쓰고 있지 않 겠나? 오늘 밤만이 아니더라도 어차피 겐노조는 이제 독 안에 든 쥐야. 각 기슭에서 철통같이 봉쇄하고 있으니 서두를 것 없어."
햇불이 다 꺼지자 무사 두 사람은 재빨리 먼저 내려가 버렸다.
마고베도 발길을 돌리려다가 슈마가 맞장구치는 소리가 들리지 않자 뒤를 돌아다보았다. 그러나 슈마는 보이지 않았다.
"이 녀석 어디로 갔지? 먼저 가 버린 걸까?"
슈마가 보이지 않자 성큼성큼 발길을 내딛는데 갑자기 절벽 아래에서 다 급히 부르는 소리가 들렸다.
"마고베, 마고베!"
"아니, 슈마!"
어둠 속에서 슈마가 움직이는 모습이 보였다.
"그런 곳에서 무엇을 하고 있는 건가? 다른 녀석들은 다 내려갔는데."
"이곳에 또 한 구의 시체가 있네."
"그냥 내버려 두게. 어차피 내일 초소에 있는 녀석들이 와서 치울걸세."
"하지만……."

허리 아래가 보이지 않을 정도로 키가 큰 잡초 속에 선 채 슈마는 무거운 듯이 시체를 안아 올리고 있었다.
"앗, 잇카쿠다. 이 자는 잇카쿠야!"
"그런 곳에서 숨이 끊어져 있었나?"
"이리 좀 와 보게."
잇카쿠가 겐노조에게 칼을 맞은 것은 알고 있었지만, 저녁때 초소에도 오지 않아서 두 사람은 어떻게 된 일인가 궁금해 하고 있던 참이었다.
슈마와는 에도 이후로, 마고베와는 오랜 친구였다.
그는 자주 슈마나 마고베가 여색을 탐하는 것을 경멸하고, 막부 토벌이 반드시 성공할 것이라 믿고 있었다. 그렇게 된다면 자신은 몇만 석을 받는 무사가 될 것이라며, 하루 빨리 그렇게 되기를 꿈꾸던 사내였다.
같이 아와까지 올 때에도 두 사람이 여자를 상대하는 방 옆에서 잇카쿠는 혼자서 잤다. 그리고는 다음 날 아침에 눈을 비비면서 두 사람을 야단치던 사람이다.
그러니 아무리 무정한 두 사람일지라도 잇카쿠의 시체를 그냥 내버려 두고 갈 수는 없었다.
"안됐군."
마고베도 뛰어내려갔다.
"벌써 얼음장 같아."
슈마는 비장한 얼굴로 겨우 시체를 안아 올리더니 깊은 풀 속에서 한 걸음씩 발을 내디뎠다.
"이 절벽에서 떨어진 것 같아."
"상당히 높은데."
슈마는 절벽을 올려다보았다.
"그러면 철수하자는 신호가 있었을 때, 깊은 상처를 입었으면서도 이 절벽에서 뛰어내려서 기슭 쪽으로 오려고 했나 보군."
"아닐세. 잇카쿠가 스스로 이런 곳에서 뛰어내렸을 리가 없네. 감옥 앞에서 기어나오다가 날이 어두워지자 자신도 모르게 발이 미끄러졌을 거야. 슈마, 무겁지?"
"그래, 제대로 걸을 수가 없네."
"도와 주지."

마고베는 옆으로 다가섰지만, 잇카쿠의 끔찍한 모습을 보고 충격을 받은 듯 주춤 멈추어 섰다.

슈마가 잘못 알고 있어서 잇카쿠는 목 뼈를 그대로 드러내고 고개를 축 늘어뜨리고 있었다.

그러자 마고베는 자신도 모르게 그를 한 번 불러보고 싶은 충동을 느꼈다.

마고베가 잇카쿠의 이마에 손을 대고 얼굴을 들어올려 보았다. 잇카쿠는 눈을 부릅뜬 채 싸늘한 표정으로 죽어 있었다. 얼굴과 귀 뒤에는 손톱으로 긁힌 듯한 빨간 자국이 그대로 남아 있었다.

그리고 하얀 앞니에 뭔가를 물고 있었다.

그것은 찢어진 한 조각의 혈서였다.

갑자기 죽은 자의 이 사이에서 마고베가 그것을 잡아채었다. 슈마는 잇카쿠의 무게로 다리가 휘청거리면서도 재빨리 마고베의 손을 바라보더니 잇카쿠를 얼른 아래로 내려놓았다.

"그것이 뭔가?"

한편 류지 노인은 빠른 걸음으로 넓은 바위가 있는 곳까지 올라왔다.

사위는 너무나 적막하고 조용했다.

발 아래의 어둠이 저 세상까지 이어진 것이 아닐까 생각될 정도로 깜깜한 어둠이었다. 산들은 모두 낮게 웅크리고 있고 하얗게 퍼져 있는 것은 구름이리라. 하늘을 올려다보자 연기처럼 은하수가 흐르고 있고, 별똥별 하나가 떨어졌다.

노인은 발길을 멈추고 잠시 사각사각 하는 풀이 흔들리는 소리를 듣고 있었다. 마치 길을 잃어버린 장님처럼…….

가만히 있지 않으면 느끼지 못할 정도의 미풍이 노인을 감싸고 일렁거렸다. 하얀 수염, 뼈가 보일 듯이 투명한 양쪽 소맷자락, 노인은 아주 짧은 단도 하나만 앞이 아니라 일부러 옆에 차고 있을 뿐이었다.

노인은 터덕터덕 다시 걷기 시작했다.

"여기로군."

노인이 감옥 철책 옆으로 오자 계곡 사이를 흐르는 물소리가 귀를 때렸다. 감옥의 입구도, 철책 안도 보이지 않을 정도로 어두웠다. 보이지는 않지만 노인은 그곳에서 저녁 무렵에 벌어진 아수라장을 상상해 보았다.

노인은 밤새도록 이곳을 걸으려는 것일까, 걸으면서 날이 밝기를 기다리려는 것일까?
노인은 세 시간 정도나 그곳에 우뚝 서 있었다.
그 동안 아무 일도 일어나지 않았다.
억지로 변화를 찾아보자면 안개같은 별들이 사라지고, 특별히 큰 별 하나가 서쪽에 떠있는 것이 보였다.
"이상한데?"
노인은 밤이슬을 밟는 자신의 발 소리를 들었다.
"어쩌면 스스로 목숨을 끊었는지도 모르는 일이야. 어차피 도망칠 수 없다는 것은 잘 알고 있을 테니까. 아니, 그는 자살은 하지 않았을 거야. 흔히 무사라는 것은 적당한 기회에 깨끗하게 목숨을 끊겠다는 것 말고 결말에 대한 책임을 면하려 하지만, 스스로 목숨을 끊을 만큼 겁쟁이라면 처음부터 이곳에 들어오지도 않았을 테니까."
노인이 이렇게 중얼거리고 있는데, 저 앞에서 두 사람의 그림자가 움직이는 것이 어렴풋이 보였다.
문득 발길을 멈추자 상대방도 걸음을 멈추었다. 잡초를 어루만지던 바람이 뒤에서 밀리듯이 불어서 지나갔다.
잠시 서로 바라보는 동안에 두 개의 그림자 가운데 하나가 바위 뒤에라도 숨어 버렸는지, 이윽고 다가오는 그림자는 하나였다.
류지 노인도 천천히 앞으로 걷기 시작했다. 그리고 두 사람은 대여섯 걸음을 사이에 두고 마주 보게 되었다.
희미한 달빛이지만 서로 상대방의 모습을 명확하게 볼 수 있었다.
특히 앞에 선 자는 하얀 옷을 입었기 때문에 노인은 더욱 확실하게 그의 윤곽을 볼 수 있었다. 하얀 소매의 끝과 옷자락에 점점이 튄 핏자국이 보이고, 하얀 나무 지팡이를 짚고 있었다.
'호리즈키 겐노조로군. 겐노조가 숨긴 사람은 오쓰나라는 여자임에 틀림없다.'
류지 노인은 마음 속으로 이렇게 고개를 끄덕이고 있었다.
'나를 누구라고 생각하고 있을까? 어떠한 태도로 덤벼올까? 칼을 내리칠까, 아니면 찌를까?'
노인은 조금 흥미를 느끼면서 한 걸음 더 앞으로 내디뎠다.

"겐노조, 거기 앉거라!"
노인은 갑자기 큰 소리로 말했다.
늙은 목소리지만 조용한 공기를 가르며 벼락처럼 울려 퍼졌다.
그리고 상대방이 안심하도록 자기가 먼저 바위 위에 천천히 앉았다.
하지만 겐노조는 그대로 서 있었다.
탁탁 소리내어 부싯돌을 키면서 고개를 숙이고 있던 노인 앞에서 향기로운 연기가 피어 올랐다.
"잠시 할 말이 있네."
노인은 담배를 한 모금 빨더니 담뱃대를 옆으로 기울였다.
"젊은이, 우선 그곳에 잠시 앉게."
노인은 겐노조에게 나무 뿌리를 가리켰다.
겐노조는 여전히 의심을 풀지않고 노인을 바라보고 서 있을 뿐이었다.
"당신은 누구요?"
류지 노인은 겐노조가 피에 미쳐 있을 거라는 슈마나 마고베의 추측은 맞지 않는다고 생각했다.
노인이 보기에 이상할 정도로 그곳에 서 있는 겐노조가 냉정했다. 오히려 평상시의 겐노조보다 더 침울한 그림자마저 드리워져 있어서 더욱 냉정하고 차갑게 보였다.
해가 질 무렵의 짙은 안개가 걷히고 밤이 된 후, 그와 오쓰나는 동굴 앞에서 만났다.
겐노조는 오쓰나가 무사한 것이 우선 반가웠다.
하지만 오쓰나는 부상을 입은 잇카쿠와 접전을 벌이다가 절벽에서 소중한 비첩과 함께 그가 떨어져 버리자 비탄과 절망으로 요아미의 시체에 매달려 있었다.
'피로 쓴 비첩? 요아미의 유서?'
에도에 전해 달라는 요아미의 마지막 말에서, 그것은 반드시 막부에 전달해야 하는 마지막 밀정 보고라는 것을 겐노조도 짐작할 수 있었다.
"걱정할 것 없어."
그는 그 자신도 확신이 서지 않는 말로 오쓰나를 위로해 주려고 했다.
"잇카쿠가 절벽에서 떨어졌다면 틀림없이 뼈가 부러져서 절명했을 거야. 날이 밝는 대로 길을 더듬어 찾아 가 보지."

그렇게는 말했지만, 새벽별이 보일 무렵이 되면 산기슭에서 마고베나 아리무라가 무사들을 데리고 이곳으로 습격해 오리라는 것은 두 사람 모두 너무나 잘 알고 있었다.

하지만 반생을 무명 속에서 불우하게 지내다가 생애를 마친 고가 요아미의 시체를 매정하게 그대로 두고 갈 수는 없는 노릇이었다. 어두운 동굴이어서 또다시 비참하기는 하지만 밀정이 쉴 곳으로는 화려한 제단보다 오히려 나을지도 모른다.

두 사람은 어둠 속에 묵묵히 시체 옆에 앉아 있다가 요아미의 시체를 쓰루기 산 깊숙한 곳에 숨겨 놓았다.

비첩을 찾아 낸다고 해도, 그것을 가지고 어떻게 이 포위를 뚫고 탈출할 수 있을 것인가?

그들에게 당면한 다음 문제는 바로 그것이었다. 한 고비, 또 한 고비. 여기에는 겐노조도 고심하지 않을 수 없었다.

목숨만을 부지하는 일은 쉽다. 이곳에서 살아가려고 한다면 이 산 깊숙한 곳 어딘가에서 목숨을 부지할 수도 있을 것 같았다. 하지만 산 기슭에 있는 초소를 뚫을 방책은 전혀 없었다.

그것은 오늘날까지의 수난을 모두 합친 것보다도 더 어려운 일이었다.

산을 넘어서 이야(祖谷)의 잔교를 기어넘어 도사(土佐), 사누키(讚岐)의 국경으로 갈까?

그것도 어려운 일이었다. 아마 오쓰나가 견딜 수 없을 것이다.

다시 가이후로 돌아가는 것도 좋은 묘안이 아니었다.

겐노조가 생각하기에 약간 그럴 듯한 것은, 가장 어려운 난관이라고 생각되는 시다미쓰구치(貞光口)를 뚫고 두쿠시마로 잠입하는 방법이다. 칼이 자신을 지켜 주기는 하겠지만 그렇다고 끝까지 믿을 수 있는 것도 아니다.

요컨대 절체 절명의 위기에 빠진 것이다. 그것이 두 사람이 발을 올려놓고 있는 운명의 범위였다. 과연 어떻게 굴러갈 것인가?

이것은 하늘의 뜻이다.

'내일까지 기다려 보자.'

겐노조가 그렇게 마음을 정한 뒤, 별의 움직임을 보고 새벽이 가까워진 것을 느꼈다.

그래서 초소에서 다시 무사들이 나오기 전에 아직 어둡기는 하지만 잇카쿠의 시체를 찾아보려고 오쓰나와 함께 이쪽으로 오던 중이었다.
거기서 류지 노인과 마주친 것이다.
물론 방심은 하지 않았지만 그렇다고 당황도 하지 않았다. 겐노조는 잠자코 기이한 노인을 바라보았다.
"젊은이, 좀 앉으면 어떤가?"
노인은 담배를 피우고 있었다. 고담하지만 얄미울만큼 침착한 태도였다.
"우선 한 가지 묻겠소."
겐노조는 앞에 있는 바위 위에 걸터앉았다. 여명으로 이제 서로의 얼굴에 있는 혈관의 움직임까지 볼 수 있었다.
"그래, 물어 보게."
아무렇지도 않은 듯이 대답했지만, 노인의 움직임에는 조금의 빈틈도 보이지 않았다.
"노인장은 누구시오?"
"가와시마에 사는 무사의 수장인 다카기 류지라고 하네."
"무사의 수장? 나에게 할 말이 있다고 했는데, 무슨 용건이오?"
"물어볼 것도 없네!"
노인은 담뱃대를 옆으로 잡더니 옛날 무사처럼 호탕한 말투로 말하며 무릎을 벌리고 가슴을 쭉 폈다.
"바로 네 놈을 치러 온 것이다!"
노인의 형형한 눈이 겐노조의 얼굴에 엷은 웃음이 퍼지는 것을 보았다.
너무나 어이가 없어서 대답이 나오지 않는다는 듯했다.
그러자 노인은 더 소리를 높였다.
"세상 무서운 줄 모르는 막부의 첩자! 이제 아무리 발버둥쳐도 도망칠 수 없을 것이다! 바위를 씹으며 굶어 죽느니, 차라리 깨끗하게 죽음을 받아라!"
그렇게 말하면서 노인은 뻐끔뻐끔 담배를 피웠다.
겐노조는 이 노인이 이해가 되지 않았다. 진심인지, 아니면 다만 위협으로 하는 말인지 알 수가 없었다.
"노인장, 나에게 할 말은 그것으로 다요?"
"아니, 지금 말한 것은 요지이고 선언이네. 그 전에 한 가지 물어 볼 말이 있네."

"무엇이오?"
"이곳까지 올라오는 도중에 희생된 몇 사람의 상처를 보았네. 자넨 그렇게 훌륭한 재능을 가지고 있으면서도 시대의 흐름을 거스르는 반항아가 되어, 막부의 주구노릇이나 하다가 허무하게 일생을 끝내는 것이 한심하다고 생각지 않는가?"
"이런 산 속에 있는 사람은 무사의 깊은 마음을 모를 것이오."
"흠, 말을 돌리다니, 영리하군. 왕도를 어지럽히고 백성에게 학정을 베풀며, 도쿠가와(德川) 가문밖에 모르는 막부의 밀정이 되다니, 그 작은 명예가 하늘을 우러러 부끄럽지 않느냐!"
"닥치시오!"
겐노조의 목소리가 조금 노기를 띠기 시작했다.
"당신에게 그런 것까지 대답할 필요는 없소!"
"피하지 마라, 겐노조!"
"뭐요?"
"등불의 고마움을 알면서, 태양의 고마움은 모르는가!"
"존왕 사상의 아름다운 가면을 함부로 쓰지 마시오! 그건 막부의 실정(失政)을 내세워 자신의 뱃속을 채우려는 흑심을 가진 자들의 변명이오."
"그래, 가면이라도 좋고 위선이라도 좋다."
"부끄러움을 아시오! 그 추잡한 자신의 본심을."
"가죽과 살을 벗기면 어차피 살 수 없는 게 인간이지. 아무리 세상을 바꾼다 해도 표리가 없는 인간과 세상을 만들 수는 없네. 그러니 지금의 혼돈스러운 암흑 정치를 바로잡고, 정말로 태양을 똑바로 바라보고 싶은 거네. 그것은 만인의 요망이며 바른 목소리일세."
"아니, 그것은 난을 일으켜서 산에 사는 당신들이 넓은 세계로 나가려고 하는 방편에 지나지 않소."
"그것은 기소 요시나카(木曾義仲) 시대의 이야기고, 지금은 시대가 다르다. 바보 같은 소리! 가슴에 손을 얹고 잘 생각해 봐라. 막부가 도대체 뭔가? 그것은 왕정의 대표자다. 그러나 대표자이면서 왕가를 업신여기고, 세금만 거두면서 교묘한 조직하에 10여 대, 200년간 영화를 훔쳐 온 나쁜 자들이 아닌가? 백성들은 그런 자들에게 억압을 받아 신음하며 죽어가고 있다."

"그럼 묻겠는데 도쿠가와 막부가 쓰러진다면 무엇이 그것을 대신하오?"
"왕정이 대신한다."
"권력을 가지고 조정에 들어가는 자가 다시 제2의 막부를 만들 염려는 없겠소?"
노인은 갑자기 말문이 막히는 것을 느꼈지만 오기로 말을 이었다.
"아닐세. 일단 왕도 정치가 실현되면 그런 벌레 같은 자들이 차지할 자리는 없을 거네."
"그건 아주 먼 훗날의 일이오."
"어쨌든······."
"아니오!"
겐노조는 노인의 말을 막았다.
"이 겐노조는 공부하는 학생이 아니오. 또한 우국 지사는 더더욱 아니오. 약한 인간의 정에 끌려 무사라는 형태의 고집으로 이곳에 선 한 사람의 방랑자에 지나지 않소. 그러니 정치에 대해서 말할 자격은 없소."
"그러면 그 정은 무엇이고, 고집은 무엇인가?"
"사랑도 있고, 눈물도 있소. 범인(凡人) 겐노조는 이러한 정에 약하오. 또한 고집이라고 하면 나는 200년 동안 에도의 봉록을 먹은 집안에서 태어난 에도의 무사요. 이러한 인연은 지금의 나로서는 어찌할 수가 없소. 아니, 그것은 벌써 청탁(淸濁)의 시류를 뛰어넘고 정치의 향배를 넘어서 어찌할 수도 없는 것이 되어 버렸소."
"으음, 그렇다면 세상은 다시 전국(戰國)시대로 돌아가고 천하는 갈라져서 분란으로 가득 찰 것이네."
"곧 그렇게 될 거요."
"그렇다면 일단 진흙탕과 피가 튀고 새로운 세상이 설 것이네. 그리고 왕정은 원래대로 돌아갈 것이고."
"하지만 막부는 그렇게 쉽게 무너지지 않고, 설사 무너진다고 해도 누군가가 그 정권을 잇지도 못할 것이오."
"흥, 자네 생각만큼 지금의 막부가 그렇게 대단치는 않네."
"막부를 쓰러뜨리기 전에 시게요시 정도의 다이묘 서너 가(家)는 봉화불 대신 날아가 버릴 것이오."
"음."

노인은 그 말에는 고개를 끄덕이는 듯했다. 그러다가 갑자기 큰 소리를 지르더니 손에서 불꽃이 튀었다.
　"이렇게 말인가?"
　날개를 편 앵무새처럼 류지 노인의 손에는 어느 사이엔가 검은 손잡이에 은빛으로 빛나는 스페인제 권총이 들려 있었고 그것은 솜털 같은 연기에 휩싸여 있었다.
　겐노조는 깜짝 놀라서 숨을 들이마셨다.
　"앗!"
　칼이 장치되어 있는 지팡이를 휙 허공으로 뽑기는 했으나 하얀 옷에서는 붉은 꽃이 어른거렸다.
　"으, 으윽……."
　겐노조는 피로 붉게 물든 한쪽 팔을 다른 팔로 감싸면서 연기를 피해 쿵하고 땅을 울리며 하늘을 향해 쓰러졌다.
　"앗!"
　한쪽에 숨어 있던 오쓰나는 자신의 심장에 총알을 맞은 듯이 몸을 움츠렸다.

　총에서 연기가 나고 겐노조가 쓰러진 것을 보자 류지 노인은 손에서 권총을 떨어뜨렸다.
　노인은 너무나도 지친 듯 거칠게 숨을 내쉬었다.
　"날이 밝아오는군."
　하늘을 올려다보던 노인은 바로 뒤에 있는 절벽을 향해 누군가를 불렀다.
　"지로(次郞), 와 있나?"
　그러자 갑자기 어디선가 사람의 목소리가 들리고, 풀숲을 헤치며 올라오는 남자의 모습이 보였다. 그림자처럼 떨어지는 일 없이 노인의 손발이 되어 일하는, 신뢰가 두터운 지로라는 젊은이였다.
　"와 있었습니다."
　지로는 주인 앞에 두꺼비처럼 몸을 조아리고 앉았다.
　"그것은?"
　"가지고 왔습니다."
　지로가 궤짝을 어깨에서 내려놓자 노인은 기분 좋은 듯이 고개를 끄덕였다.
"겐노조가 쓰러진 옆에다 놓아라. 그래, 그곳이 좋다."
노인은 성큼성큼 걸음을 내디뎠다. 겐노조를 쏜 것이 만족스러운 듯 대여섯 걸음 걷는 동안 뭔가 입 속에서 흥얼거리고 있었다.
그런데 소리도 없이 미친 듯한 칼날이 갑자기 춤을 춘 것은 그때였다. 훌륭한 솜씨는 아니지만 필사적으로 느껴질 만큼 날카롭게 노인의 머리를 스쳐 지나갔다.
하얀 수염이 바람에 날리고 지팡이가 옆으로 공기를 잘랐다.
"아아, 에잇."
이를 부드득 갈며 뛰어나온 것은 물론 오쓰나였다. 그 형상은 뭐라 표현할 수 없는, 야한 귀녀, 그것으로도 부족할 것 같은 기세였다. 어느 정도 각오는 하고 있었지만 눈앞에서 겐노조가 총 한 발에 쓰러지는 것을 본 오쓰나는 너무나 흥분해서 제정신이 아니었다.
하지만 상대는 무사의 수장인 류지 노인, 결코 오쓰나가 대적할 수 있는 상대가 아니었다.
"오쓰나로군."
류지 노인의 가차 없는 지팡이가 다시 들려지더니 오쓰나의 칼을 단 일격에 떨어뜨렸다. 그리고 다시 달려드는 오쓰나의 배를 향하여 주먹이 날아갔다.
그 순간 지로는 오쓰나의 뒤에서 달려들었다. 하지만 더 움직일 필요도 없었다. 이미 아무런 반응도 없이 눈을 치켜뜬 채, 오쓰나는 지로의 팔에 축 처져 있었다.
"손을 놔라!"
노인이 명령하자 지로는 손을 놓고 뒤로 물러섰다.
오쓰나의 몸은 그의 발 아래에 쓰러져 새벽 안개 속에서 누에고치처럼 몸을 비틀었다.
도라지꽃의 심지에서부터 밤은 밝아오기 시작했다. 주위의 어둠은 바람이 한 번 스쳐 지나 갈 때마다 점점 더 엷어졌다. 슬픈 얼굴로 눈을 감고 있던 오쓰나의 얼굴에도 물같은 엷은 빛이 스쳤다.
문득 오쓰나의 얼굴을 보니 그 얼굴에 한맺힌 눈물의 흔적이 있었다.
"어쩔 수 없었다."

류지 노인은 이렇게 중얼거리고는 오쓰나가 숨을 쉬고 있는지 확인하기 위해, 그녀의 입술 근처에 살짝 손을 뻗어 보았다.
그리고 그대로 지로를 재촉해서 몸을 일으켰다.
"사잇길로 돌아가시겠습니까?"
"아니, 어젯밤 온 길로 다시 돌아 갈 걸세."
"그러면 이쪽으로 내려 가시지요."
"이보게, 지로."
"예."
"자네는 사잇길로 돌아가야 겠네."
"아 참, 그렇군요, 그럼……."
눈 인사를 한 지로는 계곡 사이로 들어갔다. 마치 나뭇잎 뒤로 숨는 거미처럼 빠른 동작이었다.
지로를 보낸 뒤 노인은 상쾌한 아침 바람을 마음껏 들이마셨다. 그리고 한 번 뒤를 돌아다보고는 오쓰나의 입에 알약 하나를 넣어 주었다. 그러더니 그대로 묵묵히 산기슭으로 사라졌다. 주변에서는 여명을 알리는 벌레 소리만 들릴 뿐이었다.

문득 오쓰나는 혀에 쓴맛을 느끼고는 어림풋이 정신을 차렸다.
차가운 아침 공기가 박하풀을 씹은 듯이 입에 흘러 들어 왔다.
"아……."
의식이 완전히 돌아와 몸을 일으켰을 때에도 한알의 각성제가 자신의 목을 통과한 것을 오쓰나는 알지 못했다.
오쓰나는 손에 닿은 칼을 주워 들고는 쓰러져 있는 겐노조에게 무릎걸음으로 다가갔다. 새벽의 하늘 아래에서 본 연인의 붉은 피는 오쓰나에게는 오히려 아름답게 느껴졌다.
오쓰나에게 한탄이라든지 슬픔이라는 식의 보통 감정은 일어나지 않았다.
오쓰나는 지금에야 처음으로 허락받은 듯이 겐노조의 얼굴에 자신의 뺨을 대었다. 뺨과 뺨이 부딪혔을 때 두 줄기 눈물이 흘러내렸지만 오쓰나는 눈물도 닦지 않았다. 오쓰나는 한동안 연인을 끌어 안고 있었다.
그리고 자신의 가슴을 겐노조의 가슴에 대면서 차가운 칼 끝을 바라 보았다. 다시 겐노조의 하얀 목을 바라보았다.

오쓰나가 그 칼로 겐노조의 목을 찌르려는데 손이 말을 듣지 않았다. 어느 틈엔가 겐노조의 손이 자신의 손목을 잡고 있었다.

오쓰나는 자신이 착각하고 있다고 생각했다.

하지만 겐노조의 손은 틀림없이 자신의 손목을 잡고 있었다. 마치 잠시 기다리라는 듯이.

오쓰나는 너무나 마음의 평정을 잃은 나머지, 류지 노인의 총에 맞아서 겐노조가 절명했다고 성급하게 판단하고 있었다.

오쓰나 정도의 여자도 제 정신을 잃을 정도로 흥분해 있었던 것이다.

겐노조가 총에 맞은 곳은 오른쪽 어깨 아래였는데, 일시적으로 쓰러지긴 했지만 급소는 아니라서 일어설 수 없을 정도로 심한 부상은 아니었다. 그는 그 순간 희미하지만 상대가 바로 다음에 마지막 일격을 가하러 가까이 올 것이라고 생각하고 기다리고 있었다.

하지만 노인은 이상한 행동을 하고 있었다. 그리고 겐노조는 상처도 지혈시키지 못한 채, 머리에 안개가 끼듯이 정신을 잃고 말았다.

그때 오쓰나에게 가슴이 눌려 정신이 돌아왔다. 겐노조는 거의 무아지경 속에서 오쓰나의 손목을 잡았던 것이다.

겐노조가 눈을 뜨자 오쓰나는 깜짝 놀라 큰 소리를 질렀다. 그리고는 정신 없이 옷을 찢어 붉게 물든 그의 어깨를 감았다.

겐노조는 오쓰나가 하는 대로 가만히 있었다.

잠시 후 겐노조가 겨우 몸을 일으켜 보니 자신이 흘린 피가 풀에 엉겨 붙어 있었다. 그의 얼굴은 아직 창백했지만, 어딘가에서 기력이 다시 되살아나는 것 같았다.

그곳에는 류지 노인이 남기고 간 수수께끼 같은 궤짝이 그들의 의심스러운 눈길을 기다리고 있었다. 오쓰나는 이상하게 생각하면서 그것을 바라보았다.

뚜껑은 쉽게 열렸다.

가벼운 궤짝이었다.

안을 들여다보니 뜻밖에 두 개의 삿갓과 두 벌의 스님 옷, 그리고 회색 겉옷까지 두 벌이 놓여 있었다.

이것은 틀림없는 스님의 복장으로, 무슨 의미에서인지 피리까지 들어 있었다.

아니, 더 이해할 수 없는 것이 옷 위에 놓여져 있는 주머니 속에 들어 있었다. 아슈(阿州) 지역 보화종의 인가를 받은 여행 허가증이었다. 그것은 이 아와에서 그들을 빠져 나가게 해줄 유일한 수단이었다. 두 사람은 놀라서 류지 노인의 마음을 헤아려 보려고 했지만 도저히 이해되지 않았다.

이렇게 해서 자신들을 그냥 에도로 돌려 보낼 생각인가?

그렇다면 이쪽에서 최후의 일격을 가할 기회는 얼마든지 있었다. 게다가 오른쪽 어깨를 쏜 이유가 이해되지 않았다.

아니면 은혜를 팔아서 밀정의 집착을 포기하게 만들 셈이었는가?

그러나 그러한 생각 자체가 너무나 어리석은 것이었다. 결국 노인의 저의는 이해할 수 없는 것이었다.

하지만 겐노조에게는 상대방의 의도 따위는 아무래도 상관없다. 그런 것은 나중에 생각할 문제였다.

아직 목적을 완수하지 못했다.

요아미가 오쓰나에게 맡긴 비첩은 어떻게 된 것일까?

오로지 지금 걱정이 되는 것은 피로 쓴 그 비첩이었다. 그것을 찾아 요아미의 유지(遺志)를 받들기 전에는 생명이 다하도록 싸우지 않으면 안 되었다.

"오쓰나……."

이윽고 겐노조가 잔뜩 가라앉은 목소리로 오쓰나를 부르고는 그녀를 쳐다보았다. 그런데 그 눈길은 사랑으로 이글이글 불타는 듯했다. 이렇게 뜨거운 눈길을 그가 보여 준 적은 한 번도 없었다.

"오쓰나! 앞으로 어떤 위기가 닥치더라도 당신은 이 겐노조보다 먼저 죽으면 안 돼. 나는 그 비첩을 빼앗을 자신이 있어. 마치 영감과도 같은. 자, 오늘은 이 산속에 숨어 있도록 하지. 아무튼 이 상처에서 나는 피만 멈추면 되는데……."

겐노조가 몸을 일으키려고 하자, 오쓰나가 겐노조의 무릎에 얼굴을 묻고 울고 있는지 떨어지려고 하지 않았다. 겐노조는 부드러운 목소리로 다시 말했다.

"오쓰나, 비첩을 찾아 줄 테니 당신은 그것을 가지고 에도로 돌아가. 당신은 에도에 가서 오치에님을 행복하게 해드리고 고가 가를 번영시켜야 해. 돌아가신 어머니의 혼령도 미소를 지으면서 기다리고 있을 거야. 성급하게 생각해서 요아미님의 마지막 뜻을 저버려서는 안 돼. 나는 당신이 이 아와에서 무사히 떠날때까지 절대로 죽지 않을 거야.”

오쓰나의 용기를 북돋워 주려는 말 가운데에는 죽음까지도 각오하고 있는 겐노조의 마음이 엿보였다.

오쓰나는 흐느껴 울면서 이렇게 외치고 싶었다.

'아닙니다, 겐노조님! 저는 당신과 이곳에서 죽는 것이 더 행복합니다. 이것이 제 진심입니다. 당신을 남기고 돌아가는 에도에 반가운 미소가 기다리고 있은들 무엇 하겠습니까?'

고뇌의 잔물결

한편 오치에는 그 뒤 어떻게 되었을까?

지금 오치에의 환경은 아주 조용했다. 교토에는 상쾌한 가을이 찾아왔다.

오치에의 방 앞에 서면 자갈과 잡초 사이로 흐르는 몇 줄기의 밝은 강물이 보였다.

이곳은 가모(加茂)의 강물과 다카노(高野)의 강물이 만나는 곳이라고, 부드러운 교토 사투리를 쓰는 하인이 가르쳐 주었다.

이곳은 교토의 시모카모(下加茂)에 있는 관사였다. 버드나무 가로수를 경계로 하여 옆에는 다른 저택들이 즐비하고, 숲 옆으로 절의 녹슨 지붕이 보였다.

강을 마주보는 다실은 마치 오치에를 위해 지은 것처럼, 편안히 쉴 수 있는 방이었다.

오치에는 그곳의 창가에 앉아 매일 가모의 강물을 바라보았다. 지금도 옆에 있는 하녀와는 아무 말도 하지 않은 채 잠자코 그렇게 앉아 있었다.

'겐노조님…… 겐노조님은 어떻게 된 걸까?'

오치에는 온종일 강가에서 울고 있는 벌레처럼 생각에 잠겨서 하염없이 물을 바라보았다.

하지만 연인의 소식은 물론이고, 아직 자기 자신의 처지조차 어떻게 해서 이렇게 되었으며, 어디로 향하고 있는지 짐작도 할 수 없었다.

에도에 있었을 때보다 병도 조금씩 나아지고 있어서 스미 저택 이후에 있었던 일에 대한 기억은 희미하게 되살아나고 있었다.

하지만 또 다시 착란 상태에 빠지면 이번에는 나을 수 없다는 의원의 주의를 받았기 때문에, 주위 사람들은 오치에가 무엇을 물어도 중요한 일이라고 생각되면 조금도 말해 주지 않았다.
"오치에님, 사쿄노스케님은 언제나 이렇게 말씀하시고 계십니다."
옆에 있던 하녀가 말을 꺼냈다.
"어느 시기가 올 때까지 오치에님은 사쿄노스케님의 따님으로서, 여름에는 여름을, 가을에는 가을을 즐기면서 마음 편하게 계시면 된다고요."
오치에는 위로해 주는 말에도 언제나 우울했다.
"하지만 나는 그런 마음으로 있을 수 없어."
"왜요? 사쿄노스케님을 어려워하실 필요는 없는데요."
"하지만 내가 묻는 말에는 아무도 대답을 해주지 않아."
"그건 오치에님의 건강을 위해서입니다."
"그러면 나는…… 물론 또 대답해 주지 않을지도 모르지만, 어째서 이 교토에 오게 되었지?"
"특별히 깊은 뜻이 있는 것은 아닙니다. 오치에님을 보호하고 계시는 사쿄노스케님이 교토로 부임해 오셨기 때문에, 사쿄노스케님을 따라 우리들까지 에도에서 이곳으로 옮겨온 것입니다."
"그러면 나를 언제나 보살펴 주시던 쓰네끼 고잔님은?"
"볼일이 있어서 오사카로 가셨다고 하던데요. 저도 확실한 것은 잘 모르지만……."
"그러면 만키치라는 사람은 알고 있어?"
"저는 잘 모르는데요."
"오쓰나라는 사람의 소문은?"
"전 늘은 석이 없습니다."
"그러면…… 호리즈키 겐노조라는 분에 대해 들은 적은 없어?"
하녀는 마침내 곤란한 표정을 짓더니 방 밖으로 눈길을 돌려 버렸다. 그리고 마침 화제를 바꿀 좋은 것이 생각난 듯이 말을 했다.
"어제 온 손님이 오늘도 사쿄노스케님을 기다리고 계셔요. 저 무사님 두 분은 먼 에도에서 밀담을 하러 오신 분입니다. 에도라는 말을 들으면 오치에님도 그리운 생각이 들지요?"
하녀는 오치에의 얼굴로 눈길을 돌렸다.
그런데 아무런 의미도 없이 갑자기 눈물이 나오는 바람에 오치에는 창으로 얼굴을 돌렸다.

하녀가 잠시 자리를 뜨자 기둥에 기대어 선 채 습관처럼 다시 강물을 바라보기 시작했다. 숲을 넘어 불어오는 초가을 바람이 작은 물고기가 뛰어오르는 강물에 잔물결을 일으켰다.

보는 마음은 다르지만 정원 건너편의 별실에 와 있는 두 무사도 강물과 강을 따라 가는 장사꾼 여자들을 신기한 듯이 바라보고 있었다.

두 사람은 에도 관청에서 일하는 무사로, 그 전날 교토에 도착했다.

사쿄노스케를 만나러 이조(二條) 성으로 갔으나, 이 시타가모에 있는 관사에서 만나자고 해서 다시 이곳으로 온 것이다.

갑작스럽게 교토의 이조 성으로 옮긴 사쿄노스케는 공무를 인수받느라 잠시도 한가할 틈이 없었다. 두 사람은 오늘도 많이 기다려야할 것을 미리 각오하고 있었다.

그러다 두 사람의 무료한 눈길이 문득 오치에게로 향했다.

"아니, 저렇게 꼭 닮은 사람도 있나?"

한 무사가 작은 소리로 말했다.

"저것 봐, 저 옆 얼굴, 어떤가?"

"응, 그렇군."

"사쿄노스케님에게는 원래 딸이 없었네. 만일 첩이라면 이런 관사에는 두지 않겠지? 그러면 저 여자는 누구지?"

"상당히 수심이 많은 얼굴이군. 자네 말을 듣고 보니 정말 그림과 똑같구면?"

두 사람은 호기심을 누를 수 없어 뒤에 놓여 있는 보자기를 풀어 보았다. 그리고 사쿄노스케와의 일이 끝난 다음 교토 봉행소에 들러서 의논하려고 했던 서류 한 장을 꺼냈다.

그들이 펼쳐 든 것은 여자의 모습이 그려진 종이였다. 그들은 그 그림 속의 얼굴과 오치에를 번갈아 쳐다보며 비교해 보았다.

번민과 재앙

남쪽 봉행소에 볼일이 있어 에도에서 파견 나온 두 관리는 보자기에서 꺼낸 그림 속의 여인과 정원 건너편 다실에 있는 오치에의 옆얼굴을 비교해 보고는 한동안 고개를 갸우뚱거렸다.

"음, 닮았어."

"닮은 정도가 아니네. 아주 빼다 박았는걸."

두 사람은 이렇게 소곤거리면서 의아해했다.

"장소가 이곳만 아니라면 어떤 모습을 하고 있든 무조건 잡아서 알아볼 텐데……."

한 사람이 중얼거리자 다른 사람도 작은 목소리로 말했다.

"나도 잡아서 문초를 해 보고 싶은 마음이 굴뚝 같네. 설마 사쿄노스케님 댁에 여자 소매치기가 있을 리가?"

"하지만 만일을 위해 일단……."

한 사람이 호기심에 견디다 못해 결국 신발을 신고 오치에를 더욱 가까이에서 보려고 그녀에게로 다가갔다.

하지만 그때 하인이 별채로 들어와서 사쿄노스케가 왔다고 알려 주었다.

정원으로 나왔던 사람은 급히 자리로 돌아가고, 다른 한 사람도 당황하여 펼치고 있던 여자 그림을 보자기 아래에 넣었다. 그리고 보자기는 그곳에 놓은 채, 사쿄노스케를 만나러 밀실로 들어갔다.

사쿄노스케는 두 사람을 기다리고 있었다.

노브쓰다의 피를 이은 사람답게 어딘가 재기 발랄한 느낌이 드는 얼굴이었다.

이번에는 가장 다스리기 어렵다는 교토로 옮기는 바람에 그는 잠을 잘 틈도 없이 바쁘게 일에 쫓기면서도, 언제나 자신감에 차 있었다. 두 사람은 사쿄노스케 앞에 무릎을 꿇고 앉았다.

"남쪽 봉행소의 나카니시 야소베(中西彌兵衞)입니다."

"저는 평정소(評定所 : 에도 시대에 재판을 하던 곳)의 구마가이 로쿠지로(熊谷六次郎)입니다."

두 사람의 인사에 사쿄노스케는 고개를 끄덕일 뿐이다. 여력 두 사람이 이렇게 남몰래 온 이유는 무엇인가? 공공연하게 오는 것보다는 중요한 일이리라 사쿄노스케는 생각했다.

예상대로 한 사람의 여력은 품에서 밀봉된 서류를 꺼내 사쿄노스케 앞에 내밀었다.

"평정소 결정 사항입니다. 보신 다음에 봉투에 있는 표지를 주시기 바랍니다."

"수고했다."

"사쿄노스케는 그 자리에서 내용을 읽어 보지 않고 봉투에 있는 검은 표지만 찢어서 돌려 주었다.

공적인 밀서에는 답장이 없는 것이 보통이다. 답장이 필요한 경우에는 이쪽에서 다른 밀사를 보냈다. 혹은 빈 문서를 가지고 가게 하고, 진짜는 일부러 보통 문서에 섞어서 보내는 예도 있다. 따라서 내용과는 상관 없이 야소베와 로쿠지로의 역할은 그것으로 끝난 것이 된다.

사쿄노스케는 아직 읽지 않은 문서를 가지고 거실로 들어갔다.

그곳은 공무에 지친 피로를 풀 수 있도록 꾸며져 있었다. 하지만 다시 이조 성으로 돌아가야 하는 듯 사쿄노스케는 옷을 갈아 입지는 않았다.

사람이 없는 곳에서 차분히 그것을 읽어 내려가는 사이에 사쿄노스케의 눈썹에 어떤 결의가 떠올랐다. 그 결의가 평정소의 결정과 일치한 것 같았다.
 문제는 그가 마음 속으로 기다리고 있던 하치스가 가의 처벌이었다. 아와에는 지금 겐노조가 몰래 들어가 있다. 이젠 장군 가의 의사도 어느 정도까지는 결정되어 있었다. 하지만 다이묘의 의사가 아직 통합되지 않아서, 그는 교토에 와서 반 막부 사상에 방해가 되는 몇몇 공경들에게 손을 쓰고 있던 참이다.
 하지만 조금 전에 그가 받은 서류에 의하면, 에도에도 하나의 사건이 일어났다는 것이다. 나가사와초(長澤町)에 있는 야마가타 다이니가 3천 명의 무사를 거느리고 은밀하게 교토의 당상과 아와의 시게요시, 우지의 다케노우치 시키부 등과 함께 대사를 착착 진행시키고 있다는 것이다.
 밀고한 자가 있어서 막부의 원로들이 그 소식을 듣고 새삼스럽게 낭패해 하는 모습이 눈앞에 보이는 것 같았다.
"참 한심하군."
 그는 쓴웃음을 지으면서도, 그것에 대해서 자신이 한 예언이 점차 적중하고 있는 것이 유쾌하게 생각되었다.
'겐노조는 어떻게 된 것일까? 지금쯤 돌아와 준다면 반역자들의 기선을 제압해 도쿠시마 성을 비롯해 불만 세력들을 일망 타진할 수 있을 텐데…….'
 사쿄노스케는 가슴 속에서 무엇인가 꿈틀거리는 것을 느꼈다.
"누구냐?"
 사쿄노스케는 갑자기 일어서서 두세 번 복도를 왔다갔다 하는 하인을 불러 세웠다.
"예, 조금 전에 오신 분입니다."
"조금 전?"
 사쿄노스케가 무슨 말인지 이해가 되지 않는다는 듯이 반문하자, 그곳에 다른 하인이 나와서 말했다.
"아무래도 보이지 않습니다."
 사쿄노스케가 이해할 수 없는 말을 했다.
"무엇이 보이지 않는다는 거냐?"
"예. 방금 돌아가신 에도에서 오신 관리 두 분이 보자기를 가지고 갔습니다만, 그 밑에 황급히 떠나느라 종이 한 장을 빠뜨리고 갔다가 다시 돌아

오셨습니다."

"그래? 종이라는 것은 뭐지? 그렇게만 말하면 너무 막연하지 않은가?"

"자세히는 말하지 않았는데 어떤 여자의 모습이 그려져 있는 종이라고 합니다."

싸리로 된 울타리에 한 장의 종이 조각이 날아왔다. 그 종이는 바람에 조금씩 날려 지금이라도 싸리나무 가지를 떠나서 가모의 강물로 도망치려는 듯이 하늘거리고 있었다.

그러니 손님들이 있던 방에서 아무리 그림을 찾아도 없는 것이 당연했다. 그림은 바람의 장난으로 날아가 버렸던 것이다.

창백한 얼굴로 그림을 가지러 온 에도의 여력들은 하는 수 없이, 나중에라도 찾으면 연락해 달라고 부탁하고는 돌아갔지만, 하인들은 바쁜 일이 있어서 그 두 사람이 돌아가자마자 그 일은 까맣게 잊고 있었다.

그래서 싸리나무 가지에 얹혀 있는 종이는 아무도 찾아 내지 못했다.

그때 창가에 기대 앉아 있던 오치에의 눈에 그 종이가 들어온 것이다. 하지만 오치에는 그 그림 때문에 한바탕 소동이 벌어진 것은 모르고 있었다.

오치에는 아까부터 공허한 눈길로 강물을 바라보고 있었다. 그러자 하얀 종이가 다시 바람에 날리면서 오치에의 눈길을 끌었다.

오치에는 호기심에 찬 눈을 동그랗게 뜬 채 나막신을 신고 정원에 내려섰다. 그리고 종이를 주워 원래 있던 자리로 돌아와서 가만히 펼쳐보니 아름다운 여인의 얼굴이 그려져 있었다. 그림에는 아주 간략하게 얼굴만 그려져 있었다.

오치에는 그 그림을 보자마자 이상하게 끌리면서 뜻밖의 사람을 만난 것처럼 가슴이 두근거리는 것을 느꼈다.

"어딘가에서 본 듯한 사람인데……."

물끄러미 그림을 바라보고 있는데 단조로운 선으로 그려진 여자의 얼굴이 자신을 향해 미소를 짓는 듯이 느껴졌다.

가늘고 긴 눈, 윤곽이 뚜렷한 콧날, 굵은 눈썹, 아름다운 입술.

하나하나 뜯어보면 볼수록 어딘가에서 분명히 만난 적이 있는 얼굴이었다.

그 옆에는 이렇게 씌어 있었다.

'키 보통, 마른 편, 머리는 검고 피부는 흰 편, 오른쪽 눈썹 끝에 점, 그

외에는 특징 없음. 나이 스물넷. 주거지는 일정치 않음. 에도 아사쿠사에 살던 도라고로의 딸, 여자 도적 오쓰나.

 오른쪽 그림은 여자 소매치기로서 이와 비슷한 자를 아는 사람은 에도의 남쪽 봉행소로 연락해 주기 바람.'

"아……!"

오치에는 그 순간 한 편의 기억을 되살려 냈다.

오쓰나라면 스루가다이 스미 저택에서 자기가 불에 타 죽을 뻔했을 때 구해 준 은인이다. 그 지옥 같은 불길을 뚫고 부서진 판자 벽 구멍에서 '오치에님!' 하고 부르던 얼굴을 오치에는 생생하게 떠올리고는 입술을 바들바들 떨었다.

'여자 소매치기? 그 오쓰나님이 무서운 여자 도적이라고?'

오치에는 거짓말인 것 같은 기분이 들었다. 아니, 틀림없이 거짓말일 거라고 오치에는 믿었다.

실제로 자신은 겐노조의 소식을 애타게 그리워하면서 동시에 오쓰나도 잊은 적이 없었다. 웬일인지 모르지만 늘 어떤 사모의 정을 느끼고 있었다. 어떻게 해서라도 꼭 한번 만나고 싶다는 생각이 오치에의 머릿속에서 떠나지 않았다.

한데 이것이 그 오쓰나의 그림이라니…….

"틀림없이 누군가의 장난일 거야."

오치에는 괜스레 억울하다는 생각을 하며 중얼거렸다.

"고잔님도 언젠가 말씀하셨지만, 오쓰나님은 나쁜 분이 아니야."

이 종이를 박박 찢어서 강에 버릴까 생각했다. 그러나 이 불쾌한 그림도 오쓰나와 닮았다고 생각하니 그리운 정이 되살아나, 잠시 무릎 위에 올려놓고 바라보았다.

"오치에님."

어느 틈엔가 뒤에 서 있던 하녀 오키미(お君)가 오치에 옆에 와서 앉았다.

"무엇을 보고 계십니까?"

"이런 것이 저 울타리 아래에 떨어져 있었어."

"아니?"

오키미는 깜짝 놀라면서 말했다.

"이 여자 오치에님과 마치 그림처럼 꼭 닮았어요!"
자신도 모르게 갑자기 그렇게 말하고 나서 하녀인 오키미는 움칠했다.
오치에의 안색도 희미하게 변해갔다.
"이것은 아까 에도에서 오신 여력이 사쿄노스케님과 이야기하는 도중에 없어졌다고 몹시 찾고 있던 그림입니다. 그러니 그분들에게 돌려 줍시다."
어린애를 달래듯이 그림을 빼앗아 부지런히 가지고 가는 오키미의 뒷모습이 오치에는 그날따라 얄미웠다.
그날 밤 이후 오치에는 다시 기나긴 가을 밤을 잠을 이루지 못하며 지냈다.
'그림처럼 똑같다!'는 오키미의 말이 이상하게 마음에 딱 달라붙어 떨어지지를 않는 것이다.
게다가 주위 사람들은 모두 사쿄노스케의 명령으로 오치에가 현재 왜 여기에 있는지 알려 주지 않으려고 했지만, 오치에의 머릿속에서는 점차 그 비밀의 안개를 통해, 단편적으로 여러 가지 생각의 실이 풀려 가고 있는 중이었다.
그래서 희미하게 윤곽이 잡혀 가고 있었다.
번민과 재앙은 뭔가를 아는 것에서 일어나는 법이다. 오치에의 마음도 조금씩 바깥을 향해 움직이기 시작했다.
그러고 나서 4, 5일 후.
"오치에님, 오치에님!"
잠자리에 든 오치에를 밖에서 부르는 자가 있었다.
가모는 한밤중이었다.

어둠 속의 초대

그날 밤도 오치에는 잠을 이루지 못한 채 몸을 뒤척이고 있었다. 그때 갑자기 어딘가에서 그녀의 이름을 부르는 목소리가 들렸다.
"오치에님!"
오치에는 멍하니 일어나서 덧문을 열었다.
그러자 바로 울타리까지 다가온 남자가 어굴을 내밀고 그녀를 향해 손짓을 했다.
"이쪽으로 오십시오."

오치에는 갑자기 온몸에 소름이 끼쳐서 문을 닫아 버렸다. 그리고 보금자리에 들어간 작은 새처럼 겁먹은 눈으로 이불 속에서 뛰는 가슴을 억제했다.
한밤중이었다. 강물소리가 마치 빗소리처럼 들렸다
'하인들을 깨울까?'
오치에는 몸을 떨면서 생각에 잠겼다. 그리고 곧 후회했다.
'어째서 아무 생각 없이 문을 열어 버렸을까?'
그러나 지금의 오치에는 막연한 무언가에 대한 초조감과 마음이 망설임 때문이라는 것을 깨닫지 못하고 있었다.
밖에 있는 남자는 아직 그곳에서 떠나지 않고 끈기 있게 오치에를 불렀다.
"오치에님이신가요? 전 겐노조님의 부탁을 받고 왔는데요."
"뭐라고, 겐노조님이?"
그 말에 오치에는 벌떡 일어섰다.
밖에서는 오치에의 대답을 기다리는 듯 잠시 아무 말도 하지 않았다. 벌레소리가 끊임없이 들릴 정도로 밖의 그림자는 잠자코 있다가 다시 불렀다.
"오치에님."
"예."
자신도 모르게 대답을 했지만 몸은 더욱 굳어졌다.
"저는 야마시나(山科)의 절에 있는 기죽파 보화종의 중입니다. 최근에 그 절에 호리즈키 겐노조라는 분이 오셨습니다. 그를 만나면 알 수 있겠지만, 저와는 특별한 인연으로 부탁을 받고 제가 온 것입니다."
밖에 있는 남자는 혼자말을 하듯이 계속 이야기를 했다.
'오, 그렇다면.'
오치에는 그 남자의 말을 끝까지 듣지도 않는데 공포심이 사라져서, 겉옷을 입고 허리끈을 매더니 다시 문을 열었다. 그리고 약간 주저하는 걸음걸이로 밖으로 나왔다.
"꼭 오치에님을 만나고 싶다면서 겐노조님이 기다리고 계십니다."
밖에 있는 남자는 조금 전과 마찬가지로 오치에를 향해 손짓을 했다.
오치에는 벌써 겐노조가 이곳에 와 있는 듯한 기분으로 그곳으로 다가갔다. 마침 그곳에 있던 하인의 짚신을 신은 오치에의 발길은 한치 앞의 어둠을 향하여 아무런 분별도 없이 달려나갔다.
휘청거리며 정원 밖으로 나가자 삿갓을 깊이 눌러 쓴 보화종의 승려가 강물을 따라 걷고 있는 모습이 보였다.
'나에게 용건이 있으면 여기서 기다릴 텐데.'
오치에는 그곳에서 잠시 이상하게 느꼈는지 발길을 멈추었다. 그러자 앞에 가던 스님이 뒤를 돌아다보았다.
"빨리 가십시다."
스님은 다시 손을 흔들더니 앞을 바라보고 걸었다.
"저……."
실에 끌리 듯이 오치에는 생각도 없이 달렸다. 한 걸음 어둠 속으로 들어간 오치에는 이제 어둠의 공포도 잊고 있었다.
그리고 승려의 그림자를 따라 가면서 숨을 헐떡였다.
"겐노조님은요? 겐노조님은 어디에 있죠?"
"더 가야 합니다."
스님은 점점 큰 걸음으로 걸었다. 강을 따라 임시로 놓은 다리를 동쪽으로 건너 마을에서 멀어지자, 쓸쓸한 대나무숲 여기저기에 오두막집 몇 채가 보이기 시작했다. 오치에는 이제 숨이 차서 더이상 걸을 수가 없었다.
"잠시만 기다려 주세요. 여보세요!"
오치에는 거의 애원하다시피 하며 눈물 섞인 목소리로 말했다.
"왜 그러오?"
갑자기 승려의 목소리가 차갑고 날카로워졌다.
"잠자코 빨리 따라오시오. 그러면 당신이 좋아하는 사람과 만나게 해 줄 테니."
"이슬에 젖어서 짚신 끈이 조금 풀어져서요."
"그러면 맨발로 걸으면 되지 않소."
"야마시나의 절까지는 아직도 한참 가야 하나요?"
"그렇소."
스님은 고다이지(高臺寺)가 있는 검은 봉우리를 가리켰다.
"저 산의 건너편이라고 생각하면 돼요."
"그곳에 있는 보화종 절에 가면 저, 겐노조님이 저를 기다리고 계신다고요?"
"겐노조?"
갑자기 스님은 이상한 웃음소리를 내었다.

'과연 그 녀석이 그렇게 집착할 만큼 오치에님은 순진하군. 이렇다면 구태여 책략을 써서 속인 보람이 없잖아.'

오쓰나의 순진한 눈은 스님이 무엇에 대해 비웃고 있는지 이해할 수 없다는 것 같았다.

그러자 이상한 승려옷을 입은 남자는 시치미를 떼며 말했다.

"뭐라고, 절에 가면 겐노조가 있냐고? 누가 그런 말을 했지? 겐노조라는 녀석이 그곳에 있다면 지금 내가 이렇게 가만히 있겠어?"

"뭐라고요?"

오치에는 갑자기 찬물을 뒤집어쓴 듯 놀라서 입을 다물었다.

'속았다!'

그러나 상황을 알고 도망치려고 했을 때는 이미 그녀의 팔목은 단단히 상대에게 잡혀 있었다.

"야마시나라는 곳에 절이 있었던가? 당신은 정말 귀여운 인형 같군."

"그러면 당신은…… ?"

오치에는 죽을 힘을 다해 남자의 손에서 자신의 손을 빼려고 했다.

"그럼 겐노조님에게 부탁을 받고 왔다는 것은…… 나를 꾀어 내려고?"

"그거야 뻔하지 않은가?"

"앗, 그렇다면?"

"이봐, 아씨. 그렇게 하면 손목이 부러지지. 이젠 늦었어."

"그런 엉터리 같은 짓을 하다니. 놓아 줘요. 나를 놔 줘요!"

"아무도 엉터리 같은 짓은 하지 않았어. 겐노조는 못 만날지는 모르지만, 에도를 떠난 이후 누구보다도 가장 당신을 만나고 싶어하던 남자를 만나게 해주려고 전부터 내가 애 좀 썼지."

"나, 난 그런 사람 몰라요. 날 놔 줘요!"

오치에가 이렇게 말하면서 허리춤을 더듬는 모습을 남자는 차가운 눈초리로 바라보고 있었다. 오치에가 유일하게 몸을 지킬 수 있는 칼은 그 남자가 오치에의 팔을 붙잡는 순간 벌써 길 건너편으로 던져 버려진 뒤였다.

오치에는 자신이 독수리 발톱에 걸린 작은 새처럼 되었다는 것을 알았다. 그러자 이제 와서 하인들에게 아무 말도 하지 않고 한밤중에 낯선 남자를 따라 나선 어리석은 자신을 후회해 보았자 아무 소용이 없었다.

"여기는 오카자키의 벌판이야. 사람도 집도 거의 없지. 도움을 청해 보았자 아무 소용 없으니까 그만 포기하는 게 좋을 걸. 그보다는 무엇 때문에 당신을 불러 냈는지 그것을 알고 싶지 않나, 오치에님?"
"제발 부탁이에요. 저를 이곳에서 돌려 보내 주세요."
"그런 말을 하는 게 아니야. 당신 스스로 따라왔지 않은가? 우선 내 이야기를 듣고 그 다음에 도망치든 사람을 부르든 마음대로 해."
삿갓 아래에서 사내의 눈이 무섭게 빛났다.
"에도의 스미 저택에 살던 때부터 당신을 사랑해 온 남자가 이제 곧 멋진 출세의 열쇠를 쥐고 에도로 올라가기로 되어 있어. 그런데 그 분은 입신영달도 좋지만, 그렇게나 사랑하던 연인을 이 기회에 꼭 찾아내어서 같이 에도로 돌아가고 싶어하지."
남자는 거기서 잠시 말을 끊었다.
'스미 저택이라고? 불에 탄 우리 집을 어떻게 이 사람이 알고 있을까?'
오치에는 더욱 몸이 오그라드는 것 같았다.
"부디 불쌍하게 생각하고 저를 돌려 보내 주세요. 가모 댁에서 아무 말도 하지 않고 빠져 나왔으니, 사쿄노스케님이나 고잔님에게 면목이 없습니다."
오치에는 마음 속에 있는 말을 그대로 했다. 그러나 사내는 그런 오치에의 눈물 어린 호소에는 귀를 기울이지도 않았다.
"괜찮아. 이제 그런 시시한 걱정은 남자에게 모두 맡겨버리면 돼. 지금 말한 대로 당신을 데리고 가려는 사내는 도쿠가와(德川) 가에 혁혁한 수훈을 세우고 돌아가는 길이지. 에도에서는 적어도 4천 석이나 5천 석을 받는 상당한 직책이 그를 기다리고 있어. 동시에 오치에 당신과 혼례를 올리고 옛날보다 더 좋은 스루가다이의 스미 저택을 세울 생각이야. 그것이 그의 소원이지."
사내는 히죽 웃었다.
"하지만 이렇게 말해 줘도 짐작이 안 갈지 모르니까, 그의 이름만은 가르쳐 주겠어. 오치에, 알아 둬. 미래의 당신 남편이 될 사람은 다비카와 슈마야! 나는 스루가다이에 있던 시절부터 같이 일하던, 그야말로 그와는 죽마악우(竹馬惡友)지. 하지만 시력은 없지만 나쁜 계략을 세우는 데 있어서는 슈마가 나보다 한 수 위야. 그런 점에서 그는 존경할 만하지."
그때 사내는 문득 말을 멈추더니, 갑자기 수건으로 오치에에게 재갈을 물렸다.

그리고 오치에를 끌고는 한쪽 숲 속으로 가서 숨었다. 그와 동시에 등불 하나가 백천교(白川橋) 방향에서 달려오고 있었다.

가마의 발을 올리고 칼에 기대어 졸고 있던 가마 안의 무사는, 그곳까지 오자 가마꾼이 뭔가를 발로 차는 소리에 잠에서 깨어났다.

"이보게, 가마꾼."

"예?"

"잠시 가마를 내리게. 방금 자네가 발로 찬 것은 칼집 같던데."

"글쎄요……."

"단도인가?"

"전 정신 없이 달리느라고 잘 모르겠는데요?"

"뭔지 모르고 지나쳤는가? 그러면 그 등불을 내려 살펴보게. 조금 뒤일세."

"예."

가마꾼은 가마에 걸려 있던 등불을 들고 그 주위를 살폈다. 그러자 무사는 가마에서 상반신을 내밀고 어두컴컴한 밤길을 둘러보았다.

삿갓 끈을 이중으로 묶은 얼굴을 보니 중년을 넘어선 무사로, 그는 오사카에서 오랫동안 모습을 보이지 않은 쓰네키 고잔이었다.

숨어 있던 첩자

쓰루기 산은 평상시로 돌아왔다. 어질러졌던 산기슭도 예전의 모습을 되찾았다.

그 사건 이후 날이 밝을 무렵 산을 내려온 류지 노인은 힘을 주어 모두에게 말했다.

"그 두 사람은 내가 처리했네."

아와의 무사들을 비롯해 모든 사람은 그 말을 믿어 의심치 않았다. 당연한 귀결인 것처럼, 그 말은 사람들의 입을 통해 아와 전역에 퍼졌다.

"밀정을 죽이면 불길한 일이 일어난다. 따라서 하치스가 가에서는 죽이지 말라고 규칙으로 정해 놓았다. 그것을 깨뜨리고 나는 두 사람을 죽이고 왔다. 또한 시체도 계곡으로 밀어서 떨어뜨려 버렸다. 그런데 영주님께 이 일을 보고하지 않으면 틀림없이 나중에 책망을 들을 테니, 내가 시게요시님께 보고하러 갔다오지."

일단 가와시마로 돌아온 노인은 무사들에게 이렇게 말하고, 길 떠날 채비를 하더니 종복인 지로 하나만을 데리고 도쿠시마 성을 향해 출발했다.

가는 도중에 지로가 물었다.

"류지님."

"왜 그러느냐?"

"아무래도 저는 이해할 수가 없습니다."

"뭘 말이냐?"

"쓰루기 산에서 있었던 일 말입니다."

"그때 내가 한 일에 대해 알고 있는 것은 너뿐이다. 그 사실을 도쿠시마 성에 가서 퍼뜨린다면 재미있겠지?"

"처, 천만에요. 결코 발설하지 않겠습니다."

"그렇게 꼭 비밀로 해야 할 일도 아니다. 언젠가는 탄로날 테니까. 죽이지 않은 자를 죽였다고 아무리 거짓말을 해도, 그 사람이 돌아다니면 밝혀질 것이 아닌가?"

"그렇다면 이 지로는 더욱 류지님의 마음이 이해되지 않습니다."

"그것도 상관 없어. 모르면 모르는 대로 좋네."

"하지만 이해가 안 되니까, 더더욱 물어 보고 싶습니다."

"너도 역시 비밀을 가슴 속에 묻어 둘 녀석은 아니군."

"전 말하지 않을 생각인데, 역시 그런 성격으로 보입니까?"

"농담일세. 자네는 입이 무거워"

"그렇다면 말씀해주십시오."

"또 조르는가?"

"귀찮으시지요?"

"생각해 보거라. 너도 알 수 있을 테니까."

"아무리 생각해도 잘 모르겠습니다."

"호리즈키 겐노조라는 사내가 내 마음에 들었다. 좋아하는 사람을 어떻게 죽이겠냐, 너는 안 그렇겠느냐?"

"아아, 그것뿐입니까?"

"이유를 붙이자면 얼마든지 더 있어. 우선 겐노조와 오쓰나를 죽이지 않은 것은 하치스가 가를 위해서야. 나중에 틀림없이 좋은 일이 될 거네."

"그건 무엇 때문입니까?"

"막부의 노여움을 덜어 주는 일이기 때문이야."

"지금 하치스가 가에서는 막부를 치려고 공공연하게 군사를 일으키고 있지 않습니까?"

"하지만 그것은 이루어지지 않을걸세. 막상 막부를 치려고 나서는 날에는 당상 27가(家) 가운데에서 반드시 뒤로 물러서는 자가 나올 것이고, 같은 편이라고 자처하는 사이코쿠 다이묘도 재빨리 뒤로 물러설 걸세. 시류를 내다보면 그렇게 될 것이 뻔해. 그리고 앞으로 수십 년은 기다려야 진정한 존왕 사상의 목소리가 높아질걸세."

"그렇다면 하치스가 가는 어떻게 됩니까?"

"가장 손해를 보는 입장이 되겠지. 시게요시님이 자초한 일이야. 정치를 하는 데 있어 기교를 부리지 못하는 분이니까."

"그렇다면 겐노조를 무사하게 에도로 돌려 보내면 하치스가 가에 더욱 불리해지지 않겠습니까?"

"그자는 에도의 무사이기는 하지만, 도쿠가와 가의 밀정은 아닐세. 다만 바른 일을 하고자 할 뿐이야. 어렵게 말하면, 사상적으로는 존왕 사상을 가지고 있으면서, 몸은 에도에 적을 두고 있는 것뿐일세. 따라서 그의 육친이나 주위의 인연은 모두 막부 사람들과 연결이 되어 있네. 그가 괴로운 원인은 바로 거기에 있지. 또 설사 내 견해가 잘못되었다 하더라도, 한두 사람을 살려 준다고 해서 대세에 그렇게 크게 영향을 미치는 것은 아닐세. 특히 겐노조가 에도에 상세한 보고를 하지 않더라도, 벌써 도쿠가와 가에서는 시게요시님이나 당상들의 계획을 어렴풋이 눈치채고 있어, 그 증거로, 교토의 관리가 바뀌었지. 예리하기로 이름난 사쿄 노스케가 이조 성으로 들어갔으니, 의지가 약한 공경들은 좀 두려워할 걸세. 그리고 아직 도쿠가와 막부를 칠 기운은 무르익지 않았네. 그러니 어차피 시게요시님의 생각은 결실을 이루지 못할 거야. 그렇다면 겐노조를 도와 준 것은 나 개인으로서 무사의 도리로 봐서나 하치스가 가를 위해서나 결코 나쁜 결과를 초래하지는 않을걸세."

지로는 아직 이해가 되지 않는 점도 있지만, 항상 천하의 대세를 정확히 꿰뚫어보고 있는 노인의 말을 일종의 신앙처럼 믿고 들었다.

"나쁜 것은 무엇보다도 이때 무모하게 거병을 하는 것이야. 그렇게 된다면 당장 끝장이지. 막부의 기분이 상할 정도라면 괜찮겠지만, 화살을 쏘아 올리면 모든 것이 단번에 끝나고 말아. 그래서 나는 도쿠시마 성으로 가서 시게요시님에게 모든 것을 말한 다음, 무모한 거사를 저지시킬 생각이네. 목숨을 걸고 간언할걸세. 지로, 이제 알겠지?"
지로는 고개를 갸우뚱하다가 다시 물었다.
"그렇다면 겐노조에게 왜 총을 쏘았습니까?"
"그건 겐노조 자신이 지금까지 많은 사람들을 죽인 것에 대한 벌이야."
도쿠시마 성에 도착해 보니, 성에는 굉장히 떠들썩한 축제가 벌어지고 있었다. 성곽의 준공과 성 보수의 완공을 축하하는 의미로 성에서는 5일간 축제를 벌이기로 한 것이다.

축제는 오늘로서 3일째였다. 성에서 벌어지고 있는 춤의 잔치는 한밤중이 되어도 그 흥겨운 분위기가 사그라들 줄 모르고 계속되었다. 노래와 춤의 행렬이 휘황한 불빛 아래 도쿠시마의 거리를 메우고 있었다.
춤을 추고 있는 무사와 마을 사람들은 계급도 따지지 않고, 젊은 여자와 과부도 부끄러워하지 않았다. 노인도, 청년도, 농부도, 어부도 마치 유행병에 걸린 것처럼 지칠 때까지 춤을 추었다.
하치스가 가는 조상 호안(蓬庵) 공 이후 2, 3대 때부터 이곳에서는 경사가 있을 때마다 이렇게 춤을 추는 것이 이제는 관습으로 굳어져 있었다.
"이건 한 번 봐 둘 만한 가치가 있겠어."
슈마는 싫다는 마고베를 억지로 끌고 구경하러 나왔다.
두 사람은 쓰루기 산에서 돌아온 이후 아리무라의 저택에 머물고 있었다.
아리무라의 저택이라고 해도 아리무라는 좀처럼 그곳에 없었다. 그 집은 원래 창검술을 가르치던 검사가 살던 저택으로 아리무라가 시게요시에게서 받은 것이다.
그날도 아리무라는 집에 없었다.
성곽 준공의 축하 연회가 있어서 성으로 간 것이다. 아리무라는 기분이 한껏 좋아서 북이라도 두들기고 있는지 한밤중이 되어도 집으로 돌아올 기미를 보이지 않았다.
그래서 슈마와 마고베도 거리로 나갔던 것이다.
"슈마, 춤을 추지 않겠나?"

춤을 추는 사람들을 바라보면서 마고베가 농담처럼 물어 보자, 슈마는 그들이 부러운 듯이 대답했다.
"춤을 추고 싶군. 나도 저들과 함께 춤을 추고 싶어."
"그렇다면 춤을 추면 되지 않는가? 자네에게 뭐라고 할 사람은 아무도 없네."
"하지만 나는 춤을 출 수 없어."
"아무렇게나 추면 되네. 저 안에 휩쓸려 들어가면 저절로 추어져."
"그런 뜻이 아닐세. 그럴 기분이 아니라는 얘기야. 마고베, 자네는 춤출 기분이 나는가?"
"글쎄……."
마고베는 잠시 생각에 잠겼다.
"나도 춤을 출 수 없을 것 같네."
"자네도 역시 좀 바보스럽다는 기분이 들지?"
"실은 내 자신을 알몸으로 드러내놓는 듯한 기분이 드네. 저걸 보게. 정신 없이 춤 추는 사람은 모두 그렇게 보이지 않나?"
슈마는 얼굴에 난 여드름을 만지면서 춤추는 사람들을 바라보았다.
"아주 먼 옛날에는 사람들이 춤추고 싶다는 생각이 들면 언제라도 춤을 추었지. 그것을 이렇게 냉정한 얼굴로 바라보는 사람은 없었을 거야."
"그럴까?"
"그렇고 말고, 그것이 바로 인간의 본능이니까!"
"이제 쓸데없는 말은 그만두지. 춤을 추는 사람도 바보, 춤을 추지 않는 사람도 바보야. 어차피 바보라면 춤을 추지 않으면 손해라는 노래가 있지만 왠지 그 말이 빈정대는 것 같지 않나?"
"그게 진리고, 동시에 야유지."
"그렇다면 춤을 추게, 슈마."
"하지만 자네나 나나 춤을 출 수 없는 사람일세. 저렇게 모든 것을 잊어버리고 춤을 추기에는 가슴에 맺힌 것이 너무나 많네."
"나는 그렇지 않은데."
"거짓말하지 말게, 마고베. 이 슈마를 바보로 아나?"
"자네 오늘은 말투가 조금 이상하군."
"그래. 자네가 그렇게 시치미를 떼니까, 나도 그렇게 되는 걸세."

"자네 뭘 오해하고 있는 것이 아닌가? 우리는 춤 추는 것을 보러 오지 않았나? 그런데 그렇게 심각한 얼굴을 하고 걷는 사람이 어디 있는가? 이보게, 슈마, 오늘 밤은 내가 한 잔 사지. 어디로 갈까?"
"아무 데라도 가. 나도 할 얘기가 있네."
"자네가 그런 말을 하니, 조금 무서운데. 슈마, 화 내지 말게. 죽은 잇카쿠가 무덤 속에서 웃을 걸. 어쩌면 다시 살아나 담뱃대를 휘두를지도 모르지. 자네가 아무리 화를 내도 잇카쿠처럼 담뱃대를 휘두르지는 않을 테지만, 그 대신 자네가 하는 말을 다 들어 줄 사람도 아닐세. 그렇게 시시한 불평은 이제 그만 하고, 내 술 한 잔 마시고 기분을 풀게."
마고베는 신마치(新町) 강 옆에 있는 하마(浜) 찻집으로 먼저 들어갔다.
'따라오려면 따라오고. 싫으면 돌아가!'
마고베의 뒷모습은 마치 그렇게 말하고 있는 것 같았다.
슈마는 몹시 화가 난 듯이 미간을 찡그렸다. 하지만 마고베가 강하게 나오자, 갑자기 슈마는 약해져서 타협적으로 나왔다.
"어이, 마고베, 마고베!"
슈마는 마고베의 이름을 부드럽게 부르며 찻집 입구로 따라 들어갔다.
"자네, 뭔가 조금 오해하고 있는 것 같네. 그렇게 나쁘게 받아들일 건 없잖아!"
슈마가 변명을 하고 있는 사이에 찻집의 하녀가 안쪽에 있는 좌석으로 두 사람을 안내했다. 하지만 어색한 기분은 좀처럼 풀리지 않아서, 마고베도 슈마도 잠자코 각자 자신의 술잔에 술을 따라 들이켜고 있었다.
"왠지 술이 맛이 없군."
심사가 뒤틀린 마고베는 술이 취할수록 얼굴이 새파래졌고 슈마는 그가 취해서 흥분할까 봐 두려운 듯 고개를 푹 숙이고 있었다.
"내가 잘못했네."
"자네 탓이 아닐세. 내 기분이 좋지 않아서 오늘 밤 술이 맛이 없는 걸세."
슈마가 사과하자 마고베의 기분도 조금 풀렸다.
"아닐세. 내가 심했네."
슈마는 더욱 상대방의 틀어진 기분을 달래려는 듯이 말을 이었다.
"괜한 소리를 해서 미안하네. 자, 불쾌감을 털어 버리고 한 잔 하게."

"그러세."

마고베는 마지못해 잔을 받았지만, 계속 저자세로 나오는 슈마를 보자 더 이상 화를 낼 수도 없었다.

"나는 솔직하지 못한 사람이 제일 싫네."

마고베는 뜨거운 정종을 단숨에 마시고 슈마에게 잔을 건네 주었다. 슈마도 즉시 잔을 비우고 다시 마고베에게 주었다.

"나는 한 가지 좋지 못한 성격이 있네. 모든 것을 분명히 말하지 못하지."

"네 녀석은 정말 음험해. 악당이라면 악당답게 나처럼 좀 유들유들해지게."

"정말 나는 음험하네. 계획적인 일은 잘 해치우지만, 자네처럼 대범하고 통솔력을 갖고 있지는 못하네."

"자네, 이상하게 오늘 밤은 저자세로 나오는군."

"아니네. 오늘뿐만 아니라 앞으로는 계속 자네 밑에서 일하겠네. 부디 나를 동생이라 생각하고 부족한 점이 있으면 거리낌 없이 질책해 주게. 하지만, 마고베……."

"응?"

마고베는 이제 기분이 좋아져서 계속 술을 들이켰다.

"자네를 형이라고 생각하고 이렇게 따르고 있는 만큼, 그것을 비밀로 하고 있다는 건 아무리 생각해도 서운하네. 우리 우정에 금이 가게 하지는 말게."

"무슨 말인가?"

"쓰루기 산에서 말일세."

"쓰루기 산에서?"

마고베는 짐짓 시치미를 뗐다.

"잇카쿠의 시체를 발견했을 때, 그의 입에 물려 있던 비첩을 자네가 재빨리 품에 숨기지 않았는가? 그 이후 어째서 그 일을 나에게 숨기고 있나?"

"뭐, 특별하게 숨기려고 했던 것은 아니네."

"그렇다면 보여 줘도 되지 않는가?"

"그렇게 대단한 것은 아니라고 하는데도, 자네는 이상하게 그것에 신경을 쓰는군."

"당연히 신경이 쓰이지. 그 동굴에서 잇카쿠가 가지고 나왔으니, 그것은 당연히 고가 요아미가 뭔가 적어 놓은 중요한 유서일 텐데……"
슈마의 날카로운 눈길이 술잔을 들고 있는 마고베를 쏘아보았다.
"흐음."
마고베는 얼굴에 엷은 웃음을 띠었다.
"그것은 실은 아무런 가치도 없는 시시한 것일세."
"왜지?"
슈마는 자신도 모르게 날카로워진 말투를 느끼고, 식욕이 없는 젓가락 끝으로 일부러 접시에 놓인 요리를 찔러 보았다.
"안을 펼쳐 보니, 작은 해도 뒷면에 피를 짜내어 글씨를 가득 써 놓았더군. 하지만 전혀 읽을 수가 없어서 무슨 의미인지 알아볼 수도 없었네."
"그래? 물론 그럴걸세. 밀정 조직에는 고가파, 이가파 등 각자가 암호나 은어를 쓰고 있지. 요아미의 그 비첩도 아마 암호로 되어 있을걸세."
"그런가? 그건 처음 알았군."
"그러니 모든 것은 솔직히 말해야 되네. 그 비첩은 지금도 자네가 가지고 있나?"
"아닐세. 아리무라를 거쳐 시게요시님에게 드렸네."
"또 속이 뻔히 들여다보이는 거짓말을 하는군."
슈마는 농담처럼 말했다.
"그렇게 애태우지 말고 나에게는 보여 줘도 되지 않는가?"
"자네에게는 더더욱 보여 줄 수 없네. 왜 그런지 아나? 자네는 아직 에도와 내통하고 있기 때문일세."
마고베의 술에 취해 새파래진 입술에서 비수처럼 날카로운 말이 튀어나왔다.
슈마는 아무 말도 하지 않았으나 분명 당황한 듯 눈동자를 이리저리 굴렸다.
마고베는 술에 조금 취해 있었다.
"네 녀석은 입으로는 시게요시님에게 추천을 해 달라, 나를 형으로 생각하겠다는 둥 좋은 말만 하지만, 아직은 좀처럼 본색을 알 수 없는 짐승같은 놈이지!"
"그래서?"
"나는 자네를 그렇게 보고 있어."

"그래?"
"얼마 전부터 자네를 유심히 살펴보고 있었는데, 교토의 야마시나로 두세 번 이상한 편지를 보내는 것 같더군."
"그래, 보냈네."
"자네는 누군가와 내통을 하고 있지? 그리고 그건 교토 관청으로 보낸 밀서지?"
슈마는 마고베의 고약한 술버릇을 알고 있는 듯 같이 날뛰지는 않았다.
"그것 말인가? 그건 내 여자에게 보낸 것일세."
"시치미 떼지 마, 슈마."
"한 잔 더 하겠나?"
"윽, 으윽."
"왜 그러나, 이보게, 마고베."
"으으음."
"정신 차리게."
"어 취하는군. 아!"
마고베는 갑자기 상 위에 묘한 자세로 웅크리며 엎어졌다.
그러자 슈마는 갑자기 방 안의 불을 모두 불어서 껐다. 그와 동시에 하마 찻집의 창가에 두 명의 승려 그림자가 희미하게 비쳐들었다.
그리고 두시간 쯤 지났을까.
마고베는 뱃 속 깊은 곳에서 끓어오르는 듯한 씁쓰레한 맛을 느끼며 고개를 조금 들어보았다.
주위는 완전히 어두워져 있었다. 신마치 강의 타는 듯한 축제의 등불이 그곳의 천장에 파문을 일으키고 있었다.
다리를 건너는 춤추는 사람들의 행렬과 다른 좌석은 모두 초저녁처럼 떠들썩 했지만, 마고베를 둘러싸고 있는 주변만은 불빛을 잃어버려 마치 묘지 같았다.
슈마가 보이지 않았다.
마고베는 튕기듯이 벌떡 일어섰다.
'그 녀석 또 야비한 술수를 쓴 거 아니야?'
그는 당황해서 손뼉을 쳐 하인을 부르려고 했다. 그러다가 문득 두건의 끈이 풀어져 있는 것을 깨달았다.

"앗, 이런 제기랄!"

마고베는 자기도 모르게 온몸을 떨며 털썩 주저앉아 버렸다.

"으으, 내 몸을 온통 다 뒤졌군."

삐져나온 허리끈이나 벌어진 앞가슴을 단정히 하고 있는 사이에 마고베의 두 눈은 분노로 이글이글 타오르고 있었다.

"누, 누가 없나! 이봐, 거기 누구 없어?"

하인들은 조금 전부터 앞마당까지 밀려온 사람들과 함께 휩쓸려 미친 듯이 춤을 추고 있어서, 마고베의 말이 귀에 들어오지 않았다.

"이러고 있을 때가 아니야. 슈마 이 자식, 내가 없는 틈을……."

부들부들 떨리는 손으로 칼을 잡은 마고베는 무릎으로 기어서 툇마루까지 나왔다. 그러나 그곳에 있는 섬돌에 한 발을 내려놓은 순간 쓴 물이 울컥 올라왔다.

"안되겠어…… 아무래도 심상치 않은 것 같군. 음."

마음은 급했지만, 가슴이 많이 아픈지 마고베는 툇마루에 그대로 벌렁 누워 버렸다.

그리고 허리에 찬 약 주머니를 찢어 안에 있는 약을 그대로 입에 넣은 다음 손을 뻗어 주전자에 있는 물을 그대로 벌컥벌컥 들이켰다. 그러더니 손가락을 입에 넣고 고꾸라지듯이 마당으로 내려 섰다.

잠시 마당에 몸을 구부리고 있던 마고베는 지금까지 먹은 것을 모두 토해 내 버렸다. 그러나 하얀 얼굴에 푸른 기가 감돌아 평소의 험상궂은 인상보다 더 날카롭고 험악해 보였다.

"이 나쁜 놈!"

마고베는 칼을 옆에 차고 달리기 시작했다.

그러나 다실의 뒤쪽이었는지 앞쪽이었는지 나온 곳조차 마고베는 분간하지 못했다. 그저 아무 생각 없이 다만 질풍처럼 달릴 뿐이었다.

아무튼 샤미센과 함께 피리 소리, 북 치는 소리, 삿갓, 빨간 천과 수건으로 넘실대는 거리를 달리고 있었다.

흡사 아귀 같은 형상으로 임시 거주지인 스미요시 저택을 향해 날듯이 돌아갔다.

그러나 문이 열리지 않았다. 한참 동안 문을 두들기던 마고베는 문득 슈마와 함께 이곳에서 나올 때 하인도 없는 집이어서 앞문은 잠그고 뒷문으로 나온 것이 생각났다.
 하지만 지금은 뒷문으로 돌아가는 것도 귀찮아서 담에 손을 뻗어서 훌쩍 뛰어넘었다.
 마당에서 둘러보자 덧문이 하나 떼어져 있는 것이 보였다. 아리무라도 아직 돌아오지 않고, 하인도 문지기도 없는 이 집에 먼저 들어온 자가 있다면, 그 자는 틀림없이 슈마일 거라고 생각했다.
 그런데 그가 담을 넘자 동시에, 떨어져 있던 덧문 안에서 바람처럼 두 명의 승려가 나왔다.
 분명히 삿갓에 짚신을 신고, 회색의 가사를 입고 있었다.
 "아니?"
 마고베는 혼란을 느꼈다. 그는 슈마가 온 집안을 뒤지고 있을 거라는 생각에 마음이 초조하여 급히 달려온 것이다. 그런데 그곳에서 바람처럼 사라진 것은 두 명의 승려가 아닌가?
 '누굴까?'
 마고베가 수상하게 생각하며 고개를 숙이고 있는 사이에 승려는 열려 있던 뒷문을 통해 어둠 속으로 달려가 버렸다.
 그런 다음은 등불만이 큰 집을 지키고 있었다.
 어쨌든 그는 일단 그 방의 상황을 확인해야 한다고 생각했다. 그곳에는 그가 쓰루기 산에서 손에 넣은 비첩인 요아미의 혈서가 숨겨져 있었다.
 슈마에게 자신도 모르게 말해 버린 대로, 그는 피로 쓴 밀정 조직의 암호를 읽을 수가 없었다. 하지만 요아미의 피로 짜서 쓴 유서인 만큼, 그것이 하치스가 가에 있어서나 막부에 있어서나 중대한 파란을 일으킬 하나의 열쇠가 되리라는 것쯤은 짐작하고도 남음이 있었다.
 즉, 그것을 가진 자에게는 출세의 열쇠인 것이다. 그것만 가지고 있으면 평생 안락한 자리를 보장받을 수 있는 것은 분명했다.
 '슈마 녀석이 이것을 노리고 안달복달한 것도 무리는 아니야.'
 마고베는 항상 방심하지 않고 몸에 지니고 있는 것처럼 보였지만, 실은 방의 한옆에 있는 항아리 속에 숨겨 놓았던 것이다.
 "앗! 없어졌다!"
 방에 들어오자마자 맨 먼저 그 항아리 속에 손을 넣어 본 마고베는 순식간에 안색이 변하여 소리쳤다.

하지만 항아리 속은 완전히 텅 빈 것은 아니었다. 비첩 대신 다른 것이 그의 손 끝에 살짝 닿았다.

항아리 속에는 둘둘 뭉쳐진 종이가 들어 있었다.

'이게 뭐지?'

종이를 들어 다다미 위에 길게 펴보자, 마치 장난처럼 큰 글씨로 다음과 같이 씌어져 있었다.

불쌍한 작은 악당이여!
너는 오늘날까지 내 손아귀에서 놀아난 악마의 하수인이었다!
기특한 놈! 비첩은 내가 가지고 가마!
나는 원래부터 아와를 구경하러 온 한가한 사람이 아니다. 잇카쿠는 이런 나의 조소와 자신의 헛수고를 모르고 죽었으니 행복한 자!
이제 나는 서둘러 가야만 한다. 에도로 돌아가면 출세의 영화로운 자리와 연인과 새로운 저택이 나를 기다리고 있다! 떠나기 전에 내 이름을 알려줄까? 기억해 둬라! 스루가다이 스미 저택 밀정 조직, 다비가와 슈마.

마고베는 그만 분을 참지 못하고 항아리를 마당에 던져 버렸다. 항아리는 정원의 큰 돌에 맞아서 산산조각이 났다.

"오카자키 항구다!"

항아리가 깨지는 날카로운 소리에 생각난 듯이 그는 소리를 지르며 벌떡 일어섰다.

하지만 그는 석연치 않은 생각이 들어 편지를 들고 다시 읽어 보았다.

그러자 편지에 접힌 자국이 나 있는 것을 알 수 있었다. 그런데 새집처럼 말아 놓은 이유는 무엇일까?

이렇게 생각하자 더욱 알 수 없는 일은, 그가 이 집에 들어올 때 이 방에서 사라진 두 명의 승려에 대한 것이었다.

슈마가 비첩을 훔쳐간 다음에 그 승려들이 이곳으로 들어와, 이 항아리에 눈독을 들여서 편지를 읽고 있었을 때 자신이 돌아왔다면 일단 앞뒤가 맞았다. 그러나 그 승려 둘은 도대체 누구이고, 어떤 목적으로 이곳에 왔는지 마고베는 짐작조차 할 수가 없었다.

하지만 지금은 그것을 생각하고 있을 시간이 없었다.

어쨌든 본토와 가까운 뱃길의 길목인 오카자키 항구가 있는 무야(撫養) 길로 앞질러 가서 슈마를 잡아야만 한다.
 감쪽같이 이곳으로 뛰어들어와 오랫동안 잇카쿠나 자신과 뜻을 같이하고 있는 것처럼 보이고는, 마지막에 와서는 가면을 벗고 비첩을 훔쳐서 여드름 투성이 칼잡이! 그 놈을 잡아서 자신의 잘못을 깨달을 때까지 응징하지 않으면 마고베의 가슴에 맺힌 응어리가 풀릴 것 같지 않았다.
 방심할 수 없는 놈이라는 것은 벌써부터 알고 있었지만, 오랫동안 같이 있으면서 고난을 당할 때에도 본심을 보이지 않고 항상 농담이나 가벼운 말만 했었다.
 '그 녀석도 겉으로는 악인 같지만, 좀 귀여운 데도 있어!'
 잇카쿠의 말에 자신까지 동조해 어느 틈엔가 슈마를 가볍게 보고, 그의 거짓된 행동을 믿은 것이 불찰이었다.
 '원래 에도에서 오치에라는 여자를 스미 저택의 지하방에 감금해 놓았을 때부터, 그가 밀정 조직의 한 사람이라는 것은 알고 있었는데!'
 돌이켜 생각해 보자 자신의 불찰이 너무나 컸다. 그러나 후회한다고 해서 이제 되돌릴 수 있는 일이 아니었다. 그런 푸념이나 하소연은 도망치는 그 녀석의 비웃음을 더 값지게 해줄 뿐이다.
 "빌어먹을! 내가 그렇게 쉽게 도망치게 내버려 둘 줄 아느냐!"
 마고베는 다시 뒷문을 박차고 달리기 시작했다. 성 아래에서는 아직도 축제가 한창이었다. 그가 부리나케 달려가는 앞길에는 반드시 몇 쌍의 남녀가 가면을 쓴 채 풍악대와 함께 춤을 추며 돌고 있었다.
 "쳇!"
 그는 혀를 치며 이를 부드득 갈았다.
 마치 그 사람들이 자신을 비웃는 것 같았다. 자신의 지금의 몰골을 조롱하고 있는 것 같았다.
 '뭐가 그렇게 재미있지? 뭐가 좋아서 그렇게 춤을 추는 거지?'
 온몸이 땀으로 범벅이 되어 마고베는 숨을 거칠게 내쉬었다. 그런 모습으로 즐겁게 춤추는 사람들 속으로 들어갔을 때, 마고베는 칼을 빼어 들었다.
 마고베의 광기에 사로잡힌 듯한 그림자가 몇십 걸음 앞으로 나갔을 때, 뒤에 있다가 그제서야 놀라는 소리와 함께 환락에 빠져있던 인파가 뿜어 오르는 피를 보고 혼비백산하여 흩어졌다.

소용돌이

희미한 등불이 깜박이는 안채로 이어지는 복도에는 다급한 목소리와 함께 발소리가 어지럽게 다가오고 있었다.

"비켜라!"

"비켜라!"

도쿠시마 성의 하인들은 팔을 벌려 흥분한 한 노인을 복도로 밀어 내려고 했다.

"전하께서 몹시 화를 내시고 계십니다."

"만나지 않겠다는 전하의 분부입니다."

"접견을 허락하실 때까지 기다리십시오."

조금 전까지만 해도 이 성은 연회와 주연으로 평화로운 축제 분위기였다. 하지만 이 노인 한 사람의 말로 평화는 사라지고 처참한 기운이 성을 가득 채우게 되었다.

"방해하지 말라!"

류지 노인은 이마에 굵은 핏줄을 세웠다.

"나는 무사의 수장으로, 전하를 접견할 자격이 있다. 너희들이 나를 보고 물러나라니, 주제넘은 짓이 아니냐! 나는 전하에게 한 마디 해야 할 말이 있다. 그러니 비켜라!"

"아닙니다. 이것이 전하의 뜻입니다."

"상관 없다! 전하의 노여움을 두려워해서 충언을 하지 않는 것은 아랫사람의 도리가 아니다. 하치스가 가를 위해서 나는 감히 무례를 저지르는 거다. 따라서 전하가 다시 병상에 누우시는 한이 있더라도 나는 할 말을 해야겠다."

"뭐라고 하시더라도 만나 뵐 수 없습니다. 어르신, 어르신께서도 지금 상당히 흥분해 계십니다."

"건방진 소리!"

"어쨌든 밖에 있는 다실에라도 가서서 잠시 쉬는 것이 좋겠습니다."

가신들은 완강하게 류지 노인을 제지했다. 그리고 방 하나에 억지로 밀어 넣고 자물쇠를 채우자, 그곳에 아리무라가 몹시 창백한 얼굴로 들어왔다.

"전하의 말씀을 전하겠습니다."

아리무라는 이 말을 하고는 엄격하게 자세를 가다듬었다.

류지 노인은 몹시 불만스러웠으나 어쨌든 뜻을 받들려고 고쳐 앉았다.

"다카기 류지!"

아리무라는 낭독하듯이 단숨에 말했다.

"그대가 아와의 법을 무시하고 마음대로 겐노조를 놓아 주었다니, 유감 천만이다. 게다가 나를 두려워하지 않는 폭언은 죽음으로써 갚아야 하나, 나는 그대가 늙어 노망이 든 것이라고 생각하고 일단 용서를 한다. 즉각 가와시마로 돌아가서 분부를 기다려라."

그것에 대해서 노인이 뭔가 항의를 하려고 하자, 아리무라는 피하듯이 방을 나가 버렸다.

밖에 있는 젊은 무사들도 우왕좌왕하고 있었다.

이미 맹약을 맺은 공경 및 다이묘의 밀사들과 협의하여, 이번 가을 장군 가가 닛코(日光) 황실을 알현할 때가 적기라고 생각해 그때 대사를 일으키려고 계획을 세워 놓은 이때, 갑자기 류지 노인이 성에 나타났다.

류지 노인은 주위를 둘러보면서 대사는 성공하지 못할 것이라고 예언한 것이다. 그리고 그것은 너무나 무모한 일이며, 지금은 적기가 아니라고 통렬하게 직언함으로써 감히 시게요시의 뜻을 거역했기 때문에 흥겨웠던 밤의 연회는 시게요시의 격노와 류지 노인의 항쟁하는 소리로 엉망이 되어 버렸다.

그런데 시게요시와 아리무라를 가장 놀라게 한 것은, 자신이 겐노조를 놓아 주었다는 노인의 말 한 마디였다.

"저는 제 생각을 믿기 때문에 이 집안을 위해 그를 놓아 주었습니다."

류지 노인은 태연하게 시게요시 앞에서 이렇게 말했다.

"미친 놈!"

시게요시는 고함을 지르고는 안색이 변하여 안으로 들어가 버렸다. 그러자 아리무라도 들고 있던 북을 내던지고는 시게요시 뒤를 쫓았다.

도쿠시마 성에 있는 사람들은 너무나 당혹해서 암담하기까지 했다.

젊은 무사들은 봉행소로, 배 검문소로, 각 군의 관청으로 황급히 말을 달렸다.

그 안에 섞여서 아리무라도 혼자서 다른 방향으로 말을 달렸다. 무야 길을 똑바로 달려 오카자키의 배 검문소로 간 것이다.

아와지 길과 십자로 갈리는 오이와케에서 북쪽으로 달려 하야시자키(林

崎)의 넓은 염전에 있는 오두막집 굴뚝에 연기가 가로수 너머로 하얗게 피어 오를 때였다.

"앗, 위험하다!"

아리무라가 갑자기 말고삐를 잡아당기자 순간 말은 우뚝 서더니 미친 듯이 뛰어올랐다.

그러자 말 발굽을 피해 돌아보는 한 사람의 그림자가 그대로 채찍을 다시 잡으며 황급히 말을 달리려는 아리무라의 안장으로 달려들었다.

"자네는 마고베가 아닌가?"

그 사내를 보고 아리무라가 큰 소리로 물었다.

"아니?"

사내는 어둠 속에서 탐색하는 듯한 눈으로 아리무라를 살펴보았다. 하마터면 아리무라의 말에 치일 뻔한 사람은 바로 성에서 슈마를 쫓아온 마고베였다.

"마고베, 어디로 가나?"

"앗, 아리무라님. 아리무라님은 어디로 가십니까?"

"마고베! 실은 큰일이 났네."

아리무라는 마음이 급해서 입에 거품까지 물고 말을 빙글빙글 돌리고 있었다.

"예? 무슨 일이?"

"우리 편에 생각지도 않은 반역자가 있어서 대사를 그르치게 생겼네."

"그 배신자는 슈마가 틀림 없지요?"

"아닐세. 무사의 수장이네."

"아니, 류지 노인이라고요?"

"겐노조를 죽였다고 거짓말을 하고는, 실은 쓰루기 산에서 놓아 주었다네. 오쓰나라는 여자도 함께 말일세."

아리무라는 너무 분한지 고삐를 잡은 손을 바르르 떨었다.

"그러면 그때…… ? 음."

마고베는 신음 소리를 내며 망연히 서 있었다. 두 사람 사이에 차가운 밤공기가 흘렀다.

"쳇! 지긋지긋한 늙은이!"

마고베는 이를 부드득 갈았다.

"그래서 지금 어떻게 되었습니까?"
"어쨌든 그 늙은이는 무사들을 자유롭게 다루는 권력가야. 시게요시님께서도 말할 수 없이 노여워하셨지만, 지금 내부에서 소동이 일어나서는 안 된다며 우선 가와시마에 칩거하고 있으라고 명령하셨네. 그리고 겐노조 녀석을 당장 잡아 오라고 하셨네. 그래서 나는 오카자키에 있는 배 검문소로 가려는 중일세."
"으음, 정말 끔찍한 밤이군. 그런데 이쪽에서도 큰일이 생겼습니다."
"아니, 큰일이 또 있다고?"
"슈마 녀석이 배신을 했습니다. 제가 가지고 있던, 요아미가 남긴 비첩을 가로채서 도망쳤습니다."
"비첩?"
"조그마한 탁본형 종이에 나루토 군사 배치도가 그려져 있고, 그곳에……."
"아!, 그건 언젠가 쓰루기 산에서 내가 잃어버린 것이야."
"그 뒷면에 아주 작은 암호 문자로, 피를 짜내어 글씨를 써 놓았습니다. 슈마 녀석이 그것을 훔쳐 방금 전 도망쳤습니다."
"아아, 그것이 에도에 전해지면 큰일이다."
아리무라는 말에서 떨어질 것 같은 현기증을 느끼면서 주먹으로 관자노리를 쳤다.
"짐작건대, 요아미의 혈서에는 그가 이곳에서 얻은 아와의 비밀이 모두 써 있을걸세. 그것이 막부의 손에 들어가면 모든 게 끝이야. 대사의 파멸은 물론이고, 이쪽 편의 당상들, 맹약을 맺은 제후들 모두 멸문이나 자멸 외에 선택할 길이 없을걸세."
아리무라는 등자에 얹은 발에 힘을 주며 통한의 한숨을 내쉬었다.
마고베는 바로 그때 스미요시의 집에서 자신이 들어갔을 때 막 사라진 두 승려의 모습을 떠올렸다.
'어쩌면 그들이 겐노조와 오쓰나가 아닐까?'
지금 생각하니 그들이 겐노조와 오쓰나인 것 같아서, 왜 그냥 보냈는지 후회가 되어 견딜 수가 없었다.
"맞아!"
마고베는 온몸의 털이 곤두서는 것을 느꼈다.

'비첩은 겐노조와 오쓰나에게 있어서도 없어서는 안 되는 중요한 것이다. 두 사람이 아직 살아 있다면 당연히 비첩을 노릴 것이다. 어쩌면 슈마와 내가 하는 이야기를 어딘가에서 듣고 있었을지도 모른다. 그리고 슈마가 비첩을 찾아서 집을 나간 다음에 두 사람이 들어가고, 그때 내가 들어간 것은 아닐까?'

마고베가 자신의 생각을 아리무라에게 이야기하고 있을 때, 대여섯 명의 무사가 땅을 울리며 달려오는 말발굽 소리가 어지럽게 들려왔다.

아리무라를 보자 그들은 일시에 각 방면의 상황을 보고했다. 모든 길의 입구, 바다의 요소요소에는 이미 충분히 감시의 손길이 뻗쳐 있지만, 아직 겐노조와 닮은 자는 발견되지 않았고, 남은 것은 오카자키와 나루토 방면뿐이라는 것이었다.

그래서 만일의 경우를 생각하여 시게요시에게 명령을 받은 무사들이 아리무라를 도와 주러 쫓아온 것이다. 그들은 아와에서도 손꼽히는 검술가들로, 그 가운데에는 야나가와(柳川)의 무사도 한 사람 있었다.

류고 류(柳剛流)의 대가로 야나가와에서는 상당한 존경을 받고 있는 와쿠이 도타로(涌井道太郎)가 바로 그 사람이었다. 그는 4, 5일 전에 야나가와의 사자를 따라 와서 그대로 도쿠시마 성에 머무르고 있었다.

비첩에 대해 마고베에게 들은 것을 시게요시에게 알리기 위해 그 가운데 한 사람을 도쿠시마 성으로 다시 보내고, 아리무라는 맨 앞에서 말을 달렸다.

마고베는 도쿠시마 성으로 돌아가는 자의 말을 빌려서 도타로와 다른 사람들의 뒤를 따랐다. 하지만 기마술에 있어서는 아리무라를 따를 자가 없었다.

그들은 눈 깜짝할 사이에 오카자키의 배 검문소에 도착했다. 말을 탄 채 들어가 보니 아니나다를까, 이쪽도 이미 검문소의 비상을 알리는 북소리가 음산하게 울려퍼지고 있었다.

"그렇다면."

말에서 내리기가 무섭게 일동이 달려가서 방파제에 서서 보니 호수같이 잔잔한 바다 위에 등불을 켠 검문소 배가 잔뜩 떠 있었다.

그들이 도착하기 한 시간 쯤 전의 일이었다.

경비가 삼엄한 오카자키의 배 검문소를 뚫고 미즈우라(水浦) 쪽으로 화살처럼 달아난 작은 배가 있었다. 검문소 경비를 서던 포졸이 다급함을 알리자 검문소 배들이 관청의 등불을 켠 채 반딧불을 뿌린 듯이 일제히 바다 위에 떴다.

위급함을 전달하는 북소리가 포구에서 포구로 전해지느라 나루토 온 바다에 울려 퍼졌다.

하지만 그 전후에 여행 증명서를 보이고 나루토로 넘어간 두 승려에 대해서는 아무도 의심하지 않았다. 그들은 새벽녘에 나루토 바다를 구경하고 싶다고 말하고 도사(土佐)로 올라갔지만, 그곳에서 홀연히 모습을 감추어 버렸다.

이윽고 지친 듯 북소리도 멈추고, 등불도 기운이 빠져서 각각 다른 방향으로 흩어졌을 때였다.

기노쓰라유키(紀貫之 : 일본의 유명한 歌人)의 노래비가 있는 초메이지(潮明寺)의 마루 밑에서 살짝 기어 나와서 눈을 빛내면서 주위를 둘러보는 사람이 있었다.

다비가와 슈마였다.

슈마는 이제는 안심해도 괜찮다고 생각했는지 조용히 일어서더니 불당 끝에 걸터 앉아 다리를 펴고 쉬었다.

차가운 물방울이 옷깃에 떨어졌다. 슈마가 깜짝 놀라 목덜미를 만지며 위를 올려다보자 소나무의 가지가 불당의 지붕을 덮고 있었다. 그것을 흔드는 것은 조용한 바닷바람이었다.

"흐흐흐."

슈마는 음침하게 웃으면서 품 속에 양손을 찔러 넣어 비첩을 확인하면서 손끝에 닿는 감촉을 즐기는 듯했다.

오쓰나한테 잇카쿠가 빼앗고, 잇카쿠의 시체에서 마고베가 훔친 요아미의 비첩은 결국 생각대로 자신의 품 안에 굴러 들어왔다.

품속의 체온은 지금 행복의 알을 꼭 품고 부화시키고 있다고 생각하니 저절로 웃음이 나왔다.

"잇카쿠도, 마고베도, 내 입장에서 보면 고마운 녀석들이지."

슈마는 혼자서 중얼거렸다.

"아니, 세상 그 자체가 우스운 거야. 내가 이것을 가지고 막부로 돌아가면, 막부 녀석들은 경탄하면서 이 슈마의 밀정 수법에 감탄해 절을 하겠지? 또한 장군 가에서는 큰 상을 내리실 거야. 그리고 스루가 다이에 있는 요아미의 집터를 비롯하여 영광이 이 한몸에 모일 거야. 참으로 운명의 주사위야말로 우스꽝스럽고도 얄궂은 거로군."
왠지 그의 얼굴에는 자꾸만 웃음이 피어올랐다.
"머리가 나빠서 죽어라고 고생만 하는 녀석이 있으니까, 이렇게 편안하게 달콤한 꿀을 먹는 자가 생기지. 아, 잘됐어. 이제 오치에만 무사히 데리고 오면 만사는 순풍에 돛을 단 것처럼 잘될 텐데."
잠시 후 슈마는 그곳에서 일어섰다.
지금쯤이면 자신을 잡으려는 손길도 상당히 느슨해졌을 것이라고 생각되었지만, 만일을 위해서 조심조심 조명사의 문을 나올 때였다.
승려 한 사람이 마침 슈마와 엇갈려 문으로 들어오는 중이었다. 그런데 그 승려는 슈마를 보자마자 나는 새처럼 뒤로 돌아가서 어둠을 향해 누군가를 불렀다.
"겐노조님, 겐노조님."
"아니?"
슈마는 당황했다. 귀에 익은 여자의 목소리였다. 그리고 분명히 겐노조의 이름을 불렀다. 두 사람은 류지 노인의 손에 걸려 벌써 이 세상 사람이 아니라고 슈마는 믿고 있었다.
슈마는 머리를 한 방 얻어맞은 것처럼 깜짝 놀라 아까 앉아 있던 불당까지 정신 없이 달렸다.
그리고 불당 앞에 잠시 멈추어 섰다.
'분명히 오쓰나의 목소리였어. 그들이 살아 있다니...... 그럴 리가 없는데.'
슈마가 잠자코 마른 침을 삼키고 서 있자, 경내를 가로질러 그를 향해 질풍처럼 달려오는 두 개의 삿갓이 어둠 속에서도 똑똑히 보였다.
슈마는 다시 황급하게 도망치기 시작했다.
측간 옆에서 뒤로 돌자 긴 토담이 보였다. 뒤돌아보니 두 승려는 바로 뒤에서 맹렬한 기세로 쫓아오고 있었다.
그때 당황한 슈마의 눈에 한 그루의 푸조나무가 보였다. 슈마는 그 나무를 의지하여 담을 뛰어넘을 생각이었다.
"슈마, 슈마!"
그때 뒤에 있는 자가 슈마를 부르며 바로 뒤에까지 뛰어왔다.

"앗, 겐노조!"

슈마는 다람쥐처럼 나뭇가지를 잡고 몸을 돌려 돌담 위로 한쪽 다리를 뻗었다.

파란 푸조나무 열매와 함께 잎사귀가 우수수 떨어졌다.

"기다려, 슈마."

바로 밑으로 달려 온 겐노조의 손이 슈마의 나머지 한쪽 발을 잡은 것과, 슈마가 정신 없이 푸조나무 가지에서 손을 놓은 것은 거의 동시였다.

슈마는 발목이 잡힌 채 토담에 매달렸다.

슈마는 한 손으로 옆에 찬 칼을 빼들어 아래에 있는 겐노조를 쳤다. 그 기세에 겐노조에게 잡힌 다리가 빠져 토담 반대쪽으로 공중제비를 돌며 떨어졌다.

"오쓰나!"

머리 위에서 겐노조가 부르는 소리가 들렸다.

아픈 허리를 어루만질 틈도 없이 슈마는 정신 없이 달렸다. 그리고 토담을 돌아 잡목이 자라는 움푹한 곳으로 들어갔다.

푸조나무 위에 있던 겐노조가 삿갓을 쓴 채 바로 뒤로 손을 뻗으면서 소리를 쳤다.

"오쓰나, 나를 잡아!"

"예."

"손을 잡아, 손을!"

위에서 끌어올려서 나뭇가지를 따라 토담으로 올라간 두 개의 그림자는 밖의 어둠 속으로 훌쩍 뛰어내렸다.

"으윽!"

담을 넘을 때 겐노조는 오른쪽 어깨를 푸조나무 가지에 스치자 아직 낫지 않은 어깨의 상처를 감싸안고는 외마디 비명을 지르며 입술을 깨물었다.

"아, 그곳의 상처가?"

오쓰나의 목소리가 어두웠다.

"아니야, 나는 괜찮아. 그것보다 비첩을 찾아야 해! 비첩을! 으윽, 슈마란 놈에게······."

겐노조는 다시 똑바로 숲 속으로 달려갔다. 도망치는 그림자를 놓치지 않으려고 필사적이었다.

슈마는 가끔 여우같은 눈으로 뒤를 돌아보면서 입 속으로 중얼거렸다.
"겐노조? 정말로 겐노조야? 어떻게 그가 살아 있지?"
그러나 아무리 도망쳐도 삿갓을 쓴 두 사람은 그의 뒤를 계속 쫓아왔다. 뒤에서 한 가닥으로 묶은 슈마의 머리가 땀에 흠뻑 젖고, 뺨과 귀, 손이 가시나무에 찢겨서 피가 흘렀다.
잡목 숲을 헤치고 언덕으로 올라 보니, 그 위로 바위 절벽이 이어지고 있었다. 슈마는 죽을 힘을 다하여 바위로 기어올라가기 시작했다.
그러면서도 슈마는 가끔 품 속에 손을 넣어 비첩이 있는 것을 확인했다. 비첩은 어느 틈엔가 생명 이상의 가치를 갖게 되었다.
멀리서 구슬을 씻어 내는 듯한 밝은 파도 소리가 들려 아래를 내려다보니, 하얗게 부서지는 바다가 어슴푸레하게 보였다.
슈마는 두 길 남짓한 절벽 위에서 눈을 꼭 감고 뛰어내렸다. 예상대로 밑은 모래 사장이라서 발이 모래에 묻힐 뿐이었다.
슈마는 해풍에 옷을 날리며 끝없는 파도를 따라, 가끔씩 파도에 발을 적시면서 죽을 힘을 다해 도망쳤다.
"아니, 발자국이 남잖아!"
뒤에서는 같은 백사장을 두 개의 그림자가 질주해 오고 있었다. 바닷바람이 상처에 스며들어 괴로운지, 겐노조는 오른쪽 어깨를 누른 채 달렸다. 도중에 하늘로 날아올라간 것은 바람에 휩쓸린 오쓰나의 삿갓이었다. 밤눈에도 하얀 얼굴과 숱이 많은 검은 머리카락이 날리고 있는 것이 보였다.
겐노조와 슈마의 거리는 점점 좁혀졌다. 이윽고 가만히 서 있으면 나루토의 먼 북소리가 들려 올 무렵이었다.
"아아……."
앞에 가던 슈마는 몹시 낭패한 기색이었다.
앞길을 가로막고 있는 소나무 숲에서 불쑥 붉은 등불이 나타난 것이다. 배 검문소의 표시였다.
"빌어먹을! 호랑이 굴로 들어왔군."
슈마는 당황해서 옆으로 몸을 돌렸지만, 검문소의 관리도 수상하게 생각했는지 그의 앞으로 흩어져서 다가왔다.
불빛으로 슈마의 얼굴을 본 관리는 깜짝 놀라서 소리쳤다.
"아까 검문소에서 도망친 슈마다!"

관리는 등불을 흔들었다. 그러나 그때 슈마가 빼든 칼이 옆으로 흐르며 관리의 몸을 가르고 있었다.

"뭐, 슈마라고?"

서너 명의 무사가 피보라가 튀는 곳으로 모래를 차며 뛰어오자, 슈마는 재빨리 위치를 바꾸어 오히려 두 승려를 가리키며 소리쳤다.

"저, 저자들은!"

우연히 거기서 번개와 번개가 부딪친 것처럼, 만나자마자 이쪽도 저쪽도 깜짝 놀라 뒤로 물러섰다.

"오오. 너희는 겐노조와 오쓰나!"

소리를 친 것은 마고베의 목소리였다.

"아리무라와 마고베로군."

겐노조는 삿갓 끝을 들고 중얼거렸다.

마고베는 겐노조와 오쓰나인 것이 확인되자 칼을 빼들었다.

"잘 만났다."

그러나 그것은 무시하고 겐노조는 오쓰나를 재촉해서 앞을 달려가는 슈마를 쫓아서 달렸다.

비첩을 가지고 도망치는 슈마와 쓰루기 산에서 탈출한 겐노조와 오쓰나, 아리무라는 과연 어느 쪽을 쫓아야 할지 순간적으로 망설여졌다. 그래서 확실한 결정을 내리지 못한채 큰 소리로 뭔가 외쳤다. 그리고 자신도 급히 뛰면서 칼을 휘둘렀다.

마고베가 두세 번 칼을 휘둘렀을 때 겐노조가 칼을 잡고 있는 손은 왼손이었다.

"저 녀석, 오른 팔을 다친 모양이군"

마고베와 아리무라, 유강류의 명수인 도타로는 그 사실을 알자 왠지 마음이 든든했다. 거의 대부분의 에도 무사들이 겐노조를 쫓아가는 바람에 슈마는 그만큼 도망치기가 유리해졌다. 슈마가 가는 길은 계속 오르막이었다. 무시무시한 파도소리가 소용돌이 치고 있었다. 절벽의 소나무 사이로 아래를 내려다보자, 온통 바위에 흩어지는 파도의 은색 거품 밖에 보이지 않았다. 그리고 무수한 하얗고 푸른 소용돌이가 밀려오고 있었다.

앞에서는 파도가 그를 가로막고 있었고, 뒤로는 아와의 무사들이 그를 쫓아왔다.

하지만 슈마가 검문소를 뚫고 이곳으로 온 것은 나름대로 본토로 도망갈 준비를 다 해 놓았기 때문이다. 슈마는 소나무에 밧줄을 묶고는, 그 줄을 타고 절벽 아래로 미끄러져 내려갔다.

아래로 내려가니 갑(岬)에는 도망치기에 적당한 배가 여러 척 떠 있었다. 나루토에서 미역을 채취하는 배였다.

슈마는 그 배를 훌쩍 타고 대담하게도 소용돌이가 치는 파도 속으로 나아갔다. 유명한 나루토의 파도, 무서운 소용돌이의 해협으로.

그러한 배로 그곳을 건너는 것은 무모하다고 생각될지도 모르지만, 그는 이 소용돌이 해협을 쉽게 건너는 비밀을 알고 있었다.

처음으로 그것을 알아 낸 사람은 아리무라였다. 천연의 요새인 이곳에 군선을 배치할 경우를 위해 나루토 일대를 상세히 측량했을 때, 해도에 소용돌이의 비밀도 따로 적어 두었던 것이다.

아직 다 완성되지 못한 나루토 수군의 진열은 그가 쓰루기 산에서 잃어버린 해도에 그려져 있었는데, 지금은 고가 요아미의 피로 물들여 진 채 슈마의 품에 들어 있었다.

그래서 슈마는 아무 두려움 없이 나뭇잎 같은 미역 채취선으로 소용돌이치는 바다에 뛰어든 것이다.

"꼴 좋다!"

슈마는 절벽을 올려다보며 남은 사람들을 비웃었다.

"아하하하. 이젠 못 쫓아오겠지? 앞으로는 너희들끼리 싸워라. 그래서 겐노조와 마고베, 오쓰나와 아리무라 모두 만신창이가 되어라. 바보 같은 녀석들. 그 사이에 나는 본토로 돌아가겠다. 그럼 아와여! 잘 있거라!"

슈마는 파도에 흔들리면서 통쾌하게 웃었지만 기뻐하기에는 조금 일렀던 것 같다.

바다뱀같은 밧줄 하나가 갑자기 노를 잡고 있는 슈마의 목에 착 감겼다.

"앗!"

밧줄을 붙잡자 그 힘으로 배는 소용돌이를 타고 빙글빙글 돌기 시작했다. 그러자 바위 사이에서 배 한 척이 나와 같이 소용돌이에 말려들었다.

밧줄이 슈마의 배와 지금 나온 배를 연결하고 있었다.

배아 배를 이어주는 신기한 밧줄은 소용돌이와 함께 돌면서 양쪽을 위험에서 지켜주고 있었다. 그러나 슈마에게는 전혀 예상치 못한 적이요 치명적인 밧줄이었다.
"에잇, 빌어먹을!"
슈마는 한 손에 감긴 밧줄을 단도로 끊었다. 그러자 슈마는 배 바닥으로 넘어졌다. 슈마의 배는 한 줄기 파도를 타고 쏜살같이 흘러갔다.
"안 돼!"
뒤의 배에 탄 두 사람이 절규하는 소리가 들렸다.
"소용돌이에 휘말렸어!"
"갈고리를!"
"앗, 바위다, 배 바닥이 부서졌어!"
"괜찮아! 갈고리를 빨리……!"
"이영차!"
배 안에서 빙글빙글 돌고 있던 남자 가운데 한 사람이 겨우 갈고리가 달린 밧줄을 얼른 바위 하나에 던졌다.
배는 몇 번인가 빗나가 몇 번이나 죽음의 소용돌이 속으로 휘말려들뻔 하다가, 간신히 소용돌이에서 빠져 나가 해안에 배를 댈 수 있었다.
"이제 됐다!"
한 남자가 재빨리 해변으로 뛰어내렸다.
"지금 그 녀석도 그렇고, 아까 포구 일대에 퍼진 등불도 그렇고, 아무래도 이 주변이 수상해. 어쨌든 나는 상황을 보고 올 테니까 배를 부탁하네."
그리고 도저히 올라 갈 수 없을 것 같은 절벽을 올려다 보았다. 그러자 슈마가 타고 내려 온 밧줄 하나가 눈에 들어왔다.
'음, 방금 그 놈이 두고 간 것이로군.'
사내는 밧줄을 잡아당겨서 시험해 본 다음에 밧줄에 매달렸다. 그러다가 배를 탄 사람을 돌아보더니 불렀다.
"다이칸!"
"왜 그러나?"
"이 위로 올라가면 분명히 시게요시가 바다를 감상하기 위해서 만들어 놓은 찻집이 있을걸세."
"그래?"
"사건은 오늘 밤이 고비일 것 같으니 날이 밝는 대로 나는 그곳으로 잠입할 테니까, 내가 돌아가지 않더라도 걱정하지 말게."

"알겠네. 안심하고 탐색해 보게."

그렇게 대답한 사람은 겐노조와 오쓰나를 쓰루기 산 바로 앞까지 전송해 준 히와사의 도편수 다이칸이었다.

"나도 미역을 채취한다는 평계로 이 나루토 바다에 며칠이고 있을 수 있네."

"그래? 그거 참 좋은 생각이군."

"이상한 일이 있으면 신호를 보내게."

"알겠네. 잊지 않겠네."

남자는 밧줄에 매달려 절벽에 발을 대고는 조금씩 올라갔다. 그 모습을 보고 있던 다이칸은 겨드랑이 아래가 차가워지는 것을 느꼈다.

집채만한 파도가 바위를 치면서 튕기는 물보라와 거센 바닷바람이 밧줄에 매달려 절벽을 올라가는 남자를 휘감으며 방해하고 있었다.

바위를 타고 올라가고 있는 그 사내는 바로 포리 만키치였다.

겐노조와 오쓰나가 아와로 건너기 바로 직전에 네코마 강에서 마고베의 칼에 맞아 쓰러지는 바람에 허무하게 집에서 원한을 삼키고 있던 만키치는, 그 후 겐나이의 치료를 받고는 예상 외로 빨리 회복이 되었다.

그는 겐노조가 오키치에게 남기고 간 편지를 읽고는 몸이 회복되자 마자 시코쿠 가게의 오쿠라를 찾아갔다.

그런데 거기에는 뜻밖에도 오미와와 오토키치가 있었다. 자세한 사정을 물으니, 쓰네키 고잔은 지금 어디에 있는지는 모르지만, 뭔가 획책하고 있는지 아주 바쁘게 움직이고 있다는 소식만은 접할 수 있었다.

만키치는 자신만 낙오한 것 같아서 몹시 낙담하고 있었다.

그런데 어느 날 밤, 밀무역자의 배를 타고 육지로 올라와 아무도 모르게 시코쿠 가게의 숙소로 들어온 남자가 있었다.

바로 다이칸이었다.

이렇게 해서 두 사람은 아와지에서 나루토 부근에 며칠 동안 배를 띄워 놓고 겐노조의 소식을 알아보고 있는 중이었다.

그러던 중 항상 주의 깊게 살펴보았던 오카자키의 배 검문소에서 오늘밤은 심상치 않은 북이 울리고, 우라와(浦曲)와 나루토 뒷산에 계속 등불이 깜박이는 것을 본 두 사람은, 아와로 잠입할 기회는 바로 오늘 밤이라고 생각하고 기슭에 배를 대었던 것이다.

두 사람은 지금 벌어지고 있는 소동이 겐노조와 오쓰나가 쓰루기 산에서 도망치자 일어난 것이 틀림없다고 생각하고 있었는데, 슈마가 미역 채취선을 타고 그들이 있는 곳 근처로 도망쳐 온 것이다.

날아간 밧줄은 만키치가 오랜만에 솜씨를 발휘한 호엔류(方圓流)의 포승줄이었다.

하지만 거리가 조금 멀었고, 어두운데다가 소용돌이치며 튀어오르는 바닷물 때문에 그가 슈마인 줄도 모르고 또 슈마의 품속에 중요한 비첩이 있는 줄도 모르고 소용돌이 사이로 그만 슈마를 놓치고 만 것이다. 한편 슈마가 절벽으로 내려가고 나서 곧 해변 쪽에서부터 슈마의 그림자를 따라 겐노조와 오쓰나가 쫓아왔다. 또한 그 뒤를 마고베와 아리무라, 그리고 도타로가 따라왔다.

이때 겐노조는 뒤에서 쫓아오는 마고베를 먼저 처리해야 할지, 아니면 슈마를 먼저 쫓아야 할지 망설이느라 잠시 주춤했다.

하지만 그는 질주하는 동안 개인적인 증오에 사로잡혀 사람을 목표로 하여 칼부림을 해서는 안 된다는 것을 깨달았다.

'문제는 비첩이다! 아와의 비밀을 밝혀 줄 열쇠! 사랑하는 주위 사람들에게 행복의 문을 열어 줄 소중한 열쇠인 것이다!'

요아미가 온몸의 피를 짜내면서 쓴 밀정의 유서, 그것이 가장 중요한 것이었다. 지금은 그것에 모든 노력을 기울여야 한다. 그것을 슈마가 에도에 가져가서 그가 그토록 바라는 공명을 손아귀에 거머쥔다면, 자신의 주위에 있는 사람들은 모두 불행해질지도 모른다.

아니, 살아 있는 자의 불행과 함께 그 비첩에 쏟아부은 요아미의 숭고한 피에 대해 겐노조는 볼 면목이 없어지는 것이다.

'내 피를 부끄럽게 만들지 마라! 나의 고심을 악인이 내 피를 이용하게 하지 말라! 그렇지 않으면 나는 억울한 혼령이 되어 영원히 쓰루기 산을 떠다닐 것이다! 비첩을 쫓아라! 비첩을 쫓아!'

어두운 하늘 저편에서 요아미의 쉰 목소리가 이렇게 말하며 겐노조를 채찍질하는 듯했다.

두 사람이 절벽 끝에 도착해 보니 이미 슈마의 그림자는 바닷속으로 들어가서 보이지 않았다. 그때 그들은 슈마가 남긴 밧줄을 발견했다.

그런데 돌조각이 부서져 떨어지는 속에서 그 밧줄을 타고 절벽 아래에서 만키치는 두 사람이 있는 쪽으로 올라오는 중이었다.
"앗!"
갑자기 눈에 흙이 들어오는 바람에 만키치는 중간의 바위 모서리에 발을 올려놓고 잠시 쉬었다. 그것을 모르는 오쓰나와 겐노조는 그 밧줄을 타고 그의 머리 위로 줄줄 미끄러져 내려갔다.
그 순간 절벽 끝에 온 마고베가 나무에 묶여 있는 밧줄을 발견하고는 그 줄을 끊어 버렸다.

만키치는 자신이 잡고 있던 밧줄을 타고 머리 위에서 미끄러져 내려오는 자를 보고 놀라서 소나무의 가지를 붙잡은 뒤 밧줄을 놓고는 절벽 사이로 몸을 숨겼다.
그러자 눈 앞에 두 사람의 승려가 떨어질 듯한 기세로 미끄러져 내려왔다.
"앗!"
만키치가 위를 올려 보는데 도중에 밧줄이 끊어지면서 두 사람은 모래사장으로 떨어졌다.
"만키치, 빨리 돌아오게!"
잠시 후 아래에서 다이칸의 다급한 목소리가 들려왔다. 그전에 만키치는 발을 디딜 곳을 찾고 있었는데 아무리 다이칸이 급하게 불러도 갑자기 내려갈 수는 없었다.
"빨리 와!"
"그래, 지금 가고 있네."
다이칸은 아직도 미친 듯이 소리를 치고 있었다. 그리고 만키치에게 계속 빨리 오라며 손짓을 했다.
밧줄이 도중에 잘리기는 했으나 겐노조와 오쓰나는 거의 해변의 모래사장 가까이 와 있었기 때문에 그렇게 큰 상처는 입지 않았다.
모래사장에서 만키치를 지켜 보고 있던 다이칸은 두 사람을 보고 깜짝 놀라면서도 기이한 우연이 너무나 기뻤다.
그래서 그것을 빨리 만키치에게 알려 주고 싶어서 부른 것이었다.
만키치는 배 있는 곳으로 급히 뛰어갔다.
"아니."
"자네인가?"

"앗, 오쓰나님."

파도 소리와 바람 소리 사이로 띄엄띄엄 갈라진 목소리가 오고갔다. 이제 네 사람의 모습은 하얀 파도가 치는 바다 위 배 안에 있었다.

배는 눈 깜짝할 사이에 바다 저쪽으로 사라졌다.

날이 밝았다. 아리무라와 마고베, 도타로는 천천히 흔들리는 배 안에 누워 있었다.

밤새 쌓인 피로를 견디지 못해 칼을 안고 잠이 든 것이다.

잔잔한 물결, 부드러운 바닷바람, 그리고 가을의 햇살이 세 사람의 어깨에 따갑게 내리쬐이고 있었다.

수난(受難)

"이봐, 오치에. 네가 그렇게 훌쩍거리고 있으니 밥맛도 없고 술맛도 떨어지잖아."

슈마와 한패가 되어 오치에를 야마시나에 있는 자신의 집에 감금해 놓은 가짜 승려는 홋타 이다유(堀田伊太夫)였다. 지금은 승려 옷을 벗고 때가 꼬질꼬질한 검은 옷을 입고 있었다.

이다유는 검댕투성이인 더러운 쟁반에다 버섯요리와 붕어구이를 놓고는 훌짝훌짝 낮술을 마시고 있었다.

이다유는 충혈된 눈으로 오치에를 바라보며 입술을 일그러뜨렸다.

"이제 좀 그만 하지 못해!"

오치에는 그림이 붙어 있는 벽장 앞에 몸을 웅크리고 앉아 있었다.

"멍청한 여자 같으니!"

이다유는 붕어를 꿴 꽂이를 입에 넣고는 이를 쑤시면서 말을 계속했다.

"당신도 좀 생각해 봐. 당신은 부모도 집도 친척도 없으니 이제 고아나 마찬가지잖아. 그리고 잘 곳도 없지. 그것을 슈마가 불쌍하게 생각해서 아내로 맞이하여 원래 있던 스루가다이의 저택에서 살게 해주려고, 아니 그보다 훨씬 더 호강시켜 주려고 하지 않느냐? 그런데 왜 그렇게 훌쩍훌쩍 짜는 거지?"

"싫어요."

오치에는 울면서 고개를 흔들었다.

"싫어?"

"……."

"은혜를 모르면 벌을 받는 거야."

"그래도 싫어요."

"건방지군."

이다유가 물고 있던 붕어 꽂이를 내뱉고는 몸을 일으키자 오치에는 자신도 모르게 몸을 움츠렸다. 그러나 그는 툇마루 쪽으로 걸음을 옮겼다.

파발꾼이 뭔가를 주고 망가진 싸리문 너머로 사라지자 이다유는 편지봉투를 뜯으며 뒤를 뒤집어 보았다.

"아니? 슈마가 벌써 오사카에 와 있나 보군."

이다유는 중얼거리면서 편지를 읽기 시작했다.

이다유의 얼굴에서 핏줄이 이상하게 불거지는 것 같았다. 편지에는, 슈마는 지금 오사카의 모처에서 잠복하고 있으며, 비첩을 빼앗으려는 아와의 무사들과 겐노조 때문에 쉽게 나타날 수 없다, 그 때문에 만일을 위해서 이 편지에도 자신이 어디에 있는지 쓰지 않겠다, 자신은 지금 숨어 있는 곳에서 나가기 위해, 나루토의 바다에서 도망칠 때 이상으로 고심하고 있다는 내용이었다.

"음, 그렇군."

이다유는 고개를 끄덕이며 그 다음으로 눈길을 돌렸다.

하지만 여기까지 와서 언제까지나 주저하고 있을 수는 없다. 틈을 봐서 과감히 에도를 향하여 떠날 것이다.

날짜는 아마 ××일이 될 것이다.

나는 오사카에서 가와치(河內) 뒷길을 택해서 오쓰로 우회할 생각이다. 그러는 편이 다른 사람 눈에 띄지 않을 것같았다. 그러니 중간인 젠조지 고개에서 만나기로 하자.

그곳에 빨리 온 사람이 기다리기로 하자.

빠른 가마를 세 채 준비하라. 술값을 충분히 주어서 가능하면 에도까지 갈 자들을 구해라. 가마비도 많이 줄 테니까 다리가 튼튼하고 힘센 자들로 구해라.

그 밖에도 여러가지 지시 사항이 있었다. 슈마와 만날 때를 기다리는지 이다유는 변변치도 않은 가재도구를 모조리 팔아 그 돈으로 술을 마셨다.

어느 날 아침, 이다유는 갑자기 오치에게 재갈을 물리고 벽장에 넣더니 밖에서 문을 잠그고 외출했다. 허름한 옷에 낡은 칼 두 자루를 차고 있었지만 에도로 돌아간다는 자신감으로 가득 차 있었다.

'뛰어난 가마꾼을 여섯 명이나 구하려면 이곳에서는 좀 힘들겠군.'

이다유는 아침부터 술을 마셔 붉어진 얼굴로 혼자 중얼거리더니 야마시나로 향했다.

야마시나에 도착한 이다유는 도중에 교체해 주지 않아도 에도까지 너끈히 갈 수 있는 튼튼한 가마꾼들을 구하기 시작했다.

가재도구 하나 없고, 사람도 없이 비어있는 이다유의 집은 휑댕그렁했다. 이따금 붉은 고추잠자리가 날아다니고 있었다.

"가마를 준비하러 갔군."

그런데 이다유가 없는 집 창문 너머로 살짝 얼굴을 내민 거지가 있었다. 그 거지는 머리카락과 수염이 너무 길고 얼굴은 깡 말라 있었지만, 오랫동안 거지 생활을 한 것이 아님은 금방 알아볼 수 있었다. 어딘지 아직은 그렇게 영락하지 않은 듯한 부자연스러운 데가 있었다.

거지는 잠겨진 문을 따고 더러운 발로 살금살금 방 안으로 들어왔다.

"으음……"

거지는 신음 소리를 내면서 주위를 둘러보았다.

'아무것도 없잖아. 술병과 술잔, 화로 하나가 고작이군. 그리고 벽장에 여자인가?'

거지는 유유히 벽에 걸려 있는 옷의 주머니를 뒤져 보았다.

그곳에서 슈마가 이다유에게 보낸 편지만 빼낸 거지는 옷은 원래대로 벽에 걸어 놓았다.

거지는 눈빛을 빛내며 편지를 읽기 시작했다.

"으음…… 그러면 마지막으로 슈마 녀석이? 이것 큰일이군. 에도로 가지고 간다고? 이렇게 된다면 하치스가 가는 치명상을 입게 되는데. 음 알았어……."

거지의 얼굴에 홍조가 나타났다.

놀라거나 혹은 고개를 끄덕이면서 계속 편지를 읽던 거지의 모습을 자세히 보자 그는 바로 게이노스케였다.
 아리무라에게 심한 욕설을 듣고 발길질까지 당한 뒤에 여자의 시체를 안고 아지 강 저택에서 쫓겨난 무사답지 않은 무사였다. 오요네의 시체는 그날 밤 오 강에 버렸지만, 그때의 오요네의 죽은 얼굴과 피 냄새는 언제까지나 그를 따라다녔다.
 아무도 돌보아 주는 이 없이 부랑자 숙소에 누워 오랫동안 몸과 마음의 병을 앓고 난 게이노스케는, 오사카에서 모습을 감추어 버린 뒤 오카자키 논에 있는 오두막집에서 죽은 영혼과 세상을 두려워하며 숨어 지내고 있었다.
 그러던 어느 날 밤, 게이노스케는 그 오두막집 근처에서 승려 차림을 하고 있지만 몹시 수상해 보이는 한 남자가 품위 있는 옷차림을 한 여자를 위협하고 있는 장면을 목격하고 뒤를 밟았다.
 매일 이다유의 집 주위를 서성거리는 동안 이다유와 슈마가 미묘한 관계에 있다는 것을 알고 계속 지켜 보고 있는데 슈마에게서 편지가 날아들었던 것이다.
 그날도 그는 거적을 쓰고 이다유의 집 창문 아래 몸을 웅크리고 있었다.
 슈마에게서 온 편지를 품에 넣은 게이노스케의 얼굴에 갑자기 생기가 돌기 시작했다.
 '그렇다! 이제 나는 아와로 돌아갈 수 있게 되었다! 이 중대한 사실을 아지 강 저택에 알려 주자. 그러면 시게요시님이나 아리무라님께서는 내가 저지른 죄를 용서해 주실 것이다. 그렇게 되면 어느 누구도 내가 돌아가는 것을 막지 못할 것이다!'
 게이노스케는 흙투성이 발자국을 다다미에 남긴 채 도둑고양이처럼 부엌에서 나가려고 했다. 그때 뒤에 있는 벽장에서 괴로운 듯한 여자 목소리가 들렸다.
 "아아, 여보세요."
 '뭐지?'
 게이노스케가 뒤를 돌아다보자 벽장 문이 흔들리고 있었다.
 "누구신지 모르지만, 저를, 저를 좀 꺼내 주세요. 아니면 이조 성에 있는 사쿄노스케님에게 제가 이곳에 있다고 급히 알려 주세요."
 '아, 지난번 끌려온 여자로군.'
 게이노스케는 그것을 알았지만, 벌써 마음은 다른 곳으로 가 있었다. 궤짝 안에서 나오는 슬픈 목소리는 그가 벌써 뒤에 있는 대나무숲 사이를 빠져 나갔다는 것도 모른 채 계속 구해 줄 것을 호소하고 있었다.

한 남자가 품위 있는 겉옷에 번들거리는 삿갓을 쓰고, 방망이를 옆에 차고 천으로 만든 신발을 신고 간주지 연못가를 걷고 있었다. 누구에게도 한눈에 관리로 보이는 차림새였다.
그 관리와 함께 부하로 보이는 몇 명이 짚신 신은 발을 맞추어 연못 옆을 걷고 있는데, 마침 그곳을 향하여 달려오던 거지가 그들을 보고는 갑자기 반대편 방향으로 달리기 시작했다.
그러자 삿갓을 쓴 관리는 이맛살을 찡그리며 그 자리에 멈추어 섰다.
그는 사쿄노스케에게 보내는 밀사를 겸하여 에도 남쪽 봉행소의 명을 받고 오쓰나를 잡으러 온 수완있는 여력 나카니시 야소베였다.
교토 봉행소의 양해 아래 야소베는 오쓰나를 잡기 위해 얼마 전부터 교토와 오사카 사이를 돌아다니고 있었다.
지금 거동이 수상한 거지를 본 야소베는 턱짓을 하면서 말했다.
"저 자가 수상한데…… 잡아 와!"

엿장수
얼마 전 시모가모의 별장으로 두 사람의 밀사가 찾아온 이후, 이조 성과 관청에서 에도로 보내는 밀사들이 끓이지 않았다.
심각한 일이 일어나고 있는 듯한 공기가 교토에 짙게 깔렸다.
관리들은 집에 돌아가지도 못한 채 충혈된 눈을 하고 입을 굳게 다물고 있었다.
"나카니시 야소베라는 자로부터 급보가 왔습니다."
연일 몹시 바빠서 심신이 지친 사쿄노스케의 직무실로 하인이 한 통의 편지를 가져왔다.
그것을 아래 관리가 받아서 시종에게 주었다. 다시 시종은 사쿄노스케에게 편지를 전달했다.
그는 가리개 건너편에서 고잔과 뭔가 낮은 목소리로 밀담을 나누고 있었다.
"야소베?"

언젠가 별장으로 여자 그림을 가지러 돌아 온 여력 중 한 사람을 떠올리면서 사쿄노스케는 봉투를 뜯었다.

안에는 야소베의 편지와 함께 둘둘 말려 있는 한 통의 다른 편지가 있었다. 그것은 야소베가 간주지 연못 주위에서 거동이 수상한 거지를 잡아서 문초해 본 결과, 뜻밖에 입수한 슈마의 편지였다.

사쿄노스케는 두 통의 편지를 모두 읽었다.

"그러면 오치에를 감금해 놓은 자가 슈마의 조종을 받고 있는 것 같군. 내일 젠조지에서 만난다고?"

"도대체 무엇입니까?"

고잔이 궁금해서 기다릴 수 없다는 듯이 가까이 다가와서 사쿄노스케가 들고 있는 편지를 눈으로 더듬어 내려갔다.

"아니, 슈마 녀석이 비첩을 가지고 에도로 간다고?"

"음, 그렇게 되면 젠노조가 면목이 없겠는걸."

"그렇고 말고요."

고잔은 화를 내는지 말에 힘을 주었다.

"즉시 파발마를 보내 이 편지에 있는 사실을 만키치에게도 알려 주어야겠습니다."

"좋네. 즉시 처리하게."

"알겠습니다. 그러면 한시라도 빨리."

이렇게 말하면서 고잔이 일어서려고 하자 사쿄노스케가 말렸다.

"잠시만 기다리게."

"예?"

"오치에는?"

"오치에님 문제라면, 제가 직접 야마시나에 있는 이다유라는 자의 집으로 가 보겠습니다. 그리고 오치에님의 안부는 도중에서 심부름꾼을 시켜 알려 드리겠습니다."

고잔은 슈마의 편지를 상자에 넣은 다음 파발마를 시켜, 오사카에 있는 만키치의 집으로 보냈다. 그리고 자신은 삿갓을 깊숙이 눌러쓰고는 야마시나로 가서 이다유라는 자의 집을 찾기 시작했다.

하지만 고잔이 그곳을 찾아 내었을 때는, 이미 집주인으로 보이는 남자가 안에 있는 먼지를 털고 문을 잠그고 있는 중이었다.

고잔이 묻자, 이다유는 점심 무렵 황급히 세 채의 가마를 가지고 와서 집을 주인에게 넘겨 주고는 에도로 갔다는 이야기였다.

젠조지까지는 반나절밖에 걸리지 않는다. 슈마의 편지에 내일 만나자고 되어 있어서 그렇게 서두르지 않았던 고잔은 자신의 불찰을 후회했다. 그리고 혈안이 되어 오쓰로 가는 길을 더듬으며 그들의 뒤를 쫓았다.

한편 집에 어울리지 않게 관청의 붉은 상자가 모모타니에 있는 만키치의 집에 도착했다.

"뭘까?"

오키치는 불안감을 느끼면서 그것을 가지고 다락방으로 올라갔다.

뒤돌아보면 험악한 쓰루기 산과 오카자키의 배 검문소, 나루토 바다의 소용돌이를 뚫고 용케도 이곳까지 왔다고 스스로도 기이하게 생각하는 오쓰나는 만키치의 집 다락방에 숨어 있었다.

슈마가 갈 만한 곳을 찾아다니느라 좀처럼 집에 없는 겐노조와 만키치는 겨우 그곳을 알아 내어, 마침 그날은 집에 있었다.

"아니, 어디에서 왔지?"

그들은 황급히 상자를 열어 보았다. 길보였다.

편지를 읽은 순간 오쓰나와 겐노조의 얼굴이 어두운 구름이 걷히듯 갑자기 환해졌다. 만키치의 기쁨도 뭐라 형용할 길이 없었다.

'이제 때가 왔다! 악마 같은 녀석!'

만키치는 춤이라도 추고 싶은 기분을 억누르면서 몇 번이고 고잔의 편지와 함께 온 슈마의 편지를 읽어 보았다.

오사카에 온 슈마는 신변의 위험을 느끼고 연줄을 더듬어 사카이 사누키노카미(酒井讚岐守)의 창고지기 혼다(本田)라는 자의 집에 숨어 있었다.

상황이 조금 가라앉으면 에도로 갈 생각이었다. 혼다는 슈마의 감언이설에 홀딱 넘어가 그를 숨겨 주고 있었다.

오사카 성의 창고지기, 특히 혼다는 사카이(酒井) 가의 오래 된 신하로, 아무도 그를 함부로 대할 수 없었다. 그래서 어느 누구라 해도 슈마가 그 집 문을 나서기 전에는 비첩을 빼앗을 수가 없었다.

아와 쪽에서도 슈마가 숨어 있는 곳을 어렴풋이 짐작하고 있었다.

하지만 그쪽도 역시 손을 쓰지 못하고 있었다.

처음에는 만키치도 아와 쪽에서도 끈기 있게 온종일 그곳을 감시했다. 그러나 이래서는 슈마가 그곳에서 나올 리가 없다는 것을 깨닫고, 요즘에는 일부러 서로 감시의 끈을 느슨히 하고 있던 참이었다.

그때 생각지도 않던 곳에서 길보가 날아온 것이다.

잠시 동안 다락방에서는 은밀한 이야기가 계속되었다.

오키치는 농문을 열고 준비해 두었던 옷과 물건을 가지고 조용히 다락방으로 올라갔다.

이윽고 만키치의 집에서 삿갓을 쓴 두 남녀가 토방에서 짚신을 신었다. 오키치는 먼저 밖으로 나가서 날씨를 살피며 집 주위를 둘러보고 있었다.

"그러면 두 분……"

만키치가 뒤에서 짚신을 신고 밖으로 나왔다.

"내일."

만키치는 짤막하게 그 말만 하고 고개를 숙였다.

"그러세."

겐노조도 고개를 끄덕일 뿐, 아무 말도 하지 않고 성큼성큼 발을 내디뎠지만, 하지만 여자인 오키치와 오쓰나는 서로 껴안은 채 이별을 아쉬워했다.

두 여자의 모습을 보자 눈물이 나올 것 같아 만키치는 먼저 다른 곳으로 뛰어갔다.

이윽고 만키치가 도착한 곳은 시코쿠 가게의 숙소였다.

만키치는 그곳에서도 오쿠라와 툇마루에서 간단하게 용건만을 말한 다음 또다시 어디론가 뛰어갔다.

"문지기! 이보게, 문지기!"

같은 날 밤, 아지 강 저택의 정문 그늘에 서서 주위를 꺼리는 듯 낮은 목소리로 문지기를 부르는 자가 있었다.

"문지기."

그것도 주위의 눈길에 몹시 신경을 쓰는 듯 한 번 부르고 나서는 뒤로 물러서서 어슬렁거렸다. 그러다 다시 살며시 고개를 내밀었다.

"이보게, 문지기. 잠시 나와 보지 않겠나?"

"누군가?"

마지못해서 대답하는 문지기 기헤이(喜平)의 목소리가 들렸다.

문이 열리는 소리가 들리고 반짝거리는 대머리가 나왔다.

"기헤이로군."

상당히 반가운 듯이 밖에 있는 남자가 가까이 다가갔다.

"누구냐, 너는?"

문지기 기헤이 영감은 6척 봉으로 가로막으며, 일부러 상대방이 가까이 다가오지 못하도록 위협하는 자세로 서 있었다.

그 모습을 보자 상대방은 갑자기 구멍에라도 들어가고 싶은 듯이 고개를 숙였다. 거적을 둘러쓰고 있어서 얼굴을 알아볼 수 없었지만, 어쨌든 거지인 것은 분명했다.

"이 녀석 거지가 아닌가? 건방진 녀석 같으니. 그래 놓고 뻔뻔스럽게 기헤이에게 나오라고 하는 거야?"

"미안하네. 실은……."

"실은 뭔가? 얼빠진 녀석이군. 얼른 저쪽으로 꺼져라."

기헤이가 더러운 것이라도 치우는 듯이 6척 봉 끝으로 거지를 찌르자, 상대는 그 봉을 잡더니 갑자기 얼굴을 들이밀었다.

"이보게. 나, 나는 게이노스케일세."

문지기 기헤이는 놀라서 한동안 입을 딱 벌린 채 다물지를 못했다. 잠시 상대방을 살펴보니, 그 거지는 게이노스케가 틀림없었다.

"어떻게 되신 겁니까? 게이노스케님."

"면목이 없네. 실은 지금 사정이 안 좋네."

"이곳을 나간 뒤에 상당히 심한 병으로 고생하신다는 소문은 들었는데요."

"하지만 오늘 밤은 마냥 뒤에 물러서 있을 수만 없는 급한 용건이 있어 야마시나에서 왔네. 아리무라님은 계신가?"

"아까부터 와 계십니다."

"그렇지만 아무리 생각해도 직접 그 분을 만날 수는 없을 것 같군."

"무슨 화급한 용건이라도 있습니까?"

"하치스가 가의 흥망에 관계될 정도로 중요한 일을 전하러 왔네. 저, 잇카쿠는 어디에 있나?"

"잇카쿠님은 쓰루기 산에서 최후를 마쳤습니다."

"뭐라고, 잇카쿠가 죽었다고? 음, 그래? 그렇다면 마고베는 어디에 있지?"

"지금 안에 계십니다."

"그러면 미안하지만 잠시 이곳으로 나와 달라고 전해 주지 않겠는가?"

게이노스케는 그렇게 부탁하고 담 옆에 웅크리고 앉았다.

게이노스케가 중요한 일을 알리러 왔다는 말을 듣고 마고베는 안에서 나왔다.

두 사람은 졸졸 흐르는 여울물 옆에 앉아 다리가 저릴 정도로 오랫동안 얘기를 나누었다.

"그러니 다시 한 번 배꾼들을 다룰 수 있도록 자네가 힘을 써 주지 않겠는가?"

게이노스케는 이렇게 요구하면서, 그 대가로 슈마의 행동에 대해 그가 야마시나에서 알아 낸 것을 남김 없이 말해주고 말았다.

뒤에서는 아리무라가 이들의 이야기를 몰래 엿들으면서 쓴웃음을 짓고 있다.

그리고 마고베와 게이노스케가 이야기하고 있는 사이에 저택 안으로 들어가 와쿠이 도타로에게 그 말을 전하고 무사들에게 뭔가 채비를 하라고 명령했다.

"좋은 소식을 알려 주었소. 어쨌든 아리무라님에게 알리고 오지요."

마고베는 게이노스케를 밖에 남긴 채 저택 안으로 들어갔다.

내부에서는 벌써 삼엄한 공기가 감돌고 있었다.

마고베는 아리무라와 잠시 밀담을 나눈 다음 다시 문 밖으로 모습을 나타냈다. 그러고는 벽에 붙어 있는 게이노스케에게 손짓을 해서 부르더니 귓속말을 했다.

"음…… 알겠네. 그러면 나는 그쪽으로 가겠네."

게이노스케는 고개를 끄덕이고 거적으로 어깨를 둘러싸더니, 슈마가 숨어 있는 토사보리의 창고 저택을 향해 뛰어갔다.

게이노스케는 그곳에서 슈마가 나가는지 지켜 보기로 하고, 아지 강 저택에 있는 자들은 새벽에 요도(淀) 강을 작은 배로 거슬러 올라가서 오사카로 나간다음, 그곳의 히라가타(枚方)의 찻집에서 준비를 하고, 쓰다(津田)에 잠복하여 슈마가 오는 것을 기다린다는 약속이었다.

'이 역할만 제대로 해낸다면 나는 원래의 위치로 돌아갈 수 있다.'

게이노스케는 이 일에 모든 것을 걸었다.

거적을 뒤집어쓰고 창고 저택의 물통 뒤에서 개처럼 자고 있는 동안 토사보리의 강에서 안개가 하얗게 피어올랐다. 아직 사람이 다니지는 않았지만, 서서히 날이 밝아오고 있었다.

그때 반대편 그늘에서 전날 밤부터 자고 있는 남자가 있었다.

숙소를 잡지 못한 여행객처럼 얼굴을 천으로 감싸고 그 위에 삿갓을 쓰고 있었다. 그리고 주위에 있는 짚을 모아서 바닥에 깔고는 창고 벽에 팔짱을 낀 채 기대앉아 있었다.

하지만 눈만은 끊임없이 사카이가의 저택을 주시하고 있었다. 게이노스케는 그 자가 덴마의 만키치인 줄은 꿈에도 알지 못했지만, 만키치는 반대편에 게이노스케가 있다는 것을 벌써 알고 있었다.

이윽고, 참새 소리가 들릴 때쯤 해서 저택의 문이 열리는 소리가 들리더니, 잠이 부족한 듯한 하인이 빗자루를 들고 나와 바닥을 쓸고, 심부름꾼으로 보이는 남자가 밖으로 나왔다.

하지만 슈마같이 보이는 자는 나오지 않았다.

"응?"

만키치가 잠시 눈길을 다른 곳으로 돌린 사이에 게이노스케는 거적을 완전히 뒤집어쓰고 물통 뒤에서 기어 나오고 있었다.

만키치도 급히 그 자리에서 일어섰다.

그때 조금 열린 뒷문을 통해 밖으로 살짝 빠져 나온 남자가 있었다.

사내는 옅은 홍색의 두건에 소매가 없는 겉옷을 입고, 가슴에는 굵은 끈으로 인형 상자를 매달고 있었다. 요즘 자주 보이는 엿장수였다.

문 안에서 네다섯 명이 그 엿장수를 전송했다. 사내도 인사를 하고는 즉시 예리하게 주위를 둘러보더니 안개가 자욱이 내려앉은 길을 성큼성큼 걷기 시작했다.

'음, 슈마로군.'

슈마를 사이에 두고 거적을 쓴 게이노스케는 길 건너편에서, 그리고 만키치는 이쪽에서 쫓아갔다.

'엿장수? 제법 머리를 썼군. 오늘 떠난다는 것을 몰랐으면 감쪽같이 속을 뻔했어.'

만키치는 삿갓 밑에서 반짝이는 눈으로 슈마다운 교묘한 변장을 바라보면서 따라갔다.

다마쓰쿠리구치(玉造口)에서 가와치지(河內路)로 가다가 시기노(野)에 오자 슈마는 찻집에서 잠시 쉬었다.

만키치도 잠시 앉아서 아침을 먹으면서, 그 엿장사가 슈마가 틀림없다는 사실을 다시 확인했다.

찻집을 나오자 또 어디에선가 거적을 둘러쓴 게이노스케가 나타나더니 슈마의 뒤를 따라서 걸었다.

그래서 만키치는 아와 쪽에서도 오늘의 일을 알고, 슈마가 가는 곳에서 미리 대기하고 있다는 것을 느낄 수 있었다.

'귀찮은 녀석이로군. 어떻게 한다?'

만키치는 기사베(私部) 부근에 오자 계속 뭔가를 생각하다가, 일부러 조금 슈마보다 뒤처져 걷더니 앞에 가는 거적을 둘러쓴 사람을 불렀다.

"이보게."

게이노스케는 잠시 뒤를 돌아보다가, 못 들은 척하고 앞길을 재촉했다.

"거기 가는 걸인, 잠시만 기다리게."

"예? 저 말씀입니까?"

슈마에게 신경을 쓰면서 게이노스케는 멈추어 섰다.

"그래, 적선을 좀 하려고 부르는데 왜 즉시 멈추지 않는가?"

"감사합니다. 하지만……"

"하지만, 뭔가?"

"조금 급한 일이 있어서요."

"흐흥."

만키치는 게이노스케의 어깨를 두드리며 놀리듯이 말했다.

"그만두게. 오늘은 아무리 서둘러도 소용이 없을걸세."

"예?"

"그보다는 다치기 전에 가만히 지켜 보는 게 좋아. 자네에게 해로운 말은 아니니까."

게이노스케는 그때서야 비로소 만키치를 올려다보았다.

"앗, 네 녀석은 만키치가 아니냐?"

게이노스케는 만키치의 멱살을 잡으려고 달려들었다.

"무슨 짓이냐?"

만키치가 방망이로 게이노스케의 손을 때리자 게이노스케는 놀라서 도망쳤다. 그러나 몇 걸음 못가, 어느 틈에 만키치의 포승줄에 묶여 뒤로 벌렁 자빠졌다.
 빙빙 포승줄을 감아 든 만키치는 게이노스케를 숲 속으로 끌고 갔다. 그곳에는 목이 없는 석상(石像)이 서 있었다. 거기에 게이노스케를 묶어 놓고 숲에서 나와 보니, 슈마와의 거리가 상당히 멀어져 있었다.
 앞으로 에도에서 누릴 영화를 꿈꾸며 오치에와 만나는 장면을 상상하는 슈마의 발걸음은 나는 듯이 가벼웠다.
 그런데 쓰다의 오이와케까지 오자 쉬지 않고 걷던 슈마가 갑자기 발길을 멈추었다.
 가만히 생각해 보니, 자신은 인형 상자와 엷은홍색 두건에 소매 없는 옷을 입고 있었다. 그는 대담하게 때마침 붐비기 시작한 야채 손수레와 여행객, 그리고 짐을 든 사람들 사이에 섞여 천천히 지나갔다.
 '아, 간이 콩알만해졌다.'
 그 길을 지나고 나서 슈마는 생각했다.
 '어떻게 냄새를 맡았을까?'
 쓰다의 갈대발을 친 어떤 집에서 분명히 아와의 무사와 아리무라, 그리고 눈에 익은 마고베의 두건을 본 것이다. 모두 몹시 근엄한 표정을 짓고 있었다.
 "아무래도 위험해."
 막 살얼음을 밟고 지나온 듯, 지나오고 나서 새삼스럽게 등골이 오싹했다.
 떨림이 사라지고 조금 안정이 되자, 이번에는 지난번 편지를 보낸 이다유가 걱정되기 시작했다.
 '오치에를 야마시나까지 데리고 왔다는 것은 그 전에 소식을 받아 알고 있지만, 무사히 젠조지 고개까지 와 주면 좋을 텐데.'
 슈마는 이런저런 걱정을 하면서 피곤함도 잊고 어느 틈엔가 조용한 마을을 빠져 나갔다. 젠조지 입구와 샛노란 은행나무 가지가 멀리서 보였다.
 슈마의 머리 위에서 때까치가 울다가 날아가자 나뭇잎이 우수수 떨어졌다.
 절은 고갯마루에 있었다.
 만일 이다유가 먼저 왔으면 이 부근에 있을 거라고 생각했지만, 그의 모습은 보이지 않았다. 슈마는 절 입구의 돌계단 아래에 앉아서 잠시 가을 햇살을 쬐고 있었다.

홍색 두건 위로 은행잎이 몇 장 떨어졌다.
"아니, 엿장수잖아!"
인형극을 하는 엿장수다.
그곳에 밤을 주우러 온 아이들이 친구라도 만난 것처럼 반가워하며 슈마 주위에 모여들었다.
아이들은 말똥말똥 그를 바라보며 생글거리다가 고개를 든 슈마의 무서운 눈을 보고는 놀라 재빨리 마을 쪽으로 흩어졌다.
그 다음에는 그림 같은 가을 햇살 속을 비구니 한 사람이 지나갔다.
두시간 정도 지나는 사이에 생긴 변화라고는 그것뿐이었다.
하지만 슈마는 조금도 지루하지 않았다.
기다리는 시간을 이렇게 희열에 가득 차 황홀하게 보내는 것은 일생 동안 그렇게 자주 있는 일이 아닐 것이다.
'어쨌든 낙원의 문은 열리고, 나는 그곳으로 들어가기만 하면 된다. 조금은 기다려 줄 수 있지.'
슈마는 매우 너그러운 마음으로 생각에 잠겨 있었다.
이윽고 가마 세 채와 따로 교대로 가마를 들 사람 둘이 슈마 쪽을 향하여 오는 것이 보였다.
그들은 젠조지 문 앞까지 오자 발길을 딱 멈추었다. 가마 한 채에서 발을 젖히고 이다유가 밖으로 나왔다.
"수고했네."
이다유는 가마꾼들을 격려했다.
"아, 이다유! 여기야, 여길세!"
슈마는 손을 들어 이다유를 불렀다.
"야, 슈마. 정확하게 때맞춰 만났군."
"정확하긴 뭐가 정확해. 나는 아까부터 하품을 하면서 기다리고 있었는데."
"실은 야마시나에서는 어제 나왔는데, 도중에 따라오는 수상한 녀석을 따돌리느라 생각 외로 시간이 많이 걸렸네."
"그래? 그보다 오치에가 걱정이네."
"후후, 자네도 어지간하군."
"웃지 말게. 나는 진지하니까."

"저 가마 안에 있으니 잠시 보겠나?"
"그렇게 말하니 조금 쑥스러운데. 그나저나 이제 모든 것을 받아들이는 눈치던가?"
"천만에! 고분고분 말을 듣게 하려면 애를 써야 할 걸."
"에도에 도착할 때까지는 어떻게든 결말이 나겠지. 이제 가마가 왔으니 이런 것을 매달고 있을 필요는 없지."
이렇게 말하면서 슈마는 가슴에 걸고 있던 인형 상자와 두건을 벗어서 하나로 둘둘 말더니, 자신이 타고 갈 가마 속에 집어 넣었다.
그것을 벗어 버리고 몸이 가벼워진 슈마는 왠지 기분까지 상쾌해지는 것 같았다.
그리고 나서 오치에의 가마를 들여다보았다.
"오치에, 잠시 밖에 나와 경치를 구경하는 게 어때?"
찬서리를 피하려는 목련꽃처럼 오치에는 가마 안에서 몸을 웅크리고 있었다.
머리는 헝클어지고 손은 밧줄로 묶여 있었으며, 창백한 얼굴에는 재갈이 물려 있었다.
"오치에, 에도에 있었을 때보다 상당히 여위었군."
슈마는 가마에 기대어 오치에의 하얀 목덜미를 천박한 눈길로 바라보았다.
"원래 아리따운 여인이 마르니 더욱 아름다움이 느껴지는군. 아니, 울고 있나? 너무 오랜만에 나를 보니 기뻐서 눈물이 나오는가 보군. 슈마도 당신이 그리웠지. 그 이후 사연이 많았지만, 그것은 나중에 이야기해 주지."
가마를 들여다보던 슈마는 점점 가마 앞으로 몸을 숙였다. 그리고는 오치에의 재갈만은 풀어 주었다.
"불쌍하게도…… 힘들겠지만 손은 가는 동안만 좀 참으시게. 그 대신에 에도에 도착하면 사치도 자유도 마음껏 누리게 해주지. 이 다비키와 슈마의 아내가 되는 것도 그렇게 나쁘지 않을꺼야."
슈마는 이렇게 말하며 장난 반으로 오치에의 얼굴을 만지려하자 차갑게 각오를 정한 오치에의 얼굴이 분노로 빨개졌다.
치켜 올라간 오치에의 험악한 눈길이 슈마의 경박한 입술을 똑바로 노려보았다.

"미친 남자! 도대체 무슨 말을 하고 있는 거예요?"
"난 미치지 않았어. 오히려 너무도 진지하지."
"이 오치에는 당신의 말이 무슨 뜻인지 이해가 되지 않는군요."
"당신은 내 아내라는 것을 말해 주고 있지 않는가? 오치에, 당신은 내 성질을 잘 알고 있을 거야. 그러니 쓸데없이 발버둥치거나 불평을 하는 것은 삼갔으면 좋겠군."
"입 닥쳐! 난 당신처럼 짐승보다 못한 사람을 남편으로 허락한 적이 없어."
"쳇. 이 슈마가 친절하게 대해 주니까 또 기어오르는군. 그렇다면 스루가다이의 지하 방에서 꺼이꺼이 울 때처럼 호된 꼴을 당하게 해 줄 거야. 이렇게!"

멱살을 잡고 오치에를 가마 밖으로 끌어 낸 슈마는 무자비한 손바닥으로 오치에의 뺨을 때렸다. 그러고는 아직 분이 풀리지 않는다는 듯이 계속 때렸다. 그것에서 일종의 쾌감을 느끼는 듯 슈마는 때리는 손길을 멈추지 않았다.

마침내 자신의 팔에서 힘이 빠지자 차넣듯이 오치에를 가마 속으로 밀어 넣었다.

"이다유, 이제 가지."

슈마는 못 본 척하고 담배를 피고 있던 이다유와 가마꾼을 재촉했다. 그러자 이다유는 놀리듯이 슈마에게 말했다.

"슈마, 의외로 여자에게는 거칠군."

"그렇지도 않은데, 잘 해주면 저렇게 기어오르네. 게다가 전부터 오치에를 보면 왠지 때리고 싶은 생각이 드네."

슈마는 쑥스러운 듯이 그 말을 남기고 가마 안으로 들어갔다.

"나리! 산마루 쪽으로 갈까요?"

가마꾼이 가마를 메며 물었다.

"그래. 이제 출발해 주게."

이다유도 가마 안으로 들어갔다.

"해가 저물기 전에 저 고개를 넘을 수 있을까?"

앞에 선 가마꾼이 묻자 뒤에 있는 가마꾼이 웃으면서 대답했다.

"아직 해가 저렇게 남았으니 충분하겠지."

가마꾼은 가속도가 붙어 발걸음이 빨라졌다. 젠조지 지붕에서 불어 오는 힘찬 가을 바람에 은행잎이 회오리를 그리며 올라가자, 그 소용돌이를 뚫고 갑자기 나타난 두 승려가 팔을 벌리고 다짜고짜 가마를 막아섰다.

"잠깐만! 그 가마에 볼일이 있네."

가마 안에서 얼굴을 내민 슈마는 깜짝 놀라 뒤로 도망치려고 했다. 그러자 오쓰나가 재빨리 달려와서 칼을 내리치자 가마의 발과 함께 슈마의 귀밑머리가 잘려 나갔다.

"웃!"

온 얼굴에 피를 뿜으며 슈마는 이다유를 향해 되는대로 소리를 쳤다.

"이다유! 도와 주게!"

오쓰나에게 칼을 휘두르며 가마에서 뛰어나왔으나 이다유를 쓰러뜨린 겐노조가 나는 새처럼 왼손으로 슈마의 늑골을 갈랐다.

"비겁자!"

"으악!"

슈마는 피투성이가 되어서도 소리를 지르며 달렸다. 하지만 열 걸음도 달아나기 전에 바람을 가르고 날아온 밧줄에 발이 걸려 앞으로 고꾸라지고 말았다.

만키치였다.

오쓰나도 재빨리 슈마 옆으로 달렸다. 겐노조도 즉시 최후의 일격을 가하고 두 사람에게 달려갔다.

"오쓰나, 비첩을 찾아봐!"

만키치와 오쓰나의 손이 기쁨에 떨면서 슈마의 몸을 더듬었다. 아직 체온이 남아 따뜻한 가슴, 허리, 등, 다리, 결국 각반의 끈까지 풀어서 찾아보았지만, 어떻게 된 일일까? 비첩은 나오지 않았다.

마음을 뒤덮은 검은 안개가 세 사람의 기쁨을 순식간에 날려 버렸다.

바로 그때 숲을 뚫고 한 떼의 무사들이 질주해 왔다.

오쓰나의 업보

숲을 가로질러 똑바로 그들을 향해 달려오는 무사들은 아지 강 저택의 무사들이었다. 그 앞에 아리무라, 마고베, 도타로도 달려왔다.

그들은 아침 나절에 요다 강을 거슬러 올라가서 쓰다의 찻집에서 게이노스케의 소식을 기다리고 있었다. 그러나 아무리 기다려도 게이노스케가 나타나지 않자, 더 이상 기다릴 수 없었던 그들은 서둘러 젠조지로 향했다.

그래서 미리 잠복하고 있으려는 계획이 깨져 버린 것이다.

"결국 녀석들이 왔군!"

슈마의 몸에서 비첩을 찾지 못하자, 혹시나 해서 이다유의 몸을 뒤지고 있던 만키치는 역시 실망하면서 다가오는 살기를 바라보았다.

슈마는 베어 버렸지만, 소중한 비첩은 발견되지 않았다. 겐노조는 아직 오른팔에 입은 총상이 낫지 않았고, 가마 속에는 가냘픈 오치에가 있다.

'이 상황을 어떻게 뚫고 나가지?'

만키치도 낭패스러웠다.

어쨌든 그는 먼저 묶여 있는 오치에를 풀어 주려고 했다. 그러자 벌써 아와의 무사들은 바로 가까이까지 다가와서, 슈마의 선혈을 밟고 서있는 오쓰나와 겐노조에게 다가서고 있었다.

'음, 이곳까지 쫓아왔군.'

겐노조는 속으로 중얼거렸지만, 이곳까지 와서도 결국 비첩을 발견하지 못한 데 대한 낙담으로 입맛이 씁쓸했다.

겐노조는 뒤를 돌아보고 빠르게 말했다.

"오쓰나! 당신은 오치에님을 도와서 젠조지 산마루로 잠시 숨어 있어. 빨리 오치에님을 데리고 이 자리를 피해!"

"그래, 그것이 좋겠어."

만키치는 오쓰나의 허리끈을 잡고 뒤로 끌었다. 그러고는 놀라움과 피로로 정신이 없는 오치에를 가마에서 나오게 해서 산마루 길로 재촉했다.

"여기 있으면 오히려 겐노조님에게 짐이 될 뿐이니 빨리 가게."

오치에의 가녀린 몸을 껴안듯이 하고 달리기 시작한 오쓰나가 뒤를 돌아다 보았을 때, 겐노조와 만키치 두 사람은 벌써 진을 이룬 하얀 칼과 쏟아지는 은행 나무 잎으로 둘러싸여 있었다.

왼손이라고 하지만 겐노조의 석운류는 조금도 부자연스럽게 보이지 않았다. 눈 깜짝할 사이에 몇 사람이 상처를 입고 쓰러지고, 젠조지 돌담 쪽으로 기어갔다.

그의 왼손은 다만 힘이 조금 떨어져 단칼에 절명을 시키지 못하고 깊은 상처만 입힐 뿐이다. 순식간에 부상자는 늘어갔으나, 아직 한 명의 사망자도 나오지 않았다. 그리고 이윽고 겐노조 자신도 몇 군데 가벼운 상처를 입었다.

만키치도 짧은 칼을 쥐고 정신 없이 휘둘렀다. 칼솜씨보다는 만키치의 그 거친 기세에 눌려 아와의 무사들은 대항을 하지 못했다.

게다가 아무리 수련을 쌓은 무사라도 이렇게 난투가 벌어지면 흥분하게 마련이다. 더구나 바람에 날리는 낙엽까지 시각을 방해해 자칫하면 겐노조가 왼손으로 휘두르는 칼에도 쫓기는 것이었다.

그 사이에 그들 뒤에서 싸움에 밀리는 무사들을 질책하고 있던 아리무라는 넘어져 있는 가마 하나에서 엿장수가 가지고 다니는 인형 상자를 보았다.

그 상자 옆에는 숨을 헐떡거리는 아와의 무사와 이다유의 시체가 있었다. 그 인형 상자는 부서져 있었다.

목이 가는 인형들이 피투성이가 되어 상자와 함께 짓밟혀 있었다. 문득 아리무라가 틈을 노려 주워 든 것은 그 인형과 함께 상자 안에서 튀어 나와 있던 오동나무 종이로 싼 물건이었다.
"앗!"
손에 닿는 감각으로 아리무라는 그것이 비첩이라는 것을 금방 알았다.
'행운이다!'
아리무라는 물총새가 물고기를 낚아채듯이 얼른 그것을 잡고 일어섰는데 그것을 본 만키치가 아리무라에게 다가와 옆에서 잽싸게 그것을 잡아챘다.
"비첩이다!"
만키치는 칼을 휘두르며 뒤로 물러섰다.
"겐노조님, 비첩은 이 만키치 손에 있습니다!"
만키치는 겐노조에게 힘을 불어넣으려고 큰 소리를 질렀다.
겐노조는 도타로와 마고베를 상대로 일전을 치르고 있는 중이었다.
"잘했네. 빨리 그것을 오쓰나에게 주게. 그리고 오치에를 부탁하네."
접전을 치르는 중에도 겐노조의 쉰 목소리가 들렸다.
"알겠습니다."
힘차게 대답을 하긴 했지만, 만키치는 멈칫거리지 않을 수 없었다.
유강류의 달인 도타로와 악귀처럼 덤벼드는 마고베를 상대로 겐노조는 고투를 벌이고 있었던 것이다. 오른쪽 허벅지와 왼쪽 팔에 심한 상처를 입은 것 같았다.
'겐노조님은 죽을 생각인가?'
만키치가 도저히 그곳을 떠나지 못하고 겐노조를 도와 도타로를 옆에서 공격하려고 하자 겐노조는 만키치를 다시 재촉했다.
"무엇을 꾸물대고 있나, 만키치, 빨리 가지 않고?"
비첩을 빼앗으려고 덤벼드는 아리무라를 향해 칼을 휘두르면서 만키치는 한 손으로 품 속의 비첩을 꾹 눌렀다.
엄청난 희생을 치르며 결국 손에 넣은 아와의 비밀!
만키치는 비첩을 보석이라도 되는 것처럼 껴안으면서, 오쓰나의 뒤를 쫓아서 젠조지 산마루로 뛰어가며 거친 숨을 몰아쉬었다.
겐노조에게 위기는 점점 다가왔다. 겐노조의 창백한 미간은 죽음의 사자가 거의 다가온 것처럼 보였다.

한편 오쓰나는 마음을 뒤에 남기고, 상심해 있는 오치에를 격려하며 젠조지의 조용한 고갯길을 올라가고 있었다.

"겐노조님은 틀림없이 곧 혈로를 뚫고 우리를 쫓아오고 있을 겁니다."

오쓰나는 오던 길을 되돌아보면서 오치에를 위해 안전한 장소를 찾았다.

산마루를 돌았을 때였다.

문득 올려다본 절벽 위에서 몇 사람이 흙먼지를 일으키며 아래로 내려오는 모습이 보였다. 그들은 뜻밖에도 관리 같은 차림을 하고 있었다.

아닌 밤중에 홍두깨라고 할까.

그 중에 삿갓을 쓴 사람이 바위처럼 길을 턱 막아서서는 위압적인 목소리로 외쳤다.

"오쓰나, 꼼짝 마라!"

삿갓을 쓴 남자는 번쩍이는 빛에 눈이 아플 정도로 잘 닦인 방망이를 내밀었다.

"앗!"

오쓰나의 얼굴이 새파랗게 질렸다.

"에도 아사쿠사의 여자 소매치기 오쓰나! 너의 악행은 이미 샅샅이 조사되어 수배의 손길이 교토와 오사카까지 뻗쳐 있다. 나는 너를 잡기 위해 에도에서 온 여력 나카니시 야소베다. 이제는 도망칠 수 없다. 그러니 피차 번거롭게 하지 말고 에도 봉행소의 오랏줄을 순순히 받아라!"

이때만큼 오쓰나의 마음이 약해지고 주눅이 든 적은 없었다.

이제까지 오쓰나는 자신의 과거를 까맣게 잊고 있었다. 그래서 지금 여자 소매치기라고 불렸을 때의 놀라움은 현기증과 탄식으로 대신할 수 있을 뿐이다.

휘청거리는 다리를 겨우 지탱한 오쓰나는, 이윽고 타들어 가는 듯한 목소리로 야소베에게 말했다.

"제, 제발 부탁입니다. 잠시만 기다려 주십시오!"

"뭐라고?"

야소베는 의외라는 듯이 물었다.

"준비를 할 시간을 달란 말인가?"

"아니요. 잠시 동안…… 며칠이 지나면 반드시 봉행소로 제가 찾아 가겠습니다."

오쓰나의 업보 735

"닥쳐라! 법은 준엄하고 공정하다. 그러니 너를 위해서 편의를 봐 줄 수는 없다. 오랏줄을 받기를 거부한다면 그 죄가 더해질 뿐이다."
"아, 나는 이제 완전히 다시 태어난 오쓰나라고 생각하고 있었는데……."
"법의 처벌을 받기 전에 너의 죄는 없어지지 않는다. 네가 저지른 죄는 언제까지나 너를 따라다닐 것이다."
"하지만 지금은 뭐라고 말씀하셔도, 또한 더 이상 죄가 추가된다고 해도 오라를 받을 수 없습니다."
"어쩔 수 없군!"
야소베는 뒤로 물러서 명령했다.
"이 자를 묶어라!"
"부탁입니다."
오쓰나는 칼을 잡으면서 신에게 기도하는 듯이 말했다.
"제발 며칠만 저를 놓아 주세요. 자비를!"
"반항하는 거냐?"
"지금 맡은 일이 끝나기 전에는……."
오쓰나의 말이 채 끝나기도 전에 포졸들이 앞뒤에서 오쓰나에게 덤벼들었다. 절체 절명의 위기였다. 오랏줄을 받든지, 아니면 포졸들을 베고 이곳을 빠져 나가든지, 오쓰나에게 길은 두 가지밖에 없었다.
오쓰나는 갑자기 포졸 하나를 베었다. 깜짝 놀란 포졸들이 뒤로 물러서자 오쓰나는 오치에의 손을 잡고 필사적으로 뛰기 시작했다.
잠시 뒤로 물러선 포졸들은 즉시 그녀 뒤를 쫓기 시작했다.
'꼼짝 마라!' 하는 소리는 마치 지옥의 악마가 바늘산으로 들어갈 죄인을 부르며 지르는 소리 같았다. 나카니시 야소베가 웃옷을 벗고 오랏줄 끝을 휘두르려고 할 때 한 남자가 어디선가 뛰어나와서 야소베의 팔에 매달리며 소리쳤다.
"잠시만 기다리시오!"
"뭐냐?"
오랏줄을 던지려는 찰나 팔을 잡힌 야소베는 화난 눈길로 그 남자를 보았다.
"저는 덴마의 포졸 만키치라고 합니다. 잠시 오쓰나에게 시간을 주실 것을 부탁드립니다."

"닥쳐라! 네놈은 덴마의 이름을 빙자해 일을 그르치려는 놈이지!"
"아닙니다. 결코 그런 게 아닙니다. 지금 이곳에서 오쓰나가 잡히면 어떤 한 사건과 여러 사람들에게 실로 상당한 어려움이 미칠 일이 있습니다. 그러니 부디 이번만은 관대하게……."
"나도 무슨 일인지 어렴풋이 짐작은 하고 있지만, 내 임무는 여력이다. 어떠한 사정이 있더라도 법은 어디까지나 공명하고, 이 방망이는 정당하게 행사해야 한다."
나카니시 야소베는 완강하게 고집을 부렸다.
"지당합니다. 저도 덴마의 포졸입니다. 그러니 반드시 당신의 임무에 먹칠을 하는 일은 하지 않겠습니다. 부디 오쓰나를 잡는 일은 잠시 이 만키치에게 맡겨 주시길 부탁드립니다."
야소베도 강경했지만, 만키치도 간절하게 사정했다. 그 말에 마음이 움직였는지 야소베는 다시 한번 물었다.
"그러면 만키치."
"예."
"맹세코 자네 손으로 오쓰나를 묶어서 나에게 넘겨 주겠다는 말인가."
"……."
만키치는 선뜻 대답을 할 수가 없었다. 하지만 상대방이 자신이 망설이고 있다는 것을 눈치채기 전에 자신있게 대답하지 않으면, 야소베는 다시 오쓰나를 쫓을 것이다.
지금의 만키치로서는 뜨거운 납을 마신 것보다도 괴로웠다. 나중에 이 마음이 어떻게 바뀔지 스스로도 알 수 없었지만 눈을 감고 임시방편으로 승낙했다.
"예, 틀림없이 그렇게 하겠습니다."
"틀림없겠지!"
야소베는 강하게 다짐을 두었다.
"그러면 자네가 오쓰나를 잡아 올 때까지 잠시 기다리도록 하겠네. 저 고가 산에 해가 질 때까지야."
그렇게 말하고 나서 야소베는 조금 옆길로 들어가서 근처에 있는 사당으로 포졸을 모았다. 그리고 고가 산봉우리 위까지 다가 온 가을 해가 떨어지기만을 기다렸다.

"아아."

하나의 난관을 헤치고 나자 만키치는 순간적으로 머리가 멍해졌다. 언젠가 아와에서 도망쳐 나올 때, 그 검은 소용돌이에 휘말려 배가 빙그르르 돌기만 할 뿐, 아무리 해도 빠져 나갈 수 없었던 때와 같은 기분이었다.

'이 정도 일쯤이야……'

만키치는 스스로에게 채찍질을 하면서 마음을 다잡아먹었다. 그리고 하얀 참억새가 나불거리는 건너편 평지를 뛰어가는 오쓰나와 오치에의 모습을 발견하고는 그쪽으로 발길을 서둘렀다.

그러자 생각지도 않은 절벽 길에서 키 작은 나무를 흔들며 누군가가 그를 불렀다.

"만키치인가?"

뒤돌아보니 겐노조였다. 피투성이가 된 칼을 왼손으로 잡고 올라오고 있었다.

"자네가 비첩을 가지고 도망친 다음에 도타로가 쫓아갔는데, 별 일 없었나?"

"예. 도타로도 만나지 못했고, 비첩도 여기에 무사히 가지고 있습니다."

"그게 걱정이 되어 지름길로 돌아왔네. 하지만 아직 방심은 할 수 없어. 내 뒤에서 무사들을 데리고 마고베와 아리무라, 그리고 도타로 놈이 곧 쫓아올걸세."

겐노조가 이렇게 말하는 동안 만키치가 자신의 옷을 찢어서 겐노조의 상처를 묶어 주고 있을 때 갑자기 저쪽의 초원에서 오쓰나의 절규와 다급한 오치에의 비명이 들렸다.

"앗!"

"도타로다! 어느 사이에 저곳에?"

"비겁한 놈."

두 사람은 정신 없이 뛰었다. 어느 틈에 빠져 앞질렀는지 거구의 도타로가 하얀 칼날을 위로 치켜세우고 작은 새 같은 오치에를 쫓고 있었다. 그리고 오치에를 대신해서 막고 있는 것은 오쓰나였다.

그것만으로도 다급한 마당에 갑자기 다른 한쪽에서 여자 둘을 막아서는 자가 있었다. 마고베와 아리무라였다.

만키치는 그쪽으로 뛰어가다가 마고베와 아리무라를 보고는 이제 틀렸다고 생각했는지 자신도 모르게 주저앉을 뻔했다.

그런데 바로 그때 또 한번 반전이 일어났다.

도망갈 곳을 잃은 오치에가 참억새에 걸려 도타로의 빛나는 칼 밑으로 넘어졌을 때, 오히려 그 도타로가 어디선가 날아온 칼을 맞고 쓰러진 것이다.

놀라서 주춤하는 무사들 앞에 솟아난 것처럼 나타난 삿갓을 쓴 남자는, 전날 야마시나에서 가마 세 채의 행방을 쫓아 온 쓰네키 고잔이었다.

"아와에서 온 자들! 그리고 그곳에 있는 아리무라도 잘 들어라!"

그는 도타로를 벤 여세를 몰아 큰 소리로 말했다.

"오늘의 일을 미리 예기하여 막부의 칙명을 받아, 교토에서는 공경들의 음모가 일제히 조사되기 시작하면서 한바탕 소동이 벌어지고 있다. 동시에 에도에서는 무사들을 선동한 야마가타 다이니가 그저께 남쪽 봉행소에서 잡히고, 그 일당은 일망 타진되어 지금 감옥에 들어가 있다. 또 우지의 다케노우치 시키부에게도 칙명을 받은 몇 사람이 가고 있는 중이고, 도쿠시마 성에 조사하러 갈 사람이 정식으로 칙명을 받아 오늘 아침 오사카를 출발했을 것이다. 그러니 이제 더 이상 반항하지 마라. 즉 너희들의 음모는 이제 백일하에 드러나 호안 공 이래 아와 25만 6천 석은 모두 몰수될 것이다!"

두건 속의 비밀

기지가 주효하여 고잔의 말은 청천벽력일 정도로 아와의 무사들을 놀라게 만들었다. 모여 있던 무사들은 발 아래의 땅이 흔들린 것처럼 자신들의 손에 검이 들려 있다는 사실조차도 느끼지 못했다.

"음, 그러면 막부에서 선수를 친 것인가?"

무사들은 비통하게 중얼거리며 암담한 얼굴로 서로를 바라보았다. 그때 갑자기 아리무라가 입에서 피를 토하듯이 외쳤다.

"대사는 깨졌다. 아, 교토, 왕실에 대한 폐, 공경들의 수난. 모든 죄는 이 아리무라에게 있다."

갑자기 아리무라는 목에 칼을 대더니 스스로 풀밭 위에 옆으로 쓰러졌다.

"앗!"

"아리무라님!"

"아리무라님이 자결하셨다!"

8, 9명의 무사들이 아리무라 주위에 몰려들었다. 하지만 안아 일으킨 아리무라는 이미 비장한 얼굴로 죽어 있었다.

비분강개의 뜻을 가진 청년 공경의 미련 없는 죽음은 겐노조의 마음까지 숙연하게 만들었다.

고잔도 만키치도 입을 굳게 다문 채 아리무라의 시체를 바라보았다.

"그도 한 사람의 지사(志士)였다. 그러나 세상을 잘못 만난 불운아였다. 하지만 존왕과 막부 토벌의 열매가 맺어졌다 하더라도, 그는 결국 무명의 한 공경으로 끝났을 것이다."

겐노조는 남 몰래 속으로 눈물을 흘리며 그의 죽음을 지켜 보았다.

그러자 아리무라 쪽은 쳐다보지도 않고 원통한 듯이 혼자 서 있던 마고베는 모든 사람이 아리무라의 죽음에 넋을 잃고 있는 틈을 타서 다시 칼을 휘둘렀다.

"에잇, 약해 빠진 놈!"

마고베의 첫번째 목표는 오쓰나였다. 놀란 오쓰나는 마고베의 칼을 보고 어깨를 움츠렸지만, 머리 끝이 칼에 살짝 스쳤다.

마고베는 자포자기하듯 악귀처럼 되어 맹목적으로 달려들었다.

"네년과 겐노조만은 저승길을 같이 가야겠다!"

그때 만키치가 달려들어 마고베의 손목을 비틀었다.

"이제 네놈들은 운이 다했다! 그러니 포기하고 아리무라의 극락 왕생이나 빌어라!"

만키치가 마고베의 팔목에 포승줄을 감으려 하자 마고베는 칼 손잡이로 만키치의 손목을 쳤다.

"웃기는 소리 하지 마라!"

만키치는 그의 발 아래로 나둥그러졌다. 마고베는 미친 야차처럼 이번에는 고잔을 향해 덤벼들었다. 고잔은 몸을 뒤로 물리며 공격할 태세를 갖추었다. 만키치도 일어나서 밧줄을 던졌다. 하지만 밧줄은 마고베의 칼날에 맞고 땅에 떨어졌다.

미쳐날뛰는 마고베의 칼에 풀잎이 먼지처럼 튀어날았다.

다시 마고베는 다음 행동으로 옮겼다. 오쓰나의 도망치는 모습을 보고 그 뒤를 쫓아 간 것이다.

하지만 이내 마고베는 짐승처럼 신음소리를 지르더니, 발 끝으로 서서 몸을 바르작거렸다. 아까부터 보고 있던 겐노조가 마고베의 옆구리를 갈랐던 것이다.

고잔이 도망치는 오쓰나를 부르자 오쓰나는 비로소 정신이 돌아왔다. 돌아서서 요아미의 칼로 정신 없이 마고베의 오른팔을 베었을 때, 겐노조도 칼을 빼어 마고베의 몸을 반대로 찔렀다.

"으윽."

하늘을 보고 쓰러진 마고베의 몸은 한 번 들썩하더니, 용솟음치는 자신의 검붉은 피 속에서 단말마의 비명을 질렀다.

"……."

그순간 아무도 말이 없었다. 모두들 안도의 한숨만 토해 낼 뿐이었다.

나머지 무사들은 아와 본국이 일망타진될 거라는 이야기를 듣고 싸울 기운을 잃었는지, 어느 틈엔가 아리무라의 시체를 안고 산기슭 쪽으로 도망치고 있었다.

흉악한 마고베의 숨통을 끊자 문득 쓰루기 산에서의 아버지 죽음이 눈앞에 떠올라서 뜨거운 눈물을 흘리던 오쓰나의 귀에 어디선가 이런 소리가 들려왔다.

'마고베의 두건을.'

그것은 요아미가 죽기 직전에 띄엄띄엄 이야기한 수수께끼 같은 말이었다. 이 이야기는 모모타니의 집에서 겐노조와 만키치에게도 한 적이 있었다. 그래서 지금 겐노조는 최후의 일격을 가한 다음 마고베의 두건으로 손을 뻗었다.

고잔도 호기심에 사로잡혀 잠자코 서 있었다. 지금은 두건을 푸는 것을 거부할 수 없는 마고베의 두건이었다.

도대체 그곳에 무슨 비밀이 있을까? 그곳에 서 있는 사람들 모두 자신도 모르게 마른 침을 삼키며, 겐노조의 손에 의해 벗겨지고 있는 검은 두건을 바라보고 있었다.

"잠시만 기다리십시오."

그때 그들 뒤에서 풀을 헤치고 기어 나온 자가 있었다.

"아니?"

투구벌레처럼 손을 짚은 사내는 그들 누구도 한 번도 본 적이 없는 키가 작은 난쟁이였다.

갑자기 정체를 알 수 없는 난쟁이가 나타나서 몸을 웅크리자 모두들 의아한 얼굴로 쳐다보았다.

"제 역할은 오늘로 끝났습니다. 그것에 대해서 부탁할 말이 있으니 들어주시기 바랍니다."

난쟁이는 매우 정중하게 말했다.

"너는 도대체 누구냐?"

이렇게 물은 사람은 고잔이었다.

난쟁이는 조금 주춤거리더니 여전히 당당한 목소리로 말하기 시작했다.

"예, 저는 아와의 사람입니다. 아시는 대로 무사의 수장인 류지 노인의 손발이 되어 일하는 자로, 오랫동안 제가 명령받은 역할은 마고베의 두건을 감시하는 일이었습니다. 마고베를 아시고 있는 분이라도 저를 오늘날까지 본 분은 아무도 없을 겁니다. 하지만 저는 몇 년 동안, 그가 에도로 가면 에도로, 교토로 가면 교토로, 잠시도 떨어지는 일 없이 그림자처럼 따라다녔습니다."

난쟁이는 자신의 은신술이 자랑스럽다는 듯한 얼굴로 말을 이었다.

"저는 한 달에 한 번은 모처 모시에 반드시 마고베의 두건 속을 확인하기로 되어 있었습니다. 그런 다음 류지 노인에게 이상이 없다는 것을 알려주었습니다. 이제 마고베가 이곳에서 최후를 마친 이상 자연히 제 역할도 끝났습니다. 그러니 이제 저는 아와로 돌아갈 생각입니다."

만키치와 오쓰나는 기이한 난쟁이의 기이한 이야기를 환청처럼 듣고 있었다. 그러나 겐노조는 마고베의 두건과 난쟁이의 관계가 분명하게 이해가 되어, 고잔을 대신하여 한 걸음 앞으로 나왔다.

"류지 노인이라면 나도 알고 있네. 그런데 자네가 지금 우리에게 부탁이 있다고 했는데, 도대체 어떤 것인가?"

"그건 다름이 아니라……."

"음, 말해 보게."

"저는 마고베의 목을 가지고 아와로 돌아가고 싶습니다."

"마고베의 목을 달라고?"

"역할이 끝났다는 증거로서, 두건째로 그의 목을 가와시마로 가지고 가고 싶습니다."

"하지만 잠시만 기다리게. 일단은 그의 두건을 확인해 보겠네."
그러자 난쟁이는 알았다는 듯이 고개를 끄덕였다.
"이미 도쿠시마 성의 음모가 막부에 알려진 이상, 다른 작은 비밀을 지킬 필요는 없겠지요. 하지만 그것은 이번 사건과는 전혀 관계가 없는 일입니다."
"그러면 자네 손으로 두건을 풀겠나?"
"그러겠습니다. 잠시 그곳에서 기다리십시오."
난쟁이는 작은 몸을 일으켜 마고베의 시체 옆으로 걸어갔다.
그 처참한 모습에도 얼굴을 돌리지 않은 채 난쟁이는 마고베의 두건 위로 상투를 잡았다. 그러고는 가슴으로 누르는 듯한 자세를 취하더니 갑자기 칼을 꺼내 목을 베어 풀 위에 놓고 칼에 묻은 피를 닦은 난쟁이는 의미를 알 수 없는 음침한 미소를 지으며 이쪽을 보았다.
죽여 버려도 시원치 않을 적이라고 생각했으나, 난쟁이의 칼에 잘려나간 마고베의 목을 보자 오쓰나는 자신도 모르게 얼굴을 돌렸다.
어느새 오치에는 아직도 몸을 떨면서 이빨을 꽉 물고 오쓰나의 소맷자락에 매달려 있었다.
겐노조와 고잔, 만키치는 난쟁이의 갈수록 이상한 행동을 지켜 보며 그대로 서 있었다.
난쟁이는 두건이 씌워진 마고베의 머리를 그들 앞으로 들어 보였다.
"마고베의 고뇌는 바로 이것이었습니다."
두건을 벗겨 보자 마고베는 죽은 얼굴이지만 상당한 호남형이었다.
온갖 악행에 몸을 망치고 죽은 그의 원통한 듯한 미간의 그림자는 사라지지 않고 있었으나, 나이는 아직 서른이 채 안 돼 보였다. 하얀 피부에 구레나룻을 기른 귀에 피 한 방울이 묻어 있어 살아 있을 때의 흉악한 얼굴보다 오히려 아름답게 보였다.
머리는 무사의 상투가 틀어져 있었다.
"두건을 풀게 해서는 안된다. 머리 위에 있는 것을 마음대로 없애서도 안된다."
그의 어머니가 유언으로 류지노인에게 맹세하게 한 그 머리에는 도대체 뭐가 있는 것일까.
난쟁이가 검은 두건을 벗긴 순간 상투에 보는 사람의 눈을 찌르는 찬란한 것이 끼워져 있었다. 그리고 이마에는 당시 엄격하게 금하고 있어서 모두가 두려워하고 있던 십자가의 흔적이 깊이 새겨져 있었다.

상투에 꽂혀 있는 찬란한 것도 이마의 각인과 무관하지 않은, 백금으로 된 성모 마리아상 비녀였다. 마고베의 상투에 꽂혀 있는 백금의 마리아상 비녀, 그것을 보자 난쟁이는 갑자기 눈물을 흘렸다.

겐노조를 비롯해 마른 침을 삼키고 있는 다섯 사람의 의혹의 눈길 앞에서 눈물을 흘리면서, 난쟁이는 빛나는 백금 마리아상 비녀에 대해서 말하기 시작했다.

"이것이 어째서 마고베의 상투에 꽂히고, 또한 죽을 때까지 못 빼게 되어 있는지 모르실 겁니다. 아와에서는 다른 지역에 비밀로 하고 있던 것 중의 한 가지니까요. 마고베의 어머니, 그 분은 이사벨라님이라고 합니다. 아마 여러분 중에는 예전에 바다를 넘어서 일본으로 선교하러 오신 스페인의 여자 선교사 루시아를 아시는 분도 계실 겁니다. 순교자 55명 중 한 사람으로, 루시아를 따라서 온 그녀의 딸이 나중에 아마쿠사(天草)의 하라노 성으로 들어갔습니다. 마고베의 어머니인 이사벨라님은 마리아의 비녀와 함께 그 이국 사람의 피를 물려받은 분입니다. 정말로 원만하고 성모같이 자애로운 분이었습니다. 그 분을 생각하니 저도 모르게 눈물이 나는군요. 무슨 운명의 장난인지, 그렇게 자애로운 이사벨라님의 자식으로 악마 같은 마고베가 태어났습니다. 이사벨라님은 평생 마고베 때문에 마음고생이 끊일 날이 없었습니다. 죽는 순간까지 그랬지요. 하지만 어째서 그분이 아와에 오게 되었는지 이상하게 생각하시겠지요. 가와시마의 일곱 무사들은 예전에 시마바라의 전투에서 비참하게 패배했을 때, 아마쿠사에서 바다를 건너 아와로 표류해 온 낙오자들의 자손이었습니다. 마고베의 어머니 이사벨라님의 몇 대째 선조인 황금색 머리에 아름다운 호박색 눈을 가진 이국 소녀도, 그때 무장한 기독교 무사들에 이끌려 아와로 왔습니다. 그 이야기는 제가 어렸을 때 화롯가에서 어른들에게 자주 들어서 알고 있던 것입니다. 당시 아와의 영주는 유명한 기덴 공이었는데, 도쿠시마 성에 도착한 아마쿠사의 무사들은 그분의 온정으로 아와에서 눌러 살 수 있게 되었습니다. 무사 가운데에 일곱 집안의 기독교 가족이 오늘날까지 면면히 이어져 내려오면서, 더구나 이제까지 비밀스럽게 신앙을 지킬 수 있었던 것은 하나의 기적이라고도 할 수 있습니다. 마리아상 비녀는 마고베 집안에 대대로 전해져 왔는데, 그것은 불단인 것처럼 가장했지만 실은 기도하는 방의 기둥에 끼워져 일곱 가족의 신앙의 상징처럼 숭상되어 왔습니다. 그것이 지금 마고베의 상투에 꽂혀 있는 이 비녀입니다. 이것은 자애로운 비녀이고, 모성애의 상징입니다. 자식을 걱정하는 마고베의 어머니가 죽기 직전에 자신의 염원을 담아 속박의 뜻으로 꽂아둔 것이지요. 제가 말씀드리지 않아도 잘 아시겠지만, 기독교는 아직 금지되어 있는 종교입니다. 하느님을 입에 담을 수 있기는커녕, 칼손잡이에 십자가 비슷한 모양이 새겨져 있다는 것만으로도 거꾸로 매달린 무사가 있었습니다. 이마에 있는 십자가의 상처, 마리아의 비녀가 꽂힌 상투로 마고베는 완전히 속박에 걸려 있었습니다. 두건을 벗으면 금교자(禁敎者)로 간주되고, 상투의 비녀를 빼면 이사벨라님의 임종 때 일곱 무사 앞에서 맹세한 대로 류지 노인의 암살의 손길이 뻗칩니다. 그리고 제가 끊임없이 그것을 감시하고 있었으니까, 악마인 마고베도 마음껏 악행을 저지를 수는 없었던 것입니다. 마고베의 고뇌와 두건의 속박. 이제 이것으로 여러분도 모든 사실을 아셨을 겁니다. 하지만 저는 마고베가 오랫동안 겪었던 고통보다도, 그러한 고뇌를 자식에게 안겨 줌으로써 참회하게 만들려고 했던 이사벨라님의 임종의 마음을 헤아리지 않을 수 없습니다. 그것은 아마 신앙의 힘일 겁니다. 어머니의 사랑, 특히 못된 자식을 둔 이사벨라님은 깊은 자애심을 보여주셨습니다. 마고베는 결국 겐노조님의 손에 무참한 죽음을 당했지만, 만약 어머니 사랑의 속박이 없었다면 어떻게 되었을까요? 틀림없이 더한 악명을 떨치고 또한 일족을 모두 죽이고서, 그 자신도 형리의 시퍼런 칼날에 죽었을게 뻔합니다. 자신의 욕심을 채우려고 한 일이기는 하지만, 어쨌든 마고베는 저희들에게 은혜를 베풀어 준 이외를 위해서 일하다가 죽었고, 또 더 이상 악명을 떨치지 않은 것만으로도 어머니인 이사벨라님의 마음도 편하실 겁니다. 이제 저는 마고베의 목을 가지고 고향으로 돌아가 류지 노인과 일곱 집안에 지금까지 있었던 일을 남김 없이 말한 다음, 이 백금 비녀는 이사벨라님의 무덤에 돌려 드릴 겁니다. 그러니 부디 마고베의 목은 비녀를 꽂은 채 저에게 주시기를 바랍니다."

이렇게 두 손을 모아 부탁드립니다.

난쟁이는 말을 마치고 머리를 조아렸다. 이야기를 듣던 모든 사람들은 깊은 한숨을 내쉬었다.

눈을 감고 잠자코 난쟁이의 말을 듣고 있던 겐노조는 그때 무슨 생각을 했는지 오쓰나가 들고 있던 비첩을 빼앗아 둘로 찢었다.
"앗!"
갑작스런 겐노조의 행동에 안색이 변한 사람들은 놀란 표정으로 겐노조의 손을 보았다.

피리 소리

"좋아. 마고베는 자네 마음대로 하게."
겐노조는 딱 잘라 말한 다음 둘로 찢은 비첩 중 하나를 난쟁이에게 주었다.
"이것은 무엇입니까?"
"이것은 류지 노인에게 보내는 이 겐노조의 마음일세. 돌아가서 아무 말 하지 말고 마고베의 목과 함께 드리면 되네."
깜짝 놀라 눈을 크게 떴던 만키치와 고잔도 겐노조의 깊은 뜻을 헤아리고는 고개를 끄덕였다.
오쓰나와 겐노조가 쓰루기 산에서 도저히 도망칠 수 없는 위기를 맞았을 때 류지 노인에 의해 살아날 수 있었다. 그것이 아무리 노인 나름대로의 사상과 하치스가 가의 장래를 고려한 행동이었다고는 하지만, 살아 남은 자에게 있어서는 커다란 은혜가 아닐 수 없었다.
이유도 말하지 않고 갖은 고생 끝에 손에 넣은 비첩의 반을 노인에게 주는 것은 은혜에 보답하고자 하는 무사로서의 의리였다. 바꾸어 말하면 은혜와 원한을 뛰어넘은 마음과 마음의 답례인 것이다.
"감사합니다."
난쟁이는 그것을 품에 넣고 마고베의 목을 소맷자락으로 쌌다.
"그러면 여러분, 저는 이만 물러가겠습니다."
난쟁이는 인사를 하고 아와로 돌아가기 위해 급한 걸음걸이로 산기슭의 지름길로 들어섰다.
나중에 아와는 도쿠시마 성과 영지를 몰수하고 25만 석도 회수하기로 원로회의에서 판결을 내렸다. 그런데 그때 유일한 증거인 요아미의 피로 쓴 비첩의 일부가 찢어져 있는 바람에, 중요한 사항이 몇 군데 불명확한 상태였다. 그래서 하치스가 가의 변명이 어느 정도 통해, 집안이 단절되는 위기는 넘길 수 있었다.
 그리고 시게요시의 영구 칩거만으로 결말이 지어진 것은, 그때 난쟁이가 가져간 비첩 반쪽의 힘이라고 할 수 있었다. 따라서 겐노조가 류지 노인에게 준 보답은 아와로서는 대단한 선물이었다.
 난쟁이의 모습이 산기슭으로 사라지는 것을 보고 있던 겐노조의 가슴에는 미소와 함께 상쾌한 감정의 물결이 남몰래 일고 있었다. 그는 손에 남아 있는 비첩을 고잔에게 넘겨 주며, 이것이 고잔이 이루어낸 일로서 사쿄노스케 님의 손을 거쳐 막부로 전해 달라고 부탁했다.
 "아니네."
 고잔은 완강히 거절했다.
 "이 사건에 아무런 공도 세우지 못한 내가 그것을 가지고 막부의 환대를 받는다는 것은 주제넘은 짓이네. 또한 자격이 없는 나로서는 부끄러울 뿐이네. 교토에 있는 사쿄노스케님, 그리고 에도에서도 장군 가를 비롯해 자네의 부모님들도 소문을 듣고 자네가 좋은 소식을 가지고 돌아오기를 기다리고 있을걸세. 나도 만키치도, 그리고 다른 사람들도 모두 개선하는 자네 뒤를 따르겠네. 그러니 이것은 꼭 자네가 가지고 에도로 가야 하네."
 겐노조는 고개를 흔들며 사양했다.
 "고잔님의 뜻은 고맙지만, 실은 저는 생각이 있어서 에도에는 가지 않을 생각입니다."
 "뭐라고?"
 고잔은 겐노조의 마음을 도무지 알 수 없다는 듯이 겐노조의 얼굴을 탐색하듯이 들여다보았다.
 "무엇 때문인가? 도쿠가와 가에 대해서 불만이라도 있는 건가?"
 그것은 오쓰나와 만키치도 동시에 갖는 의문이었다. 특히 오치에는 그리운 사람을 눈앞에 두고도 아직 주위 사람들을 꺼려 한 마디 말도 건네지 못하고 있었다. 그때 그런 말을 듣자 슬픔으로 인해 얼굴이 어두워졌다.
 겐노조는 고잔의 말을 부정했다.
 "불만이 있어서 그러는 게 아닙니다. 오해하지 마십시오. 그것은 예전부터 마음 속에 가지고 있던 제 숙원입니다. 다행이 제 한 목숨을 보존하고 조상 대대로 은혜를 입어 왔던 막부에도 약간이나마 보답할 수 있었던 것은, 호리즈키 가문의 불초한 겐노조로서는 너무 과분한 일이었습니다. 그런데 어떻게 그것을 자랑으로 생각하고 출세를 바라겠습니까. 다만 제가 바라는 것은, 그 작은 공으로 오치에님이 집안을 세우고, 또 다른 분에게도 뭔가 조금씩 보상이 있다면 저의 본분은 더 이상 아무것도 없습니다."
"아니네. 그래서는 오치에님을 비롯해 다른 사람들도, 그리고 이 고잔도 우리가 가졌던 목적을 이루었다고는 해도 마음이 꺼림칙하네. 그러니 자네도 한번은 꼭 에도로 돌아가길 바라네. 이렇게 부탁하네."
고잔은 힘을 주어 이렇게 말했다.
그 말은 오치에의 마음을 대변해 주는 것 같았다. 동시에 만키치도 자신이 하려는 말을 고잔이 해준 것 같은 기분이 들었다.
그러나 오치에의 생각은 어땠을까? 적어도 지금의 오쓰나의 가슴은 천 갈래 만 갈래로 찢어지는 듯 했다. 오쓰나는 고개를 푹 숙이고 땅만 바라보고 있는 것을 보아도 그 심정을 알 수 있었다.
어느 틈엔가 땅거미가 지고 있었다. 보랏빛 주름이 깊어지는 산의 모습은 저녁이 가까워졌음을 말해 주고 있었다.
그때 건너편의 조금 높은 숲을 빠져 나오는 사람들의 모습이 보였다. 해가 저물 때까지, 하고 약속했던 여력 나카니시 야소베와 포졸들이었다.
겐노조는 고잔의 권유를 다시 사양했다.
"겉으로 보기에 저는 막부측 사람인 것 같지만, 실은 막부에 충실한 자가 아닙니다. 그것은 지금 비첩의 반을 아와에 돌려준 가벼운 행동을 보아도 아실 수 있을 겁니다. 제 속마음을 말하자면, 지금의 황학 존중도 나쁘다고 생각지 않습니다. 오히려 남몰래 왕실의 퇴폐함을 한탄하고 있는 사람입니다."
겐노조는 자신의 모순되는 마음을 처음으로 털어놓았다. 에도에 적을 둔 몸으로, 한편으로는 반막부파로 알려진 황학중심의 운동도 도저히 부정할 수 없다는 것이 항상 그에게 드리우고 있었다. 이러한 모순을 초월해서 그를 지금까지 활약하게 만든 힘은, 막부를 위해서라기보다도 쓰루기 산에서 류지 노인에게 고백한 대로, 사랑과 의리, 눈물 같은 인연에 약한 그의 개성 범부(凡夫)의 정열이었다.
"그런데 이처럼 두 마음이라는 모순을 품고 어떻게 막부의 녹을 먹을 수 있겠습니까? 에도에 있는 모든 것에 다소 마음이 끌리지 않는 바는 아니지만, 끝없이 정에 이끌리기보다는 오히려 이대로 에도를 단념하고, 예전처럼 승려로서 피리 하나에 여생을 맡긴 채 방랑 생활을 하는 것이 더 좋습니다. 저를 위하신다면 더 이상의 권유는 이제 거두어 주십시오."

이제 고잔도 만키치도 더 이상 겐노조의 진실과 결벽 앞에서 입신 출세를 억지로 권할 수가 없었다.

그래서 아무 말도 못 하고 고개를 숙였다. 그러나 침묵이 이어지자 더 이상 참을 수 없는지, 울음을 터뜨리는 사람이 있었다.

모두의 눈은 울음을 터뜨리는 오치에에게 쏠렸다.

오치에는 아까부터 겐노조의 이야기를 듣고 있는 동안 세상이 온통 깜깜해지는 듯한 실망으로 온몸이 떨려옴을 느꼈다. 그러나 지금 여기서 자신의 마음을 드러낼 용기도 없이 눈앞을 지나쳐 가려고 하는 운명에 대해서도 슬퍼하는 것 외에는 달리 어찌할 수가 없는 여인이었다.

"아아……."

하지만 오치에의 비통해 하는 모습은 겐노조의 마음을 어지럽히며 가책을 느끼게 했다.

한 가지 모순을 제거하면 또 새로운 하나의 모순이 밀려왔다.

천사처럼 순수한 오치에에게 평생 아물지 않을 상처를 입히고 떠나는 것은, 그녀를 행복하게 만들어 주기 위해서 일어선 초지(初志)를 스스로 배반하는 셈이 아닌가?

또한 이 젠조지 산마루에서 작년 여름 오치에님을 부탁한다고 합장하며 목숨을 잃은 긴고로와의 약속도 깨뜨리는 죄를 범하게 되는 것이 아닌가?

이성은 스스로에게 그것을 묻고, 양심은 겐노조를 책망했다.

'그렇다고 지금까지 오랫동안 고난을 함께해 온 오쓰나를, 아, 오쓰나는 어떻게 할 것인가?'

겐노조는 이제 오쓰나를 너무나 잘 알고 있는 슬픔의 나락으로 떨어뜨린 채 돌아보지 않을 정도로 냉정해질 수는 없었다.

더구나 오치에와 오쓰나는 이복 자매이다. 그도 그런 생각을 할 때는 평범한 남자가 되어 가슴이 몹시 아팠다. 아니 이 세상 어느 누가 이런 기이한 운명에 놓이게 되었을 때 공평하게 처리할 수 있을 것인가?

'아아, 용서해 다오. 그래, 떠나는 거다. 미래의 안개 속으로 모습을 감추자. 나를 잊어 다오. 오쓰나도, 오치에도.'

겐노조는 떨리는 입술을 깨물며 눈길을 돌렸다.

아까부터 오쓰나는 아무 말도 하지 않은 채 화석처럼 무표정한 얼굴을 숙이고 있을 뿐이었지만 겐노조의 마음을 알고 있기 때문에 어찌할 수 없는 슬픔이 고뇌하는 얼굴에 가득 차 있었다.
그러던 오쓰나가 갑자기 스스로 비탄과 애착의 감정을 자르듯이 소리치며, 겐노조의 발 아래로 몸을 던졌다.
"겐노조님!"
양손을 땅에 짚고 백지장처럼 하얀 얼굴을 들었으나, 가슴에서는 뜨거운 것이 치밀어 오르고 격정의 칼날에 신경은 갈기갈기 찢어지는 것 같았다.
"겐노조님! 지금 말씀이 무리는 아니라고 생각하지만, 불쌍한 사람을 위해 부디 에도로 돌아가주십시오. 저, 저도 함께 이렇게 부탁드립니다. 오, 오치에님을 데리고 부디 에도로……."
오쓰나는 간절하게 말하면서도, 자신이 무슨 말을 하고 있는지 모를 정도로 마음이 혼란스러웠다.
오리나무 위로 달이 떠올랐다.
그때 근처까지 와 있던 야소베와 포졸은 벌써 만키치와의 약속 시간이 지나고 저녁달이 보이자 조금 초조해하면서 헛기침을 했다.
자신들의 무정함을 공명정대함이라고 주장하는 포졸들은 가차없이 오리나무 그늘 아래에서 이쪽으로 뛰어들 기색이었다.
만키치는 가슴에 대못이 박히는 것 같았다. 사람들 앞에서는 오쓰나의 그런 말을 듣고 울지 않으려 해도 눈물이 나오고, 뒤쪽에서는 모르게 가슴을 졸이고 있었다.
'부탁합니다. 제발 조금만 더…….'
물론 만키치는 그 말도 입밖에 내지 못하고 눈짓으로만 애원하고 있었다.
야소베는 그곳에 있는 사람들이 약속을 어기고 오쓰나를 도망치게 할지도 모른다고 생각했다. 그래서 산기슭에서 기다리고 있는 포졸들을 불러서 충분한 경계를 시달한 다음, 눈도 떼지않고 지켜 보고 있었다.
만키치는 양쪽 사이에서 괴로운 지경에 빠졌다.
자신도 방망이를 가진 포졸이면서 방망이에 움찔움찔 놀라는 만키치는, 겐노조의 고뇌와 함께 이것도 또한 인정(人情)이 낳은 이상한 모순이라고 생각했다.
"부디 생각을 다시 고치셔서, 오치에님을 위해 에도로 돌아가 주십시오."

겐노조는 이렇게 거듭거듭 부탁하는 오쓰나의 손을 자신도 모르게 잡고 있었다. 오쓰나의 마음을 잘 알고 있다는 듯이.

겐노조의 감촉이 느껴진 오쓰나는 눈에서 갑자기 눈물이 쏟아질 것 같았다. 하지만 오쓰나는 이 자리에서는 결코 우는 모습을 보이고 싶지 않아 마음 속에서 폭풍과 같은 격정과 싸우고 있었다.

"나는 막부에서 일하고 싶지 않네. 나를 용서해 주게. 아무리 해도 에도로 돌아갈 마음이 생기지 않는다네. 그리고 그것보다는…… 당신 자매야말로 의좋게 살아 주게."

겐노조는 오치에의 얼굴을 물끄러미 바라보며 두 사람에게 힘을 주어 말했다.

"예……?"

오치에는 자신의 귀를 의심했다.

'자매라고? 누구와? 지금 겐노조님이 자매라고 말하지 않았는가?'

오치에는 울어서 부은 눈을 크게 뜨더니 뭔가 짚이는 데가 있는지 오쓰나를 쳐다보았다. 쓰네키 고잔은 지금 이 시간이야말로 이제까지 숨기고 있던 자세한 사정을 이야기한 다음, 오치에에게 이복 언니를 만나게 해줄 시기라고 생각하고 입을 열었다.

"아닙니다! 아닙니다!"

그때 오쓰나는 재빨리 모두를 가로막으며 말했다.

"겐노조님, 이제 아무 말도 하지 않겠습니다. 에도로 돌아가 달라고도 하지 않겠습니다. 하지만 가령 떠돌아다니시더라도 오치에님만은 꼭 지켜봐 주십시오. 제, 제발 부탁합니다. 오쓰나가 겐노조님에게 마지막으로 부탁할 것은 다만 이것 하나뿐입니다. 그것만 들어 주신다면 제가 겐노조님과 사는 것과 마찬가지로 기쁘게 생각하겠습니다. 이것은 저의 진정입니다. 저는 앞으로 어디에 있더라도 마음 속으로 두 분의 행복을 빌겠습니다."

"……"

"대답해 주십시오, 겐노조님. 겐노조님의 알았다는 말 한 마디만 듣고 저는 이제…… 가야 할 곳이 있습니다. 저쪽에 저를 데리러 온 분들이 계십니다."

"아니?"

겐노조는 뒤를 돌아다보았다. 고잔도 오치에도 깜짝 놀라 오리나무 아래를 쳐다보았다. 오치에도 언젠가 보았던 그 그림을 생각하고 처음으로 오쓰나의 위기가 다가와 있다는 것을 깨달았다.

겐노조는 아무 말도 할 수 없는 망설임을 자신에게 느꼈다. 그리고 우뚝 서 있는 만키치와 암울한 시선을 교환했다. 이윽고 치밀어 오르는 감정을 참을 수 없어 두 사람 모두 등을 돌리며 소리없이 뜨거운 눈시울을 닦았다.

기다리다 지친 포졸들은 이래서는 끝이 없다고 생각했는지, 갑자기 긴장된 공기가 감돌았다. 그러더니 야소베가 큰 소리로 물었다.

"아직도 멀었나?"

오직 자신의 직무에 충실한 야소베는 다시 헛기침을 하며 겨울 바람처럼 따갑게 시간을 지킬 것을 재촉했다.

"아아······."

만키치는 자신의 입장과 눈앞의 인정 사이에서 당혹감을 감추지 못한 채 손을 마주 잡으면서 야소베에게 말했다.

"이제 조금만······ 잠시만 더 기다려 주십시오."

만키치는 한 순간마다 야소베와 포졸을 향하여 부질없는 부탁을 계속했다. 그러한 가슴 아픈 만키치의 입장이 오쓰나의 눈에 비치었다. 그러자 오쓰나는 각오한 듯이 헝크러진 머리를 손가락으로 빗고, 침착한 목소리로 말했다.

"그러면 여러분······."

눈물 한 방울도 보이지 않는 오쓰나의 얼굴은 그저 창백할 뿐이었다. 그리고 마치 가면처럼 무표정했다.

"시간이 다 되었습니다. 이제는 제가 옛날에 저질렀던 일에 대해 대가를 치러야만 합니다. 하기는 이 오쓰나가 저지른 죄를 감옥에서 갚는 것이 오히려 마음 편할 것 같은 기분이 듭니다. 그러니 여러분, 저는 여기서 먼저 작별을 고하겠습니다. 오랫동안 신세 많이 졌습니다. 건강하십시오, 겐노조님, 오치에님, 고잔님, 만키치님······."

오쓰나는 한 사람 한 사람에게 일일이 인사를 하고는 하얀 팔로 머리카락을 쓸어올리면서 벌떡 일어섰다. 그러자 오치에가 슬픈 목소리로 오쓰나의 팔에 매달렸다.

"아······ 오쓰나님!"

"오쓰나, 기다려……."

겐노조도 칼을 잡았을 때의 그와는 다른 사람처럼, 떨리는 목소리로 자신도 모르게 오쓰나를 불렀다.

그러나 귀를 막고 도망이라도 치듯이, 그녀는 푸른 달빛 아래에서 지친 몸을 끌고 비틀거리면서 걸어갔다.

대지 가득히 빛나는 이슬은 울 수 없는 자신의 눈물처럼 생각되었다.

"아, 더 이상 어쩔 수 없어."

만키치는 끓어오르는 아픔을 참지 못하고 오쓰나를 향해 달려갔다. 자신이 들고 있는 방망이가 귀신의 일부러 모진 마음을 보여주기 위해 드러낸 엄니 같았다.

오쓰나의 옆으로 달려간 만키치는 뒤에서 오쓰나를 살짝 잡았다.

"꼼짝 마라……."

만키치는 힘 없는 목소리로 포승줄을 부드럽게 감았다.

오쓰나는 손을 뒤로 돌려 스스로 포승줄을 잡았다. 그리고 만키치와 자신과의 기이한 인연을 돌아보면서 감동에 찬 눈길로 만키치를 보았다.

"만키치님."

야소베는 포졸을 데리고 얼른 달려왔다. 죄인을 인도할 때의 관행대로 만키치는 한 장의 증서를 받았지만 그것을 볼 기력도 없었다.

포승줄 끝이 에도 봉행소로 넘어가자 오쓰나는 이제 아무런 동정도 받을 수 없는 용모파기 한 장의 여자 소매치기일 뿐이었다.

"빨리 걸어라!"

달빛 아래 무정한 포승줄 하나가 검은 그림자와 그림자를 연결했다. 만키치와 고잔, 그리고 오치에는 시선을 돌렸다.

겐노조만은 아무 말 없이 그곳을 떠나 건너편 오리나무 숲을 향해 걷고 있었다.

그때 산기슭 젠조지의 승려에게 길을 묻고 있던 여자가 두 어린애의 손을 잡고, 달빛을 의지하여 산마루로 숨을 헐떡이며 올라왔다.

"힘들지? 너희들에게는 무리한 길이야. 하지만 스님들이 그러시는데, 틀림없이 이 위에 있대. 이제 조금만 가면 되니까 참아."

이렇게 말하고 있는 것은 시코쿠 가게의 오쿠라였다.

"아줌마, 우리는 다리가 하나도 안 아파요. 이런 길 쯤은 아무것도 아니에요."
그렇게 힘차게 대답한 것은 손을 잡고 있던 오토키치였다.
"나도."
누이인 오미와도 지지 않으려고 말했다.
"어두워도 무섭지 않아요. 오쓰나 언니를 만날 수 있으니까. 그렇죠, 아줌마?"
"정말로 누나가 이 위에 있어요?"
오토키치는 걸음을 빨리하면서 오쿠라의 손을 꼭 잡아끌었다.
"어젯밤 만키치님이 일부러 젠조지로 오라고 알려 주었어. 결코 거짓말이 아닐 거야. 오쓰나님은 틀림없이 저 위에서 너희들을 기다리고 있을 거야."
"아, 정말이지요?"
"우리 누나?"
두 아이는 기쁨의 소리를 질렀다. 달빛은 잔인하리만큼 아름다웠다.

오쓰나는 비참한 자신의 그림자를 밟으며 걸었다.
'너는 정말로 기구한 업보를 한몸에 타고난 사람이구나.'
오쓰나는 마치 자신이 다른 사람인 것처럼 그 그림자를 위로해 주고 싶었다.
그리고 입버릇처럼 빨리 걸으라고 외치는 포졸들의 재촉을 받아, 어두운 늪으로 미끄러져 가는 기분으로 한 걸음씩 그리운 사람들에게서 멀어져 갔다.
하지만 남은 사람은 무정한 사태를 그대로 보고 있어야만 한다는 답답함으로 가슴이 아팠다.
오치에는 울어서 부은 눈으로, 고잔은 말없이 팔짱을 끼고, 또 만키치는 넋이 나간 듯한 눈길로 내려가는 오쓰나를 망연하게 바라보았다.
오쓰나가 보이지 않게 된 다음에도 그들은 한참 동안 상심하여 그대로 서 있었다. 밤에 뜨는 무지개처럼 은하수와 가을 바람의 속삭임이 들렸다.
갑자기 절벽에서 떨어지기라도 하는 것 같은 비명 소리가 산의 정적을 깨뜨렸다. 그것은 단순한 공포나 놀라움이 아닌, 강하게 가슴을 찌르는 어린아이들의 절규였다.

"언니! 언니를 살려 줘!"

"아 참, 그렇지!"

만키치는 그제야 아이들 생각이 났다.

"큰일이군! 도중에서 만난 건가? 이렇게 될 줄 알았더라면 미리 알려 주는 것이 아니었는데."

만키치는 정신없이 아래로 뛰어내려갔다.

이윽고 만키치는 오쿠라와 함께 땀을 흘리며 울부짖고 있는 오미와와 오토키치를 껴안았다.

하지만 복잡한 일을 이해할 수 없는 아이들은 만키치가 아무리 달래도 듣지 않고, 있는 대로 소리를 지르며 울었다.

"싫어, 싫어! 우리를 잡지 마!"

"누나가 끌려가! 구해야 해!"

"언니!"

"놓아 줘! 잡지 마! 아저씨, 바보야!"

오토키치는 안고 있는 만키치의 손을 마구 물었다.

하지만 어디선가 피리 소리가 흐르자 흥분했던 아이들의 신경이 안정되면서 울음을 그치고, 주위는 다시 조용하고 깊은 정적의 상태로 돌아갔다.

칡과 싸리나무, 그리고 봉긋 솟아오른 흙 주위에 이슬이 빛나고 있었다. 그 흙 위에 놓여 있는 돌 하나는, 지난해 이 젠조지 산마루에서 죽은 긴고로의 시체가 묻혀 있다는 표시였다.

겐노소는 그곳에 가서 그의 명복을 빌고 있었다.

마음의 평정을 되찾기 위해서 그는 몹시 괴로워했다. 그러더니 문득 피리를 들고 불기 시작했다. 쓸쓸한 피리 소리는 그의 흩어진 마음을 조금씩 가라앉혀 주었다.

무아, 무상, 가을 달밤.

갑자기 오쓰의 시구레도의 달밤이 생각났다. 긴고로는 자신의 소원이 달성된 오늘 기쁜 마음으로 이 피리 소리를 들을 것이다.

저쪽 나무 아래에서도 만키치와 오치에, 오쿠라와 다른 사람들도 모두 피리 소리를 듣고 있었다. 그리고 또한 아직 멀리 가지는 못했을 오쓰나도 달을 바라보며 조금은 만족스런 미소를 지을 것이다.

고슈(江州)에 있는 고가 마을의 목적촌장옥가기(木賊村庄屋家記)에 의하면, 겐노조는 칼을 버리고 농부가 되어 그곳에서 평생을 마쳤다고 한다. 자손이 있었던 점이나 은둔 생활을 한 지역을 보면, 밝은 산촌에서 보리를 밟으며 쟁기를 들고 겐노조와 함께 일한 아내는 오치였던 것으로 추정된다.

그가 반을 찢어서 준 비첩 덕분에 아와는 전체가 멸망하는 난을 피할 수 있었으며, 당상들에 대한 징계도 극히 경미하게 끝났다. 하지만 시게요시만은 그 난을 주도한 인물이니만큼 즉시 집안의 실권을 아들인 센마츠마루(千松丸)에게 물려 주고, 친족인 아키모토 세쓰쓰노카미(秋元攝津守)에게 의탁하는 몸이 되었다.

나중에 시게요시는 아키모토 가에서 도쿠시마 성으로 돌아왔지만 유폐는 여전히 풀리지 않아, 35세부터 77세까지 43년간, 그 유례가 없는 종신 칩거를 한 채 문화(文化) 14년 4월 생애를 마쳤다.

일국의 다이묘로서는 드물게 불행하게 보낸 그의 삶은 어쩐지 쓰루기 산의 종신 감옥을 연상하게 하는 것은 기이하지만, 사후 20년 뒤에는 그의 이상대로 존왕의 목소리가 나라 안에 가득 찼다.

에도로 호송되는 줄 알았던 오쓰나는 교토 봉행소의 임시 감옥에서 단 하룻밤 만에 풀려났다.

물론 배후에서 사쿄노스케의 힘이 작용한 탓이리라.

고잔은 즉시 오쓰나의 신병을 인수하러 갔다. 하지만 오쓰나는 이미 오미와와 오토키치를 데리고 종적을 감추어 버린 뒤였다. 오쓰나의 성격이 자신의 운명을 그렇게 만들었는지, 결국 그녀의 행방은 끝내 아무도 알지 못했다.

지은이
요시카와 에이지(吉川英治)

그린이
전성보(全聖輔)

옮긴이
박재희 창춘사도대학일문학전공 김문운 니혼대학일문학전공
김영수 와세다대학일문학전공 문호 게이오대학일문학전공
유정 조지대학일문학전공 추영현 서울대학교사회학전공
허문순 경남대학불교학전공 김인영 숙명여대미술학전공

대망 22 나루토비첩
지은이 요시카와 에이지/책임편집 박재희 추영현 김인영
1판 1쇄/1979. 12. 1
2판 1쇄/2005. 8. 8
2판 12쇄/2022. 3. 1
발행인 고윤주/발행처 동서문화사
창업 1956. 12. 12. 등록 16-3799
서울 중구 마른내로 144(쌍림동)
☎ 546-0331~3 (FAX) 545-0331
www.dongsuhbook.com

＊

이 책은 저작권법(5015호) 부칙 제4조 회복저작물 이용권에 의해 중판발행합니다.
이 책의 한국어 大몽상표등록권 문장권 의장권 편집권은 저작권 법에 의해 보호받으므로
무단전재 무단복제 무단표절 할 수 없습니다.
이 책의 법적문제는「하재홍법률사무소 jhha@naralaw.net」에서 전담합니다.

＊

사업자등록번호 211-87-75330
ISBN 978-89-497-0361-9 04830
ISBN 978-89-497-0351-0 (2세트)

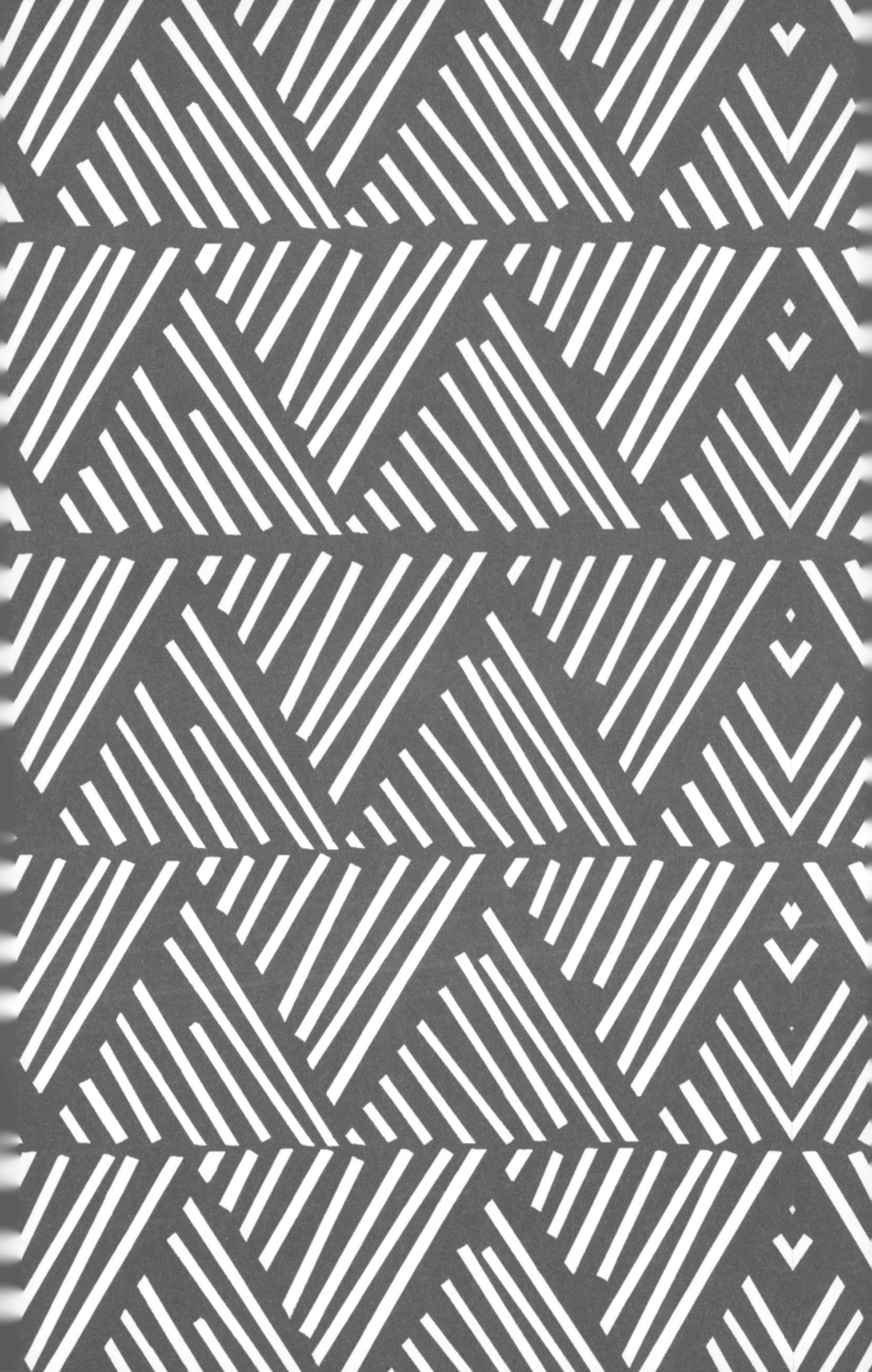

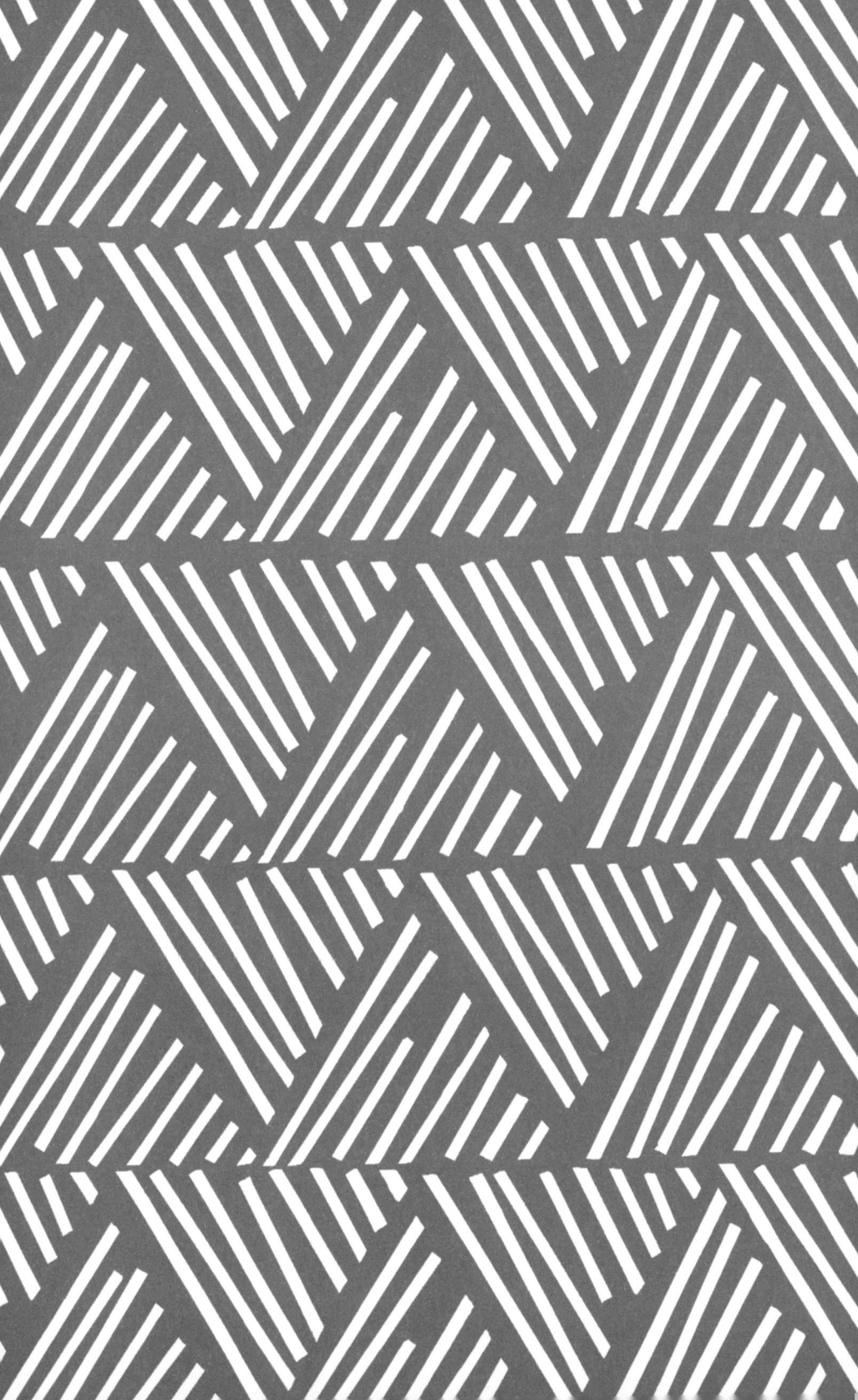